DICIONÁRIOS GARNIER

1. DICIONÁRIO LATINO-PORTUGUÊS — F. R. dos Santos Saraiva
2. VOCABULÁRIO DA LÍNGUA GREGA — Ramiz Galvão
3. DICIONÁRIO ESPANHOL-PORTUGUÊS – A. Tenório de Albuquerque
4. FRASES E CURIOSIDADES LATINAS — Artur Vieira de Rezende e Silva
5. DICIONÁRIO ITALIANO-PORTUGUÊS — João Amendola
6. DICIONÁRIO INGLÊS/PORTUGUÊS-PORTUGUÊS/INGLÊS — João Fernandes Valdez e Levindo Castro Lafayete
7. DICIONÁRIO FRANCÊS/PORTUGUÊS-PORTUGUÊS/INGLÊS — João Fernandes Valdez
8. VOCABULÁRIO LATINO-PORTUGUÊS — Ernesto Faria
9. DICIONÁRIO DAS DIFICULDADES DA LÍNGUA PORTUGUESA — Cândido Jucá (Filho)
10. DICIONÁRIO TÉCNICO INDUSTRIAL — Michel Feutry — Robert M. de Mertzenfeld — Agnès Dollinger
11. NOVO DICIONÁRIO ENCICLOPÉDICO ILUSTRADO DA LÍNGUA PORTUGUESA — Simões da Fonseca
12. DICIONÁRIO DE PALAVRAS CRUZADAS E CONHECIMENTOS GERAIS — M. L. Juncker Rivellino
13. DICIONÁRIO TÉCNICO INDUSTRIAL — J. Arthur Hanks
14. DICIONÁRIO DE ELETRICIDADE, ELETRÔNICA, TELECOMUNICAÇÕES E ENERGIA NUCLEAR – J.W. Chalmers
15. DICIONÁRIO DE SINÔNIMOS E ANTÔNIMOS DA LÍNGUA PORTUGUESA - Simões da Fonseca
16. DICCIONARIO PRÁCTICO DE LA LENGUA ESPAÑOLA - José Blanco Hernandez e Rafael Fierro Martinez
17. DICIONÁRIO LATINO-PORTUGUÊS - Enersto Faria

VOCABULÁRIO
DA LÍNGUA GREGA

DICIONÁRIOS GARNIER

Diretor editorial
HENRIQUE TELES

Produção editorial
ELIANA S. NOGUEIRA

Arte gráfica
BERNARDO C. MENDES

EDITORA GARNIER
BELO HORIZONTE
Rua São Geraldo, 67 — Floresta — Cep. 30150-070
Tel.: 3212-4600 - e-mail: vilaricaeditora@uol.com.br

RAMIZ GALVÃO

VOCABULÁRIO DA LÍNGUA GREGA

ETIMOLÓGICO, ORTOGRÁFICO E PROSÓDICO DAS PALAVRAS PORTUGUESAS DERIVADAS DA LÍNGUA GREGA

Edição fac-similar

GARNIER
desde 1844

Dados Internacionais de Catalogação na Publicação (CIP) de acordo com ISBD

G182v Galvão, Ramiz

       Vocabulário Grego / Ramiz Galvão. - 2. ed. - Belo Horizonte - MG
       Garnier, 2021.
       608 p. ; 16cm x 23cm.

           Inclui índice.
           ISBN: 978-65-86588-82-8

       1. Língua grega. 2. Vocabulário. I. Título.

2021-1769   CDD 480
                                                    CDU 811.14

Índice para catálogo sistemático:

1. Língua grega 480
2. Língua grega 811.14

Copyright © 2021 Editora Garnier.

Todos os direitos reservados pela Editora Garnier.
Nenhuma parte desta publicação poderá ser reproduzida
sem a autorização prévia da Editora.

RAMIZ GALVÃO

Um ano depois da paz do Ponche Verde, pela qual se punha termo à Revolução Farroupilha e o Brasil fazia as pazes com o Rio Grande, no Passo do Couto, hoje denominado Ramiz Galvão, próximo a Rio Pardo, a 16 de junho de 1846, nasceu Benjamin Franklin Ramiz Galvão. João Galvão e Joana Ramiz Galvão foram seus pais.[1] Pouco viveu na "Tranqueira Invicta", levantada onde se juntam as águas dos rios Pardo e Jacuí, pois, aos seis anos, órfão de pai, estava no Rio com sua mãe; lá estudou no colégio de Custódio Mafra, à rua da Assembléia, e no Externato da Sociedade Amante da Instrução, à rua do Passeio, então dirigido por Inocêncio de Vasconcelos Drummond; em 1855 era aluno do Pedro II, onde fez o curso de humanidades com raro brilhantismo, "aprovado com distinção em todas as disciplinas, desde 1855 até fins de 1861." [2]

Por não ter a idade legal, esperou um ano para ingressar na Faculdade de Medicina, da qual foi estudante excepcional; basta lembrar que, por decisão unânime e a suas expensas, a Congregação fez publicar seu discurso de formatura;[3] ainda acadêmico, contava 19 anos em 1866, publicou "O púlpito no Brasil",[4] estudando suas eminências, de Vieira a Mont'Alverne; para Viriato Correia, seu sucessor na Academia Brasilei-

---

1. Mário Teixeira de Carvalho, Nobiliário Sul-riograndense, 1937, p.208; Basílio de Magalhães, Revista do Instituto Histórico e Geográfico Brasileiro, v. 83,(1918), p. 561.
2. Basílio de Magalhães, Revista cit., p.561 a 562; Ramiz Galvão, Discursos Acadêmicos, 1937, VII,p.122.
3. Basílio de Magalhães, Revista cit., p. 563.
4. Ramiz Galvão, O Púlpito no Brasil, 1867, 217 páginas.

ra de Letras, " é a sua melhor obra";⁵ em 1868, com a tese "Do valor terapêutico do calomelanos no tratamento das inflamações agudas e crônicas das membranas serosas",⁶ sustentada "na augusta presença de S.M. o Imperador", é doutor em medicina; aos 23 anos, professor de grego, e depois de Retórica, Poética e Literatura, no Pedro II;⁷ aos 24, Diretor da Biblioteca Nacional, instituição ainda obscura, a despeito de abrigar a valiosa livraria de D. João VI;⁸ no ano seguinte, com a tese "O calor, a luz, o magnetismo e a eletricidade são agentes distintos?",⁹ em concurso disputado, vê-se consagrado lente da Faculdade de Medicina, onde ensinou Química Orgânica, Zoologia e Botânica.¹⁰

Quer dizer, aos 25 anos o rio-pardense atingira as culminâncias do êxito; estava no apogeu, para repetir Capistrano do Abreu em carta a João Lúcio de Azevedo.¹¹

Ao ser designado para dirigir a Biblioteca, que nascera no Hospital da Ordem Terceira do Carmo e logo passara para "o lugar que havia servido de catacumba aos religiosos do Carmo", na linguagem do Decreto de 29 de outubro de 1810, ela já estava na rua do Passeio, onde hoje se encontra o Instituto Nacional da Música, graças ao seu antecessor, o beneditino Frei Camillo de Monserrate, "o primeiro diretor seriamente disposto a melhorar a Biblioteca Nacional".¹²

Diretor da Biblioteca, cuidou de reorganizá-la e ampliá-la; representante do Brasil na Exposição Internacional de Viena, permaneceu na Europa 13 meses, visitando, além da capital do

5. Viriato Correa, Discursos Acadêmicos, 1944, XI, p. 15.
6. Ramiz Galvão, Do valor terapêutico do calomelanos no tratamento das inflamações agudas e crônicas das membranas serosas, 1868, 92 páginas. Tese apresentada à Faculdade de Medicina do Rio de Janeiro, em 31 de agosto de 1868 e perante ele sustentado em 30 de novembro do mesmo ano na augusta presença S.M. o Imperador.
7. Basílio de Magalhães, Revista cit., p. 565
8. Basílio de Magalhães, Revista cit., p. 565
9. Ramiz Galvão, O calor, a luz, o magnetismo e a eletricidade são agentes distintos? 1871, 33 páginas. Tese apresentada à Faculdade de Medicina do Rio de Janeiro.
10. Basílio de Magalhães, Revista cit., p. 567.
11. Capistrano de Abreu, Correspondência, 1954,II, p.68.
12. Edson Nery da Fonseca, Ramiz Galvão — Bibliotecário e Bibliógrafo, 1963, p.15.

do Império Austro-Húngaro, Paris, Londres, Bruxelas, Haia, Berlim, Munique, Milão, Florença, Roma e Lisboa, estudando a organização das suas bibliotecas e investigando as fontes da História do Brasil;[13] dessas incumbências apresentou importantes relatórios;[14] organizou e realizou o primeiro concurso público para o preenchimento de uma vaga de oficial de biblioteca, conquistada por Capistrano de Abreu; mediante o Regulamento baixado pelo Decreto 6141, de 4.III.1876, promoveu a ampliação dos seus serviços;[15] iniciou a publicação dos "Anais", hoje com 112 volumes; promoveu a exposição comemorativa do 3º centenário de Camões e outra sobre história e geografia do Brasil, preparando o respectivo "catálogo", tido e havido como contribuição notável à bibliografia histórica brasileira.

Para Rodolfo Garcia, também diretor da Biblioteca e erudito historiador, "foi o maior cometimento bibliográfico que se efetuou no país". "O Catálogo da Exposição é um monumento de incontestável valor, porque nele se relacionaram não só o que a Biblioteca possuía, como ainda o que pertencia a outras instituições e a particulares, de modo a tornar-se a maior e a melhor bibliografia brasileira, indispensável a todo estudioso de nossos assuntos".[16]

Para o autor, "o catálogo da presente Exposição não é pura e simplesmente um indicador de livros, painéis, estampas ou medalhas. Tanto quanto no-lo permitiram o espaço e o tempo, vai nele um esboço de bibliografia histórica brasileira, considerada a história em sua maior amplitude, e não esquecidos os documentos subsidiários que a podem esclarecer".[17]

---

13. Mário Teixeira de Carvalho, op. cit., p.208.
14. Ramiz Galvão, Bibliotecas Públicas da Europa, Relatório apresentado ao Ministério dos Negócios do Império, em 31 de dezembro de 1874, 1875, 82 páginas. Relatório sobre os trabalhos executados na Biblioteca Nacional da Corte, no ano de 1874, e seu estado atual, apresentado a S. Ex. o Sr. Conselheiro João Alfredo Corrêa de Oliveira, 1875, 47 páginas.
15. Edson Nery da Fonseca, op. cit., p. 20 a 23.
16. Rodolfo Garcia, Revista da Academia Brasileira de Letras, v. 55, (1938), p. 75.
17. Ramiz Galvão, Catálogo da Exposição de História do Brasil, p. VII.

Que não era um catálogo vulgar basta o fato de vir a ser reestampado um século depois, pela Universidade de Brasília, na "Coleção Temas Brasileiros". Na introdução, José Honório Rodrigues afirma que "o Catálogo da Exposição de História do Brasil é uma publicação de extraordinária importância na historiografia brasileira, não somente por ser única em sua época, em termos universais, como porque nada melhor se construiu no Brasil depois dele. O Catálogo da Exposição de História do Brasil supera mesmo a Biblioteca Lusitana de Barbosa Machado, ou o Dicionário Bibliográfico de Inocêncio, porque é temático e sua chave de classificação começa pela geografia do Brasil, rios, costa, portos, províncias, roteiros, viagens, cartas geográficas, hidrográficas e topográficas, e ainda cartas gerais, atlas, cartas parciais de costas, de rios e de limites. Segue-se a estatística e depois as publicações periódicas, anuários e almanaques, gazetas e periódicos. A segunda parte da classificação é a História do Brasil desde as histórias gerais e das províncias, depois a história do Brasil por épocas, e aí se apresenta a classificação puramente cronológica, na base do material bibliográfico. Segue o Catálogo a exposição temática, e à História Geral, classificada por período expressamente cronológico, seguem-se a História Administrativa, a Eclesiástica, a Constitucional, a Diplomática, a Militar, a Natural, subdividida em etnografia, lingüística, zoologia, botânica, mineralogia e geologia, a História Literária e das Artes, a Econômica, a Biográfica e a Numismática. Esta só apareceu em face da riqueza da coleção de moedas e medalhas que a Biblioteca Nacional possuía e que depois, com a criação do Museu Histórico Nacional, passou-se para ele, como naturalmente a ele devia pertencer. A seção artística, composta de vistas, paisagens e marinhas, continha ainda um capítulo histórico artístico-cronológico, a campanha oriental e do Paraguai, e os retratos dos estrangeiros que se prendem à história do Brasil. Outras classes, tipos, usos, trajes, genealogia e heráldica, retratos, estátuas e bustos dos reis e titulares de Portugal aos da família imperial brasileira, ministros de Estado, Corpo Legislativo, séries e grupos vários e retratos avulsos. Termina com a parte artística de história natural, dividida em etnografia, zoologia, botânica, geologia. Ao todo eram 20.337

entradas, em 1612 páginas e mais o suplemento, que vai do nº 19289 ao 20337, e segue da página 1615 à p. 1758. Um monumento bibliográfico-histórico, a maior bibliografia histórica publicada sobre um país no mundo. Nem as bibliografias do mundo europeu, nem as norte-americanas, se comparavam, na época, ao Catálogo da Exposição de História do Brasil publicado em 1881."[18]

O "catálogo", cuja riqueza é reconhecida e proclamada, é obra que se não improvisa; só um espírito sumamente cultivado poderia tê-lo elaborado, em tão pouco tempo e com recursos tão reduzidos. O diretor a todos agradece tributando "louvores aos dignos chefes de seção, oficiais e mais empregados da Biblioteca Nacional, a cuja solicitude se deve a presente obra. Agradeça-lhes o Brasil este esforço..." [19]

Mais do que um catálogo, notou Edson Nery da Fonseca, "é uma bibliografia, mais do que uma bibliografia histórica é uma verdadeira enciclopédia bibliográfica sobre o Brasil".[20]

Com tais títulos e predicados, não estranha tivesse sido escolhido preceptor dos netos do Imperador Pedro II, e que, mais tarde, o Gabinete Português de Leitura do Rio de Janeiro fosse buscá-lo para organizar o catálogo de sua rica biblioteca.[21]

Presidente da Associação do Quarto Centenário do Descobrimento do Brasil, coube-lhe supervisionar a edição do "Livro do Centenário", dirigiu os trabalhos da 1ª Conferência de História Nacional, em 1914, e lhe coube orientar a publicação do "Dicionário Histórico, Geográfico e Etnográfico do Brasil", comemorativo do centenário da Independência. Membro do Instituto Histórico e Geográfico Brasileiro desde 1872, frequentou-o assiduamente, durante sessenta e seis anos; foi seu sócio Honorário, Benemérito e Grande Benemérito. De 1912 a 1933 dirigiu a Revista do Instituto.[22]

18. José Honório Rodrigues, Catálogo cit., Introdução, p. VII a IX.
19. Ramiz Galvão, Catálogo, p. VII.
20. Edson Nery da Fonseca, op. cit., p. 30.
21. Ramiz Galvão, Catálogo do Gabinete Português de Leitura no Rio de Janeiro, 1906, 2 volumes.
22. Basílio de Magalhães, Revista cit., p. 569, 571 a 573.

Ao ser homenageado por esta veneranda instituição, em sessão de 3 de dezembro de 1918, para festejar o meio século de sua formatura em Medicina, disse o Barão ser um "velho servidor da Pátria". E acrescentou: "na vida, entrecortada de acidentes que não permitiram o prosseguimento constante de uma rota definida e digna desta consagração, só dois fachos o guiaram e iluminaram sempre: o amor ao ensino da mocidade e o entusiasmo caloroso pela grandeza da Pátria".[23]

Com efeito, sempre foi professor e ao magistério dedicou a maior parte de sua vida. Basta lembrar que, depois de, por sete anos, ter sido o preceptor dos filhos da Princesa Isabel, e, por conseguinte, daquele que seria o Imperador do Brasil, entrou a dirigir uma casa de educação e de instrução profissional de crianças pobres, o Asilo Gonçalves de Araújo, em 1900 inaugurado pela Irmandade do Santíssimo Sacramento da Candelária. A propósito, disse ele que a maior parte de sua vida dedicou "à instrução da mocidade, desde os augustos filhos da Realeza até os infelizes órfãos nascidos e criados na triste penumbra da pobreza, todos por igual merecedores do carinho e devotamento, porque o espírito cristão e o ideal democrático os não distingue. Nos paços Reais e no tugúrio do campônio se formam grandes e leais servidores da Pátria, tipos singulares de nobreza moral, beneméritos e aplaudidos benfeitores da Humanidade. Não é a púrpura dos reis que os eleva no tribunal da História".[24]

Daí a justeza das palavras de Celso Vieira, na Academia Brasileira de Letras, quando de sua morte, em 9 de março de 1938: "pedagogo e patriota, humanista e cientista, ele nos ensinou, transmitidas em lições inolvidáveis, a disciplina do trabalho e da virtude, a religião antiga do belo e a religião secreta da bondade".[25]

Continuou a lecionar grego no Pedro II e no Pio-Americano; foi Diretor Geral da Instrução, voltou a traduzir e anotar obras de História, Química, Mineralogia. Ao ser criada a Universidade do Rio de Janeiro, em 1922, foi nomeado seu Reitor.

23. Ramiz Galvão, Revista cit., p. 575; Estante Clássica, X, p. 147 e 148.
24. Ramiz Galvão, Revista cit., p. 576; Estante Clássica, X, p.149,
25. Celso Vieira, Revista da Academia Brasileira de Letras, v. 55 (1938), p.71.

Em 1888, quando no exercício da regência a Princesa Imperial, Dona Isabel lhe conferiu o título de Barão de Ramiz, com grandeza, o que não impediu viesse ele a morrer, sessenta anos mais tarde, sem possuir teto próprio.

Faltava-lhe, porém, uma láurea, concedida quando já entrado na casa dos oitenta anos. Em 1928 foi eleito para a vaga de Carlos de Laet, desde a fundação da Academia Brasileira de Letras titular da cadeira 32, que tem como patrono o rio-pardense Araújo Porto Alegre; foi recebido por Fernando Magalhães; em 1934 assumiu a presidência da Casa de Machado de Assis.[26]

De Ramiz Galvão se disse que ninguém o excedeu no cumprimento do dever e creio que a legenda se ajusta à sua personalidade; ao longo de uma vida longa, serviu o país com zelo e probidade e lhe enriqueceu o patrimônio cultural.

***

A pedido do Imperador, que traduzira em prosa o "Prometeu Acorrentado", verteu-o em verso. Só o publicou, passados vinte anos, "como homenagem à memória do ilustre cultor das letras, que me honrou com sua estima desde os primeiros dias da minha mocidade, e de quem guardo a mais respeitosa e grata recordação, como amigo e brasileiro".[27]

Informa o Barão de Ramiz ter comparado sua versão com outras, particularmente com a latina de Ahrens e a francesa de Leconte de Lisle, "ambas fidelíssimas", "mas a todas antepus invariavelmente o religioso respeito ao original grego que estudei e procurei interpretar com amor";[28] confrontando a tradução em causa entre outras versões com a francesa de Puech e a italiana de Bellotti, "que passam entre as melhores na espécie", João Ribeiro afirma que, em matéria de fidelidade, a do sábio rio-grandense suporta todos os confrontos, "é tradução exemplaríssima pela fidelidade, pela argúcia com que venceu dificuldades

---

26. Discursos Acadêmicos, VII, p. 107 a 139.
27. Ramiz Galvão, Estante Clássica, 1922, X, p. 32.
28. Ramiz Galvão, Estante Clássica, X, p. 32.

de vários passos difíceis da tragédia", "tamanha é a fidelidade do tradutor brasileiro, que sairia vitorioso em todos os confrontos", e noutro passo, e na mesma linha, assegura que "galhardamente suporta o confronto e ainda paira acima dos seus confrades rivais pela fidelidade ao texto original".[29]

Ramiz Galvão contava 53 anos quando, em 1909, publicou a tradução de Ésquilo e estampou o "Vocabulário Etimológico, Ortográfico e Prosódico das palavras portuguesas derivadas da língua grega", geralmente apontado como sua obra de maior relevo e importância. É o fruto amadurecido de uma existência em boa parte dedicada ao cultivo das letras clássicas.

Demonstrando domínio da língua materna, faz análise segura dos seus dicionários, apontando as deficiências de uns e os méritos de outros, e nas seiscentas páginas seguintes inventaria as palavras portuguesas derivadas do grego, realizando um trabalho sem precedente entre nós e ainda hoje insuperado, no juízo dos competentes.

Terá falhas, como todo livro do gênero, "mormente os léxicos que exploram a tecnologia inumerável das ciências", observa João Ribeiro, para logo acrescentar, "não é censura o que acabamos de fazer, não há livros dessa natureza sem omissões". E indaga: "E que livro, manual ou dicionário poderá substituí-lo?" A resposta é breve e terminante: "nenhum".[30] Como se sabe, Rui Barbosa era ledor regular de dicionários, neles deixando anotações valiosas. Elas não faltam no "Vocabulário" de Ramiz Galvão; são numerosas e de assentimento às lições nele contidas.

A Cândido de Figueiredo, que em trinta e cinco artigos fez análise minuciosa do "Vocabulário", Ramiz Galvão deu resposta pronta e pontual; serena, segura e respeitosa, revela posse dos segredos da língua grega e portuguesa, domínio de suas leis evolutivas e de sua experiência histórica. Sua resposta "é um modelo de

---

29. João Ribeiro, Estante Clássica, X, p.164 a 167.
30. João Ribeiro, Estante Clássica, p. 168

urbanidade"³¹ a indicar a elegância de uma inteligência superior; com efeito, só um alto espírito, trabalhando pelo estudo e afeito a apurar a verdade como professor, nos "reparos à crítica" manteria invariável a posição polida e severa, "uma homenagem de reconhecimento às observações do crítico".

Ao recebê-lo na Academia Brasileira de Letras, proclamou Fernando Magalhães — "Só o vocabulário, produção singular e exímia, bastava como credencial à cadeira que a Academia vos concedeu. Ninguém, novato ou inveterado pesquisador da linguagem verdadeira, dispensará assistir-se deste elucidário em diária consulta e contínuo proveito".³²

No volume a ele dedicado na "Estante Clássica da Língua Portuguesa", Laudelino Freire assim se expressou: "O livro que é a sua *opera maxima* e o sagrou filólogo de profundo saber e talvez o mais afamado dos nossos helenistas, com o qual deve ufanar-se a literatura pátria, é esse primoroso *Vocabulario etymologico, orthographico e prosodico das palavras portuguesas derivadas da lingua grega*, dado a público em 1909. A introdução que o precede é uma admirável síntese lingüística, na qual não só patenteia o seu conhecimento das línguas clássicas, senão também atesta a correção severa de sua linguagem."³³

Despojado de autoridade, ainda uma vez recorro a João Ribeiro, polígrafo de variado saber, para dizer que o Vocabulário — " é obra única da nossa bibliografia brasileira e portuguesa, onde jamais igual tentame foi experimentado". Os léxicos vernáculos, prossegue o autor de "Páginas de Estética", "são na matéria deploravelmente inseguros. A leitura do Vocabulário em cada página atesta os erros, lapsos e imperfeições dos dicionários correntes"..."é único na língua vernácula nos dois países da mesma língua. Foi o primeiro que se escreveu, mas não é, com isso, mera tentativa e sim empreendimento cabal e, em quase todas as matérias, definitivo."³⁴

31. João Ribeiro, Estante Clássica, X, p. 171
32. Fernando Magalhães, Discursos Acadêmicos, 1937, VII p.135.
33. Laudelino Freire, Estante Clássica, X, p.8.
34. João Ribeiro, Estante Clássica, X, p.168 e 169.

Não tenho competência para opinar sobre os méritos dessa obra do Barão de Ramiz, mas como amigo dos livros, e apenas com esse título, apraz-me louvar a iniciativa de reimprimi-lo, que tenho como benemérita.

Oitenta e cinco anos decorridos,[35] coube a uma corajosa editora de Minas Gerais, a Itatiaia, sob o selo Garnier, tão entranhado na vida cultural do país, devolver ao Brasil, em reprodução fac-similar, o grande livro de Ramiz Galvão, que, fazia muito, se convertera em raridade bibliográfica. Tão raro que ficou quase esquecido.

Pois o "Vocabulário, etimológico, ortográfico, e prosódico das palavras portuguesas derivadas da língua grega", de Benjamim Franklin Ramiz Galvão, Barão de Ramiz, está de volta, acessível a qualquer estudioso, para prosseguir a ação benfazeja e fecunda de seu ilustre e deslembrado autor. Solitário e luminoso, o livro que o leitor tem nas mãos continua insuperado, e mesmo inigualado, na literatura de língua portuguesa, d'aquém e d'além mar. Continua único.

Paulo Brossard de Souza Pinto

---

35. Enquanto isso, pelo mundo a fora, aprofundavam-se os estudos do grego e se até o fim da guerra só se conhecia o Dictionnaire étymologique de la langue grecque, de Emile BOLSACQ, cuja quarta edição é de 1950, outros foram surgindo, como informa NICOLAU SALUM, em "Língua e literatura", Revista dos Departamentos de Letras da Faculdade de Filosofia, Letras e Ciências Humanas da Universidade de São Paulo, ano III, n. 3, 1974, p. 367 a 375: Etymologisches Wörterbuch des Griechschen, de J. B. HOFFMAN, em 1949, Griechisches Etymologisches Wörterbuch, do sueco Hilamar FRISK, iniciado em 1954, Dicionnaire étymologique de la langue grecque, de Pierre CHANTRAINE, aparecido em 1968 o primeiro volume. Não é arbitrário deduzir que essa investigação não se esgotou, nem foi concluída.

VOCABULARIO

ETYMOLOGICO, ORTHOGRAPHICO E PROSODICO

RAMIZ GALVÃO

VOCABULARIO

ETYMOLOGICO, ORTHOGRAPHICO E PROSODICO

das

PALAVRAS PORTUGUEZAS

derivadas da lingua grega.

LIVRARIA FRANCISCO ALVES
RIO DE JANEIRO. — Rua do Ouvidor, 166

| BELLO HORIZONTE | S. PAULO |
| Rua da Bahia | 65, Rua de S. Bento, 65 |

1909

RAMIZ GALVÃO

VOCABULARIO

ETYMOLOGICO, ORTHOGRAPHICO E PROSODICO

das

PALAVRAS PORTUGUEZAS

derivadas da lingua grega

Ramiz Galvão

LIVRARIA FRANCISCO ALVES
RIO DE JANEIRO — Rua do Ouvidor, 166

BELLO HORIZONTE   S. PAULO
                                   Rua de Italia

INTRODUCÇÃO

Durante os seculos XV, XVI e XVII puliu-se e aperfeiçoou-se o idioma vernaculo nas mãos de eximios escriptores, que ainda hoje são modelos de bem dizer; todavia mui pouco de proveitoso se fez em relação a esta parte essencialissima da lingua, que tracta de daguerreotypar á luz de preceitos uniformes e bem estabelecidos os elementos da palavra.

São riquissimo thesouro os livros classicos de João de Barros, Bernardes, fr. Luiz de Sousa e Vieira, — ninguem o contesta; mas, no que respeita á orthographia sua incerteza e imperfeição são enormissimas, nem ha crítico amador destes estudos que não na confesse. Sem regras systematicas, sem codigo por onde houvessem de dirigir-se, escreviam elles differentemente a mesma palavra; ora seguindo o uso, ora a etymologia, ora o som, não curavam das innumeras corruptelas, por que no fallar commum passam os vocabulos, e, o que é mais, não attendiam siquer aos preceitos de analogia que devem presidir á formação das palavras, — elles, os escriptores que de facto se constituiam por seu excepcional merecimento os legisladores da lingua.

A necessaria consequencia deste procedimento foi que, em ponctos de orthographia, o testimunho dos classicos portuguezes, por contradictorio e irracional, se não pode hoje invocar como auctoridade. E bastante abrir qualquer de suas obras, taes como appareceram nas edições originaes, para ter-se a demonstração cabal deste asserto.

Com o andar dos tempos, é verdade, um ou outro grammatico pretendeu legislar nesta materia, estabelecendo preceitos que servissem de norma ao correcto escrever dos vocabulos portuguezes. « Foram outras tantas icarias quédas, disse com muita razão José Feliciano de Castilho. A uns faltou o methodo, a outros a coragem. »

Hoje, ao alvorecer do seculo XX, que vêmos neste particular?

Em materia de orthographia e prosodia acaso satisfazem os diccionarios portuguezes, que a mocidade diariamente maneia? São por ventura exemplares uniformes os escriptos mais bem acabados das habeis pennas contemporaneas d'aquem e d'alem-mar?

Longe disto, cada qual grapha como entende, e os proprios glottologos discutem sem resultado práctico as vantagens dos systemas phonetico, etymologico e eclectico, que correspondem ás trez correntes de opinião nesta materia.

Os diccionarios da lingua portugueza, — esses em verdade melhoraram sensivelmente no ultimo quartel de 1800, corrigindo em parte as innumeras antinomias e os desacertos inqualificaveis, que infestavam as obras de Bluteau, Moraes, Constancio, Roquette, Faria e Lacerda.

Os lexicos de Vieira, Caldas Aulete, Adolfo Coelho e C. de Figueiredo significam um melhoramento real, que estamos longe de desconhecer.

Muito mais copiosos, porque acceitaram o bom alvitre de registar quasi toda a technologia scientifica que nestes ultimos 50 annos cresceu desmesuradamente; muito mais logicos, porque obedeceram a principios prestabelecidos, sinão com todo o rigor, ao menos com regular orientação; muito mais exactos nas definições dos vocabulos e incomparavelmente mais bem avisados na etymologia delles, — esses livros merecem apreço e devem ser destacados da primeira cohorte de diccionaristas.

Mas ainda assim, como estão longe de haver completado a obra meritoria de regularizar de vez a orthographia e a orthoepia da lingua portugueza, qual convem a uma lingua culta!

Não insistiremos nos erros e nas contradicções de Bluteau, Moraes, Constancio, Roquette, Faria e Lacerda, porque isso nos levaria demasiado longe, e em parte foi feito esse trabalho de crítica na introducção do Diccionario de Aulete. Lancemos simplesmente rapido olhar sôbre a obra lexicologica dos mais modernos, e vêr-se-ha a toda a luz que o problema não ficou resolvido, apezar da séria e reconhecida competencia que os distingue.

— O Diccionario de fr. Domingos Vieira foi quem abriu o caminho dos reformadores; comecemos por elle.

Na parte etymologica, onde já se não encontram as origens aventurosas e ridiculas do filaucioso Constancio (que tanto lembra Ménage e Roquefort), — ainda nesta parte, que constitue talvez a maior novidade da obra, o trabalho foi incompleto e uma ou outra vez carece da desejavel correcção. É para lastimar sobretudo que se não extendesse a todos os vocabulos da lingua o que foi tão bem desenvolvido a respeito de alguns.

Na parte orthographica e prosodica as descaïdas do lexico de Vieira são numerosas e em verdade mal se podem perdoar. Completando o seu livro com a inserção da technologia scientifica e querendo dest'arte prestar á lingua e aos estudiosos um verdadeiro serviço, o auctor foi infeliz e ficou aquem do que se podia esperar.

As etymologias das palavras de origem erudita, vindas do grego, verdade é que estão mais ou menos exactas, si dermos desconto aos erros typographicos e aos que decorrem do emprêgo do typo romano para graphar palavras gregas; porêm a orthographia e a prosodia que elle auctoriza são arbitrarias, muita vez antinomicas e dignas de reprovação. Aqui, limita-se a transcrever dos diccionarios de D'Orbigny, Drapiez e Littré e Robin, ou de quaesquer outros, as palavras taes como em francez se escrevem. Ex. : *abaptiston, acanthagenys, acanthias, acanthinion, acanthoderma, acanthodes, acan-*

thodion, acantholis, acanthophyton, acanthopomes, etc.
Alli, dando-lhes desinencia portugueza, nem sempre dá
a melhor, e, quando por ventura o faz, claudica na prosodia, porque não respeita systema algum no modo de a
fixar. Ex. : *acanthocéro, acanthodéro, acanthoglossa,
acanthónemo, acanthónoto, acanthophylla, acánthopo,
accínite, achyridías, aconioptéro, acotyledonéa, acrobáta,
acrochordon, acromphále, acténodo, actinóduro, actinospóro, actinostómo, adenocalicéa, adénome, adenóphyllo,
alepidote, ametamórphose, anabóle, anacephaléose, anacláse, anadóse, anagenésis*, etc. Acolá, enfim, quando
acaso acerta na accentuação e dá aos vocabulos desinencia conveniente, despreza os principios da orthographia etymologica, que em muitos outros logares respeitára, e desfigura as palavras de modo barbaro, perdoe-se-nos a expressão. Ex. : *acalicino, acamptasomas,
accidia, accinite, aceromion, achnanto, achyratho, achyrithe, aciesia, aciphylo, acirologia, acronico, adenolin,
ampeloprazo, amphiblestroidomalcia, amphiglote, amygdalithe*, etc., etc. E é mister observar que apenas
colhemos alguns exemplos na lettra A do *Diccionario*.
Onde iriamos, si preciso fosse enumerar as falhas de
toda a obra?

Esta parte do Diccionario de fr. Domingos Vieira é pois
deficientissima, para não dizer má. No que respeita á
grande massa de vocabulos de origem erudita, nada ou
quasi nada adeantou ao trabalho de seus antecessores :
si desordem havia, em desordem ficámos.

— O *Diccionario contemporaneo da lingua portugueza*
de F. J. Caldas Aulete, publicado em 1881, é indubitavelmente superior a quantos o precederam e pode-se
dizer que até agora em alguns ponctos ainda não foi
excedido. Obedecendo a tal ou qual systema, feito em
geral com cuidado e attenção, offerece-nos definições
ordinariamente exactas, etymologias certas, a orthographia e a prosodia fundadas quasi sempre na etymologia dos vocabulos, quando se tracta dos que não
soffreram alteração nos seus elementos pela acção do
uso secular. Elle é de facto adverso ao systema phonetico.

Mas Aulete, si proclamou um bom princípio e si muitas vezes o seguiu, commetteu o descuido de não respeita-lo com invariavel constancia, e d'ahi procedem antinomias e desacertos, que empanam o brilho de sua obra. Accresce que em materia de terminologia scientifica foi extremamente parco, deixando de registar innumeros vocabulos hoje imprescindiveis na lingua portugueza e que são já correntes no fallar dos eruditos; d'ahi frequentissimas lacunas, que é forçoso lamentar.

Demonstremos a justiça desta censura :

Aulete, obedecendo ás normas do systema etymologico, que respeita os elementos tradicionaes do vocabulo sempre que a isso se não oppõe abertamente o som, escreve com muito acêrto : *solenne, satisfacção, canna, eschola, extrangeiro, extranho, captivo, pae, egual, extender, exempto, exaggerar, exgotto, logar, lettra*, etc., etc. Mas porque então : *camphora* (deriv. de kafur), *frenetico, frenesi* (deriv. de φρένησις), *orfão*, (de ορφανός), *hypocondrio* (de ὑπὸ e χόνδρος), *autochtones* (de αὐτόχθονες), *amphibraco* (de ἀμφιβραχος), *naphta* (de νάφθα), *acrostico* (de ἀκροστιχος), e tantos outros, em que deixou de seguir a transmutação normal do θ, φ e χ gregos em *th, ph* e *ch* portuguezes ?

E mais : si confessa, que nas palavras de origem erudita a collocação do accento tonico se regula pela quantidade da raiz grega ou latina, não é perdoavel que tenha auctorizado : *agonothéto, agalóche, peripécia, apothéose, aspericóme, dicróto, cádmia, plectognáthos, estylobáto, éuphono, polýpo, aroidéas*, etc., etc.

Aulete finalmente padeceu em parte o vício de seus predecessores, descurando as regras da analogia e dando-nos vocabulos congeneres ora com desinencias totalmente diversas, ora com accentuação differente. Baste para exemplo esta breve lista comparativa :

acrólitho — asparagolíthe.
éthyle — methýlo.
bronchocéle (*m.*) — cystocéle (*fem.*).
feníigeno — halogénio.
andrógyno — octogýno.
epigyneo — hypogynio.
eutáxia — phyllotaxía.
tríglypho — ditriglýpho.
aetite (*f.*) — diorite (*m.*).
dyostýlo — diástylo.
amblýope — cyclópe.

apódo — épode.	exostôma — osteóstomo.
ápode — antípoda.	autócrata — democráta.
dyscrásia — idiosyncrasía.	parasíta — autósito.
amylénio — ethyléna.	pharmacopóla — bibliópola.
estereotypía — electrotypia.	paródia — monodía.
estereótypo — daguerreotýpo.	hypogástrio — epigástro.
	leucocythemía — ischémia.
ectásia — angiéctasis.	saxophóne — melóphone.
antiparástase — diastáse.	Oceánides — Neréidas.

A simples inspecção de taes incongruencias torna evidente que pelo menos uma das formas envolve êrro, que não pode nem deve ser auctorizado. Nem se diga que o auctor registou a forma ou a accentuação, que leu ou ouviu no fallar commum, porque o *Diccionario* duma lingua é livro de ensino, que serve de norma aos que apprendem, e não registo de corruptelas caprichosas e arbitrarias, que desnorteam a opinião. A verdade é que estão por fixar a orthographia e a prosodia da lingua portugueza; cada qual sem exame e sem respeito a regras vae escrevendo ou pronunciando a seu talante.

— O snr. F. Adolfo Coelho, já conhecido e reputado por estudos de Glottica nacional, publicou não ha muitos annos o seu *Diccionario manual etymologico da lingua portugueza contendo a significação e prosodia*. Era de esperar que esse livro, producto de um espirito bem apparelhado por estudos especiaes, viesse preencher a acuna sentida por todos os que cultivam a lingua vernacula, e tanto mais quanto o auctor nunca pertencêra á grei dos timidos rotineiros.

Mas estava escripto que ainda passariamos todos por grave decepção, e basta a leitura da « Prefacção » do *Diccionario* para convencer a qualquer de que o grande problema não achou solução. Eis as proprias palavras do erudito lexicographo :

« **Orthographia.** — Não pretendi estabelecer systema orthographico novo, empresa da maior difficuldade em que por certo naufragaria; *segui portanto a orthographia usual, com todas as suas contradicções, e como nessa orthographia mesma não ha fixidez, para evitar*

*duplicações, adoptei as graphias que me pareceram mais
seguidas, sendo possivel pela tabella de correspondencias
orthographicas, que vae no fim desta prefacção e da
etymologia, que o leitor escolha outra graphia que lhe
apraza*, etc. ».

Ora, como a orthographia chamada usual é tudo
quanto ha de mais arbitrario, para não dizer absurdo,
segue-se que o snr. Adolfo Coelho deixou o enfermo
como o encontrou, outorgando-lhe a liberdade de escolher o remedio que mais lhe aprouvesse, isto é, a liberdade de curar-se ou de acabar com a vida.

Quanto á pronúncia, continúa a referida « Prefacção » :
« Outro escolho em que vae bater o lexicologo. Não
temos um typo de pronúncia que seja geralmente considerado como o preferivel em todas as suas formas; a
linguagem dos doutos, dos litteratos diverge nesse poncto
bastante, de terra para terra, de individuo para individuo, e os proprios individuos representam em geral
pronúncias mixtas para que possa admittir-se a existencia de tal typo unitario ».

Á vista disto, que fez o auctor? Indicou por meio
dum alphabeto simplificado todas as lettras que *em geral* se pronunciam; e quanto ao accento tonico dos
vocabulos, ainda que nada nos diga a tal respeito, está-
se a vêr que o foi collocando em cada palavra de
accôrdo com o já referido e tão decantado uso.

Ora, como em orthoepia, mormente em relação aos
vocabulos de origem erudita, este uso é filho do capricho e do descuido, da mesma forma que a graphia,
segue-se que a balburdia graphica e prosodica no *Diccionario manual etymologico* devia ser grande, e de
facto o foi.

Percorramos rapidamente o livro e vejamos a prova,
começando por uma lista comparativa de vocabulos
congeneres e oriundos da mesmissima raiz :

1º Quanto á graphia :

rhythmopeia — onomatopea.
sulfurico — sulphydrico.

perichondro — hypocondrio.
cyanophano — chlorofano.

VOCABULARIO

canfora — campheno.
aphyllo — podophillo — distichophylo.
Deus — adeos.
hypothese — apotheze — parenthesis.
hyperbole — archiperbole.

confeccionar — confeção.
craniologico — craneo.
cryptophyto — lithophito.
lethifero — letal.
epicyclo — hemiciclo.
oinoleo — oenologia.
giro — dextrogyro.

2º Quanto á prosodia:

mýope — cercópe.
acotylédone — dicotyledóne.
andrógyno — monogýno.
aerólitho — otolítho.
rheóstato — aerostáto.
cyanóphano — allophána.
cystodynía — pleurodýnia.
cephalosômo — cystósomo.
methýlo — éthylo.
ampelíte — magnésite.
antístrophe — anastróphe.
atropína — cantharídina.
dysesthesía — anesthésia.
aphýllo — anisóphyllo.
aphóno — micróphono.
eutaxía — phyllotáxia.
cephalópodo — gasteropódo.
areostýlo — diástylo.
ethmóideo — lepidoidêo.
arrhízo — macrórhizo.
arteríola — areóla.
geognosía — astrognósia.
micropsía — parópsia.
callipedía — orthopédia.
anályse — catalýse.
methýlo — oxhýdrylo.
leucocythemía - cholihémia.

chyluría — anúria.
dídymo — cryptodidýmo.
ágamo — monogâmo.
macrúro — cynósuro.
orthópteros — hemiptéros.
paráphrase — metaphráse.
orthodoxía — heterodóxia.
homoplasía — heteroplásia.
hippódromo — homodrômo.
hydrocéle — orchiócele.
idiosyncrasía — eucrásia.
nevrôma — lípoma.
syngénese — metagenése.
ophtalmía — periophtálmia.
melómano — metromâno.
paródia — monodía.
microscopía — nauscópia.
diástase — hemostáse.
aphérese — dierése.
myopía — dysópia.
hemicíclo — epícyclo.
protótypo — homotýpo.
dyspepsía — eupépsia.
período — exódo.
democracía — ochlocrácia.
octogôno — pentágono.
séxtuplo — octúplo.

3º Quanto á analogia de formas:

cacochymía (s.) — cacochýlia (s.) [1].

---

[1] Ambos formados de subst. gregos em ος, com a desinencia *ia*.

acotylédone (*adj.*) — monocotyledónio (*adj.*) [1].
andrógyno (*adj.*) — hypogýnio (*adj.*) [2].
hypocondrio (*s.*) — perichondro (*s.*) [3].
aerólitho — anthracolíthe — arachneolítha [4].
amylêno (*s.*) — ethylêna (*s.*) [5].
oxygênio (*s.*) — hydrogêneo (*s.*) [6].
amórpho (*adj.*) — anthropomórphe (*adj.*) [7].
chrysálide — anthyllido — cantharida [8].
tetrápode — cephalópodo [9].
myríade (*s.*) — chilíada (*s.*)[10].

angiospérmo (*adj.*) — cryphiospérme (*adj.*) [11]
pentágono (*s.*) — heptagónio (*s.*) [12].
hematocéle (*s. m.*) — hydrocéle (*s. f.*) [13].
mydriase (*s.*) — lithiasis (*s.*) [14].
cycádeas (*s.*) — naiádias (*s.*) [15].
dinothério (*s.*) — anoplothéro (*s.*) [16].
náiade (*s.*) — drýada (*s.*) [17].
erythrodermo (*adj.*) — echinodérme (*adj.*) [18].
exogeno (*adj.*) — halogenio (*adj.*) [19].

Em uma palavra, vocabulos portuguezes, legitimos ermãos quanto á raiz e quanto á funcção, figuram no

---

1) Ambos derivados de κοτυληδών, ονος.
2)   »   »   » γυνή e adjectivos.
3)   »   »   » χόνδρος e substantivos.
4) Todos formados de λίθος e nomes de mineraes.
5) Ambos nomes de carbonetos de hydrogenio, cuja desinencia unica deve ser *enio*.
6) Ambos corpos simples, metalloides e derivados de γένος.
7) Ambos adjectivos derivados de μορφή.
8) Todos derivados de substantivos gregos em ις, ίδος da 3ª declinação, cuja desinencia é *ide* pelo accusativo latino *idem*.
9) Ambos formados de πούς, ποδός, á feição de τρίπους, οδος, em lat. *tripus, ŏdis*, cujo accusativo *tripŏdem* dá trípode.
10) Ambos derivados de subst. gregos em ἀς,άδος da 3ª declinação, e cuja desinencia é *ade* pelo acc. lat. *ādem*.
11) Ambos adj. derivados de σπέρμα.
12)   » subst.   »   » γωνία, e nomes de polygonos.
13) Ambos derivados de χήλη, nomes de tumores.
14) Ambos formados de subst. gregos em ασις, que passam para o portuguez em *ase*.
15) Ambos. nomes de familias de vegetaes, cujo suffixo é *eas*.
16) Ambos subst., nomes de fosseis animaes, e derivados de θηρίον.
17) No mesmo caso da nota —2—.
18) Ambos adj. formados de δέρμα.
19) Ambos adj. e derivados de γένος.

Diccionario manual etymologico disparatadamente escriptos e accentuados. Para não alongar demasiado a lista, baste junctar aos acima mencionados:

1.º os nomes em *éu*, que apparecem ora assim graphados como *judeu*, ora com a terminação *éo* como *chaldéo;*

2.º os verbos em *izar* e *isar*, aliaz formados todos com o mesmo suffixo *izar*, proveniente de *izare* latino e de ἴζειν grego;

3.º os nomes de familias zoologicas, cujas desinencias proprias ninguem poderá suspeitar, á vista da multiplicidade caprichosa de formas, que esta enumeração talvez não complete:

os *gadídas*, os *cyprínidas*, os *arachnídes*, os *probóscides*, os *helicidios*, os *leporídeos*, os *ménidos*, — o que quer dizer: para uma só classe de substantivos septe desinencias diversas, isto é, a dúvida e a confusão.

Finalmente, como entender que o mesmo lexicographo e erudito investigador de etymologias, que escreve e auctoriza: *catechismo, egual, exempto, extender* e *thio*, venha dar-nos: *batracios, cana, cativo, recinto, apoditico?*

Como explicar que o glottologo, conhecedor provecto do processo historico da formação da lingua, auctorize *aethrioscopio* (de αἰθρία, etc), quando sabe por *etiologia* (de αἰτία, etc.) que o diphthongo grego αι passa para *æ* em latim e para *e* longo em portuguez? Como justificar *oenanthico, oenologia, oenomel, oenometro* (derivados todos de οἶνος vinho), quando é corrente que o diphthongo grego οι se transmuta geralmente em *œ* latino e *e* longo portuguez, ex.: *economia, Phebo, amebeu, céu, Edipo, Enotria*, etc.?

Parece não admittir dúvida, á vista de taes anomalias, que o livro do snr. Adolfo Coelho não pode nem deve servir de guia na importante questão, que nos preoccupa. Podendo luctar contra a malsinada corrente, seu auctor preferiu deixar-se conduzir por ella, e pouco, bem pouco accrescentou de bom ao que Caldas Aulete construira. A vasta terminologia scientifica ficou pedindo o seu reformador.

— Em quinta edição, que se intitula « revista e muito augmentada », appareceu em 1895 o *Diccionario prosodico de Portugal e Brazil* por Antonio José de Carvalho e João de Deus, que a proposito de cada vocabulo portuguez nos offerece a sua prosodia figurada, e toda expressa, mediante certo número de signaes convencionados entre elles está a syllaba tonica impressa em redondo.

Os auctores deste livro, embora o digam enriquecido de mais de mil e quinhentos termos novos, fugiram á difficuldade omittindo grandissimo número de vocabulos de origem erudita, que actualmente fazem parte da lingua, e entre elles muitos derivados do grego, que constituem o objecto particular do nosso estudo.

No pouco que registaram, porêm, deixaram prova de que este problema da uniformização da lingua portugueza lhes não mereceu maiores desvelos.

Si auctorizam, por exemplo, graphia e prosodia uniformes para os derivados congeneres de λῆψις, θυμός, βαίνω, μαντεία, γάμος, γωνία, οὖρον, οὐρά, ὄψις, πάθος, φυτόν, αἴσθησις, στροφή, θέσις, αἵρεσις, λαλία, γνῶσις, κίνησις e alguns outros, não é menos certo que ainda são muitas as antinomias condemnaveis, que lhes podemos notar. Seguindo processo egual ao empregado para o livro do snr. Adolfo Coelho, estampemos trez listas comparativas, e o leitor decidirá, si taes incongruencias deviam ou devem manter-se na lingua.

1º Quanto á graphia :

oiuoleo — oenometro (1).	aerizar — individualisar.
cystotomia - acephalocistos.	dynamização - auctorisação.
aerolitho — chrysolito.	hemorrhagia - phleborragia.
rarefacção — satisfação.	septenario — setembro.
entozoarios — actinosoarios.	litterario — obliterar.
trézena — tres.	perichondro — hypocondrio.
prophetiza — poetisa.	satyro — satira.

---

(1) Aqui João de Deus commetteu o mesmo êrro de Ad. Coelho, conservando em portuguez um diphthongo *oe* (com som de *e*) que não temos.

VOCABULARIO

philanthropo — misantropo.
chlamyde — monochlamideas.
oxygenio — oximél.
gyroscopio — giro.
illacrymavel — lagrima.
glycerina — glucose.
peristylo — epistyllo.
catechumeno — catecismo.
chammejar — chamuscar.
calligraphia—kaleidoscopio

lithargyrio — hydrargirio.
perenne — solemne.
bocca — bocejar.
cholera — encolerisar.
judeu — hebreo.
ophthalmia — exophtalmia.
pentagramma — parallelogramo.
hemistichio — acrostico.
microphyllo — rhizophylo.

2º Quanto á prosodia :

acephalía — acránia.
achrômo — monóchromo.
brádypo — polýpo.
peristýlo — sýstylo.
rheóstato — aerostáto.
ortholexía — orthoépia.
pyrópo — amblýope.
amblyopía — dysŏpia.
aphasía — amnésia.
nosogenía — orogénia.
hippódromo — anadrômo.
tríglypho — anaglýpho.
mydríase — lithiáse.
períphrase — antiphráse.
pyohemía — ischémia.
heptándria — hexandría.

peristýlo — diástylo.
epíphyse — apophýse.
heteromórpho — homómorpho.
archétypo — estereotýpo.
catástase — diastáse.
autócrata — aristocráta.
orthopedía — gymnopédia.
período — electróde.
epítase — ectáse.
ampelídeas — estrychnéas.
estylóideo — ethmoidêu.
idiosyncrasía — eucrásia.
phyllotaxía — eutáxia.
pharyngóstomo—exostôma.
homoptóton — asýmptota.

3º Quanto á analogia de formas :

absinthina — petroline.
prasio — chrysopraso.
amphibolita — pyrite.
microcosmo - macrocosmos.
nevrilema — sarcoleuma.
diagramma (*m.*) — anagramma (*f.*).
hexándro — anándrio.

androgyno — epigyneo — hypogynio.
gymnospermo — angiosperma.
apatite (*m.*) — hematite (*f.*).
hexacordo — septicorde — heptacordio.

isopode — hippopodo — Dryade — Iliada.
antipoda — monopodio. esclerodermos — echinoder
microphyllo — aphylio. mes.
bronchocele (*f.*) — hydro- hypogastrio — epigastro.
cele (*m.*). hydrogeno (*adj.*) — haloge-
acotyledone — dicotyledo- nio (*adj.*).
neo — monocotyledonio. e assim por deante.

Quanto á desinencia ou ás desinencias proprias dos nomes de familias zoologicas, si não encontramos aqui septe differentes, como no livro de Ad. Coelho, ha sempre para contentar a muita gente nada menos de cinco, a saber :

idas (ex. escómbridas, gádidas); *ídas* (ex. erinacídas, percídas, proboscídas); *ideos* (ex. arachnídeos, bovídeos, equídeos, espinacídeos, leporídeos, mustelídeos, ramídeos, ursideos, viverrídeos); *idios* (ex. aphidios, helicídios, ophidios); *idos* (ex. anélidos). Isto, já se vê, sem contar as terminações *iano* e *ino*, que tambem occorrem.

No que respeita aos verbos em *izar* e *isar*, a mesma incerteza de seus antecessores, ainda que effectivamente predomine *isar* (das duas graphias a menos correcta).

Em conclusão : o *Diccionario prosodico* de Carvalho e João de Deus, não obstante sua louvavel tendencia (1) á graphia etymologica que applaudimos, deixou ainda de preencher esta lacuna, já por ser demasiado omisso em terminologia scientifica, já por não attenderem seus dignos auctores á necessidade de pôr ordem naquillo que o capricho anarchizou e continúa a anarchizar.

— Ao *Nôvo Diccionário da língua portuguésa*, publicado pelo douto snr. Candido de Figueiredo em 1899, não

---

(1) Dão prova disso os seguintes vocabulos colhidos á pressa :
Juncto, cincta, eschola, egual, hispanhol, exempção, exgottar, extender, extrangeiro, extranho, gotta, hervilha, peccado, prompto, registar, similhante, vacca, tractado.
Pena é que ainda se encontrem : idade, igreja, irmão, ponto, pratica, santo e alguns mais, que urge corrigir.

applicaremos o mesmo processo de analyse, porquanto teve este a precaução de prevenir ao leitor de que a sua missão de diccionarista o levára a reproduzir, taes quaes, *todas as formas que encontrára*, e portanto todas as variantes graphicas e prosodicas, que desgraçadamente abundam na lingua portugueza.

Sentimos profundamente divergir da opinião do citado glottologo, e deploramos que a ella se tivesse manietado tão laborioso e distincto escriptor.

Consulta diccionarios quem quer saber uma lingua, desde a significação exacta dos vocabulos até á sua origem, seu correcto modo de graphar e sua orthoepia. Como ha de o inexperto aprendiz orientar-se com segurança no meio dessa multiplicidade de variantes, filhas em grande parte do descuido e da ignorancia? Que criterio tem para decidir-se por esta ou por aquella forma?

Exemplifiquemos. A palavra « orphão » apparece com quatro graphias diversas: *orphão, orfão, orpham* e *orfam*. « Macropode », com outras quatro: *macrópode, macrópodo, macrópio* e *macropódio*. « Ditrocheu » tem, alem desta, mais duas variantes: *ditrochéo* e *ditroqueu*. Da mesma sorte encontram-se: *criolo, crioilo* e *crioulo; monotréme, monotrémo* e *monótremo; ceco, cecum* e *cego*, e assim por deante.

Qual destas formas deve ser acceita e seguida? Todas, é claro que não. A que o diccionarista parece collocar em primeira plana, dando a proposito della a definição ou o significado do vocabulo? Mas esta preferencia, diz o auctor, teve por unico fundamento o *uso mais geral*, e « *a orthographia usual reduz-se á orthographia de cada um, o que dá em resultado cem ou duzentas orthographias differentes* » (*Conversação preliminar*, pg. XIV); logo, esse uso não é criterio digno de consideração nem auctoriza preferencias, segundo o parecer do proprio snr. C. de Figueiredo. A conclusão obrigada é que o *Nôvo Diccionário* não habilita o aprendiz a escrever e a pronunciar com acêrto a lingua portugueza; forçosamente é posto de lado, e o estudioso vae buscar em outra fonte elementos mais seguros de instrucção.

Supponhamos, porêm, que tivesse grande valor em

todos os casos o decantado *uso mais geral*. Seria preciso apura-lo de modo positivo, e quanto isso é difficil se demonstra com alguns exemplos:

O snr. C. de Figueiredo regista como formas mais geralmente usadas: *arthrópodo, cephalópodo, gastrópodo* e muitos congeneres derivados de ποῦς, ποδός *pé; hydrócele* e muitos outros (1) compostos de χήλη *tumor, hernia; triandría, tetrandría, pentandría, hexandría* e, egualmente paroxytonos (2), todos os derivados de ἀνήρ, ἀνδρός que designam classes do systema vegetal de Linneu; *hemophília* (3) (comp. de αἶμα e φίλος); *pleurodynía* (aliaz muito certo e bem accentuado); *paracéntese* (derivado e cópia genuina do gr. παρακέντησις, que tem a penultima essencialmente longa); *Geodesía, aeróstato* e *pólypo* (todos trez a nosso vêr mui correctamente accentuados).

Pois bem; podemos assegurar-lhe que no Brasil, onde 18 milhões de habitantes fallam portuguez, e nos circulos, onde taes vocabulos de origem erudita se empregam, o *uso mais geral*, posto que ás vezes incorrecto, é inteiramente outro. Aqui é corrente dizer-se: *cephalópode, hydrocéle, pentándria, hemophilía, paracentése* (todos certos), da mesma forma que *pleurodýnia, Geodésia, aerostáto* e *polýpo* (que consideramos prosodia incorrecta e carecedora de reforma).

Consequencia logica: o que o illustrado auctor do *Nôvo Diccionário* intitula « uso mais geral » de facto o não é. Levantar portanto edificio sôbre similhante base falsa, hão de todos convir, é trabalho vão e contraproducente.

No *Posfacio* de sua obra o snr. C. de Figueiredo diz com muito criterio, que « a lexicographia, quando estribada em factos inconcussos, não perdoa ao diccionarista que elle registe os phenomenos de uma lingua, sem

---

(1) Não dizemos todos, porque lhe escapou *liparocéle*, que destoa do resto, e por isso mesmo está certo.

(2) E' digno de nota que fazendo o auctor paroxytonos os derivados de ἀνήρ, ἀνδρός, registou como proparoxytonos todos os nomes das outras classes linneanas e do systema de Jussieu derivados de γυνή, κάλυξ e πέταλον, como *dodecagynia, epipetália, epicalícia*, etc.

(3) Em flagrante contradicção com o subst. congenere — *necrophilia*.

corrigir os que a mesma sciencia condemna e sem protestar contra os factos que são abusivos ou meramente explicados pela rotina » A' luz deste princípio muito são, observa que a « rigorosa pronúncia, ordenada pela sciencia e justificada pela quantidade phonetica das vogaes », manda dizer *nigromancía, homophôno, quadrúmano, aerólitho*, etc., sto é, exactamente o contrário do que se vê auctorizado no corpo do *Nôvo Diccionário*. Porque então não applicou rasgadamente o princípio, maxime confessando o auctor que julga possivel o restabelecimento da verdadeira prosodia, sobretudo quanto aos termos que ainda não são do dominio popular?

Quanto aos vocabulos puramente scientificos, que só os especialistas conhecem (e muitissimos delles agora inseridos pela primeira vez em diccionario portuguez), é para sentir-se que varios appareçam accentuados em flagrante desaccôrdo com as quantidades phoneticas das vogaes das raizes gregas, como por ex. : *camelornítho, centrolópho, cephalósomo, chilognáthos, cýpero, isolépis, ectopógono, macróchiro, nomothéto*, etc.,etc.

Demais occorrem neste particular antinomias, que mal se justificam, v. gratia :

> *plethóra* e *nephropléthora.*
> *eucéro* e *eurýcero.*
> *aphyllo* e *bryophillo.*
> *calligraphia* e *calophyllo.*
> *anoplóthero* e *leptotério.*
> *cenantho* e *amphanto.*
> *anisostémone* e *cryptostémono.*
> *hypogêu* e *epígeo*, etc.

Chegamos pois a esta conclusão : o snr. C. de Figueiredo, que tão relevante serviço prestou á lingua portugueza, énriquecendo o seu lexico com muitos milhares de vocabulos, colhidos da linguagem popular provinciana, do archipelago açoreano e das possessões ultramarinas, — que tão honroso agasalho deu a mais de seis mil brasileirismos, — que copiosamente transplantou a technologia scientifica bebida nas fontes mais modernas e acreditadas, não se quiz dar ao trabalho meritorio de revêr, e reformar onde fosse preciso, o vocabulario de origem erudita. Não lhe faltava de certo competencia para isso; mas preferiu o registo fiel dos erros e das incongruencias, levado por uma concepção, que julgamos falsa, do papel de diccionarista, ou quem sabe si ainda pelo intuito de descarnar as difficuldades da orthographia etymologica, a que é adverso, como declara em sua *Conversação preliminar*.

Em suas excellentes « Lições práticas da língua portuguêsa » (vol. III. *Lisboa*, 1900), o mesmo snr. C. de Figueiredo dedicou um largo capítulo á questão orthographica, e ahi accentuou ainda uma vez a sua condemnação dos digrammas *ch*, *ph*, *th*, assim como da lettra *y*, que julga inuteis e *apenas* toleraveis no estado actual da linguagem portugueza.

Como, porêm, pode tão douto philologo classificar de inuteis lettras e grupos de lettras, que têm o singular predicado de exclarecer a significação dos vocabulos?

E, si o seu ideal de simplificação orthographica vae ao poncto de desconhecer esta enorme vantagem, como explicar que quebre lanças (com muita razão aliaz) pelo emprêgo do *s* e do *z* intervocalicos segundo os dictames da etymologia?

A contradicção é manifesta. Si são erros as graphias: *meza*, *caza*, *rizo*, *espoza*, *fasêr*, *rasão*, *amisade* e outras deste jaez, tambem o são e pelos mesmos fundamentos estoutras: *filosofo*, *teocracia*, *abismo*, *ipotese*, *ipodromio*, *armonia*, *tisica*, *lira*, *emorroides*, *ipogrifo*, *fotografo*, etc., etc.

E' a etymologia quem condemna todos esses modos de escrever, já hoje ininteligiveis e abstrusos.

— A' vista do que vae explanado, parece inconcusso que ainda hoje se faz mister um livro, onde similhante materia seja tractada convenientemente; por isso abalançámo-nos a concluir e retocar este *Vocabulario*, cujo esbôço ha muitos annos foi offerecido á attenção e ao exame dos nossos distinctos collegas do Instituto dos Bachareis em Lettras.

Multiplas occupações inherentes aos cargos publicos e ás funcções de magisterio, que ininterruptamente neste largo periodo exercemos, impediram-nos de continuar a obra então encetada com o calor da mocidade.

Parece todavia que ella não perdeu com isso, já porque o tempo e novos estudos nos corrigiram certo exaggêro de doutrina, já porque no decurso destes annos a terminologia scientifica cresceu extraordinariamente.

Agora sobrou-nos um pouco de tempo para revêr o empoeirado manuscripto; desbastámo-lo de algumas demasias excusadas, enriquecemos o vocabulario com alguns milhares de termos novos reclamados pelo progresso das sciencias, démos-lhe a feição concisa indispensavel em obras de tal natureza, e aqui o trazemos finalmente á presença do público lettrado.

Que os homens de sciencia, todos quantos fallam e escrevem portuguez, e particularmente os jovens estudiosos precisam delle, não ha duvidar. Tempo é de pôr termo ao arbitrio prosodico e orthographico da nossa lingua; tempo é de fixar-se de vez a melhor forma, com que devem entrar nos nossos diccionarios estes muitissimos vocabulos novos destinados a representar objectos, apparelhos, ideas tambem novas — fructos de descobrimentos e investigações recentes.

Que systema serviu de base á composição deste *Vocabulario*? Em materia de orthographia, rejeitamos o systema phonetico, por duas razões capitaes, que ainda não vimos refutadas vantajosamente pelos partidarios delle: 1ª Não sôam do mesmo modo as palavras portuguezas em todos os logares de Portugal e do Brasil, e, ainda circunscrevendo-nos aos limites da nossa patria, bem sabido é que nos diversos Estados da Republica diverge muito o pronunciar dos mesmos vocabulos. Onde acaba o uso chamado geral, e onde começa o capricho individual? — 2ª É immensamente preferivel que, de envolta com os characteres e por meio de sua devida escolha e collocação, a palavra escripta traga em si, sempre que fôr possivel, os nobres signaes de sua origem e a representação de elementos, que ao primeiro lancear d'olhos despertem no leitor a idea do que ella significa.

Escrevei *oniciente* e *ipojeu*, e estas palavras nada, absolutamente nada vos dirão. Vêde-as, porêm, graphadas como convem: *omnisciente* e *hypogeu*, e encontrareis em ambas desde logo estereotypados os elementos, que revelam a sua significação, o seu valor.

Os prefixos gregos ἵππο e ὑπό passariam indistinctamente para *ipo* em portuguez no systema phonetico, e todavia elles accrescentam ideas muito diversas ás palavras derivadas; o mesmo em relação a δίς e δύς, aos radicaes φίλος e φύλλον, ὁδός e ὠδή, λίθος e λυτός, πόλις e πολύς, κύων e κινέω, τέκνον e τέχνη, Κρόνος e χρόνος, κέρας e κηρός, μῦς e μείων, τέρμα e θέρμη, ἔτος e ἦθος, στενός e σθένος, κριός e κρύος, e assim por deante.

A graphia phonetica de taes vocabulos, confundindo-os de todo, torna-los-hia as mais das vezes inintelligiveis aos olhos do leitor, induzindo-o a êrro a cada passo.

E o que se dá com as palavras compostas desses prefixos e elementos gregos radicaes, dá-se egualmente com um sem-número de outros vocabulos portuguezes homophonos, que só o graphar distingue, ex.: *acto* e *ato*, *facto* e *fato*, *cede* e *sede*, *cella* e *sella*, *cervo* e *servo*, *ora* e *hora*, *eça* e *essa*, *cesta* e *sexta*, *pena* e *penna*, *concelho* e *conselho*, *vale* e *valle*, *laço* e *lasso*, *caça* e *cassa*, *cerra* e *serra*, *poço* e *posso*, *ano* e *anno*, *cessão* e *sessão*, *accento* e *assento*, *analysta* e *annalista*, *annular* e *annullar*, *apreça* e *apressa*, *area* e *aria*, *atestar* e *attestar*, *bucho* e *buxo*, *cegar* e *segar*, *celleiro* e *selleiro*, *cem* e *sem*, *cento* e *sento*, *censo* e *senso*, *cereo* e *serio*, *condeça* e *condessa*, *coser* e *cozer*, *incerto* e *inserto*, *mole* e *molle*, *paço* e *passo*, *sumo* e *summo*, etc., etc.

Contra a graphia phonetica ha ainda outra consideração de grande pêso, e é que o portuguez se não deve divorciar acinte das linguas cultas, muitas dellas suas legitimas ermãs, que conservaram respeitosamente as lettras dos radicaes latinos. Sirvam de exemplo as palavras *agir*, *virgem* e *imagem*, citadas com muito proposito por um « velho pedagogo » em publicações recentes. A estes, como a outros muitos vocabulos, a substituição do *g* pelo *j* daria feição inintelligivel e extranha.

O eruditissimo snr. Gonçalves Vianna, auctor da « Ortografia Nacional », apezar de todo o seu engenho e saber, não conseguiu demover-nos desta convicção, e parece que ainda em Portugal não logrou sectarios bastantes para cantar victoria com a sua graphia phonetica ligada a processos scientificos.

Objectam sempre os adeptos do phonetismo, que para escrever-se correctamente a lingua portugueza se fará mister ser latinista ou versado em lingua grega, desde que se prefira tomar a etymologia por base do systema orthographico.

Nenhum fundamento tem similhante argumentação: quatro quintos dos Portuguezes e Brasileiros escrevem *elle, homem, hora, cavallaria, atheu, theatro* e mil outros vocabulos com toda a correcção etymologica, sem terem a menor sciencia da razão por que o fazem; escrevem com acêrto, porque assim se lhes ensinou e assim víram constantemente graphado. Nem de diccionario já carecem para evitar o êrro.

O phonetismo é de mais a mais um retrocesso á infancia da lingua sob pretexto de a simplificar. O facto inconcusso, demonstrado pelos documentos, é que o velho portuguez, filho do latim barbaro da edade média e abastardado pelos povos ignorantes daquella epocha, puliu-se na mão dos eruditos e gradualmente caminhou para os moldes da graphia etymologica.

Ninguem escreve nem diz mais: *valeroso, fermoso, malencolia, calidade, rezão, sustancia, vespora, sogeitos, sembrante, simpreza, pranta, contia, termentina*, e tantas outras palavras, que os melhores escriptores antigos empregaram.

No princípio do seculo xix dous ousados neographos duvidavam ainda da introducção do *ph* e do *ch* no graphar dos vocabulos derivados do grego, porque então se escreviam ainda com *f* e *qu* quasi todos elles. Pois bem, a reforma no sentido etymologico vingou; hoje é corrente a graphia — *propheta, archiduque, philosophia, christão, chimera, chimica, physica*, etc.

Indubitavelmente a lingua portugueza progrediu neste particular, e voltar ao phonetismo seria condemnar e destruir a evolução natural e intelligente dum organismo, que se aperfeiçoou.

Já em 1815 o grande Filinto Elysio escrevia: « Si me objectam, que é obrigar todo o povo a saber latim, para bem escrever em portuguez, direi que tiram, de mui agudos ou de mal intencionados, ruim conclusão de genuino asserto. Sigam os doutos a etymologia latina e dêem-se as mãos para proscrever toda e qualquer outra; e de seus escriptos em portuguez apprenderá o povo a bem orthographar sem que seja obrigado a apprender latim. »

Nem chamem a isto « velharias de Filinto »; com ellas concorda perfeitamente o estrenuo advogado da orthographia phonetica, o muito illustre snr. Candido de Figueiredo. São do moderno philologo portuguez estas palavras, quando defende calorosamente e com muita razão a manutenção do *s* intervocalico:

« A maior parte da gente nunca saberá porque escreve *estudo*, e não *istudo*; mas escreve-o, porque os mestres e os diccionarios assim os mandam; e, si as mesmas auctoridades mandam que se escreva *rosa*, *casa*, *mesa*, *fuso*, — porque os mestres não têm dúvidas a tal respeito, — claro é que o povo tem á sua disposição os elementos indispensaveis para escrever portuguez ás direitas, sem despojar o *s* das funcções que lhe competem *par droit de naissance*... (1). »

E mais adeante, á pg. 180 do mesmo livro:

« A vantagem dessa eliminação (do *s* intervocalico) para os escribas que hesitam e não sabem onde hão de pintar *z*, ou pintar *s*, prova demais, e portanto não prova nada. Elles tambem não sabem, por exemplo, si devem escrever *fâmolo*, como escrevem *damo-lo*. E, contudo, nenhum reformador, para lisonjear e coadjuvar ignorantes, nos virá dizer que podemos escrever *fâmolo*, em vez de *fâmulo*. A IGNORANCIA PODE DESCULPAR-SE, O DISPARATE NUNCA SE DEFENDE, SI O CONHECEMOS ».

Muito bem dicto. Só é para lastimar-se que tão boas razões não influissem no espirito do laborioso e doutissimo snr. C. de Figueiredo para demovê-lo da sua injusta e acirrada guerra ás consoantes geminadas e aos grupos *ph*, *th*, *rh*, *ch* (=*k*).

O que é indispensavel, portanto, é que homens competentes se abalancem á composição do vocabulario

---

(1) A Ortografia no Brasil. *Lisboa*, 1908. Pgs. 142-143.

portuguez, fixando definitivamente com a sua grande auctoridade a mais conveniente orthographia e prosodia; feito isto, desde que os livros e as gazetas tiverem abraçado a causa da reforma, alguns annos bastarão para que todos machinalmente escrevam e pronunciem correcta e uniformemente a sua lingua.

Assente que a etymologia é o principal fundamento, em que se pode basear o systema, ergue-se outra dúvida, que tem sido quiçá o maior obstaculo para esta obra regeneradora; até onde se respeitará a etymologia? Terá ella imperio soberano ainda sôbre os vocabulos populares, que no uso constante e muitas vezes secular perderam ou modificaram definitivamente alguns dos seus elementos?

Longe estamos de negar o valor desta questão. E'ardua, e tão ardua que deante della hesitaram até hoje os melhores espiritos. Si em these sustentar as excellencias da orthographia etymologica é facil, na práctica, deante dos casos particulares concretos, o embaraço é por vezes enormissimo.

Offerecem-se duas soluções: ou respeitar fielmente a etymologia, quando ella se não oppõe ao soar do vocabulo, — ou pactuar com as alterações produzidas pelo uso universal, reservando o rigor etymologico para os vocabulos de origem erudita, que ainda se não deformaram.

A primeira foi defendida e abraçada pelo erudito José Feliciano de Castilho, e parece á primeira vista mais logica, visto que um systema reclama base firme e invariavel para produzir seus effeitos harmonicos. Mas que resultados daria na práctica?

O auctor do presente livro confessa que no verdor dos annos foi partidario della, affrontando sem temor exaggeros e julgando possivel a realização desse ideal. A reflexão, porêm, e os estudos de glottica comparada induziram-no a mudar de parecer.

De facto uma lingua é organismo que se altera no decurso do tempo e á mercê desse factor poderosissimo, que se chama o uso popular. Reagir abertamente e em todas as circumstancias contra elle equivale a protestar contra os factos consummados da Historia : o protesto some-se na onda dos acontecimentos, e estes seguem imperturbaveis a sua marcha, porque não é a vontade de um homem que lhes pode dictar a lei.

Para que o systema etymologico pudesse ser rigorosamente applicado á graphia de todos os vocabulos, fôra mister que a lingua se fizesse desde o seu berço no gabinete dos sabios. Não são elles só; é principalmente o povo quem a faz.

Ora no uso contínuo da linguagem, como os seixos perdem no embate das aguas as arestas, algumas palavras perderam positivamente varios dos elementos, que lhes deram origem; tentar restabelecê-los a todo o transe é pois contrariar de face a propria natureza, e ninguem tem fôrça bastante para o conseguir.

O exaggerado etymologismo conduziria a escrever *haghora* (de hac hora), *comptar* (de computare), *charta* (de charta, lat. e χάρτης gr.), *domno* e *domna* (de dominus e domina), *nunqua* (de nunquam), *chorda* (de chorda), e muitas outras palavras communs por forma egualmente singular.

E' fôrça convir que isso não seria exequivel nem razoavel. Em todas as linguas neo-latinas, e obedecendo a leis que a glottica já determinou, deu-se a mesma quéda de vogaes, consoantes e até syllabas inteiras; o uso universal consagrou similhantes transformações, que é indispensavel respeitar: respeitemo-las.

Mas onde não ha o uso universal, onde é licito escolher entre duas formas ou duas graphias, assim como em todos os vocabulos de origem erudita de que o povo se não apossou, de que se não serve diariamente e que até mal conhece, — em taes casos a etymologia da palavra pode e deve ser a norma da orthographia e da prosodia, porque é a unica base segura.

Ainda aqui fazemos entretanto uma restricção; é a que procede das leis de analogia, que nos parecem dignas da maior consideração na contextura duma lingua, não só para fazê-la um corpo uniforme como para facilitar razoavelmente a doutos e indoutos a correcção graphica e prosodica.

— Vem de molde alludir á reforma orthographica

approvada em Agosto de 1907 pela Academia Brasileira de Lettras, e tão justamente criticada nestes ultimos tempos por escriptores de reconhecido valor.

Posta de parte a questão da competencia de um pequeno número de litteratos brasileiros, que alli pretenderam legislar de modo radical sôbre assumpto tão grave e tão controverso (embora reconheçamos em alguns delles mestres e bons sabedores da lingua), referir-nos-hemos simplesmente ás regras acceitas pela douta corporação.

Com o pretexto de simplificar a orthographia portugueza, ella adoptou e preconiza preceitos, — alguns em verdade acceitaveis e dignos de approvação, — mas outros arbitrarios, contraproducentes, illogicos, e que só podem gerar a deformação ridicula da nossa formosa lingua.

Entre estes ultimos figuram :

— a eliminação absoluta da lettra *k*;
— a suppressão do *y*, com excepção dos nomes tupis;
— a eliminação do *h* mediano;
— a substituição dos grupos *ch* (com som de *c* forte), *ph* e *th* pelas lettras *c* ou *qu*, *f* e *t*;
— a suppressão de todas as consoantes geminadas, excepto os *rr*, os *ss*, e os *ll* nos pronomes pessoaes e seus derivados;
— a eliminação de toda consoante que não tenha valor na pronúncia;
— a substituição, por *z*, da lettra *s* quando esta tiver entre vogaes o som daquella;
— finalmente, a eliminação do uso do *g* com som de *j* no meio das palavras.

Para demonstrar a sem razão e os gravissimos defeitos de similhantes regras, muitos e valiosos argumentos se offerecem e têm sido já expendidos por habeis criticos.

Limitemo-nos a alguns :

1.º a lettra *k* de facto deve ser banida de muitos vocabulos portuguezes, em que o descuido dos doutos a introduziu, como — *kaleidoscópio, kelotomia, keratite* (e outros derivados de κέρας), *kiastro, caryokinese*, etc ;.

nelles a substituição pelo *c* é naturalissima e obrigatoria, de accôrdo com as regras communs de derivação. Mas em *kilogramma, kilolitro, kilometro* e *kyries* é rozoavel a substituição do *k*, quando esses vocabulos são de emprêgo mundial? Si symbolizassemos as trez primeiras, que pertencem ao systema metrico, por esta forma *Qgr., Ql.* e *Qm*, quem nos comprehenderia?

Não se vê que inconveniente possa haver em conservar-lhes o *k* inicial, quando quasi todas as linguas cultas acceitam o graphar (erroneo embora) proposto pelos organizadores do systema metrico.

2.º A suppressão do *y*, nas palavras derivadas do grego, como já ficou dicto, traria a confusão de um sem número de raizes, cujo exacto graphar denuncía *a prima facie* a significação do vocabulo. Ora, interpretar o valor da palavra, comprehender-lhe a expressão pelo simples conhecimento dos radicaes ou dos affixos, é uma enorme vantagem, que não pode nem deve ser preterida pela mera preoccupação de facilitar a orthographia.

Mas a sem-razão da preconizada reforma cresce de poncto, mandando conservar o *y* nos vocabulos oriundos da lingua tupi. Porquê? Essa lettra, que tem na nossa lingua o mesmo som do *i*, corresponde exclusivamente ao ypsilo grego (υ); portanto só deve apparecer nas palavras de origem hellenica e, por concessão, nos nomes proprios de linguas extrangeiras que a conservaram, como Plymouth, York, Albany, Tournay, Nancy, etc.

3.º A eliminação do *h* mediano, quando aliaz elle é mantido no começo das palavras, é outra antinomia que se não justifica.

Essa regra traria como consequencia escrever-se: *inabil, inabitavel, inumano*, etc., ao lado de *habil, habitavel, humano*, etc. E'tudo quanto ha de mais illogico.

4.º A substituição dos grupos *ch, ph* e *th* pelas lettras *c* ou *qu, f* e *t*, tem contra si os mesmos argumentos adduzidos em favor do *y*. Eliminá-los da graphia portugueza equivaleria a privar um grande número de palavras dos preciosos e instructivos indicios de sua significação. O uso delles já se generalizou por tal forma, que ainda sem conhecimento algum da lingua grega, quasi todos os empregam com acêrto. Si erros e dúvidas apparecem neste particular, é porque não temos diccionario auctorizado e perfeito, é porque nos falta a *fixação da boa orthographia.*

5.º A suppressão das consoantes geminadas, com excepção dos *rr,* dos *ss,* e dos *ll* nos pronomes pessoaes, é outro preceito injustificavel. Si o *s* entre vogaes nunca deve ter o som de *z* (segundo a alludida reforma academica), porque exceptuar os *ss?* Si os *ll* não têm som diverso do *l,* porque mantê-los nos pronomes pessoaes? Ninguem lhe comprehende a razão.

Demais, essas consoantes geminadas não só indicam muitas vezes que deve ser aberto o som da vogal precedente, o que é de incontestavel valor, como representam frequentemente a assimilação da consoante de um prefixo essencial para a intelligencia do vocabulo. Ambos estes argumentos militam fortemente pela sua manutenção na escripta.

6.º A eliminação de toda consoante, que não tenha valor na pronúncia, seria de applicação impossivel e desastrosa: impossivel, porque na pronúncia dos grupos *cç, gm, mn, ct, pt* e outros varia enormemente no Brasil e em Portugal o uso dos proprios doutos; desastrosa, porque ella acarretaria casos como este — escrever *inseto* e *insectivoro, atualidade* e *actuar, ação* e *accionar, exceção* e *concepção, Egito* ao lado de *egiptólogo* e *egipcio, sete* e *septuagesimo,* etc., etc.

7.º A substituição, por *z,* da lettra *s* quando esta tiver entre vogaes o som daquella, teria alem dos mais os mesmos inconvenientes da regra precedente, isto é, obrigaria a graphar de modo diverso vocabulos cognatos, estreitamente ligados entre si pela communhão de origem; por exemplo: *consistir* e *rezistir, solução* e *rezolução, consumir* e *rezumir, conservar* e *rezervar,* e muitos outros.

8.º Finalmente, a eliminação do uso do *g* com som de *j* no meio das palavras daria logar á mesma balburdia graphica: *gestão* e *dijestão, gerir* e *dijerir, genese* e *conjenito,* etc.

Em summa, está dizendo a boa razão que os inconvenientes da adopção de similhantes preceitos seriam muito mais graves do que a apparente inutilidade de algumas lettras, que o uso dos doutos conservou em vocabulos portuguezes, não obstante haverem ellas perdido o seu valor na pronúncia. Si por este lado perderam taes lettras algo de sua importancia; si é verdade que várias dellas caïram de todo e desappareceram na formação de certas palavras portuguezas usuaes, — por outro lado as que o uso manteve prestam grande serviço, já na distincção dos homophonos, já e sobretudo no que respeita á significação dos vocabulos.

Da referida reforma orthographica não applaudimos sinão as regras que ella consigna quanto á uniformização das terminações *au, eu* e *iu, am* e *ão, an* e *ã, az, ez, iz, oz,* e *uz*, assim como quanto ao abandôno do signal da synalepha nas contracções *deste, desta, disto, neste, nesta, nisto, nelle* e *nella, daquelle, daquella* e *daquillo, estoutro* e *estoutra, essoutro* e *essoutra, aquelloutro* e *aquelloutra*.

No mais, estamos persuadidos, a tentativa da illustre Academia encontrará a repulsa da maior parte dos que prezam a nossa lingua, e só poderá contribuir para augmentar-lhe a confusão, a irregularidade e a incerteza. A proposta simplificação, em vez de alliviar, como pretende, o trabalho das gerações que nascem, complicar-lhes-ha o problema. Linguas cultas ha de orthographia abstrusa (como a ingleza, entre outras), que nunca julgaram necessario similhante processo para facilitar ás crianças o conhecimento della.

Carecemos, sim, de uniformidade, de alguma systematização, de fixação orthographica, — mas á luz de doutrinas sãs, e tudo isso feito ponderadamente, de forma que se não substitua á variedade discrecionaria de hoje cousa mais condemnavel ainda : o regresso a um escrever barbaro e inintelligivel, que só aproveita a ignorantes e desidiosos.

Em nosso humilde parecer, feitos alguns retoques ao modo usual de graphar os radicaes, e enquanto um corpo de linguistas se não incumbe da organização definitiva de um Vocabulario completo, as principaes modificações que consideramos urgentes e razoaveis na orthographia portugueza dizem respeito mais particularmente ás terminações dos vocabulos.

Exemplifiquemos :

1.º É certo que, estudada a origem da terminação *ez*, *eza* dos nomes de povos, seria mais conforme ao rigor etymologico escrevê-la *és*, *ésa* (como faz o snr. C. de Figueiredo); pela mesma razão se devêra graphar *tres* e não *trez*. Mas, sendo regra em nossa lingua que as palavras acabadas em *z* sejam agudas, e graves ou esdruxulas as que terminam em *s*, o povo escreve sempre — inglez, francez, bolonhez, etc. — para se não dar ao trabalho de indicar a tonicidade do *é* por meio dum accento. Ora essa regra é eminentemente práctica e não permitte êrro graphico nem prosodico, tendo a vantagem de dispensar o accento. E' conveniente pois mantê-la, em que pese aos rigoristas etymologicos, devendo estabelecer-se como preceito invariavel a graphia *ez* final, sempre que o *e* fôr oxytono e em todos os monosyllabos substantivos ou adjectivos. O mesmo diremos quanto ás palavras acabadas em *az*, *iz*, *oz* e *uz*, embora a etymologia reclame para algumas o *s*, como em *aliaz*, *apoz*, *puz*, *póz* e seus compostos. Exceptue-se apenas a 2ª pessoa do singular do futuro dos verbos, em que o *s* é obrigatorio, e o plural dos nomes em *á*, *é*, *í ó* e *ú* que devem todos acabar em *ás*, *és*, *ís*, *ós* e *ús* de accôrdo com a regra geral da formação dos pluraes.

2.º Convindo similhantemente discriminar a prosodia pela simples graphia dos vocabulos acabados em *eo* e *eu*, preceitue-se que esta última terminação seja dada a todas as palavras oxytonas, como *trocheu*, *choreu*, *espondeu*, *atheu*, *Atheneu*, etc., reservando-se *eo* para todas as proparoxytonas, como — *espontaneo*, *cetaceo*, etc.

Umas e outras procedem egualmente do accusativo latino em *um*, não ha dúvida, e em rigor deveriam graphar-se uniformemente com *eo* e *éo;* mas a vantagem de dispensar o accento e de guiar a prosodia de modo seguro sobrepuja qualquer outra consideração.

3.º Ha desinencias, que são peculiares a certas classes de vocabulos, como *ico*, *oso* e *hydrico* para acidos, *ato*, *ito* e *hydrato* para saes, *eto* para saes haloides, *enio* para carbonetos de hydrogenio, *ylio* para radicaes chimicos, *ina* para alcaloides, principios activos e materias corantes. Pois bem, não haja excepção e graphem-se todos com taes terminações, que foram as mais acceitas pelos especialistas, embora nem todas correspondam á forma regular de derivação. Ganha a lingua com similhante uniformidade.

4.º O mesmo se deve dizer e fazer quanto aos nomes de especies mineraes acabados em *íto*, aos de fosseis em *ites*, aos de ordens botanicas em *áceas* e de familias ou tribus em *íneas* e *ídeas*, aos de molestias inflammatorias em *ite*, aos de tumores em *ôma*. Alguma destas terminações não obedece rigorosamente á regra, mas é preferivel mantê-la sem quebra a innovar formas, que difficilmente romperiam o que está por toda parte acceito.

5.º Finalmente, estabeleçamos como princípio prosodico que a quantidade da raiz grega ou latina determina a syllaba tonica no vocabulo portuguez; mas tambem se não deve levar esta regra ao poncto de reformar uma familia inteira de palavras, que por infeliz inadvertencia se pronunciaram sempre, e todas ellas, menos correctamente. E'o caso dos derivados de γωνία, que deveriam ser paroxytonos : *pentagôno, hexagôno, polygôno*, etc., mas que sem excepção se accentuam *todos* na antepenultima, e assim devem ficar.

Si todavia em uma familia de vocabulos vindos da mesma raiz e perfeitamente congeneres, algum ha que se pronuncie de accôrdo com a quantidade etymologica e outros não, é mister que estes se modelem por aquelle; é o caso de *myópe*, que não deve permanecer esdruxulo, como por ahi se pronuncia, quando *cyclópe* e outros derivados de ὤψ, ὠπός lhe estão indicando a genuina prosodia.

— Dir-se-ha que, attentas estas concessões, adoptamos o eclectismo e não o etymologismo como norma de proceder, e talvez não falte quem nos increpe ou de ceder muito ou de não ceder bastante ás exigencias do uso.

Quanto ao eclectismo, de accôrdo. No terreno práctico, o absoluto rigor etymologico levar-nos-hia a conclusões tão singulares e irrisorias como o proprio phonetismo.

Estamos hoje convictos de que, com o primeiro, não conseguiriamos contribuir para a obra de uniformização definitiva do lexico portuguez, que é necessidade inadiavel. Tractando-se duma lingua fallada e escripta por muitos milhões de homens, a missão do lexicographo não pode ser sinão corrigir as corruptelas e os vicios, regularizar o que por incuria se escreve ou pronuncia incongruentemente, retocar em summa e adaptar a moldes acceitaveis, não reconstruir. Conseguintemente só a custo de concessões se attingirá o escopo desejado.

Seria possivel hoje restituir á sua prosodia etymologica as palavras — *idea, anecdota, oceano, erysipela, allopatha, omoplata, orgia, esqueleto*, e outras desta natureza, que segundo a quantidade grega deveriam ser proparoxytonas?

Seria possivel hoje corrigir a graphia incorrecta dos vocabulos *kilogramma, kilometro, kilolitro* (que inadvertidamente se copiou do francez), embora saibamos que deveriam elles escrever-se com *ch* em vez de *k*, visto que o χ de χίλιοι se transmuta sempre em *ch* ?

O eclectismo conseguintemente impõe-se.

Quanto, porêm, ao limite das concessões, nem nos parece que elle deva ir mais longe, nem que possamos restringí-lo com esperança de exito. Em todo caso, é este o poncto em que o saber dos doutos e a crítica sensata dos bons cultores da lingua poderão servir de muito para corrigir os sinões do livro, que hoje trazemos a público.

No que respeita á significação das palavras registadas no presente « Vocabulario », é mister consignarmos que não raro se acharão transcriptas aqui as definições de obras classicas e de outros diccionaristas. Releve-se-nos a falta de citação dos respectivos auctores. Por vezes entretanto modificamo-las de accôrdo com fonte mais segura de informações, corrigindo lapsos que se transmittiram de diccionario a diccionario.

Esta parte da obra será susceptivel de ampliações e até as exigirá, quando se quizer dar aos vocabulos todas as accepções em que são usados, desde a significação primitiva até ás mais translatas. Isso, porêm, é obra de um diccionario completo da lingua, e nós não temos nem podemos ter sinão a esperança de concorrer com um diminuto contingente para a futura composição desse meritorio trabalho.

O assumpto é dos que não precisam ser encarecidos. Si ha quem o tenha por secundario e indifferente, é porque não pesou com madureza aquelle conceituoso dicto do escriptor francez: « O primeiro livro de uma nação é o diccionario de sua lingua. »

Dr. B. F. Ramiz Galvão.

ADVERTENCIA

Nos artigos abaixo mencionados encontrar-se-hão discutidos com mais particularidade os principios que serviram de norma a este trabalho e a razão de ser da graphia estabelecida para várias familias de vocabulos :

acánthidas.
acardía.
acatápose.
acéphalorhachía.
acerdésio.
achyríto.
acroâma.
acrobystíte.

actínocrinítes.
adenóide.
áeromancía.
amýlio.
ancylentería.
cathetér.
ceratíte.
cinétophônio.

ABBREVIATURAS

adj. — adjectivo.
anat. — anatomia.
ant. — antiguidade.
anthr. — anthropologia.
arch. — archeologia.
archit. — architectura.
astr. — astronomia.
bot. — botanica.
chim. — chimica.
chir. — chirurgia.

cogn. — cognatos.
corr. — corrupção.
deriv. — derivados.
eccl. — ecclesiastico.
f. — feminino.
fam. — familia.
form. — formado.
gen. — genero.
geogr. — geographia.
geol. — geologia.

* Vão precedidos deste signal (*) os vocabulos novos, ainda não incluidos em diccionarios portuguezes.

gramm. — grammatica.
h. nat. — historia natural.
lat. — latim.
m. — masculino.
math. — mathematica.
med. — medicina.
miner. — mineralogia.
mus. — musica.
n. — nota.
paleont. — paleontologia.
pharm. — pharmacia.
phys. — physica.
physiol. — physiologia.

pint. — pintura.
pl. — plural.
poes. — poesia.
port. — portuguez.
priv. — privativa.
s. — substantivo.
scient. — scientifico.
suff. — suffixo.
terat. — teratologia.
theol. — theologia.
v. — vide.
vcb. — vocabulo.
zool. — zoologia.

ALPHABETO GREGO

Lettras	Seu nome	Seu valór
A α,	Alpha,	a, ha.
B β,	Béta,	b.
Γ γ,	Gâmma,	g (forte).
Δ δ,	Délta,	d.
E ε,	Epsílo,	e (breve), he.
Z ζ,	Tzéta,	z.
H η,	Eta,	e (longo), hé.
Θ θ ϑ,	Théta,	th.
I ι,	Ióta,	i, hi.
K χ,	Cáppa,	c (forte).
Λ λ,	Lâmbda,	l.
M μ,	Mi.	m.
N ν,	Ni,	n.
Ξ ξ,	Csi,	x.
O o,	Ómicro,	o (breve), ho.
Π π,	Pi,	p.
P ρ,	Rhô,	r, rh.
Σ σ ς,	Sígma,	s.
T τ,	Táu,	t.
Υ υ,	Hypsilo,	y, hy.
Φ φ,	Phi,	ph (com som de *f*).
X χ,	Chi,	ch (com som de *k*).
Ψ ψ,	Psi,	ps.
Ω ω.	Ómega.	o (longo), hó.

Obs. — As vogaes α, ι e υ têm quantidade variavel, conforme a sua natureza; ε e o dão sempre *e* e *o* breves; η e ω dão sempre *e* e *o* longos, como em latim.

As vogaes gregas, quando iniciaes e com espirito forte (ἀ, ἑ, ἡ, ἱ, ὁ, ὑ e ὡ, passam em portuguez para *ha*, *he*, *hé*, *hi*, *ho*, *hy* e *hó*. Da mesma forma o ρ inicial (e ainda o médio quando tem espirito forte), passa para *rh*.

Os diphthongos gregos transmutam-se as mais das vezes assim :

αι para *e* longo ; ει para *e* ou *i* longos ; οι para *e* longo; αυ para *au;* ευ e ηυ para *eu ;* ου para *u* longo. E, si tem espirito forte, quando iniciaes, são precedidos de *h* em portuguez.

A

Ábaco, *s. m.* (archit.) peça superior do capitel da columna. — (Arithm.) a tabuada de Pythagoras. ‖ Pelo lat. *abăcum*, vem de ἄβαξ, αχος o tabuleiro.
Deriv. : *abacísta* (s. m.), *abáculo* (s. m.).

*****Abasía**, *s. f.* (med.) perda mais ou menos completa da faculdade de andar, sem perturbação da fôrça muscular nem da sensibilidade (G. & D.). ‖ De ἀ privativo + βάσις o andar + desin. *ia*.

Abiogénese, *s. f.* (h. nat.) geração espontanea (Bastian). ‖ De ἀ priv. + βίος vida + γένεσις nascimento.

Abióto, *s. m.* (bot.) nome dado á cicuta, planta toxica. ‖ De ἀβίωτος incompativel com a vida (e este form. de ἀ priv. + βιόω vivo).

Ablépharo, *adj.* (med.) que não tem palpebras ‖ De ἀ priv. + βλέφαρον palpebra.
Deriv. : *ablepharía* (s. f.)

Abrachía, *s. f.* (terat.) ausencia congenita dos braços. ‖ De ἀ priv. + βραχίων braço + suff. *ia*.
N. Abrachionía teria sido forma mais correcta, porque em regra os compostos se formam do radical, e é o genitivo βραχίονος quem o dá neste caso.

Abráchiocephalía, *s. f.* (terat.) ausencia congenita dos braços e da cabeça ‖ De ἀ priv. + βραχίων braço + κεφαλή cabeça + suff. *ia*.

Abránchios, *s. m. pl.* (zool.) animaes da classe dos Annélhidas, segundo a classificação de Cuvier. ‖ Da privativa ἀ + *bránchias*.

Abrótano. V. *abrótono*.

Abrotoníta, *s. m.* (pharm.) vinho preparado com abrótono. ‖ De ἀβροτονίτης.
N. Faria, Lacerda e Roquette escrevem e accentuam *abrotónite;* mas a quantidade grega manda accentuar a penultima, e as regras de analogia aconselham a desinencia *a*, como nos exemplos : *aeronauta*, *acrobata*, *asceta*, *athleta*, *cometa*, *cosmopolita*, *hypocrita*, etc.

Abrótono, *s. m.* (bot.) planta da ordem das Compostas, gen. *Artemisia*. ‖ De ἀβρότονον.
N. A corruptela *abrótano*, que anda nos diccionarios, deve ser corrigida de accôrdo com a derivação, e tanto mais quanto o vocabulo é de uso pouco vulgar.

Abrotonóide, *s. f* (zool.) especie de madrepora que vive em rochas, no fundo do mar (Figueiredo). ‖ De ἀβρότονον abrótono + εἶδος forma.

Abside. V. *apside*.

Absínthio, *s. m.* (bot.) planta da ordem das Compostas, gen. *Artemisia*. ‖ De ἀψίνθιον (comp. da privativa ἀ + ψίνθος docura).

1

N. Absintho não é admissivel.

Deriv. : *absinthismo* (s. m.), *absinthico* (adj.), *absinthina* (s. f.).

Absinthíta, *s. m.* (pharm.) vinho de absinthio. || De ἀψινθίτης (scil. οἶνος vinho) form. de ἀψίνθιον absinthio + desin. ιτης.

Abulía, *s. f.* (med.) doença characterizada pelo afrouxamento da volição (Figueir.) || De ἀ priv. + βουλή vontade + suff. *ia*.

Abýsso, *s. m.* grande profundidade sub-marinha. || De ἄβυσσος sem fundo.

N. Este vcb., que foi outrora usado por bons poetas portuguezes, mas que caïra em desuso, merece ser hoje restaurado para significar — o mais profundo do mar — , onde as explorações modernas têm revelado maravilhas de toda ordem.

Deriv. : *abyssico* (adj.).

Acácia, *s. f.* (bot.) planta da ordem das Leguminosas, gen. *Acacia*. || De ἀκακία (nome de planta em Dioscorides) innocencia, e não de ἀκή ponta.

Academia, *s. f.* jardim perto de Athenas, onde Platão e outros philosophos davam suas licções. — Corporação de sabios, instituto litterario, scientifico ou artistico. || De Ἀκαδημία (deriv. de Ἀκάδημος Academo).

Deriv. : *academiál, académico, academiár*.

Acaléphos, *s. m. pl.* (zool.) classe de Phytozoarios Celentereos. || De ἀκαλήφη urtiga do mar.

Acályce, *adj.* (bot.) diz-se da flôr que não tem calyce. || De ἀ privativo + κάλυξ calyce.

N. Brotero e Fonseca Benevides usam do voc. *descalycino*. Syn. de *asépalo*.

Acálypha, *s. f.* (bot.) nome dado a plantas da ordem das Euphorbiaceas, gen. *Acalypha*. || De ἀκαλύπα corr. de ἀκαλήρη urtiga.

Deriv. *acalýpheas* (tribu das Euphorbiaceas uniovuladas) *s. f. pl.*

Acalýpteros, *s. m. pl.* (zool.) secção dos Insectos Dipteros. || De ἀκάλυπτος descoberto, nú + πτερόν aza.

Acámato, *s m.* (physiol.) o completo repouso dos musculos. || De ἀκάματος que não cansa, que não trabalha (form. de ἀ privativo + κάματος trabalho).

Acampsía, *s. f.* (med.) inflexibilidade (de articulação). || De ἀκαμψία (form. de ἀ priv. + κάμπτω dobro). + suff. *ia*.

Acamptosômos, *s. m. pl.* (zool.) familia de animaes da classe dos Cirripedes. || De ἀ priv. + κάμπτω dobro + σῶμα corpo.

N. Figueiredo accentúa *acamptósomos*, manifestamente contra a quantidade etymologica, que deve prevalecer.

Acanthabulo. — V *acanthóbolo*.

Acánthichthyóse, *s. f.* (med.) ichthyose espinhosa. || De ἄκανθος espinho + *ichthyóse* (v. este vcb.).

*****Acánthidas,** *s. m. pl.* (zool.) familia de Hemipteros. || Do gen. *Acanthia* (e este de ἄκανθα espinho) + suff. *idas*.

N. Sendo no latim scientifico formados todos estes nomes de familias zoologicas com a terminação *ĭdæ*, cabe-lhes em portuguez o suff. *idas*, correspondente ao francez *idés*.

Respeitada esta norma, são todos os referidos substantivos aqui graphados uniformemente, desprezando as terminações *idas, ídes, ĭdes, idios, ideos* e *idos*, que arbitrariamente se lhes tem dado.

Acanthíto, *s. m.* (min.) sulfureto de prata, de Freiberg

(Ag² S). || De ἄκανθα espinho + suff. *ito*.

Acántho, *s. m.* (bot.) gen. de plantas dicotyledones, que deu nome á ordem das Acanthaceas. || De ἄκανθος, e este de ἄκανθα espinho.
Deriv. : *acantháceas, acántheas* (s. f. pl.), *acánthico* (adj.).

Acanthóbolo, *s. m.* (chir.) instrumento da antiga chirurgia, á maneira de tenazes ou pinça, que servia para extrahir corpos extranhos. || De ἀκανθοβόλος (form. de ἄκανθα espinho + βάλλω faço caïr, lanço).
N. Acanthabulo não é admissivel. João de Deus já o corrigiu.

Acánthocéphalos, *s. m. pl.* (zool.) ordem da classe dos Entozoarios (Rudolphi); classe dos Nemathelminthes, segundo Perrier. || De ἄκανθα espinho + κεφαλή cabeça.

Acanthócero, *s. m.* (zool.) insecto coleoptero, que tem o capuz terminado em ponta. || De ἄκανθα espinho + κέρας corno, ponta.

*Acánthocýstidas, *s. m. pl.* (zool.) família de Heliozoarios. || Do gen. typo *Acanthocystis* (e este de ἄκανθα espinho + κύστις vesicula) + suff. *idas*.

Acánthodáctylo. *s. m.* (zool.) saurio da sub-família dos Lagartos Celodontes. || De ἄκανθα espinho + δάκτυλον dedo.

Acanthódero, *s. m.* (zool.) insecto coleoptero tetramero, da fam dos Longicorneos; tem um espinho de cada lado do cossolete. || De ἄκανθα espinho + δέρη pescoço.

Acánthoglósso, *s. m.* (bot.) planta da ordem das Orchidaceas (Blume). || De ἄκανθα espinho + γλῶσσα lingua.

Acanthóide, *adj.* (min.) nome dado a uma variedade de diópside. || De ἄκανθος espinho + εἶδος forma.

Acanthólopho, *s. m.* (zool.) insecto coleoptero. || De ἄκανθα espinho + λόφος crista.

Acánthonêmo, *s. m.* (paleont.) peixe fossil da fam. das Teuthes. || De ἄκανθα espinho + νῆμα fio, tecido.

Acanthópe, *adj.* (zool.) diz-se dos animaes, que têm os olhos rodeados de espinhos. || De ἄκανθος espinho + ὤψ ôlho.
N. A palavra congenere *myope* está mostrando que se não deve formar *acanthopio*, como vem em Figueiredo.

Acanthóphago, *adj.* que se sustenta de cardos (Far.) || De ἀκανθοφάγος (form. de ἄκανθα espinho + φαγεῖν comer).

Acánthopômos, *s. m. pl.* peixes osseos thoracicos, da ordem dos Holobranchios, segundo Duméril. || De ἄκανθα espinho + πῶμα operculo.

*Acanthópsidas, *s. m. pl.* (zool.) fam. de Peixes Teleosteos. || De ἄκανθα espinho + ὄψις cara, aspecto + suff. *idas*.

*Acanthópteros, *s. m. pl.* (zool.) sub-ordem de Peixes Teleosteos. || De ἄκανθα espinho + πτερὸν aza.

Acánthopterýgios, *s. m. pl.* (zool.) peixes da antiga ordem dos Osteopterygios; têm raios espinhosos na barbatana dorsal. || De ἄκανθα espinho + πτερύγιον aza pequena.

Acanthóscelo, *s. m.* (zool.) insecto coleoptero pentamero, que tem as quatro patas posteriores cobertas de pequenos espinhos. || De ἄκανθα espinho + σκέλος perna, membro.

Acánthostómidas, *s. m. pl.* (paleont.) família de amphibios fosseis da ordem dos Estegocephalos. || Do gen. *Acanthóstoma* (e este de ἄκανθα espinho + στόμα bocca) + suff. *idas*.

Acánthozóide, s. m. (zool.) forma de Polypos Hydrarios. || De ἄκανθα espinho + ζῶον animal + εἶδος forma.

Acanthúro, s. m. (zool.) peixe da antiga ordem dos Acánthopterýgios; tem de cada lado da cauda uma grande espinha movel. || De ἄκανθα espinho + οὐρά cauda.

Acapnía, s. f. (med.) diminuição do acido carbonico contido no sangue (Mosso). || De ἀ priv. + καπνός fumaça, vapor + suff. ia.

Acardía, s. f. (terat.) estado do feto, que nasce sem coração; especie de monstruosidade. || Da priv. ἀ + καρδία coração.

N. A proposito da orthoepia destas palavras terminadas em *ia*, primam em confusão e arbitrio os lexicographos e o uso. A bem da regularidade da lingua, accompanhando a sua propria indole e respeitando leis de analogia, pode assentar-se esta convenção:

1.º Recebem accento tonico no *i* os derivados de raiz grega que significam: α) molestia ou defeito physico, ex.: *anemía, polydipsía, aschistodactylía,* etc.; β) modo de ser ou estar de qualquer individuo ou objecto, ex.: *atresía, monadelphía,* etc.; γ) arte ou acção de fazer alguma cousa, ex.: *hydrotherapía, phlebotomía, anthropophagía,* etc.; δ) nome de sciencia ou doutrina, ex.: *zoología, geometría, heterogenía, epigenesía,* etc.

2.º São proparoxytonos: α) os nomes das classes e ordens botanicas do systema de Linneu, ex.: *monadélphia, monándria, didynámia,* etc.; β) os nomes de animaes, plantas e pedras, ex.: *actínia, astéria, aristolóchia, artemísia,* etc.; γ) os de tropos e figuras de rhetorica, ex.: *antonomásia, metonymia, exergásia,* etc. (excepto *allegoría,* termo de uso vulgar cuja pronúncia está consagrada); δ) os derivados de ᾠδή que, alterados ou não em sua graphia, passaram para o latim e deste para o portuguez, ex.: *rhapsódia, prosódia, tragédia,* etc.

Claro é que não se admitte dúvida sobre a prosodia dos vocabulos derivados de raiz grega, em que o *i* procede de diphthongo ει essencialmente longo, ex.: *peripecía* (de περιπέτεια), *chiromancía* (form. de μαντεία) e seus congeneres.

Acaríase, s. f. (med.) molestia causada pelos ácaros. sarna (Fuchs). || De *ácaro* (v. este vcb.) + suff. *íase.*

Acárna, s. f. (bot.) especie de cardo hortense. || De ἄκαρνα cardo bento (Theophrasto).

Ácaro, s. m (zool.) animal parasito da classe dos Arachnoideos Hologastros. || Pelo lat. scientifico *acărum* vem do gr. ἄκαρι gusano.

N. Moraes dá *acari,* mal formado e mal accentuado sem dúvida.

Deriv.: *acáreos* ou *acáridas* (s. m. pl.).

Acarophobía, s. f. (med.) medo excessivo de contrahir a sarna. || De *ácaro* (v. este vcb.) + φόβος terror + suff. *ia.*

Acarotóxico, adj. (med.) diz-se das substâncias que matam os ácaros e curam a sarna. || De *ácaro* e *tóxico* (v. estes vcbs.)

Acárpo, adj. (bot.) diz-se das plantas que não têm ou parecem não ter fructo. || De ἄκαρπος esteril (form. da priv. ἀ + καρπὸ, fructo).

N. A regra de derivação commum oppõe-se á forma *acarpio,* que vem consignada em Figueiredo, onde aliaz se acha *polycarpo.*

Acataléctico, *adj.* (poes.) diz-se do verso, a que não falta no fim uma syllaba. || De ἀκαταληκτικός (form. da priv. α + καταληκτικός incompleto).

Acátalepsía, *s. f.* expressão de Pyrrho e dos philosophos scepticos, que designa a impossibilidade de conhecer, a ausencia de certeza nos conhecimentos humanos. || De ακαταληψία (form. de ἀ priv. + καταλαμβάνω tomo, apprehendo).
Deriv. : *acataléptico* (adj).

Acátaphasía, *s. f.* (med.) impossibilidade de collocar em ordem syntactica as palavras da phrase (Steinthal). || De ἀ priv. + κατάφασις affirmação + suff. *ia.*

Acatápose, *s f.* (med.) impossibilidade de engulir. || Da priv. ἀ + κατάποσις acção de engulir (de καταπίνειν engulir).
N. Cumpre generalizar a graphia desta desinencia em todos os casos analogos, seguindo a regra :
1.º Os nomes portuguezes appellativos derivados de substantivos gregos acabados em ασις, εσις ou ησις, ισις, οσις, ωσις e υσις, têm a terminação em *ase, ese, ise, ose* e *yse.*
2.º São todos do genero feminino, excepto *Genese* e *Apocalypse* quando empregados na accepção de livros das Sagradas Escripturas.

Acatástico, *adj.* (med.) instavel ; diz-se das doenças, cujos phenomenos variam irregularmente (Aul.). || De ἀ priv. + καταστικός estavel.

Acatharsía, *s. f.* (med.) estado de impureza dos humores naturaes. || De ἀκαθαρσία (form. de ἀ priv. + καθαρσία pureza).
N. Quanto á prosodia, v. o art. *acardía.*

*Acathéctico, *adj.* (med.) diz-se da cellula hepatica quando incapaz de reter o pigmento biliar (Liebermeister). || De ἀ priv. + καθεκτικός que retem.

*Acathisía, *s. f.* (med.) impossibilidade que têm alguns neurasthenicos de ficar assentados (L. Haskovec). || De ἀ priv. + κάθισις acção de sentar-se + suff. *ia.*
N. O *Dict.* de Garnier et Delamare consigna tambem o vcb. francez *acathésie*, que é mal formado.

Acathólico, *adj.* christão que não pertence á Egreja romana. || De ἀ priv. + *cathólico* (v. este vcb.)

Acáule, *adj.* (bot.) diz-se das plantas, que não têm hastea, ou cuja hastea por curta não apparece. || De *a* priv. + καυλὸς hastea,
N. A. Brotero propoz para substituirem a este vcb. — *descaulino* e *destronquecido.*

Acédia. V. *acídia.*

Acêna, *s. f.* (ant.) medida de extensão na Grecia antiga e na Asia = 10 pés gregos (3ᵐ,08). || De ἄκαινα.

Acephalía, *s. f.* (med.) estado do embryão ou do feto privado de cabeça. || Da priv. *a* + κεφαλή cabeça + desin. *ia.*
Deriv. : *acephálios*, s. m. pl. (teratol.)

Acephalíta, *s. m.* (theol.) hereje que não admittia o concilio de Chalcedonia. || Provavelmente de ἀ priv. + κεφαλή capítulo, conclusão + desin. *ita.*
N. Acephálita (ap. Roquette) e *acephalista* (ap. Faria) são ambos inadmissiveis.
Deriv. : *acephalísmo* (s. m.)

Acéphalo, *adj.* sem cabeça. — s (zool.) Molluscos que não têm cabeça. || De ἀκέφαλος (form. da priv. ἀ + κεφαλή cabeça).

Acéphalobrachía, *s. f.* (terat.) monstruosidade characterizada pela ausencia de

cabeça e braços. || De *a* priv. + κεφαλή cabeça + βραχίων braço + desin. *ia*.
N. Quanto á prosodia, v. *acardía*.

Acéphalocardía, *s. f.* (teratol.) monstruosidade characterizada pela ausencia de cabeça e coração. || De *a* priv. + κεφαλή cabeça + καρδία coração + suff. *ia*.
N. Quanto á prosodia, v. *acardía*.

Acéphalochiría, *s. f.* (teratol.) monstruosidade do feto, que não tem cabeça nem mãos. || De *a* priv. + κεφαλή cabeça + χείρ mão + suff. *ia*.
N. Sôbre a prosodia, v. *acardía*.
Deriv.: *acéphalochíro* (adj.).

Acéphalocýste, *s. f.* (zool.) vesicula arredondada, meio transparente, segregada na superficie ou na espessura da membrana propria de uma hydatide esteril. || Pelo lat. scient. *acephalocystis*, de ἀκέφαλος sem cabeça + κύστις vesicula.

Acéphalogastría, *s. f.* (terat.) agenesia parcial, em que se dá ausencia de cabeça, thorax e parte superior do ventre. || De *a* priv. + κεφαλή cabeça + γαστήρ ventre + suff. *ia*.
N. Quanto á prosodia, v. *acardía*.

* **Acéphalomía,** *s. f.* (terat.) estado do feto, cuja cabeça é monstruosa. || De *a* priv. + κεφαλή cabeça + ἀλᾶσθαι aberrar + suff. *ia*.
N. V. acardía, quanto á prosodia.

Acéphalopodía, *s. f.* (terat.) estado do feto privado de cabeça e de pés. || De *a* priv. + κεφαλή cabeça + πούς pé + suff. *ia*.
N. Quanto á prosodia, v. *acardía*.
Deriv.: *acephalópode* (s. m.).

* **Acéphalorhachía,** *s. f.* (terat.) monstruosidade characterizada pela falta da cabeça e da columna vertebral. || De ἀ priv. + κεφαλή cabeça + ῥάχις rhache + suff. *ia*.
N. Quanto á prosodia, v. *acardía*. Cumpre observar quanto á graphia, que não parece necessario geminar o *r* do elemento *rhachía*, nem neste, nem nos congeneres, nem em nenhum vocabulo composto de palavra grega começada pela lettra ῥ, apezar de ser essa a regra no grego.

Abre-se excepção apenas para as palavras portuguezas tiradas de nomes gregos, em que essa geminação já existia, como *arrhízo* (de ἄρριζος), *arrhepsía* (de ἀρρεψία) e *arrhythmo* (de ἄρρυθμος), e bem assim para os derivados de ῥαγή e de ῥέω — á feição de *hemorrhagía* e de *diarrhea*, palavras muito vulgares e sempre escriptas com *rr*.

Graphem-se, pois, simplesmente com *rh* em vez de *rrh* os derivados de ῥάχις, ῥῆξις, ῥάμφος, ῥαφή, ῥίς, ῥίζα e ῥύγχος, — ficando assente que em todos elles tem o grupo *rh* o som de *r* forte.

Acephalóstomo, adj. (terat.) diz-se do feto acephalo, na parte superior do qual existe uma abertura similhante a bocca. || De ἀ priv. + κεφαλή cabeça + στόμα bocca.

Acéphalothoracía, *s. f.* (terat.) monstruosidade characterizada pela ausencia da cabeça e do thorax. || De ἀ priv. + κεφαλή cabeça + θώραξ thorax + suff. *ia*.
N. Quanto á prosodia, v. *acardía*.

Aceratía, *s.f.* (terat.) falta de cornos. || De ἀ priv. + κέρας, ατος corno + suff. *ia*.
N. Acerotosía, que occorre

em Figueiredo, não é regularmente formado.

Acerdésio, *s. m.* (min.) sesquioxydo de manganez hydratado $(Mn^2O^3H^2O)$: minereo de manganez abundante, mas pouco estimado. ‖ De ἀκερδής inutil, pouco proveitoso + desinencia *io*.

N. Os nomes de especies mineraes, que não terminam em' *ito*, reduzem-se todos a duas classes : vocabulos formados de adjectivos gregos em ὸς, que passaram para o portuguez mediante um processo regular, e vocabulos formados de radicaes varios (pela maior parte substantivos ou verbos), aos quaes é de necessidade dar uma desinencia uniforme, sempre que fôr possivel.

Os primeiros grapham-se segundo as leis ordinarias de derivação, ex. : *oligisto*, *amiánto*, *asbésto*, etc.

Aos segundos cumpre dar a terminação *io*, correspondente á latina *ium*, com que varios delles são já usados. Assim, da mesma forma que se escrevem *hydrogénio*, *cyanogénio* e outros, formem-se : *acerdésio*, *aphanésio*, *cerargyrio*, *euclásio*, etc.

Já nos nomes de metaes, como é sabido, predomina esta desinencia, que nos veio pelos nomes latinos em *ium*, ex. : *potássio* (do inglez *potash*), *aluminio*, (de alumen), *báryo* (lat. *baryum*, de βαρύς), *chrómio* (lat. *chromium*, de χρῶμα), *glyinio* (lat. *glycinium*, de γλυκύς), *iridio* (lat. *iridium*, de *iris*), *ósmio* (lat. *osmium*, de ὀσμή), etc., etc.

Figueiredo muito acertadamente grapha *aphanesio;* por este se moldem os congeneres : *alloclásio* (de ἄλλος e κλάσις), *allophánio* (de ἄλλος e φαίνω), *amphigénio* (de ἀμφιγένης), *ana-* *tásio* (de ἀνάτασις), *apherésio* (de ἀφαίρεσις), *argyrósio* (de ἄργυρος), *chloropháni*o (de χλωρός e φαίνω), *cyanósio* (de κύανος), *diallágio* (de διαλλαγή), *disthénio* (de δὶς e σθένος), *esphénio* (de σφήν), *heliotrópio* (de ἥλιος e τροπή), *harmotómio* (de ἁρμὸς e τομή), *heteroclínio* (de ἕτερος e κλίνω), *lépidomelánio* (de λεπὶς e μέλας), *orthósio* (de ὀρθός), *pyroxénio* (de πῦρ e ξένος), e muitos outros.

Áceros, *s. m. pl.* (zool.) familia de Molluscos, segundo a classificação de Latreille.‖ De ἄκερος sem pontas (e este de ἀ priv. + κέρας ponta, chifre).

Acetonemia, *s. f.* (med.) presença de acetona no sangue. ‖ De *acetona* + αἷμα sangue + suff. *ia.*

Acetonuria, *s. f.* (med.) eliminação de acetona pela urina. ‖ De *acetona* + οὖρον urina + suff. *ia.*

Acháina. V. *achénio.*

Achelia. V. *achilia.*

Achénio, *s. m.* (bot.) fructo secco, monospermo e indehiscente, cujo pericarpio é distincto do tegumento da semente. ‖ Pelo lat. scient. *achenium*, vem de ἀ priv. + χαίνειν abrir-se.

N. F. Benevides auctoriza *acháina*, que não respeita as regras usuaes de derivação. *Akenio*, mais geralmente usado hoje, tambem se não pode admittir, porque o χ tem o seu representante natural no *ch*.

A derivação de ἀχήν indigente (Webster) carece de fundamento.

Achenópteros, *s. m. pl.* (zool.) nome dado por Blanchard aos Lepidopteros, cujas azas ficam erguidas durante o repouso. ‖ De ἀ priv. + χαίνω abro + πτερὸν aza.

N. Figueiredo consigna *achai-*

nópteros; mas a mudança do αι para ε constitue regra.

* **Achéteos,** *s. m. pl.* (zool.) ordem de Vermes Gephyreos; desprovidos de sedas. || De ἀ priv. + χαίτη cabelleira + suff. *eos.*

Achetídios, *s. m. pl.* (zool.) nome dado por alguns á familia dos Gryllos de Latreille. || Pelo lat. scient. *achetidii,* vem de ἀχέτας ou ἠχέτης o que canta.

Achilía, *s. f.* (terat.) monstruosidade characterizada pela falta de labios. || De ἀ priv. + χεῖλος labio + suff. *ia.*
N. Quanto á prosodia, v. *acardía.*

Achilléa, *s. f.* (bot.) planta da ordem das Compostas. || Pelo lat. scient. *achillēa,* vem de ἀχίλλειος o millefolio ou milfolho (certamente form. de Ἀχιλλεύς Achilles).
N. As derivações de *aquilegia* e ἀχοά (Const. e Far.) são até absurdas.

Deriv. : *achilléico* (adj.), *achilleïna* (s. f.).

* **Achillodynía,** *s. f.* (med.) dôr na extremidade posterior do calcaneo juncto á inserção do tendão de Achilles. || De *Achilles* (e este de Ἀχιλλεύς) + ὀδύνη dôr + suff. *ia.*

Achiria, *s. f.* (terat.) ausencia de mãos. || De ἀ priv. + χείρ mão + suff. *ia.*

Áchlys, *s. f.* (med.) nome dado á belida || De ἀχλύς nevoa.

Achmito. V. *acmito.*

Achnántheas, *s. f. pl.* (bot.) tribu de Algas Diatomaceas. || De ἄχνη pêllo + ἄνθος flôr + suff. *eas.*

Áchne, *s. f.* (med.) molestia dos folliculos sebaceos da pelle. || De ἄχνη efflorescencia.
N. De accôrdo com a etymologia, é melhor do que *acne*. Não parece acceitavel a derivação de ἀκμή, que por êrro de um copista de Aecio passou para αχνή.

Acholía, *s. f.* (med.) suppressão da secreção biliar. || De ἀ priv. + χολή bile + suff. *ia.*

Ácholuría, *s. f.* (med.) ictericia, na qual os pigmentos biliares deixam de ser eliminados pela urina. || De ἀ priv. + χολή bile + οὖρον urina + suff. *ia.*

Deriv. : *acholúrico* (adj.).

* **Achóndroplasía,** *s. f.* (med.) molestia intra-uterina, em que ha parada no desenvolvimento dos ossos do feto no sentido do comprimento (Parrot). || De ἀ priv. + χόνδρος cartilagem + πλάσις formação + suff. *ia.*

Achôres, *s. m. pl.* (med. ant.) pequenas úlceras na cabeça; especie de tinha das crianças. || De ἀχῶρες.

Cogn. : *achório* (s. m.).

Achorése, *s. f.* (med.) diminuição de capacidade dos reservatorios destinados a conter liquidos, como a bexiga, etc. (N. e Rob.). || De ἀ priv. + χώρησις capacidade.

Achroíto, *s. m.* (min.) turmalina manganica, que se desfolha ao maçarico e embranquece sem entrar em sensivel fusão. || De ἀ priv. + χρόα côr + suff. *ito.*

* **Achromácyto,** *s. m.* (med.) globulo sanguineo descorado (Hayem). || De ἀ priv. + χρῶμα côr + κύτος globulo, cellula.

Achrómasía, *s. f.* (med.) descoramento geral da pelle, por cachexia, etc. || De ἀ priv. + χρῶμα côr + suff. *ia.*

Cogn. : *achromatina* (s. f.), *achromático* (adj.).

Achromático, *adj.* (phys.) que faz desapparecer as iriações produzidas por certos vidros (Littré). || De ἀ priv. + χρῶμα côr + suff. *ico.*

Cogn.: achromatismo, achromatizár, achromatização.

Achrómatopsia, *s. f.* (med.) daltonismo dichromatico. Impossibilidade de distinguir uma ou mais côres. || De ἀ priv. + χρῶμα côr + ὄψις vista + suff. *ia.*

Achromia, *s. f.* (med.) descoramento parcial da pelle. || De ἀ priv. + χρῶμα côr + des. *ia.*

Achrômo, *adj.* que não tem côr. || De ἀ priv. + χρῶμα côr.

Achronico. V. *acronycto.*

Achtheographia. V. *achthographia.*

Achtheometro. V. *achthómetro.*

Achthographia, *s. f.* descripção, nomenclatura dos pesos. || De ἄχθος pêso + γράφω descrevo + suff. *ia.*

N. Os compostos de ἄχθος no grego e os exemplos *merologia, orographia*, etc, estão mostrando que a forma *achtheographia* auctorizada por Figueiredo não é a melhor.

Achthómetro, *s. m.* instrumento destinado a pesar as cargas transportadas em carros. || De ἄχθος pêso + μέτρον medida.

N. A forma *achtheometro*, segundo o vcb. *achthéomètre* auctorizado por Littré, seria menos conforme ás leis de analogia.

Achylóse, *s. f.* (med.) falta de formação do chylo. || De ἀ priv. + *chylo* + suff. *óse.*

Achymóse, *s. f.* (med.) falta de formação do chymo. || De ἀ priv. + *chymo* + suff. *óse.*

Achyrito, *s. m.* (min.) variedade agulheada de silicato de cobre. || De ἄχυρον palha + suff. *ito.*

N. É notoria a conveniencia de uniformar a graphia e prosodia dos vocabulos desta classe, acabando de vez com a divergencia dos lexicographos e com o arbitrio dos que traduzem os nomes francezes de mineraes em *ite*, cada qual a seu modo. Haveria quatro alvitres a adoptar:

1.º conservar-lhes a desinencia latina *ites*, que encontramos em *aetites, ammites, anthracites, catochites, chrysites, galactites, hœmatites, pyrites* e outros (v. *De Mineralibus* de B. Cœsius), á cuja similhança se formaram os nomes modernos das especies mineralogicas. Este foi o alvitre adoptado quasi sempre por Moraes e tinha tambem seu fundamento no grego, cujos lexicos consignam ἀετίτης, ἀμμίτης, ἀνθρακίτης, αὐγίτης, πυρίτης, etc. — formas propriamente adjectivaes em concordancia com o nome λίθος (pedra), que se subentende. Mas similhante desinencia contraria absolutamente o uso geral e oppõe-se ao genio da lingua portugueza, onde são raros os nomes terminados em *s;*

2.º transformar a terminação em *ita*, á guisa de *cometa, planeta, propheta, cosmopolita* e varios outros vocabulos de uso vulgar, que se derivam de substantivos gregos masculinos da 1.ª declinação em ης. Ainda este processo encontraria formalmente o uso mais generalizado, dando-nos o *pyrita*, o *hematita*, formas de difficil acceitação.

3.º Poderia dar-se a taes vocabulos a desinencia *ite*, tal qual fez a lingua franceza, e alguns dos diccionaristas portuguezes modernos propendem para esta forma. Procuraria similhante alvitre escudar-se com argumento etymologico, figurando a palavra derivada do accusativo singular latino mediante a quéda do *m* final, que tantas vezes se deu. Mas, em primeiro logar, os nomes portuguezes masculinos em *e* são raros, e pela maior parte, sinão todos, oriundos de substantivos latinos da 3.ª e da 5.ª declinação ; em segundo logar haveria desvantagem em confundir a desinencia *ite* com a dos nomes, que em nossa lingua significam molestias inflammatorias (*nephrite, encephalite, gastrite*, etc). Si o francez adoptou esta confusão inconveniente, não se segue que o devamos imitar.

4.º Resta o alvitre de dar a todos os nomes desta categoria a terminação uniforme *ito*, accompanhando o uso soberano que auctorizou *granito*, — vocabulo que não é mais susceptivel de modificação. Elle tem a vantagem de respeitar o genio da lingua, de não contrariar formalmente o uso e de dar a certa familia especial de vocabulos uma desinencia quasi característica.

Todos estes nomes ficam sendo masculinos, como eram no grego e no latim. Portanto: *acanthito* (de ἄκανθος), *anthracito* (de ἄνθραξ), *apatito* (de ἀπατάω), *chlorito* (de χλωρός), *esteatito* (de στέαρ), etc., etc.

Acidia, *s. f.* preguiça, frouxidão, tibieza espiritual. || De ἀκηδεία ou ἀκηδία indifferença (form. de ἀ priv. + κῆδος cuidado).

N. Classicos portuguezes empregaram tambem a forma *acédia* mais chegada á origem grega. Roquette propõe que se lhe substitua *desidia*, vocabulo que entretanto não é perfeito synonymo, e que certamente provém de outro radical.

*****Acidopirástica,** *s. f.* (med.) methodo de exploração por meio de instrumentos picantes (Middeldorpf). || De ἀκίς, ιδος ponta + πειραστικός que experimenta ou tenta.

N. Não é acceitavel *akidopeirastica* segundo o vcb. francez, que foi mal formado. E' de regra a mudança de κι para *ci*.

Acidosteóphyto, *s. m.* (med.) exostóse ou osteóphyto em forma de agulhas (Lobstein). || De ἀκίς ponta + *osteóphyto* (v. este vcb.).

Acinace, *s. m.* alfange persa. || De ἀκινάκης.

Acinesia, *s. f.* (med.) immobilidade. Intervallo que separa a systole da diastole em cada pulsação cardiaca. || De ἀκινησία immobilidade (form. de ἀ priv. + κινέω movo).

N. Quanto á prosodia, v. *acardia. Akinesia* com *k* não respeita as regras usuaes de derivação.

Deriv.: acinético (adj.).

Acinéteos, *s. m. pl.* (zool.) classe de Infusorios. || Do gen. *Acinéta* (e este de ἀκίνητος immovel, form. da priv. ἀ + κινεῖν mover) + suff. *eos.*

Ácino, *s. m.* (bot.) baga molle, unilocular, transparente, de sementes osseas (Gaertner). — (Anat.) extremidade fechada dos conductos excretores nas glandulas de cacho. || De ἄκινος bago de uva.

Deriv.: acinôso, ácinifórme (adj.).

Acíphoros, *s. m. pl.* (zool.) sub-tribu dos Insectos Dipteros (Robinau Desvoidy). || De ἀκίς ponta + φορός carregador.

Aclásto, *adj.* (phys.) que deixa passar a luz sem reflexão. || De ἀ priv. + κλάω quebro.

Acleidios. V. *aclídios.*

Aclídios, *s. m. pl.* (zool.) familia de Mammaes Roedores, que ou não têm clavicula ou só a têm em estado elementar. || De ἀ priv. + κλείς clavicula.

N. Roq. dá *acleídios*, mas o ει grego passa constantemente para *i* longo no lat. e no port. *Aclediános* não tem razão de ser.

Aclínico, *adj.* diz-se da linha em que a agulha magnetica é exactamente horizontal e não tem declive (Webst.) || De ἀ priv. + κλίνω inclino + suff. *ico*.

Acmástico, *adj.* (med.) egual do princípio até ao fim. || De ἀκμαστικός vehemente (form. de ἀκμάζειν estar no auge, em todo o vigor).

N. Aul., seguindo a Littré e Robin, define da seguinte forma o vocabulo : « dizia-se da doença que augmenta gradualmente de intensidade até certo poncto, e decresce em seguida na mesma proporção». Preferimos outra definição, porque os mais antigos lexicographos a auctorizam, e assim parece que foi empregada a palavra pelos classicos portuguezes (cf. Morato Roma, *Tractado das febres*). Fôra, porêm, para desejar que o vcb., attenta a sua origem, passasse a designar simplesmente o periodo de maior intensidade de qualquer phenomeno ou molestia. *Acmistico*, que também occorre em Constancio, Roquette, Faria e Lacerda, não tem razões que o justifiquem.

Acme, *s. f.* (med.) altura ou crise de uma molestia. || De ἀκμή cume, momento crítico.

Acmístico. V. *acmástico*.

Acmito, *s. m.* (miner.) silicato de sodio e ferro, descoberto por Stromeyer; crystalliza em prismas obliquos rhomboideos terminados em apices muito agudos. || De ἀκμή ponta + suff. *ito*.

N. Quanto á desinencia, v. *achyrito*. Não tem procedencia escrever-se *achmito* (com *ch*).

Acne. V. *áchne*.

Acnída, *s. f.* (bot.) planta da ordem das Chenopodíaceas, gen. *Acnída.* || De ἀ priv. + κνίδη urtiga.

N. Roquette e Vieira accentuam a antepenultima, oppondo-se á quantidade grega.

Ácologia, *s. f.* (med.) doutrina dos remedios, ou materia medica. || De ἄκος remedio + λόγος discurso + suff. *ia*.

Acólytho, *s. m.* (eccles.) o que serve e ministra á missa. || Pelo lat. *acolythum* (forma corrompida de *acoluthum*), vem de ἀκόλουθος o que serve, que accompanha.

Deriv : acolythár (v.), acolytháto (s. m.).

Acóndylo, *adj.* que não tem junctas. || De ἀ priv. + κόνδυλος articulação.

Aconíto, *s. m.* (bot.) planta da ordem das Ranunculaceas, gen. *Aconītum*. || De ἀκόνιτον.

N. A quantidade grega respeitada pelo latim *aconītum* acconselha fazer este vocabulo paroxytono, como vem indicado em Moraes.

Deriv.: aconítico (adj.), *aconitina* (s. f.).

Ácopo, *s. m.* (med.) fomentação quente. || De ἄκοπον linimento de que usavam os Gregos como remedio para o cansaço.

N. *Acópo* (Roq.) e *acópe* (Lac.) são ambos condemnaveis.

Acoria ([1]), *s. f.* (med.) fome canina, desordenado desejo de comer e beber. || De ἀ priv. + κορέννυμι sacio + suff. *ia*.

N. Synon. de *bulimia*, que é mais usado.

Acoria ([2]), *s. f.* (med.) ausencia congenita da iris. || De ἀ priv. + κόρη pupilla + suff. *ia*.

Ácoro, *s. m.* (bot.) planta da ordem das Araceas, gen. *Acŏrus*. || De ἄκορον, segundo Dioscorides, form. de ἀ priv. + κόρη pupilla, porque a planta

servia para curar molestias de olhos.
N. Não tem procedencia a derivação de *acer, acri* dada por Const. e Far. *Acoron* (Aul.) é mal graphado.
Deriv. : *acoróideas* (Agardh), *acoráceas* (Lindley), *acóreas*, e *acoríta* (vinho de ácoro).

Acosmía, *s. f.* (med.) irregularidade nos dias criticos. || De ἀκοσμία (form. de ἀ priv. + κόσμος ordem).

Acotylédone, *adj.* (bot.) que não tem cotyledones. — **s**, plantas que constituem o terceiro grande ramo dos vegetaes, segundo o systema de Jussieu. || De ἀ priv. + *cotylédone* (v. este vcb.).
N. Certo uso tem pretendido introduzir a forma *acotyledónio*, mas este vcb. é menos bem formado. Brotero auctoriza egualmente *descotylédones. Acótylo* e *acotyléo* são deturpações condemnaveis.

Acracia, *s. f.* debilidade, impotencia. || De ἀκράτεια fraqueza (form. de ἀ priv. + κράτος força).
N. Todas as razões condemnam a prosodia *acrácia* proposta por Const., Far. e Roquette. São já accentuados no *i* todos os vocabulos congeneres : *democracía, autocracía, aristocracía*, etc.

Acranía, *s. f.* (terat.) ausencia congenita do cranio. || De ἀ priv. + κράνιον cranio + suff. *ia*.

Acrasía, *s. f.* (med.) toda sorte de intemperança. || De ἀκρασία desregramento (form. de ἀ priv. + κρᾶσις moderação).

***Acráspedos**, *s. m. pl.* (zool.) sub-ordem de Acalephos, syn. de Discóphoros. || De ἀ priv. + κράσπεδον franja.

Acráto, *adj.* sem mixtura. || De ἄκρατος puro (form. de ἀ priv. + κρᾶσις mixtura).
N. É duvidosa a necessidade deste neologismo; mas Faria e Roquette já o consignaram.

Acratóphoro, *s. m.* (arch.) vaso grego em que, nas mesas, se punha vinho puro. || De ἄκρατος puro + φέρειν trazer, conduzir.
N. Acrotophoro, que occorre tambem em C. de Figueiredo, é evidentemente lapso.

Acratópota, *s. m.* que bebe vinho puro. || De ἀκρατοπότης (form. de ἄκρατος puro + πίνω bebo).
N. A acceitar-se o vocabulo, deve ter a desinencia *a*, como todos os que provêm de substantivos masculinos em ης.

Acribómetro, *s. m.* instrumento inventado por Zincken para medir objectos mui pequenos. || De ἀκριβής exacto + μέτρον medida.

Acrídidas, *s. m. pl.* (zool.) familia de Insectos Orthopteros. || De ἀκρὶς, ίδος gafanhoto + suff. *idas*.
N. Corresponde ao francez — *acridiens* —, e é melhor do que *acrídios*.

Acridóphago, *adj.* que se sustenta de gafanhotos. || De ἀκρίς, ίδος gafanhoto + φαγεῖν comer.

Acrinía, *s. f.* (med.) ausencia ou diminuição de secreção. || De ἀ priv. + κρίνω separo + suff. *ia*.
N. Acrisía, que tambem occorre em Roq. e Far., deve significar outra cousa.

Acrisía, *s. f.* (med.) ausencia de crise. || De ἀ priv. + κρίσις crise + suff. *ia*.
Deriv. : *acritico* (adj.).

Acritos, *s. m. pl.* (zool.) divisão do reino animal, que comprehende infusorios, polypos e parte dos intestinaes (Figueir.) || De ἄκριτος indeciso (form. de ά priv. + κρίνω julgo, decido).

N. A quantidade do adj. grego manda accentuar na antepenultima.

Acroâma, *s. m.* (ant.) cantico ou discurso bem soante. || De ἀκρόαμα leitura, canto (form. de ἀκροάομαι ouço lêr ou cantar).

N. Roq. em um dos seus Diccionarios, seguindo a Moraes, accentúa *acróama,* — prosodia que não deve prevalecer á vista da quantidade grega e da lat. *acroāma.*

Quanto ao genero deste e de todos os mais vocabulos terminados em *ma* e vindos de nomes neutros em μα da 3ª declinação grega, não ha duvidar, deve ser o masculino, como já anda geralmente adoptado para: *anathema, apophthegma, aroma, axioma, blastema, clima, coma, condyloma, cosmorama, diaphragma, diadema* e muitos mais.

Cesse portanto a discordancia dos lexicographos a respeito de : *acusma, agrypnocoma, anadema, anagramma, analemma, aneurysma, apagma, apechema, apostema, aposyrma, apozema, argema, ascoma, alisma, catharma, celeuma, comma, epiphonema, rheuma* e varios outros, que devem ser todos e invariavelmente masculinos. Abra-se apenas excepção para *asthma* e *cataplasma,* que são de uso generalissimo e que o vulgo consagrou femininos.

Deriv. : *acroamático* (adj.).

Acroáse, *s. f.* discurso erudito, prelecção sôbre uma disciplina perante ouvintes. || De ἀκρόασις discurso, leitura.

Deriv. : acroático (adj.).

Acróbata, *s. m.* dansarino de corda, funambulo. || De ἀκροβατέω ando na ponta dos pés (form. de ἄκρον ponta + βατος de βαίνω ando).

N. Já Roq., Far. e Lac. fizeram este vcb. proparoxytono e com muita razão, porque o α de ἀκροβατέω é breve.

Deriv. : acrobático (adj.).

Acróbryos, *s. m. pl.* (bot.) grupo de plantas acotyledones, cujo crescimento se faz unicamente pelo apice da planta (Mohl e Endlicher). || De ἄκρον extremidade + βρύω rebento, germino.

Acrobýstiólitho, *s. m.* (med.) cálculo do prepucio. || De ἀκροβυστία prepucio + λίθος pedra.

Acrobystite, *s. f.* (med.) inflammação do prepucio. || De ἀκροβυστία prepucio + suff. *ite.*

N. Esta desinencia *ite* tira sua origem do grego, onde se acham : ἀρθρῖτις, ἡπατῖτις, νεφρῖτις, etc., formas femininas dos adjectivos ἀρθρίτης, ἡπατίτης, etc, appostas ao substantivo νόσος molestia.

D'ahi passou para o latim, como se vê em *arthritis, hepatitis, nephritis,* etc., que encontramos nos lexicos mais auctorizados.

As linguas modernas procederam diversamente : o italiano adoptou ora a desinencia *itide* (v. *adenitide, balanitide, blefaritide,* etc.), ora o suffixo *ite* (v. *artrite, cefalite, epatite,* etc.); o francez preferiu uniformemente a forma *ite;* o hispanhol e o inglez adoptaram sem excepção a desinencia *itis* derivada do nominativo latino.

Os lexicographos portuguezes, como sempre, discordam; os mais antigos, Moraes, Constancio e Roquette auctorizam frequentemente o suffixo *itis;* Vieira, Aulete e A. Coelho, mais modernos, preferem a foi ma em *ite.* Esta de facto deve prevalecer, porque, não se oppondo ao genio da lingua nem a principios fundamentaes da Glottica (visto ser verdadeira forma syncopada, como no italiano), accompanha o uso hoje generalizado e a que já se não pode resistir.

Terminam, pois, em *ite* todos estes nomes de molestias inflammatorias, e são todos sem excepção femininos.

Acrocárpeas, *s. f. pl.* (bot.) tribu de Bryaceas, cujos archegonios são terminaes. || De ἄκρα extremidade + καρπός fructo + suff. *eas*.

Acrocephalía, *s. f.* (anthr.) deformação do cranio characterizada por elevação da abobada frontal. || De ἄκρος pontudo, levantado + κεφαλή cabeça + suff. *ia*.

Cogn. : *acrocéphalo* (adj. e s. m.), *acrocephálico* (adj.).

*Acrocéphalosyndactylía, *s. f.* (med.) typo teratologico characterizado pela forma acuminada do cranio, syndactylia das extremidades, etc. (Apert). || De ἄκρον cume + κεφαλή cabeça + *syndactylia* (v. este vcb.)

Acroceráunios, *s. m. pl* (poet.) montes entre a Macedonia e o Epiro, cujos picos são frequentemente feridos de raios. || Pelo lat. *Acroceraunia*, vem de ἄκρον cume + κεραυνός raio.

Acrocéridas, *s. m. pl.* (zool.) familia de Insectos Dipteros (Leach). || Pelo lat. scientifico *acroceridæ*, vem de ἄκρον extremidade + κέρας corno + suff. *idas*.

Acrochirísta, *s. m.* (ant.) athleta que só combatia com as mãos sem unir o corpo ao do adversario. || De ἀκροχειριστής (form. de ἄκρον extremidade + χείρ mão).

Deriv. : *acrochirísmo* (e não *acrochisísmo* como occorre em Faria e Vieira).

Acrochórdo, *s. m.* (zool.) serpente não venenosa das ilhas de Java e Nova-Guiné, gen. *Acrochordus*. || De ἀκροχορδών verruga.

N. Roq. dá *acrocordio*, mas já a auctoridade de Almeida (trad. de Cuvier) condemnava esta desinencia.

Acrochórdone, *s. f.* (med.) especie de verruga pendente das palpebras. || De ἀκροχορδών (form. de ἄκρον ponta + χορδή corda).

N. A desinencia *one* é mais conforme ás regras usuaes de derivação do que *on*, que dão Roquette, Vieira, Moraes e A. Coelho.

Acrócomo, *adj.* o que traz cabello só no alto da cabeça. || De ἀκρόκομος (form. de ἄκρον extremidade + κόμη cabelleira).

N. Roq. dá-lhe est'outra significação, que não parece correcta : « Que tem cabellos compridos que lhe cobrem o rosto. »

D. Vieira confundiu este vcb. com *acrocómia*, gen. de Palmaceas americanas.

Acrocyanóse, *s. f.* (med.) cyanose permanente das extremidades. || De ἄκρον extremidade + κυανός azul + suff. *óse*.

Acrodermatíte, *s. f.* (med.) molestia cutanea characterizada pela sua localização nas extremidades dos membros, etc. || De ἄκρον extremidade + δέρμα, ατος pelle + suff. *íte*.

Acrodóntes, *s. m. pl.* (zool.) repteis saurios, cujos dentes adherem ao bordo livre da maxilla superior. Opp. a pleurodontes. || De ἄκρον extremidade + ὀδούς dente.

Acrodynía, *s. f.* molestia epidemica, que appareceu em Paris em 1828, e characterizada, entre outros symptomas, por dôres violentas nas extre-

midades das mãos e dos pés.
|| De ἄκρον extremidade + ὀδύνη dôr + suff. *ia*.
N. Quanto á prosodia, v. *acardia*.

Acrógenos, *s. m. pl.* (bot.) nome dado por Lindley aos Acotyledones de Jussieu. || De ἄκρον extremidade + γένος nascimento, geração, porque o seu crescimento é apicilar.
N. A forma *acrogénias* (s. f. pl.), que se encontra em Moraes e Aulete, não tem razão de ser.

Acrólitho, *adj.* que tem as extremidades de pedra; diz-se de algumas estatuas antigas. || De ἄκρον extremidade + λίθος pedra.

Acromanía, *s. f.* loucura total. || De ἀκρομανή; inteiramente louco (form. de ἄκρον no mais alto poncto + μανία loucura).

Ácromegalía, *s. f.* (med.) augmento de volume dos dedos e dos artelhos, das mãos e dos pés; *maladie de Marie*. || De ἄκρον extremidade + μέγας grande + suff. *ia*.
N. Seria mais correcto antepôr o adjectivo e formar —megalacría—, como succede com os compostos de μακρός, μικρός e πολύς.
Deriv. : *acromegálico* (adj.).

* **Acromelalgía,** *s. f.* (med.) molestia characterizada por accessos de dôr nos artelhos e nos dedos, etc. || De ἄκρον extremidade + μέλος membro + ἄλγος dôr + suff. *ia*.

* **Acrometagênese,** *s. f.* (terat.), deformação que se desenvolve symmetricamente ao nivel dos quatro membros (Babes). || De ἄκρον extremidade + μετά que exprime mudança + γένεσις nascimento.

Acrómio, *s. m.* (anat.) apophyse da omoplata, que se articula com a extremidade externa da clavicula. || De ἀκρώμιον (form. de ἄκρον apice + ὦμος espadua).
N. Alguns lexicographos dão-lhe a desinencia *on*, que não deve prevalecer. Figueiredo grapha com acêrto.
Deriv. : *acromiál* (adj.).

Acromphálio, *s. m.* (anat.) extremidade do cordão umbilical que fica prêsa ao feto depois do nascimento. || De ἄκρον extremidade + ὀμφαλός umbigo + suff. *io*.
N. Uns dão *acromphalo*, outros *acromphale*, e Faria *acromphalion*. Nenhum destes modos de graphar é bom.

* **Acroneuróse,** *s. f.* (med.) perturbações nervosas das extremidades. || De ἄκρον extremidade + νεῦρον nervo + suff. *óse*.

Acrónycho. V. *acronýcto*.

*Acronýctidas,** *s. m. pl.* (zool.) familia de Lepidopteros nocturnos. || Do gen. *Acronycta* (e este de ἀκρόνυκτος que apparece no começo da noite) + suff. *idas*.

Acronýcto, *adj.* vespertino ou da tarde; diz-se do nascimento ou occaso de um astro quando concorre com o pôr do sol. || De ἀκρόνυκτος que succede no começo da noite (form. de ἄκρον ponta + νύξ noite).
N. Outra forma, que pode ser admittida, é *acrónycho* derivada de ἀκρόνυχος, que em gr. tem a mesma significação de ἀκρόνυκτος. Cumpre, porèm, condemnar *acronico* e *acronyco* auctorizados por Far., Lac., Vieira, Aul. e Fig., e ainda com mais forte razão *acronio* de Roq. e *achronico* de Constancio. Moraes escreve *acronicto* com a simples incorrecção do *i*.

* **Acroparesthesia,** *s. f.* (med.) molestia characterizada

por várias paresthesias das extremidades (Schultze). || De ἄκρον extremidade + *paresthesía* (v. este vcb.).

Acropathía, *s. f.* (med.) doença de qualquer extremidade do corpo. || De ἄκρον extremidade + πάθος molestia + suff. *ia*.

Acrophobía, *s. f.* (med.) apprehensão angustiosa, que alguns individuos experimentam quando se acham em logar muito alto. || De ἄκρον ponta, cume + φόβος medo + suff. *ia*.

Acrópole, *s, f.* cidadella que domina uma cidade. || De Ἀκρόπολις cidadella de Athenas (form. de ἄκρον no mais alto + πόλις cidade).

N. A forma *acropólio*, que em alguns diccionarios vem egualmente auctorizada, não tem razão de ser.

Acropósthia, *s. f.* (anat.) extremidade do prepucio. || De ἀκροποσθία (form. de ἄκρον extremidade + πόσθη prepucio).

Acroposthite, *s. f.* (med.) syn. de acrobystite. || De *acropósthia* (v. este vcb.) + suff. *ite*.

Acrosárco, *s. m.* (bot.) baga resultante dum ovario infero, ao qual ficou soldado o calyce (Desvaux). || De ἄκρον extremidade + σὰρξ polpa.

Acrosophía, *s. f.* summa sabedoria, a que só pertence a Deus. || De ἄκρον no mais alto poncto + σοφία sabedoria.

Acrospíra, *s. f.* (bot.) plumula da cevada desenvolvida pela germinação (Grew). || De ἄκρον ponta + σπεῖρα espiral.

Acrospório, *s. m.* (bot.) espório de certos cogumelos, que se desenvolve no apice das ramificações dos filamentos. || De ἄκρον apice + *espório* (v. este vcb.).

Acrósticho [1], *s. m.* (poes.) composição poetica feita de sorte que, junctas as iniciaes, médias ou finaes de cada verso, formam um nome. || De ἀκρόστιχον ou ἀκροστίχιον (form. de ἄκρον extremidade + στίχος linha, verso).

N. Varios lexicographos consignam *acrostico* (com *co*), o que evidentemente se oppõe á derivação grega. A. Coelho grapha-o com acêrto.

Acrósticho [2], *s. m.* (bot.) genero de plantas, da ordem dos Fetos e divisão das Polypodiaceas, que tem os soros distribuidos irregularmente, e despidos de tegumento, na pagina inferior das frondes. || De ἄκρος superficial + στίχος linha, fileira.

N. Acrostico (sem *h*) oppõese á etymologia.

Deriv.: acrosticheas (s. f. pl.).

Acrostólio, *s. m.* (arch.) ornato que os antigos collocavam na prôa dos barcos. || De ἀκροστόλιον (form. de ἄκρον extremidade + στόλος barco).

Acroteléutico, *adj.* (eccl.) accrescentado ao fim de um psalmo ou de um hymno (Webst.). || De ἀκροτελεύτιον fim de um poema (form. de ἄκρον extremidade + τελευτή fim).

Acroteriásmo, *s. m.* (med.) amputação de um membro. || De ἀκροτηριασμός, e este de ἀκροτηριάζω amputo, corto a extremidade.

N. Parece vcb. excusado.

Acrotério, *s. m.* (archit.) pedestal das figuras, que os antigos collocavam no alto dos edificios (Aul.). || De ἀκρωτήριον cume, poncto mais alto de qualquer objecto.

N. *Acrotéria*, *s. f.*, como occorre tambem em antigos diccionarios, não deve ser aceito.

Acroterióse, *s. f.* (med.) gangrena senil da extremidade dos membros. || De ἀκρωτήριον extremidade, cume + suff. *óse*.

Acrothýmio, *s. m.* (med.) nome dado pelos antigos aos tumores papillomas. || De ἄκρος levantado + θύμιον verruga.

Acrotísmo, *s. m.* (med.) falta de pulso. || De ἀ priv. + κροτισμός pancada.

Acrótomo, *adj.* (miner.) que tem clivagem parallela á base. || De ἀκρότομος cortado pela extremidade (form. de ἄκρον extremidade + τέμνω corto).

Acrotróphonevróse, *s. f.* (med.) gangrena symmetrica das extremidades (Lancereaux). || De ἄκρον extremidade + *trophonevróse.*

Acrýptogámico, *adj.* (bot.) que não pertence á classe Cryptogâmia de Linneu. || De ἀ priv. + *Cryptogâmia* (v. este vcb.) + suff. *ico.*

Actéa, *s. f.* (bot.) planta Ranunculacea, da tribu das Clematideas, gen. *Actœa;* engos? || De ἀκταία.
N. Figueiredo manda escrever *acteia;* mas o *i*, que accresce, não tem fundamento etymologico, porque o diphthongo grego αι passa em latim para œ e em portuguez para *e*.

Actinénchyma, *s. m.* (bot.) variedade de tecido utricular das plantas, composto de cellulas de forma estrellada (Hayne). || De ἀκτίν raio + ἔγχυμα parenchyma.

Actínia, *s. f.* (zool.) urtiga ou anemone marinha, animal Radiado da classe dos Polypos. || De ἀκτίν raio + suff. *ia.*
Deriv.: actiniários (s. m. pl.).

Actinísmo, *s. m.* (phys.) o poder dos raios solares, em virtude do qual se dão mudanças chimicas, como na photographia (Webst.). || De ἀκτίν raio + suff. *ismo.*
Deriv.: actínico (adj.).

Actínobolísmo, *s. m.* phenomenos hypnoticos observados em passaros e outros animaes (Kircher, 1646), segundo se lê em Littr. e Rob. || De ἀκτινοβολία irradiação (form. de ἀκτίν raio + βάλλω lanço) + suff. *ismo.*

Actínocrinites, *s. m.* (paleont.) gén. de Echinodermos fosseis. || De ἀκτίν raio + κρίνον lyrio + suff. *ites.*
N. Quanto á desinencia *ites*, militam a seu favor várias razões : 1ª está de accôrdo com a etymologia, visto que taes vocabulos foram formados á similhança dos nomes de mineraes que no grego terminam em ίτης ; 2ª é a desinencia que já alguns lexicographos auctorizam; 3ª fica sendo diversa da dos nomes de especies mineraes que acabam em *ito*, e portanto characteristica dos nomes de fosseis.

Actinógrapho, *s. m.* (phys.) instrumento para medir a fôrça chimica dos raios solares (Webst.). || De ἀκτίν raio + γράφω escrevo.
Deriv.: actinographia (s. f.).

Actinólitho, *s. m.* (miner.) syn. de actinóto. || De ἀκτίν raio + λίθος pedra.

Actinómetro, *s. m.* (phys.) instrumento para medir a intensidade dos raios actínicos do sol (Webst.). || De ἀκτίν raio + μέτρον medida.
Deriv.: actinometría (s. f.), *actinométrico* (adj.).

Actinomórphos, *s. m. pl.* (zool.) segundo sub-reino animal, que contém os Radiados (Blainville). || De ἀκτίν raio + μορφή forma.
N. A. Coelho consigna — actinimorphe —, evidentemente mal formado e com desinencia impropria, como se vê de *amorpho, polymorpho*, etc.

*** Actinomycéte,** *s. m.* cogumelo parasito, productor da actinomycose. || De ἀκτίν raio + μύκης, ητος cogumelo.

Actinomycóse, *s. f.* (med.) molestia parasitaria commum no gado vaccum, produzida por um cogumelo especial. || Do gen. *Actinómyces* (e este de ἀκτὶν raio + μύκης cogumelo) + suff. *óse*.

* **Actinophrýidas,** *s. m. pl.* (zool.) familia de Heliozoarios. || Do gen. typo *Actynóphrys* (e este de ακτὶν raio + ὀφρύς sobrancelha) + suff. *idas*.

Actinophthálmo, *adj.* diz-se dos olhos dos animaes que reflectem a luz, ex. : o gato (Littr. e Rob.). || De ἀκτὶν raio + ὀφθαλμὸς ôlho.

Actinoscopía, *s. f.* (med.) exame da transparencia dos tecidos e dos orgãos. || De ἀκτὶν raio de luz + σκοπεῖν examinar + suff. *ia*.

Actinóstomos, *s. m. pl.* (zool.) ordem da classe dos Helianthoides. || De ἀκτὶν raio + στόμα bocca.

Actinotherapía, *s. f.* (med.) methodo therapeutico por meio de quaesquer irradiações (raios X e outros). || De ἀκτὶν raio + θεραπεία tractamento.

Actinóto, *s. m.* (miner.) silicato de calcio, magnesio e ferro, que se acha em crystaes agulheados e radiados. || De ἀκτινωτὸς radiado (form. de ἀκτὶν raio).

Actinozoários, *s. m. pl.* (zool.) grupo dos Radiados, que comprehende os Echinodermos, os Acalephos e os Polypos (Blainville). || De ἀκτὶν raio + ζωάριον animalculo.

Acúmetro, *s. m.* (physiol.) instrumento imaginado por Itard para medir a extensão do ouvido no homem (Littré). || De ἀκούω ouço + μέτρον medida.

Acúophonía, *s. f.* (med.) emprêgo combinado da escuta e da percussão praticados simultaneamente (Litt. e Rob.). || De ἀκούω ouço + φωνή voz + suff. *ia*.

Acúsma, *s. m.* ruído de vozes imaginarias. || De ἄκουσμα rumor (form. de ἀκούω ouço). *N. Acusmata,* que algures occorre, é mal formado.

Deriv. : *acusmático* (adj.).

Acústica, *s. f.* (phys.) parte da Physica que expõe as leis, segundo as quaes se produz e transmitte o som. || De ἀκουστικὸς que diz respeito ao ouvido (form. de ἀκούω ouço).

Deriv. : *acústico* (adj.).

Acýanoblepsía, *s. f.* (med.) lesão da vista, incapacidade de distinguir a côr azul. || De ἀ priv. + κυανὸς azul + βλέψις vista + suff. *ia*.

Acyclía, *s. f.* suspensão geral do movimento dos fluidos na economia (Grossi). || De ἀ priv. + κύκλος círculo + suff. *ia*.

Acýclico, *adj.* (bot.) nome dado por Braun ás flôres em que, dispostas em espiral as partes appendiculares, o intervallo que separa um grupo de appendices do seguinte não coincide com um número determinado de voltas da espira (Baillon). || De ἀ priv. + κύκλος círculo + suff. *ico*.

Acyesía, *s. f.* esterilidade. || De ἀ priv. + κύησις prenhez + suff. *ia*.

Acýrología, *s. f.* (rhet.) falta de propriedade nos termos. || De ἀκυρολογία (form. de ἄκυρος improprio + λόγος dicção, palavra + suff. *ia*.

Acystía, *s. f.* (terat.) monstruosidade por ausencia da bexiga. || De ἀ priv. + κύστις bexiga + suff. *ia*.

Acystúroneuría, *s. f.* paralysia da bexiga (Piorry). || De ἀ priv. + κύστις bexiga + οὖρον urina + νεῦρον nervo + suff. *ia*.

N. Palavra talvez dispensavel.

Acystúrotrophía, *s. f.* atrophia da bexiga (Piorry). || De ἀ priv. + κύστις bexiga + οὖρον urina + τροφή nutrição + suff. *ia.*
N. Vocab. talvez excusado.

Adamantíno, *adj.* de diamante; mui rijo, duro. || De ἀδαμάντινος (form. de ἀδάμας diamante).
N. Apezar da quantidade grega, respeitada pelo adj. lat. *adamantĭnus,* o uso consagrou a accentuação paroxytona, em portuguez, neste e em varios vocabulos similhantes; é forçoso conservá-la.

Adélobránchios, *s. m. pl.* (zool.) ordem de Molluscos (Duméril). || De ἄδηλος occulto + *bránchias* (v. este vcb.).

Adelógeno, *adj.* (geol.) epitheto dado por Brogniart ás rochas resultantes da mixtura de partes tão tenues, que parecem formadas de uma só substância e não apresentam os characteristicos apparentes de um mineral conhecido (D'Orb.). || De ἄδηλος occulto + γένος formação.

Adélopnéumones, *s. m. pl.* (zool.) grupo de Molluscos que respiram o ar natural e têm o apparelho respiratorio para receber o contacto deste fluido (Gray). || De ἄδηλος occulto + πνεύμων pulmão.

Adélostómidas, *s. m. pl.* (zool.) tribu de Insectos da fam. dos Collapteridas (Solier). || De ἄδηλος occulto + στόμα bocca + suff. *idas.*
N. É vcb. formado sóbre o gen. *Adelóstoma.*

Adelphólitho, *s. m.* (miner.) niobato de ferro e de manganez hydratado. || De ἀδελφός ermão + λίθος pedra.

Adélphos, *adj.* (bot.) diz-se dos estames unidos por seus filetes. || De ἀδελφός ermão.
Deriv. : adelphía (s. f.).

Adenalgía, *s. f.* (med.) dôr que tem sua séde numa glandula.|| De ἀδήν glandula + ἄλγος dôr + suff. *ia.*

Adenéctomía, *s. f.* (med.) ablação das vegetações adenoides.||De ἀδήν glandula + ἐκτομή corte + suff. *ia.*

Adenéctopía, *s. f.* (med.) situação de uma glandula fóra de sua séde normal. || De ἀδήν glandula + *ectopía* (v. este vcb.).

Adenémphraxía, *s.f.* (med.) obstrucção, enfartação glandular. || De ἀδήν glandula + *emphraxía* (v. este vcb.).

Adenía, *s. f.* (med.) molestia em que ha proliferação do tecido lymphoide (Trousseau). || De ἀδήν glandula + suff. *ia.*

Adeníte, *s. f.* (med.) inflammação de uma glandula, e particularmente dos ganglios lymphaticos. || De ἀδήν glandula + suff. *ite.* (V. *acrobystíte.*)

Ádenochirápsología, *s. f.* titulo de uma obra de Browne sôbre a virtude, attribuida outrora aos reis de Inglaterra, de curarem a escrofula por simples imposição de mãos. || De ἀδήν glandula + χειραψία imposição de mãos + λόγος tractado + suff. *ia.*

Ádenochondrôma, *s. m.* (med.) tumor cartilaginoso desenvolvido juncto de uma glandula. || De ἀδήν glandula + *chondrôma* (v. este vcb.).

Ádenodiástase, *s. f.* (med.) dissociação anormal dos lobos glandulares. || De ἀδήν glandula + διάστασις separação.

Ádenographía, *s. f.* (anat.) descripção das glandulas. || De ἀδήν glandula + γράφω descrevo + suff. *ia.*

Adenóide, *adj.* (anat.) que

tem forma ou aspecto de tecido glandular.||De αδενοειδής (comp. de ἀδήν glandula + εἶδος forma).
N. Este suffixo *óidc* é, como se vê, de origem grega (v. ἀμυγδαλοειδής, δισκοειδής, δενδροειδής, σφαιροειδής, etc.), e passou para o latim com a forma *oides* (v. *amygdaloïdes, discoïdes, dendroïdes, sphœroïdes*, etc.).
O italiano converteu-o em *oide*, o francez em *oïde* conforme á quantidade latina, o inglez em *oid*, e o hispanhol conservou a forma primitiva *oides*.
Em portuguez todos estes adjectivos occorrem nos diccionarios com a desinencia *oide*, que pode permanecer por derivarem-se elles do accusativo latino mediante a quéda do *m* final. Só ha para notar-se que em rigor devêra ser desfeito o diphthongo *oi* e dizer-se : *dendroïde, espheroïde*, etc., mas esta innovação romperia com o uso geral, e não é licito recommendá-la.
Grande número de taes vocabulos passaram á categoria de substantivos, como *allantoide, arachnoide, deltoide* e outros ; conserva-se-lhes o mesmo modo de graphar e a mesma prosodia.
Quanto á desinencia *óideo*, que achamos em *esphenoideo, ethmoideo*,etc.,auctorizados por alguns, deve reservar-se para os adjectivos derivados daquelles substantivos ; assim *a allantoide* (vesicula), mas o *líquido allantóideo*, e outros.

* **Adenolipómatóse**, *s. f.* (med.) molestia characterizada por tumefacções lipomatosas diffusas, etc (Launois e Bensaude). || De ἀδήν glandula + *lipóma* (v. este vcb.) + suff. *óse*.

Adenologadite, *s. f.* (med.) conjunctivite dos recem-nascidos (Graeff e Sonnemayer). || De ἀδήν glandula + λογάδες alva do ôlho + suff. *íte*.

Adenología, *s. f.* (anat.) tractado das glandulas. || De ἀδήν glandula + λόγος tractado + suff. *ía*.

Adenolymphíte, *s. f.*(med.) inflammação dos gangiios e dos vasos lymphaticos. || De ἀδήν glandula + *lympha* (v. este vcb.) + suff. *íte*.

Adenôma, *s. m.*(med.) tumor ou producção accidental homeomorpha, cujos elementos essenciaes são tubos ou fundos de sacco glandulares (Broca). || De ἀδήν glandula + suff. *ôma*.

Adenomalacía, *s. f.* (med.) amollecimento das glandulas. || De ἀδήν glandula + μαλαχία molleza.
N. Quanto á prosodia, v. *acardía*.

Adeno-meningea, *adj.* e *s. f.* (med.) nome dado por Pinel á febre mucosa. || De ἀδήν glandula + μήνιγξ membrana + suff. *ea*.

* **Adenomyxôma**, *s. m.* (med.) tumor desenvolvido á custa dos elementos de uma glandula. || De ἀδήν glandula + *myxôma* (v. este vcb.).

Adenoncóse, *s. f.* (med.) entumescimento das glandulas. || De αδήν glandula + ὄγκωσις enfartamento.

Adenopathía, *s. f.* (med.) molestia das glandulas em geral. || De ἀδήν glandula + πάθος molestia + suff. *ía*.

Adenopharýngeo, *adj.* (med.) que pertence á pharynge e á glandula thyreoide.||De ἀδήν glandula + φάρυγξ pharynge + suff. *eo*.

Adenopharyngíte, *s. f.* (med.) inflammação das amygdalas e da bocca posterior. || De ἀδήν glandula + φάρυγξ pharynge + suff. *íte*.

* **Ádenophlegmão,** *s. m.* (med.) adenite suppurada. || De ἀδήν glandula + *phlegmão* (v. este vcb.).

Ádenophthalmía, *s. f.* (med.) inflammação das glandulas de Meibomio.|| De ἀδήν glandula+*ophthalmía* (v. este vcb.).

Ádenophýllo, *adj.* (bot.) que tem glandulas nas folhas. || De ἀδήν glandula + φύλλον folha.

Ádenoscleróse, *s. f.* (med.) endurecimento das glandulas. || De ἀδήν glandula + σκληρός duro + suff. *óse.*

Adenôso, *adj.* glanduloso, similhante a glandulas. || De ἀδήν glandula + suff. *óso.*

Ádenostémone, *adj.* (bot.) que tem glandulas nos filetes estaminaes. || De ἀδήν glandula + στήμων, ονος fio.

N. Não ha razão para graphar *adenostemono*, como traz Figueiredo, que aliaz consigna *isostémone* com muito acêrto.

Ádenostýleas, *s. f. pl.* (bot.) tribu da ordem das Compostas (Cassini). || De ἀδήν glandula + στύλος columna, estylete + suff. *eas.*

Ádenosýnchitoníte, *s. f.* (med.) syn. de *ádenologadíte.* || De ἀδήν glandula + σύν com + χιτών tunica + suff. *íte.*

N. « Mauvais mot », dizem Littr. e Rob.

Ádenotomía, *s. f.* (med.) dissecção das glandulas. || De ἀδήν glandula + τομή corte + suff. *ia.*

* **Ádenotrichía,** *s. f.* (med.) folliculite. || De ἀδήν glandula + θρίξ, τριχός cabello + suff. *ia.*

Adephagía, *s. f.* (med.) voracidade, appetite insaciavel. || De ἄδην muito + φαγεῖν comer + suff. *ia.*

N. Este graphar é preferivel a *addephagía*, porque ἀδήν mais commummente se escreve com um só delta.

Adéphagos, *s. m. pl.* (zool.) familia de Insectos Coleopteros pentameros (Clairville). || De ἀδηφάγος voraz (comp. de ἄδην muito + φαγεῖν comer).

Ádiabático, *adj.* (phys.) que se oppõe á transmissão do calor; que se realiza sem transmissão de calor. || De ἀδιάβατος impenetravel (form. de ἀ priv. + διά atravez + βαίνω ando) + suff. *ico.*

Adiánto, *s. m.* (bot.) planta acotyledone, da ordem dos Fetos, sub-ordem das Polypodiaceas, gen. *Adiantum*. || De ἀ priv. + διαίνω molho.

N. *Adiantho* (com *th*) é êrro, que convem eliminar.

Adia horése, *s. f.* (med.) suppressão da transpiração. || De ἀ priv. + *diaphorése* (v. este vcb.).

Adiaphorísta, *s. m.* nome dado no seculo XVI aos lutheranos moderados (Vieira). || De ἀδιάφορος indifferente + suff. *ista.*

Deriv.: *adiaphorismo* (s. m.).

Adiáphoro, *adj.* (mor. e theol.) indifferente, dispensavel. || De ἀδιάφορος (form. de ἀ priv. + διαφέρειν ser importante).

N. O vocabulo é talvez dispensavel.

Adiathérmico, *adj.* (phys.) incapaz de transmittir o calorico (Webst.). || De ἀ priv. + διά atravez + θέρμη calor + suff. *ico.*

Adiathésico, *adj.* (med.) diz-se das molestias que se produzem sem prévia diáthese.|| De ἀ priv. + *diáthese* (v. este vcb.) + suff. *ico.*

Adipsía, *s. f.* (med.) falta de sêde.|| De ἀ priv. + δίψα sêde + suff. *ia.*

Adóxa, *s. f.* (bot.) planta dicotyledone, da tribu das Sambucineas, segundo Baillon. ||

De ἀ priv. + δόξα brilho, glória.

Adráchne, *s. f.* (bot.) árvore similhante ao medronheiro. || De ἀδράχνη beldroega.

Adragántho, *s. m.* (pharm.) gomma que mana espontaneamente do caule e dos ramos de algumas plantas Leguminosas do gen. *Astrágalus.* || Pelo francez *adragant,* vem do gr. τραγάκανθα planta chamada « barba de bode ».

N. Brotero auctoriza *tragacantho* mais chegado á origem grega.

Deriv.: adraganthína (s. f.).

Advnamía, *s. f.* (med.) debilidade, inanição, prostração physica e moral. || De ἀδυναμία (form. de ἀ priv. + δύναμις fôrça).

Deriv.: adynámico (adj.).

Ádyto, *s. m.* o mais interno e sagrado do templo; sanctuario. || De ἄδυτον (form. de ἀ priv. + δύω penetro).

* **Aedeíneos,** *s. m. pl.* (zool.) sub-familia dos Nematóceros Culícidas. || Do gen. *Aédes* (e este de ἀηδής importuno) + suff. *íneos.*

Áereo, *adj.* pertencente ao ar, de sua natureza, ou que anda no ar. || Pelo lat. *aerius,* de ἀέριος (form. de ἀηο ar).

N. O rigor etymologico pediria *aério;* mas a mudança do *i* breve latino para *e* tambem entra nas regras usuaes de derivação.

Áerhémoctonía, *s. f.* (med.) morte pela introducção do ar nas veias. || De ἀήρ ar + αἷμα sangue + κτόνος morte + suff. *ía.*

N. Littré e Rob. observam com razão, que a palavra áerhémotoxía foi mal formada e deve ser substituida.

Áerhémotoxía. V. *áerhémoctonía.*

Aeróbio, *adj.* e *s. m.* (biol.) que tem necessidade de ar ou de oxygenio livre para viver. || De ἀήρ ar + βίος vida.

* **Aerobióse,** *s. f.* (med.) vida no ar ou em contacto com o ar. || De ἀήρ ar + βίωσις vida.

Áerocýste, *s. f.* (bot.) nome dado ás vesiculas aereas das Algas, Fucos, Florideas, etc. || De ἀήρ ar + κύστις bexiga.

Áerodermèctasía, *s. f.* (med.) distensão dos tegumentos por gazes. || De ἀήρ ar + δέρμα pelle + ἔκτασις dilatação + suff. *ía.*

Áerodynámica, *s. f.* (phys.) parte da sciencia que tracta das leis que presidem ao movimento dos fluidos elasticos. || De ἀήρ ar + *dynâmica* (v. este vcb.).

Áerogástros, *s. m. pl.* (bot.) tribu de Cogumelos Gastromycetes (Nees d'Esenbeck). || De ἀήρ ar + γαστήρ ventre.

Áerographía, *s. f.* descripção do ar. || De ἀήρ ar + γράφω descrevo + suff. *ía.*

Deriv: áerográphico.

Áerohýdro, *adj.* (miner.) corpo ôco, cuja cavidade encerra um líquido e uma bolha de ar. || De ἀήρ ar + ὕδωρ agua.

Aerohýdropathía. V. *aerohydrotherapía.*

Áerohýdrotherapía, *s. f.* (med.) methodo de tractamento, em que o ar e a agua são os principaes agentes curativos. || De ἀήρ ar + ὕδωρ agua + θεραπεία tractamento.

N. O vcb. francez *aérohydropathie* foi mal formado, e deve passar para o portuguez com a modificação proposta.

Aerólitho, *s. m.* (geol.) massa mineral, que das regiões elevadas se precipita sôbre a terra, accompanhada de phenomenos luminosos e de estampido. || De ἀήρ ar + λίθος pedra.

ÁER — 23 — AER

N. Antigos lexicographos grapharam e accentuaram erradamente este vocabulo; A. Coelho, de accôrdo com a etymologia, consigna o melhor.

Deriv.: *aerolíthico* (adj.).

Aerologia, *s. f.* parte da Physica, que tracta do ar. || De ἀήρ ar + λόγος tractado + suff. *ia*.

Aeromancía, *s. f.* arte de adivinhar por signaes tirados do ar. || De ἀήρ ar + μαντεία adivinhação.

N. Não são accordes nem coherentes consigo mesmos os lexicographos quanto á prosodia dos vocabulos derivados de μαντεία. O meio de pôr termo a esta desordem é adoptar-se que tenham todos o accento tonico sôbre o *i*, o qual provém do diphthongo grego ει e de um *i* longo latino.

Deriv.: *áerománte* (s. m.).

Aerómetro, *s. m.* (phys.) instrumento com que se conhece a condensação ou a rarefacção do ar e de outros gazes. || De ἀήρ ar + μέτρον medida.

Deriv.: *áerometría* (s. f.), *áerométrico* (adj.).

Áeronáuta, *s. m.* (phys.) pessoa que corre os ares em balão aerostatico. || De ἀήρ ar + ναύτης navegante.

Deriv.: *áeronáutica* (s. f.), *áeronáutico* (adj.).

Aerophagía, *s. f.* (med.) deglutição de ar seguida de eructações. || De ἀήρ ar + φαγεῖν comer + suff. *ia*.

Áerophobía, *s. f.* (med.) horror á impressão do ar em movimento (symptoma frequente na raiva). || De ἀήρ ar + φόβος medo + suff. *ia*.

Deriv.: *aerophobo* (adj.).

Áerophónio, *s. m.* (phys.) apparelho que modifica a voz humana para torná-la perceptivel a grande distância. || De ἀήρ ar + φωνή voz + suff. *io*.

Aeróphoro, *adj.* que conduz o ar. || De ἀήρ ar + φορός conductor.

Aeróphyto, *adj.* (bot.) nome dado ás plantas que vivem no ar (Lamouroux). || De ἀήρ ar + φυτόν planta.

*****Áeropiesía,** *s. f.* (med.) o mesmo que áeropíesotherapía. || De ἀήρ ar + πίεσις pressão + suff. *ia*.

Cogn.: *áeropiesismo* (s. m.).

*****Áeropíesotherapía,** *s. f.* (med.) methodo therapeutico por meio do ar condensado ou rarefeito. || De ἀήρ ar + πίεσις pressão + θεραπεία tractamento.

***** **Áeroplethysmógrapho,** *s. m.* (med.) apparelho que regista as mudanças de volume do thorax durante a respiração. || De ἀήρ ar + πληθυσμός enchimento + γράφειν desenhar, escrever.

Áeroscopía, *s. f.* observação do estado e das variações da atmosphera (Webst.). || De ἀήρ ar + σκοπέω observo + suff. *ia*.

Áeroscópio, *s. m.* (phys.) instrumento que recolhe para exame as poeiras atmosphericas. || De ἀήρ ar + σκοπέω observo + suff *io*.

N. Á similhança de *telescópio*, seu congenere, a desinencia do presente vocabulo não pode ser outra.

Aeróstato, *s. m.* (phys.) balão cheio de um fluido mais leve do que o ar, que tende a elevar-se e a suster-se na atmosphera. || De ἀήρ ar + στατός parado, suspenso.

N. Em sua maioria os lexicographos portuguezes auctorizam a prosodia *aerostáto;* mas a quantidade breve do α de στατὸς, já respeitada em *próstata* e *apóstata*, exige que se faça esdruxulo o vocabulo, como Roquette e Figueiredo mui

acertadamente mandam pronunciar.
Deriv.: *aerostática* (s. f.), *aerostático* (adj.).
Áerotherapia, *s. f.* (med.) methodo therapeutico que consiste no simples emprêgo do ar, ou rarefeito ou condensado. || De ἀήρ ar + θεραπεία curativo. Deriv.: *áerotherápico* (adj.).
* **Áerotonómetro,** *s. m.* (physiol.) apparelho que mede a tensão dos gazes no sangue e nos outros líquidos do organismo. || De ἀήρ ar + τόνος pressão + μέτρον medida.
* **Áerotropísmo,** *s. m.* propriedade que tem o protoplasma de reagir deante da acção do oxygenio. || De ἀήρ ar + τροπή volta, conversão + suff. *ismo*.
Aesthesiógeno, *adj.* V. *esthesiógeno*.
Aethrioscópio, *s. m.* — V. *ethrioscópio*.
Aetíto, *s. m.* (miner.) peroxydo de ferro hydratado natural; pedra d'aguia. || De ἀετίτης (form. de ἀετός aguia).
N. Sôbre a terminação, v. *achyríto*. Ad. Coelho regista egualmente *etíte*, forma de todo incorrecta.
Agalactía, *s. f.* (med.) falta de leite. || De ἀγαλακτία (form. de ἀ priv. + γάλα, ακτος leite).
N. *Agalaccia*, que alguns diccionarios registam, é forma menos correcta.
Agalácto, *adj.* que não tem leite, ou que não mammou. || De ἀ priv. + γάλα, ακτος leite.
Agállochítes, *s. m.* (paleont.) antigo nome da madeira fossil, que se parecia com o pau d'aloe. || De ἀγάλλοχον pau d'aloe + suff. *ítes*.
Agállocho, *s. m.* calambuco fino, pau d'aloé; substáncia balsamica proveniente da *Excœcaria Agallocha* L. || De ἀγάλλοχον pau d'aloe.

N. A origem grega e o vcb. lat. *agallochum* condemnam as formas *agalloche* e *agalloco* que andam auctorizadas nos diccionarios portuguezes.
Agálmatólitho, *s. m.* (miner.) variedade de silicato de aluminio hydratado, pagodito de Beudant; pedra de que os Chins fazem figurinhas. || De ἄγαλμα ornamento, estatua + λίθος pedra.
N. *Agamaltolitho*, que occorre em Faria e Lacerda, evidentemente é êrro typographico.
* **Agálmidas,** *s. m. pl.* (zool.) familia de Celentereos Siphonophoros. || De ἄγαλμα ornato, joia, estatua + suff. *idas*.
Agamo, *adj.* (bot.) privado de orgãos sexuaes; nome dado erroneamente aos Cryptogamos de Linneu. — (Zool.) subdivisão dos Molluscos, segundo Latreille. || De ἀ priv. + γάμος casamento.
Deriv.: *Agámia* (25ª classe de plantas, no systema de Linn. reformado por L. C. Richard).
Aganippêu, *adj.* que pertence ou diz respeito á fonte Aganippe. || Pelo lat. *aganippēus*, vem de Ἀγανίππη, e este de ἄγαν muito + ἵππος cavallo.
N. Vieira, repetindo a outros, deriva este adj. de ἀγάννιφος coberto de neves; é êrro evidente. Moraes e A. Coelho dão-lhe a exacta prosodia.
Agapántho, *s. m.* (bot.) planta da ordem das Liliaceas, gen. *Agapanthus*. || Provavelmente de ἀγάπη amor + ἄνθος flôr.
Deriv.: *agapántheas* (s. f. pl.).
Agape, *s. f.* (eccles.) banquete, ou refeição da noite que entre si faziam os christãos da Egreja primitiva. || De ἀγάπαι (form. de ἀγάπη amor).
N. Moraes e A. Coelho dão-lhe acertadamente o genero fe-

minino; mas o primeiro (8ª ed.) consigna tambem a forma *agapo*, que é inadmissivel.

Agapétas, *s. f. pl.* (eccles.). na Egreja primitiva, virgens que viviam em communidade com os Apostolos e com os outros fieis. || Pelo lat. *agapetœ*, vem de ἀγαπητός amavel, caro.
N. Faria fez esdruxulo este vocabulo; mas A. Coelho já corrigiu o êrro.

Agárico, *s. m.* (bot.) especie de Cogumelos, gen. *Agáricus.* — (Miner.) variedade de cré, fina, branca e esponjosa. || De ἀγαρικὸν.
Deriv.: agarícico (adj.), *agaricíneas* (s. f. pl.).

Agasýllide, *s. f.* (bot.) planta da ordem das Umbelliferas. || De ἀγασυλλίς, nome de um arbusto.

Ágata, *s. f.* (miner.) variedade de quartzo amorpho, translucido e compacto, de côres vivas e variadas. || Provavelmente pelo fr. *agate*, vem de ἀχάτης.
N. Livros portuguezes antigos auctorizam *acháteS* inteiramente conforme á origem grega; mas o uso consagrou a corruptela, que já não pode ser banida.

Agathúrgo, *s. m.* (ant.) em Esparta, nome dado aos cinco primeiros veteranos que cada anno deixavam o serviço, e passavam a constituir uma especie de reserva. || De ἀγαθουργός ou ἀγαθοεργοί (comp. de ἀγαθός bom + ἔργον obra).
N. Vieira traz — *agathoérge* — evidentemente mal formado.

Agáve, *s. f.* (bot.) planta da ordem das Amaryllidaceas, gen. *Agave.* || De ἀγαυός magnifico, admiravel?
Deriv.: agáveas (s. f. pl.).

Agenesía, *s. f.* impossibilidade de gerar, esterilidade. || De ἀ priv. + γένεσις geração + suff. *ia*.

N. Quanto á prosodia, v. *acardía*.
Deriv.: agenésico (adj.).

Ágeno, *adj.* (bot.) nome impropriamente dado aos vegetaes cellulares por Lestiboudòis. || De ἀ priv. + γένος geração.

Ágenosômo, *s. m.* (terat.) monstro, cujos orgãos genitourinarios não existem ou se acham reduzidos a simples rudimentos (Is. G. St.-Hil.). || De ἀ priv. + γένος geração + σῶμα corpo.
N. Figueiredo faz o vcb. esdruxulo, contrariando visivelmente a quantidade da raiz.

Agerasía, *s. f.* velhice fresca e vigorosa. || De ἀ priv. + γῆρας velhice + suff. *ia*.
N. Ageracia é forma condemnavel.

Agérato, *s. m.* (bot.) planta da ordem das Compostas, gen. *Ageratum*. || De ἀγήρατον, e este de ἀ priv. + γῆρας velhice.
N. Figueiredo accentúa *ageráto*, mas sem respeito á etymologia.

Ageustía, *s. f.* (med.) ausencia do sentido do gôsto. || De ἀγευστία (form. de ἀ priv. + γεῦσις gôsto).
N. Seria egualmente acceitavel a forma *ageusía*, de ἀ e γεῦσις + suff. *ia*.

Agiographía. V. *hágiographía*. E da mesma forma todos os derivados de ἅγιος.

Aglia, *s. f.* (med.) cicatriz branca da cornea. || De ἀγλίη.

Aglossía, *s. f.* (med.) ausencia de lingua. || De ἀ priv. + γλῶσσα lingua + suff. *ia*.
Cogn.: aglósso (adj.).

Aglóssos, *s. m. pl.* (zool.) grupo de Batrachios Anuros. || De ἀ priv. + γλῶσσα lingua.

Aglossóstomo, *s. m.* (terat.) monstro, cuja bocca não tem lingua. || De ἀ priv. + γλῶσσα lingua + στόμα bocca.

2

Ágmatología, *s. f.* (med.) tractado das fracturas. || De ἄγμα fractura + λόγος discurso + suff. *ia*.

Ágnatho, *s. m.* (terat.) que não tem maxilla. || De α priv. + γνάθος maxilla.
Deriv. : *agnathía* (s. f.).

* **Agnosía,** *s. f.* (med.) perda da faculdade de reconhecer os objectos por meio dum sentido, apezar da integridade relativa do territorio cerebral correspondente. || De ἀ priv. + γνῶσις conhecimento + suff. *ia*.
N. Corresponde ao francez *agnoscie*, que é menos bem formado.

Agnosticísmo, *s. m.* (philos.) doutrina que declara o absoluto inaccessivel ao espirito humano. || De ἀ priv. + γνῶσις conhecimento + suff. *ismo*.
Deriv. : *agnosticista* (s. m.).

Agógas, *s. f. pl.* canaes de exgôtto d'agua nas minas. || Pelo lat. *agogæ*, vem de ἀγωγός conductor.
N. Os diccionarios dão *agoges*; mas, sendo este vcb. de uso mui pouco vulgar, parece conveniente restaurar-lhe a boa desinencia, tanto mais que assim o distinguimos de *agoges* (termo de musica).

Agóge, *s. f.* (mus.) successão de sons ascendentes ou descendentes. || Pelo lat. *agoge*, vem de ἀγωγὴ passagem, movimento da musica.

Agóges. V. *agógas*.

Agógico, *adj.* Sentido —, o que se colhe das palavras. || De ἀγωγὴ conducção, direcção.

Agomphóse, *s. f.* (med) estado dos dentes que vacillam nos alveolos. || De ἀ priv. + γόμφωσις articulação.

Agonía, *s. f.* estado em que o moribundo lucta com a morte. || De ἀγωνία (form. de ἀγών lucta).

Deriv. : *agoniár, agónico, agonizár*.

Agónistárcha, *s. m.* (ant.) official grego que presidia aos jogos athleticos. || De ἀγωνιστάρχης (form. de ἀγωνιστής athleta + ἄρχω commando).

Agonística, *s. f.* (ant.) arte dos athletas antigos. || De ἀγωνιστικός que diz respeito a luctas (form. de ἀγών, ῶνος lucta).

Ágono, *adj.* que não tem angulo. || De ἄγωνος (form. de ἀ priv. + γῶνος angulo).
N. A quantidade etymologica pediria *agóno*, e similhantemente para os mais derivados do mesmo radical grego; mas o uso generalizou para todos elles a accentuação proparoxytona, e não ha mudá-la.

Agonótheta, *s. m.* (ant.) magistrado grego que presidia aos jogos publicos. || De ἀγωνοθέτης (form. de ἀγών jógo athletico + τίθημι pôr).
N. A desinencia *o*, que lhe dão os diccionaristas, encontra a regra usual de derivação (cf. *planeta, propheta, cometa*, etc.).

Agonýclito, *adj.* que não dobra o joelho, e ora a Deus de pé. || De ἀ priv. + γόνυ joelho + κλιτός o que dobra (de κλίνω dóbro).

Ágora, *s. f.* praça pública, mercado em Athenas. || De ἀγορά.

Agoránomo, *s. m.* (ant.) magistrado atheniense que mantinha a polícia no mercado. || De ἀγορά praça, mercado + νόμος lei.

Agoraphobía, *s. f.* (med.) perturbação cerebral que se characteriza pelo horror ao público. || De ἀγορά assemblea + φόβος terror + suff. *ia*.
Deriv. : *agoráphobo*.

* **Agrámmatísmo,** *s. m.* (med.) impossibilidade de formar grammaticalmente as pala-

AGR — 27 — ALA

vras e de as unir segundo os preceitos syntacticos. || De ἀ priv. + γραμματική grammatica + suff. *ismo*.

Agraphia, *s. f.* (med.) impossibilidade de escrever. || De ἀ priv. + γράφω escrevo + suff. *ia*.

Agrielcóse, *s. f.* (med.) úlcera maligna. || De ἄγριος selvagem + ἕλκωσις ulceração.

Agriónias, *s. f. pl.* (ant.) festas de Baccho, celebradas pelos Orchomenios. || De ἀγριώνια (form. de Ἀγριώνιος — epitheto de Baccho).

Agrióphago, *adj.* que se nutre de animaes ferozes. || De ἄγρια animaes ferozes + φαγεῖν comer.

Agro, *s. m.* terra lavradia, campo; aspereza. || De ἀγρὸς campo.

Agrologia, *s. f.* sciencia que tracta dos terrenos em suas relações com a agricultura. || De ἀγρὸς campo + λόγος tractado + suff. *ia*.
Deriv.: agrológico (adj.).

Agromancia, *s. f.* arte de adivinhar pela terra. || De ἀγρὸς terra, campo + μαντεία adivinhação.
N. V. aeromancia.

Agrómetro, *s. m.* instrumento moderno que simplifica as operações de medição de terras, nivellamentos, etc. (Hubert). || De ἀγρὸς campo + μέτρον medida.

Agronomia, *s. f.* theoria da agricultura. || De ἀγρὸς campo + νόμος lei + suff. *ia*.
Deriv.: agronómico (adj.), *agrónomo* (s. m.).

Agropyla. V. *égagropilo*.

Agrostideas, *s. f. pl.* (bot.) tribu das Graminaceas (Kunth). || De ἄγρωστις grama + suff. *ideas*.

Agróstographia, *s. f.* (bot.) parte da sciencia que tem por objecto o estudo das Graminaceas. || De ἄγρωστος grama + γράφω descrevo + suff. *ia*.
N. Tambem se poderia acceitar *agróstiographía* (de ἄγρωστις).

*** Agrótidas,** *s. m. pl.* (zool.) familia de Lepidopteros nocturnos. || Do gen. *Ágrotis* (e este de ἀγροτίς campestre) + suff. *idas*.

Agrypnia, *s. f.* (med.) insomnia. || De ἀγρυπνία (form. de ἀ priv. + ὕπνος somno).

Agrýpnocóma, *s. m.* (med.) insomnia com grande desejo de dormir. || De ἄγρυπνος sem somno + κῶμα somnolencia.

*** Agurína,** *s. f.* (pharm.) acetato de theobromina sodico, novo medicamento diuretico. || De ἄγω conduzo + οὖρον urina + suff. *ina*.

Agynário, *adj.* (bot.) nome dado por De Candolle ás flôres dobradas, cujos pétalos provêm em totalidade ou não dos estames transformados, e em que falta o pistillo. || De ἀ priv. + γυνή mulher + suff. *ário*.

Agýnico, *adj.* (bot.) diz-se da inserção em que os estames não têm adherencias com o ovario (Ben. e Drap.). || De ἀ priv. + γυνή mulher + suff. *ico*.

Aichmophobía. V. *échmophobia*.

Akénio. V. *achénio*.

Akidopeirástica. V. *ácidopirástica*.

Akinesia. V. *acinesia*.

Alabastrito, *s. m.* (min.) sulfato de calcio hydratado, empregado para fazer vasos, etc. || De ἀλάβαστρος o alabastro + suff. *ito*.

Alabástro, *s. m.* (min.) variedade de carbonato de calcio fibroso, translucido, de côr branca mais ou menos pura. — (Ant.) vaso pequeno em que se guardavam perfumes estimados. || De ἀλάβαστρος vaso de guardar perfumes.
Deriv.: alabastrino (adj.).

Alalía, *s. f.* (med.) impossibilidade de fallar. || De ἀ priv. + λαλέω fallo + suff. *ia*.

Alcáico, *adj.* (poes.) Verso —, o verso grego ou latino que consta de 4 pés e uma cesura, inventado por Alceu. || Pelo lat. *alcaicus*, de Ἀλκαῖος Alceu.

Álce, *s. f.* (zool.) grambesta, mammal Ruminante, gen. *Cervus*. || De ἀλκή especie de veado.

Álcimo, *adj.* (myth.) epitheto dado a Saturno. || De ἄλκιμος forte, valente.

* **Alcíppidas**, *s. m pl.* (zool.) familia de Crustaceos Cirripedes. || Do gen. *Alcippe* (e este de Ἀλκίππη Alcippe) + suff. *idas*.

Alcmánio, *adj.* (poes.) Verso —, verso composto de trez pés dactylos e uma cesura. || Pelo lat. *alcmanium* (metrum), vem de Ἄλκμαν Alcmano, poeta lyrico da Grecia.

Alcýone, *s. m.* (zool.) ave tambem chamada maçarico. || De ἀλκύων ou ἀλκύων (form. de ἅλς mar + κύειν parir).

N. alcyon, alcion, alcione, alciona são formas todas condemnaveis.

Deriv.: *alcyóneo* (adj.), *alcyónidas* (s. m. pl.), *alcyonários* (s. m. pl.) e *alcyonídidas* (s. m. pl.).

Alcyonítes, *s. m.* (paleont.) nome antigo de varios zoophytos fosseis. || De *alcyóneo* (v. *alcyone*) + suff. *ites*.

Alécitho, *adj.* (zool.) diz-se do ovo, que não tem vitello ou o tem em pequenissima proporção. || De ἀ priv. + λέκιθος gemma d'ovo.

V. *héterolécitho* e *télolécitho*.

Alectória, *s. f.* pedra que se acha na moella dos gallos, e a que attribuiam os antigos maravilhosa virtude. || Pelo lat. *alectoria* (gemma), vem de ἀλέκτωρ gallo.

Alectóridas, *s. m. pl.* (zool.) fam. de Aves. || De ἀλέκτωρ gallo + suff. *idas*.

Aléctoromancia, *s. f.* (ant.) adivinhação que se fazia por meio de um gallo. || De ἀλέκτωρ gallo + μαντεία adivinhação.

N. Talvez fôsse melhor *aléctryomancía* derivado do vcb. grego ἀλεκτρυομαντεία já formado.

Aléctryomancía, *s. f.* V *aléctoromancía*.

Alethóphilo, *adj.* amante da verdade, pseud. de escriptores satiricos. || De ἀλήθεια verdade + φίλος amigo.

* **Aleucêmico**, *adj.* (med.) diz-se de uma forma de lymphadenia, em que não augmenta o número de globulos brancos no sangue. || De ἀ priv. + λευκὸς branco + αἷμα sangue + suff. *ico*.

Aléuroleucíto, *s. m.* (bot.) leucíto com grãos de aleurona. || De ἄλευρον farinha + *leucíto* (v. este vcb.).

Aléuromancía, *s. f.* (ant.) adivinhação por meio de farinha. || De ἄλευρον farinha + μαντεία adivinhação.

Aleurómetro, *s. m.* instrumento inventado para determinar a quantidade de gluten, que ha na farinha. || De ἄλευρον farinha + μέτρον medida.

Aleuróna, *s. f.* (bot.) substância azotada descoberta por Hartig, abundante nas sementes, e que accompanha o amido. || De ἄλευρον farinha.

Deriv.: *aleurónico* (adj.).

Aléuroscýpheos, *s. m. pl.* (bot.) divisão dos Cogumelos Hymenomycetes, segundo Bluff e Fingerhut. || De ἄλευρον farinha + σκύφος taça + suff. *eos*.

Aléxetério, *s. m.* (med.) antidoto, preservativo. || De ἀλεξητήριον (scil. φάρμακον) que serve para preservar.

N. M. Bernardes empregou *alexitério*, e assim occorre nos

diccionarios; mas a correcção é facil e deve fazer-se.

Alexía, *s. f.* (med.) impossibilidade pathologica de lêr. || De α priv. + λέξις leitura + suff. *ia*.

Alexína, *s. f.* (med.) substância albuminoide bactericida, que existe no sôro do sangue normal (Buchner). || De ἀλέξειν repellir + suff. *ina*.

Aléxiphármaco, *s. m.* (med.) ñome de medicamentos antigos de acção tonica, excitante ou sudorifica, que se empregavam como contra-venenos. || De ἀλεξιφάρμακον (form. de ἀλέξειν repellir + φάρμακον veneno).

Aléxipyrético, *adj.* (med.) febrifugo. || De ἀλέξω repillo + πυρετὸς febre + suff. *ico*.

Alexitério. V. *aléxetério*.

Algédo, *s. f.* (med.) nome dado por Cockburne ás dôres no ano, nos testiculos e na bexiga, que se succedem a uma suppressão brusca de blennorrhagia. || De ἀλγηδών dôr.

* **Algesímetro**, *s. m.* (med.) apparelho que mede a intensidade da excitação necessaria para produzir uma impressão dolorosa. || De ἄλγησις dôr + μέτρον medida.

Álgophilía, *s. f.* (med.) aberração que leva o demente ou degenerado a procurar sensações dolorosas. || De ἄλγος dôr + φίλος amigo + suff. *ia*. Cogn. : *algóphilo* (adj.).

* **Algóstase**, *s. f.* (med.) diminuição ou abolição da sensibilidade á dôr, em casos de grande traumatismo (Verneuil). || De ἄλγος dôr + στάσις parada.

Alípta, *s. m.* (ant.) o que unctava de azeite o corpo dos athletas. || Escravo encarregado de unctar e perfumar os que saíam do banho. || De ἀλείπτης (form. de ἀλείφω uncto).

N. As formas *alipte* e *alipto*, que andam nos diccionarios, são menos conformes ás regras de derivação.

Deriv. : *alíptica* (s. f.).

Alísma, *s. m.* (bot.) planta tambem chamada tanchagem aquatica, typo da ordem das Alismaceas. || De ἄλισμα.

Deriv. : *alismáceas* (s. f. pl.), *alísmeas* (s. f. pl.), *alismóide* (adj.).

Allagíto, *s. m.* (min.) synonymo de rhodonito. || De ἀλλαγή mudança + suff. *ito*.

Állagostémone, *adj.* (bot.) nome dado por Mœnch aos estames alternadamente oppostos, uns aos sépalos e outros aos pétalos. || De ἀλλαγή mudança + στήμων, ονος filamento, estame.

N. Figueiredo equivoca-se auctorizando *agalostemono*, que não existe nem tem derivação possivel; o radical grego γαλος, que elle consigna, é de todo imaginario.

* **Allantíase**, *s. f.* (med.) botulismo; série de accidentes devidos á ingestão de substâncias alteradas, do genero da salchicha. || De ἀλλᾶς, ἄντος salchicha + suff. *iase*.

Allantóico, *adj.* (chim.) Acido —, substância que existe no líquido allantoideo. || De *allantóide* (v. este vcb.) + suff. *ico*.

N. Teria sido preferivel formar *allantoïdico*.

Allantóide, *s. f.* (anat.) vesicula que faz parte importante do feto, etc. || De ἀλλαντοειδής que tem forma de salchicha (form. de ἀλλᾶς salchicha + εἶδος forma).

Dériv. : *allantóideo* (adj.).

Allantoína, *s. f.* (chim.) substância neutra encontrada no líquido allantoideo. $C^4H^6Az^4O^3$ (Wurtz). || De *allantóide* (v. este vcb.) + suff. *ina*.

ALL — 30 — ÁLL

N. Teria sido mais bem formado — *allantoïdína.*

*Allántotóxico, s. m. (med.) veneno que se desenvolve nas salchichas e murcellas. || De ἀλλᾶς salchicha + τοξικὸν veneno.

Allegoría, s. f. (rhet.) especie de metaphora continuada, que exprime cousa differente da que directamente enuncia. — (Pint.) composição empregada para exprimir uma idea abstracta. || De ἀλληγορία.
Deriv. : allegórico (adj.), *allegorísta* (s. m.) e *allegorizár* (v.).

* Allénthese, s. f. (med.) penetração ou presença de corpo extranho no organismo (Walther). || De ἄλλος extranho + ἔνθεσις introducção.

* Alleótico, adj. (med.) nome antigo dado ás substâncias que se julgavam proprias para mudar a composição do sangue. || De ἀλλοῖος differente + suff. *ico.*

* Allesthesía, s. f. (med.) estado pathologico em que as sensações tacteis são referidas pelo individuo, não ao poncto tocado, mas ao poncto symmetrico do outro lado. Tambem se diz *allochiría.* || De ἄλλος outro + αἴσθησις sensação + suff. *ia.*
N. Fôra mais correcto — *héteresthesía.*

Állocheziа, s. f. (med.) evacuação das materias fecaes por um ano artificial ou outra abertura accidental do intestino. || De ἄλλος outro + χέζω evacuo + suff. *ia.*

* Allochiría, s. f. (med.) o mesmo que *allesthesía.* || De ἄλλος outro + χείρ mão + suff. *ia.*

Állochroíto, s. m. (miner.) variedade de granada compacta de côr esverdeada, descoberta por Andrada na Noruega. || De ἄλλος differente + χρόα côr + suff. *ito.*

Állochromasía. V. *állochromatía.*

Állochromatía, s. f. (med.) visão das côres por modo differente do que realmente são. || De ἄλλος differente + χρῶμα, ατος côr + suff. *ia.*
N. Fig. regista *allochromasía* tirado do francez « allochromasie »; mas, havendo na raiz de χρῶμα, ατος um τ e não σ, claro está que a boa forma portugueza deve ser a que acima se consigna.

* Állocinesía, s. f. (med.) perturbação da motilidade, em que o doente move um dos membros quando se manda mover o outro. || De ἄλλος outro + κίνησις movimento + suff. *ia.*
N. Fôra mais correcto dizer: *héterocinesía.*

* Álloclásio, s. m. (miner.) nome dado por Tchermak a um mineral até então considerado identico ao glaucodoto (cobalto arsenio-sulfurado rhombico) || De ἄλλος diverso + κλάω quebro + suff. *io.*

* Allógeno, adj. de outra raça. || De ἄλλος outro + γένος raça.

* Allogoníto, s. m. (min.) synonymo de herderito—um fluophosphato de calcio e glycinio. || De ἄλλος outro + γόνυ angulo + suff. *ito.*

Allógono, adj. (miner.) diz-se de um crystal que reune á forma de um nó a de um decaedro de triangulos escalenos, etc. (Fig.). || De ἄλλος outro + γόνυ angulo.

Állomorphía, s. f. passagem de uma forma para outra. || De ἄλλος outro + μορφή forma + suff. *ia.*
Deriv. : állomórphico (adj.).

Állomorphíto, s. m. (miner.)

variedade de sulfato de baryo (Landr.). || De ἄλλος outro + μορφή forma + suff. *ito.*

Allónymo, *s. m.* auctor que usa de nome diverso do seu. || De ἄλλος outro + ὄνυμα nome.

Allopathía, *s. f.* (med.) segundo Hahnemann, methodo de tractamento em que se faz uso de substâncias que produzem no homem são effeitos differentes dos que se observam no doente. || De ἄλλος diverso + πάθος molestia + suff. *ia.*

Deriv. : allopátha (s. m.), *allopáthico* (adj.).

N. O substantivo *allopátha*, como outros congeneres derivados da mesma raiz πάθος, devêra ser proparoxytono; mas o uso popular deu-lhes a todos outra prosodia, e já não é lícito corrigi-la.

Allophana. V. *állophánio.*

Allopháníco, *adj.* (chim.) Acido —, acido organico que tem por fórmula $C^2H^4Az^2O^3$, e não existe sinão no estado de sal (Wurtz).|| De ἄλλος outro + φαίνω appareço + suff. *ico.*

Deriv. : allophanáto (s. m.).

Állopháníọ, *s. m.* (miner.) silicato de aluminio hydratado descoberto na Turingia. || De ἄλλος outro + φαίνω pareço + suff. *io.*

N. Vieira e outros trazem *allophana,* e assim temos ouvido no Brasil; mas é necessario fixar para este vcb. a desinencia *io* commum a várias outras especies mineralogicas (cf. acerdésio, aphanésio, etc.).

***Állophthalmía,** *s. f.*(med.) dissimilhança de coloração da iris nos dous olhos do mesmo individuo (Dr. Sakorraphos). || De ἄλλος outro, differente + ὀφθαλμὸς ôlho + suff. *ia.*

* **Allophýllo,** *s. m.* (bot.) arbusto de Ceylão, da ordem das Sapindaceas. || De ἄλλος differente + φύλλον folha.

* **Allophýlo,** *s. m.* extrangeiro; nome que davam povos antigos a seus inimigos. || De ἀλλόφυλος (form. de ἄλλος outro + φυλή tribu).

* **Állorhythmía,** *s. f.* (med.) nome generico de várias arrhythmias periodicas do coração e do pulso (Sommerbrodt). || De ἄλλος differente + ῥυθμός rhythmo + suff. *ia.*

* **Allótriodontía,** *s. f.* (med.) implantação anormal ou viciosa dos dentes. || De ἀλλότριος extranho, insolito + ὀδοὺς dente + suff. *ia.*

Allótriophagía, *s. f.* (med.) depravação do appetite, que leva os individuos a comerem substâncias não alimenticias. || De ἀλλότριος extranho + φαγεῖν comer + suff. *ia.*

Deriv. : allotrióphago.

* **Allótriosmía,** *s. f.* (med.) vício de olfato, que consiste em sensações olfativas paradoxaes. || De ἀλλότριος extranho + ὀσμή cheiro + suff. *ia.*

* **Allótriotecnía,** *s. f.* (med.) expulsão de um feto monstruoso. || De ἀλλότριος extranho + τέχνον criança + suff. *ia.*

Állotróphico, *adj.* (med.) diz-se das substâncias organicas que, conservando suas propriedades physicas e chimicas ordinarias, perdem todavia suas propriedades physiologicas ou nutritivas normaes, em consequencia de mudanças moleculares. || De ἄλλος outro, diverso + τροφή nutrição + suff. *ico.*

Állotropía, *s. f.* (chim.) nome proposto por Berzelius á propriedade particular de certos corpos simples, que podem a resentar-se em estados differentes e gosando de propriedades physicas e chimicas tambem diversas. || De ἄλλος outro + τρόπος modo de ser + suff. *ia.*

Deriv. : *allotrópico* (adj.) e *allótropo* (adj.).

Áloe, *s. f.* (bot.) planta da ordem das Liliaceas.—(Pharm.) substância extracto-resinosa que se tira das folhas de várias especies do gen. *aloe.* || De ἀλόη.
N. Não ha razão para dar-lhe a forma *aloes,* que a imitação do francez vae entre nós vulgarizando; já Moraes, Constancio e Roquette grapharam acertadamente.
Deriv.: *aloético* (adj.), *aloína* (s. f.), *aloíneas* (s. f. pl.).

Alogía, *s. f.* despropósito, absurdo. || De ἀλογία (form. de ἀ priv. + λόγος razão).

* **Álogotrophía,** *s. f.* (med.) irregularidade de nutrição. || De ἄλογος desproporcionado + τροφή nutrição + suff. *ia.*

Alopecía, *s. f.* (med.) quéda geral ou parcial dos cabellos. || De ἀλωπεκία (form. de ἀλώπηξ raposa).
N. Aulete com muita razão auctoriza a pronúncia paroxytona deste vocabulo.
Deriv. : *alopécico.*

Alphabéto, *s. m.* abecedario. || De ἀλφάβητος (form. de ἄλφα + βῆτα as duas primeiras lettras do abecedario grego).
Deriv. : *alphabetár* (v.), *alphabetário* e *alphabético*(adjs.).

* **Álphitomancía,** *s. f.* (ant.) adivinhação por meio de farinha. || De ἄλφιτον farinha + μαντεία adivinhação.

* **Álphitomórpho,** *adj.* (bot.) nome dado a alguns Cogumelos microscopicos pulverulentos. || De ἄλφιτον farinha + μορφή forma.

Álpho, *s. m.* (med.) antigo nome de molestia cutanea que produz manchas brancas na pelle. || De ἀλφός.
N. As regras usuaes de derivação condemnam a forma *alphos* (com *s*), que occorre nos diccionarios.

Althéa, *s. f.* (bot.) planta medicinal da ordem das Malvaceas. || De ἀλθαία (form. de ἄλθειν curar).
N. Segundo seu systema, Figueiredo accrescenta-lhe um *i* (altheia), que não tem razão de ser etymologica.

* **Alymphía,** *s. f.* (med.) falta de lympha. || De ἀ priv. + *lympha* (v. este vcb.) + suff. *ia.*

* **Alypína,** *s. f.* (med.) medicamento anesthesico, de recente invenção. || De ἀ priv. + λύπη dôr + suff. *ina.*

Alýsmo, *s. m.* anxiedade, inquietação. || De ἀλυσμός (deriv. de ἀλύω estou afflicto).
N. Não ha razão para conservar-lhe a desinencia grega *on,* que Figueiredo já acertadamente eliminou.

Alýsso, *s. m.* (bot.) planta da ordem das Cruciferas, empregada outrora contra a raiva e mordedura de animaes venenosos. || De ἄλυσσον (form. de ἀ priv. + λύσσα raiva).
Deriv. : *alýsseas* (s. f. pl.).

* **Ályta,** *s. m.* (ant.) lictor ou official que nos jogos publicos compunha a ordem das festas. || De ἀλύτης.

Alytárcha, *s. m.* (ant.) magistrado grego que presidia aos espectaculos religiosos e jogos publicos; chefe dos álytas. || De ἀλυτάρχης (comp. de ἀλύτης alyta + ἄρχω commando).
N. Figueiredo sem razão grapha *alytarcho.*
Deriv. : *alytarchía* (s. f.).

Amaníta, *s. m.* (bot.) nome de Cogumelos referidos hoje ao gen. *Agáricus.* || De ἀμανίτης cogumelo (form. provavelmente de Ἄμανος o monte Amano na Cilicia).
Deriv. : *amanitína* (s. f.).

Amáraco, *s. m.* (bot.) man-

gerona. || De ἀμάρακος, que passou para o latim *amarăcus.*
Amaránto, *s. m.* (bot.) planta que deu o nome á ordem das Amarantaceas, gen. *Amarantus.* || De ἀμάραντος (form. de ἀ priv. + μαραίνω murcho).
Deriv.: amarantáceas, amaránteas (s. f. pl.), *amarantíno* (adj).
Amarýllis, *s. f.* (bot.) nome de várias plantas monocotyledones da ordem das Amaryllidaceas. || De Ἀμαρυλλὶς nome de pastora, e não de ἀμαρύσσω brilhar como pretende Baillon.
Deriv.: amarýllidáccas (s. f. pl.).
Amauróse, *s. f.* (med.) enfraquecimento ou perda total da vista sem haver obstaculo á chegada dos raios luminosos ao fundo do ôlho. || De ἀμαύρωσις escurecimento.
Deriv.: amaurótico (adj.).
*****Amáxophobía,** *s. f.* (med.) apprehensão angustiosa deante de carros. || De ἄμαξα carro + φόβος medo + suff. *ia*.
*****Amazía,** *s. f.* (terat.) ausencia congenita de glandulas mammarias. || De ἀ priv. + μαζὸς mamma + suff. *ia*.
Amazôna, *s. f.* mulher aguerrida, mulher que monta cavallos, etc. || De Ἀμαζὼν, όνος mulher sem mammas (e este de ἀ priv. + μαζὸς mamma).
N. O rigor etymologico mandaria formar e pronunciar — *amázone* —; mas o uso geral consagrou outra forma e prosodia, que não ha mudar.
Deriv.: amazônico (adj.).
Ámbe, *s. f.* (med.) máchina usada pelos Gregos para reduzir a luxação do humero. || De ἄμβη espatula, bastão curvo.
N. Tambem existe a forma *ámbi,* mas aquella é preferivel.
Amblóse, *s. f.* (med.) abôrto. || De ἄμβλωσις.

Deriv.: amblótico (adj.).
Ámblygoníto, *s. m.* (miner.) fluophosphato de aluminio, de lithinio e de sodio. || De ἀμβλὺς obtuso + γόνυ angulo + suff. *íto*.
Amblýgono, *adj.* que tem um angulo obtuso. || De ἀμβλὺς obtuso + γόνυ angulo.
Amblyópe, *adj.* e *s. m.* (med.) o que padece de enfraquecimento e grande falta de vista. || De ἀμβλυωπὴς (form. de ἀμβλὺς escuro, fraco + ὤψ vista).
N. Deve ser paroxytono pela mesma razão de *ametrópe, boópe, conópe, cyclópe, myópe* e outros derivados de ὤψ.
Deriv.: ámblyopía.
*****Amblýpodes,** *s. m. pl.* (paleont.) ordem de Mammaes fosseis creada por Cope. || De ἀμβλὺς obtuso + ποὺς pé.
*****Amblystegíto,** *s. m.* (min.) variedade de hypersthenio. || De ἀμβλὺς obtuso + στέγη tecto + suff. *íto*.
Ambrosia, *s. f.* alimento dos deuses; manjar delicioso. || De ἀμβροσία.
N. Não obstante a quantidade grega e latina (ambrosĭa), o uso sanccionou a prosodia paroxytona, que todos os diccionarios consignam. Não ha mudar.
Deriv.: ambrosíaco (adj.).
Améba, *s. f.* (biol.) ser vivo que não tem forma propria, e cujo corpo mucilaginoso se deforma continuamente (Lar.). || De ἀμοιβὴ que muda, se substitue.
N. É neologismo recente; exprime para Haeckel a forma primitiva, donde provieram todos os organismos. Occorre tambem em Aulete e Figueiredo a forma *amíba,* provavelmente tirada do francez *amibe;* mas *ameba,* respeitando de perto a etymologia grega e a

palavra latina correspondente *amœba*, deve ser preferido.

Amebêu, *adj.* (poes.) diz-se da canção alternada, em que interlocutores respondem. ‖ De ἀμοιβαῖος (form. de ἀμείβω respondo).

* **Amebísmo,** *s. m.* propriedade que têm certos elementos cellulares de emittir pseudópodes e mudar de logar como as amebas. ‖ De *ameba* (v. este vcb.) + suff. *ismo.*
N. Corresponde ao francez *amiboïsme,* que foi mal formado.

* **Amebíto,** *s. m.* (min.) variedade de disomeosio. ‖ De ἀμοιβὸς que alterna + suff. *íto.*

* **Amebócyto,** *s. m* cellula que tem a forma e os characteristicos das amebas. ‖ De *ameba* (v. este vcb.) + κύτος cellula.
N. Corresponde ao francez *amibocyte.*

* **Amebóide,** *adj.* (biol.) que se assimelha ou diz respeito ás amebas. ‖ De *ameba* (v. este vcb.) + εἶδος forma.

* **Amelía,** *s. f.* (terat.) ausencia congenita dos quatro membros. ‖ De ἀ priv. + μέλος membro + suff. *ia.*

Aménorrhéa, *s. f.* (med.) falta de fluxo menstrual. ‖ De ἀ priv. + μὴν mez + ῥέω corro.

Amethýsta, *s. f.* (miner.) variedade rôxa do quartzo hyalino. ‖ De ἀμέθυστος (form. provavelmente de ἀ priv. + μεθύειν embriagar-se, porque se acreditava que esta pedra preservava da embriaguez).
N. Existe tambem a forma masc. *amethýsto* usada pelo p. Vieira e defendida por Candido Lusitano; seria preferivel empregá-la, por mais chegada ás regras usuaes de derivação.

Ametría, *s. f.* (terat.) ausencia de utero. ‖ De ἀ priv. + μήτρα utero + suff. *ia.*

Ametrópe, *adj.* e *s. m.* (med.) diz-se do ôlho, em que o poncto da visão distincta está situado fóra do plano da retina, ou para deante ou para traz. ‖ De ἀ priv. + μέτρον medida + ὤψ, ὠπός ôlho.
N. Quanto á prosodia, v. *amblyópe.*
Deriv. : *ametropía* (s. f.). Fig. regista « amétropo », por muitas razões inacceitavel.

Amiánto, *s. m.* (miner.) variedade filamentosa do amphibolio. ‖ De ἀμίαντος incorruptivel (form. de ἀ priv. + μιαίνω corrompo).
Deriv.: *amiantáceo, amiantifórme, amiantíno* e *amiantóide* (adjs.).

* **Amiídeos,** *s. m. pl.* (zool.) secção dos Peixes Ganoideos. ‖ Do gen. *Ámia* (e este de ἀμία sarda) + suff. *ideos.*
Cogn.: *Amíidas* (s. m. pl.) nome da familia.

* **Amimía,** *s. f.* (med.) perda do emprêgo dos gestos como symbolos de um sentimento ou de uma idea. ‖ De ἀ priv. + μῖμος mimica + suff. *ia.*

* **Amitóse,** *s. f.* (biol.) processo de multiplicação cellular por divisão directa. ‖ De ἀ negativa + *mitóse* (v. este vcb.).
Deriv.: *amitósico* (adj.).

* **Amixía,** *s. f.* (h. nat.) impossibilidade de cruzamento entre a especie typica e uma variedade. ‖ De ἀ priv. + μίξις mixtura + suff. *ia.*

Ammèos. V. *âmmio.*

Ámmio, *s. m.* (bot.) planta da ordem das Umbelliferas. ‖ Pelo lat. *ammium,* de ἄμμι cuminho real.
N. Garcia d'Orta e outros antigos usaram da forma corrupta *amméos* ou *améos,* que não é digna de ser conservada. Já Fig. a corrigiu com acêrto.
Deriv.: *ammíneas* (s. f. pl.).

* **Ammiólitho,** *s. m.* (miner.) mineral de côr avermelhada, e composto de mercurio, antimonio, cobre e outras substâncias (Dana). || De ἄμμιον cinabrio + λίθος pedra.

Ammíto, *s. m.* (miner.) calcareo de textura oolithica e granulosa. || De ἄμμος areia + suff. *ito.*

Ámmochrýso, *s. m.* (miner.) nome antigo da mica amarella. || De ἀμμόχρυσος areia d'ouro (form. de ἄμμος areia + χρυσός ouro).
N. As formas *ammochrysa* e *ammochryse* são ambas menos regulares.

Ámmodýta, *adj.* (bot.) diz-se das plantas que vivem na areia. — (Zool.) nome de um ophidio e de um peixe. || De ἀμμοδύτης (form. de ἄμμος areia + δύειν enterrar-se).
N. A quantidade do radical grego justifica o accento tonico na penultima.

Ammónia, *s. f.* (chim.) alcali volatil, gaz ammoniaco, azoteto de hydrogenio, AzH³. || Deriv. de *ammoníaco* (v. este vcb.).
Deriv.: ammónio (s. m.).

Ammoníaca, Gomma —, resina proveniente de plantas Umbelliferas d'Africa e do Oriente. || De ᾿Αμμωνιακή (χώρα) a Marmarica.
N. É incorrecto dizer-se *gomma-ammoniaco*, porque esta substância nada tem com o sal ammoniaco. As antigas formas *armeniaco* e *armoniaco* devem ser de todo banidas, pois não passam de corruptelas do vulgo e poderiam induzir a êrro, fazendo suppôr que o vocabulo se deriva de Armenia, como já pensou Hoeffer de accôrdo com o botanico Don.

Ammoníaco, *adj.* (chim.) que diz respeito á ammónia. Sal —, nome vulgar do chlorhydrato d'ammonio. || De ἀμμω- νιακόν sal ammoniaco (form. de ᾿Αμμωνιακή scil. χώρα região da Marmarica, assim chamada por alli estar um templo de Jupiter Ammon).
N. Não deve ser empregado como synonymo de *ammónia*, alcali que nelle se contém.
Deriv.: ammoniacál (adj.).

Ammóniemía, *s. f.* (med.) presença de ammónia ou de seus saes no sangue. || De *ammónia* (v. este vcb.) + αἷμα sangue + suff. *ia.*

Ammonímetro, *s. m.* (chim.) apparelho para dosagem da ammónia. || De *ammónia* (v. este vcb.) + μέτρον medida.

Ammonítes, *s. m.* (paleont.) mollusco cephalopode fossil, assim chamado pela similhança da voluta de sua concha com os cornos de Jupiter Ammon. || De ᾿Άμμων, que quer dizer — das areias — (de ἄμμος areia) + suff. *ítes.*

* **Ammóniuría,** *s. f.* (med.) eliminação de ammónia pela urina. || De *ammónia* (v. este vcb.) + οὖρον urina + suff. *ia.*

Ammóphilo, adj. diz-se de planta que cresce na areia. || De ἄμμος areia + φίλος amante.

Amnesía, *s. f.* (med.) diminuição ou perda total da memoria. || De ἀμνησία (form. de ἀ priv. + μνῆσις memoria).
Deriv.: amnéstico (adj.).

Ámnio, *s. m.* (anat.) membrana mais interna das que envolvem o feto no seio materno. || De ἄμνιον, que significava primitivamente — vaso em que se recebia o sangue dos animaes immolados.
N. M. J. H. de Paiva (1786) já usou desta forma correcta, em vez de *amnios*, que anda em todos os diccionarios, apezar da sua impropria desinencia.
Deriv.: ámnico (adj.) em logar de *amniótico* que não tem

razão de ser e só se explica pela versão descuidada do francez *amniotique.*

Amniomancía, *s. f.* (ant.) adivinhação por meio do ámnio. || De ἄμνιον ámnio + μαντεία adivinhação.

Amnios. V. *ámnio.*

Amnistía, *s. f.* perdão, quasi sempre collectivo, que o soberano concede principalmente por crime de rebellião. || De ἀμνηστεία exquecimento do passado (form. de ἀ priv. + μνῆσις lembrança).
Deriv.: amnistiár (v.).
N. Fôra preferivel *amnestía.*

Amômo, *s. m.* (bot.) planta que deu nome á tribu das Amomeas. || De ἄμωμον vcb. grego provavelmente de origem persa ou indica.
Deriv.: amomáceas e *amómeas* (s. f. pl.).

Amórpho, *adj.* que não tem forma ou figura determinada. || De ἄμορφος (form. de ἀ priv. + μορφή forma).
Deriv.: amorphía (s. f.), *amorphismo* (s. m.).

Ampelidáceas, *s. f. pl.* (bot.) ordem de plantas dicotyledones, fundada por Jussieu e assim denominada por Kunth. || De ἀμπελίς, ιδος vinha + suff. *áceas.*
N. Fig. regista *ampelideaceas,* que não se justifica.

Ampelito, *s. m.* (miner.) eschisto argiloso, negro; lapis dos carpinteiros. || De ἄμπελος vinha + suff. *ito.*
N. Não os lexicographos trez formas: *ampelítis, ampelíte* e *ampelíta;* mas é indispensavel graphar este vcb. á maneira dos seus congeneres, nomes de especies mineralogicas.

Ampelographía, *s. f.* tractado ou descripção das vinhas. || De ἄμπελος vinha + γράφω descrevo + suff. *ia.*
Deriv.: ampelógrapho (s. m.).

Ampelología, *s. f.* tractado da cultura da vinha. || De ἄμπελος vinha + λόγος tractado + suff. *ia.*

* **Ampelotherapía,** *s. f.* (med.) tractamento pelo emprégo da uva como substância laxativa. || De ἄμπελος vinha + θεραπεία cura.
Deriv.: ampelotherápico (adj.).

Ampharístero, *adj.* desageitado de ambas as mãos. || De ἀμφαρίστερος (form. de ἀμφὶ de ambos os lados + ἀριστερός esquerdo.

* **Amphiarthróse,** *s. f.* (anat.) união íntima de duas superficies articulares por meio de um corpo fibro-cartilaginoso simples e elastico. || De ἀμφὶ de ambos os lados + ἄρθρωσις articulação.

***Amphiáster,** *s. m.* (biol.) corpo fusiforme da cellula que em cada extremidade apresenta a esphera attractiva em forma de estrella, constituindo uma das phases da caryocinese. || De ἀμφὶ de um lado e d'outro + ἀστήρ estrella.

Amphíbio, *adj.* que vive em terra e n'agua. — s (zool.) uma fam. de Mammaes Carniceiros. || De ἀμφίβιος (comp. de ἀμφὶ em uma e outra parte + βίος vida).

***Amphíbiólitho,** *s. m.* (paleont.) nome de fosseis que se suppunham de animaes amphibios. || De *amphíbio* (v. este vcb.) + λίθος pedra.

***Amphiblástula,** *s. f.* a blástula do ovo de segmentação total e desegual. || De ἀμφὶ de ambos os lados + *blástula* (v. este vcb.).

* **Amphiblestroíde,** *s. f.* (anat.) nome dado á retina. || De ἀμφίβληστρον rêde + εἶδος forma.

***Amphibolía,** *s. f.* ambi-

guidade. || De ἀμφιβολία (form. de ἀμφίβολος equívoco).
Deriv.: amphibólico.
Amphibólio, s. m. (miner.) nome dado por Hauy a um grupo de silicatos de magnesio e calcio. || De ἀμφίβολος equívoco, duvidoso + suff. *io*.
N. Fôra acceitavel dizer *amphíbolo*, como grapham Aulete e Figueiredo, mas a usada desinencia *io* não contraria os principios estabelecidos no art. *acerdésio*.
Deriv.: amphibólico.
Amphibolito, s. m. (min.) rocha quasi toda composta de amphibolio. || De amphibólio (v. este vcb.) + suff. *ito*.
Amphíbolo. V. *amphibólio*.
Amphibologia, s. f. ambiguidade. || De ἀμφίβολος equívoco + λόγος discurso + suff. *ia*.
N. Foi palavra mal formada, mas que o uso consagrou.
Deriv.: amphibológico.
Amphíbracho, adj. e s. m. (poes.) pé de verso grego ou latino composto de uma syllaba longa entre duas breves. || De ἀμφίβραχος (comp. de ἀμφί de ambos os lados + βραχύς breve.).
N. Aulete e Figueiredo afastam-se ambos da etymologia, graphando *amphibraco*.
* **Amphicélo**, adj. (anat.) diz-se da vertebra que tem as duas faces articulares concavas. || De ἀμφί de ambos os lados + κοῖλος³ concavo.
Deriv.: amphicélios (s. m. pl.) grupo de crocodilos fosseis ; *amphicélico* (adj.).
Amphictyão, s. m. (ant.) deputado de um dos Estados gregos ao congresso ou conselho geral reunido em Thermopylas. || De ἀμφικτύων (form. talvez de Ἀμφικτύων Amphictyão, filho de Deucalião; v. Herod. VII. 200).
Deriv.: amphictyonáto (s.

m.), *amphictyonía* (s. f.) e *amphictyónico* (adj.).
***Amphictyónide**, s. f. (myth.) nome dado a Ceres, que tinha um templo perto do logar, onde se reunia o conselho dos amphictyões. || De Ἀμφικτυονίς (form. de ἀμφικτύων).
***Amphicýrto**, adj. (anat.) diz-se da vertebra convexa dos dous lados. || De ἀμφίκυρτος (form. de ἀμφί de ambos os lados + κυρτός convexo).
Amphídeo, s. m. (anat.) orificio do utero. || De ἀμφίδεον primitivamente annel (form. de ἀμφί em redor + δέω ligo).
N. Faria, onde achamos este vcb., grapha e accentúa mal — *amphidéon* —.
Amphidérme, s. f. (bot.) nome dado á cutícu a vegetal. || De ἀμφί em tôrno + δέρμα pelle.
N. Formado á similhança de *epiderme*.
Amphído, adj. (chim.) nome dado por Berzelius aos saes que resultam da combinação de um oxyacido com uma oxybase, de um sulfido com um sulfureto, etc. || De ἀμφί de uma e outra parte + suff. *ido*.
***Ámphidóxothério**, s. m. (paleont.) Mammal Insectivoro fossil, genero de affinidades duvidosas. || De ἀμφιδοξέω estou na dúvida + θηρίον animal.
Amphidrómia, s. f. (arch.) festa que se fazia no quinto dia do nascimento da criança; a ama, com ella nos braços, corria á roda da casa. || De ἀμφιδρόμια (form. de ἀμφί á roda de + δρόμος corrida).
Amphígamo, adj. (bot.) designação, hoje exquecida, dos Cryptogamos. || De ἀμφί de uma e outra parte + γάμος casamento.
Amphigástrio, s. m. (bot.) orgão foliaceo, que em muitas Jungermannias nasce na face

inferior do caule. || De ἀμφὶ á roda de + γαρτήρ ventre + suff. *io.*
*****Amphigástrula**, *s. f.* gástrula do ovo, de segmentação total e desegual. || De ἀφφὶ de ambas as partes + *gástrula* (v. este vcb.).
Amphigénio, *s. m.* (miner.) leucíto, silicato de potassio e aluminio ($K^2Al^2Si^4O^{12}$). || De ἀμφὶ duplamente + γένος formação, origem + suff. *io.*
N. L.apparent é de parecer que se rejeite esta designação baseada em uma hypothese falsa, e que o feldspathoide potassico se chame sempre *leucito.*
Amphigeníto, *s. m.* (miner.) basalto e basanito, no qual o feldspatho é em grande parte substituido pelo amphigénio (Cordier). || De *amphigénio* (v. este vcb.) + suff. *ito.*
Amphígeno, *adj.* (chim.) nome dado por Berzelius aos corpos incapazes de formar compostos salinos unindo-se aos metaes. Oppõe-se a *halógeno.* De ἀμφὶ de ambos os lados + γένος geração.
N. A palavra pela sua etymologia recorda a propriedade,que têm esses mesmos corpos de formar acidos e bases.
Amphígenos, *s. m. pl.* (bot.) nome dos Cryptogamos, segundo Brogniart. || De ἀμφὶ por todos os lados + γένος formação, geração.
***Amphigonía**, *s. f.* (zool.) reproducção sexual de alguns Hemosporidios. || De ἀμφὶ de um e outro lado + γόνος geração + suff. *ía.*
Amphigynántheas, *s. f. pl.* (bot.) grupo estabelecido nas Synanthereas por L. Reichenbach. || De ἀμφὶ ao redor + γυνή femea + ἄυθος flôr + suff. *eas.*
*****Amphihexaédro**, *s. m.* (cryst.) crystal que apresenta dous hexaédros em sentidos differentes (Landr.). || De ἀμφὶ de ambos os lados + *hexaédro* (v. este vcb.).
Amphímacro, *adj.* e *s. m.* (poes.) cretico; pé de verso gr. ou lat. composto de uma syllaba breve entre duas longas.|| De ἀμφίμακρος (comp. de ἀμφὶ de um e outro lado + μακρὸς longo).
*****Amphimállo**, *s. m.* (ant.) manto grôsso, com pêllo de ambos os lados, de que usaram os Romanos para abrigar-se do frio. || Pelo lat. *amphimallum*, vem de ἀμφίμαλλος lanudo de ambos os lados (form. de ἀμφί de ambos os lados + μαλλὸς lã).
*****Amphinêuros**, *s. m. pl.* (zool.) classe de Molluscos. || De ἀμφὶ em tôrno + νεῦρον nervo.
Amphípodes, *s. m. pl.* (zool.) ordem dos Malacostraceos Hedreophthalmos; têm as patas thoracicas, umas dirigidas para deante, outras para traz. || De ἀμφὶ de um e outro lado + πούς, ποδός pé.
*****Amphipóridas**, *s. m. pl.* (zool.) familia de Vermes Rhynchoceleos. || Do gen. *Amphiporus* (e este de ἀμφὶ de um e outro lado + πόρος orificio) + suff. *idas.*
Amphiprostýlo, *s. m.* (ant.) templo antigo que tinha quatro columnas na fachada anterior e quatro na posterior. || De ἀμφιπρόστυλος (form. de ἀμφὶ de ambos os lados + πρόστυλον vestibulo ornado de columnas).
Amphipýridas, *s. m. pl.* (zool.) tribu de Lepidopteros nocturnos (Guenée). || Do gen. *Amphipyra* (que tirou seu nome de ἀμφίπυρος cercado de fogo) + suff. *idas.*
Amphisárca,*s.f.* (bot.) fructo plurilocular, polyspermo, in-

dehiscente, lenhoso internamente e polposo por fóra (Desvaux). || De ἀμφὶ ao redor + σάρξ, κός carne, polpa.

Amphisáuridas, *s. m. pl.* (paleont.) família de Repteis fosseis. || Do gen. *Amphisaurus* (e este de ἀμφὶ prefixo que exprime dúvida + σαύρα lagarto) + suff. *idas*.

Amphisbéna, *s. f.* (zool.) reptil da fam. dos Amphisbenidas. || De ἀμφίσβαινα especie de serpente venenosa (form. de ἀμφὶς de ambos os lados + βαίνω ando).

N. Poetas portuguezes antigos empregaram a forma *amphisibena*, talvez tirada do italiano *anfisibena*; mas não deve prevalecer.

Deriv. : *amphisbénidas* (s. m. pl.).

Amphíscio, *adj.* e *s. m.* habitante da zona torrida, porque, segundo as estações e a situação do sol, a sua sombra se extende ora para o Sul, ora para o Norte. || De ἀμφίσκιος (form. de ἀμφὶ de um e outro lado + σκιὰ sombra).

*****Amphísdromo**, *adj.* (mar.) diz-se dos navios que podem andar indifferentemente com a proa ou com a pôpa para deante. || De ἀμφίς de ambos os lados + δρόμος carreira.

Amphísmila, *s. f.* (med.) bisturí ou escalpello de dous gumes. || De ἀμφὶ de um e outro lado + σμίλη escalpello.

N. Poder-se-hia accentuar *amphismíla*, adoptada a opinião dos que fazem longo o ι do σμίλη. *Amphismelo*, como se acha em alguns diccionarios, é descuido ou corruptela condemnavel.

*****Amphistómidas**, *s. m. pl.* (zool.) familia de Vermes Trematodeos. || De *Amphistomum* (e este de ἀμφὶ de ambos os lados + στόμα bocca) + suff. *idas*.

Amphithálamo, *s. m.* (ant.) antecamara, logar onde se deitavam as escravas, nas habitações gregas e romanas. || De ἀμφὶ de um lado e de outro + θάλαμος camara.

*****Amphithalíto**, *s. m.* (miner.) phosphato de aluminio hydratado contendo um pouco de magnesio e calcio; variedade de berlinito (Lar.). || De ἀμφιθαλής florido, verdejante + suff. *ito*.

Amphitheátro, *s. m.* edificio de forma circular ou oval, que os antigos construiam especialmente para os combates de gladiadores ou de feras. || Actualmente, as bancadas de uma sala de espectaculos. || De ἀμφιθέατρον (form. de ἀμφὶ em redor + θεάομαι vejo).

Amphítropo, *adj.* (bot.) Ovulo —, o que tem curto rhaphe (Mirbel). Embryão —, o das sementes campylotropas, recurvado de forma que se approximam a ponta das cotyledones e a da radicula (Richard). || De ἀμφὶ de ambos os lados + τρέπω volto.

Amphitryão, *s. m.* aquelle em cuja casa ou á custa de quem se janta. || De Ἀμφιτρύων nome de um principe Thebano, que em uma das comedias de Molière dá grande banquete aos seus officiaes.

*****Amphiúridas**, *s. m. pl.* (zool.) fam. de Echinodermos. || Do gen. *Amphiúra* (e este de ἀμφὶ de ambos os lados + οὐρὰ cauda) + suff. *idas*.

Amphodiplopia, *s. f.* (med.) vicio da visão, que faz vêr os objectos duplicados nos dous olhos. || De ἄμφω ambos + διπλοῦς duplo + ὤψ vista + suff. *ia*.

*****Ampholophótricho**, *s. m.* variedade de bacillo que tem um pennacho de cilios vibrateis em cada extremidade (Ellis). || De ἄμφω ambos + λόφος pennacho + θρίξ cabello.

*__Amphóphilo__, adj. diz-se das granulações que se coram egualmente pelas côres acidas e pelas basicas (Ehrlich). || De ἄμφω ambos + φίλος amigo.

__Amphora__, s. f. grande vaso antigo, longo, com duas azas e terminado em ponta. || Medida romana de seccos e liquidos, que valia 6 congios ou cêrca de 20 litros. || Pelo lat. *amphora*, de ἀμφορεύς abbrev. de ἀμφιφορεύς (form. de ἀμφὶ de ambos os lados + φέρω levo, carrego).

Deriv. : *amphorál* e *amphórico* (adj.).

*__Amphótero__, adj. (chim.) diz-se dos corpos que não são acidos, nem basicos. || De ἀμφότερος um e outro.

*__Amphótricho__, adj. (med.) diz-se de bacillos munidos de cilios vibrateis nas duas extremidades (Ellis). || De ἄμφω de ambos os lados + θρίξ, τριχός cabello.

*__Amusía__, s. f. (med.) perturbação ou perda total da faculdade musical. || De ἀ priv. + μοῦσα musica + suff. *ia*.

*__Amyeléncephalía__, s. f. (med.) ausencia congenita do eixo cerebro-espinhal. || De ἀ priv. + μυελός medulla + ἐγκέφαλος encephalo + suff. *ia*.

*__Amyelía__, s. f. (med.) monstruosidade que consiste na ausencia de medulla espinhal. || De ἀ priv. + μυελός medulla + suff. *ia*.

*__Amýelotrophía__, s. f. (med.) atrophia da medulla. || De ἀ priv. + μυελός medulla + τροφή nutrição + suff. *ia*.

__Amýgdala__, s. f. (anat.) glandula, do feitio de amendoa, situada entre os pilares do véu do paladar. || De ἀμυγδάλη amendoa.

Deriv. *amygdalite* (s. f.).

__Amygdáleas__, s. f. pl. (bot.) tribu das Rosaceas, segundo Jussieu. || De ἀμυγδάλη amendoa + suff. *eas*.

N. A terminação *aceas*, que lhe dá Figueiredo, reserva-se para as ordens botanicas.

Cogn. : *amygdalína* (s. f.), *amygdalíno* (adj.).

*__Amýgdaloglósso__, adj. (anat.) nome dado por Broca a dous musculos symmetricos, que vão da lingua á face externa da amýgdala e á aponevrose pharýngea (Lar.). || De *amýgdala* (v. este vcb.) + γλῶσσα lingua.

__Amygdalóide__, adj. que tem forma de amendoa. || De ἀμυγδάλη amendoa + εἶδος forma.

__Amygdalótomo__, s. m. (med.) instrumento para fazer a secção das amýgdalas. || De *amýgdala* (v. este vcb.) + τομή corte.

Deriv. : *amygdalotomía* (s. f.).

*__Amýgdalotripsía__, s. f. (chir.) processo de ablação das amýgdalas por esmagamento. || De *amýgdala* (v. este vcb.) + τρίψις esmagamento, trituração + suff. *ia*.

__Amyláceo__, adj. (chim.) que é da natureza do amido ou o contém. || De ἄμυλον farinha de trigo (form. de ἀ priv. + μύλη moinho) + suff. *áceo*.

*__Amýlase__, s. f. (biol.) a diástase que, actuando sôbre a materia amylacea, a transforma em açucar. || De ἄμυλον farinha + suff. *áse* (terminação da palavra *diástase*).

__Amylénio__, s. m. (chim.) carboneto de hydrogenio (C^5H^{10}), que pela primeira vez se obteve aquecendo uma solução de chloreto de zinco com alcool amýlico. || De *amylio* (v. este vcb.) + suff. *énio*.

N. Por motivos ponderados no art. *amýlio* vê-se que convem corrigir a forma *amyléna* usada em nossas escholas, e ainda estoutra *amyléno*, que se encontra na Chim. organ. de Freire. Tanto Aulete como Figueiredo auctorizam com muita propriedade a terminação *énio*.

Amýlico, adj. (chim.) Alcool —, corpo encontrado na aguardente de batata, de cevada, de centeio, etc. $C^5H^{12}O$. Acido —, corpo obtido pela oxydação do alcool amýlico. || De ἄμυλον farinha + suff. *ico*.

Amýlio, s. m. (chim.) radical hypothetico (C^5H^{11}) de uma série de compostos chimicos. || De *amýlico* (v. este vcb.).

N. Tende a vulgarizar-se nas escholas a forma *amýla* traducção descuidada do francez *amyle*; mas, observando-se que *amyle* é masculino, e que este nome representa um radical, claro está que a desinencia apropriada é *io*, como para ammónio, cyanogénio, etc.

Aulete e Figueiredo escrevem *amylo*, que não é o melhor.

*****Ámylobactério**, s. m. ser microscopico que se desenvolve, como os vibriões, nos espaços fechados (Littré). || De ἄμυλον farinha + *bactério* (v. este vcb.).

Amylóide, adj. que se assimelha ou tem forma de amido. || De ἄμυλον farinha + εἶδος forma.

*****Ámyloleucíto**, s. m. (bot.) leucíto, em que sob a forma granular se deposita o amido. || De ἄμυλον farinha + *leucíto* (v. este vcb.).

*****Ámylomycína**, s. f. (chim.) substância analoga ao amido, achada por Crié num cogumelo pyrenomycete (l.ar.). || De ἄμυλον farinha + μύκης cogumelo + suff. *ína*.

*****Amynodónte**, s. m. (paleont.) mammal fossil do eoceno superior da America do Norte, do grupo dos rhinocerontes (l.ar.). || De ἄμυνα defesa + ὀδοῦ; dente.

*****Amýntico**, adj. (pharm.) Emplastro —, fortificante. || De ἀμυντικός capaz de defender (deriv. de ἀμύνω soccorro).

*****Amýostasía**, s. f. (med.) tremor involuntario que se produz nos musculos postos em acção para fazer um movimerto. || De ἀ priv. + μῦς musculo + στάσις equilibrio + suff. *ía*.

*****Amýosthenía**, s. f. (med.) inercia de um musculo ou do systema muscular. || De ἀ priv. + μῦς musculo + σθένος fôrça + suff. *ía*.

N. O dr. Sakorraphos (*La Semaine Médicale*, anno XXVI, nº 52) propoz a correcção — myasthenía — como forma mais regular; são acceitaveis ambas.

*****Amýotrophía**, s. f. (med.) atrophia muscular. || De ἀ priv. + μῦς musculo + τροφή nutrição + suff. *ía*.

Deriv.: *ámyotróphico* (adj.).

N. O dr. Sakorraphos julga preferivel — myatrophía —; não ha contudo razão ponderosa para condemnar totalmente a forma acima consignada.

Amyrídeas, s. f. pl. (bot.) tribu da ordem das Burseraceas (H. B.) || Do gen. *Ámyris*, e este de ἀ priv. + μύρον perfume + suff. *ídeas*.

N. *Amyrádeas*, que se encontra em Figueiredo, parece êrro typographico por *amyridaceas*; mas tambem esta forma não deve prevalecer, por tractar-se de tribu e não de ordem.

*****Amyxía**, s. f. (med.) ausencia de secreção do muco

normal. || De ὰ priv. + μύξα muco + suff. *ia*.

Ána (pharm.). De cada cousa a mesma quantidade; fórmula usada pelos medicos e abbreviada assim *ãa*. || De ἀνὰ que exprime repetição.

Ánabaptísta, *s. m.* (eccl.) hereje que affirmava ser necessario rebaptizar os meninos, quando chegassem ao uso da razão. || De ἀναβαπτιστής (form. de ἀνὰ de novo + βαπτίζω baptizo).
Cogn.: anabaptísmo (s. m.).

Anábata, *s. m.* (arch.) cavalleiro que, nos jogos olympicos, disputava o premio com dous cavallos. || De ἀναβάτης (form. de ἀναβαίνειν montar, subir, — e este de ἀνὰ sôbre e βαίνειν ir).

Anabénodáctylo, *adj.* (zool.) diz-se dos animaes que têm os dedos conformados para trepar (Fig.).||De ἀναβαίνω trepo + δάκτυλος dedo.

Anabénosáurios, *s. m. pl.* (zool.) grupo da fam. dos Cameleonidas de Cuvier (Ritgen). || De ἀναβαίνω subo + σαυρός lagarto + suff. *ios*.

*****Anabióse**, *s. f.* (biol.) volta á vida depois de uma interrupção das funcções vitaes. || De ἀναβίωσις resurreição (der. de ἀναβιώσκομαι, e este de ἀνὰ de novo + βίος vida).

*****Ánabolísmo**, *s. m.* transformação dos materiaes nutritivos em tecido vivo (Duncan Bulkley). || De ἀναβάλλω lanço para cima + suff. *ismo*.

Anabrochísmo, *s. m.* (med.) antiga operação imaginada para curar a trichiase. || De ἀναβροχισμός (form. de ἀνὰ para cima + βρόχος laço, nó) + suff. *ismo*.

Anabróse, *s. f.* (med.) corrosão, ulceração superficial. || De ἀνάβρωσις (do γ. ἀναβιβρώσκω devoro, corrôo).

Deriv.: anabrótico (adj.).

Anacámptico, *adj.* que reflecte a luz ou o som; produzido pela reflexão da luz sôbre uma superficie (Figueir.). || De ἀνὰ outra vez + κάμπτω dóbro + suff. *ico*.

*****Anacámpylo**, *adj.* (bot.) epitheto dado por Hedwig ás esquamas recurvadas no apice, que seacham em certas plantas acotyledones. || De ἀνὰ para cima + καμπύλος recurvado.

*****Anacanthínos**, *s. m.* (zool.) sub-ordem de Peixes Teleosteos. || De ἀν priv. + ἀκάνθινος espinhoso.
N. Esta desinencia *inos*, não obstante a quantidade breve no grego e no latim, passa sempre a ser longa no portuguez; não convem abrir excepções.

Anacárdio, *s. m.* (bot.) planta que deu nome á tribu das Anacardíneas, ordem das Terebinthaceas. || De ἀνακάρδιον nome de ἀrvore (form. de ἀνὰ e καρδία coração, porque o fructo tem forma de coração).
N. Esta planta, o *Anacardium orientale*, dá um fructo que é talvez a chamada fava de Malaca.
A forma *anacardo*, que occorre em Figueiredo e Aulete, afasta-se da regra geral de derivação.
Deriv.: anacardíneas (s. f. pl.), *anacárdico* (adj.), *anacardína* (s.f.), *anacardíno* (adj.).

*****Anacathárse**, *s. f.* (med.) expectoração de qualquer materia. || De ἀνακάθαρσις (form. de ἀνακαθαίρω, e este de ἀνὰ por cima + καθαίρω limpo).
Deriv.: anacathártico (adj.).

Anacéphaleóse, *s. f.* recapitulação, summario do que já foi dicto. || De ἀνακεφαλαίωσις (form. de ἀνακεφαλαιόω, e este de ἀνὰ de novo + κεφαλή capítulo).

Ánachorêta, *s. m.* solitario, pessoa que vive no ermo. || De ἀναχωρητής (form. de ἀναχωρέω retiro-me).
N. A forma *anachorista* usada por fr. Marcos de Lisboa (cf. Vieira, Dicc.) foi com razão exquecida.
Deriv. : *ánachorético* (adj.) e *ánachoretismo* (s. m.).

Ánachronísmo, *s. m.* êrro na data dos acontecimentos; falta contra a chronologia. || De ἀναχρονισμός (form. de ἀναχρονίζω, e este de ἀνά que exprime inversão + χρόνος tempo).
Cogn. : *ánachrónico* (adj.), *ánachronizár* (v.).

Anáclase, *s. f.* desvio, refracção da luz. || De ἀνάκλασις (formado de ἀνά e κλάω quebro).
N. A quantidade grega, assim como a latina (*anaclăsis*), condemna a accentuação paroxytona.

Anaclástica, *s. f.* (phys.) parte da Optica que tem por objecto o estudo da refracção da luz. || De ἀνακλάω quebro.
N. É designação antiga, substituida hoje por *dióptrica*.
Cogn. : *anaclástico* (adj.).

Anaclético, *adj.* (ant.) diz-se do canto dos Gregos, quando perseguiam os inimigos (Roq. e Vieira). || De ἀνακλητικόν signal ou canto para retirar as tropas (form. de ἀνά para traz + καλέω chamo).
N. Não sabemos onde Roq. e Vi. encontraram o vcb. com a significação que aqui vae transcripta, mas evidentemente ella está em desaccôrdo com a derivação.

Anaclintério, *s. m.* (arch.) especie de canapé ou cama entre os Gregos. || De ἀνακλιντήριον (form. de ἀνακλίνω reclino).

*****Ánacollêma,** *s. m.* (med.) cataplasma adstringente e agglutinante. || De ἀνακόλλημα (form. de ἀνακολλάω sóldo, grudo).
N. *Anacollemate* e *anacolemmatos* são ambas formas condemnaveis.

Ánacolútho, *s. m.* (gram.) irregularidade na construcção da phrase. || De ἀνακόλουθον falta de connexão regular (form. da priv. ἀν + ἀκολουθέω sigo um raciocinio).

Anacreóntico, *adj.* (poes.) diz-se da ode em que se cantam os prazeres e o amor, e composta de versos de arte menor. || Pelo lat. *anacreonticus*, de Ἀνακρέων Anacreonte-poeta lyrico grego.

*****Anácroto,** *adj.* (med.) que diz respeito á linha ascendente da curva do pulso tomada pelo esphygmographo. || De ἀνά para cima + κρότος batimento.
Deriv. : *anacrotísmo* (s. m.).

Anactesía, *s. f.* convalescença. || De ἀνάκτησις (form. de ἀνακτάομαι recupero e não de ἀνακτίζω como diz Figueiredo) + suff. *ia*.

Anacýclico, *adj.* (poes.) diz-se de certos versos que fazem sentido quer lidos do princípio ao fim, quer do fim ao princípio. || De ἀνακυκλικὸς (form. de ἀνὰ de novo + κύκλος círculo).

Anadêma, *s. m.* (ant.) ornato de cabeça para as mulheres. Faixa ou fita com que os reis da Persia cingiam a fronte. Grinalda ou corôa ganha nos jogos publicos de Athenas. || De ἀνάδημα (form. de ἀναδέω ligo, corôo).

Ánadiplóse, *s. f.* (rhet.) figura que consiste em repetir no princípio da oração a palavra com que acabou a antecedente. || De ἀναδίπλωσις (form. de ἀναδιπλόω redóbro, repito).

Anádose, *s. f.* (med.) distribuição dos fluidos nutritivos pelos differentes vasos. || De ἀνάδοσις distribuição (form. de

ἀνὰ distributivamente + δίδωμι dou).
N. Anadóse, como occorre em Figueiredo, oppõe-se á quantidade grega.
Anádromo, *s. m.* (med.) tendencia das materias morbificas do corpo a caminhar para as partes superiores. || De ἀνάδρομος subida (comp. de ἀνὰ para cima + δρόμος carreira).
Anadyómene, *s. f.* (pint.) painel de Apelles, em que representava Venus saïndo do seio do mar. Epitheto de Venus. || De ἀναδυομένη (deriv. de ἀναδύομαι sáio d'agua).
*****Anáeróbio**, *s. m.* (biol.) nome dado por Pasteur aos vibriões que não só podem viver sem oxygenio livre, como até morrem em presença do ar. || De ἀν priv. + ἀήρ ar + βίος vida.
N. Figueiredo regista *anerobio*, que é mal formado, pois nelle se mutila a raiz.
Deriv. : *anáerobia* (s. f.).
*****Anáeroplástica**, *s.f.* (med.) methodo curativo que consiste em fazer cicatrizar as feridas fóra do contacto do ar (Valette). || De ἀν priv. + ἀήρ ar + πλάσσω formo.
Anagállide, *s.f.* (bot.) murrião, planta da ordem das Primulaceas. || De ἀναγαλλὶς, ίδος.
N. A forma popular *anagal*, que alguns diccionarios auctorizam, é provavelmente consequencia da lei do menor exfôrço.
Deriv. *anagallídeas* (s. f. pl.).
*****Anagénese**, *s. f.* (med.) regeneração de partes destruidas. || De ἀνὰ de novo + γένεσις geração.
Ánagenito, *s. m.* (miner.) variedade de rocha talcosa (Hauy). || Syn. de chromoca (Lapp.).

De ἀνὰ outra vez + γένος nascimento + suff. *íto*.
Anáglypho, *adj.* cinzelado em relêvo. || De ἀνάγλυφος (deriv. de ἀναγλύφω cinzelo).
N. É tambem admissivel a forma *anaglýpto*.
Anaglýptographia, *s. f.* processo de escripta em relêvo, para leitura dos cégos. || De ἀνάγλυπτος cinzelado em relêvo + γράφω escrevo + suff. *ia*.
Deriv. : *anaglýptográphico* (adj.).
Anagnósta, *s. m.* (arch.) escravo romano, que lia durante os banquetes do senhor. || D' ἀναγνώστης leitor.
N. Como *propheta, anachoreta* e tantos outros, este vcb. não pode ter a desinencia *e*, como vem escripto em Aulete e Figueiredo.
Anagogía, *s. f.* (eccl.) sentido mystico da Escriptura Sagrada; elevação do espirito acima das cousas terrenas. || De ἀναγωγὴ elevação (form. de ἀνάγω, e este de ἀνὰ para cima + ἄγω conduzo) + suff. *ia*.
Deriv. : *anagógico* (adj.), *anagogísta* (s. m.).
Anagrámma, *s. m.* transposição das lettras de um nome de sorte que façam outra palavra. || De ἀνάγραμμα (form. de ἀνὰ para traz + γράμμα lettra).
Deriv. : *ánagrammático* (adj.), *anagrammatísmo, anagrammatísta* (s. m.) e *anagrammatizár* (v.).
Anagýro, *s. m.* (bot.) planta da ordem das Leguminosas, sub-ordem das Papilionaceas. || De ἀνάγυρος arbusto fetido de que falla Dioscorides, III. 167.
Análcimo, *s. m.* (miner.) silicato hydratado de aluminio, calcio e sodio; cubicito. || De ἀν priv. + ἄλκιμος forte.
N. Figueiredo corrige bem a forma *analcime* dada por Aulete, mas accentúa a syllaba

penultima desrespeitando a quantidade do radical grego.
Analécto, *s. m.* collecção, reunião de fragmentos escolhidos. || De ἀνάλεκτος escolhido (form. de ἀναλέγω collijo).
Analémma, *s. m.* (astr.) projecção orthographica da esphera sôbre o plano do meridiano, suppondo-se o observador a distância infinita e collocado no poncto oriental ou occidental do horizonte (Montf.). || De ἀνάλημμα altura, base quadrada sôbre que assentava o quadrante solar.
Deriv.: *analemmático* (adj.).
Analepsia, *s. f.* (med.) restabelecimento das fôrças depois de uma enfermidade. || De ἀνάληψις (form. de ἀναλαμβάνω restauro) + suff. *ia*.
Deriv.: *analéptica* (s. f.) e *analéptico* (adj.).
Análgesia, *s. f.* (med.) ausencia de dôr. || De ἀναλγησία (form. de ἀν priv. + ἀλγέω sinto dôr).
Deriv.: *analgésico* (adj.), *analgesína* (s. f.).
* **Anállagmático**, *adj.* (math.) diz-se de uma figura geometrica identica á sua inversa ou transformada mediante raios vectores reciprocos (Lar.). || De ἀνάλλαγμα (form. de ἀν priv. + ἄλλαγμα mudança) + suff. *ico*.
* **Anállantóideos**, *s. m. pl.* (zcol.) mammaes cujo feto não tem vesicula allantóide. || De ἀν priv. + *allantóide* (v. este vcb.) + suff. *eos*.
Analogía, *s. f.* proporção que ha entre uma cousa e outra; relação, especie de similhança. || De ἀναλογία (form. de ἀνὰ segundo + λόγος razão).
Deriv.: *analógico* (adj.), *analogísmo* (s. m.) e *análogo* (adj.)
Análphabéto, *s. m.* o que ignora até o abecedario. || De ἀναλφάβητος (form. de ἀν priv. + ἀλφάβητος abecedario).
Deriv.: *analphabetísmo* (s. m.).
Anályse, *s. f.* decomposição de qualquer todo em suas partes componentes ou elementos. || De ἀνάλυσις dissolução.
Deriv.: *analýsta* (s. m.), *analýtico* (adj.), *analysár* (v.), *analysador* (s. m.).
Anamnése, *s. f.* (med.) commemorativo da molestia. || De ἀνάμνησις lembrança (form. de ἀναμιμνήσκω, e este de ἀνὰ de novo + μιμνήσκω lembro).
N. A forma *anamnesía* é excusada.
Deriv.: *anamnéstico* (adj.).
Anamorphóse, *s. f.* representação desfigurada de alguma imagem. — (Bot.) degeneração que modifica a apparencia de uma planta, de modo a tornála desconhecida. || De ἀναμόρφωσις transformação (form. de ἀναμορφόω, e este de ἀνὰ inversão + μορφή forma).
Deriv.: *anamorphótico* (adj.).
* **Ánanabasía**, *s. f.* (med.) abasía intermittente e angustiosa, nos neurasthenicos (Régis). || De ἀνὰ que exprime repetição + ν euphonico + *abasía* (v. este vcb.).
* **Ánanastasía**, *s. f.* (med.) astasía intermittente e angustiosa. || De ἀνὰ que exprime repetição + ν euphonico + *astasía* (v. este vcb.).
Anancito, *s. m.* pedra preciosa, hoje desconhecida, e da qual, segundo Plinio, se serviam os feiticeiros para invocar os demonios. || De ἀναγκῖτις (form. de ἀνάγκη destino, calamidade, morte).
N. Figueiredo, invocando a derivação de αναγχῖτις, manda escrever *ananchite;* mas similhante substantivo grego não existe. Sua verdadeira graphia ἀναγκῖτις obriga a formar em

3.

portuguez *anancíto*, com a terminação *ito*, peculiar ás especies mineralogicas.
Anandrário, *adj.* (bot.) diz-se das flôres, cujos estames de todo não existem ou se transformaram em pétalos. || Pelo lat. scient. *anandrarius*, de ἀν priv. + ἀνήρ homem.
Anandría, *s. f.* (med.) syn. de ánaphrodisía.|| De ἀν priv. + ἀνήρ, ἀνδρός homem + suff. *ia*.
*****Ananthóphoro,** *adj.* (bot.) que não tem flôres; diz-se dos cryptogamos. || De ἀν priv. + ἄνθος flôr + φορός que traz ou produz.
Anápala, *s. f.* (archeol.) dança ou lucta de crianças nuas, em Lacedemonia (Figueir.). || De ἀναπάλη (form. de ἀνά outra vez + πάλη lucta).
Anapésto, *s. m.* (poes.) pé de verso gr. ou lat. composto de duas syllabas breves e uma longa. || De ἀνάπαιστος (form. de ἀναπαίω bato o compasso ás avessas).
Deriv. : *anapéstico* (adj.).
Anapetía, *s. f.* (med.) dilatação de vasos ou de orificios. || De ἀναπέτεια (form. de ἀναπετάννυμι dilato, abro).
Ánaphonése, *s. f.* (med.) emprêgo dos exercicios vocaes para fortalecer os orgãos respiratorios. || De ἀναφωνέω grito (comp. de ἀνά para cima + φωνή voz).
Anáphora, *s. f.* (rhet.) repetição da mesma palavra no começo de duas ou mais orações consecutivas. || De ἀναφορά (form. de ἀναφέρω recordo).
Deriv. : *anaphórico* (adj.), *anaphorísmo* (s. m.).
Ánaphrodisía, *s. f.* (med.) ausencia de desejos venereos. || De ἀναφροδισία abstinencia dos prazeres sexuaes (form. de ἀν priv. + 'Αφροδίτη Venus).
Deriv.:ánaphrodisíaco(adj.).
Figueiredo consigna o adjectivo *anaphrodisiano*, que é menos bom.
Anaphrodíto, *adj.* (med.) que tem falta de desejos venereos. || De ἀναφρόδιτος (e este tambem de ἀν priv. + 'Αφροδίτη Venus).
N. A origem grega está indicando que a forma *anaphrodíta*, registada por Fig., não obedece á lei usual de derivação e portanto não deve prevalecer.
Deriv. : *anaphrodítico* (adj.).
***** **Anáphyse,** *s. f.* (med.) regeneração. || De ἀνάφυσις (form. de ἀνά de novo + φύω cresço).
Anaplasía, *s. f.* V. *ánaplastía*.
Ánaplastía, *s. f.* (med.) arte de restabelecer a forma normal das partes mutiladas (Littr. e Rob.). || De ἀναπλάσσω reformo (form. de ἀνά de novo + πλάσσω formo).
N. É forma preferivel a *anaplasía*.
Deriv.: anaplástico (adj.).
Ánapleróse, *s. f.* (med.) reparação de tecido nas feridas. || De ἀναπλήρωσις (form. de ἀναπληρόω reparo, completo).
Deriv. : *anaplerótico* (adj.).
***** **Anapnógrapho,** *s. m.* (med.) apparelho para avaliar o volume de ar expirado (Bergeon e Rastus). || De ἀναπνοή respiração + γράφω inscrevo.
Anapnóico, *adj.* (med.) que facilita a expectoração. || De ἀναπνοή respiração.
N. Vcb. mal formado; fôra melhor *apochrêmptico*.
*****Anapóreas,** *s. f. pl.* (bot.) tribu da ordem das Araceas (Schott). || De ἀνά atravez + πόρος poro + suff. *eas*.
Anarchía, *s. f.* estado que não tem auctoridade, a que obedeça; desordem civil que procede dessa falta. || De ἀναρχία

(comp. de ἀν priv. + ἀρχή govêrno).
Deriv. : *anárchico* (adj.), *anarchismo* (s. m.), *anarchísta* (s. m.), *anarchizár* (v.).
Anarmóstico, *adj.* (min.) diz-se dos crystaes, cujas faces não são todas produzidas segundo a mesma lei. || De ἀναρμοστία desproporção, desaccôrdo + suff. *ico*.
Anarrhopia, *s. f.* (med.) tendencia do sangue para a cabeça. || De ἀναρροπία (form. de ἀναρρέπω, e este de ἀνά para cima + ῥέπω tendo).
N. Passando sempre para *rh* o segundo ῥ de vocabulos similhantes, não se deve escrever *anarropia*, como traz Figueiredo; elle proprio, e na mesma pagina, grapha *anarrhico*.
* **Anarthría**, *s. f.* (med.) falta da articulação das palavras, por paralysia do hypoglosso. || De ἀν priv. + ἄρθρον articulação + suff. *ia*.
Anasárca, *s. f.* (med.) especie de hydropisía de todo o corpo, resultante de infiltração de serosidade no tecido cellular. || De ἀνά por entre + σάρξ, κός carne.
Deriv. : *anasárcico* (adj.), e não « anasartico » como occorre em Aulete e Figueiredo, porque nenhuma razão auctoriza a alteração da raiz.
* **Anaspádias**, *s. m.* (med.) abertura da urethra na face superior do penis, por vício de conformação. || De ἀνά em cima + σπάω divido.
Anastáltico, *adj.* (med.) estyptico ou forte adstringente. || De ἀνασταλτικός (do v. ἀναστέλλω comprimo, apérto).
N. Vi. copiando a Roq. inseriu *anastallico*, que é provavelmente êrro typographico.
Anastático, *adj.* diz-se do processo, com que se reproduzem, por transporte chimico, textos ou desenhos impressos (Figueir.) || De ἀνάστασις levantamento, acção de destacar.
*Anastechióse, *s. f.* reducção de um corpo a seus primeiros elementos. || De ἀναστοιχείωσις (form. de ἀναστοιχειόω, e este de ἀνά e στοιχεῖον elemento).
Anastomóse, *s. f.* (anat.) communicação entre dous vasos. || De ἀναστόμωσις acção de desemboccar (form. de ἀναστομόω, e este de ἀνά e στόμα bocca).
Deriv. : *anastomosár* (v.), *anastomótico* (adj.).
Anástrophe, *s. f.* (gram.) inversão na collocação das palavras. || De ἀναστροφή (de ἀναστρέφω inverto, e este de ἀνά e στρέφω viro).
Anastrophia, *s. f.* (med.) inversão esplanchnica. || De ἀναστροφή inversão + suff. *ia*.
*Anatásio, *s. m.* (miner.) acido titanico natural crystallizado em octaedros alongados. || De ἀνάτασις extensão, alongamento + suff. *io*.
* **Anataxía**, *s. f.* (med.) termo creado recentemente por Verneuil para designar de modo geral o methodo anaplastico, que tem por fim repôr em seu logar natural os orgãos que delle saíram. || De ἀνά de novo + τάσσω disponho + suff. *ia*.
Anáthema, *s. m.* (eccl.) excommunhão. || De ἀνάθεμα (do v. ἀνατίθεμαι separo).
Deriv. : *anathematismo* (s. m.), *anáthematizár* (v.), *anáthematização* (s. f.).
Anatocismo, *s. m.* (comm.) capitalização dos juros de uma quantia emprestada. || De ἀνατοκισμός (de ἀνατοκίζειν, e este de ἀνά de novo + τοκίζειν emprestar a juros.
Anatomía, *s. f.* dissecção ; estudo das partes constituintes dos corpos organizados. || De

ἀνατομή dissecção (form. de ἀνατέμνω corto em pedaços) + suff. *ia.*
Deriv. : *anatómico* (adj.), *anatomísmo*, *anatomísta* (s. m.) e *anatomizár* (v.).
*Anatrése, *s. f.* (med.) perfuração. || De ἀνάτρησις (form. de ἀνατράω perfuro).
Anatripsiología, *s. f.* (med.) tractado sôbre as fricções. || De ἀνάτριψις fricção + λόγος tractado + suff. *ia.*
Anátropo, *adj.* (bot.) diz-se do ovulo, cujo hilo está situado ao lado da micropyla, e ambos em poncto opposto á chalaza. || De ἀνατρέπω reviro.
Deriv. : *anatropía* (s. f.).
Anazoturía, *s. f* (med.) molestia em que a urina apresenta diminuição notavel e até ausencia de urea. || De ἀν priv. + *azóto* (v. este vcb.) + οὖρον urina + suff. *ia.*
Ánchilópe, *s. m.* (med.) tumor pequeno situado no angulo interno do ôlho, por deante ou ao lado do sacco lacrimal. || De ἀγχίλωψ, ωπος (e este de ἄγχι perto + ὤψ, ὠπὸς ôlho).
N. Fig. regista *anchilops*, tirado fielmente do francez; mas nem esta accentuação é conforme á quantidade da raiz, nem a desinencia é boa. A regra geral de derivação manda dizer em portuguez, — *anchilópe* —.
Ánchilops. V. *anchilópe*.
*Anchoménidas, *s. m. pl.* (zool.) sub-tribu de Coleopteros Pentameros (Delaporte). ||Do gen. *Anchomĕnus* (e este de ἀγχόμενος estrangulado) + suff. *idas*.
*Anconágra, *s. f.* (med.) dôr arthritica na articulação do cotovello. || De ἀγκών cotovello + ἄγρα prêsa.
Ancóneo, *adj.* (anat.) musculo situado na parte postero-superior do antebraço, o epicondylo cubital de Ch. || Pelo lat. scient. *anconĕus*, de ἀγκων cotovello.
*Anconócace, *s. f.* (med.) molestia da articulação do cotovello (Lobstein). || De ἀγκών cotovello + κακὸν mal.
*Ancylentería, *s. f.* (med.) Coherencia accidental dos intestinos por falsas membranas (Littré e Rob.). || De ἀγκύλη soldadura + ἔντερον intestino + suff. *ia.*
N. Ankylenteria não deve prevalecer, porque o κ grego passa para *c* em portuguez, segundo as regras usuaes de derivação; assim o demonstram todos os compostos de κεφαλή, κέρας, κακὸς, κήλη, κόρος, κύων, etc., etc. O mesmo, portanto, cumpre applicar a todos os derivados de ἀγκύλη.
Ancyloblepharía, *s. f.* (med.) adherencia, congenita ou accidental, da borda livre das duas palpebras. || De ἀγκυλοβλέφαρον (comp. de ἀγκύλη soldadura + βλέφαρον palpebra).
N. Quanto á forma *ankyloblepharía*, v. o art. *ancylentería*.
Deriv. : *ancyloblépharo* (s. m.).
*Ancylochilía, *s. f.* (med.) união accidental dos labios. || De ἀγκύλη soldadura + χεῖλος labio + suff. *ia.*
N. V. a nota ao art. *ancylentería*.
Ancylocolpía, *s. f.* (med.) occlusão da vagina. || De ἀγκύλη soldadura + κόλπος vagina + suff. *ia.*
N. V. a nota ao art. *ancylentería.*
Deriv. : *ancylocólpo* (s. m.).
Ancylocoría, *s. f.* (med.) oblitteração da pupilla. || De ἀγκύλη soldadura + κόρη pupilla + suff. *ia.*
N. Vide a nota ao art. *ancylentería*.
Deriv. : *ancylócoro* (s. m.).

*Áncylodontía, *s. f.* (med.) soldadura dos dentes. || De ἀγκύλη soldadura + ὀδούς, ὀντος dente + suff. *ia.*

Ancyloglossía, *s. f.* (med.) adherencia da lingua, ou á face posterior das gengivas ou á parede inferior da bocca. || De ἀγκύλη soldadura + γλῶσσα lingua + suff. *ia.*
N. V. a nota ao art. *ancylentería.*

Deriv. : *ancyloglósso* (s. m.).

*Ancyloglossótomo, *s. m.* (med.) instrumento com que se opera o ancyloglósso. || De *ancyloglósso* + τομή corte.
N. V. a nota ao art. *ancylentería.*

Áncyloméla, *s. f.* (med.) sonda curva. || De ἄγκυλος curvo + μήλη sonda.
N. Ancylómelo, como occorre em Lac., Vi. e outros, é mal graphado e mal accentuado.

*Áncylomerísmo, *s. m.* (med.) uniāo, adherencia anormal. || De ἀγκύλη soldadura + μέρος parte + suff. *ismo.*
N. V. a nota ao art. *ancylentería.*

*Ancylophthalmia, *s. f.* (med.) adherencia grande da conjunctiva ocular com a palpebral. || De ἀγκύλη soldadura + ὀφθαλμός ôlho + suff. *ia.*
N. V. a nota a *ancylenteria.*

*Áncylopodía, *s. f.* (med.) ancylose do pé. || De ἀγκύλη soldadura + πούς, ποδός pé + suff. *ia.*
N. V. a nota ao art. *ancylentería.*

*Áncyloproctía, *s. f.* (med.) estreitamento do recto e do ano a poncto de haver quasi adherencia. || De ἀγκύλη soldadura + πρωκτός ano + suff. *ia.*
N. V. a nota ao art. *ancylentería.*

*Áncylorhinía, *s. f.* (med.) adherencia das paredes das narinas. || De ἀγκύλη soldadura + ῥίν, ῥινός nariz + suff. *ia.*
N. V. a nota ao art. *ancylentería.*

Ancylóse, *s. f.* (med.) diminuição ou impossibilidade absoluta dos movimentos de uma articulação naturalmente movel. || De ἀγκύλωσις (form. de ἀγκυλόω prender, curvar).
N. Anda em todos os diccionarios, e emprega-se geralmente a forma *ankylose*, que não deve prevalecer á vista das razões expostas no art. *ancylentería.* Não é difficil a correcção, desde que se tracta de um vocabulo de origem erudita e só corrente na linguagem scientifica.

Ancylóstomo, *s. m.* (zool.) verme da ordem dos Nematoideos, fam. dos Esclerostomidas, gen. *Ancylostomum duodenale.* || De ἀγκύλος curvo + στόμα bocca.
N. Pelas razões adduzidas no art. *ancylentería* deve ser condemnada a forma *ankylóstomo*, que tende a divulgar-se. Já C. Davaine propõe a correcção para a lingua franceza no art. respectivo, que escreveu para o *Dict. encycl. des sciences méd.* de Dechambre. Quanto a *anchylóstomo*, é de todo inadmissivel.

*Ancylotía, *s. f.* (med.) adherencia das paredes do conducto auditivo. || De ἀγκύλη soldadura + οὖς, ὠτός ouvido + suff. *ia.*
N. V. a nota ao art. *ancylentería.*

Ancylótomo, *s. m.* (med.) bisturí curvo. Instrumento com que Scultet fazia a secção do freio da lingua. || De ἀγκύλος curvo + τομή corte.
N. V. a nota ao art. *ancylentería.*

Ancylúrethría, *s. f.* (med.) estreitamento da urethra. || De

ἀγκύλη soldadura + *urethra* (v. este vcb.) + suff. *ia*.
N. V. a nota ao art. *ancylenteria*.

*Ancyrísmo, s. m. (anat.) especie de sutura do cranio (Schoultz). || De ἄγκυρα gancho, ancora + suff. *ismo*.

Ancyróide, adj. coracoide; que tem forma de gancho. || De ἀγκυροειδής (form. de ἄγκυρα gancho + εἶδος forma).
N. A forma *ancyrodoide*, repetida sem advertencia por alguns lexicographos, não pode ter sido sinão um êrro typographico. Figueiredo grapha o vcb. com acêrto.

*Andranatomía, s. f. anatomía do homem. || De ἀνήρ homem + *anatomía* (v. este vcb.)

Andrécia. V. *androcêu*.

Androcêu, s. m. (bot.) o conjuncto dos orgãos masculinos da flôr. || Pelo lat. scient. *androcēum*, vem de ἀνήρ macho + οἶκος casa, habitação.
N. Roeper, que creou o substantivo lat. *androcēum*, muito melhor teria andado, si o derivasse directamente de ἀνδρεῖον o aposento dos homens—, assim como gynecêu vem de γυναικεῖον o aposento das mulheres; desta sorte teriamos *andrēum* e em portuguez *andrêu*.
Littré, criticando egualmente o vcb., propoz que em francez se substituisse por *andrœcie* (de ἀνήρ e οἰκία), o que nos daria *andrécia*.
Cumpre, porém, observar que, apezar de menos bem formado, *androcêu* não repugna de todo ás regras de derivação, e pois é lícito que o conservemos, consagrado como está por todos os livros botanicos.
Androceia e *androcia*, como tambem occorrem em Figueiredo, é que não se legitimam com argumento algum.

Androgenía, s. f. successão pela via masculina. || De ἀνδρογένεια (form. de ἀνήρ homem + γένος geração).

*Ándrographídeas, s. f.pl. (bot.) tribu da ordem das Acanthaceas. || Do gen. *Andrógraphis* (e este de ἀνήρ macho (estame) + γραφίς, ίδος pincel) + suff. *eas*.

Andrógyno, adj. (bot.) diz-se das plantas monoicas, que têm flôres masculinas e femininas na mesma inflorescencia. || De ἀνήρ macho + γυνή femea.
Cogn.: *androgynário* (adj.), *androgynía* (s. f.), *androgýnico* (adj.), *ándrogynísmo* (s. m.).

Andróide, adj. que tem forma humana. || De ἀνδροειδής (comp. de ἀνήρ homem + εἶδος forma).
N. Figueiredo tambem regista a forma *andróido*, mas ella destoa de todos os vocabulos congeneres.

Androlatría, s. f. culto divino tributado a um homem. || De ἀνήρ, ἀνδρός homem + λατρεία adoração.
Deriv.: *andrólatra* (s. m.).

Ándrolepsía, s. f. (arch.) direito de se apoderar de trez habitantes de qualquer cidade, onde se refugiasse um criminoso, até que este fôsse punido (Figueir.). || De ἀνδρόληψις (form. de ἀνήρ homem + λαμβάνω apanho) + suff. *ia*.

* Andrología, s. f. tractado das molestias peculiares ao homem (por opposição a — gynecologia —). || De ἀνήρ, ἀνδρός, homem + λόγος tractado + suff. *ia*.

Andromanía, s. f. (med.) syn. de nymphomanía; furor uterino. || De ἀνδρομανία (comp. de ἀνήρ homem + μανία loucura).
Deriv.: *ándromaníaco* (adj.).

* Ándropétalo, s. m. (bot.) pétalo proveniente dum estame

metamorphoseado. || De ἀνήρ macho (estame) + *pétalo* (v. este vcb.).

Andróphobo, *adj.* que tem repugnancia pelo sexo masculino. || De ἀνήρ homem + φόβος temor.
Deriv. : *ándrophobía* (s. f.).

Andróphoro, *s. m.* (bot.) corpo que resulta da união dos filetes, e que sustenta muitas antheras. || De ἀνήρ macho (estame) + φορός que sustenta.

Ándropogóneas, *s. f. pl.* (bot.) tribu da ordem das Graminaceas (Kunth). || Do gen. *Andropógon* (e este de ἀνήρ homem + πώγων barba) + suff. *eas.*

Androsémo, *s. m.* (bot.) planta da ordem das Hypericaceas. || Do gen. *Androsœmum* (e este de ἀνήρ homem + αἷμα sangue).

*** Androspório**, *s. m.* (bot.) nome dado por Pringsheim ao zoospório, que nas Algas do gen. Œdogonium é destinado a formar os orgãos reproductores masculinos. || De ἀνήρ macho + σπορά semente + suff. *io.*

*** Ándrostýlio**, *s. m.* (bot.) syn. de gynostemio; orgão formado pelos estames soldados ao estylete, como nas Orchidaceas e outras plantas. || De ἀνήρ macho + στῦλος columna + suff. *io.*

Andrótomas, *s. f. pl.* (bot.) nome proposto por Cassini para as plantas da ordem das Compostas, em virtude de uma supposta articulação dos filetes estaminaes. || De ἀνήρ macho + τομή corte.

Ándrotomía, *s. f.* o mesmo que andranatomía. || De ἀνήρ homem + τομή corte + suff. *ía.*

Anecdóta, *s. f.* conto succinto, rapido, de uma particularidade historica, de uma aventura curiosa e divertida (Aul.). || De ἀγέκδοτος que não é divulgado (form. de ἀν priv. + ἔκδοτος de ἐκδίδωμι publico).
N. Infelizmente passou para o dominio vulgar a accentuação paroxytona deste vcb., de sorte que seria hoje impossivel restabelecer a boa prosodia etymologica *anécdota.*
Deriv. : *anecdótico* (adj.), *anecdotísta* (s. m.), *anecdotizár* (v.).

Anectasia, *s. f.* (med.) falta de extensão habitual de um orgão (Grossi). || De ἀν priv. + ἔκτασις extensão + suff. *ia.*
Deriv. : *anectasína* (s. f.).

Aneléctrico, *adj.* (phys.) que não é susceptivel de ser electrizado; diz-se dos corpos bons conductores da electricidade. || De ἀν priv. + *eléctrico* (v. este vcb.).

Anemía, *s. f.* (med.) insufficiencia do líquido sanguineo para a manutenção regular das funcções. || De ἀναιμία (e este de ἀν priv. + αἷμα sangue).
Deriv. : *anémico* (adj.).
N. A palavra *olighemía* (de ὀλίγος pouco + αἷμα sangue) exprimiria melhor o que se pretende.

Anemóbata, *s. m.* (ant.) dansarino de corda. || De ἄνεμος vento + βάτης o que anda (de βαίνειν andar).

*** Ánemocéta**, *s. m.* (ant.) magico que pretendia apaziguar os ventos. || De ἀνεμοκοίτης (form. de ἄνεμος vento + κοιτάω adormeço).

Ánemochórdio, *s. m.* harpa eolia. || De ἄνεμος vento + χορδή corda de instrumento + suff. *io.*
N. Ánemocórdio, que occorre em varios diccionarios, é mal graphado e deve ser substituido.

*** Anemógeno**, *s. m.* (phys.) apparelho para demonstrar como o movimento de rotação da terra produz os grandes ventos geraes (Lar.). || De ἄνεμος vento + γένος geração.

Ánemographía, s. f. (phys.) descripção dos ventos. ‖ De ἄνεμος vento + γράφω descrevo + suff. ia.
Deriv.: ánemográphico (adj.).
Anemógrapho, s. m. (phys.) anemometro registador. ‖ De ἄνεμος vento + γράφω escrevo.
Deriv.: anemográphico (adj.).
Ánemología, s. f. tractado ácêrca dos ventos. ‖ De ἄνεμος vento + λόγος tractado + suff. ia.
Cogn.: anemólogo (s. m.).
Anemómetro, s. m. (phys.) instrumento que serve de medir a fôrça do vento. ‖ De ἄνεμος vento + μέτρον medida.
Deriv.: ánemometría (s. f.), *ánemométrico* (adj.).
Anemôna, s. f. (bot.) planta da ordem das Ranunculaceas, gen. Anemóne. ‖ De ἀνεμώνη (deriv. de ἄνεμος vento).
N. Os diccionarios fazem-no proparoxytono; mas, sendo vcb. pouco usual, é possivel e conveniente accentuá-lo como pede a etymologia. Pode tambem acceitar-se a forma *anemône*.
Deriv.: anemóneas (s. f. pl.), *anemônico* (adj.), *anemonína* (s. f.).
Ánemoscópio, s. m. (phys.) instrumento que faz conhecer a direcção do vento. ‖ De ἄνεμος vento + σκοπέω observo + suff. io.
N. A forma *anemoscopo* destoa das regras de analogia, e deve ficar exquecida.
***Anencéphalo,** adj. e s. m. (terat.) monstro que não tem cerebro nem medulla espinhal (Is. G. St-Hil.). ‖ De ἀν priv. + ἐγκέφαλος encephalo.
Deriv.: anéncephalía (s. f.), *anéncephálico* (adj.).
***Anencéphalohemía,** s. f. (med.) falta de sangue para o cerebro; syncope. ‖ De ἀν priv. + ἐγκέφαλος encéphalo + αἷμα sangue + suff. ia.
***Anencéphaloneuría,** s. f. (med.) falta de acção nervosa do encéphalo. ‖ De ἀν priv. + ἐγκέφαλος encéphalo + νεῦρον nervo + suff. ia.
***Anencéphalotrophía,** s. f. (med.) diminuição do volume do cerebro. ‖ De ἀν priv. + ἐγκέφαλος encéphalo + τροφή nutrição + suff. ia.
Anentéreos, s. m. pl. (zool.) tribu de Infusorios que não têm intestinos nem ano (Ehrenberg). ‖ De ἀν priv. + ἔντερον intestino + suff. eos.
Ane ígrapho, adj. sem titulo. ‖ De ἀνεπίγραφος (form. de ἀν priv. + ἐπιγραφή inscripção).
***Anépiplóico,** adj. e s. m. (terat.) monstro que não tem epiploo. ‖ De ἀν priv. + epíploo (v. este vcb.) + suff. ico.
***Anepíschese,** s. f. (med.) incontinencia; paralysia de um esphincter. ‖ De ἀν priv. + ἐπίσχεσις retenção (de ἐπίσχω ou ἐπέχω contenho).
Ánepithymía, s. f. (med.) perda dos appetites, dos desejos. ‖ De ἀν priv. + ἐπιθυμία desejo.
Aneróide, adj. e s. m. (phys.) diz-se do barometro formado de uma caixa metallica, onde se faz o vacuo. ‖ De ἀ priv. + νηρός líquido + εἶδος forma.
N. A etymologia ἀν priv + ἀήρ ar é menos exacta; por isso mesmo não se deve acceitar a forma — *anaeroide* — proposta por Ad. Coelho.
***Anerýthroblepsía,** s. f. (med.) caso de daltonismo, em que ha impossibilidade de distinguir a côr vermelha. ‖ De ἀν priv. + ἐρυθρός vermelho + βλέψις vista + suff. ia.
Anesthesía, s. f. (med.) privação geral ou parcial da faculdade de sentir. ‖ De ἀναισθησία (form. de ἀν priv. + αἴσθησις sentimento).
Deriv.: anesthesiár (v.), *anesthésico* (adj.).

* **Anesthia,** *s. f.* (med.) obsessão morbida, em que o doente recusa vestir-se. || De ἀν priv. + ἐσθής, ῆτος vestimenta + suff. *ia*.

Anétho, *s. m.* planta da ordem das Umbelliferas, vulgarmente chamada *funcho bastardo* (Aul.). || De ἄνηθον.
Deriv. : *anethénio* (s. m.) carboneto de hydrogenio tirado da essencia de funcho.

* **Anético,** *adj.* que afrouxa, que abranda; remittente. || De ἀνετικός (do v. ἀνίημι afrouxo, enfraqueço).

* **Anéureas,** *s. f. pl.* (bot.) secção das Jungermanneas (Nees). || De ἀ priv. + νεῦρον nervo, nervura + suff. *eas*.

Aneuría, *s. f.* (med.) falta de acção nervosa, paralysia. || De ἀ priv. + νεῦρον nervo + suff. *ia*.

Anéurosthenia, *s. f.* (med.) adynamia. || De ἀ priv. + νεῦρον nervo + σθένος fôrça + suff. *ia*.
N. Fig., talvez por lapso typographico, regista — aneurosthesia —, que não existe nem se justifica.

Aneurýsma, *s. m.* (med.) tumor no trajecto de uma arteria, produzido por dilatação ou ruptura della. || De ἀνεύρυσμα (form. de ἀνά que exprime distensão + εὐρύνω dilato).
N. Aneurisma (com *i*) não deve prevalecer.
Deriv. : *aneurysmál, aneurysmático* (adj.).

Angélica, *s. f.* (bot.) planta da ordem das Umbelliferas, estimada por suas virtudes medicinaes; tambem planta da ordem das Liliaceas, de flôr branca muito odorifera. — (Lit.) licção que se canta para a benção do cirio paschal. || Pelo lat. scient. *Angelica*, vem de ἄγγελος anjo.
Deriv.: *angelíceas* (s. f pl.), *angélico* (acido e anhydrido),

angeláto (s. m.), *angelicína* (s. f.).

Angélico, *adj.* que é proprio de anjos. || Pelo lat. *angelicus*, de ἄγγελος mensageiro, anjo.
Deriv.: *angelical* (adj.), *angelíta* (s. m.).

Ángelogonía, *s. f.* theoria sôbre a origem e natureza dos anjos. || De ἄγγελος anjo + γόνος geração + suff. *ia*.

ngelolatría, *s. f.* (eccl.) culto dos anjos. || De ἄγγελος anjo + λατρεία adoração.

Ángelología, *s. f.* (theol.) tractado ácerca dos anjos. || De ἄγγελος anjo + λόγος discurso + suff. *ia*.

***Angidiospóngo,** *s. m.* (med.) tumor erectil capillar. || De ἀγγεῖδιον vaso pequeno + σπόγγος esponja.

Angiéctasía, *s. f.* (med.) qualquer dilatação de vasos ou do coração (Graeff.). || De ἀγγεῖον vaso + ἔκτασις dilatação + suff. *ia*.
N. Varios diccionarios dão *angiectasis*, que uns fazem paroxytono e outros proparoxytono; mas, a não ser a forma proposta, a unica acceitavel seria *angiéctase*.

Angiéctopía, *s. f.* (med.) deslocamento accidental de um vaso. || De ἀγγεῖον vaso + *ectopía* (v. este vcb.).

Angielcóse, *s. f.* (med.) ulceração de um vaso. || De ἀγγεῖον vaso + ἕλκωσις ulceração (de ἑλκόω, e este de ἕλκος úlcera).

Angiémphraxía, *s. f.* (med.) engorgitamento vascular. || De ἀγγεῖον vaso + *emphraxía* (v. este vcb.).

Angiíte, *s. f.* (med.) inflammação dos vasos em geral. || De ἀγγεῖον vaso + suff. *íte*.

* **Angiocardíte,** *s. f.* (med.) inflammação do coração e dos vasos. || De ἀγγεῖον vaso + καρδία coração + suff. *íte*.

Angiocárpos, *s. m. pl.* (bot.) veg. taes, cujos fructos são induviados. Oppõe-se a *gymnocýrpos.* — Uma familia de Lichens, segundo Schrader. — Um grupo de Cogumelos, segundo Persoon. || De ἀγγεῖον vaso, receptaculo + καρπὸς fructo.

* **Angioceratôma,** *s. m.* (med.) tumor pequeno, de côr cinzenta, ou violacea e de consistencia cornea, que apparece nas extremidades dos membros (Mibelli). || De ἀγγεῖον vaso + κέρας, ατος corno + suff. *ôma.*

* **Angiocholite,** *s. f.* (med.) inflammação dos canaes biliares. || De ἀγγεῖον vaso + χολὴ bile + suff. *ite.*

Angiogenia, *s. f.* (anat.) formação ou desenvolvimento dos vasos. || De ἀγγεῖον vaso + γένος geração + suff. *ia.*

Angiographia, *s. f.* (anat.) descripção dos vasos. || De ἀγγεῖον vaso + γράφω descrevo + suff. *ia.*

Deriv.: angiográphico (adj.), *angiógrapho* (s. m.).

Angioleucite, *s. f.* (med.) inflammação dos vasos lymphaticos. || De ἀγγεῖον vaso + λευκὸς branco + suff. *ite.*

Angioléucologia, *s. f.* (anat.) estudo dos vasos lymphaticos. || De ἀγγεῖον vaso + λευκὸς branco + λόγος tractado + suff. *ia.*

Angiolithico, *adj.* (med.) que se refere ás concreções calcareas que se formam nos vasos sanguineos. || De ἀγγεῖον vaso + λίθος pedra + suff. *ico.*

Angiologia, *s. f.* (anat.) parte da anatomia que tracta dos vasos. || De ἀγγεῖον vaso + λόγος tractado + suff. *ia.*

Angiolymphite, *s. f.* (med.) inflammação dos vasos lymphaticos. || De ἀγγεῖον vaso + *lymphite* (v. este vcb.).

Angiôma, *s. m.* (med.) tumor constituido essencialmente por vasos de nova formação (Littr. e Rob.). || De ἀγγεῖον vaso + suff. *ôma.*

* **Angiomalacia,** *s. f.* (med.) diminuição da elasticidade de um vaso. || De ἀγγεῖον vaso + μαλακία molleza.

* **Angioneuréctomia,** *s. f..* (chir.) resecção dos vasos e nervos do cordão espermatico (Albarran). || De ἀγγεῖον vaso + νεῦρον nervo + ἐκτομία ablação.

* **Angioneurótico,** *adj.* (med.) diz-se do edema agudo de origem neuropathica, que se dissipa rapidamente (Strübing). || De ἀγγεῖον vaso + νεῦρον nervo + suff. *ico.*

Angiónoma, *s. f.* (med.) ulceração dos vasos. || De ἀγγεῖον vaso + νομὴ devastação.

N. Attenta a etymologia, não é acceitavel a accentuação paroxytona, que Fig. regista.

Angiopathia, *s. f.* (med.) molestia dos vasos. || De ἀγγεῖον vaso + πάθος molestia + suff. *ia.*

Deriv.: angiopáthico (adj.).

* **Angiopleróse,** *s. f.* (med.) plenitude dos vasos, congestão sanguinea. || De ἀγγεῖον vaso + πλήρωσις plenitude.

* **Angióploce,** *s. f.* (med.) nodosidade morbida dos vasos, produzida por coagulos (Stilling). || De ἀγγεῖον vaso + πλοκὴ nó, entrelaçamento.

* **Angiopterídeas,** *s. f. pl.* (bot.) tribu das Marattiaceas. || De *Angiópteris* — genero typo (e este de ἀγγεῖον capsula + πτέρις feto) + suff. *ídeas.*

* **Angiorrhagia,** *s. f.* (med.) designação moderna da hemorrhagia activa. || De ἀγγεῖον vaso + ῥαγὴ ruptura + suff. *ia.*

* **Angiorrhéa,** *s. f.* (med.) hemorrhagia passiva, ou derramamento dos fluidos brancos pelos capillares (Littr. e Rob.).

|| De ἀγγεῖον vaso + ῥέω corro.

* **Angiosárcos,** *adj.* e *s. m. pl.* (bot.) Cogumelos thecaspórios endothecos de receptaculo carnoso (Léveillé). || De ἀγγεῖον vaso + σαρξ carne.

* **Angioscleróse,** *s.f.* (med.) esclerose das paredes vasculares. || De ἀγγεῖον vaso + *esclerose* (v. este vcb.).

Angioscópio, *s. m.* (med.) instrumento para examinar os vasos capillares. || De ἀγγεῖον vaso + σκοπέω observo + suff. *io*.

Deriv. : *angioscopia* (s. f.).

* **Angiosóros,** *adj.* e *s. m. pl.* (bot.) Fetos cujos soros estão encerrados em uma capsula ou debaixo da prega do indusio. Opp. a gymnosóros. || De ἀγγεῖον receptaculo + σωρός amontoamento, acervo.

* **Angiospásmo,** *s. m.* (med.) espasmo dos vasos, com augmento da tensão arterial. || De ἀγγεῖον vaso + *espásmo* (v. este vcb.).

Deriv. : *angiospástico* (adj.).

Angiospérmos, *adj.* e *s. m. pl.* (bot.) vegetaes que têm as sementes envolvidas por um pericarpio proveniente de ovario amadurecido. Opp. a gymnospérmos. || De ἀγγεῖον receptaculo + σπέρμα semente.

Cogn. : *angiospérmia* (s. f.) — ordem de plantas no systema de Linneu.

N. Fig. por equivoco regista egualmente — *agiospermia* e *agiospermico*, que não podem ser sinão erros typographicos.

Angiósporo, *adj.* (bot.) diz-se dos Cogumelos, cujos espórios se desenvolvem no interior do tecido do receptaculo. || De ἀγγεῖον vaso, receptaculo + σπορά semente.

* **Angiostegnótico,** *adj.* (med.) que produz a constricção dos vasos. || De ἀγγεῖον vaso + στεγνόω aperto, constrinjo.

* **Angiostenóse,** *s.f.* (med.) estreitamento dos vasos. || De ἀγγεῖον vaso + στένωσις estreitamento.

* **Angiosteóse,** *s. f.* (med.) ossificação ou melhor incrustação calcarea dos vasos (Littr. e Rob.). || De ἀγγεῖον vaso + ὀστέον osso + suff. *óse*.

* **Angiostómidas,** *s. m. pl.* (zool.) familia de Vermes Nematoideos. || Do gen. *Angióstoma* (e este de ἀγγεῖον vaso + στόμα bocca) + suff. *idas*.

* **Angiostrophía,** *s. f.* (med.) nome dado por alguns á torsão das arterias. || De ἀγγεῖον vaso + στροφή torsão + suff. *ia*.

Angioténico, *adj.* (med.) Febre —, a febre inflammatoria (Pinel). || De ἀγγεῖον vaso + τείνω distendo + suff. *ico*.

Angiotomía, *s. f.* (anat.) dissecção dos vasos. || De ἀγγεῖον vaso + τομή corte + suff. *ia*.

* **Angiótribo,** *s. m.* (med.) instrumento para esmagar os vasos e practicar a hemostasia. || De ἀγγεῖον vaso + τρίβω esmago, trituro.

Deriv. : *angiotripsía* (s. f.).

* **Anhémase,** *s. f.* (veter.) molestia do gado muar, characterizada por abatimento, fraqueza do pulso, etc. (Gellé). || De ἀν priv. + αἷμα sangue + suff. *ase*.

* **Anhématopeése,** *s. f.* (med.) ausencia de hematoblastos no sangue. || De ἀν priv. + *hématopeése* (v. este vcb.).

* **Anhepatía,** *s. f.* (med.) diminuição ou abolição da actividade funccional do figado (Gilbert). || De ἀν priv. + ἧπαρ, ατος figado + suff. *ia*.

Anhidróse, *s. f.* (med.) falta ou diminuição do suor. || De ἀν priv. + ἵδρωσις suor, transpiração.

N. Anidrose, como anda escripto em varios livros, op-

põe-se claramente á regra usual, que manda passar o espirito forte para *h*; a prova têmo-la em *anhýdro*, *anhísto*, *anhémase*, etc.
Deriv. : *anhidrótico* (adj.).
Anhísto, *adj.* (med.) que não tem textura determinada. || De ἀν priv. + ἱστὸς tecido.
Anhydrído, *s. m.* (chim.) acido anhýdro, i. é, composto que se torna verdadeiro acido quando fixa os elementos d'agua. || De ἀν priv. + ὕδωρ agua + suff. *ido*.
Anhydríto, *s. m.* (miner.) rocha que tem por base sulfato de calcio (Cordier). — Karstenito, sulfato de calcio anhýdro (Werner). || De ἀν priv. + ὕδωρ agua + suff. *íto*.
Anhýdro, *adj.* (chim.) que não contém agua. || De ἀν priv. + ὕδωρ agua.
Anhýdromyelía, *s. f.* (med.) ausencia do líquido cephalorhacheano. || De ἀν priv. + ὕδωρ agua + μυελὸς medulla + suff. *ia*.
N. A forma incorrecta *anhydromelia*, que se encontra em Figueiredo, é provavelmente lapso typographico.
Anídio, *s. m.* (terat.) monstro de organização extremamente simples, da ordem dos Omphalositos. || De ἀν priv. + εἶδος forma.
* **Anísochromía**, *s. f.* desegualdade ne coloração dos globulos vermelhos do sangue. || De ἄνισος desegual + χρῶμα côr + suff. *ia*.
Anísocoría, *s. f.* desegualdade pupillar. || De ἄνισος desegual + κόρη pupilla + suff. *ia*.
* **Anísocytóse**, *s. f.* desegualdade nas dimensões dos globulos vermelhos do mesmo individuo. || De ἄνισος desegual + κύτος cellula + suff. *óse*.
Anísodáctylos, *s. m. pl.* z(ool.) ordem da classe das Aves. || De ἄνισος desegual. + δάκτυλον dedo.
Anísometropía, *s. f.* desegualdade de refracção dos dous olhos. || De ἄνισος desegual + μέτρον medida + ὤψ, ὠπὸς ôlho + suff. *ia*.
Deriv.: *anísometrópico* (adj.).
* **Anísomyários**, *s. m. pl.* (zool.) ordem de Molluscos Lamellibranchios; têm os musculos adductores de desegual tammanho. || De ἄνισος desegual + μῦς musculo + des. *ários*.
Anísopétalo, *adj.* (bot.) diz-se da corolla, cujos pétalos são em número diverso do dos sépalos, ou da que tem petalos deseguaes. || De ἄνισος desegual + πέταλον pétalo.
* **Anísophýlleas**, *s. f. pl.* (bot.) tribu das Rhizophoraceas. || Do gen. *Anisophyllea* (e este de ἄνισος desegual + φύλλον folha).
* **Anísópodes**, *s. m. pl.* (zool.) sub-ordem de Crustaceos. || De ἄνισος desegual + ποῦς, ποδὸς pé.
* **Anísoscélidas**, *s. m. pl.* (zool.) familia de Insectos Hemipteros. || Do gen. *Anisóscelis* (e este de ἄνισος desegual + σκέλος perna) + suff. *idas*.
Anísostémone, *adj.* (bot.) diz-se da flôr, cujos estames são em número diverso do dos pétalos. || De ἄνισος desegual + στήμων filete, estame.
* **Anísotómidas**, *s. m. pl.* (zool.) familia de Insectos Coleopteros, segundo a class. de Stephens. || De ἄνισος desegual + τομὴ secção + suff. *idas*.
Anísótomo, *adj.* (bot.) folha, corolla ou calyce, cujas divisões são deseguaes. || De ἄνισος desegual + τομὴ corte.
N. *Anisostomo*, que se acha no Dicc. de F. Benevides, é mal formado e deve ser banido.
* **Anísótropo**, *adj.* diz-se dum corpo physicamente homo-

geneo, mas com propriedades opticas que differem conforme esta ou aquella direcção. || De ἄνισος desegual + τρέπω viro.
Aníz, *s. m.* (bot.) semente da Umbellifera *Pimpinella anisum*. || Pelo lat. *anisum* e já modificado pela linguagem popular, vem do gr. ἄνισον.
Deriv. — *anizéira* (s. f.), *anízico* (adj.), *anizýlio* (s. m.).
N. De accôrdo com a etymologia, seria preferivel a graphia *anis*, e Figueiredo a regista como melhor; mas prevalece a regra práctica de escrever com *z* todas as terminações agudas em *az*, *ez*, *iz*, *oz* e *uz*.
Ankylenteria. V. *ancylenteria*.
Ankyloblepharia. V. *ancyloblepharia*.
Ankylochilia. V. *ancylochilia*.
Ankylocolpia. V. *ancylocolpia*.
Ankylocoria. V. *ancylocoria*.
Ankylodontia. V. *ancylodontia*.
Ankyloglossia. V. *ancyloglossia*.
Ankyloglossotomo. V. *ancyloglossotomo*.
Ankylophtalmia. V. *ancylophthalmia*.
Ankylopodia. V. *ancylopodia*.
Ankyloproctia. V. *ancyloproctia*.
Ankylorrhinia. V. *ancylorhinia*.
Ankylose. V. *ancylose*.
Ankylostomo. V. *ancylostomo*.
Ankylotia. V. *ancylotia*.
Ankylurethria. V. *ancylurethria*.
* **Anocéliadélphos,** *adj.* e *s. m. pl.* (terat.) monstros celiadelphos que têm por caracteristico a reunião de dous corpos pela parte superior do tronco. || De ἄνω por cima + κοιλία ventre + ἀδελφὸς ermão.
Anódio, *s. m.* (phys.) parte que toca immediatamente no polo positivo. || De ἄνω para cima + ὁδὸς caminho + suff. *io*. (Cf. *electródio* e *cathódio*).
Anodóntes, *s. m. pl.* (zool.) grupo de Molluscos Acephalos, cuja concha não tem dentes. || De ἀνόδους sem dentes (form. de ἀν priv. + ὁδούς, ὄντος dente).
Anodontia, *s. f.* anomalía characterizada pela ausencia de todos os dentes. || De ἀν priv. + ὁδούς dente + suff. *ia*.
N. Aul. e Figueiredo dão *anodoncía*, que não é bem formado.
Anódyno, *adj.* que abranda e mitiga as dôres. || De ἀνώδυνος (form. de ἀν priv. + ὀδύνη dôr).
N. Aul. e outros escrevem *anodino*, que é contrário á etymologia; Figueiredo, porèm, consigna o melhor e accentúa bem.
Deriv.: anodynía.
Anólenos, *s. m. pl.* (zool.) Molluscos Acephalos sem braços. || De ἀν priv. + ὠλένη braço.
* **Anomalécia,** *s. f.* (bot.) nome que deu Richard á 24.ª classe do Systema sexual de Linneu. || De ἀνώμαλὸς irregular + οἰκία casa (por analogia a *monécia*, *diécia*, etc.).
N. Anomaloicia e *anomaloecia*, são ambos mal formados.
Anómalo, *adj.* irregular. || De ἀνωμαλὸς (form. de ἀν priv. + ὁμαλὸς unido, egual).
Deriv.: anomalía (s. f.), *analístico* (adj.).
Anomiânos, *s. m. pl.* herejes que rejeitavam toda e qualquer lei (Figueir.) || De ἀ priv. + νόμος lei + suff. *ânos*.
Anomocéphalo, *adj.* (terat.)

nome generico com que se designam os seres, cuja cabeça offerece deformidade. || De ἄνομος irregular + κεφαλή cabeça.

Anomodóntes, *s. m. pl.* (paleont.) ordem de Repteis fosseis, dos terrenos triasicos. || De ἄνομος irregular + ὀδούς, ὄντος dente.

Anómphalos, *s. m. pl.* (bot.) agaricos não umbilicados (Ehrenberg). || De ἀν priv. + ὀμφαλός umbigo.

*****Anomúros,** *s. m. pl.* (zool.) sub-ordem dos Decapodes (Malacostraceos Podophthalmos). || De ἄνομος irregular, sem harmonia + οὐρά cauda.

***** Anonychía,** *s. f.* ausencia de unhas. || De ἀν priv. + ὄνυξ, υχος unha + suff. *ia.*

Anónymo, *adj.* que não tem nome, ou que o não declara. || De ἀνώνυμος (form. de ἀν priv. + ὄνυμα nome).

Deriv.: *anónymía* (s. f.), *anonymáto* (s. m.).

***** Anoopsía,** *s. f.* (med.) estrabismo, em que o ôlho se volta para cima. || De ἄνω para cima + ὄψις vista + suff. *ia.*

***** Anophelíneos,** *s. m. pl.* (zool.) sub-familia dos Nematóceros Culícidas. || Do gen. *Anópheles* (e este de ἀνωφελής importuno, nocivo) + suff. *ineos.*

Anóphthalmía, *s. f.* (terat.) ausencia congenita de um ôlho. || De ἀν priv. + ὀφθαλμός ôlho + suff. *ia.*

N. Seria preferivel adoptar para esta significação o vcb. *mónophthalmía,* assim como *héterophthalmía* para significar a falta accidental de um ôlho.

***** Anophthálmohemía,** *s. f.* (med.) falta de sangue, fraqueza de circulação no ôlho. || De ἀν priv. + ὀφθαλμὸς ôlho + αἷμα sangue + suff. *ia.*

***** Anóplodérmeos,** *s. m.* *pl.* (zool.) sub-tribu de Insectos Prionios, segundo Guérin-Méneville. || Do gen. *Anoplodermus* (e este de ἄνοπλος sem armas + δέρμα pelle) + suff. *eos.*

***** Anóplognáthidas,** *s. m. pl.* (zool.) divisão dos Insectos Coleopteros Lamellicorneos, segundo Mac-Leay. || Do gen. *Anoplógnathus* (e este de ἄνοπλος sem armas + γνάθος mandibula) + suff. *idas.*

Anóplothério, *s. m.* (paleont.) fossil da ordem dos Pachydermos, proprio dos terrenos terciarios. || De ἄνοπλος desarmado + θηρίον animal.

N. Anoplóthero, que se acha em Figueiredo, é por todas as razões condemnavel. (Cf. *megathério*).

Deriv.: *anóplothéridas* (s. m. pl.).

*****Anoplúros,** *s. m. pl.* (zool.) ordem da classe dos Insectos, segundo Leach. || De ἄνοπλος sem armas + οὐρά cauda.

Anopsía, *s. f.* (med.) cegueira. || De ἀν priv. + ὄψις vista + suff. *ia.*

Anórchide, *adj.* (terat.). V. *anórcho.*

***** Anórcho,** *adj.* (terat.) que não tem testiculos. || De ἄνορχος (e este de ἀ priv. + ν euph. + ὄρχις testiculo).

N. A forma *anórchide,* tomada do francez, não tem razão de ser, desde que no grego existe o vocabulo classico ἄνορχος. Pelo mesmo fundamento deve dizer-se *anorchía* (em vez de *anorchidía*), que é seu derivado.

Anorexía, *s. f.* (med.) inappetencia, fastio. || De ἀνορεξία (form. de ἀν priv. + ὄρεξις appetite, desejo).

N. Aul., seguindo a outros, auctoriza *anoréxia,* mas até o uso dos nossos doutos condemna esta prosodia. Figueiredo accentúa bem.

Anorthíto, *s. m.* (miner.) variedade de feldspatho, silicato duplo de aluminio e de calcio. || De ἀν priv. + ὀρθός recto + suff. *ito.*

* **Anorthóse,** *s. f.* (med.) falta de erectilidade dos tecidos (Grossi). || De ἀν priv. + ὀρθός direito + suff. *óse.*

Anosmía, *s. f.* (med.) diminuição ou falta absoluta de olfato. || De ἀν priv. + ὀσμή cheiro + suff. *ía.*

N. Tambem se diz *anósphresía.*

* **Anosól,** *s. m.* (pharm.) nome dado a um antiseptico recentemente achado (Werneck). || De ἀ priv. + νόσος molestia + suff. *ól.*

* **Anósphresía,** *s. f.* (med.) o mesmo que anosmía. || De ἀν priv. + ὄσφρησις olfato + uff. *ía.*

Anósteozoários, *s. m. pl.* (zool.) animaes que não têm ossos. || De ἀν priv. + ὀστέον osso + ζωάριον animalculo.

Anostóse, *s. f.* (med.) atrophia dos ossos. || De ἀν priv. + ὀστέον osso + suff. *óse.*

N. Figueiredo accentúa *anóstose;* mas este suff. *ose* em taes casos é sempre longo (cf. *exostóse, ecchymóse,* etc.).

Anóxhemía, *s. f.* (med.) diminuição da quantidade de oxygenio no sangue (Jourdanet). || De ἀν priv. + ox (raiz de oxygenio) + αἷμα sangue + suff. *ía.*

Antagónico, *adj.* contrário, opposto. || De ἀντί contra + ἀγών combate + suff. *ico.*

Antagonista, *s. m.* adversario, oppositor. || De ἀνταγωνιστής (form. de ἀντί contra + ἀγωνίζομαι combater).

Deriv.: antagonismo (s. m.).

* **Antálgico,** *adj.* opposto á dôr. || De ἀντί contra + ἄλγος dôr + suff. *ico.*

Cogn.: antalgól (s. m.).

Antanáclase, *s. f.* (rhet.) figura que consiste no emprêgo da mesma palavra ou de palavras quasi similhantes no som, mas com differentes sentidos. || De ἀντανάκλασις (form. de ἀντί contra + ἀνάκλασις repercussão).

N. Aul. e outros accentúam a penultima syllaba, mas a quantidade etymologica a isto se oppõe.

Antanagóge, *s. f.* recriminação. || De ἀντί contra + ἀναγωγή impulso, saída.

Antaphrodisíaco, *adj.* (med.) que tem propriedade opposta á dos aphrodisíacos. || De ἀντί contra + *aphrodisíaco* (v. este vcb.).

N. Esta forma é mais regular do que *antiaphrodisíaco.*

Antapódose, *s. f.* (rhet.) figura de estylo, segundo a qual as palavras de uma proposição correspondem, em ordem similhante ou inversa, ás palavras de outra proposição. || De ἀνταπόδοσις compensação (do v. ἀνταποδίδωμι compenso).

Antapología, *s. f.* escripto contra a apología. || De ἀντί contra + ἀπολογία defesa.

N. Varios diccionarios colhêram em Amador Arraes o vcb. *antipología,* que é mal formado e não pode prevalecer: os exemplos *antalgico, antagonista* e muitos outros o comprovam.

Antapopléctico, *adj.* (med.) que se oppõe á apoplexia ou a remedeia. || De ἀντί contra + *apopléctico* (v. *apoplexia*).

Antárctico, *adj.* (astr.) austral, opposto ao arctico. || De ἀνταρκτικός (comp. de ἀντί contra + ἄρκτος a ursa).

Antáres, *s. m.* (astr.) estrella fixa no coração do Escorpião. || De ἀντάρης (comp. de ἀντί defronte + ’Άρης Marte).

Ántarthrítico, *adj.* (med.) que combate a gotta. || De ἀντί contra + *arthrítico* (v. *arthrite*).

* **Ántasphýctico**, *adj.* (med.) que se emprega para o tractamento dos asphyxiados. || De ἀντί contra + *asphyxía* (v. este vcb.).

Ántasthmático, *adj.* (med.) que combate a asthma. || De ἀντί contra + *asthmático* (v. *asthma*).

* **Antemético**, *adj.* (med.) que combate e acalma os vomitos. || De ἀντί contra + *emético* (v. este vcb.).

Anténnaédro, *adj.* e *s. m.* (cryst.) crystal que tem 9 faces de cada um dos lados. || De ἀντί contra + ἐννέα nove + ἕδρα base.

N. Prosodia de todos os congeneres derivados de ἕδρα.

Antepiléptico, *adj.* (med.) que serve para combater a epilepsía. || De ἀντί contra + *epiléptico* (v. *epilepsía*).

* **Antepirrhêma**, *s. m.* (ant.) na comedia grega, trecho analogo ao epirrhema, e que se seguia á antístrophe. || De ἀντεπίρρημα (comp. de ἀντί em opposição a + ἐπίρρημα).

Anthélice, *s. f.* (anat.) eminencia do pavilhão da orelha, situada defronte da helice. || De ἀνθέλιξ (form. de ἀντί defronte + ἕλιξ helice).

N. A forma que propomos, de accôrdo com Figueiredo, é mais conforme ás regras usuaes de derivação, e preferivel portanto a *anthelix*, que outros diccionarios consignam.

Anthélio, *s. m.* (phys.) imagem do sol, que apparece, por effeito da reflexão, no lado opposto a este astro. || De ἀντί opposto a + ἥλιος sol.

Anthelix. V. *anthélice*.

Anthelminthico, *adj.* (med.) vermifugo. || De ἀντί contra + ἕλμις verme + suff. *ico*.

Anthémide, *s. f.* (bot.) macella, planta da ordem das Compostas, gen. *Ánthemis*. || De ἄνθεμις (provavelmente form. de ἀνθέω florescer.

N. Os diccionarios auctorizam a forma *anthemis* tirada do nominat. latino; mas, a acceitar-se esse alvit·e, conviria fazer o vcb. proparoxytono, como dá A. Coelho, o que é menos facil do que modificar-lhe a desinencia.

Deriv.: *anthemídeas* (s. f. pl.) tribu das Compostas; *anthemína* (s. f.).

* **Anthemiedría**, *s. f.* (cryst.) hemiedría de faces inclinadas, em que os solidos conjugados, sempre susceptiveis de superpôr-se, não offerecem pares de faces parallelas. || De ἀντί contra + *hemiedría* (v. este vcb.).

Ánthemorrhágico, *adj.* (med.) que combate as hemorrhagías. || De ἀντί contra + *hemorrhágico* (v. *hemorrhagía*).

Ánthemórrhoidál, *adj.* (med.) que combate as hemorrhóides. || De ἀντί contra + *hemorrhoidal* (v. *hemorrhóides*).

Anthéra, *s. f.* (bot.) parte do estame, que contém o pollen antes da fecundação. || De ἀνθηρός florído (e este de ἄνθος flôr).

Anthérico, *s. m.* (bot.) planta da ordem das Liliaceas, gen. *Anthéricum*. || De ἀνθερικὸς asphodelo.

Deriv.: *anthericeas* (s. f. pl.).

Antherídio, *s. m.* (bot.) orgão que nas plantas cryptogamas produz e encerra os elementos anatomicos machos fecundantes. || Pelo lat. scient. *antheridium*, é dimin. de *anthéra* (v. este vcb.).

N. Não ha razão para dar-lhe a desinencia *a* e fazê-lo feminino. A forma — *antheridea* — e a etymologia (ἀνθηρ-ὸς e εἶδος), que occorrem no dicc. de Figueiredo, carecem totalmente de base.

Antherógeno, *adj.* (bot.) nome dado por De Candolle aos orgãos que se originam accidentalmente da transformação das anthéras. ǁ De *anthéra* (v. este vcb.) + γένος geração.

* Anthérosymphysia, *s. f.* (bot.) solda normal ou teratologica das anthéras. ǁ De *anthéra* + σύμφυσις cohesão + suff. *ia*.

Anthérozóide, *s. m.* (bot.) cellula reproductora masculina, quasi sempre movel e munida de cilios vibrateis, nos Cryptogamos. ǁ De *anthéra* (v. este vcb.) + ζῶον animal + εἶδος forma.

Antherpético, *adj.* (med.) que serve para curar os dartros. ǁ De ἀντί contra + *herpético* (v. *hérpes*).

* Antherythrína, *s. f.* (bot.) materia corante vermelha das flôres. ǁ De ἄνθος flôr + ἐρυθρὸς vermelho + suff. *ina*.

Anthése, *s. f.* (bot.) conjuncto dos phenomenos que accompanham o desabrochar das flôres. ǁ De ἄνθησις florescencia.

* Anthestérias, *s. f. pl.* (ant.) festas floraes, em honra de Baccho. ǁ De ἀνθεστήρια (τὰ), deriv. de ἄνθος flôr.

* Anthestério, *s. m.* (ant.) mez atheniense, quasi correspondente ao nosso Fevereiro. ǁ De ἀνθεστηριών (form. de ἀνθεστήρια anthestérias).

Anthíno (*adj.*) que contém flôres ou é feito de flôres. ǁ De ἄνθινός florído (form. de ἄνθος flôr).

N. A quantidade grega e a latina *anthĭnus* pediriam que o vcb. portuguez fôsse esdru-xulo; mas o uso deu a todas estas palavras outra prosodia, e em casos taes o melhor é não abrir excepções.

Anthóbios, *s. m. pl.* (zool.) tribu de Insectos Coleopteros, segundo Latreille. ǁ De ἄνθος flôr + βίος vida.

*Anthoceróteas, *s. f. pl.* (bot.), tribu das Hepaticas. ǁ De *Anthóceros* — genero typo (e este de ἄνθος flôr + κέρας corno) + suff. *teas*.

Anthocyanína, *s. f.* (bot.) princípio corante azul das plantas. ǁ De ἄνθος flôr + κύανος azul + suff. *ina*.

*Anthódio, *s. m.* (bot.) capítulo, calathide. ǁ Pelo lat. scient. *anthodium*, vem de ἄνθος flôr.

*Anthogénese, *s. f.* (biol.) evolução animal similhante ao que se observa na vida vegetal. ǁ De ἄνθος flôr + γένεσις geração.

Deriv.: *anthogenésico* (adj.).

Anthographía, *s. f.* expressão de sentimentos por meio das flôres. ǁ De ἄνθος flôr + γράφω escrevo + suff. *ia*.

Anthología. *s. f.* escolha de flôres; collecção de versos e trechos escolhidos. ǁ De ἀνθολογία (form. de ἄνθος flôr + λέγω escolho).

Deriv. : *anthologísta* (s. m.).

*Anthomyíneos, *s. m. pl.* (zool.) sub-familia de Insectos Muscidas. ǁ Do gen. *Anthomyia* (e este de ἄνθος flôr + μυῖα mosca) + suff. *íneos*.

Anthóphago, *adj.* que come flôres. ǁ De ἄνθος flôr + φαγεῖν comer.

Anthóphilo, *s. m.* (zool.) insecto que vive de flôres. ǁ De ἄνθος flôr + φίλος amigo.

Anthóphoro, *s. m.* (bot.) nome dado por De Candolle a um prolongamento do receptaculo, que sustenta os pétalos, os estames e o pistillo. ǁ De

ἄνθος flôr + φορός que supporta (do v. φέρω sustento).
N. A. Coelho auctoriza esta prosodia, que é sem dúvida a melhor.

*__Ánthophyllíto__, *s. m.* (miner.) variedade de amphibólio. || De *Anthophyllus* cravo da India (form. de ἄνθος flôr + φύλλον folha) + suff. *íto.*

__Ánthorhízo__, *adj.* (bot.) diz-se da planta, cuja flôr rebenta de um caule subterraneo. || De ἄνθος flôr + ῥίζα raiz.

__Anthorísmo__, *s. m.* substituição de uma palavra por outra que se considera mais energica ou mais exacta (Fig.). || De ἀνθορισμός (e este de ἀντὶ em vez de + ὁρισμός limitação, definição).
N. Fig. consigna tambem « antorismo »; mas este graphar não está de accôrdo com a etymologia.

*__Ánthosideríto__, *s. m.* (miner.) hydro-silicato de ferro achado no Brasil de mixtura com ferro oligisto. || De ἄνθος flôr + σίδηρος ferro + suff. *íto.*

__Ánthospérmeas__, *s. f. pl.* (bot.) tribu da ordem das Rubiaceas. || Do gen. *Anthospermum* (e este de ἄνθος flôr + σπέρμα semente) + suff. *eas.*

__Anthóstomos__, *s. m. pl.* (zool.) familia de Vermes intestinaes creada por Latreille. || De ἄνθος flôr + στόμα bocca.

__Ánthoxanthína__, *s. f.* (chim.) princípio corante amarello das flôres. || De ἄνθος flôr + ξανθός amarello + suff. *ina.*
N. Das mesmas raizes formaram Frémy e Cloez a palavra — *anthoxantheína*—, nome de um princípio pouco differente daquelle.

__Ánthozoários__, *s. m. pl.* (zool.) divisão dos Polypos Celenterios. || De ἄνθος flôr + ζωάριον animalculo.

__Anthracénio__, *s. m.* (chim.) carboneto de hydrogenio obtido da distillação do alcatrão. || De ἄνθραξ carvão + suff. *énio.*
N. *Anthracéna* escreve Figueiredo; mas a todos estes vcbs. cabe melhor a terminação *énio*, que está admittida para cyanogénio. *Anthracina* (com *i*) não tem razão de ser.

*__Anthráceos__, *s. m. pl.* (zool.) tribu da ordem dos Insectos Dipteros. || De ἄνθραξ carvão + suff. *eos.*

__Anthracíto__, *s. m.* (miner.) carvão fossil quasi totalmente destituido de principios volateis pyrogenicos, e achado nos terrenos de transição. || De ἄνθραξ carvão + suff. *íto.*
N. Sôbre a desinencia *ito*, v. *achyrito*.
Deriv.: anthracitôso (adj.).

__Anthracóide__, *adj.* (med.) que se assimelha ao carbunculo; que tem a côr delle. || De ἄνθραξ, ακος carvão, carbunculo + εἶδος forma.

__Ánthracomancía__, *s. f.* (ant.) adivinhação pelo exame do carvão acceso. || De ἄνθραξ, ακος carvão + μαντεία adivinhação.

__Anthracóse__, *s. f.* (med.) infiltração do tecido pulmonar por particulas de carvão colhidas do ar inspirado. || De ἄνθραξ, κος carvão + suff *óse.*
N. Varios diccionarios portuguezes conservam-lhe a desinencia latina *osis;* mas não ha para isso razão, e já Fig. acertadamente a corrigiu.

*__Anthracothéridas__, *s. m. pl.* (zool.) fam. de Artiodactylos fosseis. || Do gen. *Anthracothérium* (e este de ἄνθραξ, ακος carvão + θηρίον fera) + suff. *idas.*

*__Anthrasól__, *s. m.* (pharm.) nova preparação de alcatrão. || De ἄνθραξ carvão + *s* euph. + suff. *ól.*

__Anthráz__, *s. m.* (med.) tumor inflammatorio que começa

no apparelho glandular pilosebaceo, extende-se ao derma peripherico e ao tecido cellular sub-jacente, e determina a mortificação de uma parte dos tecidos, accompanhado de symptomas geraes frequentemente graves (Trélat). || De ἄνθραξ carbunculo.

N. Desde que o uso vulgar torńou este vcb. oxytono (e não ha voltar atraz), é preferivel dar-lhe a desinencia *z* a conservar o *x* latino de anthrax (cf. *paz, luz*, etc., de pacem, lucem, etc.).

Deriv. : anthrácico (adj.).

Anthrêno, *s. m.* (zool.) insecto, cujas larvas attacam as pelles e as collecções entomologicas. || De ἀνθρήνη abelha brava.

N. Figueiredo deriva de ἄνθος e ῥαίνω — o que não é provavel.

Anthropeâno, *adj.* (geol.) diz-se do terreno coetaneo do apparecimento do homem (Figueir.). || De ἀνθρώπειος humano (form. de ἄνθρωπος homem).

N. A. Coelho e Figueiredo escrevem — *anthropeiano*, que parece moldado pelo francez *anthropeïen;* não ha razão porêm para conservar-se o *i*, porquanto o diphthongo grego ει de ἀνθρώπειος passa regularmente para *i* ou *e* longo em latim e portuguez.

Anthropína, *s. f.* (chim.) mixtura de estearina e palmitina, extrahida da gordura humana (Figueir.). || De ἄνθρωπος homem + suff. *ina*.

Anthrópogenia, *s. f.* theoria dos phenomenos da geração considerados na especie humana. || De ἄνθρωπος homem + γένος geração + suff. *ia*.

Deriv. : anthrópogénico (adj.).

N. A forma — anthropogenesia —, que Fig. tambem regista, é excusada.

Anthrópographía, *s. f.* descripção anatomica do homem. || De ἄνθρωπος homem + γράφω descrevo + suff. *ia*.

Anthropóide, *adj.* (zool.) que tem forma similhante á do homem. || De ἄνθρωπος homem + εἶδος forma.

Anthrópolatría, *s. f.* (eccl.) adoração do homem. || De ἀνθρωπολατρεία (form. de ἄνθρωπος homem + λατρεία culto, adoração).

Deriv. : anthropólatra (s. m.).

Anthropólitho, *s. m.* (paleont.) nome dado pelos antigos geologos ás pretendidas petrificações de ossos humanos. || De ἄνθρωπος homem + λίθος pedra.

Anthrópología, *s. f.* sciencia que tem por objecto o estudo do grupo humano considerado em seu todo, nos seus pormenores e em suas relações com o resto da natureza (Broca). || De ἄνθρωπος homem + λόγος tractado + suff. *ia*.

Deriv.: anthrópológico (adj.), *anthropólogo* (s. m.).

Anthrópomancia, *s. f.* a-divinhação pela inspecção das entranhas de víctimas humanas. || De ἄνθρωπος homem + μαντεία adivinhação.

Anthrópometría, *s. f.* estudo do corpo humano considerado quanto ás suas dimensões e á proporção de suas partes. || De ἄνθρωπος homem + μέτρον medida + suff. *ia*.

Deriv. : anthrópométrico (adj.).

Anthrópomorphismo, *s. m.* applicação de attributos humanos á divindade. Tendencia para fazermos de Deus a idea de um ser á nossa imagem e similhança. || De ἄνθρωπος homem + μορφή forma + suff. ismo.

Deriv.: anthrópomorphita (s. m.) formado directamente do substantivo latino *anthropomorphita*.

Anthrópomórpho, *adj.* (zool.) diz-se dos seres dotados de certa organização e de conformação mui approximada á do homem. || De ἄνθρωπος homem + μορφή forma.

*****Anthrópopathía**, *s., f.* doutrina que attribue á divindade os soffrimentos e paixões da humanidade. || De ἄνθρωπος homem + πάθος soffrimento +suff. *ia*.

Anthrópophagía, *s. f.* acção de comer carne humana. || De ἀνθρωποφαγεῖν (form. de ἄνθρωπος homem + φαγεῖν comer) + suff. *ia*.

Cogn. : *anthropóphago* (adj. e s. m.).

Anthropóphilo, *s.m.* amigo dos homens. || De ἄνθρωπος homem + φίλος amigo.

*****Anthrópopithéco**, *s. m.* (anthr.) animal fossil que foi, na opinião de Mortillet, o precursor do homem. || De ἄνθρωπος homem + πίθηκος macaco.

Anthróposophía *s. f.* conhecimento da natureza moral do homem. || De ἄνθρωπος homem + σοφία sabedoria.

*****Anthrópotomía**, *s. f.* dissecção do corpo humano. || De ἄνθρωπος homem + τομή corte + suff *ia*.

*****Anthúridas**, *s. m. pl.* (zool.) familia de Crustaceos Isopodes. || Do gen. *Anthúra* (e este de ἄνθος flôr + οὐρά cauda) + suff. *idas*.

Anthúro, *s. m.* (bot.) antigo nome dado á inflorescencia das Chenopodiaceas e Amarantaceas. || Provavelmente de ἄνθος flôr + οὐρά cauda.

N. Dão-lhe alguns dicc. a desinencia *us*, que não deve prevalecer.

Anthydrópico, *adj.* (med.) diz-se dos medicamentos empregados contra a hydropisía. || De ἀντί contra + *hydropisía* (v. este vcb.).

N. Este e outros vocabulos, comp. de ἀντί e de outra palavra começada por vogal ou *h*, melhor é que se escrevam fazendo a elisão do *i* do prefixo, á similhança do proprio grego, que assim procedeu invariavelmente na formação dos seus compostos. Accresce que, para alguns delles, já vigora esta regra, tanto no francez como no portuguez.

Anthýllide, *s. f.* (bot.) vulneraria; planta Leguminosa-Papilionacea, da tribu das Lóteas, gen. *Anthyllis*. || De ἀνθυλλίς, dimin. de ἄνθος flôr.

N. Alguns lexicographos dão a forma *anthyllis*, tirada do nominativo latino, que poderia ser conservada; *anthyllido*, porêm, que occorre em A. Coelho e Figueiredo, é forma menos accorde com as regras usuaes de derivação.

Deriv. : *anthyllideas* (s. f. pl.).

*****Anthypnótico**, *adj.* (med.) diz-se das substâncias que combatem o somno. || De ἀντὶ contra + ὕπνος somno + suff. *ico*.

*****Anthýpochondríaco**, *adj.* (med.) que combate a hypochondría. || De ἀντὶ contra + *hypochondría* + suff. *iaco*.

Anthýphen, *s. m.* signal (Ω) que serve para separar as palavras que erradamente estão junctas; é commumente empregado pelos revedores typographicos. || De ἀντὶ contra, opposto a + ὑφέν hyphen.

N. Anda por toda parte mal escripto — *antifen* ou *antiphen* —, erros que cumpre banir sem hesitação.

Anthypóphora, *s. f.* (rhet.) figura pela qual alguem refuta sua propria objecção. || De ἀνθυποφορά (comp. de ἀντὶ contra + ὑποφορά objecção).

Anthystérico, *adj.* (med.) empregado contra a hysteria. || De ἀντὶ contra + *hysteria* (v. este vcb.) + suff. *ico*.

Antiacadêmico, *adj.* contrário ás prácticas de uma academia. || De ἀντὶ contra + *académico* (v. *academia*).
N. Fôra mais correcto — *antacadémico*.

Antiácido, *adj.* que impede o desenvolvimento de acidos no estomago. || De ἀντὶ contra + acido.
N. Fôra melhor *antácido*.

Antiadíte, *s. f.* (med.) inflammação das amýgdalas. || De ἀντιάδες amýgdalas + suff. *ite*.
N. Vcb. excusado, quando existe *amygdalíte*.

Antibácchico, *adj.* (poes.) pé de verso grego e latino, composto de duas syllabas longas e uma breve. || De ἀντιβακχεῖος (form. de ἀντὶ opposto a + βακχεῖος bacchico).
N. De accórdo com a origem grega e com o lat. *antibacchius*, pode dizer-se tambem *antibacchio*.

Ánticachéctico, *adj.* (med.) empregado para combater a cachexia. || De ἀντὶ contra + *cachéctico* (v. *cachexia*).

*****Anticâmnia,** *s. f.* (pharm.) novo medicamento analgesico. || De ἀντὶ contra + κάμνω soffro, sinto dôr + suff. *ia*.
N. Anda escripto « antikamnia » (com *k*); mas cumpre respeitar a regra, que manda passar para *c* esta lettra grega.

Anticárdio, *s. m.* (anat.) depressão situada na parte inferior do peito, vulgarmente chamada bocca do estomago. ||

De ἀντὶ em face de + καρδία coração.

Ánticatarrhál, *adj.* (med.) que combate o catarrho. || De ἀντὶ contra + *catárrhal* (v. *catárrho*).

Antichíro, *s. m.* (anat.) o pollegar. || De ἀντίχειρ (comp. de ἀντὶ opposto a + χείρ mão).
N. Vieira dá *anticheir*, que é mal formado.

Antichirótono, *adj.* (med.) diz-se dos epilepticos, em que se apresenta como symptoma precursor do attaque a inflexão espasmodica do pollegar. || De ἀντίχειρ pollegar + τόνος contracção.

Ánticholérico, *adj.* (med.) proprio para combater a chólera. || De ἀντὶ contra + *cholérico* (v. *chólera*).

Antichrése, *s. f.* (for.) contracto pelo qual um devedor entrega ao seu credor uma cousa immovel com usufructo, para segurança da dívida. || De ἀντίχρησις (form. de ἀντὶ em vez de + χρῆσις emprestimo).

Ántichristão, *adj.* (eccl.) contrário á doutrina do Christianismo. || De ἀντὶ contra + *christão* (v. este vcb.).

Ántichristo, *s. m.* (eccl.) que é contrário a Christo. || Pelo lat. eccl. *antichristus*, vem de ἀντὶ opposto a + χριστός Christo.

Antichronísmo, *s. m.* alteração, érro nas datas. || De ἀντὶ em vez de + χρόνος tempo + suff. *ismo*.

Antichthones, *s. m. pl.* antipodes. || De ἀντίχθονες (form. de ἀντὶ defronte, opposto a + χθών terra).
N. Antichtónes, como occorre nos diccionarios, é mal graphado e mal accentuado.

Anticlínico, *adj.* (geol.) linhas—,as linhas de intersecção dos planos de estratificação devidamente prolongadas (Aul.).||

4.

De ἀντὶ opposto a + κλίνω inclino + suff. *ico*.
N. O fr. possue *anticlinal*; em port. parece melhor a desinencia *ico* do que *eo*, que se encontra em Aulete e Figueiredo.

Anticoposcópio, *s. m.* (med.) nome proposto para substituir o de plessimetro. || De ἀντικοπή resonancia + σκοπέω observo + suff. *io*.

Anticosmético, *adj.* destructivo da belleza. || De ἀντὶ contra + *cosmético* (v.este vcb.).

Anticrítico, *adj.* que se oppõe ás regras da crítica. || De ἀντὶ contra + *crítica* (v. este vcb.).

Anticyclóne, *s. f.* (meteor.) centro de altas pressões barometricas. || De ἀντὶ opposto a + *cyclóne* (v. este cb.).

*****Anticýtolysina,*** *s. f.* (med.) soro que impede a acção das cytolysínas. || De ἀντὶ contra + *cytolysina* (v. este vcb.).

Antidáctylo, *s. m.* (poes.) syn. de anapesto. || De ἀντὶ opposto a + *dáctylo* (v. este vcb.).

Antidemoníaco, *adj.* que nega a existencia dos demônios. || De ἀντὶ contra + *demoníaco* (v. *demónio*).

Antidiabético, *adj.* (med.) que é contra a diabétes. || De ἀντὶ contra + *diabético* (v. *diabétes*).

Antidiarrhéico, *adj.* (med.) que combate a diarrhéa. || De ἀντὶ contra + *diarrhéico* (v. *diarrhéa*).

***Antidinico,** *adj.* (med.) que é contra as vertigens. || De ἀντὶ contra + δῖνος vertigem + suff. *ico*.

Antidóro, *s. m.* dadiva em recompensa. — (Eccl.) na Egreja grega, pão bento dado aos que não podem commungar. ||De ἀντίδωρον (form. de ἀντὶ em troca de + δῶρον presente).

N. «*Antidórum*, diz Du Cange, apud Grœcos panis est benedictus, qui ἀντὶ τῶν ἁγίων δώρων, seu vice Eucharistiæ datur iis qui ad sacram communionem accedunt, post sacram liturgiam, ut est apud Balsamonem. Conficitur autem antidorum ex eodem pane, qui ad sacrificium offertur, ex quo desumit sacerdos particulam cruce signatam, reliquo quibusdam precibus benedicto, plebique reservato.»

Deriv.: *antidorál* (adj.).

Antídoto, *s. m.* (med.) agente chimico que tem a propriedade de alterar a composição molecular de um veneno, de saturá-lo ou de promover combinações novas que neutralizem as propriedades nocivas do veneno. || De ἀντίδοτον que é dado contra (form. de ἀντὶ contra + δίδωμι dou).

Antidysentérico, *adj.* (med.) dado contra a dysenteria. De ἀντὶ contra + *dysentérico* (v. *dysentería*).

Antiemético. V. *antemético*.

Antiennaédro. V. *antennaédro*.

Antiepiléptico. V. *antepiléptico*.

Antígrapho. *s. m.* (gram.) signal orthographico, que serve de distinguir as palavras do texto que se vae glosando (Mor.). || De ἀντὶ defronte + γράφω escrevo.

Antihemiedría. V. *anthemiedría*.

Antihemorrhágico. V. *ánthemorrhágico*.

Antihemórrhoidál. V. *ánthemórrhoidál*.

Antiherpético. V. *antherpético*.

Antihydrópico. V. *anthydrópico*.

Antihypnótico. V. *anthypnótico*.

Antihypochondríaco. V. *anthýpochondríaco*.

Antihystérico. V. *anthystérico*.

*****Antílabe**, *s. f.* sentença brevissima. || De ἀντιλαβή (form. de ἀντιλαμβάνω faço objecções).

Antilámbda, *s. m.* (paleogr.) signal da forma de um lambda tombado (<) que se usava para indicar as citações. De ἀντὶ contra + λάμβδα lambda.

Antilémico, *adj.* (med.) que combate a peste. || De ἀντὶ contra + λοιμός peste + suff. *ico*.
N. Far. dá *antilóimico* e Vi. *antiloémico;* qualquer dos dous é mal formado. O diphthongo οι passa para œ em latim e para e em portuguez.

Antiléptico, *adj.* (med.) derivativo, revulsivo. || De ἀντὶ contra + τὸ λεπτὸν (ἔντερον) intestino delgado + suff. *ico*.

Antilethárgico, *adj.* (med.) que é proprio para combater a lethargía. De ἀντὶ contra + *lethárgico* (v. *lethargía*).

Antilíthico, *adj.* (med.) que impede a formação dos calculos ou que os dissolve. || De ἀντὶ contra + λίθος pedra + suff. *ico*.

Antilóbio, *s. m.* (anat.) a eminencia — trago — da orelha externa. || Pelo lat. scient. *antilobium*, vem de ἀντὶ defronte + λοβός lobo da orelha.
N. Vi. dá *antílobo*, mas a desinencia *io* é mais conforme á derivação latina.

Ántilogaríthmo, *s. m.* (math.) complemento de um logaríthmo. || De ἀντὶ contra + *logaríthmo* (v. este vcb.).

Antilogía, *s. f.* contradicção que existe nas palavras de um auctor. || De ἀντιλογία (form. de ἀντὶ contra + λόγος discurso).
Deriv.: antilógico (adj.).

Antilýsso, *adj.* (med.) que serve para combater a raiva.||De ἀντὶ contra + λύσσα raiva.

Antimelódico, *adj.* contrário á melodía. || De ἀντὶ contra + *melodía* (v. este vcb.).

Antimetábole. V. *ántimetáthese*.

Antimetalépse. V. *ántimetáthese*.

Ántimetáthese, *s. f.* (rhet.) repetição dos mesmos termos, mas invertidos.||De ἀντὶ contra + μετάθεσις transposição.
N. São aponctados como syn. *antimetábole* e *antimetalépse*, mas parecem ambos excusados.

Ántimonachál, *adj.* que é opposto aos monges. || De ἀντὶ contra + *monachál* (v. este vcb.).

Antimonárchico, *adj.* opposto á monarchía. || De ἀντὶ contra + *monárchico* (v. *monarchía*).

Ántinephrítico, *adj.* (med.) que combate a colica nephrítica. || De ἀντὶ contra + *nephrítico* (v. *nephríte*).

Ántinevrálgico, *adj.* (med.) proprio para combater nevralgías. || De ἀντὶ contra + *nevrálgico* (de *nevralgía*, v. este vcb.).

Antinomía, *s. f.* contradiccão entre duas leis, ou entre dous ponctos da mesma lei. || De ἀντινομία (comp. de ἀντὶ contra + νόμος lei).
Deriv.: antinómico (adj.).

Antiodontálgico. V. *ántodontálgico*.

Antiorgástico. V. *ántorgástico*.

Ántiparallélo, *adj.* (math.) diz-se de duas linhas rectas que formam com uma terceira angulos eguaes mas dirigidos para lado contrário. || De ἀντὶ contra + *paralléllo* (v. este vcb.).

Ántiparalýtico, *adj.* (med.) empregado contra a paralysía. ||De ἀντὶ contra + *paralytico* (v. *paralysía*).

Ántiparástase, *s. f.* (rhet.) figura pela qual o accusado prova que, si fôra auctor do que lhe imputam, merecêra antes louvor do que censura. ||De ἀντιπαράστασις (comp. de ἀντί ao revez + παράστασις demonstração).

Ántipathía, *s. f.* sentimento instinctivo e natural de aversão a alguem ou a alguma cousa.|| De ἀντιπάθεια (comp. de ἀντί contra + πάθος paixão).
Deriv. : antipáthico (adj.), *antipathizár* (v.).

Ántiperiódico, *adj.* (med.) que combate as molestias periodicas. || De ἀντί contra + *periódico* (v. *período*).

Antiperistáltico, *adj.* (med.) contrário ao movimento peristáltico. || De ἀντί contra + *peristáltico* (v. este vcb.).

Ántiperistase, *s. f.* (phil.) acção de duas qualidades contrárias, das quaes uma augmenta a fôrça da outra (Littr.). ||De ἀντί contra + περίστασις circunstância.

Antiphen. V. *anthyphen.*

Ántiphilanthropía, *s. f.* falta de philanthropía. || De ἀντί contra + *philanthropía* (v. este vcb.).
Deriv. : antiphilanthrópico (adj.).

Antiphilosóphico, *adj.* opposto á philosophía. || De ἀντί contra + *philosóphico* (v. *philosophía*).

Ántiphlogístico, *adj.* (med.) contra a inflammação; refrescante. || De ἀντί contra + *phlogístico* (v. este vcb.).

Antiphôna, *s. f.* (eccles.) versiculo que se canta ou reza antes dos psalmos; antigamente canto alternado em chóros. || Pelo lat. eccl. *antiphōna*, vem de ἀντιφωνέω responder do outro lado (comp. de ἀντί do lado opposto + φωνή voz).
N. A prosodia grega, assim como a latina, condemna o uso de se fazer proparoxytono este vcb. Não sendo palavra de uso vulgar, a correcção é facil.
Deriv. : antiphonário e antiphoneiro (subst. m.).

*Antiphônio, *s. m.* (med.) obturador do conducto auditivo externo destinado a amortecer os sons violentos. || De ἀντί contra + φωνή voz, som + suff. *io.*

Antiphrase, *s. f.* (rhet.) ironia; sentido contrário ao que as palavras annunciam. || De ἀντίφρασις (form. de ἀντί contra + φράξω fallo).
Deriv. : antiphrástico (adj.).

Ántiphthírico, *adj.* (med.) proprio para matar os piolhos.|| De ἀντί contra + φθείρ piolho + suff. *ico.*

Ántiphthísico, *adj.* (med.) empregado contra a phthísica.|| De ἀντί contra + *phthísico* (v. este vcb.).

*Ántiphthórios, *s. m. pl.* (med.) granulações, de acção antitoxica, das cellulas eosinophilas (Audibret). || De ἀντί contra + φθορά corrupção (de φθείρειν corromper) + suff. *ios.*
N. É a boa forma portugueza correspondente ao francez «antiphtères».

Ántiphysético, *adj.* (med.) que se oppõe á flatulencia. ||De ἀντί contra + φυσητικός que incha.
N. Faria confundiu infelizmente este vcb. com *ántiphysico* que significa outra cousa.

Ántiphýsico, *adj.* que é contra a natureza.||De ἀντί contra + φυσικός natural (de φύσις natureza).

Ántiphysiológico, *adj.* contrário ás leis da physiología. || De ἀντί contra + *physiológico* (v. *physiología*).

Antiplástico, *adj.* diz-se, em Ceramica, das substâncias que fazem diminuir a qualidade plastica da massa (Fig.). || De ἀντὶ contra + *plástico* (v. este vcb.).

Antipleurítico, *adj.* (med.) contra o pleuriz. || De ἀντὶ contra + *pleuriz* (v. este vcb.) + suff. *ico.*
N. Segundo o francez *antipleurétique* Roq. auctoriza *antipleurético;* mas esta forma é condemnavel.

Antipoda. V. *antípode.*

Antipodágrico, *adj.* (med.) contra a gotta. || De ἀντὶ contra + *podágra* (v. este vcb.) + suff. *ico.*

Antípode, *s. m.* (geogr.) habitante de um logar da terra diametralmente opposto ao de que se tracta. || De ἀντίποδες (form. de ἀντὶ opposto a + ποὺς pé).
Deriv. : *antipódico* (adj.).
N. E uso geral dizer-se *antipoda;* mas existindo tambem a outra forma mais correcta (cf. lat. *antipodes*), já auctorizada por Arraes e Maris, perfeitamente conforme ás regras usuaes de derivação (cf. *ápodes, cephalópodes, ephemérides, autóchthones*, etc., etc.,), não ha por que perseverar na corruptela, aliaz tão facil de corrigir.

Antipoético, *adj.* opposto á poesia.||De ἀντὶ contra + poético (v. *poesía*).

Antipoliorcética, *s. f.* (mil.) arte da defesa das praças sitiadas.|| De ἀντὶ contra + *poliorcética* (v. esta pal.).

Antipolítico, *adj.* contrário á verdadeira e boa política. || De ἀντὶ contra + *política* (v. este vcb.).

Antipologia. V. *ántapologia.*

Antipsórico, *adj.* (med.) contra a sarna. || De ἀντὶ contra + *psórico* (v. este vcb.).

Antiptóse, *s. f.* (gram.) figura pela qual se põe um caso em logar de outro. || De ἀντίπτωσις (comp. de ἀντὶ em vez de + πτῶσις caso).

Antipýico, *adj.* (med.) que combate ou previne a suppuração. || De ἀντὶ contra + πύον pus + suff. *ico.*
N. Os dicc. dão *antipyreo,* talvez por cópia servil uns dos outros; mas este vcb. é mal formado e só poderia significar cousa diversa de *antipýico.*

Antipyreo. V. *antipýico.*

Antipyrético, *adj.* (med.) contra a febre. || De ἀντὶ contra + πυρετός febre + suff. *ico.*

Antipyrina, *s. f.* (chim.) base derivada da quinolina, e empregada como antipyrético.|| De ἀντὶ contra + πῦρ fogo + suff. *ina.*

Antipyrótico, *adj.* (med.) contra a pyrose. || De ἀντὶ contra + *pyrose* (v. este vcb.) + suff. *ico.*

Antirheumático, *adj.* (med.) contra o rheumatismo. || De ἀντὶ contra + *rheumático* (v. *rheumatismo*).

Antirrhético, *adj.* contradictorio, proprio para combater. || De ἀντιῤῥητικὸς (do v. ἀντιῤῥέω refuto).
N. O vcb. deve ser escripto com *rrh* como *Pyrrho, diarrhéa,* etc.; *antirreptico* é graphia incorrecta.

Antirrhino, *s. m.* (bot.) planta da ordem das Escrofulariaceas, gen. *Antirrhinum.* || De ἀντίῤῥινον.
Deriv. : *antirrhineas* (s. f. pl.), *antirrhínico* (adj.), *antirrhinina* (s. f.).

Antíscios, *s. m. pl.* (geogr.) povos, cujas sombras ao meiodia têm direcções oppostas. || De ἀντὶ opposto a + σκιὰ sombra.

Antiséptico, *adj.* (med.) que evita a putrefacção. || De ἀντὶ contra + *séptico* (v. este vcb.).
N. Far. e Roq. dão *antireptico* com a mesma significação;

mas tracta-se claramente de êrro typographico, que um copiou de outro.

Antisialagôgo. V. *antisiálico*.

Antisiálico, *adj.* (med.) proprio para combater a salivação. || De ἀντί contra + σίαλον saliva + suff. *ico*.

N. É preferivel este vcb. a *antisialagôgo*, como bem ponderam Littr. e Rob.

Antisigma, *s. m.* (paleogr.) signal composto de dous sigmas juxtapostos ƆC, que o imperador Claudio quiz introduzir em logar de *ps*. — Sigla O que nos velhos mss. indica que se deve mudar a ordem dos versos, deante dos quaes está collocada. || De ἀντίσιγμα (comp. de ἀντί opposto a + σίγμα).

Antíspase, *s. f.* (med.) revulsão, derivação. || De ἀντίσπασις (form. do v. ἀντισπάω absorvo, attráio).

N. Parece vcb. excusado, assim como *antispástico*, que delle se deriva.

Antispasmódico, *adj.* (med.) contra os espasmos; que acalma os movimentos convulsivos, etc. || De ἀντί contra + *espasmódico* (v. este vcb.).

Antispásto, *s. m.* (poes.) pé de verso grego ou latino, comp. de um jambo e dum trocheu. || De ἀντίσπαστος puxado em sentido contrário (do v. ἀντισπάω, e este de ἀντί em sentido opposto + σπάω puxo).

Antispérmotoxína, *s. f.* substância que torna o organismo immune contra a toxina espermica (Metchnikoff). || De ἀντί contra + σπέρμα semente + *toxína* (v. este vcb.).

Antístrophe, *s. f.* (poes.) ramo da ode ou hymno, que os Gregos cantavam deante das aras, movendo-se da esquerda para a direita. — (Gramm.) inversão. || De ἀντιστροφή (do v. ἀντιστρέφω volto).

Antisyphilítico, *adj.* (med.) contra a syphilis. || De ἀντί contra + *syphilítico* (v. *syphilis*).

Antitetánico, *adj.* (med.) contra o tétano. || De ἀντί contra + *tetánico* (v. *tétano*).

Antithenár, *s. m.* (anat.) porção da mão, que vae da base do dedo minimo ao punho. || De ἀντί contra e *thenár* (v. este vcb.).

N. Esta accentuação, auctorizada por Aulete e A. Coelho, tem a vantagem de respeitar a quantidade do rad. grego (θέναρ).

Antithérmico, *adj.* (med.) que faz baixar a temperatura. || De ἀντί contra + θέρμη calor + suff. *ico*.

Antíthese, *s. f.* (rhet.) figura pela qual o escriptor ou orador agrupa dous pensamentos ou expressões oppostas, afim de fazer sobresaïr uma pela outra. || De ἀντίθεσις (form. de ἀντί contra + τίθημι pônho).

Deriv.: *antithético* (adj.).

Antitóxico, *adj.* (med.) empregado contra os venenos. || De ἀντί contra + *tóxico* (v. este vcb.).

Antitoxína, *s. f.* (med.) producto da reacção do organismo, que neutraliza o effeito das toxínas. || De ἀντί contra + *tóxina* (v. este vcb.).

Antítrago, *s. m.* (anat.) eminencia da orelha situada defronte do trago. || De ἀντίτραγος (comp. de ἀντί defronte + τράγος trago).

N. Aulete auctoriza esta prosodia, que é a boa.

Deriv.: *antitrágio* (adj.).

Antítropo, *adj.* (bot.) diz-se do embryão, cuja direcção é opposta á da semente. || De ἀντί opposto a + τροπή volta.

Antítypo, *s. m.* (theol.) typo, figura que representa outra.

‖ De ἀντίτυπος muito similhante, copiado por um modêlo (comp. de ἀντὶ em vez de + τύπος figura, imagem).

Antizýmico, *adj.* que se oppõe á fermentação. ‖ De ἀντὶ contra + ζύμη fermento + suff. *ico.*

N. Tambem é legítima a forma *antizymótico.*

Antodontálgico, *adj.* (med.) proprio para combater a odóntalgía. ‖ De ἀντὶ contra + *odontálgico* (v. *odóntalgía*).

Antonomásia, *s. f.* (rhet.) figura pela qual se usa de um epitheto ou voz appellativa em logar de nome proprio, ou vice-versa. ‖ De ἀντονομασία (comp. de ἀντὶ em vez de + ὀνομάζω nomeio).

Deriv.: ántonomástico (adj.)

Antónymo, *s. m.* (gramm.) palavra que exprime o contrário de outra. ‖ De ἀντὶ opposto a + ὄνυμα nome.

N. Formado á similhança de *synonymo, paronymo, homonymo.*

Deriv.: antonymía (s. f.), *antonýmica* (s. f.).

Antorgástico, *adj.* (med.) que combate o orgásmo. ‖ De ἀντὶ contra + *orgásmo* (v. este vcb.) + suff. *ico.*

Antro, *s. m.* cova, caverna, gruta. ‖ Pelo lat. *antrum,* vem de ἄντρον.

N. Varios lexicographos, copiando a Const. sem reflexão, fazem vir ἄντρον de ἐντός dentro + ἐρύω guardar ou ὁρούω arrojar-se ; é hypothese sem fundamento.

Anuría, *s. f.* (med.) suppressão da secreção urinaria. ‖ De ἀν priv. + οὖρον urina + suff. *ia.*

Deriv.: anúrico (adj.).

N. É commum ouvir-se *anúria,* e os diccionarios assim registam o vocabulo ; mas não ha razão para fazer-se esta excepção á regra orthoepica geral, que ficou exarada no art. — *acardía* — ; e demais, já Ad. Coelho accentúa *dysuría, chyluría, hematuría* que estão de accôrdo com esse princípio. E indispensavel generalizá-lo.

Anúros, *s. m.- pl.* (zool.) ordem de Batrachios. ‖ De ἀν priv. + οὐρὰ cauda.

Aorísto, *s. m.* (gramm.) preterito indefinido dos verbos gregos. ‖ De ἀόριστος (scil. χρόνος tempo) indefinido (form. de ἀ priv. + ὁρίζω defino, limito).

Deriv.: aorístico.

Aórta, *s. f.* (anat.) a principal arteria do corpo humano, a que nasce do ventriculo esquerdo. ‖ De ἀορτὴ, que para Hippocrates significava os bronchios, e depois de Aristoteles passou a significar a grande arteria.

Deriv.: aórtico (adj.), *aortíte* (s. f.).

Aórtectasía, *s. f.* (med.) dilatação da aórta. ‖ De *oórta* + ἔκτασις dilatação + suff. *ia.*

N. Aortasía, que tambem occorre em Vieira com esta significação, deve ser completamente banido.

Aórteurýsma, *s. m.* (med.) aneurysma da aórta. ‖ De *aórta* + εὔρυσμα dilatação (form. de εὐρύνω, e este de εὐρύς largo).

Aórtoclasía, *s. f.* (med.) ruptura da aórta. ‖ De *aórta* (v. este vcb.) + κλάσις ruptura + suff. *ia.*

Ápage, *interj.* vae-te, fóra d'aqui. ‖ Pelo lat. *apage,* vem de ἄπαγε (imper. do v. ἀπάγω removo, parto).

Apágma, *s. m.* (med.) deslocação de um osso. ‖ De ἄπαγμα fractura proxima á juncta (form. de ἀπάγνυμι quebro).

Apagogía, *s. f.* (log.) demonstração de uma proposição pelo absurdo da contrária. ‖

De ἀπαγωγή acção de conduzir, arrastar + suff. ia.
Apalytros. V. *hápalelýtros*.
Apanthísmo, *s. m.* defloração, obliteração completa. || De ἀπανθισμὸς (form. de ἀπανθίζω defloro, e este de ἀπὸ de + ἄνθος; flôr).
N. Parece excusado o vcb.
Apanthropía, *s. f.* desejo da solidão. || De ἀπανθρωπεία(form. de ἀπὸ que indica separação + ἄνθρωπος homem).
N Syn. de *misanthropía*.
Deriv.: *apanthrôpo, apanthrópico*.
Apántomancía, *s. f.* adivinhação por meio das cousas que se apresentam inopinadamente á vista. || De ἀπαντάω encontro + μαντεία adivinhação.
Deriv.: *apántomántico* (adj.).
Apathía, *s. f.* insensibilidade do ânimo, indifferença. || De ἀπάθεια (de ἀπαθής insensivel, e este de ἀ priv. + πάθος soffrimento).
Deriv.: *apáthico* (adj.), *apathísta* (s. m.).
Apatíto, *s. m.* (miner.) fluo-phosphato de calcio natural. || De ἀπατάω engano + suff. *íto*.
N. Proveio-lhe o nome de poder ser tomado como pedra preciosa, tal a sua transparencia enganadora. Sôbre a desinencia, v. *achyríto*.
Apatúrias, *s. f. pl.* (ant.) festas celebradas pelos Athenienses em honra de Baccho. || De ’Απατούρια.
N. Divergem os philologos sôbre a origem da palavra grega, derivando-a uns de ἀπάτη fraude, outros de ἀπάτορες sem paes, e ainda alguns de ἀ conjunctivo e πατήρ pai; parece mais plausivel es e último alvitre.
Apedeuta. V. *apedéuto*.
Apedéuto, *s. m.* ignorante, falto de instrucção. || De ἀπαίδευτος (form. de ἀ priv. + παιδεύω ensino)

N. Os dicc. port. dão *apedéuta*; mas esta desinencia em *a* faria suppôr derivação de ἀπαιδευτής; — vcb. que não existe em grego e que, a existir, significaria cousa diversa. De mais, as regras usuaes de derivação mandam formar *apedéuto*, como temos *asbesto, amianto, amaranto, anapesto*, e muitos outros.
Apepsía, *s. f.* (med.) má digestão; impossibilidade de digerir. || De ἀπεψία (form. de ἀ priv. + πέψις digestão).
Deriv.: *ap/ptico* (adj.).
Aperianthádo, *adj.* (bot.) diz-se da flôr que não tem calyce nem corolla. || De ἀ priv. + *periánthio* (v. este vcb.) + suff. *ádo*.
Apétalo, *adj.* (bot.) sem pétalos. || De ἀ priv. + πέταλον pétalo.
N. Brotero substitue-lhe *despetaleado*, que nem é mais euphonico nem melhor.
Aphacía, *s. f.* (med.) ausencia congenita ou accidental do crystallino. || De ἀ priv.+ φακός; lentilha + suff. *ia*.
N. Figueiredo grapha *aphakia*, deixando de fazer a mudança regular do κ grego para *c* em portuguez.
Aphanésio, *s. m.* (miner.) arseniato de cobre hydratado. || De ἀφανής pouco brilhante (form. de ἀ priv. + φαίνομαι appareço) + suff. *io*.
Aphanípteros, *s. m. pl.* (zool.) sub-ordem de Insectos Dipteros. || De ἀφανής; occulto + πτερόν aza.
Aphasía, *s. f.* (med.) suppressão ou perversão da falla, que não procede nem de alteração geral da intelligencia, nem de lesão dos orgãos periphericos da articulação dos sons (Aul.). || De ἀφασία (comp. de ἀ priv. + φάσις falla).
N. Broca propoz como me-

lhor o vcb. francez *aphémie*, que daria em port. *aphemía;* mas não só este subst. é mal formado, como teria o grave inconveniente de parecer derivado de outros radicaes.
Deriv. : aphásico (adj.).
Aphélio, s. m. (astr.) o poncto da orbita da terra ou de qualquer planeta, em que a distância ao sol é a maior possivel (Aul.). || De ἀπό que indica separação + ἥλιος sol.
N. Aphélia ou *afelia,* antigas formas auctorizadas por Mor., caïram no merecido desuso.
Aphemía. V. *aphasía.*
Aphérese, s. f. (gram.) suppressão de syllaba ou lettra no princípio da palavra. || De ἀφαίρεσις (do v. ἀφαιρέω tiro, e este de ἀπό de + αἱρέω tiro).
Aphéreto, s. m. (miner.) phosphato de cobre, de crystaes octaedros. || Provavelmente de ἀφαίρετος cortado, separado.
Áphidas, s. m. pl. (zool.) família de Insectos Hemipteros. || Do gen. *Aphis* (e este talvez de ἀφίστημι destruo) + suff. *idas.*
Aphilánthropía, s. f. abhorrecimento da sociedade. || De ἀ priv. + *philanthropía* (v. este vcb.).
Aphlogístico, adj. que arde sem chamma. || De ἀ priv. + *phlogístico* (v. este vcb.).
Aphonía, s. f. privação da voz. || De ἀφωνία (form. de ἀ priv. + φωνή voz).
Cogn. : aphóno (melhor do que *aphónico*), e accentuado na penultima, porque assim o reclama a quantidade do radical.
Aphorismo, s. m. breve sentença, que em poucas palavras contém um princípio de doutrina. || De ἀφορισμός (do v. ἀφορίζω defino, comp. de ἀπό + ὁρίζω limito).

Cogn. : aphorísta (s. m.) e *aphorístico* (adj.).
Aphrácto, s. m. (ant.) navio antigo de uma só ordem de remos e descoberto. || De ἄφρακτος descoberto (comp. de ἀ priv. + φράσσειν guarnecer, cobrir).
* **Aphrasía,** s. f. (med.) mutismo voluntario. || De ἀ priv. + φράσις modo de fallar + suff. *ia.*
Aphrizíto, s. m. (miner.) variedade de turmalina, á qual Andrada deu este nome por assimilhar-se ella a flocos de neve ou escuma. || De ἀφρίζω escumo (de ἀφρός escuma).
Aphrodisíaco, adj. (med.) que excita para os prazeres venereos.||De ἀφροδισιακός (form. de 'Αφροδίτη Venus).
Cogn. : aphrodisía (s. f.).
* **Aphroditidas,** s. m. pl. (zool.) família de Vermes Polychetas. || Do gen. *Aphrodíte* (e este de 'Αφροδίτη Venus) + suff. *idas.*
Aphrónitro, s. m. (ant.) flôr, escuma de nitro. || Pelo lat. *aphronitrum,* de ἀφρόνιτρον (comp. de ἀφρός escuma + νίτρον nitro).
Áphtha, s. f. (med.) pequena ulceração superficial e brancacenta, que se desenvolve na mucosa da bocca e do tubo digestivo. || De ἄφθαι (form. de ἅπτω accendo, inflammo).
Deriv. : aphthoso (adj.).
Aphthártodocétas, s. m. pl. (eccl.) herejes do VI sec. que pretendiam que o corpo de J. Christo era incorruptivel, impassivel e immortal (Lar.). || De ἄφθαρτος incorruptivel + δοκέω penso.
Aphthitalitho. V. *aphthitólitho.*
Aphthitólitho, s. m. (miner.) variedade de sulfato de potassio natural, que se não altera ao ar. || De ἄφθιτος incorrup-

tivel (comp. de ἀ priv. + φθίνω degenero) + λίθος pedra.
N. Deve ser esta a palavra port. correspondente ao vcb. *aphthitalithe* de má formação, que se acha em Dufrenoy e Landrin.

*** Aphthongia**, *s. f.* (med.) impossibilidade de fallar, em virtude de espasmos da zona do hypoglosso (Fleury). || De ἀ priv. + φθόγγος som + suff. *ia*.

*** Aphthonito**, *s. m.* (miner.) variedade de sulfureto de cobre, mui rico de prata. || De ἄφθονος abundante, rico + suff. *ito*.

*** Aphthóphyto**, *s. m.* o cryptogamo da áphtha. || De *áphtha* (v. este vcb.) + φυτόν planta.

Aphýllo, *adj.* (bot.) que não tem folhas. || De ἄφυλλος (comp. de ἀ priv. + φύλλον folha).

Aphyóstomos, *s. m. pl.* (zool.) familia de Peixes cartilaginosos (Duméril). || De αφύω ou ἀφύσσω sugo + στόμα bocca.

*** Aphýso-cautério**, *s. m.* (med.) cautério, cuja incandescencia se entretem sem folle. || De ἀ priv. + φύση folle + *cautério* (v. este vcb.).

Aplanetísmo, *s. m.* (phys.) qualidade de um systema optico que consiste na falta de aberração das irradiações simples. || De ἀ priv. + πλανήτης vagabundo, errante + suff. *ismo*.

Deriv.: *aplanético* (adj.).

*** Aplasía**, *s. f.* vício atrophico no desenvolvimento dum orgão, por parada na reproducção dos germes cellulares. || De ἀ priv. + πλάσις acção de modelar, de formar + suff. *ia*.

Deriv.: *aplástico* (adj.).

Aplestía, *s. f.* insaciabilidade; fome canina. || De ἀπληστία (form. de ἀ priv. + πίμπλημι encho).

Apleuría, *s. f.* (terat.) ausencia de pleuras. || De ἀ priv. + *pléura* (v. este vcb.) + suff. *ia*.

Aploperistomeos. V. *haploperistómeos*.

*** Aplýsidas**, *s. m. pl.* (zool.) familia de Molluscos Opisthobranchios. || Do gen. *Aplýsia* (e este de ἀπλυσία sujidade, immundicie) + suff. *idas*.

Apnéa, *s. f.* (med.) falta de respiração; suspensão da respiração. || De ἄπνοια (form.de ἀ priv. + πνέω respiro).

N. O vcb. *asphyxia* não exprime tão perfeitamente a idea. « Apneia » (com *i*) não tem razão de ser.

*** Apnéumones**, *s. m. pl.* (zool.) sub-ordem de Holothurias, que não têm pulmões. || De ἀ priv. + πνεύμων pulmão.

Apnéusto, *adj.* (med.) que tem suspensa a respiração. || De ἄπνευστος (form. de ἀ priv. + πνέω respiro).

Apóbata, *s. m.* (ant.) especie de athleta, que nos jogos publicos gregos fazia diversos exercicios de volteio (Lac.). || De ἀποβάτης (comp. de ἀπὸ de + βαίνω ando).

Apocalýpse, *s. m.* (theol.) o último dos livros canonicos do Novo Testamento, que contém as revelações de S. João Evangelista. || De ἀποκάλυψις revelação (do v. ἀποκαλύπτειν descobrir.)

Deriv.: *apocalýptico* (adj.), melhor graphia do que *apocalytico* auctorizado por Figueiredo.

Apocapnísmo, *s. m.* (med.) fumigação. || De ἀποκαπνισμός (form. de ἀποκαπνίζω fumigo).

N. Vcb. excusado.

Apocatástase, *s. f.* (astr.) revolução periodica que, no entender dos antigos, traz os astros ao poncto donde partiram.—(Theol.). Volta á perfeição primitiva. || De ἀποκατάστασις (do v. ἀποκαθίστημι restabeleço).

Ápocenóse, *s. f.* (med.) evacuação parcial. || De ἀποκένωσις (form. de ἀπό de + κενόω purgo).

N. Contrapõe-se a *cenóse* (v. este vcb.).

Apochylísma, *s. m.* o mesmo que arrôbe (Figueir.). || De ἀποχύλισμα (form. de ἀποχυλίζω extráio o succo).

N. Dada esta origem, não ha porque graphar *apochylismo* (com a desin. *o*), como occorre em Figueiredo e Aulete.

Apócope, *s. f.* (gram.) corte de lettra ou syllaba no fim da palavra. — (Med.) fractura em que é tirada uma parte do osso. || De ἀποκοπή corte (de ἀποκόπτω corto).

Deriv. : *apocopádo* (adj.).

Apocrénico, *adj.* (chim.) nome dado por Berzelius a um acido organico azotado encontrado em certas aguas mineraes. || De ἀπό de + κρήνη fonte + suff. *ico*.

Deriv. : *apocrenáto* (s. m.).

Apócreos, *s. m.* (lit. gr.) semana entre os Gregos, correspondente á Septuagesima dos Latinos. || De ἀποκρέως (form. de ἀπό que indica privação + κρέας carne).

N. Vieira, exquecendo o vcb. grego, dá-lhe a forma *apocreas*.

Apocrisia, *s. f.* (med.) evacuação de substâncias morbidas, que se opera por uma secreção crítica. || De ἀπόκρισις separação, eliminação + suff. *ia*.

Deriv. : *apocrítico* (adj.).

Apocrisiário, *s. m.* (ant.) agente que levava as respostas do imperador romano. — Dignidade ecclesiastica da Egreja grega do Baixo-Imperio. || Pelo lat. *apocrisiarius*, vem de ἀπόκρισις resposta.

Apocrústico, *adj.* (med.) dizia-se de remedios capazes de expellir humores nocivos. || De ἀποκρουστικόν scil. φάρμακον (e este de ἀποκρούω expillo).

N. Fig. regista com esta significação o adj. « apocristico »; deve ser lapso typographico.

Apócrypho, *adj.* que não é authentico; duvidoso, incerto. || De ἀπόκρυφος occulto, obscuro (do v. ἀποκρύπτω escondo).

Apócyno, *s. m.* (bot.) planta toxica, da ordem das Apocynaceas. || De ἀπόκυνον (comp. de ἀπό que indica separação + κύων cão).

Deriv. : *apocynáceas* (s. f. pl.), *apocynína* (s. f.).

Apodacrýtico, *adj.* (med.) diz-se de substância acre, que faz verter lagrimas (Lac. e Far.). || De ἀποδακρυτικός (do v. ἀποδακρύω choro).

N. Parece inadmissivel a significação dada por Littré e Robin ao vcb. francez *apodacrytique* « qui est propre á arrêter l'écoulement des larmes ».

Ápode, *adj.* sem pés. || De ἄπους (comp. de ἀ priv. + πούς pé).

N. Ápodo, como occorre em alguns dicc., não deve prevalecer, nem para este nem para nenhum dos outros derivados de πούς, ποδός.

Deriv. : *apodía* (s. f.).

Apodécta, *s. m.* (ant.) magistrado atheniense, a quem eram pagos os impostos. || De ἀποδέκτης (form. de ἀποδέχομαι recebo).

N. A forma *apodécto*, que se encontra em Far., Lac. e outros, não é correcta (cf. *planeta, cometa*, etc.).

Apódema, *s. m.* (zool.) parte do envoltorio solido dos insectos, que prende ao thorax. || De ἀπὸ de + δέμα laço.

*Apodémialgía, s. f. (med.) impulsão violenta para saïr da patria. || De ἀποδημία viagem (form. de ἀπὸ de + δῆμος povo) + ἄλγος molestia + suff. ia.

Apodióxe, s. f. (rhet.) figura pela qual se repelle com indignação um argumento como absurdo. || De ἀποδίωξις (do v. ἀποδιώκειν banir, dar de mão).

Apodíxe, s. f. demonstração, prova evidente. || De ἀπόδειξις (do v. ἀποδείκνυμι demonstro).
Deriv. : apodíctico (adj.).

Apódo, s. m. comparação ridicula ou affrontosa; alcunha; mofa, zombaria. || Talvez de ἀπῳδός desagradavel, dissonante (do v. ἀπᾴδω desentoar).
Deriv. : apodár (v.), apodadôr (s. m.).

Apódose, s. f. segunda parte de um período, com relação á primeira (protase), cujo sentido completa e explica. || De ἀπόδοσις (do v. ἀποδίδωμι restituo, defino).

Ápodytério, s. m. (ant.) aposento ou logar, onde se despiam os que iam banhar-se ou fazer exercicios gymnasticos. || De ἀποδυτήριον (form. de ἀποδύω dispo-me).

Apogamía, s. f. (bot.) phenomeno pelo qual algumas plantas perdem a faculdade de reproduzir-se por união sexual. || De ἀπὸ que indica privação + γάμος casamento + suff. ia.

Apogêu, s. m. (astr.) poncto da orbita da lua em que ella se acha mais distante da terra ; — o poncto mais elevado. || De ἀπόγειον ou ἀπόγαιον (form. de ἀπὸ longe de + γῆ ou γαία terra).
Deriv. : apogético (adj.) — melhor do que apogístico dado por Aulete e Fig.

Apogeusía, s. f. (med.) depravação do paladar. || De ἀπὸ sem + γεῦσις gôsto + suff. ia.

Apógrapho, s. m. cópia de um original (opposto a autógrapho). || De ἀπόγραφος transcripto (do v. ἀπογράφω copio).

Apogynía, s. f. (bot.) caso de apogamía, em que ella se dá por falta ou abôrto do orgão feminino. || De ἀπὸ que indica privação + γυνή mulher + suff. ia.

Apolinóse, s. f. (chir.) antigo methodo operatorio da fistula do ano; acção de amarrar com um fio de linha. || De ἀπολίνωσις (do v. ἀπολινόω ato).

Apología, s. f. discurso ou escripto em defesa propria ou alheia; elogio, louvor. || De ἀπολογία (do v. ἀπολογέομαι justifico, defendo).
Deriv. : apologético (adj.), apologísta (s. m.).

Apólogo, s. m. fabula em que se introduzem a fallar irracionaes ou ainda cousas inanimadas, para della se tirar alguma moralidade. || De ἀπόλογος (comp. de ἀπὸ + λόγος discurso).

Apólyse, s. f. (lit.) parte da missa grega correspondente ao Ite, missa est dos latinos. || De ἀπόλυσις acção de desatar, de desembaraçar.
Deriv. : apolytico (adj.).

Apómacho, adj. inhabil para o serviço militar. || De ἀπόμαχος (form. de ἀπὸ fóra de + μάχη combate).
N. Faria e Lacerda, donde colhemos este vcb., graphamno mal (sem h).

Ápomecómetro, s. m. instrumento para medir a distância de objectos muito afastados. || De ἀπὸ de + μῆκος distância + μέτρον medida.
Deriv. : apomécometría (s. f.).

Ápomorphína, s. f. (chim.) alcaloide que tem menos uma

molecula d'agua do que a morphina ($C^{34}H^{47}AzO^4$). || De ἀπὸ de + *morphina* (v. este vcb.).

* **Apomyttóse**, *s. f.* (med.) especie de espasmo similhante ao espirro (Sauvages). || De ἀπομύσσω ou ἀπομύττω assoar + suff. *óse*.

* **Ápona**, *s. f.* (pharm.) novo medicamento para combater a dôr. || De ἀ priv. + πόνος dôr, soffrimento.

Aponévrología, *s. f.* (anat.) parte da anatomia, que estuda as áponevróses. || De *aponevróse* (v. este vcb.) + λόγος tractado + suff. *ía*.

Áponevróse, *s. f.* (anat.) membrana branca, luzidia e resistente que envolve os musculos; expansões membranosas dos tendões. || De ἀπονεύρωσις (form. de ἀπὸ de + νεῦρον nervo).
Deriv. : *aponevrótico* (adj.).

Aponevrótomo, *s. m.* (chir.) instrumento para dividir a áponevróse abdominal. || De *aponevróse* (v. este vcb.) + τομή córte.
Deriv. : *aponévrotomía* (s. f.).

* **Áponogéteas**, *s. f. pl.* (bot.) tribu das Naiadaceas. || De *Aponogéton* — genero typo (e este de ἄπονος facil, commodo + γείτων vizinho) + suff. *eas*.

Apóphase, *s. f.* (rhet.) refutação que faz a propria pessoa do que acaba de dizer. || De ἀπόφασις (form. de ἀπόφημι nego, contradigo).

Ápophlegmático, *adj.* (med.) dizia-se das substâncias que provocam a secreção das mucosas nasaes e boccaes e a das glandulas salivares. || De ἀπὸ de + φλέγμα, ατος pituïta + suff. *ico*.
Deriv. : *apophlegmatismo* (s. m.).

Áphophorêtos, *s. m. pl.* (arch.) presentes que se distribuiam nas saturnaes. || De ἀποφόρητα (τὰ), form. de ἀπὸ de + φορέω levar.

Apophthégma, *s. m.* dicto breve e sentencioso. || De ἀπόφθεγμα (form. de ἀποφθέγγεσθαι proferir uma maxima).
N. Aulete grapha acertadamente com o *th* exigido pelo θ do radical grego.
Deriv. : *apophthegmatismo* (s. m.).

* **Apóphthoro**, *adj.* (med.) que provoca o abôrto. || De ἀποφθορά abôrto.
N. A palavra *abortivo* dispensa este neologismo.

Apóphyge, *s. f.* (archit.) annel que circunda o fuste da columna logo acima da base ou perto do capitel. || Pelo lat. *apophýgis*, de ἀποφυγή.
N. Faria, Lacerda e Figueiredo auctorizam a boa prosodia.

Ápophyllíto, *s. m.* (miner.) zeólitho calcico-potassico, que se exfollia. || De ἀποφυλλίζεσθαι desfolhar-se (form. de ἀπὸ de + φύλλον folha).
N. Sôbre a desinencia *íto*, v. *achyríto*.

Apóphyse, *s. f.* (anat.) parte saliente de um osso. || De ἀπόφυσις excrescencia (form. de ἀπὸ de + φύειν nascer).

Apoplexia, *s. f.* (med.) conjuncto de symptomas morbidos produzidos pela suspensão subita e mais ou menos completa da acção cerebral. || De ἀποπληξία (e este de ἀποπλήσσειν ferir subitamente).
N. A. Coelho e Figueiredo accentúam *apopléxia*, o que até contraria o uso geral.
Deriv. : *apopléctico* (adj.).

Aporhetína, *s. f.* (pharm.) uma das resinas isoladas da raiz de rhuibarbo (Döpping). || De ἀπὸ de + ῥητίνη resina.

Aporhinóse, *s. f.* (med.)

corrimento pelas narinas. || De ἀπὸ de + ῥίν nariz + suff. *óse*.

Aporía, *s. f.* (rhet.) dubitação. || De ἀπορία embaraço, difficuldade de passar (e este de ἀ priv. + πόρος passagem).

Áporo, *s. m.* problema difficil de resolver. || De ἄπορος impenetravel.

N. Faria, Roquette e Lacerda accentúam indevidamente a penultima.

Áposceparnísmo, *s. m.* (med.) ferida obliqua do cranio feita com instrumento cortante, que tirou completamente um pedaço do osso. || De ἀποσκεπαρνισμός (e este form. de ἀπὸ de + σκέπαρνον machado).

N. Faria escreve *aposkeparnismos* — duplamente incorrecto : 1º por conservar ao vcb. o *s* final contra todas as regras usuaes de derivação; 2º por não transformar o σκ do radical grego em *sc*, como é de preceito (cf. *ascetico, sceptro, isoscele,* etc.)

Áposepedína, *s. f.* (chim.) leucina impura (Braconnet). || De ἀποσήπεσθαι apodrecer + suff. *ina*.

Apósima. V. *apózema*.

Aposiopése, *s. f.* (rhet.) reticencia, interrupção de phrase. || De ἀποσιώπησις (form. de ἀποσιωπάω calo-me de subito).

Apositía, *s. f.* (med.) repugnancia para os alimentos. || De ἀποσιτία (form. de ἀπὸ de + σῖτος alimento).

Apospástico, *adj.* (med.) derivativo, revulsivo. || De ἀποσπάω separo, puxo para fóra + suff. *ico*.

Apóstase, *s. f.* (med.) formação dum abscesso. || De ἀπόστασις suppuração.

Apostasía, *s. f.* deserção da fé, mudança de religião. || De ἀποστασία (form. de ἀφιστάναι separar-se).

Apóstata, *s. m.* o que commette apostasía. || De ἀποστάτης (deriv. egualmente de ἀφιστάναι separar-se).

Deriv. : apostatár (v.).

Apostêma, *s. m.* abscesso. || De ἀπόστημα (de ἀφιστάναι separar-se).

N. Aulete, Ad. Coelho e Figueiredo acertadamente dão a este vcb. o genero masculino, corrigindo assim a corruptela do uso, e voltando ao que preceituaram antigos escriptores da lingua.

Deriv. : apostemár (v.).

Apóstolo, *s. m.* discipulo de J. Christo enviado a prégar o Evangelho pelo mundo; missionario. || De ἀπόστολος enviado (form. de ἀποστέλλω enviar).

Deriv. : apostoládo, apostolár, apostólico, apostolizár, apostolicidáde.

Apóstrophe, *s. f.* (rhet.) interrupção do orador, que se dirige a alguem ou a alguma cousa; interpellação directa e imprevista. || De ἀποστροφή (form. de ἀποστρέφω volto-me).

Deriv. : apostrophár (v.).

Apóstropho, *s. m.* (gramm.) indice de elisão ('). || De ἀπόστροφος (e este de ἀποστρέφω volto).

Aposýrma, *s. m.* (med.) ulceração superficial da pelle. || De ἀπόσυρμα excoriação (form. de ἀποσύρω raspo).

N. Faria dá-lhe o genero feminino, no que ha incorrecção (cf. *problema, theorema, apostema,* etc.).

Ápotelesmática, *s. f.* astrologia judiciaria da edade média. || De ἀποτελεσματική (scil. τέχνη arte), form. de ἀποτέλεσμα a influencia dos astros.

Apothécio, *s. m.* (bot.) corpo fructifero femea dos lichens. || Pelo lat. scientifico *apothe-*

cium, vem de ἀποθήκη celeiro, armario.

N. Aulete e Figueiredo consignam tambem e preferem a forma *apothéca*, desprezando o vcb. latino, por onde se fez a adaptação do portuguez.

Apóthema, *s. m.* (math.) perpendicular abaixada do centro para qualquer lado de um polygono regular. — (Chim.) precipitado escuro que se forma na dissolução dos extractos vegetaes. || De ἀποτιθέναι depôr, abaixar.

N. Aulete grapha e accentúa bem; mas Ad. Coelho e Figueiredo fazem o vcb. paroxytono, exquecendo-se de que o radical θέμα, do v. τιθέναι, tem a primeira syllaba essencialmente breve.

Apotheóse, *s. f.* glorificação, deificação. || De ἀποθέωσις (form. de ἀποθεόω divinizo, e este de ἀπό de + θεός Deus).

N. Faria, Constancio, Lacerda e Ad. Coelho accentúam de accôrdo com a quantidade grega, que o latim respeitou (apotheōsis); não fizeram o mesmo Aulete e Figueiredo, que até contrariam o uso.

Deriv.: apotheótico (adj.).

*****Apotherapia**, *s. f.* (med.) terminação da cura por meio de banhos e outros cuidados (Littré). || De ἀποθεράπεια (form. de ἀποθεραπεύω acabo de curar).

Apóthese, *s. f.* (chir.) posição que convem dar a um membro fracturado, depois da fractura reduzida e ligada. || De ἀπόθεσις (form. de ἀποτίθημι deponho, deposito).

N. A. Coelho escreve *apotheze* (com *z*); mas ha nisso incongruencia (cf. *these, prothese, antithese*, etc.).

Apótomo, *s. m.* (math.) differença de duas quantidades incommensuraveis entre si. — (Mus.) parte do tom, ora maior, ora menor que o semi-tom médio (A. Coelho). || De ἀπότομος dividido, separado (form. de ἀποτέμνω corto).

Apotropéa, *s. f.* (arch.) ovelha que se immolava para afastar alguma desgraça. || De ἀποτρόπαιος que remove infortunios (form. de ἀποτρέπω desvio).

Apózema, *s. m.* (pharm.) decocção de hervas medicinaes. || De ἀπόζεμα (e este de ἀποζέω cōzo ao fogo).

N. Quasi todos os diccionaristas dão a este vcb. o genero feminino; Ad. Coelho, porêm, fá-lo masculino e com razão (cf. *problema, theorema, panorama*, etc.). A corruptela *aposima* deve ser condemnada.

*****Apraxía**, *s. f.* (med.) perda da comprehensão do uso de objectos usuaes. || De ἀ priv. + πρᾶξις acção + suff. *ia*.

*****Aproctía**, *s. f.* (med.) falta de abertura anal; imperfuração do ano. || Da priv. ἀ + πρωκτός ano + suff. *ia*.

*****Aprosexía**, *s. f.* (med.) impossibilidade de prestar attenção. || De ἀ priv. + πρόσεξις attenção + suff. *ia*.

Aprosopía, *s. f.* (med.) monstruosidade que consiste na ausencia da face. || De ἀ priv. + πρόσωπον face + suff. *ia*.

N. *Aprosophia*, que occorre em Faria, deve ser êrro typographico.

Apsephalesia, *s. f.* (med.) abolição do tacto. || De ἀ priv. + ψηφάλησις tacto + suff. *ia*.

Apside, *s. f.* (astr.) poncto da orbita, extremo maior da ellipse, em que um planeta ou satellite se acha mais perto ou mais longe do astro central. — (Archit.) a meia-abobada ou hemicyclo que termina as antigas basilicas christans. || De ἀψίς, ῖδος abobada, arco.

N. A quantidade do incremento grego, que o latim manteve em *absis, idis*, manda accentuar a penultima, embora os diccionarios usuaes façam o vcb. esdruxulo.

A forma *abside* (com *b*), que tambem nelles se encontra, poderia ser acceita; mas *apside* é preferivel, porque o ψ de ἀψὶς procede de um π e não de um β, visto que a palavra é derivada de ἅπτω suspendo, ligo.

*****Apsithyría**, *s. f.* (med.) variedade de aphonía, em que o individuo não emitte o mais leve murmurio. ‖ De ἀ priv. + ψίθυρος murmurio + suff. *ia*.

Apsychia, *s. f.* (med.) perda dos sentidos. ‖ De ἀ priv. + ψυχή alma + suff. *ia*.

Áptenodýtas, *s.m.pl.* (zool.) aves palmipedes, de azas curtas e sem pennas. ‖ De ἀπτὴν que não tem azas + δύτης o que mergulha (de δύειν mergulhar). *N.* Aulete e Figueiredo accentúam acertadamente a penultima; mas este escreve com *i*, em vez de *y*, contra a regra de derivação.

*****Aptéria**, *s. f.* (zool.) parte da pelle da ave, que não tem pennas ou só tem leve pennugem. ‖ De ἀ priv. + πτερὸν penna, pelo lat. scient. *apteria*.

Ápteros, *s. m. pl.* (zool.) insectos que não têm azas. ‖ De ἄπτερος (form. da priv. ἀ + πτερὸν aza).

*****Ápterygógenos**, *s. m. pl.* (zool.) sub-classe de Insectos; aquelles em que a falta de azas é primitiva e não fructo de regressão. ‖ De ἀ priv. + πτέρυξ, υγος aza + γένος geração.

Aptyalía, *s. f.* (med.) falta, momentanea ou morbida, de saliva. ‖ De ἀ priv. + πτύαλον saliva + suff. *ia*.

Apyrénoméla, *s. f.* (chir.) sonda sem botão. De ἀπύρηνος que não tem caroço ou botão + μήλη sonda.

Apyrexía, *s. f.* (med.) cessação da febre. ‖ De ἀ priv. + πύρεξις accesso febril + suff. *ia*. *N.* Ad. Coelho grapha *apyrexya*, o que mais parece êrro typographico.

Deriv.: apyréctico (adj.), como occorre em Aulete, e não *apyretico* como dão A. Coelho e Figueiredo (porque o vcb. grego correspondente é ἀπύρεκτος).

Apyríto, *s. m.* (min.) variedade de turmalina, totalmente infusivel. ‖ De *ápyro* (v. este vcb.) + suff. *ito*.

Ápyro, *adj.* que resiste ao fogo, infusivel. ‖ De ἀ priv. + πῦρ fogo.

Ar, *s. m.* o fluido que compõe a nossa atmosphera. ‖ De ἀήρ, ἀέρος.

Aráceas, *s. f. pl.* (bot.) ordem de plantas monocotyledones, cujo typo é o gen. *Arum*. ‖ Pelo nome lat., vem de ἄρον nome de planta + suff. *áceas*.

Arachneólitho, *s. m.* (paleont.) caranguejo fossil. ‖ De ἀραχναῖος de aranha + λίθος pedra. *N.* Faria dá-lhe a terminação em *es*, Ad. Coelho e Figueiredo em *a*; mas nem uma nem outra respeita a regra de derivação usual (cf. *monolitho, aerolitho*, etc.).

Arachnídeos, *s. m. pl.* (zool.) classe de Arthropodes Cheliphoros, a que pertence a aranha. ‖ De ἀράχνη aranha + suff. *ídeos*.

Arachníte, *s. f.* (med.) V. *arachnoidíte*.

*****Aráchnodactylía**, *s. f.* (med.) exaggerado comprimento dos dedos, que lembram o aspecto das patas da aranha (Achard.). De ἀράχνη aranha + δάκτυλος dedo + suff. *ia*.

Arachnóide, *s. f.* (anat.)

membrana serosa que reveste o cerebro, e situada entre a dura e a pia-mater. || De ἀραχνοειδής que tem forma de teia de aranha (form. de ἀράχνη aranha + εἶδος forma).
Deriv.: arachnóideo (adj.).
Arachnoidíte, *s. f.* (med.) inflammação da arachnóide. || De *arachnóide* (v. este vcb.) + suff. *ite*.
N. A forma *arachnite* não corresponde á origem da palavra e deve por isso ser exquecida.
Arcebíspo, *s. m.* prelado superior a bispo na ordem hierarchica da Egreja; prelado metropolitano. || De ἀρχιεπίσκοπος (comp. de ἄρχειν governar + ἐπίσκοπος bispo).
Deriv.: arcebispado.
Arcediágo, *s. m.* dignidade nos cabidos; ecclesiastico investido de poderes sôbre os parochos. || De ἀρχιδιάκονος (form. de ἄρχειν commandar + διάκονος diacono).
Arcesthide. V. *arceúthide*.
Arceúthide, *s. f.* (bot.) fructo que se assimelha ás bagas do zimbro. || De ἀρκευθίς baga de zimbro.
N. Fonseca Benevides, copiando provavelmente Drapiez ou outro, consignou a forma errada *arcesthida*, e d'ahi talvez passou ella para o dicc. de Figueiredo que regista o mesmo êrro, com a singularidade de attribuir ao vcb. a derivação do substantivo grego αρχεσθις, que não existe.
Archáico, *adj.* antigo, feito á antiga. || De ἀρχαϊκός, e este de ἀρχαῖος velho.
Cogn.: archaïsmo, archaïsta.
Archáiologia, *s. f.* estudo das linguas antigas. || De ἀρχαῖος antigo + λόγος tractado, discurso + suff. *ia*.
N. Figueiredo consigna este vocabulo, que não é bem for-mado nem dá idea do que pretende significar.
Archánjo, *s. m.* (theol.) o primeiro dos anjos; anjo de ordem superior. || De ἀρχάγγελος (form. de ἄρχειν ter a primazia + ἄγγελος anjo).
Deriv.: archangélico (adj.).
Archegónio, *s. m.* (bot.) termo que actualmente designa: 1º o esporangio dos Musgos e das Hepaticas durante o periodo que corresponde ao da floração nas outras plantas; 2º um orgão do prothallio, que provém da germinação dos espórios dos Fetos, Musgos, etc. || De ἀρχή começo + γόνος nascimento, pelo lat. scient. *archegonium*.
*****Archelogía**, *s. f.* tractado dogmatico dos principios fundamentaes da sciencia do homem (Littré). || De ἀρχή princípio + λόγος discurso + suff. *ia*.
*****Archentério**, *s. m.* (zool.) intestino primitivo, na gástrula do Amphioxus. || De ἀρχή princípio + ἔντερον intestino + suff. *io*.
Archéographía, *s. f.* descripção de monumentos antigos. || De ἀρχαῖος antigo + γράφω descrevo + suff. *ia*.
Cogn.: archeógrapho.
Archéolíthico, *adj.* (geol.) relativo ás rochas das primeiras edades geologicas. || De ἀρχαῖος antigo + λίθος pedra + suff. *ico*.
Archéología, *s. f.* estudo da antiguidade. || De ἀρχαῖος antigo + λόγος discurso + suff. *ia*.
Deriv.: archeológico (adj.), *archeólogo* (s. m.).
*****Archéoplásma**, *s. m.* (med.), tumefacção abdominal, que fica estacionaria por muito tempo e devida a causas diversas. || De ἀρχαῖος antigo + πλάσμα formação.
Archétypo, *s. m.* modêlo dos seres creados; idea original. ||

De ἀρχέτυπον (form. de ἄρχω tenho a primazia + τύπος typo, modêlo).

Archêu, *s. m.* palavra adoptada por Paracelso e van Helmont para designar um ser imaginario, que presidia aos diversos phenomenos do corpo organizado. || De ἀρχαῖος antigo, primeiro (e este de ἀρχή princípio).
N. Moraes e Lacerda accentúam *árcheo* contra todas as regras.

Archi, em composição *arch.* Prefixo de muitas palavras portuguezas, significativo de primazia, preeminencia. || De ἄρχειν governar, ser chefe.

Archiacólytho, *s. m.* o primeiro acólytho. || De *archi* e *acólytho* (v. os dous vcbs.).

Archiapóstata, *s. m.* o maior dos apóstatas. || De *archi* e *apóstata* (v. estes vcbs.).

Archiátro, *s. m.* chefe dos medicos, médico dum principe ou soberano. || De ἀρχίατρος (comp. de ἄρχειν ter a primazia + ἰατρός medico).
N. Faria e Lacerda accentúam a penultima syllaba, respeitando a verdadeira quantidade da raiz grega.

*****Archiblástula**, *s. f.* (zool.) blástula do ovo alecitho. || De *archi* e *blástula* (v. estes vcbs.).

Archidiocése, *s. f.* arcebispado. || De *archi* e *diocése* (v. estes vcbs.).

Archiepiscopál, *adj.* relativo a arcebispo. || De *archi* e *episcopál* (v. estes vcbs.).

Archieunúcho, *s. m.* chefe dos eunuchos. || De *archi* e *eunúcho* (v. estes vcbs.).

*****Archigástrula**, *s. f.* (zool.) gástrula do ovo alecitho. || De *archi* e *gástrula* (v. estes vcbs.).

*****Archilóchio**, *adj.* (poes.) verso composto de dous dactylos e uma cesura. || Pelo lat. *archilochius* vem de 'Αρχίλοχος Archílocho, poeta grego.

Archimagiro, *s. m.* chefe de cozinha. || De ἀρχιμάγειρος (comp. de ἄρχειν dirigir, governar + μάγειρος cozinheiro).

Archímago, *s. m.* chefe do magismo. || De *archi* e *mágo* (v. estes vcbs.).
N. A quantidade do *ă* de μαγος e de *măgus* lat. manda accentuar a antepenultima, como bem preceitúa Ad. Coelho.

Archimandrita, *s. m.* abbade de algum mosteiro de monges ou eremitas entre os Gregos. || De ἀρχιμανδρίτης (form. de ἄρχειν governar + μάνδρα mosteiro + suff. ιτης).
Deriv. : *archimandritádo* (s. m.).

Archipélago, *s. m.* (geogr.) O mar Égeu. — Extensão de mar semeada de muitas ilhas. — Grupo de ilhas que ficam proximas umas das outras. || De ἄρχειν ter a primazia + πέλαγος mar.
Deriv. : *archipelágico* (adj.).

Archipherecita, *s. m.* archisynagogo, chefe dos que tinham por cargo lêr e ensinar nas escholas. || Pelo lat. *archipherecita*, vem do grego moderno ἀρχιφερεχίτης (form. de ἄρχειν dirigir + *pherec* — raiz chaldaica que significa doutrina, acção de ensinar).
N. Da graphia incorrecta de Trevoux — archipheracite — parece que Faria e Lacerda tiraram o seu *archiperacita*, que evidentemente precisa ser corrigido.

*****Archiplásma**, *s. m.* (zool.) substância transparente e homogénea, que constitue as espheras directrizes das cellulas na caryocinese. || De *archi* e *plásma* (v. estes vcbs.).

Archipresbýtero, *s. m.* arcipreste. || De *archi* e *presbýtero* (v. estes vcbs.).

Deriv. : *archipresbyterál* (adj.) e *archipresbyterádo* (s. m.).

Archiprophéta, *s. m.* o principal prophéta. || De *archi* e *prophéta* (v. estes vcbs.).

*****Archípteros,** *s.m.pl.* (zool.) ordem de Insectos Pterygogenos; são nesta classe os mais primitivos. || De ἀρχή princípio + πτερόν aza.

Archisátrapa, *s. m.* o principal sátrapa. || De *archi* e *sátrapa* (v. estes vcbs.).

Archisynagôgo, *s. m.* assessor do patriarcha grego; o principal da synagoga. || De ἀρχισυνάγωγος (comp. de ἄρχειν ter a primazia + συναγωγή synagoga).

Architécto, *s. m.* o que dirige ou planeia construcções. || Pelo lat. *architectus*, vem de ἀρχιτέκτων chefe dos obreiros (comp. de ἄρχειν dirigir + τέκτων constructor, carpinteiro).

Deriv. : *architectúra* (s. f.).

Architectónica, *s. f.* architectúra. || De ἀρχιτεκτονική (scil. τέχνη arte), e este de ἀρχιτέκτων constructor.

Deriv. : *architectónico* (adj.).

Architéctonographía, *s. f.* descripção das construcções, dos edificios. || De ἀρχιτέκτων constructor + γράφω descrevo + suff. *ia*.

Deriv. : *architectonógrapho* (s. m.).

Architriclíno, *s. m.* mordomo, chefe de escanções. || De ἀρχιτρίκλινος (form. de ἄρχειν dirigir + τρίκλινον triclinio).

N. Architeclino, que tambem occorre em Figueiredo, é corruptela inacceitavel.

Archívo, *s. m.* chartorio; logar onde se guardam documentos, diplomas, etc. || Pelo lat. *archivum* ou *archium*, vem do gr. ἀρχεῖον, cuja significação primitiva era palacio de magistrados ou de govêrno (de ἀρχή govêrno).

N. A derivação de ἀρχαῖος + ἔπω, que dá Constancio e outros copiaram, é uma das muitas phantasias etymologicas daquelle lexicographo.

Deriv. : *archivár* (v.), *archivista* (s. m.).

Archônte, *s. m.* (arch.) principal magistrado das antigas republicas gregas. || De ἄρχων, οντος (derivado de ἄρχειν governar).

Deriv. : *archontádo* (s. m.).

Archoptóse, *s. f.* (med.) quéda do intestino recto. || De ἀρχός recto + πτῶσις quéda (de πίπτειν caïr).

Arcipréste, *s. m.* dignidade que dá aos parochos de certas egrejas preeminencia ou jurisdicção sôbre outros. || Pelo francez *archiprestre*, e transformada pelo uso, vem esta palavra em última anályse das mesmas raizes de *árchipresbytero* (v. este vcb.).

Árctico, *adj.* (geogr.) boreal, do Norte. || De ἀρκτικὸς (form. de ἄρκτος a Ursa, constellação boreal + suff. ικος).

Árcto, *s. m.* (astr.) a Ursamaior. || De ἄρκτος.

N. Aulete, A. Coelho e Figueiredo dão-lhe todos a desinencia em *s*, conservando tal qual a palavra grega; é preferivel entretanto affeiçoá-la á portugueza.

*****Arctopithécos,** *s. m. pl.* (zool.) sub-ordem dos Primates. || De ἄρκτος urso + πίθηκος macaco.

Arctúro, *s. m.* (astr.) estrella de 1ª grandeza na cauda da Ursa-maior. || De ἀρκτοῦρος (form. de ἄρκτος Ursa + οὐρά cauda).

*****Aréocéle,** *s. f.* (med.) tumor gazoso do pescoço, formado por um derramamento limitado de ar em uma bolsa

adventicia. || De ἀραιός leve + κήλη tumor, hernia.
Areómetro, *s. m.* (phys.) instrumento que serve de conhecer a densidade dos liquidos. || De ἀραιός leve, pouco denso + μέτρον medida.
Deriv. : aréometría (s. f.), *aréométrico* (adj.).
Areópago, *s. m.* (arch.) tribunal atheniense, onde se julgavam as causas criminaes. || De Ἀρειόπαγος ou Ἀρεόπαγος collina de Marte (form. de Ἄρης; Marte + πάγος collina), porque alli funccionava o tribunal.
N. Os antigos diccionarios faziam este vcb. paroxytono, e Aulete ainda os accompanha; mas Ad. Coelho e Figueiredo acertadamente corrigiram essa prosodia, que ia de encontro á quantidade etymologica.
Deriv. : áreopagita (s. m.).
Aréostýlo, *s. m.* (arch.) edificio de columnas espaçadas. || De ἀραιόστυλος (form. de ἀραιός espaçado + στῦλος columna).
N. Ad. Coelho já auctoriza esta prosodia que é melhor, não obstante ser breve em latim a primeira syllaba de *stylus*.
Aréotectónica, *s. f.* (mil.) arte que tracta do attaque e defesa das praças de guerra. || De ἄρειος que diz respeito a Marte ou á guerra + τεκτονική arte de construir.
Areótico, *adj.* (med.) que tem a propriedade de rarefazer. || De ἀραιωτικός (form. de ἀραιόω, e este de ἀραιός raro, tenue).
Aretologia, *s. f.* parte da philosophia, que tracta da virtude. || De ἀρετή virtude + λόγος discurso + suff. *ia*.
Deriv. : áretológico (adj.), *aretólogo* (s. m.).
Árgema, *s. m.* (med.) úlcera da cornea. || De ἄργεμα ou ἄργεμον (form. de ἀργός branco).
N. Faria e Lacerda accentúam mal — argéma —; Ad. Coelho conserva-lhe a desinencia em *on*, que não está de accôrdo com o genio da nossa lingua; Aulete e Figueiredo, com grande equívoco tomando para raiz do vcb. o substantivo grego ἀργεμώνη (nome de uma planta, especie de dormideira), dão-lhe a forma inacceitavel — argemone —.
Argemôna, *s. f.* (bot.) papoula espinhosa. || De ἀργεμώνη.
N. Nem a desinencia em *o* (Faria), nem a em *e* (Roq., Aulete e Figueiredo) devem ser acceitas. Lacerda e Ad. Coelho andaram nisto com mais acêrto, graphando com *a*.
Argilla, *s. f.* (min.) substância terrosa, composta principalmente de silica, alumina e agua; barro. || Pelo lat. *argilla*, procede de ἄργιλλος.
Deriv. : argilláceo (adj.), *argilleira* (s. f.), *argillífero* (adj.), *argillóso* (adj.).
Argillíto, *s. m.* (min.) eschisto argilloso. || De *argilla* + suff. *ito*.
Argillóide, *adj.* (min.) que tem apparencia de argilla. || De *argilla* + εἶδος forma.
Argillólitho, *s. m.* (min.) argilla sedimentaria endurescida. || De *argilla* + λίθος pedra.
Argonáuta, *s. m.* nome dos heroes gregos que fôram á conquista do tosão de ouro; descobridor de novas rotas por mar. || De ἀργοναύτης o que embarcou em a náo Argo (form. de Ἀργώ + ναύτης navegante).
Deriv. : argonáutico (adj.), *argonáutidas* (s. m. pl.).
*****Argónio**, *s. m.* (chim.) um dos gazes que entram na constituição do ar, descoberto em 1893. || De ἀργός inactivo (e este de ἀ priv. + ἔργον acção).
Argophýllo, *s. m.* (bot.)

arbusto da Nova-Escocia, cujas folhas têm a página inferior coberta de lanugem prateada. || De ἀργὸς branco + φύλλον folha.
Deriv. : argophýlleas (s. f. pl.).

Argyránthemo, *adj.* que tem flôres brancas côr de prata. || De ἄργυρος prata + ἄνθεμον flôr.
N. Ad. Coelho accentúa a penultima, derivando a palavra de ἀνθημα flôr; mas este substantivo grego é de correcção duvidosa.

Argyráspides, *s. m. pl.* (ant.) soldados de Alexandre Magno, que usavam escudos prateados. || De ἀργυράσπιδες (form. de ἄργυρος prata + ἀσπὶς escudo).

Argyría, *s. f.* (med.) coloração anomala dos tegumentos, devida á impregnação da pelle pela prata metallica. || De ἄργυρος prata + suff. *ía.*
Cogn. : argyríase (s. f.), *argyrismo* (s. m.).

Argýrico, *adj.* relativo á prata. || De ἄργυρος prata + suff. *ico.*

Argyrithrósio. V. *árgyrythrósio.*

Argyríto, *s. m.* (min.) syn. de argyrósio (v. este vcb.). || De ἄργυρος prata + suff. *íto.*

Árgyroceratíto, *s. m.* (min.) syn. de cerargyríto (v. este vcb.).

Argyrócomo, *s. m.* (astr.) que tem cabelleira branca; dizse de cometas. || De ἄργυρος prata + κόμη cabelleira.

Árgyrocracía, *s. f.* plutocracia ; aristocracia do dinheiro. || De ἄργυρος prata + κράτος poder.

Argyrólitho, *s. m.* (min.) nome dado pelos antigos a uma pedra de côr branca. || De ἄργυρος prata + λίθος pedra.

Árgyropéia, *s. f.* arte pretendida de fazer prata. || De ἄργυρος prata + ποιεῖν fazer.
N. A forma — argyropea — é menos boa.

Árgyrophýllo, *adj.* que tem folhas brancas como prata. || De ἄργυρος prata + φύλλον folha.

Árgyropráta, *s. m.* banqueiro, cambista. || De ἀργυροπράτης (form.de ἄργυρος prata+ πράτης vendedor, do v. πιπράσκω vendo).

Argyrósio, *s. m.* (min.) sulfureto de prata natural (Ag²S). || De ἄργυρος prata + suff. *io.*
N. Quanto á desinencia em *io,* e não *e* ou *is* como occorre nos diccionarios, v. *acerdésio.*

Argyrythrósio, *s. m.* (min.) prata vermelha antimonial ou pyrargyrito, antimonio-sulfureto de prata (Ag³Sb S³). || De ἄργυρος prata + ἐρυθρὸς vermelho + suff. *io.*
N. A etymologia dada explica porque se não pode acceitar a graphia de Figueiredo — argyrithrose — com *i.* Quanto a *argyrothyrso,* que o mesmo lexicographo consigna, e dandolhe egual significação, parece antes lapso typographico.

Aristárcho, *s. m.* censor severo, crítico. || De Ἀρίσταρχος célebre crítico e grammatico da antiguidade.

Aristocracia, *s. f.* govêrno exercido por pessoas nobres; fidalguia. || De ἀριστοκράτεια (form. de ἄριστος o melhor + κρατεῖν dominar, governar).

Aristocráta, *s. m.* individuo que pertence á aristocracía (v. este vcb.).
N. Posto que o α de κρατεῖν seja breve, o uso generalizou a accentuação paroxytona nesta e em todas as palavras congeneres. É o caso de não innovar.
Deriv. : aristocrático.

Aristodémocracía, *s. f.* govêrno em que tomam parte a nobreza e o povo. || De ἄριστος o melhor + δῆμος povo + κρατεῖν dominar + suff. *ia*.

Aristól, *s. m.* (pharm.) novo medicamento iodado, que é preconizado como o melhor cicatrizante. || De ἄριστος o melhor + suff. *ól*.

Aristolóchia, *s. f.* (bot.) planta dicotyledone, gen. *Aristolochia*, typo das Aristolochiaceas. || De ἀριστολοχία planta a que os antigos attribuiam a propriedade de favorecer o corrimento dos lochios (form. de ἄριστος o melhor + λοχεία parto).
Deriv.: *aristolochiáceas* (s. f. pl.).

Aristophánico, *adj.* relativo a Aristophanes ou feito segundo o estylo delle. || De 'Αριστοφάνης nome do célebre comediographo grego.

Aristotélico, *adj.* relativo a Aristoteles ou á sua doutrina. || De 'Αριστοτέλης nome do insigne philosopho atheniense.
Cogn.: *aristotelismo* (s. m.).

Arithmética, *s. f.* (math.) sciencia dos numeros. || De ἀριθμητική (scil. ἐπιστήμη sciencia), forma feminina de ἀριθμητικός (derivado de ἀριθμός número).
Deriv.: *arithmético* (adj.).

Arithmographia, *s. f.* arte de escrever os numeros. || De ἀριθμός número + γράφω escrevo + suff. *ia*.
Deriv.: *arithmógrapho* (s. m.).

Arithmologia, *s. f.* sciencia dos numeros. || De ἀριθμός número + λόγος tractado + suff. *ia*.

Arithmomancia, *s. f.* adivinhação pelos numeros. || De ἀριθμός número + μαντεία adivinhação.
N. Como todos os derivados do mesmo radical grego μαντεία, este deve ser paroxytono. A forma abbreviada *arithmancia* não é digna de applauso.

* Arithmomania, *s. f.* (med.) necessidade invencivel de fazer várias operações de Arithmetica (Blocq e Onanoff). || De ἀριθμός número + μανία loucura.

Arithmómetro, *s. m.* apparelho que serve para executar calculos arithmeticos. || De ἀριθμός número + μέτρον medida.
Deriv.: *arithmometria* (s. f.), *arithmométrico* (adj.).

Arneuteria, *s. f.* arte do mergulhador, arte de nadar. || De ἀρνευτηρία (form. de ἀρνεύω mergulho).

Aróideas, *s. f. pl.* (bot.) o mesmo que Araceas, ordem de plantas monocotyledones. || De ἄρον jarro + εἶδος forma.
N. Ad. Coelho manda accentuar a penultima; mas esta desinencia, nos nomes de ordens e tribus botanicas, é sempre breve.

Arôma, *s. m.* cheiro suave, perfume; essencia odorifera. || De ἄρωμα.
Deriv.: *aromál*, *aromático* (adjs.), *aromatizár* (v.).

* Aromatito, *s. m.* (min.) nome dado na antiguidade a uma especie de ambar. || De ἄρωμα aroma + suff. *tto*.

Arómatóphoro, *s. m.* (ant.) escravo que levava os aromas. || De ἀρωματοφόρος (form. de ἄρωμα aroma + φορός conductor, de φέρω conduzo).
N. Lacerda confundiu este vcb. com o que se segue.

Arómatopóla, *s. m.* vendedor de aromas. || De ἀρωματοπώλης (form. de ἄρωμα aroma + πωλεῖν vender).
N. Sôbre a graphia e orthoepia desta palavra, cf. *bibliopóla*, *pharmacopóla*, etc.

Arrhepsia, *s. f.* (phil.) opinião hesitante; dúvida entre dous pareceres. || De ἀῤῥεψία

(form. de ἀ priv. + ῥέπειν inclinar-se + suff. *ia*).
N. Aulete e Ad. Coelho auctorizam com razão esta orthoepia.

Arrhizo, *adj.* (bot.) que não tem raiz. || De ἄῤῥιζος (form. de ἀ priv. + ῥίζα raiz.

Arrhýthmo, *adj.* (med.) irregular, sem rhythmo; diz-se do pulso. || De ἄῤῥυθμος (form. da priv. ἀ + ῥυθμός rhythmo, cadencia).
Deriv. : *arrhythmía* (s. f.).

Arsénico, *s. m.* (chim.) metalloide solido, brilhante, fragil e de acção toxica (As.). || De ἀρσενικὸν, forma neutra do adj. ἀρσενικὸς forte, masculo (de ἄρσην ou ἄῤῥην macho).
Deriv. : *arseniôso* (adj.), *arseniáto, arsenito, arseniêto* (substs. m.), *arsenicál, arsenicádo* (adjs.), *arsenicísmo* (s.m.).

Ársenicóphago, *s. m.* comedor de arsénico. || De *arsénico* + φαγεῖν comer.

* **Ársenocrocito,** *s. m.* (min.) syn. de ársenosiderito. || De *arsénico* + κρόκος açafrão + suff. *ito*.

* **Ársenolamprito,** *s. m.* (min.) arsenieto de bismutho.|| De *arsénico* + λαμπρός brilhante + suff. *ito*.

Arsenólitho, *s. m.* (chim.) nome dado ao acido arseniôso. || De *arsénico* + λίθος pedra.

* **Ársenopyrito,** *s. m.* (min.) o mesmo que ársenosiderito. || De *arsénico* e *pyrito* (v. estes vcbs.).

* **Ársenosiderito,** *s. m.* (min.) arsenio-sulfureto de ferro (Fe As S). || De *arsénico* + σίδηρος ferro + suff. *ito*.

Artemão, *s. m.* (naut.) a véla grande das antigas galés; véla mestra do navio; mastro da pôpa. || Pelo lat. *artĕmo, onis*, vem de ἀρτέμων (de ἀρτᾶν suspender) a véla pequena que os antigos punham sôbre a véla grande.
N. A forma alterada *artimão*, que tambem os diccionarios consignam, é menos acceitavel.

Artemísia, *s. f.* (bot.) planta da ordem das Compostas, *Artemisia vulgaris*. || De ἀρτεμισία.
N. Artemisa, artemija, artemixia são modos de graphar todos incorrectos.
Deriv. : *artemisína* (s. f.).

Artéria, *s. f.* (anat.) vaso que leva o sangue do coração aos pulmões e a todas as partes do corpo. || De ἀρτηρία, cujo significado primitivo foi trachea, trachea-artéria.
Deriv. : *arteriál* (adj.), *arterializár* (v.), *arterializaçāo* (s. f.), *arteríola* (s. f.), *arteríte* (s. f.).

Artériectasía, *s. f.* (med.) dilatação morbida das artérias. || De *artéria* + ἔκτασις dilatação (de ἐκτείνω dilato) + suff. *ia*.

* **Artériectopía,** *s. f.* (med.) deslocação teratologica ou pathologica duma artéria. || De *artéria* + ἐκ fóra de + τόπος logar + suff. *ia*.

* **Arterióclyse,** *s. f.* (med.) injecção intra-arterial de soro artificial. || De *artéria* (v. este vcb.) + κλύσις lavagem.

Artériographía *s. f.* (anat.) descripção das artérias. || De *artéria* + γράφειν descrever + suff. *ia*.

Artériología, *s. f.* (anat.) tractado sôbre as artérias. || De *artéria* + λόγος tractado + suff. *ia*.

Artériomalacia, *s. f.* (med.) amollecimento das artérias. || De *artéria* + μαλακός molle + suff. *ia*.

* **Artériorhaphía,** *s. f.* (med) o processo que consiste em suturar o orificio das artérias que se abrem no sacco aneurysmal, etc. || De *artéria*(v. este vcb.) + ῥαφή costura + suff. *ia.*

Artériosclerose, *s. f.* (med.) endurecimento das artérias. || De *artéria* + σκληρός duro + suff. *óse.*

Artériostenóse, *s. f.* (med.) estreitamento ou obstrucção das artérias. || De *artéria* + στένωσις estreitamento (de στενός estreito).

Artériosteóse ou **artériostóse,** *s. f.* (med.) encrustação calcarea das artérias. || De *artéria* + ὀστέον osso + suff. *óse.*

Artériotomía, *s. f.* sangria numa artéria. || De *artéria* + τομή corte + suff. *ia.*

Artériotrepsía, *s. f.* (chir.) torsão de artéria. || De *artéria* + τρέψις torsão + suff. *ia.*

* **Artérioxeróse,** *s. f.* (med.) lesão das artérias, distincta da arterite chronica dos velhos. || De *artéria* (v. este vcb.) + ξηρός duro + suff. *óse.*

Arthralgía, *s. f.* (med.) dôr nas articulações. || De ἄρθρον articulação + ἄλγος dôr + suff. *ia.*

Deriv. : *arthrálgico* (adj.).

Arthréctomía, *s. f.* (chir.) corte da totalidade ou de parte das partes molles duma articulação. || De ἄρθρον articulação + ἐκ fóra de + τομή corte + suff. *ia.*

Arthrémbolo, *s. m.* (chir.) antigo apparelho para reduzir luxações. || De ἀρθρ'μβολος (form. de ἄρθρον articulação + ἐμβάλλειν impellir, metter para dentro).

N. Arthrembol, como vem no dicc. de Faria, é talvez êrro typographico.

Arthríte, *s. f.* (med.) inflammação dos tecidos que compõem uma articulação. || De ἀρθρῖτις (deriv. de ἄρθρον articulação).

Deriv. : *arthrítico* (adj.), *arthritismo* (s. m.).

Arthrócace, *s. f.* (med.) úlcera fungosa das articulações. || De ἄρθρον articulação + κακόν mal, molestia.

Arthrocéle, *s. f.* (med.) tumor articular. || De ἄρθρον articulação + κήλη tumor.

Arthrocéphalos, *s. m. pl.* (zool.) Crustaceos ; Annellados que têm a cabeça separada do thorax. || De ἄρθρον articulação + κεφαλή cabeça.

* **Arthródese,** *s. f.* (med.) solda de duas superficies articulares para produzir ancylose. || De ἄρθρον articulação + δέσις união, laço.

Arthródia, *s. f.* (anat.) articulação resultante do encaixe de uma pequena saliencia ossea em uma cavidade pouco profunda. || De ἀρθρωδία (deriv. de ἄρθρον articulação + εἶδος forma).

Arthrodynía, *s. f.* (med.) dôr vaga e indeterminada das articulações. || De ἄρθρον articulação + ὀδύνη dôr + suff. *ia.*

* **Arthrogástros,** *s. m. pl.* (zool.) sub-classe ou secção dos Arachnideos. || De ἄρθρον articulação + γαστήρ, τρός ventre.

Arthrogrypóse, *s. f.* (med.) flexão permanente das articulações. || De ἄρθρον articulação + γρύπωσις acção de encurvar (de γρυπός curvo).

Arthróideos, *s. m. pl.* (biol.) seres organicos compostos de filamentos articulados. || || De ἄρθρον articulação + εἶδος forma + suff. *eos.*

N. Ad. Coelho dá *arthrodiádas* (s. f. pl.) e Figueiredo *arthroídeas;* mas a analogia de todos os derivados de εἶδος manda formar *arthróideos.* Tambem não ha razão para se lhe dar o genero feminino.

Arthrología, *s. f.* (anat.) parte da anatomia em que se estudam as articulações. || De ἄρθρον articulação + λόγος tractado + suff. *ia*.

* Arthrólyse, *s. f.* (med.) secção da capsula e dos ligamentos de uma articulação ancylosada, para restituir-lhe a mobilidade. || De ἄρθρον articulação + λύσις acção de desligar.

Arthropathía, *s. f.* (med.) molestia articular. || De ἄρθρον articulação + πάθος molestia + suff. *ia*.

Arthróphyto, *s. m.* (med.) corpo extranho articular. || De ἄρθρον articulação + φυτὸν excrescencia (de φύειν nascer, produzir-se).

Arthrópodes, *s. m. pl.* (zool.) um dos ramos dos Artiozoarios, que comprehende parte dos *Articulados* de Cuvier. || De ἄρθρον articulação + ποῦς, ποδὸς pé.

N. Tendo recebido este e outros vcbs. congeneres pelo latim scientifico, e respeitando as regras de analogia, não pode o portuguez deixar de graphá-los com a desinencia *es* originada do accusativo latino. Conseguintemente nem *arthropodio* nem *arthropodo*, como consigna Figueiredo.

Arthropyóse, *s. f.* (med.) suppuração de uma articulação. || De ἄρθρον articulação + πύον pus + suff. *óse*.

N. Faria e Lacerda escrevem *arthropuosis* evidentemente incorrecto; Ad. Coelho por inadvertencia grapha com *i*.

* Arthrostráceos, *s. m. pl.* (zool.) nome dado tambem aos Hedreophthalmos. || De ἄρθρον articulação + ὄστρακον carapaça.

Árthrotomía, *s. f.* (chir.) operação que consiste em abrir uma articulação. || De ἄρθρον articulação + τομὴ corte + suff. *ia*.

* Arthróxese, *s. f.* (med.) raspagem da articulação para extirpar as fungosidades da synovial (Poinsot). || De ἄρθρον articulação + ξέσις raspagem.

* Ártiodáctylos, *s. m. pl.* (zool.) sub-ordem de Mammaes Ungulados; têm número par de dedos.||De ἄρτιος par + δάκτυλος dedo.

* Ártiozoários, *s. m. pl.* (zool.) typo de Metazoarios, cujo corpo tem symmetria bilateral. || De ἄρτιος par + ζωάριον animalculo.

Artocárpeas, *s. f. pl.* (bot.) familia da ordem das Urticaceas, que tem por typo o gen. *Artocarpus*. || De *Artocarpus* (e este de ἄρτος pão + παρπὸς fructo) + suff. *eas*.

N. « Artocarpaceas » é forma menos propria, porque o suff. *aceas* se reserva para as ordens botanicas.

Artócopo, *s. m.* (ant.) escravo que, entre os Romanos, partia o pão á mesa. || De ἄρτον pão + κόπτω córto.

Artólatra, *s. m.* nome dado por zombaria aos catholicos que creem na presença real do corpo de Deus na hostia consagrada. || De ἄρτος pão + λατρεύω adoro.

Deriv.: *artolatria* (s. f.).

Artólitho, *s. m.* (geol.) concreção petrea, da forma de pão, que se encontra nos terrenos terciarios. || De ἄρτος pão+λίθος pedra.

N. Ad. Coelho e Figueiredo accentúam a penultima, exquecidos de que os vocabulos congeneres derivados de λίθος são proparoxytonos.

Artomél, *s. m.* (pharm.) cataplasma de pão e mel. || De ἄρτος pão + *mel* (v. este vcb.).

Artonomía, *s. f.* arte de fazer pão. || De ἄρτος pão + νόμος regra, lei + suff. *ia*.

Artóphago, *adj.* que se

sustenta de pão. || De ἀρτοφάγος (form. de ἄρτος pão + φαγεῖν comer).
Artóphoro, *s. m.* (ant.) cofre ou vaso, em que se guardavam as hostias consagradas. || De ἀρτοφόρον (comp. de ἄρτος pão + φέρω levo, conduzo).
Artópta, *s. m.* (ant.) vaso ou fôrno portatil, em que os Gregos e Romanos faziam cozer o pão. || De ἀρτόπτης (form. de ἄρτος pão + ὀπτᾶν cozer).
N. Não é nem pode ser synonymo de *artócopo* (v. este vcb.), como conjectura Fig.
Ártotyritas, *s. m. pl.* herejes do seculo II da Egreja, que empregavam pão e queijo na Eucharistia. || Pelo lat. *artotyrītæ*, vem de ἄρτος pão + τυρὸς queijo.
N. Faria dá *artogyritas*, provavelmente êrro typographico. Ad. Coelho — *artotyrito* — mal graphado e mal accentuado.
Aryténo-epiglóttico, *adj.* (anat.) musculo que vae da arytenoide á epiglotte. || De *arytenóide* e *epiglótte* (v. estes vcbs.).
Arytenóide, *s. f.* (anat.) pequena cartilagem situada por cima e por traz do larynge, sôbre a cartilagem cricoide. || De ἀρύταινα copo, funil + εἶδος forma).
Deriv. : *arytenóideo* (adj.).
Arythmo. V. *arrhythmo.*
Asaphía, *s. f.* (med.) vício de pronunciação, que impede a articulação distincta das palavras. || De ἀσάφεια obscuridade (de ἀσαφής, e este da priv. ἀ + σαφής claro).
Asapról, *s. m.* (pharm.) naphthyl-sulfato de calcio, substância antiputrida. || De ἀ priv. + σαπρὸς putrido + suff. *ól.*
Ásaro, *s. m.* (bot.) planta da ordem das Aristolochiaceas, gen. *Asărum.* || De ἄσαρον.

Deriv. : *asarína* (s. f.), *asaríneas* (e não asareidas), *asaróna* (s. f.).
Asbêsto, *s. m.* (min.) tremolito hydratado, silicato de magnesio, calcio e ferro, de estructura filamentosa, e inalteravel ao fogo. || De ἄσβεστος incombustivel (form. de ἀ priv. + σβέννυμι extingo).
Deriv. : *asbestíno* (adj.).
Asbolína, *s. f.* (chim.) oleo extrahido da fuligem das chaminés. || De ἀσβόλη fuligem de chaminé + suff. *ína.*
* **Ascalabótas,** *s. m. pl.* (zool.) fam. de Saurios Cionocranios. || De ἀσκαλαβώτης especie de lagarto.
Ascáride, *s. f.* (zool.) animal da ordem dos Helminthes, lombriga, do gen. *ascaris.* || De ἀσκαρίς, ίδος.
Deriv. : *Ascáridas* (s. m. pl.) nome da familia.
Áscelo, *adj.* que não tem pernas. || De ἀ priv. + σκέλος perna).
Ascése, *s. f.* exercicio da devoção ascetica. || De ἄσκησις mediação (de ἀσκέω medito).
Ascéta, *s. m.* o que faz vida contemplativa. || De ἀσκητής (form. de ἀσκέω medito).
Deriv. : *ascético* (adj.), *ascetismo* (s. m.).
Ascetério, *s. m.* logar onde vivem ascétas; mosteiro. || De ἀσκητήριον (deriv. de ἀσκητής o ascéta).
Aschístodactylía, *s. f.* (terat.) monstruosidade que consiste na falta de divisão dos dedos. || De ἀ priv. + σχιστὸς dividido + δάκτυλον dedo + suff. *ía.*
Ascídio, *s. m.* (bot.) orgão, da forma de vaso ou ampôla, resultante da modificação da folha em certas plantas aquaticas. || De ἀσχίδιον odresinho (dimin. de ἀσκὸς ôdre).
Ascídios, *s. m. pl.* (zolo.

sub-classe dos Tunicados; têm a forma de sacco. || De ἀσκίδιον odresinho.

N. Fôra talvez melhor — ascidineos.

Áscio, *adj.* (astr.) sem sombra; diz-se do habitante da zona torrida, que não tem sombra quando o sol está no zenith. || De ἄσκιος (form. de ἀ priv. + σκιά sombra).

Ascíte, *s. f.* (med.) derramamento hydropico peritoneal. || De ἀσκίτης (form. de ἀσκὸς ôdre).

Deriv. : ascítico (adj.).

Asclepíade, *s. f.* (bot.) vincetoxico, hirundinaria; planta do gen. *Asclepias.* || De ἀσκληπιάς, άδος (deriv. provavelmente de Ἀσκληπιὸς Esculapio).

N. Ad. Coelho grapha *asclepiada* (com a terminação *a*, que não respeita a regra geral de derivação).

Deriv. : asclepiadáceas (melhor do que asclepiádeas) s. f. pl.

Asclepiadêu, *adj.* (poet.) nome do verso grego ou latino composto de quatro pés : um espondeu, um choriambo e dous dactylos, ou um espondeu, dous choriambos e um jambo. || Pelo lat. *asclepiadēus* vem de Ἀσκληπιὰς Asclepiades — o poeta grego que o inventou.

* **Ásco,** *s. m.* (bot.) cellula-mãe, na qual se organizam os espórios de certos Cogumelos. || De ἀσκὸς sacco pequeno.

* **Ascobóleas,** *s. f. pl.* (bot.) tribu de Cogumelos Discomycetes. || Do gen. *Ascóbolus* (e este de ἀσκὸς utriculo + βόλος arremêsso) + suff. *eas.*

Ascôma, *s. m.* (mar.) pelle posta nos remos para roçarem menos a borda do barco. || De ἄσκωμα (form. de ἀσκοῦν forrar com couro).

Áscomycétes, *s. m. pl.* (bot.) familia de Cogumelos. || De ἀσκὸς ôdre, sacco + μύκης, ητος cogumelo.

N. O mesmo que — ascóphoros.

* **Ascónidas,** *s. m. pl.* (zool.) fam. de Esponjas calcareas. || De ἀσκὸς sacco, ôdre + suff. *idas.*

Ascóphoros, *s. m. pl.* (bot.) o mesmo que ascomycetes. || De ἀσκὸς utriculo + φορὸς portador (de φέρω conduzo).

Ascyro, *s. m.* (bot.) planta da ordem das Hypericaceas, gen. *Ascỹrum;* arruda brava. || De ἄσκυρον especie de milfurada.

N. Ad. Coelho accentúa bem a antepenultima.

* **Asemía,** *s. f.* (med.) perturbação na formação e comprehensão de quaesquer signaes, vocaes, escriptos, etc. || De ἀ priv. + σῆμα signal + suff. *ia.*

Asepsía, *s. f.* (med.) methodo que tem por fim afastar da economia humana todos os germes capazes de produzir infecção. || De ἀ priv. + σήπειν apodrecer + suff. *ia.*

Deriv. : aséptico (adj.).

Asialía, *s. f.* (med.) falta de saliva. || De ἀ priv. + σίαλον saliva + suff. *ia.*

N. Todos os vcbs. congeneres são accentuados na penultima.

Asiárcha, *s. m.* (ant.) antigo magistrado de algumas cidades gregas da Asia. || De ἀσιάρχης (form. de Ἀσία Asia + ἀρχὴ commando).

Deriv. : asiarchádo (s. m.).

Asígmo, *adj.* (gramm.) que não tem *s.* || De ἄσιγμος (form. de ἀ priv. + σίγμα *s*).

N. Figueiredo consigna a forma *asigmático;* mas *asígmo* é mais consentaneo com a derivação.

* **Asiphóneos,** *s. m. pl.* (zool.) secção dos Molluscos Lamellibranchios. || De ἀ priv.

\+ σιφών, ῶνος siphão + suff. eos.

Ásma. V. *Asthma*.

* **Aspalasômo,** *s. m.* (terat.) genero de monstros que têm anomalias similhantes ao corpo da toupeira. || De ἀσπάλαξ toupeira + σῶμα corpo.

Aspálatho, *s. m.* (bot.) planta da ordem das Leguminosas, gen. *Spartium*. || De ἀσπάλαθος.
N. Ad. Coelho acertadamente accentúa a antepenultima, de accôrdo com a quantidade grega e latina.

Aspárago, *s. m.* (bot.) planta monocotyledone, typo da ordem das Asparagaceas; espargo. || De ἀσπάραγος.
N. O povo transformou o vocabulo, dando-lhe a forma usual *espargo* ou *aspargo*.
Deriv. : *asparagáceas* (s. f. pl.), *asparagina* (s. f.).

Asparagólitho, *s. m.* (min.) nome dado a um phosphato calcareo, que tem aspecto de aspárago. || De ἀσπάραγος *aspárago* + λίθος pedra.

Aspasiólitho, *s. m.* (min.) variedade de cordierito, da Noruega (Scheerer). || De ἀσπάσιος agradavel + λίθος pedra.

Aspermatísmo, *s. m.* (med.) impossibilidade ou difficuldade de ejacular o esperma. || De ἀ priv. + σπερματισμός emissão da semente (deriv. de σπέρμα semente).

Aspermía, *s. f.* ausencia de semen ou de semente. || De ἄσπερμος sem semente (form. da priv. ἀ + σπέρμα semente) + suff. *ia*.
Cogn. : *aspérmo* (adj.).

Asphálto, *s. m.* betume escuro, lustroso e friavel, encontrado especialmente no lago Asphaltite. || Da priv. ἀ+σφάλλω destrúo, faço caïr.
Deriv. : *asphaltár* (v.).

Asphódelo, *s. m.* (bot.) planta da ordem das Liliaceas, gen. *Asphodĕlus*. || De ἀσφόδελος.
N. Posto que se haja tentado fixar a má accentuação *asphodélo* (v. Ad. Coelho e Figueiredo), não ha dúvida que o vcb. é esdruxulo, como avisadamente o consigna Aulete.
Deriv. : *asphodéleas* (s. f. pl.).

Asphyxía, *s. f.* (med.) suspensão dos phenomenos da respiração. || De ἀσφυξία syncope, falta de pulso (form. da priv. ἀ + σφύξις pulso).
Deriv. : *asphyxiánte* (adj.), *asphyxiár* (v.), *asphýxico* (adj.).

Áspide, *s. f.* (zool.) serpente venenosa; vibora. || De ἀσπίς, ίδος.

* **Aspídio,** *s. m.* (bot.) genero de Fetos, do grupo das Polypodiaceas. || De ἀσπίς escudo.
Deriv. : *aspidíneas* (s. f. pl.).

* **Aspidíscidas,** *s. m. pl.* (zool.) família de Infusorios Hypotrichos. || Do gen. typo *Aspidísca* (e este de ἀσπιδίσκος pequeno escudo) + suff. *idas*.

Áspidocéphalo, *adj.* (zool.) que tem a cabeça guarnecida de placas. || De ἀσπίς escudo + κεφαλή cabeça.

* **Áspidochirótas,** *s. m. pl.* (zool.) família de Holothurias. ||. Pelo lat. scient. *aspidochirotæ*, de ἀσπίς escudo + χείρ mão, tentaculo.

Aspidóphoro, *adj.* (zool.) diz-se de peixes, que têm sôbre o corpo uma couraça esquamosa. || De ἀσπίς couraça + φορός portador.

Aspilóta, *s. f.* (min.) pedra preciosa da côr de prata. || De ἀσπίλωτος que não tem mancha.

* **Asplánchnidas,** *s. m. pl.* (zool.) família de Vermes Roti-

feros. || Do gen. *Asplánchna* (e este de ἀ priv. + σπλάγχνον entranhas) + suff. *idas*.
* **Asplénio**, *s. m.* (bot.) genero de Fetos, do grupo das Polypodiaceas. || De ἀ contra + σπλήν baço.
Deriv. : asplenideas (s. f. pl.).
Assýriología, *s. f.* estudo das antiguidades da Assyria. || De *Assyria* + λόγος tractado, discurso + suff. *ia*.
Cogn. : assyriólogo (s. m.).
* **Astácidas**, *s. m. pl.* (zool.) familia de Crustaceos Decapodes. || Do gen. *Astacus* (e este de ἀσταχὸ; lagôsta) + suff. *idas*.
N. É preferivel esta forma a *astacites*, que Ad. Coelho e Figueiredo consignam.
Astacopódio, *s. m.* (paleont.) impressão fossil de patas de Crustaceos. || De ἀσταχὸ; lagôsta + πούς, ποδὸς pé + suff. *io*.
Astasía, *s. f.* (med.) perturbação dos movimentos coordenados necessarios para o individuo se ter de pé. || De ἀ priv. + στάσις posição vertical, equilibrio + suff. *ia*.
Ástathe, *s. f.* (bot.) membrana cellular secundaria (A. Mohl). || De ἀσταθής instavel.
Astático, *adj.* (phys.) instavel. || De ἀ priv. + *estática* (v. este vcb.)
* **Asteatóse**, *s. f.* (med.) insufficiencia ou falta das secreções gordurosas, que se produzem normalmente na superficie da pelle (Brocq). || De ἀ priv. + στέαρ, ατος gordura + suff. *óse*.
Asteísmo, *s. m.* (rhet.) ironia delicada, expressão graciosa. || De ἀστεϊσμός (deriv. de ἄστυ cidade).
Astéria, *s. f.* (zool.) estrella do mar, animal da ordem dos Echinodermos. || De ἀστήρ estrella.
Astério, *s. m.* (anat.) cruzamento das trez suturas cranianas : a occipito-parietal, a mastoideo-parietal e a mastoideo-occipital. || De ἀστήρ estrella.
N. Figueiredo escreve *asterion*, conservando-lhe uma terminação que não é do genio da nossa lingua.
Asterísco, *s. m.* (gramm.) signal em forma de estrella, que indica remissão ou nota. || De ἀστερίσκος diminutivo de ἀστήρ estrella.
Asterísmo, *s. m.* (min.) qualidade que alguns crystaes possuem de apresentar a imagem de uma estrella, quando expostos a luz intensa. || De ἀστερισμός constellação.
Asteróide, *s. m.* (astr.) pequeno planeta telescopico. || De ἀστήρ estrella + εἶδος forma.
N. O mesmo que *astroide*.
* **Asteróideos**, *s. m. pl.* (zool.) classe de Echinodermos; estrellas do mar. || Pelo lat. scient. *Asteroidea*, de ἀστεροειδής (e este de ἀστήρ estrella + εἶδος forma).
Cogn. : asterideos (s. m. pl.) — sub-classe, e *astéridas* (s. m. pl.) — familia.
Ásterophyllítes, *s. m.* (paleont.) planta fossil, de folhas mui verticilladas. || De ἀστήρ estrella + φύλλον folha + suff. *ites*.
Asthenía, *s. f.* (med.) fraqueza, debilidade. || De ἀσθένεια (form. da priv. ἀ + σθένος fôrça).
N. Todas as razões mandam fazer a palavra paroxytona, como Ad. Coelho consigna.
Deriv. : asthénico (adj.).
Asthenopía, *s. f.* (med.) impossibilidade de applicar seguidamente a vista a objectos proximos. || De ἀσθενής fraco + ὤψ ólho + suff. *ia*.
N. Figueiredo dá tambem

astenopía (sem *h*), que se não pode acceitar.

Ásthma, *s. f.* (med.) dyspnea paroxystica, nevrose do pneumogastrico, que se manifesta por accessos com difficuldade de respirar. || De ἄσθμα respiração.
Deriv. : asthmático (adj.).

Astigmatismo, *s. m.* (med.) desordem da visão, na qual os raios luminosos partidos de um centro não se vêm reunir em um só poncto. || De ἀ priv. + στίγμα, ατος poncto + suff. *ismo*.
Cogn. : astigmático (adj.).

Ástomo, *adj.* (med.) que não tem bocca. || De ἄστομος (form. da priv. ἀ + στόμα bocca).
Deriv. : astomía (s. f.).

Astragalismo, *s. m.* (ant.) jôgo de ossinhos usado na antiga Grecia. || De ἀστραγαλισμός (form. de ἀστραγαλίζω, e este de ἀστράγαλος ossinho).

Astrágalo, *s. m.* (anat.) um dos ossos do tarso. — (Archit.) moldura circular, em forma de pequenas balas enfiadas, com que se orna o alto das columnas. — (Bot.) planta da ordem das Leguminosas. || De ἀστράγαλος ossinho, vertebra.
N. Aulete, Ad. Coelho e Figueiredo accentúam acertadamente a antepenultima.
Deriv. : astragálico ou *astragalíno* (adj.).

Astrágalomancía, *s. f.* (ant.) adivinhação por meio de ossinhos marcados com ponctos pretos. || De ἀστραγαλομαντεία (form. de ἀστράγαλον ossinho + μαντεύω adivinho).

Astraphobía. V. *astrophobía*.

*****Astraphyalíto,** *s. m.* (min.) nome dado a tubos vitreos produzidos pela acção do raio sôbre depositos arenosos. || De ἀστραπή raio + ὕαλον vidro, crystal + suff. *ito*.

Ástro, *s. m.* corpo celeste, que tem marcha regular. || De ἄστρον (deriv. de ἀστήρ estrella).
Deriv. : astrál (adj.).

Astrobolísmo, *s. m.* (med.) paralysia subita, que se attribuia á influencia dos astros. || De ἀστροβολισμός (form. de ἄστρον astro + βάλλω firo).

Astrócyno, *s. m.* (astr.) a canicula, constellação. || De ἀστρόκυνος (form. de ἄστρον estrella + κύων, κυνός cão).

Astrócynología, *s. f.* tractado dos dias caniculares. || De *astrócyno* (v. este vcb.) + λόγος tractado + suff. *ia*.

Astrodynámica, *s. f.* (astr.) dynámica dos astros. || De *ástro* e *dynámica* (v. estes vcbs.).

Astrognosía, *s. f.* conhecimento dos astros. || De ἄστρον astro + γνῶσις conhecimento + suff. *ia*.

Astróide, *s. m.* o mesmo que asteróide. ||' De ἄστρον astro + εἶδος forma.

Astroítes, *s. m.* (paleont.) polypeiro fossil. || De ἄστρον estrella + suff. *ites* peculiar aos nomes de fosseis.

Astrolábio, *s. m.* (astr.) antigo instrumento de tomar a altura dos astros. || De ἀστρολάβιον ou ἀστρόλαβος (form. de ἄστρον astro + λαμβάνω tomo).

Astrólatra, *s. m.* o que adora os astros. || De ἄστρον astro + λατρεύω adoro.
Deriv. : astrolatría (s. f.).

Astrología, *s. f.* pretendida arte de lêr o futuro nos astros. || De ἀστρολογία (form. de ἄστρον astro + λόγος discurso).
Deriv. : astrológico (adj.), *astrólogo* (s. m.).

Astromancía, *s. f.* arte de adivinhar por meio dos astros. || De ἀστρομαντεία (form. de ἄστρον astro + μαντεία adivinhação).
N. Astronomancía, que oc-

corre em Ad. Coelho, é mal formado.

Astronomia, *s. f.* sciencia que estuda a constituição e o movimento dos astros. || De ἀστρονομία (form. de ἄστρον astro + νόμος lei).
Deriv. : astronómico (adj.), *astrónomo* (s. m.).

Astrophobia, *s. f.* medo morbido dos relampagos e trovões. || De ἄστρον astro + φόβος medo, terror + suff. *ia.*
Deriv. : astróphobo (s. m.).
N. «Astraphobia» é mal formado.

Ástroscopia, *s. f.* observação dos astros. || De ἄστρον astro + σκοπεῖν observar + suff. *ia.*
Deriv. : astroscópio (s. m.).

Astrostática, *s. f.* estática dos astros. || De *astro* e *estática* (v. estes vcbs.).

Astýnomo, *s. m.* (ant.) magistrado grego, que velava sôbre a policia e alinhamento das ruas. || De ἀστύνομος (form. de ἄστυ cidade + νόμος lei, regra).
Deriv. : astynomía (s. f.).

*****Asyllabía**, *s. f.* (med.) variedade de aphasia, em que o enfermo, podendo reconhecer as lettras, é incapaz de as reunir em syllabas (Bertholle). || De ἀ priv. + συλλαβή syllaba + suff. *ia.*

Asýlo, *s. m.* logar inviolavel, abrigo; estabelecimento de caridade para amparo de crianças, velhos, etc. || De ἄσυλον, forma neutra de ἄσυλος inviolavel (form. de ἀ priv. + συλᾶν offender).
Deriv. : asylár (v.).

*****Asymbolía**, *s. f.* (med.) syn. de *asemía* (Finkelburg). || De ἀ priv. + σύμβολον symbolo + suff. *ia.*

Asymmetría, *s. f.* falta de symmetría. || De ἀσυμμετρία (form. da priv. ἀ + σύμμετρος symmétrico).

N. É corrente, e todos os diccionarios dão a graphia *asymetria* (com um só *m*); basta porêm conhecer a origem do vcb. para se vêr que isso é menos correcto.
Deriv. : asymmétrico (adj.).

Asymptóta, *s. f.* (geom.) linha recta, que se approxima indefinidamente de uma curva sem nunca poder tocá-la. || De ἀσυμπτῶτος que não pode coincidir (form. de ἀ priv. + συμπίπτειν coincidir).
N. Roquette e Figueiredo accentúam bem a penultima, de accôrdo com a quantidade etymologica.
Deriv. : asymptótico (adj.).

*****Asynartéto**, *s. m.* (poes.) verso cortado em duas partes que se podem separar formando versos independentes. || De ἀσυνάρτητος (form. da priv. ἀ + συναρτάω ligo, prendo).

*****Asýnclitismo**, *s. m.* (med.) certo modo de descer a cabeça do feto para a excavação da bacia. || De ἀ priv. + σύν com + κλίτος inclinação, descida + suff. *ismo.*

Asýndeto, *s. m.* (gramm.) figura que consiste em supprimir a conjuncção copulativa entre phrases ou partes de phrase. || De ἀσύετνδον, forma neutra de ἀσύνδετος que não é unido (form. de ἀ priv. + συνδέω ligo).
N. A forma *asyndeton*, mais corrente nos diccionarios, é contrária ao genio da lingua.

Asynergía, *s. f.* falta de synergía. || De ἀ priv. + *synergía* (v. este vcb.).
Deriv. : asynérgico (adj.).

Asystolía, *s. f.* (med.) enfraquecimento da systole cardiaca. || De ἀ priv. + *systole* (v. este vcb.) + suff. *ia.*
N. Exprimiria melhor o que se pretende o vocabulo — *dyssystolía* — (de δύς difficuldade, embaraço + *systole* + suff.

ia); mas ha termos como este que quasi estão consagrados na sciencia, e é difficil modificá-los.

Ataraxía, *s. f.* (phil.) tranquillidade de espirito. || De ἀταραξία (form. da priv. ἀ + ταράσσειν perturbar).

Ataxía, *s. f.* (med.) desordem, irregularidade, falta de coordenação. || De ἀταξία (form. da priv. ἀ + τάξις ordem).
Deriv. : *atáxico* (adj.).

Atáxo-adynámico, *adj.* (med.) diz-se da febre em que se combinam a *ataxia* e a *adynamía* (v. estes vcbs.).

Atáxophemia, *s. f.* (med.) falta de coordenação nas palavras. || De ἀταξία desordem + φημί fallo + suff. *ia*.

Atechnía, *s. f.* ausencia de arte. || De ἀτεχνία (form. da priv. ἀ + τέχνη arte).

Atecnia, *s. f.* (med.) esterilidade. || De ἀτεκνία (form. de ἀ priv. + τέκνον filho).

Ateléctasía, *s. f.* (med.) falta de dilatação. || De ἀτελής incompleto + ἔκτασις dilatação (de ἐκτείνειν distender) + suff. *ia*.

*****Ateléncephalía**, *s. f.* (terat.) desenvolvimento incompleto do encéphalo. || De ἀτελής incompleto + *encéphalo* (v. este vcb.) + suff. *ia*.

*****Ätelocardía**, *s. f.* (terat.) desenvolvimento incompleto do coração. || De ἀτελής incompleto + καρδία coração.

*****Ätelomyelía**, *s. f.* (terat.) desenvolvimento incompleto da medulla. || De ἀτελής incompleto + μυελός medulla + suff. *ia*.

*****Ateloprosopía**, *s. f.* (terat.) desenvolvimento incompleto da face. || De ἀτελής incompleto + πρόσωπον face + suff. *ia*.

Athálamos, *s. m. pl.* (bot.) diz-se dos lichens que não têm conceptaculos. || Da priv. ἀ + θάλαμος leito nupcial.

Atheïsmo, *s. m.* V. *athêu*.

*****Athelia**, *s. f.* (med.) falta congenita do mammillo. || De ἀ priv. + θηλή mammillo + suff. *ia*.

Athenêu, *s. m.* templo, onde os poetas liam suas obras; estabelecimento de instrucção. || De Ἀθηναῖον (form. de Ἀθηνᾶ Minerva); em lat. *athenæum*.

Athericeros, *s. m. pl.* (zool.) familia de Insectos Dipteros, cujas antennas são terminadas em ponta. || De ἀθήρ, ἀθέρος espinho, ponta + κέρας chifre.

Athermano. V. *athérmico*.

Athérmico, *adj.* (phys.) diz-se dos corpos que não absorvem os raios calorificos. || De ἀ priv. + θερμόν calor + suff. *ico*.
N. Do fr. « athermane » tirou-se tambem a forma *athermano*, que apparece nos diccionarios.

Atherôma, *s. m.* (med.) tumor oblongo, elástico, formado por uma materia esbranquiçada ou pardacenta, que ás vezes se parece com pus espesso. || De ἀθήρωμα (form. de ἀθηρα papas feitas com farinha + suff. ωμα).
Deriv. : *atherómatóso* (adj.).

*****Atherospérmeas**, *s. f. pl.* (bot.) tribu de Monimiaceas. || De *Atherospérma* — gen. typo (e este de ἀθήρ, ἔρος espiga, ponta + σπέρμα semente) + suff. *eas*.

*****Athetóse**, *s. f.* (med.) impossibilidade de manter os dedos em posição fixa (W. Hammond). || De ἀ priv. + θετός fixo + suff. *óse*.

Athêu, *s. m.* o que nega a existencia de Deus. || De ἄθεος (comp. da priv. ἀ + θεός Deus). Em lat. *athěus*.
N. E um dos vocabulos, em que o uso contrariou abertamente a quantidade da raiz, e não ha sinão respeitá-lo.

Deriv. : *atheismo, atheista* (s. m.).
Athléta, *s. m.* o que se exercia na lucta e no pugilato para combater nos jogos solennes; homem de constituição robusta; luctador. || De ἀθλητής (form. de ἀθλεῖν combater por um premio).
Deriv. : *athlético* (adj.).
Athlótheta, *s. m.* (ant.) presidente dos combates gymnicos. || De ἀθλοθέτης (form. de ἆθλον premio + τιθέναι estabelecer, propôr).
N. A quantidade etymologica condemna a prosodia *athlothéta*, que vem em Ad. Coelho e Figueiredo.
*****Athrepsia,** *s. f.* deperecimento lento e progressivo dos recem-nascidos, devido a perturbações profundas do trabalho nutritivo (Parrot). || De ἀ priv. + θρέψις nutrição + suff. *ia*.
Athymia, *s. f.* (med.) abatimento, prostração. || De ἀθυμία desânimo (form. de ἀ priv. + θυμός coragem).
Atlânte, *s. m.* (myth.) titão que sustentava sôbre os hombros a abobada celeste; esteio, columna; homem robusto. || De ῎Ατλας, αντος.
Deriv. : *atlântico* (adj.).
Atlas, *s. m.* collecção de chartas geographicas.— (Anat.) a primeira vertebra do pescoço, que sustenta o pêso da cabeça. || De ῎Ατλα; o titão Atlante.
Atlodidymo, *s. m.* (terat.) monstro de um só corpo com duas cabeças distinctas sôbre pescoço unico. || De ῎Ατλας gigante + δίδυμος duplo.
N. O vcb. francez correspondente *atlodyme* foi mal formado.
Atlóide, *s. m.* o mesmo que átlas. || De ἄτλας + εἶδος forma.
Deriv. : *atlóideo* (adj.).
Atlóido-axóideo, *adj.* (anat.) que tem relação com as vertebras *atlóide* (ou átlas) e *axóide* (ou áxis). || V. estes dous vcbs.
Atlóido-occipitál, *adj.* (anat.) que tem relação com o *atlóide* (v. este vcb.) e o occipital.
Atlóido-odontóideo, *adj.* (anat.) diz-se da articulação formada pela apóphyse odontóide com o arco anterior do átlas. || De *atlóide* + *odontóide* (v. estes vcbs.).
*****Atmiatria,** *s. f.* (med.) tractamento pelo vapor. || De ἀτμός vapor + ἰατρεία tractamento curativo.
Átmidiátrica, *s. f.* (med.) applicação de vapores ou gazes em banhos e fumigações. || De ἀτμίς vapor + ἰατρική medicina.
Atmidómetro, *s. m.* instrumento para medir a evaporação da agua. || De ἀτμίς vapor + μέτρον medida.
Atmómetro, *s. m.* o mesmo que atmidómetro. || De ἀτμός vapor + μέτρον medida.
Atmosphéra, *s. f.* (phys.) camada de ar que envolve de todas as partes, até certa altura, o nosso globo. || De ἀτμός vapor + σφαῖρα esphera.
Deriv. : *atmosphérico* (adj.).
Atocía, *s. f.* (med.) esterilidade na mulher. || De ἀτοχία (form. da priv. ἀ + τόχος parto).
Atócio, *s. m.* (med.) medicamento a que se attribuia impedir a concepção. || De ἀτόχιον (form. de ἀ priv. + τόχος parto).
Átomo, *s. m.* (phys.) particula indivisivel pelas fôrças physicas e chimicas. || De ἄτομος indivisivel (form. de ἀ priv. + τομή corte).
Deriv. : *atómico, atomicidáde, atomismo, atomísta*.
Atonía, *s. f.* (med.) frouxidão, fraqueza dum orgão contractil. || De ἀτονία (form. da priv. ἀ + τόνος fôrça).

Deriv. : *atónico* e *átono* (adjs.).

Atóxico, *adj.* que não tem veneno. || Da priv. ἀ + *tóxico* (v. este vcb.).

Atrachelía, *s. f.* ausencia ou extrema curteza de pescoço. || De ἀ priv. + τράχηλος pescoço + suff. *ia*.

Atráctosômos, *s. m. pl.* (zool.) familia de Peixes da ordem dos Holobranchios (Duméril). || De ἄτρακτος fuso + σῶμα corpo.
N. Figueiredo não respeita a quantidade etymologica, fazendo a palavra proparoxytona.

Atractýlide, *s. f.* (bot.) planta da ordem das Synantheraceas, talvez a açafroa. || De ἀτρακτυλίς, ίδος (form. de ἄτπακτος fuso).
Cogn. : *atractyláto* (s. m.), *atractýlico* (adj.) e *atractylína* (s. f.).

Atresia, *s. f.* (med.) imperfuração. || De ἀ priv. + τρῆσις abertura (form. de τιτραίνω perfuro) + suff. *ia*.

*****Atrételytría,** *s. f.* (med.) imperfuração da vagina. || De ἄτρητος imperfurado + ἔλυτρον vagina + suff. *ia*.

*****Atrétentería,** *s. f.* (med.) occlusão de alguma parte do intestino. || De ἄτρητος imperfurado + ἔντερον intestino + suff. *ia*.

*****Atrétoblepharía,** *s. f.* (med.) falta de separação das palpebras. || De ἄτρητος imperfurado + βλέφαρον palpebra + suff. *ia*.

*****Atrétocysía,** *s. f.* (med.) imperfuração do ano. || De ἄτρητος imperfurado + κυσός ano + suff. *ia*.

*****Atrétocystía,** *s. f.* (med.) imperfuração da bexiga. || De ἄτρητος imperfurado + κύστις bexiga + suff. *ia*.

*****Atrétogastría,** *s. f.* (med.) imperfuração do estomago. || De ἄτρητος imperfurado + γαστήρ estomago + suff. *ia*.

*****Atrétolemía,** *s. f.* (med.) imperfuração da parte superior das vias digestivas. || De ἄτρητος imperfurado + λαιμός guela + suff. *ia*.

*****Atrétometría,** *s. f.* imperfuração do utero. || De ἄτρητος imperfurado + μήτρα utero + suff. *ia*.

*****Atrétorhinía,** *s. f.* (med.) imperfuração do nariz. || De ἄτρητος imperfurado + ῥίν nariz + suff. *ia*.

*****Atrétostomía,** *s. f.* (med.) imperfuração da bocca. || De ἄτρητος imperfurado + στόμα bocca + suff. *ia*.

*****Atréturethría,** *s.f.* (med.) imperfuração da urethra. || De ἄτρητος imperfurado + οὐρήθρα urethra + suff. *ia*.

Atrichía, *s. f.* (med.) falta de cabellos. || De ἀ priv. + θρίξ, τριχός cabello + suff. *ia*.

Atrophía, *s. f.* (med.) falta de nutrição; perda ou diminuição de desenvolvimento dos elementos organicos. || De ἀτροφία (form. da priv. ἀ + τροφή alimento).
Deriv. : *atróphico* (adj.), *atrophiár* (v.).

Atropina, *s. f.* (chim.) alcaloide tirado da belladona. || O nome generico da planta *Atrōpa* é derivado de "Ατροπος Atropo — uma das Parcas.
Cogn. : *atropismo* (s. m.).

Átropo, *adj.* (bot.) diz-se do ovulo, cuja micropyla é diametralmente opposta ao hilo. || De ἀ priv. + τρέπω volto.

Attico, *adj.* relativo á Attica; elegante, puro. — *S. m.*, dialecto da Attica. || De ἀττικός.
Deriv. : *atticísmo* (s. m.).

Atticúrga, *adj.* e *s.f.* (arch.) columna ou pilastra attica, com quatro faces eguaes. || De ἀττικουργής feito á maneira dos Atticos (form. de ἀττικός attico + ἔργον obra).

Atýpico, *adj.* (med.) diz-se das molestias periodicas, cujos accessos carecem de regularidade. || De ἀ priv. + τύπος typo + suff. *ico.*

Auchenópteros, *s. m. pl.* (zool.) familia de Peixes, da ordem dos Holobranchios, que têm as barbatanas inferiores debaixo do pescoço (Duméril). || De αὐχήν pescoço + πτερόν aza.

Augito, *s. m.* (min.) especie de pyroxenio. || De αὐγή brilho + suff. *ito.*

Augnatho, *s. m.* (terat.) monstro, cuja cabeça quasi se reduz a uma grande maxilla inferior. || De αὖ outra vez + γνάθος maxilla.

Aula, *s. f.* sala em que se recebem licções; côrte, pateo. || De αὐλή palacio, côrte.

Deriv. : *áulico* (adj.).

Aulóstomo, *adj.* (zool.) que tem a bocca em forma de tubo. || De αὐλός flauta, tubo + στόμα bocca.

Áura, *s. f.* vento brando e suave; acceitação, favor. || De αὔρα (form. de ἄειν soprar).

Austéro, *adj.* severo nos costumes, grave, rigido. || De αὐστηρός.

Deriv. : *austeridáde* (s. f.), *austerismo* (s. m.).

Autarcía, *s. f.* contentamento do proprio estado; sobriedade, temperança. || De αὐτάρκεια (form. de αὐτάρκης, e este de αὐτός proprio, mesmo + ἀρκεῖν basta).

Authéntico, *adj.* revestido de formas officiaes; legalizado; fidedigno. || De αὐθεντικός (form. de αὐθέντης senhor de si).

Deriv. : *authéntica* (s. f.), *authenticár* (v.), *authenticidáde* (s. f.).

Autobiographía, *s. f.* narração de sua propria vida. || De αὐτός proprio + βίος vida + γράφω escrevo + suff. *ia.*

Cogn. : *áutobiógrapho* (s. m.).

Autocéphalo, *adj.* independente, autónomo. — *S. m.* bispo grego, que não estava sujeito ao patriarcha. || De αὐτοκέφαλος (form. de αὐτός proprio + κεφαλή cabeça).

Autóchthone, *adj.* que é do proprio paiz; indigena. || De αὐτόχθων, ονος (form. de αὐτός proprio + χθών, χθονός terra, paiz).

N. A prosodia *autochthóne* contraria visivelmente a quantidade etymologica. Em lat. *autochthŏnes.*

Autocinesía, *s. f.* (biol.) propriedade, que tem a materia, de se mover por si propria (Bouchut). || De αὐτός proprio + κίνησις movimento + suff. *ia.*

Autocracía, *s. f.* governo absoluto, de um só. || De αὐτοκράτεια (form. de αὐτοκρατής, e este de αὐτός proprio + κράτος poder).

Autocráta, *s. m.* chefe de uma autocracía (v. este vcb).

N. Tendo o uso geral allongado a syllaba penultima de outros derivados de κράτος, não obstante a quantidade grega, é preferivel que este os accompanhe (cf. *democráta, aristocráta,* etc.).

Deriv. : *autocrático* (adj.).

Autodidaxía, *s. f.* acção de apprender sem mestre. || De αὐτός proprio + δίδαξις ensino + suff. *ia.*

Cogn. : *áutodidácto* (s. m.).

Autodynamía, *s. f.* propriedade de mover-se por fôrça propria. || De αὐτός proprio + δύναμις fôrça + suff. *ia.*

Deriv.: *áutodynámico* (adj.).

Autógeno, *adj.* que se desenvolve de modo distincto e independente. || De αὐτός proprio + γένος geração.

N. Figueiredo grapha *auto-*

géneo; esta forma poderia ser mantida ao lado de *homogéneo* e *heterogéneo,* que o uso consagrou.

Autognóse ou **áutognosia,** *s. f.* conhecimento de si proprio. || De αυτός proprio + γνῶσις conhecimento.

*****Autographísmo**, *s. m.* (med.) impressionabilidade da pelle, em virtude da qual todo risco traçado na sua superficie provoca o apparecimento de uma saliencia rosada com areola erythematosa (Dujardin-Beaumetz). || De αυτός proprio + γράφω escrevo + suff. *ísmo.* *N.* Syn. de « dérmographísmo ».

Autógrapho, *s. m.* que é escripto pelo proprio auctor; original. || De αυτόγραφον (form. de αυτός proprio + γράφω escrevo).
Deriv. : *autographár* (v.), *autogvaphía* (s. f.), *autográphico* (adj.).

Autógraphomanía, *s. f.* mania de colleccionar autographos. || De *autógrapho* e *manía* (v. estes vcbs.).

Autolábio, *s. m.* (chir.) pinça que se aperta por si propria. || De αυτός proprio + λαβίς pinça + suff. *io.*

Áutolatría, *s. f.* culto, veneração de si proprio. || De αυτός proprio + λατρεία adoração.
Deriv. : *autólatra* (s. m.).

*****Autólyse,** *s. f.* (med.) autodigestão dos tecidos. || De αυτός proprio + λύσις dissolução.

Autómato, *s. m.* máchina que parece mover-se por si mesma; pessoa inconsciente, cujos actos obedecem á vontade alheia. || De αὐτόματος (form. de αυτός proprio + μαίομαι movo-me).
Deriv. : *automatía* (s. f.), *automatísmo* (s. m.), *automático* (adj.).

Automatúrgo, *s. m.* o que faz autómatos. || De *autómato* (v. este vcb.) + ἔργον trabalho. *N.* Pelo lat. tambem se tirou *automatário,* com a mesma significação.

Áutomedónte, *s. m.* conductor habil de uma carruagem. || De Αὐτομέδων Automedonte — o cocheiro do carro de Achilles.

Áutomnestía, *s. f.* vestigio, que a memoria conserva, do sentimento que a alma teve de sua propria actividade (Ampère). || De αὐτός proprio + μνῆσις recordação + suff. *ía.*

Áutonomía, *s. f.* faculdade de governar-se, independencia. || De αὐτονομία (form. de αυτός proprio + νόμος lei).
Deriv. : *autonómico* e *autónomo* (adjs.).

Autónymo, *adj.* diz-se da obra que traz o verdadeiro nome do auctor, e do auctor que assigna a obra com seu verdadeiro nome. || De αὐτός proprio + ὄνυμα por ὄνομα nome.

Áutophagía, *s. f.* (med.) estado do animal que sustenta a vida á custa da propria substância. || De αὐτός proprio + φαγεῖν comer + suff. *ía.*
Cogn. : *autóphago* (s. m.).

Áutophonía, *s. f.* (med.) resonancia da propria voz, observada pelo médico que escuta um doente, etc. || De αὐτός proprio + φωνὴ voz + suff. *ía.*

Áutoplastía, *s. f.* (chir.) especie de prothese, em que se substitue uma parte destruida, tomando no mesmo enfermo os materiaes necessarios para essa substituição. || De αὐτός proprio, mesmo + πλάσσειν formar + suff. *ía.*
Deriv. : *autoplástico* (adj.).

Autopsía, *s. f.* exame attento de si proprio; exame médico das partes de um cadaver. || De

αύτοψία (form. de αὐτός proprio + ὄψις acção de vêr).
N. Constancio, Faria, Roquétte, Lacerda e Aulete com razão accentúam a penultima.
Deriv. : *autopsiár* (v.).
***Autoscopía**, s. f.* (med.) phenomeno que consiste em perceber-se o proprio doente, externa ou internamente. || De αυτός proprio + σκοπεῖν vêr, examinar + suff. *ia*.
Autositos, *s. m. pl.* (terat.) classe dos monstros simples, capazes de viver á custa de seus proprios orgãos (I. G. St-Hilaire). || De αυτόσιτος que se alimenta a si proprio (form. de αυτός proprio + σῖτος alimento).
N. Aulete, A. Coelho e Figueiredo accentúam a antepenultima, exquecidos da quantidade de σῖτος (cf. *parasito*).
Autotelía, *s. f.* qualidade do ser, que tem seu fim em si proprio. || De αὐτοτέλια (form. de αυτός proprio + τέλος fim).
Autotomía, *s. f.* acto pelo qual certos animaes escapam ao inimigo que os agarrou por uma parte do corpo, provocando por via reflexa a eliminação da mesma parte. || De αὐτός proprio + τομή corte + suff. *ia*.
Auxése, *s. f.* (rhet.) exaggeração, hyperbole. || De αὔξησις augmento.
Auxómetro, *s. m.* (phys.) instrumento com que se mede a fôrça de augmento dum apparelho optico. || De αὔξη augmento + μέτρον medida.
N. *Auzometro*, que vem em Constancio e Faria, é êrro.
Axinito, *s. m.* (min.) borosilicato natural de aluminio, ferro, manganez, calcio e magnesio. || De ἀξίνη machado + suff. *ito*.
Axinomancía, *s. f.* (ant.) adivinhação que se fazia por meio dum machado. || De ἀξινομάντεια (form. de ἀξίνη machado + μαντεία adivinhação).
Axiôma, *s. m.* (phil.) princípio evidentissimo, que não requer demonstração. || De ἀξίωμα, ατος auctoridade (form. de ἀξιοῦν julgar digno, pensar, crêr).
Deriv. : *axiomático* (adj.).
Axis, *s. m.* (anat.) segunda vertebra cervical. || Pelo lat. *axis* vem de ἄξων eixo.
N. É melhor — áxe —.
Axóide, *s. m.* (anat.) o mesmo que áxis (v. este vcb.). || De ἄξων eixo + εἶδος forma.
Deriv. : *axóideo* (adj.).
Axóido-atlóideo, *adj.* (anat.) que diz respeito ás vertebras axóide e atlóide (v. estes vcbs.).
Axóphyto, *s. m.* (bot.) o eixo central, haste da planta. || De ἄξων eixo + φυτυν planta.
***Axoplásma**, s. m.* nome dado ao hyaloplásma do cylindro-eixo. || De ἄξων eixo + πλάσμα (v. este vcb.).
Axótomo, *adj.* (miner.) dizse do crystal, que se não divide em direcção parallela á base (Fig.). || De ἄξων eixo + τομή corte.
***Azóamylía**, s. f.* estado da cellula que perde mais glycogenio do que adquire. || De ἀ priv. + ζῶον animal + ἄμυλον amido + suff. *ia*.
Azóico, *adj.* (geol.) que não é fossilifero. || De ἀ priv. + ζῶον animal + suff. *ico*.
***Azóospermía**, s. f.* falta de espermatozoides no esperma. || De ἀ priv. + ζῶον animal + σπέρμα semente + suff. *ia*.
Azóthemía, *s. f.* (med.) accumulação de productos de excreção azotada no sangue. || De *azóto* (v. este vcb.) + αἷμα sangue + suff. *ia*.
Azóto, *s. m.* (chim.) gaz que constitue a maior parte do ar

atmospherico; apaga os corpos em combustão e asphyxia os animaes. || Pelo lat. scient. *azõtum*, vem da priv. ἀ + ζωή vida.

N. Figueiredo com razão discrepa dos outros lexicographos, dando-lhe a desinencia *o*.

Deriv. : *azótico*, *azotôso* (adjs.), *azotáto*, *azotíto* (s. m.), *azotêto* (s. m.), *azotádo* (adj.).

Azóturia, *s. f.* (med.) eliminação exaggerada de azóto pela urina. || De ἄζoτο (v. este vcb.) + οὖρον urina + suff. *ia*.

N. Este, como todos os mais derivados de οὖρον, deve obedecer á regra geral de prosodia, pronunciando-se paroxytonos. (V. *anuria*).

Ázygo, *s. f.* (anat.) veia situada á direita e deante da columna vertebral (a prelombothoracica de Chaussier). || De ἄζυγος impar (form. de ἀ priv. + ζυγός o par).

Ázymo, *adj.* diz-se do pão que não levou fermento, não levedado. || De ἄζυμος (form. da priv. ἀ + ζύμη fermento).

N. Pelo lat. *ázymus* recebemos este vcb., que todos pronunciam esdruxulo.

Deriv. : *azymíta* (s. m.), *azymico* (adj.).

B

Baccaro. V. *báccharo*.

Bacchanál, s. f. festa em honra de Baccho; orgia. ‖ Pelo lat. *bacchanalis*, vem de Βάχχος o deus Baccho.

Bacchánte, s. f. sacerdotisa de Baccho; mulher impudica..‖ De Βάχχος Baccho.

Báccharo, s. m. (bot.) planta da ordem das Compostas, gen. *Baccharis*. ‖ De βάχχαρις ou βάχχαρις.

Bácchico, adj. relativo a Baccho ou ao vinho. ‖ De βαχχικὸς (form. de Βάχχος o deus Baccho).

N. Como especie de pé de verso, é preferivel a forma *bacchio*.

Bacchío, adj. (poes.) diz-se do pé de verso grego ou latino formado por uma syllaba breve e duas longas. ‖ De βαχχεῖος (form. de Βάχχος Baccho).

N. Em virtude da quantidade grega, é preferivel esta prosodia á que nos dão os diccionarios de Aulete, Ad. Coelho e Fig.

Bacillemía. V. *bacterihemía*.

Bacterídio, s. m. (biol.) especie de bactérios, com a forma de curtos bastõesinhos, e immoveis em todos os periodos de sua existencia (Davaine). ‖ De βαχτηρίδιον, diminutivo de βαχτηρία bastão.

N. Bacterídia, como vem em Figueiredo, é menos correcto.

Esse mesmo lexicographo attribue ao vcb. a derivação de βαχτηρία + εἶδος, que não tem fundamento.

Bactérihemía, s. f. (med.) infecção tuberculosa generalizada, de marcha rapida. ‖ De *bactério* (v. este vcb.) + αἷμα sangue + suff. *ia*.

N. Termo proposto com razão para substituir o hybrido *bacillemía* creado por Benda.

Bactério, s. m. (biol.) nome de vegetaes inferiores, monocellulares, microscopicos, que se reproduzem por scissiparidade e existem em grande cópia nos meios externos e nas cavidades do corpo dos animaes. ‖ De βαχτηρία bastão + suff. *io*.

N. Figueiredo consigna tambem *bactéria* (com *a* e fem.); mas vindo o vcb. directamente do nome latino consagrado pela sciencia — *bacterium*, — claro é que regularmente se deve formar em portuguez — *bactério*.

Deriv. : *bactériáceas* (s. f. pl.), *bacteriáno* (adj.).

Bactériologia, s. f. sciencia que estuda os bactérios.‖ De *bactério* (v. este vcb.) + λόγος tractado + suff. *ia*.

Cogn.: *bactériólogo* (s. m.).

Bactériólyse, s. f. dissolução dos bactérios. ‖ De *bactério* (v. este vcb.) + λύσις dissolução.

Bactériopéxico, adj. (med.) diz-se da funcção de um

orgão ou de um tecido que fixa os bactérios (Gilbert). || De *bactério* (v. este vcb.) + πῆξις fixação + suff. *ico*.

* **Bactériotherapía**, *s. f.* (med.) emprêgo therapeutico de certas culturas microbianas. || De *bactério* (v. este vcb.) + θεραπεία tractamento, cura.

* **Bactériotoxína**, *s. f.* (med.) toxína de origem bacteriana. || De *bactério* e *toxína* (v. estes vcbs.).

* **Bactériuría**, *s. f.* (med.) presença de bactérios em grande quantidade na urina. || De *bactério* (v. este vcb.) + ουρον urina + suff. *ia*.

N. V. anuría, quanto á prosodia.

* **Balánidas**, *s. m. pl.* (zool.) familia de Crustaceos Cirripedes. || Do gen. *Bálanus* (e este de βάλανος glande) + suff. *idas*.

Balánide, *s. f.* (bot.) fructo formado de duas ou trez glandes contidas num envoltorio espinhoso. || De βάλανος glande.

Balanite, *s. f.* (med.) inflammação da membrana mucosa que reveste a glande. || De βάλανος glande + suff. *ite*.

Balanítes, *s. m.* (paleont.) especie fossil de bálanos ou glandes do mar. || De βάλανος glande + suff. *ites*.

Balanito, *s. m.* (min.) nome que deu Plinio a uma pedra preciosa, que tinha a forma de bolota. || De βάλανος glande + suff. *ito*.

N. Figueiredo dá á mesma forma *balanite* as significações differentes que attribuimos a *balanite, balanites* e *balanito*. Comprehende-se entretanto a vantagem de characterizar por desinencias especiaes a diversidade de significados, ganhando nisto vantagem ao francez, que tudo confundiu no seu « balanite ».

Bálano, *s. m.* (zool.) animal articulado da ordem dos Cirripedes, gen. *Bálanus*; bolota do mar. || De βάλανος bolota.

Balanóide, *adj.* que tem forma de bolota ou glande. || De βαλανοειδής (form. de βάλανος glande + εἶδος forma).

Balanóphago, *adj.* que se sustenta de bolotas. || De βάλανος bolota + φαγεῖν comer.

Bálanophoráceas, *s. f. pl.* (bot.) ordem de plantas monocotyledones parasitas, de caule aphyllo. || De βάλανος glande + φορός que produz + suff. *áceas*.

N. Designando ordem, na classificação botanica, é preferivel a desinencia *áceas* á desinencia *eas*; por isso *balanophóreas* é vcb. menos acceitavel.

Bálanoposthíte, *s. f.* (med.) inflammação da superficie da glande e da mucosa prepucial. || De βάλανος glande + πόσθη prepucio + suff. *ite*.

* **Bálanopsáceas**, *s. f. pl.* (bot.) ordem de plantas dicotyledones, vizinha das Piperaceas. || De *Bálanops* — gen. typo (e este de βάλανος glande + ὤψ, ὠπός aspecto) + suff. *áceas*.

Bálanorrhagía, *s. f.* (med.) corrimento mucoso que tem sua séde na glande. || De βάλανος glande + ῥήγνυμι rompo, sáio com fôrça.

N. Vcb. formado á feição de *hemorrhagia* e outros, mas que não exprime com justeza o que significa. Aos corrimentos é mais appropriado a terminação em *rrhéa* tirada de ῥέω côrro.

Bálanorrhéa, *s. f.* (med.) corrimento mucoso da glande. || De βάλανος glande + ῥέω côrro.

N. Vcb. formado á similhança de diarrhéa, leucorrhéa e outros. E melhor do que *balanorrhagía*.

Baláustio, *s. m.* (bot.) flôr de romeira; nome dado por Devaux a fructos syncarpos como aromã. || De βαλαύστιον, em lat. *balaustium*.

N. A forma em *o*, como quer a etymologia e Brotero auctorizou, é melhor do que *baláustia* tambem consignada nos diccionarios.

Ballísta¹, *s. f.* (ant.) máchina de guerra, que servia de arremessar pedras, fachos accesos, etc. || Pelo lat. *ballista*, vem de βάλλω arremesso, atiro.

N. Os diccionarios dão tambem *balista* (com um só *l*), mas a origem de βάλλω faz preferir a outra graphia.

Deriv. : *ballistario* (s. m.).

Ballísta², *s. m.* (zool.) Peixe Osteopterygio, da ordem dos Plectognathos e familia dos Esclerodermos, gen. *Ballistes*. || Tambem pelo lat. *ballista*, vem de βάλλω arremesso. Os Italianos chamam-no « pesce balestra ».

N. Os diccionarios dão a *ballista* o genero feminino, ainda quando significa a referida especie de peixe; mas neste caso, e attenta à forma *ballistes* da technologia scientifica, é sem dúvida preferivel fazê-lo masculino.

Ballística, *s. f.* sciencia que estuda os projecteis. || De βάλλω arremesso + suff. *ística*.

N. Attenta a etymologia, a forma *balistica*, que os diccionarios tambem consignam, é menos correcta.

Deriv.. : *ballístico* (adj.).

Ballóta, *s. f.* (bot.) planta da ordem das Labiadas, gen. *Ballota;* marroio. || De βαλλωτή.

Deriv. : *ballóteas* (s. f. pl.), *ballotína* (s. f.).

Balsaméa, *s. f.* succo que se extrahe do bálsamo (planta). || De βάλσαμον bálsamo.

Balsamína, *s. f.* (bot.) planta da ordem das Geraniaceas, especie *Impatiens balsamina*. || De βαλσαμίνη.

Deriv. : *balsamíneas* (s. f. pl.).

Balsamíta, *s. f.* (bot.) planta da ordem das Compostas, *Balsamita suaveolens*. || De βάλσαμον bálsamo.

Bálsamo, *s. m.* substância resinosa e odorifera, que alguns vegetaes exsudam; perfume; confôrto. || De βάλσαμον.

Deriv. : *balsámeo* e *balsámico* (adjs.).

Balsamóide, *adj.* que tem similhança com bálsamo. || De βάλσαμον bálsamo + εἶδος forma.

Báptas, *s. m. pl.* (ant.) sacerdotes de Cotytto, que celebravam festas durante a noite com dansas e orgias. || De βάπται.

N. Em lat. *baptæ, arum*.

Baptísmo, *s. m.* sacramento da Egreja christan, consistindo na ablução externa do corpo; iniciação. || De βαπτισμός (form. de βαπτίζω mergulho).

Deriv. : *baptismál* (adj.) *baptizár* (v.), *baptizádo* (s.m.).

Baptísta, *s. m.* o que baptiza. — Os — s, *s. m. pl.* seita em que o baptísmo só se ministra aos adultos. || De βαπτιστής (form. de βαπτίζω).

Baptistério, *s. m.* logar onde está a pia do baptísmo. || De βαπτιστήριον (form. de βαπτίζω baptizo).

N. A terminação *tério* indica logar onde alguma acção se practica (cf. *cemetério, necrotério,* etc., etc.).

Bárathro, *s. m.* precipicio, abysmo. || De βάραθρον.

Barbarísmo, *s. m.* érro contra os principios grammaticaes relativos ás palavras isoladas. || De βαρβαρισμός (form. de βαρβαρίζειν fallar ou proceder como bárbaro).

Bárbaro, *adj.* que não tem civilização, selvagem, rude, cruel. || De βάρβαρος.

Deriv. : *barbaridáde* (s. f.), *barbárie* (s. f.). *barbarizár* (v.).

Barhýdrodynâmica, *s. f.* (phys.) estudo do movimento dos liquidos produzido pela gravidade. || De βάρος pêso + ὕδωρ agua + δύναμις fôrça + suff. *ica*.

Barhýdrostática, *s. f.* (phys.) estudo do equilibrio dos liquidos produzido pela gravidade. || De βάρος pêso + ὕδωρ agua + στατική sciencia do equilibrio.

Bárodynámica, *s. f.* (phys.) tractado do movimento dos corpos produzido pela gravidade. || De βάρος pêso + δύναμις fôrça + suff. *ica*.

Barología, *s. f.* (phys.) estudo das leis da gravidade. || De βάρος pêso + λόγος tractado + suff. *ia*.

Deriv. : *barológico* (adj.).

Báromacrómetro, *s. m.* antigo instrumento para medir o pêso e o comprimento dos recem-nascidos. || De βάρος pêso + μακρός comprido + μέτρον medida.

Barómetro, *s. m.* (phys.) instrumento para medir a pressão da atmosphera. || De βάρος pêso + μέτρον medida.

Deriv. : *barométrico* (adj.).

Bárometrógrapho, *s. m.* (phys.) instrumento que marca por si num papel as variações do barómetro. || De *barómetro* (v. este vcb.) + γράφειν escrever.

Baropnéumodynâmica, *s. f.* (phys.) estudo do movimento dos gazes produzido pela gravidade. || De βάρος pêso + πνεῦμα sôpro, gaz + *dynâmica* (v. este vcb.).

Baropnéumostática, *s. f.* (phys.) estudo do equilibrio dos gazes produzido pela gravidade. || De βάρος pêso + πνεῦμα sôpro, gaz + στατική sciencia do equilibrio.

Barosánemo, *s. m.* (phys.) antigo instrumento para conhecer a fôrça do vento. || De βάρος pêso + ἄνεμος vento.

N. Roquette accentuou *barosanêmo* contrariando a quantidade grega ; mas Faria, Lacerda e Figueiredo já corrigiram esse êrro.

Baroscópio, *s. m.* (phys.) instrumento para demonstrar o princípio de Archimedes applicado aos fluidos elasticos. || De βάρος pêso + σκοπεῖν examinar + suff. *io*.

Barostática, *s. f.* (phys.) tractado do equilibrio dos corpos produzido pela gravidade. || De βάρος pêso + στατική estática.

Barostéreodynâmica, *s. f.* (phys.) estudo do movimento dos solidos produzido pela gravidade. || De βάρος pêso + στερεός solido + *dynâmica* (v. este vcb.).

Barostéreostática, *s. f.* (phys.) estudo do equilibrio dos solidos produzido pela gravidade. || De βάρος pêso + στερεός solido + στατική sciencia do equilibrio.

*****Bárotropísmo,** *s. m.* propriedade que tem o protoplasma de reagir aos contactos e ás vibrações. || De βάρος pêso + τρέπω volto + suff. *ismo*.

Báryecoía, *s. f.* (med.) dureza do ouvido. || De βαρυηκοία (form. de βαρύς pesado + ἀκούω ouço).

N. Barycoia, como dão Faria e Lacerda, é evidentemente errado.

Báryencephalía, *s. f.* (med.) imbecilidade. || De βαρύς pesado + *encéphalo* (v. este vcb.) + suff. *ia*.

*****Báryglossía,** *s. f.* (med.) pêso da lingua. || De βαρύς pesado + γλῶσσα lingua + suff. *ia*.

Barymetría, *s. f.* (phys.) medida da gravidade. || De βαρὺς pesado + μέτρον medida + suff. *ia*.

Báryo, *s. m.* (chim.) metal branco, pesado, um pouco malleavel. || De βαρὺς pesado.
Deriv. : baryta (s. f.), *barytico* (adj.), *barytina* (s. f.).

Báryphonía, *s. f.* (med.) difficuldade de fallar. || De βαρὺς pesado + φωνή voz + suff. *ia*.

Barýtono, *s. m.* (mus.) cantor, cujo tom de voz é intermedio entre tenor e baixo. — (Gramm.) que não tem accento na última syllaba. || De βαρύτονος (form. de βαρὺς pesado, grave + τόνος tom).

Basañíto, *s. m.* (min.) quartzo lydio; mineral usado outrora como pedra de toque. || De βάσανος pedra de toque + suff. *ito*.

Báse, *s. f.* o que supporta o pêso dum corpo; pedestal; parte inferior, etc. || De βάσις planta do pé, fundamento (do v. βαίνω ando).
Deriv. : baseár (v.), *básico* (adj.), *basicidáde* (s. f.), *basilár* (adj.).

* **Basídio,** *s. m.* (bot.) cellula-mãe do espório em alguns Cogumelos. || De βάσις base, pedestal + suff. dimin. *ídio*.

* **Basidiospório,** *s. m.* (bot.) espório proveniente do amadurecimento dum basídio. || De *basídio* + *espório*(v. estes vcbs.).

Basigýnio, *s. m.* (bot.) syn. de podogýnio : porção carnuda e solida que, distincta do pedunculo e do calyce, serve de sustentar o' ovario. || De βάσις base, sustentaculo + γυνή mulher + suff. *io*.
N. Em lat. scient. *basigynium*.

Basílica¹, *s. f.* outrora — palacio real, edificio dos tribunaes; hoje — egreja principal. || De βασιλική (forma fem. de βασιλικός real, e este de βασιλεὺς rei).

Basílica², *s. f.* (anat.) veia cubital cutanea. || De βασιλική real.

Basilicão, *s. m.* (pharm.) unguento composto de pez, resina, cera e azeite. || De βασιλικὸν (forma neutra de βασιλικός real.)
N. A derivação regular e erudita faria *basílico;* mas o povo deu ao vcb. outra feição, que hoje não se pode mais alterar.

Basilísco, *s. m.* especie de lagarto, a que os antigos attribuiam a virtude de matar com o simples olhar. — (Zool.) reptil da ordem dos Iguanios Pleurodontes, da America. || De βασιλίσκος dimin. de βασιλεὺς rei.

* **Básio,** *s. m.* (anat.) poncto mediano no bordo anterior do buraco occipital. || De βάσις base + suff. *io*.
N. Corresponde ao neologismo francez *basion*.

Básio-cérato-glósso, *adj.* (anat.) syn. de hýo-glósso. || De βάσις base + κέρας ponta + γλῶσσα lingua.

Básiocéstro, *s. m.* (chir.) especie de antigo cephalotribo. || De βάσις base + κέστρος instrumento ponteagudo.

* **Básiophobía,** *s. f.* (med.) apprehensão morbida de caïr ao andar. || De βάσις marcha + φόβος medo + suff. *ia*.

Basiótico, *s. m.* (anat.) osso mediano, impar, visivel ás vezes no feto, e situado entre o esphenoide e o occipital. || Pelo francez « basiotique », de βάσις base.

Basiótribo, *s. m.* (med.) instrumento para esmagar a base do cranio do feto. || De βάσις base + τρίβω esmago, trituro.
Deriv. : básiotripsia (s. f.).

* **Basómmatóphoros,** *s. m. pl.* (zool.) ordem de Molluscos Prosobranchios Pulmonados; têm os olhos na base dos tentaculos. || De βάσις base + ὄμμα, ατος ólho + φορός portador.

Bathometria, *s. f.* medida da profundidade do mar. || De βάθος profundidade + μέτρον medida + suff. *ia*.
N. Os diccionarios francezes dão bathymétrie (form. de βαθύς profundo), donde Ad. Coelho e Figueiredo tiraram naturalmente a forma *bathymetria*, que seria acceitavel; mas á feição de *barómetro* (de βάρος) — é preferivel *bathómetro* (de βάθος), e portanto *bathometria*.
Cogn.: *bathómetro* (s.m.).

* **Báthycardia**, *s. f.* anomalia do coração situado muito em baixo. || De βαθύς profundo + καρδία coração.

Bathymetria. V. *bathometria*.

Batráchios, *s. m. pl.* (zool.) ordem da classe dos Repteis; são animaes de sangue frio, characterizados por pelle nua, existencia de metamorphoses e ausencia de allantóide. || De βάτραχος rã + suff. *ios*.
N. Os diccionarios auctorizam egualmente *batrácios*; mas a etymologia do vcb. está mostrando que sem razão: o χ grego passa sempre para *ch* (com som de *k*) em portuguez.

Batrachito, *s. m.* (min.) variedade de peridoto, cuja côr se approxima da dos ovos das rãs (Landrin). || De βάτραχος rã + suff. *ito*.

Batrachóide, *adj.* relativo á rã ou a batráchios. || De βάτραχος rã + εἶδος forma.

Batrachóphago, *s. m.* e *adj.* que come rãs. || De βάτραχος rã + φαγεῖν comer.

* **Batrachósioplastia**, *s. f.* (med.) processo operatorio para a cura da ranula. || De βάτραχος rã + πλάσσω formo, affeiçõo + suff. *ia*.

* **Bátrachospérmeas**, *s. f. pl.* (bot.) tribu de Algas. || De *Bátrachospérmum* — gen. typo (e este de βάτραχος rã + σπέρμα semente) + suff. *eas*.

Battologia, *s. f.* repetição ociosa de um pensamento pelas mesmas palavras. || De βαττολογία (form. de Βάττος Batto, sujeito gago + λόγος discurso + suff. *ia*.
Deriv.: *battológico* (adj.).

Bdélleos, *s. m. pl.* (zool.) animaes da secção das Hirudineas. || De βδέλλα sanguesuga + suff. *eos*.
Cogn.: *bdéllidas* (s. m. pl.) fam. de Acareos.

Bdéllio, *s. m.* gomma-resina do Levante. || De βδέλλιον.

Bdellómetro, *s. m.* (med.) instrumento destinado a substituir as sanguesugas, permittindo calcular-se o sangue extrahido. || De βδέλλα sanguesuga + μέτρον medida.

Béchico, *adj.* (med.) que é bom contra a tosse. || De βηχικός (form. de βήξ tosse.).

Bechórthopnéa, *s. f.* (med.) nome proposto para a tosse convulsiva ou coqueluche. || De βήξ tosse + *orthopnéa* (v. este vcb.).

* **Belemnítidas**, *s. m. pl.* (zool.) familia de Cephalopodes. || Do gen. *Belemnítes* (e este de βελεμνίτης pedra em forma de flecha) + suff. *idas*.

Belonephobia. V. *bélonophobia*.

Belonóide, *adj.* (anat.) nome das apophyses estyloides do temporal e do cubito. || De βελόνη agulha + εἶδος forma.

* **Bélonophobia**, *s. f.* (med.) apprehensão morbida de tocar em agulhas ou alfinetes. || De βελόνη agulha + φόβος terror + suff. *ia*.
N. Os Francezes fizeram « belonéphobie »; mas esta forma viola a regra geral de composição dos vocabulos gregos; é pois conveniente que em portuguez digamos mais cor-

rectamente *bélonophobia.* Cf. *phonographo* (de φωνή), *nymphomania* (deνυμφή), *morphologia* (de μορφή), *cephalópodes* (de κεφαλή), etc.

Beócio, *adj. e s. m.* relativo á Beocia; individuo ignorante ou parvo. || De βοιώτιος (form. de Βοιωτία Beocia).

Bérberis, *s. f.* (bot.) planta typo da ordem das Berberidaceas.|| Talvez de βέρβερι especie de concha, pela similhança da forma das folhas.
Deriv. : berberidáceas (s. f. pl.), *berberína* (s. f.).

Berýllo, *s. m.* (min.) variedade de esmeralda, silicato de aluminio e glycinio. ||De βήρυλλον.

Biblia, *s. f.* a Sagrada Escriptura.||De βιβλία (pl. de βιβλίον livro).
Deriv. : bíblico (adj.), *biblista* (s. m.), *biblística* (s. f.).

Bibliátrica, *s. f.* arte de restaurar os livros. || De βιβλίον livro + ἰατρική medicina.

Bibliographia, *s. f.* descripção dos characteristicos exteriores dos livros; relação de obras sôbre um assumpto ou de um auctor. || De βιβλίον livro + γράφω descrevo + suff. *ia.*
Deriv.: bibliográphico (adj.), *bibliógrapho* (s. m.).

Bibliomancía, *s. f.* adivinhação por meio dum livro aberto ao acaso.||De βιβλίον livro + μαντεία adivinhação.

Bibliomanía, *s. f.* paixão pelos livros.||De βιβλίον livro + μανία loucura.
Deriv. : bibliomaníaco, bibliómano (s. m.).

Bibliophilo, *s. m.* o que tem amor a livros; colleccionador de livros. || De βιβλίον livro + φίλος amigo.
Deriv. : bibliophilía (s. f.).

Bibliopóla, *s. m.* o que vende livros.||De βιβλιοπώλης (form. de βιβλίον livro + πωλέω vendo).

Bibliótapho, *s. m.* o avaro de livros, que os esconde e sepulta.|| De βιβλιοτάφος (form. de βιβλίον livro + θάπτω sepulto).

Bibliothéca, *s. f.* casa onde se guardam livros; collecção de les.|| De βιβλιοθήκη (form. de βιβλίον livro+τίθημι deposito).
Deriv.: bibliothecário (s. m.).

Bibliothéconomía, *s. f.* arte de organizar e dirigir bibliothécas.||De *bibliothéca* (v. este vcb.) + νόμος lei, regra + suff. *ia.*

Biochímica, *s. f.* sciencia que tracta da constituição chimica das substancias produzidas pela acção da vida. || De βίος vida + *chimica* (v. este vcb.).

Biodynámica, *s. f.* theoria da actividade vital.||De βίος vida + *dynámica* (v. este vcb.).

Biogénese, *s. f.* desenvolvimento da vida.||De βίος vida + γένεσις geração.
Deriv. : biogenético (adj.).

Biogenía, *s. f.* o mesmo que biogénese.|| De βίος vida + γένεις geração + suff. *ia.*
Deriv. : biogénico (adj.).

Biographía, *s. f.* descripção da vida de alguma pessoa.|| De βίος vida + φράφω descrevo + suff. *ia.*
Deriv. : biographár (v.), *biográphico,* (adj.) *biógrapho* (s. m.).

Biología, *s. f.* sciencia que tem por objecto as leis que regem a vida nos seres organizados.||De βίος vida + λόγος discurso + suff. *ia.*
Deriv. : biológico (adj.), *biólogo* (s. m.).

Biómetro, *s. m.* memorial, agenda indicando as horas da vida e o seu emprêgo.|| De βίος vida + μέτρον medida.

Biophilía, *s. f.* instincto de conservação ai ndividual.||De βίος vida + φιλία amor.

*Biophorina, *s. f.* (pharm.) medicamento tonico e reconstituinte, composto de açucar, cacau, noz de cola, glycerophosphato calcico e extracto de quina. || De βίος vida + φορέω trago + suff. *ina.*

Bioplástico, *adj.* que produz a materia organizada.|| De βίος vida + πλάσσω formo.

Biopsía, *s. f.* ablação de fragmentos de tecidos vivos para exame microscopico, etc. || De βίος vida + ὄψις vista + suff. *ia.*
N. Vcb. opposto a — necropsía. —

Bioscópio, *s. m.* especie de hygrometro para verificar a existencia da vida pela persistencia da secreção do suor (Collongues). || De βίος vida + σκοπεῖν examinar + suff. *io.*

Biosphéra, *s. f.* (biol.) granulação molecular dotada de movimento browniano (J. H. Mayer).|| De βίος vida + *esphéra* (v. este vcb.).

Biotaxia, *s. f.* classificação dos seres organizados.|| De βίος vida + τάξις arranjo + suff. *ia.*
Deriv. : *biotáxico* (adj.).

Biotechnia, *s. f.* arte de utilizar os animaes e vegetaes. || De βίος vida + τέχνη arte + suff. *ia.*
Deriv. : *biotéchnico* (adj.).

Bisão, *s. m.* (zool.) boi selvagem da America do Norte. || De βίσων, ωνος.

Bispo, *s. m.* prelado, que governa espiritualmente determinado territorio. || Corrupção popular do lat. *episcopum*, vem de ἐπίσκοπος.

Blasphémia, *s. f.* palavras que ultrajam a Deus, á religião. De βλασφημία (form. de βλάπτω offendo + φήμη reputação, gloria).
Deriv. : *blasphémo* (s. m.), *blasphemár* (v.).

Blastêma, *s. m.* (anat.) substância líquida ou semiliquida situada entre os elementos cellulares dos tecidos. — (Bot.) parte do embryão vegetal representada por tudo que não é cotyledone. || De βλάστημα germinação, rebento (form. de βλαστάνω produzo, gero).
Deriv. : *blastemá ico* (adj.).

Blásto, *s. m.* (bot.) parte do embryão macrorhizo susceptivel de desenvolver-se pelgerminação.|| De βλαστός rebenato, germe.

Blastocárdia, *s. f.* (anat). a mancha germinativa.||De βλαστός germe + καρδία coração.

Blastocárpo, *adj.* (bot.) diz-se da semente que germina antes de saïr do pericarpio.||De βλαστός germe + καρπός fructo.

Blastochýlo, *s. m.* (bot.) líquido que enche o sacco embryonario. — (Zool.) líquido que enche a blastodérme. || De βλαστός germe + χυλός succo.

Blastodérme, *s. f.* (zool.) membrana formada pela juxtaposição das cellulas produzidas pela segmentação do ovo fecundado. || De βλαστός germe + δέρμα pelle.
N. Á feição de *epiderme*, palavra já vulgarizada, devem este e os vcbs. congeneres ter a desinencia *e* e o genero feminino.
Deriv. : *blastodérmico* (adj.).

Blástomério, *s. m.* nome dado ás cellulas primitivas do ovo durante o periodo de segmentação.||De βλαστός germe + μέρος parte + suff. *io.*
N. Fig. regista « blastómero» cuja prosodia está de accôrdo com a quantidade etymologica; mas é preferivel dar o suff. *io* a todos os substantivos derivados de μέρος, reservando-se a forma «meros» para os adjectivos (cf. *pentámero*, etc.).
Deriv. : *blastomérico* (adj.).

*Blástomycétes, *s. m. pl.* (bot.) nome dado a um grupo de Cogumelos, que se reproduzem por gomos. || De βλαστὸς germe + μύκης, ητος cogumelo. *Cogn.: blástomycóse* (s. f.).

*Blástomycético, *adj.* (med.) diz-se da theoria que attribue a alguns Blástomycétes papel etiologico no cancro. || De *Blástomycétes* (e este de βλαστὸς germe + μύκης cogumelo) + suff. *ico*.

Blastóphoro, *s. m.* (bot.) parte do embryão macrorhizo que sustenta o blásto (Richard). || De βλαστὸς germe + φορὸς que supporta.

Blastopório, *s. m.* (zool.) orificio pelo qual a cavidade da gástrula se communica com o exterior (Rey Lankester). || De βλαστὸς germe + πόρος passagem + suff. *io*.

N. preferivel esta forma a «blastóporo», que Fig. regista.

Blástula, *s. f.* (zool.) nome dado ao ovo fecundado, cuja blastodérme rão apresenta sinão uma folheta limitando a cavidade central.||De βλαστό; germe + suff. dimin. *ula*.

Blemómetro, *s. m.* (mil.) instrumento para medir a intensidade da explosão nas armas de fogo.||De βλῆμα tiro (de βάλλω atirar) + μέτρον medida.

*Blénnadenite, *s. f.* (med.) inflammação dos folliculos mucosos.||De βλέννα muco + ἀδήν glandula + suff *ite*.

*Blénnelytría, *s. f.* (med.) catarrho vaginal. || De βλέννα muco + ἔλυτρον vagina + suff. *ia*.

*Blénnentería, *s. f.* (med.) diarrhéa. || De βλέννα muco + ἔντερον intestino + suff. *ia*.

*Blénnidas, *s. m. pl.* (zool.) fam. de Peixes Teleosteos. ||Do gen. *Blennius* (e este de βλέννος muco) + suff. *idas*.

*Blénnocystíte, *s. f.* (med.) catarrho vesical chronico. || De βλέννα muco + κύστις bexiga + suff. *ite*.

*Blénnometríte, *s. f.* (med.) catarrho uterino. || De βλέννα muco + μήτρα utero + suff. *ite*.

Blénnophthalmía, *s. f.* (med.) inflammação da conjunctiva com exhalação de um fluido muco-purulento.|| De βλέννα muco + *ophthalmía* (v. este vcb.).

Blénnorrhagía, *s. f.* (med.) inflammação da urethra e do prepucio, no homem; da urethra, da vulva e da vagina, na mulher. || De βλέννα muco + ῥήγνυμι rompo + suff. *ia*.

Deriv.: blennorrhágico (adj.).

Blénnorrhéa, *s. f.* (med.) fluxo muco-purulento pela urethra, sem phenomenos inflammatorios. || De βλέννα muco + ῥέω corro.

*Blennorrhóide, *adj.* (med.) que se assimelha ao muco-pus da blénnorrhéa. || De *blénnorrhéa* (v. este vcb.) + εἶδος forma.

*Blennóstase, *s. f.* (med.) suppressão de um corrimento mucoso. || De βλέννα muco + στάσις parada.

*Blennótorrhéa, *s. f.* (med). catarrho do ouvido; syn. de *otorrhéa*.||De βλέννα muco + οὐς, ὠτὸς ouvido + ῥέω corro.

Blennuría, *s. f.* (med.) presença de catarrho na urina. || De βλέννα muco + οὖρον urina + suff. *ia*.

Blépharadeníte, *s. f.* (med.) inflammação das glandulas de Meibomio.|| De βλέφαρον palpebra + ἀδήν glandula + suff. *ite*.

Blephaníte, *s. f.* (med.) inflammação das palpebras. || De βλέφαρον palpebra + suff. *ite*. *Cogn.: blepharísmo* (s. m.).

*Blépharochálase, *s. f.* (med.) relaxamento do tecido cellular sub-cutaneo das palpe-

bras (Fuchs).|| De βλέφαρον palpebra + χάλασις relaxamento.
*Blépharoncóse, s. f. (med.) tumefacção das palpebras. || De βλέφαρον palpebra + ὄγκωσις inchação.
Blépharophimóse, s. f. (med.) estreitamento ou ausencia da fenda palpebral, congenita ou não.|| De βλέφαρον palpebra + φίμωσις estreitamento, ligadura.
Blépharophthalmía, s. f. (med.) inflammação simultanea das palpebras e da conjunctiva. || De βλέφαρον palpebra + ophthalmía (v. este vcb.).
Blépharophýma, s. m. (med.) tumor das palpebras. || De βλέφαρον palpebra + φῦμα producção, tumor (de φύω gero).
Blépharoplastía, s.f.(chir.) operação de reformar, com a pelle vizinha do ólho, uma palpebra destruida. || De βλέφαρον palpebra + πλάσσω formo + suff. ia.
Cogn. : blépharoplásto (s. m.)
Blépharoplegía, s. f. (med.) paralysia das palpebras. || De βλέφαρον palpebra + πλήσσειν ferir + suff. ia.
N. Figueiredo equivocou-se graphando blepharoplagia e dando-lhe como raiz πλάσσω.(Cf. hemiplegía, paraplegía, etc.).
*Blépharoptóse, s. f. (med.) quéda completa ou incompleta da palpebra superior. || De βλέφαρον palpebra + πτῶσις quéda (de πίπτω cáio).
*Blépharorhaphía, s. f. (med.) sutura das palpebras. || De βλέφαρον palpebra + ῥαφή sutura + suff. ia.
*Blépharospásmo, s. m. (med.) espásmo das palpebras. || De βλέφαρον palpebra + espásmo (v. este vcb.).
Blepharóstata, s. m. (chir.) instrumento para sustentar et

fixar a palpebra, quando se opera no ólho.|| De βλέφαρον palpebra + ἵστημι ponho de pé, detenho.
N. Figueiredo dá-lhe a desinencia o; mas, considerando que nos derivados gregos de ἵστημι os que têm significação activa acabam de preferencia em στάτης e não en στατος, manda a boa regra que formemos o vocabulo portuguez, como si viesse directamente de βλεφαροστάτης. Conseguintemente impõe-se a terminação a.
*Blépharostenóse, s. f. (med.) diminuição accidental da fenda palpebral. || De βλέφαρον palpebra + στένωσις estreitamento (de στενόω, e este de στενός estreito).
*Blépharoxýsto, s. m. (chir.) instrumento que servía para raspar a face interna das palpebras. || De βλέφαρον palpebra + ξυστόν raspador (de ξύειν raspar).
Bléso, adj. que tem o vicio de prouúncia de substituir uma consoante forte por outra fraca. || De βλαισός.
Deriv.: blesidade (s. f.).
Bodéga, s. f. taberna, tasca. || Corrupção popular do lat. apothéca, vem de ἀποθήκη armario, armazem.
*Boedrômias, s. f. pl. (ant.) festas athenienses que se celebravam correndo e gritando. || De βοηδρόμια (form. de βοή grito + δρόμος corrida).
*Boedrômio, s. m. (ant.) mez atheniense quasi correspondente ao nosso Septembro.|| De βοηδρόμιων (deriv. de βοηδρόμια boedrômias).
Bôi, s. m. (zool.) animal da ordem dos Ruminantes, gen. Bos. || Pelo lat. bos, bovis vem de βοῦς, βοός.
Bôlbo, s. m (bot.) dilatação tuberculosa que o talo de muitas plantas apresenta abaixo

do collo.|| De βολβός cebola, batata.

Deriv.: bolbilho (s. m.), *bolbôso* (adj.).

Bólide, *s. f.* (astr.) corpo celeste que cae sôbre a terra com grande velocidade e com tal temperatura, que o faz luminoso. || De βολίς, ίδος projectil (form. de βάλλω lanço, arremesso).

N. Ad. Coelho dá *bolido*, e Figueiredo prefere *bólida*: Aulete é quem grapha e accentúa bem. Em lat. *bolis, ĭdis* (como o gr. βολίς,) é feminino e assim se deve conservar em portuguez.

Bôlo, *s. m.* massa de farinha e outros ingredientes, geralmente redonda e cozida ou frita. — Reunião de dinheiro. — (Pharm.) argilla ferruginosa empregada outrora como tonico e adstringente. || Pelo lat. *bolus*, vem de βῶλος monte, pilula.

Bômba, *s. f.* projectil ôco, que rebenta com estrepito; acontecimento mau, que sobrevem inopinadamente. || Pelo lat. *bombus* ruido, vem de βόμβος zumbido, ruido.

Deriv.: bombárda (s. f.), *bombástico* (adj.).

Bómbyce, *s. m.* (zool.) insecto da ordem dos Lepidopteros, gen. *Bombyx*, cuja lagarta é o bicho da seda. || De βόμβυξ, υκος.

N. Os diccionarios dão preferencia á forma *bómbyx*; mas é mais curial tirar o vcb. do accusativo latino *bombýcem*.

Deriv.: bombýcico (adj.), *bombycineos* (s. m. pl.), *bombycidas* (s. m. pl.).

Bombýlio, *s. m.* (zool.) insecto da ordem dos Dipteros. || De βομβύλιος.

N. Ad. Coelho desrespeita a etymologia, graphando *bombilio* (com. *i*).

Deriv.: bombýlidas (s. m. pl.).

Bómbyx. V. *bómbyce*.

Boópe, *s. m.* (zool.) especie de atum de olhos grandes. || De βόωψ, ωπος (form. de βοῦς boi + ὢψ ôlho).

Borborýgmo, *s. m.* (med.) ruido produzido no ventre pela deslocação de gazes. || De βορβορυγμός (form. de βορβορύζω ronco).

N. Borborismo, que tambem os diccionarios consignam, é corruptela que não deve prevalecer.

Bóreas, *s. m.* o vento do Norte, Aquilão; Norte. || De βορέας

Deriv.: boréal (adj.).

*****Bostrýchidas**, *s. m. pl.* (zool.) familia de Coleopteros. || Do gen. *Bóstrychus* (e este de βόστρυχος especie de insecto) + suff. *idas*.

Botânica, *s. f.* sciencia que tracta dos vegetaes. || De βοτανική (forma fem. de βοτανικός, e este de βοτάνη herva, planta).

Cogn.: botânico (s. m.).

Botanographía, *s. f.* descripção das plantas; syn. de phytographia. || De βοτάνη planta + γράφω descrevo + suff. *ia*.

Cogn.: botanógrapho (s. m.).

Botanología, *s. f.* syn. de botânica. || De βοτάνη planta + λόγος tractado + suff. *ia*.

Cogn.: botanólogo (s. m.).

Botanomancía, *s. f.* arte de adivinhar pelos vegetaes. || De βοτάνη planta + μαντεία adivinhação.

Botanóphago, *adj.* que se alimenta de vegetaes. || De βοτάνη planta + φαγεῖν comer.

Botanophilía, *s. f.* amor ás plantas. || De βοτάνη planta + φίλος amante + suff. *ia*.

Cogn.: botanóphilo (s. m.).

Bothrídeos, *s. m. pl.* (zool.) ordem dos Cestoideos. || De βό-

θριον cavidadesinha + suff. *ideos*.
N. Parece ser a melhor forma para traduzir o francez *Bothriadés*.
*Bothrídio, *s. m.* (zool.) depressão profunda que se encontra na cabeça dos Bothriocephalos. || De βόθρος cavidade + suff. dim. *ídio*.
Bóthrio, *s. m.* (med.) úlcera da cornea. || De βόθριον (dimin. de βόθρος buraco, abysmo).
N. Ad. Coelho mantem a graphia franceza *bothrion*, e Figueiredo dá-lhe feição portugueza popular *bothrião*; nenhuma dessas duas formas corresponde á derivação normal dos vocabulos scientificos.
Bóthriocéphalo, *s. m.* (zool.) verme intestinal, da familia dos Tenioides ou Teniídas; gen. *Bothriocéphalus*. || De βόθριον fosseta + κεφαλή cabeça.
Deriv. : *bóthriocephálidas* (s. m. pl.).
Botíca, *s. f.* estabelecimento em que se preparam e vendem medicamentos. || Corrupção popular de *apothēca*, vem de ἀποθήκη armazem.
Deriv. : *boticário* (s. m.).
*Botrýllidas, *s. m. pl.* (zool.) familia de Tunicados Synascidios. || Do gen. *Botryllus* (e este de βότρυς cacho?) + suff. *idas*.
Botryogénio, *s. m.* (min.) ferro sulfatado vermelho. || De βότρυς cacho + γένος formação + suff. *io*.
Botryóide, *adj.* que tem forma de cacho. || De βοτρυειδής (form. de βότρυς cachc + εἶδος forma).
N. Ad. Coelho accrescenta-lhe um *h* (bothryoide) sem razão.
Botryólitho, *s. m.* (min.) variedade de datholitho. || De βότρυς cacho + λίθος pedra.
*Bótryomycéte, *s. m.* (med.) massa amarella, com forma de cacho, que constitue o elemento characteristico da botryomycóse. || De βότρυς cacho + μύκης, ητος cogumelo.
Cogn. : *bótryomycôma* (s.m.) e *bótryomycóse* (s. f.).
Brachelýtros, *s. m. pl.* (zool.) familia de Insectos Coleopteros, de elýtros curtos. || De βραχύς curto + *elýtro* (v. este vcb.).
Brachiál, *adj.* (anat.) relativo ao braço. || Pelo lat. *brachialis*, de βραχίων braço.
Bráchio-cephálico, *adj.* (anat.) que tem relação com o braço e com a cabeça. || De βραχίων braço + κεφαλή cabeça + suff. *ico*.
*Brachiónidas, *s. m. pl.* (zool.) familia de Vermes Rotiferos. || Do gen. *Brachíonus* (e este de βραχίων, ονος braço) + suff. *idas*.
Brachiópodes, *s. m. pl.* (zool.) outrora classe de Molluscos, hoje Artiozoarios Monomeridas, que têm dous longos braços armados de cilios. || De βραχίων braço + ποῦς, ποδός pé.
Bráchiotomía, *s. f.* (med.) amputação do braço. || De βραχίων braço + τομή corte +suff. *ia*.
Brachistóchrona, *s.f.* (mech.) curva pela qual um corpo, abandonado ao seu pêso, chega dum poncto a outro no mais breve espaço de tempo. || De βράχιστος o mais curto (superl. de βραχύς) + χρόνος tempo.
Bráchya, *s. f.* (gramm.) signal orthographico (˘) da syllaba breve. || De βραχύς breve, curto.
N. Brachia, como tambem occorre em Ad. Coelho, não respeita a etymologia.
Brachýbio, *s. m.* o que tem vida curta.||De βραχύβιος (form. de βραχύ; breve + βίος vida).

N. Ad. Coelho consigna *brachybíote*, e Figueiredo *brachybióta*, ambas formas condemnaveis á vista da etymologia do vocabulo. Cf. *aeróbio, macróbio,* etc.

Brachycardía. V. *brádycardía.*

Bráchycatalécto, *adj*. (poes.) nome de verso grego ou latino, a que falta um pé. || De βραχυκατάληκτος (form. de βραχύς breve + καταλήγω acabo).
N. Brachycalecto, que se encontra em Figueiredo, é evidentemente êrro typographico.

Bráchycéphalo, *adj.* (zool.) diz-se do individuo, cujo cranio visto de cima apresenta a forma de um ovo, mas mais curto e arredondado posteriormente. || De βραχύς curto + κεφαλή cabeça.
Deriv. : bráchycephalía (s. f.).

Brachýceros, *s. m. pl.* (zool.) sub-ordem de Insectos Dipteros. || De βραχύς curto+κέρας corno, antenna.

Bráchychorêu, *s. m.* pé de verso, grego ou latino, formado de uma syllaba longa entre duas breves. || De βραχύς breve + *choreû* (v. este vcb.).
N. Ad. Coelho dá *brachychoréa* (s. m.), e Figueiredo *brachychoréia* (s. f.) ; claro está todavia que nenhuma destas formas se justifica.

Bráchydáctylo, *adj.* que tem os dedos curtos. || De βραχυδάκτυλος (form. de βραχύς curto + δάκτυλος dedo).
Deriv. : bráchydactylía (s. f.).

Bráchydiagonál, *adj.* (min.) diz-se do menor dos trez eixos dos crystaes do systema orthorhombico. || De βραχύς curto + *diagonál* (v. este vcb.).

Brachydômo, *s. m.* (cryst.) prisma transversal, com eixo bráchydiagonál (Figueir.). || De βραχύς curto + δῶμα casa.

*****Brachýgnatho,** *adj.* (zool.) diz-se do animal characterizado pela curteza de uma ou das duas maxillas. || De βραχύς curto + γναθος maxilla.
Deriv. : bráchygnathía (s. f.).

Bráchygraphía, *s. f.* arte de escrever por abbreviaturas. || De βραχύς curto + γράφω escrevo + suff. *ia.*
Cogn. : brachýgrapho (s. m.).

Bráchylogía, *s. f.* locução tão laconica, que se faz obscura. || De βραχυλογία (form. de βραχύς curto + λόγος discurso).
N. Ad. Coelho e Figueiredo dão *brachyologia,* forma que não tem razão de ser á vista da etymologia.
Deriv. : brachylógico (adj.).

Bráchymetrópe, *adj.* (med.) diz-se do ólho, cujo apparelho dioptrico tem o foco atraz do plano de visão distincta. || De βραχύς curto + μέτρον medida + ὤψ, ὠπός ólho.
Deriv. : bráchymetropía (s. f.).

Brachyologia. V. *bráchylogía.*

Bráchypinacóide, *s. m.* (cryst.) variedade de prisma rhombico. || De βραχύς curto + *pinacóide* (v. este vcb.).

Bráchypnéa, *s. f.* (med.) respiração curta. || De βραχύς curto + πνέω respiro.

Brachýpodes, *s. m. pl.* (zool.) familia de Aves, de pés curtos. || De βραχύς curto+πούς, ποδός pé.

Brachýpteros, *s. m. pl.* (zool.) aves de azas muito curtas. || De βραχύς curto + πτερόν aza.

*****Brachyrhíno,** *adj.* (zool.) que tem o nariz, o focinho ou a tromba muito curta. || De βραχύς curto + ἴιν nariz.

Deriv. : *brachyrhinia* (s. f.).
*Bráchyrhýncho, adj.
(zool.) que tem o bico curto.|| De βραχύς curto + ῥύγος bico.
Brachýscio, *adj.* diz-se dos individuos que expostos ao sol projectam sombra curta por se acharem proximos do Equador. || De βραχύς curto + σκιά sombra.
Bráchysýllabo, *s.m.* (poes.) pé de verso, grego ou latino, composto de trez breves; syn. de tribracho. || De βραχυσύλλαβος (form. de βραχύς breve + συλλαβή syllaba).
Brachyúros, *s. m. pl* (zool.) Crustaceos Decapodes, de cauda curtissima.|| De βραχύς curto + οὐρά cauda.
N. Ad. Coelho accentúa bem a penultima.
Braço, *s. m.* membro ou extremidade superior do corpo humano ; membro anterior dos quadrumanos, etc. || Alteração do lat. *brachium*, vem de βραχίων braço.
Deriv. : *braçál, braçadêira, abraçár,* etc.
*Brádyarthría, s. f. (med.) palavra monotona, lenta e salteada. || De βραδύς lento + ἄρθρον articulação + suff. *ia*.
Brádycardía, *s. f.* (med.) pulsação lenta do coração. || De βραδύς lento + καρδία coração.
Deriv.: bradycardíaco (adj.).
N. É muito preferivel a « brachycardia ».
* Brádydiastolía, *s.* *f.* (med.) prolongamento consideravel da pausa diastolica. || De βραδύς lento + *diástole* (v. este vcb.) + suff. *ia*.
Brádyesthesia, *s. f.* (med.) sensação demorada.|| De βραδύς lento + αἴσθησις sensação + suff. *ia*.
* Brádylalía, s. f. (med.) o mesmo que « brádyarthría ». || De βραδύς lento + λαλεῖν fallar + suff. *ia*.

Brádypepsía, *s. f.* (med.) digestão lenta e penosa. || De βραδύς lento + πέψις cocção + suff. *ia*.
Deriv.: bradypéptico (adj.).
* Brádyphasía, s. f. (med.) lentidão na pronúncia das palavras. || De βραδύς lento + φάσις palavra + suff. *ia*.
Bradypnéa, *s. f.* (med.) respiração lenta. || De βραδύς lento + πνέω respiro.
Bradýpode, *s. m.* (zool.) animal que tem a marcha difficil e muito lenta.|| De βραδύπους (comp. de βραδύς lento + πούς, ποδός pé).
Deriv.: bradypódidas (s. m. pl.), fam. de Desdentados.
Brádyspermatísmo, *s. m.* (med.) emissão lenta e difficil do esperma. || De βραδύς lento + σπερματισμός emissão do esperma.
Brádytrophía, *s. f.* (med.) demora de nutrição (Landouzy). || De βραδύς lento + τροφή nutrição + suff. *ia*.
Deriv.: bradytróphico (adj.).
*Bradyuría,s.f. (med.) lentidão no urinar. De βραδύς lento + οὖρον urina + suff. *ia*.
Bránchia, *s. f.* (zool.) apparelho respiratorio dos animaes que vivem debaixo d'agua. || De βράγχια.
Deriv.: branchiál (adj.).
* Bránchiobdéllidas, s. m. pl. (zool.) familia de Vermes Hirudineos. || De *bránchia* (v. este vcb.) + βδέλλα sanguesuga + suff. *idas*.
Branchiópodes, *s. m. pl.* (zool.) familia de Crustaceos, em cujas patas se acham as bránchias. || De *bránchia* (v. este vcb.) + πούς, ποδός pé.
Bránchiostégio, *s.m.* (zool.) apparelho membranoso e osseo, que cobre as bránchias, nos Peixes. || De *bránchia* (v. este vcb.) + στέγω cubro, protejo + suff. *io*.

N. Melhor do que « branchióstega » registado por Fig.
Branchiúros, *s. m. pl.* (zool.) sub-ordem de Crustaceos Copepodes. || De *bránchia* (v. este vcb.) + οὐρά cauda.
Brégma, *s. m.* (anat.) moleira, no alto da cabeça. || De βρέγμα.
Brephotróphio, *s. m.* hospicio de engeitados. || De βρέφος recem-nascido + τροφή sustento + suff. *io.*
Brizomancía, *s. f.* arte de adivinhar pelos sonhos. De βρίζω durmo + μαντεία adivinhação. *N.* É melhor *oniromancia* (v. este vcb.).
Bromargýrio ou **bromargyríto,** *s. m.* (min.) brometo de prata, natural (Ag Br). || De *brómo* + ἄργυρος prata + suff. *io* ou *ito.*
Brómatología, *s. f.* descripção, tractado dos alimentos. || De βρῶμα, ατος, alimento (form. de βιβρώσκω comer) + λόγος tractado + suff. *ia.*
Deriv.: bromatológico (adj.), *bromatólogo* (s. m.).
Bromhidróse, *s. f.* (med.) suor fetido. || De βρῶμος mau cheiro + ἱδρώς suor + suff. *óse.*
Brômo, *s. m.* (chim.) metalloide líquido, rubro-purpureo, de cheiro forte e desagradavel, descoberto por Balard. || De βρῶμος mau cheiro.
N. A forma *bromio* não seria descabida; mas, attendendo aos muitos derivados que já existem na lingua (e todos formados de *brômo*), não é de bom aviso adoptá-la.
Deriv.: bromáto, brométo, brómico, bromhýdrico, bromhydráto, bromismo.
Bronchéctasía, *s. f.* (med.) dilatação dos bronchios. || De *brónchio* (v. este vcb.) + ἔκτασις dilatação, distensão + suff. *ia.*
Brónchio, *s. m.* (anat.) cada um dos dous canaes, prolongamentos da trachéa-artéria, que se ramificam nos pulmões para levar-lhes o ar. || De βρόγχια (form. de βρόγχο; garganta).
Deriv.: bronchiál, brónchico adjs.), *bronchíte* (s. f.), *bronchítico* (adj.).
Bronchocéle, *s. f.* (med.) tumor do pescoço, papeira. || De βρόγχος garganta + κήλη hernia, tumor.
N. Ad. Coelho accentúa bem a penultima.
Bronchólitho, *s. m.* (med.) cálculo formado nos brónchios. || De *brónchio* (v. este vcb.) + λίθος pedra.
Deriv.: broncholithía (s. f.).
Brónchomycóse, *s. f.* (med.) producção de cogumelos parasitos nos brónchios. || De *brónchio* (v. este vcb.) + μύκης cogumelo + suff. *óse.*
Brónchophonía, *s. f.* (med.) resonancia da voz nos brónchios. || De *brónchio* (v. este vcb.) + φωνή voz + suff. *ia.*
Brónchoplastía, *s. f.* (chir.) operação com que se restauram as perdas de substancia da trachéa. || De βρόγχος trachéa + πλάσσω formo + suff. *ia.*
Brónchoplegía, *s. f.* (med.) paralysia dos brónchios. || De βρόγχος trachéa + πλήσσειν ferir + suff. *ia.*
Bróncho-pleuresía, *s. f.* (med.) inflammação simultanea dos brónchios e da pleura. || Form. de *bronchíte* e *pleuresía* (v. estes vcbs.).
Bróncho-pneumonía, *s. f.* (med.) inflammação dos brónchios e dos pulmões.|| De *bronchíte* e *pneumonía* (v. estes vcbs.).
Deriv.: bróncho-pneumónico (adj.).
Brónchorrhagía, *s. f.* (med.) hemorrhagía pelos brónchios. || De *brónchio* + ῥήγνυμι corro com violencia + suff. *ia.*

7.

Brónchorrhéa, *s. f.* (med.) fluxo mucoso e abundante pelos brónchios. || De *brónchio* + ῥέω corro.

Brónchoscopía, *s. f.* (med.) exame da cavidade dos brónchios (Killian). || De *brónchio* (v. este vcb.) + σκοπεῖν examinar + suff. *ia.*
Deriv.: brónchoscópico (adj.).

* **Brónchostenóse,** *s. f.* (med.) diminuição de diametro de algum poncto da árvore bronchica. || De *brónchio* (v. este vcb.) + στένωσις estreitamento.

Brónchotomía, *s. f.* (chir.) operação que consiste em practicar uma abertura nas vias respiratorias. || De *brónchio* + τομή corte + suff. *ia.*
Cogn.: bronchótomo (s. m.).

Brontêu, *s.m.* vaso ou apparelho, com que nos theatros antigos se imitava a trovoada. || De βροντεῖον (form. de βροντή trovão).

Brontómetro, *s. m.* (phys.) instrumento com que se avalia a electricidade atmospherica em occasião de tempestade. || De βροντή trovão + μέτρον medida.

Bryáceas, *s. f. pl.* (bot.) familia da classe dos Musgos. || De βρύον musgo + suff. *áceas.*

Bryología, *s. f.* (bot.) parte da Botanica, que tracta das Muscineas. || De βρύον musgo + λόγος tractado + suff. *ia.*
Deriv.: bryólogo (s. m.), *bryológico* (adj.).

Bryónia, *s. f.* (bot.) planta da ordem das Cucurbitaceas, gen. *Bryonia.* || De βρυώνη cu βρυωνία.
Deriv.: bryonina (s. f.).

Bryóphilo, *adj.* (bot.) que se dá bem entre ou debaixo de musgos. || De βρύον musgo + φίλος amigo.

* **Bryopsídeas,** *s. f. pl.* (bot.) tribu de Algas. || De *Bryópsis* — gen. typo (e este de βρύον musgo + ὄψις apparencia) + suff. *ideas.*

Bryozoários, *s. m. pl.* (zool.) classe de Artiozoarios Monomeridas. || De βρύον musgo + ζωάριον animalculo.

Bubão, *s. m.* (med.) tumor inflammatorio, que tem a séde nos ganglios lymphaticos. || De βουβών, ῶνος tumor na virilha.
Deriv.: bubónico (adj.).

Bubónocéle, *s. f.* (med.) hernia inguinal. || De βουβωνοκήλη (comp. de βουβών virilha + κήλη tumor, hernia).

Bucéphalo, *s. m.* cavallo de batalha; cavallo ordinario. || De Βουκέφαλος Bucéphalo, o cavallo de Alexandre (form. de βοῦς boi + κεφαλή cabeça).

* **Bucéridas,** *s. m. pl.* (zool.) fam. de Passaros. || Do gen. *Búceros* (e este de βούκερως que tem chifres de boi) + su'f. *idas.*

Bucólico, *adj.* pastoril, que se refere á vida dos pastores. || De βουκολικός (form. de βουκόλος o boieiro).

Bucrânio, *s. m.* cabeça descarnada de boi, que servia de ornato em construcções gregas e romanas. || De βουκράνιος (deriv. de βούκρανον, e este de βοῦς boi + κράνιον cranio).

Bulimia, *s. f.* (med.) fome excessiva, fome canina. || De βουλιμία (form. de βοῦς boi + λιμός fome).

* **Bunodóntes,** *s. m. pl.* (zool.) sub-ordem de Artiodactylos. || De βουνός mamillo, tuberculo + ὀδούς, όντος dente.

Buphthalmía, *s. f.* (med.) augmento de volume do ôlho, primeira phase da hydrophthalmia. || De βοῦς boi + ὀφθαλμός ôlho + suff. *ia.*

* **Bupréstidas,** *s. m. pl.* (zool.) familia de Coleopteros. || Do gen. *Buprestis* (e este de βούπρηστις especie de insecto) + suff. *idas.*

Butomáceas, *s. f. pl.* (bot.)

ordem de plantas monocotyledones, cujo typo é o gen. *Bútomus*. || De βούτομος junco (form. de βοῦς boi + τέμνω corto).

Butyráceo, *adj*. (chim.) que tem relação com a manteiga. || De βούτυρον manteiga (form. de βοῦς boi + τυρὸς queijo) + suff. *áceo*.

Cogn.: butyrôso (adj.), *butyrico* (adj.), *butyrína* (s. f.), *butyráto* (s. m.).

Butyrómetro, *s. m.* instrumento para reconhecer a proporção de manteiga que ha num leite. || De βούτυρον manteiga + μέτρον medida.

** **Byssinóse**, *s. f.* (med.) pneumo-coniose propria dos operarios que trabalham em algodão. De βύσσος cotão, algodão + suff. *óse*.

Býsso, *s. m.* materia textil, com que os antigos faziam estofos apreciados. — (Zool.) filamentos com que se prendem ás pedras alguns Molluscos. || De βύσσος lanugem, cotão.

Deriv.: byssáceo, byssóide.

Byssógeno, *adj.*.(zool.) nome dado á glandula, que em alguns Molluscos segrega o býsso. || De *býsso* (v. este vcb.) + γένος geração.

Byssólitho, *s. m.* (min.) variedade de asbesto. || De βύσσος cotão + λίθος pedra.

C

Cachéctico, *adj.* (med.) que padece de cachexía. || De καχεκτικός (form. de κακός mau + ἔχω tenho.
N. Ad. Coelho grapha com acêrto; mas Aulete e Figueiredo claudicam ambos escrevendo *cachetico* (sem *c*).

Cachexía, *s. f.* (med.) alteração profunda da nutrição, que traz fraqueza geral do organismo. || De καχεξία (form. de κακός mau + ἕξις estado, constituição).

Cácocholía, *s. f.* (med.) má natureza da bile. || De κακός mau + χολή bile + suff. *ia*.

Cácochylía, *s. f.* (med.) chylificação imperfeita. || De κακός mau + χυλός chylo + suff. *ia*.

Cácochymía, *s. f.* (med.) depravação dos humores. || De κακοχυμία (form. de κακός mau + χυμός humor, fluido).
Deriv. : *cacochýmo* (adj.), *cacochýmico* (adj.).

Cácodemónio, *s. m.* mau espirito, diabo. || De κακοδαίμων (form. de κακός mau + δαίμων espirito, demónio).

Cacodýlio, *s. m.* (chim.) radical proveniente da combinação de duas moleculas de methylio com um atomo de arsenico [(C²H³)²As]. || Palavra hybrida, form. de κακός mau + *odor* cheiro + suff. *ylio*.
N. A todos os radicaes congeneres faz-se mistér dar em portuguez uma desinencia characteristica, que corresponda á franceza *yle*, e nenhuma é tão boa como *ýlio* tirada da terminação *ylium*, que esses nomes têm no lat. scientifico. Accresce que funccionam como corpos simples.
Deriv. : *cacodýlico* (adj.), *cacodyláto* (s. m.).

Cacoêthe, *s. m.* mau hábito corporal. || De κακόηθες (forma neutra de κακοήθης deriv. de κακός mau + ἦθος costume).
N. Falta em Aulete e Figueiredo este vocabulo, que aliaz anda na bocca do povo. Ad. Coelho grapha-o bem.

Cacogénese, *s. f.* conformação monstruosa de nascença. || De κακός mau + γένεσις geração.

Cácographía, *s. f.* êrro orthographico. || De κακός mau + γράφω escrevo + suff. *ia*.
Deriv. : *cacográphico* (adj.).

Cacología, *s. f.* êrro de locução. || De κακός mau + λόγος discurso + suff. *ia*.
Deriv. : *cacológico* (adj.), *cacólogo* (s. m.).

Cacóphago, *s. m.* (med.) que come cousas repugnantes. || De κακός mau + φαγεῖν comer.
Deriv. : *cácophagía* (s. f.).

Cacóphato, *s. m.* o mesmo que cacophonía. || De κακόφατον (form. de κακός mau + φημί digo, fallo).

N. Não ha razão para se lhe conservar a desinencia *on* (cacophaton), com que apparece nos diccionarios.

Cacophonía, *s. f.* som desagradavel ou palavra obscena resultante do encontro de lettras ou syllabas; união discordante de sons. ‖ De κακοφωνία (form. de κακὸς mau + φωνή voz).
Deriv. : *cacophónico* (adj.).

Cacorrhythmía, *s. f.* (mus.) rhythmo irregular, intoleravel. ‖ De κακόρρυθμος (form. de κακὸς mau + ῥυθμὸς rhythmo) + suff. *ia.*
Deriv. : *cacorrhýthmico* (adj.).

Cacositía, *s. f.* (med.) enjôo, aversão a alimentos. ‖ De κακὸς mau + σῖτος alimento + suff. *ia.*

*** Cacosmía,** *s. f.* (med.) 1º perversão que induz o doente a apreciar cheiros desagradaveis; 2º percepção habitual de um cheiro mau, por hallucinação do olfato. ‖ De κακὸς mau + ὀσμή cheiro + suff. *ia.*

Cacosphyxía, *s. f.* (med.) mau estar do pulso. ‖ De κακὸς mau + σφύξις pulso + suff. *ia.*

Cacóstomo, *adj.* (med.) que tem mau halito. ‖ De κακὸς mau + στόμα bocca.

Cácotechnía, *s. f.* falta de arte. ‖ De κακὸς mau + τέχνη arte + suff. *ia.*

Cácothanasía, *s. f.* morte afflictiva. ‖ De κακὸς mau + θάνατος morte.

Cacothymía, *s. f.* (med.) perturbação das faculdades moraes. ‖ De κακὸς mau + θυμός moral + suff. *ia.*

Cacotrophía, *s. f.* (med.) defeito nas funcções nutritivas. ‖ De κακὸς mau + τροφή alimento + suff. *ia.*

Cacoxénio, *s. m.* (min.) variedade hydratada de dufrenito (phosphato hydratado de ferro). ‖ De κακὸς mau + ξένος hospede + suff. *io.*

Cacozelía, *s. f.* imitação viciosa. ‖ De κακοζηλία (form. de κακὸς mau + ζῆλος imitação).

Cácto, *s. m.* (bot.) planta dicotyledone, typo das Cactáceas. ‖ De κάκτος cardo, planta espinhosa.
Deriv. : *Cactáceas* (s. f. pl.).

Cadmêu, *adj.* diz-se do primitivo alphabeto grego, composto de dezeseis lettras. ‖ Pelo lat. *cadmĕus,* de κάδμειος, e este de Κάδμος Cadmo, o fundador de Thebas.
N. Ad. Coelho e Figueiredo accentúam *cádmeo;* mas,á vista do grego e do latim, não ha dúvida que a palavra em portuguez é oxytona.

Cadmía, *s. f.* (min.) mineral que contém zinco, ferro e ás vezes arsenico; oxydo de zinco sublimado. ‖ De καδμεία.
N. Ad. Coelho e Figueiredo acertadamente accentúam a penultima.

Cádmio, *s. m.* (chim.) metal solido, branco e brilhante, descoberto num minereo de zinco. ‖ De καδμεία cadmía (minereo de zinco) + suff. *io* peculiar a muitos nomes de metaes.

Cainito. V. *cenito.*

Cainozoico. V. *cenozóico.*

Calamídeo. V. *calamóide.*

Calamíntha, *s. f.* (bot.) planta aromatica, da ordem das Labiadas, gen. *Calamintha.* ‖ De καλαμίνθη ou καλάμινθος.

Calamistrár, *v.* frisar, encrespar. ‖ Directamente do lat. *calamistrus* ferro ou canna de frisar, e mais remotamente do gr. καλαμίς canna de encrespar o cabello.

Calamítes, *s. m.* (geol.) Equisetacea fossil dos terrenos carboniferos. ‖ De κάλαμος canna + suff. *ites.*

Calamíto, *s. m.* (min.) variedade de tremolito (especie do genero amphibolio). || De χάλαμος caniço, junco + suff. *ito*.

Cálamo, *s. m.* canna de que os antigos se serviam para escrever; flauta pastoril ; penna, estylo. || De χάλαμος canna, junco.

Calamóide, *adj.* que tem forma de penna. || De χαλαμοειδής (comp. de χάλαμος canna + εἶδος forma).

N. Figueiredo dá a forma *calamideo*, e Ad. Coelho estoutra *calamide;* ambas destoam singularmente da formação dos derivados de εἶδος (cf. *espheroide, cycloidc, lamldoide*, etc.).

Calándra, *s. f.* máchina de assetinar. || Pelo b. lat. *calendra*, corrupção de *cylindrum*, vem de χύλινδρος.

Deriv. : *calandrár* (v.), *calandreiro* (s. m.).

Caláthide, *s. f.* (bot.) capítulo, reunião de pequenas flôres sôbre um receptaculo commum. || De χαλαθίς, ίδος cestinha.

Cálathifórme, *adj.* que tem forma de açafate. || Hybrida, de χαλαθίς açafate + forma.

N. Fôra preferivel — cálathimorpho.

Caleidoscópio. V. *calidoscópio*.

Calhándra, *s. f.* (zool.) especie de cotovia, de bico forte e vôo rasteiro. || De χάλανδρα.

Cálice, *s. m.* vaso para beber vinho ou liquores, com pé. || Pelo lat. *calix, ĭcis*, vem de χύλιξ.

N. É mais conforme ao genio da lingua esta forma do que *calix*, que tambem occorre nos diccionarios. V. *cályce*.

Calidophônio, *s. m.* (phys.) instrumento imaginado por Wheatstone para estudar os movimentos vibratorios. || De χαλός bello + εἶδος imagem + φωνή voz + suff. *io*.

N. A forma *kaleidophonio*, copiada servilmente do francez, tem o defeito de não fazer as duas transmutações regulares, do χ em *c* e do diphthongo ει em *i*.

Calidoscópio, *s. m.* instrumento formado de pequenos espelhos inclinados dentro dum oculo, e que a cada movimento apresenta combinações variadas e agradaveis. || De χαλός bello + εἶδος forma, imagem + σχοπεῖν vêr + suff. *io*.

N. Aulete escreve *kaleidoscopio* (conservando sem justificação o χ grego), e Figueiredo *caleidoscopio* (mantendo sem mudança o diphhongo ει, que deve passar para *i*).

Calis, Calix. V. *cálice*.

Calligraphía, *s. f.* arte de bem formar as lettras da escripta. || De χαλλιγραφία (form. de χαλός bello + γράφειν escrever).

N. Tendo a palavra grega dous λλ, em portuguez se devem manter.

Deriv. : *calligráphico* (adj.), *calligrapho* (s. m.).

Callinico, *s. m.* (ant.) canto de victoria em honra dos athletas. || De χαλλίνιχος (form. de χαλός bello + νίχη victoria).

N. A quantidade da raiz grega condemna a prosodia *callínico*, que nos dá Figueiredo.

Callipedia, *s. f.* arte de procrear filhos formosos. || De χαλλιπαιδία (form. de χαλός bello + παῖς, παιδός filho).

Deriv. : *callipédico* (adj.).

Callipýgia, *adj. f.* que tem bellas nadegas (epitheto de Venus). || De χαλλίπυγος (form. de χαλός bello + πυγή nadega).

N. É preferivel esta forma a *Callipygo*, que tambem occorre em Figueiredo, e que, a ser acceita, devêra ser paroxytona.

Callisthenia, *s. f.* complexo de processos gymnasticos para o desenvolvimento physico das raparigas. || De καλλισθενής cheio de vigor (form. de καλός bello + σθένος, fôrça, vigor) + suff. *ia*.
N. Ad. Coelho e Figueiredo accentúam *callisthénia*; mas ambos padecem contradicção (cf. *asthenía, hyposthenía,* etc.).
Deriv. : *callisthénico* (adj.).

* **Callitrícheas,** *s. f. pl.* (bot.) tribu de Euphorbiaceas. || De *Callitriche* — gen. typo (e este de κάλλος belleza + θρίξ, τριχός cabello) + suff. *eas*.

Calochrómio, *s. m.* (min.) syn. de crocoïsio ou crocoïto (chumbo chromatado). || De καλός bello + χρῶμα côr + suff. *io*.

Cálomeláno, *s. m.* (chim.) protochloreto de mercurio (Hg^2Cl^2). || De καλός bello + μέλας, ανος negro.
N. Anda escripto ordinariamente *calomelanos*, mas não ha razão para se lhe conservar a terminação em *os*. Quanto á prosodia, o rigor etymologico exigiria « calomélano »; mas o uso generalizado e popular desrespeitou a quantidade da raiz grega, e não é mais lícito corrigir esse desvio.

Calýbio, *s. m.* (bot.) fructo constituido por uma ou mais glandes encerradas numa cupola. || De καλύβιον cabanasinha (dimin. de καλύβη).

Calybíta, *s. m.* solitario christão que vivia em cabana. || De καλυβίτης (deriv. de καλύβη cabana).

Calycántheas, *s. f. pl.* (bot.) tribu das Monimiaceas, cujo typo fundamental é o gen. *Calycanthus*. || De κάλυξ cályce + ἄνθος flôr + suff. *eas*.

Cályce, *s. m.* (bot.) o envoltorio exterior das flôres que têm perianthio duplo. || De κάλυξ envolucro.
N. A etymologia deste vocabulo, diversa da de *cálice*, como aliaz concordam os lexicographos, obriga a escrevê-lo com *y*. Ha até nisto vantagem para distinguí-lo do seu homophono.
Deriv. : *calýculo* (s. m.), *cályciflóro* e *cályciform*e (adjs.), *calycino* (adj.).

Cálycophóridas, *s. m. pl.* (zool.) sub-ordem de Celenterados Siphonophoros. || De κάλυξ botão, cályce + φορός que traz + suff. *idas*.

* **Calyptéreos,** *s. m. pl.* (zool.) tribu dos Insectos Muscidas. || De κάλυξ envolucro + πτερόν aza + suff. *eos*.

Calyptérios, *s. m. pl.* (zool.) pennas curtas que cobrem a parte inferior da cauda das aves. || De καλυπτήριον (deriv. de καλύπτω cobrir, esconder).

Calyptólitho, *s. m.* (min.) variedade de zircão (silicato de zirconio). || De καλύπτειν cobrir + λίθος pedra.

Calýptra, *s. f.* (bot.) coifa dos Musgos. || De καλύπτρα coifa, véu.
Deriv. : *calyptrádo* (adj.).

Cameleão. V. *chameleão*.

Camêlo, *s. m.* (zool.) quadrupede Ruminante, que tem duas corcovas no dorso, gen. *Camēlus*. || De κάμηλος.
Deriv. : *camelíce, camelório, cameléiro, camelíno*.

Camêlo-pardál, *s. m.* (zool.) girafa. || De καμηλοπάρδαλις (form. de κάμηλος camêlo + πάρδαλις panthera).
Deriv. : *camélopardálidas* (s. m. pl.).

Camelórnithos, *s. m. pl.* (zool.) nome das aves similhantes á avestruz. || De κάμηλος camêlo + ὄρνις, ιθος passaro.
N. Ad. Coelho accentúa bem a antepenultima.

Camomila. V. *chamomila*.

* **Cámptodactylía,** *s. f.* (med.) flexão permanente de um ou mais dedos da mão. || De καμπτός curvo + δάκτυλος dedo + suff. *ia*.

Campylótropo, *adj.* (bot.) diz-se do ovulo vegetal recurvado. || De καμπύλος curvo + τρέπω viro.
Deriv.: *campylotropía* (s. f.).

Cana e **Canaceas**. V. *cânna*.

Canéphora, *s. f.* (ant.) donzella que levava as cestas sagradas. || De κανηφόρος (form. de κάνεον cesta + φορός portador).
Deriv.: *canephórias* (s. f. pl.)

Cânna, *s. f.* planta de haste recta e ôca, articulada de intervallo a intervallo; graminacea, donde se extrahe açucar (*Saccharum officinarum*). — (Naut.) barra com que se move o leme. || Pelo lat. *canna*, de κάννα junco.
N. A etymologia está indicando porque se não deve acceitar a graphia *cana*, que Aulete com razão condemnou. O italiano manteve os dous *nn*.
Deriv.: *Cannáceas* (s. f. pl.), *cannaviál* (s. m.), *canniço* (s. m.), *canninha* (s. f.), *cannéta* (s. f.).

Cannabíneas, *s. f. pl.* (bot.) tribu das Urticaceas, cujo typo fundamental é o gen. *Cánnabis*. || De κάνναβις o canhamo + suff. *eas*.

Cânone, *s. m.* regra, decisão de concilio; quadro, tabella; parte da missa. || De κανών, όνος régua.
N. Os diccionarios consignam a forma *cánon*, que é menos conforme ao genio da lingua.
Deriv.: *canónico* (adj.), *canonísta* (s. m.), *canonizár* (v.), *canonização* (s. f.).

Cantháride, *s. f.* (zool.) insecto da ordem dos Coleopteros Heteromeros, gen. *Cantharis* e *Meloe*. || De κανθαρίς, ίδος.
N. Canthárida, como é vulgar escrever-se, não respeita a formação regular destes substantivos. Do accusativo singular lat. *cantharĭdem* procede a terminação em *e* (cf. *árvore, cidade, juventude,* etc.).
Deriv.: *canthárideos* (s. m. pl.), *cantharídico* (adj.), *cantharidína* (s. f.), *cantharidáto* (s. m.), *cantharidísmo* (s. m.), *cantharidár* (v.).

Cántharo, *s. m.* vaso bojudo para transportar ou ter liquidos. || De κάνθαρος, que deu o lat. *canthărus*.
N. Não ha razão para se lhe supprimir o *h*, como fazem os lexicographos.

Canthíte, *s. f.* (med.) inflammação do canto do ôlho. || De κανθός canto do ôlho + suff. *ite*.

Cánthoplastía, *s. f.* (chir.) operação de anaplastia, com que se reforma o canto do ôlho. || De κανθός canto do ôlho + πλάσσω formo + suff. *ia*.

Cánthorhaphía, *s. f.* (chir.) sutura do angulo externo do ôlho. || De κανθός angulo do ôlho + ῥαφή costura + suff. *ia*.

Capparidáceas, *s. f. pl.* (bot.) ordem de plantas dicotyledones, a que serve de typo o gen. *Cápparis*. || De κάππαρις nome de planta + suff. *áceas*.

Cápsula, *s. f.* nome de várias cousas, analogas a uma pequena caixa. || Pelo dimin. lat. *capsŭla*, de κάψα caixa.
Deriv.: *capsulár* (adj.), *capsulíte* (s. f.).

* **Carábidas,** *s. m. pl.* (zool.) familia de Coleopteros Pentameros. || Do gen. *Cárabus* (e este de χάραβος cascudo) + suff. *idas*.

Caracter. V. *character*.

***Carchariidas**, s. m. pl.* (zool.) fam. de Chondropterygios Plagiostomos. || Do gen. *Carchárias* (e este de καρχαρίας tubarão) + suff. *idas*.

Cárcinología, *s. f.* (zool.) estudo dos Crustaceos. || De καρκίνος caranguejo + λόγος tractado + suff. *ia*.
Cogn. : *carcinólogo* (s. m.), *cárcinológico* (adj.).

Carcinôma, *s. m.* (med.) cancro. || De καρκίνωμα (form. de καρκίνος cancro).
Deriv. : *carcinomatôso* (adj.).
Cogn. : *carcinóse* (s. f.).

Cardamína, *s. f.* (bot.) planta da ordem das Cruciferas, gen. *Cardamine.* || De καρδαμίνη.

Cardamômo, *s. m.* (bot.) fructo de várias especies do gen. *Amômum.* || De καρδάμωμον.

Cárdia, *s. f.* (anat.) abertura superior do estomago. || De καρδία, que tambem significa « coração ».

Cardiaco, *adj.* (med.) que diz respeito ao coração. || De καρδιακός (form. de καρδία coração).

Cárdialgía, *s. f.* (med.) dôr aguda no epigastrio; e tambem, dôr aguda no coração. || De καρδιαλγία (form. de καρδία coração, cárdia + ἄλγος dôr + suff. *ia*.
Deriv. : *cardiálgico* (adj).

Cárdianástrophía, *s. f.* (med.) transposição do coração. || De καρδία coração + ἀναστροφή inversão + suff. *ia*.

Cárdiectasía, *s. f.* (med.) dilatação parcial ou total do coração. || De καρδία coração + ἔκτασις dilatação + suff. *ia*.

***Cardiidas,** s. m. pl.* (zool.) familia de Molluscos. || Do gen. *Cardium* (e este de καρδία coração) + suff. *idas*.

Cardiocéle, *s. f.* (med.) hernia do coração. || De καρδία coração + κήλη hernia, tumor.

Cárdiodemía, *s. f.* (med.) substituição adiposa no tecido muscular do coração. || De καρδία coração + δημός gordura + suff. *ia*.

Cárdiodynía, *s. f.* (med.) dôr no coração. || De καρδία coração + ὀδύνη dôr + suff. *ia*.

Cárdiographía, *s. f.* (anat.) descripção do coração. || De καρδία coração. + γράφω descrevo + suff. *ia*.

Cardióграpho, *s. m.* (med.) instrumento que regista, por meio de curvas, as systoles e diastoles cardiacas. || De καρδία coração + γράφω escrevo.
Deriv.: *cárdiográphico* (adj.)
Cogn. : *cárdiográmma* (s. m.).

Cardiología, *s. f.* (med.) tractado do coração. || De καρδία coração + λόγος tractado + suff. *ia*.
Cogn. : *cardiólogo* (s. m.).

***Cardiólyse,** s. f.* (med.) operação praticada nos casos de symphyse cardiaca com adherencias do pericardio á parede thoracica (Brauer). || De καρδία coração + λύω sólto, desligo.

Cárdiomalacía, *s.f.* (med.) amollecimento do coração. || De καρδία coração + μαλακός fraco, molle + suff. *ia*.

Cárdiopathía, *s. f.* (med.) molestia do coração em geral. || De καρδία coração + πάθος soffrimento + suff. *ia*.
Deriv.: *cardiopáthico* (adj.).

Cardiopétalo, *adj.* (bot) diz-se da flôr, cujos pétalos têm a forma de coração. || De καρδία coração + *pétalo* (v. este vcb.).

Cárdioplegía, *s. f.* (med.) paralysia do coração. || De καρδία coração + πλήσσω firo + suff. *ia*.

Cardióptero, *adj*. (zool.) que tem azas ou barbatanas em forma de coração. || De καρδία coração + πτερόν aza.

*****Cárdioptóse**, *s. f*. (med.) deslocamento do coração para baixo (Rummo). || De καρδία coração + πτῶσις quéda.

*****Cárdiorhaphía**, *s. f*. (med.) sutura das feridas do coração. || De καρδία coração + ῥαφή costura + suff. *ia*.

Cárdiorhexía, *s. f*. (med.) ruptura do coração. || De καρδία coração + ῥῆξις despedaçamento + suff. *ia*.

Cárdiosclerόse, *s. f*. (med.) endurecimento do tecido cardíaco. || De καρδία coração + *esclerόse* (v. este vcb.).

*****Cárdiospásmo**, *s. m*. (med.) contracção espasmodica do cárdia (Mikulicz). || De *cárdia* + *espásmo* (v. estes vcbs.).

Cárdiostenόse, *s. f*. (med.) estreitamento dos orificios do coração. || De καρδία coração + στένωσις estreitamento (de στενός estreito).

*****Cárdiotópometría**, *s. f*. (med.) medição da área cardiaca, em que a percussão dá som obscuro (Rummo). || De καρδία coração + τόπος logar + μέτρον medida + suff. *ia*.

Cardíte, *s. f*. (med.) inflammação do coração. || De καρδία coração + suff. *ite*.

Deriv. : *cardítico* (adj.).

Cariatide. V. *caryátide*.

*****Carídidas**, *s. m. pl*. (zool.) familia de Crustaceos Decapodes. || De καρὶς ῖδος caranguejo + suff. *idas*.

*****Çarótico-tympânico**, *adj*. (anat.) diz-se de uma artéria, dum canal e dum nervo (da carótide á caixa do týmpano). || De καρωτικαὶ (ἀρτηρίαι) carótides + *týmpano* (v. este vcb.) + suff. *ico*.

Carótides, *s. f*. nome de duas grossas artérias que levam o sangue á cabeça. || De καρωτίδες (deriv. de καρόω adormeço).

N. A formação regular condemna a graphia *carótida*, que se encontra nos diccionarios. O italiano já fez com acêrto — carótide, — deriv. do accusativo latino *carotidem*.

Deriv. : *carotídeo* (adj.), que é preferivel a « carotidiano ».

*****Carpadélio**, *s. m*. (bot.) fructo indehiscente e plurilocular, de pericarpio sêcco e lojas distinctas monospermas. || De καρπός fructo + ἄδηλος coberto + suff. *io*.

Çarpéllo, *s. m*. (bot.) folha modificada que forma o pistillo em seu estado mais simples. || Pelo dimin. latino *carpellum*, i, de καρπὸς fructo.

N. A forma *carpéla*, que Figueiredo tambem consigna, é menos correcta (cf. *labello*, de *labellum*, etc.).

Deriv. : *carpellár* (adj.).

*****Carphólitho**, *s. m*. (min.) hydrosilicato de aluminio com manganez. || De κάρφος palha + λίθος pedra.

Carphología, *s. f*. (med.) agitação automatica e contínua da mão e dos dedos, que parecem procurar apprehender pequenos objectos. || De καρφολογία (form. de κάρφος floco, palha + λέγειν colher).

Deriv. : *carphológico* (adj.).

*****Cárphosiderίto**, *s. m*. (min.) sulfato hydratado de ferro. || De κάρφος palha + σίδηρος ferro + suff. *ito*.

Cárpo, *s. m*. (anat.) punho, parte do membro thoracico entre o antebraço e a mão. || De καρπός.

Deriv. : *carpiáno* (adj.).

*****Carpoásceas**, *s. f. pl*. (bot.) sub-ordem de Cogumelos Ascomycetes. || De καρπὸς fructo + ἀσκὸς sacco pequeno + suff. *eas*.

Carpobálsamo, *s. m.* (bot.) fructo do balsameiro de Meca. || De καρποβάλσαμον (form. de καρπὸς fructo + βάλσαμον bálsamo).

* **Carpogónio**, *s. m.* (bot.) cellula, que depois da conjugação se converte em fructo dos Cryptogamos. ||De καρπὸς fructo + γόνος geração + suff. *io*.

Carpólitho, *s. m.* (bot.) concreção dura, que se encontra na polpa de certos fructos.||De καρπὸς fructo + λίθος pedra.

N. Figueiredo accentúa a penultima sem attender á quantidade de λίθος.

Carpología, *s. f.* (bot) estudo do fructo.||De καρπὸς fructo + λόγος tractado + suff. *ia*.

Deriv. : *carpológico* (adj.).

Cárpo-métacarpiâno, *adj.* (anat.) diz-se da articulação dum osso do carpo com o metacarpo. || Comp. de *cárpo* e *metacárpo* (v. estes vcbs.) + suff. *iâno*.

Carpóphago, *adj.* que se sustenta de fructos. || De καρποφάγος (comp. de καρπὸς fructo + φαγεῖν comer).

Carpóphoro, *s. m.* (bot.) parte que no fructo representa o gynóphoro do ovario. || De καρπὸς fructo + φορός que sustenta.

Cárta, *s. f.* escripto que se envia a outros com cumprimentos, pedidos, notícias, etc. ; documento official de repartição pública; cartão marcado com figuras ou pintas para jôgo. || Pelo lat. *charta*, de χάρτη; papel.

N. Charta (com *ch*) pediria a etymologia; mas o uso constante e geral eliminou o *h*, que apenas conservamos para «charta » na accepção de mappa geographico. É de vantagem esta distincção.

Deriv. : *cartáda, cartão,* *cartáz, cartéar, cartéira, cartéiro, cartél, cartonágem, cartorário, cartório, cartuchâme, cartúcho.*

Cartographia. V. *chártographía*.

Cártomancía, *s. f.* adivinhação por meio de cartas de jogar. || De *cárta* (v. este vcb.) + μαντεία adivinhação.

Cogn. : *cartománte* (s. m. ou f.).

Caryátide, *s. f.* (archit.) figura humana, sôbre que assenta uma architrave. || De καρυάτιδες, donzellas de Caryas, na Laconia (form. de Καούαι.). Em lat. *coryatĭdes*.

N. A forma *cariatíde* (com *i*) é menos correcta. Aulete grapha com acêrto.

Cáryoceríto, *s. m.* (min.) especie mineral vizinha do mélanoceríto. || De κάρυον noz + ceríto (v. este vcb.).

Cáryochrômo, *adj.* (anat.) diz-se da parte do nucleo, que toma côr pela acção de certas substâncias corantes. || De κάρυον nucleo + χρῶμα côr.

N. caryóchromo, como accentúa Figueiredo, é prosodia antietymologica.

Cáryocinése, *s. f.* (biol.) modo de multiplicação das cellulas, por divisão indirecta. || De κάρυον nucleo + κίνησις movimento.

N. Figueiredo que escreve *caryochromo* (com *y*) não tem razão para graphar *cariocinese* (com *i*).

* **Cáryogamía**, *s. f.* nome dado aos phenomenos caryocineticos que se effectuam no ovulo no momento da fecundação. || De κάρυον nucleo + γάμος casamento + suff. *ia*.

* **Caryólyse**, *s. f.* nome com que primeiro se designou a divisão indirecta (cáryocinése). || De κάρυον nucleo + λύω dissolvo.

* **Cáryomicrosôma,** s. m. granulos de chromatína, cuja reunião em rosario contribue para formar o cáryomitôma. || De κάρυον nucleo + μικρός pequeno + σῶμα corpo.

* **Cáryomitôma,** s. m. filamento chromatico ou nuclear. || De κάρυον nucleo + μίτος filamento + suff. óma.

Caryophylláceas, s. f. (bot.) ordem de plantas dicotyledones, cujo typo fundamental é o gen. *Caryophyllus*. || De καρυόφυλλον craveiro da India (comp. de κάρυον noz, nucleo + φύλλον folha) + suff. áceas.

Cogn. : *caryophylládo* (adj.).

Caryópse, s. f. (bot.) fructo sêcco, indehiscente, monospermo, de pericarpio adherente á semente. || De κάρυον noz + ὄψις apparencia.

* **Caryóschise,** s. f. phenomeno de excreção ou de osmose, em virtude do qual o nucleo da cellula deixa escapar parte dos seus elementos constitutivos. || De κάρυον nucleo + σχίσις separação.

Cássia, s. f. fructo da canna-fistula; casca aromatica de algumas árvores. || De κασσία alt. de κασία.

Cassiteríto, s. m. (min.) estanho oxydado natural (SnO²). || De κασσίτερος estanho + suff. ito.

Castânha, s. f. (bot.) fructo do castanheiro — *Fagus castanea* —, da ordem das Amentaceas. || Pelo lat. *castanea*, de κάστανον.

Deriv. : *castanhal, castanhedo, castanho, castanheta, castanhoso, castanholas,* etc.

Castôr, s. m. (zool.) mammal da ordem dos Roedores, gen. *Castor*. || De κάστωρ.

Castório, s. m. (pharm.) substância medicinal segregada por glandulas do ventre do castôr. || De καστόριον (deriv. de κάστωρ castôr).

N. As regras usuaes de derivação condemnam a forma *castoreo* (com *e*), embora haja no lat. *castorĕum*.

Deriv. : *castorína* (s. f.).

* **Cátabolísmo,** s. m. transformação, em energia, dos materiaes assimilados pelos tecidos (Duncan Bulkley). || De κατά para baixo + βάλλω lanço + suff. ísmo.

Catacáustica, s. f. (phys.) plano formado pelo conjuncto dos ponctos de encontro dos raios reflectidos sôbre uma superficie curva. || De κατακαίειν queimar.

Catachrése, s. f. (gramm.) emprêgo dum termo em logar do proprio pela similhança ou analogia das cousas, que elles significam. || De κατάχρησις mau emprêgo (deriv. de καταχράομαι abuso.)

Deriv. : *catachréstico* (adj.).

Cataclýsmo, s. m. inundação; grande desastre physico ou social. || De κατακλυσμός inundação, diluvio (deriv. de κατακλύζειν submergir).

N. Aulete, Ad. Coelho e Figueiredo com muita razão corrigiram assim a forma *cataclysma*, que começou a ser usada e não devia vingar. « Cataclysma » derivar-se-hia de κατάκλυσμα, cujo significado é o mesmo de clystér.

* **Catacrotísmo,** s. m. elevações, na linha de descida, que se notam no traçado esphygmographico. || De κατά em baixo + κρότος batimento + suff. ísmo.

Catacústica, s. f. (phys.) estudo da reflexão dos sons. || De κατά contra + *acústica* (v. este vcb.).

Deriv. : *catacústico* (adj.).

Catadióptrica, s. f. (phys.) estudo da reflexão e da refrac-

ção da luz. || De κατὰ contra + *dióptrica*.
N. Ha evidente equívoco na significação que lhe empresta Figueiredo.
Deriv. : catadióptrico (adj.).
Catadúpa, *s. f.* quéda d'agua corrente em grande massa e com estrondo. || De κατάδουπα (deriv. de καταδουπέω cáio com estrondo).
* **Cataglóssio,** *s. m.* (med.) instrumento para abaixar a lingua. || De κατὰ para baixo de + γλῶσσα lingua + suff. *io.*
Cataglottismo, *s. m.* emprêgo de palavras rebuscadas. || De καταγλωττισμὸς (deriv. de καταγλωττίζω, e este de κατὰ contra + γλῶττα lingua).
Catagmático, *adj.* (chir.) que favorece a consolidação das fracturas. || De κάταγμα fractura + suff. *ico.*
Cataléctico, *adj.* e *s. m.* (poes.) verso grego ou latino, que acaba com falta de uma syllaba. || De καταληκτικὸν (de καταλήγω acabo).
Calaléctos, *s. m. pl.* collecção de fragmentos de auctores. || De κατάλεκτα (deriv. de καταλέγειν registar, enumerar).
N. Correspondendo ao lat. *catalecta, orum* é preferivel adoptá-lo no plural, como faz Ad. Coelho.
Catalepsia, *s. f.* (med.) cessação momentanea da motilidade, conservando os membros, durante toda a duração do attaque, a posição que tinham no começo. || De κατάληψις (cuja significação primitiva é — acção de sorprehender —) + suff. *ia.*
Deriv. : caraléptico (adj. e s. m.).
* **Catalépto-catatonia,** *s. f.* syndrome cerebral characterizada por estupor com catalepsia (Dufour). || De *catalepsia* e *cátatonía* (v. estes vcbs.).
Catálogo, *s. m.* lista methodica. || De κατάλογος (deriv. de καταλέγω registo, enumero.
Deriv. : catalogár (v.), *catalogadôr* (s. m.).
Catályse, *s. f.* (chim.) acção chimica, que se effectua pela simples presença de alguns corpos, sem que estes sejam chimicamente modificados. || De κατάλυσις destruição, dissolução.
Deriv. : catalytico (adj.).
Catamênio, *s. m.* (physiol.) menstruo. || De καταμήνιον mensal (form. de κατὰ + μὴν mez).
Deriv. : catameniál (adj.).
Catapásma, *s. m.* (pharm.) pó com que se polvilha qualquer parte do corpo, por indicação do médico. || De κανάπασμα (form. de καταπάσσω polvilho).
N. A derivação dum substantivo grego, e neutro, acabado em μα, está indicando porque se não deve formar *catapasmo*, como dão Ad. Coelho e Figueiredo.
Catáphase, *s. f.* affirmação. || De κατάφασις.
N. Neologismo inutil.
Catáphora, *s f.* (med.) antigo nome da somnolencia morbida, sem febre nem delirio. || De καταφορὰ.
***Cátaphorése,** *s. f.* (med.) introducção de substâncias medicamentosas no organismo por meio de correntes contínuas. || De καταφορεῖν transportar.
Cataphrácto, *adj.* e *s. m.* diz-se do navio couraçado, do cavalleiro revestido de armadura. || De κατάφρακτος encouraçado (form. de κατὰ + φράσσω guarneço, fortifico).
N. Figueiredo regista egualmente a forma *cataphraltos*, que só se explica por êrro typographico.
Cataplásma, *s. f.* (med.) papa medicamentosa que se applica sôbre a pelle. || De κατάπλασμα (form. de καταπλάσσω applico sôbre...)

N. Todos os nomes latinos em *ma*, derivados de subst. gregos neutros em μα, conservaram esse genero, e passaram para masculinos no portuguez. Mas o uso popular e generalizado abriu duas excepções a esta regra : *asthma* e *cataplasma*. É forçoso acceitá-las.
Deriv. : *cataplasmár* (v.).

Cataplexia, *s. f.* (med.) perda subita dos sentidos; apoplexia fulminante. || De κατάπληξις estupor, vertigem + suff. *ia*.
Deriv. : *catapléctico* (adj.).

Catapúlta, *s. f.* (ant.) máchina antiga de guerra, com que se arremessavam projecteis. || Pelo lat. *catapulta*, vem de καταπέλτης (form. de καταπάλλω arremesso).

Catarácta, *s. f.* (geogr.) quéda dum grande rio de altura consideravel. — (Med.) opacidade do crystallino. || Pelo lat. *cataracta*, vem de καταράκτης ou melhor καταρράκτης cousa que se precipita (form. do v. καταρράσσω).
N. Acreditavam os antigos que a molestia dos olhos era devida á quéda dum humor; d'ahi seu nome.

Catarhínos, *s. m. pl.* (zool.) nome dado a uma familia de macacos do antigo continente, que têm as narinas muito junctas e o septo nasal delgadissimo. || De κατὰ juncto de... + ῥῖν nariz.
N. Aulete escreve *catarrhinios*; Ad. Coelho *catarrhinianos*; Figueiredo *catarrhineanos* e *catarrhineos*. A todas essas formas é preferivel estoutra mais simples *catarhínos* e analoga a *platyrhinos*, que nos offerece o proprio Figueiredo.

Catarrhéctico, *adj.* (med. ant.) que promove evacuações. || De καταρρηκτικὸς.
N. Tanto Ad. Coelho como Figueiredo grapham *catarrhetico* (sem *c*); vê-se que ahi a etymologia não foi por elles respeitada.

Catárrho, *s. m.* (med.) augmento morbido da secreção habitual das membranas mucosas. || De κατάρροος (form. de κατὰ para baixo de... + ῥέω corro).
Deriv. : *catarrhál*, *catarrhéira*, *catarrhôso*, *encatarrhoádo*.

Catástase, *s. f.* (med.) constituição médica. || De κατάστασις constituição, condição.
Deriv. : *catastático* (adj.).

Catástrophe, *s. f.* ruina, grande desgraça; desenlace de uma tragedia. || De καταστροφή (form. de καταστρέφειν subverter, acabar).

***Cátatonia,** *s. f.* (med.) forma de alienação mental characterizada por catalepsia, melancholia com estupor e allucinações. || De κατὰ em baixo + τόνος tensão + suff. *ia*.

Catechése, *s. f.* explicação methodica da doutrina christã; ensino, doutrinamento. || De κατήχησις (form. de κατηχέω repito, ensino).
Deriv. : *catechísta* (s. m.), *catechizár* (v.), *catechúmeno* (s. m.), *catechético* (adj.).

Catechismo, *s. m.* instrucção sôbre os mysterios e principios da religião; livro que contém a instrucção religiosa. || De κατηχισμὸς (de κατηχίζω instruo).
N. O uso popular consagrou a pronúncia — catecismo; — mas isso não impede que se escreva com *ch*, da mesma forma que os seus cognatos — catechese, catechista, etc. Seria incongruente graphar differentemente vocabulos oriundos da mesma raiz.

Categorêma, *s. m.* (phil.) qualidade que faz pôr um objecto nesta ou naquella catego-

ria. || De κατηγόρημα (de κατηγορέω accuso, exprimo).
Deriv. : *categoremático* (adj.).

Categoria, *s. f.* (phil.) classe em que se dividem as ideas ou os termos; juizos. Classe, série. || De κατηγορία attributo.
Deriv. : *categórico* (adj.), *categorizár* (v.).

Catharistas, *s. m.* (eccles.) uma seita de manicheus. || Pelo lat. *catharistœ*, de καθαρίζειν purificar (e este de καθαρός puro).

Cathárma, *s. m.* refugo, escoria. || De κάθαρμα (deriv. de καθαίρω purifico).

Cathárse, *s. f.* (med.) evacuação natural ou artificial por qualquer via. || De κάθαρσις (deriv. de καθαίρω purifico).
N. Figueiredo escreve *catharase* com manifesto equívoco.
Deriv. : *cathártico* (adj.).

Cathartina, *s. f.* (chim.) substância amorpha, acre e nauseabunda, tirada de uma especie de senna. || De κάθαρσις purificação, evacuação + suff. *ina*.

Cáthedra, *s. f.* cadeira magistral. || De καθέδρα cadeira, assento.
Deriv.: *cathedrál* (s. f.), *cathedrático* (adj.), *cathedrilha* (s. f.).

Cathérese, *s. f.* (med.) impropriamente — exgôtto natural, por evacuação ou hemorrhagia não provocada. || De καθαίρεσις anniquilamento, destruição (deriv. de καθαιρεῖν abater, destruir).
N. Este vocabulo devêra de preferencia significar — a destruição por meio dos cathereticos.

Catherético, *s. m.* e *adj.* caustico brando. || De καθαιρετικός destruidor (de καθαιρεῖν destruir).

Cathetér, *s. m.* (chir.) sonda empregada na operação da talha. || De καθετήρ, ῆρος (deriv. de καθίημι abaixo, faço entrar); em lat. *cathĕtĕr, ēris*.

N. Os diccionarios accentúam *cathéter;* mas, não sendo este uso geral entre os scientistas, e contrariando tal prosodia abertamente a quantidade da raiz, deve ser preferido *cathetér*, como si proviesse regularmente pelo accus. lat. *cathetērem*, tal qual *clystér* perfeitamente formado e accentuádo. Os substantivos portuguezes de origem erudita, terminados em *er* e derivados de subst. gregos em ήρ, ῆρος (excepção feita de « charácter ») são oxytonos, como *clystér*, *haltér*, *massetér*, *uretér*, etc. Pronuncíem-se de modo analogo todos os mais.
Deriv. : *catheterismo* (s. m.), *catheterizár* (v.).

Cátheto, *s. m.* (geom.) cada um dos lados do angulo recto no triangulo rectangulo; linha perpendicular. || De κάθετος perpendicular (form. de καθίημι abaixo, faço descer).
N. É corrente nas aulas e os diccionarios accentuam *cathéto;* mas em termo, que não é de uso popular, a correcção é possivel e deve fazer-se de accôrdo com a quantidade etymologica.

Cathetómetro, *s. m.* (phys.) instrumento com que se mede a distância vertical entre dous ponctos dados. || De κάθετος perpendicular + μέτρον medida.

Cathódico, *adj.* (phys.) diz-se do raio invisivel que penetra os corpos opacos (Roentgen). || De κάθοδος descida (form. de κατὰ para baixo + ὁδός caminho) + suff. *ico*.
N. Figueiredo dá tambem esta significação ao vocabulo *cathódio;* mas, tendo já a referida palavra outra accepção

em Physica, cumpre distinguir as formas, como aqui vão consignadas.

Cathódio, *s. m.* (phys.) a parte que toca no polo negativo (cf. *anódio* e *electródio*). ‖ De κάθοδος descida (form. de κατά para baixo + ὁδός caminho) + suff. *io*.
N. Figueiredo escreve *catódio* e *catódo* (sem *h*); mas a etymologia condemna esta graphia. V. *cathodico*. Já o francez consigna « cathode » (v. Littré, Landouzy et Jayle, etc.).

Catholicão, *s. m.* (pharm.) antigo remedio purgativo, electuario de senna e rhuibarbo composto. ‖ De καθολικόν (forma neutra de καθολικός universal).
N. O povo deu a este vocabulo feição portugueza com a desinencia em *ão*, que deve ser conservada (cf. *basilicão*).

Cathólico, *adj.* universal; diz-se da religião romana. ‖ De καθολικός universal (deriv. de καθόλου em geral).
Deriv.: *catholicidáde* (s. f.), *catholicismo* (s. m.).

*Cathypnóse, *s. f.* (med.) molestia do somno (Van den Corput). ‖ De καθύπνωσις adormecimento (e este de κατά em + ὕπνος somno).

Cátocathártico, *adj.* (med.) que purga fazendo evacuar. ‖ De κάτω para baixo + *cathártico* (v. *cathárse*).

Catocénadélpho, *adj.* diz-se do monstro cenadelpho, cujos dous corpos se ligam pela extremidade inferior. ‖ De κάτω para baixo + *cenadélpho* (v. este vcb.).

Catodio. V. *cathódio*.

Catodónte, *s. m.* (zool.) nome dado por Linneu ao cachalote, por só ter dentes propriamente dictos no maxillar inferior. ‖ De κατά em baixo + ὁδούς, όντος dente.

Deriv.: *catodóntidas* (s. m. pl.).

*Cátometópos, *s. m. pl.* (zool.) familia de Crustaceos Decapodes. ‖ De κάτω para baixo + μέτωπον fronte.

Catóptrica, *s. f.* (phys.) parte da Physica, que tracta da reflexão da luz. ‖ De κατοπτρική, forma fem. de κατοπτρικός que se refere a espelhos (de κάτοπτρον espelho, e este de κατά contra + ὁράω vejo).
Deriv.: *catóptrico* (adj.).

Catóptromancía, *s. f.* adivinhação por meio de espelhos. ‖ De κάτοπτρον espelho + μαντεία adivinhação.

Catulótico, *adj.* (med.) cicatrizante. ‖ De κατουλοτικός (form. de κατουλόω cicatrizo, e este de κατά + οὐλή cicatriz).

*Caucalídeas, *s. f. pl.* (bot.) tribu das Umbelliferas. ‖ Do gen. typo *Cáucalis* (e este de καυκαλίς, ίδος) + suff. *ídeas*.

Cáule, *s. m.* (bot.) nome generico da haste dos vegetaes. ‖ Pelo lat. *caulis*, de καυλός.
Deriv.: *caulescente* (adj.), *caulículo* (s. m.), *caulinár* (adj.), *caulino* (adj.).

Causalgía, *s. f.* (med.) dôr pungente, como de queimadura, que se dá em certas nevralgias (Weir Mitchell). ‖ De καῦσος calor ardente + ἄλγος dôr + suff. *ía*.

Cáustica, *s. f.* (phys.) curva formada pelas intersecções successivas de raios reflectidos ou refractados por uma superficie. ‖ De καυστική que arde, queima.

Cáustico, *adj.* e *s. m.* (med.) que queima e desorganiza os tecidos. ‖ De καυστικός (form. de καίω queimo).

Cautério, *s. m.* (med.) agente empregado para queimar ou desorganizar tecidos. ‖ De καυτήριον (form. de καίω queimo).
Deriv.: *cauterizár* (v.).

*Cébidas, *s. m. pl.* (zool.) fam. de Primates Platyrhinos. || Do gen. *Cebus* (e este de κῆβος macaco) + suff. *idas*.

Cebocéphalo, *s. m.* (terat.) monstro de olhos muito junctos e apparelho nasal atrophiado. || De κῆβος macaco + κεφαλή cabeça.

Cedro, *s. m.* (bot.) nome de árvores pertencentes a várias ordens vegetaes : Coniferas e Cedrelaceas. || De κέδρος o cedro do Libano.
Deriv. : *cédria* (s. f.), *cedrino* (adj.), *cedrénio* (s. m.).

Celastráceas, *s. f. pl.* (bot.) ordem de plantas dicotyledones, cujo typo fundamental é o gen. *Celástrus*. || De κήλαστρος abrunheiro + suff. *áceas*.

Celastrina, *s. f.* (chim.) substância amargosa extrahida das folhas do *Celastrus obscurus*. || De κήλαστρος abrunheiro + suff. *ina*.

Celéctomo, *s. m.* (chir.) instrumento explorador para extrahir substância dos tumores e determinar-lhe a natureza. || De κήλη tumor + ἐκ fóra + τομή corte.

Celenterádos, *s. m. pl.* (zool.) grande ramo destacado dos Radiados de Cuvier; são constituidos por um simples sacco de uma só abertura. || Pelo lat. scient. *Coelenterata*, vem de κοῖλος ôco + ἔντερον intestino.

Celêuma, *s. m.* vozearia, algazarra. || De κέλευμα ou κέλευσμα canto dos remadores.
N. Não ha razão para fazer feminino este substantivo.
Deriv. : *celeumeár* (v.).

Celíaco, *adj.* (anat.) que diz respeito aos intestinos. || De κοιλιακός (form. de κοιλία ventre).

Celiadélpho, *adj.* (terat.) diz-se dos monstros soldados pelo ventre. || De κοιλία ventre + ἀδελφός ermão.

Célidographía, *s. f.* (astr.) descripção das manchas que se observam em alguns astros. || De κηλίς mancha + γράφειν descrever + suff. *ia*.
Cogn. : *célidógrapho* (s. m.).

Celôma[1], *s. m.* (zool.) cavidade formada pelo excavamento da mesoderme, na segmentação do ovo. || De κοίλωμα cavidade (form. de κοῖλος ôco).

Celôma[2], *s. m.* (med.) especie de úlcera da cornea transparente. || De κοίλωμα (form. de κοῖλος concavo).

Celophlebíte, *s. f.* (med.) inflammação da veia cava inferior. || De κοῖλος cavo + φλὲψ, φλεβός veia + suff. *ite*.

Célorhaphía, *s. f.* (med.) o mesmo que orcheopexia. || De κήλη hernia + ῥαφή sutura + suff. *ia*.
N. vocabulo desprezado, por incorrecto.

Celosômo, *s. m.* (terat.) especie de monstro (I.-G. St-Hilaire). || De κήλη tumor + σῶμα corpo.

Celotomía, *s. f.* (chir.) operação da hernia estrangulada. || De κήλη hernia, tumor + τομή corte + suff. *ia*.

Cemetério, *s. m.* logar descoberto em que se enterram os cadaveres. || De κοιμητήριον (form. de κοιμάω deitar-se, dormir + suff. τήριον).
N. A graphia usual é *cemiterio*; mas tão pequena é a modificação, que se pode facilmente voltar á forma correcta, adstricta ao lat. *cœmeterium*.

Cenadélpho, *adj.* e *s. m.* (terat.) especie de monstro duplo (Gurlt). || De κοινός commum + ἀδελφός ermão.

Cenesthesía, *s. f.* vago sentimento que temos de nosso ser, sem o concurso dos sentidos. ||

De κοινός commum + αἴσθησις sensibilidade + suff. *ia*.

N. Figueiredo acertadamente accentúa a penultima.

Cenísmo, *s. m.* emprêgo de palavras de várias linguas no mesmo discurso. || De κοινισμός mixtura de dialectos (form. de κοινός commum).

Cenito, *s. m.* (min.) mineral composto de chloreto de potassio e sulfato de magnesio hydratado. || De καινός novo + suff. *ito*.

N. Esta forma é preferivel a *cainito* ou *kainito*.

Cenobiárcha, *s. m.* prelado dum convento. || De κοινοβιάρχης (form. de κοινόβιον convento + ἄρχω governo).

Cenóbio, *s. m.* convento, casa de religiosos. || De κοινόβιον (form. de κοινός commum + βίος vida).

Deriv. : *cenobita* (s. m.), *cenobitico* (adj.), *cenobitismo* (s. m.).

*****Cenosárcio,** *s. m.* (zool.) a parte commum que reune os polypos de uma colonia. || De κοινός commum + σάρξ, κός carne + suff. *io*.

Cenotáphio, *s. m.* monumento sepulcral, tumulo vasio em memoria de alguem. || De κενοτάφιον (form. de κενός vasio + τάφος sepultura).

Cenozóico, *adj.* (geol.) diz-se do periodo geologico, a cujos fosseis pertencem, em parte, especies que hoje vivem. || De καινός recente, novo + ζῶον animal + suff. *ico*.

N. Figueiredo dá tambem *cainozoico*, forma que se deve desprezar.

Centauréa, *s. f.* (bot.) planta medicinal da ordem das Compostas, gen. *Centauréa*. || Pelo lat. *Centaurēa*, de κενταύρειον.

N. A prosodia *centáurea*, que os diccionarios consignam, oppõe-se claramente á quantidade etymologica; todavia, como existem no grego tambem κενταύριον e no lat. *centaurĭum*, ella tem attenuante. *Centauréa* accompanha as formas mais classicas das duas linguas matrizes.

Cêntro, *s. m.* (geom.) poncto situado a egual distância de todos os da circunferencia de um círculo ou da superficie de uma esphera. || De κέντρος.

Deriv. : *centrál* (adj.), *centralizár* (v.).

Centrobárico, *adj.* (phys.) que depende do centro de gravidade. || De κέντρος centro + βάρος pêso + suff. *ico*.

*****Céntrolécitho,** *adj.* (zool.) diz-se do ovo, cujo deutoplasma se accumula no centro. || De κέντρον centro + λέκιθος gemma d'ovo.

*****Céntrolepidáceas,** *s. f. pl.* (bot.) ordem de plantas Monocotyledones. || Do gen. *Centrólepis* (e este de κέντρον aguilhão, ponta + λεπίς escama) + suff. *áceas*.

Centrosômio, *s. m.* (zool.) corpusculo que apparece perto do nucleo cellular, quando este começa a dividir-se. || De *centro* + σῶμα corpo + suff. *io*.

Céphalalgía, *s. f.* (med.)dôr de cabeça. || De κεφαλαλγία (form. de κεφαλή cabeça + ἄλγος dôr).

Deriv. : *cephalálgico* (adj.).

Cephaléa, *s. f.* (med.) dôr de cabeça intensa e chronica. || De κεφαλαία (form. de κεφαλή cabeça).

Cephalematôma. V. *céphalohematôma*.

Cephálico, *adj.* relativo á cabeça. || De κεφαλικός (form. de κεφαλή cabeça).

Céphalobránchios, *s. m. pl.* (zool.) sub-ordem de Annelidas Chetopodes, que têm as branchias na parte anterior do corpo.

|| De κεφαλή cabeça + *branchia* (v. este vcb.).

Céphalocýste, *s. f.* (zool.) verme cestoide no estado de vesiculas. || De κεφαλή cabeça + κύστις vesicula.

Céphalographía, *s.f.*(anat.) descripção anatomica da cabeça. || De κεφαλή cabeça + γράφω descrevo + suff. *ia.*
Deriv.: cephalógrapho (s. m.), *cephalográphico* (adj.).

***Céphalogýro,** adj.* (anat.) diz-se dos nervos e musculos rotadores da cabeça (Grasset). De κεφαλή cabeça + γῦρος círculo.

Céphalohematôma, *s. m.* (med.) tumor indolente e fluctuante, no cranio das crianças, devido a derramamento de sangue entre os ossos e o pericranio. || De κεφαλή cabeça + *hematôma* (v. este vcb.).
N. Para evitar o encontro do *l* e do *h*, é preferivel esta forma a « cephalhematoma ». A suppressão do *h* de « hematoma » não deve ser acceita.

***Céphalohemómetro,** s. m.* manometro intra-craniano para medir o affluxo sanguineo intra-cerebral. || De κεφαλή cabeça + αἷμα sangue + μέτρον medida.

***Céphalohydrocéle,** s. f.* (med.) tumor que apparece nas crianças, por causa traumatica, debaixo do couro cabelludo, e contém líquido cephalorhacheano. || De κεφαλή cabeça + ὕδωρ agua + κήλη tumor.

Cephalóide, *adj.* que tem forma de cabeça. || De κεφαλοειδής (form. de κεφαλή cabeça + εἶδος forma).

Céphalomancía, *s. f.* adivinhação por meio duma cabeça de burro sôbre um braseiro. || De κεφαλή cabeça + μαντεία adivinhação.

Cephalómelo, *adj.* e *s. m.* (terat.) monstro que tem um membro supplementar preso á cabeça (I.-G. St-Hilaire). || De κεφαλή cabeça + μέλος membro.

Céphalometría, *s. f.* medida das dimensões da cabeça. || De κεφαλή cabeça + μέτρον medida + suff. *ia.*
Cogn.: cephalómetro (s. m.).

Cephalópago, *adj.* e *s. m.* (terat.) monstro composto de dous individuos ligados pelas cabeças. || De κεφαλή cabeça + παγείς ligado.

Cephalópodes, *s. m. pl.* (zool.) classe de Molluscos; são animaes, cujos tentaculos apprehensores se inserem na cabeça. || De κεφαλή cabeça + πούς, ποδός pé.
N. Aulete grapha acertadamente com a terminação *es* não só a este como a todos os congeneres derivados de πούς (excepção feita de *antipoda*). Figueiredo prefere a graphia *cephalópodos*, que não é boa.

Céphaloscopía, *s. f.* (phys.) exame da cabeça, segundo o systema de Gall, para determinar as faculdades intellectuaes. || De κεφαλή cabeça + σποπεῖν examinar + suff. *ia.*

***Cephalóteas,** s. f. pl.* (bot.) tribu das Saxifragaceas. || Do gen. typo— *Cephalōtus* (e este de κεφαλωτός cabeçudo) + suff. *eas.*

Céphalothéca, *s. f.* (zool.) envolucro da cabeça das chrysallides. || De κεφαλή cabeça + θήκη depósito.

***Céphalothoracópago,** s. m.* (terat.) monstro de duas cabeças ligadas e dous troncos soldados pelo thorax, mas independentes do umbigo para baixo. || De κεφαλή cabeça + θώραξ thorax + παγείς unido.

Céphalothórax, *s. m.* (zool.) parte do corpo dos Arachnideos, resultante da união da cabeça com o primeiro dos trez anneis do thorax. || De κεφαλή cabeça + *thorax* (v. este vcb.).

Céphalotomía, *s. f.* (chir.) operação com que se parte a cabeça do feto morto, para facilitar a saída pela bacia. || De κεφαλή cabeça + τομή corte + suff. *ia*.

Cogn. : *cephalótomo* (s. m.).

Cephalótribo, *s. m.* (chir.) instrumento para reduzir a cabeça do feto, esmagando-o, afim de facilitar-lhe a saída da bacia. || De κεφαλή cabeça + τρίβω esmago, trituro.

Deriv. : *cephalotripsía* (s. f.) a operação que se practica com o cephalotribo.

*****Céphalotríchidas**, *s. m. pl.* (zool.) familia de Vermes Rhynchoceleos. || Do gen. *Cephalóthrix* (e este de κεφαλή cabeça + θρίξ, τριχός cabello) + suff. *idas*.

Cêra, *s. f.* substância produzida pelas abelhas, e de que ellas fazem os seus alveolos. || Pelo lat. *cera, œ,* vem de κηρός.

Deriv. : *ceráceo* (adj.), *encerár* (v.), *céreo* (adj.), *cérico* (adj.), *cerína* (s. f.), *cerínico* (adj.), *ceról* (s. m.).

*****Cerambýcidas,** *s. m. pl.* (zool.) familia de Coleopteros. || Do gen. *Cerámbyx* (e este de κεράμβυξ capricornio) + suff. *idas*.

*****Ceramiáceas,** *s. f. pl.* (bot.) familia de Algas Florideas. || Do gen. *Ceramium* (e este de κεράμιον vaso) + suff. *áceas*.

Cogn. : *ceramíneas* (s. f. pl.).

Cerâmica, *s. f.* arte do oleiro. || De κεραμική (form. de κέραμος vaso de barro).

Deriv. : *cerâmico* (adj.), *ceramísta* (s. m.).

Céramographía, *s. f.* descripção de vasos antigos. || De κέραμος vaso de barro + γράφειν descrever + suff. *ia*.

Deriv. : *ceramográphico* (adj.) e *ceramógrapho* (s. m.).

*****Céramohalíto,** *s. m.* (min.) syn. de alunogenio (sulfato hydratado de aluminio). || De κέραμος argilla + ἅλς, ἁλός sal + suff. *íto*.

N. Os livros francezes dão *keramohalite;* mas a mutação do κ grego em *c* portuguez é regra, que se deve respeitar.

Ceraphýllocéle, *s. f.* tumor corneo que dá entre a parede do casco do cavallo e os tecidos subjacentes. || De κέρας corno + φύλλον folha + κήλη hernia, tumor.

Ceraphyllôso, *adj.* nome dado por Bracy-Clark ao tecido corneo da parede do casco dos animaes. || De κέρας corno + φύλλον folha + suff. *ôso*. V. *podophyllóso*.

Cerargyríto, *s. m.* (min.) prata cornea, chloreto de prata (Ag. Cl.) de aspecto ceroso. || De κέρας corno + ἄργυρος prata + suff. *íto*.

N. Outra forma acceitavel é *cerargyrio;* mas *kerargyrio,* nunca.

Cerásta, *s. f.* (zool.) vibora que tem na cabeça duas protuberancias. || De κεράστης cornudo (form. de κέρας corno, ponta).

Cerátina, *adj.* e *s. f.* dizia-se duma questão capciosa ou argumento cornuto. || De κερατίνη (form. de κεράτινος cornudo); no lat. *ceratĭnœ, arum*.

N. A quantidade etymologica não auctoriza a prosodia *ceratína,* que vem em Ad. Coelho e Figueiredo.

Ceratína, *s. f.* (chim.) substância organica que ha no chifre, na epiderm, nas unhas e nos pêllos. || De κέρας, ατος corno + suff. *ína*.

*****Cerátiocáridas,** *s. m. pl.* (zool.) familia de Crustaceos fosseis. || Do gen. *Ceratiocáris* (e este de κεράτιον pequeno chifre + καρίς caranguejo) + suff. *idas*.

Ceratite, *s. f.* (med.) molestia da cornea devida a perturbações de nutrição. || De κέρας, ατος corno + suff. *ite.*

N. A palavra franceza mal formada *kératite* deu logar a que se introduzisse no portuguez a graphia com *k;* mas a transmutação do κ grego para *c* no latim e nas linguas neolatinas é regra, que não permitte excepções (cf. derivados de κοινός, κεφαλή, κέραμος, etc. — e do proprio substantivo κέρας as palavras *cerasta, ceratina* e *ceroto,* que todas obedecem ao preceito).

Ceratite, conseguintemente deve dizer-se, e da mesma forma com *c* outros termos de medicina indevidamente modelados pelos viciosos vocabulos francezes derivados da mesma raiz e escriptos com *k*.

Cerato. V. *ceróto.*

Cératocéle, *s. f.* (med.) hernia da cornea. || De κέρας corno + κήλη hernia, tumor.

* **Ceratódidas,** *s. m. pl.* (zool.) fam. de Peixes Dipnoicos. || Do gen. *Cerátodus* (e este de κέρας corno + ὁδοὺς dente) + suff. *idas.*

Cérato-glósso, *adj.* (anat.) que se refere á ponta do hyoide e á lingua. || De κέρας ponta, chifre + γλῶσσα lingua.

Ceratólenos, *s. m. pl.* (zool.) familia de Molluscos Acephalos. || De κέρας, ατος ponta, corno + ὠλένη braço.

N. Figueiredo accentúa a penultima, sem respeito á quantidade da raiz.

Ceratólitho, *s. m.* corno petrificado. || De κέρας corno + λίθος pedra.

Cératolýtico, *adj.* (med.) diz-se de substâncias que destroem os callos. || De κέρας corno, substância cornea + λυτικός que tem a propriedade de dissolver (de λύω dissolvo).

Ceratôma, *s. m.* (med.) tumor proveniente do tecido da cornea. || De κέρας, ατος corno + suff. *óma.*

Cératomalacia, *s. f.* (med.) amollecimento da cornea. || De κέρας corno + μαλακός molle + suff. *ia.*

Cérato-pharýngeo, *adj.* (anat.) diz-se do feixe muscular que vae dos cornos do hyoide ao constrictor médio da pharynge. || De κέρας corno + *pharynge* (v. este vcb.) + suff. *eo.*

Ceratóphyto, *s. m.* (med.) producção cornea accidental da pelle. || De κέρας, ατος corno + φυτὸν excrescencia.

Cératoplastía, *s. f.* (chir.) restauração da cornea por heteroplastia. || De κέρας, ατος corno + πλάσσω formo + suff. *ia.*

Cératospôngios, *s. m. pl.* (zool.) sub-ordem das Esponjas (classe de Celenterados). || De κέρας, ατος, corno + σπόγγος esponja + suff. *ios.*

Cératostaphylíno, *adj.* (anat.) diz-se das fibras musculares que vão do corno do hyoide á uvula. || De κέρας, ατος corno + σταφυλή uvula + suff. *ino.*

Cératothéca, *s. f.* (zool.) envolucro das antennas das chrysallides. || De κέρας, ατος ponta, chifre + θηκη envoltorio, casa, depósito.

Ceratótomo, *s. m.* (chir.) instrumento com que se faz a incisão da cornea transparente. || De κέρας, ατος corno + τομή corte.

Deriv.: ceratotomía (s. f.).

Ceráunio, *s. m.* (paleogr.) sigla paleographica com que se marcavam trechos defeituosos. || Pelo lat. *ceraunius*, de κεραύνιος similhante a raio (form. de κεραυνός raio).

Ceraunito, *s. m.* (min.) fulgorito, pedra de raio. || De κεραυνός raio + suff. *ito.*

Cérbero, *s. m.* porteiro ou guarda intractavel, brutal. || De Κέρβερος Cerbero — o cão mythologico que guarda a porta do Inferno.
N. Posto que o uso tenha pretendido fazer a palavra paroxytona, Aulete, Ad. Coelho e Figueiredo accentúam com acêrto a syllaba antepenultima, como em lat. *cerbĕrus.*

Cercário, *s. m.* (zool.) larva dos Distomios; têm um longo appendice muscular, como cauda. || Pelo lat. *cercarium,* de κέρχος cauda.

*** Cércomonádidas,** *s. m. pl.* (zool.) familia de Protozoarios Flagellados.|| Do gen. *Cercómonas* (e este de κέρχος cauda + μονάς monade) + suff. *idas.*

Cércopithéco, *s. m.* (zool.) macaco de cauda comprida. || De κέρχος cauda + πίθηκος macaco.
Deriv.: *cércopithécidas* (s. m. pl.).

Cério, *s. m.* (chim.) metal descoberto no cerito.|| De *ceríto* (v. este vcb.).

Cerito, *s. m.* (min.) silicato de cerio, lanthanio e didymio. || De κηρίτης mineral côr de cera (form. de κηρός cera).

Ceróide, *adj.* que tem apparencia de cera. || De κηροειδής (form. de κηρός cera + εῖδος forma).

Céromancía, *s. f.* adivinhação por meio de cera derretida. || De κηρός cera + μαντεία adivinhação.

Ceromél, *s. m.* (pharm.) antigo unguento composto de cera e mel. || De κηρός cera + *mel* (v. este vcb.).

Ceroplástica, *s. f.* arte de modelar em cera. || De κηροπλαστική (comp. de κηρός cera + πλάσσω formo).

Cerosina, *s. f.* substância cerosa que cobre o colmo de algumas variedades de canna.

|| De κηρός cera + suff. *ina.*

Cerótico, *adj.* (chim.) diz-se dum acido encontrado na cera de abelha. || De κηρός cera + suff. *ico.*

Cerôto, *s. m.* (pharm.) medicamento externo, que tem por base cera e mel. || De κηρωτόν (form. de κηρός cera).
N. A forma *ceráto,* alem de quasi desusada, está em desaccôrdo com a raiz grega.

Céroxylina, *s. f.* resina que se encontra na cera da carnaüba *Ceróxylon andicola.* || De Ceroxylon (deriv. de κηρός cera + ξύλον madeira) + suff. *ina.*

*** Cérthidas,** *s. m. pl.* (zool.) fam. de Passaros Tenuirostros. || Do gen. *Certhia* (e este de κερθία picancilha) + suff. *idas.*

Cerýlio, *s. m.* (chim.) radical composto, que se suppõe existente na cera da China. || De κηρός cera + suff. *ýlio* peculiar a seta classe de corpos (cf. *ethýlio, methýlio, propýlio, amýlio,* etc., etc.).
Deriv.: *cerýlico* (adj.).

Césto, *s. m.* cincto de Venus. || De κεστός propriamente fita.

Cestóideos, *s. m. pl.* (zool.) classe dos Plathelminthes; são vermes de corpo achatado como fita e dividido em articulos. || De κεστός fita + εῖδον forma + des. *eos.*
N. O francez fez irregularmente *Cestodes.*

*** Cestraciôntidas,** *s. m. pl.* (zool.) familia de Chondropterygios Plagiostomos. || Do gen. *Cestracion* (e este de κέστρα mugem) + suff. *idas.*

Cestríneas, *s. f. pl.* (bot.) tribu de Solanaceas, que têm por typo o gen. *Cestrum.* || De κέστρον betonica + suff. *íneas.*

Cetáceos, *s. m. pl.* (zool.) ordem da classe dos Mammaes, a que pertence a baleia. || De κῆτος baleia + suff. *áceos.*

Cetina, *s. f.* (chim.) princípio immediato do espermacete. || De χῆτος baleia + suff. *ina*.
Cogn. : cético (adj.).

Cetodóntes, *s. m. pl.* (zool.) sub-ordem dos Cetaceos: os que têm dentes propriamente dictos. || De χῆτος baleia + ὀδούς, ὄντος dente.

Cetýlio, *s. m.* (chim.) radical hypothetico ($C^{16}H^{33}$), cujo hydrato é o alcool cetylico que se obtem pela saponificação do espermacete. || De χῆτος baleia + suff. *ylio*.
Deriv.: cetýlico (adj.).

Chalasia, *s. f.* (med.) separação parcial entre a cornea e a esclerotica. || De χάλασις relaxamento + suff. *ia*.
N. A analogia com outros muitos vocabulos congeneres condemna a accentuação *chalásia*, que os diccionarios registam (v. *acardia*).

* **Chálasodermia,** *s. f.* (med.) o mesmo que *dermatolysia*, relaxamento da pelle. || De χάλασις relaxamento + δέρμα pelle + suff. *ia*.
N. O *Dict.* de Garnier e Delamare regista « chalazodermie » (com *z*), graphia que não é acceitavel.

Chaláza, *s. f.* (bot.) umbigo interno da semente, poncto que na tunica interna da semente corresponde á inserção do podospermio.—(Zool.) cordão gelatinoso que liga a gemma ao polo do ovo. || De χάλαζα graniso, tuberculo.

Chalázio, *s. m.* (med.) tumor na borda da palpebra, torçol.
|| De χαλάζιον (deriv. de χάλαζα tuberculo).
N. Ad. Coelho e Figueiredo grapham *chalazião*, dando uma forma popular, que a palavra não pode ter. O último consigna tambem *chalasio* (com *s*) sem respeito á etymologia do vocabulo.

Chalazóphoro, *adj.* (zool.) diz-se da membrana produzida pela primeira camada da clara do ovo, e da qual partem as chalazas. || De *chalaza* (v. este vcb.) + φορός que sustenta.

Chalcanthíto, *s. m.* (min.) syn. de cyanosio ou caparosa azul: sulfato de cobre($H^{10}CuSO^9$).
|| De χαλκός cobre + ἄνθος flôr + suff. *ito*.

Chalcedónia, *s. f.* (min.) variedade de quartzo. || Pelo lat. *chalcedonius* (lapis) vem de Χαλκηδὼν Chálcedonia cidade da Bithynia.

Chalcochlóro, *s. m.* (min.) variedade cuprifera de limonito (oxydo de ferro hydratado). || De χαλκός cobre + χλωρός verde amarellado.

Chálcographia, *s. f.* arte de gravar em cobre ou em outro metal. || De χαλκός bronze, cobre + γράφειν escrever + suff. *ia*.
Deriv.: chalcográphico (adj.), *chalcographo* (s. m.).

Chálcomorphíto, *s. m.* (min.) silicato hydratado de cobre e aluminio. || De χαλκός cobre + μορφή forma + suff. *ito*.

Chalcophyllíto, *s. m.* (min.) arseniato hydratado de cobre. De χαλκός cobre + φύλλον folha + suff. *ito*.

Chálcopyrito, *s. m.* (min.) pyrito de cobre, sulfureto de cobre e ferro ($CuFeS^2$). || De χαλκός cobre + *pyrito* (v. este vcb.).

Chálcopyrrhotina, *s. f.* (min.) pyrrhotina cuprifera. || De χαλκός cobre + *pyrrhotina* (v. este vcb.).

Chálcosideríto, *s. m.* (min.) variedade cuprifera de dufrenito (phosphato hydratado de ferro). || De χαλκός cobre + σίδηρος ferro + suff. *ito*.

Chalcosina, *s. f.* (min.) sulfureto de cobre (Cu^2S). || De χαλκός cobre + suff. *ina*, com que se formam alguns destes nomes de especies mineralogicas: cf. *barytina, bismuthina, celestina, covellina, cyprina, estibina*, etc.

Chálcostibíto, *s. m.* (min.) sulfo-antimonieto de cobre $Cu^2Sb^2S^4$). || De χαλκὸς cobre + στίβι oxydo d'antimonio + suff. *ito*.

Chálcotrichíto, *s. m.* (min.) variedade de cuprito (oxydo de cobre, Cu^2O) em filamentos capillares vermelhos. || De χαλκὸς cobre + θρὶξ, τριχὸς cabello + suff. *ito*.

Chaldêu, *adj.* relativo á Chaldea. || De χαλδαῖος (deriv. de Χαλδαία Chaldea).

Cogn.: *chaldáico* (adj.), *chaldeísmo* (s. m.).

*****Chálico-anthracóse**, *s. f.* (med.) esclerose pulmonar com nucleos duros, cujo centro é constituido por particulas inorganicas, como carvão, etc. || De χάλιξ pedrinha + ἄνθραξ carvão + suff. *óse*.

* **Chalicóse**, *s. f.* (med.) pneumoconiose provocada pela inhalação de pó de silica. || De χάλιξ pedrinha + suff. *óse*.

* **Chalinópsidas**, *s. m. pl.* (zool.) familia de Halichondrios, da classe das Esponjas. || De χαλινὸς freio + ὄψις aspecto + suff. *idas*.

Chalinópteros, *s. m. pl.* (zool.) grupo de Lepidopteros, cujas azas durante o repouso tomam a posição horizontal (syst. Blanchard). || De χαλινὸς freio + πτερὸν aza.

Chalybeádo, *adj.* (pharm.) diz-se de varios medicamentos que contêm ferro. || Pelo b. lat. *chalybeatus*, de χάλυψ, υβος ferro temperado, aço.

Chalybíto, *s. m.* (min.) syn. de siderosio (carbonato de ferro, $FeCO^3$). || De χάλυψ, υβος aço, ferro + suff. *ito*.

Chamecéphalo, *adj.* (zool.) de cabeça abatida. || De χαμαὶ por terra + κεφαλὴ cabeça.

* **Chamelaucíneas**, *s. f. pl.* (bot.) tribu das Myrtaceas. || Do gen. typo *Chamælaucium* (e este de χαμαιλεύκη nome de planta) + suff. *íneas*.

Chameleão, *s. m.* (zool.) especie de Saurio, do gen. *Chamæleon*. || De χαμαιλέων (form. do χαμαὶ por terra + λέων leão).

N. Ad. Coelho e Figueiredo auctorizam de preferencia a corruptela *camaleão*; Aulete consigna *cameleão*, onde não ha que notar sinão a falta do *h*, que a raiz grega reclama.

Deriv.: *chameleónidas* (s.m. pl.).

Chamomíla, *s. f.* (bot.) planta medicinal, da ordem das Synantheraceas, gens. *Anthemis* e outros; macella. || Pelo lat. scientifico — Chamomila —, procede de χαμαίμηλον.

N. Aulete escreve — *camomilha* — que nem siquer é usado; e Figueiredo — *camomila*, onde se deve notar a falta do *h*. Ad. Coelho não consigna o vocabulo.

Cháos, *s. m.* confusão geral dos elementos, desordem. || De χάος.

Deriv.: *chaótico* (adj.).

Carácter, *s. m.* signal traçado, escripto ou gravado; cunho, distinctivo; indole; propriedade. || De χαρακτὴρ (deriv. de χαράσσειν gravar).

N. Os diccionarios grapham — *carácter*; mas, tendo-se mantido inalteravel todo o vocabulo na prosodia popular, é preferivel que tambem lhe não falto na graphia o indicio claro de sua origem. V. *cathetér*.

Deriv.: *characteristico* (adj.), *characterisár* (v.).

Charádridas, *s. m. pl.* (zool.) fam. de Aves Pernaltas. || Do gen. *Charadrius* (e este de χαραδριὸς tarambola) + suff. *idas*.

Charísma, *s. m.* (theol.) graça divina. || De χάρισμα (deriv. de χαρίζομαι, e este de χάρις graça).

Chárta, *s. f.* mappa geographico ou topographico. || Pelo lat. *charta,* de χάρτης papel.

N. É' de vantagem manter a orthographia etymologica para esta accepção do vocabulo, deixando *carta* (como o uso constante consagrou) para todas as outras, que têm mais íntima relação entre si.

Chártographía, *s. f.* arte de traçar chartas geographicas. || De *chárta* (v. este vcb.) + γράφειν escrever + suff. *ia.*

Deriv.: chartográphico (adj.), *chartógrapho* (s. m.).

* **Charýbdeas,** *s. f. pl.* (zool.) sub-ordem de Scyphomedusas. || Do gen. typo *Charybdea* (e este de χάρυβδις abysmo profundo) + suff. *eas.*

Cogn. : *charybdéidas* (s. m. pl.).

* **Chasmanthéreas,** *s. f. pl.* (bot.) tribu das Menispermaceas. || De *Chasmanthéra* — gen. typo (e este de χάσμα abertura + *anthéra*) + suff. *eas.*

Cheiloplastía. V. *chiloplastía.*

Cheirópteros. V. *chirópteros.*

Chelicério, *s. m.* (zool.) appendice preoral, com forma de pinça, que accompanha o cephalothorax dos Arthropodes Cheliphoros. || De χηλή pinça + κέρας antenna + des. *io.*

* **Chélidas,** *s. m. pl.* (zool.) fam. de Chelonios. || Do gen. *Chelys* (e este de χέλυς tartaruga) + suff. *idas.*

Chelidónia, *s. f.* (bot.) planta da ordem das Papaveraceas, gen. *Chelidonium;* herva andorinha. || De χελιδόνιον (e este deriv. provavelmente de χελιδών andorinha).

N. Os diccionarios dão tambem *celidónia,* mas é corruptela.

Deriv.: chelidónico (adj.), *chelidonína* (s. f.).

Chélidoxanthína, *s. f.* (chim.) princípio corante amarello das flôres e folhas da grande chelidónia. || De chelidónia (v. este vcb.) + ξανθός amarello + suff. *ina.*

Chelíferos, *s. m. pl.* (zool.). V. *Chelíphoros.*

Chelíphoros, *s. m. pl.* (zool.) sub-ramo dos Arthropodes. || De χηλή pinça + φορός portador.

N. Este vcb. é preferivel a *Chelíferos* de formação hybrida.

Chelodónte, *adj.* (zool.) que tem os dentes como pinças. || De χηλή pinça + οδούς, όντος dente.

Chelóide, *s. m.* (med.) tumor irregular assestado quasi sempre na parte anterior do peito; sua forma lembra vagamente um caranguejo. || De χηλή garra de caranguejo + είδος forma.

Chelónios, *s. m. pl.* (zool.) ordem dos Repteis, que tem por typo a tartaruga. De χελώνη tartaruga + suff. *ios.*

Chemóse, *s. f.* (med.) edema do tecido laminoso da conjunctiva. || De χήμωσις.

N. Figueiredo dá *chimose,* que não tem razão de ser.

Chénocholéico, *adj.* (chim.) diz-se do corpo acido, amorpho encontrado na bile do pato. || De χήν, νός pato + χολή bile + suff. *ico.*

Cogn. : *chenochólico* (adj.).

Chenopódio, *s. m.* (bot.) anserina, planta da ordem das Chenopodiaceas, gen. *Chenopodium.* || De χηνόπους, οδος (form. de χήν pato + πούς, ποδός pé).

Deriv. : *chenopodiáceas* (s. f. pl.).

***Chernétidas,** *s. m. pl.*

(zool.) familiade Arachnideos. || Do gen. *Chérnes* (e este de χερνής, ῆτος miseravel, pobre) + suff. *idas*.

Chérsidas, *s. m. pl.* (zool.) fam. de Chelonios. || De χέρσος terra firme + suff. *idas*.

Chersonéso, *s. m.* (geogr.) península. || De χερσόνησος (form. de χέρσος continental + νῆσος ilha).

Chetodóntes, *s. m. pl.* (zool.) peixes Acanthopterygios que têm os dentes finos e soltos como crinas. || De χαίτη crina + ὁδούς, ὁντος dente.

Chetógnatho, *adj.* (zool.) diz-se dos vermes Nematoideos, cujas maxillas ou labios são revestidos de sedas. || De χαίτη crina + γνάθος maxilla.

*Chetophóreas, *s. f. pl.* (bot.) tribu de Algas. || De *Chœtóphora* — gen. typo (de χαίτη cabelleira + φορός que traz) + suff. *eas*.

Chetópodes, *s. m. pl.* (zool.) ordem ou sub-classe dos Vermes Annellados; são animaes providos de sedas que servem para a locomoção. || De χαίτη crina + πούς, ποδός pé.

*Chetoptéridas, *s. m. pl.* (zool.) familia de Vermes Polychetas. || Do gen. *Chœtópterus* (e este de χαίτη cabelleira + πτερόν aza) + suff. *idas*.

Chiásma, *s. m.* (anat.) cruzamento dos nervos opticos. || De χίασμα disposição em forma de X ou cruz.

Chiastólitho, *s. m.* (min.) variedade de andalusito, silicato anhydro de aluminio ($Al^2 SiO^5$). || De χιαστός cruzado + λίθος pedra.

Chilalgía, *s. f.* (med.) dôr nos labios. || De χεῖλος labio + ἄλγος dôr + suff. *ia*.

Chilíade, *s. f.* milhar, mil cousas. || Pelo acc. lat. *chiliădem*, de χιλιάς, άδος (form. de χίλιοι mil).

N. Si Ad. Coelho, Aulete e Figueiredo concordam em graphar *myríade* (mui bem formado), não se justifica que auctorizem *chiliada*; o caso é identico.

Chiliárcha, *s. m.* commandante de chiliarchia ou divisão de mil homens, no exercito macedonico. || De χιλιάρχης (comp. de χίλιοι mil + ἄρχειν, commandar.).

Cogn. : *chiliarchia* (s. f.).

Chilodieresía, *s. f.* (med.) labio leporino. || De χεῖλος labio + διαίρεσις separação + suff. *ia*.

*Chilodóntidas, *s. m. pl.* (zool.) familia de Infusorios Hypotrichos. || Do gen. typo *Chilodon* (e este de χεῖλος labio + ὁδούς, ὁντος dente) + suff. *idas*.

Chilógnathos, *s. m. pl.* (zool.) ordem dos Myriopodes. || De χεῖλος labio + γνάθος maxilla.

Chiloplastía, *s. f.* (chir.) operação, com que se restaura um ou ambos os labios. || De χεῖλος labio + πλάσσω formo + suff. *ia*.

Deriv. : *chiloplástico* (adj.).

Chilópodes, *s. m. pl.* (zool.) ordem dos Myriopodes. || De χεῖλος labio + πούς, ποδός pé.

Chilostómatoplastía, *s. f.* (chir.) processo chiloplastico para restaurar a abertura da bocca. || De χεῖλος labio + στόμα, ατος bocca + πλάσσω formo + suff. *ia*.

*Chilóstomos, *s. m. pl.* (zool.) secção dos Bryozoarios Estelmatopodes. || De χεῖλος labio + στόμα bocca.

Chiméra, *s. f.* phantasia, producto da imaginação. || De χίμαιρα Chiméra, monstro fabuloso.

Deriv.: *chimérico* (adj.), *chiméridas* (s. m. pl.) — fam. de Chondropterygios.

*Chimiátra, *s. m.* médico

que pela chimica pretendia explicar todos os phenomenos da economia anımal. || De*chimica* (v. este voc.) + ἰατρός médico.
Deriv. : *chimiatría* (s. f.).
Chímica, *s. f.* sciencia que estuda as propriedades, a constituição íntima, as leis de composição e decomposição dos corpos. || De χημεία alchimia + suff. *ica*.
Deriv. : *chímico* (adj.), *chimismo* (s. m.).
***Chimiotaxía,** *s. f.* (zool.) propriedade que tem o protoplasma de ser attrahido ou repellido por certas substâncias chimicas. || De χυμίον succozinho + τάξις arranjo, disposição + suff. *ia*.
Deriv. : *chimiotáctico* (adj.).
* **Chimiotropismo,** *s. m.* (zool.) syn. de *chimiotaxia*. || De χυμίον succozinho + τρόπος direcção + suff. *ismo*.
Deriv. : *chimiotrópico* (adj.).
Chiólitho, *s. m.* (min.) fluoreto de sodio e aluminio. || De χιών neve + λίθος pedra.
Chirágra, *s. f.* (med.) gôtta nas mãos. || De χειράγρα (form. de χείρ mão + ἀγρέω apanho).
Chiralgía, *s. f.* (med.) sensibilidade dolorosa da mão (Bivona). || De χείρ mão + ἄλγος dôr + suff. *ia*.
Chirographário, *adj.* (jur.) diz-se de actos e contractos que constam de documento particular não reconhecido em juizo. || Pelo lat. *chirographarius*, de χειρόγραφον manuscripto (comp. de χείρ mão + γράφω escrevo).
Cogn. : *chirógrapho* (s. m.).
Chirología, *s. f.* dactylología, arte de exprimir o pensamento por meio de signaes com os dedos. || De χείρ mão + λόγος discurso + suff. *ia*.
Deriv. : *chirológico* (adj.).
Chiromancia, *s. f.* adivinhação pelas linhas da palma da mão. || De χειρομαντεία (comp. de χείρ mão + μαντεία adivinhação).
Deriv. : *chirománte* (s. m.), *chiromántico* (adj.).
Chiromegalia, *s. f.* (med.) hypertrophia dos dedos e das mãos. || De χείρ mão + μέγας grande + suff. *ia*.
N. Fôra mais correcta a palavra *mégalochiría*, de accôrdo com outros compostos de μέγας, μακρός, πολύς, etc.
***Chiromyidas,** *s. m. pl.* (zool.) fam. de Simios. || Do gen. *Chiromys* (e este de χείρ, χειρός mão + μῦς rato) + suff. *idas*.
***Chironéctidas,** *s. m. pl.* (zool.) fam. de Marsupiaes. || Do gen. *Chironéctes* (e este de χείρ mão + νήκτης que nada) + suff. *idas*.
Chironomía, *s. f.* arte de apropriar os gestos ao discurso. || De χειρονομία (form. de χείρ mão + νόμος regra, lei).
Deriv. : *chironómico* (adj.).
***Chironómidas,** *s. m. pl.* (zool.) familia de Insectos Dipteros Nematoceros. || Do gen. *Chirónomus* (e este de χειρονόμος que move os braços com cadencia) + suff. *idas*.
Chiroplásto, *s. m.* instrumento para facilitar o estudo do piano. ||De χείρ mão + πλάσσειν formar
Chirópteros, *s. m. pl.*(zool.) Mammaes Carnivoros, cujos membros anteriores têm ossos longos unidos por uma membrana, que lhes dá feição de azas. || De χείρ mão + πτερόν aza.
N. A forma *cheiropteros*, que anda algures empregada, é certamente defeituosa. Ad. Coelho já a condemnou com razão.
Chirotonia, *s. f.* (eccles.) imposição de mãos. — (Antig.) acção de votar, levantando a mão. || De χειροτονία (form. de χείρ mão + τείνειν extender).

Chirurgia, *s. f.* parte da arte de curar que se occupa das molestias externas e particularmente dos processos manuaes que conduzem á cura. || De χειρουργία operação manual (comp. de χείρ mão + έργον trabalho).
N. O rigor etymologico exige *chirurgia* (com *ch*), não obstante ter o povo adulterado o vocabulo pronunciando «cirurgia»
Deriv. : *chirurgião* (s. m.), *chirúrgico* (adj.).
Chitina, *s. f.* (chim.) substância organica que existe no envoltorio dos Articulados. || De χιτών tunica + suff. *ina*.
Chitinóphoros, *s. m. pl.* (zool.) nome de um vasto grupo, em que alguns zoologos reuniram os Nemathelminthes e os Arthrópodes. || De *chitina* (v. este vcb.) + φορός portador.
*****Chitónidas,** *s. m. pl.* (zool.) familia de Gastropodes. || Do gen. *Chiton* (e este de χιτών tunica, membrana) + suff.*idas*.
Chlâmyde, *s. f.* (ant.) especie de manto dos antigos Gregos. || De χλαμύς, ύδος.
*****Chlámydospório,** *s. m.* (h. nat.) esporio provido duma espessa membrana. || De χλαμύς, ύδος manto + σπορά semente + suff. *io*.
Chloanthito, *s. m.* (min.) arsenieto de nickel, com traços de ferro e cobalto. || De χλοανθής verdejante + suff. *ito*.
Chloásma, *s. m.* (med.) mancha na pelle que apparece muitas vezes durante a prenhez. || De χλόασμα mancha esverdeada.
Chlorálomania, *s. f.* (med.) hábito morbido de tomar chloral. || De *chlorál* (v. *chloro*) + μανία mania.
Chloranthia, *s. f.* (bot.) degeneração dos orgãos floraes, que apresentam a côr verde e a consistencia das folhas. || De χλωρός verde + άνθος flôr + suff. *ia*.
Cogn. : *chloránlho* (adj.), *chlorantháceas* (s. f. pl.).
Chlorapatito, *s. m.* (min.) apatito com predominio de chloro. || De *chloro* e *apatito* (v. estes vcbs.).
Chlorargyrito, *s. m.* (min.) syn. de cerargyrito. || De χλωρός verdoengo + *argyrito* (v. este vcb.).
*****Chloréthemia,** *s. f.* (med.) excesso de chloretos no sangue. || De *chloreto* (v. chloro) + αίμα sangue + suff. *ia*.
N. O *Dict.* de Garnier e Delamare consigna o vcb. francez *chlorurémie* formado de *chlorure*, etc.; desde que, porêm, a correcta palavra portugueza é *chloreto* (e não chlorureto), segue-se que tambem não devemos dizer «chloruremia».
Chlorídeas, *s. f. pl.* (bot.) tribu das Graminaceas. || Do gen. typo *Chloris* (e este de χλωρός verdoengo?) + suff. *ideas*.
Chlorito, *s. m.* (min.) genero de silicatos hydratados; são mineraes em palhetas verdes, compostos de silica, alumina, magnesia, oxydo de ferro e agua. || De χλωρός verde + suff. *ito*.
Chloritóide, *s. m.* (min.) especie de clintonito, silicato hydratado. || De *chlorito* (v. este vcb.) + είδος forma.
Chlóro, *s. m.* (chim.) corpo simples, metalloide, gazoso, de côr esverdeada. || De χλωρός verde.
Deriv. : *chlorál, chloralóse, chloráto, chloréto, chlórico, chlorito, chloróso* etc.
Chlóro-anemia, *s. f.* anemia symptomatica de várias molestias. || De *chlorose* + *anemia* (v. estes vcbs.).
*****Chlorócyto,** *s. m.* globulo

CHL — 145 — CHO

vermelho, que perdeu parte da sua materia corante (Hayem). || De χλωρός amarellado + κύτος cellula.

*Chlorodýnio, s. m. (pharm.) preparação calmante muito usada nos Estados-Unidos e na Inglaterra. || De *chloro* (v. este vcb.) + ὀδύνη dôr + suff. *io*.
N. Palavra mal formada.

Chloroleucíto, s. m. (bot.) corpusculo corado de verde, que se destaca do plasma. || De χλωρός verdoengo + *leucito* (v. este vcb.).

Chlorôma, s. m. (med.) molestia characterizada pelo desenvolvimento de lymphomas periosteos, de côr verdoenga, na face e no cranio. || De χλωρός verdoengo + suff. *ôma*.

Chlóromelaníto, s. m. (min.) variedade de jadeíto (silicato de aluminio sodifero). || De χλωρός verdoengo + μέλας preto + suff. *ito*.

Chlorómetro, s. m. (chim.) apparelho para determinar a quantidade de chloro contido num líquido ou combinado no estado de chloreto. || De *chloro* (v. este vcb.) + μέτρον medida.
Deriv.: *chlorometria* (s. f.), *chlorométrico* (adj.).

Chlorophánio, s. m. (min.) variedade de fluorina (fluoreto de calcio), que aquecida emitte bellos lampejos verdes. || De χλωρός verde + φαίνειν parecer, brilhar + suff. *io*.
N. Ad. Coelho dá — *chlorophána*, e Figueiredo — *chloróphana;* o segundo seria alvitre mais justificado, si não fôsse preferivel a desinencia *io*, com que se characterizam estes vocabulos (cf. *cymophánio*, *cyanosio, acerdesio, diallagio, harmotomio, h'persthenio, panabasio, orthosio,* etc.).

Chloropheíto, s. m. (min.) silicato hydratado de ferro e magnesio. || De χλωρός verdoengo + φαιός pardo + suff. *ito*.

Chlorophýceas, s. f. pl. (bot.) algas verdes. || De χλωρός verde + φῦκον alga + suff. *eas*.

Chlorophýlla, s. f. (bot.) materia corante verde das plantas. || De χλωρός verde + φύλλον folha.
Deriv.: *chlorophyllico* (adj.).

Chlórophyllíto, s. m. (min.) alteração de cordierito ou dichroïto (silicato de aluminio, ferro e magnesio). || De χλωρός verdoengo + φύλλον folha + suff. *ito*.

Chloróse, s. f. (med.) molestia, mais frequente nas donzellas, e characterizada entre outras cousas por pallidez e côr esverdinhada da pelle. || De χλωρός verde + suff. *óse*.
Deriv.: *chlorótico* (adj.).

Chlórothioníto, s. m. (min.) mineral composto de sulfato de potassio e chloreto de cobre. || De χλωρός verdoengo + θεῖον enxofre + suff. *ito*.

Chloruremía. V. *chlorethemia*.

*Chóano, s. m. (anat.) orificio posterior das fossas nasaes. || De χόανον funil.

*Choanócyto, s. m. (zool.) cellula que se encontra na constituição dos Infusorios Choanoflagellados. || De χοάνη cadinho, funil + κύτος cellula.

*Chóanoflagellados, s. m. pl. (zool.) ordem de Infusorios Flagellados. || De χοάνη cadinho, funil + *Flagellados*. Vcb. hybrido.

Choanóide, adj. que tem forma de funil. || De χόανον funil + εἶδος forma.

Choéphora, s. f. (ant.) mulher que levava as offerendas destinadas aos mortos. || De χοηφόρος (comp. de χοή offerenda, libação + φορός portador, de φέρειν levar).

9

Cholagôgo, *adj.* (med.) diz-se das substâncias que provocam a evacuação biliar. || De χολαγωγός (comp. de χολή bile + ἄγω conduzo).

*****Cholangiostomia,** *s. f.* (med.) operação de abrir para a pelle um conducto biliar. || De χολή bile + ἀγγεῖον vaso + στόμα bocca + suff. *ia*.

*****Cholangiotomia,** *s. f.* (med.) abertura chirurgica dum conducto biliar. || De χολή bile + ἀγγεῖον vaso + τομή corte + suff. *ia*.

*****Cholechroína,** *s. f.* (chim.) substância resinosa verde da bile. || De χολή bile + χρόα côr + suff. *ina*.

***Chólecystéctasia,** *s. f.* (med.) distensão da vesicula biliar. || De χολή bile + κύστις vesicula + ἔκτασις dilatação + suff. *ia*.

***Chólecystéctomia,** *s. f.* (med.) extirpação da vesicula biliar. || De χολή bile + κύστις vesicula + ἐκτομή ablação + suff. *ia*.

***Chólecysténterostomia,** *s. f.* (med.) operação que consiste em fazer a abertura da vesicula biliar para o intestino· || De χολή bile + κύστις vesicula + ἔντερον intestino + στόμα bocca + suff. *ia*.

***Cholecystíte,** *s. f.* (med.) inflammação da vesicula biliar. || De χολή bile + κύστις bexiga + suff. *ite*.

***Cholecýstocéle,** *s. f.* (med.) tumor formado pela vesicula biliar (Glénard). || De χολή bile + κύστις vesicula + κήλη tumor.

***Cholecystólithotripsia,** *s. f.* (med.) esmagamento de calculos existentes na vesicula biliar. || De χολή bile + κύστις vesicula + λίθος pedra + τρίψις esmagamento + suff. *ia*.

***Cholecýstopexia,** *s. f.* (med.) fixação da vesicula biliar na parede abdominal. || De χολή bile + κύστις vesicula + πῆξις fixação + suff. *ia*.

***Cholecýstoptóse,** *s. f.* (med.) prolapso da vesicula biliar (Glénard).|| De χολή bile + κύστις vesicula + πτῶσις quéda.

***Cholecýstorhaphía,** *s. f.* (med.) sutura da vesicula biliar. || De χολή bile + κύστις vesicula + ῥαφή sutura + suff. *ia*.

***Cholecýstostomía,** *s. f.* (med.) abertura da vesicula biliar para a pelle. || De χολή bile + κύστις vesicula + στόμα bocca + suff. *ia*.

***Cholecýstotomía,** *s. f.* (med.) incisão da vesicula biliar. || De χολή bile· + κύστις vesicula + τομή corte + suff. *ia*.

Cholédocho, *adj.* (anat.) diz-se do canal que leva a bile ao duodeno. || De χοληδόχος (form. de χολή bile + δέχομαι recebe).

N. Ad. Coelho e Figueiredo dão *choledoco* — forma que não respeita a etymologia.

Deriv. : *choledochite* (s. f.), melhor do que *choledocite*.

***Cholédocho-énterostomía,** *s. f.* (med.) abertura chirurgica do canal choledocho para o intestino. || De *choledocho* (v. este vcb.) + ἔντερον intestino + στόμα bocca + suff. *ia*.

***Choledochólithotripsía,** *s. f.* (med.) esmagamento de calculos existentes no canal choledocho. || De *choledocho* (v. este vcb.) + λίθος pedra + τρίψις esmagamento + suff. *ia*.

***Cholédochostomía,** *s. f.* (med.) abertura chirurgica do canal choledocho para a pelle. || De *choledocho* (v. este vcb.) + στόμα bocca + suff. *ia*.

***Cholédochotomía,** *s. f.* (med.) incisão do canal choledocho. || De *choledocho* (v. este vcb.) + τομή corte + suff. *ia*.

* **Choléico,** *adj.* (chim.) diz-se dum dos acidos da bile. || De χολή bile + suff. *ico.*
Deriv. : *choleáto* (s. m.).
Cholélitho, *s. m.* (med.) cálculo biliar. || De χολή bile + λίθος pedra.
N. A quantidade de λίθος manda accentuar a antepenultima.
Deriv. : *cholelithíase* (s. f.).
* **Cholélithotripsía,** *s. f.* (med.) esmagamento de calculos no interior do choledocho. || De χολή bile + λίθος pedra + τρίψις esmagamento + suff. *ia.*
* **Cholémese,** *s. f.* (med.) vómito de bile. || De χολή bile + ἔμεσις vómito (de ἐμέω vomito).
Cholemía. V. *cholohemía.*
Cholemimetría. V. *cholémometría.*
* **Cholémometría,** *s. f.* (med.) dosagem do pigmento bilear contido no sôro sanguineo. || De χολή bile + αἷμα sangue + μέτρον medida + suff. *ia.*
N. A analogia com outros derivados de αἷμα obriga a preferir esta forma a « cholemimetria » tirada do francez menos correcto « cholémimétrie ».
* **Cholepoése,** *s. f.* (med.) secreção abundante de bile. || De χολή bile + ποίησις fabrico, operação (de ποιεῖν fazer).
N. Sôbre a transmutação de οι em *o,* cf. *poeta, poesia,* etc.
Deriv. : *cholepoético* (adj.).
* **Cholepyrrhína,** *s. f.* (physiol.) materia corante vermelha da bile. || De χολή bile + πυῤῥός vermelho côr de fogo + suff. *ina.*
Chólera¹, *s. f.* sentimento de irritação contra o que nos offende ou indigna; raiva; impetuosidade. || Pelo lat. *cholera* de χολή bile.
N. Os diccionarios de Ad. Coelho e Figueiredo, registando embora a forma *cholera* (com *h*), auctorizam de preferencia *colera;* Aulete só esta forma consigna com a significação referida, reservando a graphia etymologica com *ch* para o termo de medicina. Não ha razão para taes distincções, si ambos os vocabulos procedem da mesmissima raiz.
Deriv. : *cholérico* (adj.), *encholerizár* (v.).
Chólera², *s. f.* (med.) ou cholera-morbo, molestia characterizada por vomitos, diarrhéa, caimbras, etc. || De χολέρα (provavelmente form. de χολή bile).
N. Figueiredo acertadamente dá o genero feminino a este vocabulo, contra a opinião de outros diccionaristas e contra o uso vulgar, que pretendem fazê-lo masculino.
É tambem corrente o emprêgo do vocabulo hybrido *cholera-morbus,* a que se conserva a desinencia latina inalterada; caso haja elle de ficar na lingua, é certamente preferivel dar-lhe a feição portuguêza — *chólera-morbo.*
Deriv. : *cholérico* (adj.), *cholerína* (s. f.), *chóleriforme* (hybrido que devêra ser substituido por *chólerimórpho* ou *choleróide*).
Cholerigeno, *adj.* (med.) que produz a cholera. || De *chólera²* (v. este vcb.) + γένος geração.
Cholerrhagía. V. *cholorrhagía.*
* **Chólesteatôma,** *s. m.* (med.) lipoma formado pela superposição de vesiculas adiposas, entre as quaes existe uma substância composta de cholesterina e estearina. || De χολή bile + στέαρ, ατος gordura + suff. *ôma.*
* **Cholesterhemía,** *s. f.* (med.) accumulação de choles-

terina no sangue. || De *cholesterína* (v. este vcb.) + αἷμα sangue + suff. *ia*.

Cholesterína, *s. f.* (physiol.) substância crystallizada dos calculos biliares humanos (Chevreul). || De χολή bile + στερεός solido + suff. *ina*.
Deriv. : *cholestérico* (adj.), *cholesteráto* (s. m.), *cholesterôna* (s. f.).

* **Choliámbo,** *s. m.* (poes.) verso jambico que tem o ultimo pé espondeu. || De χωλίαμβος (form. de χωλός côxo + ίαμβος jambo).
Deriv. : *choliámbico* (adj.).

* **Chólico,** *adj.* (chim.) o mesmo que glycocholico. || De χολή bile + suff. *ico*.
Deriv. : *choláto* (s. m.).
Cogn. : *choloídico* (adj.), *choloïdánico* (adj.), *cholónico* (adj.).

Cholihemía. V. *cholohemia*.

Cholohemía, *s. f.* (med.) presença de bile no sangue. || De χολή bile + αἷμα sangue + suff. *ia*.
N. Esta forma é mais regular e conforme á lei geral de composição do que *cholihemia*, que trazem Ad. Coelho e Figueiredo (cf. *cholorrhéa* e *cholostegnóse*). *Cholehemía* seria tambem acceitavel, si não fôra mal soante.

* **Cholorrhagía,** *s. f.* (med.) corrimento abundante de bile por fóra das vias naturaes. || De χολή bile + ῥαγή ruptura + suff. *ia*.
N. Forma preferivel a « cholerrhagía », por estar mais conforme ás regras geraes da composição de vocabulos.

* **Cholorrhéa,** *s. f.* (med.) diarrhéa biliosa. || De χολή bile + ῥεῖν correr.

* **Cholostegnóse,** *s. f.* (med.) espessamento da bile. || De χολή bile + στέγνωσις espessamento.

* **Choluría,** *s. f.* (med.) passagem, pela urina, dos principios corantes da bile. || De χολή bile + οὖρον urina + suff. *ia*.

* **Chóndracánthidas,** *s. m. pl.* (zool.) familia de Crustaceos Copepodes. || Do gen. *Chondracanthus* (e este de χόνδρος cartilagem + ἄκανθα espinho) + suff. *idas*.

* **Chondrarthrócace,** *s. f.* (med.) alteração ou molestia das cartilagens articulares. || De χόνδρος cartilagem + ἄρθρον articulação + κάκη vício (de κακός mau).

Chondrína, *s. f.* (med.) substância que se extrahe da cornea, das cartilagens permanentes e das dos ossos antes da ossificação. || De χόνδρος cartilagem + suff. *ina*.

* **Chondrite,** *s. f.* (med.) supposta inflammação das cartilagens. || De χόνδρος cartilagem + suff. *ite*.

* **Chóndroblásto,** *s. m.* (zool.) grande cellula arredondada do tecido cartilaginoso. || De χόνδρος cartilagem + βλαστάνειν produzir.

* **Chondrodíto,** *s. m.* (min.) silicato fluorifero de magnesio. || De χόνδρος grão + suff. *ito*.

* **Chóndroganóideos,** *s. m. pl.* (zool.) secção da classe dos Peixes; comprehende os de esqueleto cartilaginoso. || De χόνδρος cartilagem + *ganóideos* (v. este vcb.).

* **Chóndrogénese,** *s. f.* (anat.) geração da cartilagem. || De χόνδρος cartilagem + γένεσις geração.

* **Chóndro-glósso,** *adj.* (anat.) diz-se dum dos ramos do musculo hyo-glosso. || De χόνδρος cartilagem + γλῶσσα lingua.

Chóndrographía, *s. f.* (anat.) descripção das cartila-

gens. || De χόνδρος cartilagem + γράφειν descrever + suff. 'ia.
Deriv. : *chondrográphico* (adj.), *chondrógrapho* (s. m.).

Chondróide, *adj.* (anat.) diz-se do tecido parecido com o cartilaginoso. || De χόνδρος cartilagem + εἶδος forma.

Chóndrologia, *s. f.* (anat.) tractado sobre as cartilagens. || De χόνδρος cartilagem + λόγος discurso + suff. *ia.*
Deriv. : *chondrológico* (adj.), *chondrólogo* (s. m.).

Chondrôma, *s. m.* (med.) tumor cartilaginoso. || De χόνδρος cartilagem + suff. *ôma* (characteristico destes substantivos).

* **Chóndromalacía,** *s. f.* (med.) amollecimento das cartilagens. || De χόνδρος cartilagem + μαλακός molle + suff.*ia.*

* **Chondróphyto,** *s. m.* (med.) vegetação morbida cartilaginosa. || De χόνδρος cartilagem + φυτόν planta, producção.

Chóndropterýgios, *s. m. pl.* (zool.) Peixes de esqueleto cartilaginoso (Artedi). || De χόνδρος cartilagem + πτέρυξ aza + suff. *ios.*

* **Chondrósidas,** *s. m. pl.* (zool.) familia de Halichondrios, da classe das Esponjas. || Do gen. typo *Chondrósia* (e este de χόνδρος cartilagem) + suff. *idas.*

* **Chondrósteo,** *adj.* (anat.) que é ao mesmo tempo osseo e cartilaginoso. || De χόνδρος cartilagem + ὀστέον osso.
N. Chondrósteos (s. m. pl.), — secção dos Peixes Ganoideos.

* **Chóndro-sternál,** *adj.* (anat.) diz-se da união da cartilagem costal com o esterno. || De χόνδρος cartilagem + στέρνον esterno + suff. *ál.*

* **Chóndrostibiánio,** *s. m.* (min.) arsenio-antimonieto hydratado de ferro e manganez. || De χόνδρος grão + στίβι oxydo d'antimonio.

Chondrotomia, *s. f.* secção ou dissecção das cartilagens. || De χόνδρος cartilagem + τομή corte + suff. *ia.*

Chórda. V. *córda.*

Chordátos, *s. m. pl.* (zool.) secção dos Artiozoarios, á qual pertencem os Protochordos e os Vertebrados; são os animaes, cujo systema nervoso central é constituido por um cordão dorsal ôco. || De χορδή corda.
N. Corresponde ao latim *Chordata.*

* **Chordíte,** *s. f.* (med.) inflammação das cordas vocaes. || De χορδή corda + suff. *íte.*
N. Vcb. registado por Garnier e Delamare.

* **Choréa,** *s. f.* (med.) dansa de S. Guido, molestia nervosa characterizada por movimentos continuos, irregulares e involuntarios. — (Ant.) bailado. || De χορεία dansa em chôro, bailado (de χορεύω, e este de χορός chôro, dansa).
Deriv. : *choreico* (adj.).

Chorégo, *s. m.* (ant.) o que entre os Gregos custeava as despesas do espectaculo; o director do chóro. || De χορηγός (form. de χορός chôro + ἄγω conduzo).
Deriv. : *choregia* (s. f.), *chorégico* (adj.).

Chorégrapho. V. *choréographo.*

Choreógrapho, *s. m.* compositor de dansas ou bailados.|| De χορεία dansa + γράφειν traçar, escrever.
N. Figueiredo dá tambem *chorégrapho*, e Ad. Coelho só consigna esta graphia. Aulete mantem a forma usual *choreógrapho*, que tem formação legitima e portanto não carece de reforma.

Deriv.: choréográphico (adj.), *choreógrapho* (s. m.).
Chorêu, *s. m.* (poes.) diz-se do pé de verso grego ou latino composto de uma longa e duma breve (— ◡). || De χορεῖος.
Choriámbo, *s. m.* (poes.) pé de verso grego ou latino, formado dum choreu e dum jambo (— ◡ ◡ —). || De χορίαμβος (comp. de χορεῖος e ἴαμβος).
Chório, *s. m.* (anat.) membrana que envolve exteriormente o ovo uterino. || Trama das mucosas e do derma da pelle. || De χόριον.
N. Os diccionarios mantêm-lhe sem razão a desinencia grega *on*, e Figueiredo tambem regista *clorion* com grave equívoco.
Deriv. : *choriál* (adj.), *chorionite* (s. f.).
* **Chorióplace,** *s. f.* (med.) cellulas conjunctivas hypertrophiadas com muitos nucleos, que se encontram em certas formas de lepra. || De χόριον envoltorio, membrana + πλάξ ακός placa, crosta.
N. O vcb. francez « chorioplaxe », registado por Garnier e Delamare, parece de formação defeituosa, e não se vê que possa ter outro etymo alem do que vae aqui proposto. Em portuguez convem dar-lhe a boa forma.
Chórise, *s. f.* multiplicação ou desdobramento por formação de orgãos supranumerarios. || De χώρισις separação.
* **Choristospóreas,** *s. f. pl.* (bot.) tribu de Algas, cujos esporios se desenvolvem em cellulas especiaes. || De χωριστὸς separado + *espório* (v. este vcb.) + suff. *eas*.
Chorizóntes, *s. m. pl.* criticos que attribuiam as obras de Homero a diversos auctores. || De χωρίζοντες (forma participial de χωρίζειν separar).

N. Ad. Coelho grapha *chorisonte* (com *s*), que se não pode acceitar.
Chôro, *s. m.* reunião de pessoas, que cantam junctas; o que ellas cantam; logar onde se canta na egreja. || De χορός.
N. É vulgar a graphia *côro*, mas não é etymologica e facilmente se corrige.
Deriv. : *chorál* (adj.).
Chórographía, *s. f.* descripção particular de uma região ou de um paiz. || De χωρογραφία (form. de χώρα paiz, logar + γράφειν descrever + suff. *ia*.
Deriv. : *chorográphico* (adj.), *chorógrapho* (s. m.).
Choróide, *s. f.* (anat.) membrana média do ôlho, situada entre a esclerotica e a retina. || De χόριον chorio, membrana + εἶδος forma.
N. Teria sido mais bem formado *chorioide*, mas *choroide* pode conservar-se.
Deriv. : *choróideo* (adj.), *choroidíte* (s. f.).
Chrematística, *s. f.* arte de produzir riqueza. || De χρηματιστική (forma fem. de χρηματιστικός, de χρήματα bens, riquezas).
Chrématologia, *s. f.* tractado da riqueza. || De χρήματα bens, riqueza + λόγος tractado + suff. *ia*.
Deriv.: chrématológico (adj).
Chrématonomia, *s. f.* conjuncto de leis que regulam a producção e distribuição da riqueza. || De χρήματα riqueza + νόμος lei + suff. *ia*.
Deriv. : *chrématonómico* (adj.).
Chrestomathía, *s. f.* collecção de excerptos de auctores classicos. || De χρηστομάθεια instrucção solida e util (form. de χρηστὸς util, bom + μανθάνω arpendo).

Chrisma, *s. m.* (eccles.) sancto oleo usado no baptismo e na confirmação. — *s. f.* o sacramento da confirmação. || De χρίσμα oleo (deriv. de χρίειν ungir).
Deriv. : *chrismár* (v.).

*****Chrismatína,** *s. f.* (min.) cera fossil. || De χρίσμα, ατος oleo, cousa que uncta + suff. *ina*.

Christão, *adj.* e *s. m.* que professa a religião de Christo. || Pelo lat. *christiānum*, vem de χριστός, ungido, Christo (e este de χρίειν ungir).
Cogn. : *christandáde, christéngo, Christianísmo, christianizár*.

Christología, *s. f.* (eccles.) tractado sôbre a pessoa e doutrina de Christo. || De Χριστός Christo + λόγος tractado + suff. *ia*.
Deriv. : *christológico* (adj.), *christólogo* (s. m.).

Christómacho, *s. m.* (eccl.) o que combate a doutrina christã. || De χριστομάχος (comp. de Χριστός Christo + μάχομαι combato).

Christophanía, *s. f.* (eccles.) apparição de Christo. || De Χριστός Christo + φαίνομαι appareço + suff. *ia*.

*****Chromatía,** *s. f.* falta de convergencia dos raios luminosos que compõem a luz branca. || De χρῶμα, ατος côr + suff. *ia*.
Cogn. : *chromatísmo* (s. m.).

Chromático, *adj.* (phys.) relativo a côres. — (Mus.) composto de uma série de semitons. || De χρωματικός, e este de χρῶμα côr.

*****Chromatína,** *s. f.* (zool.) o mesmo que nucleïna, substáncia peculiar ao nucleo da cellula e que se cora quando submettida á acção de certos reactivos. || De χρῶμα, ατος côr + suff. *ina*.

*****Chrómatodysopsía,** *s. f.* (med.) vício de percepção das côres peculiar aos daltonicos. || De χρῶμα côr + δύς mal + ὄψις visão + suff. *ia*.

*****Chromatólyse,** *s. f.* modificação, degeneração e desapparecimento da chromatina no nucleo da cellula. || De χρῶμα, ατος côr + λύσις dissolução.

*****Chromatómetro,** *s. m.* (med.) apparelho para determinar o grau da achromatopsia. || De χρῶμα, ατος côr + μέτρον medida.

*****Chromatóphoro,** *s. m.* (zool.) orgão de forma cellular, que produz a mudança de côr na pelle dos Cephalopodes. || De χρῶμα côr + φορός productor (de φέρειν levar, produzir).

*****Chrómatopséudopsía,** *s. f.* (med.) um caso de daltonismo, em que ha confusão de côres simples. || De χρῶμα côr + ψεῦδος mentira, falsidade + ὄψις visão + suff. *ia*.

*****Chromaturía,** *s. f.* (med.) emissão de urina corada anormalmente. || De χρῶμα, ατος côr + οὖρον urina + suff. *ia*.

*****Chromhidróse,** *s. f.* (med.) suor corado por uma substáncia de côr escura. || De χρῶμα côr + ἵδρωσις suor.

Chrómio, *s. m.* (chim.) metal, branco acinzentado, que os acidos difficilmente attacam, e que com varios corpos forma compostos corados. || De χρῶμα côr + suff. *io*
N. A forma mais usada é *chrómo*, mas Figueiredo já regista *chromio*, cuja terminação se ajusta melhor á da maioria dos corpos simples e portanto deve ser preferida. O italiano formou egualmente *cromio*.
Deriv. : *chrómico* (adj.), *chromáto* (s. m.), *chromito* (s.

m. — syn. de ferro chromatado ou *siderochromio*).

Chrômo. V. *chrómio*.

* **Chrómoblásto,** *s. m.* cellula conjunctiva que apresenta no seu protoplasma granulações de côr negra. || De χρῶμα côr + βλαστός germe, cellula.

* **Chrômo-diagnóstico,** *s. m.* (med.) diagnostico das lesões dos centros nervosos pelo exame da coloração do líquido cephalo-racheano (Sicard). || De χρῶμα côr + *diagnóstico* (v. este vcb.).

* **Chromógeno,** *adj.* (med.) diz-se de bacterios que produzem materias corantes. || De χρῶμα côr + γένος geração, producção.

* **Chrómoleucito,** *s. m.* (bot.) corpusculo corado que se destaca do plasma. || De χρῶμα côr + λευκός branco + suff. *ito*.

Chrómo-lithographia, *s. f.* lithographia a côres. || De χρῶμα côr + *lithographia* (v. este vcb.).

Deriv. : *chrómo-lithográphico* (adj.), *chrómolithógrapho* (s. m.)

* **Chromólyse,** *s. f.* (med.) descoramento da retina, na nevrite optica. || De χρῶμα côr + λύσις dissolução.

* **Chromômetro,** *s. m.* (med.) instrumento para avaliar a quantidade de hemoglobina contida no sangue. || De χρῶμα côr + μέτρον medida.

Deriv.: *chrómometria*.

* **Chromophillyse,** *s. f.* modificação, degeneração e desapparecimento dos corpusculos chromophilos que se acham no corpo das cellulas nervosas (Retterer). || De *chromóphilo* (v. este vcb.) + λύσις dissolução, destruição.

* **Chromóphilo,** *adj.* diz-se de corpusculos intracellulares que têm grande affinidade para as materias corantes. || De χρῶμα côr + φίλος amigo.

* **Chromopsía,** *s. f.* (med.) estado em que são vistos com côr objectos incolores. || De χρῶμα côr + ὄψις visão + suff. *ia*.

* **Chrómosômio,** *s. m.* (zool.) segmento do filamento chromatico. || De χρῶμα côr + σῶμα corpo + suff. *io*.

* **Chromosphéra,** *s. f.* (astr.) atmosphera luminosa do sol. || De χρῶμα côr + *esphéra* (v. este vcb.).

* **Chrómotherapia,** *s. f.* (med.) therapeutica pelas côres. || De χρῶμα côr + θεραπεία curativo.

Chromurgía, *s. f.* (chim.) parte da Chimica, que tracta das côres e das substâncias corantes. || De χρῶμα côr + ἔργον trabalho + suff. *ia*.

Chrónica, *s. f.* narração historica pela ordem dos tempos ; secção litteraria ou scientifica que uma gazeta publica periodicamente. || De χρονικά (forma pl. neutra de χρονικός que se refere ao tempo, e este de χρόνος tempo).

Deriv.: *chronista* (s. m.), *chroniqueiro* (s. m.).

Chrónico, *adj.* inveterado, que dura ha muito. || Pelo lat. *chronĭcus*, de χρόνος tempo.

Deriv.: *chronicidáde* (s. f.).

Chronográmma, *s. m.* data enigmatica, formada de lettras espalhadas por differentes palavras. || De χρόνος tempo + γράμμα lettra (de γράφειν escrever).

Deriv. : *chrónogrammático* (adj.).

Chrónographía, *s. f.* notícia breve dos acontecimentos pela ordem dos tempos. || De χρονογραφία (comp. de χρόνος tempo + γράφειν escrever).

Deriv. : *chrónográphico* (adj.), *chronógrapho* (s. m.).

Chrónologia, *s. f.* conheci-

mento da ordem dos tempos e das datas historicas. || De χρονολογία (comp. de χρόνος tempo + λόγος discurso).
Deriv.: *chronológico* (adj.), *chronologísta* e *chronólogo* (s. m.).
Chrónometría, *s. f.* medida de tempo. || De χρόνος tempo + μέτρον medida + suff. *ia*.
Deriv.: *chronométrico* (adj.), *chronómetro* (s. m.).
Chrónophótographía, *s. f.* processo para analysar os movimentos dum objecto, por meio de photographias instantaneas e successivas. || De χρόνος tempo + *phótographía* (v. este vcb.).
Chronoscópio, *s. m.* (phys.) apparelho que serve de medir um intervallo de tempo extremamente curto. || De χρόνος tempo + σκοπεῖν examinar + suff. *io*.
* **Chroocócceas**, *s. f. pl.* (bot.) tribu de Algas Nostocaceas. || De *Chroocóccus* (e este de χρόα côr + κόκκος grão, baga) + suff. *eas*.
Chrysállide, *s. f.* (zool.) nympha dos Lepidopteros; forma intermediaria entre a lagarta e a borboleta. || De χρυσαλλίς, ίδος.
N. A graphia com um só *l* (Ad. Coelho) não respeita a etymologia, e a forma *chrysallida* (Aulete e Figueiredo) destoa da regra geral de derivação; (cf. *ephélide*, *epheméride*, *agróstide*,*cidade*,*virtude*,etc.).
Chrysánthemo, *s. m.* (bot.) planta da ordem das Compostas, gen. *Chrysánthemum*. || De χρυσάνθεμον (comp. de χρυσός ouro + ἄνθεμον flôr).
N. Tanto Ad. Coelho como Figueiredo accentúam bem a antepenultima.
Chrýselephantina, *s f.* a esculptura antiga em que entravam ouro e marfim. || De χρυσελεφάντινος (comp. de χρυσός ouro + ἐλέφας marfim.).

* **Chrysénio**, *s. m.* (chim.) nome dado por Berthelot a um carboneto de hydrogenio ($C^{36}H^{12}$) pulverulento e amarello. || De χρυσός ouro + suff. *énio* proprio desta classe de corpos chimicos.
Chrysídidas, *s. m. pl.* (zool.) familia de Hymenopteros Aculeados. || Do gen. *Chrysis* (e este de χρυσίς, ίδος dourado) + suff. *idas*.
N. Ad. Coelho dá *chrysidídas* (as), e Figueiredo — *chrysídidos* (os); nem uma nem outra forma respeita regras.
* **Chrysínico**, *adj.* (chim.) diz-se dum acido extrahido dos gomos do choupo branco. || De χρυσός ouro + suff. *ínico*.
* **Chrýsobaláneas**, *s. f. pl.* (bot.) tribu das Rosaceas. || Do gen. typo *Chrysobálanus* (e este de χρυσός ouro + βάλανος glande) + suff. *eas*.
* **Chrysoberýllo**, *s. m.* (min.) syn. de cymophanio, aluminato de glycinio natural, de crystaes por vezes opalescentes. || De χρυσοβήρυλλος (comp. de χρυσός ouro + βήρυλλος beryllo).
Chrysochálco, *s. m.* (chim.) liga de cobre e zinco, que tem apparencia de ouro. || De χρυσός ouro + χαλκός cobre.
N. Figueiredo regista *chysocalo*, com grande equívoco na etymologia do vocabulo e na sua significação.
Chrýsochlóro, *adj.* auriverde. || De χρυσός ouro + χλωρός esverdeado.
Chrysocólla, *s. f.* (min.) antiga denominação do borax. Hoje nome dado a um hydrosilicato de cobre, amorpho, variedade de dioptasio (Lapp.). || De χρυσόκολλα (form. de χρυσός ouro + κόλλα colla).
Chrysogástro, *adj.* que tem

9.

ventre côr de ouro. || De χρυσός ouro + γαστήρ, τρός ventre.

*Chrysogénio, s. m. (chim.) carboneto de hydrogenio contido na paranaphthalina. || De χρυσός ouro + γένος geração + suff. io.

Chrýsographía, s. f. arte de escrever com lettras d'ouro. || De χρυσογραφία (form. de χρυσός ouro + γράφειν escrever).
Cogn. : chrysógrapho (s. m.).

Chrysólitho, s. m. (min.) pedra preciosa do Oriente : silicato de magnesio e ferro, com pequena porção de alumina, oxydo manganoso e oxydo de nickel. || De χρυσόλιθος (comp. de χρυσός ouro + λίθος pedra).
N. Aulete grapha o vocabulo com toda a correcção, pondo á margem a forma *chrysolitha* que o uso tem pretendido introduzir. Figueiredo contra todos os preceitos e até contra o proprio uso accentúa a penultima.

Chrysólogo, adj. que tem palavras de ouro, eloquente. || De χρυσολόγος (e este de χρυσός ouro + λόγος discurso, palavra).

*Chrysomélidas, s. m. pl. (zool.) familia de Coleopteros. || Do gen. *Chrysoméla* (e este de χρυσοῦς dourado + μῆλον fructo) + suff. *idas*.

Chrysopéia, s. f. supposta arte de fazer ouro; alchimia. || De χρυσός ouro + ποιεῖν fazer.

*Chrysóphana, s. f. (chim.) corpo ternario contido no rhuibarbo. || De χρυσός ouro + φανός brilhante.
Deriv.: *chrysophánico* (adj.).

*Chrysophánio, s. m. (min.) syn. de ssybertito, mixtura isomorpha do silicato com o aluminato de calcio e magnesio. || De χρυσός ouro + φαίνεσθαι parecer + suff. io.

Chrýsophthálmo, adj. (zool.) diz-se de animaes que têm olhos côr de ouro. || De χρυσός ouro + ὀφθαλμός ólho.

Chrýsophýllo, adj. (bot.) que tem folhas douradas. || De χρυσός ouro + φύλλον folha.

Chrysópraso, s. m. (min.) chalcedonia côr verde-maçã. || De χρυσόπρασος (comp. de χρυσός ouro + πράσον alhoporro.

Chrysóptero, adj. (zool.) que tem azas douradas. || De χρυσός ouro + πτερόν aza.

Chrýsorhamnína, s. f. (chim.) syn. de rhamnína. || De χρυσός ouro + *rhamnína* (v. este vcb.).

Chrysóstomo, adj. que tem bocca dourada; eloquente. || De χουσόστομος (comp. de χρυσός ouro + στόμα bocca).

Chthónio, adj. (myth.) diz-se dos deuses que habitam nas cavidades da terra. || De χθόνιος (form. de χθών terra, solo).
N. Figueiredo regista a forma *chthoniano*, que é cópia inutil do francez *chthonien*. *Chthonico*, dado por Ad. Coelho, seria mais acceitavel.

Chýlo, s. m. (physiol.) liquido que se separa dos alimentos durante a digestão e que, absorvido pelos vasos chyliferos, é levado ao sangue do animal. || De χυλός succo.
Deriv. : *chylificár* (v.), *chilóso* (adj.).

*Chylopoése, s. f. (physiol.) chylificação, formação do chylo. || De *chýlo* (v. este vcb.) + ποίησις acção de fazer.
Deriv. : *chylopoético* (adj.).

*Chylothórax, s. m. (med.) derramamento de chylo na pleura. || De *chýlo* e *thórax* (v. estes vcbs.).

Chyluría, s. f. (med.) presença de gordura em emulsão, na urina. || De *chýlo* (v. este vcb.) + οὖρον urina + suff. *ia*.
N. Ad. Coelho já auctoriza esta accentuação, que é preferivel a *chylúria*.
Deriv. : *chylúrico* (adj.).

Chýmo, s. m. (physiol.) mas-

sa formada pelos alimentos quando já soffreram no estomago o primeiro grau de elaboração. || De χυμός succo (principalmente de carnes), mólho.
Deriv.: *chymificár* (v.), *chymóso* (adj.).

* **Cibdélophánio**, *s. m.* (min.) var. de crichtonito (ferro titanado). || De κίβδηλος alterado + φαίνω pareço + suff. *io*.

* **Cibisótomo**, *s. m.* (med.) instrumento destinado a abrir a capsula do crystallino na operação da cataracta (Petit-Radel). || De κίβισις sacco + τομή corte.
N. A forma *kibisotomo*, imitada do francez, é incorrecta.

Cibório, *s. m.* (eccles.) ambula, vaso em que se guardam as particulas consagradas. || Pelo lat. *ciborium*, de κιβώριον copo grande.

* **Cidarídeos**, *s. m. pl.* (zool.) ordem de Echinoideos. || Pelo lat. scient. *Cidarídea*, de κίδαρις turbante + suff. *eos*.
Cogn.: *cidáridas* (s. m. pl.).

Cilício, *s. m.* (eccles.) cinctura de lã ou arame fino, que se traz sôbre a pelle para mortificação e penitencia. || De κιλίκιον panno grosso de pelle de cabra, feito na Cilicia.

Cimeliárcha, *s. m.* (ant.) guarda dos thesouros duma egreja. || De κειμηλιάρχης (form. de κειμήλιον thesouro + ἄρχειν governar, dirigir).

* **Cimélio**, *s. m.* objecto raro e precioso, que se guarda com cuidado. || De κειμήλιον.
N. Vocabulo que foi acceito, quando o propuzemos para significar o livro raro ou de alto valor bibliographico, que as bibliothecas guardam em reserva especial.

Cinabrio, *s. m.* V. *cinnábrio*.

Cínara, *s. f.* (bot.) especie de alcachofra. || De κίναρα.
Deriv.: *cináreo* (adj.).

* **Cínclise**, *s. f.* o pestanejar contínuo. || De κίγκλισις agitação.

Cinemática, *s. f.* theoria, sciencia abstracta dos movimentos. || De κίνημα movimento.
Deriv.: *cinemático* (adj.).

Cinématógrapho, *s. m.* apparelho chrono-photographico que permitte a projecção de scenas animadas ou em movimento. || De κίνημα, ατος movimento + γράφειν desenhar, pintar.

Cinesia, *s. f.* (med.) arte dos exercicios corporeos e dos movimentos curativos em sua relação com os movimentos naturaes do organismo humano (Dailly). || De κίνησις movimento + suff. *ia*.

* **Cinésialgia** *s. f.* (med.) dôr viva produzida pela contracção dum musculo (Gübler). || De κίνησις movimento + ἄλγος dôr + suff. *ia*.

Cinésiotherapia, *s. f.* (med.) tractamento das doenças por meio da gymnastica. || De κίνησις movimento + θεραπεία tractamento, cura.
N. Melhor do que *cinesitherapia*.
Deriv.: *cinésiotherápico* (adj.).

Cinética, *s. f.* gymnastica médica; exercicios hygienicos. || De κινητικός que põe em movimento.

Cinétophónio, *s. m.* apparelho resultante da combinação do cinematographo com o phonographo (Figueiredo). || De κινητός movel, agitado + φωνή voz + suff. *io*.
N. Figueiredo dá *cinetóphono*, cuja accentuação contraria abertamente a quantidade da raiz grega; alem disso, á feição dos nomes de instrumentos derivados de σκοπεῖν (microscópio, telescópio, etc.), é de vantagem que terminem em *io* os deriva-

dos de φωνή (telephónio, etc.), de λαμβάνειν (astrolabio).

Cinetoscópio, *s. m.* apparelho que reproduz a photographia animada (Edison). || De κινητός movel, agitado + [σκοπεῖν vèr + suff. *io*.

Cinnábrio, *s. m.* (min.) outrora nome dado ao minio; hoje sulfureto de mercurio (HgS). || De κιννάβαρι.
N. Ad. Coelho dá *cinábrio*. e Aulete *cinábre*. Figueiredo acertadamente acceita por melhor *cinnabrio*, com *nn* (v. raiz) e desinencia em *io* (do lat. scientifico *cinnabrium*).

Cínnamo, *s. m.* nome dado antigamente a uma substância aromatica, talvez a canella. || De κίνναμον canelleira.
N. Ad. Coelho e Figueiredo accentúam a penultima.
Deriv.: *cinnamcïna* (s. f.), *cinnam nio* (s. m.), *cinnámico* (adj.), *cinnamáto* (s. m.), *cinnamýlio* (s. m.).

Cinnamômo, *s. m.* (bot.) canella aromatica, gen. *Laurus cinnamômum*, da ordem das Lauraceas. — Arvoreta da ordem das Meliaceas, *Melia azedarach*. || De κιννάμωμόν cahelleira.

Cinýra, *s. f.* (ant.) especie de lyra, de som mavioso e triste. || De κίνυρα (deriv. de κινύρομαι genio).

Cionite, *s. f.* (med.) inflammação da uvula. || De κίων, ονος uvula + suff. *ite*.

*** Cionocrânios,** *s. m. pl.* (zool.) sub-ordem de Saurios. || De κίων, ονος columna, pilar + κράνιον cranio.

*** Cionotomía,** *s. f.* (chir.) secção da uvula. || De κίων, ονος uvula + τομή corte + suff. *ia*.

Cogn.: *cionótomo* (s. m.).

Circéa, *s. f.* (bot.) herva de Stº Estevão, gen. *Circaea*, da ordem das Onagrariaceas. || De κιρκαία.

Deriv.: *circeïneas* (e não círceas) s. f. pl.

Circo, *s. m.* vasto recincto, onde os antigos se reuniam para a celebração dos jogos publicos; recincto circular. || Pelo lat. *circus*, de κίρκος (metathese de κρίκος círculo, annel).

Deriv.: *círculo* (s. m.), *circulár* (adj. e v.), etc.

*** Cirrhólitho,** *s. m.* (min.) phosphato hydratado de alumínio, calcio e manganez. || De κιρρός amarello côr de palha + λίθος pedra.

Cirrhóse, *s. f.* (med.) molestia do figado em que ha hypertrophia e hypergenese do seu tecido cellular. || De κιρρός amarello côr de palha + suff. *óse*.
N. Foi dado o nome por Laennec em virtude da côr das granulações, que o figado cirrhoso apresenta ás vezes.
Deriv.: *cirrhóso* (adj.).

Cirsocéle, *s. f.* (med.) tumor varicoso. || De κιρσός varice + κήλη tumor.

*** Cirsóide,** *adj.* (med.) que se assimelha a varices. || De κιρσός varice + εἶδος forma.

Cirsómphalo, *s. m.* (med.) tumor formado pela dilatação varicosa das veias proximas do umbigo. || De κιρσός varice + ὀμφαλός umbigo.

Cirsophthalmía, *s. f.* (med.) ophthalmia varicosa. || De κιρσός varice + *ophthalmía* (v. éste vcb.).

*** Cirsotomía,** *s. f.* (med.) extirpação de varices. || De κιρσός varice + τομή corte + suff. *ia*.

Cirurgía, *s. f.* V. *chirurgia*.

*** Cissampelídeas,** *s. f. pl.* (bot.) tribu das Menispermaceas. || De *Cissampelos* (e este de κισσάμπελος campainha) + suff. *ideas*.

* **Cissampelina,** *s. f.* (chim.) alcaloide extrahido da raiz dum *Cissampelos*. || De κισσάμπελος campainha (planta) + suff. *ina*.

* **Cissóide,** *s. f.* (geom.) curva do terceiro grau imaginada por Diocles para resolver o problema da duplicação do cubo. || De κισσός hera + εῖδος forma.

Cistáceas, *s. f. pl.* (bot.) ordem de plantas dicotyledones, cujo typo fundamental é o gen. *Cistus*. || De κίστος esteva + suff. *áceas*.

Cistóphoro, *s. m.* (ant.) moeda antiga, cujo cunho representava a cesta mystica de Baccho. || De κιστοφόρος (comp. de κίστη cesta + φορός portador).

Cíthara, *s. f.* instrumento de cordas, similhante á lyra. || De κιθάρα.
Deriv.: citharista (s. m. ou f.).

Citharédo, *s. m.* o que canta accompanhando-se com cithara. || Pelo lat. *citharœdus*, de κιθαρῳδός (comp. de κιθάρα cithara + ᾄδω canto).

Cítrico, *adj.* (chim.) diz-se do acido tribasico descoberto por Scheele em 1784 e que existe em grande porção no limão, nas laranjas, etc. || De κίτρον limão + suff. *ico*.
Cogn.: citráto, citrilénio, citrícico, citríno.

Cizánia, *s. f.* joio; rixa, desharmonia. || De ζιζάνιον.
N. Fôra melhor — zizánia.

* **Cladóceros,** *s. m. pl.* (zool.) ordem de Crustaceos, creada por alguns naturalistas para as Daphnias, que têm as antennas ramosas. || De κλάδος ramo + κέρας corno, antenna.

Cladódio, *s. m.* (bot.) gomo que se dilatou apresentando o aspecto de folha. || Pelo lat. scient. *cladodium*, de κλαδώδης ramoso (der. de κλάδος ramo).

* **Cladophóreas,** *s. f. pl.* (bot.) tribu de Algas. || De *Cladóphora* — gen. typo (e este de κλάδος ramo + φορός que traz, supporta) + suff. *eas*.

Clámyde, V. *Chlamyde*.

* **Clasmatócyto,** *s. m.* (zool.) cellula do tecido conjunctivo, cujos prolongamentos moniliformes não se anastomosam e podem destacar-se da cellula (Ranvier). De κλάσμα, ατος fragmento + κύτος cellula.

* **Clasmatóse,** *s. f.* (zool.) fragmentação do protoplasma dos clasmatocytos (Ranvier). || De κλάσμα, ατος fragmento + suff. *óse*.

Clástico, *adj.* (geol.) diz-se de rochas que apresentam signaes de fractura. — (Anat.) diz-se de peças anatomicas artificiaes, que se desmontam para estudo. || De κλαστός quebrado (e este de κλάω quebro) + suff. *ico*.

Cleidorhexía. V. *clidorhexía*.

Cleidotomía. V. *clidotomía*.

Clematídeas, *s. f. pl.* (bot.) tribu das Ranunculaceas, cujo typo é o gen. *Clemātis*. || De κληματίς planta sarmentosa + suff. *eas*.

Clematíte, *s. f.* (bot.) planta trepadeira da ordem das Ranunculaceas, gen. *Clemātis*. || De κληματῖτις (deriv. de κλῆμα sarmento).

Clepsýdra, *s. f.* relogio d'agua. || De κλεψύδρα (form. de κλέπτω escondo, furto + ὕδωρ agua).

Cléptomanía, *s. f.* (med.) tendencia irresistivel para o furto. || De κλέπτω furto + μανία loucura.
N. Figueiredo regista — *clephtomania*, viciando o radical. V. *clopemanía*.

* **Cléridas,** *s. m. pl.* (zool.) familia de Coleopteros. ||Do gen. *Clerus* (e este de κλῆρος verme

que ataca as colmeias) + suff. idas

Cléro, *s. m.* a corporação dos clerigos ou dos ecclesiasticos de uma egreja ou de um paiz. || De κλῆρος collegio de sacerdotes.
Deriv.: *clerezía, clericál, clericáto, clérigo.*

Cléromancía, *s. f.* arte de adivinhar pelos dados ou sortes. || De κλῆρός sorte + μαντεία adivinhação.
Deriv.: *clerománte* e *eleromántico.*

* **Clerúchia**, *s.f.* (ant.) especie de colonia em que os emigrados athenienses se conservavam cidadãos de Athenas, sem independencia completa. || De κληρουχία (comp. de κλῆρος lote sorteado + ἔχειν ter).
Cogn.: *clerúcho* (s. m.).

* **Clidarthrócace**, *s. f.* (med.) molestia da articulação esterno-clavicular. || De κλείς, δός clavicula + ἄρθρον articulação + κακή má disposição.

Clidomancía, *s.f.* adivinhação por meio duma chave. || De κλεις, δός chave + μαντεία adivinhação.
Deriv.: *clidománte* e *clidomántico.*

* **Clidorhexía**, *s. f.* (med.) fractura das duas claviculas do feto, na occasião do parto. || De κλείς, δός clavicula + ῥῆξις ruptura + suff. *ía.*
N. Fez o francez « cleidorrhexie »; mas é preferivel respeitar a regra da transmutação do diphthongo grego ει para *i.*

* **Clidotomía**, *s. f.* (med.) secção da clavicula. || De κλείς, δός clavicula + τομή corte + suff. *ía.*

Clíma, *s. m.* temperatura e mais condições atmosphericas que characterizam uma região ou um paiz. || De κλίμα, ατος.
Deriv.: *climático* (adj.), *acclimár* (v.), etc.

Climactérico, *adj.* relativo a qualquer das epochas da vida consideradas antigamente como críticas. || De κλιμακτηρικός (form. de κλιμακτήρ degrau, crise).
N. Como d'aqui facilmente se deduz, é erroneo o emprêgo do adj. *climactérico* por *climático.* V. *clima.*

Climatología, *s. f.* estudo dos climas. || De κλίμα, ατος clima + λόγος discurso + suff. *ía.*
Deriv.: *climatológico* (adj.).

Climatotherapía, *s. f.* (med.) therapeutica, que tem por base a procura de bom clima. || De κλίμα, ατος clima + ὀθεραπεία cura.

Climax, *s. f.* (rhet.) syn. de gradação. || De κλῖμαξ escada, degrau.

* **Clinándrio**, *s. m.* (bot.) o orgão sôbre que assentam os orgãos sexuaes masculinos das Orchidaceas. || De κλίνη leito + ἀνήρ, ἀνδρός homem + suff. *io.*

Clinánthio, *s. m.* (bot.) syn. de phoranthio. || De κλίνη leito + ἄνθος flôr + suff. *io.*
N. Melhor do que « clinantho ».

Clínica, *s. f.* (med.) práctica da Medicina; clientela de médico. || De κλινική (forma fem. de κλινικός que está juncto do leito).
Cogn.: *clínico* (adj.).

Clinocéphalo, *adj.* que tem acamada a parte superior da cabeça.|| De κλίνη leito + κεφαλή cabeça.
Deriv.: *clinocephalía* (s. f.).

Clinochlóro, *s. m.* (min.) especie de chlorito (silicato hydratado de aluminio e magnesio). De κλίνω inclino + χλωρός verdoengo.

***Clinoclásio**, *s. m.* (min.) syn. de aphanesio. || De κλίνω inclino + κλάσις fractura + suff. *io.*

***Clinocrocito**, *s. m.* (min.) sulfato hydratado de alcalis, aluminio e ferro. || De κλίνω inclino + κρόκος açafrão + suff. *ito*.

*****Clinodactylia**, *s. f.* (med.) desvio dum dedo ou dos dedos do pé. || De κλίνω inclino + δάκτυλος dedo + suff. *ia*.

Clinodôma, *s. m.* (min.) forma crystallographica do systema monoclinico. || De κλίνω inclino + δῶμα casa.

Clinóide, *adj.* (anat.) que tem forma de leito. || De κλινοειδής (form. de κλίνη leito + εἶδος forma).

*****Clinopheito**, *s. m.* (min.) var. de pyrito alterado. || De κλίνω inclino + φαιός pardo + suff. *ito*.

Clinopinacóide, *adj.* (min.) diz-se de uma forma holoedrica de crystaes monoclinicos. || De κλίνω inclino + πινακοειδής que tem forma de mesa ou tabula.

Clinorhômbico, *adj.*(cryst.) diz-se do prisma inclinado de base rhombo, nucleo dos crystaes do systema monoclinico. || De κλίνειν inclinar + *rhombo* + suff. *ico*.

*****Clinotherapia**, *s.f.* (med.) methodo de tractamento pelo repouso. || De κλίνη leito + θεραπεία tractamento.

Deriv.: *clinotherápico* (adj.).

*****Cliságra**, *s. f.* (med.) gotta que tem por séde especial a articulação esterno-clavicular. || De κλεἰς clavicula + ἄγρα tomada, presa.

*****Cliseómetro**, *s. m.* (med.) instrumento proposto por Stein para medir o grau de ínclinação da bacia. || De κλίσις inclinação + μέτρον medida.

*****Clistógamo**, *adj.* (bot.) diz-se de flóres menores e sempre fechadas, que ás vezes apparecem ao lado das flóres ordinarias duma planta. || De κλειστός fechado + γάμος casamento.

*****Clithrophobia**, *s.f.* (med.) terror morbido de todo logar fechado. || De κλεῖθρον fecha-dura + φόβος medo + suff. *ia*.

Clitóride, *s. f.* (anat.) orgão susceptivel de erecção, situado na parte superior da vulva. || De κλειτορίς, ίδος (deriv. talvez de κλείω fecho).

N. A forma geralmente usada é *clitóris*, como dão Ad. Coelho e Figueiredo; mas nem sómente é pouco regular esta derivação do nominativo, como é certo tambem que a quantidade grega mandaria dizer *clítoris*, segundo aliaz Aulete consigna. O portuguez deve imitar ainda aqui o italiano, que fez *clitóride* com muito acêrto.

Deriv.: *clitorídeo* (adj.), *clitoridismo* (s. m.).

*****Clitóridectomía**, *s. f.* (med.) ablação da clitóride. || De *clitóride* (v. este vcb.) + ἐκτομή ablação + suff. *ia*.

Clónico, *adj.* (med.) diz-se do espasmo, em que ha movimentos convulsivos e independentes da vontade. || De κλόνος agitação, desordem + suff. *ico*.

Cogn.: *clonismo* (s. m.).

Clopemania, *s. f.* (med.) inclinação irresistivel para furtar. || De κλοπή furto + μανία loucura.

Deriv.: *clopemaniaco* (s. m.).

*****Clóstro**, *s. m.* (bot.) cellula fusiforme, que entra na composição do lenho e das camadas corticaes (Dutrochet). || De κλῶστρον fio, trama.

*****Clypeastróideos**, *s. m. pl.* (zool.) ordem da classe dos Echinodermos Echinidas.ʳ || Do gen. *Clypeaster* + εἶδος forma + des. *eos*. Clypeaster, do lat. *clypeus* escudo + ἀστήρ estrella.

Clystér, *s. m.* injecção de liquido pelo ano mediante seringa ou apparelho analogo. || De κλυστήρ, ῆρος (deriv. de κλύζειν irrigar).

Deriv.: *clysterizár* (v.), etc.

*****Cnicina**, *s. f.* (chim.) principio amargo, crystallizavel das

folhas do *Cnicus benedictus*. ||
De χνίχος ou χνῆχος especie de
cardo + suff. *ina*.

*Cnidários, *s. m. pl.* (zool.)
secçâo dos Celenterados. || De
χνίδη urtiga + suff. *ários*.

*Cnidoblásto, *s. m.* (zool.)
cellula urticante, na exoderme
dos Celenterados. || De χνίδη urtiga + βλαστάνω produzo.

*Cnidocílio, *s. m.* (zool.)
prolongamento filiforme ou cilio do cnidoblasto. || De χνίδη urtiga + *cílio*.

Cnidóse, *s. f.* (med.) syn.
de urticaria. || De χνίδη urtiga + suff. *óse*.

*Coccídios, *s. m. pl.* (zool.)
classe de Esporozoarios. || Do
gen. *Coccidium*, e este de χόχχος grânulo, baga.
N. Deriva da mesma raiz o
vcb. *coccidióse* — molestia do
coelho produzida por uma especie de coccídio.

*Coccinito, *s. m.* (min.)
chloreto de mercurio. || De χόχχινος escarlate + suff. *ito*.

Cócco, *s. m.* cochinilha (que
foi tomada talvez pelo fructo de
uma árvore); dá tincta escarlate. || De χόχχος.
Deriv. : *coccíneo* (adj.).

*Coccólitho, *s. m.* (min.)
variedade de salito (pyroxenio
diopside) que é um silicato de
calcio, magnesio e ferro. || De
χόχχος grão + λίθος pedra.

*Coccycéphalo, *s. m.* (terat.)
monstro acephalo, cuja extremidade superior do corpo tem
a configuração do coccyx (I.-G.
St-Hilaire). || De χόχχυξ coccyx + χεφαλή cabeça.

*Coccýgodynia, *s. f.* (med.)
dôr nevralgica na região do
coccyx. || De χόχχυξ coccyx + ὀδύνη dôr + suff. *ia*.

*Coccýgotomía, *s. f.* (med.)
secção do coccyx, para alargamento da bacia. || De χόχχυξ,
υγος coccyx + τομή corte + suff. *ia*.

Cóccyx, *s. m.* (anat.) ossinho
da extremidade inferior da columna vertebral. || De χόχχυξ,
υγος, cujo significado primitivo
é — cuco.
Deriv. : *coccýgeo* (adj.).

Cóchlea, *s. f.* (anat.) caracol
da orelha interna. || Pelo lat.
cochlĕa, de χόχλος caracol.
Deriv. : *cochléar* e *cochleifórme* (adj.), *cochleária* (s. f.).

*Cochlítes, *s. m.* (paleont.)
termo generico para designar
as conchas univalves fosseis. ||
De χόχλος concha + suff. *ites*.

*Cochlorhýnchos, *s. m. pl.*
(zool.) familia de Passaros, segundo a divisão de Lesson. ||
De χόχλος concha, espiral + ῥύγχος bico.

Cocýto, *s. m.* inferno. || De
Κωχυτός Cocyto, rio do Inferno,
na mythologia grega.

Codeína, *s. f.* (chim.) um
dos alcaloides do opio. || De
χώδεια papoula + suff. *ina*.

Colácreta, *s. m.* (ant.) cortador de víctimas nos sacrifícios, e depois cobrador de impostos em Athenas. || De χωλαχρέτης (comp. de χῶλον membro + ἀγείρειν junctar).

Colaphizár, (*v.*) esbofetear;
estimular. || De χολαφίζειν, e
este de χόλαφος bofetada.

Cólchico, *s. m.* (bot.) narciso do outomno, planta medicinal, gen. *Colchicum* — typo
das Colchicaceas. || De χολχιχόν
(deriv. talvez de Κόλχοι os
Cholcos).
N. Lacerda, Ad. Coelho e
Figueiredo preceituam com
acerto a pronúncia *cólkiko*.
Deriv. : *colchicáceas* e *colchicíneas* (s. f. pl.), *colchiceïna* e *colchicína* (s. f.), *colchícico* (adj.).

Cóleocéle, *s. f.* (med.) hernia vaginal. || De χολεός baïnha + χήλη tumor.

*Cóleochéteas, *s. f. pl.* (bot.)
tribu de Algas. || De *Coleochéte*

COL — 161 — CÓL

— gen. typo (e este de κολεός baïnha, sacco + χαίτη cabelleira) + suff. *eas*.

Coleodérmo, *adj.* (zool.) coberto dum envolucro em forma de sacco ou baïnha. || De κολεός baïnha + δέρμα pelle.

Cóleophýllio, *s. m.* (bot.) baïnha membranosa na base da plumula. || De κολεός baïnha + φύλλον folha + suff. *io*.

Coleópode, *adj.* (zool.) que tem pés como occultos num estojo. || De κολεός estojo, baïnha + πούς, ποδός pé.

Coleópteros, *s. m. pl.* (zool.) ordem de Insectos, cujas azas superiores espessas e rijas (elytros) servem de baïnha ás inferiores. || De κολεός estojo + πτερόν aza.

Coleóptilo, *s. f.* (bot.) syn. de coleophyllio. || De κολεός baïnha + πτίλον plumula.

Coleoptóse, *s.f.* (med.) quéda ou prolapso da vagina. || De κολεός vagina + πτῶσις quéda (de πίπτειν caïr).

*Cóleorhexía, *s. f.* (med.) ruptura da vagina. || De κολεός vagina + ῥῆξις ruptura + suff. *ia*.

Cóleorhíza, *s. f.* (bot.) especie de estojo que envolve a radicula do embryão em certos monocotyledones. || De κολεός estojo + ῥίζα raiz.

N. Ha grave equívoco em Figueiredo, que regista *colcorrhiza* com etymologia arbitraria.

*Cóleostegnóse, *s. f.* (med.) estreitamento da vagina. || De κολεός vagina + στέγνωσις estreitamento (form. de στεγνόω aperto).

Cólera. V. *cholera*.

Cólica, *s. f.* dôr que tem sua séde nos intestinos ou em outra viscera abdominal. || De κωλική (scil. διάθεσις), forma fem. de κωλικὸς (deriv. de κῶλον cólo, intestino grosso).

Colíte, *s. f.* (med.) inflammação do cólo. || De κῶλον cólo + suff. *ite*.

Cólla, *s. f.* preparação glutinosa para fazer adherir papel, madeira ou outras substâncias. || De κόλλα.

Deriv. : *collágem* (s. f.), *collár* (v.).

Collênchyma, *s. m.* (bot.) tecido utricular vegetal characterizado pela grande espessura das paredes dos utriculos. || De κόλλα colla + ἔγχυμα injecção (form. de ἐγχύω, e este de ἐν em + χύω derramo).

Collético, *adj.* agglutinativo. || De κολλητικὸς (form. de κολλᾷν grudar).

N. A forma *collytico*, que dão Faria e Lacerda, é totalmente viciosa.

Collódio, *s. m.* (chim.) solução etherea de pyroxylina. || De κολλώδης viscoso + suff. *io*.

Collóide, *adj.* similhante á cólla. || De κόλλα cólla + εἶδος forma.

*Collonêma, *s. m.* (med.) variedade de tumores colloides (Müller). || De κόλλα cólla + νῆμα teia, tecido.

Collopháneo, *s. m.* (min.) phosphato hydratado de calcio. || De κόλλα cólla + φαίνειν parecer + suff. *io*.

Collýrio, *s. m.* (med.) medicamento topico que se applica sôbre a conjunctiva ocular. || De κολλύριον (form. de κολλύρα pasta glutinosa).

*Collýrito, *s. m.* (min.) variedade de allophanio (silicato hydratado de aluminio). || De κολλύρα pasta glutinosa + suff. *ito*.

Cólo, *s. m.* (anat.) porção do intestino grosso, que vae do cego ao recto. || De κῶλον; em lat. *colon*, ou *colum, i.*

N. Todos os diccionarios registam a forma *cólon*, na qual se manteve sem razão de ser a

erminação grega. O genio da nossa lingua rejeita essa desinencia, substituindo-a pela simples vogal o (cf. *esterno*, *chorio*, *acromio*, etc.).
Deriv. : cólico (adj.).
Colóbio, *s. m.* (ant.) tunica sem mangas, de que usavam os monges do Egypto e os antigos Romanos; dalmatica. || De κολόβιον (form. de κολοβός mutilado).
Colobôma, *s. m.* (med.) fenda da palpebra superior, da iris, da choroide ou da retina, por vício de conformação. || De κολόβωμα cousa mutilada.
Colocásia, *s. f.* (bot.) planta, da ordem das Araceas, gen. *Colocasia*. || De κολοκασία fava do Egypto, especie de nenufar.
*** Cólo-colostomía**, *s. f.* (med.) anastomose chirurgica de duas azas do cólo. || De *cólo* (v. este vcb.) + κῶλον cólo + στόμα bocca + suff. *ia*.
Colocýnthide, *s. f.* (bot.) planta medicinal da ordem das Cucurbitaceas, gen. *Cúcumis*, cujo fructo é empregado como drastico. || De κολοκυνθίς, ίδος; em lat. *colocynthis, ĭdis*.
N. Faria e Lacerda registam esta forma, que é preferivel á corruptela — *coloquíntida*, vulgarmente acceita por causa do francez *coloquinte*.
Colocynthína, *s. f.* (chim.) princípio amargo, de acção drastica, extrahido da colocýnthide. || De κολοκυνθίς colocýnthide + suff. *ina*.
Cólon. V. *cólo*.
*****Cólopathía**, *s. f.* (med.) molestia do cólo. || De κῶλον cólo + πάθος molestia + suff. *ia*.
*****Cólopexía**, *s. f.* (med.) fixação do cólo na parede abdominal anterior. || De κῶλον cólo + πῆξις fixação + suff. *ia*.
*****Colophão**, *s. m.* (bibl.) dizeres com que os primitivos typographos concluiam as obras, indicando o logar da impressão e a data. || De κολοφών, ῶνος fuste, remate, acabamento.
N. O vocabulo não figura em diccionario algum portuguez, mas é necessario e até usado já entre bibliographos.
Colophónia, *s. f.* (chim.) resina resultante da distillação da terebinthina. || Dc κολοφωνία (scil. ῥητίνη), subst. derivado de Κολοφών a cidade de Colophão, onde se colhia a resina em grande cópia.
N. A forma — *colophana*, — de que ás vezes se usa, é viciosa e inacceitavel.
*****Colophoníto**, *s. m.* (min.) variedade de granada melanito (silicato de ferro e calcio), que tem aspecto resinoso. || De κολοφωνία colophónia + suff. *ito*.
Coloquíntida. V. *colocýntide*.
Colôsso, *s. m.* estatua ou objecto de extraordinarias dimensões; pessôa muito corpulenta. || De κολοσσός.
Deriv. : colossál (adj.).
*****Cólotomía**, *s. f.* (chir.) operação do ano artificial por abertura do cólo. || De κῶλον cólo + τομή corte + suff. *ia*.
*****Colpeurýnter**, *s. m.* (chir.) dilatador da vagina (Braun). || De κόλπος golfo, vagina + εὐρύνειν alargar.
*****Colpíte**, *s. f.* (med.) vaginite. || De κόλπος golfo, vagina + suff. *ite*.
*****Cólpocéle**, *s. f.* (med.) hernia vaginal. || De κόλπος vagina + κήλη hernia.
*** Cólpocéliotomía**, *s. f.* (med.) operação que consiste em abrir a cavidade peritoneal pela vagina. || De κόλπος vagina + κοιλία ventre + τομή corte + suff. *ia*.
*****Cólpoclíse**, *s. f.* (med.) oblitteração da vagina mediante sutura de suas paredes. || De

κόλπος vagina + κλεῖσις fechamento.

*Cólpocýstotomía, *s. f.* (med.) incisão do collo da bexiga pela vagina. || De κόλπος vagina + κύστις bexiga + τομή corte + suff. *ia*.

*Cólpodésmorhaphía, *s. f.* (med.) operação para estreitar a vagina mediante uma série de suturas. || De κόλπος vagina + δεσμός laço + ῥαφή sutura + suff. *ia*.

*Cólpohysteréctomía, *s. f.* (med.) hysterectomia vaginal. || De κόλπος vagina + *hysteréctomía* (v. este vcb.).

*Cólpohýsteropexia, *s. f.* (med.) operação com que se fixa o collo do utero á parede vaginal. || De κόλπος vagina + ὑστέρα utero + πῆξις fixação + suff. *ia*.

*Cólpohýsterostomía, *s. f.* (med.) operação que consiste na incisão das paredes vaginaes e uterinas postas em contacto uma com a outra (Wennerström).|| De κόλπος vagina + ὑστέρα utero + στόμα bocca + suff. *ia*.

*Cólpoperíneoplastía, *s. f.* (med.) operação para augmentar a espessura do perineo diminuindo o orificio vulvar. || De κόλπος vagina + περίνεον perineo + πλάσσω formo + suff. *ia*.

*Cólpoperíneorhaphía, *s. f.* (med.) operação com que se restaura o perineo, suturando parte da parede vaginal. || De κόλπος vagina + περίνεον perineo + ῥαφή costura + suff. *ia*.

*Cólpoptóse, *s. f.* (med.) syn. de coleoptóse. || De κόλπος vagina + πτῶσις quéda.

*Cólporhaphía, *s. f.* (med.) operação para estreitar a vagina. || De κόλπος vagina + ῥαφή costura + suff. *ia*.

*Cólpostenóse, *s. f.* (med.) syn. de cóleostegnóse. || De κόλπος vagina + στένωσις estreitamento.

*Cólpotomía, *s. f.* (chir.) incisão da vagina. || De κόλπος vagina + τομή corte + suff. *ia*.

Colúro, *s. m.* (geogr.) cada um dos dous circulos maximos que cortam o Equador e o Zodiaco em quatro partes eguaes. || De κόλουροι (οἱ), form. de κόλος mutilado + οὐρά cauda.

Colútea, *s. f.* (bot.) planta da ordem das Leguminosas, gen. *Colutea;* o espanta-lobos. || De κολουτέα.

Colýmbo, *s. m.* (zool.) mergulhão. || De κόλυμβος.

Deriv. : colýmbidas (s. m. pl.) — fam. de Aves Palmipedes.

Côma¹, *s. f.* cabelleira, juba, crinas; folhagem de árvores, copa. || De κόμη.

Deriv. : comádo (adj.).

Côma², *s. m.* (med.) somnolencia profunda com abolição da sensibilidade e da motilidade voluntarias, em que cae o doente, quando deixa de ser excitado. || De κῶμα, ατος.

N. Com muita razão dá Aulete o gen. masculino a este vocabulo.

Deriv. : comatóso (adj.).

Comédia, *s. f.* peça de theatro, em que predominam a satira ou a graça; dissimulação. || Pelo lat. *comoedia*, vem de κωμῳδία (form. de κωμῳδός comediante).

N. Quanto ás raizes do subst. grego, divergem as opiniões : dão-lhe uns κῶμος banquete e ᾠδή canto; outros, κώμη aldeia e o mesmo ᾠδή.

Deriv. : comediante (s. m.).

Comediógrapho, *s. m.* auctor de comédias. || De *comédia* (v. este vcb.) + γράφειν escrever.

Comêta, *s. m.* (astr.) astro, de cauda luminosa quasi sempre, que descreve orbitas muito

excentricas em tôrno do sol. ||
De κομήτης, cujo significado
primitivo é — que tem cabelleira (form. de κόμη cabelleira).
Deriv. : cometário (adj.).
Cometología, *s. f.* (astr.)
tractado sôbre os cometas. ||
De *cométa* (v. este vcb.) + λόγος tractado + suff. *ía*.

Cómico, *adj.* e *s. m.* relativo
á comedia ; que faz rir ; actôr
de comedia, actôr. || De κωμικός
(form. de κῶμος banquete, alegria ruidosa).

Cominho. V. *cuminho*.

Cômma, *s. m.* (gramm.) vírgula. — (Mus.) distância entre
o semi-tom maior e o menor.
|| De κόμμα, ατος (deriv. de
κόπτειν cortar).
N. Este substantivo deve ser
masculino, e Constancio já assim o consignou. São deste
genero os derivados de substantivos gregos neutros em μα,
com rara excepção.

*Conanthéreas, s. f. pl.
(bot.) tribu das Hemodoraceas.
|| Do gen. typo *Conanthéra* (e
este de κῶνος cone + anthera)
+ suff. *eas*.

Côncha, *s. f.* envolucro calcareo de certos Molluscos; objecto de feitio analogo ao da
concha. || Posto que venha directamente do lat. *conc'la* (conchula), procede em última analyse do gr. κόγχη.
N. A pronúncia *conxa* é popular e tem sua explicação natural na palatização do grupo
cl latino.
Deriv. : concharía (s. f.),
conchínico (adj.), *conchúdo*
(adj.).

Conchítes, *s. m.* (paleont.)
concha fossil; petrificação conchóide. || De κόγχη concha +
suff. *ítes*.
N. Pronuncie-se o *ch* com
som de *c* forte.

Conchóide, *adj.* que é similhante a concha. — (s. f.)
curva geometrica inventada por
Nicomedes para resolver os
problemas da duplicação do
cubo e da trisecção do angulo.
|| De κογχοειδής (form. de κόγχη
concha + εἶδος forma).
N. Todos os diccionarios consignam a recta pronúncia *conkóide*.

Cónchología. V. *conchýliología*.

Conchómetro, *s. m.* (zool.)
instrumento para medir o angulo da espiral das conchas. ||
De κόγχη concha + μέτρον medida.

Conchylióide, *adj.* que tem
forma de concha. || De κογχύλιον concha ou conchinha +
εἶδος forma.

Conchýliología, *s.f.* (zool.)
tractado das conchas. || De
κογχύλιον concha + λόγος tractado + suff. *ía*.
Cogn. : conchylióloǵo (s. m.),
conchylioloǵico (adj.).

Conchylióso, *adj.* que pertence ou diz respeito a conchas. || De κογχύλιον concha +
suff. *ôso*.

*Condylárthros, s. m. pl.
(zool.) ordem de Mammaes. ||
De *códylo* (v. este vcb.) +
ἄρθρον articulação.

Cóndylo, *s. m.* (anat.) eminencia articular de um osso,
arredondada por um lado e
chata pelo outro. || De κόνδυλος
articulação.
Deriv. : condýlico (adj.) que
corresponde ao francez *condylien* ou *condyloïdien*.

Condylóide, *adj.* que tem
forma de cóndylo. || De κόνδυλος
+ εἶδος forma.

Condylôma, *s. m.* (med.)
excrescencia carnuda e dolorosa, que nasce em roda e no
interior do ano, no perineo, no
prepucio e nas partes genitaes
de ambos os sexos. || De κονδύλωμα tumor duro (form. de
κόνδυλος tuberculo).

N. Como todos os vocabulos congeneres acabados em *ôma*, este é do gen. masculino (cf. *sarcóma, epithelióma*, etc.).

Condylópodes, *s. m. pl.* (zool.) uma divisão dos Articulados; arthropodes. || De κόνδυλος articulação + ποῦς, ποδός pé.

Cône, *s. m.* (geom.) a superficie gerada por uma recta (geratriz) que passa por um poncto fixo (cume) e se apoia constantemente numa curva fixa (directriz). — (Bot.) Fructo composto de escamas persistentes e ordinariamente dispostas em forma de cône; syn. de estrobilo. || De κῶνος.
Deriv.: cónico (adj.).

Coneïna. V. *coniina*.

Côngro, *s. m.* (zool.) peixe Malacopterygia Apode do grupo das enguias, gen. *Murcena conger.* || Pelo lat. *cónger* ou *congrus, i*, vem de γόγγρος enguia.

N. Como curioso especime das aventurosas e ridiculas etymologias de Constancio, baste esta : γόγγρος, diz elle, vem de κονεῖν correr e γρᾷν devorar.

*****Conichalcito,** *s. m.* (min.) arsenio-phosphato hydratado de cobre e calcio. || De κόνις pó, lixivia + χαλκός cobre + suff. *ito.*

Conicína. V. *coniina*.

*****Cónidas.** *s. m. pl.* (zool.) familia de Gastropodes Ctenobranchios. || Do gen. *Conus* (e este de κῶνος cône) + suff. *idas.*

Conídio, *s. m.* (bot.) cellula reproductora que nasce directamente do mycelio dos cogumelos (Tulasne). || Pelo lat. scientifico *conidium*, de κόνις pó.

Conidióphoro, *adj.* (bot.) diz-se dum cogumelo na phase evolutiva, em que tem conídios.

|| De *conidio* (v. este vcb.) + φορός portador.

Coniína, *s. f.* (chim.) alcaloide extrahido da cicuta (Conium maculatum). || De κώνειον cicuta + suff. *ína.*

N. Dos varios nomes dados a este corpo em francez : *conicine, conine, coniine, conéine* e *cicutine*, prevaleceu alli infelizmente o primeiro, que é o peior; isso explica o porque em portuguez tambem apparece *conicina* recommendado por Figueiredo. De *conium* (κώνειον), o derivado correcto é *coniina* (cf. *aconitina* de *aconitum, veratrina* — de *veratrum*, etc.). *Coneína*, que occorre no dicc. de Ad. Coelho, é menos bem formado.

Cóniomycétes, *s. m. pl.* (bot.) antiga divisão dos Cogumelos. || De κόνις pó + μύκης, ητος cogumelo.

Cóniothéca, *s. f.* (bot.) antheridio dos lycopodios. De κόνις pó + θήκη loja, armasem.

Conistério, *s. m.* (ant. logar, onde os athletas depois de unctados se polvilhavam com pó. || De κονιστήριον (form. de κόνις pó + suff. τήριον).

N. Figueiredo regista *conystra*, deriv. de κόνιστρα e portanto mal graphado; mas o vcb. *conistério* é sem dúvida preferivel.

Conóide, *adj.* que tem a forma de cône. || De κωνοειδής (form. de κῶνος cône + εἶδος forma).

N. É excusada a forma *conoidal* copiada do francez.

Conópe, *s. m.* (zool.) insecto Diptero, gen. *Conops.* || De κώνωψ, ωπος mosquito.
Deriv.: Conópidas (s. m. pl.) — fam. de Dipteros.

Conopêu, *s. m.* mosquiteiro. || De κωνωπεῖον (deriv. de κώνωψ mosquito).

N. O vcb. anda em Faria e

Constancio, mas parece excusado.

+ Conorhámphos, *s. m. pl.* (zool.) familia de Passaros hoje conhecidos por Conirostros (Duméril). || De κῶνος cône + ῥάμφος bico.

*Conostýleas, *s. f. pl.* (bot.) tribu das Hemodoraceas. || Do gen. *Conostýlis* (e este de κῶνος cône + στῦλος estylete) + suff. *eas.*

Conýza, *s. f.* (bot.) planta da ordem das Compostas, gen. Conyza. || De κόνυζα enula.

Copépodes, *s. m. pl.* (zool.) ordem de Crustaceos; têm antennas natatorias. || De κώπη remo + πούς, ποδός pé.

Cophóse, *s. f.* (med.) surdez completa. || De κώφωσις (deriv. de κωφός surdo).

Coprémese, *s. f.* (med.) vómito de materias fecaes. || De κόπρος excremento + ἔμεσις vómito.

N. Ad. Coelho e Fig. registam «coproemése», seguindo o francez *coproëmèse;* mas esta formação é viciosa e pede correcção. Demais, á vista da quantidade de ἔμεσις, não ha dúvida que o vcb. deve ser proparoxytono em portuguez.

Copremía, *s. f.* (med.) accidentes toxicos provocados pela reabsorpção das materias fecaes retidas (Barnes). || De κόπρος excremento + αἷμα sangue + suff. *ia.*

Coproémese. V. *coprémese.*

Cóprolalía, *s. f.* (med.) impulso invencivel de proferir palavras immundas. ||De κόπρος excremento + λαλεῖν fallar + suff. *ia.*

N. Não é exacta a derivação de *lallare*, que lhe empresta Figueiredo.

Coprólitho, *s. m.* (paleont.) excremento fossil. || De κόπρος excremento + λίθος pedra.

N. Aulete e J. de Deus accentúam bem a antepenultima.

Copróphagos, *s. m. pl.* (zool.) familia de Insectos Coleopteros, que se nutrem de excrementos. || De κοπροφάγος (form. de κόπρος excremento + φαγεῖν comer).

Deriv. : *coprophagía* (s. f.).

Cóprosclerôse, *s. f.* (med.) endurecimento das materias fecaes no intestino. || De κόπρος excremento + σκλήρωσις endurecimento.

Cóprostasía, *s. f.* (med.) retenção de fezes. || De κόπρος excremento + στάσις parada + suff. *ia.*

N. Tambem é acceitavel — *copróstase* —.

Cóptographía, *s. f.* arte de recortar pedaços de cartão, de maneira que se desenhem figuras pela sombra delles projectada numa parede. || De κόπτειν cortar + γράφειν desenhar + suff. *ia.*

*Corácidas, *s. m. pl.* (zool.) fam. de Passaros. || Do gen. *Corácias* (e este de κοραχίας especie de corvo) + suff. *idas.*

Córaco-brachiál, *adj.* e *s. m.* (anat.) diz-se do musculo do braço, que se insere na apóphyse coracóide e no bordo interno do humero. || De *coracóide* (v. este vcb.) + βραχίων braço + suff. *ál.*

Coracóide, *adj.* similhante a bico de corvo. — (Anat.) apóphyse que termina externamente o bordo superior da omoplata. || De κόραξ, ακος corvo + εἶδος forma.

Deriv. : *coracóideo* (adj.), forma preferivel a «coracoidal».

Corál, *s. m.* (zool.) producção calcarea, ramificada e geralmente vermelha, que forma o eixo de certos polypos. || De κοράλλιον.

Deriv. : *coralleiro* (s. m.),

corallino (adj.), *corallina* (s. f.).

Córda, *s. f.* porção de fios unidos e torsidos, que serve para prender ou apertar. || De χορδή tripa, córda de lyra, etc.
N. O rigorismo etymologico exigiria *chorda* (com *ch*), e até Figueiredo consigna tambem esta graphia; mas a palavra é de uso popular e nunca se escreveu sinão com *c*. Evidentemente perdeu o outro elemento, como *carta*, *agóra*, etc.; cumpre acceitá-la, tal qual.
Deriv.: *cordáme*, *cordão*, *cordél*, *cordoaria*, *cordoálha*, *cordoéiro*.

Cordacísmo, *s. m.* (ant.) dansa grega obscena. || De κορδακισμός.

*****Coreclíse**, *s. f.* (med.) occlusão da pupilla. || De κόρη pupilla + κλεῖσις acção de fechar.

*****Corectasía**, *s. f.* (med.) dilatação da pupilla. || De κόρη pupilla + ἔκτασις dilatação + suff. *ia*.

*****Corectomía**, *s. f.* (chir.) nome dado impropriamente á iridectomia. || De κόρη pupilla + ἐκτομή corte + suff. *ia*.

*****Coréctopía**, *s. f.* (med.) situação anomala da pupilla, fóra do centro da iris. || De κόρη pupilla + ἐκ fóra + τόπος logar + suff. *ia*.

*****Corediástole**, *s. f.* (med.) o mesmo que corectasía. || De κόρη pupilla + διαστολή dilatação.

*****Coréidas**, *s. m. pl.* (zool.) familia de Hemipteros. || Do gen. *Córeus* (e este de κόρις percevejo) + suff. *idas*.

*****Corélyse**, *s. f.* (chir.) operação para desfazer as adherencias da pupilla. || De κόρη pupilla + λύσις desligamento, soltura.

*****Córemegina**, *s. f.* (chim.) nome proposto para a atropina, vorque dilata a pupilla. || De κόρη pupilla + μέγας grande + suff. *ina*.

*****Coremorphóse**, *s. f.* (chir.) formação de pupilla artificial. || De κόρη pupilla + μόρφωσις formação.

*****Coreómetro**, *s. m.* (med.) instrumento para medir as dimensões da pupilla. || De κόρη pupilla + μέτρον medida.

*****Coreparélcyse**, *s. f.* (chir.) methodo de practicar uma pupilla artificial, nos casos de opacidade parcial da cornea, e que consiste em desviar a pupilla, alongando-a, para a parte desta membrana que se conserva transparente. || De κόρη pupilla + παρέλκυσις prolongamento, acção de puxar.

*****Corephthisía**, *s. f.* (med.) contracção habitual da pupilla. || De κόρη pupilla + φθίσις diminuição + suff. *ia*.

Coriándro, *s. m.* (bot.) coentro. || De κορίανδρον.

Corínthio, *adj.* que é de Corintho; diz-se de uma ordem architectonica. || Pelo lat. *corinthius*, de Κόρινθος cidade de Corintho.

Côro. V. *chóro*.

Corôa, *s. f.* ornato circular para a cabeça; fêcho, remate; tonsura circular na cabeça dos ecclesiasticos; certa moeda, etc. || Pelo lat. *corona*, de κορώνη apice, extremidade.
Deriv.: *coroar*, *coroação*, *coroamento*.
Cogn.: *coronál* (adj.).

Corónide, *s. f.* complemento, perfeição, remate. — (Gramm.) signal de crase nas palavras gregas. || De κορωνίς, ίδος remate, etc.

Coronóide, *adj.* (anat.) que tem forma de bico de gralha; diz-se de várias apóphyses. || De κορώνη gralha + εἶδος forma.

Corybántes, *s. m. pl.* (ant.) sacerdotes de Cybele, que

nas ceremonias agitavam a cabeça como loucos, dansando, vociferando, batendo nos escudos e tocando tambores. || De κορύβαντε; (nomin. pl. de κόρυβα;).
Deriv. : corybántico (adj.), *corybantísmo* (s. m.).

Corycéidas, *s. m. pl.* (zool.) familia de Crustaceos Copepodes. || Do gen. *Corycœus* (e este de κώρυκος especie de concha) + suff. *idas*.

Córyco, *s. m.* (ant.) sacco cheio de farinha ou areia, que servia para jogos e exercicios no gymnasio grego. ||De κώρυκος.
Deriv. : corycêu (s. m.).

Córycobolía, *s. m.* (ant.) o jôgo do córyco. || De κωρυκοβολία (form. de κώρυκοι córyco + βάλλειν atirar.

Córycomachía, *s. f.* (ant.) o mesmo que córycobolía. || De κώρυκος córyco + μάχομαι lucto + suff. *ía*.

Corýleas, *s. f.* (bot.) tribu das Cupuliferas. || De *Corylus* gen. typo (e este de κόρυ; capacete) + suff. *eas*.

Corýmbactério, *s. m.* nome dado na Allemanha a certos bactérios, || De *corýmbo* e *bactério* (v. estes vcbs.).

Corýmbo, *s. m.* (bot.) inflorescencia, em que o pedunculo commum sustem pedunculos secundarios, os quaes se elevam pouco mais ou menos á mesma altura. || De κόρυμβος tope.
Deriv. : corymbóso (adj.).

Corynito, *s. m.* (min.) especie intermediaria entre ullmannito e disomeosio. || De κορύνη maça, clava + suff. *ito*.

Corýpheas, *s. f. pl.* (bot.) tribu das Palmaceas. || De *Córypha* — gen. typo (e este de κορυφή apice, cume) + suff. *eas*.

Coryphêu, *s. m.* guia ou director do chôro tragico dos antigos; chefe de seita ou eschola. || De κορυφαῖος (e este de κορυφή cabeça, apice).

Corýza, *s. f.* (med.) inflammação catarrhal da membrana mucosa das fossas nasaes. || De κόρυζα.

Cóscinomancía, *s. f.* adivinhação que consistia em fazer andar á roda um crivo para descobrir os pensamentos d'alguem. || De κοσκινομαντεία (form. de κόσκινον crivo + μαντεία adivinhação).

Cosmético, *adj.* e *s. m.* que serve para amaciar e aformosear a pelle e os cabellos. || De κοσμητικός que orna, enfeita.

Cosmétología, *s. f.* parte da Hygiene que tracta dos cosméticos. || De *cosmético* (v.este vcb.) + λόγος tractado + suff. *ia*.

Cósmico, *adj.* (astr.) diz-se do nascer ou pôr de um astro junctamente com o sol. — que se refere ao universo. || De κοσμικός (e este de κόσμος — ordem, universo).

Cósmocracía, *s. f.* monarchia universal. || De κόσμος universo + κρατεῖν governar + suff. *ia*.
Cogn.: cosmocráta (s. m.).

Cósmogonía, *s. f.* systema da formação do universo . || De κοσμογονία (form. de κόσμος universo + γόνος geração).
Deriv. : cosmogónico (adj.), *cosmogonísta* (s. m.).

Cósmographía, *s. f.* descripção astronomica do universo. || De κοσμογραφία (form. de κόσμος universo + γράφειν descrever).
Deriv. : cosmográphico (adj.), *cosmógrapho* (s. m.).

Cosmolábio, *s. m.* (astr.) antigo instrumento para tomar a altura dos astros. || De κόσμος universo + λαμβάνω tomo + suff. *io*.

Cósmología, *s. f.* sciencia das leis geraes do mundo physico. || De κοσμολογία (form. de κόσμος universo + λόγος tractado) + suff. *ia*.
Deriv. : *cosmológico* (adj.), *cosmólogo* (s. m.)

Cósmometría, *s. f.* estudo da medida das distâncias cosmicas. || De κόσμος universo + μέτρον medida + suff. *ia*.
N. A forma *cosmimetria*, dada por Faria e Lacerda, é incorrecta.
Deriv. : *cosmométrico* (adj.).

Cósmonomía, *s. f.* conjuncto das leis cosmicas. || De κόσμος universo + νόμος lei + suff. *ia*.
Deriv.: *cosmonómico* (adj.).

Cosmopolíta, *s. m.* o que não adopta patria certa, cidadão de todo o mundo ; que é de todos os paizes. || De κοσμοπολίτης (form. de κόσμος universo + πολίτης cidadão).
Deriv. : *cosmopolítico* (adj.), *cosmopolitísmo* (s. m.).

Cosmorâma, *s. m.* conjuncto de quadros representando regiões ou factos vários e que são observados por apparelhos opticos que os ampliam. || De κόσμος mundo + ὅραμα espectaculo (de ὁρᾶν ver).

Cothúrno, *s. m.* borzeguim, de que usavam os caçadores e os actores tragicos antigos. || Pelo lat. *cothurnus*, de κόθορνος.
Deriv.: *cothurnádo* (adj.).

*****Cótyla**, *s. f.* (ant.) medida de liquidos, entre os Gregos e Romanos, equivalente a 27 centilitros. || De κοτύλη cavidade, pequeno vaso, medida de capacidade.

Cotylédone, *s. f.* appendice carnoso de embryão, que fornece á plantula os primeiros materiaes nutritivos. || De κοτυληδών, όνος concavidade, encaixe.

N. As formas *cótylo* e *cotyledón* são viciosas.
Deriv. : *cotyledóneo* (adj.).

Cotylóide, *adj.* e *s. f.* que tem forma de escudella. — Diz-se da cavidade do iliaco, em que se articula a cabeça do fémur. || De κοτύλη escudella + εἶδος forma.
Deriv. : *cotylóideo* (adj.).

Craneo. V. *cranio*.

Crániectomía, *s. f.* (med.) operação que consiste em tirar do cranio fitas osseas longitudinaes no caso de ossificação prematura dos ossos do cranio (Lannelongue). || De κράνιον cranio + ἐκτομή separação, corte + suff. *ia*.

Cránio, *s. m.* caixa ossea, que encerra e protege o cerebro. || De κράνιον. Em lat. *cranium*.
N. Constancio, Faria, Lacerda, João de Deus e Figueiredo admittem as duas formas *craneo* e *cranio*, posto que prefiram a última; Moraes, Roquette, Aulete e Ad. Coelho só dão *craneo*. A desinencia em *io* é a que mais se approxima da raiz, não se afasta do soar commum do vocabulo e tem a vantagem de estar de accórdo com os derivados : craniano, craniologia, etc.
Deriv. : *craniáno* (adj.).

Cránioclasía, *s. f.* (med.) esmagamento da cabeça do feto na cavidade pelviana. || De κράνιον cránio + κλάσις acção de quebrar + suff. *ia*.
Cogn. : *cránioclásta* (s. m.).

Cràniographía, *s. f.* descripção do cránio. || De *cránio* (v. este vcb.) + γράφειν descrever + suff. *ia*.
Deriv.: *craniográphico* (adj.) e *craniógrapho* (s. m.).

Cràniología, *s. f.* estudo comparado dos cránios nas raças humanas. || De *cránio* (v.

este vcb.) + λόγος discurso + suff. *ia*.
Deriv.: *craniológico* (adj.) e *craniólogo* (s. m.).

Cräniomalacia, *s. f.* (med.) adelgaçamento dos ossos do cránio, nos rachiticos. || De κράνιον cránio + μαλακός molle + suff. *ia*.
N. E' syn. de «craniotabes».

Cräniometría, *s. f.* medição do cránio. De *cránio* (v. este vcb.) + μέτρον medida + suff. *ia*.
Deriv.: *craniométrico* (adj.) e *craniómetro* (s. m.).

***Craniópago**, *s. m.* (terat.) nome dos monstros duplos unidos pela extremidade cephalica. || De κράνιον cránio + παγείς unido.

***Cräniorrhéa**, *s. f.* (med.) molestia em que ha corrimento de líquido cephalo-rhacheano pelo nariz, etc. || De κράνιον cránio + ῥέω corro.

***Cranióschise**, *s. f.* (med.) deformação do cránio por falta de ossificação na linha média. || De κράνιον cránio + σχίσις acção de fender.

Cránioscopía, *s. f.* exame do cránio com o fim de tirar inducções sóbre a organização psychica do individuo. || De *cránio* (v. este vcb.) + σκοπεῖν examinar + suff. *ia*.
Deriv.: *cranioscópico* (adj.).

Cräniotomía, *s. f.* (chir.) operação em que se perfura o cránio do feto para facilitar o parto. || De *cránio* (v. este vcb.) + τομή corte + suff. *ia*.
Cogn.: *craniótomo* (s. m.).

Cráse, *s. f.* contracção de syllabas ou vogaes em uma só.
— Equilibrio das partes que constituem os liquidos da economia animal; temperamento. || De κρᾶσις mixtura (deriv. de κεράννυμι mixturo).

Crásiographía, *s. f.* (med.) descripção das cráses ou temperamentos. || De *cráse* (v. este vcb.) + γράφειν descrever + suff. *ia*.

Crásiologia, *s. f.* (med.) tractado das cráses ou temperamentos. || De *cráse* (v. este vcb.) + λόγος discurso + suff. *ia*.

Cratégo, *s. m.* (bot.) planta da ordem das Rosaceas. || De κράταιγος nespereira.
N. Figueiredo dá-lhe a forma *crategono*, que não tem razão de ser. Ad. Coelho accentúa mal a antepenultima.
Deriv.: *crategína* (s. f.).

Cratéra, *s. f.* vaso grande, em que os antigos mixturavam vinho e agua. — (Geol.) bocca de vulcão. || Pelo lat. *cratera*, æ vem de κρατήρ, ῆρος.

Creatína, *s. f.* (chim.) alcaloide animal descoberto por Chevreul no extracto alcoolico da carne. || De κρέας, ατος carne + suff. *ina*.
Cogn.: *creatinína* (s. f.).

***Creatinemía**, *s. f.* (med.) presença, no sangue, dos productos de combustão incompleta, etc. (Jaccoud). || De *creatína* (v. este vcb.) + αἷμα sangue + suff. *ia*.

Cremastér, *s. m.* (anat.) um dos dous musculos que sustentam os testiculos. || De κρεμαστήρ, ῆρος que suspende (e este de κρεμάννυμι ou κρεμάω suspendo).
N. Costumam pronunciar «cremáster»; mas, tractando-se dum vocabulo exclusivamente scientifico, é de vantagem que se não pretira a regra geral (v. *cathetér*).

Cremnóbata, *s. m.* dansarino de córda. || De κρημνοβάτης (form. de κρημνός precipicio + βαίνω ando).

***Crémnometría**, *s. f.* (chim.) avaliação da quantidade dum precipitado. || De κρημνάω precipito + μέτρον medida + suff. *ia*.

Deriv.: cremnométrico(adj.), *cremnómetro* (s. m.).

*Crémnophobía, *s. f.* (med.) medo de um precipicio.|| De χρημνός precipicio +φόβος terror +suff. *ia*.

Cremocárpio, *s. m.* (bot.) fructo adherente ao calyce, e que se divide em duas coccas indehiscentes, monospermas, que ficam por algum tempo suspensas ao eixo central (Mirbel). De χρεμάω suspendo + χαρπός fructo + suff. *io*. Em lat. *cremocarpium*.

N. Faria e Figueiredo grapham *cremocarpo;* mas esta desinencia deve ser reservada para os adjectivos derivados de χαρπός, dando-se aos substantivos a terminação *io* (cf. *epicárpio, pericárpio, endocárpio*, etc.)

Crénico, *adj.* (chim.) diz-se do acido organico descoberto por Berzelius em aguas ferruginosas da Suecia ($C^{24}H^{12}O^{10}$). || De χρήνη fonte + suff. *ico*.

Deriv.: crenáto (s. m.), *crenatádo* (adj.).

*Creodóntes, *s. m. pl.* (paleont.) Mammaes insectivores fosseis. || De χρέας carne+οδούς, όντος dente.

Creóphago, *adj.* carnivoro. (Zool,) — nome de uma familia de Insectos Coleopteros. || De χρεωφάγος (comp. de χρέας, χρέως carne + φαγεῖν comer).

.*Deriv.: creophagía* (s. f.).

Creóphilo, *adj.* que gosta de carne. || De χρέας, χρέως carne + φίλος amigo.

Creosóto, *s. m.* (chim.) liquido caustico, de cheiro penetrante, producto da distillação do alcatrão, e que tem a propriedade de conservar as substâncias animaes. || De. χρέας carne + σώζω conservo, salvo.

N. Não ha razão para a forma *creosote* dada pelos lexicographos, cópia servil do francez *créosote*. Tanto o italiano como o hispanhol formaram regularmente *creosoto*.

Deriv.: creosotár (v.).

Cogn.: cresylico (adj.), *cresótico* (adj.) e *cresylól* (s. m.).

Crico-arytenóideo, *adj*. (anat.) diz-se dos musculos que se inserem nas cartilagens cricóide e arytenóide (v. estes vcbs.).

Cricóide, *adj.* e *s. f.* (anat.) que tem forma de annel; diz-se da cartilagem que constitue a parte inferior do larynge, onde forma uma especie de annel.||De χριχοειδής (form. de χρίχος círculo, annel + εἶδος forma).

N. Aulete e Ad. Coelho dão *cricoidéa*, forma que se não usa e que se não justificaria ainda que fôsse usada. Effectivamente, assim como se diz o *hyóide*, o *esphenóide*, o *ethmóide*, etc. (osso), assim se deve formar *a cricóide*, *a arytenóide* (cartilagem), *a coracóide* (apóphyse), *a cissóide* (curva) e todos os congeneres.

*Crico-pharýngeo, *adj*. (anat.) diz-se do feixe muscular, que vae da cricóide á pharynge (v. estes vcbs.).

Cricóstomo, *adj.* (zool.) que tem a bocca ou a abertura redonda. || De χρίχος círculo + στόμα bocca.

*Crico-thyreóideo, *adj*. (anat.) diz-se da membrana que vae da cricóide á thyreóide (v. estes vcbs.).

Crinóideos, *s. m. pl.* (zool.) classe de Echinodermos. || De χρίνον lirio + εἶδος forma + suff. *eos*.

Crinómyro, *s. m.* (pharm.) medicamento antigo feito de plantas aromaticas ou de lirio. || De χρινόμυρον (comp. de χρίνον lirio + μύρον perfume).

Criocéphalo, *adj.* (zool.) cuja cabeça é similhante á do carneiro. || De χρός carneiro + χεφαλή cabeça.

Críse, *s. f.* alteração que sobrevem no curso de uma doença; momento perigoso e decisivo.||De κρίσις (deriv. de κρίνω julgo, decido).

Deriv.: crítico (adj.).

Critério, *s. m.* (phil.) faculdade de distinguir da verdade o êrro; os characteres desta distincção. || De κριτήριον (deriv. de κρίνω julgo, decido).

Deriv.: criterióso (adj.).

Crithmo, *s. m.* (bot.) planta da ordem das Umbelliferas, funcho marinho. || De κρίθμον por κρῆθμον,

Crithomancia, *s. f.* adivinhação que se fazia com grãos de cevada. || De κριθομαντεία (form. de κριθή cevada + μαντεία adivinhação).

Crithóphago, *adj.* que se alimenta de cevada. || De κριθοφάγος (comp. de κριθή cevada + φαγεῖν comer).

Crítica, *s. f.* arte de julgar as producções litterarias, artisticas ou scientificas; apreciação. De κριτική (scil. τέχνη arte) deriv. de κρίνω julgo.

Deriv.: criticár (v.), *criticismo* (s. m.), *crítico* (s. m.).

Cróceo, *adj.* que tem côr de açafrão.|| Pelo lat. *crocĕus*, de κρόκος açafrão.

Cogn.: crócico (adj.), *crocína* (s. f.).

Crocidísmo, *s. m.* (med) movimento dos enfermos, como de quem procura apanhar a felpa da roupa. || De κροκιδισμός (de κροκιδίζω apanho felpa, e este de κροκίς, ίδος cotão, lanugem).

Cróco, *s. m.* (bot.) açafrão, estigmas seccos da flôr do *Crocus sativus*. || De κρόκος açafrão.

Crocodilo, *s. m.* (zool.) grande Reptil, do gen. *Crocodilus*. || De κροκόδειλος.

Deriv.: Crocodílidas (s. m. pl.) fam. de Repteis.

*Crocoísio, *s. m.* (min.) chumbo chromatado (PbCrO⁴).
|| De κροκόεις açafroado (e este de κρόκος açafrão) + suff. *io*.

Crocóta, *s. f.* (ant.) tunica amarella que as mulheres gregas e romanas traziam. || Pelo lat. *crocōta*, de κροκωτό: (isto é açafroado).

Deriv.: crocótula (s. f.).

Crocúta, *s. f.* especie de hyena.||De κροκούτας.

Crónographia, *s. f.* (astr.) descripção do planeta Saturno. || De Κρόνος Saturno + γράφειν descrever + suff. *ia*.

Deriv.: cronográphico (adj.).

Cróssopterýgios, *s. m. pl.* (zool.) secção dos Peixes Ganoideos. || De κροσσό: franja + πτέρυξ aza + suff. *ios*.

Crótalo, *s. m.* especie de castanholas; cascavel. De κρόταλον guiso (deriv. de κροτεῖν fazer ruído).

Deriv.: crotalária (s. f.) planta Papilionacea, cujos fructos chocalham, e *crotálidas* (s. m. pl.) nome de fam. zoologica.

Crotalóideos, *s. m.pl.*(zool.) para alguns familia de Serpentes, que têm por typo o crótalo. || De *crótalo* (v. este vcb.) + εἶδος forma.

Crotáphico, *adj.* (anat.) que diz respeito ás fontes ou temporas. || De κρόταφος tempora + suff. *ico*.

Crotaphíta, *s. m.* (anat.) musculo temporo-maxillar. || De κροταφίτης (scil. μῦς musculo) form. de κρόταφος tempora.

N. Ad. Coelho dá *crotaphite*, e Figueiredo *crotaphito*; nenhuma dessas formas respeita as regras da analogia (cf. *areopagita, estelita, archimandrita. Estagirita*, etc.).

Cróton, *s. m.* (bot.) planta da ordem das Euphorbiaceas, gen. *Croton*.|| Pelo lat. *croton, ōnis*, de κρότων semente do ricino.

N. A forma, pelas leis de ana-

logia, devêra antes ser *crotão*, do mesmo modo que *leão* de λέων (por leõnem), *Platão* de πλάτων (por Platõnem), *Jasão* de Ἰάσων (por Jasõnem), *Pollião* de πολλίων (por Polliõnem), *dragão* de δράκων (por dracõnem) *Pantaleão* de πανταλέων (por Pantaleõnem), *colophão* de κολοφών, etc.; mas havendo exemplos de derivação do nominativo singular, pode manter-se *cróton* que o povo vulgarizou.
Deriv. : *crotóneas* (s. f. pl.), *crotónico* (adj.), *crotonína* (s. f.), *crotonáto* (s. m.), *crotonól* (s. m.), *crotónylênio* (s. m.).

Crotóphago, *s. m.* (zool.) ave americana que se alimenta do fructo de crótons. || De κρότων cróton + φαγεῖν comer.

*Crýanesthesía, *s. f.* (med.) anesthesía pelo frio. De κρύος gêlo + *anesthesía* (v. este vcb.).

*Crýesthesía, *s. f.* (med.) especial impressionabilidade ao frio. || De κρύος gêlo + αἴσθησις sensação + suff. *ia.*

*Crýmodynía, *s. f.* (med.) rheumatismo chronico. || De κρυμός frio + ὀδύνη dôr + suff. *ia.*

Crymóphilo, *adj.* que se dá bem em paizes frios. || De κρυμός frio + φίλος amigo.

Crymóse, *s. f.* (med.) molestia causada pela acção do frio. || De κρυμός frio + suff. *óse.*

*Crýmotherapía, *s. f.* (med.) methodo therapeutico que consiste na applicação de temperaturas baixas. || De κρυμός frio + θεραπεία tractamento.

*Crýogenína, *s. f.* (therap.) medicamento anti-febril. || De κρύος frio + γένος geração + suff. *ina.*

Cryólitho, *s. m.* (min.) fluoreto duplo de sodio e aluminio, branco côr de neve (6NaFl + Al²Fl⁰). || De κρύος gêlo + λίθος pedra.

Cryóphoro, *s. m.* (phys.) instrumento para congelar a agua por meio da sua propria evaporação (Wollaston). || De κρύος gêlo + φορός productor.

Crýoscopía, *s. f.* (chim.) methodo que consiste em determinar o ponto de congelação de uma solução (Raoult). || De κρύος gêlo + σκοπεῖν examinar + suff. *ia.*
Deriv. : *crýoscópico* (adj.).

*Crýotherapía, *s. f.* o mesmo que crýmotherapía. || De κρύος gêlo + θεραπεία tractamento.

* **Cryphiólitho**, *s. m.* (min.) phosphato de magnesio, fluorado. || De κρύφιος occulto + λίθος pedra.

* **Crýphthelmínthes**, *s. m. pl.* (zool.) os Entozoarios Infusorios. || De κρύπτω dissimulo, escondo + *helmínthes* (v. este vcb.).

Cryphthorístico, *adj.* diz-se do methodo, pelo qual se procura, mediante os dados fornecidos pelas cousas visiveis, determinar as que se passam mais profundamente (Ampère e Pidoux). || De κρυπτός occulto + ὁρίζω determino + suff. *ico.*

Crypsórche, *adj.* e *s. m.* (med.) diz-se do animal, cujos testiculos em vez de se acharem no escroto ficam retidos no abdome ou nos anneis inguinaes, etc. || De κρύψορχις (comp. de κρύπτειν esconder + ὄρχις, εως testiculo).
N. Ad. Coelho grapha *crypsorcha*, com terminação impropria, pois que a derivação regular destes nomes em ις, εως manda passar a desinencia para *e* (cf. *acropole, crise, analyse*, etc.). A forma *cryptorche* é menos conveniente, visto já existir no grego o vocabulo formado κρύψορχις.

Deriv.: *crypsorchia* ou *crypsorchismo*.

Crýpta, *s. f.* caverna, galeria subterranea. || De κρύπτη (deriv. de κρύπτω escondo, cubro).
Deriv.: *cryptico* (adj.).

Cryptándro, *adj.* (bot.) que não tem orgãos masculinos apparentes. || De κρυπτός occulto + ἀνήρ, ἀνδρός homem.

Cryptía, *s. f.* (ant.) emboscada, para exercicios guerreiros, practicada pelos mancebos espartanos. || De κρυπτεία (e este de κρύπτω escondo).
Deriv.: *crýptico* (adj.).

Cryptobránchios, *s. m. pl.* (zool.) que tem branchias occultas ou encobertas. || De κρυπτός occulto + *branchia* (v. este vcb.).

Crýptocéphalo, *s. m.* (terat.) monstro, cuja cabeça é constituida por peças osseas que não apparecem exteriormente (G. St-Hilaire). || De κρυπτός occulto + κεφαλή cabeça.

Cryptócero, *adj.* (zool.) que tem occultas as antennas. || De κρυπτός occulto + κέρας chifre, ponta.

Cryptógamo, *adj.* e *s. m.* (bot.) diz-se da planta, cujos orgãos sexuaes estão occultos ou pouco apparecem. Os Cryptógamos constituem uma das grandes divisões dos vegetaes. || De κρυπτός occulto + γάμος nupcias, casamento.
Deriv. : *Cryptogámia* (s. f.) classe linneana, *cryptogámico* (adj.).

Cryptógamología, *s. f.* (bot.) estudo sôbre os Cryptógamos. || De *cryptógamo* (v. este vcb.) + λόγος discurso + suff. *ia*.
Deriv. : *cryptogamológico* (adj.), *cryptogamólogo* (s. m.).

Crýptogênico, adj. (med.) diz-se da septicemia, cuja origem só pela autopsia se descobre. || De κρυπτός occulto + γένος geração, origem + suff. *ico*.

Crýptographía, *s. f.* escripta secreta, em cifra. || De κρυπτός occulto + γράφω escrevo + suff. *ia*.
Deriv.: *cryptográphico* (adj.).

Crýptohalíto, s. m. (min.) fluosilicato de ammonio. || De κρυπτός occulto + ἅλς, ἁλός sal + suff. *ito*.

Cryptólitho, *s. m.* (min.) phosphato de cerio e didymio, que se achou occulto no apatito de Arendal. || De κρυπτός occulto + λίθος pedra.

Crýptomenorrhéa, s. f. ausencia apparente de menstruação. || De κρυπτός occulto + *menorrhéa* (v. este vcb.).

Crýptonemídeas, s. f. pl. (bot.) familia de Algas. || De *Cryptonêmia* — gen. typo (e este de κρυπτός occulto + νῆμα fio) + suff. *ideas*.

Cryptónymo, *adj.* e *s. m.* auctor que occulta seu nome ou o altera. || De κρυπτός occulto + ὄνυμα nome.

Crýptopentámeros, s. m. pl. (zool.) secção dos Coleopteros. || De κρύπτειν esconder + *pentámero* (v. este vcb.).

Crýptophiálidas, s. m. pl. (zool.) familia de Crustaceos Cirripedes. || Do gen. *Cryptophíalus* (e este de κρύπτω occulto + φιάλη taça) + suff. *idas*.

Crýptophthalmía, *s. f.* (terat.) deformação congenita dos globos oculares reduzidos a uma péquena vesicula. || De κρυπτός occulto + ὀφθαλμός ólho + suff. *ia*.
Cogn. : *cryptophthálmo* (s. m.).

Cryptopína, s. f. (chim.) alcaloide achado no opio em diminuta proporção ($C^{42}H^{23}AzO^{10}$).

|| De κρυπτός occulto + *opio* (v. este vcb.) + suff. *ina*.
Cryptópodes, *s. m. pl.* (zool.) tribu de Crustaceos Decapodes. || De κρυπτός occulto + πούς, ποδός pé.
Cryptórche. V. *crypsórche*.
Cryptostémone, *adj.* (bot.) que não tem estames visiveis. || De κρυπτός occulto + στήμων, ονος filamento.
* **Crýptotetrámeros**, *s. m. pl.* (zool.) secção dos Coleopteros. || De κρύπτειν esconder + *tetrámero* (v. este vcb.).
Crystál, *s. m.* quartzo hyalino incolor; vidro transparente, contendo oxydo de chumbo; solido polyedrico, de faces planas, regulares e collocadas em symmetria reciproca. || De κρύσταλλος.
Deriv. : *crystallíno* (s. m. e adj.), *crystallizár* (v.), *crystalléira* (s. f.).
Crystállogenía, *s. f.* (min.) parte da sciencia que estuda a formação dos crystaes. || De κρύσταλλος crystal + γένος geração + suff. *ia*.
Crystállographía, *s. f.* sciencia que descreve os crystaes e expõe as leis da sua formação. || De κρύσταλλος crystal + γράφειν descrever + suff. *ia*.
Deriv. : *crystallográphico* (adj.), *crystallógrapho* (s. m.).
Crystallóide, *adj.* similhante a crystal.— (Anat.) diz-se da membrana que envolve o crystallino do ôlho. || De κρυσταλλοειδής (form. de κρύσταλλος crystal + εἶδος forma).
Crystállometría, *s. f.* a medição dos crystaes. || De κρύσταλλος crystal + μέτρον medida + suff. *ia*.
Deriv. : *crystállométrico* (adj.).
Crystállonomía, *s. f.* conhecimento das leis da crystallização. || De κρύσταλλος crystal + νόμος lei +suff. *ia*.

Deriv. : *crystallonómico* (adj.).
* **Crystállophobía**, *s. f.* (med.) terror morbido de objectos de vidro. || De κρύσταλλος crystal + φόβος terror + suff. *ia*.
Crystállotechnía, *s. f.* arte de obter crystaes completos. || De κρύσταλλος crystal + τέχνη arte + suff. *ia*.
Deriv. : *crystállotéchnico* (adj.).
Crystállotomía, *s. f.* arte de cortar os crystaes. || De κρύσταλλος crystal + τομή corte + suff. *ia*.
Deriv. : *crystállotómico* (adj.).
* **Cténobranchios**, *s. m. pl.* (zool.) sub-ordem de Gastropodes Prosobranchios. || De κτείς, ενός pente + *branchia* (v. este vcb.).
Ctenóceros, *s. m. pl.* (zool.) familia de Pólypos. || De κτείς, ενός pente + κέρας chifre, ponta.
Ctenóide, *adj.* (zool.) diz-se da escama que tem dentes. || De κτείς, ενός pente + εἶδος forma.
Ctenóphoros, *s. m. pl.* (zool.) classe de Phytozoarios do ramo dos Celenterados. || De κτείς, ενός pente + φορός portador.
* **Ctenóstomos**, *s. m. pl.* (zool.) secção dos Bryozoarios Estelmatopodes. || De κτείς, ενός pente + στόμα bocca.
Cúbito, *s. m.* (anat.) um dos dous ossos do antebraço. || Pelo lat. *cubitus*, de κύβιτον que significou primitivamente cotovello.
Deriv. : *cubitál* (adj.), etc.
Cúbo, *s. m.* (geom.) solido com seis faces quadradas e eguaes. || Pelo lat. *cubus*, de κύβος.
Deriv. : *cúbico* (adj.), *cubár* (v.), *cubágem* (s. f.).
Cubóide, *adj.* e *s. m.* que

tem forma de cubo. — (Anat.) um dos ossos do tarso. || De *cúbo*(v. este vcb.) + είδος forma.

Cuminho, *s. m.* (bot.) planta da ordem das Umbelliferas, gen. *Cuminum cyminum;* o fructo da planta. || Pelo lat. *cumīnum*, de κύμινος.
Cogn.: *cuménio* (s. m.), *cumidina* (s. f.), *cumínico* (adj.), *cumináto* (s. m.), *cuminól* (s. m.), *cumýlio* (s. m.).

* **Cuphólitho**, *s. m.* (min.) var. de prehnito (silicato de aluminio calcifero — $H^2Ca^2Al^2Si^3O^{12}$). || De κοῦφο; leve, vasio + λίθος pedra.

Cyamóide, *adj.* similhante a fava. || De κύαμος fava + είδος forma.

Cyanáto, *s. m.* (chim.) sal produzido pela combinação do acido cyanico com uma base. || De *cyano* por *cyanogénio* (v. este vcb.) + suff. *áto*.
Cogn.: *cyánico* (adj.), *cyanílico* (adj.), *cyanína* (s. f.), *cyanól* (s. m.), *cyanhýdrico* (adj.), *cyanéto* (s. m.), *cyanhydráto* (s. m.).

* **Cyanéidas**, *s. m. pl.* (zool.) familia de Acalephos Discophoros. || Do gen. *Cyánea* (e este de κυάνεος azul) + suff. *idas*.

* **Cyanephidróse**, *s. f.* (med.) suor abundante, que cora de azul as roupas. || De κυανός azul + ἐφίδρωσις suor copioso.

Cyaníto, *s. m.* (min.) variedade de disthenio corada de azul (Al^2SiO^5). || De κυανός azul + suff. *íto*.

* **Cyanochalcíto**, *s. m.* (min.) var. de chrysocolla (silicato de cobre hydratado). || De κυανός azul + χαλκός cobre + suff. *íto*.

* **Cyanochroíto**, *s. m.* (min.) sulfato hydratado de cobre e potassio. || De κυανός azul + χρόα côr + suff. *íto*.

Cyanogénio, *s. m.* (chim.) gaz composto de carbono e azoto (C^2Az ou Cy), e que entra na composição do azul de Prussia. || De κυανός azul + γένος geração + suff. *io*.
N. Funccionando como corpo simples, seu nome deve modelar-se por oxygenio e hydrogenio (com a term'nação *io*).

Cyanólitho, *s. m.* (min.) var. de okenito (zóolitho calcifero). || De κυανός azul + λίθος pedra.

Cyanómetro, *s. m.* (phys.) instrumento para medir a intensidade da côr azul do céu. || De κυανός azul + μέτρον medida.

Cyanopathía, *s. f.* (med.) o mesmo que cyanose. || De κυανός azul + πάθος molestia + suff. *ia*.

* **Cyanophilía**, *s. f.* aptidão que tem o protoplasma de certas hematias para ser colorido pelo azul de Lœffler. || De κυανός azul + φίλος amigo + suff. *ia*.

Cyanophósphoro, *s. m.* (chim.) corpo explosivo resultante da acção do phosphoro sôbre o cyaneto de mercurio. || De *cyano* por *cyanogénio* e *phósphoro* (v. estes vcbs.).

* **Cyanophýceas**, *s. f. pl.* (bot.) sub-ordem das Algas. || De κυανός azul + φῦκος alga + suff. *eas*.

Cyanóse, *s. f.* (med.) coloração azulada, livida ou escura da pelle. || De κυάνωσις (deriv. de κυανός azul).
Deriv.: *cyanótico* (adj.).

* **Cyanósio**, *s. m.* (min.) syn. de chalcanthito e caparosa azul (sulfato de cobre $H^{10}CuSO^9$). || De κυανός azul + suff. *io*.

* **Cyanotrichíto**, *s. m.* (min.) sulfato de cobre e de aluminio. || De κυανός azul + θρίξ, τριχός cabello, fio + suff. *íto*.

* **Cyanuría**, *s. f.* (med.) emissão de urinas azuladas. ||

De κυανός azul + οὖρον urina + suff. *ia*.

Cyanúrico, *adj.* (chim.) acido encontrado nos productos de distillação do acido urico. || De *cyano* por *cyanogénio* + *urico* (v. estes vcbs.).

Deriv. : *cyanuráto* (s. m.).

Cýatho, *s. m.* (ant.) copo com aza para tirar vinho da cratera e distribuí-lo aos convidados. || De κύαθος (deriv. de κύειν conter, estar cheio). Em lat. *cyăthus, i.*

N. Contra o voto de Ad. Coelho e Figueiredo, Aulete accentúa bem a antepenultima.

Cyathóide, *adj.* que tem forma de cýatho. || De *cyatho* (v. este vcb.) + εἶδος forma.

N. Vocabulo preferivel ao hybrido *cyathiforme*.

Cybistica, *s. f* (ant.) entre os Gregos um genero de dansa accompanhada de cambalhotas. || De κυβιστάω dou cambalhota.

Cýclade, *s. f.* (ant.) saia larga e luxuosa, usada d'antes pelas Romanas. || De κυκλάς, άδος.

*Cycládidas, *s. m. pl.* (zool.) familia de Molluscos. || Do gen. *Cyclas* (e este de κυκλάς, άδος redondo) + suff. *idas*.

Cyclamíno, *s. m.* (bot.) pão de porco, planta da ordem das Primulaceas, gen. *Cyclămen europœum*. || De κυκλάμινος; em lat. *cyclamīnus, i.*

N. Aulete dá apenas *cycláme;* mas em outros lexicographos encontram-se estas differentes formas: *cyclaminis, cyclamine* e *cyclamínio*, posto que nunca deixem de registar *cyclame,* que bem parece cópia do francez. Deante de tal variedade, signal de incerteza, a regra em vcbs. de origem erudita é approximar-se da raiz : d'ahi *cyclamíno*.

Deriv. : *cyclámina* (s. f.).

Cyclanthaceas, *s. f. pl.* (bot.) ordem de plantas monocotyledones. || De κύκλος círculo + ἄνθος flôr + suff. *áceas*.

Cyclíte, *s. f.* (med.) forma rara de choroidite, limitada aos processos ciliares. || De κύκλος círculo + suff. *ite*.

Cýclo, *s. m.* periodo ou certo número de annos, ao fim dos quaes devem repetir-se pela mesma ordem os phenomenos astronomicos; linha espiral entre duas folhas que se correspondem; conjuncto de poemas sôbre feitos da mesma epocha. || De κύκλος círculo.

Deriv. : *cýclico* (adj.), *cyclismo* (s. m.), *cyclísta* (s. m.).

*Cyclobránchios, *s. m. pl.* (zool.) sub-ordem de Gastropodes Prosobranchios. || De κύκλος círculo + *branchia* (v. este vcb.).

Cyclocéphalos, *s. m. pl.* (zool.) tribu de Insectos Pentameros, segundo o systema de Cuvier. — (Terat.) monstro de uma só orbita e dous olhos contiguos, nariz atrophiado, sem tromba (G. St-Hilaire). || De κύκλος círculo + κεφαλή cabeça.

Deriv. : *cyclocephálios* (s. m. pl.).

Cyclóide, *s. f.* (geom.) curva gerada pela revolução de um poncto pertencente a um círculo que gyra sôbre uma recta. || De κυκλοειδής (form de κύκλος círculo + εἶδος forma).

*Cyclometópos, *s. m. pl.* (zool.) familia de Crustaceos Decapodes. || De κύκλος círculo + μέτωπον parte anterior.

Cyclometría, *s. f.* medição dos círculos. || De κύκλος círculo + μέτρον medida + suff. *ia*.

Deriv. : *cyclométrico* (adj.), *cyclómetro* (s. m.).

Cyclóne, *s. m.* (meteor.) tempestade que redemoinha. || De κύκλος círculo, pelo fr. *cyclone*.

Cyclópe, s. m. (myth.) gigante fabuloso, que tinha um só ôlho no meio da testa. || De κύκλωψ, ωπος (form. de κύκλος círculo + ὤψ, ὠπός ôlho).
Deriv. : *cyclópico* (adj.), *cyclopía* (s. f.).

*Cyclópidas, s. m. pl. (zool.) familia de Crustaceos Copepodes. || Do gen. *Cyclops* (e este de κύκλωψ cyclope) + suff. *idas*.

Cyclópteros, s. m. pl. (zool.) peixes da ordem dos Malacopterygios. || De κύκλος círculo + πτερόν aza.

Cyclóse, s. f. (bot.) movimento gyratorio da seiva nas plantas. || De κύκλωσις circulação (de κυκλοῦν, e este de κύκλος círculo).

Cyclóstomos, s. m. pl. (zool.) ordem de Peixes, de bocca redonda e ampla. || De κύκλος círculo + στόμα bocca.
Cogn. : *cyclostómidas* (s. m. pl.) — fam. de Gastrópodes.

Cyclótomo, s. m. (chir.) instrumento, hoje desusado, para fixar o globo do ôlho e fazer a incisão da cornea. || De κύκλος círculo + τομή córte.

Cydonina, s. f. (chim.) substância gommosa das sementes do marmello. || De κυδώνιον marmello + suff. *ina*.

Cyésiología, s. f. (med.) parte da Medicina, que tracta da gravidez. || De κύησις gestação + λόγος discurso + suff. *ia*.

* Cyesteína, s. f. (med.) materia azotada que se acha em maior proporção na urina das mulheres gravidas. || De κύησις prenhez + suff. *ina*.
N. Do fr. *kyestéine* se vae introduzindo entre nós *kyesteína*, mas é mal derivado.

Cylíndro, s. m. (geom.) solido que tem os lados perpendiculares e a secção circular:
|| De κύλινδρος (deriv. de κυλινδεῖν rodar).
Deriv. : *cylindráceo, cylíndrico* (adj.), *cylindrár* (v.), *cylindrágem* (s. f.), *cylindríto* (s. m.), *cylindróse* (s. f.).

Cylindróide, adj. que tem a forma do cylindro. || De κυλινδροειδής (comp. de κύλινδρος cylindro + εἶδος forma).

Cylindrôma, s. m. (med.) especie de tumor epithelial. || De κύλινδρος cylindro + suff. *ôma*.

Cýllopodía, s. f. (med.) o mesmo que *cyllose*. || De κυλλός recurvado + πούς pé + suff. *ia*.

Cyllóse, s. f. (med.) deformidade do pé (pied-bot dos Francezes). || De κυλλός recurvado + suff. *óse*.

Cyllosômo, s. m. (terat.) especie de monstro. || De κυλλός deforme, estropiado + σῶμα corpo.

Cýma, s. f. (bot.) umbella bastarda, especie de inflorescencia. || De κῦμα rebentão.
Deriv. : *cyméira* (s. f.), *cymôso* (adj.).

* Cymatólitho, s. m. (min.) mixtura de muscovito e de albito. || De κῦμα, ατος onda + λίθος pedra.

Cýmbalo, s. m. (ant.) antigo instrumento musico, composto de dous meios globos de metal que se percutiam. || De κύμβαλον.

Cymbocéphalo, adj. que tem o cranio excavado na parte superior. || De κύμβη vaso, cavidade + κεφαλή cabeça.
Deriv. : *cymbocephalía* (s. f.).

* Gymbúlidas, s. m. pl. (zool.) familia de Pteropodes. || Do gen. *Cymbúlia* (e este, pelo dim. lat. «cymbula», de κύμβη barquinho) + suff. *idas*.

* Cymophánio, s. m. (min.) aluminato de glycinio, de brilho

vitreo e côr verde (GlAl²O⁴). ||
De κῦμα onda + φαίνομαι pareço + suff. *io*.

* **Cymothóidas**, *s. m. pl.* (zool.) familia de Crustaceos Isopodes. || Do gen. *Cymóthoa*, (e este de Κυμοθόη Cymóthoe — nome de uma Nereide) + suff. *idas*.

Cynánche, *s. f.* (med.) esquinencia, especie de angina. || De κυνάγχη (form. de κύων, υνός cão + ἄγχειν estrangular).
N. A forma *cynáncia*, que tambem occorre nos diccionarios, é mais apartada da raiz.

Cynanthropía, *s. f.* (med.) mania, na qual o doente se julga transformado em cão. || De κύων, υνός cão + ἄνθρωπος homem + suff. *ia*.
Cogn. : *cynanthrópo* (s. m.).

Cynáreas, *s. f. pl.* (bot.) tribu das Synantheraceas, a que pertencem a alcachofra, o cardo bento, etc. || De κυνάρα roseira brava + suff. *eas*.

Cynegética, *s. f.* arte da caça. || De κυνηγετικὸς que diz respeito á caça (deriv. de κύων cão + ἡγεῖσθαι conduzir).
Cogn. : *cynegético* (adj.).

Cýnico, *adj*. canino; pertencente á seita que desprezava as conveniencias sociaes; impudente. || De κυνικὸς (deriv. de κύων cão).
Cogn. : *cynísmo* (s. m.).

Cynipe, *s. m.* (zool.) insecto Hymenoptero, que dá origem ás galhas. || De κύων, υνός cão + ἴψ, ἱπὸς verme que rilha a madeira.
N. Ad. Coelho com acêrto faz o vocabulo paroxytono.

Cynocéphalo, *s. m.* (zool.) macaco catarhino, de focinho alongado como o de cão. || De κυνοκέφαλος (comp. de κύων cão + κεφαλή cabeça).

Cynoglósso, *s. m.* (bot.) lingua de cão, planta da ordem das Borragaceas, gen. *Cyno-glossum*, cujas folhas têm forma de lingua de cão. || De κυνόγλωσσος (form. de κύων cão + γλῶσσα lingua).
N. Cynoglóssa anda nos lexicos, mas é mal formado; a terminação em *o* é a mais regular e deve prevalecer.

Cynographía, *s. f.* (zool.) tractado dos cães. || De κύων, κυνὸς cão + γράφω descrevo + suff. *ia*.
Deriv. : *cynográphico* (adj.).

Cynomórpho, *adj.* que tem forma de cão. || De κύων, κυνὸς cão + μορφή forma.

Cynóphilo, *adj.* que gosta de cães. || De κύων, νὸς cão + φίλος amigo.
Deriv. : *cynophilía* (s. f.).

Cýnopithéco, *s. m.* (zool.) genero de Macacos. || De κύων cão + πίθηκος macaco.

Cynorexía, *s. f.* (med) variedade de bulimia, na qual os enfermos vomitam todos os alimentos, que avidamente ingeriram. || De κύων cão + ὄρηξις appetite + suff. *ia*.

Cynórrhodo, *s. m.* (bot.) fructo da roseira brava (*Rosa canina*). || De κυνόῤῥόδον (form. de κύων cão + ῥόδον rosa).

Cynosárgo, *s. m.* (ant.) gymnasio em Athenas, onde se ensinava a philosophia cynica. || De Κυνόσαργες.

Cynosúra, *s. f.* (astr.) Ursa menor, uma constellação boreal. || De κυνοσουρὰ (form. de κύων cão + οὐρὰ cauda).
N. Figueiredo, contra o parecer geral, accentúa a antepenultima; mas nem o uso nem a etymologia o auctorizam.

Cyperáceas, *s. f. pl.* (bot.) ordem de plantas monocotyledones, que têm por typo o gen. *Cypérus*. || De κύπειρος junça cheirosa + suff. *áceas*.

* **Cyphoíto**, *s. m.* (min.) silicato hydratado de magnesio. || De κυφὸς curvo + suff. *ito*.

Cyphonísmo, *s. m.* (ant.) supplicio, que consistia em unctar de mel o delinquente e expô-lo ás moscas. || De κυφωνισμός (deriv de κυφωνίζειν, e este de κύφων golilha).

*Cýpho-scoliόse, *s.f.*(med.) duplo desvio da columna vertebral. (De *cyphóse* e *escoliόse* (v. estes vcbs.).

Cyphóse, *s. f.* (med.) curvatura anomala da columna vertebral para traz.||De κύφωσις curvatura (deriv. de κυφόω, e este de κυφός curvo).

Deriv.: **cyphótico** (adj. e s. m.).

*Cypréidas, *s. m. pl* (zool.) familia de Gastropodes Ctenobranchios || Do gen. *Cyprœa* (e este de κύπριος de Chypre ?) + suff. *idas*.

Cypréste, *s. m.* (bot.) árvore, da ordem das Coniferas, gen. *Cupressus sempervirens*. || Pelo lat. *cupressus* ou *cypressus*, vem de κυπάρισσος.

* Cýpridología, *s. f.* (med.) estudo das molestias venereas. De Κύπρις, ιδος Venus + λόγος estudo, tractado + suff. *ia*.

Cogn.: **cypridólogo** (s. m.).

*Cýpridopathia, *s.f.*(med.) molestia venerea. || De Κύπρις, ιδος Venus + πάθος molestia + suff. *ia*.

*Cýpridophobia, *s.f.*(med.) medo morbido de molestias venereas. || De Κύπρις, ιδος Venus + φόβος medo + suff. *ia*

Cyprínidas, *s. m. pl.* (zool.) familia de Peixes Malacopterygios abdominaes esquamodermos, que têm por typo o gen. *Cyprinus*. || De κυπρίνος carpa + suff. *idas*.

Cýprio, *adj.* que é de Chypre ou relativo a Chypre. || De κύπριος (deriv. de Κύπρος Chypre).

Cogn.: **cypriόta** (s. m.).

Cýpsela, *s.f.* (bot) o mesmo que o achenio de Richard. || De κυψέλη caixa.

*Cypsélidas, *s. m. pl.* (zool.) fam. de Passaros Fissirostros. || Do gen. *Cýpselus* (e este de κύψελος gaivão) + suff. *idas*.

Cyrbásia, *s. f.* (ant.) barrete coni o dos antigos Persas. || De κυρβασία.

Cyrenêu, *s. m.* habitante de Cyrene; auxiliador. || De Κυρηναῖος (form. de Κυρήνη Cyrene).

* Cyrtόlitho, *s. m.* (min.) alteração do zircão (silicato de zirconio). || De κυρτός curvo + λίθος pedra.

Cyrtόmetro, *s. m.* (med.) instrumento para medir as saliencias morbidas do corpo (Piorry). De κυρτός convexo, abaulado + μέτρον medida.

Cýsne, *s. m.* (zool.) ave da ordem dos Palmipedes, gen. *Cygnus*. || Pelo lat. *cycnus* ou *cygnus*, de κύκνος.

Cystalgía, *s. f.* (med.) dôr nevralgica na bexiga. || De κύστις bexiga + ἄλγος dôr + suff. *ia*.

Deriv.: **cystálgico** (adj.).

Cystectasía, *s. f.* (med.) dilatação da bexiga. De κύστις bexiga + ἔκτασις dilatação + suff. *ia*.

* Cýstectomía, *s. f.* (med.) ablação de parte ou totalidade da bexiga. || De κύστις bexiga + ἐκτομή ablação, corte + suff. *ia*.

* Cystencéphalo, *s. m.* (terat.) monstro cujo encephalo é substituido por uma vesicula || De κύστις vesicula + ἐφκέφαλος encephalo.

Cysthepático, *adj.* (anat.) diz-se dos conductos excretores da bile. De κύστις bexiga, vesicula + ἦπαρ, ατος figado + suff. *ico*.

Cysticéctomia, *s. f.* (med.) resecção do canal cystico (Zielewicz). || De *cýstico* (v. este vcb.) + ἐκτομή corte, separação + suff. *ia*.

Cysticérco, *s. m.* (zool.) o escolex de algumas tenias, gen. *Cysticercus*. || De κύστις bexiga + κέρκος cauda.
Deriv. : *cysticercóse* (s. f.).

Cýstico, *adj.* (med.) que diz respeito á vesicula biliar. || De κύστις vesicula + suff. *ico*.

* **Cýstico-enterostomía**, *s. f.* (med.) anastomose do canal cýstico com o intestino (Th. Roth). || De *cýstico* + ἔντερον intestino + στόμα bocca + suff. *ia*.

* **Cýstico-lithotripsía**, *s. f.* (med.) esmagamento de calculos contidos no canal cýstico. || De *cýstico* (v. este vcb.) + λίθος pedra + τρίψις esmagamento + suff. *ia*.

* **Cýsticotomía**, *s. f.* (med.) incisão do canal cýstico (Lindner). || De *cýstico* (v. este vcb.) + τομή corte + suff. *ia*.

***Cýstidas**, *s. m. pl.* (paleont.) classe de Echinodermos fosseis. || De κύστις vesicula + suff. *idas*.

* **Cystídio**, *s. m.* (bot.) cellula saliente, que muitas vezes existe nos agaricos, sôbre o receptaculo, e que é orgão vegetativo accessorio do apparelho reproductor. || De κύστις bexiga, vesicula + suff. *idio*.

Cystína, *s. f.* (chim.) substância que constitue os calculos vesicaes, renaes ou as areias. || De κύστις bexiga + suff. *ina*.
Cogn.: *cysteïna* (s. f.).

* **Cýstinephróse**, *s. f.* (med.) rim sacciforme. || De κύστις bexiga, vesicula + νεφρὸς rim + suff. *óse*.

* **Cystinuría**, *s. f.* (med.) presença de cystína na urina. || De *cystina* (v. este vcb.) + οὖρον urina + suff. *ia*.

Cystíte, *s. f.* (med.) inflammação da bexiga. || De κύστις bexiga + suff. *íte*.

Cystocéle, *s. f.* (med.) hernia da bexiga. || De κύστις bexiga + κήλη hernia.

Cystocópio, *s. m.* (chir.) cathetér especial, que permitte ouvir a pancada da sonda nos calculos da bexiga. || De κύστις bexiga + κόπος pancada.

* **Cystodynía**, *s. f.* (med.) dôr rheumatica, que tem sua séde na tunica muscular da bexiga. || De κύστις bexiga + ὀδύνη dôr + suff. *ia*.

Cystohemía, *s. f.* (med.) affluxo do sangue para a bexiga. || De κύστις bexiga + αἷμα sangue + suff. *ia*.

Cystóide, *adj.* que tem forma de bexiga. || De κύστις bexiga + εἶδος forma.

Cystólitho, *s. m.* (bot.) corpusculo composto de cellulose e carbonato de calcio, que se desenvolve em certas cellulas da epiderme das Urticaceas e Acanthaceas. || De κύστις bexiga, cellula + λίθος pedra.
Deriv.: *cystolíthico* (adj.).

* **Cýstopexía**, *s. f.* (med.) fixação da parede anterior da bexiga á parede abdominal por cima da symphyse pubiana. || De κύστις bexiga + πῆξις fixação + suff. *ia*.

* **Cýstophantásmo**, *s. m.* (med.) bexiga artificial montada para mostrar as manobras da endoscopia vesical, etc. || De κύστις bexiga + φαντασμὸς illusão, apparencia.
N. Vocabulo que propomos para traduzir o francez « cystofantôme », que é de formação hybrida e irregular.

Cystoplastía, *s. f.* (chir.) operação da fistula vesico-vaginal por antoplastia. || De κύστις bexiga + πλάσσω formo + suff. *ia*.

Cystoplegía, *s. f.* (med.) paralysia da bexiga. || De κύστις

bexiga + πληγή golpe violento + suff. *ia*.
Derio.: *cystoplégico* (adj.).
* **Cystoptóse**, *s. f.* (med.) prolapso da membrana interna da bexiga atravez do collo vesical. || De κύστις bexiga + πτῶσις quéda.
Cystopýico, *adj.* (med.) que se refere á suppuração da bexiga. || De κύστις bexiga + πῦον pus + suff. *ico*.
* **Cýstorhaphía**, *s. f.* (med.) sutura da bexiga. || De κύστις bexiga + ῥαφή costura + suff. *ia*.
Cýstorrhagía, *s. f.* (med.) hemorrhagia vesical. || De κύστις bexiga + ῥαγεῖν de ῥήγνυμι rompo + suff. *ia*.
Cystorrhéa, *s. f.* (med.) catarrho vesical. || De κύστις bexiga + ῥεῖν correr.
Cystoscópio, *s. m.* (med.) instrumento para exame endoscopico da bexiga. || De κύστις bexiga + σκοπεῖν examinar + suff. *io*.
* **Cystospásmo**, *s. m.* (med.) contracção espasmodica da bexiga. || De κύστις bexiga + *espásmo* (v. este vcb.).
Derio.: *cystospastico* (adj.).
* **Cýstostomía**, *s. f.* (med.) operação de Poncet; creação de uma urethra hypogastrica nos casos de obstrucção prostatica. || De κύστις bexiga + στόμα bocca, abertura + suff. *ia*.
Cýstothrombóide, *adj.* (med.) dependente de coalhos sanguineos retidos na bexiga. || De κύστις bexiga + θρόμβος coalho, grumo + εἶδος forma.
Cystotomía, *s. f.* (chir.) operação, por meio da qual se faz uma incisão que penetra até á bexiga afim de extrahir della os calculos; talha. || De κύστις bexiga + τομή corte + suff. *ia*.
Cogn. *cystótomo* (s. m.).
* **Cýtase**, *s. f.* syn. de alexina (Metchnikoff). || De κύτος cellula + suff. *ase*.
* **Cythemía**, *s. f.* presença, no sangue, de cellulas pertencentes a outros tecidos. || De κύτος cellula + αἷμα sangue + suff. *ia*.
* **Cythemólyse**, *s. f.* destruição dos globulos vermelhos do sangue. || De κύτος cellula + αἷμα sangue + λύσις destruição, dissolução.
Cytíneas, *s. f. pl.* (bot.) familia de plantas dicotyledones, cujo typo é o gen. *Cytinus*. || De κύτινος flôr ou fructo da romeira + suff. *eas*.
Cýtiso, *s. m.* (bot.) codeço, planta da ordem das Leguminosas, gen. *Cytĭsus*. || De κύτισος.
N. Os diccionarios dão *cytiso*, prosodia anti-etymologica.
Derio.: *cytisina* (s. f.) e não *cytisena* como occorre em Ad. Coelho.
Cýtoblastêma, *s. m.* (bot.) blastema, onde se desenvolvem cellulas. || De κύτος cavidade, cellula + *blastema* (v. este vcb.).
Cytoblástio, *s. m.* (bot.) nome dado por Schleiden ao nucleo das cellulas. || De κύτος cellula + βλάστη rebento, producção + suff. *io*.
* **Cýtodiagnóstico**, *s. m.* (med.) methodo de diagnóstico baseado no exame histologico das cellulas achadas nos derramamentos pathologicos das serosas (Widal e Ravaut). || De κύτος cellula + *diagnóstico* (v. este vcb.).
Cytódio, *s. m.* (biol.) materia albuminosa sem nucleo, que representa a cellula no seu estado primitivo. || De κυτώδης celluloso + suff. *io*.
Cytogénese, *s. f.* (biol.) a formação das cellulas. || De κύτος cellula + γένεσις geração.
Derio.: *cytogenético* (adj.).

Cytóide, *adj.* e *s. m.* (anat.) que tem forma de cellula; leucocyto. || De κύτος cellula + εἶδος forma.

*** Cytólitho,** *s. m.* (bot.) nome dado recentemente por Maximino Maciel (Licções de Bot., 1901) ás cellulas petreas. || De κύτος cellula + λίθος pedra.
N. Seria preferivel *lithócyto.*

*** Cýtología,** *s. f.* (biol.) estudo da cellula em geral. || De κύτος cellula + λόγος tractado + suff. *ia.*

*** Cytólyse,** *s. f.* (biol.) destruição das cellulas. || De κύτος cellula + λύσις dissolução.
Deriv. : *cytolysína* (s. f.).

*** Cýtomicrosômio,** *s. m.* nome dado ás granulações dispostas em forma de rosario, que formam o cýtomitômio. || De κύτος cellula + μικρός pequeno + σῶμα corpo + suff. *io.*

*** Cýtomitômio,** *s. m.* nome dado aos filamentos que formam o espongio-plasma da cellula. || De κύτος cellula + μίτος filamento + suff. *ômio.*
N. Syn. de *mitômio.*

*** Cytopéctico,** *adj.* (med.) diz-se da funcção de um orgão que fixa as cellulas normaes ou pathologicas, que lhe são trazidas pelo sangue (Gilbert). || De κύτος cellula + πηκτικός que fixa.

N. Corresponde ao francez « cytopexique », que não foi bem formado.

Cýtopharýnge, *s. f.* (zool.) especie de canaliculo que ás vezes faz a continuação do cytóstoma, nos Infusorios Euflagellados. || De κύτος cellula + φάρυγξ pharýnge.

*** Cytoplásma,** *s. m.* (zool.) nome dado tambem ao protoplásma ordinario da cellula, para o distinguir do nucleoplasma. || De κύτος cavidade, cellula + *plásma* (v. este vcb.).

*** Cytoprócto,** *s. m.* (zool.) orificio, por onde se evacuam os residuos da digestão cellular, nos Infusorios Euflagellados. || De κύτος cellula + πρωκτός ano.

Cytóstoma, *s. m.* (zool.) bocca, ou orificio, na membrana dos Infusorios Euflagellados, por onde são ingeridos os alimentos. || De κύτος cellula + στόμα bocca.

*** Cýtotherapía,** *s. f.* (med.) methodo therapeutico, que emprega as cellulas como agentes de materia médica. || De κύτος cellula + θεραπεία tractamento.
Deriv.: *cýtotherápico* (adj.).

*** Cytotoxína,** *s. f.* (med.) toxina de origem cellular. || De κύτος cellula + *toxína* (v. este vcb.).
Cogn.: *cytotóxico* (adj.).

D

* **Dácryadenalgía,** s. f. (med.) dôr na glandula lacrymal. || De δάκρυον lagryma + ἀδήν glandula + ἄλγος dôr + suff. *ia*.

Dácryadenite, s. f (med.) inflammação da glandula lacrymal. || De δάκρυον lagryma + ἀδήν glandula + suff. *ite*.

Dacryína, s. f. (chim.) substância organica das lagrymas. || De δάκρυον lagryma + suff. *ina*.

N. Figueiredo regista com esta significação — *dacryolina* —, que é cópia do francez *dacryoline* mal formado.

Dácryo, s. m. (anat.) poncto em que se tocam o frontal, o unguis e a apóphyse ascendente do maxillar superior. || De δάκρυον lagryma.

N. Figueiredo conserva-lhe a desinencia *on* — *dácryon* —; mas aqui, como em outros casos, é de vantagem nacionalizar o vocabulo.

Dácryocystite, s. f. (med.) inflammação do sacco lacrymal. || De δάκρυον lagryma + κύστις bexiga, sacco + suff. *ite*.

Dacryóide, adj. que tem forma de lagryma. || De δάκρυον lagryma + εἶδος forma.

Dacryolína. V. *dacryina*.

Dácryolithíase, s. f. (med.) producção de calculos nos ductos lacrymaes. || De δάκρυον lagryma + λιθίασις formação de calculos (form. de λίθος pedra).

Dacryólitho, s. m. (med.) cálculo lacrymal. || De δάκρυον lagryma + λίθος pedra.

* **Dacryôma,** s. m. (med.) corrimento de lagrymas causado pela obstrucção dos ponctos lacrymaes. || De δάκρυον lagryma + suff. *ôma*.

Dácryon. V. *dácryo*.

Dacryopêu, adj. (med.) estimulante da secreção lacrymal. || De δακρυοποιὸς (comp. de δάκρυον lagryma + ποιεῖν fazer. Em lat. *dacryopœus*.

Dactyládo, adj. da côr das tamaras. || De δάκτυλος tamara.

N. O vcb. apparecen na *Euphrosyna* de J.-F. de Vasconcellos com esta graphia *datilado*, e assim o registaram Moraes e outros; mas a etymologia acconselha graphar diverso.

Dactylados, s. m. pl. (zool.) família de Peixes Holobranchios (Duméril). || De δάκτυλος dedo + suff. *ádos*.

Dactyléira, s. f. (bot.) tamareira. || De δάκτυλος tamara + suff. *éira*.

N. O vcb. figura nos diccionarios de Faria, Lacerda, Roquette e Ad. Coelho com a graphia incorrecta — *datileira*.

* **Dactyléthridas,** s. m. pl. (zool.) família de Batrachios Anuros. || Do gen. *Dactyléthra* (e este de δακτυλήθρα luva) + suff. *idas*.

Dactylóglypho, *s. m.* (ant.) gravador de pedras para anneis. || De δακτυλιογλύφος (form. de δακτύλιος annel + γλύφειν esculpir, gravar).
Deriv.: *dactylioglyphia* (s. f.).

Dactýliología, *s. f.* estudo dos anneis e das pedras preciosas antigas. || De δακτύλιος annel (de δάκτυλος dedo) + λόγος discurso + suff. *ia*.

Dactýliomancía, *s. f.* (ant.) adivinhação por meio de anneis. || De δακτύλιος annel + μαντεία adivinhação.

Dactýliothéca, *s. f.* museu ou collecção de anneis, e pedras gravadas.||De δακτυλιοθήκη (comp. de δακτύλιος annel + θήκη depósito).
N. Figueiredo equivoca-se evidentemente registando *dactylotheca*, que faz derivar de δάκτυλος dedo.

Dactylite, *s. f.* (med.) inflammação de um ou mais dedos. || De δάκτυλος dedo + suff. *ite*.

***Dactylites**, *s. m.* (paleont.) Echinodermo fossil, do feitio dum dedo. || De δάκτυλος dedo + suff. *ites*.

Dáctylo [1], *s. m.* (poes.) pé de verso, grego ou latino, composto de uma syllaba longa seguida de duas breves (— ᴗ ᴗ). || De δάκτυλος.

Dáctylo [2], *s. m.* (bot.) tamara, fructo da *Phœnix dactylifera*. || De δάκτυλος.
N. Em antigos escriptores portuguezes appareceu com a forma *datile*, que alguns diccionarios mantiveram; mas, a conservar se o vocabulo, a correcção é facillima.

Dactylóide, *adj.* que tem forma de dedo. || De δακτυλοειδής (form. de δάκτυλος dedo + εἶδος forma).

Dactylólobos, *s. m. pl.* (zool.) sub-ordem das Aves Pernaltas (Lesson). || De δάκτυλος dedo + λοβος lobo.

Dáctylología, *s. f.* methodo de conversação por meio de signaes feitos com os dedos. || De δάκτυλος dedo + λόγος discurso + suff. *ia*.

Dáctylomancía, *s. f.* adivinhação pela inspecção dos dedos. || De δακτυλομαντεία (comp. de δάκτυλος dedo + μαντεία adivinhação).

Dactylópteros, *s. m. pl.* (zool.) Peixes Acanthopterygios, tambem chamados «voadores». ||De δάκτυλος dedo + πτερὸν aza).

***Dáctylozóide**, *s. m.* (zool.) forma de Polypos Hydrarios. || De δάκτυλος dedo + ζῶον animal + εἶδος forma.

Dadýlio, *s. m.* (chim.) o mesmo que terebenio. || De δάς, αδὸς madeira resinosa + suff. *ylio*.

Dálmatas, *s. m.* povos de Dalmacia. ||De Δαλμάται, pl. de Δαλμάτης.
N. Já Bluteau e Moraes accentuaram bem este vcb.
Deriv.: *dalmático* (adj.), *dalmática* (s. f.).

***Damálico**, *adj.* (chim.) diz-se do acido extrahido da urina do homem e da vacca. || De δαμάλη novilha + suff. *ico*.

***Damalúrico**, *adj.* (chim.) nome de acido achado na urina da vacca e do homem. || De δαμάλη novilha + οὖρον urina + suff. *ico*.

Dánaca, *s. f.* (ant.) moeda que os Gregos mettiam na bocca dos defunctos para pagarem a Charonte a passagem do rio infernal. || De δανάκη.
N. Figueiredo regista *danau*, onde ha visivel erro typographico.

Danáidas, *s. m. pl.* filhos de Danao, Gregos. || De Δαναΐδαι; em lat. *danaïdæ*, *arum* (patronymico masculino de Danaus).

Danáides, *s. f. pl.* (myth.) nome das filhas de Danao, rei de Argos. || De Δαναίδες; em lat. *Danaïdes*, um (patronymico feminino de Danaus).

N. Talvez por analogia ao chamado « tonnel das Danaides, chama-se tambem *danáide* uma especie de roda hydraulica.

Daphnáceas, *s. f. pl.* (bot.) ordem de plantas dicotyledones, que têm por typo o gen. *Daphne*. ||De δάφνη loureiro + suff. *áceas*.

Daphneína. V. *daphnína*.

Daphnéphoro, *s. m.* (ant.) o mancebo, que nas festas celebradas em honra de Apollo levava um ramo de loureiro. || De δαφνηφόρος (comp. de δάφνη loureiro + φορός portador).

Deriv.: *daphnephórias* (s. f. pl.), *daphnephórico* (adj.).

Daphnína, *s. f.* (chim.) princípio neutro achado na casca de plantas do gen. *Daphne*. || De δάφνη loureiro + suff. *ína*.

N. A forma *daphneína* é menos correcia.

Cogn.: *daphnetína* (s. f.).

Daphnóideas, *s. f. pl.* (bot.) o mesmo que daphnáceas. || De δάφνη loureiro + εἶδος forma + suff. *eas*.

Dáphnomancía, *s. f.* adivinhação por meio do loureiro. || De δάφνη loureiro + μαντεία adivinhação.

Dardánio, *adj.* e *s. m.* troiano. || De Δαρδάνιος (deriv. de Δαρδανία Troade).

* **Darico,** *s. m.* moeda persa cunhada por Dario. || De δαρεικός (deriv. de Δαρεῖος Dario).

Dárto, *s. m.* (anat.) membrana que envolve os testiculos, por baixo do escroto, ao qual adhere intimamente. || De δαρτόν ou δαρτός (scil. χιτών tunica).

N. A forma *dartos*, consignada por Aulete e Figueiredo, é menos conforme ao genio da lingua.

Dartóide, *adj.* que tem analogia ou relação com o dárto. || De δαρτόν dárto + εἶδος forma.

Dasyántho, *adj.* (bot.) que tem flôres guarnecidas de pêllos. || De δασύς pelludo + ἄνθος flôr.

Dasygástras, *s. f. pl.* (zool.) abelhas, que têm o ventre felpudo (Latreille). || De δασύς felpudo + γαστήρ, ρός ventre.

Dasýmetro, *s. m.* (phys.) instrumento para medir a densidade dos gazes. || De δασύς denso, espesso + μέτρον medida.

Deriv.: *dasymetría* (s. f.).

Dásypo, *s. m.* (zool.) designação scientifica dos tatús, Mammaes da ordem dos Desdentados, gen. *Dasýpus*. || Pelo nomin. lat. *dasýpus*, procede de δασύς felpudo + πούς, ποδός pé.

Deriv.: *Dasypódidas* (s. m. pl.) fam. dos Desdentados.

* **Dasyúridas,** *s. m. pl.* (zool.) fam. de Marsupiaes. || Do gen. *Dasyúrus* (e este de δασύς espesso, pelludo + οὐρά cauda) + suff. *idas*.

Dasyúro, *s. m.* (zool.) Mammal da ordem dos Marsupiaes, gen. *Dasyúrus*. || De δασύς pelludo + οὐρά cauda.

N. Dasyúro, como accentúa Figueiredo contra o justo parecer de Aulete e Ad. Coelho, é inadmissivel.

Datileira. V. *dactyléira*.

Datísmo, *s. m.* repetição de synonymos excusados. || De δατισμός (form. de Δᾶτις Datis, satrapa da Persia).

Decachórdo, *s. m.* (mus.) antigo instrumento musico de dez cordas. De δεκάχορδον (form. de δέκα dez + χορδή corda); em lat. *decachordum, i.*

Década, *s. f.* dezena, grupo de 10, cousa que vae repartida de 10 em 10. || De δεκὰς, άδος

DEC — 187 — DEC

(deriv. de δέχα dez); em lat. *decas, ădis*.
  N. A regra de formação mandaria fazer *décade* (do acc. lat. *decădem*), como *pléiade*, *Héllade* e muitissimos outros nomes tirados de subst. latinos e gregos da 3ª declinação; mas o uso generalizou *decada* e *lampada*, que ficam sendo as unicas excepções.

Decaédro, *s. m.* (geom.) solido de dez faces. ‖ De δέχα dez + ἕδρα assento, base.
  N. O vcb. portuguez congenere *polyedro* foi tirado de πολύεδρος (palavra composta e já existente no grego); d'ahi o escrever-se sem *h* antes do *e*, como o espirito forte de ἕδρα exigiria. Por este modelaram-se depois todos os derivados da mesma raiz, que analogamente devemos escrever sem *h* : *triedro*, *tetraedro*, *pantaedro*, etc.

Decágono, *s. m.* (geom.) polygono de dez angulos e dez lados. ‖ De δεκάγωνος (form. de δέχα dez + γῶνος ou γωνία angulo).
  N. Sôbre a orthoepia, v. *ágono*.

Decagrâmma, *s. m.* (arith.) pêso do 10 grammas no systema metrico. ‖ De δέχα dez + *gramma* (v. este vcb.).
  N. Figueiredo observa que se deveria lêr *decágrama* como se lê *decámetro;* mas exquece que o caso é totalmente diverso. Em μέτρον a quantidade do ε é commum, o que nos auctoriza a fazer esdruxulos em portuguez *todos* os derivados dessa raiz; mas em γράμμα o α é longo por se achar antes de consoante dobrada, — regra que tambem é geral no latim e no portuguez. Conseguintemente, si devemos graphar *decagramma* (como o próprio diccionarista acconselha), não ha sinão fazer o vocabulo paroxytono.

Desta vez o uso popular foi correctissimo.

Decágyno, *adj.* (bot.) que tem dez pistillos. ‖ De δέχα dez + γυνή mulher.
  Deriv.: *decagýnia* (s. f.).

Decalitro, *s. m.* (arithm.) medida de dez litros. ‖ De δέχα dez + *litro* (v. este vcb.).
  N. Sendo commum a quantidade do ι de λίτρα, tanto podiam ser paroxytonos como proparoxytonos os seus compostos; o uso consagrou o primeiro alvitre.

Decalobádo, *adj.* (bot.) que tem dez divisões ou lobos. ‖ Por meio do lat. *decalobatus*, vem de δέχα dez + λοβός lobo.

Decálogo, *s. m.* os dez mandamentos da lei de Deus. ‖ De δεκάλογος (comp. de δέχα dez + λόγος discurso).

Decámeros, *s. m. pl.* (zool.) insectos Coleopteros, que têm dez articulos nas antennas. ‖ De δέχα dez + μέρος parte, secção.

Decámetro, *s. m.* (arithm.) extensão de dez metros. ‖ De δέχα dez + *metro* (v. este vcb.).

Decándro, *adj.* (bot.) que tem dez estames. ‖ De δέχα dez + ἀνήρ, ἀνδρός homem.
  Deriv.: *decándria* (s. f.).

Decapétalo, *adj.* (bot.) que tem dez pétalos. ‖ De δέχα dez + *pétalo* (v. este vcb.).

Decaphýllo, *adj.* (bot.) que tem dez foliolos. ‖ De δέχα dez + φύλλον folha.

Decápodes, *s. m. pl.* (zool.) ordem de Malacostraceos Podophthalmos; têm cinco pares de patas ambulatorias. ‖ De δεκάπους. οδος (form. de δέχα dez + πούς pé).
  N. Decápoda e *decápodo* são formas viciosas.

Decaprótos, *s. m. pl.* (ant.) os dez primeiros decuriões na organização municipal romana; os *decem primi*. ‖ De δεκά-

πρωτοι (form. de δέκα dez + πρῶτος primeiro).
Deriv. : décaprotia (s. f.).

Décaptervgios, *s. m. pl.* ordem de Peixes, que têm dez barbatanas (Schneider). ‖ De δέκα dez + πτέρυξ, υγος aza, barbatana + suff. *ios*.

Decastéreo, *s. m.* (arithm.) medida de dez estéreos. ‖ De δέκα dez + *estéreo* (v. este vcb).

N. Decastera (Roq.), *decasterio* (Far. e Lac. e *decastére* (Fig.) são formas todas imperfeitas, que cumpre condemnar e exquecer.

Decásticho, *s. m.* (poes.) composição poetica de dez versos. ‖ De δεκάστιχος (form. de δέκα dez + στίχος linha).

Decastýlo, *s. m.* (archit.) edificio com dez columnas na fachada. ‖ De δεκάστυλος (form. de δέκα dez + στῦλος columna).

N. Como em todos os derivados de στῦλος preferimos aqui a quantidade grega á latina.

Decasýllabo, *adj.* que tem dez syllabas. ‖ De δεκασύλλαβος (comp. de δέκα dez + συλλαβή syllaba).

Decélico, *adj.* relativo á Decelía, na Attica. ‖ De Δεκελικός (deriv. de Δεκέλεια Decelía).

Dédalo,[1] *s. m.* labyrintho, encruzamento confuso. ‖ De Δαίδαλος Dedalo.

Dédalo,[2] *adj.* ornado ricamente. ‖ De δαίδαλος.

Deléterio, *adj.* venenoso, prejudicial, que corrompe. ‖ De δηλητήριος (form. de δηλεῖσθαι destruir).

Delfim. V. *delphim*.

Délia, *s. f.* (myth.) epitheto de Diana. ‖ De Δηλία (deriv. de Δῆλος Delo—uma das Cyclades).

Délias, *s. f. pl.* (ant.) festas em honra de Apollo, que se celebravam em Delo. ‖ De δήλια, ων.

Délphica, *s. f.* (ant.) mesa de trez pés ; tripeça de Apollo. ‖ De δελφική (scil. τράπεζα) form. de Δελφοί Delphos. Em lat. *delphica, æ*.

N. A etymologia demonstra bem que se não pode acceitar a forma *delphico* (e muito menos *delfico*) dada por C. Figueiredo.

Delphim, *s. m.* (zool.) golphinho, Cetaceo do gen. *Delphīnus*. ‖ De δελφίν ou δελφίς, ῖνος.

N. A graphia *delfim* é corrente, mas de certo anti-etymologica.

O mesmo nome *delphim* foi dado a uma constellação boreal e ao principe herdeiro na antiga monarchia franceza.

Deriv. : delphínidas (melhor do que *delphininos*, que occorre em Figueiredo) (s. m. pl.). *Delphinádo* (s. m.).

Delphinína, *s. f.* (chim.) alcaloide extrahido duma planta do gen. *Delphinium*. ‖ De δελφίνιον + suff. *ína*.

Cogn. : delphína, delphinoidína e *delphisína* (s. f.).

* Delphinorhýnchos, *s. m. pl.* (zool.) uma das divisões dos Delphinios (Cuvier). ‖ De δελφίς delphim + ῥύγχος focinho.

Délta, *s. m.* quarta lettra do alphabeto grego. — Terreno triangular da forma approximada dum Δ, em que dous lados são formados pelos braços de um rio e o outro pela costa do mar. ‖ De δέλτα.

Deltóide, *adj.* e *s. m.* que tem forma do delta maiusculo dos Gregos (Δ); diz-se dum dos musculos da espadua. ‖ De δελτοειδής (comp. de δέλτα delta + εἶδος forma).

Deriv. : deltóideo (melhor do que *deltoideana*) (adj.).

Deltóto, *s. m.* (astr.) constellação tambem chamada Triangulo. ‖ De δελτωτόν (forma neutra de δελτωτός triangular).

N. Ad. Coelho e Figueiredo

grapham *deltóta*, quando nada auctoriza esta desinencia; já em diccionarios mais antigos figurava *deltóton*, que tambem não é bom.

Demagogia, *s. f.* preponderancia ou govêrno de facções populares; anarchia. || De δη μαγωγία (form. de δῆμος povo + ἀγωγός que conduz).

Cogn.: demagôgo (s. m.), *demagógico* (adj.).

Demiúrgo, *s. m.* supremo magistrado de algumas cidades gregas. — O creador do universo, segundo os platonicos. || De δημιουργός (form. de δήμιος plebeu + ἔργον trabalho).

N. O significado primitivo do substantivo grego é « artista, operario ».

Demóboro, *adj.* que usurpa os direitos do povo. || De δημοβόρος (form. de δῆμος povo + βιβρώσκω devoro).

N. Figueiredo colheu este vcb. em Garrett; mais nenhum diccionarista o consigna.

Démocracia, *s. f.* soberania popular, govêrno do povo. || De δημοκράτεια (form. de δῆμος povo + κρατεῖν governar).

Cogn.: democráta (s. m.), *democrático* (adj.), *democratizár* (v.).

N. Sôbre a accentuação de *democráta*, v. *aristocracia*.

*****Demodécidas**, *s. m. pl.* (zool.) familia de Acareos. || Do gen. *Démodex* (e este de δέμας corpo + δήξ verme) + suff. *idas*.

Démographia, *s. f.* estatistica applicada ao estudo *collectivo* do homem (Guillard). || De δῆμος povo + γράφειν descrever + suff. *ia*.

Cogn.: demográphico (adj.), *demógrapho* (s. m.), *demographăr* (v. — e não « demographisar », como se acha em Vieira).

Demonárcha, *s. m.* archidemonio, Demonio principal. || De δαίμων demonio + ἄρχειν commandar.

Demônio, *s. m.* genio bom ou mau (no polytheïsmo antigo); espirito maligno (na religião christã). || De δαιμόνιον (forma deriv. de δαίμων, ονος divindade tutelar).

Deriv.: demoníaco (adj.), *demonísmo* (s. m.), *demonísta* (s. m.).

Démonocracia, *s. f.* influencia dos demonios. || De δαίμων demonio + κρατεῖν dominar + suff. *ia*.

Démonographía, *s. f.* tractado da natureza e influencia dos demonios. || De δαίμων demonio + γράφειν escrever + suff. *ia*.

Cogn.: demonógrapho (s. m.).

Démonolatría, *s. f.* adoração ou culto dos demonios. || De δαίμων demonio + λατρεία adoração.

Cogn.: demonólatra (s. m.).

Démonología, *s. f.* theoria dos demonios. || De δαίμων demonio + λόγος tractado + suff. *ia*.

Démonomancia, *s. f.* adivinhação pela inspiração dos demonios. || De δαίμων demonio + μαντεία adivinhação.

Démonomania, *s. f.* forma de alienação mental, em que o louco se julga possuido do demonio. || De δαίμων demonio + μανία loucura.

Cogn.: démonomaníaco e *demonómano* (s. m.).

Démopsychología, *s. f.* estudo psychico de um povo. || De δῆμος povo + *psychología* (v. este vcb.).

Deriv.: démopsychológico (adj.).

Demosthénico, *adj.* relativo a Demosthenes; eloquente. || De Δημοσθένης Demosthenes + suff. *ico*.

Demótico, *adj.* popular; diz-se da escripta egypcia corrente, a que era comprehendida pelo povo. || De δημοτικός (form. de δῆμος povo).

Dendríto, *s. m.* (min.) figura arboriforme, que se encontra em certos grezes, calcareos e sobretudo na agata. || De δένδρον árvore + suff. *íto*.
Deriv.: dendrítico (adj.).

Dendróbata, *adj.* (zool.) que de costume vive nas árvores. || De δένδρον árvore + βαίνειν andar.
N. Formado á feição de *acróbata*, como este deve ser esdruxulo, porque o α de βάτης é breve.

Dendrocéleos, *s.m.pl.* (zool.) ordem dos Plathelminthes Turbellarios ; têm o tubo digestivo ramificado. || De δένδρον árvore + κοῖλον cavidade + des. *eos*.

Dendroclásta, *s. m.* destruidor de árvores. || De δένδρον árvore + κλάω quebro.
Deriv.: déndroclasía (s. f.).

Déndrographía, *s. f.* (bot.) tractado descriptivo das árvores. || De δένδρον árvore + γράφειν descrever + suff. *ia*.
Deriv.: dendrográphico (adj.).

Dendróide, *adj.* que tem forma ou apparencia de árvore.|| De δενδροειδής (comp. de δένδρον árvore + εἶδος forma).

Dendrólitho, *s. m.* (geol.) árvore ou arbusto fossilizado. || De δένδρον árvore + λίθος pedra.

Déndrología, *s.f.* estudo das árvores. || De δένδρον árvore + λόγος tractado + suff. *ia*.
Deriv.: dendrológico (adj.).

*** Dendrométridas**, *s. m. pl.* (zool.) família de Lepidopteros. || De δένδρον árvore + μέτρον medida + suff. *idas*.

*** Dendróphidas**, *s. m. pl.* (zool.) fam. de Ophidios Colubriformes. || Do gen. *Déndrophis* (e este de δένδρον árvore + ὄφις serpente) + suff. *idas*.

Dendróphoro, *s. m.* (ant.) o sacerdote que levava um thyrso nas festas de Baccho chamadas por isso « dendrophórias ». || De δενδροφόρος (comp. de δένδρον árvore + φορός carregador).
Deriv.: dendrophórias (s. f. pl.).

Deóntología, *s. f.* sciencia dos deveres. || De δέον, οντος dever (forma participial do v. δεῖ é mistér) + λόγος tractado + suff. *ia*.
Deriv.: deontológico (adj.).

Deradélpho, *s. m.* (terat.) monstro duplo monocephalo, como unido pelo pescoço. || De δέρη pescoço + ἀδελφός ermão.

Derencéphalo, *s. m.* (terat.) monstro de cerebro pequenissimo e envolvido pelas vertebras do pescoço. || De δέρη pescoço + ἐγκέφαλος encephalo.

Dérma, *s. m.* v. *dérme*.

*** Dérmanyssíneos**, *s. m. pl.*(zool.) sub-familia de Acareos. || Do gen. *Dermanyssus* (e este de δέρμα pelle + νύσσειν picar) + suff. *ineos*.

Dérmatalgía, *s. f.* dôr nevralgica, que tem por séde a pelle. || De δέρμα, ατος pelle + ἄλγος dôr + suff. *ia*.

Dérmatanevría, *s. f.* (med.) paralysia da pelle. || De δέρμα, ατος pelle + ἀ priv. + νεῦρον nervo + suff. *ia*.
N. A exemplo de *nevrose* e *nevralgia*, podem os derivados de νεῦρον passar tambem para *nevro*, ou simplesmente *nevr*, nos varios compostos portuguezes, que procedem de tal raiz. Não é este aliaz o caso unico da mutação do υ grego em *v* latino e portuguez (cf. *evangelho* e *evonymo*, *Evagoras*, *Evandro* e outros nomes proprios).

Dérmathemía, *s. f.* (med.) congestão passageira da pelle. || De δέρμα, ατος pelle + αἷμα sangue + suff. *ia*.
N. Mais regularmente formado do que *dermohemía*.

Dermatite, *s. f.* (med.) inflammação da pelle. || De δέρμα, ατος pelle + suff. *ite*.
N. *dermite* é forma tambem usada.

Dérmatobránchios, *s. m. pl.* (zool.) secção de Molluscos Gastropodes, que respiram por branchias exteriores. || De δέρμα, ατος pelle + *bránchia* (v. este vcb.) + suff. *ios*.

Dérmatogástros, *s. m. pl.* (bot.) tribu de Cogumelos. || De δέρμα, ατος pelle + γαστήρ, τρὸς ventre.

Dérmatographia, *s. f.* descripção da pelle. || De δέρμα pelle + γράφειν descrever + suff. *ia*.
Cogn.: *dermatógrapho* (s. m.).

Dermatóide, *adj.* (zool.) que tem a apparencia de pelle ou couro. || De δέρμα, ατος pelle + εἶδος forma.

Dermatól, *s. m.* (pharm.) gallato basico de bismutho, pó empregado em molestias da pelle. || De δέρμα, ατος pelle + suff. *ól*.

Dérmatologia, *s. f.* (med.) tractado das molestias da pelle. || De δέρμα, ατος pelle + λόγος discurso + suff. *ia*.
Cogn.: *dermatológico* (adj.) e *dermatólogo* (s. m.).

*** Dérmatolysia,** *s. f.* (med.) molestia characterizada por distensão anomala da pelle com relaxamento della. || De δέρμα, ατος pelle + λύειν soltar, relaxar + suff. *ia*.

*** Dermatôma,** *s. m.* (med.) neoplasma cutaneo. || De δέρμα, ατος pelle + suff. *ôma*.

*** Dérmatomycóse,** *s. f.* (med.) molestia de pelle causada por cogumelos parasitos (dermatóphytos). || De δέρμα, ατος pelle + μύκης cogumelo + suff. *óse*.

*** Dérmatomyôma,** *s. m.* (med.) myoma da pelle, desenvolvido á custa das fibras musculares lisas. || De δέρμα, ατος pelle + μῦς musculo + suff. *ôma*.

*** Dérmatonevróse,** *s. f.* (med.) molestia cutanea, que succede a uma modificação do systema nervoso central, ganglionar ou peripherico (Leloir). || De δέρμα, ατος pelle + νεῦρον nervo + suff. *óse*.

Dérmatopathia, *s. f.* (med.) molestia de pelle em geral. || De δέρμα, ατος pelle + πάθος molestia + suff. *ia*.

Dérmatophidios, *s. m. pl.* (zool.) ophidios de pelle nua. De δέρμα, ατος pelle + *ophídio* (v. este vcb.).

*** Dérmatóphilos,** *s. m. pl.* (zool.) familia de Acareos. || De δέρμα pelle + φίλος amigo.

Dermatóphyto, *adj.* (med.) diz-se dos cogumelos parasitos da pelle. || De δέρμα, ατος pelle + φυτὸν planta.
N. *dermóphyto* é menos correcto.
Deriv.: *dérmatophytia* (s. f.) syn. de « dermatomycose ».

Dermatópode, *adj.* (zool.) que tem os pés cobertos de pelle nua; diz-se de certas aves. || De δέρμα, ατος pelle + πούς, ποδὸς pé.

Dermatópteros, *s. m. pl.* (zool.) grupo da classe dos Mammaes. || De δέρμα, ατος pelle + πτερὸν aza.
N. Foi dado o mesmo nome a uma ordem de Insectos e a uma familia de Peixes Holobranchios. As formas *dermaptero* e *dermoptero* são incorrectas.

Dérmatorhýnchos, *s. m. pl.* (zool.) grupo de Aves, cujo bico é coberto de pelle. || De δέρμα, ατος pelle + ῥύγχος focinho, bico.

Dérmatorrhagia, *s. f.* (med.) hemorrhagia pela pelle. || De δέρμα, ατος pelle + ῥήγνυμι rompo + suff. *ia*.
Deriv.: *dérmatorrhágico* (adj.).

Dérmatorrhéa, *s. f.* (med.) suor abundantissimo. || De δέρμα, ατος pelle + ῥεῖν correr.

Dérmatosclerose, *s. f.* (med.) endurecimento do tecido cellular subcutaneo. || De δέρμα ατος pelle + σκλήρωσις endurecimento.

Dermatóse, *s. f.* (med.) syn. de dermatopathia. || De δέρμα, ατος pelle + suff. *óse*.

Dérmatotomía, *s. f.* (med.) dissecção da pelle. || De δέρμα, ατος pelle + τομή corte + suff. *ia*.

***Dérmatozoóse**, *s. f.* (med.) molestia de pelle provocada por parasitos animaes. || De δέρμα, ατος pelle + ζῶον animal + suff. *ose*.

N. O francez fez « dermatozoonose », que é irregularmente formado.

Dérme, *s. f.* (anat.) camada profunda da pelle. || De δέρμα pelle.

N. Faria, Lacerda e Figueiredo registam *derme* e *derma;* Ad. Coelho sómente *derma;* Aulete e João de Deus sómente *derme*. Em taes condições, sendo geral o uso de *epiderme* (vcb. regularmente formado), é justo que se por analogia se dê a *derme* a mesma desinencia em *e*. *Derma* (e nesse caso, substantivo masculino) só poderia ser preferido, si elle conservasse a mesma significação do substantivo grego.

Deriv.: dérmico (adj.).

Dermésta, *s. m.* (zool.) insecto, cujas larvas attacam as pelles e são sobretudo nocivas ás collecções zoologicas. || De δερμηστής (form. de δέρμα pelle + ἔδω como).

N. Segundo a regra, a terminação *a* é a que lhe convem (cf. *planeta, propheta*, etc.), e não *e*, como occorre em Vieira, nem *o*, como dá Figueiredo.

Deriv.: derméstidas (s. m. pl.).

Dermite, *s. f.* (med.) inflammação da dérme. || De *dérme* (v. este vcb.) + suff. *ite*.

***Dérmographismo**, *s. m.* (med.) syn. de autographismo. || De δέρμα pelle + γράφω escrevo + suff. *ismo*.

N. É tambem acceitavel — « dérmographía ».

Dermóide, *adj.* (med.) que tem a estructura da pelle. || De δέρμα pelle + εἶδος forma, similhança.

***Derodídymo**, *s. m.* (terat.) monstro com duas columnas vertebraes. || De δέρη pescoço + δίδυμος gemeo.

N. deródymo é mal formado.

Deróstomo, *s. m.* (zool.) verme que tem a bocca situada no pescoço. || De δέρη pescoço + στόμα bocca.

Deriv.: derostómidas (s. m. pl.).

Derotrêmos, *s. m. pl.* (zool.) Repteis Amphibios Urodelos, nos quaes permanece integro o orificio branchial. || De δέρη pescoço + τρῆμα orificio.

Desmectasía, *s. f.* (med.) distensão dos ligamentos. || De δεσμὸς laço, ligamento + ἔκτασις distensão + suff. *ia*.

***Desmidíneas**, *s. f. pl.* (bot.) tribu de Algas Conjugadas. || Do gen. typo *Desmidium* (e este de δεσμίδιον ramilhete) + suff. *íneas*.

Desmiógnatho, *s. m.* (terat.) monstro parasitario polygnatho. || De δέσμιος ligado + γνάθος maxilla.

Desmite, *s. f.* (med.) inflammação dos ligamentos. || De δεσμὸς ligamento + suff. *ite*.

Désmodynía, *s. f.* (med.) dôr nos ligamentos. || De δεσμὸς ligamento + ὀδύνη dôr + suff. *ia*.

Désmógnatho. V. *desmiógnatho*.

Désmographía, *s. f.* (anat.) descripção dos ligamentos. || De δεσμός ligamento + γράφειν descrever + suff. *ia.*
Cogn.: desmógrapho (s. m.).
* **Desmóide,** *adj.* (anat.) de aspecto ligamentoso. || De δεσμός ligamento + εἶδος forma.
Desmología, *s. f.* (anat.) tractado dos ligamentos. || De δεσμός ligamento + λόγος tractado + suff. *ia.*
Cogn.: desmólogo (s. m.).
Desmopathía, *s. f.* (med.) molestia dos ligamentos. || De δεσμός ligamento + πάθος molestia + suff. *ia.*
* **Desmoprío,** *s. m.* (chir.) nome dado á serra de cadeia. || De δεσμός laço + πρίειν serrar.
Désmorhexía, *s. f.* (med.) ruptura de ligamentos.||De δεσμός ligamento + ῥῆξις ruptura + suff. *ia.*
* **Desmotomía,** *s. f.* (anat.) dissecção dos ligamentos. || De δεσμός ligamento + τομή corte + suff. *ia.*
* **Desmurgía,** *s. f.* (chir.) applicação de ligaduras e apparelhos. || De δεσμός laço + ἔργον trabalho + suff. *ia.*
Déspota, *s. m.* soberano absoluto, senhor imperioso. || De δεσπότης senhor.
Deriv.: despótico (adj.), *despotismo* (s. m.).
Dêus, *s. m.* o Ser infinito, creador e conservador do universo; divindade. || Pelo lat. *Deus, i,* vem de Θεός.
Deriv.: dêusa (s. f.), *deïsmo* (s. m.), *endeusár* (v.).
Deutergía, *s. f.* (med.) conjuncto dos effeitos secundarios dos medicamentos. || De δευτός (forma obsoleta de δεύτερος secundario) + ἔργον obra, trabalho + suff. *ia.*
Deutería, *s. f.* (med.) accidentes produzidos pela retenção das secundinas (Vogel). || De δευτέριον secundina + suff. *ia.*

Dêuterocanónico, *adj.* (eccles.) diz-se dos livros da S. Escriptura postos posteriormente no Canone pelo Concilio Tridentino. || De δεύτερος segundo + *canónico* (v. *cânone*).
Deuterógamo, *adj.* que se casa pela segunda vez. || De δευτερογάμος (comp. de δεύτερος segundo + γάμος casamento.
Deriv.: dêuterogamía (s. f.).
Dêuterología, *s. f.* (med.) tractado das secundinas. || De δεύτερα secundinas + λόγος discurso + suff. *ia.*
Deuteronômio. *s. m.* (eccles.) o 5.° livro do Pentateucho. || De Δευτερονόμιον (comp. de δεύτερος segundo + νόμος lei).
Dêuteropathía, *s. f.* (med.) doença secundaria, desenvolvida sob a influencia de outra anterior. || De δεύτερο; segundo + πάθος molestia + suff. *ia.*
Deriv.: dêuteropáthico (adj.).
Dêuteroprisma, *s. m.* (min.) forma crystallographica do systema hexagonal. || De δεύτερος segundo + *prisma* (v. este vcb.).
Dêuteropyrámide, *s. f.* (min.) forma crystallographica. || De δεύτερο; segundo + *pyramide* (v. este vcb.).
Dêuteroscopía, *s. f.* (med.) hallucinação, em que o paciente julga vêrco usas remotas ou futuras. || De δεύτερο; segundo + σκοπεῖν vêr + suff. *ia.*
Dêuto, prefixo indicativo do segundo grau de uma combinação chimica; equivalente a *bi.* || De δεύτο; por δεύτερος segundo.
Déutomeríta, *s. m.* (zool.) parte posterior, e muito maior, das duas em que se divide o endoplasma de alguns Gregarinios. || Pelo fr. *deutomérite,* vem de δεύτερος segundo + μέρος parte.
* **Déutoneurônio,** *s. m.* segundo e último neuronio da cadeia centripeta ou centrifuga do arco reflexo. || De δεύτο; segundo + *neurônio* (v. este vcb.).

Deutoscólex, *s. m.* (zool.) estado da evolução de segunda geração nos distomios, nas tenias, etc. || De δεύτος segundo + σκώληξ verme.

Diabéta, *s. m.* máchina hydraulica de vidro, com um siphão, chamada tambem « vaso de Tantalo » (Ad. Coelho). || De διαβήτης (ὁ)siphão.
N. O citado diccionarista grapha *diabete* (f.); mas este é o caso de respeitar-se a regra geral de derivação dos nomes em της masculinos da 1ª declinação grega.

Diabétes, *s. m.* (med.) molestia characterizada pela emissão de urinas abundantes e saccharinas. || De διαβήτης (ὁ), ου.
N. Figueiredo parece preferir *diabete*; mas os mais lexicographos desde Moraes, accompanhando o uso vulgar, registam *diabétes* tirado do nominativo singular grego, como alguns outros vocabulos o fôram. Não ha razão de ordem superior para corrigir esta forma já popularizada.
Deriv. : *diabético* (s. m.), *diabétide* (s. f.).

Diabetómetro, *s. m.* (med.) polarimetro para reconhecer e dosar o açucar da urina dos diabeticos. || De *diabétes* (v. este vcb.) + μέτρον medida.

Diábo, *s. m.* genio do mal, Satanaz. || Pelo lat. *diabolum, i,* vem de διάβολος calumniador.
Deriv. : *diabólico* (adj.), *diabinho* e *diabrête* (dimin.), *diabrúra* (s. f.).

Diabótano, *s. m.* (pharm.) emplastro resolutivo composto de hervas. || De διά por meio de + βοτάνη herva.

Diabróse, *s. f.* (med.) erosão. || De διάβρωσις acção de corroer.
Deriv. : *diabrótico* (adj.).

Diacatholicão, *s. m.* (pharm.) antigo electuario purgativo. ||

De διά por meio de + καθολικὸς universal.

Diacáustico, *adj.* diz-se das lentes que pela refracção queimam. || De διά atravez de + καυστικός cáustico (de καίειν queimar).
Cogn. : *diacáuse* (s. f.).

Diachálase, *s. f.* (med.) solução de continuidade nas suturas do cranio, ou afastamento dos ossos que as formam. || De διαχάλασις (deriv. de διαχαλᾶν abrir).
N. Em Vieira encontra-se *diachulasis*, forma singularmente adulterada.

Diachênio, *s. m.* (bot.) fructo composto de dous achenios soldados. || De δὶς ou δι duas vezes + *achenio* (v. este vcb.).

Diachylão, *s. m.* (pharm.) nome de antigos emplastros resolutivos feitos com succos de plantas. || Pelo b. lat. *diachylon*, vem de διά χυλῶν (διά com + χυλός succo).
N. Forma vulgarizada pelo povo; o ital. fez similhantemente *diaquilonne* e o hisp. *diaquilon*.

Diaclasito, *s. m.* (min.) silicato de magnesio, ferro e calcio. || De διάκλασις fenda + suff. *ito*.

Diacódio, *s. m.* (pharm.) xarope preparado com capsulas de dormideira. || De διακώδιον (form. de διά com + κωδία papoula).

Diacommático, *adj.* (mus.) diz-se das transições harmonicas, por meio das quaes se passa do tom maior para o menor, e vice-versa. || De διά por meio de + κόμμα comma + suff. *ico*.

Diácono, *s. m.* ecclesiastico que tem as duas primeiras ordens sacras. || Pelo lat. *diaconus, i,* vem de διάκονος servo, ministro.
- Deriv. : *diaconia, diaconisa, diaconáto, diaconál, diacónico.*

Diácope, *s. f.* (gramm.) syn. de tmese. — (Chir.) incisão feita no cranio por instrumento cortante. || De διακοπή corte (de διά atravez de + κόπτειν cortar).

Diacoprégia, *s. f.* (pharm.) antigo medicamento preparado com excremento de cabra. ||De διά com + κόπρος excremento + αἴξ, αἰγός cabra.

N. Equivoca-se Figueiredo dando ἄλγος como uma das raizes do vocabulo.

Diacrítico, *adj.* (med.) dizse do signal que distingue claramente uma molestia das outras. || De διακριτικός (form. de διακρίνειν distinguir).

Diacústica, *s.f.* (phys.) parte da Acustica, que tracta da refracção do som. || De διά atravez de + *Acustica* (v. este vcb.).

*****Diadelphíto,** *s. m.* (min.) arseniato hydratado de manganez e ferro. || De δίς dous + ἀδελφός ermão + suff. *ito.*

Diadélpho, *adj.* (bot.) dizse dos estames reunidos pelos filetes em dous feixes. || De δι dous + ἀδελφός ermão.

Deriv. : *diadélphia* (s. f.) — classe linneana, *diadelphía* (s. f.).

Diadêma, *s. m.* faixa de metal ou de estofo, com que os soberanos do Oriente cingiam a cabeça ; ornato circular para o toucado das senhoras ; corôa. || De διάδημα (form. de διαδεῖν cingir, coroar).

Deriv. : *diademádo* (adj.).

Diadexía, *s. f.* (med.) mudança de uma molestia para outra, que della differe em natureza e séde. || De διάδεξις (forma jonica de διαδοχή substituição) + suff. *ia*

N. É duvidosa a utilidade do vocabulo; em todo caso, *diadóxis,* como dá Vieira, é que não pode ser.

*****Diadochito,** *s. m.* (min.) sulfo-phosphato hydratado de ferro. || De διάδοχος successor + suff. *ito.*

*****Diádochocinése,** *s. f.* (med.) faculdade de executar movimentos rapidos e successivos (Babinski). || De διάδοχος que succede + κίνησις movimento.

Diagnóse, *s. f.* (med.) conhecimento da molestia pela observação dos symptomas. — (H. nat.) phrase concisa e descriptiva, que encerra os characteristicos principaes de um genero ou de uma especie. || De διάγνωσις discernimento, decisão.

Deriv. : *diagnóstico* (adj. e s. m.), *diagnosticár* (v.).

Diagómetro, *s. m.* (phys.) apparelho que mede a conductibilidade electrica dos diversos corpos. || De διάγειν conduzir + μέτρον medida.

Deriv. : *diagometría* (s. f.), *diagométrico* (adj.).

Diagonál, *s. f.* (geom.) linha recta que vae dum angulo a outro angulo opposto numa figura rectilinea. || Pelo lat. *diagonális,* de διαγώνιος (e este de διά atravez de + γωνία angulo).

Diagrâmma, *s. m.* representação por meio de linhas ; figura para demonstrar uma proposição. || De διάγραμμα desenho, plano (form. de διαγράφειν desenhar).

Diágrapho, *s.m.* instrumento com que se transporta para papel a representação dos objectos, sem se saber desenho nem perspectiva. || De διά por meio de + γράφειν desenhar.

Diagrýdio, *s. m.* (pharm.) antiga denominação da escammonea cozida em marmello. || Pelo b. lat. *diagrydium* (corrupção de *dacrydium*), do gr. δακρύδιον.

N. O vocabulo encontra-se em Curvo Semmedo e na *Pharmacopea Lusitana* de d. Caetano de Sto Antonio. Hoje totalmente desusado.

Dialéctica, s. f. arte de raciocinar com methodo, argumentar e discutir. || De- διαλεκτική (scil. τέχνη arte), form. de διαλέγειν discorrer.
Cogn.: dialéctico (s. m.).

Dialécto, s. m. linguagem peculiar a uma região, provincia ou colonia, e que não differe sinão por mudanças pouco consideraveis da lingua geral da nação. || De διάλεκτος (deriv. de διαλέγειν fallar, conversar).
Deriv.: dialéctico (adj.) e *dialectál* (adj.).

Dialéctología, s. f. estudo dos dialéctos. || De *dialécto* (v. este vcb.) + λόγος tractado +. suff. *ia*.
Cogn.: dialectólogo (s. m.).

Diallágio, s. m. (min.) especie de pyroxenio (silicato de magnesio, calcio, ferro e aluminio), que se divide em laminas brilhantes. || De διαλλαγή separação, differença + suff. *io*.

*Dialogíto, s. m. (min.) carbonato de manganez (MnCO³). || De διαλογή dúvida + suff. *ito*.

Diálogo, s. m. conversação entre duas pessoas; obra litteraria em forma de conversação. || De διάλογος (deriv. de διαλέγεσθαι conversar).
Deriv.: dialogál (adj.), *dialogár* (v.), *dialógico* (adj.), *dialogismo* (s. m.), *dialogista* (s. m.).

Dialypétalo, adj. (bot.) diz-se da corolla, que tem os pétalos livres e distinctos. || De διαλύειν separar + *petalo* (v. este vcb.).
N. Ad. Coelho grapha *dialipetalo*, exquecendo a derivação da palavra.

Diályse, s. f. (chim.) methodo de separação das substancias colloides e crystalloides dissolvidas em um líquido, graças á diffusão atravez de um septo. || De διάλυσις separação.

Deriv.: dialysár (v.), *dialysadôr* (s. m.), *dialytico* (adj.).

Dialysépalo, adj. (bot.) diz-se do calyce, cujos sépalos não são soldados. || De διαλύειν separar + *sépalo* (v. este vcb.).

*Dialystémone, adj. (bot.) diz-se do androceu, que tem os estames livres. || De διαλύειν separar + στήμων estame.
N. Este vcb. traduz bem o francez *dialystaminé* (cf. *isostémone, pleiostémone*, etc.); Ad. Coelho consigna — dialystaminío, — que é de formação hybrida.

Diamagnético, adj. (phys.) diz-se dos corpos, que se collocam equatorialmente, i. é, em direcção perpendicular á linha dos polos do iman. || De διά (exprimindo differença) + *magnético* (v. este vcb.).
Deriv.: diamagnetismo (s. m.).

Diamante, s. m. carbono puro e crystallizado. || Pelo lat. *adamantem*, de ἀδάμας, αντος indomavel, o aço mais puro.
Deriv.: diamantino, diamantista.

Diamastigóse, s. f. (ant.) festa lacedemonia, em que se prestava culto a Diana, açoutando os meninos sôbre o altar da deusa. || De διαμαστίγωσις flagellação.
N. Foi registado este vcb. por Vieira, porêm viciosamente graphado — diamastigáse.

Diámetro, s. m. (geom.) linha recta que, passando pelo centro do círculo, corta a circunferencia em duas partes eguaes. || De διάμετρος.
Deriv.: diametral (adj.).

Diândro, adj. (bot.) que tem dous estames. || De δι dous + ἀνήρ, ἀνδρός homem.
Deriv.: diândria (s. f.).

Diântho, adj. (bot.) que tem duas flôres. || De δι dous + ἄνθος flôr.

Diapasão, *s. m.* (mus.) antigo nome da oitava; instrumento de aço que vibra uma nota constante para dar o tom ás orchestras. || Pelo b. lat. *diapason*, vem de διὰ πασῶν por meio de todas.

Diapásma, *s. m.* (pharm.) pós odoriferos com que se perfumavam vestidos e a pelle. || De διάπασμα (form. de διὰ com + πάσσειν polvilhar).
N. Contra as regras de analogia, Vieira e Ad. Coelho fazem-no feminino.

Diapedése, *s. f.* (med.) migração dos globulos brancos ou leucocytos atravez da parede dos capillares. || De διαπήδησις; acção de jorrar, de saltar atravez.
N. É incorrecta a accentuação proparoxytona, que occorre em Vieira e Fig.

Diapénte, *s. f.* (mus.) espaço de uma quinta. || De διαπέντε (form. de διὰ por + πέντε cinco).

Diáphano, *adj.* que deixa passar a luz e perceber a forma dos objectos atravez de sua substância. || De διάφανος corr. de διαφανής (form. de διὰ atravez de + φαίνεσθαι apparecer).
Deriv.: diaphaneidáde (s. f.).

Diaphanómetro, *s. m.* (phys.) instrumento para avaliar a diaphaneidade da atmosphera. || De *diáphano* (v. este vcb.) + μέτρον medida.
Deriv.: diáphanometría (s. f.), *diáphanométrico* (adj.).

Diáphanorâma, *s. m.* quadro de uma cidade ou região representado em perspectiva e convenientemente illuminado. || De διαφανής transparente + ὅραμα espectaculo.
N. Colhido em Figueiredo.

Diaphenicão, *s. m.* (pharm.) antigo electuario em que entrava polpa de tamaras. || De διὰ com + φοῖνιξ tamara + *ão* desinencia popular.

Diaphonía, *s. f.* (mus.) a harmonia elementar do antigo cantochão, feita com duas notas dissonantes. || De διαφωνία dissonancia.
N. V. phonodiachysia.

Diáphora, *s. f.* (rhet.) repetição da mesma palavra com sentidos diversos. || De διαφορὰ (e este de διαφέρειν differir).

Diaphorése, *s. f.* (med.) transpiração da pelle. || De διαφόρησις (form. de διαφορεῖν transpirar).
Deriv.: diaphorético (adj.).

* **Diaphoríto,** *s. m.* (min.) alteração de rhodonito (silicato de manganez). || De διάφορος differente + suff. *ito*.

Diaphrágma, *s. m.* (anat.) musculo impar que separa a cavidade thoracica da abdominal; membrana ou placa que separa duas cavidades. || De διάφραγμα (deriv. de διαφράσσειν interceptar).
Deriv.: diaphragmático (adj.), *diaphragmíte* (s. f.).

Diaphrágmatocéle, *s. f.* (med.) hernia das visceras abdominaes atravez do diaphragma. ||De διάφραγμα, ατος diaphragma + κήλη hernia.

Diaphrágmodynía, *s. f.* (med.) rheumatismo muscular do diaphragma || De *diaphrágma* (v. este vcb.) + ὀδύνη dôr + suff. *ia*.

Diáphyse, *s. f.* (anat.) corpo dos ossos longos; separação. || De διάφυσις separação.

* **Diaplegía,** *s. f.* (med.) paralysia generalizada (por opposição a *monoplegia*). || De διὰ atravez de + πληγὴ golpe + suff. *ia*.
Deriv.: diaplégico (adj.).

Diapnóico, *adj.* (med.) que excita leve transpiração. || De διαπνοή transpiração.
N. Diz Vieira que tambem se usa *diapnotico*; nem é verdade,

nem similhante forma teria razão de ser.

Diaporése, *s. f.* (rhet.) figura pela qual o orador se interrompe, parecendo duvidar e consultar consigo o que deve dizer (Vieira). || De διαπόρησις dúvida.

Diaptóse, *s. f.* (mus.) intercadencia. || De διάπτωσις quéda.

Diapyético, *adj.* (med.) maturativo, que promove a suppuração. || De διαπυητικός (form. de διαπυεϊν suppurar, e este de διά atravez de + πύον pus).

Diarrhéa, *s. f.* (med.) evacuação frequente de materias alvinas líquidas e abundantes. || De διάρροια (form. de διά atravez de + ῥεϊν correr).

Deriv.: diarrhéico (adj.).

Diarrhodão, *s. m.* (pharm.) antiga preparação, em que entravam rosas rubras. || De διάρροδον collyrio rosado (e este de διά com + ῥόδον rosa).

N. O vcb., hoje desusado, figurou outrora na Pharmacopea lusitana.

Diarthróse, *s. f.* (anat.) articulação movel, que permitte aos ossos movimento em todos os sentidos. || De διάρθρωσις articulação (form. de διαρθροῦν articular, e este de διά com + ἄρθρον articulação).

Deriv.: diarthrótico, adj. (melhor do que *diarthrodiál*).

Diascevásta, *s. m.* crítico que arranjava e corrigia os poemas homericos. || De διασκευαστής (deriv. de διασκευάζω preparo, arranjo).

N. Vcb. colhido em Ad. Coelho.

Diascórdio, *s. m.* (pharm.) antigo electuario, em que entravam folhas de escórdio. || De διά com + σκόρδιον escórdio, carvalhinha.

Diasóstica, *s. f.* (med.) syn. de hygiene. || De διασωστική que conserva ou salva (deriv. de διασώζω salvo, conservo).

Cogn.: diasóstico (adj.).

Diaspório, *s. m.* (min.) hydrato de aluminio ($H^2 Al^2 O^4$). || De διασπορά dispersão + suff. *io*.

N. Aulete, Coelho e Figueiredo registam *diásporo*; mas a analogia pede a desinencia em *io* (cf. *cyanosio, idocrasio, cerargyrio, cinnabrio, argyrosio*, etc.).

Diasporómetro, *s. m.* (phys.) instrumento com que se calcula o angulo necessario para estabelecer o achromatismo de dous prismas. || De διασπορά dispersão + μέτρον medida.

Deriv.: diásporometria (s.f.).

Diastáltico, *adj.* (physiol.) diz-se do arco nervoso formado por nervos considerados como saídos da medulla espinhal, entrando depois nella e unindo-se por fim para fazer contrahir os musculos. || De διασταλτικός que tem a propriedade de distinguir, de separar.

Diástase, *s. f.* (chim.) substância azotada e neutra, que faz fermentar o amido, transformando-o em dextrina. — (Anat.) afastamento de dous ossos contiguos. || De διάστασις distância, separação.

N. Aulete claudica, fazendo o vcb. paróxytono.

* Diástasígeno, *adj.* que tem a propriedade de segregar diástases. || De *diástase* (v. este vcb.) + γένος geração.

Diastasimetro, *s. m.* (geod.) instrumento para medir distâncias geodesicas. || De διάστασις distância + μέτρον medida.

Diastêma, *s. m.* (zool.) espaço que separa, em muitos Mammaes, os dentes caninos dos molares. — (Phys.) poros que escapam ao exame directo. — (Mus.) intervallo simples. || De διάστημα intervallo, intersticio.

* Diastématelytria, *s. f.*

(terat.) scisão longitudinal da vagina. || De διάστημα disjuncção + έλυτρον bainha + suff. *ia*.
* **Diastématencephalia**, *s. f.* (terat.) scisão mediana do cerebro. || De διάστημα disjuncção + εγκέφαλος encephalo + suff *ia*.

Diastematia, *s. f.* (terat.) fenda na linha mediana do corpo. || De διάστημα, ατος intervallo + suff. *ia*.

* **Diastématochilia**, *s. f.* (terat.) scisão longitudinal dos labios. || De διάστημα disjuncção + χεῖλος labio + suff. *ia*.
* **Diastématocrania**, *s. f.* (terat.) scisão do cranio pela linha mediana. || De διάστημα intervallo + κράνιον cranio +. suff. *ia*.
* **Diastématocystia**, *s. f.* (terat.) scisão da bexiga na linha mediana. || De διάστημα disjuncção + κύστις bexiga + suff. *ia*.
* **Diastématogastria**, *s. f.* (terat.) scisão mediana das paredes do ventre. || De διάστημα disjuncção + γαστήρ ventre + suff. *ia*.
* **Diastématoglossia**, *s. f.* (terat.) scisão da lingua em duas metades. || De διάστημα disjuncção + γλῶσσα lingua + suff. *ia*.
* **Diastématognathia**, *s. f.* (terat.) scisão mediana das maxillas. || De διάστημα disjuncção + γνάθος maxilla + suff. *ia*.
* **Diastématometria**, *s. f.* (terat.) scisão mediana do utero. || De διάστημα disjuncção + μήτρα utero + suff. *ia*.
* **Diastématopyelia**, *s. f.* (terat.) scisão da bacia pela linha mediana. || De διάστημα disjuncção + πυελός bacia + suff. *ia*.
* **Diastématorhachia**, *s. f.* (terat.) scisão longitudinal do rhache. || De διάστημα disjuncção + ῥάχις rhache + suff. *ia*.
* **Diastématorhinia**, *s. f.* (terat.) scisão do nariz pela linha mediana. || De διάστημα disjuncção + ῥίν nariz + suff. *ia*.
* **Diastématostaphylia**, *s. f.* (terat.) scisão longitudinal da uvula. || De διάστημα disjuncção + σταφυλή uvula + suff. *ia*.
* **Diastématosternia**, *s. f.* (terat.) scisão longitudinal do esterno. || De διάστημα disjuncção + στέρνον esterno + suff. *ia*.

Diástole, *s. f.* (physiol.) dilatação activa do coração e das arterias, no momento em que o sangue penetra nas suas cavidades. — (Poes.) figura pela qual se faz longa uma syllaba breve. || De διαστολή (deriv. de διαστέλλειν dilatar).

Deriv.: diastólico (adj.).

Diastrophia, *s. f.* (med.) luxação (de osso), deslocamento (de musculo, tendão, etc.). || De διαστροφή distorsão (deriv. de διαστρέφειν torser, luxar).

* **Diastýlio**, *s. m.* (archit.) intercolumnio com espaçamento de trez modulos entre as columnas. || De διαστύλιον (form. de διά com + στῦλος columna).

N. É vocabulo que se deve distinguir do seguinte. V. *diastylo*.

Diastýlo, *adj.* e *s. m.* (archit.) diz-se do edificio, cujas columnas têm o intervallo de trez diametros de cada uma dellas. || De διάστυλος (form. de διά com + στῦλος columna).

N. Os diccionaristas confundem a significação deste vcb. com a do anterior, e todavia convem que as formas sejam differentes, cabendo a cada uma a sua accepção.

Tambem Aulete, Ad. Coelho, João de Deus e Figueiredo concordam em accentuar *diástylo*, baseados talvez em que no lat. *stylus* tem a primeira breve; mas, nesse caso não se justificam *dyostylo* e *peristylo* de Aulete, *epistylo* de João de Deus, *areostylo* de Ad. Coelho.

O que é certo é que taes vocabulos devem ter graphia e prosodia uniformes, e que o melhor alvitre é fazê-los paroxytonos, accompanhando a palavra *peristylo* que é de todas as congeneres a mais vulgar, sobretudo porque a raiz grega στῦλος tem longo o υ de sua primeira syllaba.

Diasýrmo, *s. m.* (rhet.) especie de hyperbole com que se encarece cousa ridicula. ||-De διασυρμός ironia (deriv. de διασύρω ridiculizo).

Diathérmano, *adj.* (phys.) que deixa passar o calor livremente. || De διά atravez de + θέρμη calor + desin. *ăno* (por analogia a diáphano).

Cogn. : *diathérmico* (vcb. mais bem formado e que pode substituir o primeiro).

Deriv. : *diathermanismo* (s. m.).

***Diathérmostática**, *s. f.* (phys.) estudo do calor radiante. || De διά atravez de + θέρμη calor + στατική sciencia do equilibrio.

Diáthese, *s. f.* (med.) disposição geral do organismo para ser attacado de muitas molestias locaes da mesma natureza. || De διάθεσις disposição, estado.

Deriv.: *diathésico* (adj.).

Diatomáceas, *s.f.pl.* grupo de Algas microscopicas. || De διατομή corte + suff. *áceas*.

Diatómico, *adj.* (chim.) diz-se do corpo, que precisa de dous atomos de hydrogenio para saturar-se. || De δι dous + *atomo* (v. este vcb.) + suff. *ico*.

* **Diatomito**, *s. m.* (min.) syn. de tripoli silicoso. || De διατομή (rad. de diatomáceas) + suff. *ito*.

Diatónico, *adj.* (mus.) que consta de sons e semitons. || De διατονικός (form. de διά com + τόνος tom).

Diatribe, *s. f.* crítica severa e mordaz. || De διατριβή palestra, conversa. Em lat. *diatriba*.

N. A quantidade da raiz grega, que o lat. respeitou, exigiria em portuguez que o vcb. fôsse proparoxytono; mas o uso geral consagrou *diatribe*, e é fôrça acceitá-lo.

Diatritário, *s. m.* (med.) médico systematico, que só dava alimento aos doentes de trez em trez dias. || Pelo lat. *diatritarius*, de διάτριτος (comp. de διά entre + τρίτος terceiro).

Diatrypése, *s. f.* (anat.) especie de sutura do cranio (Schoultz). || De διατρύπησις perfuração.

Diáulo[1], *s. m.* (ant.) extensão de dous estadios (370ᵐ). || De δίαυλον (comp. de δι dous + αὐλή espaço, estadio).

Diáulo[2], *s. m.* (ant.) flauta dupla dos antigos. || De δι dous + αὐλός flauta.

Diazôma, *s. m.* (ant.) espaço estreito, que separava as bancadas nos theatros gregos e romanos. || De διάζωμα (deriv. de διαζωννύναι cingir).

N. Colhido em Figueiredo.

Dibránchios, *s. m. pl.* (zool.) ordem de Molluscos Cephalopodes; têm duas branchias. || De δι ou δίς duas vezes + *branchia* (v. este vcb.) + des. *ios*.

N. O francez formou *dibranchial*, *tétrabranchial;* mas a des. *ios* é mais apropriada á designação de ordem.

***Dibutyrína**, *s. f.* (chim.) corpo oleoso, deriv. do acido butyrico ($C^{22} H^{20} O^{12}$). || De δι dous + βούτυρον manteiga + suff. *ina*.

Cogn. : *dibutyrico* (adj.).

Dicastério, *s. m.* (ant.) antigo tribunal de justiça em Athenas. || De δικαστήριον (deriv. de δικάζω julgo).

N. A forma *dicasteria*, tambem registada por Figueiredo, é de certo erronea.

Dicelýpho, *adj.* (zool.) diz-se do ovo monstruoso, que tem duas cascas. || De δὶς dous + κέλυφος casca, concha.

* **Diceología,** *s. f.* estudo dos direitos dos medicos (Dechambre). || De δίκη justiça, direito + λόγος tractado + suff. *ia.*

Dicéphalo, *adj.* e *s. m.* (terat.) que tem duas cabeças. || De δὶς dous + κεφαλή cabeça.

Deriv.: *dicephalia* (s. f.).

N. É melhor do que « diplocéphalo ».

Dichogamia, *s. f.* (bot.) modo de fecundação dos vegetaes unisexuados, cujas flôres não se desenvolvem ao mesmo tempo. || De δίχα separadamente + γάμος casamento + suff. *ia.*

Dichorêu, *adj.* e *s. m.* (poes.) pé de verso grego, composto de dous choreus. || De διχόρειος (comp. de δὶς dous + χορεῖος choreu).

Dichosymmétrico, *adj.* (min.) diz-se das moleculas hemiaxes do crystal, quando desprovidas de centro, mas possuindo ainda os planos perpendiculares aos eixos binarios supprimidos (Lapparent). || De δίχα separadamente + *symmetria* (v. este vcb.) + suff. *ico.*

Dichótomo, *adj.* (hist. nat.) que se divide ou bifurca em dous. || De διχότομος (comp. de δίχα duplamente + τομή corte).

Deriv.: *dichotomía* (s. f.), *dichotómico* (adj.), *dichotómeas* (s. f. pl.).

Dichróico, *adj.* (min.) susceptível de apresentar duas côres. || De δὶς dous + χρόα côr + suff. *ico.*

Cogn.: *dichroísmo* (s. m.).

* **Dichroíto,** *s. m.* (min.) syn. de cordierito, silicato de aluminio, magnesio e ferro [Mg^3 (Al^2 $Fe^2)^3$ Si^8 O^{28}]. || De δὶς dous + χρόα côr + suff. *ito.*

Dichromático, *adj* (min.) syn. de dichróico. || De δὶς dous + χρῶμα côr + suff. *ico.*

Dichroscópico, *adj.* (phys.) diz-se da lente ou apparelho que isola as duas imagens percebidas atravez dum crystal birefringente. || De δὶς dous + χρόα côr + σκοπεῖν examinar + suff. *ico.*

Dicline, *adj.* (bot.) diz-se da planta, cujos orgãos sexuaes não estão reunidos na mesma flôr. || De δὶς dous + κλίνη leito.

N. Procedendo por intermedio do adj. lat. *diclinis, e,* esta é a desinencia que lhe convem, e não *o,* como dão alguns diccionarios, nem *e,* como occorre em Ad. Coelho.

Deriv.: *diclinismo* (s. m.).

Diclísia, *s. f.* (bot.) fructo composto da semente soldada á base da corolla endurecida. || De δὶς dous + κλεῖσις fechadura.

***Diclonía,** *s. f.* (med.) myoclonia de dous membros (superiores ou inferiores). || De δὶς dous + κλόνος agitação + suff.*ia.*

Dicócco, *adj.* (bot.) diz-se do fructo formado por duas coccas juxtapostas. || De δὶς dous + κόκκος semente, fructo.

Dicotyledone, *adj.* (bot.) diz-se da planta, cujo embryão tem duas cotyledones. || De δὶς dous + *cotyledone*(v. este vcb.).

N. Ad. Coelho é o unico que régista esta forma, preferivel a *dicotyledóneo* de João de Deus e Figueiredo, e a *dicotyledónio* de Aulete. *Dicotyledónes* dizem os livros botanicos latinos, referindo-se á grande divisão geral das plantas.

Dicótylo e *dicotýleo* são corruptelas inacceitaveis.

Dicroto, *adj.* (med.) diz-se do pulso, cujo batimento parece

duplicado. || De δίκροτος (comp. de δίς dous + κρότος batimento).
N. Aulete accentúa *dicróto*, sem respeito á quantidade etymologica.
Deriv.: *dicrotísmo* (s. m.).
*Dictyíte, *s. f.* (med.) inflammação da retina. || De δίκτυον rede + suff. *íte*.
* Dictyopsía, *s. f.* (med.) molestia dos olhos, em que o doente vê como uma fina rede ou teia d' aranha. || De δίκτυον rede + ὄψις visão + suff. *ía*.
* Dictyopterídeas, *s. f. pl.* (paleont.) grupo de Fetos fosseis. || Do gen. typo *Dictyópteris* (e este de δίκτυον rede + πτερίς feto) + suff. *ídeas*.
* Dictyóptero, *adj.* (zool.) que tem azas reticuladas. || De δίκτυον rede + πτερὸν aza.
* Dictyorhízo, *adj.* (bot.) que tem as raizes reticuladas. || De δίκτυον rede + ῥίζα raiz.
* Dictyóteas, *s. f. pl.* (bot.) familia de Algas. || Do gen. *Dictyóta* (e este de δικτυωτὸς reticulado + suff. *eas*.
* Dicýclo, *s. m.* velocipede de duas rodas. || De δίς dous + κύκλος círculo, roda.
N. Propomos este voc. para substituir o hybrido e afrancezado — bicycleta.
Deriv.: *dicyclête* (s. m.) um dicýclo pequeno.
*Dicyémidas, *s. m. pl.* (zool.) secção dos Pseudhelminthes. || Do gen. *Dicyēma* (e este de δί dous + κύημα feto, rebento) + suff. *ídas*.
Didáctica, *s. f.* arte de ensinar. || De διδακτικὸς que ensina (deriv. de διδάσκειν ensinar).
Cogn.: *didáctico* (adj.).
Didáctylo, *adj.* (zool.) diz-se do animal, que só tem dous dedos em cada pé. || De δίς dous + δάκτυλον dedo.
Didascalía, *s. f.* (ant.) instrucção que os poetas davam aos actores sôbre o modo por que deviam representar suas obras. || De διδασκαλία (form. de διδάσκαλος mestre, e este de διδάσκειν ensinar).
Didascálico, *adj.* syn. de didactico. || De διδασκαλικὸς instructivo (de διδάσκειν ensinar).
* Didelphýidas, *s. m. pl.* (zool.) familia de Mammaes Marsupiaes, que têm por typo o gen. *Didelphys*. || De δί dous + δελφὺς utero + suff. *ídas*.
N. Esta forma, que corresponde á franceza *Didelphyidés*, é mais correcta do que *Didelphos*.
Didélphyo, *adj.* e *s. m.* (zool.) que tem utero duplo. || De δί dous + δελφὺς utero.
N. Forma preferivel a « didelpho », copiado do francez « didelphe », porque neste não apparece o υ da raiz δελφὺς.
* Didémnidas, *s. m. pl.* (zool.) familia de Tunicados Synascidios. || Do gen. *Didemnum* (e este de δί dous + δέμνιον leito) + suff. *ídas*.
Didráchmo, *s. m.* peça de duas drachmas (antiga moeda grega, de prata = 1 fr. 85 = 740 rs. || De δίδραχμον (comp. de δίς duas vezes + δραχμή drachma).
Didymalgía, *s. f.* (med.) dôr nos testiculos. || De δίδυμοι testiculos + ἄλγος dôr + suff. *ía*.
Didýmio, *s. m.* (chim.) metal descoberto no cerito em 1840 por Mosander. || De δίδυμος duplo + suff. *io*.
Didymíte, *s. f.* (med.) inflammação do testiculo. || De δίδυμοι testiculos + suff. *íte*.
* Didymíto, *s. m.* (min.) var. da mica moscovito. || De δίδυμος duplo + suff. *íto*.
Didýnamo, *adj.* (bot.) diz-se dos estames em número de 4, dous dos quaes são mais compridos que os outros. || De δίς dous + δύναμις fôrça, poder.

DIÉ — 203 — DIL

N. Figueiredo accentúa correctamente a antepenultima.

Deriv. : *didynámia* (s. f.), *didynamía* (s. f.), *didynámico* (adj.).

Diécia, *s. f.* (bot.) classe de plantas, que têm as flôres masculinas e femininas em individuos differentes (Linneu). || De δὶς dous + οἰκία casa.

Diédro, *adj.* (geom.) diz-se do angulo formado pelo encontro de dous planos. De δὶς dous + ἕδρα plano.

Deriv. : *diédrico* (adj.).

Diédrogonómetro, *s. m.* instrumento para medir angulos diédros. || De *diédro* (v. este vcb.) + γωνία angulo + μέτρον medida.

Diérese, *s. f.* (gramm.) divisão de um diphthongo em duas syllabas; signal dessa divisão, ou trema. — (Chir.) separação, solução de continuidade. || De διαίρεσις divisão.

Deriv. : *dierético* (adj.).

Díese, *s. f.* (mus.) sustenido; outrora meio tom e quarto de tom. || De δίεσις (deriv. de διίημι deixo passar); em lat. *diĕsis*.

N. Só a cópia servil do francez pode explicar a prosodia *diése*, que os diccionarios registam, e o uso pretende consagrar.

Diéta, *s. f.* regime necessario para conservar a vida; abstenção de alguns ou de todos os alimentos, em caso de molestia. De δίαιτα.

Deriv. : *dietético* (adj.), *dietética* (s. f.).

Digástrico, *adj.* (anat.) diz-se dos musculos formados de duas partes carnosas ligadas por um tendão. || De δὶς dous + γαστήρ, ρὸς ventre + suff. *ico*.

* **Digástroscopía**, *s. f.* (med.) processo de exploração do estomago. || De δὶς dous + γαστήρ, τρὸς estomago + σκοπεῖν examinar + suff. *ia*.

Digénese, *s. f.* (biol.) diz-se dos seres vivos, que têm dous modos de reproduzir-se. || De δὶς dous + γένεσις geração.

Deriv. : *digenético* (adj.).

Digenísmo, *s. m.* acção de nascer pelo concurso de dous sexos ou de duas causas. || De δὶς dous + γένος nascimento + suff. *ismo*.

Díglypho, *s. m.* (archit.) especie de modilhão com duas estrias ou gravuras fundas. || De δίγλυφος (form. de δὶς dous + γλύπτειν gravar).

N. Ad. Coelho, Aulete e Figueiredo accentúam *diglýpho*, contrariando abertamente a quantidade da raiz grega; entretanto os dous ultimos auctorizam com acêrto *tríglypho*.

* **Digonóporos**, *s. m. pl.* (zool.) secção dos Dendroceleos; os que têm orificio sexual duplo. || De δὶ dous + γόνος geração + πόρος orificio.

Dígyno, *adj.* (bot.) diz-se da flôr, que tem dous pistillos distinctos ou dous estigmas sesseis num estylete. || De δὶς dous + γυνὴ mulher.

Deriv. : *digýnia* (s. f.) — classe do syst. de Linneu.

Dihélia, *s. f.* (astr.) ordenada da ellipse terrestre, quando passa pelo foco em que se acha o sol. || De διὰ atravez de + ἥλιος sol.

Dijâmbo, *s. m.* (poes.) pé de verso grego ou latino composto de dous jambos. || De δίίαμβος (form. de δὶς dous + ἴαμβος jambo).

Deriv. : *dijâmbico* (adj.).

Dilêmma, *s. m.* (phil.) argumento composto de duas proposições contrárias, que conduzem á mesma conclusão; posição embaraçosa, de que não ha saída sinão por um de dous modos. De δίλημμα, ατος;

Deriv. : *dilemmático* (adj.).

Dilochía, *s. f.* (ant.) reunião de dous lochos em formatura, na phalange macedonica. || De διλοχία (comp. de δίς dous + λόχος locho, cohorte [de 100 homens?]).

Dilogía, *s. f.* (rhet.) repetição em outros termos. — Drama, cuja acção se desenvolve em duas peças distinctas. || De δίς dous + λόγος discurso + suff. *ia*.

Dímero, *adj.* (zool.) que é composto de dous segmentos ou articulos. || De δίς dous + μέρος parte.

Dimórpho, *adj.* (min.) diz-se da substância que pode dar crystaes de dous systemas differentes. || De δίς dous + μορφή forma.

Deriv. : *dimorphia* (s. f.), *dimorphismo* (s. m.).

* **Dimyários**, *s. m. pl.* (zool.) ordem de Moluscos Lamellibranchios; têm dous musculos adductores. || De δι dous + μῦς musculo + des. *ários*.

Dinêmo, *adj.* (zool.) que tem dous tentaculos. || De δίς dous + νῆμα, ατος fio.

Dinosáurio, *s. m.* (geol.) grande reptil fossil. || De δεινός terrivel + *saurio* (v. este vcb.).

Dinothério, *s. m.* (geol.) grande pachydermo fossil dos terrenos terciarios. || De δεινὸς terrivel + θηρίον fera.

Diocése, *s. f.* circunscripção territorial subjeita á administração dum bispo ou arcebispo. — Antiga circunscripção administrativa dos Romanos na Asia Menor. || De διοίκησις provincia.

N. Pela regra geral ter-se-hia formado em portuguez *diecése*, como em lat. *diœcesis*; mas o uso generalizou « diocése », e assim ha de ficar.

Deriv. : *diocesáno* (adj.).

* **Diocinescópio**, *s. m.* (phys.) novo cinematoscopio de visão directa e movimento contínuo, inventado por Clermont-Huet. || De δῖος prodigioso + κινεῖν mover + σκοπεῖν vêr + suff. *io*.

* **Dioctaédro**, *s. m.* (min.) combinação de dous octaedros em uma forma crystallographica. || De δίς dous + *octaédro* (v. este vcb.).

Diodoncéphalo, *s. m.* (terat.) monstro que tem na cabeça uma fila dupla de dentes (G. St-Hil.). || De δίς dous + ὀδοὺς dente + κεφαλή cabeça.

Dióico, *adj.* (bot.) diz-se da planta, que tem flôres masculinas e femininas em individuos differentes. || De δίς dous + οἶκος casa.

N. A forma regular teria sido *diéco* (cf. *economia*, etc.).

Dioncóse, *s. f.* (med.) nome dado por alguns á plethora. || De διόγκωσις entumescimento, inchação.

Dionéa, *s. f.* (bot.) planta americana, da ordem das Droseraceas. || De Διωναία epitheto de Venus (de Διώνη Venus).

Dionysíaco, *adj.* que é relativo a Baccho ou ao seu culto. || De διονυσιακὸς (e este de Διόνυσος Baccho).

Dionýsias, *s. f. pl.* (ant.) festas antigas em honra de Baccho. || De διονύσια, ων (deriv. de Διόνυσος Baccho).

Dionýsio, *adj.* (med.) que tem nas partes lateraes da fronte vegetação cornea. || De Διόνυσος Baccho.

* **Diópside**, *s. f.* (min.) especie de pyroxenio (silicato de magnesio, calcio, ferro e aluminio). || De δίς dous + ὄψις aspecto.

Diopsímetro, *s. m.* (med.) instrumento para medir a extensão do campo visual. || De διὰ atravez de + ὄψις visão + μέτρον medida.

* **Dioptásio,** s. m. (min.) silicato de cobre (H² Cu Si O⁴). || De διά atravez de + ὄπτομαι vejo.

Dióptrica, s. f. (phys.) parte da Physica, que tracla da refracção da luz. || De διοπτρική (scil. τέχνη), deriv. de διοράω vejo atravez de.
Cogn. : *dióptria* (s. f.).

Dióptro, s. m. (med.) syn. de espéculo. || De δίοπτρον.

Diorâma, s. m. espectaculo de illusão optica, em que se apreciam quadros vistos a certa distância e de um logar escuro. || De διά atravez de + ὄραμα espectaculo.
Deriv. : *diorâmico* (adj.).

Diorito, s. m. (min.) rocha eruptiva, de estructura granitoide, composta essencialmente de feldspatho triclinico e amphibolio hornblenda. || De διορίζειν distinguir + suff. *ito.*
Deriv. : *diorítico* (adj.).

* **Diorthóntes,** s. m. pl. (ant.) os primeiros editores criticos do texto de Homero (Antimacho, Hippias, Aristoteles, etc.). || De διορθοῦν corrigir, melhorar.

* **Diorthóse,** s. f. (chir.) endireitamento de ancyloses e cyphoses. || De διόρθωσις correcção (form. de διά em + ὀρθός direito).

Dioscúros, s. m. pl. (myth.) nome dado aos gemeos Castor e Pollux. || De διόσχουροι (form. de Ζεύς, Διός Zeus + κοῦρος rebento, filho).
N. Ad Coelho assim grapha e accenúa, de accôrdo com a etymologia. A forma *dióskoro,* colhida por Figueiredo nos *El. acad.* de Latino Coelho, é sem dúvida incorrecta.

Diósmeas, s. f. pl. (bot.) secção da ordem das Rutaceas, gen. typo *Diosma.*||De *Diosma,* que procede de διά com + ὀσμή cheiro.

Cogn. : *diosmína* (s. f.).

* **Diotocárdios,** s. m. pl. (zool.) ordem de Molluscos Gastropodes, da secção dos Prosobranchios; têm coração com um ventriculo e duas auriculas. || De δίς dous + οὖς, ὠτός orelha + καρδία coração + des. *ios.*

Diperianthádo adj. (bot.) diz-se da flôr que tem perianthio duplo. || De δίς dous + *perianthio* (v. este vcb.) + suff. *ádo.* Em lat. *diperianthatus.*

Dipétalo, adj. (bot.) que tem dous pétalos. || De δίς dous + *pétalo* (v. este vcb.)

Diphalángarchía, s. f. (ant.) commando de duas phalanges, no exercito macedonico. ||De δίς dous +φαλαγγαρχία phalángarchía (comp. de φάλαγξ phalange + ἄρχειν commandar).

Diphtheria, s. f. (med.) molestia que tem por characteristico a tendencia para a formação de falsas membranas. || De διφθέρα membrana, couro.
Deriv. : *diphthérico* (adj.).

Diphthôngo, s. m. (gramm.) concurso de duas vogaes numa syllaba. || De δίφθογγος (comp. de δίς dous + φθόγγος som).
Deriv. : *diphthongádo* e *diphthongál* (adjs.), *diphthongár* (v.).

* **Diphýidas,** s. m. pl. (zool.) familia de Celenterados Siphonophoros. || Do gen. typo *Diphyes* (e este de διφυής que tem os dous sexos) + suff. *idas.*

Diphýllo, adj. (bot.) que tem duas folhas ou dous foliolos. || De δίς dous + φύλλον folha.

* **Diphyodónte,** adj. (zool.) diz-se dos Mammaes, que têm duas dentições. || De δι dous + φύομαι nascer + ὀδούς, ὄντος dente.

* **Diplacusía,** s. m. (med.) percepção simultanea de dous

sons differentes, por um ouvido ou pelos dous. || De διπλόος duplo + ἀκούω ouço + suff. ia.

Diplasiásmo, s. m. (gramm.) injustificada duplicação de uma consoante. || De διπλασιασμὸς duplicação (de διπλάσιος duplo).

* **Diplegía,** s. f. (med.) paralysia bilateral. || De δὶς dous + πληγή golpe + suff. ia.

Diplocéphalo. V. dicéphalo.

Díploe, s. f. (anat.) tecido esponjoso dos ossos do cranio, que separa as suas duas laminas compactas. || De διπλόη, fem. de διπλόος duplo.
Deriv. : diplóico (adj.).

* **Diplogénese,** s. f. fusão de dous fetos em estado diverso de desenvolvimento. || De διπλόος duplo + γένεσις geração.

* **Diploíto,** s. m. (min.) var. de anorthito (feldspatho basico e calcario). || De διπλόη dobra + suff. ito.

Diplôma, s. m. titulo ou documento, com que se confere um cargo, dignidade, mercê ou privilegio. || De δίπλωμα, ατος, cuja significação primitiva é — duplicado — (de διπλόος duplo).
Deriv. : diplomár (v.).

Diplomacía, s. f. sciencia do direito e das relações internacionaes, etc. || Pelo fr. diplomatie, de δίπλωμα documento, peça official.
Cogn. : diplomáta (s. m.), diplomático (adj.).

Diplomática, s. f. sciencia que tem por objecto o estudo dos documentos escriptos, para reconhecer-lhes a authenticidade e interpretá-los. || De δίπλωμα diploma, documento.
Deriv. : diplomatista (s. m.).

* **Diplomyelía,** s. f. (terat.) monstruosidade que consiste na divisão longitudinal da medulla espinhal. || De διπλόος duplo + μυελός medulla + suff. ia.

* **Díplophonía,** s. f. (med.) perturbação da voz characterizada pela formação simultanea de dous sons no larynge. || De διπλόος duplo + φωνή voz + suff. ia.

Diplopía, s. f. (med.) perturbação da vista, que faz vêr duplicados os objectos. || De διπλόος duplo + ὤψ, ὠπὸς ôlho + suff. ia.
N. Seria melhor diplopsía (de ὄψις visão).

Diplópodes, s. m. pl. (zool.) secção dos Myriopodes, cujos anneis têm quasi todos dous pares de patas. || De διπλόος duplo + πούς, ποδὸς pé.

Diplópteros, s. m. pl. (zool.) familia de Insectos Hymenopteros, que têm as azas superiores de extensão dupla das outras. || De διπλόος duplo + πτερὸν aza.

* **Díplosomía,** s f. (terat.) união de dous corpos por um ou mais ponctos. || De διπλόος duplo + σῶμα corpo + suff. ia.

Diplostémone, adj. (bot.) diz-se da flôr, em que o número de estames é duplo do dos pétalos. || De διπλόος duplo + στήμων, ονος filamento.
N. A forma diplóstemo, tambem registada por Figueiredo, é por todas as razões inaceitavel.

* **Diplóxylo,** adj. (bot.) diz-se das Lycopodiaceas que têm dous lenhos, o primeiro centripeto e o segundo centrifugo. || De διπλόος duplo + ξύλον madeira.

Dipnéumones, s. m. pl. (zool.) sub-ordem dos Arachnideos. || De δι ou δὶς dous + πνεύμων, ονος pulmão.
N. Tem o mesmo nome uma sub-ordem de Peixes Dipnoicos.

Dipnêustas, s. m. pl. V. dipnóicos.

Dipnóicos, *s. m. pl.* (zool.). ordem de Peixes d'agua doce, que têm branchias e pulmões. || De δίς dous + πνοή respiração + suff. *icos*.

N. É preferivel esta forma a *dipneustas*, porque πνεύστης significa especialmente o « asthmatico », o que respira difficilmente.

Dípode, *adj.* que tem dous pés ou membros analogos a pés. || De δίπους, οδος (form. de δίς dous + ποῦς, ποδός pé).

Deriv. : *dipódidas* (s. m. pl.) — fam. de Roedores.

Dipodía, *s. f.* (poes.) reunião de dous pés de verso.||De διποδία (form. de δίς dous + ποῦς pé).

Diprosópo, *s. m.* (terat.) monstro com um só tronco, duas cabeças e duas faces mais ou menos distinctas. || De δι dous + πρόσωπον face.

Dipsáceas, *s. f. pl.* (bot.) ordem de plantas dicotyledones, que têm por typo o gen. *Dipsacus*. || De *dipsacus*, e este de δίψαχος cardo.

N. Teria sido mais regular formar-se de dipsaco — *dipsacáceas*.

* **Dipsádidas,** *s. m. pl.* (zool.) fam. de Ophidios Colubriformes. || Do gen. *Dipsas* (e este de διψὰς, άδος especie de cobra) + suff. *idas*.

Dipsético, *adj.* que produz sêde. || De διψητικός (deriv. de δίψα sêde).

Dipsomanía, *s. f.* (med.) tendencia morbida ao abuso de bebidas. || De δίψα sêde + μανία loucura.

Deriv. : *dipsomaníaco* (adj.).

Diptero, *adj.* que tem duas azas. — *s, s. m. pl.* ordem de Insectos que têm duas azas. || De δίπτερος (comp. de δίς dous + πτερὸν aza).

Dípterocarpáceas, *s. f. pl.* (bot.) ordem de plantas dicotyledones, cujo typo é o gen. *Dipterocarpus*. || De *Dipterocarpus* (deriv. de δίς dous + πτερὸν aza + καρπὸς fructo) + suff. *áceas*.

Dipterýgio, *adj.* (zool.) diz-se do peixe, que só tem duas pás natatorias. || De δίς dous + πτερύγιον azinha, pá natatoria.

Diptychos, *s. m. pl.* (ant.) registo público formado por duas tabuinhas que se dobravam uma sôbre a outra, e onde eram inscriptos os nomes dos magistrados; registo monastico com os nomes dos bispos e benfeitores. — Hoje tambem, quadro ou baixo-relevo coberto por duas tábuas em forma de portas. || De δίπτυχα, ων (form. de δίς dous + πτυχή dobra).

* **Dipýgo,** *adj.* (terat.) diz-se do monstro de uma cabeça e um só thorax, com duas nadegas e quatro membros inferiores. || De δίς dous + πυγὴ nadega.

Dipyrêno, *adj.* (bot.) diz-se do fructo, que tem dous caroços. De διπύρηνος (form. de δίς dous + πυρὴν, ῆνος caroço).

N. Esta é melhor traducção do fr. *dipyréné* do que *dipyrenado*, que Ad. Coelho e Figueiredo consignam.

* **Dipýrio,** *s. m.* (min.) silicato de aluminio, sodio e calcio [(Na², Ca)³Al²Si⁹O²⁷]. || De δίς dous + πὺρ fogo + suff. *io*.

N. O calor produz nelle duplo effeito : fusão e phosphorescencia.

Dipyrrhichio, *s. m.* pé de verso composto de dous pyrrhichios. || De δίς dous + *pyrrhichio* (v. este vcb.).

N. Ad. Coelho e Figueiredo dão *dipýrrhico*, mas exquecem ambos que consignam em outro logar *pyrrhichio* como forma preferivel.

* **Dipyrrhotina,** *s. f.* (min.)

var. de pyrrhotina. || De δὶς dous + pyrrhotina (v. este vcb.).

Disco, *s. m.* (ant.) chapa redonda e pesada para arremêsso, na gymnastica antiga. — (Bot.) superficie ampla dum pedunculo de flôr synantherea; corpo carnudo sôbre o receptaculo.—Qualquer peça circular e chata. || De δίσκος.

*****Discoblástula,** *s. f.* nome dado á blástula do ovo de segmentação parcial (como no das aves). || De δίσκος disco + *blástula* (v. este vcb.).

Discóbolo, *s. m.* (ant.) athleta que atirava o disco. || De δισκοβόλος (form. de δίσκος disco + βάλλειν atirar).

*****Discodáctylos,** *s. m. pl.* (zool.) secção dos Batrachios Anuros. || De δίσκος disco + δάκτυλος dedo.

*****Discogástrula,** *s. f.* nome dado á gástrula de segmentação parcial. || De δίσκος disco + *gástrula* (v. este vcb.).

Discóide, *adj.* que tem forma de disco. || De δισκοειδής (form. de δίσκος disco + εἶδος forma).

Discomycétes, *s. m. pl.* (bot.) familia de Cogumelos Ascomycetes. || De δίσκος disco + μύκης, ητος cogumelo.

Disconánthos, *s. m. pl.* (zool.) Siphonophoros, cuja multiplicação se faz na face inferior da umbella, a qual toma a feição de disco. || De δίσκος disco + *n* euphonico + ἄνθος flôr.

Discóphoros, *s. m. pl.* (zool.) sub-ordem de Acalephos. || De δίσκος disco + φορός que traz.

Discótrichos, *s. m. pl.* (zool.) ordem de Infusorios Ciliados, cujos cilios estão dispostos sôbre um disco circular. || De δίσκος disco + θρίξ, τριχός cabello.

*****Dishomeósio,** *s. m.* (min.) syn. de gersdorffito (sulfo-arsenieto de nickel — Ni As S). || De δὶς dous + ὅμοιος similhante + suff. *io*.
N. É a forma portugueza, que mais correctamente corresponde ao vcb. francez *disomose*, que foi mal construido.

Disomosio. V. *dishomeósio*.

Dispérmo, *adj.* (bot.) que tem duas sementes. || De δὶς dous + σπέρμα semente.

*****Dispirêma,** *s. m.* última phase da caryocinése. || De δὶς dous + σπείρημα novello.

Dispondêu, *s. m.* (poes.) que consta de dous espondeus. || De δισπόνδειος (comp. de δὶς dous + σπονδεῖος espondeu).

Distáchyo, *adj.* (bot.) que tem duas espigas. || De δὶς dous + στάχυς espiga.

Distémone, *adj.* (bot.) que tem dous estames. || De δὶς dous + στήμων, ονος estame.

Disthênio, *s. m.* (min.) silicato anhydro de aluminio (Al² Si O⁵). || De δὶς dous + σθένος fôrça + suff. *io*.
N. Quanto á desinencia, v. *acerdésio*.

Distichíase, *s. f.* (med.) anomalia characterizada por duas ordens de pestanas sobrepostas, voltando-se uma dellas para o globo do ôlho. || De διστιχίασις (form. de δὶς dous + στίχος fila, renque).

Dísticho, *s. m.* grupo de dous versos; lettreiro, rótulo. || De δίστιχον (form. de δὶς dous + στίχος linha, fila).
N. Do adj. grego δίστιχος procede egualmente o adj. portuguez *dísticho*, preferivel a *distichado*.

Dístichophýllo, *adj.* (bot.) diz-se da planta, que tem folhas dispostas em duas ordens. || De δίστιχος disposto em duas filas + φύλλον folha.

N. Distichóphylo, que occorre em Ad. Coelho, é mal graphado e mal accentuado.

* Distómidas, *s. m. pl.* (zool.) syn. de Fasciólidas, familia de Vermes Trematodeos. || De δὶς dous + στόμα bocca + suff. *idas*.

Cogn. : *distómeos* (s. m. pl.) — sub-ordem de Vermes.

Distýlo, *adj.* (bot.) diz-se das flôres que têm dous estyletes. || De δὶς dous + στῦλος estylete.

Disýllabo, *adj.* e *s. m.* (gramm.) que tem duas syllabas. || De δισύλλαβος (comp. de δὶς dous + συλλαβὴ syllaba).

N. Aulete e Ad. Coelho dão *dissyllabo* que não é mal formado; mas a graphia com um só *s* é preferivel, porque tanto no grego como no latim assim se fez. Os numerosos exemplos, acima apontados, de compostos de δὶς (dous) perderam todos o sigma ou o *s* final.

Deriv. : *disyllábico* (adj.).

* Disystólico, *adj.* (med.) diz-se da arrhythmia, em que parece haver só uma pulsação radial para duas systoles ventriculares. || De δὶς dous + *systole* (v. este vcb.) + suff. *ico*.

Ditheísmo, *s. m.* systema dos que admittem dous deuses, um bom e outro mau. || De δὶς dous + θεὸς Deus + suff. *ismo*.

Cogn. : *ditheísta* (s. m.).

* Dithiônico, *adj.* (chim.) diz-se do acido de enxofre, que contém dous equivalentes do radical. || De δὶς dous + θεῖον enxofre + suff. *ico*.

Dithyrâmbo, *s. m.* (poes.) hymno em honra de Baccho; poema de estancias irregulares, dedicado aos prazeres. || De διθύραμβος (deriv. dum appellido de Baccho).

Deriv. : *dithyrâmbico* (adj.).

* Díthyro, *adj.* (zool.) que é formado de duas valvas. || De δίθυρος que tem duas portas (comp. de δὶς dous + θύρα porta).

Dítomo, *adj.* (zool.) bivalve. || De δὶς dous + τομὴ corte.

N. Ad. Coelho e Figueiredo grapham *dítome* contra todas as regras de analogia (cf. *atomo*, etc.).

Dítono, *s. m.* (mus.) intervallo de dous tons na escala diatonica. || De δὶς dous + τόνος tom.

Ditríglypho, *s. m.* (archit.) espaço comprehendido entre dous triglyphos. || De δὶς dous + *triglypho* (v. este vcb.).

Ditrochêu, *s. m.* (poes.) pé de verso, grego ou latino, composto de dous trocheus. || De διτρόχαιος (comp. de δὶς dous + τροχαῖος trocheu).

* Dítropo, *adj.* (bot.) diz-se do ovulo reflexo, cujo funiculo faz uma volta em espiral. || De δὶς dous + τροπὴ volta.

* Dittographía, *s. f.* êrro de copista, que repetia o que só se devia escrever uma vez. || De διττοὶ duplo + γράφω escrevo + suff. *ía*.

Dittología, *s. f.* (gramm.) synonymia. Tractado das palavras de forma dupla numa lingua. || De διττολογία (form. de διττοὶ duplo + λόγος discurso) + suff. *ía*.

Deriv. : *dittológico* (adj.).

Diurése, *s. f.* (med.) excreção da urina, espontanea ou provocada, normal ou copiosa. || De διουρεῖν urinar (comp. de διὰ atravez de + οὖρον urina).

Deriv : *diurético* (adj.).

Docéta, *s. m.* (theol.) sectario, que pretendia que Jesus só tinha nascido, morrido e resuscitado em apparencia. || De δοκεῖν parecer.

Deriv. : *docetismo* (s. m.).

Dóchmio, *s. m.* (poes.) pé de

verso grego ou lat. composto de cinco syllabas : uma breve, duas longas, uma breve e outra longa (˘ – – ˘ –).|| De δόχμιος (e este de δοχμός desegual, sinuoso).
Deriv. : dochmíaco, adj. (melhor do que *dochmáico*, que Ad. Coelho egualmente regista).
Docimasía, *s. f.* (chim.) arte de fazer ensaios para determinar a natureza e proporção dos metaes, que entram na composição dos minereos. — (Med.) experiencia para determinar si um feto chegou a respirar. || De δοκιμασία ensaio (de δοκιμάζειν experimentar).
N. Esta prosodia, auctorizada por Ad. Coelho e Figueiredo é preferivel a *docimásia*, que vem em Aulete.
Deriv. : docimástico (adj.).
Dodecaédro, *s. m.* (geom.) polyedro de 12 faces. || De δωδεκάεδρος (form. de δώδεκα doze + ἕδρα face).
Deriv. : dódecaédrico (adj.).
Dodecágono, *s. m.* (geom.) polygono de 12 lados. || De δωδεκάγωνος (form. de δώδεκα doze + γωνία angulo).
Deriv. : dodecagonál (adj.).
Dodecágyno, adj. (bot.) diz-se da flôr, que tem doze pistillos. || De δώδεκα doze + γυνή mulher.
Deriv. : dodecagynia (s.f.) e *dodecagynia* (s. f.).
Dodecândro, adj. (bot.) diz-se da flôr, que tem doze estames. || De δώδεκα doze + ἀνήρ, ἀνδρός marido.
Deriv. : dodecândria (s. f.) e *dodecandría* (s. f.).
Dódecapétalo, adj. (bot.) que tem doze pétalos. || De δώδεκα doze + *pétalo* (v. este vcb.).
Dógma, *s. m.* (theol.) poncto fundamental de doutrina theologica; proposição apresentada como indiscutivel. || De δόγμα, ατος decisão, decreto.
Deriv. : dogmático (adj.), *dogmatísmo* (s. m.), *dogmatista* (s. m.), *dogmatizár* (v.).
Doleríto, *s. m.* (min.) nome dado a um basalto, que tem grande similhança com o diorito. || De δολερός enganador + suff. *íto*.
*****Dólerophaníto,** *s. m.* (min.) sulfato anhydro de cobre. || De δολερός enganador + φαίνειν parecer + suff. *íto*.
Dólichocéphalo, adj. (anthr.) que tem oval o cranio, sendo o diametro longitudinal maior um quarto do que o transversal, ou como 9 : 7. ||De δολιχός comprido, alongado + κεφαλή cabeça.
Deriv. : dólichocephalía (s. f.).
*****Dolichócero,** adj. (zool.) que tem antennas compridas. || De δολιχός comprido + κέρας ponta, chifre.
*****Dolichódero,** adj. (zool.) que tem o pescoço comprido. || De δολιχός comprido + δέρη pescoço.
Dólichopódidas, *s. m. pl.* (zool.) fam. de Insectos, da ordem dos Dipteros, de patas compridas. || De δολιχός comprido + πούς, ποδός pé + suff. *idas*.
*****Dólichosténomelía,** *s. f.* (terat.) deformação congenita dos quatro membros, e muito pronunciada sobretudo nas extremidades que se alongam e adelgaçam (Marfan). || De δόλιχος comprido + στενός estreito + μέλος membro + suff. *ia*.
*****Dólidas,** *s. m. pl.* (zool.) familia de Gastropodes Ctenobranchios. || Do gen. *Dolium* (e este de δόλιος enganador ?) + suff. *ídas*.
Dólo, *s. m.* fraude, engano. || De δόλος.
Deriv. : dolóso (adj.).

Dórcade, *s. f.* (zool.) especie de cabra montez ou antilope. || De δορκάς, αδος. Em lat. *dorcas, ădis.*
N. Dórcada é forma incorrecta.

Dórico, *adj.* que é proprio dos Dorios. || De δωρικὸς (form. de Δωρὶς, ίδος Dóride).
N. É dado este nome a uma das ordens classicas de architectura.

*****Dorídidas,** *s. m. pl.* (zool.) familia de Molluscos Opisthobranchios. || Do gen. *Doris* (e este de δορὶς, ίδος faca de cozinha) + suff. *idas.*

Dório, *adj.* e *s. m.* natural da Doride. || De δώριος (e este de Δωρὶς, ίδος Dóride).

Doryphoro, *s. m.* (ant.) soldado grego armado de lança. De δορυφόρος (comp. de δόρυ lança + φορὸς portador).

Dóse, *s. f.* quantidade do medicamento, que deve ser administrada ao doente. || De δόσις (deriv. de δίδωμι dou).
Deriv.: *dosâgem* (s. f.), *dosár* (v.).

Dosimetría, *s. f.* (med.) modo de administrar os medicamentos sob a forma de granulos, que contêm certa e determinada dóse da substância empregada. || De *dóse* (v. este vcb.) + μέτρον medida + suff. *ia.*
Deriv.: *dosimétrico* (adj.).

Dothiénentería, *s. f.* (med.) nome dado á febre typhoide, molestia em que se dá uma alteração especial das placas de Peyer. || De δοθιήν, ήνος furunculo, tumorzinho + ἔντερον intestino + suff. *ia.*
N. É tambem admissivel a forma *dothiénentérite.*

Dráchma, *s. f.* pêso e moeda dos antigos Gregos; como pêso valia 4^{gr},366, e como moeda equivalia a cêrca de 1 franco. Ainda hoje moeda na Grecia = 1 fr. || De δραχμή.

Dracogrýpho, *s. m.* animal phantastico, meio aguia e meio dragão, representado na armaria. || De δράκων dragão + *grypho* (v. este vcb.).
N. Sendo longa a primeira syllaba de γρύψ, υπὸς, donde procede *grypho*, o accento tonico não pode recuar até á antepenultima de *dracógrypho*, como quer Figueiredo.

Draconiâno, *adj.* diz-se de leis excessivamente severas. || De Δράκων, οντος Dracão ou Draco + suff. *áno.*

Draconíno, *s. f.* (chim.) resina vermelha e acida, extrahida do sangue-de-drago (Dracœna draco). || De δράκων dragão + suff. *íno* (melhor do que *ína* para este caso).

Dracontíase, *s. f.* (med.) molestia produzida por vermes que se alojam na pelle. || De δρακόντιον serpentesinha + suff. *íase.*

Dracóntosômo, *s. m.* (terat.) monstro da familia dos Celosomos, que offerece analogia com certo reptil. || De δράκων dragão + σῶμα corpo.
N. O francez «dracontisome» é mal formado e não merece imitação.

Dragão, *s. m.* animal fabuloso, que se representa com cabeça de leão e cauda de serpente. || Pela lat. *dracōnem* (de draco) vem de δράκων, οντος.
Cogn.: *dragoêiro* (s. m.).

Drâma, *s. m.* composição theatral de genero mixto, intermediario entre a tragedia e a comedia; acontecimento commovente. || De δρᾶμα, ατος acção.
Deriv.: *dramático* (adj.), *dramatizár* (v.), *dramalhão* (s. m.).

Dramatúrgo, *s. m.* o que escreve dramas. || De δραματουρ-

γός (comp. de δρᾶμα, ατος; drama + ἔργον trabalho, obra).
Deriv.: *dramaturgia* (s. f.).

*Drápetomania, *s. f.*(med.) mania de andar sem destino. || De δραπέτης fugitivo, vagabundo + μανία mania.

Drástico, *s. m.* (med.) purgativo energico. || De δραστικός energico, efficaz.

Drepanóphoro, *s. m.* armado de foice. De δρέπανον foice + φορός portador.

Dromedário, *s. m.* (zool.) especie de camelo de uma só corcova, gen. *Camelus dromedarius*. || Pelo lat. *dromedarius*, vem de δρομάς (cujo significado primitivo é «corredor», de δρόμος carreira).

Dromorníthos, *s. m. pl.* (zool.) aves que andam e correm, mas não voam. || De δρόμος carreira + ὄρνις, ὄρνιθος ave.
N. Aulete e João de Deus grapham com acêrto.

Drósera, *s. f.* planta typo da ordem das Droseraceas. || De δροσερός coberto de orvalho, por allusão ao líquido que segregam os péllos das folhas.
Deriv.: *droseráceas* (s. f. pl.).

Drosómetro, *s. m.* instrumento para avaliar a quantidade de orvalho, que cae cada dia. || De δρόσος orvalho + μέτρον medida.
Deriv.: *drosometria* (s. f.), *drosométrico* (adj.).

Drýade, *s. f.* (myth.) nympha dos bosques. || De δρυάς, άδος (de δρῦς, ός bosque de carvalhos). Em lat. *dryas, ădis*.
N. A forma *dryada*, que occorre em Ad. Coelho e Figueiredo, é incorrecta.

Dryádeas, *s. f. pl.* (bot.) tribu das Rosaceas, cujo typo é o gen. *Dryas*. || De *Dryas* (e este de δρυάς, άδος nympha dos bosques) + suff. *eas*.

*Dryóphidas, *s. m. pl.* (zool.) fam. de Ophidios Colubriformes. || Do gen. *Dryophis* (e este de δρῦς árvore + ὄφις serpente) + suff. *idas*.

Dryóphilo, *adj.* que habita nas florestas. || De δρῦς, ός floresta + φίλος amigo.

Dulia, *s. f.* culto que se presta aos anjos e sanctos. || De δουλεία servidão.

Dýade, *s. f.* par, grupo de dous. || De δυάς, άδος (de δύο dous).

Dynamia, *s. f.* (phys.) unidade adoptada para medição do trabalho mechanico. || De δύναμις fôrça, potencia + suff. *ia*.
Cogn.: *dynamo* (s. m.).

Dynâmica, *s. f.* parte da Mechanica, que tracta das fôrças e movimentos. || De δυναμικός poderoso, forte.
Cogn.: *dynâmico* (adj.).

Dynamísmo, *s. m.* systema que suppõe a materia animada de fôrças immanentes. || De δύναμις fôrça, potencia + suff. *ismo*.
Cogn.: *dynamista* (s. m.).

Dynamita, *s. f.* (chim.) poderoso explosivo composto de nitro-glycerina e uma substância inerte. || De δύναμις fôrça + suff. *ita*.
N. Ha evidente vantagem em dar a estes corpos chimicos a desinencia *ita*, que se não confunde com outra (cf. *mannita*, *dulcita*, etc.).
Deriv.: *dynamitéiro*, *dynamitista* (s. m.).

Dynamizár, *v. tr.* (med.) concentrar, dar character dynamico, elevar a energia therapeutica no entender dos homeopathas. || De δύναμις fôrça + suff. *izár*.
Deriv.: *dynamização* (s. f.).

*Dynamogenia, *s. f.* augmento accidental de energia sob uma influência nervosa de ordem dynamica. || De δύναμις fôrça + γένος geração + suff. *ia*.

Dynamómetro, *s. m.* ins-

trumento para avaliar em pêso a fôrça e os effeitos de uma máchina; instrumento que mede a fôrça muscular. || De δύναμις fôrça + μέτρον medida.
Deriv. : dynamometría (s. f.), *dynamométrico* (adj.).

Dynamoscópio, s. m. (med.) instrumento para um systema particular de escuta, que se applica ao prognostico e á apreciação das fôrças do individuo. || De δύναμις fôrça + σκοπεῖν examinar + suff. *io*.
Cogn. : dynamoscopía (s. f.).

Dynamo-sthénico, *adj.* (med.) diz-se da medicação tonica e nutritiva. || De δύναμις poder + σθένος fôrça+suff. *ico*.

Dynastía, s. f. successão de soberanos da mesma familia; série de reis. || De δυναστεία poder, auctoridade.
Cogn. : dynásta (s. m.), *dynástico* (adj.).

Dýnio, s. m. (phys.) no systema C. G. S. unidade de fôrça. || Da raiz δυν de δύναμις fôrça + suff. *io*.
N. Corresponde ao francez «dyne», e melhor do que «dyna».

Dyostýlo, s. m. (archit.) edificio que tem duas columnas na fachada. || De δύο dous + στῦλος columna.
N. Quanto á prosodia, v. *diastylo*.

Dysarthría, s. f. (med.) difficuldade de articular palavras. || De δὺς difficilmente + ἄρθρον articulação + suff. *ia*.

Dysbasía, s. f. (med.) difficuldade de marcha. || De δὺς difficilmente + βάσις marcha+ suff. *ia*.

Dyschesía, s. f. (med.) defecação difficil. De δὺς difficilmente + χέζειν evacuar + suff. *ia*.

Dyschóndroplasía, s. f. molestia do esqueleto, em que ha demora e irregularidade de ossificação juncto ás cartilagens (Ollier). || De δὺς difficilmente + χόνδρος cartilagem + πλάσσω formo + suff. *i*

Dyschrómatopsía, s. f. (med.) molestia da vista, em que o individuo deixa de perceber certas côres ou confunde-as com outras. || De δὺς mal + χρῶμα, ατος côr + ὄψις visão+ suff. *ia*.

Dyschromatôso, adj. (med.) diz-se das molestias de pelle, em que ha distribuição desegual de pigmento. || De δὺς mal + χρῶμα, ατος côr + suff. *óso*.
Cogn. : dyschromía (s. f.).

Dyscinesía, s. f. (med.) diminuição ou abolição dos movimentos voluntarios. || De δὺς mal + κίνησις movimento + suff. *ia*.

Dýscolo, adj. aspero no tracto, desordeiro. || De δύσκολος.

Dyscrasía, s. f. (med.) mau estar geral dos humores, má constituição. || De δυσκρασία (e este de δὺς mal + κρᾶσις mixtura, temperamento).
Deriv. : dyscrásico (adj.).

Dyscrásio, s. m. (min.) antimonieto de prata (Ag²Sb). || De δὺς mal + κρᾶσις mixtura + suff. *io*.
N. Syn. de *dyscrasito* (mesma etym.).

Dysecéa, s. f. (med.) dureza do ouvido. || De δυσηκοία (form. de δὺς mal + ἀκούειν ouvir).

Dysentería, s. f. (med.) phlegmasia intestinal especifica. || De δυσεντερια (form. de δὺς difficilmente + ἔντερον intestino).
N. Ad. Coelho dá *dyssentería* (com dous *ss*), que não tem razão de ser.
Deriv. : dysentérico (adj.).

Dysesthesía, s. f. (med.) enfraquecimento das sensações. || De δὺς mal + αἴσθησις sensação + suff. *ia*.

Dysgenesia, *s. f.* (med.) perturbação da funcção reproductora. || De δὺς mal + γένεσις geração + suff. *ia*.
Deriv.: dysgenésico (adj.).

Dyshaphia, *s. f.* (med.) enfraquecimento do tacto. || De δὺς mal + ἀφή tacto + suff. *ia*.

Dyshemia, *s. f.* (med.) alteração do sangue em geral. || De δὺς mal + αἷμα sangue + suff. *ia*.

*****Dyshepatia**, *s. f.* (med.) perturbação funccional da cellula hepatica. || De δὺς mal, difficilmente + ἧπαρ, ατος figado + suff. *ia*.

*****Dyshidróse**, *s. f.* (med.) distensão das glandulas sudoriparas, determinando um exanthema vesicular, especialmente nos dedos (Tilbury Fox). || De δὺς difficilmente + ἵδρωσις suor.

Dyslalia, *s. f.* (med.) pronunciação difficil das palavras. || De δὺς mal + λαλεῖν fallar + suff. *ia*.

*****Dyslexia**, *s. f.* (med.) difficuldade na leitura (Bruns). || De δὺς difficilmente + λέξις leitura + suff. *ia*.

Dyslochia, *s. f.* (med.) difficuldade do corrimento dos lochios. || De δύς mal + λόχια lochios + suff. *ia*.

*****Dyslogia**, *s. f.* (med.) perturbação que consiste na parada subita em meio de uma phrase. || De δὺς difficilmente + λόγος discurso + suff. *ia*.

Dysmenorrhéa, *s. f.* (med.) menstruação difficil. || De δὺς difficilmente + μήν mez + ῥεῖν correr.

Dysmnesia, *s. f.* (med.) enfraquecimento da memoria. || de δύς mal + μνῆσις memoria + suff. *ia*.

*****Dysmórphophobia**, *s. f.* (med.) medo morbido de se tornar disforme. || De δύσμορφος deforme + φόβος terror + suff. *ia*.

Dysodia, *s. f.* (med.) fetido das materias exhaladas ou segregadas. || De δυσωδία (de δυσώδης, e este de δὺς mal + ὄζειν cheirar).

Dysopia, *s. f.* (med.) enfraquecimento da vista. || De δὺς mal + ὤψ, ὠπὸς olho, vista + suff. *ia*.

Dysorexia, *s. f.* (med.) inappetencia. || De δὺς mal + ὄρεξις appetite + suff. *ia*.

Dysosmia, *s. f.* (med.) enfraquecimento do olfato. || De δὺς mal + ὀσμή cheiro + suff. *ia*.

*****Dysostóse**, *s. f.* (med.) ossificação incompleta, com deformação (Marie). || De δὺς mal + ὀστέον osso + suff. *óse*.

*****Dyspareunia**, *s. f.* (med.) dôr que a mulher sente no acto do coito. || De δὺς difficilmente + πάρευνος esposa + suff. *ia*.

Dyspepsia, *s. f.* (med.) difficuldade em digerir; má digestão. || De δὺς difficil + πέψις digestão + suff. *ia*.
Deriv.: dyspéptico (adj.).

*****Dysphagia**, *s. f.* (med.) difficuldade em engolir. || De δὺς difficil + φαγεῖν comer + suff. *ia*.

*****Dysphasia**, *s. f.* (med.) toda perturbação ou desordem na palavra, em geral. || De δὺς difficilmente + φάσις palavra + suff. *ia*.

Dysphonia, *s. f.* (med.) alteração da voz e da palavra. || De δὺς difficil + φωνή voz + suff. *ia*.

Dysphoria, *s. f.* (med.) mau-estar, anxiedade. || De δυσφορία (de δυσφορεῖν soffrer com impaciencia).

Dyspnéa, *s. f.* (med.) difficuldade em respirar. || De δύσπνοια (form. de δὺς difficilmente + πνεῖν respirar).
Deriv.: dyspnéico (adj.).

Dysspermatismo, *s. m.*

(med.) emissão difficil de semen. || De δύς difficil + σπέρμα, ατος semen + suff. *ismo.*

Dyssymmetria, *s. f.* falta de symmetria. || De δύς mal + *symmetria* (v. este vcb.).

Deriv.: dyssymmétrico (adj.).

Dysthelasia, *s. f.* (med.) inaptidão para amammentar. || De δύς difficil + θηλάζειν amammentar + suff. *ia.*

Dysthermasia, *s. f.* (med.) insufficiencia de calor organico. || De δύς difficil + θερμαίνειν aquecer + suff. *ia.*

Dystocia, *s. f.* (med.) parto difficil, vicioso. || De δύς difficil + τόκος parto + suff. *ia.*

N. Auleté, A. Coelho e Figueiredo registam a prosodia commum *dystócia;* mas a analogia manda fazer a palavra paroxytona.

*****Dystopia**, *s. f.* (med.) anomalia na situação dum orgão. || De δύς mal + τόπος logar + suff. *ia.*

*****Dystrophia**, *s. f.* (med.) perturbação na nutrição dum orgão. || De δύς mal + τροφή alimento + suff. *ia.*

Dysuria, *s. f.* (med.) difficuldade em urinar. || De δυσουρία (comp. de δύς difficil + οὖρον urina).

N. Ad. Coelho accentúa bem o vcb.).

Deriv. : dysúrico (adj.).

*****Dyticidas**, *s. m. pl.* (zool.) familia de Coleopteros Pentameros. || Do gen. *Dyticus* (e este de δυτικός mergulhador, insecto aquatico) + suff. *idas.*

H

Ébano, *s. m.* (bot.) madeira escura e estimada da árvore *Diospỹros ebĕnum*. || Pelo b. lat. *ebanus*, de ἔβενος.
  Deriv.: *ebanista* (s. m.), *ebanizár* (v.).
  Ebenáceas, *s. f. pl.* (bot.) ordem de plantas dicotyledones, a que pertence o ébano (*Diospỹros ebĕnum*). || De ἔβενος ébano + suff. *áceas*
  N. A forma *ebanaceas*, que tambem occorre em Figueiredo, afasta-se da etymologia e deve por isso desapparecer.
  Ecbase, *s. f.* digressão no discurso. || De ἔκβασις (deriv. de ἐκβαίνειν sair, retirar-se).
  N. Ad. Coelho e Figueiredo accentúam *ecbáse*, exquecidos da quantidade etymologica.
  Écbela, *s. f.* (ant.) especie de dardo entre os antigos Romanos. || Pelo lat. *ecbŏla*, de ἐκβολή arremêsso.
  Ecbólade, *s. f.* especie de uva do Egypto, a que se attribuia propriedade abortiva. || De ἐκβολάς, άδος (deriv. de ἐκβάλλειν abortar).
  N. Figueiredo regista *écbola*, que não é bem formado e se confunde com outro vcb.
  Ecbólico, *adj.* abortivo. || De ἐκβολή abôrto + suff. *ico.*
  Cogn.: *ecbolína* (s. f.).
  Ecchondrôma, *s. m.* (med.) tumor cartilaginoso do exterior dos ossos. || De ἐκ fóra χόνδρος cartilagem + suff. *ôma.*

Cogn.: *ecchondróse* (s. f.).
  Ecchymóse, *s. f.* (med.) mancha mais ou menos escura resultante da extravasação do sangue no tecido cellular, em consequencia de uma pancada, de uma ligadura, etc. || De ἐκχύμωσις (ἡ) — extravasação.
  Deriv.: *ecchymosár* (v.), *ecchymótico* (adj.).
  Ecclesiásta, *s. m.* (theol.) um dos livros do Velho Testamento, attribuido a Salomão. || De ἐκκλησιαστής prégador.
  N. Não ha razão para conservar-lhe a feição latina — *Ecclesiastes*, — quando traduzimos os titulos de outros livros da Biblia: Pentateucho, Deuteronomio, etc.
  Ecclesiástico, *adj.* que pertence á egreja. || Pelo lat. *ecclesiasticus*, do gr. ἐκκλησιαστικός, e este de ἐκκλησία assembléa.
  Éccope, *s. f.* (chir.) corte chirurgico em direcção obliqua á superficie da parte, e sem perda de substância. || De ἐκκοπή separação, corte.
  Eccoprótico, *adj.* e *s. m.* (med.) laxante. || De ἐκκοπρωτικός (form. de ἐκ fóra de + κόπρος excremento).
  Ecdêmico, *adj.* (med.) diz-se de molestias, que têm causa independente da localidade e não attacam as massas; por opposição a endemico e epidemico. + || De ἐκ fóra de + δῆμος povo + suff. *ico.*

Écdico, *s. m.* (ant.) advogado ou defensor dos interesses de uma cidade. || De ἔκδικος (comp. de ἐκ de + δίκη justiça).

*****Ecgonina**, *s. f.* (chim.) alcaloide resultante do desdobramento da cocaína ($C^{18} H^{15} Az O^6$). || De ἔκγονος procedente + suff. *ina*.

Echêu, *s. m.* (ant.) vaso de bronze que no antigo theatro servia para reforçar o som ou imitar o trovão. || De ἠχεῖον (deriv. de ἦχος som, ruïdo).

N. Figueiredo dá tambem a forma *echêia*, que é sem dúvida menos conforme ás regras de derivação.

Echidna, *s. f* (astr.) a constellação da Hydra. — (Zool.) genero de Mammaes da ordem dos Monotremos. || De ἔχιδνα vibora.

Deriv.: *echidnidas* (s. m. pl.) — fam. de Monotremos.

Echidnina, *s. f.* (chim.) substância organica que constitue o princípio venenoso da peçonha da vibora. || De ἔχιδνα vibora + suff. *ina*.

Echinidas, *s. m. pl.* (zool.) classe de Echinodermos. || De ἐχῖνος ouriço do mar + suff. *idas*.

Echino, *s. m.* (archit.) moldura principal do capitel dorico, ou qualquer moldura em quarto de círculo. || De ἐχῖνος; em lat. *echinus, i*.

N. Attenta a quantidade etymologica, não é boa a prosodia *échino* dada por Ad. Coelho e Figueiredo.

Echinocócco, *s. m.* (zool.) escolex de Entozoarios Cestoideos, que se acha frequentemente nas hydatides, etc. || De ἐχῖνος — ouriço + κόκκος — vesicula.

*****Echinodéridas**, *s. m. pl.* (zool.) família de Vermes Rotiferos. || Do gen. *Echinóderēs* (e este de ἐχῖνος ouriço + δέρη pescoço) + suff. *idas*.

Echinodérmos, *s. m. pl.* (zool.) ramo dos Phytozoarios; animaes marinhos de symmetria radiada, e tegumentos incrustados de calcareo. || De ἐχῖνος — ouriço + δέρμα — pelle. —

Echinóideos, *s. m. pl.* (zool.) segundo alguns, divisão da classe dos Echinodermos. || De ἐχῖνος ouriço + εἶδος forma + suff. *eos*.

Echinophóreas, *s. f. pl.* (bot.) tribu das Umbelliferas. || Do gen. typo — *Echinóphora* — (e este de ἐχινοφόρος radiado, estrellado) + suff. *eas*.

Echinophthalmia, *s. f.* (med.) inflammação das palpebras, em que os cilios se eriçam. || De ἐχῖνος ouriço + *ophthalmia* (v. este vcb.).

Echinorhýncho, *s. m.* (zool.) genero de Entozoarios Acanthocephalos. || De ἐχῖνος ouriço + ῥύγχος tromba, nariz.

Echinospérmo, *adj.* (bot.) que tem semente coberta de pêllos asperos. || De ἐχῖνος ouriço + σπέρμα semente.

Echinóstomo, *adj.* (zool.) que tem a bocca munida de ganchos. || De ἐχῖνος ouriço + στόμα bocca.

Echióide, *adj.* que se parece com a cabeça da vibora. || De ἔχις vibora + εἶδος forma.

*****Echitideas**, *s. f. pl.* (bot.) tribu das Apocynaceas. || Do gen. *Echítes* (e este de ἐχίτης) + suff. *ideas*.

*****Echiuróideos**, *s. m. pl.* (zool.) ordem de Vermes Gephyreos. || De *Echiúrus* (e este de ἔχις vibora + οὐρά cauda) + εἶδος forma + suff. *eos*.

Cogn.: *Echiúridas* (s. m. pl.).

*****Échmophobia**, *s. f.* (med.) apprehensão angustiosa de tocar em objectos pontudos. || De

αἰχμὴ ponta + φόβος terror + suff. *ia*.
N. É o vocabulo portuguez que corresponde ao francez *aichmophobie* mal formado.

Écho, *s. m*. repetição mais ou menos distincta de um som, devida ás reflexões das ondas sonoras. || De ἠχώ.
Deriv. : *echoár* (v.), *echóico* (adj.).

Échocinesía, *s. f.* (med.) imitação do gesto, observada nos hystericos e epilepticos. || De ἠχώ echo + κίνησις movimento + suff. *ia*.

Écholalía, *s. f.* (med.) molestia nervosa, em que o doente repete involuntariamente palavras ou phrases, que ouviu ou elle proprio pronunciou. || De ἠχώ echo + λαλεῖν fallar + suff. *ia*.

Echómetro, *s. m*. instrumento para calcular a reflexão do som. || De ἠχώ echo + μέτρον medida.
Deriv. : *échometría* (s. f.).

*****Échomimía**, *s. f.* (med.) syn. de echocinesia. || De ἠχώ echo + μῖμος imitação + suff. *ia*.

Ecísta, *s. m*. (ant.) o director escolhido para fixar os limites das colonias gregas e a sua constituição. || De οἰκιστής (de οἰκίζω estabeleço, alojo).

Eclampsía, *s. f.* (med.) molestia convulsiva, que ás vezes complica o estado puerperal. || De ἔκλαμψις manifestação subita (deriv. de ἐκλάμπειν fazer explosão).
N. Aulete, A. Coelho e Figueiredo accentúam bem o vcb., não obstante certo uso que o fazia proparoxytono.
Cogn. : *eclâmptico* (adj.).

Eclectismo, *s. m*. methodo philosophico, que de cada systema escolhe o que julga melhor. || De ἐκλεκτισμός (do v. ἐκλέγειν — escolher).

Cogn. : *ecléctico* (adj.).

Eclégma, *s. m*. (pharm.) lambedor. || De ἔκλειγμα (τὸ).
N. Termo hoje desusado.

Eclípse, *s. m*. (astr.) desapparecimento apparente de um astro pela interposição de outro corpo celeste entre elle e o observador. || De ἔκλειψις (e este de ἐκλείπειν desapparecer).
Deriv. : *eclipsár* (v.), *ecliptica* (s. f.), *ecliptico* (adj.).

Écloga, *s. f.* (poes.) poesia pastoril dialogada. || Pelo lat. *ecloga*, do gr. ἐκλογή peça escolhida.
N. Ad. Coelho parece preferir a forma alterada — *égloga*, — mas sem razão plausivel.

*****Ecmnesía**, *s. f.* (med.) perturbação especial da memoria : o individuo exqueceu tudo quanto se deu depois de certa epocha, mas guarda perfeita lembrança dos factos anteriores. || De ἐκ a partir de + μνῆσις memoria + suff. *ia*.

Economía, *s. f.* boa ordem no govêrno e administração da casa ou de qualquer estabelecimento. || Pelo lat. *œconomia* do gr. οἰκονομία (e este de οἶκος — casa + νέμειν — administrar).
Cogn. : *económico, economista, economizár, economizadór, ecónomo*.

Ecphonêma, *s. m*. elevação subita da voz, com exclamações e phrases incompletas, — effeito de paixão ou sorpresa. || De ἐκφώνημα grito, discurso em alta voz.

Ecpiésma, *s. m*. (med.) fractura do cranio, quando as esquirolas comprimem as membranas cerebraes. || De ἐκπίεσμα (deriv. de ἐκπιέζειν esmagar, comprimir).

Ecsarcôma, *s. m*. (med.) excrescencia carnosa. || De ἐκ fóra + σάρξ, κός carne + suff. *ôma*.

Ecstrophia, *s. f.* (med.) deslocação ou vício de conformação de um orgão interno e particularmente deslocação da bexiga; reviramento. || De ἐκστροφή (deriv. de ἐκστρέφειν revirar) + suff. *ia*.
N. As graphias *exstrophia* e *extrophia* são incorrectas.

Éctase, *s. f.* (gramm.) alongamento de syllaba breve por necessidade do verso. || De ἔκτασις, do v. ἐκτείνω — alongar, dilatar.
N. Aulete fa-lo paroxytono contra a quantidade etymologica.

Ectasía, *s. f.* (med.) dilatação. || De ἔκτασις (do v. ἐκτείνω — dilatar) + suff. *ia*.
Deriv. : *ectático* (adj.), *ectasína* (s. f.).

Ecthese, *s. f.* (theol.) nome dado á profissão de fé do imperador Heraclio. || De ἔκθεσις exposição, explicação (do v. ἐκτίθημι exponho).

Ecthlípse, *s. f.* (gramm.) elisão do *m* ou do *s* final da palavra antes de vogal. || De ἔκθλιψις (do v. ἐκθλίβειν — castrar).

Ecthýma, *s. m.* (med.) especie de phlegmasia dos folliculos sebaceos, etc. || De ἔκθυμα (form. de ἐκθύειν fazer erupção).
N. A prosodia *écthyma*, dada por Ad. Coelho e Figueiredo, é anti-etymologica.

Ectillótico, *adj.* (med.) syn. de depilatorio. || De ἐκτίλλειν arrancar cabellos.

***Éctocardía,** *s. f.* (med.) deslocamento do coração. || De ἐκτὸς fóra de + καρδία coração.

***Ectocárpeas,** *s. f. pl.* (bot.) tribu de Algas Pheosporeas. || Do gen. *Ectocárpus* (e este de ἐκτὸς fóra de + καρπὸς fructo) + suff. *eas*.

Ectodérme, *s. f.* (biol.) folha externa da blastoderme. || De ἐκτὸς por fóra + δέρμα pelle.

N. Como todos os congeneres, deve ser feminino, e não masculino como dá Figueiredo.

Ectópago, *adj.* e *s. m.* (med.) monstro composto de dous individuos de umbigo commum e presos um ao outro lateralmente pelo thorax (Is. G. St-Hil.). || De ἐκτὸς por fóra + παγείς preso.
Deriv. : *ectopagía* (s. f.).

***Éctoparasito,** *adj.* e *s. m.* (biol.) parasito que vive na superficie do corpo. || De ἐκτὸς por fóra + *parasito* (v. este vcb.).

***Éctopesóphago,** *s. m.* (med.) sonda para deslocar o esophago na operação da esophagotomia externa. || De ἐκ fóra de + τόπος logar + *esophago* (v. este vcb.).

***Ectóphyto,** *adj.* e *s. m.* (bot.) vegetal parasito que vive na superficie externa do corpo dos animaes. || De ἐκτὸς por fóra + φυτὸν planta.

Ectopía, *s. f.* (med.) deslocação, anomalia de situação. || De ἐκ — fóra de + τόπος logar + suff. *ia*.

Ectoplásma, *s. m.* (zool.) zona peripherica do protoplasma da ameba. || De ἐκτὸς fóra, exteriormente + *plasma*.

Éctopogóno, *adj.* (bot.) diz-se dos musgos, cujas urnas são exteriormente guarnecidas de pellos. || De ἐκτὸς por fóra + πώγων, ωνος barba.
N. A quantidade etymologica repelle a prosodia *ectopógono* dada por Ad. Coelho e Figueiredo.

Ectopróctos, *s. m. pl.* (zool.) familia de Bryozoarios, que têm o ano fóra da corôa dos tentaculos. || De ἐκτὸς fóra + πρωκτὸς ano.

Ectozoário, *s. m.* (zool.) nome generico dos insectos parasitos, que vivem na supeificie externa do corpo dos animaes.

|| De ἐκτός por fóra + ζωάριον animalculo.
N. ⩴ opposto a *entozoario.*
Ectrodactylía, *s. f.* (med.) ausencia anomala de um ou mais dedos. || De ἔκτρωσις abôrto + δάκτυλος dedo + suff. *ia.*
Ectrogenía, *s. f.* (med.) producção de anomalias por falta ou diminuição do número dos orgãos (Nyst.). || De ἔκτρωσις abôrto + γένος geração + suff. *ia.*
Ectrómelo, *s. m.* (med.) genero de monstros, que total ou parcialmente carecem dos membros thoracicos ou abdominaes (Is. G. St–Hil.). || De ἔκτρωσις abôrto + μέλος membro.
Deriv. : *ectromelía* (s. f.).
Ectrópio, *s. m.* (med.) reviramento do bordo livre da palpebra para fóra. || De ἐκτρόπιον (deriv. de ἐκτρέπειν revirar).
N. A forma *ectrópion* deve ser eliminada.
Ectrótico, *adj.* (med.) abortivo. || De ἐκτρωτικός (der. de ἐκτιτρώσκειν fazer abortar).
Ectylótico, *adj.* (med.) que serve para fazer desapparecer os callos. || De ἐκ para fóra + τύλος callo.
Éctypo, *s. m.* cópia de medalha ou sêllo; cunho. || De ἔκτυπον (forma neutra de ἔκτυπος, moldado).
Éctypographía, *s. f.* impressão typographica em relêvo, para leitura de cégos. || De ἐκ fóra + *typographía* (v. este vcb.).
Ecuménico, *adj.* universal. || Pelo lat. *œcumenicus,* do gr. οἰκουμενικός (e este de οἰκουμένη — a terra habitada).
Deriv. : *ecumenicidáde* (s. f.).
Éczema, *s. m.* (med.) molestia cutanea characterizada por pequenas vesiculas confluentes, etc. || De ἔκζεμα (deriv. de ἐκζεῖν ferver).

N. Os diccionarios registam a prosodia commum *eczêma;* mas evidentemente deve ser reformada, e não é difficil para um vcb. exclusivamente scientifico.
Deriv. : *eczematóso* (adj.).
Edéma, *s. m.* (med.) tumefacção produzida por infiltração de serosidade no tecido cellular. || De οἴδημα — tumor — (do v. οἰδᾶν — inchar).
Deriv. : *edématóso* (adj.), *edemacía* (s. f.), *edemaciár* (v.).
Edeméridas, *s. m. pl.* (zool.) familia de Coleopteros. || Do gen. *Œdémera* (e este de οἰδέω inchar + μέρος parte) + suff. *idas.*
Edeocéphalo, *s. m.* (terat.) monstro, que tem por cima do ôlho uma tromba simulando um penis. || De αἰδοῖον partes sexuaes + κεφαλή cabeça.
N. É a melhor traducção do *edocéphale* francez, que foi mal formado.
Edéología, *s. f.* (anat.) tractado dos orgãos da geração. || De αἰδοῖον partes sexuaes + λόγος tractado + suff. *ia.*
N. Figueiredo escreve *ediología;* mas o diphthongo gr. οι regularmente se transmuta em e longo no portuguez.
Edéopsophía, *s. f.* (med.) emissão de gazes pelas partes genitaes. || De αἰδοῖα partes genitaes + ψόφος ruído + suff. *ia.*
Edéoscopía, *s. f.* (med.) exame das partes sexuaes. || De αἰδοῖα partes pudendas + σκοπέω examino + suff. *ia.*
Edogóneas, *s. f. pl.* (bot.) tribu de Algas. || De *Œdogonium* — gen. typo (e este de οἶδος inchação + γόνος semente) + suff. *eas.*
Edriophthalmos, *s. m. pl.* (zool.). V. *Hedreophthalmos.*
Egagropilo, *s. m.* concreçãa que se acha ás vezes nas vias

digestivas das cabras e de ou-, tros ruminantes. || De αἴγαγρος; cabra montez + πῖλος bola de lã.

N. Agropyla é forma estropiada.

Egéria, *s. f.* mulher que inspira, como a nympha Egeria inspirava a Numa. || De 'Ηγερία Egeria.

Egicránio, *s. m.* (archit.) cabeça de bode ou cabra, empregada como thema de ornamento pelos esculptores da antiguidade (Lino). || De αἴξ, γὸς cabra + κράνιον cránio.

N. Lino d'Assumpção (*Dicc. de arch.*) regista *agicraneo*, que é mal formado.

Égide, *s. f.* escudo, amparo. || De αἰγὶς, ίδος.

Egilópe, *s. m.* (med.) pequena úlcera, callosa e profunda, que se forma no angulo interno das palpebras perto do sacco lacrimal. || De αἰγίλωψ fistula lacrimal (form. de αἴξ cabra + ὤψ, ὠπός ôlho).

Égloga. V. *écloga*.

Egophonía, *s. f.* (med.) resonancia especial da voz, que se assimelha ao balido trémulo das cabras.||De αἴξ cabra+φωνή voz + suff. *ia*.

Deriv. : *égophônico* (adj.).

*Egópsidas, *s. m. pl.* (zool.) familia de Cephalopodes Dibranchios. || De οἴγω abro + ὤψ ôlho + suff. *idas*.

N. A nomenclatura scientifica latina consigna *Oigopsidœ*; mas as regras de derivação mandam passar o diphthongo grégo οι para *e* em portuguez.

Egrêja, *s. f.* a assembléa dos christãos em geral; communhão de pessoas unidas pela mesma fé, etc. || Pelo lat. *ecclesia* vem de ἐκκλησία assembléa.

N. Aulete com muita razão prefere esta graphia a « igreja», que é aliaz o modo mais usual de escrever o vcb.

Egyptólogo, *s. m.* o homem versado nas cousas antigas do Egypto. || De Αἴγυπτος Egypto + λόγος tractado.

Deriv. : *egyptologia* (s. f.).

Elaidína, *s. f.* (med.) substância graxa, isomera da oleïna, que se produz pela acção do acido azotico sôbre o oleo commum. || De ἔλαιον oleo + suff. *idina*.

Cogn. : *elaidico* (adj.), *elaïdáto* (s. m.).

Élaphebólias, *s. f. pl.* (ant.) festas athenienses que se celebravam em honra de Latona. || De ἐλαφηβόλια (deriv. de ἐλαφηβόλος caçador de veados, e este de ἔλαφος veado + βάλλειν atirar).

Elaphebólio, *s. m.* (ant.) mez atheniense quasi correspondente ao nosso Março. || De *elaphebólias* (v. este vcb.).

*Elasmósio, *s. m.* (min.) tellureto de ouro, com enxofre, chumbo, e vestigios de prata e cobre. || De ἐλασμὸς lámina + suff. *io*.

Elastério, *s. m.* fôrça elastica, etc. || De ἐλαστής impulsor.

Cogn. : *elástico*, *elasticidáde*.

* Elatéridas, *s. m. pl.* (zool.) familia de Coleopteros. || Do gen. *Élater* (e este de ἐλατὴρ que impelle) + suff. *idas*.

Elatério,[1] *s. m.* (bot.) tubo elastico que ao desenrolar-se, no fructo maduro das Hepaticas, produz a abertura da capsula. || De ἐλατήρ que impelle.

N. O mesmo nome é dado ao fructo capsular das Euphorbiaceas.

Elatério,[2] *s. m.* (pharm.) extracto feito do succo de pepino bravo. || De ἐλατήριον pepino bravo.

Deriv. : *elaterina* (s. f.).

Elaterómetro, *s. m.* (phys.) apparelho com que se reconhece o grau de elasticidade dos gazes ou dos vapores das máchinas. || De ἐλατήρ que impelle + μέτρον medida.

Elatináceas, s. f. pl. (bot.) ordem de plantas dicotyledones, cujo typo é o gen. *Élatine.* || De *Elatine* (e este de ἐλατίνη veronica) + suff. *áceas*.

Eleagnáceas, s. f. pl. (bot.) ordem de plantas dicotyledones, cujo typo é o gen. *Eloeagnus.* || De ἐλαίαγνος.

N. Figueiredo consigna como preferivel *elaiagnaceas;* mas é melhor respeitar a transmutação normal do αι gr. em *é* portuguez.

Eleático, adj. diz-se da eschola philosophica de Elea, fundada por Xenophanes de Colophão. || De Ἐλαία Elea + suff. *ico*.

Cogn. : *cleatismo* (s. m.).

Eléctro, s. m. ambar; liga de ouro e prata. || De ἤλεκτρον.

N. É raiz de bom número de vocabulos scientificos, significando — electrico ou electricidade.

Deriv. : *eléctrico, electricidade, electrizár, electrização, electrizador, electrizável.*

Electródio, s. m. (phys.) fio conductor que une os dous polos da pilha electrica. || De ἤλεκτρον + ὁδός — caminho + suff. *io*.

N. A forma usual é *electródo,* porém mal accentuada na penultima, attenta a quantidade da raiz (cf. *período, méthodo*). Mas Figueiredo consigna tambem *electródio,* que é preferivel, visto permittir a accentuação no o, e accompanhar a formação de muitos vocabulos derivados de substantivos gregos, a que se dá a desinencia *io.* « Electróde », como da Aulete, é inacceitavel.

Eléctrodynâmica, s. f. (phys.) parte da Physica que tracta da acção das correntes electricas. || Do rad. *eléctro* + *dynâmica* (v. este vcb.).

Cogn.: eléctrodynâmico(adj.), *eléctrodynamismo* (s. m.).

Electrógeno, adj. que produz electricidade. || De *eléctro* + γένος producção.

Deriv. : *eléctrogenia, eléctrogénese* (s. f.).

Eléctrología, s. f. (phys.) tractado da electricidade. || Do rad. *eléctro* + λόγος tractado + suff. *ia*.

Electrólyse, s. f. (chim.) decomposição pelas correntes electricas. || Do rad. *eléctro* + λύσις — desligamento.

N. Aulete accentúa bem a antepenultima (cf. *anályse*).

Deriv. : *electrolysár, electrolysação, electrólyto, electrolýtico.*

Eléctromagnetísmo, s. m. (phys.) phenomenos resultantes da acção mutua dos imans e de corpos electrizados. || Do rad. *eléctro* + *magnetismo* (v. estes vcbs.).

Cogn. : *eléctromagnético* (adj.).

Electrómetro, s. m. (phys.) instrumento que mede a tensão da electricidade, etc. || De *eléctro* + μέτρον — medida.

Deriv. : *eléctrometria* (s. f.).

Electróphoro, s. m. (phys.) disco de resina sôbre que se faz desenvolver electricidade. || Do rad. *eléctro* + φορός que leva, conduz.

Electroscópio, s. m. (phys.) instrumento com que se conhece a presença e qualidade da electricidade. || Do rad. *eléctro* + σκοπεῖν examinar + suff. *io*.

Deriv. : *eléctroscopía* (s. f.), *eléctroscópico* (adj.).

Eléctrostática, s. f. (phys.) parte da Physica que estuda os phenomenos electricos de attracção, repulsão e influencia (por opposição á eléctrodynâmica, que estuda as correntes). || Do rad. *electro* + στατική sciencia do equilibrio.

Eléctrotherapía, *s.f.* (med.) emprêgo da electricidade como meio therapeutico. || De *eléctro* + θεραπεία tractamento.
Deriv. : eléctrotherápico (adj.).

*****Eléctrotropísmo,** *s. m.* (biol.) propriedade que tem o protoplasma de ser attrahido ou repellido pela electricidade. || De *eléctro* + τρέπειν voltar-se, virar + suff. *ismo*.

Eléctrotypía, *s. f.* (phys.) arte de reproduzir typos, medalhas, bustos, retratos, por meio da electricidade (Aul.) || De *eléctro* + *typo* (v. estes vcbs.), + suff. *ia*.

*****Eléerína,** *s. f.* (chim.) nome dado por Chevreul a um princípio vizinho da oleïna, que se encontra na gordura da lã dos carneiros. || De ἔλαιον oleo + ἔριον lã + suff. *ina*.

Elegía, *s. f.* (poes.) poemeto consagrado ao luto e á tristeza. || De ἐλεγεία.
Deriv. : elegíaco (adj.).

Elegiógrapho, *s. m.* auctor de elegías. || De *elegía* (v. este vcb.) + γράφειν escrever.

*****Eleíto,** *s. m.* (min.) variedade de copiapito (sulfato hydratado de ferro). || De ἔλαιον oleo + suff. *ito*.

Elénchο, *s. m.* catálogo, indice, lista. || De ἔλεγχος pelo lat. *elenchus*.

Eléoceróleo, *s. m.* (pharm.) preparação em que entram cera e oleo. || De ἔλαιον oleo + κηρός cera + *óleo*.

*****Eleódico,** adj. (chim.) diz-se do acido, que se produz na distillação e saponificação do oleo de ricino. || De ἐλαιώδης oleoso + suff. *ico*.

Eleóleo, *s. m.* (pharm.) preparado pharmaceutico em que ao oleo se ajunctam principios medicamentosos. || De ἔλαιον oleo.
Deriv. : eleólico (adj.).

Eleólitho, *s. m.* (min.) var. de nephelina (silicato de aluminio, sodio e potassio — [(Na, K)^2 Al^2 Si^2 O.^{5}].|| De ἔλαιον azeite + λίθος pedra.

Eleómetro, *s. m.* areometro destinado particularmente a reconhecer a pureza dos oleos. || De ἔλαιον oleo + μέτρον medida.
N. É melhor vcb. que *oleómetro*.

*****Eleopténio,** *s. m.* (chim.) essencia que anda mixturada com o estearoptenio e que se separa por meio de pressão, depois da solidificação deste. || De ἔλαιον oleo + πτηνός volatil + suff. *io*.

Eléothésio, *s. m.* (ant.) logar nos banhos publicos, onde se guardava o azeite destinado ás fricções. || De ἐλαιοθέσιον (comp. de ἔλαιον azeite + τίθημι pônho, deposito).

Elephánte, *s.m.* (zool.) pachydermo typo da familia dos Proboscidas, gen. *Elephas.* || De ἐλέφας, αντος.
Deriv. : elephánta, elephántico, elephantíno.

Elephantíase, *s. f.* (med.) molestia cutanea, cujo characteristico é uma intumescencia mais ou menos volumosa e dura da pelle e do tecido cellular sub-cutaneo. || De ἐλεφαντίασις (e este de ἐλέφας elephante).
Cogn. : elephantiaco (adj. e s. m.).

Elephantóide, *adj.* que se assimelha ao elephánte. || De *elephánte* (v. este vcb.) + εἶδος forma.

Elephantóphago, *adj.* que come carne de elephánte. || De *elephánte* (v. este vcb.) + φαγεῖν comer.

Elephantópode, *adj.* que tem pés como de elephánte. ||

De *elephánte* (v. este vcb.) + ποῦς, ποδὸς pé.

Eleusínias, *s. f. pl.* (ant.) festas em honra de Ceres em Eleusis. || De ἐλευσίνια (deriv. de Ἐλευσίς, ῖνος Eleusis).

Eleuthérias, *s. f. pl.* (ant.) festas em honra de Zeus libertador. || De ἐλευθέρια (deriv. de ἐλευθέριος liberal, e este de ἐλεύθερος livre).

*****Eléutheroblásteas**, *s. f. pl.* (zool.) sub-ordem de Polypomedusas. || De ἐλεύθερος livre + βλάστη gommo, rebento + suff. *eas*.

*****Eléutherodáctylos**, *s. m. pl.* (zool.) grupo de Marsupiaes, cujas patas têm os dedos livres. || De ἐλεύθερος livre + δάκτυλο; dedo.

Eleutherógyno, *adj.* (bot.) diz-se da flôr, cujo ovario não adhere ao calyce. || De ἐλεύθερος livre + γυνή mulher.
Deriv.: eleutherogynia (s. f.).

Ellípse, *s. f.* (gramm.) figura de construcção pela qual numa phrase se omittem uma ou mais palavras, sem lhe prejudicar a clareza (Aul.). — (Geom.) curva plana e fechada, em que a somma das distâncias de cada um de seus ponctos a dous ponctos fixos chamados focos é constante. || De ἔλλειψις omissão (deriv. de ἐλλείπω omitto, despréso).
Deriv. : elliptico (adj.) *ellipticidáde* (s. f.).

Ellipsóide, *s. m.* (geom.) superficie fechada por todos os lados, e cuja secção plana é sempre uma ellípse. || De *ellípse* (v. este vcb.) + εἶδος forma.

Elýsio, *s. m.* (myth.) habitação dos heroes e dos homens virtuosos depois da morte; logar de delicias. || De Ἠλύσιον.
Cogn. : elysio (adj.).

Elýtro, *s. m.* (zool.) aza superior dos Coleopteros, que cobre como um estojo a inferior. || De ἔλυτρον — estojo.
N. Sendo commum a quantidade do υ de ἔλυτρον, pode ser acceita esta prosodia, que é a usual.

Elýtrocéle, *s. f.* (med.) hernia vaginal. || De ἔλυτρον baïnha, vagina + κήλη tumor.

Elytróide, *adj.* (anat.) diz-se da tunica vaginal dos testiculos. || De ἔλυτρον baïnha + εἶδος forma.

Elýtroplastía, *s. f.* (chir.) operação pela qual se repara uma perda de substância da vagina á custa dos tecidos vizinhos. || De ἔλυτρον vagina + πλάσσειν formar + suff. *ia*.

Elýtroptóse, *s. f.* (med.) quéda da mucosa da vagina. || De ἔλυτρον vagina + πτῶσις quéda.

Elýtrorhaphía, *s. f.* (chir.) operação pela qual se sutura a vagina em caso de ruptura, etc. || De ἔλυτρον vagina + ῥαφή sutura + suff. *ia*.

Elýtrorrhagía, *s. f.* (med.) corrimento de sangue pela vagina. || De ἔλυτρον vagina + ῥήγνυμι rompo + suff. *ia*.

*****Elytrótomo**, *s. m.* (chir.) instrumento apropriado para a incisão da vagina. || De ἔλυτρον vagina + τομή corte.
Deriv. : elytrotomia (s. f.).

Emblêma, *s. m.* figura symbolica, insignia. || De ἔμβλημα ornato em relêvo.
Deriv. : emblemár (v.), *emblemático* (adj.).

Embolalia. V. *embolophrasia*.

Embolía, *s. f.* (med.) obliteração de arteriola por um coágulo fibrinoso arrastado pela torrente circulatoria. || De ἔμβολος cunha + suff. *ia*.
Deriv. : embólico (adj.).

Embolismo, *s. m.* intercalação de dias ou mezes para fazer concordar o anno lunar

com o solar. || De ἐμβολισμός intercalação.
Deriv.: *embolismico* (adj.).
Émbolo, *s. m.* (mech.) cylindro que se move em vae-vem dentro do corpo da bomba para a fazer funccionar. || De ἔμβολος cunha, cavilha.
***Émbolophrasía**, *s. f.* (med.) expressões incomprehensiveis mettidas na conversa (Küssmaul). || De ἐμβολὴ intercalação + φράσις phrase + suff. *ia*.
N. É melhor do que « embolalia », onde a primeira raiz está truncada.
Embryão, *s. m.* germe fecundado e que tem já algum desenvolvimento no ovo; princípio. || De ἔμβρυον, pelo lat. *embryo, ōnis*.
Deriv.: *embryonário* (adj.).
***Émbryocardía**, *s. f.* (med.) rhythmo cardiaco analogo ao do feto. || De *embryão* + καρδία coração.
Émbryoctonía, *s. f.* (med.) acção de matar o feto no utero materno. || De ἔμβρυον embryão + κτόνος assassinio + suff. *ia*.
Émbryogenía, *s. f.* formação e desenvolvimento dos seres vivos desde o ovulo até ao nascimento. || De ἔμβρυον — embryão + γένος geração + suff. *ia*.
Deriv.: *émbryogénico* (adj.).
Émbryología, *s. f.* sciencia que estuda os phenomenos do desenvolvimento do embryão. || De ἔμβρυον embryão + λόγος discurso + suff. *ia*.
Cogn.: *émbryólogo* (s. m.).
Émbryoplástico, *adj.* (physiol.) diz-se dos elementos, que com um pouco de materia amorpha constituem por si sós o tecido do corpo do embryão, etc. || De ἔμβρυον embryão + πλαστικός plastico, formador.
Émbryothlásta, *s. m.* (chir.) nome do instrumento, com que se quebravam os ossos do feto para facilitar a sua extracção. || De ἔμβρυον embryão + θλάστης que quebra.
***Embryotocía**, *s. f.* (med.) caso em que o feo traz em seu seio outro feto. || De ἔμβρυον embryão + τόκος parto + suff. *ia*.
Émbryotomía, *s. f.* (chir.) operação pela qual se divide o feto em fragmentos, quando por outra forma o parto é impossivel. || De ἔμβρυον embryão + τομὴ corte + suff. *ia*.
Cogn.: *embryótomo* (s. m.).
Embryótropho, *s. m.* (physiol.) substância que alimenta o embryão dos seres organizados. || De ἔμβρυον embryão + τροφὴ alimento.
Embryúlco, *s. m.* (chir.) especie de gancho de metal destinado a extrahir do utero o feto morto. || De ἐμβρυουλκός (form. de ἔμβρυον embryão + ἕλκω puxo, arranco).
Deriv.: *émbryulcía* (s. f.).
Emético, *adj.* e *s. m.* (med.) vomitivo. || De ἐμετικός (do v. ἐμεῖν vomitar).
N. Nome dado ao tartrato duplo de potassio e antimonio.
Cogn.: *emetina* (s. f.), *emetizár* (v.).
Émeto-cathártico, *adj.* e *s. m.* (med.) medicamento que excita vómito e evacuação. || De ἐμετὸς vómito + καθαρτικός purgativo.
Émetología, *s. f.* (med.) tractado do vómito e das substâncias eméticas. || De ἐμετὸς vómito + λόγος tractado + suff. *ia*.
Emína. V. *hemina*.
Emménagôgo, *adj.* e *s. m.* (med.) que tem a propriedade de promover ou restabelecer o fluxo menstrual. || De ἔμμηνα o menstruo (de ἐν e μὴν — o mez) + ἀγωγός provocador, conductor.
***Emménología**, *s. f.* (med.) tractado da menstruação. || De

13.

ἔμμηνα menstruos + λόγος tractado + suff. *ía*.

Emmetrópe, *adj*. (med.) diz-se do ôlho, em que raios parallelos, vindos de objectos infinitamente afastados, refrangidos pelos meios transparentes do ôlho, se reunem exactamente sôbre a superficie sensivel da retina (Donders). || De ἔμμετρος conforme a medida + ὤψ, ὠπὸς ôlho.
Deriv.: emmetropía (s. f.).

Empásma, *s. m.* (pharm.) pó perfumado, que se polvilha sôbre o corpo para absorver o suor. || De ἐμπάσσειν polvilhar.

Empetráceas, *s. f. pl.* (bot.) ordem de plantas dicotyledones, cujo typo fundamental é o gen. *Empetrum*. || De *Empetrum* (e este de ἔμπετρον camarinheira (?) + suff. *áceas*.

Emphase, *s. f.* pompa afféctada; exaggeração nos discursos, nas palavras, na recitação (Aul.). || De ἔμφασις apparencia, imagem, etc.
Deriv.: emphático (adj.), *emphatismo* (s. m.).

Emphráctico, *adj.* e *s. m.* que obstrue os poros. || De ἐμφρακτικός, form. de ἐμφράσσειν obstruir.
N. Figueiredo altera o radical, graphando *emphratico*.
Cogn.: emphraxía (obstrucção).

Emphysêma, *s. m.* (med.) infiltração de ar no tecido cellular. || De ἐμφύσημα (form. de ἐν e φυσᾶν — soprar, insuflar).
Deriv.: emphysematóso (adj.).

Emphytéuse, *s. f.* (jur.) contracto pelo qual um proprietario de qualquer predio transfere o seu dominio util para outra pessoa, obrigando-se esta a pagar-lhe certa pensão determinada ou fôro. || Pelo lat. *emphyteusis*, do gr. ἐμφύτευσις — enxêrto, inserção.

Cogn.: emphytéuta, emphytéutico, emphyteuticár, emphyteuticário.

** **Emphytía**, *s. f.* (bot.) doença que attaca as plantas de uma região. || De ἐν em + φυτόν planta + suff. *ía*.
N. Formado á maneira de *enzootía*.

* **Émpidas**, *s. m. pl.* (zool.) familia de Dipteros. || Do gen. *Empis* (e este de ἐμπὶς especie de mosquito) + suff. *idas*.

Empírico, *adj.* e *s. m.* que tem por norma exclusivamente a práctica. || Pelo lat. *empiricus*, do gr. ἐμπειρικός (de ἐν + πεῖρα experiencia).
Cogn.: empirísmo.

Emplástro ou **emplásto**, *s. m.* (pharm.) medicamento externo, que, amollecendo com o calor, adhere á parte do corpo em que se applica. || Pelo lat. *emplastrum*, do gr. ἐμπλαστὸν ou ἔμπλαστρον (formados de ἐν e πλάσσειν — applicar, collar).
Deriv.: emplástrico, emplastrár, emplastrágem, emplastraménto.

Empório, *s. m.* praça ou porto commercial de grande importancia, etc. || De ἐμπόριον mercado, feira.

Emprosthótono, *s. m.* (med.) contracção espasmodica, em que o corpo do enfermo se curva para deante. || De ἐμπροσθότονος (form. de ἔμπροσθεν para deante + τείνειν extender, dirigir).

* **Empsychóse**, *s. f.* (phil.) na doutrina espiritualista, o acto pelo qual a alma chega ao corpo e o vivifica. || De ἐμψύχωσις (deriv. de ἐμψυχόω ânimo, e este de ἐν em + ψυχή alma).

Empyêma, *s. m.* (med.) derramamento purulento na cavidade das pleuras. || De ἐμπύημα abscesso, collecção de pus (form. de ἐν em + πῦον pus).

Deriv.: empyemático (adj.).
* **Empyése**, *s. f.* (med.) abscesso profundo do ôlho. || De ἐμπύησις purulencia (de ἐν em + πῦον pus).
* **Empyocéle**, *s. f.* (med.) hernia purulenta. || De ἐν em + πῦον pus + κήλη tumor.
* **Empyómphalo**, *s. m.* (med.) abscesso no umbigo. || De ἐν em + πῦον pus + ὀμφαλός umbigo.
* **Empyóse**, *s. f.* (med.) producção do empyêma. || De ἐν em + πῦον pus + suff. *óse*.
Empýreo, *s. m.* a mais alta das quatro espheras celestes, onde estavam os astros; morada dos deuses; o céo. || De ἔμπυρος ardente, inflammado (comp. de ἐν em + πῦρ fogo).
Empyrêuma, *s. m.* cheiro particular que exhalam os productos volateis obtidos pela distillação das materias vegetaes ou animaes. || De ἐμπύρευμα a queima, gôsto de queimado (form. de ἐν em + πυρεύειν — queimar).
Deriv.: empyreumático (adj.).
* **Émydas**, *s. m. pl.* (zool.) fam. de Chelonios. || Do gen. *Emys* (e este de ἐμὖς, ύδος pequena tartaruga) + suff. *idas*.
* **Enadelphía**, *s. f.* (terat.) monstruosidade por inclusão. || De ἐν em + ἀδελφός ermão + suff. *ía*.
* **Enáliosáurios**, *s. m. pl.* (zool.) ordem de Hydrosaurios. || De ἐνάλιος marinho + *saurio* (v. este vcb.).
Enállage, *s. f.* (gramm.) figura que consiste na mudança da regencia ou concordancia natural das partes de uma oração (Aul.). || De ἐναλλαγή troca, inversão.
Enanthéma, *s. m.* (med.) erupção na superficie interna das cavidades naturaes. || De ἐν dentro + ἄνθημα efflorescencia.

N. Oppõe-se a *exanthêma*.
Enânthico, *adj.* (chim.) nome dado a um ether, que Pelouze e Liebig julgaram ser o productor do aroma particular dos vinhos. || De οἶνος vinho + ἄνθος flôr + suff. *ico*.
Cogn.: enanthýlico (adj.).
Enántiopáthico, *adj.* (med.) diz-se do medicamento, que actua sôbre o organismo em sentido opposto ao da molestia (Hahnemann). || De ἐναντίος opposto + πάθος molestia + suff. *ico*.
N. Opposto a *homéopáthico*.
Enantióse, *s. f.* (med.) tractamento das molestias pelos medicamentos enántiopáthicos. || De ἐναντίωσις contrariedade (de ἐναντίος opposto, contrário).
Enargía, *s. f.* (rhet.) genero de ornato do discurso, que tem por fim representar o objecto tanto ao vivo, que parece ser visto realmente (Aul.). || De ἐνάργεια — evidencia.
N. É inadmissivel a forma « enargueia ».
Enarthróse, *s. f.* (anat.) articulação movel formada por uma eminencia ossea arredondada, que encaixa em uma cavidade profunda. || De ἐνάρθρωσις articulação (formado de ἐν em + ἀρθροῦν articular).
Deriv.: enarthródico (adj.).
* **Encánthide**, *s. f.* (med.) tumor formado na caruncula lacrimal. || De ἐγκανθίς, ίδος (form. de ἐν em + κάνθος o angulo do ôlho).
Encáuma, *s. m.* (med.) ulcera profunda da cornea. || De ἔγκαυμα (form. de ἐγκαίειν queimar).
Encáustica, *s. f.* pintura feita sôbre uma camada de cera derretida, etc. || De ἐγκαυστική (form. de ἐγκαίω marco, imprimo com fogo).
Cogn.: encáusto.
Encelíte, *s. f.* (med.) inflam-

mação de intestinos. || De ἐν em + κοιλία ventre + suff. *ite.*
Encênia, *s. f.* (ant.) festa de inauguração de um templo ou de um edificio notavel. || De ἐγκαίνια inauguração (form. de ἐν em + καινός novo).
Encéphalalgía, *s. f.* (med.) dôr de cabeça gravativa e profunda (Fournier). || De *encéphalo* (v. este vcb.) + ἄλγος dôr + suff. *ia.*
Encéphalo, *s. m.* (anat.) conjuncto das partes que, nos animaes vertebrados, se acham contidas na cavidade do cránio. || De ἐγκέφαλος (form. de ἐν em, κεφαλή cabeça).
Deriv.: encephálico (adj.), encephalíte (s. f.).
Encéphalocéle, *s. f.* (med.) hernia do cerebro ou do cerebello. || De *encéphalo* (v. este vcb.) + κήλη tumor.
Encephalóide, *adj.* (anat.) que apresenta similhança com a substância do cerebro. || De ἐγκέφαλος cerebro + εἶδος forma.
Encéphalólitho, *s. m.* (med.) cálculo ou concreção do cerebro. || De *encéphalo* + λίθος pedra.
*** Encéphalomalacía**, *s. f.* (med.) amollecimento cerebral. || De *encéphalo* (v. este vcb.) + μαλακός molle + suff. *ia*
Encéphalopathía, *s. f.* (med.) accidentes nervosos graves, como: delirio, coma, convulsões, etc. || De *encéphalo* + πάθος molestia + suff. *ia.*
Enchirídio, *s. m.* manual ou epitome. || De ἐγχειρίδιον (comp. de ἐν em + χείρ mão + suff. dimin. ίδιον).
Enchondrôma, *s. m.* (med.) tumor constituido por cartilagem que, desenvolvendo-se na cavidade dos ossos longos, distende e adelgaça o tecido delles. || De ἐν em + χόνδρος cartilagem + suff. *ôma.*
Enchymóse, *s. f.* affluxo repentino de sangue aos vasos cutaneos em consequencia de emoções fortes, etc. || De ἐγχύμασις (form. de ἐν em + χυμός succo).
N. Figueiredo labora em equívoco, dando este vcb. como syn. de *ecchymose;* differem na etymologia e na significação.
*** Enchytréidas**, *s. m. pl.* (zool.) familia de Vermes Oligochetas. || Do gen. *Enchytræus* (e este de ἐν em + χύτρα vaso, urna) + suff. *idas.*
Enclíse, *s. f.* (gramm.) juncção de uma palavra monosyllabica á palavra anterior com perda do seu accento. || De ἔγκλισις (form. de ἐγκλίνειν inclinar).
N. Aulete e Figueiredo accentúam a penultima, contrariando a quantidade da raiz.
Cogn.: enclítica (s. f.), *enclítico* (adj.).
Encólpio, *s. m.* reliquario que se traz ao pescoço. || De ἐγκόλπιος que está no seio (form. de ἐν em + κόλπος seio).
Encómio, *s. m.* louvor, elogio. || De ἐγκώμιον — panegyrico, form. de ἐν e κῶμος — festa, banquete.
Deriv.: encomiásta (s. m.), encomiástico (adj.), encomiár (v.).
Encyclía, *s. f.* ondulação circular produzida n'agua pela quéda dum corpo. || De ἐγκύκλιος circular (form. de ἐν em + κύκλος círculo).
Encýclica, *s. f.* carta circular do papa sôbre poncto de dogma ou de doutrina. || De ἔγκυκλος circular + suff. *ica.*
Encyclopédia, *s. f.* conjuncto de conhecimentos relativos a todas as sciencias e artes. || De ἐγκυκλοπαιδεία (e este formado de ἔγκυκλος circular, completo + παιδεία educação).
N. O accento tonico no *e* respeita o uso geral em portuguez,

mas contraria evidentemente a quantidade da raiz grega. Fóra para desejar que se reformasse esse uso, pronunciando *encyclopedía*. A modificação é possivel, visto tractar-se do vocabulo erudito.

Deriv.: encyclopédico (adj.), *encyclopedísta* (s. m.), *encyclopedismo* (s. m.).

Endadélpho, *adj.* e *s. m.* monstro duplo, no qual o corpo parasitario de tal sorte se acha unido ao tronco principal, que os dous parecem constituir um só. || De ἔνδον dentro + ἀδελφός ermão.

* **Endarteríte,** *s. f.* (med.) inflammação da tunica interna das arterias. || De ἔνδον dentro + *artéria* (v. este vcb.) + suff. *ite*.

Endemía, *s. f.* (med.) enfermidade commum aos habitantes de certas regiões ou de certos climas. || De ἔνδημος — proprio de um paiz (comp. de ἐν em + δῆμος povo).

Deriv.: endémico (adj.).

Endérmico, *adj.* (med.) que actua penetrando atravez da pelle. || De ἐν em, dentro + δέρμα pelle + suff. *ico*.

Endermóse, *s. f.* (med.) emprêgo do methodo endermico. || De ἐν em + δέρμα pelle + suff. *óse*.

Endhymenína, *s. f.* (bot.) membrana interna dos grãos de pollen. || De ἔνδον dentro + ὑμήν membrana + suff. *ína*.

* **Endoblásto,** *s. m.* (anat.) nome dado por auctores inglezes aos nucleos de epithelio, que se observam nos fundos-de-sacco glandulares forrados por cellulas epitheliaes. || De ἔνδον dentro + βλαστός germe.

Endocárdio, *s. m.* (anat.) serosa que forra o interior do coração. || De ἔνδον dentro + καρδία coração + suff. *io*.

Deriv.: éndocárdico (adj.), *éndocardíte* (s. f.).

Endocárpio, *s. m.* (bot.) membrana que reveste a cavidade interna do pericarpio. || De ἔνδον dentro + καρπός fructo + suff. *io*.

N. A forma lat. *endocarpium* faz-nos preferir a desinencia em *io* para a palavra portugueza.

* **Endochório,** *s. m.* (anat.) folha interior do chório. || De ἔνδον dentro + *chório* (v. este vcb.).

Endocraniâno, *adj.* situado na parte interna do cránio. || De ἔνδον dentro + *cránio* (v. este vcb.) + suff. *áno*.

* **Endocýmio,** *adj.* nome dado por I. G. St.-Hilaire aos monstros duplos por inclusão. || De ἔνδον dentro + κῦμα feto + suff. *io*.

Endodérme, *s. f.* (biol.) folha interna da blastoderme. || De ἔνδον dentro + δέρμα pelle, folha.

* **Endodiascopía,** *s. f.* (med.) exame das cavidades naturaes por meio dos raios X (tubos de Crookes). || De ἔνδον dentro + διά atravez de + σκοπεῖν examinar + suff. *ia*.

Endógamo, *adj.* e *s. m.* selvagem que só se liga com mulher da mesma tribu para conservar a nobreza da raça. || De ἔνδον dentro + γάμος casamento.

Deriv.: endogamía (s. f.).

Endógeno, *adj.* (bot.) dizia-se dos vegetaes, cujo caule cresce de dentro para fóra (por opposição a *exógenos*); hoje diz-se dos orgãos que nascem nos tecidos profundos.— (Geol.) diz-se das rochas, que têm origem interna. || De ἔνδον dentro + γένος geração.

Endogónio, *s. m.* (bot.) sacco esporifero dos Musgos na epocha da florescencia. || De ἔνδον dentro + γόνος nascimento + suff. *io*.

Endolýmpha, *s. f.* (anat.)

líquido claro que enche o labyrintho membranoso do ouvido interno. || De ἔνδον dentro + *lympha* (v. este vcb.).

Endometrite, *s. f.* (med.) inflammação da mucosa uterina. || De ἔνδον dentro + μήτρα utero + suff. *ite.*

* **Endomýchidas**, *s. m. pl.* (zool.) familia de Coleopteros. || Do gen. *Endómychus* (e este de ἔνδον dentro + μυχός fundo) + suff. *idas.*

Endonephrite, *s. f.* (med.) inflammação da membrana que forra o bacinete. || De ἔνδον dentro + νεφρῖτις nephrite.

* **Endoparasito**, *s. m.* parasito que vive no interior do organismo. || De ἔνδον dentro + *parasito* (v. este vcb.).

Endopericardite, *s. f.* (med.) inflammação da folha visceral do pericardio. || De ἔνδον dentro + *pericardio* (v. este vcb.) + suff. *ite.*

* **Endóphyto**, *adj.* (h. nat.) diz-se do parasito, que vive no interior dos tecidos ou dos orgãos doutro individuo. || De ἔνδον dentro + φυτός que cresce.

* **Endoplásma**, *s. m.* (zool.) protoplasma central granuloso. || De ἔνδον dentro, interiormente + *plasma.*

Deriv.: *endoplásmico* (adj.).

Endoplêura, *s. f.* (bot.) tunica interna do episperma; tegmen. || De ἔνδον dentro + πλευρά pleura.

* **Endopódio**, *s. m.* (zool.) um dos ramos em que se divide o protopódio da pata dos Crustaceos. || De ἔνδον dentro + πούς, ποδός pé + des. *io.* V. *protopódio.*

* **Endopróctos**, *s. m. pl.* (zool.) ordem de Bryozoarios. || De ἔνδον dentro + πρωκτός ano.

Endóptilo, *adj.* (bot.) diz-se do embryão vegetal, cuja plumula, antes da germinação, está encerrada em um coléoptilo. || De ἔνδον dentro + πτίλον penna, plumula.

Endorhizo, *adj.* (bot.) diz-se do embryão, cuja radicula está coberta por um estojo ou sacco antes da germinação. || De ἔνδον dentro + ῥίζα raiz.

N. Chamam-se tambem *endorhizos* os vegetaes monocotyledones, cujo embryão offerece essa disposição.

Endoscópio, *s. m.* (med.) instrumento destinado á exploração ocular de algumas das cavidades profundas do corpo (Aul.). || De ἔνδον dentro + σκοπεῖν examinar + suff. *io.*

Deriv.: *endoscopía* (s. f.), *endoscópico* (adj.).

Endosmómetro, *s. m.* (phys.) instrumento por meio do qual se fazem evidentes os phenomenos de endosmóse. || De *endosmóse* + μέτρον medida.

Endosmóse, *s. f.* (phys.) dupla corrente que se estabelece entre dous liquidos ou gazes de differente densidade, e susceptiveis de se mixturarem atravez duma membrana organica ou de placas porosas (Aul.). || De ἔνδον dentro + ὠσμός impulso, corrente + suff. *óse.*

Deriv.: *endosmótico* (adj.).

Endospérma, *s. m.* (bot.) corpo constituido por tecido cellular, distincto do embryão vegetal, e que com elle forma a amendoa das sementes. || De ἔνδον — dentro + σπέρμα semente.

Deriv.: *endospérmico* (adj.).

* **Endospório**, *s. m.* (bot.) membrana interna dos espórios propriamente dictos. || De ἔνδον dentro + *espório* (v. este vcb.).

Endósporo, *adj.* (bot.) diz-se das plantas, que têm espórios encerrados em esporangios ou conceptaculos. || De ἔνδον dentro + *espório* (v. este vcb.).

* **Endosteíte**, *s. f.* (med.)

inflammação da superficie interna do canal medullar dos ossos longos. De ἔνδον dentro + ὀστέον osso + suff. *ite*.

* Endostethoscópio, *s. m.* (med.) apparelho imaginado para examinar as bulhas da ponta e da base do coração (Hoffmann). || De ἔνδον dentro + *estethoscópio* (v. este vcb.).

Endóstoma, *s. m.* (bot.) orificio circular da secundina, bocca interior da micropyla. || De ἔνδον dentro + στόμα bocca.

* Endothéca, *s. f.* (bot.) membrana interna das lojas da anthera. || De ἔνδον dentro + θήκη loja.

Endothélio, *s. m.* (anat.) epithelio do apparelho circulatorio, das serosas e das synoviaes. || De ἔνδον dentro + θηλή mammillo + suff. *io*.
Deriv.: *endotheliál* (adj.), *endotheliôma* (s. m.).

* Endothérmico, *adj.* (chim.) diz-se da reacção chimica, que é accompanhada de absorpção de calor. De ἔνδον dentro + θέρμη calor + suff. *ico*.

Enéorêma, *s. m.* (med.) substância leve e esbranquiçada que se manifesta em suspensão na urina guardada por algum tempo (Aul.). || De ἐναιώρημα o que fluctúa (de ἐν em + αἰωρέω suspendo).

Energía, *s. f.* fôrça, vigor, etc. || De ἐνέργεια (de ἐν em + ἔργον trabalho).
Deriv.: *enérgico* (adj.).

Energúmeno, *s. m.* possesso; agitado por violenta paixão. || De ἐνεργούμενος (do v. ἐνεργεῖν — trabalhar, possuir).

* Engástrimythísmo, *s. m.* ventriloquia. || De ἐγγαστρίμυθος ventriloquo (form. de ἐν em + γαστήρ ventre + μῦθος palavra) + suff. *ismo*.

Enharmonía, *s. f.* (mus.) modulação em que as notas mudam só de nome sem mudar de entonação. || De ἐν em + ἁρμονία harmonia.
Deriv.: *enharmónico* (adj.).

* Enhýdro, *adj.* (min.) diz-se dos crystaes, que contêm interiormente algumas gottas de líquido. || De ἐν dentro de + ὕδωρ agua.

* Enigma, *s. m.* exposição de qualquer cousa em termos escuros, que a disfarçam e a fazem difficil de adivinhar. || De αἴνιγμα palavra ambigua.
Deriv.: *enigmático* (adj.), *enigmatista* (s. m.).

Enilêma, *s. m.* (bot.) uma das trez membranas do ovulo vegetal, a secundina. || De ἐν em + εἰλεῖν enrolar.

* Énneadecaetéride, *s. f.* (astr.) cyclo lunar ou periodo de 19 annos solares, findos os quaes coincidem as luas novas e cheias na mesma epocha. || De ἐννέα nove + δέκα dez + ἔτος anno.

Enneágono, *s. m.* (geom.) polygono de nove lados. || De ἐννέα nove + γωνία — angulo.
N. Contra a quantidade etymologica, o uso geral fez breve a penultima em todos os derivados de γωνία.
Deriv.: *enneagonál* (adj.).

Enneágyno, *adj.* (bot.) diz-se da planta, que tem nove pistillos. || De ἐννέα nove + γυνή mulher.
Deriv.: *enneagýnia* (s. f.), classe do systema linneano; *enneagynía* (s. f.), qualidade de enneagyno.

Enneándro, *adj.* (bot.) diz-se da planta, que tem nove estames. || De ἐννέα nove + ἀνήρ homem.
Deriv.: *enneándria* (s. f.), classe do systema de Linneu; *enneandría* (s. f.), qualidade de enneándro.

Énneasépalo, *adj.* (bot.)

que tem nove sépalos. || De ἐννέα nove + *sépalo* (v. este vcb.).

* **Ennehemímere**, *s. f.* (poes.) cesura formada pela syllaba que se segue ao quarto pé. || De ἐννέα nove + ἥμισυς meio + μέρος parte.
N. Vcb. formado pelo modêlo de *hephthemimere* e *penthemimere;* todos elles devem ter a desinencia *e,* derivando-se, pelas leis usuaes, do accusativo lat. *hephthemimĕrem, penthemimĕrem.* É pois, menos acceitavel a graphia — *ennehemimeris,* etc. — que occorre nos tractados de versificação.

* **Enocyanína**, *s. f.* (chim.) materia corante do vinho tincto. || De οἶνος vinho + κυανὸς azul + suff. *ina.*
N. Tem tambem o nome de *enolina.*

Enóleo, *s. m.* (pharm.) medicamento líquido, preparado com vinho e principios medicamentosos, que se lhe junctam (Béral). || De οἶνος vinho.
Cogn.: enolatúra (s. f.).

Enolína. V. *enocyanina.*

Enologia, *s. f.* tractado ácerca dos vinhos. || De οἶνος vinho + λόγος tractado + suff. *ia.*
Cogn.: enológico (adj.), *enólogo* (s. m.).

Enomanía, *s. f.* paixão pelo vinho; *delirium tremens.* || De οἶνος vinho + μανία loucura.

Enomél, *s. m.* (pharm.) preparação que tem o vinho por base, e em que o açucar é substituido pelo mel. || De οἶνος vinho + *mel* (v. este vcb.).

Enómetro, *s. m.* especie de densimetro para avaliar a densidade dos vinhos e sua riqueza alcoolica. || De οἶνος vinho + μέτρον medida.
Deriv.: enométrico (adj.).

Enóphilo, *adj.* que gosta de vinho. || De οἶνος vinho + φίλος amigo.
Deriv.: enophilía (s. f.).

Enóphobo, *adj.* que tem horror ao vinho. || De οἶνος vinho + φόβος terror.
Deriv.: enophobía (s. f.).

Enóphoro, *s. m.* (ant.) vaso antigo para vinho. || De οἰνοφόρος (comp. de οἶνος vinho + φορός que leva).

* **Enóphthalmía**, *s. f.* (med.) situação muito profunda e anomala do globo ocular. || De ἐν dentro + ὀφθαλμὸς ôlho + suff. *ia.*

Enostóse, *s. f.* (med.) tumor osseo desenvolvido no canal medullar dos ossos. || De ἐν em + ὀστέον osso + suff. *óse.*

Enotheráceas, *s. f. pl.* (bot.) syn. de Onagraceas. || Do gen. Œ*nothēra* (e este de οἰνοθήρας; nome de planta).
N. Houve equívoco por parte de Figueiredo, que dá *enanthereas* com esta significação, e é egualmente incorrecta a forma *onotheraceas,* que occorre no mesmo « Nôvo Diccionário ».

* **Enstatíto**, *s. m.* (min.) pyroxenio rhombico (silicato de magnesio, ferro e aluminio). || De ἐνστάτης que resiste + suff. *ito.*

Entelechía, *s. f.* (phil.) segundo Aristoteles, a essencia da alma. || De ἐντελέχεια (de ἐντελεχής ou ἐντελής completo, acabado).

* **Énteradénio**, *s. m.* (anat.) ganglio lymphatico intestinal. || De ἔντερον intestino + ἀδήν glandula + suff. *io.*

Énteralgía, *s. f.* (med.) nevralgia intestinal. || De ἔντερον intestino + ἄλγος dôr + suff. *ia.*
Deriv.: enterálgico (adj.).

* **Enterángiemphraxía**, *s. f.* (med.) obstrucção do canal intestinal por estrangulamento. || De ἔντερον intestino + ἄγχω estrangulo + ἐμφράσσω obstruo + suff. *ia.*

* **Enteréctasia**, *s. f.* (med.) dilatação dos intestinos. || De

ἔντερον intestino + ἔκτασις; dilatação + suff. *ia*.
 * **Enteréctomía,** *s. f.* (med.) ablação de uma parte do intesino. || De ἔντερον intestino + κτομή ablação + suff. *ia*.
 ἐ * **Enterelesía,** *s. f.* (med.) entortilhamento dos intestinos; vólvo. || De ἔντερον intestino + εἴλησις enrolamento + suff. *ia*.
 * **Énterepíplocéle,** *s. f.* (med.) hernia formada pelo intestino e pelo epiploo. || De ἔντερον intestino + ἐπίπλοον epiploo + κήλη tumor.
 * **Énterepiplómphalocéle,** *s. f.* (med.) hernia umbilical com aza de intestino e porção de epiploo. || De ἔντερον intestino + ἐπίπλοον epiploo + ὀμφαλός umbigo + κήλη hernia.
 Entérico, *adj.* intestinal. || De ἐντερικός (deriv. de ἔντερον intestino).
 * **Enteríschiocéle,** *s. f.* (med.) hernia intestinal pela chanfradura ischiatica. || De ἔντερον intestino + ἰσχίον ischio + κήλη tumor, hernia.
 Enteríte, *s. f.* (med.) inflammação da mucosa intestinal. || De ἔντερον intestino + suff. *ite*.
 Énterocéle, *s. f.* (med.) hernia constituida pelo intestino. || De ἔντερον intestino + κήλη tumor, hernia.
 * **Enteróclyse,** *s. f.* (med.) lavagem do intestino pelo recto. || De ἔντερον intestino + κλύσις lavagem por meio de clystér.
 * **Énterocócco,** *s. m.* (med.) diplococco do intestino (Thiercelin). || De ἔντερον intestino + *cócco*.
 Deriv. : énterococcia (s. f.).
 Énterocolíte, *s. f.* (med.) enteríte, assim tambem chamada, porque as mais das vezes tem sua séde no intestino delgado e no cólo. || De ἔντερον intestino + κῶλον cólo + suff. *ite*.

 Énterocystocéle, *s.f.*(med.) hernia contendo a bexiga e uma aza intestinal. || De ἔντερον intestino + κύστη bexiga + κήλη hernia.
 Énterodélos, *s. m. pl.* (zool.) infusorios, cujo canal digestivo termina por uma bocca e um ano. || De ἔντερον intestino + δῆλος apparente.
 N. Figueiredo accentúa a antepenultima, contrariando a quantidade etymologica.
 Enterodynía, *s. f.* (med.) dôr intestinal, colica nervosa. || De ἔντερον intestino + ὀδύνη dôr + suff. *ia*.
 Énterographía. *s. f.* (anat.) descripção anatomica dos intestinos. || De ἔντερον intestino + γράφω descrevo + suff. *ia*.
 * **Énterohemía,** *s.f.* (med.) congestão sanguinea para o canal intestinal. || De ἔντερον intestino + αἷμα sangue + suff. *ia*.
 Énterohemorrhagía, *s. f.* (med.) evacuação de sangue pelo ano. || De ἔντερον intestino + *hemorrhagia*. (v. este vcb.).
 * **Énterohepatocéle,** *s. f.* (med.) hernia umbilical embryonaria, que contém o figado e azas intestinaes. || De ἔντερον intestino + ἧπαρ, ατος figado + κήλη hernia.
 * **Énterohydrocéle,** *s. f.* (med.) hernia intestinal complicada por hydrocéle. || De ἔντερον intestino + *hydrocéle*. (v. este vcb.).
 * **Énterohydrómphalo,** *s. m.* (med.) hernia umbilical contendo porção do intestino com accúmulo de serosidade no sacco hernial. || De ἔντερον intestino + ὕδωρ agua + ὀμφαλός umbigo.
 Enterólitho, *s. m.* (med.) concreção intestinal. || De ἔντερον intestino + λίθος pedra.
 Énterología, *s. f.* (anat.) tractado dos intestinos. || De

ἔντερον intestino + λόγος tractado + suff. *ia*.

* **Énteromérocéle**, *s. f.* (med.) hernia crural formada pelo intestino. || De ἔντερον intestino + μηρός côxa + κήλη hernia.

Enteromesentérico, *adj.* (med.) concernente aos intestinos e ao mesentério. || De ἔντερον intestino + *mesentérico* (v. este vcb.).
Cogn. : *énteromesenterite* (s. f.).

* **Énterómphalo**, *s. m.* (med.) hernia umbilical formada pelo intestino. || De ἔντερον intestino + ὀμφαλός umbigo.

* **Énteroplastía**, *s. f.* (med.) operação para restabelecer o diametro normal do intestino. || De ἔντερον intestino + πλάσσω formo + suff. *ia*.

* **Énteropléxio**, *s. m.* (med.) instrumento para fazer rapidamente uma sutura intestinal (Ramaugé). || De ἔντερον intestino + πλέξις acção de atar, enlaçar + suff. *io*.

Enteropneumatóse, *s. f.* (med.) desenvolvimento morbido de grande porção de gazes nos intestinos. || De ἔντερον intestino + πνευμάτωσις flatulencia.

* **Énteropnêustos**, *s. m. pl.* (zool.) classe de Echinodermos. || Pelo lat. scient. *Enteropneusta*, de ἔντερον intestino + πνεύστης que respira.

Énteroptóse, *s. f.* (med.) quéda do cólo transverso. || De ἔντερον intestino + πτῶσις quéda (de πίπτειν caïr).

Énterorhaphía, *s. f.* (med.) sutura dos intestinos. || De ἔντερον intestino + ῥαφή costura + suff. *ia*.

Énterorrhagía, *s. f.* (med.) hemorrhagia intestinal. || De ἔντερον intestino + ῥαγεῖν de ῥήγνυμι romper + suff. *ia*.

* **Énterosarcocéle**, *s. f.* (med.) hernia intestinal complicada por sarcocéle. || De ἔντερον intestino + *sarcocéle* (v. este vcb.).

* **Énteróscheocéle**, *s. f.* (med.) hernia escrotal formada pelo intestino. || De ἔντερον intestino + ὀσχέον escroto + κήλη hernia.

* **Énterostenóse**, *s. f.* (med.) estreitamento do intestino. || De ἔντερον intestino + στένωσις estreitamento.

Énterostomía, *s. f.* (chir.) operação que consiste em suturar uma aza de intestino á parede abdominal, abrindo saída para as materias intestinaes. || De ἔντερον intestino + στόμα bocca + suff. *ia*.

Enterótomo, *s. m.* (med.) tesouras, com que se fende rapidamente o canal intestinal. || Instrumento empregado por Dupuytren para a cura do ano anormal. || De ἔντερον intestino + τομή corte.
Deriv. : *énterotomia* (s. f.).

Énterozoário, *s. m.* helminthe ou larva, que só vive no intestino de certos animaes. || De ἔντερον intestino + ζωάριον animalculo.

* **Enthelminthe**, *s. m.* (zool.) helminthe entoparasito. || De ἐντὸς dentro + *helminthe* (v. este vcb.).

* **Enthlasia**, *s. f.* (med.) fractura do cranio com depressão da parede ossea. || De ἐν em + θλάω quebro + suff. *ia*.

Enthusiásmo, *s. m.* estado de arrebatamento desordenado d'alma attribuido a inspiração divina; etc. (Aul.). || De ἐνθουσιασμός (deriv. de ἔνθεος inspirado pelos deuses, e este de ἐν em + θεὸς Deus).
Deriv. : *enthusiástico, enthusiasmár, enthusiásta*.

Enthymêma, *s. m.* (log.)

argumento formado de duas proposições : o antecedente e o consequente. || De ἐνθύμημα (form. de ἐνθυμεῖσθαι conceber, pensar).
Deriv.: enthymemático (adj.).

Entodérme, *s. f.* (biol.) folha interna da blastoderme. || De ἐντός dentro + δέρμα pelle.

Entogástrio, *s. m.* (zool.) uma das peças do abdome dos insectos. || De ἐντός dentro + γαστήρ ventre + suff. *io*.

Entomología, *s. f.* (zool.) parte da Zoologia que tracta dos Insectos. || De ἔντομον insecto (form. de ἔντομος dividido, e este de ἐν e τέμνειν — cortar) + λόγος — discurso + suff. *ia*.
Deriv. : entomológico, entomólogo.

* **Entomomycéte,** *s. m.* (bot.) cogumelo parasito dos Insectos. || De ἔντομον insecto + μύκης, ητος cogumelo.

Entomóphagos, *s. m. pl.* (zool.) secção dos Hymenopteros.|| De ἔντομον insecto + φαγεῖν comer.

Entomóphilo, *s. m.* amador, colleccionador de insectos.|| De ἔντομον — insecto + φίλος — amigo.

* **Éntomophthóreas,** *s. f. pl.* (bot.) família de Cogumelos Oomycetes, que fazem mal aos insectos. || De ἔντομον insecto + φθορά destruição + suff. *eas*.

* **Entomóphyto,** *adj.* (bot.) diz-se dos cryptogamos parasitos dos insectos. || De ἔντομον insecto + φυτόν planta.

Éntomostráceos, *s. m. pl.* (zool.) sub-classe dos Crustaceos.|| De ἔντομος articulado + ὄστρακον carapaça + suff. *eos*.

Éntomozoários, *s. m. pl.* (zool.) nome dado por de Blainville aos Annelados de Lamarck. || De ἔντομος dividido + ζωάριον animálculo (dimin. de ζῶον).

* **Éntoparasíto,** *adj.* e *s.* *m.* animal ou vegetal parasito, que vive nas cavidades do corpo ou na espessura dos tecidos. || De ἐντός dentro + παράσιτος parasito.

Entóphyto, *adj.* e *s. m.* (bot.) planta que cresce no interior do corpo dos animaes. || De ἐντός dentro + φυτόν planta.

* **Entopróctos,** *s. m. pl.* (zool.) família de Bryozoarios, que têm o ano dentro da corôa dos tentaculos. || De ἐντός dentro + πρωκτός ano.

* **Entóptico,** *adj.* diz-se dos phenomenos relativos á visão, que se observam no interior do ôlho, estando as palpebras fechadas. || De ἐντός dentro + *óptico* (v. este vcb.).

* **Entótico,** *adj.* diz-se dum ruïdo, que tem seu poncto de partida na orelha externa, na orelha média ou nos vasos da caixa. || De ἐντός dentro + οὖς, ὠτός orelha + suff. *ico*.

Entozoários, *s. m. pl.* (zool.) vermes que vivem no interior do corpo do homem ou de outros animaes. || De ἐντός dentro + ζωάριον animalculo (dimin. de ζῶον.)

Éntozoología, *s. f.* parte da Zoología, que tracta dos animaes que vivem no corpo de outros. || De ἐντός dentro + *zoología* (v. este vcb.).
Cogn. : entozoólogo (s. m.).

Entrópio, *s. m.* (med.) reviramento do bordo livre das palpebras para o globo do ôlho. || De ἐν para dentro + τρέπειν virar.
N. A forma *entrópion* é avêssa ao genio da lingua.

Enurése, *s. f.* (med.) incontinencia de urinas. || De ἐνουρεῖν perder a urina (form. de ἐν + οὖρον urina).
N. Os diccionarios, imitando o fr. *enurésie* dão *enuresia;* mas *enurése* respeita mais as regras de analogia (cf.*diurése*).

Enzóico, *adj.* (geol.) diz-se dos terrenos que contêm fosseis animaes. || De ἐν em + ζῶον animal + suff. *ico*.
N. E" opposto a *azóico*.

Enzootía, *s. f.* (veter.) doença que attaca periodicamente os animaes de certa raça em determinados paizes (Aul.). || De ἐν em + ζῶον animal + suff. *ia*.
N. Form. á similhança de *epizootia*.
Deriv.: *enzoótico* (adj.).

Eocéno, *adj.* (geol.) diz-se do grupo mais antigo dos terrenos de formação recente.||De ἠώς aurora + καινός novo.

Eões, *s. m. pl.* (theol.) entes imaginados pelos Gnosticos para se preencher a distância entre Deus e Christo, e Christo e os homens. || De αἰών, ῶνος.

Eólico, *adj.* que diz respeito á Eólide; como *dialecto — modo —* etc. || De αἰολικός.
N. Moraes (7ª ed.) dá as duas formas — *eólico* e *eólio;* mas o adj. *eólico* deve ser preferido para tudo quanto se refere á Eólide e aos Eólicos, e *eólio* reservado para o que se-refere ás Éólias ou a Éolo.

Eólio, *adj.* que é relativo ao vento. || De Αἴολος Éolo + suff. *io*.
N. O nome do deus chefe dos ventos (Éolo, em lat. Æŏlus) procede do adj. αἴολος ligeiro, rapido. V. *eólico*.

* **Eosína**, *s. f.* (chim.) materia corante; uma anilina. || De ἠώς aurora + suff. *ina*.

* **Eosinóphilo**, *adj.* que tem grande affinidade para a eosína. || De *eosína* (v. este vcb.) + φίλος amigo.
Deriv.: *eosinophilía* (s. f.).

Epacmástico, *adj.* (med.) diz-se da febre que augmenta gradualmente. || De ἐπακμαστικός (form. de ἐπί em + ἀκμάζειν estar em todo o vigor).

N. Figueiredo transcreveu, ao que parece, de Ad. Coelho, a forma incorrecta — *epicmastico* — que não tem razão de ser; dão-lhe ambos por etymologia um adjectivo grego ἐπικμαστικός que não existe.

Epacridáceas, *s. f. pl.* (bot.) ordem de plantas dicotyledones, que têm por typo o gen. *Epácris*. || De *Epácris* (e este provavelmente de ἔπακρος pontudo) + suff. *áceas*.
N. « Epacrideas » é forma menos boa, porque não se tracta de tribu, mas sim de ordem.

Epácta, *s. f.* número que indica quantos dias se devem ajunctar ás doze lunações do anno lunar para egualar o anno solar (Aul.). || De ἐπακτός — accrescentado, sobreposto.
Deriv.: *epactál* (adj.).

Epactal, *adj.* (anat.) diz-se de qualquer osso wormio ou supplementar (Aul.).|| De ἐπακτός accrescentado + suff. *al*.
N. Parece vocabulo desnecessario.

Epagôgo, *s. m.* (ant.) na Grecia antiga, uma especie de juiz do commercio maritimo. || De ἐπαγωγός.

Épanadiplóse, *s. f.* (rhet.) repetição da mesma palavra no princípio e no fim de um verso, de uma phrase (Aul.). || De ἐπαναδίπλωσις reduplicação (de ἐπί sôbre + ἀνά de novo + διπλοῦν duplicar).

Épanalépse, *s. f.* (rhet.) repetição da mesma palavra no meio de duas ou mais phrases seguidas (Aul.). || De ἐπανάληψις repetição (form. de ἐπί sôbre + ἀνά outra vez + λαμβάνειν tomar).

Epanáphora, *s. f.* (rhet.) repetição da mesma palavra nos principios dos versos ou phrases (Aul.). || De ἐπαναφορά.

Epanástrophe, *s. f.* (rhet.) repetição, no princípio de um periodo ou verso, da palavra ou palavras, com que termina o antecedente (Aul.). || De ἐπαναστροφή.

Epánodo, *s. m.* (rhet.) figura pela qual se repetem, separando-as, palavras que primeiro se disseram junctas (Aul.). || De ἐπάνοδος recapitulação (form. de ἐπὶ sôbre + ἀνὰ de novo + ὁδός caminho).

N. Não ha razão plausivel para se lhe dar a desinencia *os*, que vemos em Aulete e Figueiredo.

Epanorthóse, *s. f.* (rhet.) figura que consiste em emendar, por fingido arrependimento, a palavra ou phrase já proferida, para dar mais fôrça á expressão (Aul.). || De ἐπανόρθωσις (form. de ἐπὶ sôbre + ἀνὰ de novo + ὁρθός direito).

* **Epéndyma**, *s. m.* (anat.) nome da membrana dos ventriculos do cerebro e do canal central da medulla espinhal. || De ἐπὶ sôbre + ἔνδυμα vestido.

* **Ependymite**, *s. f.* (med.) inflammação do epéndyma ventricular ou espinhal. || De *epéndyma* (v. este vcb.) + suff. *ite*.

Epénthese, *s. f.* (gramm.) addição de uma lettra ou syllaba no meio da palavra. || De ἐπένθεσις inserção.

Deriv.: *epenthético* (adj.).

Epéxegése, *s. f.* (gramm.) o mesmo que apposição. || De ἐπεξηγησις (form. de ἐπὶ sôbre + ἐξηγεῖσθαι narrar, explanar).

N. Em Fig. lê-se « opposição » naturalmente por lapso typographico.

Ephébo, *s. m.* (ant.) o que chegou á puberdade. || De ἔφηβος (comp. de ἐπὶ a + ηβή mocidade).

Deriv.: *ephebía* (s. f.).

Ephélide, *s. f.* (med.) nome dado a manchas de vária natureza, que apparecem na pelle do homem. || De ἔφηλις, ιδος (form. de ἐπὶ sôbre + ἥλιος sol.)

* **Epheméridas**, *s. m. pl.* (zool.) familia de Insectos Pseudonevropteros. || Do gen. *Ephémera* (e este de ἐφήμερος diurno, ephemero) + suff. *idas*.

Ephemérides, *s. f. pl.* diario, livro em que se mencionam os factos de cada dia. || De ἐφημερίς, ίδος (form. de ἐπὶ + ἡμέρα dia).

Ephémero, *adj.* que dura um dia, etc. || De ἐφήμερος (form. de ἐπὶ + ἡμέρα dia).

Épheta, *s. m.* (ant.) juiz criminal em Athenas. || De ἐφέτης (deriv. de ἐφίημι appello).

N. A quantidade da raiz condemna a accentuação *ephéta*, que se vê em Figueiredo.

Ephiálta, *s. m.* demonio incubo; pesadêlo. || De ἐφιάλτης (deriv. de ἐπιάλλειν lançar-se sôbre).

N. Aulete e outros fazem-no feminino sem razão. A forma *ephialtes* deve ser proscripta.

Ephidróse, *s. f.* (med.) hyperhidrose localizada. || De ἐφίδρωσις suor abundante (form. de ἐπὶ sôbre + ἱδρόω transpiro).

Ephippio, *s. m.* (anat.) nome dado á sella turca do esphenoide. — Especie de xairel. || De ἐφίππιον sella (comp. de ἐπὶ sôbre + ἵππος cavallo).

N. É melhor do que a forma *ephippia*, que tambem occorre em Figueiredo.

Éphoro, *s. m.* (ant.) cada um dos cinco magistrados superiores de Esparta, que fiscalizavam os actos do rei e contrabalançavam o seu poder. || De ἔφορος (deriv. de ἐφορᾶν inspeccionar).

Deriv.: *ephoráto* (s. m.), *ephoría* (s. f.), *ephórico* (adj.).

Epíalo, *adj.* (med.) dizia-se da febre contínua e maligna, em que o doente sente ora calor ora frio. || De ἠπίαλος.

EPI — 238 — EPI

Epiblásto, s. m. (bot.) appendice unguiforme, que guarnece anteriormente o blasto em certas Graminaceas, etc. (Rich.). || De ἐπὶ sôbre + βλαστός,οῦ germe.

***Epibléma,** s. m. (bot.) variedade de epiderme das plantas, que reveste particularmente as raizes. || De ἐπίβλημα cobertura.

Epicántho, s. m. (med.) molestia do angulo interno do ôlho, onde se formam pregas cutaneas que embaraçam a visão directa. || De ἐπὶ sôbre + κανθός canto do ôlho).

N. Poder-se-hia tambem acceitar *epicánthe* (fem.), forma que representa uma abbreviação de *epicánthide*, como no italiano.

Epicárpio, s. m. (bot.) epiderme do fructo, parte membranosa externa do pericarpio. || Pelo lat. scient. *epicarpium*, vem do gr. ἐπὶ sôbre + καρπός fructo + suff. *io*.

Deriv.: epicárpico (adj.).

Epicáuma, s. m. (med.) phlýctena da cornea, seguida de mancha ou de ulceração. || De ἐπίκαυμα (form. de ἐπὶ sôbre + καίω queimo).

Epicédio, s. m. (poes.) composição poetica funebre. || Pelo lat. *epicedĭum* vem de ἐπικήδειον (form. de ἐπὶ em + κῆδος exequias).

Epicéno, adj. (gramm.) que designa indifferentemente um ou outro sexo. || De ἐπίκοινος (form. de ἐπὶ + κοινός commum).

Epicéphalo, s. m. genero de monstros duplos; syn. de *epicomo*. || De ἐπὶ sôbre + κεφαλή cabeça.

Epicerástico, adj. (med.) dizia-se das substâncias que, segundo se suppunha, temperavam a acidez dos humores. || De ἐπικεραστικὸς temperante.

Epicheréma. V. *epichirêma*.

Epichirêma, s. m. (log.) argumento em que uma ou as duas premissas são accompanhadas da competente prova (Aul.). || De ἐπιχείρημα (form. de ἐπιχειρεῖν attacar, e este de ἐπὶ + χείρ mão).

N. Esta forma é preferivel a *epicherema*, porque a regra mais geral é passar ει gr. para *i* port. Adoptaram-na já Aulete e Figueiredo.

Deriv.: epichiremático (adj.).

Epichório[1], s. m. (anat.) a membrana caduca. || De ἐπὶ sôbre + χορίον chório.

Epichório[2], adj. (ant.) assim denominavam os deuses privativos de certas regiões. || De ἐπιχώριος (comp. de ἐπὶ em + χώρα região).

N. Figueiredo regista *epichoriano* com a desinencia *ano* perfeitamente dispensavel.

Epichthónio, adj. (ant.) terrestre: qualificativo de certas divindades.||De ἐπιχθόνιος (comp. de ἐπὶ sôbre + χθών, ονός terra).

N. *Epichthoniâno*, dado por Figueiredo, é menos bom.

Epiclíno, adj. (bot.) diz-se do nectario quando assenta sôbre o receptaculo da flôr (Mirbel). || De ἐπὶ sôbre + κλίνη leito.

Epico, adj. (poes.) que se refere á epopéia. || De ἐπικὸς (form. de ἔπος poema).

Epicómbio, s. m. (ant.) ramalhete com moedas, que se atirava ao povo, em Constantinopla, quando o imperador saïa da egreja. || De ἐπικόμβια (comp. de ἐπὶ em + κόμβος bolsa).

N. Supposto o singular ἐπικόμβιον, delle se não deve formar *epicombo*, como dá Figueiredo.

Epícomo, adj. e s. m. (terat.) monstro que tem uma cabeça accessoria, posto que imperfeitamente conformada (I. G. St-Hilaire).|| De ἐπὶ sôbre + κόμη cabelleira.

***Epicóndylalgía,** s. f. (med.) nevralgia profissional do epicóndylo. || De *epicóndylo* (v este vcb.) + ἄλγος dôr·+ suff.*ia*.

Epicóndylo, *s. m.* (anat.) tuberosidade externa da extremidade cubital do humero, por cima do cóndylo (Chaussier). || De ἐπὶ sôbre + *cóndylo* (v. este vcb.).

Deriv.: *epicondýlico* (adj.) melhor do que *epicondyliano*.

Epicránio, *adj.* (anat.) que está situado sôbre o cránio. || De ἐπικράνιος (form. de ἐπὶ sôbre + κρανίον cránio).

Epicráse, *s. f.* (med.) medicação alterante, com que os antigos pretendiam corrigir os humores viciados. || De ἐπίκρασις (deriv. de ἐπικεράννυμ tempero).

N. A quantidade da raiz indica o logar da tonica.

Epícrise, *s. f.* (med.) apreciação crítica e geral de uma enfermidade. || De ἐπίκρισις julgamento.

N. Ad. Coelho regista *epícrises* (com. *s* final inadmissivel); Aulete e Figueiredo accentúam *epicríse*, que discorda da quantidade etymologica.

Epicurêu, *adj.* relativo a Epicúro ou ao seu systema. || Pelo lat. *epicurêus* vem de ἐπικούρειος, e este de ᾿Επίκουρος Epicúro.

N. Varios accentúam *epicúreo*; Aulete é o unico que consigna a boa prosodia, fundada na quantidade das raizes grega e latina.

Cogn.: *epicurísmo* (s. m.), *epicurísta* (s. m.).

Epicýclo, *s. m.* (astr.) nome, entre os antigos, duma orbita circular, na qual suppunham que os planetas se moviam, e cujo centro se deslocava sôbre a circunferencia de um círculo maior. || De ἐπίκυκλος (form. de ἐπὶ sôbre + κύκλος círculo).

N. Permittindo-o a quantidade commum do υ de κύκλος, não ha razão para accentuar-se *epicyclo* (como dão Moraes e Ad. Coelho), quando temos *hemicýclo*, que é vocabulo commum e que todos assim pronunciam.

Epicyclóide, *s. f.* (geom.) curva descripta por um poncto duma circunferencia de círculo, que gyra sôbre outra circunferencia. || De *epicýclo* (v. este vcb.) + εἶδος forma.

Deriv.: *epicyclóideo* (adj.).

Epídema, *s. m.* (zool.) parte do esqueleto tegumentar dos articulados, que provém da face interna de alguma de suas peças, é faz saliencia para dentro do corpo. || De ἐπὶ sôbre + δέμα laço.

N. Opposto a *apódema*.

Epidemía, *s. f.* doença que attaca ao mesmo tempo e n.o mesmo logar um grande número de pessoas. || De ἐπιδημεῖν propagar-se pelo povo (form. de ἐπὶ + δῆμος povo).

Deriv.: *epidêmico* (adj.), *epidemicidáde* (s. f.).

Epidémiología, *s. f.* (med.) estudo das molestias epidemicas. || De *epidemía* (v. este vcb.) + λόγος discurso + suff. *ia*.

Deriv.: *epidémiológico* (adj.).

Epidêndreas, *s. f. pl.* (bot.) tribu da ordem das Orchidaceas, cujo typo é o gen. *Epidendrum*. || De *Epidendrum* (e este de ἐπὶ sôbre + δένδρον árvore) + suff. *eas*.

Epidérme, *s. f.* (anat.) camada membraniforme que cobre o derma e concorre com elle para formar a pelle. || Pelo lat. *epidermis*, do gr. ἐπιδερμὶς (form. de ἐπὶ sôbre + δέρμα pelle).

Deriv.: *epidérmico* (adj.), *epidermina* (s. f.).

Epidermóide, *adj.* (anat.) que se assimelha á epidérme. || De *epidérme* (v. este vcb.) + εἶδος forma.

* **Epidermólyse,** *s. f.* (med.) dermatose rara, em que se dá o

EPI — 240 — EPI

facil descollamento da epidérme (Thibierge). || De *epidérme* (v. este vcb.) + λύσις destruição.
Epidermóse, *s. f.* (chim.) substância tirada da fibrina fresca pela acção d'agua acidulada por acido chlorhydrico, e que parece analoga á das cellulas da epidérme. || De *epidérme* (v. este vcb.) + suff. *óse* (por analogia a cellulose, etc.).
* **Epídese,** *s.f.* (med.) applicação de uma atadura ou de uma ligadura. || De ἐπίδεσις (form. de ἐπιδέω ligo).
Epidíctico, *adj.* (rhet.) demonstrativo, apparatoso. || De ἐπιδεικτικός (form. de ἐπιδείκνυμι demonstro).
* **Epidídyméctomía,** *s. f.* (med.) ablação chirurgica do epidídymo. || De *epidídymo* (v. este vcb.) + ἐκτομή corte, ablação + suff. *ia.*
Épididymíte, *s. f.* (med.) inflammação do epidídymo. || De *epidídymo* + suffixo *íte.*
* **Épididymíto,** *s. m.* (min.) endidymito rhombico. || De ἐπί sôbre + δίδυμος duplo + suff. *ito.*
Epidídymo, *s. m.* (anat.) pequeno corpo oblongo e vermiforme, que se acha situado ao longo do bordo superior do testículo.|| De ἐπί sôbre + δίδυμος duplo, gemeo (donde testiculos).
N. Ad. Coelho accentúa — *epidídymo* — contra a etymologia e até contra o uso vulgar.
Epidóto, *s. m.* (min.) silicato hydratado de calcio, aluminio e ferro (H² Ca⁴ [Al, Fe]⁶ Si⁶ O²⁶). || De ἐπιδώτης que dá ou accrescenta.
* **Epiecía,** *s. f.* (med.) epidemía limitada a uma localidade muito circunscripta, como uma casa, um navio (Ozan). || De ἐπί sôbre + οἰκία casa.
N. Formado á imitação de *epidemía.*
Epigamía, *s.f.* (ant.) faculdade de contractar casamentos entre cidades alliadas, na antiguidade grega (Fig.). || De ἐπιγαμία (e este de ἐπί + γάμος casamento).
Epigástralgía, *s. f.* (med.) dôr no epigástrio. || De *epigástrio* (v. este vcb.) + ἄλγος dôr + suff. *ia.*
Deriv. : *epigastrálgico* (adj.).
Epigástrio, *s. m.* (anat.) região do abdome, que vae do appendice xiphoide até ás vizinhanças do umbigo. || De ἐπιγάστριον (form. de ἐπί sôbre + γαστήρ ventre).
N. Aul. só dá a forma *epigastro*, a qual todavia menos se approxima do subst. grego, e da forma lat. *epigástrium.*
Deriv. : *epigástrico* (adj.).
* **Epigástrocéle,** *s. f.* (med.) hernia da linha branca. || De *epigástrio* (v. este vcb.) + κήλη hernia.
Epigénese, *s. f.* (physiol.) geração dos seres organicos por creações successivas. || De ἐπί sôbre + γένεσις creação, geração.
N. Aul. dá *epigenésia*, mas a boa formação manda compôr *epigénese*, sendo excusada a accumulação de dous suffixos.
Deriv. : *épigenético.*
Epigenesía. V. *epigénese.*
Epigenía, *s. f.* (min.) phenomeno da alteração chimica de um mineral crystallizado, sem que se altere a sua forma. || De ἐπί depois, sôbre + γένος nascimento + suff. *ia.*
Cogn. : *epigeno.*
* **Epigeníto,** *s. m.* (min.) sulfo-arsenieto de ferro e cobre. || De ἐπί sôbre + γένος formação + suff. *ito.*
Epigêu, *adj.* que está sôbre a terra. || De ἐπίγειος (form. de ἐπί sôbre + γῆ terra).
N. Moraes (7ª ed.) dá-lhe a forma *epigio*, e Figueiredo accentúa *epigeo;* nem uma nem

outra é acceitavel (cf. *hypogêu*).

Epiginómeno, *s. m.* (med.) symptoma ou accidente, que sobrevem numa molestia sem della propriamente depender (Aul. e Mor.). || De ἐπιγινόμενον que sobrevem (de ἐπιγίγνομαι sobrevenho).

Epiglótte, *s. f.* (anat.) especie de valvula fibro-cartilaginosa, elastica, flexivel, quasi ovalar, situada um pouco abaixo da base da lingua, e destinada a fechar a glotte durante a deglutição. || De ἐπιγλωττίς (form. de ἐπί annexo a + γλῶσσα lingua).
Deriv.: epiglóttico (adj.), *epiglottite* (s. f.).

Epignatho, *s. m.* monstro que tem uma cabeça accessoria incompleta presa á abobada palatina da cabeça principal (I. G. St-Hilaire). || De ἐπί sôbre + γνάθος queixo.
N. Discordando dos mais derivados da mesma raiz, Figueiredo dá *epignatha*.
Deriv.: epignathía (s. f.).

Epigônio, *s. m.* (bot.) envoltorio de tecido cellular que cobre o endogonio. || De ἐπί sôbre + γόνος nascimento + suff. *io*.

Epigrâmma, *s. m.* pequena poesia satirica, etc. || De ἐπίγραμμα (deriv. de ἐπιγράφειν riscar, arranhar levemente).
Deriv.: epigrammático (adj.), *epigrammatizár* (v.), *epigrammatísta* (s. m.).

Epígraphe, *s. f.* inscripção; sentença ou divisa posta no princípio de um discurso, etc. || De ἐπιγραφή (deriv. de ἐπιγράφειν inscrever).
Deriv.: epigraphía (s. f.), *epigráphico* (adj.), *epigraphísta* (s. m.).

Epígyno, *adj.* (bot) diz-se de orgão ou flôr, que se insere sôbre o ovario. || Pelo lat. scient. *epigýnus* vem de ἐπί sôbre + γυνή femea.

N. Figueiredo grapha e accentúa bem este vocabulo, corrigindo a Aulete.
Deriv.: epigynia (s. f.).

Epilepsía, *s. f.* (med.) molestia cerebral, que se manifesta por accessos, em que ha abolição completa dos sentidos e da razão, accompanhados de movimentos convulsivos. || De ἐπιληψία (deriv. de ἐπιλαμβάνειν invadir, sorprehender).
Deriv.: epiléptico (adj.).

Epileptógeno, *adj.* (med.) que causa a epilepsía. || De *epilepsía* (v. este vcb.) + γένος producção.

Epileptóide, *adj.* diz-se dos phenomenos convulsivos, similhantes aos da epilepsía, que occorrem no estrychnismo. || De *epiléptico* + εἶδος forma.

Epílogo, *s. m.* conclusão de um livro, discurso, etc. || De ἐπίλογος (form. de ἐπί sôbre + λόγος discurso).
Deriv.: ëpilogár (v.), *epilogação* (s. f.).

Epimênios, *s. m. pl.* (ant.) presentes dados todos os mezes. || De ἐπιμήνιος mensal (e este de ἐπί em + μήν mez).
N. Recebemo-lo naturalmente pelo lat. *epimenia, orum;* sendo assim, deve ser masculino o vocabulo portuguez, e não feminino como regista Fig.

Epiméro, *s. m.* (zool.) peça do thorax, onde se articulam as patas dos animaes articulados. || De ἐπί sôbre + μηρός coxa.

Epinástico, *adj.* (bot.) diz-se do corpo da folha, que tem a face dorsal concava, por maior desenvolvimento da face ventral. || De ἐπί sôbre + ναστός calcado + suff. *ico*.
Cogn.: epinastía (s. f.).

Epinêma, *s. m.* (bot.) parte superior do filete nos estames das plantas, que têm flôres synanthereas. || De ἐπί sôbre + νῆμα fio.

14

EPI — 242 — EPI

Epinêurio, *s. m.* (zool.) envoltorio externo da fibra nervosa. || De ἐπὶ sôbre + νεῦρον nervo + des. *io*.
N. O francez adoptou *épinèvre,* menos chegado á etymologia.

Epinício, *s. m.* hymno de triumpho, canto de victória. || De ἐπινίκιον (form. de ἐπὶ + νίκη victória).

Epioolíthico, *adj.* (geol.) diz-se dos terrenos de formação posterior ao calcareo oolithico (Aul.). || De ἐπὶ sôbre, depois + *oolíthico* (v. este vcb.).

Epiparoxýsmo, *s. m.* (med.) paroxysmo que reapparece mais cedo ou mais frequentemente do que deve voltar. || De ἐπὶ demais + *paroxýsmo* (v. este vcb.).

* **Epipástico,** *adj.* (med.) diz-se do papel polvilhado com pó de cantharides. || De ἐπιπάσσειν polvilhar.

Epipétalo, *adj.* (bot.) diz-se dos estames inseridos sôbre a corolla. || De ἐπὶ sôbre + *pétalo* (v. este vcb.).
Deriv.: epipetália (s. f.) — classe do systema de Jussieu, e *epipetalía* (s. f.).

Epiphania, *s. f.* (liturg.) festividade religiosa, que celebra a manifestação de Christo aos gentios; a festa de *Reis*. || De ἐπιφάνεια apparição, manifestação (deriv. de ἐπὶ + φαίνειν apparecer).

* **Epiphanito,** *s. m.* (min.) variedade de chlorito. || De ἐπιφανής apparente + suff. *ito*.

Epiphenómeno, *s. m.* (med.) qualquer symptoma, que sobrevem depois de declarada a molestia (Aul.). || De ἐπιφαινόμενον que sobrevem (form. de ἐπὶ depois + φαίνεσθαι apparecer).

Epiphleóse, *s. f.* (bot.) epiderme vegetal. || De ἐπὶ sôbre + φλοιός casca.
N. É vcb. talvez excusado.

* **Epiphlogóse,** *s. f.* (med.) inflammação sem engorgitamento (Lobstein). || De ἐπὶ sôbre + φλόγωσις inflammação.

Epiphonêma, *s. m.* (rhet.) exclamação sentenciosa, com que se termina uma narrativa. || De ἐπιφώνημα (form. de ἐπιφωνεῖν exclamar, e este de ἐπὶ sôbre + φωνή voz).
Deriv.: epiphonemático (adj.) — melhor do que *epiphonêmico*.

Epiphora, *s. f.* (med.) lagrimejamento contínuo e involuntario. || De ἐπιφορὰ fluxão, affluencia de humores.

Epiphrágma, *s. m.* (zool.) especie de operculo, com que alguns molluscos fecham a concha. — (Bot.) Membrana ligada ao peristomio de alguns musgos. || De ἐπίφραγμα rôlha, tapagem.
N. Certamente por êrro typographico trouxe algum livro francez — *ephigramme* —, e d'ahi se julgou auctorizado o annotador de Moraes (7ª ed.) a incluir na nossa lingua o vcb. *ephigramma,* que já passou para o diccionario de Aulete. Tempo é de bani-lo como termo barbaro e sem razão de ser.

Epíphrase, *s. f.* (rhet.) accrescentamento a uma phrase, que parecia concluida, para se desenvolverem ideas accessorias (Fig.). || De ἐπὶ sôbre, demais + *phrase* (v. este vcb.).

Epiphýllo, *adj.* (bot.) que cresce sôbre as folhas das plantas. || De ἐπὶ sôbre + φύλλον folha.

Epiphýllospérmo, *adj.* (bot.) diz-se das plantas, que dão flôres e fructos sôbre as folhas. De ἐπὶ sôbre + φύλλον folha + σπέρμα semente.

Epiphýse, *s. f.* (anat.) emi-

nencia ossea unida ao corpo de um osso por uma cartilagem, e que se converte depois em apophyse pelo progresso da ossificação. || De ἐπίφυσις (form. de ἐπὶ sôbre + φύειν nascer).
Epiphytía, *s. f.* (bot.) molestia que attaca grande número de plantas da mesma especie ao mesmo tempo (Aul.). || De ἐπὶ sôbre + φυτὸν planta + suff. *ia*.
N. Formado á similhança de *epizootía*.
Epíphyto, *adj.* e *s. m.* (bot.) diz-se das plantas que nascem e crescem sôbre outros vegetaes, sem contudo tirarem delles a sua nutrição. || De ἐπὶ sôbre + φυτὸν planta.
Deriv. : *épiphytico* (adj.), *epiphytismo* (s. m.).
Epíplocéle, *s. f.* (anat.) hernia do epíploo. || De *epíploo* (v. este vcb.) + κήλη hernia.
N. Figueiredo regista *epiplócela*, por todas as razões condemnavel.
* **Epíploénterocéle**, *s. f.* (med.) hernia do intestino e do epíploo ao mesmo tempo. De *epíploo* + *enterocéle* (v. estes vcbs.).
* **Epíploïschiocéle**, *s. f.* (med.) hernia do epíploo pela chanfradura ischiatica. || De *epíploo* + *ischiocéle* (v. estes vcbs.).
* **Epíplomerocéle**, *s. f.* (med.) hernia crural formada pelo epíploo. || De *epíploo* + *merocéle* (v. estes vcbs.).
***Epiplómphalo**, *s. m.*(med.) hernia umbilical formada pelo epíploo. || De ἐπίπλοον epíploo + ὀμφαλὸς umbigo.
Epíploo, *s. m.* (anat.) dupla folha membranosa formada por larga expansão do peritonio, etc. || De ἐπίπλοον.
N. Anda nos diccionarios com-a desinencia grega *epiploon*, mas não ha razão para que não lhe demos terminação á portugueza.
Deriv. : *epiplóico* (adj.), *epiploïte* (s. f.).
* **Epíplopexía**, *s. f.* (med.) fixação do epíploo á parede abdominal. || De *epíploo* (v. este vcb.) + πῆξις fixação + suff. *ia*.
* **Epíplosarcómphalo**, *s. m.* (med.) hernia umbilical do epíploo, que se tornou dura e como scirrhosa. || De ἐπίπλοον epíploo + σάρξ carne + ὀμφαλὸς umbigo.
* **Epíplóscheocéle**, *s. f.* (med.) hernia do epíploo, que desce até o escroto. || De ἐπίπλοον epíploo + ὀσχέον escroto + κήλη hernia.
Epipódio[1], *s. m.* (bot.) tuberculo, que nasce sôbre o pedunculo de certas flôres. || De ἐπὶ sôbre + πούς, ποδός pé + suff. *io*.
Epipódio[2], *s. m.* (zool.) ramificação exterior, que ás vezes accompanha o protopódio, na pata dos Crustaceos. || De ἐπὶ sôbre + πούς, ποδός pé + des. *io*. V. *protopódio*.
Epipólase, *s. f.* (chim.) na Chimica antiga, acção de uma substância separar-se dum líquido, ficando á superficie sem se volatilizar, pelo menos immediatamente. || De ἐπιπόλασις.
N. Epipoláse, como dá Figueiredo, infringe a regra.
Deriv. : *epipolástico* (adj.) — melhor que *epipolico*, que só tem por si a imitação do francez *épipolique*.
* **Epirhízo**, *adj.* (bot.) diz-se dos parasitos, que se desenvolvem sôbre as raizes dos vegetaes vivos. || De ἐπὶ sôbre + ῥίζα raiz.
* **Epirrhêma**, *s. m.* (ant.) na comedia grega, trecho gracioso em versos trochaicos, recitado pelo corypheu depois da estrophe. || De ἐπίρρημα.

Episcénias, s. f. pl. (ant.) festas dos pavilhões, entre os Espartanos; a festa dos tabernaculos, entre os Judeus (Fig.). ‖ De ἐπισκήνιος que se faz na tenda (e este de ἐπὶ em + σκήνη tenda, pavilhão).

Episcênio, s. m. (ant.) no theatro grego, espaço por cima do tablado, onde se punham os machinismos. ‖ De ἐπισκήνιον (e este de ἐπὶ sôbre + σκήνη scena).
N. A significação dada ao vocabulo por Fig. não parece a melhor.

* **Epischese,** s. f. (med.) suppressão de uma evacuação natural; suspensão. ‖ De ἐπισχεσις retenção.

* **Episclerite,** s. f. (med.) inflammação do tecido cellular que cerca a esclerotica. ‖ De ἐπὶ em + σκληρὸς duro + suff. *ite*.

Episcopádo, s. m. dignidade de bispo; etc. ‖ Pelo lat. *episcopatus* vem de ἐπίσκοπος guarda, inspector (de ἐπισκέπτεσθαι — visitar, inspeccionar).
Cogn. : *episcopál* (adj.).

Episêmo, s. m. (ant.) character que, extranho ao alphabeto grego, era empregado na numeração escripta. ‖ De ἐπίσημος distinctivo, signal.

Episépalo, adj. (bot.) que nasce ou cresce sôbre os sépalos. De ἐπὶ sôbre + sépalo (v. este vcb.).

* **Episiocéle,** s. f. (med.) prolapso da vagina. ‖ De ἐπείσιον pubis + κήλη hernia.
N. Vcb. mal formado e dispensavel.

***Episiorhaphía,** s. f. (med.) sutura das paredes vaginaes ou dos grandes labios da vulva. ‖ De ἐπείσιον pubis + ῥαφὴ costura + suff. *ia*.

* **Episiotomía,** s. f. (med.) incisão no contôrno da vulva para augmentar-lhe o orificio. ‖ De ἐπείσιον pubis + τομὴ corte + suff. *ia*.

Episódio, s. m. digressão; acção accessoria ou incidente; etc. ‖ De ἐπεισόδιον (form. de ἐπείσοδος chegada, entrada, e este de ἐπὶ + εἰς + ὁδὸς caminho).
Deriv. : *episódico* (adj.), *episodiár* (v.).

Epispádias, s. m. (med.) vício de conformação das partes genitaes do homem, characterizado pela situação anomala da abertura da urethra no dorso do penis. ‖ De ἐπὶ por cima + σπάω puxo, arranco.

Epispásmo, s. m. (med.) inspiração feita com violento exfôrço. ‖ De ἐπὶ sôbre + σπασμὸς tracção, espasmo.

Epispástico, adj. (pharm.) diz-se dos medicamentos que, applicados sôbre a pelle, determinam a formação de phlyctenas (Aul.). ‖ De ἐπισπαστιχὸς que attrahe (de ἐπὶ + σπάω puxo).

Epispérma, s. m. (bot.) tegumento exterior da semente. ‖ De ἐπὶ sôbre + σπέρμα semente.
Deriv. : *epispérmico* (forma preferivel a *epispermático* que occorre em Aul. e Fig.).

* **Episplenite,** s. f. (med.) inflammação da capsula do baço. De ἐπὶ sôbre + σπλὴν, ηνὸς baço + suff. *ite*.

Epistaphylíno, adj. e s. m. (anat.) musculo palato-estaphylino. ‖ De ἐπὶ sôbre + σταφυλὴ uvula + suff. *ino*.

Epístase, s. f. (med.) materia que se conserva na superficie da urina. ‖ De ἐπίστασις parada (form. de ἐπὶ sôbre + ἵστημι estou parado).

Epistáxe, s. f. (med.) hemorrhagia nasal. ‖ De ἐπίσταξις

(form. de ἐπὶ + στάζειν gottejar).
N. Aul. dá-lhe a desinencia *is* (epistaxis) menos conforme ao genio da lingua.

Epistérno, *s. m.* (zool.) peça do thorax de alguns insectos. || De ἐπὶ sôbre + στέρνον esterno.
Deriv. : *episternál* (adj.).

Epístola, *s. f.* carta, missiva familiar; etc. || De ἐπιστολή (form. de ἐπιστέλλειν enviar).
Deriv. : *epistolár, epistolário.*

Epistolographía, *s. f.* genero litterario, cuja forma é a carta. || De ἐπιστολή carta + γράφειν escrever + suff. *ia*.
Cogn. : *epistológrapho.*

Epistômio, *s. m.* (zool.) parte da cabeça dos insectos, que está immediatamente sôbre o labio superior. || De ἐπὶ sôbre + στόμα bocca + suff. *io*.
N. A quantidade etymologica condemna a prosodia *epistóma*, que Aul. acconselha. *Epístoma*, como dá Figueiredo, seria bem accentuado; mas a forma *epistomio* tirada do lat. scientifico *epistomium* é de certo preferivel.

Epístrophe, *s. f.* (rhet.) figura, pela qual se fecham várias phrases com a mesma palavra. || De ἐπιστροφή revolução, circuito (form. de ἐπὶ + στρέφειν volver).

* **Epistrophéa,** *s. f.* (anat.) nome da segunda vertebra (axis), porque a primeira gyra sôbre ella como um eixo. || De ἐπιστροφεὺς (form. de ἐπὶ sôbre + στρέφω volto).

Epistýlio, *s. m.* (archit.) architrave. || De ἐπιστύλιον (form. de ἐπὶ sôbre + στύλος columna).

Episynthético, *adj.* (med.) diz-se da seita médica, que procurava conciliar o methodismo com o empirismo e o dogmatismo. || De ἐπὶ sôbre + συνθετικός que compõe, ordena.
Cogn. : *episynthetísmo* (s. m.).

Epitáphio, *s. m.* inscripção, lettreiro tumular. || De ἐπιτάφιον (form. de ἐπὶ sôbre + τάφος sepultura).
Deriv. : *epitaphísta* (s. m.).

Epítase, *s. f.* parte do drama que desenvolve os incidentes principaes e contém o enredo da peça. — (Med.) princípio do paroxysmo de uma febre. || De ἐπίτασις (e este de ἐπιτείνω augmento, distendo).

Epithalámio, *s. m.* canto nupcial: poema em que se celebra o matrimonio d'alguem. || De ἐπιθαλάμιον (form. de ἐπὶ + θάλαμος matrimonio).
Deriv. : *epithalámico* (adj.).

Epithélio, *s. m.* (anat.) a epiderme do mamillo (Ruysch). Extendeu-se depois este nome ao elemento anatomico, que nas membranas mucosas corresponde á epiderme da pelle. || De ἐπὶ sôbre + θηλή mamillo + suff. *io*.
Deriv. : *epitheliál* (adj.), *epitheliôma* (s. m.).

Epíthema, *s. m.* (pharm.) medicamento topico, que não tem a natureza do unguento nem a do emplastro. || De ἐπίθεμα (form. de ἐπὶ sôbre + τίθημι pônho).

Epítheto, *s. m.* (gramm.) qualificativo que se juncta a um nome para ornato ou para tornar mais definida a idea; etc. || De ἐπίθετον (form. de ἐπιτιθέναι appôr).
Deriv. : *epithetísmo* (s. m.)., *epithético* (adj.).

Epítome, *s. m.* compendio, resumo. || De ἐπιτομή (form. de ἐπιτέμνειν cortar, abbreviar).
Deriv. : *epitomár* (v.), *epitomadôr* (s. m.).

* **Epitoxóide,** *s. m.* (med.) toxóide que tem para a antitoxina avidez menor do que a

14.

toxina. || De ἐπί sôbre + toxóide (v. este vcb.).

Epítrito, *adj.* número —, o que contém outro menor completo mais a terça parte delle. — (Poes.) pé de verso composto de uma syllaba breve combinada de varios modos com trez longas. || De ἐπίτριτος (form. de ἐπί a mais + τρίτος terceiro).

* **Epitróchlea**, *s. f.* (anat.) eminencia arredondada na parte interna da extremidade cubital do humero, por cima da trochlea. || Pelo lat. *epitrochlea* vem de ἐπί sôbre + τροχαλία polé, trochlea.

Epítrope, *s. f.* (rhet.) permissão oratoria. || De ἐπιτροπή (e este de ἐπιτρέπω concedo).

N. Á similhança de outros termos de Grammatica e Rhethorica, é preferivel esta forma a « epitropa », que Fig. regista.

Epizéuxe, *s. f.* (rhet.) figura que consiste em repetir a mesma palavra seguidamente. || De ἐπίζευξις (form. de ἐπιζευγνύναι continuar, ligar).

N. Aul. dá *epizeuxis*, mas a desinencia em *e* é mais conforme á analogia e ao genio da lingua.

Epizoário, *s. m.* (zool.) parasito que vive na superficie cutanea dos animaes. || De ἐπί sôbre + ζωάριον animalculo.

N. Oppõe-se a *entozoário*.

Epizootia, *s. f.* (veter.) molestia que attaca ao mesmo tempo e no mesmo logar um grande número de animaes irracionaes. || De ἐπί + ζῶον animal + suff. *ia*.

Deriv. : *epizoótico* (adj.).

Epocha, *s. f.* periodo de tempo, cujo começo é assignalado por um facto importante. || De ἐποχή (form. de ἐπέχειν deter, parar).

N. A graphia vulgar *epoca* é, como se vê, menos etymologica.

Epódo, *s. m.* (poes.) a terceira estrophe das odes e dos choros gregos. || De ἐπῳδός (form. de ἐπᾴδειν accompanhar com o canto).

N. Aul. accentúa *épodo* sem razão.

Deriv. : *epódico* (adj.).

Epónymo, *adj.* que dá ou empresta seu nome a alguma cousa. De ἐπώνυμος (comp. de ἐπί a + ὄνομα nome).

Deriv. : *eponymía* (s. f.).

* **Epoóphoro**, *s. m.* (anat.) orgam situado na espessura do ligamento largo do ovario, orgam de Rosenmüller (Waldeyer). || De ἐπί sôbre + ὠοφόρος que conduz o ovo.

Epopéia, *s. f.* (poes.) poema epico; etc. || De ἐποποιία (form. de ἔπος poema heroico + ποιεῖν fazer).

Deriv. : *epopéico* (adj.).

N. Melhor do que « epopéa ».

Epópta, *s. m.* (ant.) o iniciado nos mysterios de Eleusis. || De ἐπόπτης (e este de ἐφοράω contemplo, pelo fut. ἐπόψομαι).

Deriv. : *epoptísmo* (s. m.).

Epostracísmo, *s. m.* (ant.) jôgo de crianças, que consistia em atirar pedras ou conchas pela superficie do mar, de modo a fazê-las resaltar muitas vezes. || De ἐποστρακισμός (form. de ἐπί sôbre + ὄστρακον concha).

Epsilo, *s. m.* (gramm.) a 5ª lettra (ε) do alphabeto grego. || De ἐψιλόν.

N. A quantidade da raiz grega oppõe-se á prosodia *epsilon* que dá Fig.; por outra parte o *n* final deve desapparecer.

Epúlide, *s. f.* (med.) tumor carnoso que se desenvolve nas gengivas. || De ἐπουλίς, ίδος (form. de ἐπί sôbre + οὖλον gengiva).

N. *Epúlida*, escrevem os

diccionaristas; mas do acc. lat. *epulĭdem* a forma correctamente derivada é *epúlide*.

Epulótico, *adj.* que favorece a cicatrização. || De ἐπουλωτικὸς (form. de ἐπουλόω cicatrizo).

Erebo, *s. m.* (poes.) a parte mais escura e profunda do Inferno; o proprio Inferno. || De Ἔρεβος.

***Eremacáuse,** *s. f.* (chim.) decomposição lenta das materias organicas pela acção oxydante do' ar humido (Liebig). || De ἠρέμα lenta, docemente + καῦσις queima.

Eremíta, *s. m.* solitario; religioso que vive solitario no deserto. || De ἐρημίτης (form. de ἔρημος deserto, solitario).

Deriv. : *eremitico* (adj.), *eremitério* (s. m.), *ermida* (s. f.), *ermitão* (s. m.).

Erethísmo, *s. m.* (physiol.) estado de excitação ou de erecção. || De ἐρεθισμὸς (form. de ἐρέθειν excitar).

***Eréuthophobía,** *s. f.* (med.) medo morbido de enrubescer. || De ἐρεύθω córo + φόβος terror + suff. *ia*.

***Ergio,** *s. m.* (phys.) no systema C. G. S. unidade de trabalho. || Da raiz εργ (de ἔργον trabalho) + suff. *io*.

N. Não convem manter-se a forma « erg », avessa ao genio da lingua.

***Ergómetro,** *s. m.* instrumento para medir o trabalho executado por um musculo ou um grupo muscular. || De ἔργον trabalho + μέτρον medida.

Ericáceas, *s. f. pl.* (bot.) ordem de plantas dicotyledones gamopétalas, que têm por typo o gen. *Erīca*. || De ἐρείκη urze + suff. *áceas*.

Cogn. : *ericíneas* (s. f. pl.).

***Ériocauláceas,** *s. f. pl.* (bot.) ordem de plantas, cujo typo fundamental é o gen. *Erio-* *caulon*. || De *Eriocaulon* (e este de ἔριον pêllo, lanugem + καυλὸς haste) + suff. *áceas*.

***Ériochalcíto,** *s. m.* (min.) variedade de atacamito (oxychloreto de cobre). || De ἔριον lã, felpo + χαλκὸς cobre + suff. *ito*.

Erioçomo, *adj.* que tem cabello encarapinhado. || De ἔριον lã + κόμη cabelleira.

Erótico, *adj.* que se refere ao amor. || De ἐρωτικὸς (form. de ἔρως amor).

Cogn. : *erotismo* (s. m.).

Erótomanía, *s. f.* (med.) alienação mental characterizada por delirio erotico. || De ἔρως amor + μανία loucura.

Erpetología. V. *herpetología*.

Errhíno, *adj.* (med.) que se applica pelo nariz; esternutatorio. || De ἔρρινον (form. de ἐν em + ῥίς, ινὸς nariz.

Erýsimo, *s. m.* (bot.) planta da ordem das Cruciferas; rinchão. || De ἐρύσιμον.

Erysipéla, *s. f.* (med.) inflammação superficial da pelle, com febre geral, tensão e tumor da parte, dôr e calor, etc. || De ἐρυσίπελας (form. de ἐρεύθω enrubescer + πέλα pelle).

N. A boa prosodia etymologica pediria *erysípela*; mas sendo este vcb. do dominio popular, impossivel é hoje mudarlhe a accentuação, como acconselha Aulete.

Deriv. : *erysipelatóso* (adj.), *erysipelár* (v.).

***Erysípheas,** *s. f. pl.* (bot.) tribu das Perisporiaceas (classe dos Cogumelos). || Do gen. typo *Erysiphe* (e este talvez de ἐρυσίβη ferrugem das plantas) + suff. *eas*.

Erythêma, *s. m.* (med.) exanthema não contagioso, characterizado por manchas vermelhas disseminadas por uma ou várias partes do corpo, etc.

|| De ἐρύθημα rubor (deriv. de ἐρυθαίνειν enrubescer).
Deriv. : erythematóso (adj.), erythemático (adj.).

* **Erýthremía,** s. f. (med.) augmento consideravel do número de globulos vermelhos do sangue, accompanhado de cyanose e esplenomegalia (Türck). || De ἐρυθρός rubro + αἷμα sangue + suff. ia.

Erythrína, s. f. (chim.) substância que se extrahe da *Roccella tinctoria*, e que sob a acção do alcool, d'agua, se decompõe em erythrita e acido orsellico. — (Bot.) nome da árvore-de-coral. — (Min.) arseniato hydratado de cobalto. || De ἐρυθρός vermelho + suff. ina.
Cogn. : erythreina (s. f.), erýthrico (adj.), erythríta (s. f.).

* **Erythrísmo,** s. m. (anthr.) côr mais ou menos rubra do systema piloso. || De ἐρυθρός vermelho + suff. ismo.

* **Erýthroblástico,** adj. que diz respeito á formação dos globulos vermelhos. || De ἐρυθρός vermelho + βλαστὸς germe + suff. ico.

* **Erýthrocentauriína,** s. f. (chim.) substância que se cora de vermelho á luz solar, e que se extrahe da pequena centauréa. || De ἐρυθρός vermelho + centauréa (v. este vcb.) + suff. ina.

* **Erýthrochalcito,** s. m. (min.) chloreto cuproso. || De ἐρυθρός vermelho + χαλκός cobre + suff. ito.

* **Erythrócyto,** s. m. globulo vermelho do sangue, e nucleado. || De ἐρυθρός vermelho + κύτος cellula.
Deriv. : erýthrocytóse (s. f.).

* **Erýthrodermía,** s. f. (med.) dermatose generalizada e characterizada pelo rubor vivo e uniforme da pelle, seguido de descamação. || De ἐρυθρός vermelho + δέρμα pelle + suff. ia.

* **Erythrogênio,** s. m. (chim.) materia corante vermelha das flôres. || De ἐρυθρός vermelho + γένο; producção + suff. io.

Erythróide, adj. (anat.) Tunica —, envoltorio musculoso e avermelhado do testiculo, formado pela expansão do cremaster. || De ἐρυθροειδής avermelhado, form. de ἐρυθρός vermelho + εἶδος forma.

* **Erýthromelalgía,** s. f. (med.) asphyxia local das extremidades. || De ἐρυθρός vermelho + μέλος membro + ἄλγος dôr + suff. ia.

* **Erýthrophobía,** s. f. (med.) medo morbido da côr vermelha. || De ἐρυθρός vermelho + φόβος terror + suff. ia.

Erýthrophýlla, s. f. (bot.) materia corante das folhas que enrubescem por occasião de sua quéda, etc. || De ἐρυθρός vermelho + φύλλον folha.

Erýthropsia, s. f. (med.) estado morbido de quem vê tudo vermelho. || De ἐρυθρός vermelho + ὄψις vista + suff. ia.

Erýthrorhetina, s. f. (chim.) resina contida no rhuibarbo amarello. || De ἐρυθρός vermelho + ῥητίνη resina.

Erythróse, s. f. (chim.) materia corante extrahida dos rhuibarbos pelo acido nitrico. || De ἐρυθρός vermelho.

* **Erýthrosiderito,** s. m. (min.) chloreto de ferro e potassio. || De ἐρυθρός vermelho + σίδηρο; ferro + suff. ito.

Erythroxýleas, s. f. pl. (bot.) familia de plantas dicotyledones, que têm por typo o genero *Erythroxýlon*. || De ἐρυθρός vermelho + ξύλον **pau** + suff. *eas*.

Escaléno, *adj.* (geom.) diz-se do triangulo, que tem os lados deseguaes. || De *e* euphonico + σκαληνός obliquo, desegual.

Escalénoédro, *s. m.* (cryst.) polyedro limitado por triangulos escalenos. || De *escaléno* (v. este vcb.) + έδρα base, assento.

Escálmo, *s. m.* cavilha a que se prende o remo, tolete. || De *e* euph. + σκαλμός.

Escammonéa, *s. f.* (bot.) gomma-resina de acção purgativa, que vem do Oriente, e extrahida de várias árvores. || Pelo fr. *scammonée* vem do gr. σκαμμώνιον, precedido de *e* euph.

Deriv. : *escammónico* (adj.), *escammonina* (s. f.).

Escaphándro, *s. m.* apparelho impermeavel, que permitte aos mergulhadores trabalharem debaixo d'agua. || De *e* euphonico + σκαφή barco + ἀνήρ, ἀνδρός homem.

Escáphocephalía, *s. f.* (terat.) deformação do cránio, que toma a forma de canôa. || De *e* euph. + σκάφος batel + κεφαλή cabeça + suff. *ia*.

Cogn. : *escaphocéphalo* (adj.).

Escaphóide, *adj.* e *s. m.* (anat.) Fossa —, situada na parte superior da aza interna da apophyse pterygoide. — O *escaphóide*, nome de dous ossinhos do carpo e do tarso. || De *e* euph. + σκάφη barco + εἶδος forma.

* **Escaphópodes,** *s. m. pl.* (zool.) classe de Molluscos. || De *e* euph. + σκάπτω cavar + πούς, ποδός pé.

* **Escapólitho,** *s. m.* (min.) especie de wernerito, de forma prismatica.||De *e* euph.+ σκάπος haste + λίθος pedra.

Escarabêu, *s. m.* (zool.) escaravelho, insecto Coleoptero, gen. « Scarabēus ». || De *e* euph. + σκάραβος.

Deriv. : *Escarabéidas* (s. m. pl.).

Escarificár, *v.* (med.) sarjar, golpear. || Pelo lat. *scarificare*, de σκαριφάομαι.

Escatóphago, *adj.* que come excrementos. || De *e* euph. + σκώρ, ατός excremento + φαγεῖν comer.

N. Syn. de *coprophago*.

Deriv. : *escatophagia* (s. f.).

Escazónte, *s. m.* (poes.) verso jambico trimetro, que tem no 5º pé sempre um jambo, e no 6º um espondeu. || Pelo lat. *scazontem*, de σκάζειν coxear, prec. de *e* euph.

N. A forma *scazon*, que anda em alguns tractados de versificação, é mal derivada e não deve prevalecer.

Eschára, *s. f.* (med.) crosta negra ou escura, que resulta da mortificação de uma parte gangrenada, ou profundamente queimada. || De ἐσχάρα; em lat. *eschăra, œ*.

N. Quanto á graphia não ha dúvida que deve ser com *ch*, como dão Aulete e Ad. Coelho. No que respeita á prosodia, fôra mistér vencer o uso para pô-la de accôrdo com a quantidade etymologica.

Deriv. : *escharótico* (adj.), *escharificár* (v.).

Éschatología, *s. f.* (theol.) sciencia das cousas que têm de acontecer depois do fim do mundo (Aul.). || De ἔσχατος último,extremo + λόγος discurso, tractado + suff. *ia*.

Eschêma, *s. m.* figura typica que representa um facto ou uma forma, na sua generalidade. || De *e* euph. + σχῆμα,τος figura.

N. Como a todas as palavras procedentes de raiz grega, que começam por σκ, σμ, στ e σχ, deve-se junctar a esta o *e* inicial euphonico.

Deriv. : *eschemático* (adj.).
* Eschemógrapho, *s. m.* (med.) instrumento para traçar o eschêma do campo visual medido pelo perimetro. || De *e* euph. + *eschêma* (v. este vcb.) + γράφειν escrever.

* Eschenántho, *s. m.* (bot.) planta Graminacea das Indias, cujas folhas entravam na composição da triaga. || De Schœnanthus (e este de σχοίνανθος, comp. de σχοῖνος junco + ἄνθος flôr) com o *e* inicial euphonico.

* Eschindylése, *s. f.* (anat.) articulação de uma lamina ossea na gotteira ou fenda de outro osso. || De *e* euph. + σχινδύλησις acção de partir em pedacinhos.

Eschísto, *s. m.* (min.) rocha de composição variavel, e cujo characteristico essencial é dividir-se em folhas parallelas. || De *e* euph. + σχιστός fendido.
N. Em Portugal e no Brasil a pronúncia usual é — xisto —; mas sendo ella de todo irracional, e tractando-se de palavra meramente scientifica, é facil aos doutos applicar-lhe a devida correcção, pronunciando *eskisto*.
Deriv. : *eschistóso* (adj.).

Eschistóide, *adj.* (geol.) que tem apparencia de eschísto. || De *eschísto* (v. este vcb.) + εἶδος apparencia, forma.

* Eschistosômo, *s. m.* (terat.) monstro, que apresenta eventração lateral ou mediana em toda a extensão do abdome. || De *e* euph. + σχιστός fendido + σῶμα corpo.

* Eschizándreas, *s. f. pl.* (bot.) tribu das Magnoliaceas; tem por typo o gen. « Schizandra ». || De *e* euph. + Schizàndra (e este de σχίζειν fender + ἀνήρ, ἀνδρός macho) + suff. *eas*.

* Eschizeáceas, *s. f. pl.* (bot.) ordem de Fetos. || Do gen. Schizœa (e este de σχίζειν dividir) + suff. *áceas*, com o *e* inicial euphonico.

* Eschizocéphalo, *s. m.* (terat.) monstro, cuja cabeça se apresenta dividida longitudinalmente. || De σχίζειν fender + κεφαλή cabeça.

* Eschízogonía, *s. f.* (zool.) modo de reproducção asexual e endogena. || De *e* euph. + σχίζειν dividir + γόνος geração + suff. *ia*.

Eschizomycétes, *s. m. pl.* (bot.) nome dado por alguns ás Bacteriaceas. || De *e* euph. + σχίζειν fender + μύκης cogumelo.

* Eschizónte, *s. m.* (zool.) organismo de forma definida, e resultante de um Hemosporidio. || De *e* euph. + σχίζειν dividir.

Eschizóphyto, *adj.* (bot.) diz-se dos vegetaes, que se reproduzem por fissiparidade. || De *e* euph. + σχίζειν fender, partir + φυτόν planta.

Eschizópodes, *s. m. pl.* (zool.) ordem de Malacostraceos Podophthalmos; têm as patas bifurcadas. || De *e* euph. + σχίζειν fender, dividir + ποῦς, ποδός pé.

* Eschízoprosopía, *s. f.* (med.) divisão de quasi toda a face pelo prolongamento da fenda do labio leporino. || De σχίζω fendo + πρόσωπον face + suff. *ia*.

Eschízothórax, *s. m.* (terat.) monstro que tem dividido o esterno ou toda a parede thoracica. || De *e* euph. + σχίζειν fender + θώραξ peito.

Eschizotrichía, *s. f.* divisão dos cabellos na sua extremidade. || De *e* euph. + σχίζειν fender + θρίξ, τριχός cabello + suff. *ia*.

Eschóla, *s. f.* estabelecimento onde se ensina; etc. || De *e* euph. + σχολή estudo.
N. Posto que seja usual escrever *escola*, todavia já Aulete sancciona a boa graphia (com

ch), e ha muitos que na práctica o seguem.

Deriv. : escholár (adj.), *escholástico* (adj.).

Escholiásta, *s. m.* auctor de eschólios, commentador. || De *e* euph. + σχολιαστής (deriv. de σχόλιον eschólio).

N. A terminação em *e*, que vem em Aulete e Ad. Coelho, certamente não é acceitavel; o mesmo cumpre dizer de *escoliástes* dado por Figueiredo.

Eschólio, *s. m.* observação grammatical ou crítica; commentario. || De *e* euph. + σχόλιον.

N. Sem razão Figueiredo supprime-lhe o *h.*

Deriv. : escholiár (v.).

Escleránthio, *s. m.* (bot.) fructo composto de sementes soldadas com a base do perigonio endurescido. || De *e* euph. + σκληρός duro + ἄνθος flôr + suff. *io.*

Deriv. : Esclerántheas (s. f. pl.).

Escleréctomía, *s. f.* (chir.) secção da esclerótica. || De *esclerótica* (v. este vcb.) + ἐκτομή corte + suff. *ia.*

Esclerêma, *s. m.* (med.) endurescimento do tecido laminoso dos recem-nascidos. || De *e* euphonico + σκληρός duro.

Esclerênchyma, *s. m.* (bot.) tecido cellular de grande dureza, por causa do espessamento das paredes das cellulas. || De *e* euph. + σκληρός duro + ἔγχυμα parenchyma.

Esclerína, *s. f.* nome dado modernamente a uma mixtura de serragem de madeira e sangue de boi, com que se enchem moldes. || De *e* euph. + σκληρός duro + suff. *ina.*

Escleríte, *s. f.* (med.) inflammação da esclerótica. || De *esclerótica* + suff. *íte.*

N. Diz-se tambem « esclerotíte ».

Escléro-choroidíte, *s. f.* (med.) atrophia parcial da choróide com adelgaçamento da esclerótica. || De *esclerótica* e *choróide* (v. estes vcbs.) + suff. *íte.*

* **Escléroclásio,** *s. m.* (min.) arsenio-sulfureto de chumbo. || De *e* euph. + σκληρός duro + κλάσις fractura + suff. *io.*

* **Esclérodactylía,** *s. f.* (med.) esclérodermía limitada aos dedos. || De *e* euph. + σκληρός duro + δάκτυλος dedo + suff. *ia.*

Esclérodermía, *s. f.* (med.) chorionite, inflammação chronica com espessamento e endurescimento da pelle. || De *e* euph. + σκληρός duro + δέρμα pelle + suff. *ia.*

Cogn. : esclérodérmeas (s. f. pl.), e *esclerodérmos* (s. m. pl.).

* **Escleródio,** *s. m.* (h. nat.) parte compacta ou pseudoparênchyma do thallo de alguns Cogumelos. || De *e* euph. + σκληρώδης duro + suff. *io.*

N. Corresponde ao neologismo francez — sclérote —, que não foi bem formado.

* **Esclerógeno,** *adj.* (med.) diz-se do methodo operatorio, que consiste em provocar a producção do tecido fibroso. || De *e* euph. + σκληρός duro + γένος formação.

Deriv. : esclérogenía (s. f.).

* **Escléro-lipomatóse,** *s. f.* (med.) hyperplasia do tecido conjunctivo intersticial dum orgam com accumulação de cellulas gordurosas. || De *e* euph. + σκληρός duro + *lipôm* (v. este vcb.) + suff. *óse.*

Esclérophthalmía, *s. f.* (med.) inflammação da conjunctiva sem augmento da secreção da mucosa e das glandulas de Meibomius. || De *e* euph. + σκληρός duro + ὀφθαλμός ôlho + suff. *ia.*

Esclerόse, *s. f.* (med.) de

modo geral, todo endurescimento dos tecidos. || De *e* euph. + σκληρὸς duro + suff. *óse*.
Cogn. : *escleróso* (adj.).
Esclerótica, *s.f.* (anat.) uma das membranas exteriores do ôlho, dura, opaca, de côr branca nacarada, etc. || De *e* euph. + σκληρός duro.
Deriv. : *esclerotite* (s. f.).

* **Escleróticonýxe**, *s. f.* (chir.) abertura feita na esclerótica para chegar ao crystallino. || De *esclerótica* (v. este vcb.) + νύξις acção de perfurar.

Escleróticotomía, *s. f.* (chir.) incisão da esclerótica. || De *esclerótica* (v. este vcb.) + τομή corte + suff. *ia*.
N. Tambem é acceitavel — *esclerotomía*.

Escócia, *s. f.* (archit.) moldura concava na base de uma columna. || De *e* euph. + σκοτία triglypho.

* **Escolecíto**, *s. m.* (min.) zeolitho calcifero. || De *e* euph. + σκώληξ, ηκος verme + suff. *ito*.

Escólex, *s. m.* (zool.) phase ou estado agamo da evolução dos vermes, polypos, etc. (Van Beneden); a extremidade delgada da tenia (vulgarmente cabeça da solitaria). || De *e* euph. + σκώληξ, ηκος verme.

Escolióse, *s. f.* (med.) desvio lateral do rhache. De *e* euphon. + σκολίωσις (form. de σκολιός obliquo, torto).

* **Escolopácidas**, *s. m. pl.* (zool.) fam. de Aves Pernaltas. || De *e* euph. + *Scólopax* (e este de σκολόπαξ, ακος gallinhola) + suff. *idas*.

Escolopéndra, *s. f.* (zool.) Articulado da classe dos Myriopodes. || De *e* euph. + σκολόπενδρα.
N. Aul. e outros dão á mesma palavra a significação de — especie de planta polypodiacea —; mas, convindo distinguir os vocabulos, propomos para a referida planta o vcb. *escolopéndrio* bem derivado (v. este vcb.).
Deriv. : *escolopéndridas* (s. m. pl.) fam. de Myriopodes.

Escolopéndrio, *s. m.* (bot.) especie de feto, das Polypodiaceas. || De *e* euphonico + σκολοπένδριον especie de feto.

* **Escólopomachérió**, *s. m.* (chir.) especie antiga de bisturi longo, curvo e terminado em botão. || De *e* euph. + σκόλοψ pua + μαχαίριον faquinha.

Escomberoides. V. *Escômbridas*.

Escômbridas, *s. m. pl.* (zool.) familia de Peixes Acanthopterygios, a que pertence a cavalla. || De *e* euph. + σκόμβρος cavalla + suff. *idas*.
N. Forma preferivel a *escomberoides* e a *escombéridas*.

Escôpo, *s. m.* alvo, poncto de mira. || De *e* euph. + σκοπὸς (derivado de σκέπτεσθαι olhar).

* **Escordeína**, *s. f.* (chim.) substância extrahida do *Teucrium scordium*. || De σκόρδιον escórdio, planta medicinal.

Escórdio, *s. m.* (bot.) planta da ordem das Labiadas, gen. *Teucrium scordium.* || De *e* euph. + σκόρδιον.

Escória, *s. f.* (metall.) materia que se separa dos metaes durante a fusão; etc. || De *e* euph. + σκωρία (form. de σκώρ fézes).
Deriv.: *escoriár*, *escoriflcár*, etc., etc.

* **Escorodíto**, *s. m.* (min.) arseniato de ferro (H^6 Fe^2 As^3 O^{12}). || De *e* euph. + σκόροδον alho + suff. *ito*.

Escorpião, *s. m.* (zool.) arachnideo pulmonar, que tem a cauda armada de um dardo, por onde emitte o veneno. || Pelo lat. *scorpionem*, vem de σκορπίος, com *e* euph.

Deriv. : *escorpiónidas* (s. m. pl.) fam. de Arachnideos.

Escorpióide, *adj.* (bot.) que tem a forma de cauda de escorpião. || De *escorpião* (v. este vcb.) + εἶδος forma.

* **Escotodinía**, *s. f.* (med.) vertigem, em que o individuo sente que tudo roda, e a vista lhe escurece. || De σκότος escuridão + δίνη tonteira + suff. *ia*.

Escotôma, *s. m.* (med.) mancha escura, immovel, que occupa o centro do eixo visual. || De *e* euph. + σκότωμα (e este de σκότος treva, escuridão).

* **Esmaragdíto**, *s. m.* (min.) especie de amphibolio, de côr verde herbacea. || De *e* euph. + σμάραγδος esmeralda + suff. *ito*.

* **Esmarágdochalcíto**, *s. m.* (min.) syn. de atacamito (oxychloreto de cobre). || De *e* euph. + σμάραγδος esmeralda + χαλκὸς cobre + suff. *ito*.

* **Esmectíto**, *s. m.* (min.) especie de argilla, que serve de tirar a gordura dos pannos. || De *e* euph. + σμήχειν limpar + suff. *ito*.

Cogn. : *esméctico* (adj.).

Esmégma, *s. m.* materia esbranquiçada, que se juncta nas dobras das partes genitaes. || De *e* euph. + σμῆγμα sabão.

* **Esmegmatíto**, *s. m.* (min.) sabão mineral de Plombières. || De *e* euph. + σμῆγμα, ατος sabão + suff. *ito*.

Esmerálda, *s. f.* (min.) silicato de aluminio e glycinio, pedra preciosa, vêrde as mais das vezes. || De *e* euph. + σμάραγδος.

Deriv. : *esmeraldíno* (adj.).

Esmiláceas, *s. f. pl.* (bot.) ordem de plantas monocotyledones, cujo typo é o gen. *Smilax*. || De *Smilax* (e este de σμίλαξ, ακος) + suff. *áceas*.

Cogn. : *esmilacína* (s. f.).

Esmýrnio, *s. m.* (bot.) planta da ordem das Umbelliferas, salsa dos cavallos, do gen. *Smyrnium*. || De *e* euph. + σμύρνιον.

Deriv. : *esmyrneas* (s. f. pl.).

Esodérme, *s. f.* (zool.) membrana cutanea interior, nos insectos. || De ἔσω ou εἴσω dentro + δέρμα pelle (cf. *epidérme*).

Esóphago, *s. m.* (anat.) canal que se extende desde a pharinge até ao estomago, ao qual conduz os alimentos. || De οἰσοφάγος (form. de οἴσω levarei + φαγεῖν comer).

Deriv. : *esophágico* (adj.), *esophagíte* (s. f.), *esophagísmo* (s. m.).

* **Esóphagomalacía**, *s. f.* (med.) amollecimento da parede do esóphago. || De *esóphago* + μαλακός molle + suff. *ia*.

* **Esóphagorrhagía**, *s. f.* (med.) hemorrhagia pela mucosa do esóphago. || De *esóphago* + ῥαγὴ ruptura + suff. *ia*.

* **Esóphagoscopía**, *s. f.* (med.) applicação da endoscopia ao exame do esóphago. || De *esóphago* + σκοπεῖν examinar + suff. *ia*.

* **Esóphagostomía**, *s. f.* (med.) operação que consiste em abrir no esóphago um orificio permanente para introducção dos alimentos. || De *esóphago* + στόμα bocca + suff. *ia*.

Esóphagotomía, *s. f.* (chir.) incisão do esóphago. || De *esóphago* (v. este vcb.) + τομὴ corte + suff. *ia*.

Esotérico, *adj.* diz-se da doutrina, que certos philosophos só communicavam a pequeno número de discipulos. || De ἐσωτερικὸς (der. de ἐσώτερος mais íntimo).

Cogn. : *esoterísmo* (s. m.).

Espadíce, *s. m.* (bot.) forma de inflorescencia, que consiste em um aggregado de flôres sesseis sôbre eixo commum. || Pelo lat. *spadicem*, vem de σπάδιξ, ικος.

Espagírica, *s. f.* nome dado outrora á Chimica, porque analysa e recompõe os corpos. || De *e* euph. + σπάω extráio, arranco + ἀγείρω reúno + suff. *ica*.
Cogn. : *espagírico* (adj.), *espagirísta* (s. m.).
Espargo. V. *aspárgo*.
Esparóides, *s. m. pl.* (zool.) familia de Peixes Acanthopterygios. || De *e* euph. +. σπάρος especie de peixe + εἶδος forma.
Espárto, *s. m.* (bot.) planta da ordem das Graminaceas, cujo colmo é utilizado no fabrico de cordas, etc. || De *e* euph. + σπάρτος.
Deriv. : *esparteiro, espartaría, esparténhas, espartílho*, etc., etc.
Espásmo, *s. m.* (med.) contracção involuntaria dos musculos, mormente dos que não obedecem á vontade. || De *e* euph. + σπασμός convulsão.
Deriv. : *espasmódico* (adj.), *espasmár* (v.).
*****Espásmophilía,** *s.f.* (med.) predisposição hereditaria para convulsões. || De *espásmo* + φίλος amigo + suff. *ia*.
***Espatángidas,** *s. m. pl.* (zool.) fam. de Echinodermos Echinoides. || De σπάταγγος especie de ouriço do mar + suff. *idas*.
N. Alguns zoologos denominam — espatangóides — (da mesma raiz + εἶδος forma).
Espátha, *s. f.* (bot.) bractea que envolve e protege a inflorescencia no espadíce.||De *e* euph. + σπάθη.
Deriv. : *espatháceo* (adj.), *espathélla* (s. f.).
Espérma, *s. m.* semen, líquido fecundante. || De *e* euph. + σπέρμα, ατος semente.
Deriv. : *espermático* (adj.), *sápermatína* (s. f.), *espermatíper* (v.), *espermatóse* (s. f.), *esrmatismo* (s. m.).

Espérmacéte, *s. m.* substância gordurosa e branca extrahida da cabeça dos cachalotes. || De *e* euph. + σπέρμα semente + κῆτος baleia.
***Espermátio,** *s. m.* (bot.) filamento que nos lichenes parece ser physiologicamente identico aos espermatozóides de outros cryptogamos. || De *e* euph. + σπερμάτιον pequena semente.
Espérmatocéle, *s. f.* (med.) engorgitamento e tensão dolorosa do testiculo e de seus annexos, por abstinencia de prazeres venereos.|| De *espérma* (v. este vcb.) + κήλη tumor.
***Espermatocystéctomia,** *s. f.* (med.) ablação das vesiculas seminaes. || De *e* euph. + σπέρμα esperma + κύστις vesicula + ἐκτομή ablação + suff. *ia*.
***Espérmatocystíte,** *s. f.* (med.) inflammação das vesiculas seminaes. || De *e* euph. + σπέρμα espérma + κύστις vesicula + suff. *íte*.
Espérmatogénese, *s. f.* (physiol.) syn. de espermatopoése. || De *espérma* (v. este vcb.) + γένεσις producção.
Espérmatographía, *s. f.* descripção das sementes. || De *e* euph. + σπέρμα semente + γράφειν descrever + suff. *ia*.
Espérmatología, *s. f.* (physiol.) tractado do espérma.|| De *espérma* (v. este vcb.) + λόγος tractado + suff. *ia*.
*****Espermatóphoro,** *s. m.* (zool.) corpo vermiforme provido dum envoltorio, que rodeia uma massa cylindrica de espermatozóides, proprio de certos animaes inferiores, Cephalopodes, Crustaceos, etc. || De *espérma* (v. este vcb.) + φορός conductor.
***Espérmatopoése,** *s. f.* (physiol.)producção do espérma. || De *espérma* (v. este vcb.) +

ποίησις acção de fazer, produzir.

Espérmatorrhéa, *s. f.*
(med.) corrimento involuntario do espérma, sem haver excitação que a explique. || De *espérma* (v. este vcb.) + ῥεῖν correr.

*** Espérmatothéca**, *s. f.*
(zool.) sacco que envolve espermatozóides em certos molluscos. || De *espérma* (v. este vcb.) + θήκη depósito.

Espermatozóide, *s. m.*
(physiol.) elemento anatomico, dotado de movimentos proprios e que representa o papel de agente fecundante. || De *espérma* + ζῶον animal + εἶδος forma.
N. Tambem o chamam *espermatozoário* (de espérma + ζωάριον animalculo).

*** Espermogônio**, *s. m.* (bot.) corpo no thallo dos lichenes, que parece ser o apparelho sexual masculino destas plantas. || De *e* euph. + σπέρμα semente + γόνος geração + suff. *io*.

*** Espermólitho**, *s. m.* (med.) cálculo das vias espermaticas. || De *espérma* (v. este vcb.) + λίθος pedra.

*** Espérmothamnídeas**, *s. f. pl.* (bot.) tribu de Algas Ceramiaceas. || Do gen. *Spermothámnion* (e este de σπέρμα semente + θαμνίον dimin. de θάμνος rebento) + suff. *ideas*.

*** Espérmotoxina**, *s. f.*
(med.) sôro que mata os espermatozóides (Landsteiner). || De *espérma* + *toxina* (v. estes vcbs.).

*** Espháceliríneas**, *s. f. pl.* (bot.) tribu de Algas Pheosporaceas. || Do gen. *Sphacelária* (e este de σφάκελος gangrena) + suff. *íneas*.

Esphácelo, *s. m.* (med.) gangrena que occupa toda a espessura de um membro. || De *e* euph. + σφάκελος.
N. A quantidade do ε grego manda fazer a palavra esdrúxula em portuguez.

Deriv.: *esphacelár* (v.), *esphacelaménto* (s. m.).

*** Esphagnáceas**, *s. f. pl.*
(bot.) ordem de Musgos. || Do gen. *Sphagnum* (e este de σφάγνος especie de lichen) + suff. *áceas*, com *e* inicial euphonico.

Esphalerito, *s. m.* (min.) syn. de blenda, sulfureto de zinco (Zn S.). || De *e* euph. + σφαλερός incerto + suff. *ito*.

*** Espháleretocía**, *s. f.*
(med.) colica uterina, que faz crêr na proximidade do parto, quando delle se não tracta realmente. De *e* euph. + σφαλερός enganador + τόκος parto + suff. *ia*.

Esphênio, *s. m.* (min.) titanito, silico–titanato de calcio. || De *e* euph. + σφήν cunha + suff. *io*.
N. Forma preferivel a « espheno », que Fig. regista.

Esphénocephalía, *s. f.*
(terat.) genero de monstruosidade. || De *e* euph. + σφήν cunha + κεφαλή cabeça + suff. *ia*.
Cogn.: *esphénocéphalo* (adj.).

*** Esphénoclásio**, *s. m.*
(min.) especie vizinha de melilitho. || De *e* euph. + σφήν cunha + κλάσις fractura + suff. *io*.

Esphenoédro, *s. m.* (cryst.) polyedro com algum ou alguns angulos agudos. || De *e* euph. + σφήν cunha + ἕδρα base.

Esphenóide, *s. m.* (anat.) osso impar encravado entre os ossos da base do cranio, etc. || De *e* euph. + σφήν cunha + εἶδος forma.

Deriv.: *esphenóideo* e *esphenoidál* (adj.), *esphenoidíte* (s. f.).

*** Esphénophýlleas**, *s. f. pl.* (bot.) tribu das Lycopodiaceas. || Do gen. *Sphenophýllum* (e este de σφήν cunha + φύλλον folha) + suff. *eas*.

Esphénopterídeas, *s. f. pl.* (paleont.) grupo de Fetos fosseis. || Do gen. typo *Sphenópteris* (e este de σφήν cunha + πτερίς, ίδος feto) + suff. *ideas*.

Esphenótribo, *s. m.* (chir.) especie de perfurador do cranio, montado de forma a attingir mais facilmente á parte central do esphenoide. || De *esphenoide* (v. este vcb.) + τρίβειν esmagar.
N. Cf. cephalótribo.
Cogn.: esphénotripsia (s.f.).

Esphéra, *s. f.* (geom.) solido gerado pelo movimento de um semi-círculo em volta do diametro; etc. || De *e* euph. + σφαίρα.
Deriv.: esphérico (adj.), *esphéricidáde* (s. f.), *esphérula* (s. f.).

Espheríneas, *s. f. pl.* (bot.) tribu dos Cogumelos Pyrenomycetes. || Do gen. typo *Sphæria* (e este de σφαίρα esphera) + suff. *ineas*.

Espherísta, *s. m.* (ant.) jogador de péla. || De *e* euph. + σφαιριστής (e este de σφαίρα bola.)
Deriv.: espherística (s. f.), *espheristério* (s. m.).

Espheríto, *s. m.* (min.) phosphato hydratado de aluminio. || De *e* euph. + σφαίρα esphera + suff. *ito*.

Espheróide, *adj.* (geom.) solido, cuja forma se approxima de uma esphera. || De *esphera* + εἶδος forma.
Deriv.: espheróideo, espheroidál (adjs.).

Espherólitho, *s. m.* (min.) variedade de feldspatho compacto. || De *esphera* (v. este vcb.) + λίθος pedra.

Espherómetro, *s. m.* instrumento destinado a medir a curvatura das superficies esphericas. || De *esphera* + μέτρον medida.
Deriv.: esphérométrico.

Espherómidas, *s. m. pl.* (zool.) familia de Crustaceos Isopodes. || De *e* euph. + *Sphœróma* (e este de σφαίρωμα corpo redondo + suff. *idas*.

Esphéropleíneas, *s. f. pl.* (bot.) tribu de Algas. || De *Sphœróplea* gen. typo (e este de σφαίρα esphera + πλέος cheio) + suff. *ineas*.

Espherosiderito, *s. m.* (min.) variedade compacta de siderosio (carbonato de ferro). || De *esphera* (v. este vcb.) + σίδηρος ferro + suff. *ito*.

Esphérothéca, *s. f.* (bot.) esporangio dos lycopodios (Hoffmeister). || De *e* euph. + σφαίρα globo + θήκη deposito.

Esphinctér, *s. m.* (anat.) musculo annular que serve para abrir e apertar canaes ou aberturas naturaes do corpo. || De *e* euph. + σφιγκτήρ (de σφίγγειν apertar, estrangular).
N. Tanto os lexicos como o uso dos scientistas parecem auctorizar a prosodia *esphincter;* mas, tractando-se de um vocabulo scientifico, que o vulgo não emprega, não ha razão para preterir a regra geral de derivação, e esta manda dizer *esphinctér,* como *clystér, masetér, uretér.* O unico substantivo congenere, que escapa a esta regra, é *charácter,* porque o termo vulgarizou-se e não ha mais corrigi-lo; mas ainda assim, o plural *charactéres* está demonstrando que nos assiste razão.

Esphincteralgía, *s. f.* (med.) dôr juncto do esphincter anal. || De *esphincter* + ἄλγος dôr + suff. *ia*.

Esphínge, *s. f.* typo de antigas estatuas no Egypto, e que representam corpo de leão ou de cão com peito e cabeça de homem ou mulher; etc. || De *e* euph. + σφίγξ, ιγγός.

Esphíngidas, *s. m. pl.* (zool.)

grupo de Lepidopteros crepusculares. || De e euph. + *Sphinx* (e este de σφίγξ, esphinge) + suff. *idas*.
Cogn. : *esphingíneos* (s. m. pl.) sub-ordem de Lepidopteros.
Esphragística, s. f. sciencia dos sêllos e carimbos, que estuda as suas inscripções e emblemas. || De e euph. + σφραγιστικός (e este de σφραγίς, ιδος sêllo).
Esphygmógrapho, s. m. (med.) apparelho destinado a traçar graphicamente a maior ou menor amplitude e rapidez das pulsações arteriaes (Aul.). || De e euph. + σφυγμός pulsação (de σφύζειν palpitar) + γράφειν escrever.
Cogn. : *esphygmográmma* (s. m.), *esphygmográphico* (adj.).
* **Esphýgmomanómetro,** s. m. (med.) apparelho composto de um manometro, com que se mede a tensão do pulso. || De e euph. + σφυγμός pulsação + *manometro* (v. este vcb.).
Esphygmómetro, s. m. (med.) instrumento para medir o pulso. || De e euph. + σφυγμός pulsação + μέτρον medida.
* **Esphýgmophônio,** s. m. (med.) instrumento, com que se ouve o ruído das pulsações arteriaes. || De e euph. + σφυγμός pulsação + φωνή som + suff. *io*.
Esphýgmoscópio, s. m. (med.) instrumento que, auxiliado pelo polygrapho, regista a pressão nas arterias. || De e euph. + σφυγμός pulsação + σκοπέω examino + suff. *io*.
* **Espinthariscópio,** s. m. (phys.) instrumento para demonstrar a energia luminosa do radio (Crookes). || De e euph. + σπινθαρίς scentelha + σκοπεῖν examinar + des. *io*.
* **Espintherómetro,** s. m.

(phys.) instrumento para medir a fôrça das faiscas electricas. || De e euph. + σπινθήρ faisca + μέτρον medida.
Espíra, s. f. (geom.) cada uma das voltas ou arcos da espiral; etc. || De e euph. + σπεῖρα.
Deriv. : *espirál* (s. f.), *espirícula* (s. f.), *espirillo* (s. m.).
* **Espireíneas,** s. f. pl. (bot.) tribu das Rosaceas. || Do gen. typo *Spirœa* (e este de σπιραία espiréa) + suff. *ineas*.
Espirêma, s. m. (bot.) ennovellamento do filamento nuclear (1ª phase da caryocinese). || De σπείρημα por σπείραμα enroscadura (de σπειράω torço).
Espiróide, adj. que tem forma de espira. || De *espira* (v. este vcb.) + εἶδος forma.
Esplánchnico, adj. (anat.) pertencente ás visceras. || De e euph. + σπλαγχνικός (form. de σπλάγχνον entranhas).
Esplánchnographía, s. f. (anat.) descripção das visceras. || De e euph. + σπλάγχνον entranhas + γράφω descrevo + suff. *ia*.
Esplánchnologia, s. f. (anat.) parte da Anatomia, que tracta do estudo das visceras. || De e euph. + σπλάγχνον entranhas + λόγος tractado + suff. *ia*.
Deriv. : *esplánchnológico* (adj.).
* **Esplánchnoplêura,** s. f. (zool.) na segmentação do ovo dos Metazoarios, uma das láminas da mesoderme que adhere á endoderme. || De e euph. + σπλάγχνον viscera + πλευρά flanco.
* **Esplánchnoptóse,** s. f. (med.) prolapso (ou mobilidade) das visceras abdominaes. || De e euph. + σπλάγχνον viscera + πτῶσις quéda.
Esplánchnotomía, s. f. dissecção das visceras. || De e

euph. + σπλάγχνον entranhas + τομή corte + suff. ia.

Esplénalgía, *s. f.* (med.) dôr no baço. || De e euph. + σπλήν baço + ἄλγος dôr + suff. ia.

* **Esplénectomía,** *s. f.* (med.) extirpação total ou parcial do baço. || De e euph. + σπλήν baço + ἐκτομή ablação + suff. ia.

Esplénemphraxía, *s. f.* (med.) obstrucção do baço. || De e euph. + σπλήν baço + ἔμφραξις obstrucção + suff. ia.

Esplénico, *adj.* (anat.) pertencente ou relativo ao baço. || De e euph. + σπληνικός (form. de σπλήν baço).

Cogn. : *esplenizár* (v.), *esplenização* (s. f.), *esplenite* (s. f.).

Esplénio, *s. m.* (anat.) musculo (cervíco-mastóideo) da parte posterior do pescoço e superior do dorso. || De e euph. +σπλήνιον compressa, faixa.

Esplénocéle, *s. f.* (med.) hernia do baço. || De e euph. + σπλήν baço + κήλη tumor, hernia.

Esplénographía, *s. f.* (anat.) descripção do baço. || De e euph. + σπλήν baço + γράφειν descrever + suff. ia.

Cogn: *esplénográphico* (adj.), *esplenógrapho* (s. m.).

Esplenóide, *adj.* que tem forma ou apparencia de baço. || De e euph. + σπλήν baço + εἶδος forma.

* **Esplénomegalía,** *s. f.* (med.) augmento de volume, hypertrophia do baço. || De e euph. + σπλήν baço + μέγας grande + suff. ia.

N. Seria mais correcto — mégalosplenía.

Esplénopathía, *s. f.* (med.) molestia do baço em geral. || De e euph. + σπλήν baço + πάθος soffrimento + suff. ia.

* **Esplénopexía,** *s. f.* (med.) fixação do baço. || De e euph.
+ σπλήν baço + πῆξις fixação + suff. ia.

* **Esplénophlebíte,** *s. f.* (med.) phlebite da veia esplenica. || De e euph. + σπλήν baço + *phlebíte* (v. este vcb.).

* **Espléno-pneumonía,** *s. f.* (med.) molestia de Grancher: especie de congestão pulmonar com esplenização do tecido do orgam. || De *esplenico* e *pneumonia* (v. estes vcbs.).

* **Esplénoptóse,** *s. f.* (med.) prolapso do baço (Glénard). || De e euph. + σπλήν baço + πτῶσις quéda.

Esplénotomía, *s. f.* (anat.) dissecção, extirpação do baço. || De e euph. + σπλήν baço + τομή corte + suff. ia.

Espodíto, *s. m.* (min.) cinza branca dos volcões (Fig.). || De e euph. + σποδός cinza + suff. *ito*.

* **Espodógeno,** *adj.* (med.) diz-se do baço, quando seu volume cresce pelo accúmulo de detritos globulares. || De e euph. + σποδός cinza + γένος formação.

* **Espodumênio,** *s. m.* (min.) triphanio (silicato aluminoso e lithinifero). || De e euph. + σποδούμενος coberto de cinza + suff. *io*.

Espondêu, *s. m.* (poes.) pé de verso grego ou lat. composto de duas syllabas longas. || De e euph. + σπονδεῖος.

Cogn. : *espondáico* (adj.).

* **Espóndylarthrócace,** *s. f.* (med.) molestia de Pott. || De e euph. + σπόνδυλος vertebra + ἄρθρον articulação + κακός mau, doente.

* **Espondylíte,** *s. f.* (med.) inflammação das vertebras. || De e euph. + σπόνδυλος vertebra + suff. *ite*.

* **Espondylizêma,** *s. m.* (med.) descaïmento da columna vertebral, pela destruição do corpo das vertebras. || De e

euph. + σπόνδυλος vertebra + ΐζημα descaimento.
Espóndylo, *s. m.* vertebra. || De *e* euph. + σπόνδυλος por σφόνδυλος.
Deriv.: espondylíte (s. f.).
*** Espóndyloclíse,** *s. f.* (med.) variedade de espondylolisthese (Lambl.). || De *e* euph. + σπόνδυλος vertebra + κλεῖσις fechamento.
*** Espóndylolisthése,** *s. f.* (med.) escorregamento da columna vertebral para deante, em virtude da destruição dos arcos vertebraes (Kilian). || De *e* euph. + σπόνδυλος vertebra + ὀλίσθησις escorregamento.
*** Espondylólyse,** *s. f.* (med.) syn. de espondyloschise; primeiro grau da espondylolisthese (Lambl.). || De *e* euph. + σπόνδυλος vertebra + λύσις relaxamento.
*** Espóndyloptóse,** *s. f.* (med.) variedade muito accentuada de espondylolisthese (Lambl.). || De *e* euph. + σπόνδυλος vertebra + πτῶσις quéda.
*** Espondylóschise,** *s. f.* (med.) syn. de espondylolyse (Neugebauer). || De *e* euph. + σπόνδυλος vertebra + σχίσις separação.
*** Espóngioplásma,** *s. m.* (zool.) substância existente nas granulações do protoplasma, mais refringente e de mais consistencia que o hyaloplasma. || De *e* euph. + σπογγιά esponja + *plasma.*
Espónja, *s. f.* animal do grupo dos Phytozoarios. || Pelo lat. *spongia,* vem de σπόγγος ou σπογγιά (com *e* euph.).
Deriv.: Espongiários, espongiôso, espongina, espongíola.
Esponjóide, *adj.* que tem apparencia de esponja. || De *esponja* (v. este vcb.) ÷ εἶδος forma.
N. Tambem ha *espongóide,* derivado directamente de σπόγγος esponja.
Esporádico, *adj.* (med.) diz-se das molestias que, apresentando-se ordinariamente com character endemico ou epidemico, attacam a tempos, isoladamente, um ou outro individuo (Aul.). || De *e* euph. + σποραδικός disperso (de σπείρειν espalhar).
Esporângio, *s. m.* (bot.) vesicula ou capsula membranosa, que encerra os esporios de muitas plantas cryptogamas. || Pelo lat. scient. — *sporangium* —, de σπορά semente + ἄγγος vaso (com *e* inicial euph.).
N. Esporango, como traz Figueiredo, não é mal formado, mas a desinencia *io,* de accôrdo com o vcb. lat., é preferivel.
Espório, *s. m.* (bot.) corpusculo reproductor dos Cryptógamos. || De *e* euph. + σπορά semente + suff. *io.*
Deriv.: esporídio (s. m.), *espórulo* (s. m.).
N. Fig. regista «espóro», e assim se costuma dizer; mas esta forma foi traduzida do francez «spore», sem se attender á sua origem.
Desde que não fizemos «a espóra» (que seria a forma curial, accompanhando o latim scientifico), é preferivel dar-lhe a desinencia *io* em portuguez.
*** Espórocárpio,** *s. m.* (bot.) esporangio de paredes muito espessas, em certas Lycopodiaceas. || Pelo lat. scient. *sporocarpium,* de σπορά semente + καρπός fructo, com *e* inicial euph.
*** Espórocýste,** *s. f.* (bot.) sacco que contém esporios e cae da planta ao mesmo tempo que estes. || De *espório* (v. este vcb.) + κύστις vesicula.
*** Espórogonía,** *s. f.* (zool.) modo de reproducção sexual, em alguns Protozoarios. || De

e euph. + σπορά semente + γόνος geração + suff. *ia*.

*** Espórogônio**, *s. m.* (bot.) capsula, em que os Musgos produzem os seus esporics. || De *espório* (v. este vcb.) + γόνος geração + suff. *io*.

*** Esporóphoro**, *s. m.* (bot.) prolongamento que sustem os esporios nos Cogumelos Basidiósporos. || De *espório* (v. este vcb.) + φορός que supporta.

*** Esporophýma**, *s. m.* (bot.) proembryão das Equisetaceas. || De *e* euph. + σπορά semente + φῦμα rebento.

Espórozoários, *s. m. pl.* (zool.) grupo de Protozoarios, que todos se reproduzem por esporulação. || De *espório* (v. este vcb.) + ζωάριον animalculo.

*** Esporozoíta**, *s. m.* (zool.) pequeno organismo falciforme, resultante da segmentação do protoplasma do zygoto, nos Hemosporidios. || De *e* euph. + σπορά semente, germe + ζῶον animal + suff. *ita*.

*** Espyridíneas**, *s. f. pl.* (bot.) tribu de Algas Ceramiaceas. || Do gen. *Spyridia* (e este de σπυρίδιον cestinha) + suff. *ineas*.

Esqueléto, *s. m.* conjuncto dos ossos do corpo nos animaes vertebrados. || De σκελετός.
N. O uso popular e provavelmente o facto de haver-se recebido a palavra por uma das linguas neo-latinas contribuiram para esta forma, que, não obstante sua anormalidade, tem de ser mantida no portuguez.
Deriv. : *esquelético* (adj.).

*** Estachýdeas**, *s. f. pl.* (bot.) tribu da ordem das Labiadas, cujo typo é o gen. *Stachys*. || De *e* euph. + *Stachys* (e este de στάχυς espiga) + suff. *eas*.

Estádio, *s. m.* (antig.) arena, onde se faziam as luctas gymnasticas; medida itineraria dos Gregos correspondente a 192 m. 27 (estadio olympico). — (Med.) periodo. || De *e* euph. + στάδιον.

Estalactíto, *s. m.* (min.) concreção alongada, de forma conica, proveniente da infiltração dum líquido que tem em dissolução saes calcareos, silicosos, etc. || De *e* euph. + σταλακτός que gotteja + suff. *íto*.
Deriv. : *estalactítico* (adj.).

Estalagmíto, *s. m.* (min.) concreção que se forma no solo das grutas por evaporação das gottas d'agua, que caem da aboboda. || De *c* euph. + σταλαγμός filtração + suff. *íto*.
Deriv. : *estalagmítico* (adj.).

Estaphiságria, *s. f.* herva piolheira, da ordem das Ranunculaceas, gen. *Delphinium staphisagria*. || De σταφὶς ἀγρία videira brava.

*** Estaphylhématôma**, *s. m.* (med.) derramamento sanguineo na uvula. || De *e* euph. + σταφυλή uvula + αἷμα, ατος sangue + suff. *ôma*.

*** Estaphylíneas**, *s. f. pl.* (bot.) tribu das Sapindáceas. || Do gen. *Staphylea* (e este de σταφυλή uva, cacho) + suff *ineas*.

*** Estaphylínidas**, *s. m. pl* (zool.) familia de Coleopteros Pentameros. || De *e* euph. + gen. *Staphylinus* (e este de σταφυλή uva) + suff. *idas*.

Estaphylíno, *adj.* (anat.) que tem relação com a uvula. || De *e* euphonico + σταφυλή uvula + suff. *ino*.
Cogn. : *estaphylíte* (s. f.).

*** Estáphylocáusto**, *s. m.* (chir.) instrumento para cauterizar a uvula. || De *e* euph. + σταφυλή uvula + καίειν queimar.

*** Estáphylocócco**, *s. m.* (med.) nome generico de microbios reunidos em cachos. || De *e* euph. + σταφυλή cacho + κόκκος semente.

Éstaphylôma, *s, m.* (med.) convexidade mui saliente que apresenta a cornea distendida pelo humor aquoso sem perda de sua transparencia. || De *e* euph. + σταφύλωμα (deriv. de σταφυλή cacho, pequeno tumor).

*Estáphyloplastía, *s. f.* (med.) operação que tem por fim adaptar ás perdas de substância do véu do paladar um retalho tirado da abobada palatina. || De *e* euph. + σταφυλή uvula + πλάσσω formo + suff. *ia*.

*Estáphylorhaphía, *s. f.* (med.) sutura da uvula. || De *e* euph. + σταφυλή uvula + ῥαφή costura + suff. *ia*.

*Estáphylotomía, *s. f.* (chir.) operação que consiste em excisar o estaphyloma cicatricial da cornea e da iris. || De *e* euph. + σταφυλή (raiz de *estaphyloma*) + τομή corte + suff. *ia*.

Cogn. : *estaphylótomo* (s. m.).

Estáse, *s. f.* (med.) estagnação (do, sangue, etc.). De *e* euph. + στάσις parada.

*Estásio-básiophobía, *s. f.* (med.) impossibilidade de estar em pé e de andar, por medo de caïr (Debove). || De *e* euph. + στάσις estar de pé + *basiophobía* (v. este vcb.).

N. Corresponde ao vcb. francez «staso-basophobie», que não foi bem formado.

*Estásiophobía, *s. f.* (med.) medo morbido de se pôr de pé. || De *e* euph. + στάσις o estar de pé + φόβος medo + suff. *ia*.

N. Corresponde ao francez «stasophobie», mal formado.

Estatér, *s. m.* (ant.) entre os Gregos moeda de ouro; valia o attico 20 drachmas. || Pelo lat. *staterem*, de στατήρ,ῆρος, com *e* euph.

N. Figueiredo accentúa *está-*

ter, prosodia que contraría a regra geral ; cf. *massetér, uretér, clystér* e outras.

Estathmética, *s. f.* applicação de pesos e medidas. || De *e* euph. + σταθμητική (deriv. de στάθμη regua, medida).

Estática, *s. f.* (phys.) parte da Mechanica que tracta das leis do equilibrio dos corpos solidos. || De *e* euph. + στατική (deriv. de ἵστημι estou de pé).

Cogn. : *estático* (adj.).

Estaurólitho, *s. m.* (min.) silicato d'aluminio, ferro e magnesio $H^2 (Fe, Mg)^3 Al^{12} Si^6 O^{34}$. || De *e* euph. + σταυρός cruz + λίθος pedra.

N. Da mesma raiz σταυρός procede —*estaurótide*—, syn. de estaurolitho.

*Estáuroplegía, *s. f.* (med.) forma de hemiplegia cruzada : paralysia do membro superior de um lado e do membro inferior do outro. || De *e* euph. + σταυρός cruz + πληγή ferimento + suff. *ia*.

*Estearerína, *s. f.* (chim.) um dos dous principios, que compõem a gordura da lã do carneiro. || De *e* euph. + στέαρ sêbo + ἔριον lã + suff. *ina*.

Estearina, *s. f.* (chim.) substância solida dos sêbos de carneiro e de vacca. || De *e* euph. + στέαρ sêbo, gordura + suff. *ina*.

Cogn. : *esteárico, estearáto, estearóleo, estearôna*.

*Estéaropténio, *s. m.* nome dado por Berzelius ao principio immediato que, durante o resfriamento das essencias brutas das plantas, se separa sob a forma de massa concreta mas volatil. || De *e* euph. + στέαρ sêbo + πτηνός volatil + suff. *io*.

*Estearrhéa, *s. f.* (med.) presença de excesso de gorduras nas evacuações. || De *e* euph. + στέαρ gordura + ῥεῖν correr.

15.

Esteatito, *s. m.* (min.) especie de talco (silicato hydratado de magnesio). || De *e* euph. + στέαρ, ατος gordura + suff. *ito*.

Esteatôma, *s. m.* (med.) tumor formado por accúmulo de uma substância gordurosa que tem a consistencia do sêbo. || De *e* euph. + στεάτωμα (deriv. de στέαρ sêbo).
Deriv. : *esteatomatôso* (adj.).

*Estéatopygía, *s. f.* hypertrophia gordurosa das nadegas das Hottentotes (Livingst.). || De *e* euph. + στέαρ gordura + πυγή nadega + suff. *ia*.

Esteatóse, *s. f.* (med.) producção accidental de granulos gordurosos nos elementos anatomicos. || De *e* euph. + στέαρ, ατος gordura + suff. *óse*.

*Estéchiología, *s. f.* (chim.) theoria dos elementos. || De *e* euph. + στοιχεῖον elemento + λόγος tractado + suff. *ia*.

* Estéchiometría, *s. f.* estudo dos elementos chimicos dos corpos.||De *e* euph. + στοιχεῖον elemento + μέτρον medida + suff. *ia*.

Estéganographia, *s. f.* arte de escrever em cifras (characteres convencionaes). || De *e* euph. + στεγανός occulto, mysterioso + γράφειν escrever + suff. *ia*.
Deriv. : *esteganográphico*, *esteganógrapho*.

*Esteganópodes, *s. m. pl.* (zool.) fam. de Aves Palmipedes. || De *e* euph. + στεγανόπους que tem dedos unidos por membrana (e este de στεγανός impermeavel + πούς pé).

Estegnóse, *s. f.* (med.) constricção dos póros e dos vasos; prisão de ventre. || De *e* euph. + στέγνωσις apêrto.
Deriv. : *estegnótica*.

Estéla, *s. f.* (arch.) monumento funerario, com forma de columna ou de columna parti-da, para se lhe pôr inscripção. || De *e* euph. + στήλη.

Estelíta, *s. m.* anachoreta que vivia sôbre porticos ou columnas em ruinas.|| De *e* euph. + στηλίτης (deriv. de στήλη columna).
N. Figueiredo regista *estilita*, evidentemente inacceitavel.

*Estélmatópodes, *s. m. pl.* (zool.) sub-ordem de Bryozoarios Ectoproctos, cuja corôa de tentaculos é exactamente circular. || De *e* euphonico + στέλμα, ατος cinta + πούς, ποδός pé.

Estélographia, *s. f.* inscripção em estela. || De *e* euph. + στηλογραφία (comp. de στήλη estela, columna + γράφειν escrever).
N. É claro que, existindo no grego a palavra composta στηλογραφία, não se deve em portuguez adoptar a forma *estelegraphia*, que occorre em Ad. Coelho e Figueiredo.
Cogn. : *estelógrapho* (s. m.), *estelográphico* (adj.).

Estêmma, *s. m.* corôa, grinalda; linhagem. — (Zool.) nome dado pelos naturalistas a olhos lisos, que em forma de corôa se acham no alto da cabeça de certos Insectos. || De *e* euph. + στέμμα corôa, genealogia.

*Estemmátio, *s. m.* (zool.) nome dado ao ôlho lentifero dos Arachnideos. || De στεμμάτιον, dimin. de στέμμα corôa.

*Estenelýtros, *s. m. pl.* (zool.) familia de Insectos Coleopteros, que têm elytros estreitos. || De *e* euph. + στενός estreito + *elytro* (v. este vcb.).

Esténocardía, *s. f.* (med.) angina de peito. || De *e* euph. + στενός estreito + καρδία coração.

Esténocéphalo, *adj.* e *s. m.* (zool.) que tem a cabeça es-

treita. || De *e* euph. + στενός estreito + κεφαλή cabeça.
Deriv. : esténocephalia (s. f.).

*Esténochórda, *s. f.* (anat.) nome das duas linhas obliquas, que partem da espinha sciatica, e pelas quaes se mede a amplitude da bacia (Ritgen). || De *e* euph. + στενός estreito + χορδή corda.

Esténochromía, *s. f.* systema de impressão a côres. || De *e* euph. + στενός estreito + χρῶμα côr + suff. *ia*.

Esténographía, *s. f.* arte de escrever por meio de abbreviaturas; tachygraphia. || De *e* euph. + στενός apertado + γράφειν escrever + suff. *ia*.
Deriv. : esténográphico, esténographár, esténógrapho.

*Esténomérideas, *s. f. pl.* (bot.) tribu das Dioscoreaceas. || Do gen. *Stenómeris* (e este de στενός estrerto + μερίς, ίδος pedaço) + suff. *eas*.

*Esténopêico, *adj.* (med.) que estreita; diz-se dum apparelho que facilita a visão. De *e* euph. + στενός estreito + ποιεῖν fazer + suff. *ico*.

Estenóse, *s. f.* (med.) aperto de qualquer canal ou orificio organico. || De *e* euph. + στένωσις estreitamento.

*Esténothórax, *s. m.* estreiteza do thorax.|| De *e* euph. + στενός estreito + θώραξ thorax.

Estentôr, *s. m.* homem de voz muito forte. || De *e* euph. + Στέντωρ Estentor, heroe da Iliade.
Deriv. : estentóreo (adj.).

Estephánio, *s. m.* (anat.) poncto em que a crista temporal cruza com a sutura coronal. || De *e* euph. + στεφάνιον pequena corôa (dimin. de στέφανος).
N. Figueiredo conserva-lhe sem razão a desinencia *on*.

*Estephaníto, *s. m.* (min.) syn. de psathurosio (antimonio-sulfureto de prata) — $Ag^3Sb\,S^4$.
— || De *e* euph. + στέφανος corôa + suff. *ito*.

*Estephanómetro, *s. m.* (phys.) apparelho para medir o tammanho das gottinhas d'agua das nuvens, que formam corôa á roda do sol ou da lua. || De *e* euph. + στέφανος corôa + μέτρον medida.

*Estéphanoscópio, *s. m.* (astr.) tubo com vidros corados para examinar a corôa solar. || De *e* euph. +στέφανος corôa + σκοπεῖν vêr + suff. *io*.

* Estéreagnosía , *s. f.* (med.) perda do sentido estereognostico. || De *e* euph. + στερεός solido + ἀ priv. + γνῶσις conhecimento + suff. *ia*.

Estéreo, *s. m.* medida de volume para madeiras, correspondente a um metro cubico. || De *e* euph. + στερεός solido.
N. É mal formado *estere*, que se acha em Aul., Ad. Coelho e Figueiredo.

Estereóbata, *s. m.* (archit.) sócco liso, que sustenta o edificio. || De *e* euph. + στερεοβάτης (form. de στερεός solido + βαίνω ando).

Estéreochromía, *s. f.* (archit.) processo de pintura monumental, em que as tinctas são diluidas em vidro soluvel e depois applicadas sôbre a parede préviamente silicatada. || De *e* euph. + στερεός solido + χρῶμα côr + suff. *ia*.

*Estéreodónte, *s. m.* (med.) apparelho de ouro destinado á consolidação dos dentes depois de trazidos á sua direcção normal. || De *e* euph. + στερεός solido + ὀδούς, όντος dente.

Estéreodynámica, *s. f.* (phys.) parte da Physica que expõe as leis do movimento dos solidos. || De *e* euph. + στερεός solido + *dynamica* (v. este vcb.).

*Estéreognóstico, *adj.* sentido —, faculdade de reconhecer a forma dos objectos, assim como suas outras propriedades physicas. || De *e* euph. + στερεός solido + γιγνώσκω conheço.

Estéreographía, *s. f.* arte de representar os solidos em um plano.|| De *e* euph. + στερεός solido + γράφειν escrever + suff. *ia.*

Deriv. : *estéreográphico* (adj.).

*Estereôma, *s. m.* (bot.) o apparelho mechanico de solidificação da planta.|| De *e* euphonico + στερεός solido + suff. *ôma.*

Estéreometría, *s. f.* sciencia que ensina a medir e calcular o volume dos solidos. || De *e* euph. + στερεός solido + μέτρον medida + suff. *ia.*

Cogn. : *estereómetra* (s. m.), *estereométrico* (adj.), *estereómetro* (s. m.).

Estéreorâma, *s. m.* charta topographica em relêvo. || De *e* euph. + στερεός solido + ὅραμα espectaculo.

Estéreoscópio, *s. m.* instrumento optico, por meio do qual as imagens planas se nos affiguram em relêvo (Aul.). || De *e* euph. + στερεός solido + σκοπεῖν vêr + suff. *io.*

Deriv. : *estéreoscópico* (adj.).

Estéreostática *s. f.* (phys.) parte da Physica que estuda o equilibrio dos corpos solidos. || De *e* euph. + στερεός solido + *estatica* (v. este vcb.).

Cogn. : *estéreostático* (adj.).

Estéreotomía, *s. f.* parte da Geometria Descriptiva, que ensina a dividir scientifica e regularmente os materiaes de construcção. || De *e* euph. + στερεός solido + τομή corte + suff. *ia.*

Estéreotypía, *s. f.* arte de reproduzir, com o auxílio du- ma liga metallica,a página primeiramente composta em typos moveis. || De *e* euph. + στερεός solido + *typo* (v. este vcb.) + suff. *ia.*

Cogn. : *estéreotypár* (v.), *estéreotypico* (adj.), *estereótypo* (adj.).

*Esterígma, *s. m.* (h. nat.) ramusculos finos, em cuja extremidade nascem os basidios (uma forma de esporios). || De *e* euph. + στήριγμα esteio, appoio.

Esternalgía, *s. f.* (med.) nome dado por alguns á anginade peito.||De *e* euph. + στέρνον esterno + ἄλγος dôr + suff. *ia.*

Estérno, *s. m.* (anat.) osso impar oblongo e achatado, situado na parte média e anterior do peito. || De *e* euph. + στέρνον.

Deriv. : *esternál* (adj.).

*Estérnoclidomastóideo, *adj.* e *s. m.* (anat.) musculo que se extende da apophyse mastoide ao esterno e á face superior da clavicula. || De *e* euph. + στέρνον esterno + κλείς clavicula + *mastóide* (v. este vcb.).

N. Segundo a transformação usual do diphthongo gr. ει em *i* lat. e port., é preferivel esta forma a *esterno-cleido-mastoideo.*

*Estérnohyóideo, *adj.* e *s. m.* (anat.) musculo que se insere na parte inferior do osso hyoide e na supero-posterior do esterno. || De *e* euph. + στέρνον esterno + *hyóide* (v. este vcb.).

*Estérnópago, *s. m.* (med.) monstro composto de dous individuos de umbigo commum e unidos face a face por toda a extensão do thorax (I.G.S^tHil.). || De *e* euph. + στέρνον esterno + παγείς (de πήγνυμι unir).

*Esternóschise, *s. f.* (terat.) fenda esternal congenita. || De *esterno* (v. este vcb.) + σχίσις divisão.

Estérnothyreóideo, *adj.* e *s. m.* (anat.) musculo inserido na cartilagem thyreóide e na parte postero-superior do esterno. || De *e* euph. + στέρνον esterno + *thyreóide* (v. este vcb.).

Estethógrapho,*s.m.*(med.) apparelho para inscrever os movimentos do thorax. || De *e* euph. + στῆθος peito + γράφω escrevo.

Estethômetro, *s. m.* (med.) instrumento para medir o thorax assim como a expansibilidade relativa dos dous lados do peito. || De *e* euph. + στῆθος peito + μέτρον medida.
Deriv. : estéthometría (s. f.).

*** Estéthophonómetro**, *s. m.* (med.) apparelho para medir a intensidade das bulhas cardiacas (Bettelheim e Gärtner). || De *e* euph. + στῆθος peito + φωνή voz, som + μέτρον medida.

Estéthoscópio, *s. m.* (med.) instrumento com que se ausculta. || De *e* euph. + στῆθος peito + σκοπεῖν examinar + suff. *io*.
Deriv. : estéthoscopía (s. f.), *estéthoscópico* (adj.).

Esthenía, *s.f.* (med.) excesso de fôrça, exaltação da acção organica. || De *e* euph. + σθένος fôrça + suff. *ía*.
Deriv.: esthénico (adj.).

Esthése, *s. f.* sentimento do bello. || De αἴσθησις sensação.

Esthesiódico, *adj.* sensitivo. || De αἴσθησις sensibilidade + ὁδός caminho +. suff. *ico*.
N. O vocabulo francez — æsthesodique — foi menos bem formado; d'ahi saíu « esthesodico », que Fig. regista.

*** Esthesiógeno**, *adj.* diz-se dos varios factores, que modificam a sensibilidade. || De αἴσθησις sensibilidade + γένος geração.

Deriv.: esthésiogenía (s. f.).

Esthética, *s. f.* philosophia da arte, sciencia do bello. || De αἰσθητικὸς que tem a faculdade de sentir (de αἰσθάνομαι sinto).
Deriv. : esthético (adj.).

Estibiádo, *adj.* (pharm.) disse do tártaro (tartrato duplo de potassio e antimonio). || Pelo lat. *stibium* antimonio, vem do gr. στίβι oxydo negro d'antimonio, com *e* euph. + suff. *ádo*.

Estibína, *s. f.* (min.) sulfureto de antimonio (Sb^2S^3). || De *e* euph. + στίβι oxydo negro d'antimonio + suff. *ína*.

Estígma, *s. m.* marca, signal, ferrete. — (Bot.) dilatação glandulosa que termina superiormente o pistillo.|| De *e* euph. + στίγμα marca.
Deriv.: estigmático (adj.), *estigmatizár* (v.).

Estigmatographía, *s. f.* arte de escrever ou desenhar com o auxílio de ponctos (Figueir.). || De *e* euph. + στίγμα, ατος marca, poncto + γράφειν escrever + suff. *ía*.
Deriv. : estigmatográphico (adj.).

Estigmología, *s. f.* tractado ou complexo dos differentes signaes, que com as lettras se empregam na escripta, como o til, a virgula, etc. (Figueir.). || De *e* euph. + στίγμα marca, signal + λόγος tractado + suff. *ía*.
Deriv.: estigmológico (adj.).

Estigmónymo, *s. m.* auctor, cujo nome é substituido por ponctos (Figueir.). || De *e* euph. + στίγμα poncto + ὄνυμα nome.

Estilbíto, *s. m.* (min.) silicato de aluminio, calcio, sodio e potassio [H^{10} (Ca, Na^2K^2)Al^4 Si^6O^{24}]. || De *e* euph. + στίλβη brilho + suff. *íto*.

*** Estilpnomelânio**, *s. m.* (min.) especie do grupo dos chloritos. || De *e* euph. + στιλπνός luzidio + μέλας, ανος negro + suff. *io*.

* **Estilpnosiderito**, *s. m.* (min.) var. de goethito (oxydo de ferro). || De *e* euph. + στιλπνός luzidio + σίδηρος ferro + suff. *ito*.

Estóico, *s. m.* que pertence á eschola do Portico. || De *e* euph. + στωικός — deriv. de στοά portico.
Deriv.: *estoicismo* (s. m.), *estoicidáde* (s. f.).

Estóla, *s. f.* vestido talar das matronas romanas; paramento sacerdotal, etc. || De *e* euph. + στολή.
Deriv.: *estolão* (s. m.).

Estóma, *s. m.* (bot.) orificio microscopico, que se vê na epiderme da maior parte das superficies herbaceas das plantas. || De *e* euph. + στόμα bocca.
N. A forma — *estómatos* — é inacceitavel por contrariar todas as leis de analogia, e até o uso corrente (cf. *problema, poema, coma, diorama*, etc.).

* **Estomácace**, *s. f.* (med.) ulceração fetida da bocca. || De *e* euph. + στόμα bocca + κακός mau.

Estomáchico, *adj.* relativo ou pertencente ao estomago. || De *e* euph. + στομαχικός (deriv. de στόμαχος estomago).
Cogn.: *estomachál* (adj.).

Estómago, *s. m.* (anat.) cavidade, onde se opera a chymificação dos alimentos. || De *e* euph. + στόμαχος.
Deriv.: *estomagár* (v.).

Estomalgia, *s. f.* (med.) dôr na bocca. || De *e* euph. + στόμα bocca + άλγος dôr + suff. *ia*.
N. Fôra melhor — « estomatalgía ».

Estomápodes. V. *estomatópodes*.

Estomatite, *s. f.* (med.) inflammação da mucosa buccal. || De *e* euph. + στόμα bocca + suff. *ite*.

* **Estómatolalía**, *s. f.* (med.) variedade de rhinolalia (Raugé). || De *e* euph. + στόμα, ατος bocca + λαλεῖν fallar + suff. *ia*.

* **Estómatología**, *s. f.* (med.) estudo da bocca e das suas molestias. || De *e* euph. + στόμα, ατος bocca + λόγος tractado + suff. *ia*.

* **Estómatomycóse**, *s. f.* (med.) syn. de saccharomycóse. || De *e* euph. + στόμα, ατος bocca + μύκης cogumelo + suff. *óse*.

* **Estómatoplastía**, *s. f.* (med.) restauração, por autoplastia, da cavidade buccal perfurada ou deformada. || De *e* euph. + στόμα bocca + πλάσσω, formo + suff. *ia*.

Estómatópodes, *s. m. pl.* (zool.) ordem de Malacostraceos Podophthalmos. || De *e* euph. + στόμα, ατος bocca + ποῦς, ποδός pé.
N. A forma — *estomápodes* — é imperfeita e não deve prevalecer.

* **Estómatorrhagía**, *s. f.* (med.) hemorrhagia, que se faz pela bocca. || De *e* euph. + στόμα bocca + ῥαγεῖν (de ῥήγνυμι) romper + suff. *ia*.

Estómatoscópio, *s. m.* (med.) instrumento empregado para conservar a bocca aberta e permittir o seu exame ou operação nella. || De *e* euph. + στόμα bocca + σκοπεῖν examinar + suff. *io*.

* **Estómocéphalo**, *s. m.* nome dado por I.-G. de Saint-Hilaire a uma especie de monstros. || De *e* euph. + στόμα bocca + κεφαλή cabeça.
Deriv.: *estómocephalia* (s. f.).
N. Seria melhor — *estomatocéphalo*.

* **Estómoxýidas**, *s. m. pl.* (zool.) familia de Dipteros. || De *e* euph. + *Stomóxys* (e este de

στόμα bocca + ὀξύς pontudo, agudo) + suff. *idas*.

Estrabismo, *s. m.* (med.) deformidade, que consiste no desvio involuntario de um ou de ambos os olhos do eixo visual. || De *e* euph. + στραβισμός (form. de στραβός vêsgo, e este de στρέφω — virar).
Cogn.: estrábico (adj.).

Estrabômetro, *s. m.* (med.) instrumento para medir o grau de estrabismo. || De *e* euph. + στραβός vêsgo + μέτρον medida.
Deriv.: estrábometria (s. f.).

Estrábotomia, *s. f.* (med.) operação, que consiste na secção dos musculos do ôlho para curar o estrabismo. || De *e* euph. + στραβός vêsgo + τομή corte + suff. *ia*.

Estranguria, *s. f.* (med.) difficuldade extrema de urinar. || De *e* euph. + στραγγουρία (form. de στράγξ gotta + οὖρον urina).
N. Quanto á prosodia, v. *anuria*.
Deriv.: estrangúrico (adj.).

Estratagêma, *s. m.* (mil.) ardil de guerra; astucia, etc. || Pela forma lat. corrupta *stratagema*, veio do gr. στρατήγημα manobra (do v. στρατηγεῖν commandar exercito).

Estratégia, *s. f.* habilidade, astucia, ardil. || De *e* euph. + στρατηγία commando de exercito, manobra.
N. Quanto á outra accepção, v. *estratégica*.

* **Estratégica,** *s. f.* (mil.) sciencia que ensina a conceber e organizar o plano das operações de guerra. || Por meio da forma latina *strategica*, do gr. στρατηγέω commando.
N. Os diccionarios dão esta significação á palavra *estratégia*. Mas um nome de sciencia em *ia* com i breve não respeita as leis de analogia, e como não existe no latim *strategia*, mas sim *stratégica* com esta accepção, julgamos melhor o vocabulo proposto, que tem seus similares em : poética, rhetórica, táctica, mechánica, esthética, diplomática, e muitos outros.
Cogn.: estratégico (adj.), *estrategista* (s. m.).

* **Estratióteas,** *s. f. pl.* (bot.) tribu das Hydrocharidaceas. || Do gen. *Stratiótes* (e este de στρατιώτης pistia) + suff. *eas*, com *e* inicial euphonico.

Estrátocracia, *s. f.* govêrno militar. || De *e* euph. + στρατός exercito + κρατεῖν governar + suff. *ia*.

Estrátographia, *s. f.* descripção de um exercito e do que lhe pertence. || De *e* euph. + στρατός exercito + γράφειν descrever + suff. *ia*.

* **Estrephéndopodia,** *s. f.* (med.) deformação do pé, voltado para dentro; pé varo (V. Duval). || De *e* euph. + στρέφω volto + ἔνδον para dentró + πούς, ποδός pé + suff. *ia*.

* **Estrephéxopodia,** *s. f.* (med.) pé valgo, voltado para fóra (V. Duval). || De *e* euph. + στρέφω volto + ἔξω para fóra + πούς, ποδός pé + suff. *ia*.

* **Estréphopodia,** *s. f.* (med.) deformação do pé; zambro (V. Duval). || De *e* euph. + στρέφω volto + πούς, ποδός pé + suff. *ia*.

* **Estrephótomo,** *s. m.* (med.) instrumento, com forma de saca-rolhas, que serve para a cura das hernias pelo methodo sub-cutaneo (Spanton). || De *e* euph. + στρέφω volto, torço + τομή corte.

* **Estrepsípteros,** *s. m. pl.* (zool.) ordem de Insectos. || De *e* euph. + στρέφω torço, enrolo + πτερόν aza.

Estréptocócco, *s. m.* (med.) nome dado a varios micrococcos, cujos elementos se reunem em forma de pequenas cadeias. ||

De e euph. + στρεπτός enlaçado, entortilhado + κόκκος semente.
Deriv.: estréptococcia (s. f.).

*Estréptodiphtheria, *s. f.*
(med.) diphtheria em que o estreptococco se juncta ao bacillo de Löfler. || De *estreptococco* e *diphtheria* (v. estes vcbs.).

*Estréptothriceas, *s. f. pl.* (bot.) tribu de Cogumelos. || De *Streptóthrix* (e este de στεπτὸς entortilhado + θρὶξ cabello) + suff. *eas*.

*Estridas, *s. m. pl.* (zool.) familia de Insectos Dipteros Brachyceros. || Do gen. *OEstrus* (e este de οἶστρος moscardo, vareja) + suff. *idas*.
Cogn.: estríneos (s. m. pl.).

Estríge, *s. f.* (poes.) coruja. || Pelo lat. *strigem*, vem do gr. στρὶγξ, com anteposição de e euph.
Deriv.: estrígidas (s. m. pl.), fam. de Aves.

*Estrigopineos, *s. m. pl.* (zool.) tribu de Psittacidas. || De e euph. + gen. *Strigops* (e este de στρὶγξ coruja + ὤψ, ὠπός cara) + suff. *ineos*.
N. Teria sido mais correcto o gen. *stringops*, e d'ahi «Estringopineos».

Estro, *s. m.* enthusiasmo artistico; genio inventivo; etc. || Pelo lat. *œstrum*, vem do gr. οἶστρος furor, transporte.

Estrobilo, *s. m.* (bot.) cone. || De e euph. + στρόβιλος pinha, fructo de pinheiro.
N. A accentuação — *estróbilo*—, que Aul. e outros recommendam, é contrária á quantidade etymologica.

*Estroboscópico, *adj.* diz-se do methodo para medir as velocidades de rotação. || De e euph. + στρόβος volta, turbilhão + σκοπεῖν examinar + suff. *ico*.
Cogn.: estroboscopía (s. f.).

Estrôma, *s. m.* (bot.) nome generico da superficie fructifera das plantas cryptógamas. —

(Anat.) parte superficial do ovario; trama de um tecido. || De e euph. + στρῶμα tapete.

*Estrómbidas, *s. m. pl.* (zool.) familia de Gastropodes Ctenobranchios. || De e euph. + gen. *Strombus* (e este de στρομ-βος cone, pião) + suff. *idas*.

*Estrongýlidas, *s. m. pl.* (zool.) familia de Vermes Nematoideos. || De e euph. + gen. *Stróngylus* (e este de στρογγύλος redondo, cylindrico) + suff. *idas*.

Estróngylo, *s. m.* (zool.) especie de Entozoario, que frequentemente se acha nos rins de alguns animaes, e mais raramente no homem. || De e euph. + στρογγύλος redondo.
Deriv.: estrongylóse (s. f.).

Estróphe, *s. f.* (poes.) a parte do hymno, que o chôro tragico ou lyrico cantava gyrando para a direita; estancia. || De e euph. + στροφή (de στρέφειν gyrar).

Estróphulo, *s. m.* (med.) inflammação cutanea frequente nas crianças de peito, etc. || Pelo lat. *strophulus*, parece vir de στρόφος cinta, cordão, com anteposição de e euph.

*Estruthiónidas, *s. m. pl.* (zool.) fam. de Aves Corredoras. || De e euph. + gen. *Struthio* (e este de στρουθός avestruz) + suff. *idas*.

Estrýchneas, *s. f. pl.* (bot.) tribu das Loganiaceas, que têm por typo o genero *Strychnos*. || De e euph. + στρύχνος herva moura.
Cogn.: estrychnína (s. f.), *estrýchnico* (adj.), *estrychnismo* (s. m.).

Estrýchnochromina, *s. f.* (chim.) materia corante amarella dos estrychnos. || De estrychnos (v. *estrýchneas*) + χρῶμα côr + suff. *ina*.

Estýgio, *adj.* infernal, que diz respeito ao Estyge. || De e euph. + στύγιος (de Στύξ Estyge).

* **Estylastéridas**, *s. m. pl.* (zool.) familia de Polypomedusas. || De e euph. + *Stylaster* (e este de στῦλος columna + ἀστήρ estrella) + suff. *idas*.

Estyléte, *s. m.* punhal de lamina finissima. Sonda, tenta metallica, etc. — Parte do pistillo que sustenta o estigma. || De e euph. + στῦλος ponteiro + suff. *éte*.

* **Estýlico**, *adj.* (anat.) que diz respeito á apophyse estyloide do rochedo. || De e euph. + στῦλος estylete + suff. *ico*.

* **Estylidiáceas**, *s. f. pl.* (bot.) ordem de plantas dicotyledones. || Do gen. *Stylidium* (e este de στυλίς columnasinha) + suff. *áceas*, com e inicial euphonico.

Estýlo, *s. m.* ponteiro ou haste metallica, com que os antigos escreviam em tabuas enceradas. — Maneira ou character especial de exprimir os pensamentos, fallando ou escrevendo. || De e euph. + στῦλος ponteiro.

Deriv.: *estylísta, estylísmo* (s. m.), *estylística* (s. f.).

Estylóbata, *s. m.* (archit.) envasamento que sustem uma ordem de columnas. || De e euph. + στυλοβάτης (form. de στῦλος columna + βαίνω andar).

N. Aul. dá *estylóbato*, mas a desinencia em *a* é mais conforme ás regras de derivação. (cf. *acrobata*).

Estýloglósso, *adj.* e *s. m.* (anat.) musculo que se insere na base da apophyse estyloide e vae ter á lingua. || De e euph. + στῦλος (raiz de *estyloide*) + γλῶσσα lingua.

* **Estýlohyóideo**, *adj.* (anat.) que tem relação com a apophyse estyloide e o osso hyoide. || De e euph. + στῦλος (raiz de *estyloide*) + *hyóide* (v. este vcb.) + suff. *eo*.

Estylóide, *adj.* que tem forma de ponteiro; nome de algumas apophyses. || De e euph. + στῦλος ponteiro + εἶδος forma.

N. Não ha razão para *estyloidêo* ou *estyloideu*, que se encontram nos diccionarios.

* **Estýlomastóideo**, *adj.* (anat.) que tem relação com as apophyses estyloide e mastoide. || V. *estylóide* e *mastóide*.

Estylómetro, *s. m.* (archit.) instrumento que serve para medir columnas. || De e euph. + στῦλος columna + μέτρον medida.

Deriv.: *estylometria* (s. f.).

* **Estylómmatóphoros**, *s. m. pl.* (zool.) secção de Molluscos Prosobranchios Pulmonados; têm os olhos nas extremidades dos tentaculos. || De e euph. + στῦλος columna, estylete + ὄμμα, ατος olho + φορός portador.

Estýlopharýngeo, *adj.* (anat.) que tem relação com a apophyse estyloide e com a pharynge. || De *estyloide* + *pharynge* (v. estes vcbs.).

* **Estýlopódio**, *s. m.* (bot.) disco epigyno, servindo como de base aos estyletes, na flôr das Umbelliferas. || De e euph. + στῦλος (raiz de *estylete*) + πούς, ποδός pé + suff. *io*.

Estýlospório, *s. m.* (bot.) corpos reproductores acrogenos, que nascem no apice dos clinodios de certos cogumelos. || De e euph. + στῦλος estylete + σπορά semente + suff. *io*.

* **Estyphelíneas**, *s. f. pl.* (bot.) tribu das Epacridaceas. || Do gen. *Styphelia* (e este de στυφελός duro, aspero) + suff. *íneas*, com e inicial euphonico.

* **Estypterito**, *s. m.* (min.) syn. de alunogenio (sulfato hydratado de aluminio). || De e euph. + στυπτηρία alumen (de στύφειν apertar, ser adstringente) + suff. *ito*.

* **Estypticíto**, *s. m.* (min.) syn. de fibroferrito (sulfato hydratado de ferro). || De *e* euph. + στυπτικός adstringente (de στύφειν apertar) + suff. *ito*.
Estýptico, *adj.* (med.) adstringente. || De *e* euph.+ στυπτικός (de στύφειν apertar, amargar).
N. A forma *estitico*, que Figueiredo regista como melhor, nem siquer é phonetica, porque o *p* do vcb. sôa sempre.
Cogn.: estyptól (s. m.).
Estyracáceas, *s. f. pl.* (bot.) ordem de plantas dicotyledones gamopetalas, cujo typo é o gen. *Styrax*. || De *e* euph. + *Styrax* (e este de στύραξ estoraque) + suff. *áceas*.
N. Declinando-se em lat. *styrax, acis*, fica patente que *estyraceas* é forma menos boa.
Cogn.: estyracína (s. f.).
Etésios, *adj. m. pl.* Ventos —, ventos do N., que sopram regularmente num certo periodo do verão. || De ἐτήσιοι (οἱ ἄνεμοι) annuaes (de ἔτος anno)
Éther, *s. m.* (phys.) fluido subtilissimo e muito elastico, espalhado em todo o universo, cuja existencia é admittida pelos physicos para explicar os phenomenos da luz, do calor, etc. — Corpo chimico, etc. || De αἰθήρ ar.
Deriv.: ethéreo, etherificár, etherificação, etherizár, etherísmo, ethálo, ethalénio, ethálico, ethénio, etherína, etherólio, etheroláto, etherôna, ethýlio, ethylénio, etc.
* **Étheromanía**, *s. f.* (med.) hábito morbido de tomar ether. || De *ether* (v. este vcb.) + μανία loucura.
Éthica, *s. f.* (phil.) a sciencia da moral. || De ἠθικός moral (deriv. de ἦθος costume).
Cogn.: éthico (adj.).
Ethíope, *s. m.* natural da Ethiopia. — (Chim.) nome antigo de certos oxydos e sulfuretos metallicos escuros. || De αἰθίοψ (form. de αἴθω queimar + ὄψ rosto).
Deriv.: ethiópico (adj.).
Ethmocéphalo, *s. m.* genero de monstros (I.-G. St–Hil.). || De ἠθμός crivo + κεφαλή cabeça.
Ethmóide, *s. m.* (anat.) osso do cranio, situado na base do nariz, e cuja lâmina superior é crivada de pequenos orificios. || De ἠθμοειδής (form. de ἠθμός crivo + εἶδος forma).
Deriv.: ethmóideo, ethmoidál (adj.), *ethmoidíte* (s. f.).
Ethnárcha, *s. m.* (ant.) governador de provincia. || De ἐθνάρχης (comp. de ἔθνος povo + ἄρχειν governar).
Deriv.: ethnarchía (s. f.).
Éthnico, *adj.* pagão, idolatra. — Particular a uma nação. || De ἐθνικός (deriv. de ἔθνος povo).
Deriv.: ethnicísmo (s. m.).
Éthnodicéa, *s. f.* direito das gentes. || De ἔθνος povo + δίκη justiça, direito.
Éthnogenía, *s. f.* sciencia que tracta da origem dos povos. || De ἔθνος povo + γένος geração + suff. *ia*.
Deriv.: ethnogénico (adj.).
Ethnographía, *s. f.* sciencia que tracta do estudo e descripção dos differentes povos, de suas raças, linguas, religiões, etc. || De ἔθνος povo + γράφειν descrever + suff. *ia*.
Deriv.: éthnográphico (adj.), *ethnógrapho* (s. m.).
Éthnología, *s. f.* sciencia que estuda a origem e a distribuição dos povos. || De ἔθνος povo + λόγος tractado + suff. *ia*.
Deriv.: ethnológico (adj.), *ethnólogo* (s. m.).
Ethocracía, *s. f.* forma de govêrno que tem por base a

moral. || De ἦθος costume + κρατεῖν governar + suff. *ia*.
Cogn.: *ethocráta*.

*Ethogénio, *s. m.* (chim.) nome dado ao azoteto de boro. || De αἴθειν luzir + γένος geração + suff. *io*.

Ethographía, *s. f.* descripção dos costumes, do character e das paixões dos homens. || De ἦθος costume + γράφειν descrever + suff. *ia*.
Deriv.: *ethográphico* (adj.).

Ethología, *s. f.* tractado sôbre usos e costumes. || De ἦθος costume + λόγος tractado + suff. *ia*.
Deriv.: *ethológico, ethólogo*.

Ethopeía, *s. f.* (rhet.) pintura ou descripção dos costumes e das paixões humanas. || De ἠθοποιία (form. de ἦθος costume + ποιεῖν fazer).
N. Aul. e Ad. Coelho escrevem *ethopea*, mas a derivação do vocabulo condemna este graphar.

Ethrioscópio, *s. m.* (phys.) instrumento para medir o calor que irradia da superficie terrestre para os espaços celestes. || De αἰθρία ar livre, céu descoberto + σκοπεῖν examinar + suff. *io*.
Deriv.: *ethrioscopía* (s. f.).

Ethylênio, *s. m.* (chim.) hydrogenio bicarbonado (C^2H^4). || De *ethylio* (v. este vcb.) + suff. *ênio*.
N. Quanto á desinencia, v. *amylenio*.

Ethýlio, *s. m.* (chim.) grupo monoatomico (C^2H^5). || De *ether* + suff. *ylio*.
N. V. amylio, quanto á desinencia.

Etico, adj. v. *héctico*.

Etiología, *s. f.* parte da Pathologia que estuda as causas das molestias. || De αἰτία causa + λόγος discurso + suff. *ia*.
Deriv.: *etiológico* (adj.).

Étymo, *s. m.* (gramm.) origem da palavra, etymologia della. || De ἔτυμον (e este de ἔτυμος verdadeiro).

Étymología, *s. f.* (gramm.) parte da Grammatica que tracta da origem das palavras, da analyse dos seus elementos; derivação de uma palavra. || De ἐτυμολογία (form. de ἔτυμος verdadeiro + λόγος discurso).
Deriv.: *etymológico* (adj.), *etymologísta* (s. m.), *etymólogo* (s. m.), *etymologísmo* (s. m.).

Eubiótica, *s. f.* (phil.) conjuncto de preceitos relativos á arte de bem viver. || De εὖ bem + βιόω vivo.

Eucalýpto, *s. m.* (bot.) árvore da ordem das Myrtaceas, gen. *Eucalyptus*. || De εὖ bem + καλύπτω cubro (por causa da forma do calyce).
Deriv.: *eucalypténio* (s. m.), *eucalyptól* (s. m.).

*Eucamptíto, *s. m.* (min.) var. de biotito (mica magnesiana das rochas eruptivas modernas). || De εὖ bem + κάμπτω curvo, dobro + suff. *ito*.

Eucharistía, *s. f.* (theol.) sacramento em que o corpo e o sangue de N.-S.-Jesu-Christo estão presentes sob as especies de pão e vinho. || De εὐχαριστία acção de graças (form. de εὖ bem + χάρις graça).
Deriv.: *eucharístico* (adj.).

Euchológio, *s. m.* (liturg.) manual de orações quotidianas; missal, breviario; ritual da Egreja grega. || De εὐχολόγιον (form. de εὐχή oração + λόγος livro).

*Euchroíto, *s. m.* (min.) arseniato hydratado de cobre. || De εὖ bem + χρόα côr + suff. *ito*.

Euchrómo, adj. que tem bella côr. || De εὖ bem + χρῶμα côr.

*Euchylía, *s. f.* boa qualidade dos fluidos organicos. ||

De εὖ bem + χυλός succo + suff. *ia*.

Euchýmo, *s. m.* (bot.) succo nutritivo dos vegetaes. || De ευ bem + χυμός succo, chymo.
N. Vcb. desusado.

Eucinesía, *s. f.* (med.) movimento regular. || De εὖ bem + κίνησις movimento + suff. *ia*.
N. Aul. e outros accentúam *eucinésia*, mas é geralmente longa a desinencia *ia* dos vocabulos congeneres, e não ha aqui motivo de excepção (cf. *anesthesía*, *paresía*, *eupepsía*, etc.).

Euclásio, *s. m.* (min.) silicato de glycinio com alumina, monoclinico (especie de esmeralda). || De εὖ bem + κλάσις fractura + suff. *io*.
N. Os diccionarios dão *euclása*; sôbre a desinencia, v. *acerdésio*.

***Eucopépodes**, *s. m. pl.* (zool.) sub-ordem de Crustaceos Copepodes. || De εὖ verdadeiramente + *copépodes* (v. este vcb.).

Eucrasía, *s. f.* (med. des.) bom temperamento, boa constituição (opposto a dyscrasía). || De εὖ bem + κρᾶσις temperamento + suff. *ia*.
Deriv. : *eucrásico* (adj.).

*****Eucrasíto**, *s. m.* (min.) var. de thorito (silicato de thorio). || De εὖ bem + κρᾶσις mixtura + suff. *ito*.

***Eucryptíto**, *s. m.* (min.) silicato de aluminio e lithio. || De ευ bem + κρύπτειν esconder + suff. *ito*.

***Eudiályto**, *s. m.* (min.) silico-zirconato de sodio, calcio e ferro. || De εὐδιάλυτος facil de dividir (comp. de εὖ bem + διαλύειν separar, dividir).

Eudiapneustía, *s. f.* (med.) transpiração facil. || De εὖ bem + διαπνέω transpiro + suff. *ia*.

***Eudidymíto**, *s. m.* (min.) silicato hydratado de glycinio e sodio. || De εὖ bem, facilmente + δίδυμος gemeo, duplo + suff. *ito*.

Eudiómetro, *s. m.* (chim.) instrumento com que se determina a proporção relativa dos gazes, que compõem o ar ou outra mixtura gazosa.|| De εὐδία tempo sereno, ar puro + μέτρον medida.
Deriv. : *eudiometría* (s. f.), *eudiométrico* (adj.).

***Euganóideos**, *s. m. pl.* (zool.) secção dos Peixes Ganoideos. || De ευ verdadeiramente + *ganoideos* (v. *ganoide*).

Eugenésico, *adj.* diz-se do cruzamento de raças fecundas, etc. || De εὖ bem + γένεσις geração + suff. *ico*.
Cogn. : *eugenesía* (s. f.).

Eugenína, *s. f.* (chim.) substância crystallina que se depõe espontaneamente na agua distillada de cravo. || De *Eugenia* (e este de εὖ facilmente + γένος geração) + suff. *ina*.
Cogn. : *eugénico* (adj.), *eugenáto* (s. m.), *eugenól* (s. m.).

Éugrapho, *s. m.* (phys.) especie de camara escura. || De εὖ bem + γράφω escrevo.

***Euisópodes**, *s.m.pl.* (zool.) secção dos Crustaceos Isopodes. || De εὖ verdadeiramente + *isópodes* (v. este vcb.).

Eulógia, *s. f.* (eccles.) pão bento que se distribuia aos que commungavam; refeição benta por um sacerdote. || De εὐλογία (deriv. de εὐλογεῖν benzer, e este de εὖ bem + λόγος palavra).

***Eulysína**, *s. f.* (chim.) substância que na bile acompanha a bilina, e é muito solúvel no alcool, no ether. || De εὖ facilmente, bem + λύσις solução + suff. *ina*.

***Eulytína**, *s. f.* (min.) silicato de bismutho ($Bi^4 Si^3 O^{12}$). || De εὔλυτος facil de fundir (comp. de εὖ bem + λύειν dissolver, desatar) + suff. *ina*.

Euménide, *s. f.* (myth.) nome dado por antiphrase a cada uma das trez Furias; o remorso. || De Εὐμενίδες (deriv. de εὐμενής benevolo).

***Eumydrína**, *s. f.* (pharm.) nome dado ao methylnitrato de atropina. || De εὖ bem + μυδρ (parte do subst. μυδρίασις mydriase) + suff. *ina*.

***Eunícidas**, *s. m. pl.* (zool.) familia de Vermes Polychetas. || Do gen. *Eunice* (e este de Εὐνείκη Eunice) + suff. *idas*.

Eunúcho, *s. m.* homem castrado, a quem no Oriente confiam a guarda das mulheres. || De εὐνοῦχος (form. de εὐνή leito + ἔχειν ter, guardar).

***Eunuchóide**, *adj.* diz-se da voz similhante á do eunucho, a que conserva characteristico infantil. || De *eunucho* + εἶδος forma, similhança.

Eupatório, *s. m.* (bot.) planta da ordem das Synantheraceas, gen. *Eupatorium*. || De εὐπατόριον (deriv. de Εὐπάτωρ appellido de Mithridates).
Deriv. : *eupatorina* (s. f.), *eupatoríneas* (s. f. pl.).

Eupepsía, *s. f.* (med.) boa digestão. || De εὐπεψία (deriv. de εὖ bem + πέψις digestão).
Deriv. : *eupéptico* (adj.).

***Eupháusidas**, *s. m. pl.* (zool.) familia de Crustaceos Eschizopodes. || Do gen. *Euphausia* (este de εὖ bem, muito + φαῦσις brilho, luz) + suff. *idas*.

Euphemísmo, *s. m.* (rhet.) figura pela qual se suavizam ideas tristes ou desagradaveis exprimindo-as com palavras brandas. || De εὐφημισμός (form. de εὖ bem + φήμη palavra).
Cogn. : *euphémico* (adj.).

Euphonía, *s. f.* som agradavel de uma só voz; elegancia, suavidade na pronunciação, etc. || De εὐφωνία (form. de εὖ bem + φωνή voz).
Deriv. : *euphónico* (adj.), *euphóno* (e não *éuphono* como accentúa Aul.), adj.

Euphórbio, *s. m.* (bot.) genero de plantas, typo da ordem das Euphorbiaceas; gomma-resina extrahida de várias dellas. || De εὐφόρβιον (form. de εὖ bem + φέρβω alimento).
Deriv. : *euphorbína* (s. f.), *euphórbico* (adj.), *euphorbiáceas* (s. f. pl.).

***Euphoría**, *s. f.* (med.) sensação de bem-estar. || De εὖ bem + φορός de φέρω supporto + suff. *ia*.

***Euphórico**, *adj.* diz-se da medicação de Ferrand, que produz excitação rapida e segura. || De εὖ bem + φέρω supporto, levo + suff. *ico*.

Euphótide, *s. f.* (min.) rocha eruptiva basica, de estructura granitoide e composta normalmente de fel spatho e diallagio. || De εὖ bem + φώς, φωτὸς luz.

Euphuísmo, *s. m.* o estylo arrebicado, que esteve em moda no tempo de Isabel, na Inglaterra. || Do romance de Lilly — *Euphues*, — e este de εὐφυής bello, bem disposto.
Cogn. : *euphuïsta* (s. m.), *euphuïstico* (adj.).

***Euphyllíto**, *s. m.* (min.) var. de muscovito (mica biaxe, sem magnesia). || De εὖ facilmente + φύλλον folha + suff. *ito*.

Eupnéa, *s. f.* (med.) respiração facil. || De εὔπνοια (e este de εὖ facilmente + πνεῖν respirar).

N. Passando o diphthongo grego οι para *e* em portuguez, vê-se que não ha razão para acceitar a graphia — eupneia, que Fig. tambem regista.

*Éupodes,[1] *s. f. pl.* (zool.) grupo de Holothurias providas de pés. || De εὖ bem + πούς, ποδός pé.
* Eupodes,[2] *s. m. pl.* (zool.) familia de Insectos, da ordem dos Coleopteros. || De εὖ bem - πούς, ποδός pé.
*Euprépidas, *s.m.pl.* (zool.) familia de Lepidopteros Bombycineos. || Do gen. *Euprépia* (e este de εὐπρεπής bello, distincto) + suff. *idas*.
Eureka. V. *heureca*.
Eurêma, *s. m.* (jur.) prevenção para assegurar a validade dum acto juridico. || Pelo lat. *eurēma, ătis,* vem de εὕρημα expediente, remedio.
Deriv. : euremático (adj.).
Eurhythmia, *s. f.* harmonia, justa proporção; regularidade das pulsações. || De ευ bem + ῥυθμός cadencia + suff. *ia*.
N. Corrigindo acertadamente a Aulete, Ad. Coelho e Figueiredo fazem a palavra paroxytona.
Deriv. : eurhýthmico (adj.).
Eurípo, *s. m.* movimento irregular, agitação; estreito, onde abundam escolhos. || De εὔριπος agitado, donde o nome do estreito Euripo entre a Beocia e a Eubéa.
Eurístico. V. *heurético*.
Éuro, *s. m.* (poes.) o vento léste. || De Εὗρος.
Europêu, *adj.* que é da Europa ou relativo a Europa. || De Εὐρωπαῖος (deriv. de Εὐρώπη Europa).
Eurycéphalo, *adj.* que tem a cabeça ou o cranio largo. || De εὐρύς largo + κεφαλή cabeça.
Eurýgnatho, *adj.* (anthr.) nome dado por I.-G. St-Hil. ao typo, em que ha predominancia da região superior da face. || De εὐρύς largo + γνάθος maxilla.
*Euryléptidas, *s. m. pl.* (zool.) familia de Vermes Dendroceleos. || Do gen. *Eurilépta* (e este de εὐρύς largo + λεπτός delgado) + suff. *idas*.
Eusemia, *s. f.* (med.) conjuncto de bons symptomas numa molestia. || De εὔσημος de bom agouro (form. de εὖ bem + σῆμα signal) + suff. *ia*.
*Eusomphálio, *s. m.* genero de monstros (I.-G. de St-Hil.). || De εὖς bom + ὀμφαλός umbigo + suff. *io*.
Éustatha, *s. f.* (bot.) porção exterior da parede de cellulose das cellulas vegetaes, a que mais resiste á acção dos acidos (Hartig). || De εὐσταθής solido (form. de εὖ bem + ἵστημι estou firme).
Eustýlo, *adj.* (archit.) diz-se do edificio, que tem as columnas convenientemente espaçadas. || De εὔστυλος (comp. de εὖ bem + στῦλος columna).
Eutaxía, *s. f.* (med.) disposição harmonica das partes do organismo animal. || De εὐταξία boa ordem (form. de εὖ bem + τάξις ordem).
N. Aul. accentúa *eutáxia*, o que destôa das regras d'analogia. Pois si elle proprio manda dizer *ataxía!*
Euthanasía, *s. f.* (med.) morte calma. || De εὐθανασία (e este de ευ bem + θάνατος morte).
*Euthemideas, *s.f.pl.* (bot.) tribu das Ochnaceas. || Do gen. *Éuthemis* (e este de εὖ bem + θέμις justiça, fundamento) + suff. *eas*.
*Euthérios, *s. m. pl.* (zool.) sub-classe dos Mammaes; são os de organização mais perfeita. || De ευ bem + θήρ animal + des. *ios*.
Euthýcomo, *adj.* que tem o cabello grosso, liso e pendente. || De εὐθύς direito + κόμη cabelleira.
Euthymía, *s. f.* tranquillidade de espirito. || De εὐθυμία

(form. de εὖ bem + θυμός espirito).

*Eutocía, *s. f.* (med.) parto normal. || De εὖ bem + τόκος parto + suff. *ia*.

Eutrapelia, *s. f.* graça, chiste. || De εὐτραπελία (deriv. de εὐτράπελος chistoso).

Deriv. : *eutrapélico* adj.).

*Eutrepistía, *s. f.* (med.) preparação do doente para resistir aos perigos de uma infecção septica (Dor). || De εὐτρεπίζω preparo, disponho.

N. Teria sido melhor a forma « eutrepísmo ».

Eutrophía, *s. f.* (med.) boa nutrição. || De εὐτροφία (form. de εὐ bem + τρέφω nutro).

Euxánthico, *adj.* (chim.) Acido —, corpo soluvel na agua fervendo, que o deixa crystallizar em longas agulhas amarellas. || De εὖ bem, facilmente + ξανθός amarello + suff. *ico*.

N. Tambem chamado *euxanthina*

Deriv. : *euxanthóna* (s. f.).

Evangélho, *s. m.* a lei, a doutrina, a historia de N.-S.-Jesus-Christo, etc. || De Εὐαγγέλιον (form. de εὖ bem + ἄγγελος mensageiro, nova).

Deriv. : *evangeliário, evangélico, evangelismo, evangelista, evangelizár, evangelização, evangelizador*.

*Evánidas, *s. m. pl.* (zool.) familia de Hymenopteros Entomophagos. || Do gen. *Evania* (e este de εὐάνιος manso, docil?) + suff. *idas*.

Evónymo, *s. m.* (bot.) zaragatôa, planta do gen. *Evonymus*, da ordem das Celastraceas e tribu das Evonymeas. || De εὐώνυμος célebre, afamado (comp. de εὖ bem + ὄνομα nome).

Deriv. : *evonýmeas* (s. f. pl.), *evonymína* (s. f.).

*Exalgína, *s. f.* (pharm.) substância empregada como analgesica. || De ἐξ fóra + ἄλγος dôr + suff. *ina*.

*Exanthalósio, *s. m.* (min.) nome dado por Beudant ao sulfato de sodio hydratado e efflorescente. || De ἐξανθεῖν perder as flôres + ἅλς, ἁλός sal + suff. *io*.

Exanthêma, *s. m.* (med.) molestia characterizada ou por simples manchas cutaneas ou por erupções proeminentes, etc. || De ἐξάνθημα efflorescencia, erupção de pelle (form. de ἐξ fóra + ἄνθρς flôr).

Deriv. : *exanthemático, exanthematóso* (adj.).

Exárcho, *s. m.* delegado do imperador de Constantinopla nas provincias do Baixo-Imperio. || De ἔξαρχος (deriv. de ἐξάρχω commando).

N. Á vista do substantivo grego, a forma *exarcha* é menos boa.

Deriv. : *exarchádo* (s. m.).

Exarthróse, *s. f.* (med.) luxação de dous ossos articulados por diarthrose. || De ἐξ fóra de + ἄρθρον articulação + suff. *óse*.

*Exdérmoptóse, *s. f.* (med.) hypertrophia das glandulas sebaceas, sub-cutaneas. || De ἐξ fóra + δέρμα pelle + πτῶσις quéda.

Éxedra, *s. f.* (ant.) portico, recincto circular com assentos, onde os antigos philosophos se ajunctavam para discutir. || De ἐξέδρα; em lat. *exĕdra*.

N. Aul. e outros accentúam *exédra*; mas já o exemplo de *cáthedra* bem mostra que este ε é breve na prosa.

Exegése, *s. f.* commentario, interpretação de textos (particularmente da Biblia). || De ἐξήγησις (form. de ἐξ + ἡγέομαι creio, penso).

Deriv. : *exegéta* (s. m.), *exegético* (adj.), *exegética* (s. f.).

*Exencéphalo, *s. m.* genero

de monstros que têm o encephalo em grande parte situado fóra da caixa cerebral (I.-G. de St-Hil.). || De ἐξ fóra + ἐγκέφαλος encephalo.
Deriv.: *exéncephalia* (s. f.).
Exérese, *s. f.* (chir. des.) extracção, ablação de partes superfluas. ou nocivas. || De ἐξαίρεσις (form. de ἐκ de + αἱρέω tiro).
N. Ad. Coelho accentúa *exeŕése*, exquecendo a quantidade etymologica (cf. *aphérese*, etc.).
Exérgo, *s. m.* (numism.) es paço numa medalha para pôr data, inscripção, etc. || De ἐξ fóra + ἔργον obra.
Exhymenína, *s. f.* (bot.) membrana externa do grão de pollen. || De ἐξ fóra + ὑμήν membrana.
*****Exitélio**, *s. m.* (min.) syn. de valentinito (oxydo d'antimonio — Sb² O³). || De. ἐξίτηλος vaporizavel + suff. *io*.
*****Exoásceas**, *s. f. pl.* (bot.) familia de Cogumelos Ascomycetes. || De ἔξω para fóra + ἀσκὸς saquinho + suff. *eas*.
*****Exocardíaco**, *adj.* (med.) diz-se duma bulha cardiaca, produzida fóra da sua cavidade. || De ἔξω de fóra + καρδία coração.
*****Exochólecýstopexía**, *s. f.* (med.) abertura da vesicula biliar e sua fixação definitiva fóra da cavidade abdominal. || De ἔξω de fóra + *cholecystopexia* (v. este vcb.).
Exochório, *s.m* (anat.) reunião do primeiro e segundo chorio. || De ἔξω de fóra + *chorio* (v. este vcb.).
Exocystía, *s. f* inversão da bexiga urinaria. || De ἔξω para fóra + κύστις bexiga + suff. *ia*.
*****Exodérme**, *s. f.* syn. de ectoderme. || De ἔξω de fóra + δέρμα pelle.
Exódico, *adj.* (physiol.) diz-se dos nervos centrifugos, em que a acção se exerce de dentro para fóra (Mars.-Hall). || De ἐξ fóra + ὁδὸς caminho + suff. *ico*.
Éxodo, *s. m.* o segundo livro do Pentateucho. — Partida. || De ἔξοδος partida (form. de ἐκ para fóra + ὁδὸς caminho).
Exógamo, *adj.* diz-se do selvagem, que se liga com mulher roubada em tribu extranha. || De ἔξω de fóra + γάμος casamento.
Deriv.: *exogamia* (s. f.).
Exógeno, *adj.* (bot.) diz se das plantas dicotyledones, cujo crescimento se realiza de dentro para fóra, por juxta-posição de camadas concentricas. || De ἔξω para fóra + γένος geração.
Exógyno, *adj.* (bot.) diz-se dos vegetaes, em que o estylete so extende para fóra da flôr. || De ἔξω para fóra + γυνή femea.
Deriv.: *exogynia* (s. f.).
Exometría, *s. f.* (med.) deslocação do utero. || De ἔξω para fóra + μήτρα utero + suff. *ia*.
N. Exómetra, dizem Ad. Coelho e Figueiredo; mas vê-se que não é bem formado.
Exomologése, *s. f.* confissão pública. || De ἐξομολόγησις (form. de ἐκ + ὁμολογέω confesso).
Exomphalía, *s. f.* (med.) hernia umbilical. || De ἔξω para fóra + ὀμφαλὸς umbigo + suff. *ia*.
Exonirόse, *s. f.* (med.) pollução nocturna. || De ἐξ fóra + ὀνειρώττω sonho.
Exophthalmía, *s. f.* (med.) saída do ôlho para fóra da cavidade orbitaria, etc. || De ἔξω para fóra + ὀφθαλμὸς ôlho + suff. *ia*.
Deriv.: *exophthálmico* (adj.).
*****Exoplásmico**, *adj.* diz-se das producções cellulares situadas fóra da cellula. || De ἔξω fóra de + πλάσμα formação + suff. *ico*.

Exopódio, *s. m.* (zool.) um dos ramos em que se divide o prot'podio na pata dos Crustaceos. || De ἔξω para fóra + ποὔς, ποδός pé + des. *io.*
V. *protopodio.*

Exóptilo, *adj.* (bot.) diz-se do embryão, cuja plumula não está dentro da cavidade cotyledonea. || De ἔξω fóra de + πτίλον plumula.

Exorcismo, *s. m.* (theol.) ceremonia religiosa com que a Egreja expulsa os demonios e espiritos, etc. || De ἐξορκισμός; acção de jurar.
Deriv.: *exorcismár, exorcista, exorcitádo.*

Exorhizo, *adj.* (bot.) diz-se das plantas que, ao germinar, allongam a radicula pela sua extremidade, e só muito tarde brotam radiculas lateraes. || De ἔξω para fóra + ῥίζα raiz.

Exosmóse, *s. f.* (phys.) a corrente opposta á endosmose. || De ἔξω para fóra + ὠσμός; impulso.
Deriv. : *exosmótico* (adj.).

*Exosplénopexía, *s. f.* (med.) operação que consiste em fixar o baço fóra da cavidade abdominal. || De ἔξω fóra de + σπλήν baço + πῆξις fixação + suff. *ia.*

Exóstoma, *s. m.* (bot.) orificio da primina, no ovulo vegetal, por onde passa o tubo pollinico. || De ἔξω para fóra + στόμα bocca.
N. Aul. accentúa *exostóma*

contra a quantidade etymologica; Ad. Coelho grapha *exostomo* (com terminação indevida). Figueiredo corrigiu uma e outra cousa.

Exostóse, *s. f.* (med.) tumor osseo, que se desenvolve na superficie dos ossos, e resultante de uma hypergénese local. || De ἐξόστωσις (form. de ἐξ fóra + ὀστοῦν osso).

Exotérico, *adj.* (philos.) que se expõe em público (tractando-se de antigas doutrinas). || De ἐξωτερικὸς (deriv. de ἐξώτερος exterior).

Exothéca, *s. f.* (bot.) membrana externa da anthera. || De ἔξω de fóra + θήκη depósito, envoltorio.

*Exothýreopexía, *s. f.* (med.) operação que consiste em fixar o corpo thyreoide fóra da incisão (Poncet). || De ἔξω fóra + *thyreóide* (v. este vcb.) + πῆξις fixação + suff. *ia.*

Exótico, *adj.* oriundo de paiz extranho, etc. || De ἐξωτικὸς (form. de ἔξω fóra de).

Éxtase, *s. f.* arrebatamento, enlevo, rapto dos sentidos, etc. || Pelo lat. *extăsis,* de ἔκστασις form. de ἐκ de + στάσις estado.
N. Aul. conserva a forma antiga — *o éxtasis* —, mas sem razão. O proprio uso vae auctorizando a mudança de desinencia e de genero do vcb.
Deriv. : *extasiár, extático.*

Extrophia. V. *ecstrophia.*

F

Fantasia. V. *phantasia*.
Fantasma. V. *phantasma*.
Fantasmagoria. V. *phantasmagoria*.
Frenesi. V. *phrenesi*.

G

Gádidas, *s. m. pl.* (zool.) familia de Peixes Teleosteos da sub-ordem dos Anacanthinios, cujo typo é o gen. *Gadus*. || De *Gadus* (e este de γάδος pescada) + suff. *idas*.
N. A desinencia em *ïdas*, characteristica de nomes patronymicos (em lat. *ïdœ, arum*) é a que mais convem a estes vocabulos ; conseguintemente condemnem-se : *gádidos* (dado tambem por Figueiredo) e *gadídas* (como se acha em Ad. Coelho).

Gadínico, *adj.* (chim.) diz-se do acido graxo, que se encontra no oleo de figado de bacalhau. || De *Gadus* (gen. do bacalhau), e este de γάδος pescada + suff. *ico*.

Gadóides, *s. m. pl.* (zool.) syn. de gádidas (ainda que menos proprio). || De *Gadus* (γάδος pescada) + εἶδος forma.

Gaduina, *s. f.* (chim.) substância que se acha no oleo de figado de differentes especies do gen. *Gadus*. || De *Gadus* (e este de γάδος pescada) + suff. *ina*.

Galactagôgo, *adj.* e *s. m.* (med.) diz-se das substâncias que determinam ou augmentam a secreção do leite. || De γάλα leite + ἀγωγὸς que excita, conduz.

Galactíto, *s. m.* (min.) var. de mesotypio (silicato de aluminio e sodio). || De γάλα, ακτος leite + suff. *ito*.

Galactocéle, *s. f.* (med.) engorgitamento da mamma por leite. — Forma rara de hydrocele, em que o líquido tem

aspecto leitoso. || De γάλα, ακτος leite + κήλη tumor.
Galactóide, *adj.* que se assimelha a leite. || De γαλακτοειδής (form. de γάλα leite + εἶδος forma).
Galactómetro, *s. m.* (phys.) instrumento com que se mede a densidade do leite. || De γάλα, ακτος leite + μέτρον medida.
Galactóphago, *adj.* e *s. m.* que só vive de leite. || De γάλα leite + φαγεῖν comer.
Galactóphoro, *s. m.* e *adj.* instrumento que se applica ao mamillo afim de facilitar a succção. — Canaes —, os conductos excretores da glandula mammal. || De γαλακτοφόρος (form. de γάλα leite + φέρω levar).
Deriv.: *galáctophorite* (s. f.).
Galáctophthísica, *s. f.* (med.) consumpção consecutiva a enormes perdas de leite nas amas. || De γάλα leite + φθίσις consumpção + suff. *ica*.
Galáctopoése, *s. f.* (physiol.) formação do leite. || De γάλα leite + ποιεῖν fazer.
N. Á maneira de outros derivados de ποιεῖν, transmuta-se aqui o diphthongo οι em ο (cf. *poeta*, *poesia*).
Deriv.: *galáctopoético* (adj.).
Galáctoposia, *s. f.* (med.) uso exclusivo do leite como alimento. || De γάλα, ακτος leite + πόσις (de πίνειν beber) + suff. *ia*.
Cogn.: *galactópota* (s. m.).
Galáctorrhéa, *s. f.* (med.) secreção demasiado abundante de leite. ||De γάλα; ακτος leite + ῥέω correr.
Galactóse, *s. f.* (chim.) açucar produzido pela reacção dos acidos mineraes diluidos sôbre a lactose, etc. || De γάλα, ακτος leite + suff. *óse*.
* **Galáctozýmase**, *s. f.* (chim.) materia albuminoide do leite, capaz de fluidificar a gomma de amido sem a sac-

charificar (Béchamp). || De γάλα, ακτος leite + ζύμη fermento + suff. *ase*.
Galactozýmo, *s. m.* leite em via de fermentação. || De γάλα, ακτος leite + ζύμη fermento.
N. Figueiredo regista o vcb. *galázymo*, mal formado e mal accentuado.
Galacturia, *s. f.* presença de muita gordura emulsionada na urina, dando-lhe aspecto de leite. || De γάλα, ακτος leite + οὐρον urina + suff. *ia*.
Gálbano, *s. m.* (pharm.) resina de algumas especies de *Ferula*. || Pelo lat. *galbănum*, vem. de χαλβάνη.
Galeanconísmo, *s. m.* (med.) atrophia e encurtamento do braço. || De γαλεάγκων que tem braços curtos (form. de γαλῆ gato + ἀγκών cotovello, braço) + suff. *ismo*.
N. A forma *galianconísmo* é menos etymologica.
Galeanthropia, *s. f.* (med.) mania em que o doente se julga metamorphoseado em gato. || De γαλῆ gato + ἄνθρωπος homem + suff. *ia*.
* **Galéidas**, *s. m. pl.* (zool.) fam. de Chondropterygios Plagiostomos. || Do gen. *Gáleus* (e este de γαλεός cação) + suff. *idas*.
Galēna, *s. f.* (min.) sulfureto de chumbo nativo (PbS). || De γαλήνη.
* **Galénoceratíto**, *s. m.* (min.) syn. de phosgenito, chumbo corneo. || De *galena* (v. este vcb.) + κέρας corno + suff. *tto*.
***Galéopithécidas**, *s. m. pl.* (zool.) fam. de Simios. || Do gen. *Galéopithécus* (e este de γαλῆ gato + πίθηκος macaco) + suff. *idas*.
Gamélias, *s. f. pl.* (ant.) festas gregas em honra de Hera, festas nupciaes. || De

γαμήλια (τὰ), deriv. de γαμεῖν casar.

Gamélio, *s. m.* (ant.) mez atheniense, em que se celebravam as gamelias, e mais ou menos correspondente ao nosso Janeiro. || De γαμηλιών, ῶνος.

Gámma, *s. m.* nome da letra γ em grego.—*S. f.* (Mus.) successão de sons, ascendente ou descendente, em toda a extensão de uma oitava. || De γάμμα.

*** Gammacismo**, *s. m.* vício de pronúncia, em que ha difficuldade ou impossibilidade de pronunciar o *g.* || De γάμμα + suff. *ismo.*

Gámomanía, *s. f.* (med.) mania do casamento. || De γάμος casamento + μανία mania.

Deriv. : gamomaníaco (s. m.).

Gamopétalo, *adj.* (bot.) que tem os pétalos soldados entre si. || De γάμος união + πέταλον folha.

Deriv. : gamopetalia (s. f.).

Gamophýllo, *adj.* (bot.) que é formado pela soldadura de várias folhas ou folíolos. || De γάμος união + φύλλον folha.

Deriv. : gamophyllía (s. f.).

Gamostýlo, *adj.* (bot.) formado pela soldadura de varios estyletes entre si. || De γάμος união + στῦλος estylete.

N. A prosodia *gamóstylo* não respeita a quantidade da raiz grega.

*** Gamozóide**, *s. m.* (zool.) numa colonia de Polypos Hydrarios o individuo reproductor. || De γάμος casamento + ζῶον animal + εἶδος forma.

Gánglio, *s. m.* (anat.) pequeno corpo, de tammanho e estructura variaveis, situado no trajecto dum vaso lymphatico ou de um filete nervoso, etc. || De γάγγλιον.

Deriv. : ganglionár (adj.), *gangliôma* (s. m.).

Gangrena, *s. f.* (med.) mortificação de uma parte molle qualquer, com reacção vital nas partes contiguas. || De γάγγραινα.

Deriv. : gangrenóso (adj.), *gangrenár* (v.).

Ganóide, *adj.* (zool.) diz-se das escamas de peixes cobertas de uma camada espessa de esmalte brilhante. || De γάνος brilho + εἶδος forma.

Deriv. : Ganóideos (s. m. pl.) — nome de ordem zoologica.

*** Ganophyllíto**, *s. m.* (min.) silicato hydratado de manganez e aluminio. || De γάνος brilho + φύλλον folha + suff. *ito.*

Gargarejár, *v. intr.* agitar na garganta pelo ar espirado um medicamento líquido. || Pelo lat. *gargarizare*, vem de γαργαρίζειν.

Deriv. : gargarêjo (s. m.).

Gasteromycétes. V. *gastromycétes.*

Gasterópodes. V. *gastrópodes.*

Gastralgía, *s. f.* (med.) dôr de estomago. || De γαστήρ, τρός estomago + ἄλγος dôr + suff. *ia.*

Deriv. : gastrálgico (adj.).

*** Gastréctasia**, *s. f.* (med.) dilatação do estomago. || De γαστήρ, τρός estomago + ἔκτασις dilatação + suff. *ia.*

Gastrectomía, *s. f.* (chir.) operação que consiste em cortar qualquer porção do estomago. || De γαστήρ, τρός estomago + ἐκτομή corte + suff. *ia.*

Gástrico, *adj.* (anat.) relativo ao estomago. || De γαστήρ estomago.

Gastrite, *s. f.* (med.) inflammação da membrana mucosa

do estomago. || De γαστήρ, τρός estomago + suff. *ite*.

Gastrobrosia, *s. f.* (med.) perfuração do estomago. || De γαστήρ, τρός estomago + βρῶσις corrosão + suff. *ia*.

Gastrocéle, *s. f.* (med.) hernia do estomago atravez da parte superior da linha alva. || De γαστήρ, τρός estomago + κήλη hernia.

*** Gastrochénidas,** *s. m. pl.* (zool.) familia de Molluscos. || Do gen. *Gastrochœna* (e este de γαστήρ ventre + χαίνειν abrir-se) + suff. *idas*.

Gastrocnémios, *adj.* e *s. m. pl.* (anat.) nome dado aos musculos gemeos da perna. || De γαστήρ ventre + κνήμη perna + suff. *ios*.

Gastrocólico, *adj.* (anat.) que pertence ao estomago e ao cólo. De γαστήρ estomago + *cólo* (v. este vcb.) + suff. *ico*.

Cogn.: *gastrocolite*.

*** Gastrodiaphania,** *s. f.* (med.) processo de exploração do estomago por meio de uma lampada electrica, que nelle se introduz (Max Einhorn). || De γαστήρ estomago + διαφανής transparente + suff. *ia*.

*** Gástro-duodénostomia,** *s. f.* (med.) estabelecimento de uma anastomose entre o estomago e o duodeno (Jaboulay). || De γαστήρ estomago + *duodeno* + στόμα bocca + suff. *ia*.

Gastrodynia, *s. f.* (med.) nevrose characterizada por dôr epigastrica e anxiedade. || De γαστήρ estomago + ὀδύνη dôr + suff. *ia*.

*** Gástro-elýthrotomia,** *s. f.* (chir.) abertura da cavidade abdominal, por meio da incisão da vagina. || De γαστήρ ventre + ἔλυθρον vagina + τομή corte + suff. *ia*.

Gástro-enteralgia, *s. f.* (med.) gastralgia e enteralgia concomitantes. || De γαστήρ estomago + *enteralgia* (v. este vcb.).

Gástro-enterite, *s. f.* (med.) inflammação da mucosa do estomago e dos intestinos. || De γαστήρ estomago + ἔντερον intestino + suff. *ite*.

Gástro-éntero-colite, *s. f.* (med.) inflammação simultanea do estomago e dos intestinos delgado e grosso. || De γαστήρ estomago + *enterocolite* (v. este vcb.).

*** Gástro-enteróstomia,** *s. f.* (med.) operação que consiste em communicar o estomago com uma aza intestinal (Wölfler). || De γαστήρ estomago + ἔντερον intestino + στόμα bocca + suff. *ia*.

Gástro - epiplóico, *adj.* (anat.) que pertence ao estomago e ao epiploo. || De γαστήρ estomago + *epiploo* (v. este vcb.) + suff. *ico*.

Gástro-hepático, *adj.* (anat.) que tem relação com o estomago e o figado. || De γαστήρ estomago + ἧπαρ figado + suff. *ico*.

Cogn.: *gástro-hepatite*.

Gástro-hýsterotomia, *s. f.* (med.) operação cesariana abdominal. || De γαστήρ ventre + ὑστέρα utero + τομή corte + suff. *ia*.

Gastrologia, *s. f.* arte culinaria. || De γαστήρ estomago + λόγος tractado + suff. *ia*.

Cogn.: *gastrólogo* (s. m.).

Gastromalacia, *s. f.* (med.) amollecimento do estomago. || De γαστήρ estomago + μαλακία molleza.

Gastrómelo, *s. m.* genero de monstros (I. G. de St-Hil.). || De γαστήρ ventre + μέλος membro.

Gastromycétes, *s. m. pl.* (bot.) grupo de Cogumelos, cujos esporios estão contidos num envoltorio. || De γαστήρ

τρός estomago + μύκης, ητος cogumelo.
N. As regras usuaes de formação das palavras compostas condemnam, como menos correcta, a forma *gasteromycetes*.

Gástronomía, *s. f.* arte de preparar as iguarias de modo que dellas se tire o maximo deleite. || De γαστήρ estomago + νόμος lei + suff. *ia*.
Deriv. : *gastronómico* (adj.), *gastrónomo* (s. m.).

Gástropathía, *s. f.* (med.) nome generico das molestias do estomago. || De γαστήρ estomago + πάθος soffrimento + suff. *ia*.

* **Gástropexía,** *s. f.* (med.) fixação chirurgica do estomago. || De γαστήρ estomago + πῆξις fixação + suff. *ia*.

* **Gástroplastía,** *s. f.* operação com que se faz desapparecer um estreitamento do estomago, ou com que se fecha o orificio de uma úlcera do mesmo orgam. || De γαστήρ estomago + πλασσω formo + suff. *ia*.

* **Gástroplegía,** *s. f.* (med.) paralysia do estomago. || De γαστήρ estomago + πληγή golpe + suff. *ia*.

Gastrópodes, *s. m. pl.* (zool.) classe de Molluscos que se movem, arrastando-se com o auxílio de uma proeminencia carnuda que tem sôbre o ventre. || De γαστήρ, τρός ventre + πούς, ποδός pé.
N. Gasterópodes é forma menos acceitavel.

* **Gástroptóse,** *s. f.* (med.) deslocamento do estomago para baixo (Glénard). || De γαστήρ estomago + πτῶσις quéda.

Gástrorhaphia, *s. f.* (med.) sutura feita nas paredes abdominaes. || De γαστήρ ventre + ῥαφή sutura + suff. *ia*.
N. Hoje significa especialmente a sutura do estomago.

Gástrorrhagía, *s. f.* (med.) hemorrhagia gastrica. || De γαστήρ estomago + ῥήγνυμι romper + suff. *ia*.

Gástrorrhéa, *s. f.* (med.) catarrho do estomago. || De γαστήρ estomago + ῥέω corro.

* **Gástroscópio,** *s. m.* (med.) apparelho para o exame interior do estomago (Mikulicz). || De γαστήρ estomago + σκοπεῖν examinar + suff. *io*.
Deriv. : *gástroscopia* (s. f.).

Gastróse, *s. f.* (med.) designação generica das molestias do estomago. || De γαστήρ, τρός estomago + suff. *óse*.

Gástro-splénico, *adj.*(anat.) que pertence ao estomago e ao baço. || De γαστήρ estomago + σπλήν baço + suff. *ico*.

Gástrostenóse, *s. f.* (med.) estreitamento do estomago. || De γαστήρ estomago + στένωσις constricção.

* **Gastrostomía,** *s.f.* (chir.) abertura de uma bocca estomachal, pela qual se introduzam alimentos. || De γαστήρ, τρός estomago + στόμα bocca + suff. *ia*.

Gástrotomía, *s. f.* (chir.) operação pela qual se abre o estomago para extrahir delle qualquer corpo extranho. || De γαστήρ estomago + τομή corte + suff. *ia*.
Cogn. : *gastrótomo* (s. m.).

* **Gastrótrichos,** *s. m. pl.* (zool.) familia de Vermes Rotiferos. || De γαστήρ ventre + θρίξ, τριχός cabello.

* **Gastroxía,** *s. f.* (med.) nome duma nevrose paroxystica do estomago. || De γαστήρ estomago + ὀξύς agudo, acido + suff. *ia*.
N. Os vocabularios francezes dão como synonyma a forma — « gastroxynsis » —, tirada das mesmas raizes, mas com desinencia que não tem cabimento.

Gastrozóide, *s. m.* (zool.) forma de Polypos. || De γαστήρ, τρός estomago + ζῶον animal + εἶδος forma.

Gástrula, *s. f.* forma particular do ovo, que succede á blastula. || De γαστήρ estomago + suff. dim. *ula*.

* **Gázophylácio**, *s. m.* thesouro, cofre. — Logar do templo, em que se guardavam os vasos sagrados. || De γαζοφυλάκιον (form. de γάζα thesouro + φύλαξ guarda.
*N.*Tanto a origem grega como o lat.*gazophylacium* condemnam a forma *gazophylaceo*, que dá Aulete.

* **Geastrídeos**, *s. m. pl.*(bot.) tribu de Cogumelos Gastromycetes.|| Do gen. *Geáster* (e este de γῆ terra + ἀστήρ estrella) + suff. *ideos*.

Genciána, *s. f.* (bot.) planta typo da ordem das Gencianaceas. || De γεντιανή.
Deriv. : *Gencianáceas* (s. f. pl.), *gencianína* (s. f.), *genciânico* (adj.).

Genealogía, *s. f.* indagação da origem e successão das familias ; linhagem, estirpe. || De γενεαλογία (form. de γενεά nascimento, familia + λόγος tractado).
Deriv. : *génealógico* (adj.), *génealogista* (s. m.).

Geneárcha, *s. m.* o fundador de uma linhagem, tronco de uma familia. || De γενεάρχης (form. de γενεά familia + ἄρχειν ser chefe, começar).
N. Existindo tambem no grego o subst. γενάρχης com esta mesma significação, poderia egualmente dizer-se em portuguez — *genárcha*.

Génese[1], *s. f.* geração; modo de nascimento dos elementos anatomicos; successão dos seres; formação dos seres a partir de uma origem.|| De γένεσις (deriv. de γίγνομαι gerar).

N. As regras de analogia mandam dar-lhe a desinencia *e*.
Deriv. : *genético* (e não *genésico*).

Génese[2], *s. m.* o primeiro livro do Pentateucho, em que se descreve a creação do mundo, etc. || De γένεσις creação.
Deriv. : *genesíaco* (adj.).

Genethlíaco, *adj.* natalicio, relativo ao nascimento. || De γενεθλιακός (deriv. de γενέθλη geração, nascimento).

Genéthliología, *s. f.* arte de explicar o horoscopo. || De γενέθλιον nascimento + λόγος tractado + suff. *ia*.

Geniáno, *adj.* (anat.) que tem relação com o mento. || Pelo lat. *genianus*, de γένειον mento.

Genioglósso, *adj.* e *s. m.* (anat.) musculo que vae da apophyse geniana á base da lingua. || De γένειον mento + γλῶσσα lingua.

Genio-hyóideo, *adj.* e *s. m.* (anat.) musculo que se extende da apophyse geniana ao hyóide. || De γένειον mento + hyóide (v. este vcb.) + suff. *eo*.

Genio-pharýngeo, *adj.* e *s. m.* (anat.) musculo que vae da apophyse geniana á pharynge. || De γένειον mento + φάρυγξ pharynge + suff. *eo*.

Genioplastia, *s. f.* (chir.) restauração do mento por autoplastia. || De γένειον mento + πλάσσειν formar + suff. *ia*.
Deriv. : *genioplástico* (adj.).

Géoblásto, *adj.* (bot.) diz-se das plantas, que deixam debaixo da terra suas cotyledones. || De γῆ terra + βλαστός germe.

Geocéntrico, *adj.* (astr.) que é referido á terra como centro da esphera celeste. || De γῆ terra + κέντρον centro + suff. *ico*.

Geocinético, *adj.* (geol.) diz-se dos phenomenos geologicos, que se manifestam por convulsões da crosta terrestre. || De γῆ terra + κινεῖν mover + suff. *ico*.

Géocóreos, *s. m. pl.* (zool.) familia de Insectos Hemipteros. || De γῆ terra + κόρις persevejo + suff. *eos*.

N. Figueiredo dá *geocorisa*, com a desinencia *isa* totalmente impropria.

Geóde, *s. m.* (min.) pedra ôca, que contém crystaes ou substâncias terrosas.||De γεώδης terroso (deriv. de γῆ terra).

N. A desinencia em *o*, que lhe dão Aulete e outros, é menos conforme ás leis geraes de derivação. A *géoda*, como usualmente se diz no Brasil, é forma egualmente condemnavel.

Geodesia, *s. f.* parte da Mathematica, que tem por fim o conhecimento da grandeza e forma da terra ou de uma parte de sua superficie, por meio de medições geometricas. || De γεωδαισία (form. de γῆ terra + δαίω divido).

N. Segundo as leis de analogia Aul. e Figueiredo accentúam bem este vocabulo, como propomos; deve, pois, corrigir-se a prosodia geralmente usada no Brasil, onde quasi todos dizem *geodésia*.

Deriv. : *geodésico*.

Geogenia, *s. f.* sciencia que investiga a origem, a genese da terra. || De γῆ terra + γένος formação + suff. *ia*.

Deriv. : *geogênico* (adj.).

Geognosia, *s. f.* sciencia que tracta da estructura da parte solida do nosso globo. || De γῆ terra + γνῶσις conhecimento + suff. *ia*.

N. A accentuação — *geognósia* —, que vem em Aul., não respeita as regras da analogia; Ad. Coelho e Figueiredo já a corrigiram felizmente.

Deriv. : *geognóstico* (adj.), *geognósta* (s. m).

Geographia, *s. f.* sciencia que tracta da descripção da superficie da terra.||De γεωγραφία (form. de γῆ terra + φράφω descrevo).

Deriv. : *geográphico* (adj.), *geógrapho* (s. m.).

Geologia, *s. f.* sciencia que estuda a origem e constituição da terra. || De γῆ terra + λόγος tractado + suff. *ia*.

Deriv. : *geológico* (adj.), *geólogo* (s. m.).

Geometria, *s. f.* sciencia que estuda a medida e as propriedades da extensão. || De γεωμετρία (form. de γῆ terra + μέτρον medida).

Deriv. : *geómetra* (s. m.), *geométrico* (adj.).

Géophagia, *s. f.* (med.) vício de comer terra. || De γῆ terra + φαγεῖν comer + suff. *ia*.

Deriv. : *geóphago* (adj. e s. m.).

Géopithécos, *s. m. pl.* (zool.) macacos americanos, cuja cauda não é aprehensora (I. G. St-Hilaire). || De γῆ terra + πίθηκος macaco.

* **Geoplánidas**, *s. m. pl.* (zool.) familia de Vermes Dendroceleos. || Do gen. *Geóplana* (e este de γῆ terra + πλάνης que vaga) + suff. *idas*.

Georâma, *s. m.* representação em relêvo do aspecto e forma superficiaes da terra. || De γῆ terra + δραμα espectaculo.

Geórgicas, *s. f. pl.* nome do poema de Virgilio, em que descreve os trabalhos do campo. || De γεωργικὸς agricola (de γῆ terra + ἔργον trabalho).

* **Georýchidas**, *s. m. pl.* (zool.) fam. de Roedores. || Do gen. *Geórychus* (e este de γῆ terra + ὀρύχειν cavar) + suff. *idas*.

Geosáurio, *s. m.* (geol.) reptil fossil. || De γῆ terra + *saurio* (v. este vcb.).

Geostática, *s. f.* equilibrio do globo terrestre. || De γῆ terra + *estatica* (v. este vcb.).

Géosynclínico, *adj.* (geol.) diz-se da larga prega concava da crosta terrestre, em cujo fundo se accumulam os sedimentos. || De γῆ terra + *synclinico* (v. este vcb.).

*****Geotaxia**, *s. f.* syn. de geotropísmo. || De γῆ terra + τάξις disposição, arranjo + suff. *ia*.

Geothérmico, *adj.* (geol.) diz-se do grau de temperatura correspondente á differença de profundidade terrestre. || De γῆ terra + *thermico* (v. este vcb.).

Geotropísmo, *s. m.* (bot.) acção directriz da massa terrestre sôbre os orgãos dos vegetaes. || De γῆ terra + τρόπος volta (de τρέπω volto-me) + suff. *ismo*.

N. Figueiredo escreve *geotrupismo*, fazendo-o proceder de *geotrupo;* ha nisto grave equívoco.

Geoxênio, *s. m.* (min.) ferro meteorico nickelado. || De γῆ terra + ξένος hospede + suff. *io*.

*****Gephýreos**, *s. m. pl.* (zool.) classe de Vermes Annelados; todos marinhos e despidos de segmentação. || De γέφυρα ponte + des. *eos*.

N. Fôram considerados estes animaes como transição do ramo dos Vermes para o dos Echinodermos; d'ahi o nome.

Geránio, *s. m.* (bot.) planta typo da ordem das Geraniáceas. || Pelo lat. *Geranium*, vem de γέρανος.

Deriv. : *Geraniáceas* (s. f. pl.), *geranina* (s. f.).

Gerocomia, *s. f.* hygiene dos velhos. || De γηροκομία (form. de γῆρας velhice + κομέω tracto, cuido).

Gerocómio, *s. m.* hospicio para tractamento de velhos. || De γηροκομεῖον (v. *gerocomia*).

N. Esta forma é, como se vê, preferivel a *gerontocómio* que occorre em Figueiredo. Quanto á prosodia, ella se afasta da raiz grega, mas accompanha a quantidade do vcb. latino, pelo qual se formou o portuguez (cf. *nosocómio*).

*****Gérodermia**, *s. f.* (med.) molestia dystrophica, que se characteriza pelo senilismo precoce, etc. || De γέρων velho + δέρμα pelle + suff. *ia*.

Deriv. : *gerodérmico* (adj.).

Geroglypho. V. *hieroglypho*.

*****Géromorphísmo**, *s. m.* (med.) — *cutaneo*, perturbação trophica da pelle que se torna similhante á dos velhos. || De γέρων velho + μορφή forma + suff. *ismo*.

*****Gérotóxo**, *s. m.* (med.) arco senil. || De γέρων velho + τόξον arco.

N. É a melhor forma portugueza para traduzir o francez « gérontoxon ».

Gerotróphio, *s. m.* syn. de gerocomio. || De γηροτροφεῖον (form. de γῆρας velhice + τρέφω alimento).

N. Melhor do que *gerontotrophio*.

*****Gerúsia**, *s. f.* (ant.) conselho permanente e composto de 28 velhos, em Esparta, para esclarecer os reis e os ephoros. || De γερουσία (deriv. de γέρων velho).

Gêsso, *s. m.* sulfato de calcio hydratado. || Pelo lat. *gypsum*, vem remotamente de γύψος.

Deriv.: *gessár*, *gesséira*, *gesséiro*, *gessôso*.

Gigánte, *s. m.* individuo de extraordinaria estatura ; etc. || De γίγας, αντος.

Deriv. : *gigantêu* (como traz Aul., de *gigantēus*, e não *gigánteo*), *giganta* (s. f.), *gigantêsco* (adj.), *gigantismo* (s. m.).

* **Gigántoblásto**, *s. m.* megaloblasto de enorme dimensão. || De γίγας, αντος gigante + *blasto* (v. este vcb.).

* **Gigántorhýnchidas**, *s. m. pl.* (zool.) familia de Vermes Acanthocephalos. || Do gen. *Gigantorhynchus* (e este de γίγας, αντος gigante + ῥύγχος tromba) + suff. *idas*.

* **Gigántostráceos**, *s. m. pl.* (zool.) sub-classe dos Crustaceos. || De γίγας, αντος gigante + ὄστρακον carapaça + suff. *eos*.

Gínglymo, *s. m.* (anat.) articulação que só dá movimento em dous sentidos oppostos. || De γύγγλυμος.

Gíro. V. *gyro*.

Gláucio, *s. m.* (bot.) planta da ordem das Papaveraceas, gen. *Glaucium*. || De γλαύκιον ου γλαυκίον.

N. A etymologia demonstra que deve ser abolida a forma *glaucia* dada por Figueiredo.

Deriv.: *gláucico* (adj.), *glaucina* (s. f.).

Gláuco, *adj.* verde esbranquiçado e como pulverulento. || De γλαυκός.

* **Glaucólitho**, *s. m.* (min.) especie de wernerito (silicato anhydro de aluminio + R.). || De γλαυκός verdoengo + λίθος pedra.

Glaucôma, *s. m.* (med.) molestia do ôlho characterizada por grande enfraquecimento da vista, deformação da pupilla, diminuição dos movimentos da iris e côr verdoenga do fundo do ôlho.|| De γλαύκωμα (de γλαυ κός verde).

Deriv.: *glaucomatóso* (adj.).

* **Gláucophânio**, *s. m.* (min.) amphibolio sodifero e polychroi-

co. || De γλαυκός verde azulado + φαίνω pareço + suff. *io*.

* **Gláucopicrína**, *s. f.* (chim.) substância amarga extrahida da raiz do *Glaucium luteum*. || De *gláucio* (v. este vcb.) + πικρός amargo + suff. *ina*.

* **Gláucopyríto**, *s. m.* (min.) variedade cobaltifera de leucopyrito. || De γλαυκός verde azulado + *pyrito* (v. este vcb.).

* **Gláucosiderito**, *s. m.* (min.) syn. de vivianito (phosphato de ferro hydratado).|| De γλαυκός verde azulado + σίδηρος ferro + suff. *ito*.

* **Glaucuría**, *s. f.* (med.) prova do azul de methylenio. || De γλαυκός verdoengo + οὖρον urina + suff. *ia*.

Gléna, *s. f.* (anat.) cavidade de um osso, em que outro se articula. || De γλήνη.

Glenóide, *adj.* (anat.) diz-se da cavidade pouco profunda de um osso, onde outro se articula de modo que possa mover-se em todos os sentidos. || De γλήνη glena + εἶδος forma.

N. Aul. dá — glenoidal —, que não tem razão de ser.

Gleucómetro, *s. m.* instrumento com que se mede a quantidade do açucar contido no mosto. || De γλεῦκος vinho doce + μέτρον medida.

Deriv.: *gleucométrico* (adj.).

Gliadína, *s. f.* (chim.) producto artificial da decomposição do gluten. || De γλία colla, gluten + suff. *ina*.

Gliôma, *s. m.* (med.) tumor colloide. || De γλία colla + suff. *ôma*.

* **Glío-sarcôma**, *s. m.* glioma em que predomina o elemento cellular. || De *glioma* + *sarcoma* (v. estes vcbs.).

Glossalgía, *s. f.* (med.) dôr na lingua. || De γλῶσσα lingua + ἄλγος dôr + suff. *ia*.

Glossanthráz, *s. m.* (veter.) carbunculo dos cavallos. || De γλῶσσα lingua + *anthraz* (v. este vcb.).

Glossário, *s. m.* diccionario em que se dá explicação de certas palavras antigas ou pouco conhecidas; vocabulario de termos technicos. || Pelo lat. *glossarium*, vem de γλῶσσα lingua.

Glóssico, *adj.* que diz respeito á lingua. || De γλωσσικός.

Glossite, *s. f.* (med.) inflammação da lingua. || De γλῶσσα lingua + suff. *íte*.

* **Glossocátocho**, *s. m.* (med.) instrumento chirurgico destinado a conservar a lingua abaixada. || De γλωσσοκάτοχος (comp. de γλῶσσα lingua + κατέχω contenho.

Glossocéle, *s. f.* (med.) saliencia da lingua fóra da bocca. || De γλῶσσα lingua + κήλη hernia.

Glossócomo, *s. m.* (med.) caixa comprida de madeira, que servia para a reducção das fracturas e das luxações da côxa e da perna. || De γλωσσόκομον.

* **Glóssodynia**, *s. f.* (med.) nevralgia especial da lingua. || De γλῶσσα lingua + ὀδύνη dôr + suff. *ia*.

Glósso-epiglóttico, *adj.* e *s. m.* (anat.) Musculo —, feixe de fibras que nascem da base da lingua. || De γλῶσσα lingua + *epiglóttico* (v. este vcb.).

Glóssographia, *s. f.* arte de fazer glossarios. || De γλῶσσα lingua + γράφω escrevo + suff. *ia*.

Deriv.: *glóssográphico* (adj.), *glossógrapho* (s. m.).

Glóssologia, *s. f.* o mesmo que glottica. || De γλῶσσα lingua + λόγος tractado + suff. *ia*.

Deriv.: *glóssológico* (adj.).

Glóssopharýngeo, *adj.* e *s. m.* (anat.) que tem relação com a lingua e com a pharynge. || De γλῶσσα lingua + φάρυγξ pharynge + suff. *eo*.

* **Glóssophytia**, *s. f.* (med.) molestia rara, em que a lingua toma côr escura na face dorsal, e as suas papillas filiformes se hypertrophiam consideravelmente (Dessois). || De γλῶσσα lingua + φυτὸν planta + suff. *ia*.

Glóssoplegia, *s. f.* (med.) movimentos convulsivos da lingua, etc. || De γλῶσσα lingua + πληγή pancada + suff. *ia*.

Glóssostaphylino, *adj.* e *s. m.* que tem relação com a lingua e com o véu do paladar. || De γλῶσσα lingua + σταφύλη uvula + suff. *ino*.

Glóssotomia, *s. f.* (chir.) amputação da lingua ou de parte della. || De γλῶσσα lingua + τομή corte + suff. *ia*.

* **Glottálitho**, *s. m.* (min.) var. de chabazio. || De γλῶττα lingua + λίθος pedra.

Glótte, *s. f.* (anat.) abertura da parte superior do larynge. || De γλωττίς (form. de γλῶττα lingua).

Deriv.: *glóttico* (adj.).

Glóttica, *s. f.* sciencia que tracta do estudo comparativo das differentes linguas, suas origens e formação. || De γλωττικὸς concernente á lingua (form. de γλῶττα lingua).

Cogn.: *glóttico* (adj.).

Glucinio. V. *glycinio*.

Glucose. V. *glycose*.

* **Glycemia**, *s. f.* (med.) presença de açucar no sangue dos animaes. || De γλυκὺς doce + αἷμα sangue + suff. *ia*.

* **Glycéridas**, *s. m. pl.* (zool.) familia de Vermes Polychetas. || Do gen. *Glýcera* (e este de Γλυκέρα Glycera) + suff. *idas*.

Glycerina, *s. f.* (chim.) substância líquida, de sabor açucarado, que se extrahe dos corpos gordurosos neutros, saponificando-os com protoxydo de chumbo em presença d'agua. | De γλυκερός doce + suff. *ina*.

Cogn.: *glycéreo*, *glycérico*

adjs.), *glyceráto* (s. m.),*glycérides* (s. f. pl.), *glycído* (s. m.), *glycól* (s. m), *glycólico* (adj.).
Glycínio, *s. m.* (chim.) metal branco, muito leve, descoberto na glycina em 1827 por Wöhler. || De γλυκύς doce + suff. *ínio*.
N. A forma *glucinio* é sem dúvida menos conforme ás regras de derivação; convem abandoná-la.
Cogn. : *glycína* (s. f.), *glycinito* (s. m.).
* **Glycochólico,** *adj.* (chim.) syn. de cholico; diz-se dum acido, que se encontra na bile normal. || De γλυκύς doce + χολή bile + suff. *ico*
Deriv. : *glycocholáto* (s. m.).
Glycocólla, *s. f.* (chim.) corpo de sabor açucarado, resultante da acção do acido sulfurico sôbre a gelatina. || De γλυκύς doce + κόλλα colla.
Glycogenía, *s.f.* (chim.) producção de açucar na economia animal.|| De γλυκύς doce + γένος geração + suff. *ia*.
Deriv. : *glycógeno, glycogénico* (adj.).
N. É tambem acceitavel *glycogénese* (s f.).
* **Glycólyse,** *s. f.* (med.) desapparecimento do açucar contido no sangue. || De γλυκύς doce + λύσις dissolução.
Glycónico, *adj.* (poes.) verso inventado por Glycão, e composto de trez pés : um espondeu, um choriambo e um jambo. || De Γλυκών glycão (poeta grego) + suff. *ico*.
Glycóse, *s. f.* (chim.) açucar de uva ou de amido, que se encontra nos fructos e nas plantas acidas. || De γλυκύς doce + suff. *óse*.
N. Figueiredo prefere *glucose* sem razão, visto que até o francez já acceitou a reforma.
Deriv. : *glycóside* (s. f.), *glycosína* (s. f.), *glycosána* (s. f.).
Glycosuría, *s. f.* (med.) eliminação de açucar, pela secreção urinaria. || De γλυκύς doce + οὖρον urina + suff. *ia*.
N. Como todos os congeneres derivados de οὖρον, deve ser accentuado assim.
Deriv. : *glycosúrico* (adj. e s. m.).
Glycýmetro, *s. m.* (chim.) instrumento para medir a quantidade de açucar, que existe em um líquido. || De γλυκύς doce + μέτρον medida.
* **Glýcyrhetína,** *s.f.* (chim.) resina resultante do desdobramento da glycyrhizina. || De γλυκύς doce + ῥητίνη resina.
* **Glycyrhizína,** *s. f.* (chim.) materia saccharina do alcaçuz (*Glycyrhiza*). || De γλυκύς doce + ῥίζα raiz + suff. *ina*.
Glýpho, *s. m.* (archit.) qualquer cavidade aberta na ornamentação. || De γλυφή gravura.
Glýptica, *s. f.* arte de gravar em pedras preciosas em relêvo ou em cavado. || De γλυπτός gravado + suff. *ica*.
Glýptognosía, *s. f.* conhecimento das pedras preciosas gravadas. || De γλυπτός gravado + γνῶσις conhecimento + suff. *ia*.
Glýptographía, *s. f.* descripção das pedras antigas gravadas. || De γλυπτός gravado, esculpido + γράφω descrevo + suff. *ia*.
Glyptothéca, *s. f.* museu de esculptura ou de pedras gravadas. || De γλυπτός esculpido, gravado + θήκη depósito.
Gnaphálio, *s. m.* (bot.) planta da ordem das Synantheraceas, gen. *Gnaphalium.* || De γναφάλιον.
***Gnáthobdéllidas,** *s. m. pl.* (zool.) familia de Vermes Hirudineos. || De γνάθος maxilla + βδέλλα sanguesuga + suff. *idas*.
Gnathodôntes, *s. m. pl.* (zool.) peixes osseos, na classificação de Blainville. || De γνά

θος maxilla + ὀδούς, ὄντος dente.
Gnathostómeos, *s. m. pl.*
(zool.) secção da sub-ordem dos Cruslaceos Copepodes. || De γνάθος maxilla + στόμα bocca + suff. *eos*.
Gnathostómidas, *s. m. pl.* (zool.) familia de Vermes Nematoideos. || Do gen. *Gnathóstomum* (e este de γνάθος maxilla + στόμα bocca) + suff. *idas*.
Gnóme, *s. f.* maxima moral, sentença concisa. || De γνώμη sentença.
N. Havendo tambem no latim só *gnome, es*, não ha razão para dizer-se em port. — *gnóma* —, como occorre em Aul., Ad. Coelho e Fig.
Deriv. : *gnómico* (adj.).
Gnómo, *s. m.* haste vertical que pela projecção de sua sombra sôbre um plano horizontal indica a altura do sol e as horas do dia ; relogio do sol. || De γνώμων indicador.
N. Mais de accôrdo com o genio da nossa lingua do que *gnómon*.
Deriv. : *gnomónica* (s. f.), *gnomónico* (adj.).
Gnómologia, *s. f.* philosophia sentenciosa. || De *gnome* (v. este vcb.) + λόγος discurso + suff. *ia*.
Deriv. : *gnomológico* (adj.), *gnomólogo* (s. m.).
Gnosímachos, *s. m. pl.* (rel.) herejes do seculo VII, que rejeitavam toda a ordem de conhecimentos scientificos e só admittiam boas obras. || De γνωσίμαχοι (e este de γνῶσις conhecimento + μάχομαι combato).
N. Fig. regista « gnosimaco » (sem *h*), desprezando a etymologia.
Gnóstico, *adj.* e *s. m.* philosopho partidario, que acreditava ter conhecimento sublime da natureza de Deus ; illuminado. || De γνωστικός (e este de γιγνώσκω conheço).

Deriv. : *gnosticismo* (s. m.).
Gómma, *s. f.* (chim.) substância que espessa a agua tornando-a mucilaginosa, e é depois precipitavel pelo alcool. || Pelo lat. *gummi*, procede de κόμμι.
Deriv. : *gommôso* e *gômmico* (adjs.).
Gomphóse, *s. f.* (anat.) articulação immovel, como a dos dentes nos alveolos. || De γόμφωσις cravação (de γόμφος prégo).
Gonágra, *s. f.* (med.) gôtta localizada no joelho. || De γόνυ joelho + ἄγρα prêsa.
Gonalgia. V. *gonyalgia*.
Gongylíto, *s. m.* (min.) var. de eudnophito (especie de zeolitho). || De γογγύλος redondo + suff. *ito*.
Góngylo, *s. m.* (bot.) corpusculo reproductor em diversas Hepaticas. || De γογγύλος redondo.
Deriv. : *gongylár* (adj.).
Gônio, *s. m.* (anthr.) vertice do angulo da maxilla (Broca). || De γωνία angulo.
Goniógrapho, *s. m.* instrumento destinado a traçar qualquer angulo. || De γωνία angulo + γράφω desenho.
Goniómetro, *s. m.* instrumento que serve para medir angulos, etc. || De γωνία angulo + μέτρον medida.
Deriv. : *goniometria* (s. f.), *góniométrico* (adj.).
Gonocéle, *s. f.* (med.) accumulação de esperma nos vasos seminiferos. || De γόνος semente + κήλη tumor.
N. A esta forma dá Figueiredo tambem estoutra significação : inchação dos joelhos : mas de γόνυ joelho só se deve formar *gonycéle*.
Gonocócco, *s. m.* (med.) bacterio que existe no pus blenorrhagico. || De γόνος geração, semen + κόκκος grão.
Deriv. : *gonococcia* (s. f.).

17

Gonóphoro¹, *s. m.* (bot.) prolongamento do receptaculo, que supporta os estames e o pistillo. || De γόνος geração + φέρειν levar.

Gonóphoro², *s. m.* (zool.) cellula reproductora nas hydras. || De γόνος geração + φορός productor.

Gonorrhéa, *s. f.* (med.) nome dado ao corrimento urethral dos blenorrhagicos. || De γονόρροια (form. de γονή partes genitaes + ῥέω corro.)
Deriv. : *gonorrhéico* (adj.).

Gonyalgía, *s. f.* (med.) dôr no joelho. || De γόνυ joelho + ἄλγος dôr + suff. *ia.*
N. É preferivel este vcb. a *gonalgía*, que se presta a outra derivação (γονή partes genitaes e ἄλγος dôr).

Gorgôneo, *adj.* relativo a Medusa, uma das Górgones. || Pelo lat. *gorgonĕus*, de Γοργόνες as Górgones.

Grâmma, *s. m.* (arithm.) unidade de pêzo no systema metrico. || Pelo lat. *gramma, atis* o escropulo, vem do gr. γράμμα, ατος.
N. Como seus congeneres (cf. *panorama, diagramma, problema,* etc.) deve ser masculino este substantivo, e só lhe cabe a desinencia *a.* ⌐ claro que a mesma regra vigora para os compostos: *decagramma, hectogramma, kilogramma,* etc. C. de Fig. já o disse com acêrto (*Lições prat.*, vol. I.).

Grammática, *s. f.* sciencia da linguagem, etc. || De γραμματική (deriv. de γράμμα lettra).
Deriv. : *grammaticál, grammaticão, grammático, grammátiquice.*

Grammatísta, *s. m.* (ant.) mestre-eschola na Grecia. || De γραμματιστής (deriv. de γράμμα lettra).

*Grammatíto, *s. m.* (min.) var. de tremolito (silicato de aluminio, calcio, ferro e magnesio). || De γράμμα, ατος lettra + suff. *ito.*

Grámmatología, *s. f.* tractado das lettras, sua syllabação e leitura. || De γράμμα, ατος lettra + λόγος tractado + suff. *ia.*
Deriv.: *grámmatológico* (adj.).

Grammómetro, *s. m.* (geod.) especie de divisor mechanico empregado no desenho. || De γράμμα traçado + μέτρον medida.

Graphía, *s. f.* maneira de escrever as palavras. || De γράφω escrevo + suff. *ia.*
Cogn. : *graphár* (v.).

Gráphico, *adj.* figurado pelo desenho, relativo ao desenho. || De γραφικός (form. de γράφω — desenho, escrevo).

Gráphio, *s. m.* (ant.) ponteiro ou buril, com que os antigos escreviam em tábuas enceradas. || De γραφίον (e este de γράφω escrevo).

Graphíto, *s. m.* (min.) variedade de carbone quasi puro, de que se fabricam lapis. || De γράφω desenho, escrevo + suff. *ito.*
N. Como seus congeneres deve ser masculino.
Deriv. : *graphítico* (adj.).

Graphología, *s. f.* estudo da escripta, como elemento para conhecer o character ou a indole do individuo. || De γράφειν escrever + λόγος tractado + suff. *ia.*
Deriv. : *graphológico* (adj.), *graphólogo* (s. m.).

Graphómetro, *s. m.* (geod.) instrumento que serve para medir angulos no terreno. || De γραφή linha + μέτρον medida.

*Graphorrhéa, *s. f.* (med.) necessidade irresistivel de escrever, que têm alguns maniacos. || De γράφω escrevo + ῥεῖν correr.
N. É syn. de « escribomania ».

Graptólithos, *s. m. pl.* (geol.) grupo de Hydrozoarios fosseis.

‖ De γραπτός riscado + λίθος pedra.

Grégo, *adj.* e *s. m.* que é da Grecia; etc. ‖ Pelo lat. *græcus*, vem de Γραικός antigo nome dos Hellenos.
Cogn.: grecisco (s. m.), *grecismo* (s. m.), *grecizár* (v.), *gréga* (s. f.), *gregál* (adj.).

Grýllidas, *s. m. pl.* (zool.) familia de Insectos Orthopteros. ‖ Do gen. *Gryllus* (e este de γρύλλος porco) + suff. *idas*.

Grýpho, *s. m.* animal fabuloso, com cabeça de aguia e garras de leão. ‖ Pelo lat. *gryphus, i*, vem de γρύψ, υπός.
Deriv.: gryphico (adj.).

Grypóse, *s. f.* (med.) encurvamento das unhas, que se nota particularmente nos phthisicos. ‖ De γρύπωσις (form. de γρυπός curvo).

*****Gymnamébios,** *s. m. pl* (zool.) ordem dos Rhizopodes. ‖ De γυμνός nú + *ameba* (v. este vcb.) + suff. *ios*.

Gymnândro, *adj.* (bot.) que tem os estames nús (Fig.). ‖ De γυμνός nú + ἀνὴρ, ἀνδρός macho.

Gymnântho, *adj.* (bot.) diz-se da planta, cujas flôres não têm envolucro algum. ‖ De γυμνός nú + ἄνθος flôr.

Gymnasiárcha, *s. m.* (ant.) director, chefe de um gymnasio. ‖ De γυμνασιάρχης (form. de γυμνάσιον + ἄρχω commando).
Deriv.: gymnasiarchía (s. f.).

Gymnásio, *s. m.* logar em que se faziam exercicios gymnasticos; eschola. ‖ De γυμνάσιον (form. de γυμνάζειν fazer exercicios).
Cogn.: gymnástico, gymnásta, gymnástica.

*****Gymnéte,** *s. m.* (ant.) soldado armado á 'ligeira. ‖ De γυμνής, ῆτος (e este de γυμνός nú).

*****Gymníto,** *s. m.* (min.) var. de serpentina (silicato hydratado de magnesio). ‖ De γυμνός nú + suff. *ito*.

*****Gymnoásceas,** *s. m. pl.* (bot.) sub-ordem dos Cogumelos Ascomycetes. ‖ De γυμνός nú + *asco* (v. este vcb.) + suff. *eas*.

Gýmnoblásto, *adj.* (bot.) que tem o embryão nú. ‖ De γυμνός nú + βλαστός germe.

Gymnocárpo, *adj.* (bot.) que tem o fructo isolado e livre de orgãos accessorios. ‖ De γυμνός nú + καρπός fructo.

*****Gýmnocytódio,** *s. m.* (bot.) cytodio sem parede propria. ‖ De γυμνός nú + *cytodio* (v. este vcb.).

Gymnodôntes, *s. m. pl.* (zool.) familia de Peixes Plectognathos. ‖ De γυμνός nú + ὀδοὺς, ὄντος dente.

Gymnógyno, *adj.* (bot.) que tem ovarios nús. ‖ De γυμνός nú + γυνὴ mulher.

Gymnopédia, *s. f.* (ant.) festa espartana, em que as crianças dansavam núas. ‖ De γυμνοπαιδία (comp. de γυμνός nú + παῖς, παιδός criança).

Gymnópodes, *s. m. pl.* (zool.) que têm os pés nús. ‖ De γυμνόπους, ποδος (comp. de γυμνός nú + πούς, ποδός pé).

Gymnopômos, *s. m. pl.* (zool.) que tem operculos nús. ‖ De γυμνός nú + πῶμα, ατος operculo, tampa.
N. A prosodia *gymnópomos*, dada por Fig., oppõe-se á quantidade etymologica.

Gymnópteros, *s. m. pl.* (zool.) que têm azas núas, lisas. ‖ De γυμνός nú + πτερόν aza.

*****Gymnorhínos,** *s. m. pl.* (zool.) secção dos Chiropteros Insectivoros. ‖ De γυμνός nú + ῥίς, ινός nariz.

*****Gymnosômos,** *s. m. pl.* (zool.) sub-ordem de Molluscos Pteropodes. ‖ De γυμνός nú + σῶμα corpo.

Gýmnosophísta, *s. m.* philosopho indiano, que andava nú.

|| De γυμνοσοφιστής (comp. de γυμνός nú + σοφιστής sabio.)
Gymnospérmo, *adj.* (bot.) que tem as sementes núas. || De γυμνός nú + σπέρμα semente.
N. A definição do vcb., que se lê em Fig., é menos correcta.
Deriv.: *gymnospermía* (s. f.).
Gymnóto, *s. m.* (zool.) peixe electrico, especie de Malacopterygio Apode. || Contr. de γυμνός nú + νῶτος dorso.
Deriv.: *gymnótidas* (s. m. pl.).
Gymnúro, *adj.* (zool.) de cauda núa. || De γυμνός nú + οὐρά cauda.
Gynándro, *adj.* (bot.) diz-se da planta, cujos estames são presos ao pistillo. || De γυνή mulher + ἀνήρ homem.
Deriv.: *gynándria* (s. f.) classe do syst. de Linneu, e *gynandría* (s. f.).
* **Gynandróphoro**, *s. m.* (bot.) prolongamento do receptaculo, que levanta o androceu e o gyneceu acima do perianthio. || De γυνή mulher + ἀνήρ, ἀνδρός homem + φορός que supporta.
Gynanthrópo, *s. m.* hermaphrodito que tem mais do sexo feminino. || De γυνή mulher + ἄνθρωπος homem.
Deriv.: *gynanthropía* (s. f.).
* **Gynatresía**, *s. f.* (med.) atresia de uma parte da vagina ou do colo do utero. || De γυνή mulher + ἀ priv. + τρῆσις orificio + suff. *ia*.
Gynecêu, *s. m.* (ant.) a parte da habitação destinada ás mulheres. — (Bot.) reunião dos orgãos femininos das flôres. || De γυναικεῖον (form. de γυνή, γυναικός mulher.
Gynécologia, *s. f.* (med.) tractado das molestias de mulheres. || De γυνή mulher + λόγος tractado + suff. *ia*.
Deriv.: *gynécológico* (adj.), *gynecólogo* (s. m.).
Gynécomanía, *s. f.* paixão excessiva por mulheres. || De γυναικομανία (comp. de γυνή, αικός mulher + μανία loucura).
Gynécomásto, *s. m.* homem, cujas mammas são volumosas como as de mulher. || De γυναικόμαστος (comp. de γυνή, αικός mulher + μαστός mamma).
N. Do adj. grego vê-se bem que não pode provir *gynecomasta* dado por Fig.
Deriv.: *gynécomastia* (s. f.).
Gynecónomo, *s. m.* (ant.) magistrado atheniense, que velava pelo procedimento das mulheres. || De γυναικονόμος (e este de γυνή, αικός mulher + νόμος lei).
* **Gynécophobía**, *s. f.* (med.) aversão a mulheres. || De γυνή, αικός mulher + φόβος medo + suff. *ia*.
N. Forma mais regular e preferivel a « gynephobia » ou a « gynophobia ».
Cogn.: *gynecóphobo* (s. m.).
Gynobásio, *s. m.* (bot.) base entumescida de um estylete unico, que se acha sôbre as lojas de um ovario dividido. || De γυνή mulher + βάσις base + suff. *io*.
Deriv.: *gynobásico* (adj.).
Gynophobía. V. *gynécophobia*.
Gynóphoro, *s. m.* (bot.) saliencia do receptaculo, que sustenta o pistillo. || De γυνή mulher + φέρω carrego.
Gynopódio, *s. m.* (bot.) synonymo e melhor que *podogynio*. || De γυνή mulher + πούς pé + suff. *io*.
Gynostêmio, *s. m.* syn. de androstylio. || De γυνή mulher + στῆμα estame + suff. *io*.
N. Recebido pelo lat. scientifico *gynostemium*, este vcb. não deve ter a forma *gynostema* dada por Figueiredo.
* **Gýpogeránidas**, *s. m. pl.* (zool.) fam. de Aves Rapaces. || Do gen. *Gypogéranus* (e este

de γύψ, υπός abutre + γέρανος grou) + suff. *idas*.

Gýpseo, *adj*. feito de gesso, etc. || De γύψος gesso + suff. *eo*.

* **Gyrencéphalo,** *adj*. (zool.) diz-se do animal, cujos hemispherios cerebraes têm circunvoluções bem accentuadas. || De γῦρος círculo, volta + *encephalo* (v. este vcb.).

Gyrino, *s. m.* (zool.) Batrachio no primeiro periodo de seu desenvolvimento. || De γυρῖνος.

Gyro, *s. m.* volta, rodeio, circuito. || De γῦρος círculo, volta.

N. A etymologia manda escrever com *y*.

Deriv.: gyrar, gyração, gyrasol, gyratorio.

* **Gyrocárpeas,** *s. f. pl.* (bot.) tribu das Combretaceas, cujo typo é o genero *Gyrocarpus*. || De *Gyrocarpus* (e este de γῦρος círculo, volta + καρπὸς fructo) + suff. *eas*.

* **Gyrodactýlidas,** *s. m. pl.* (zool.) familia de Vermes Trematodeos. || Do gen. *Gyrodáctylus* (e este de γυρὸς redondo + δάκτυλος dedo) + suff. *idas*.

* **Gyrólitho,** *s. m.* (min.) var. de apophyllito (silicato de calcio e potassio). || De γῦρος círculo + λίθος pedra.

Gyrôma, *s. m.* (bot.) receptaculo orbicular, que se vê no thallo dos lichenes. || De γύρωμα círculo, bola.

Gyroscópio, *s. m.* (phys.) apparelho que serve para demonstrar os movimentos de rotação da terra. || De γῦρος volta + σκοπεῖν examinar, vêr + suff. *io*.

* **Gyrostemóneas,** *s. f. pl.* (bot.) tribu das Phytolaccaceas. || Do gen. *Gyrostémon* (e este de γυρὸς arqueado + στήμων estame) + suff. *eas*.

H

Hágiographía, s. f. biographia e história de sanctos. || De ἁγιόγραφος (comp. de ἅγιος sancto + γράφω escrevo) + suff. ia.
N. Os diccionarios em geral consignam *agiographia*, exquecidos de que o ἁ (com espirito forte) passa em portuguez para *ha* (cf. *halo, harmonia*, etc.).
Cogn.: *hagióграpho* (s. m.).

Hálichelidôneos, s. m. pl. (zool.) familia de Aves, na qual se acha comprehendida a andorinha do mar. || De ἅλς mar + χελιδών andorinha + suff. eos.

* **Halichôndrios,** s. m. pl. (zool.) sub-ordem das Esponjas (classe de Celenterados). || De ἅλς, ἁλός mar + χόνδρος cartilagem + suff. ios.

Halicolýmbeos, s. m. pl. (zool.) familia de Aves mergulhadoras. || De ἅλς mar + κόλυμβος mergulhão + suff. eos.

Halicoráceos, s. m. pl. (zool.) grupo de Aves, a que pertence o corvo marinho. || De ἅλς mar + κόραξ, ακος corvo + suff. eos.

Haliéutica, s. f. arte da pesca. || De ἁλιευτική (form. de ἁλιεὺς pescador, e este de ἅλς mar).
Deriv.: *haliéutico* (adj.).

***Haliótidas,** s. m. pl. (zool.) familia de Gastropodes Prosobranchios. || Do gen. *Haliotis* (e este de ἅλιος marinho?) + suff. idas.

Haliptênos, s. m. pl. (zool.) familia de Aves maritimas. || De ἅλς mar + πτηνόν ave.

* **Halistético,** adj. (med.) Fusão —, a degeneração gordurosa do tecido osseo. || De ἅλις abundantemente + στὴρ, ητὸς gordura + suff. ico.
N. O francez fez « halistérique », que é mal formado.

Halíto, s. m. (min.) sal gemma, chlóreto de sodio (NaCl). || De ἅλς, ἁλὸς sal + suff. ito.

* **Halmatúridas,** s. m. pl. (zool.) fam. de Marsupiaes. || De ἅλμα, ατος salto + οὐρὰ cauda + suff. idas.

Hálo, s. m. (astr.) círculo luminoso e duplo, que circunda ás vezes o disco do sol e dos planetas. || De ἅλως.

Halochalcíto, s. m. (min.) syn. de atacamito (oxychloreto de cobre, $H^3Cu^2ClO^3$). || De ἅλς, ἁλός sal + χαλκός cobre + suff. ito.

Halochímica, s. f. parte da Chimica, que se occupa dos saes. || De ἅλς, ἁλὸς sal + *Chimica* (v. este vcb.).

Halógeno, adj. (chim.) formador de saes; diz-se do chloro, bromo, iodo e fluor, e dos saes que elles produzem combinando-se com um metal. || De ἅλς sal + γένος geração.
N. Não ha razão para formar *halogenio* nem *halogeneo*.

Halographía, s. f. (chim.) descripção dos saes. || De ἅλς sal + γράφω descrevo + suff. ia.

Cogn.: halógrapho (s. m.).

Halóide, *adj.* (chim.) diz-se do sal formado por um corpo halogeno com um metal electropositivo (Berzelius). || De ἅλς sal + εἶδος similhança.

Halometría, *s. f.* processo para avaliar a pureza das soluções salinas empregadas no commercio. || De ἅλς, ἁλὸς sal + μέτρον medida + suff. *ia*.

Deriv.: halométrico (adj.).

Halóphilo, *adj.* que cresce e dá-se bem em terrenos salgados. || De ἅλς, ἁλὸς sal + φίλος amigo.

Haloragáceas, *s.f.pl.* (bot.) ordem de plantas dicotyledones, cujo typo é o gen. *Haloragis*. || De *Haloragis* (e este de ἅλς mar + ῥάγιν bago de uva) + suff. *áceas*.

N. Seria melhor escrever o genero — Halorhagis —, e d'ahi — Halorhagaceas —.

Hálotechnía, *s. f.* parte da Chimica applicada, que se occupa da extracção e fabrico dos saes, e particularmente do sal commum. || De ἅλς sal + τέχνη arte + suff. *ia*.

Deriv.: halotéchnico (adj.).

* **Halotrichíto,** *s. m.* (min.) alumen de ferro. || De ἅλς, ἁλὸς sal + θρίξ, τριχὸς cabello + suff. *ito*.

Haltéres, *s. m. pl.* pêzos de que usavam os antigos gymnastas para facilitar o salto. Hoje, pêzos de que usam os alumnos nos exercicios de Gymnastica. || De ἀλτῆρες (der. de ἄλλομαι saltar).

Hamadrýades, *s. f. pl.* (myth.) nymphas dos bosques. || De ἁμαδρυὰς, άδος. Em lat. *hamadryădes, um*.

Hamamelídeas, *s. f. pl.* (bot.) tribu da ordem das Saxifragaceas, cujo typo é o gen. *Hamamélis*. || De ἁμαμηλὶς especie de nespereira + suff. *eas*.

Cogn.: hamamelína (s. f.).

* **Hápalelýtros,** *s. m. pl.* (zool.) familia de Coleopteros Pentameros, de elytros molles. || De ἁπαλὸς molle + *elytro* (v. este vcb.).

N. Fig. regista « apalytros », que é cópia servil do vcb. francez *apalytres*, evidentemente mal formado. Porque havemos de manter o êrro?

* **Hapálidas,** *s. m. pl.* (zool.) fam. de Arctopithecos. || Do gen. *Hápale* (e este de ἁπαλὸς delicado, gracioso) + suff. *idas*.

* **Haphalgesía,** *s. f.* (med.) dôr intensa provocada, nos hystericos, pelo contacto de certas substâncias neutras e inoffensivas (Pitres). || De ἁφή tacto + ἄλγησις dôr + suff. *ia*.

Haphemétrico, *adj.* nome dado a um compasso, esthesiometro. || De ἁφή tacto + μέτρον medida + suff. *ico*.

* **Háplographía,** *s. f.* êrro de copista, que escrevia uma só vez o que devia ser repetido, ex.: *dicit* por *didicit*. || De ἁπλόος simples + γράφω escrevo + suff. *ia*.

Háploperistómeos, *s. m. pl.* (bot.) tribu da ordem dos Musgos, de peristomio simples. || De ἁπλόος simples + *peristomio* (v. este vcb.) + suff. *eos*.

N. Figueiredo grapha sem *h* inicial, mas o espirito forte de ἁπλόος exige-o.

Haptógeno, *adj.* diz-se da membrana, que se forma em tôrno de um globulo de albumina posto em contacto com um líquido gorduroso. || De ἅπτω prendo, adhiro + γένος formação.

* **Haptóphoro,** *adj.* (med.) diz-se do agrupamento atomico, que permitte a uma molecula de toxina fixar-se nos tecidos (Ehrlich). || De ἅπτειν prender-se + φορὸς que leva.

Harmonía, *s. f.* successão

de accordes ou de sons consonantes, agradaveis ao ouvido, concordancia ; accôrdo. || De ἁρμονία.
Deriv.: *harmónica, harmónico, harmonióso, harmonísta, harmonizár, harmónio.*
Harmophânio, *s. m.* (min.) var. de corindo (oxydo d'aluminio, Al^2O^3). || De ἁρμός juncta + φαίνειν parecer + suff. *io.*
Harmósta, *s. m.* (ant.) na Lacedemonia o magistrado incumbido da policia. || De ἁρμοστής (der. de ἁρμόζω regulo, governo).
Hármotômio, *s. m.* (min.) silicato de aluminio e baryo ($H^{10}Ba\ Al^2Si^5O^{19}$). || De ἁρμός juncta + τομή corte + suff. *io.*
Harpía, *s. f.* monstro fabuloso. — (Zool.) ave de rapina. || De ἅρπυια.
Hebdómada, *s. f.* espaço de septe dias, de septe semanas ou de septe annos. Pelo lat. *hebdomăda, œ,* vem de ἑβδομάς semana (e este de ἕβδομος septimo).
Cogn.: *hebdomadário* e *hebdomático.*
*** Hebephrenía,** *s. f.* (med.) conjuncto de perturbações intellectuaes, que á* vezes se dão na puberdade. || De ἥβη puberdade + φρήν intelligencia + suff. *ia.*
Hecatésias, *s. f. pl* (ant.) festas em honra de Hecate. || De ἑκατήσια (de Ἑκάτη Hecate).
Hecatêu, *s. m.* (ant.) phantasma de Hecate que, segundo se acreditava, apparecia nas festas hecatesias. || De ἑκάταιον (e este de Ἑκάτη Hecate).
N. A etymologia deixa vêr que, transportada para o portuguez, a forma não pode ser *hecateia,* como dá Figueiredo.
*** Hecatólitho,** *s. m.* (min.) pedra da Lua, var. de orthosio ($K^2Al^2Si^6O^{16}$). || De Ἑκάτη Hecate, Diana + λίθος pedra.

Hecatómbe, *s. f.* sacrificio de cem bois; sacrificio ; matança. || De ἑκατόμβη (form. de ἑκατόν cem + βοῦς boi).
*** Hecatombêu,** *s. m.* (ant.) o primeiro mez atheniense, quasi correspondente ao nosso Julho. || De ἑκατομβαιών.
Hecatômpedo, *s. m.* (ant.) templo de 100 pés de comprido, como o Parthenão. || De ἑκατόμπεδον (form. de ἑκατόν cem + πούς, ποδός pé).
Hecatóntarchía, *s. f.* (ant.) rectangulo de 16 homens de frente, por 8 de fundo, que era a unidade tactica dos peltastas, na phalange macedonica. || De ἑκατοντάρχης centurião.
N. A significação do vcb. é dada segundo Figueiredo, onde o colhemos ; mas, como quer que seja, não pode ser graphado sem o *h* inicial characteristico de todos os derivados de ἑκατόν.
Héctico, *adj.* (med.) consumido por febre lenta de consumpção. Diz-se da febre lenta e consecutiva a uma molestia chronica. || De ἑκτικός contínuo.
Deriv.: *héctica* (s. f.).
Hectoédrico. *adj.* (cryst.) diz-se dos crystaes, que têm seis faces. || De ἕκτος sexto (de ἕξ seis) + ἕδρα base + suff. *ico.*
Cogn: *hectoedría* (s. f.).
Hectográmma, *s. m.* pêzo de cem grammas. || De ἑκατόν cem + *gramma* (v. este vcb.).
Hectolitro, *s. m.* medida de cem litros. || De ἑκατόν cem + *litro* (v. este vcb.).
Hectómetro, *s. m.* extensão de cem metros. || De ἑκατόν cem + *metro* (v. este vcb.).
Hectostéreo, *s. m.* medida de cem estereos. || De ἑκατόν cem + *estereo* (v. este vcb.).
*** Hedonál,** *s. m.* (pharm.) medicamento hypnotico moderno. || De ἡδον (parte de ἡδονή prazer) + suff. *ál.*
Hedréophthálmos, *s. m.*

pl. (zool.) secção dos Malacostraceos; têm os olhos sesseis. || De ἑδραῖος estavel, fixo + ὀφθαλμός ôlho.
N. O vcb. francez *édriophthalmes* foi mal formado e mal graphado.

*Hedrocéle, *s. f.* (med.) hernia das azas intestinaes, que fazem saliencia pelo ano. || De ἕδρα assento, ano + κήλη hernia.

*Hedyphânio, *s. m.* (min.) var. incolor e limpida de mimetesio (Pb⁵As⁶O¹²Cl). || De ἡδυφανής de brilho suave (comp. de ἡδύς suave, agradavel + φαίνειν brilhar) + suff. *io*.

* Hedysáreas, *s. f. pl* (bot.) tribu das Leguminosas, cujo typo é o gen. *Hedysarum*. || De *Hedysarum* (e este de ἡδύσαρον sanfeno) + suff. *eas*.

Hegemonía, *s. f.* supremacia de um povo nas federações da antiga Grecia; etc. || De ἡγεμονεία (form. de ἡγέομαι commando)
Deriv.: hegemônico (adj.).

Helcología, *s. f.* (med.) tractado sôbre úlceras. || De ἕλκος úlcera + λόγος tractado + suff. *ia*.

*Helcópode, *adj.* (med.) diz-se do andar do hemiplegico, que arrasta o membro paralysado (Charcot). || De ἕλκω arrasto + πούς, ποδός pé.

Helcóse, *s. f.* (med.) ulceração. || De ἕλκωσις.

Helcýdrio, *s. m.* (med.) ulceração superficial da cornea.|| De ἑλκύδριον pequena úlcera (dimin. de ἕλκος úlcera).

Helépole, *s. f.* (ant.) máchina de guerra para attacar cidades. || De ἑλέπολις (comp. de ἑλεῖν tomar + πόλις cidade).

Heliaco, *adj.* (astr.) diz-se do nascimento ou occaso de um astro, si coincidem com o nascimento ou occaso do sol. || De ἡλιακός solar (form. de ἥλιος sol.).

Heliántho, *s. m.* (bot.) gyrasol. || De ἥλιος sol + ἄνθος flôr.
Deriv. : heliântheo (adj.).

*Heliásta, *s. m.* (ant.) juiz que se sentava na praça Heliéa, em Athenas. || De ἡλιαστής (e este de Ἡλιαία a praça Heliéa).

Hélice, *s. f.* (geom.) linha curva traçada sôbre um cylindro, de modo que a sua tangente faça angulo constante com a geratriz do cylindro tirada pelo poncto de contacto. — (Naut.) propulsor submarinho collocado na parte posterior do navio. — (Archit.) nome de duas volutas que entram na composição do capitel corinthio. — (Anat.) rebordo externo do pavilhão da orelha. || De ἕλιξ, ικος.
N. Aulete attribue genero masculino a este vocabulo, quando elle é termo nautico; alem de que o uso popular o condemna, não ha para isso razão etymologica. Como termo anatomico, o mesmo lexicógrapho prefere a forma o *helix*, mas tambem parece que *helice* é mais bem formado e deve ser acceito.
Deriv. : helícidas (s. m. pl.), *helicína* (s. f.).

Helicóide, *adj.* que tem forma de helice; similhante á helice. || De ἑλικοειδής (form. de ἕλιξ helice + εἶδος forma).

Helicómetro, *s. m.* apparelho que serve para medir a fôrça effectiva da helice nos barcos a vapor. || De ἕλιξ helice + μέτρον medida.

*Helicópode, *adj.* (med.) diz-se do andar do hemiplegico, cuja perna enferma descreve a cada passo um arco de círculo ou curva de concavidade interna (Charcot). || De ἕλιξ, κος helice + πούς, ποδός pé.

Helicóstegos, *s. m. pl.*

17.

(zool.) familia de Molluscos, etc. || De *helice* (v. este vcb.) + στέγη tecto.
Hélicotrêma, *s. m.* (anat.) pequena abertura situada no alto do caracol do ouvido. || De ἕλιξ caracol + τρῆμα orificio.
Héliocéntrico, *adj.* (astr.) diz-se da longitude ou latitude dos planetas referidas ao sol como centro da esphera celeste. || De ἥλιος sol + *centro* + suff. *ico*.
N. Oppõe-se a *geocéntrico*.
Héliochromía, *s. f.* arte de reproduzir photographicamente os objectos com as suas côres proprias. ||De ἥλιος sol +χρῶμα côr + suff. *ia*.
Deriv. : *heliochrômico* (adj.).
Héliographía, *s. f.* (astr.) descripção do sol.—(Phys.) arte de reproduzir um desenho ou gravura por meio da acção directa dos raios solares, depois de preparada convenientemente pelos processos technicos (Aul.). || De ἥλιος sol + γράφω desenho + suff. *ia*.
Deriv. : *héliográphico* (adj.).
*****Heliólitho,** *s. m.* (min.) feldspatho aventurinado. || De ἥλιος sol + λίθος pedra.
Heliómetro, *s. m.* (phys.) instrumento que serve para medir o diametro apparente dos astros e as pequenas distancias apparentes dos corpos celestes entre si. || De ἥλιος sol + μέτρον medida.
Deriv. : *héliométrico* (adj.).
Héliophileas, *s. f. pl.* (bot.) tribu das Cruciferas, cujo typo é o gen. *Heliophila*. || De *Heliophila* (e este de ἥλιος sol + φίλος amigo) + suff. *eas*.
*****Héliophyllíto,** *s. m.* (min.) var. de ecdemito (arseniato de chumbo com chloro). ||De ἥλιος sol + φύλλον folha + suff. *ito*.
Héliopolíta, *adj.* relativo a Heliópole; diz-se das dynastias egypcias, que alli tiveram a sua sede. || De *Heliopole* (e este de ἥλιος sol + πόλις cidade) + suff. *ita*.
Helioscópio, *s. m.* (astr.) luneta com que se pode observar o sol sem incómmodo para a vista. || De ἥλιος sol + σκοπεῖν vêr, examinar + suff. *io*.
Deriv. : *hélioscopía* (s. f.), *helioscópico* (adj.).
Helióstato, *s. m.* (phys.) apparelho de optica destinado a conservar em direcção constante um raio luminoso introduzido em uma camara escura. ||De ἥλιος sol + στατός parado.
*****Héliotherapía,** *s. f.* (med.) methodo de tractamento pela exposição aos raios solares. || De ἥλιος sol + θεραπεία tractamento.
Deriv.:héliotherápico (adj.).
Héliothermómetro, *s. m.* (phys.) apparelho que serve para medir a quantidade de calor, que o sol fornece na unidade de superficie durante um minuto. || De ἥλιος sol + *thermometro* (v. este vcb.).
Héliotropía, *s. f.* (bot.) particularidade que têm certas plantas de voltarem para o sol as suas hastes, folhas ou flôres. || De ἥλιος sol + τρέπω voltar + suff. *ia*.
Deriv. : *héliotrópico* (adj.), *héliotropismo* (s. m.).
Héliotrópio[1], *s. m.* (bot.) planta da ordem das Borragaceas, do genero *Heliotropium*. || De ἥλιος sol + τρέπειν voltar.
Heliotrópio[2], *s. m.* (min.) jaspe sanguineo, chalcedonia de pasta verde com manchas côr de sangue. || De ἥλιος sol + τρέπειν voltar.
*****Héliozoários,** *s. m. pl.* (zool.) classe de Rhizopodes lobados; animaes que têm os pseudopodios radiados. || De ἥλιος sol + ζωάριον animalculo.
Hélix. V. *hélice*.

Helléboro, *s. m.* (bot.) planta da ordem das Colchicaceas (o— branco); da ordem das Ranunculaceas (o—negro). || + De ἑλλέβορος.
Deriv. : *hellebóreas* (s. f. pl.), tribu das Ranunculaceas ; *helleborína* (s. f.).

Helléno, *adj. e s. m.* grego. || De Ἕλλην, ηνος.
Deriv. : *hellenísmo, hellenísta* (s. m.), *hellênico* (adj.), *hellenizár* (v.).

Helmínthagôgo, *adj.* (med.) syn. de vermifugo. || De ἕλμινς, ινθος verme + ἀγωγός que conduz, faz saïr.

Helmínthes, *s. m. pl.* (zool.) Vermes intestinaes ou Entozoarios. || De ἕλμινς, ινθος verme.
N. É usado *helminthos* com desinencia, que a etymologia condemna. A forma latina seria *helmins, inthis,* cujo acc. plur. *helminthes* só pode dar em portuguez *helmínthes.*
Deriv. : *helmínthico* (adj.).

Helmínthíase, *s. f.* (med.) molestia causada pela presença de entozoarios. || De ἑλμινθιάω tenho vermes (form. de ἕλμινς verme).

*****Helmínthio,** *s. m.* (min.) var. de rhipidolitho (chlorito ferro-magnesiano). || De ἕλμινς, ινθος verme.

*****Helmínthocladíneas,** *s. f. pl.* (bot.) tribu de Algas. ||De *Helminthocládia* gen. typo (e este de ἕλμινς verme + κλάδος ramo) + suff. *ineas.*

Helmínthóide, *adj.* que se assimelha a helminthes— ordem de Peixes. || De *helminthes* (v. este vcb.) + εἶδος forma.

Helmínthología, *s. f.* (zool.) parte da Zoologia que tracta dos vermes intestinaes. || De ἕλμινς verme + λόγος tractado + suff. *ia.*
Deriv. : *helmínthológico, helmínthólogo.*

Helópios, *s. m. pl.* (zool.) tribu de Insectos Coleopteros a que pertence o helópe. || De *helópe* (e este de ἧλος prego + ὤψ, ὠπός ôlho) + suff. *ios.*
N. forma preferivel a «helopianos».

Helopithécos, *s. m. pl.* (zool.) família de macacos de cauda aprehensora. || De ἑλεῖν agarrar + πίθηκος macaco.

Hemacelidóse. V. *hemocelidóse.*

Hémadromómetro. V. *hémodromómetro.*

Hemadynámica. V. *hemodynámica.*

Hemagôgo, *adj.* (med.) que provoca o fluxo sanguineo. || De αἷμα sangue + ἀγωγός que excita, provoca.

Hemaleucína. V. *hemoleucína.*

Hemalopía, *s. f.* (med.) derramamento de sangue no globo ocular. || De αἱμάλωψ + suff. *ia.*

Hemapheína, *s. f.* (med.) substância que se suppoz existir accumulada no sangue dos ictericos. || De αἷμα sangue + φαιός escuro + suff. *ina.*
Cogn. : *hemaphéico* (adj.), *hémapheïsmo* (s. m.).
N. Teria sido mais bem formado «hemopheïna» ou «hématopheïna».

*****Hemarthróse,** *s. f.* (med.) derramamento sanguineo intra-articular. || De αἷμα sangue + ἄρθρον articulação + suff. *óse.*

Hemastática. V. *hemostática.*

***Hématangiosarcôma,** *s. m.* (med.) tumor de origem conjunctiva, que se desenvolve á custa da tunica externa dos vasos sanguineos (Waldstein). || De αἷμα sangue + ἀγγεῖον vaso + *sarcôma* (v. este vcb.).

Hemateína, *s. f.* (chim.) corpo obtido pela acção da ammonia sôbre a hematoxylina. ||

De αἷμα, ατος sangue + suff. *ina*.

Hematémese, *s. f.* (med.) vómito sanguineo.|| De αἷμα sangue + ἔμεσις vómito (de ἐμέω vomito).
N. A prosodia —*hematemèse* auctorizada por Fig. é contrária á quantidade grega.

Hemátia, *s. f.* (physiol.) globulo vermelho do sangue. || De αἷμα, ατος sangue + suff. *ia*.

Hemático, *adj.* que diz respeito ao sangue. || De αἷμα, ατος sangue + suff. *ico*.

Hématidróse, *s. f.* (med.) suor de sangue. || De αἷμα sangue + ἵδρωσις suor.

*****Hematimetro**, *s. m.* (med.) apparelho para contar os globulos do sangue. || De *hemátia* (v. este vcb.) + μέτρον medida.
Deriv. : hématimetría (s. f.).

Hematína, *s. f.* V. *hematosína*.

Hematíto, *s. m.* (miner.) sesquioxydo de ferro (Fe²O³). || De αἱματίτης (deriv. de αἷμα sangue) com o suff. *ito* characteristico destes nomes.

Hematóbio, *adj* e *s. m.* que vive no sangue.|| De αἷμα, ατος sangue + βίος vida.

*****Hématoblásto**, *s. m.* (physiol.) corpusculo figurado existente no sangue e, no parecer de Hayem, destinado a se transformar em hematia. || De αἷμα, ατος sangue + βλαστός germe.

*****Hématocéle**, *s. f.* (med.) tumor formado ou por infiltração de sangue no tecido cellular do escroto, ou por accúmulo de sangue na tunica vaginal, etc. || De αἷμα sangue + κήλη tumor.
N. Conforme o genero de κήλη, é mais curial dar a todos os seus derivados o genero feminino, como em latim e em francez.

Hématocéphalo, *s. m.* (med.) tumor sanguineo da cabeça. ||

De αἷμα, ατος sangue + κεφαλή cabeça.

*****Hématochyluria**, *s. f.* (med.) presença, na urina, dos principaes elementos do chylo, da lympha e do sangue. || De αἷμα, ατος sangue + *chyluria* (v. este vcb.).

*****Hématocolpia**, *s. f.* (med.) retenção do sangue menstrual na vagina oblitterada. || De αἷμα, ατος sangue + πόλπος vagina + suff. *ia*.
N. Corresponde ao francez,— «hématocolpos» cuja desinencia não tem razão de ser em portuguez.

*****Hématoconíto**, *s. m.* (min.) calcario marmore, vermelho côr de sangue. || De αἷμα, ατος sangue + κόνις pó + suff. *ito*.

*****Hématodermíte**, *s. f.* (med.) nome generico de um grupo de dermatoses determinadas por lesões sanguineas. || De αἷμα sangue + δέρμα pelle + suff. *ite*.

Hématographia, *s. f.* descripção ou tractado a respeito do sangue. || De αἷμα sangue + γράφω descrevo + suff. *ia*.
Deriv. : hematógrapho (s. m.).

Hematóide, *adj.* que é da natureza ou similhante ao sangue. || De αἷμα, ατος sangue + εἶδος forma.
N. A forma *hematodo*, tambem consignada por Fig., não se justifica.

Hématoïdína, *s. f.* (chim.) princípio vermelho, que se encontra em antigos focos hemorrhagicos, etc. || De *hematoide* (v. este vcb.) + suff. *ina*.

*****Hematólitho**, *s. m.* (min.) arseniato hydratado de manganéz. || De αἷμα, ατος sangue + λίθος pedra.

Hématologia, *s. f.* tractado a respeito do sangue. || De αἷμα sangue + λόγος tractado + suff. *ia*.

Deriv.: hématológico (adj.).
*Hematólyse, *s. f.* (med.) dissolução dos globulos vermelhos do sangue. ||De αἷμα, ατος sangue + λύσις dissolução, destruição.
Deriv.: hematolýtico (adj.).
Hematôma, *s. m.* (med.) tumor sanguineo qualquer. || De αἷμα, ατος sangue + suff. *ôma*.
*Hématometría, *s. f.*(med.) retenção do sangue menstrual no utero por atresia do colo. || De αἷμα, ατος sangue + μήτρα utero + suff. *ia*.
Hematómphalo, *s. m.* (med.) hernia umbilical, cujo sacco contém serosidade e sangue. || De αἷμα sangue + ὀμφαλός umbigo.
Hématomyelía, *s. f.* (med.) hemorrhagia intramedullar. || De αἷμα, ατος sangue + μυελός medulla + suff. *ia*.
*Hématonephróse, *s. f.* (med.) derramamento sanguineo intrarenal. || De αἷμα, ατος sangue + νεφρός rim + suff. *óse*.
*Hématophagía, *s. f.* (med.) phagocytose das hematias. || De αἷμα, ατος sangue + φαγεῖν comer + suff. *ia*.
Cogn.: hematóphago (adj.).
Hematóphobo, *adj.* que tem horror ao sangue. || De αἷμα, ατος sangue + φόβος terror.
Deriv.: hématophobía (s. f.).
*Hematóphyto, *s. m.* (med.) parasito do sangue. || De αἷμα, ατος sangue + φυτὸν planta.
*Hématopoése, *s. f.* (physiol.) formação dos globulos vermelhos do sangue. || De αἷμα, ατος sangue + ποιεῖν fazer.
Deriv.: hématopoético (adj.).
N. Não é condemnavel a forma *hemopoése*, que Fig. regista; mas a que vae aqui consignada é preferivel por mais regular.
*Hématoporphyrína, *s. f.* (chim.) pigmento urinario, descripto por Mac Munn, isomero da bilirubina. || De αἷμα, ατος sangue + πορφύρα purpura + suff. *ina*.
*Hematorháchio, *s. m.* (med.) hemorrhagia extramedullar. || De αἷμα, ατος sangue + ῥάχις rhache + des *io*. V. *hydrorháchio*.
*Hématosalpíngio, *s. m.* (med.) hematoma da trompa uterina. ||De αἷμα, ατος sangue + σάλπιγξ, γγος trompa + suff. *io*.
N. Corresponde ao vcb. francez « hématosalpinx ».
*Hématoscópio, *s. m.* (physiol.) espectroscopio para examinar o sangue, que circula debaixo dos tegumentos (*Hénocque*). || De αἷμα, ατος sangue + σκοπεῖν examinar + suff. *io*.
Deriv.: hématoscopía (s. f.).
Hematóse, *s. f.* (physiol.) sanguinificação; conversão do sangue venoso em arterial.||De αἱματόω mudo em sangue.
Hématosepsía, *s. f.* (med.) alteração septica do sangue. || De αἷμα, ατος sangue + σῆψις corrupção + suff. *ia*.
Hematosína, *s. f.* (physiol.) materia corante do sangue unida á globulina das hematias. || De αἱμοτόω mudo em sangue + suff. *ina*.
*Hématospermía, *s. f.* (med.) presença de sangue no esperma ejaculado. || De αἷμα, ατος sangue + *esperma* (v.este vcb.) + suff *ia*.
Hématostibíto, *s. m.* (min.) antimoniato de manganez e ferro. || De αἷμα, ατος sangue + στίβι oxydo d'antimonio + suff. *ito*.
Hématoxylína, *s. f.*(chim.) princípio corante do pau campeche (*Hematóxylon campechianum*). || De αἷμα sangue + ξύλον pau + suff. *ina*.
Hématozoários, *s. m. pl.* (zool.) grupo de Esporozoarios que vivem como parasitos no

interior dos globulos vermelhos do sangue dos Vertebrados. || De αἷμα, ατος sangue + ζωάριον animalculo.

Hematuria, *s. f.* (med.) expulsão pela urethra de certa porção de sangue puro ou mixturado com urina, etc. || De αἷμα sangue + οὖρον urina + suff. *ia.*

N. Prosodia analoga á dos mais compostos de οὖρον.

Deriv.: hematúrico (adj.).

Hemautógrapho, *s. m.* (physiol.) apparelho que regista a velocidade e a pressão dum jacto arterial. || De αἷμα, ατος sangue + αὐτός proprio + γράφω escrevo.

Hémeralopia, *s. f.* (med.) molestia characterizada pela dilatação e immobilidade da pupilla com abolição completa ou incompleta da vista depois que o sol se esconde. || De ἡμέρα dia + ὤψ vista + suff. *ia.*

Cogn.: hemeralópe (s. m.).

Hémerobiidas, *s. m. pl.* (zool.) familia de Insectos Nevropteros. || Do gen. *Hemeróbius* (e este de ἡμέρα dia + βίος vida) + suff. *idas.*

Hémerocallídeas, *s. f. pl.* familia da ordem das Liliaceas. || De *Hemerocallis* (gen. typo), e este de ἡμεροκαλλὶς (comp. de ἡμέρα dia + κάλλος belleza), com o suff. *eas.*

Hemeródromo, *s. m.* (ant.) correio entre os Gregos. || De ἡμεροδρόμος (comp. de ἡμέρα dia + δρόμος carreira).

Hémerologia, *s. f.* arte de compôr calendarios. || De ἡμερολόγιον calendario + suff. *ia.*

Hemiacéphalo, *s.m.* (med.) especie de monstro, cuja cabeça é representada por um tumor informe.||De ἥμισυς meio+ ἀ privativo + κεφαλή cabeça.

Deriv.: hemicephalia (s. f.).

Hémiachrómatopsía, *s. f.* (med.) hemianopsia relativa ás côres. || De ἥμισυς meio + ἀ priv. + χρῶμα, ατος côr + ὄψις visão + suff. *ia.*

Hémiageusia, *s. f.* (med.) abolição do paladar em uma das metades da lingua. || De ἥμισυς meio + ἀ priv. + γεῦσις paladar + suff. *ia.*

Hemialgia, *s. f.* (med.) V. *hemicrania.*

N. Vcb. de significação vaga, e que se deve dispensar.

Hémianesthesia, *s. f.* (med.) insensibilidade incompleta. || De ἥμισυς meio + *anesthesia* (v. este vcb.).

Hemianopsia, *s. f.* (med.) ausencia de percepção em metade do campo visual. || De ἥμισυς meio + *anopsia* (v. este vcb.).

Hémianosmia, *s. f.* (med.) anosmia unilateral. || De ἥμισυς meio + *anosmia* (v. este vcb.).

Hémiasynergia, *s. f.* (med.) asynergia dum só lado do corpo. || De ἥμισυς meio + ἀ priv. + *synergia* (v. este vcb.).

Hémiataxia, *s. f.* (med.) ataxia numa metade do corpo. || De ἥμισυς meio + *ataxia* (v. este vcb.).

Hémiathetóse, *s. f.* (med.) athetose unilateral. || De ἥμισυς meio + *athetóse* (v. este vcb.).

Hemichalcito, *s. m.* (min.) syn. de emplectito (sulfureto de cobre e bismutho). De ἥμι meio + χαλκός cobre + suff. *ito.*

Hémichoréa, *s. f.* (med.) var. de chorea limitada a uma das metades do corpo. || De ἥμισυς meio + *choréa* (v. este vcb.).

Hémiclonia, *s. f.* (med.) myoclonia unilateral.||De ἥμισυς meio + κλόνος agitação + suff. *ia.*

Hemicrania, *s. f.* (med.) dôr que occupa só uma das metades da cabeça; enxaqueca.

|| De ἡμικρανία (comp. de ἥμισυς meio + κράνιον cranio).
N. A derivação demonstra que se não deve escrever *hemicranea*. Quanto á prosodia, é a que está de accôrdo com a lei de analogia, que manda fazer paroxytonos os nomes em *ia*, que significam molestia ou defeito physico.

Hemicýclo, *s. m* espaço semi-circular. || De ἡμίκυκλος (form. de ἥμισυς meio + κύκλος círculo).

Hemicylíndro, *s. m.* metade do cylindro. || De ἥμισυς meio + *cylindro* (v. este vcb.)

* **Hemidróse,** *s. f.* (med.) exaggerada transpiração cutanea em metade do corpo. || De ἥμισυς meio + ἱδρώς suor + suff. *óse.*

Hemiedria, *s. f.* (cryst.) o facto de certos crystaes só apresentarem metade das faces, que deveriam ter para obedecer á lei da symmetria. || De ἥμισυς meio + ἕδρα logar, superficie + suff. *ia.*
Deriv. : *hemiédrico* (adj.), *hemiédro* (s. m.).

* **Hémiencéphalo,** *s. m.* (terat.) monstro com cerebro quasi normal, mas sem os orgãos dos sentidos. || De ἥμισυς meio + *encephalo* (v. este vcb.).

* **Hémiglossíte,** *s. f.* (med.) inflammação de metade da lingua. || De ἥμισυς meio + *glossite* (v. este vcb.).

Hemímelo, *s. m.* (med.) monstro de membros muito incompletos. || De ἥμισυς meio + μέλος membro.

* **Hémimetabólico,** *adj.* (zool.) diz-se do desenvolvimento dos Insectos, quando só ha metamorphoses incompletas. || De ἥμι meio + μεταβολή metamorphose + suff. *ico.*

* **Hémimorphísmo,** *s. m.* (cryst.) var. de antihemiedria, em que os crystaes terminam differentemente nas duas extremidades. || De ἥμισυς meio + μορφή forma + suff. *ismo.*

* **Hémimorphíto,** *s. m.* (min.) syn. de calamina (hydrosilicato de zinco). || De ἥμι meio + μορφή forma + suff. *ito.*

Hemína [1], *s. f.* (ant.) medida de capacidade entre os Gregos e Romanos, e equivalente a meio sextario ou 2, 6 decilitros. || De ἡμίνα (deriv. de ἥμισυς meio).

Hemína [2], *s. f.* (chim.) chlorhydrato de hematosina. || De αἷμα, ατος sangue + suff. *ina.*

Hemióbolo, *s. m.* (ant.) meio obolo (moeda grega). || De ἡμιώβολον (form. de ἥμισυς meio + ὀβολός obolo).

Hemíono, *s. m.* (zool.) solipede selvagem dos desertos d'Asia (*Equus hemiönus*), parecido com o macho. || De ἡμίονος (form. de ἥμισυς meio + ὄνος asno).
N. Aul. e outros dão *hemiona* (fem.), mas evidentemente deve corrigir-se; quanto a *hemióna*, auctorizada por Ad. Coelho, nada a justifica.

Hemiopía, *s. f.* (med.) molestia characterizada pela visão parcial dos objectos. || De ἥμισυς meio + ὤψ vista + suff. *ia.*

* **Hemípago,** *s. m.* (terat.) monstro, cujos corpos se confundem unidos desde a bocca até ao umbigo (I. G. St Hilaire). || De ἥμισυς meio + παγείς unido.

* **Hémiparacusía,** *s. f.* (med.) paracusia unilateral. || De ἥμισυς meio + *paracusia* (v. este vcb.).

Hemiplegía, *s. f* (med.) paralysia da metade ou de parte de um dos lados do corpo. || De ἡμιπληγία (form. de ἥμισυς meio + πλήσσω firo).
Deriv. ; *hemiplégico* (adj.).

Hemipteros, *s. m. pl.* (zool.) ordem de Insectos, que têm as azas cobertas por elytros duros na base e membranosos no apice. || De ἥμισυς meio + πτερὸν aza.

Hémipyrâmide, s. f (cryst.) meia pyrâmide. || De ἥμισυς meio + *pyrâmide* (v. este vcb.).

Hemisphério, s. m. metade de uma esphéra. || De ἡμισφαίριον (form. de ἥμισυς meio + σφαῖρα esphera).
Deriv. : *hemisphérico* (adj.).

Hémispheróide, adj. que tem a forma de uma metade de esphera. || De *hemispherio* + εἶδος forma.

Hemistíchio, s. m. (poes.) metade de um verso alexandrino; diz-se tambem dum verso de dez syllabas, quando cortado em duas partes de cinco syllabas cada uma. || De ἡμιστίχιον (form. de ἥμισυς meio + στίχος verso).

*****Hémisystolia**, s. f. (med.) systole limitada a um só dos ventriculos do coração (Leyden). || De ἥμισυς meio + *systole* (v. este vcb.) + suff. *ia*.

Hemiteria, s. f. (med.) anomalia organica simples e pouco grave anatomicamente. || De ἥμισυς meio + τέρας monstro + suff. *ia*.

*****Hémithermia**, s. f. (med.) elevação de temperatura em um dos lados do corpo (Vanlair). || De ἥμισυς meio + θέρμη cal r + suff. *ia*.

Hemitritéa, adj. e s. f. (med.) diz-se de uma febre meioterçã. || De ἡμιτριταῖος (form. de ἥμισυς meio + τριταῖος terção).
N. Não são acceitaveis as formas *hemitritia* e *hemitritica*.

Hemitropia, s. f. (miner.) forma de certos crystaes, nos quaes parece que uma metade gyrou cêrca de 180° para se applicar á outra metade. || De ἡμι abbr. de ἥμισυς meio + τροπή volta + suff. *ia*.
Cogn. : *hemítropo* (adj.).

*****Hémocelidóse**, s. f. (med.) syn. de purpura. || De αἷμα sangue + κηλίς, ίδος mancha + suff. *óse*.
N. O francez formou mal o vcb. « hemacelinose », visto que a consoante final da raiz de κηλίς é δ e não ν. Por outro lado, a regra geral de composição pede *hemo* e não *hema*.

Hémochroína, s. f. (chim.) syn. de hematina. || De αἷμα sangue + χρόα côr + suff. *ina*.

***Hémochromatóse**, s. f. (med.) côr bronzeada da pelle e de várias visceras em algumas formas de intoxicação chronica (Recklinghausen). || De αἷμα sangue + χρῶμα, ατος côr + suff. *óse*.

***Hémochromómetro**, s. m. (med.) instrumento com que se practica a chromometria do sangue (Malassez). || De αἷμα sangue + *chromómetro* (v. este vcb.).

***Hémocyanina**, s. f. (zool.) pigmento respiratorio, no sangue dos Molluscos e Arthropodes, que pela acção do oxygenio se torna azul. || De αἷμα sangue + κυανὸς azul + suff. *ina*.

***Hémocytómetro**, s. m. (physiol.) apparelho para contagem dos globulos sanguineos. || De αἷμα sangue + κύτος cellula + μέτρον medida.

Hemodoráceas, s. f. pl. (bot.) ordem de plantas monocotyledones, cujo typo é o gen. Hæmodórum.||De *Hæmodórum* (e este de αἱμόδωρον) + suff. *áceas*.
Cogn. : *hemodóreas* (s. f. pl.).

***Hémodrômico**, adj. (med.) diz-se do agente therapeutico que, accelerando a circulação, promove a diurese. || De αἷμα sangue + δρόμος carreira + suff. *ico*.

Hémodromómetro, s. m. (physiol.) instrumento para avaliar a rapidez do sangue nos vasos. || De αἷμα sangue + δρόμος curso + μτέρον medida. N. As regras usuaes de composição fazem preferir esta forma a *hemadromometro*.

Hémodynámica, *s. f.* theoria mechanica da circulação do sangue. || De αἷμα sangue + *dynamica* (v. este vcb.).

Hémodynamómetro, *s. m.* (physiol.) instrumento para medir a pressão ou a fôrça com que o sangue circula nos vasos. || De αἷμα sangue + δύναμις fôrça + μέτρον medida.

* **Hémo-hydarthróse**, *s. f.* (med.) derramamento seroso e sanguineo numa cavidade articular. || De αἷμά sangue + *hydarthrose* (v. este vcb.).

* **Hemolýtico**, *adj.* (med.) diz-se do sôro que, injectado, destroe as hematias de outro sangue. ||De αἷμα sangue + λύειν dissolver, destruïr + suff. *ico*.

Hémopathía, *s. f.* (med.) molestia do sangue em geral. || De αἷμα sangue + πάθος doença + suff. *ia*.

* **Hémopericárdio**, *s. m.* (med.) derramamento sanguineo no pericardio. || De αἷμα sangue + *pericárdio* (v. este vcb.).

Hémophilía, *s. f.* (med.) disposição congenita a hemorrhagias. || De αἷμα sangue + φιλία amizade.

Hémophthalmía, *s. f.* (med.) derramamento sanguineo nas camaras do ôlho. || De αἷμα sangue + ὀφθαλμὸς ôlho + suff. *ia*.

* **Hémopiésico**, *adj.* (med.) diz-se do agente therapeutico que, augmentando a tensão arterial, provoca a diurese. || De αἷμα sangue + πίεσις pressão + suff. *ico*.

Hémoplanía, *s. f.* (med.) hemorrhagia supplementar.||De αἷμα sangue +πλάνη êrro de caminho, desvio + suff. *ia*.

Hemoplástico, *adj.* diz-se

dos alimentos proprios para reconstituir o sangue rapidamente. || De αἷμα sangue + πλάσσω formo.

* **Hémopnéumothórax**, *s. m.* (med.) derramamento de sangue e de ar na cavidade pleuritica. || De αἷμα sangue + *pneumothorax* (v. este vcb.).

Hemopoése, *s. f.* (physiol.(producção do sangue, e mormente dos globulos sanguineos, no organismo animal. || De αἷμα sangue + ποιεῖν fazer.

Deriv. : *hemopoético* (adj.).

* **Hémoproctía**, *s. f.* (med.) hemorrhagia pelo recto. || De αἷμα sangue + πρωκτός ano + suff. *ia*.

Hemoptýse, *s. f.* (med.) hemorrhagia da mucosa pulmonar characterizada por expectoração de sangue vermelho e escumoso. || De αἷμα sangue + πτύω escarro.

Deriv.: *hemoptýico* (adj.) e não *hemoptóico* nem *hemóptyco*.

* **Hémorrhinía**, *s. f.* (med.) epistaxe ; hemorrhagia nasal. || De αἷμα sangue + ῥὶν nariz + suff. *ia*.

Hemorrhagía, *s. f.* (med.) effusão de quantidade notavel de sangue, devida á ruptura de' vasos sanguineos. || De αἱμορραγία (form. de αἷμα sangue + ῥήγνυμι romper.

Deriv.: *hemorrhágico* (adj.).

Hemorrhóides, *s. f. pl.* (med.) tumores que as evias do recto formam, quando se dilatam ; produzem ordinariamente hemorrhagia pelo ano. || De αἱμορρόις (form. de αἷμα sangue + ῥέω corro.).

N. Tanto a derivação do grego como a forma lat. *hemorrhoides, um*, induzem-nos a rejeitar no port. a desinencia em *as*, que occorre em. Aul. e outros.

Deriv. : *hemorrhoidál, hemorrhoidóso* (adjs.).
* **Hemóscheocéle**, *s. f.* (med.) derramamento sanguineo no escroto ou na tunica vaginal. || De αἷμα sangue + ὅσχεος escroto + κήλη tumor.
* **Hémosialêmese**, *s. f.* (med.) vómito sanguineo, de origem esophagiana e formado de certa quantidade de saliva mesclada com sangue (Josserand). || De αἷμα sangue + σίαλον saliva + ἔμεσις vómito.
* **Hémosideróse**, *s. f.* (med.) pigmento insoluvel proveniente da hemoglobina e que dá a reacção dos saes ferricos (Quincke). || De αἷμα sangue + σίδηρος ferro + suff. *óse*.

Hemospasía, *s. f.* (med.) meio therapeutico que consiste em chamar por meio do vacuo em poucos instantes uma consideravel massa de sangue, desviando-o assim dos orgãos congestionados (Junod). || De αἷμα sangue + σπάω attraio + suff. *ía*.
Deriv. : *hemospástico* (e não *hemospasico*).
* **Hemosporídios**, *s. m. pl.* (zool.) ordem de Esporozoarios; organismos ameboides, microscopicos, que vivem no interior das hematias. || De αἷμα sangue + σπορά germe + suff. *ídios*.
* **Hémosporidióse**, *s. f.* (med.) nome generico de todas as manifestações morbidas provocadas pelos hematozoarios. || De αἷμα sangue + *esporidio* (v. este vcb.) + suff. *óse*.

Hemóstase, *s. f.* (med.) estagnação do sangue. || De αἷμα sangue + στάσις parada.
N. V. hemostasía.
Hemostasia, *s. f.* (chir.) processo chirurgico para sustar um derramamento sanguineo. || De αἷμα sangue + στάσις parada + suff. *ía*.
N. É de vantagem distinguir com dous vocabulos diversos, este e *hemóstase*, as duas significações, que os diccionarios attribuem a um só.
Deriv. : *hemostático* (adj.).

Hemostática, *s. f.* (physiol.) estudo das leis de equilibrio do sangue nos vasos. || De αἷμα sangue + στατική estatica.
N. A forma *hemastatica* não respeita o processo geral de composição dos vocabulos.
* **Hémotachómetro**, *s. m.* (physiol.) instrumento destinado a medir a velocidade do sangue nas arterias (Vierordt). || De αἷμα sangue + τάχος velocidade + μέτρον medida.

Hémotexía, *s. f.* (med.) dissolução do sangue. || De αἷμα sangue + τῆξις fusão + suff. *ía*.
* **Hémotherapía**, *s. f.* (med.) methodo de tractamento baseado no emprêgo systematico das injecções hypodermicas de sangue ou de sôro sanguineo. || De αἷμα sangue + θεραπεία tractamento.

Hemothórax, *s. m.* (med.) derramamento de sangue na cavidade pleuritica. || De αἷμα sangue + θώραξ thorax.
* **Hémotoxía**, *s. f.* (med.) envenenamento do sangue. || De αἷμα sangue + τοξικόν veneno + suff. *ía*.
Deriv. : *hemotóxico* (adj.).
* **Hemurése**, *s. f.* (med.) emissão de sangue pela urethra. || De αἷμα sangue + οὔρησις acção de urinar.
N. Forma preferivel a *hemuresía*.

Hendecágono, *s. m.* (geom.) polygono de onze lados. || De ἕνδεκα onze + γωνία angulo.
N. Segue na prosodia a anomalia de todos os compostos de γωνία.
Deriv. : *hendecagonál* (adj.).
Hendecágyno, *adj.* (bot.) que tem onze pistillos. || De ἕνδεκα onze + γυνή mulher.

Hendecándro, *adj.* (bot.) que tem onze estames. || De ἕνδεκα onze + ἀνήρ, ἀνδρός homem.
Deriv.: *hendecândria* (classe do systema de Linneu), *hendecandria* (s. f.).

Héndecasýllabo, *adj.* e *s. m.* (poes.) que tem onze syllabas. || De ἕνδεκα onze + *syllaba* (v. este vcb.).

Hépar, *s. m.* (min.) massa de côr escura formada por alguns mineraes submettidos ao ensaio sôbre carvão. || De ἧπαρ figado.

Hépatalgía, *s. f.* (med.) dôr no figado, colica hepatica. || De ἧπαρ figado + ἄλγος dôr + suff. *ia*.
Deriv.: *hepatálgico* (adj.).

* **Hépatargía**, *s. f.* (med.) insufficiencia hepatica (Quincke). || De ἧπαρ, ατος figado + ἀργία inacção.

* **Hépatéctomía**, *s. f.* (med.) resecção de uma parte do figado. || De ἧπαρ, ατος figado + ἐκτομή ablação + suff. *ia*.

Hepáticas, *s. f. pl.* (bot.) ordem de plantas acotyledones intermediarias entre os Lichenes e os Musgos. || De ἡπατικός que se emprega contra molestias do figado (e este de ἧπαρ, ατος figado).

Hepático, *adj.* que pertence ou diz respeito ao figado. || De ἡπατικός form. de ἧπαρ figado.
Cogn.: *hepatizár* (v.), *hepatização* (s. f.).

* **Hepático-énterostomía**, *s. f.* (med.) anastomose do canal hepatico com o intestino. || De ἡπατικός hepatico + ἔντερον intestino + στόμα bocca + suff. *ia*.

* **Hepático-gastrostomía**, *s. f.* (med.) operação, em que se faz communicar o canal hepatico com o estomago. || De ἡπατικός hepatico + γαστήρ, τρός estomago + στόμα bocca + suff. *ia*.

* **Hepático-líthotripsía**, *s. f.* (med.) esmagamento dos calculos biliares situados no canal hepatico. || De ἡπατικός hepatico + λίθος pedra + τρίψις esmagamento + suff. *ia*.

* **Hepaticorhaphía**, *s. f.* (med.) sutura do canal hepatico. || De ἡπατικός hepatico + ῥαφή costura + suff. *ia*.

* **Hepáticostomía**, *s. f.* (med.) abertura de fistula do canal hepatico para a parede abdominal (Courvoisier). || De ἡπατικός hepatico + στόμα bocca + suff. *ia*.

* **Hepáticotomía**, *s. f.* (med.) incisão do canal hepatico. || De ἡπατικός hepatico + τομή corte + suff. *ia*.

* **Hepatísmo**, *s. m.* (med.) conjuncto dos symptomas, que dependem das molestias chronicas do figado. || De ἧπαρ, ατος figado + suff. *ismo*.

Hepatíte, *s. f.* (med.) inflammação do figado. || De ἧπαρ, ατος figado + suff. *ite*.

Hepatíto, *s. m.* (min.) syn. de barytina (sulfato anhydro de baryo, BaSO⁴). || De ἧπαρ, ατος figado + suff. *ito*.

* **Hépatocéle**, *s. f.* (med.) hernia do figado. || De ἧπαρ, ατος figado + κήλη hernia.

* **Hépatocólico**, *adj.* (anat.) que respeita ao figado e ao colo. || De ηπαρ, ατος figado + *colo* (v. este vcb.) + suff. *ico*.

Hépatocýstico, *adj.* (anat.) que diz respeito ao figado e á vesicula biliar. || De ἧπαρ, ατος figado + κύστις vesicula + suff. *ico*.

Hépatogástrico, *adj.* que diz respeito ao figado e ao estomago. || De ἧπαρ, ατος figado + γαστήρ estomago + suff. *ico*.
Cogn.: *hépatogastrite* (s. f.).

Hépatographía, *s. f.* (anat.) descripção do figado. || De

ήπαρ, ατος figado + γράφω descrevo + suff. ia.
Hépatologia, s. f. (med.) tractado sôbre o figado. || De ήπαρ, ατος figado + λόγος tractado + suff. ia.
Hepatómphalo, s. m. (med.) hernia do figado pelo annel umbilical. || De ήπαρ, ατος figado + ομφαλός umbigo.
*** Hépatonéphroptóse**, s. f. (med.) prolapso simultaneo do figado e do rim (Glénard). De ήπαρ, ατος figado + νεφρός rim + πτώσις quéda.
*** Hépatopathía**, s. f. (med.) nome generico das molestias do figado. || De ήπαρ, ατος figado + πάθος soffrimento + suff. ia.
Hépatopexia, s. f. (med.) fixação chirurgica do figado movel. || De ήπαρ, ατος figado + πήξις fixação + suff. ia.
Hépatoptóse, s. f. (med.) mobilidade anomala do figado. || De ήπαρ, ατος figado + πτώσις quéda.
*** Hépatopyríto**, s. m. (min.) syn. de marcasito (sulfureto de ferro, Fe S²). || De ήπαρ, ατος figado + *pyrito* (v. este vcb.).
*** Hépatorhaphía**, s. f. (med.) sutura numa ferida do figado. || De ήπαρ, ατος figado + ραφή costura + suff. ia.
*** Hépatostomía**, s. f. (chir.) operação no figado, em que se suturam á parede abdominal os labios da incisão feita naquelle orgão. || De ήπαρ, ατος figado + στόμα bocca + suff. ia.
Hépatotomía, s. f. (anat.) dissecção do figado. || De ήπαρ, ατος figado + τομή corte + suff. ia.
*** Hépatotoxemía**, s. f. (med.) intoxicação de origem hepatica. || De ήπαρ, ατος figado + τόξον veneno + αίμα sangue + suff. ia.
*** Hephéstiorhaphía**, s. f. (chir.) reunião dos labios de uma ferida pela cauterização com ferro em brasa (Cloquet). || De ήφαίστειος que diz respeito a Ephesto ou ao fogo + ραφή sutura + suff. ia.
Hephthemímcre, s.f.(poes.) cesura formada pela syllaba que se segue ao terceiro pé. || De εφθημιμερής de trez pés e meio (form. de επτά septe + ήμισυς meio + μέρος parte).
N. Quanto á desinencia, v. *ennehemímere*.
Heptachórdio, s. m. lyra de septe cordas. || De επτά septe + χορδή corda + suff. io.
N. Aul. e outros escrevem *heptacórdio*, mas a etymologia grega bem mostra que deve ter ch. V. *heptachordo*.
Heptachórdo, adj. que tem septe cordas; diz-se do systema de sons composto de septe notas. || De επτάχορδος (form. de επτά septe + χορδή corda).
N. O adjectivo deve ter a desinencia *o*, que é a etymologica; a terminação *io* assenta melhor ao substantivo. V. *heptachórdio*.
Heptaédro, s. m. (geom.) solido de septe faces. || De επτά septe + έδρα face.
N. Segue na prosodia a anomalia de todos os nomes de solidos geometricos compostos de έδρα.
Deriv. : *heptaédrico* (adj.).
Heptágono, adj. e s. m. (geom.) polygono de septe lados e septe angulos. || De επτάγωνος form. de επτά septe + γωνία angulo.
N. Como todos os compostos de γωνία afasta-se da rigorosa prosodia etymologica.
Deriv. : *heptagonál* (adj.).
Heptagýnia, s. f. (bot.) ordem de plantas, no systema de Linneu; suas flôres têm septe pistillos. || De επτά septe + γυνή mulher + suff. ia.
Cogn. : *heptagynia* (s. f.), *heptágyno* (adj.).

Heptámetro, *s. m.* (poes.) diz-se do verso gr. e lat., que consta de septe pés. ‖ De ἑπτὰ septe + μέτρον medida.

Heptándria, *s. f.* (bot.) classe e ordem de plantas, cuja flôr tem septe estames, segundo o systema de Linneu. ‖ De ἑπτὰ septe + ἀνήρ, ἀνδρὸς hômem + suff. *ia.*
Cogn. : *heptandría* (s. f.), *heptândro* (adj.).

Heptaphýllo, *adj.* (bot.) diz-se da folha pennada, que tem septe foliolos. ‖ De ἑπτὰ septe + φύλλον folha.

Heptarchía, *s. f.* divisão de um paiz em septe governos. ‖ De ἑπτὰ septe + ἀρχὴ govêrno + suff. *ia.*
Cogn. : *heptárcha* (s. m.).

Héptasýllabo, *adj.* (versif.) diz-se do verso, que tem septe syllabas. ‖ De ἑπτὰ septe + σύλλαβα (v. este vcb.).

Heptateûcho, *s. m.* (relig.) obra dividida em septe livros; os septe primeiros livros do Antigo Testamento. ‖ De ἑπτὰ septe + τεῦχος livro, volume.
N. Formado á feição de *Pentateucho.*

Heráclias, *s. f. pl.* (ant.) festas em honra de Héracles (Hercules). ‖ De ἡράκλια (por ἡράκλεια), deriv. de Ἡρακλῆς Heracles.
N. Segundo a etymologia esta forma é preferível a *herácleas* dada por Fig.

Heraclídas, *s. m. pl.* (ant.) descendentes de Héracles (Hercules). ‖ De Ἡρακλείδης, patron. de Ἡρακλῆς; em lat. *Heraclīdæ, arum.*
N. Claro fica que a prosodia *Heráclidas* (consignada em Fig.) não pode ser acceita.

Hércotectônica, *s. f.* arte de fortificar praças. ‖ De ἕρκος muralha, baluarte + τεκτονικὴ arte de construir.

Heresia, *s. f.* doutrina do que em materia de fé sustenta opiniões contrárias ás da Egreja. ‖ Pelo lat. *hæresis*, vem. do gr. αἵρεσις opinião + suff. *ia.*
Cogn. : *herético* (adj.), *heréje* (s. m.).

Heresiárcha, *s. m.* chefe de seita heretica. ‖ De αἱρεσιάρχης (form. de αἵρεσις opinião + ἄρχω governo, commando).

Hérma. V. *hermes.*

Hermaphrodíto, *adj.* (hist. nat.) diz-se dos individuos, que têm ou parecem ter reunidos em si os dous sexos. ‖ De ἑρμαφρόδιτος (form. de Ἑρμῆς + Ἀφροδίτη).
N. É mais usual a desinencia em *a*, mas contraría a derivação regular pelo lat. *hermaphroditum.*
Deriv. : *hermaphroditísmo*, ou *hermaphrodísmo* (forma contracta e menos boa).

Hermenéutica, *s. f.* arte de interpretar o sentido das palavras, das leis, dos textos, etc. ‖ De ἑρμηνευτικὸς explicativo (deriv. de ἑρμηνεὺς intérprete, e este de Ἑρμῆς Mercurio).
Cogn. : *hermenêutico* (adj.), *hermenêuta* (s. m.).

Hérmes, *s. m.* (esculpt.) escabello que tem uma cabeça de Hermes (Mercurio). — Qualquer estatua de Hermes. — Busto de qualquer divindade sôbre um pedestal. ‖ De Ἑρμῆς Hermes (Mercurio).
N. A antiga forma *hermeta* (M. Bernardes) é dispensavel. Tende a introduzir-se a forma « herma », e dão-lhe escriptores recentes o genero feminino. Não ha razão para desprezar *hermes*, que Aul. e Fig. registam com o seu verdadeiro genero.

Hermético, *adj.* que pertence á alchimia (sciencia de Hermes); fechado completa-

HER — 310 — HÉT

mente, de forma que não deixa penetrar o ar. — (Esculpt.) encimado por um hermes. || De 'Ερμῆς Hermes + suff. *ico*.

Hermodáctylo, *s. m.* bolbo de uma variedade de colchico. || De ἑρμοδάκτυλος (comp. de 'Ερμῆς Hermes + δάκτυλος dedo).

Hérmographía, *s. f.* descripção do planeta Mercurio. || De 'Ερμῆς Mercurio + γράφω descrevo + suff. *ia*.

Heróe, *s. m.* homem notavel por suas qualidades e proezas extraordinarias. || Pelo lat. *heros*, vem de ἥρως, ἥρωος.

Deriv. : *heroina* (s. f.), *heroïsmo* (s. m.), *heróico* (adj.), *heroicidáde* (s. f.), *heroificár* (v.), *heróide* (s. f.).

Hérpes, *s. m.* (med.) molestia cutanea characterizada por grupos de vesiculas elevadas sôbre uma base inflammada, etc. || De ἕρπης (deriv. de ἕρπειν alastrar, serpear).

Deriv. : *herpético* (adj.), *herpetísmo* (s. m.).

Hérpetographía, *s.f.* (zool.) descripção dos Repteis. || De ἑρπετόν réptil + γράφω descrevo + suff. *ia*.

Hérpetología, *s. f.* (zool.) parte da Zoologia que tracta dos Repteis. || De ἑρπετόν reptil + λόγος tractado + suff. *ia*.

Herpétología, *s. f.* (med.) tractado sôbre os dartros. || De ἕρπης, ητος dartro + λόγος tractado + suff. *ia*.

N. Para bem distingui-lo de seu homographo, cumpre fazer sensivel na pronúncia a quantidade longa da segunda syllaba.

Hesperídeas, *s. f. pl.* (bot.) antigo nome das Aurantiaceas. || De 'Εσπερίδες ilhas Hespérides, no Atlantico + suff. *eas*.

Deriv. : *hesperidína* (s. f.).

Hesperídio, *s. m.* (bot.) nome dado a um fructo syncarpo, carnudo e indehiscente, dividido em lojas, como a laranja. || De *Hesperideas* (v. este vcb.).

Hespério, *adj.* occidental. || De ἑσπέριος (e este de ἑσπέρα tarde, Occidente).

Hessocêno, *adj.* (geol.) diz-se do terreno terciario. || De ἥσσων menor, inferior + καινός novo.

N. Cf. *mioceno, plioceno;* é por isso preferivel a *hessocenico* registado por Figueiredo.

* **Hestíase,** *s. f.* (ant.) obrigação de organizar o banquete público da tribu, em Athenas. || De ἑστίασις (deriv. de ἑστιάω banqueteio).

Hetáira, *s. f.* (ant.) cortezã, || De ἑταίρα (deriv. de ἑταῖρος companheiro, amigo).

N. Teria sido melhor *hetéra*, como no lat. *hetœra;* mas este exemplo não é o unico de se haver mantido sem transmutação o diphthongo grego. Aceito o vocabulo, o que não é justificavel é a prosodia *hetaira* que se acha em Fig., visto formarem diphthongo as duas vogaes de ἑταίρα.

* **Hetairíto,** *s. m.* (min.) hausmannito zincifero (oxydo de manganez com zinco). || De ἑταῖρος amigo, companheiro + suff. *ito*.

Heteracephalo. V. *heterocephalo*.

Heteradélpho, *adj.* (med.) diz-se do monstro duplo, em que o individuo accessorio muito incompleto se acha implantado na face anterior do corpo principal. || De ἕτερος outro + ἀδελφός ermão.

Deriv. : *héteradelphía* (s. f.).

Héteradénico, *adj.* (med.) Tecido — (Ch. Robin) tecido morbido especial, que habitualmente se produz nas regiões desprovidas de glandulas, pos-

to que tenha muita similhança com a textura destes orgãos. || De ἕτερος outro + ἀδήν glandula + suff. *ico*.
Cogn. : *heteradenôma* (s. m.).

Heteriárcha, *s. m.* (ant.) chefe de tropas alliadas. || De ἑταιρειάρχης (comp. de ἑταιρεία companhia de auxiliares + ἄρχω commando).

Héterobrânchio, *adj.* (zool.) cujas branchias variam; diz-se de Peixes Siluros, cujas branchias são accompanhadas de appendices ramificados. || De ἕτερος outro, differente + *brânchia* (v. este vcb.).

Héterocárdios, *s. m. pl.* (zool.) ordem de Molluscos Gastropodes, da sub-classe dos Prosobranchios. || De ἕτερος differente + καρδία coração + *des. ios*.

Héterocárpo, *adj.* (bot.) diz-se da planta, que offerece fructos dissimilhantes. || De ἕτερος outro + καρπὸς fructo.

Héterocéphalo, *adj.* (terat.) diz-se do monstro com duas cabeças dissimilhantes. || De ἕτερος differente + κεφαλή cabeça.
N. É a forma correcta, que corresponde ao fr. « hétéracéphale ».

*****Héterochromía**, *s. f.* (med.) coloração differente das duas iris. || De ἕτερος outro + χρῶμα côr + suff. *ia*.

*****Héterochronía**, *s. f.* (med.) geração de partes do corpo em epocha diversa da em que nascem normalmente. || De ἕτερος outro + χρόνος tempo + suff. *ia*.

***Héteróchrono**, *adj.* (med.) diz-se do pulso, que bate com intervallos deseguaes. || De ἕτερος differente + χρόνος tempo.

*****Heteroclínio**, *s. m.* (min.) var. de braunito (oxydo de manganez) com oxydo ferrico e silica. || De ἕτερος outro, diverso + κλίνειν inclinar + suff. *io*.

Heteróclito, *adj.* (gramm.) que se afasta das regras da analogia grammatical. — Extranho, singular, etc. || De ἑτερόκλιτος de declinação irregular (form. de ἕτερος diverso + κλίνω declino).

***Héterocrasía**, *s. f.* (med.) mixtura de sangue com substâncias extranhas. || De ἕτερος differente, outro + κρᾶσις mixtura + suff. *ia*
Deriv. : *héterocrásico* (adj.).

Héterodáctylos, *s. m. pl.* (zool.) familia de Aves, que têm o dedo externo solidamente soldado ao médio até á segunda articulação. || De ἕτερος outro, diverso + δάκτυλος dedo.

Héterodérmos, *s. m. pl.* (zool.) familia de Repteis, que têm escamas de formas e côres differentes. || De ἕτερος differente + δέρμα pelle.
N. A desinencia *es*, que os diccionarios dão, não se conforma com as leis ordinarias de formação (cf. *pachydermo*, *esclerodermo*, etc.).

Héterodónte, *adj.* (zool.) diz-se dos Mammaes, cujos dentes têm forma diversa conforme o logar que occupam no maxillar. || De ἕτερος outro, differente + ὀδούς, όντος dente.

Héterodóxo, *adj.* contrário á doutrina orthodoxa. || De ἑτερόδοξος (form. de ἕτερος diverso + δόξα opinião.
Deriv. : *héterodoxía* (s. f.).

Heteródromo, *adj.* (mech.) o mesmo que interfixo. || De ἕτερος outro + δρόμος carreira.

***Heteródymo**, *adj.* e *s. m.* (terat.) monstro duplo, em que o individuo accessorio se reduz a uma cabeça incompleta, pescoço e thorax rudimentares, tudo appenso á face

anterior do corpo do outro. ||
De ἕτερος differente + δίδυμος
gemeo.
Deriv.: heterodymía (s. f.).
Heterógamo, *adj.* (bot.)
diz-se das plantas, que têm
flôres monoicas, dioicas ou
polygamas. || De ἕτερος diverso
+ γάμος consorcio.
Deriv.: héterogamía (s. f.).
Heterogéneo, *adj.* que é
de natureza diversa. || Pelo lat.
heterogeneus, vem de ἑτερογενής
(form. de ἕτερος outro + γένος
geração).
Deriv.: héterogéneidáde (s. f.).
Héterogenesía, *s. f.* (biol.)
impossibilidade de fecundação
entre dous individuos da mesma
especie (Broca). || De ἕτερος
outro + γένεσις producção +
suff. *ia*.
Héterogenía, *s. f.* (hist.
nat.) geração espontanea; toda
producção de ser vivo, que não
procede de individuos da mesma
especie. || De ἕτερος outro +
γένος geração + suff. *ia*.
Heterogenito, *s. m.* (min.)
var. de asbolanio (mixtura de
oxydos hydratados de manganez com oxydo de cobalto). ||
De ἕτερος differente + γένος
geração + suff. *ito*.
Héteroglaucía, *s. f.* (med.)
producção anomala de manchas esverdeadas no corpo
(Wallroth). || De ἕτερος outro
+ γλαυκὸς esverdeado + suff. *ia*.
Cogn.: heterogláuco (s. m.).
Heterógono, *adj.* que apresenta angulos diversos. || De
ἕτερος diverso + γωνία angulo.
N. Prosodia de todos os congeneres derivados de γωνία.
Heterógyno, *adj.* (zool.)
diz-se dos insectos, e em particular das formigas, cada especie das quaes comprehende
machos, femeas e neutros. ||
De ἕτερος outro + γυνή mulher.

N. Heterógynos (s. m. pl.) —
fam. de Hymenopteros.
*Héterolécitho, *adj.* (zool.)
diz-se do ovo, que tem mais ou
menos vitello. || De ἕτερος outro
+ λέκιθος gemma d'ovo.
V. *alecitho* e *telolecitho*.
Heterólitho, *s. m.* (min.)
syn. de hetairito. || De ἕτερος
differente + λίθος pedra.
Heterólogo, *adj.* (med.)
Tecido — (Lobstein), tecido
morbido que se suppunha não
ter analogo nos tecidos do
corpo. || De ἕτερος outro +
λόγος.
N. Oppõe-se a *homólogo*.
Deriv.: héterología (s. f.).
Heteromeríto, *s. m.* (min.)
var. de idocrasio (granada quadratica). || De ἕτερος outro, diverso + μέρος parte + suff. *ito*.
Heterómeros, *s. m. pl.*
(zool.) secção dos Coleopteros.
|| De ἕτερος outro + μέρος parte.
N. Aulete equivoca-se dando
— μῆρος perna — como raiz
do vocabulo, e d'ahi a sua incorrecta prosodia : *heteromé-
ros*.
Héterometría, *s. f.* (med.)
alteração de humores ou de tecidos por simples mudança de
quantidade, sem modificação de
natureza. || De ἕτερος outro +
μέτρον medida + suff. *ia*.
Héteromorphíto, *s. m.*
(min.) var. de jamesonito (sulfoantimonieto de chumbo). || De
ἕτερος differente + μορφή forma
+ suff. *ito*.
Héteromórpho, *adj.*(chim.)
diz-se dos corpos, que contêm
o mesmo número de atomos
dos mesmos elementos, mas
diversamente arranjados. (Opp.
a *isomórphos*). || De ἕτερος outro + μορφή forma.
Deriv.: héteromorphísmo
(s. m)
Héteromyários, *s. m. pl.*
(zool.) ordem de Molluscos

Lamellibranchios; têm apenas um pequeno musculo adductor. || De ἕτερος differente, outro + μῦς musculo + des. *ários*.

Héteronomia, *s. f.* desvio das leis normaes. || De ἕτερος diverso + νόμος lei + suff. *ia*.
Cogn.: *heterônomo* (adj.).

Heterópago, *adj.* (med.) diz-se dos monstros duplos, em que o individuo accessorio muito imperfeito, mas dotado de cabeça e de membros pelvianos distinctos, se acha implantado na face anterior do corpo principal. || De ἕτερος outro + παγεὶς (de πήγνυμι unir).
Deriv.: *heteropagia* (s. f.).

Héteropathia, *s. f.* (med.) synonymo de allopathia. || De ἕτερος diverso + πάθος soffrimento + suff. *ia*.

Héteropétalo, *adj.* (bot.) diz-se das flôres, cujos pétalos differem entre si. || De ἕτερος differente + πέταλον pétalo.

Héterophthálmo, *adj.* e *s. m.* (med.) que tem os dous olhos differentes. || De ἕτερος differente + ὀφθαλμὸς ôlho.
Deriv.: *héterophthalmía* (s. f.).

Héterophýllo, *adj.* (bot.) diz-se das plantas, que têm folhas de forma e grandeza diversa. || De ἕτερος differente + φύλλον folha.
Deriv.: *héterophyllía* (s. f.).

Héteroplasia, *s. f.* (med.) formação de productos anomalos. || De ἕτερος differente + πλάσις formação + suff. *ia*.
Cogn.: *héteroplásma* (s. m.), *héteroplástico* (adj.).

Heterópodes, *s. m. pl.* (zool.) ordem de Molluscos Gastropodes Prosobranchios. || De ἕτερος differente + ποῦς, ποδὸς pé.

Heterópteros, *s. m. pl.* (zool.) secção dos Insectos He-mipteros. || De ἕτερος outro + πτερὸν aza.

Héterorexía, *s. f.* (med.) depravação do appetite. || De ἕτερος outro + ὄρεξις appetite + suff. *ia*.

Heteróscios, *s. m. pl.* (geogr.) os habitantes das zonas temperadas, que ao meio-dia têm a sua sombra para lados differentes. || De ἕτερος differente + σκιὰ sombra.

* **Heterosômo**, *adj.* (zool.) que tem corpo asymmetrico. || De ἕτερος differente + σῶμα corpo.

* **Héterostylía**, *s. f.* (bot.) a coexistencia, numa mesma planta, de flôres de estylete curto e flôres de estylete comprido. || De ἕτερος differente + στῦλος estylete + suff. *ia*.

Héterotaxía, *s. f.* (med.) anomalia que não obsta á realização de funcção alguma, nem apparece exteriormente. || De ἕτερος outro + τάξις ordem + suff. *ia*.

Heterótomo, *adj.* (bot.) diz-se do calyce ou da corolla, cujas divisões são deseguaes. || De ἕτερος differente + τομή corte, secção.

Héterotopía, *s. f.* (med.) formação de tecidos ou de orgãos em logares do corpo, onde normalmente se não devem achar. || De ἕτερος outro + τόπος logar + suff. *ia*.

* **Heterótrichos**, *s. m. pl.* (zool.) ordem de Infusorios Ciliados, cujos cilios apresentam disposição differente da dos Holotrichos. || De ἕτερος outro, diverso + θρὶξ, ιχὸς cabello.

Heterótropo, *adj.* (bot.) diz-se do embryão de radicula afastada do hilo sem ser-lhe diametralmente opposta. || De ἕτερος outro + τρέπειν voltar.

Heterótypo, *adj.* (terat.) diz-se dos monstros characterizados pela presença de um parasito appenso á parede anterior do individuo principal, com cordão umbilical commum. || De ἕτερος outro + τύπος modêlo.

Héterozoário, *s. m.* (zool.) Espongiarios. || De ἕτερος outro + ζωάριον animalculo (dimin. de ζῶον animal).

Heuréca, *interj.* achei! descobri! || De εὕρηκα (perf. do v. εὑρίσκειν achar) — expressão attribuida a Archimedes, quando descobriu o pêzo especifico dos corpos.

N. A forma ordinariamente usada é *eureka* (cópia do vcb. grego); mas transferida para nossa lingua, segundo as regras communs, deve grapharse *heuréca.*

*** Heurético,** *adj.* (pedag.) diz-se do processo de encaminhar o alumno, de modo que elle por si descubra a verdade, que se lhe quer inculcar. || De εὑρετικός inventivo (e este de εὑρίσκω acho).

N. « Euristico » é o vcb. que com esta significação apparece no *Novo Dicc.* de Figueiredo; mas a sua formação é imperfeita, visto que não existe o verbo grego εὑρίζω, donde seria curial derivar-se. Accresce que o espirito forte da raiz εὑρ obriga a addição do *h* inicial em portuguez.

Heuretico parece, pois, melhor a todos os respeitos.

Hexacântho, *adj.* (zool.) que tem seis ganchos ou pontas. || De ἕξ seis + ἄκανθα espinho.

Hexachórdo, *s. m.* (mus.) gamma do cantochão, que consta de seis notas. || De ἕξ seis + χορδή corda.

N. Aul. e outros escrevem *hexacorde*, que não é bem escripto nem bem formado; o subs. lat. é *hexachordos.*

*** Hexactinéllidas,** *s. m. pl.* (zool.) familia de Hyalospóngios. || De ἕξ seis + ἀκτίν raio + suff. *idas.*

*** Hexactínios,** *s. m. pl.* (zool.) syn. de Zoantharios. || De ἕξ seis + ἀκτίν raio + suff. *ios.*

Hexacýclo, *adj.* que tem seis rodas. || De ἑξάκυκλος (comp. de ἕξ seis + κύκλος círculo).

Hexadáctylo, *adj.* que tem seis dedos. || De ἑξαδάκτυλος (comp. de ἕξ seis + δάκτυλος dedo).

Deriv. : *hexadactylía* (s. f.).

Hexaédro, *s. m.* (geom.) solido que tem seis faces. || De ἕξ seis + ἕδρα face.

N. Paroxytono como todos os nomes de solidos derivados da mesma raiz, segundo o uso consagrou.

Deriv. : *hexaédrico* (adj.).

*** Hexagoníto,** *s. m.* (min.) var. de amphibolio com manganez. || De ἑξάγωνος de seis angulos + suff. *íto.*

Hexágono, *s. m.* (geom.) figura que tem seis angulos e seis lados, etc. || De ἑξάγωνος (form. de ἕξ seis + γωνία angulo).

Deriv. : *hexagonál* (adj.).

N. Proparoxytono como todos os congeneres derivados de γωνία.

Hexagrâmma, *s. m.* (geom.) figura relativa a seis ponctos collocados numa conica. || De ἕξ seis + γραμμή linha.

Hexagýnia, *s. f.* (bot.) classe de plantas, que têm seis pistillos, no systema de Linneu. || De ἕξ seis + γυνή mulher + suff. *ía.*

Cogn. : *hexágyno* (adj.), *hexagynía* (s. f.).

Hexâmetro, *adj.* e *s. m.* (poes.) diz-se do verso grego e latino, que tem seis pés. || De ἑξάμετρος (comp. de ἕξ seis + μέτρον medida).

Hexándria, *s. f.* (bot.) classe de plantas que têm seis estames, no systema de Linneu. || De ἕξ seis + ἀνήρ homem + suff. *ia*.
Cogn. : *hexandría* (s. f.), *hexândro* (adj.).

Hexaoctaédro, *s. m.* (cryst.) solido do systema cubico, formado de 48 triangulos escalenos e offerecendo seis pontas de oito faces. || De ἕξ seis + octaédro (v. este vcb.).
N. É tambem acceitavel, e talvez melhor, a forma *hexoctaedro*.

Hexapétalo, *adj.* (bot.) diz-se da corolla que tem seis pétalos. || De ἕξ seis + πέταλον pétalo.

Hexáphoro, *s. m.* (ant.) liteira carregada por seis homens, na antiga Grecia. || De ἑξάφορον (comp. de ἕξ seis + φορός carregador).

Hexaphýllo, *adj.* (bot.) que tem seis foliolos. || De ἕξ seis + φύλλον folha.

Hexápodes, *s. m. pl.* (zool.) nome dado por alguns á classe dos Insectos. || De ἑξάπους (comp. de ἕξ seis + πούς, ποδός pé).

Hexápole, *s. f.* (ant.) confederação de seis cidades doricas, na Grecia antiga. || De ἑξάπολις (comp. de ἕξ seis + πόλις cidade).

Hexáptero, *adj.* (zool.) diz-se dos insectos, que têm seis azas ou seis appendices em forma de azas. || De ἕξ seis + πτερόν aza.

Hexaspérmo, *adj.* (bot.) que tem seis sementes. || De ἕξ seis + σπέρμα semente.

Hexastémono, *adj.* (bot.) que tem seis estames livres. || De ἕξ seis + στήμων, ονος filete.

Hexásticho, *adj.* e *s. m.* (poet.) que consta de seis versos. || De ἑξάστιχος (comp. de ἕξ seis + στίχος linha de verso).
N. A graphia « hexastico », que Fig. regista, não respeita a etymologia.

Hexastýlio, *s. m.* (archit.) portico de seis columnas na frente. || De ἑξάστυλος de seis columnas (form. de ἕξ seis + στῦλος columna).
N. Á similhança de *perystýlio* (de περίστυλος), parece mais conveniente formar *hexastylio* em vez de *hexástylo*, que occorre em Aulete e outros. Accresce que a quantidade do υ de στῦλος não permittiria fazer o vocabulo proparoxytono, ainda quando tivessemos de graphá-lo sem a desinencia *io*.

* **Hidradenite**, *s. f.* (med.) inflammação do tecido cellular sub-cutaneo, que procede provavelmente duma glandula sudoripara. || De ἱδρώς suor + ἀδήν glandula + suff. *ite*.
N. Verneuil creou para isto o vcb. francez « hidrosadenite », cuja incorrecção de forma é evidente. Em portuguez parece preferivel adoptar-se o que vae aqui proposto.

* **Hidradenôma**, *s. m.* (med.) kysto que se desenvolve á custa dos glomerulos sudoriparos. || De ἱδρώς suor + ἀδήν glandula + suff. *ôma*.

* **Hidrocystôma**, *s. m.* (med.) kysto sudoral (Robinson). || De ἱδρώς suor + κύστις vesicula + suff. *ôma*.

* **Hidroplania**, *s. f.* (med.) metastase sudoral. || De ἱδρώς suor + πλάνη deslocamento + suff. *ia*.

* **Hidrorrhéa**, *s. f.* (med.) corrimento de suor. || De ἱδρώς suor + ῥέω corro.
Deriv. : *hidrorrhéico* (adj.).

* **Hidrosadenite**. V. *hidradenite*.

Hidrótico, *adj.* (med.) sudorifico. || De ἱδρωτικός (form. de ἵδρως suor).

★ **Hierapícra**, *s. f.* (pharm.) velho electuario purgativo, de gôsto amargo, e que se dizia de virtudes miraculosas. || De ἱερός sancto + πικρός amargo.

Hierarchia, *s. f.* auctoridade do grande sacerdote ou chefe dos sacerdotes gregos. — Conjuncto dos poderes subordinados uns aos outros; classe, ordem, jerarchia. || De ἱερρχία (form. de ἱερός sagrado + ἀρχή govêrno).
Deriv.: hierárchico (adj.).

Hierático, *adj.* que pertence aos sacerdotes ou á Egreja, etc. || De ἱερατικός sacerdotal (form. de ἱερεύς sacerdote).

Hieroglyphico, *s. m.* nome dado aos characteres de escriptura usados pelos antigos Egypcios, e que representavam ideas, palavras ou lettras pela imitação de objectos materiaes. || De ἱερογλυφικά (deriv. de ἱερός sagrado + γλύφειν gravar).
N. A derivação grega e a forma latina *hieroglyphica, orum*, estão a propor-nos a correcção do subst. *hieroglypho*, que vem nos diccionarios.
A vingar a forma abbreviada, deveramos pronunciar *hieróglypho*, assim como *tríglypho* e outros derivados de γλύφω que tem o υ breve; mas não ha disto necessidade, desde que a forma regular *hieroglyphico* foi sempre a usada pelos classicos ; tudo manda, pois, que a conservemos. Accresce que, existindo no grego o subst. ἱερόγλυφος com a significação de — gravador de hieroglyphicos —, em portuguez se deverá dar a mesma accepção a *hieróglypho*.
Figueiredo regista como preferiveis as formas adulteradas — *geroglypho* e *geroglyphico* ; mas não ha para isso fundamento, tractando-se de vocabulo, que não é de uso vulgar.

Hierográmma, *s. m.* character proprio da escriptura hieratica. || De ἱερός sagrado + γράμμα lettra.

Hierographía, *s. f.* história das religiões; descripção das cousas sagradas. || De ἱερός sagrado + γράφω descrevo + suff. *ia*.
Deriv.: hierográphico (adj.).

Hierología, *s. f.* conhecimento das religiões. || De ἱερός sagrado + λόγος discurso + suff. *ia*.
Deriv.: hierológico (adj.).

Hieromnémone, *s. m.* (ant.) deputado ao Conselho dos amphictyões. || De ἱερομνήμων, ονος (comp. de ἱερός sagrado + μνήμη lembrança).

Hieronica, *s. m.* (ant.) vencedor nos jogos sagrados da Grecia. || De ἱερονίκης (comp. de ἱερός sagrado + νίκη victoria); em latim — *hieronīca, œ*.
N. A manter-se o vocabulo, estas são a graphia e a prosodia que lhe convem, em vez de *hierónico* que occorre em Figueiredo.

Hieronymíta, *s. m.* religioso da ordem de S. Jeroηymo. || De Ἱερώνυμος Jeronymo (e este de ἱερός sagrado + ὄνομα nome) + suff. *ita*.

Hieropêu, *s. m.* (ant.) fiscal ou inspector dos sacrificios publicos em Athenas. || De ἱεροποιός (comp. de ἱερός sagrado + ποιεῖν fazer).

Hierophánta, *s. m.* sacerdote encarregado de iniciar os neophytos e da interpretação dos mysterios. || De ἱεροφάντης (form. de ἱερός sagrado + φαίνω mostro).
N. Segundo as leis de analogia deve ser condemnada a desinencia em *e*, que a este vcb. dão os diccionarios, si auctorizam *sycophanta*, não

ha razão para que não digam *hierophánta*.

Cogn.: *hierophántria* (s. f.), melhor do que *hierophántide*, tirado do lat. « hierophantria ».

Hierosolymíta, *s. m.* que é de Jerusalem. || De Ἱεροσολυμίτης (deriv. de Ἱεροσόλυμα Jerusalem).

N. Figueiredo regista — *hierosolymitáno* — que tambem pôde ser acceito, parecendo aliaz menos bom.

Hílare, *adj.* contente, risonho. || Pelo lat. *hilăris*, de ἱλαρός.

Deriv.: *hilariánte* (adj.), *hilaridáde* (s. f.).

Hilárias, *s. f. pl.* (ant.) festas em honra de Cybele. || De ἱλάρια (deriv. de ἱλαρός alegre).

Hilaródo, *s. m.* (ant.) cantor de poesias lascivas e alegres. || De ἱλαρῳδός (comp. de ἱλαρός alegre + ᾠδή canto).

Cogn.: *hilaródia* (s. f.).

Hilóta, *s. m.* raça escrava da antiga Esparta. — Individuo reduzido ao ultimo gráu de abjecção. || De εἱλώτης.

N. Deve ser escripto com *h* inicial, porque o diphthongo εἱ tem espirito forte.

Deriv.: *hilotísmo* (s. m.).

Hippanthropía, *s. f.* (med.) especie de monomania, na qual o doente se crê transformado em cavallo. || De ἵππος cavallo + ἄνθρωπος homem + suff. *ia*.

Hippárcho, *s. m.* (ant.) general da cavallaria grega. || De ἵππαρχος (comp. de ἵππος cavallo + ἄρχειν commandar).

N. Figueiredo auctoriza *hipparcha*, que é menos bom, porque a forma grega ἱππάρχης é rara, e tanto que o lat. só formou *hipparchus*.

Hippiátro, *s. m.* o que tracta das molestias dos cavallos. || De ἱππίατρος (form. de ἵππος cavallo + ἰατρός médico).

Deriv.: *hippiatría* ou *hippiátrica* (s. f.), *hippiátrico* (adj.).

Híppico, *adj.* relativo ao cavallo. || De ἱππικός (form. de ἵππος cavallo).

* **Hippobóscidas**, *s. m. pl.* (zool.) tribu de Insectos Dipteros. || De *Hippobosca* gen. typo (e este de ἵππος cavallo + βόσκειν pastar) + suff. *idas*.

Hippocámpo, *s. m.* (zool.) cavallo marinho. || De ἱππόκαμπος (form. de ἵππος cavallo + κάμπη lagarta, larva).

Hippocastáneas, *s. f. pl.* (bot.) familia de plantas dicotyledones dialypetalas. || De *Hippocástanum* — gen. typo — (e este de ἵππος cavallo + κάστανον castanha) + suff. *eas*.

Híppocentáuro, *s. m.* o mesmo que centauro. || De ἱπποκένταυρος (form. de ἵππος cavallo + κένταυρος centauro).

Hippocólla, *s. f.* gelatina éxtrahida da pelle do asno, e que serve de base a varios medicamentos. || De ἵππος cavallo + κόλλα col¹a.

Hippocrático, *adj.* relativo a Hippocrates. — Diz-se da face do moribundo. || De Ἱπποκράτης nome do célebre médico grego.

Cogn.: *hippocratísmo* (s. m.).

Hippodrómio, *s. m.* campo ou circo proprio para corridas de cavallos. || De ἱπποδρόμιον (form. de ἵππος cavallo + δρόμος carreira).

N. Os diccionarios dão *hippódromo*, vocabulo proparoxytono e forma derivada de ἱππόδρομος, que tambem existe no grego; não ha negar que está de accôrdo com a régra. Mas de facto o uso accentúa « hippodrómo », que é errado.

Ora, desde que no grego ha egualmente ἱπποδρόμιον, e que tambem ἱπποδρόμος significa « o que corre a cavallo », parece-nos de bom aviso preferir em portuguez *hippodrómio* para o « circo ou arena de corridas »,

18.

e reservar *hippódromo* para significar « o corredor ».
Deriv.: hippodromía (s. f.).

Hippógrypho, *s. m.* animal fabuloso, metade cavallo, metade grypho. || De ἵππος cavallo + *grypho* (v. este vcb.).

Hippólitho, *s. m.* cálculo que ás vezes se acha nos intestinos do cavallo. || De ἵππος cavallo + λίθος pedra.

Hippología, *s. f.* tractado ácêrca do cavallo. || De ἵππος cavallo + λόγος tractado + suff. *ia*.
Deriv.: hippólogo (s. m.).

Hippománeas, *s. f. pl.* (bot.) familia da ordem das Euphorbiaceas. || De *Hippomăne* (gen. typo) + suff. *eas*. *Hippomane* procede de ἵππος cavallo + μανία loucura.

Hippomanía, *s. f.* gôsto exaggerado por cavallos. || De ἱππομανία (form. de ἵππος cavallo + μανία loucura).
Deriv.: hippomaníaco (adj.).

Hipponáccio, *adj.* (poet.) verso escazonte. || Pelo lat. *hipponactium*, vem do gr. Ἱππώναξ Hippónax — poeta satyrico de Epheso.
N. Forma mais regular do que *hipponacto* dada por Figueiredo.

Hippopathología, *s. f.* pathologia do cavallo. || De ἵππος cavallo + *pathología* (v. este vcb.).
Deriv.: hippopathológico (adj.).

Hippóphago, *adj.* e *s. m.* que come carne de cavallo. || De ἵππος cavallo + φαγεῖν comer.
Deriv.: hippophagía (s. f.).

* **Hippopódidas,** *s. m. pl.* (zool.) familia de Celenterados Siphonophoros. || Do gen. typo *Hippopus* (e este de ἵππος cavallo + ποῦς, ποδός pé) + suff. *idas*.

Hippopótamo, *s. m.* (zool.) genero de Mammaes Pachydermos. || De ἱπποπόταμος (form. de ἵππος cavallo + ποταμός rio).

Híppotomía, *s. f.* anatomia do cavallo. || De ἵππος cavallo + τομή corte + suff. *ia*.
Deriv.: hippotómico (adj.).

Hippúrico, *adj.* (chim.) Acido —, acido de varios sáes da urina dos Mammaes herbivoros. || De ἵππος cavallo + οὐρον urina + suff. *ico*.
Cogn.: hippuráto (s. m.), *hippuría* (s. f.).

Histochímica, *s. f.* estudo chimico dos principios immediatos e dos tecidos. || De ἱστός tecido + *chimica* (v. este vcb.).

Histogenía, *s. f.* (physiol.) geração e desenvolvimento dos tecidos organicos. || De ἱστός tecido + γένος producção + suff. *ia*.
N. Diz-se tambem *histogénese*, que é bem formado.
Cogn.: histogénico (adj.), *histógeno* (adj.) e *histogenól* (s. m.).

Histographía, *s. f.* descripção dos tecidos. || De ἱστός tecido + γράφω descrevo + suff. *ia*.
Deriv.: histógraphico (adj.), *histógrapho* (s. m.).

Histología, *s. f.* nome dado por Mayer (1819) á história dos tecidos organicos, e pouco acertadamente confundido com o de Anatomia geral. || De ἱστός tecido + λόγος discurso + suff. *ia*.
Deriv.: histológico (adj.), *histologísta* e *histólogo* (s. m.).

Histólyse, *s. f.* (zool.) phenomeno de reabsorpção dos tecidos para sua renovação periodica; dá-se nos Bryozoarios. || De ἱστός tecido + λύσις dissolução.

Histonomía, *s. f.* conjuncto de leis, que presidem á geração e disposição dos tecidos orga-

nicos (Heusinger). || De ἱστός tecido + νόμος lei + suff. *ia*.
Deriv.: historómico (adj.).
* **Histopoése,** *s. f.* desenvolvimento dos tecidos. || De ἱστός tecido + ποιεῖν fazer.
História, *s. f.* narração e conhecimento dos acontecimentos sociaes. || De ἱστορία (form. de ἵστωρ o que sabe).
Deriv.: historiár, historiadôr, histórico, historiéta, historíola.
Históriographía, *s. f.* a arte de escrever a história. || De ἱστορία história + γράφω escrevo + suff. *ia*.
Deriv.: historiógrapho (s. m.).
Histótribo. V. *histotripsía*.
Hístotripsía, *s.f.* (med.) esmagamento linear. || De ἱστός tecido + τρίψις esmagamento + suff. *ia*.
Cogn.: histótribo (s. m.) — melhor do que *histotriptor* dado por Figueiredo, segundo o francez « histotripteur » (cf. *cephalótribo*).
Hístotromía, *s. f.* (med.) contracção fibrillar que se dá em varios musculos. || De ἱστός tecido + τρόμος tremor + suff. *ia*.
Hodómetro, *s. m.* instrumento de medir a distância percorrida. || De ὁδός caminho + μέτρον medida.
N. A graphia *odometro* não é admissivel por opposta á etymologia.
Deriv.: hodometría (s. f.), *hodométrico* (adj.).
* **Holétros,** *s. m. pl.* (zool.) nome dado a uma familia de Arachnideos Tracheanos. || De ὅλος inteiro + ἦτρον abdome.
Holicísmo, *s. m.* (ling.) locução commum a todos os dialectos de uma lingua ou a todas as linguas. || De ὁλικός universal + suff. *ismo*.
* **Holoblástico,** *adj.* (zool.)
diz-se dos ovos de segmentação total. || De ὅλος inteiro + βλαστός germe + suff. *ico*.
V. *meroblástico*.
Holobrânchio, *adj.* e *s. m.* (zool.) que tem as branchias inteiras. || De ὅλός inteiro + *branchia* (v. este vcb.).
Holocáusto, *s. m.* sacrifício em que as victimas eram inteiramente queimadas. — Immolação. || Pelo lat. *holocaustum*, vem de ὁλόκαυστον ou melhor ὁλόκαυτον (form. de ὅλος todo + καίω queimo).
* **Hólocéphalos,** *s. m. pl.* (zool.) sub-ordem de Peixes Selacios. || De ὅλος inteiro + κεφαλή cabeça.
* **Holócrino,** *adj.* (zool.) diz-se da cellula glandular, que, reduzida ao estado de vesícula inerte, cheia de líquido, é toda eliminada no acto da secreção. || De ὅλος inteiro + κρίνειν separar.
N. Sendo breve o ι de κρίνειν nos derivados, como ἀπόκριμα — secreção — e outros, deve fazer-se o vcb. esdruxulo em portuguez.
Hólocrystallíno, *adj.* (cryst.) diz-se da textura de rocha que faz transição do estado vitreo para o crystallino (Fig.). || De ὅλος inteiro + *crystallíno* (v. crystal).
Holoédro, *s. m.* (miner.) crystal que tem todas as suas faces. || De ὅλος todo, inteiro + ἕδρα face.
Deriv.: holoedría (s. f.), *holoédrico* (adj.).
Hologástros, *s. m. pl.* (zool.) secção dos Arachnideos. || De ὅλος inteiro + γαστήρ, τρός abdome.
Hológrapho, *adj.* (jur.) dizia-se do testamento todo escripto pela mão do testador. || De ὁλόγραφος (comp. de ὅλος inteiro + γράφειν escrever).

N. A graphia *olographo* é contrária á etymologia.

* Holometabólico, *adj.* (zool.) diz-se do desenvolvimento do insecto, quando se realizam metamorphoses completas. || De ὅλος inteiro, completo + μεταβολή mudança, metamórphose + suff. *ico.*

Holómetro, *s. m.* (astr.) instrumento com que se mede a altura angular de um poncto acima do horizonte. || De ὅλος todo + μέτρον medida.
Deriv.: holométrico (adj.).

Hólopetalár, *adj.* (bot.) diz-se das flôres, cujos orgãos todos se transformaram em pétalos. || De ὅλος inteiro + πέταλον pétalo + suff. *ár.*

Holophóto, *s. m.* apparelho que projecta a grande distância a luz electrica, concentrando-a em determinados ponctos que ficam perfeitamente illuminados. || De ὁλόφωτος (comp. de ὅλος todo + φώς, φωτός luz).
N. A forma usual *holophote* é menos regular e simples cópia do francez.

Holophrástico, *adj.* nome dado ao grupo de idiomas, em que os principaes elementos de uma oração se encorporam num só vocabulo. || De ὅλος inteiro + φράσις phrase.

Holópode, *adj.* (zool.) que tem a pata inteiriça (d'Orbigny). || De ὅλος inteiro + πούς, ποδός pé.

Holósteo, *adj.* que é todo osseo. || De ὁλόστεος (comp. de ὅλος todo + ὀστέον osso).

* Holóstomos, *s. m. pl.* (zool.) sub-secção de Gastropodes Tenioglossos. || De ὅλος inteiro + στόμα bocca.

Holotársos, *s. m. pl.* (zool.) nome dado impropriamente a Myriopodes de patas todas eguaes. || De ὅλος todo + tarso (v. este vcb.).

Holothúria, *s. f.* (zool.) especie de Echinodermo vermiforme, gen. *Holothuria.* || Pelo nome scientifico lat., procede de ὁλοθούριον certo zoophyto marinho.
Deriv.: holothúridas (s. m. pl.).

Holotónico, *adj.* (med.) que attaca todas as partes do corpo. || De ὅλος todo + τόνος rijeza + suff. *ico.* Diz-se de uma forma de tétano.

* Holótrichos, *s. m. pl.* (zool.) ordem de Infusorios Ciliados, cujos cilios formam revestimento contínuo sôbre todo o corpo. || De ὅλος inteiro + θρίξ, ιχός cabello.

Homalíneas, *s. f. pl.* (bot.) tribu da ordem das Samydaceas. || De *Homalium* — gen. typo — (e este de ὁμαλός liso, plano) + suff. *eas.*

Hómalográphico, *adj.* (geogr.) diz-se da projecção da esphera, em que os parallelos são rectilineos e os meridianos ellipticos. — (Med.) Methodo —, methodo empregado na representação da anatomia chirurgica, e em que as regiões são figuradas sob a forma de planos. || De ὁμαλός plano + γράφω descrevo + suff. *ico.*

Homéología, *s. f.* (rhet.) vício de elocução, que consiste na repetição dos mesmos conceitos, da mesma collocação das palavras, das mesmas figuras, etc. (Aul.). || De ὁμοιολογία uniformidade de linguagem (form. de ὅμοιος egual, similhante + λόγος discurso).
N. Aulete, não obstante confessar que é esta a forma mais usada, propõe para substitui-la estoutra *homologia.* Não ha razão plausivel para similhante modificação, sendo a forma *homeologia* tão bem derivada.

Homéomeria, *s. f.* homogeneidade dos elementos. As — s de Anaxagoras, elementos

compostos de partes homogeneas. || De ὁμοιομέρεια (form. de ὅμοιος similhante + μέρος parte).
N. Aulete e outros substituem-lhe *homomería*, que em nada é preferivel.

Homéomerología, *s. f.* (anat.) tractado dos systemas organicos que entram na constituição dum corpo vivo. || De ὅμοιος similhante + μέρος parte + λόγος discurso + suff. *ia*.
N. Aulete e outros propõem como melhor *homomerología;* não lhe sassiste razão.

Homéometrico. V. *homométrico*.

Homéomórpho, *adj.* (med.) diz-se dos tecidos e humores morbidos constituidos pelos elementos anatomicos similhantes aos que se acham nos humores e tecidos normaes. || De ὅμοιος similhante + μορφή forma.
N. A forma *homomórpho* não é preferivel á que o uso tem auctorizado.
Deriv.: *homéomorphismo* (s. m.).

Homéopathia, *s. f.* systema therapeutico, que consiste em tractar as doenças por doses infinitesimas de especificos capazes de produzirem doenças analogas ás que se pretende combater. ||De ὅμοιος similhante + πάθος molestia + suff. *ia*.
N. Aulete e Figueiredo consignam como preferivel a forma *homopathía;* mas si já discordamos de seu parecer em outros vcbs. analogos, aqui de todo os achamos falhos de razão: 1.º porque o vcb. foi assim formado por Hahnemann; 2.º porque a sua derivação de ὅμοιος e não de ὅμος é regularissima; 3.º porque esta palavra é hoje de uso vulgar, e pois não deveremos modificá-la sem fundamento solido e incontestavel; 4.º porque em todas as linguas modernas se conservou a characteristica da derivação de ὅμοιος; assim: fr. *homœopathie*, ital. *omiopatia*, hisp. *homeopatia*, ingl. *homœopathy*, all. *homœopathie*.
Deriv.: *homeopátha* (s. m.), *homeopáthico* (adj.).

Homéoplasía, *s. f.* (med.) geração de tecidos morbidos analogos ou identicos aos normaes (Lobstein). || De ὅμοιος similhante + πλάσις formação + suff. *ia*.
N. Aul. e Figueiredo preferem *homoplasía;* não ha motivo para a substituição.
Deriv.: *homéoplástico* (adj.).

Homéoptóto, *s. m.* (rhet.) emprêgo de verbos consecutivos nos mesmos tempos ou de nomes nos mesmos casos. || De ὁμοιόπτωτον (form. de ὅμοιος similhante, egual + πτῶσις desinencia, caso).
N. Aul. e Fig. auctorizam *homoptóton;* ora, nem a derivação grega justifica esta innovação, nem parece curial conservar ao vcb. portuguez a desinencia *on* do subst. grego.

Homeóse, *s. f.* (rhet.) comparação. — (Physiol.) assimilação. || De ὁμοίωσις (deriv. de ὅμοιος similhante).
N. Aul. propõe como melhor *homóse*, mas é facil vêr pela etymologia grega, que a razão não está de seu lado.

Homéoteléuto, *s. m.* (rhet.) desinencia similhante de palavras empregadas seguidamente. || De ὁμοιοτέλευτον (form. de ὅμοιος similhante + τελευτάω acabo).
N. Homoteléuton, proposto por Aulete como melhor, de facto o não é.

* **Homéothérmo,** *adj.* (zool.) diz-se dos animaes de sangue frio, cuja temperatura é similhante á do meio am-

biente. || De ὅμοιος similhante + θέρμη calor.

Homéozygía, *s. f.* (terat.) solda dos orgãos homologos nas monstruosidades.|| De ὅμοιος similhante + ζύγος união + suff. *ia*.

Homérico, *adj.* relativo ou pertencente a Homero. || De Ὅμηρος Homero + suff. *ico*.

Homérida, *s. m.* (ant.) rhapsodo que recitava os poemas de Homero. || De ὁμηρίδης (deriv. de Ὅμηρος Homero).

Homilía, *s. f.* práctica religiosa sôbre ponctos dogmaticos. || De ὁμιλία ensino, licção.
Deriv.: *homiliár* (v.) e *homiliásta* (s. m.).

Homocéntro, *s. m.* (geom.) centro commum de varios circulos. || De ὁμὸς egual + κέντρον centro.
Deriv.: *homocéntrico* (adj.).

* **Hómochromía**, *s. f.* (zool.) o facto da côr do animal ser similhante á do meio em que elle vive. || De ὁμὸς similhante + χρῶμα côr + suff. *ia*.

* **Homóchrono**, *adj.* diz-se da herança em que apparecem, nos filhos, os characteristicos transmittidos, exactamente na edade em que elles se manifestaram nos paes (Darwin). || De ὁμὸς o mesmo + χρόνος tempo, edade.

Homodérmos, *s. m. pl.* (zool.) familia de Repteis, que têm as escamas eguaes. || De ὁμὸς egual + δέρμα pelle.

* **Homodónte**, *adj.* (zool.) diz-se dos Mammaes (Desdentados e Cetaceos), cujos dentes têm todos a mesma forma. || De ὅμος egual + ὀδοὺς, ὄντος dente.

Homódromo, *adj.* (bot.) que segue a mesma direcção; diz-se da inserção das folhas no caule e nos ramos. || De ὁμὸς egual + δρόμος carreira.
Deriv.: *homodromía* (s. f.).

Homógamo, *adj.* (bot.) diz-se dos capitulos das Compostas, quando todas as flôres apresentam o mesmo estado sexual. || De ὁμὸς egual + γάμος casamento.
Deriv.: *hómogamía* (s. f.).

Homogéneo, *adj.* que é da mesma natureza. || Pelo lat. *homogeneus*, vem de ὁμογενής (form. de ὁμὸς egual + γένος nascimento).
Deriv.: *hómogéneidáde* (s. f.), *hómogéneizár* (v.).

Homogenía, *s. f.* geração em que o novo individuo se assimelha, quanto á organização, aos paes que o produziram. || De ὁμὸς similhante + γένος geração + suff. *ia*.

Hómográphico, *adj.* (geom.) diz-se de duas figuras que se deduzem uma da outra por lei tal, que a cada poncto de uma corresponde um poncto da outra. || De ὁμὸς egual + γράφω desenho + suff. *ico*.

Homógrapho, *adj.* (gramm.) que se escreve com as mesmas lettras. || De ὁμὸς egual + γράφω escrevo.
Deriv.: *hómographía* (s. f.).

Homólogo, *adj.* (geom.) diz-se das partes correspondentes de duas figuras similhantes. — (Chim.) diz-se dos corpos, que preenchem as mesmas funcções. || De ὁμόλογος concorde, symmetrico.
Deriv.: *homologár* (v.) e *homologação* (s. f.), *homología* (s. f.).

Homométrico, *adj.* (poet.) diz-se de composições poeticas que têm a mesma medida.|| De ὁμὸς egual + μέτρον medida + suff. *ico*.
N. Tambem se pode formar *homéométrico* (de ὅμοιος).

Homónymo, *adj.* que tem o mesmo nome. || De ὁμώνυμος (form. de ὁμὸς egual + ὄνομα nome).

Deriv.: homonymía (que de ordinario se accentúa *homonymía* contra as leis da analogia), s. f.

Homopétalo, *adj.* (bot.) que tem pétalos similhantes. || De ὁμός similhante + *pétalo* (v. este vcb.).

Homophago. V. *omóphago.*

Homophôno, *adj.* (gramm.) que tem o mesmo som ou a mesma articulação. || De ὁμόφωνος (comp. de ὁμός egual + φωνή som).

N. A quantidade da 1ª syll. de φωνή condemna implicitamente a prosodia *homóphono*, que Aul. e Figueiredo recommendam.

Deriv. : homophonia (s. f.).

Homópteros, *s.m. pl.* (zool.) secção da ordem dos Insectos Hemipteros. || De ὁμός egual + πτερόν aza.

Hómorgánico, *adj.* (gramm.) diz-se das lettras, em cuja pronunciação influe de preferencia o mesmo orgam. || De ὁμός egual + ὄργανον orgam + suff. *ico.*

Homothérmo, *adj.* (phys.) que tem a mesma temperatura. || De ὁμός egual + θερμόν calor.

N. Esta forma é preferivel a *homothermál,* que os diccionarios consignam.

Hómothetía, *s. f.* (geom.) relação que existe entre duas séries de ponctos, tal que os de cada uma estão dous a dous em linha recta com um centro commum e separados deste por distâncias de relação constante. || De ὁμός egual + θέσις posição + suff. *ia.*

Deriv. : homothético (adj.).

Homótropo, *adj.* (bot.) diz-se do embryão, que tem a mesma direcção da semente, e cuja radicula corresponde ao hilo. || De ὁμός egual + τρέπω volto.

Homótypo, *adj.* (anat.) diz-se dos orgãos, que no mesmo individuo são analogos a outros orgãos. || De ὁμός egual + τύπος typo.

Deriv. : hómotypía (s. f.).

Hoplíta, *s. m.* (ant.) soldado de armadura pesada, na infantaria dos Gregos. || De ὁπλίτης (deriv. de ὅπλον arma).

N. A forma *oplito*, dada por Fig., por mais de uma razão, é condemnavel.

Hoplómacho, *s. m.* (ant.) gladiador antigo, completamente armado. || De ὁπλόμαχος (comp. de ὅπλον arma + μάχομαι combato).

*****Hopóterodóntes**, *s. m. pl.* (zool.) sub-ordem dos Orphidios. || De ὁπότερος um dos dous + ὀδούς, ὀντός dente.

N. Melhor graphia do que — *Opoterodontes* — como fizeram os Francezes.

Hóra, *s. f.* a 24.ª parte do dia civil, ou a duração de 60 minutos; etc. || De ὥρα.

Deriv : horário (s. m.).

Horizónte, *s. m.* (astr.) círculo resultante da intersecção da esphera celeste por um plano tangente á superficie da terra num poncto dado. — A linha circular, onde termina a nossa vista, etc. || De ὁρίζων part. pres. do v. ὁρίζειν limitar.

Deriv. : horizontál (adj.), *horizóntalidáde* (s. f.).

Hórographía, *s. f.* arte de fabricar quadrantes. || De ὥρα hora, tempo + γράφω escrevo + suff. *ia.*

Horoptéro, *s. m.* (phys.) logar que occupam no espaço os dous ponctos, que podem formar nos dous olhos imagens symmetricas. || De ὅρος limite + ὀπτήρ observador.

Deriv. : horoptérico (adj.).

Horoscópio, *s. m.* prognóstico do que ha de succeder a alguem por factos relativos ao instante de seu nascimento ou ao planeta, sob cujo influxo

nasceu (Aul.). || Pelo lat. *horoscopium*, vem de ὡροσκοπέω prognostico (form. de ὥρα hora + σκοπέω observo).
  N. Anda vulgarmente empregado como synonymo de *horóscopo*; mas este vcb., derivado directamente do grego ὡροσκόπος devêra antes significar : — o que calcula ou prognostica o destino. — Herculano com muito acêrto empregou *horoscópio* na accepção de — prognóstico, — e é esta a forma, que deve vingar para similhante significação.
  Horóscopo, *s. m.* o que prognostica o destino conforme o astro, sob cujo influxo o individuo nasceu; no Egypto, o sacerdote incumbido das observações astrologicas. || De ὡροσκόπος (comp. de ὥρα hora + σκοπεῖν observar).
  N. V. : *horoscópio*.
  Hyacinthíno, *adj.* que diz respeito ao jacintho. || De ὑακίνθινος (form. de ὑάκινθος jacintho).
  N. Posto que a penultima do adj. grego seja breve, faz-se o vcb. portuguez paroxytono, porque é este o caso em que o uso generalizado constitue uma lei de analogia, que convem respeitar. De facto, apezar da quantidade breve desta desinencia de adjectivos gregos, dizemos todos : *crystalino*, *adamantíno*, *hyalíno*, etc., nem ha mudar esta prosódia. Diga-se, pois, similhantemente *hyacinthíno*.
  Hyacíntho, *s. m.* o mesmo que *jacintho* (v. este vcb.).
  Hýades, *s. f. pl.* (astr.) pequena constellação, em que se distinguem cinco estrellas principaes, na cabeça do Touro. || De ὑάδες (deriv. de ὕειν chover).
  N. Tanto a origem grega como a forma lat. *hyădes*, *um*, condemnam a desinencia *as*, que dão Aul. e Figueiredo a este vcb. Ad. Coelho accentúa *hyádas*, o que ainda é peior.
  ***Hyaléidas**, *s. m. pl.* (zool.) familia de Molluscos Pteropodes. || Do gen. *Hyálea* (e este de ὑάλεος transparente) + suff. *idas*.
  Hyalíno, *adj.* que tem a transparencia ou aspecto do vidro. || De ὑάλινος, form. de ὕαλος vidro.
  N. Sôbre a orthoépia deste vcb., v. : *hyacinthíno*.
  Hyalíte, *s. f.* (med.) inflammação do corpo vitreo. || De ὕαλος vidro + suff. *íte*.
  Hyalíto, *s. m.* (min.) opalla transparente, sem jogos de luz. || De ὕαλος vidro + suff. *íto*.
  Hyalógrapho, *s. m.* instrumento que serve para desenhar a perspectiva e para tirar as provas de um desenho (Aul.). || De ὕαλος vidro + γράφω desenho.
  Deriv. : *hyalographía* (s. f.).
  Hyalóide, *s. f.* (anat.) membrana transparente que envolve o humor vitreo do ôlho. || De ὑαλοειδής vitrêo (comp. de ὕαλος vidro + εἶδος apparencia).
  Deriv. : *hyalóideo* (adj.).
  ***Hýalomelânio**, *s. m.* var. vitrea de labradorito (especie de feldspatho plagioclasio). || De ὕαλος vidro + μέλας, αινα, αν negro + suff. *io*.
  ***Hýalonýxe**, *s. f.* (chir.) processo da operação da cataracta por abaixamento. || De *hyaloide* (v. este vcb.) + νύξις acção de furar, picar.
  ***Hýalophânio**, *s. m.* (min.) orthosio barytico. || De ὕαλος vidro + φαίνομαι pareço + suff. *io*.
  Hýaloplásma, *s. m.* (zool.) substância clara, transparente, que existe nas granulações do protoplasma. || De ὕαλος vidro, crystal + *plasma*.
  ***Hýalosideríto**, *s. m.* (min.)

especie de peridoto, silicato magnesiano com ferro e alumina. || De ὕαλος vidro + σίδηρος ferro + suff. *ito*.

*Hýalospôngios, *s. m. pl.* (zool.) sub-ordem das Esponjas. || De ὑαλὸς vidro + σπόγγος esponja + suff. *ios*.

Hyalurgía, *s. f.* arte de fabricar vidros ou crystaes. || De ὑαλουργὸς vidreiro (comp. de ὕαλος vidro + ἔργον trabalho) + suff. *ía*.

Deriv. : *hyalúrgico* (adj.).

Hýbrido, *adj.* mestiço; producto da união de duas especies differentes. || Pelo lat. *hybridus*, vem de ὕβρις violação.

Deriv. : *hybridéz*, *hybridação*, *hybridismo*.

Hybrísticas, *s. f. pl.* (ant.) festas, em Argos, em honra de uma heroïna. || De ὑβριστικὰ (τὰ), deriv. de ὑβριστής altivo, fogoso.

Hydarthróse, *s. f.* (med.) hydropisia articular. || De ὕδωρ agua + ἄρθρον articulação + suff. *óse*.

Hydátide, *s. f.* (zool.) outrora nome de certos vermes intestinaes, com forma de vesiculas, que passavam por especies distinctas, mas que não são de facto sinão larvas de tenias. — (Med.) tumor enkystado; vesicula resultante do enkystamento do echinococco. || De ὕδωρ, ὕδατος agua.

Deriv. : *hydatídico* (adj.) — melhor do que *hydático*.

Hydátidocéle, *s. f.* (med.) tumor que contém hydatides. || De *hydatide* + κήλη tumor.

*Hydatínidas, *s. m. pl.* (zool.) familia de Vermes Rotiferos. || Do gen. *Hydátina* (e este de ὑδάτινος delicado, flexivel) + suff. *idas*.

Hydatísmo, *s. m.* (med.) ruído produzido pela fluctuação dum líquido em cavidade. || De ὑδατισμὸς (deriv. de ὕδωρ, ατος agua).

Hydatóide, *adj.* (anat.) diz-se da membrana de Descemet; aquoso. || De ὕδωρ, ὕδατος agua + εἶδος forma.

*Hýdneas, *s. f. pl.* (bot.) tribu de Cogumelos Hymenomycetes. || Do gen. typo — *Hydnum* (e este de ὕδνον trufa) + suff. *eas*.

Hýdra, *s. f.* serpente morta por Hercules. — Genero de Celenterados. — Especie de serpente d'aguas doces. — Constellação do hemispherio austral. || De ὕδρα serpente.

*Hydráchnidas, *s. m. pl.* (zool.) familia de Acareos. || Do gen. *Hydráchnea* (e este de ὕδωρ agua + ἀράχνη aranha) + suff. *idas*.

*Hydractínidas, *s. m. pl.* (zool.) familia de Polypomedusas. || Do gen. typo *Hydractinia* (e este de ὕδωρ agua + ἀκτὶν raio) + suff. *idas*.

*Hydradenôma, *s. m.* (med.) pequeno tumor, cujos elementos têm a disposição glandular e apresentam dilatações kysticas (Jacquet e Darier). || De ὕδωρ agua + ἀδὴν glandula + suff. *ôma*.

Hydragôgo, *adj.* e *s. m.* (med.) diz-se das substâncias (particularmente dos purgativos drasticos), que derivam para o intestino as serosidades derramadas nas cavidades ou infiltradas nos tecidos. || De ὑδραγωγὸς que conduz a agua (form. de ὕδωρ agua + ἀγωγὸς conductor).

*Hydrâmnio, *s. m.* (med.) abundancia notavel de líquido amnico. || De ὕδωρ agua + *amnio* (v este. vcb.).

*Hydrangíneas, *s. f. pl.* (bot.) tribu das Saxifragaceas. || Do gen. typo — *Hydrángea* — (e este de ὕδωρ agua + ἄγγος vaso, cavidade) + suff. *íneas*.

19

*Hydrargillíto, *s. m.* (min.) hydrato de aluminio; tambem syn. de wavellito (phosphato aluminoso, $H^{24} Al^6 P^4 O^{31}$). || De ὕδωρ agua + *argilla* (v. este vcb.) + suff. *íto*.

Hydrargyría, *s. f.* (med.) erupção cutanea produzida pelo abuso de preparações mercuriaes. || De ὑδράργυρος mercurio + suff. *ia*.

Hydrargýrio, *s. m.* (chim.) antigo nome do mercurio (Hg.). || De ὑδράργυρος (form. de ὕδωρ líquido + ἄργυρος prata) + suff. *io*.

·N. A desinencia *io* é a de grande número de metaes e portanto conveniente a este vcb., cuja prosodia devêra ser *hydrárgyro*, si lhe dessemos a terminação *o*.

Deriv. : *hydrargýrico* (adj.), *hydrargýridas* (s. m. pl.).

*Hydrargyríto, *s. m.* (min.) oxydo de mercurio. || De ὑδράργυρος mercurio + suff. *íto*.

*Hydrárgyro - pneumático, *adj.* (chim.). diz-se da cuba de mercurio, onde se recebem gazes. || De ὑδράργυρος mercurio + πνεῦμα, ατος gaz + suff. *ico*.

Hydráulica, *s. f.* (mech.) parte da Mechanica, que tem por objecto o movimento dos liquidos. || De ὑδραυλικός (form. de ὕδωρ agua + αὐλός tubo).

Deriv. : *hydráulico* (adj.), *hydráulicidáde* (s. f.).

Hydráulo, *s. m.* (ant.) instrumento musico que funccionava com o auxílio d'agua. || De ὕδραυλος (comp. de ὕδωρ agua + αὐλός tubo, flauta).

*Hydrémese, *s. f.* (med.) vómito aquoso. || De ὕδωρ agua + ἔμεσις vómito.

*Hydrencéphalo, *s. m.* (med.) meningite tuberculosa (Ycats, Coindé). || De ὕδωρ agua + ἐγκέφαλος encephalo.

Deriv. : *hydréncephálico* (adj.).

*Hydrencéphalocéle, *s. f.* (med.) tumor na base do cranio, nos recem-nascidos. || De ὕδωρ agua + ἐγκέφαλος encephalo + κήλη tumor.

Hydrhemía, *s. f.* (med.) predominancia morbida do sôro sôbre os globulos do sangue. || De ὕδωρ agua + αἷμα sangue + suff. *ia*.

Hydriatría, *s. f.* (med.) hydrotherapía. || De ὕδωρ agua + ἰατρεία tractamento.

Hýdrico, *adj.* (chim.) que contém agua ou hydrogenio. || De ὕδωρ agua.

Cogn. : *hydráto* (s. m.), *hydratár* (v.).

Hýdro, prefixo designativo d'agua. || De ὕδωρ agua.

Hýdroa, *s. f.* (med.) variedade de erythema polymorpho. || De ὕδωρ agua.

N. Fig. accentúa « hydrôa », mas não ha razão para isso. Em todos os compostos de ὕδωρ, os vocabulos gregos que começam por ὑδρο têm a segunda syllaba breve.

Hýdroaéreo, *adj.* (med.) diz-se do ruído que denuncia ar e liquidos dentro de uma cavidade. || De ὕδωρ agua + ἀήρ ar.

Hydroário, *s. m.* (med.) hydropisia do ovario. || De ὕδωρ agua + ὠάριον ovinho.

Hydróbio, *ajd.* que vive n'agua. || De ὕδωρ agua + βίος vida.

*Hydrocántharos, *s. m. pl.* (zool.) tribu de Insectos, da ordem dos Coleopteros Pentameros. || De ὕδωρ agua + κάνθαρος escaravelho.

Hydrocéle, *s. f.* (med.) tumor formado por accúmulo de serosidade ou no tecido cellular do escroto, ou em um dos envoltorios do testiculo, ou do cordão dos vasos espermaticos.

|| De ὑδροκήλη (form. de ὕδωρ agua + κήλη tumor).
N. Como todos os seus congeneres, este derivado de κήλη deve ser subst. feminino, e não masculino, como dão Aulete e Figueiredo.

Hydrocelía, *s. f.* (med.) hydropisia intestinal. || De ὕδωρ agua + κοιλία ventre.

Hýdrocephalía, *s. f.* (med.) hydropisia do encephalo. || De ὑδροκέφαλον (form. de ὕδωρ agua + κεφαλή cabeça) + suff. *ia*.
N. Tambem se diz — *hydrocéphalo;* — mas é preferivel dar a este vocabulo a significação de « o que soffre de hydrocephalia », derivando-o de ὑδροκέφαλος.
Deriv. : *hýdrocephálico* (adj.).

Hydrocéphalo. V. *hydrocephalía*.

Hydrocharidáceas, *s. f. pl.* (bot.) ordem de plantas monocotyledones, cujo typo é o gen. *Hydrocháris*. || De *Hydrocháris* (e este de ὕδωρ agua + χαίρειν aprazer-se) + suff. *áceas*.

*** Hýdrocirsocéle**, *s. f.* (med.) complicação de cirsocele com hydrocele. || De ὕδωρ agua + *cirsocéle* (v. este vcb.).

***Hýdrocóreos**, *s. m. pl.* (zool.) familia de Insectos aquaticos, da ordem dos Hemipteros. || De ὕδωρ agua + κόρις, εως perceve o + suff. *eos*.
N. Figueiredo traduz o francez *hydrocorise* por *hydrocoriza;* mas a etymologia acconselha outra forma.

Hýdrocotýleas, *s. f. pl.* (bot.) tribu da ordem das Umbelliferas, cujo typo é o gen. *Hydrocotýle*. || De *Hydrocotýle* (e este de ὕδωρ agua + κοτύλη vaso) + suff. *eas*.

Hydrocýsto, *s. m.* (med.) kysto seroso. || De ὕδωρ agua + κύστις bexiga.

N. É tambem acceitavel *hydrokysto*.

***Hýdrodictyóneas**, *s. f. pl.* (bot.) tribu de Algas Cenobiadas. || Do gen. typo — *Hydrodictyon* — (e este de ὕδωρ agua + δικτύων rede) + suff. *eas*.
N. Corresponde ao francez — *hydrodictyées*, — que foi mal formado.

Hýdrodynámica, *s. f.* (phys.) parte da Physica, que tracta das leis do movimento dos liquidos. || De ὕδωρ agua + *dynámica* (v. este vcb.).

Hydroeléctrico, *adj.* (phys.) diz-se de pilhas sem metal, ou cujos elementos desenvolvem electricidade em contacto com a agua. || De ὕδωρ agua + *electrico* (v. este vcb.).

Hydroemia, *s. f.* (med.) V. *hydrhemia*.

***Hýdro-énterocéle**, *s. f.* (med.) hydrocele complicada por hernia intestinal. || De *hydrocele* (abbrev.) + *enterocele* (v. estes vcbs.).

***Hýdro-éntero-epíplocéle**, *s. f.* (med.) entero-epiplocele complicada por hydrocele. || De *hydrocele* (abbrev.) + *enteroepiplocéle* (v. estes vcbs.).

***Hýdro-enterómphalo**, *s. m.* (med.) hernia umbilical com serosidade no sacco herniario. || De ὕδωρ agua + *enteromphalo* (v. este vcb.).

*** Hydro-epíplocéle**, *s. f.* (med.) hernia epiploica com serosidade no sacco herniario. || De ὕδωρ agua + *epiplocele* (v. este vcb.).

*** Hýdro-epiplómphalo**, *s. m.* (med.) hernia umbilical epiploica com serosidade. || De ὕδωρ agua + *epiplomphalo* (v. este vcb.).

*** Hýdrogastría**, *s. f.* (med.) designação pouco propria, que dão alguns á vasta dilatação do estomago. || De ὕδωρ agua + γαστήρ estomago + suff. *ia*.

Hydrogénio, *s. m.* (chim.) corpo simples, metalloide, que entra com o oxygenio na composição d'agua. || De ὕδωρ agua + γένος geração + suff. *io*.
N. Ad. Coelho escreve — *hydrogeneo*, e Figueiredo consigna como melhor *hydrogeno;* mas nenhuma dessas formas deve ser mantida. A desinencia *io* (do lat. scientifico *hydrogenium*) é de mais a mais a desinencia de grande número de corpos simples.
Deriv. : *hydrogenár* (v.).
Hydrogeología, *s. f.* estudo das aguas que existem na superfície da Terra. || De ὕδωρ agua + *Geologia* (v. este vcb.).
Hydrographía, *s. f.* (geogr.) parte da Geographia que tem por objecto a parte líquida do globo. || De ὕδωρ agua + γράφω descrevo + suff. *ia*.
Cogn. : *hydrográphico* (adj.), *hydrógrapho* (s. m.).
*****Hydróidas**, *s. m. pl.* (zool.) Polypos de agua doce, familia de Polypomedusas. || De ὕδωρ agua + suff. *idas*.
Hydrología, *s. f.* (chim.) história geral da agua. || De ὕδωρ agua + λόγος tractado + suff. *ia*.
Cogn. : *hydrólogo* (s. m.), *hydrológico* (adj.).
*****Hydrolysânte**, *adj.* (med.) diz-se da diástase, que desdobra as substâncias, desde que se lhe junctam algumas moleculas d'agua. || De ὕδωρ agua + λύειν dissolver, desatar + suff. *ânte*.
Cogn. : *hydrolysár* (v.).
Hydrôma, *s. m.* (med.) tumor aquoso. || De ὕδωρ agua + suff. *ôma*.
Hydromancía, *s. f.* arte de adivinhar por meio d'agua. || De ὑδρομάντεια (comp. de ὕδωρ agua + μαντεύω adivinho).
N. Paroxytono como todos os congeneres derivados da mesma raiz.

Cogn. : *hydromânte* (s. m.) — melhor do que *hydromântico*.
Hydromanía, *s. f.* (med.) delirio com tendencia a affogar-se. || De ὕδωρ agua + μανία loucura.
Hydromedúsas, *s. f. pl.* (zool.) classe de Celenterados, pelagicos. || De ὕδωρ agua + *medusa*.
Hydromél, *s. m.* (pharm.) líquido xaroposo formado d'agua e mel. || Pelo fr. *hydromel*, de ὑδρόμελι (comp. de ὕδωρ agua + μέλι mel).
Hydrometeóro, *s. m.* (phys.) meteoro aquoso. || De ὕδωρ agua + *meteóro*.
Hydrométra, *s. f.* (med.) hydropisia do utero. || De ὕδωρ agua + μήτρα utero.
N. Aul., Ad. Coelho e Figueiredo dão desinencia em *o* e fazem-no esdruxulo; mas, alem de que isto estabeleceria confusão com o vcb. *hydrómetro* (termo de phys.), accresce que a quantidade etymologica manda accentuar a penultima, de accôrdo com o vcb. latino — *hydrométra*.
Deriv. : *hydrométridas* (?), *s. m. pl.* — fam. de Hemipteros.
Hydrómetro, *s. m.* (phys.) instrumento para medir a porção d'agua despendida; ou que avalia a velocidade e pressão dos liquidos. || De ὕδωρ agua + μέτρον medida.
Deriv. : *hydrometría* (s. f.), *hydrométrico* (adj.).
Hydrómphalo, *s. m.* (med.) tumor no umbigo de alguns asciticos, resultante da passagem de uma pequena porção da serosidade contida no abdome. — Tumor formado por serosidade no sacco da hernia umbilical. || De ὕδωρ agua + ὀμφαλός umbigo.
*****Hydromyelía**, *s. f.* (med.)

distensão do canal do ependyma em virtude de derramamento seroso. || De ὕδωρ agua + μυελός medulla + suff. *ia*.

Hýdronephróse, *s. f.* distensão lenta do bacinete do rim por accúmulo de urina. || De ὕδωρ agua + νεφρός rim + suff. *óse*.

Hýdropathía, *s. f.* hydrotherapia. || De ὕδωρ agua + πάθος molestia + suff. *ia*. *N*. Vcb. form. á similhança de *allopathia* e *homeopathia*; menos bom.
Cogn. : *hydropátha* (s. m.).

Hýdropedése, *s. f.* (med.) suor copiosissimo. || De ὕδωρ agua + πήδησις salto, jôrro. *N*. Figueiredo accentúa a antepenultima, sem respeito á quantidade da raiz.

Hýdropericárdio, *s. m.* (med.) hydropisia do pericardio. || De ὕδωρ agua + *pericardio* (v. este vcb.).

Hydrophânio, *s. m.* (min.) var. transparente de opalla commum. || De ὕδωρ agua + φαίνομαι pareço + suff. *io*.

*****Hydróphidas**, *s. m. pl.* (zool.) fam. de Ophidios. || Do gen. *Hydrophis* (e este de ὕδωρ agua + ὄφις serpente) + suff. *idas*.

*****Hydrophílidas**, *s m. pl.* (zool.) familia de Coleopteros Pentameros. || Do gen. *Hydróphilus* (e este de ὕδωρ agua + φίλος amigo) + suff. *idas*.

*****Hýdrophilíto**, *s. m.* (min.) chloreto de calcio. || De ὕδωρ agua + φίλος amigo + suff. *ito*.

Hydróphilo, *adj*. que se dá bem n'agua. || De ὕδωρ agua + φίλος amigo.

*****Hýdrophlogóse**, *s. f.* (med.) nome dado por Lobstein á inflammação accompanhada de producção de serosidade no tecido inflammado. || De ὕδωρ agua + φλόγωσις inflammação.

Hýdrophobía, *s. f.* (med.) symptoma de certas doenças e que consiste no horror aos liquidos. || De ὑδροφοβία (form. de ὕδωρ agua + φόβος horror). *Deriv.* : *hydrophóbico* (adj.), *hydróphobo* (s. m.).

Hydrophórias, *s. f. pl.* (ant.) festas gregas em memoria dos que tinham perecido no diluvio de Deucalião. || De ὑδροφόρια (τὰ) (e este de ὕδωρ agua + φέρειν carregar).

Hydróphoro, *adj.* que conduz agua. Diz-se das glandulas sudoriparas nos animaes, e dos vasos nas plantas. || De ὑδροφόρος (form. de ὕδωρ agua + φέρειν conduzir).

Hýdrophthalmía, *s. f.* (med.) hydropisia do ôlho. || De ὕδωρ agua + ὀφθαλμός ôlho + suff. *ia*.

Hydrophylláceas, *s. f. pl.* (bot.) ordem de plantas dicotyledones monopetalas, cujo typo é o gen. *Hydrophyllum*. || De *Hydrophyllum* (e este de ὕδωρ agua + φύλλον folha) + suff. *áceas*.

Hýdrophysocéle, *s. f.* o mesmo que hydropneumatocele. || De ὕδωρ agua + φῦσα sôpro, vento + κήλη tumor.

Hydróphyto, *adj.* (bot.) diz-se das plantas, que vivem n'agua. || De ὕδωρ agua + φυτόν planta.

*****Hýdropiesmómetro**, *s.m.* instrumento para medir a profundidade e a pressão d'agua. || De ὕδωρ agua + πιεσμός pressão + μέτρον medida.

Hydropisía, *s. f.* (med.) derramamento de serosidade em qualquer cavidade do corpo ou no tecido cellular. || De ὕδρωψ.
Cogn. : *hydrópico* (adj.).

Hydropneumático, *adj*. que diz respeito á agua e gazes. || De ὕδωρ agua + *pneumático* (v. este vcb.).

*****Hýdropnéumatocéle**, *s. f.*

(med.) tumor herniario contendo líquido e gazes. || De ὕδωρ agua + πνεῦμα ar + κήλη tumor.

*** Hýdropnéumopericárdio**, *s. m.* (med.) derramamento de ar e líquido na cavidade do pericardio. || De ὕδωρ agua + πνεῦμα ar + *pericardio* (v. este vcb.).

*** Hýdropnéumothórax**, *s. m.* (med.) derramamento de ar e serosidade na cavidade da pleura. || De ὕδωρ agua + πνεῦμα ar + θώραξ thorax.

Hydrópota, *s. m.* o que só bebe agua. || De ὑδροπότης (comp. de ὕδωρ agua + πίνειν beber).

N. A forma *hydropoto*, dada por Figueiredo, é menos correcta, pois passa sempre para *a* a desinencia *ης* dos nomes masculinos da 1.ª declinação grega (cf. *planeta, cometa, acrobata,* etc.).

*** Hydro - pýopnéumothórax**, *s. m.* (med.) derramamento de líquido seroso, pus e gazes na pleura. || De ὕδωρ agua + πύον pus + *pneumothorax* (v. este vcb.).

Hydropýrico, *adj.* (geol.) diz-se dos volcões que lançam fogo e agua. || De ὕδωρ agua + πῦρ, πυρός fogo + suff. *ico.*

***Hýdrorháchio**, *s. m.* (med.) spina-bifida. || De ὕδωρ agua + ῥάχις columna vertebral + suff. *io.*

N. Geralmente escrevem e pronunciam « hydroráchis », copiando a forma franceza; mas, no caso de manter-se esta desinencia, seria mistér fazer o vocabulo proparoxytono á vista da quantidade de ῥάχις. É, pois, preferivel a todos os respeitos dar-lhe a terminação *io*, fazendo-se tonica a syllaba *rhá*, como o uso dos scientistas tem auctorizado.

Quanto ao graphar, mandam as regras d'analogia que se escreva a palavra com o grupo *rh*.

Hydrorrhéa, *s. f.* (med.) corrimento lento e chronico de um líquido aquoso. || De ὕδωρ agua + ῥέω corro.

*** Hýdrosalpíngio**, *s. m.* (med.) collecção serosa enkystada na cavidade da trompa uterina. || De ὕδωρ agua + σάλπιγξ, ιγγος trompa + suff. *io.*
N. Corresponde ao francez « hydrosalpinx ».

Hýdrosárcocéle, *s. f.* (med.) sarcocele complicada de hydrocele da tunica vaginal. || De ὕδωρ agua + *sarcocele* (v. este vcb.).

*** Hydrosáurios**, *s. f. pl.* (zool.) sub-classe dos Saurios. || De ὕδωρ agua + *saurios* (v. este vcb.).

Hýdroscopía, *s. f.* a arte de procurar as fontes e as aguas subterraneas. || De ὕδωρ agua + σκοπεῖν examinar + suff. *ia.*
Cogn. : *hydróscopo* (s. m.).

Hydrostática, *s. f.* (phys.) parte da Physica, que estuda as leis do equilibrio e das pressões dos liquidos. || De ὕδωρ agua + *estática* (v. este vcb.).
Cogn. : *hydrostático* (adj.).

Hydróstato, *s. m.* (phys.) fluctuador de metal e que constitue um apparelho proprio para pezar os corpos (Aul.). || De ὕδωρ agua + ἵστημι estou de pé.

*** Hýdrotachýlyto**, *s. m.* (min.) var. vitrea de labradorito (especie de feldspatho plagioclasio). || De ὕδωρ agua + ταχὺς rapido + λύειν dissolver.

*** Hýdrotachýmetro**, *s. m.* instrumento para medir a velocidade da corrente d'agua. || De ὕδωρ agua + ταχὺς rapido + μέτρον medida.

***Hydróte**, *s. f.* (med.) accumulação de mucosidade na cavidade do tympano e nas cellulas mastoideas, por oblitteração da trompa de Eustachio. || De ὕδωρ agua + οὖς, ὠτός ouvido.

N. Não se tractando de inflammação, é descabida a desinencia *ite*, que lhe deu o francez (hydrotite). Poderia formar-se tambem — hydrotía.

Hýdrotechnía, *s.f.* sciencia que tracta da conducção e distribuição das aguas. || De ὕδωρ agua + τέχνη arte + suff. *ia*.
Deriv. : *hydrotéchnico* (adj.).

Hýdrotherapeutica. V. *hydrotherapía*.

Hýdrotherapía, *s.f.* (med.) tractamento das doenças pelo uso exclusivo d'agua. || De ὕδωρ agua + θεραπεία curativo, tractamento.
N. Diz-se tambem *hydrotherapéutica*.
Deriv. : *hydrotherápico* (adj.).

Hydrothórax, *s. m.* (med.) collecção de serosidade na cavidade da pleura. || De ὕδωρ agua + θώραξ thorax.

Hydrotímetro, *s. m.* apparelho destinado a avaliar a quantidade de saes terrosos ou calcareos existentes n'agua. || De ὕδωρ agua + μέτρον medida.
Deriv. : *hydrotimetría, hydrotimétrico*, vcbs. todos mal formados, mas que é util manter para se não confundirem com *hydrometro* e seus derivados.

Hydrotomía, *s. f.* (anat.) processo que consiste em injectar agua nas arterias para promover a infiltração dos tecidos e facilitar o exame e estudo de alguns delles. || De ὕδωρ agua + τομή corte + suff. *ia*.

*****Hydrúreas,** *s. f. pl.* (bot.) tribu de Algas Pheophyceas. || Do gen. typo *Hydrúrus* (e este de ὕδωρ agua + οὐρά cauda) + suff. *eas*.

Hydruría, *s. f.* (med.) excesso d'agua nas urinas do homem. || De ὕδωρ agua + οὖρον urina + suff. *ia*.
Deriv. : *hydrúrico* (adj.).

Hyêna, *s. f.* (zool.) especie de Mammal Carnivoro e Digitigrado, do gen. *Hyœna*. || De ὕαινα.

*****Hyetómetro,** *s. m.* (phys.) instrumento com que se avalia a proporção de chuva, que cae num tempo dado sôbre um certo logar. || De ὑετός chuva + μέτρον medida.
N. É vcb. que merece substituir o hybrido *pluviometro*.

Hýgido, *adj.* que respeita á saude, em estado de saude; normal. || De ὑγιής são.

Hygiêne, *s. f.* (med.) parte da medicina que tracta dos meios de conservar a saude. || De ὑγιεινός salubre (form. de ὑγίεια saude).
Deriv. : *hygiénico* (adj.), *hygienísta* (s. m.).

Hygiología, *s. f.* syn. de Physiologia; tractado dos actos normaes da economia. || De ὑγιής são + λόγος tractado + suff. *ia*.
N. Vcb. inutil.

*****Hýgroblephárico,** *adj.* (anat.) diz-se dos canaes excretores da glandula lacrimal. || De ὑγρός humido + βλέφαρον palpebra + suff. *ico*.
Cogn.: *hýgroblepharíte* (s.f.).

Hygrôma, *s. m.* (med.) hydropisia das bolsas serosas. || De ὑγρός humido + suff. *ôma*.

Hygrómetro, *s. m.* (phys.) instrumento com que se mede o grau de humidade atmospherica. || De ὑγρός humido + μέτρον medida.
N. Alguns chamam tambem — *hygroscópio*.
Deriv. : *hygrometría* (s. f.), *hygrométrico* (adj.).

*****Hygrophilíto,** *s. m.* (min.) silicato hydratado de aluminio

com alcalis. || De ὑγρός humido + φίλος amigo + suff. *ito*.
Hýgrophthálmico, *adj.* (med.) que serve para humedecer o ôlho. || De ὑγρός humido + ὀφθαλμός ôlho + suff. *ico*.
Hygroscópio, *s. m.* (phys.) o mesmo que hygrometro. || De ὑγρός humido + σκοπεῖν examinar + suff. *io*.
Deriv. : *hygroscópico* (adj.).
Hylárchico, *adj.* (phil.) diz-se do espirito universal que, segundo alguns philosophos, rege a materia prima (Fig.). || De ὕλη materia + ἄρχω governo + suff. *ico*.
Hylozoísmo, *s. m.* (phil.) systema philosophico, segundo o qual a materia tem existencia necessaria, e a vida é apenas uma das suas propriedades. || De ὕλη materia + ζωή vida + suff. *ismo*.
Cogn. : *hylozóico* (adj.).
Hýmen, *s. m.* (anat.) prega que forma nas mulheres virgens a membrana mucosa da vulva no poncto em que entra na vagina. || De ὑμήν membrana.
Deriv : *hymenite* (s. f.).
Hymenêu, *s. m.* (poet.) o deus das bodas; nupcias, casamento. || De ὑμέναιος (form. de ὑμήν hymen).
Hyménio, *s. m.* (bot.) camada membranosa e superficial dos Cogumelos, sôbre a qual repousam immediatamente os orgãos da fructificação. || De ὑμήν membrana + suff. *io*.
Hýmenocárpo, *adj.* (bot.) diz-se das plantas, cujos orgãos reproductores assentam num hymenio. || De ὑμήν, ένος membrana + καρπός fructo.
***Hýmenochondróide**, *adj.* (med.) tecido morbido membranoso, de consistencia cartilaginosa (Heusinger). || De ὑμήν membrana + χόνδρος cartilagem + εἶδος forma.

***Hýmenogástreas**, *s. f. pl.* (bot.) tribu de Cogumelos Gastromycetes. || Do gen. *Hýmenogáster* (e este de ὑμήν membrana + γαστήρ ventre) + suff. *eas*.
Hýmenographía, *s. f.* (anat.) descripção das membranas. || De ὑμήν membrana + γράφω descrevo + suff. *ia*.
* **Hymenóide**, *adj.* (anat.) como membranoso. || De ὑμήν membrana + εἶδος forma.
Hýmenomycétes, *s. m. pl.* (bot.) ordem de Cogumelos. || De ὑμήν membrana + μύκης, ητος cogumelo.
Hymenóphoro, *s. m.* (bot.) orgam que supporta o mycelio nos Cogumelos. || De ὑμήν membrana + φέρω supporto.
Hýmenophýlleas, *s. f. pl.* (bot.) tribu da ordem dos Fetos. || De *Hymenophyllum* (e este de ὑμήν membrana + φύλλον folha) + suff. *eas*.
Hymenópteros, *s. m. pl.* (zool.) ordem de Insectos que têm as quatro azas membranosas, etc. || De ὑμήν membrana + πτερόν aza.
* **Hymenosteóide**, *adj.* (med.) tecido morbido, duro (Heusinger). || De ὑμήν membrana + ὀστέον osso + εἶδος forma.
Hýmenotomía, *s. f.* (med.) incisão que se practica no hymen, quando elle é imperfurado. || De ὑμήν membrana + τομή corte + suff. *ia*.
Hýmno, *s. m.* composição poetica, ou musical accompanhada de versos, em louvor da divindade, de algum heróe, partido ou nação. || De ὕμνος.
Deriv. : *hymnista, hymnário* (s. m.).
Hymnódo, *s. m.* (ant.) o cantor de hymnos nas solennidades. || De ὑμνῳδός (comp. de ὕμνος hymno + ᾠδή canto).
Hymnógrapho, *s. m.* com-

positor de hymnos. || De ὕμνος hymno + γράφω escrevo.
Deriv.: hymnographía (s. f.).
Hymnólogo, *s. m.* o que canta ou recita hymnos. || De ὑμνολόγος (form. de ὕμνος hymno + λέγω recito).
* **Hyochólico,** *adj.* (chim.) Acido —, o que substitue na bile do porco o acido cholico da bile humana. || De ὗς, ὑός porco + χολή bile + suff. *ico*.
Cogn.: hyocholáto (s. m.), *hyocholéico* (adj.), *hyocholeáto* (s. m.), *hyocholálico* (adj.).
Hyo-glósso, *adj.* e *s. m.* (anat.) musculo par, que se insere no osso hyoide e na lingua. || De *hyoide* (v. este vcb.) + γλῶσσα lingua.
Hyoglýcochólico, *adj.* (chim.) syn. de hyocholico. || De ὗς, ὑός porco + γλυκὺς doce + χολή bile + suff. *ico*.
Hyóide, *s. m.* (anat.) osso, de forma parabolica, situado na parte anterior e média do pescoço, entre a base da lingua e o larynge. || De ὑοειδές (ὀστοῦν), form. de υ y + εἶδος similhança.
Deriv.: hyóideo (adj.).
Hyopharýngeo, *adj.* (anat.) Musculo —, o constrictor médio da pharynge. || De *hyo* (rad. de *hyoide*) + *pharynge* (v. este vcb.) + suff. *eo*.
* **Hyophthálmo,** *adj.* (anat.) que tem o orificio palpebral estreito, como no ôlho do porco.
De ὗς, ὑός porco + ὀφθαλμός ôlho.
* **Hyoscyamína,** *s. f.* (chim.) princípio activo extrahido das sementes do meimendro.
— *Hyoscyămus niger* —. || De ὑοσκύαμος (form. de ὗς porco + σκύαμος fava) + suff. *ina*.
Cogn.: hyoscina (s. f.), *hyoscinico* (adj.).
* **Hyospóndylotomía,** *s. f.* (med.) puncção das bolsas gutturaes nos Solipedes. || De *hyoide* + σπόνδυλος vertebra + τομή corte + suff. *ia*.
* **Hyotáurochólico,** *adj.* (chim.) acido da bile do porco. || De ὗς, ὑός porco + *taurochólico* (v. este vcb.).
* **Hyo-thyreóideo,** *adj.* e *s. m.* (anat.) diz-se dos dous musculos, que vão da thyreoide para o osso hyoide. || De *hyoide* + *thyreoide* (v. estes vcbs.) + suff. *eo*.
Hypállage, *s. f.* (rhet.) figura, pela qual attribuimos a certas palavras o que pertence a outras (Aul.). || De ὑπαλλαγή (de ὑπαλάσσω trocar).
Hypanthódio, *s. m.* (bot.) syconio, genero de inflorescencia da figueira. || De ὑπό em baixo + ἄνθος flôr.
* **Hypargyríto,** *s. m.* (min.) syn. de miargyrito. || De ὑπό abaixo de + *argyrito* (v. este vcb.).
Hýpata, *s. f.* a ultima corda da lyra, a mais grave. || De ὑπάτη (fem. do adj. ὕπατος ultimo).
N. A quantidade grega e ainda a lat. (*hypăte*) condemnam a accentuação na penultima, que dá Figueiredo.
* **Hypectasía,** *s. f.* (med.) distensão incompleta. || De ὑπό em baixo de + ἔκτασις extensão + suff. *ia*.
* **Hypemía,** *s. f.* (med.) anemia localizada em uma região. || De ὑπό abaixo de + αἷμα sangue + suff. *ia*.
Hýperacusía, *s. f.* exaltação morbida do ouvido. || De ὑπὲρ excessivamente + ἀκούω ouço + suff. *ia*.
* **Hýperalgesía,** *s. f.* (med.) exasperação da sensibilidade á dôr. || De ὑπὲρ excessivamente + ἄλγησις dôr + suff. *ia*.
Hyperauxése, *s. f.* (med.) hypertrophia, grande espessamento. || De ὑπὲρ muito + αὔξησις augmento.

19.

Hypérbato, *s. m.* (rhet.) inversão da ordem das palavras ou das orações. || De ὑπερβατόν (forma n. de ὑπερβατός invertido).
N. Aul. e Ad. Coelho dão-lhe a desinencia *on*, que não é conforme ao genio da nossa lingua.

Hypérbole, *s. f.* (rhet.) exaggeração com que se engrandece ou apouca o objecto. — (Geom.) curva na qual é constante a differença das distâncias de todos os seus ponctos a dous ponctos fixos chamados focos. || De ὑπερβολή exaggeração.
Deriv.: *hyperbólico* (adj.), *hyperbolismo* (s. m.).

Hyperbolóide, *s. f.* (geom.) superficie de segunda ordem com centro unico, que, sendo cortado por planos convenientemente dirigidos, pode dar secções hyperbolicas. || De *hyperbole* + εἶδος similhança.

Hyperbóreo, *adj.* que está situado ao Norte. || De ὑπερβόρεος (form. de ὑπέρ acima de + Βορέας Boreas).

Hýpercatalécto, *adj.* (poet.) diz-se do verso, que tem uma syllaba de mais. || De ὑπερκατάληκτος (comp. de ὑπέρ de mais + καταλήγω acabo).
N. É excusada a forma — *hypercataléctico*.

Hýpercathárse, *s. f.* (med.) excessiva evacuação. || De ὑπέρ que exprime excesso + κάθαρσις catharse, evacuação purgativa.

Hýperceratóse, *s. f.* (med.) hypertrophia da cornea; hyperplasia da camada cornea da epiderme. || De ὑπέρ com excesso + κέρας, ατος corno + suff. *óse*.

* **Hýperchlorhydría**, *s. f.* (med.) excesso de acido chlorhydrico no succo gastrico. || De ὑπέρ que indica excesso + *chlorhydrico* + suff. *ia*.

* **Hýperchlorurìa**, *s. f.* (med.) augmento da quantidade de chloretos eliminados pela urina. || De ὑπέρ que indica excesso + *chlor* (raiz de chloreto) + οὖρον urina + suff. *ia*.

* **Hýpercholia**, *s. f.* (med.) grande augmento de secreção biliar. || De ὑπέρ excessivamente + χολή bile + suff. *ia*.

* **Hyperchóndroplasía**, *s. f.* (med.) allongamento excessivo dos ossos devido a maior espessura das cartilagens. || De ὑπέρ que indica excesso + χόνδρος cartilagem + πλάσσω formo + suff. *ia*.

* **Hýperchromía**, *s. f.* (med.) exaggeração da pigmentação normal da pelle. || De ὑπέρ que indica excesso + χρῶμα côr + suff. *ia*.

* **Hýpercinése**, *s. f.* (med.) movimento exaggerado; convulsão. || De ὑπέρ de mais + κίνησις movimento.
Deriv.: *hypercinético* (adj.).

Hýpercrinía, *s. f.* (med.) augmento de secreção. De ὑπέρ com excesso + κρίνω separo + suff. *ia*.
Deriv.: *hypercrinico* (adj.).

Hýpercrítico, *adj.* e *s. m.* censor acre, demasiadamente severo. || De ὑπέρ excessivamente + *critico* (v. este vcb.).

Hyperdiácrise, *s. f.* (med.) syn. de hypercrinia. || De ὑπέρ de mais + διάκρισις separação.
N. A accentuação na penultima, dada por Figueiredo, é contra a quantidade grega.

Hýperdulía, *s. f.* (liturg.) culto superior ao de dulia. || De ὑπέρ acima de + *dulía* (v. este vcb).

Hyperemía. V. *hyperhemía*.

* **Hyperencéphalo**, *s. m.* monstro que tem o encephalo situado, em grande parte, fóra da caixa cerebral. || De ὑπέρ acima de + ἐγκέφαλος encephalo.

Deriv.: hyperéncephalia (s. f.).

* **Hýperephidróse,** *s. f.* (med.) suor excessivo. || De ὑπέρ com excesso + ἐπί sôbre + ἵδρως suor + suff. *óse*.

* **Hýperepinephría,** *s. f.* (med.) superactividade das capsulas suprarenaes. || De ὑπέρ demais + ἐπί sôbre + νεφρός rim + suff. *ia*.

Hýperesthesía, *s. f.* (med.) exaggerada sensibilidade. || De ὑπέρ com excesso + αἴσθησις sensibilidade + suff. *ia*.

Hypergénese, *s. f.* (med.) augmento de número por excesso na producção das partes constituintes do corpo. || De ὑπέρ com excesso + γένεσις geração.

Deriv.: hypergenético (adj.).

Hýperglycemía, *s. f.* (med.) superabundancia de glycose no sangue. || De ὑπέρ com excesso + γλυκύς doce + αἷμα sangue + suff. *ia*.

Hyperhemía, *s. f.* (med.) affluxo superabundante de sangue para qualquer orgam. || De ὑπέρ com excesso + αἷμα sangue + suff. *ia*.

N. A forma usada — hyperemia é menos boa, porque o espirito forte de αἷμα pede o *h* representativo, que aqui não altera a pronúncia.

Deriv.: hyperhemiár (v.), *hyperhémico* (adj.).

* **Hýperhepatía,** *s. f.* (med.) exaggeração no funccionamento das cellulas hepaticas (Gilbert). || De ὑπέρ demais + ἧπαρ, ατος figado + suff. *ia*.

Hýperhidróse, *s. f.* (med.) exaggeração da secreção do suor. || De ὑπέρ demais + ἵδρως suor + suff. *óse*.

Hypericão, *s. m.* (bot.) planta typo da ordem das Hypericaceas ; milfurada. || Pelo lat. *hypericon*, vem de ὑπέρικον.

Deriv.: hypericáceas (s. f. pl.).

Hýperinóse, *s. f.* (med.) excesso de fibrina no sangue. || De ὑπέρ demais + ἴς, ἰνός fibra + suff. *óse*.

* **Hyperléucocytóse,** *s. f.* (med.) excesso de leucócytos no sangue. || De ὑπέρ que exprime excesso + *leucócyto* (v. este vcb.) + suff. *óse*.

Hýperlymphía, *s. f.* (med.) superabundancia de lympha. || De ὑπέρ demais + *lympha* (v. este vcb.) + suff. *ia*.

* **Hýpermastía,** *s. f.* (med.) hypertrophia das mammas. || De ὑπέρ demais + μαστός mamma + suff. *ia*.

Hypérmetro, *adj.* (poet.) diz-se do verso hexametro terminado por uma syllaba, que sae alem da medida. || De ὑπέρμετρος (comp. de ὑπέρ alem de + μέτρον medida.

Deriv.: hypermetría (s. f.).

Hypermetrópe, *adj.* (med.) diz-se do ólho, em que os raios luminosos parallelos ao eixo, depois de refrangidos, vão reunir-se alem da retina. || De ὑπέρ alem de + μέτρον medida + ὤψ, ὠπός ólho.

N. Como *cyclópe, myópe*, etc., deve ter desinencia em *e* e accento tonico na penultima.

Deriv.: hypermetropía (s. f.).

Hypermnesía, *s. f.* (med.) superactividade da memoria. || De ὑπέρ com excesso + μνῆσις memoria + suff. *ia*.

Hyperneuría, *s. f.* (med.) superactividade nervosa. || De ὑπέρ demais + νεῦρον nervo + suff. *ia*.

* **Hyperoodóntidas,** *s. m. pl.* (zool.) fam. de Cetaceos. || Do gen. *Hyperóodon* (e este de ὕπερος martello, massa + ὀδούς, ὀντος dente) + suff. *idas*.

Hyporópe, *adj.* syn. de hypermetrópe. || De ὑπέρ alem de + ὤψ, ὠπός ólho.

Hyperostóse, *s. f.* (med.) hypertrophia geral dum osso.

|| De ὑπέρ demais + ὀστέον osso + suff. óse.

Hýperpepsía, s. f. (med.) exaggeração nas funcções da mucosa gastrica (Hayem). || De ὑπέρ demais + πέψις digestão + suff. ia.
Deriv.: hyperpéptico (adj.).

Hýperphlogóse, s. f. (med.) grau mais elevado da inflammação (Lobstein). || De ὑπέρ demais + φλόγωσις inflammação.

Hyperpimelía, s. f. (med.) polysarcia adiposa. || De ὑπέρ demais + πιμελή gordura + suff. ia.

* **Hýperplasía**, s. f. (med.) exaggerada proliferação das cellulas. || De ὑπέρ demais + πλάσσω formo + suff. ia.
Deriv.: hýperplástico (adj.).

Hýperpyrexía, s. f. (med.) estado febril intenso. || De ὑπέρ com excesso + pyrexia (v. este vcb.).

Hypersarcóse, s. f. (med.) desenvolvimento exuberante de botões carnosos na cicatrização das feridas. || De ὑπέρ demais + σαρξ, κός carne + suff. óse.

* **Hýpersplenía**, s. f. (med.) augmento de volume do baço. || De ὑπέρ demais + σπλήν baço + suff. ia.

* **Hýpersplénomegalía**, s. f. (med.) hypertrophia consideravel do baço. || De ὑπέρ demais + σπλήν baço + μέγας, άλη, α grande + suff. ia.

* **Hypersthenía**, s. f. (med.) na doutrina de Brown, a exaltação das fôrças, que accompanha as molestias esthenicas. || De ὑπέρ demais + σθένος fôrça + suff. ia.
Deriv.: hypersthênico (adj.).

* **Hypersthênio**, s. m. (min.) o mais rico de ferro d'entre os enstatitos ou pyroxenios rhombicos (silicato de magnesio, ferro e calcio). || De ὑπέρ alem de + σθένος fôrça + suff. io.

Hýperthermía, s. f. (med.) excessiva elevação de temperatura. || De ὑπέρ demais + θέρμη calor + suff. ia.
Deriv.: hyperthérmico (adj.).

Hyperthýrio, s. m. (archit.) cornija de uma porta, cimalha. || De ὑπερθύριον (comp. de ὑπέρ sôbre + θύρα porta).
N. Forma preferivel a hyperthyro, que Figueiredo accentúa incorrectamente na penultima; em lat. hyperthyrium.

Hýpertonia, s. f. (med.) grande augmento da tensão. || De ὑπέρ demais + τόνος tensão + suff. ia.
Deriv.: hypertónico (adj.).

Hýpertrichóse, s. f. (med.) producção exaggerada de pêllos. || De ὑπέρ demais + θρίξ, τριχός cabello + suff. óse.

Hýpertrophía, s. f. (med.) crescimento excessivo de um orgam ou de um tecido, sem alteração real na sua estructura, e devido a uma nutrição demasiado activa. || De ὑπέρ excessivamente + τροφή alimento + suff. ia.
Deriv.: hypertróphico (adj.), hypertrophiár (v.).

Hypesthesía, s. f. (med.) diminuição da sensibilidade geral. || De ὑπό abaixo + αἴσθησις sensibilidade + suff. ia.

Hypéthro, s. m. (ant.) templo ou edificio descoberto. || De ὕπαιθρος descoberto (form. de ὑπό sob + αἴθρα céu).

* **Hýpha**, s. f. (bot.) pedunculo, que sustenta o esporangio em certos Cogumelos. || De ὑφή tecido.

Hýphen, s. m. (gramm.) signal que une palavras; tirete (—). || De ὑφὲν ou ὑφ'ἓν em um só corpo.

Hýphomycétes, s. m. pl. (bot.) antiga subdivisão de Cogumelos. || De ὕφος tecido + μύκης, ητος cogumelo.

Hypinóse, s f. (med.) diminuição da quantidade de fibrina

HYP — 337 — HYP

no sangue. || De ὑπό abaixo + ἴς fibra + suff. *óse*.

Hypnagógico, *adj.* (med.) diz-se das hallucinações, que tem o individuo quando, meio adormecido meio acordado, está para conciliar o somno. || De ὕπνος somno + ἀγωγός que conduz + suff. *ico*.

* **Hypnál,** *s. m.* (pharm.) preparação narcotica. || De ὕπνος somno + suff. *ál*.

* **Hypnalgía,** *s. f.* (med.) dôr que só se produz durante o somno (nevropathia). || De ὕπνος somno + ἄλγος dôr + suff. *ia*.

Hypniátro, *s. m.* somnambulo, a quem se attribue a faculdade de indicar, durante o hypnotismo, os medicamentos convenientes ao tractamento de um infermo. || De ὕπνος somno + ἰατρός médico.

Deriv.: hypniatría (s. f.).

* **Hypnoanesthesía,** *s. f.* (med.) anesthesia obtida pelo somno. || De ὕπνος somno + *anesthesia* (v. este vcb.).

Hypnóbata, *s. m.* somnambulo; que passeia dormindo. || De ὕπνος somno + βαίνω andar.

Cogn.: hypnóbase (s. f.).

Hypnógeno, *adj.* (med.) que produz o somno. || De ὕπνος somno + γένος geração.

Hypnología, *s. f.* tractado ácerca do somno e de seus effeitos. || De ὕπνος somno + λόγος tractado + suff. *ia*.

Hypnóse, *s. f.* (med.) adormecimento pela suggestão. || De ὕπνος somno + suff. *óse*.

Hypnótico, *adj.* narcotico, soporifero, que diz respeito ao hypnotismo. || De ὑπνωτικός (form. de ὕπνος somno).

Hypnotísmo, *s. m.* processo para produzir o somno somnambulico. || De ὑπνόω durmo + suff. *ismo*.

Cogn.: hypnotizár (v.).

* **Hypoacusía,** *s. f.* (med.) diminuição do sentido da audição. || De ὑπό prefixo de inferioridade + ἀκούω ouço + suff. *ia*.

* **Hypoalgesía,** *s. f.* (med.) diminuição da sensibilidade á dôr. || De ὑπό debaixo + ἄλγησις dôr + suff. *ia*.

Hypoblásto, *s. m.* (bot.) corpo espesso e discoide applicado sóbre o endosperma e que sustenta o blasto, nas Gramineaceas. || De ὑπό em baixo + βλαστός germe.

Hypocáusto, *s. m.* (ant.) forno subterraneo em que se aquecia a agua dos banhos ou estufas (Aul.). || De ὑπόκαυστον (form. de ὑπό em baixo + καίειν queimar, accender).

Hypocharístico, *adj.* (gramm.) diz-se dos vocabulos familiares e infantis, sobretudo dos em que ha duplicação de syllaba. || De ὑπό sob + χαριστικός gracioso, benevolo.

N. Figueiredo escreve *hypocaristico* sem attender á derivação da palavra.

* **Hypochlorhydría,** *s. f.* (med.) diminuição da acidez do succo gastrico. || De ὑπό abaixo + *chlorhydrico* + suff. *ia*.

Hypochlórico, *adj.* (chim.) diz-se de um dos compostos de oxygenio e chloro. || De ὑπό abaixo + *chlórico* (v. *chloro*).

Cogn.: hypochloróso (adj.).

* **Hypochlorurίa,** *s. f.* (med.) diminuição da quantidade de chloretos eliminados pela urina. || De ὑπό abaixo + *chloró* (v. este vcb.) + οὖρον urina + suff. *ia*.

* **Hypocholía,** *s. f.* (med.) diminuição da secreção biliar. || De ὑπό abaixo + χολή bile + suff. *ia*.

* **Hypocholuría,** *s. f.* (med.) fraca eliminação dos elementos da bile pelas urinas. || De ὑπό abaixo + χολή bile + οὖρον urina + suff. *ia*.

Hypochondría, *s. f.* (med.)

molestia characterizada por perturbações da digestão, exaltação da sensibilidade, terrores panicos, exaggeradas inquietações; habitual tristeza. || De ὑποχόνδριον hypochondrio, região do figado + suff. *ia*.
 Deriv. : *hypochondriaco* (adj.).
 Hypochóndrio, *s. m.* (anat.) parte superior do abdome, aos lados do epigastrio. || De ὑποχόνδριον (form. de ὑπό em baixo + χόνδρος cartilagem).
 N. A forma *hypocondrio*, dada pelos diccionarios, é antietymologica.
 * **Hypochromía,** *s. f.* (med.) qualquer diminuição da pigmentação cutanea. || De ὑπό abaixo + χρῶμα côr + suff. *ia*.
 * **Hypocinético,** *adj.* (med.) diz-se do medicamento, que traz depressão do organismo. || De ὑπό abaixo + κίνησις movimento + suff. *ico*.
 Hypocíste, *s. f.* (bot.) planta parasita — *Cytinus hypocistis* —, cujo succo entra na composição da triaga e de outros medicamentos. || De ὑποκιστίς.
 Hypocophóse, *s. f.* (med.) surdez incompleta. || De ὑπό que indica diminuição + κώφωσις surdez.
 Hypocratérimórpho, *adj.* (bot.) diz-se da corolla tubulosa, que se expande subitamente em um limbo regular, horizontal e mais ou menos concavo. || De ὑποκρατήριον pires + μορφή forma.
 N. *Hypocrateriforme* é vcb. hybrido, que se não deve conservar.
 * **Hypocrinía,** *s. f.* (med.) diminuição de secreção. || De ὑπό abaixo de + κρίνειν separar + suff. *ia*.
 Deriv. : *hypocrinico* (adj.).
 Hypocrisia, *s. f.* affectação de qualidades e virtudes que se não possuem ; fingimento. || De ὑποκρισία ou melhor ὑπόκρισις dissimulação.
 Cogn. : *hypócrita* (s. m.).
 Hypodérme, *s. f.* (anat.) o que está abaixo do derma. || De ὑπό abaixo de + δέρμα pelle.
 Deriv.: *hypodérmico* (adj.).
 * **Hypodermóclyse,** *s. f.* (med.) injecção sub-cutanea de grande quantidade de sôro artificial (Cantani). || De *hypoderme* (v. este vcb.) + κλύσις lavagem.
 Hypoêma. V. *hypohêma*.
 * **Hypoesthesía,** *s. f.* (med.) diminuição de sensibilidade. || De ὑπό que indica inferioridade + αἴσθησις sensibilidade + suff. *ia*.
 * **Hypógala,** *s. m.* (med.) collecção de líquido branco como leite nas camaras do ôlho. || De ὑπό em baixo + γάλα leite.
 Hypogástrio, *s. m.* (anat.) parte inferior do ventre. || De ὑπογάστριον (form. de ὑπό abaixo de + γαστήρ ventre).
 Deriv. : *hypogástrico* (adj.).
 * **Hypogástrocéle,** *s. f.* (med.) hernia formada na região hypogastrica pelo afastamento da parte inferior da linha branca. || De *hypogástrio* + κήλη hernia.
 * **Hypogástrodídymo,** *adj.* e *s. m.* (med.) diz-se dos monstros duplos soldados pelo hypogastrio. || De *hypogastrio* + δίδυμος duplo.
 * **Hypogastrópago,** *adj.* (terat.) o mesmo que «hypogastrodidymo». || De *hypogastrio* + παγείς unido.
 Hypogêu, *s. m.* subterraneo. || Pelo lat. *hypogēum*, vem de ὑπόγαιος (form. de ὑπό em baixo de + γῆ terra).
 * **Hypogeusía,** *s. f.* (med.) diminuição de paladar. || De ὑπό que exprime inferioridade + γεῦσις gôsto, paladar + suff. *ia*.
 N. Corresponde ao francez «hypogeustie» menos bem formado.

Hypoglósso, *adj.* que está debaixo da lingua. || De ὑπὸ em baixo de + γλῶσσα lingua.

Hypógnatho, *s. m.* monstro que tem uma cabeça accessoria incompleta presa á maxilla inferior da cabeça principal. || De ὑπὸ em baixo de + γνάθος queixo.
N. A accentuação na penultima, como dá Figueiredo, oppõe-se á quantidade da raiz.

Hypógyno, *adj.* (bot.) que se insere abaixo do ovario ou sôbre o receptaculo da flôr no mesmo nivel da inserção do ovario. || Pelo lat. scient. *hypogynus,* vem de ὑπὸ em baixo de + γυνὴ mulher.
N. Aul. dá — hypogynio — que não é bem formado.
Deriv.: hypogynia (s. f.).

Hypohêma, *s. m.* (med.) derramamento de sangue nas camaras do ôlho. || De ὑπὸ em baixo de + αἷμα sangue.
N. Figueiredo dá tambem a forma « hyphêma », que apezar de corrècta é menos boa, e hypoêma onde falta o *h* representante do espirito forte de αἷμα.

Hypohemia, *s. f.* (med.) diminuição na quantidade dos elementos do sangue. || De ὑπὸ abaixo + αἷμα sangue + suff. *ia*.

* **Hýpohepatía,** *s. f.* (med.) diminuição ou insufficiencia da funcção da cellula hepatica. || De ὑπὸ que indica inferioridade + ἧπαρ, ατος figado + suff. *ia*.

* **Hypolêucocytóse,** *s. f.* (med.) diminuição do número de leucocytos no sangue. || De ὑπὸ que exprime inferioridade + *leucócyto* (v. este vcb.) + suff. *óse*.

Hýpolymphía, *s. f.* (med.) diminuição de lympha. || De ὑπὸ abaixo + *lympha* (v. este vcb.) + suff. *ia*.

Hypomóchlio, *s. m.* (mech.) poncto de apoio da alavanca. ||

De ὑπομόχλιον (comp. de ὑπὸ em baixo + μοχλὸς alavanca).
N. Fig. conserva-lhe sem razão a desinencia *on*.

Hýponarthecía, *s. f.* (chir.) suspensão do membro fracturado como processo de facilitar a consolidação da fractura. || De ὑπὸ em baixo de + νάρθηξ tala + suff. *ia*.

Hyponástico, *adj.* (bot.) diz-se do corpo da folha, que tem a face ventral concava, por mais forte crescimento da face dorsal. || De ὑπὸ em baixo + ναστὸς calcado + suff. *ico*.
Cogn.: hyponastia (s. f.).

* **Hýpoosmía,** *s. f.* (med.) diminuição do olfato. || De ὑπὸ abaixo + ὀσμὴ olfato + suff. *ia*.
N. É egualmente acceitavel *hyposmia*.

* **Hýpopopsía,** *s. f.* (med.) enfraquecimento do processo digestivo do estomago (Hayem). || De ὑπὸ que exprime inferioridade + πέψις digestão + suff. *ia*.

Hypóphase, *s. f.* (med.) estado dos olhos quando, quasi fechados, deixam vêr apenas um pouco da esclerotica. || De ὑπὸ em baixo + φαίνειν apparecer.

Hypóphora, *s. f.* (med.) úlcera profunda e fistulosa. || De ὑποφορά.

* **Hýpophosphaturía,** *s. f.* (med.) diminuição na porção dos phosphatos eliminados pela urina. || De ὑπὸ que exprime diminuição + *phosphato* (v. *phósphoro*) + οὖρον urina + suff. *ia*.

Hýpophosphórico, *adj.* (chim.) diz-se de um dos oxacidos do phosphoro. || De ὑπὸ abaixo de + *phosphórico* (v. *phósphoro*).
Cogn. : hypophospháto (s. m.), *hypophosphoróso* (adj.), *hýpophosphito* (s. m.).

Hypóphthalmía, *s. f.* (med.) inflammação da parte inferior do ôlho, ou da palpebra inferior. || De ὑπό em baixo + *ophthalmia* (v. este vcb.).

Hypophýllo, *adj.* (bot.) que está situado debaixo da folha. || De ὑπό em baixo de + φύλλον folha.

Hypóphyse, *s. f.* (anat.) glandula pituitaria. || De ὑπό em baixo + φύσις producção. *N.* Fig. accentúa *hypophýse* contra a quantidade etymologica, depois de haver dado muito acertadamente « apóphyse » e « epíphyse ».

Hypópio, *s. m.* (med.) derramamento de pus ou de materia puriforme na camara anterior do ôlho, e tambem na posterior. || De ὑπώπιον pancada no ôlho (comp. de ὑπό em baixo + ὤψ, ὠπός ôlho). *N.* Anda em quasi todos os diccionarios a graphia *hypopyo* (imitada do francez *hypopyon*) e a affirmação de que elle procede de ὑπό em baixo + πῦον pus; mas o certo é que no grego existe já formada a palavra ὑπώπιον, e sua etymologia é portanto outra.

* **Hypoplasia,** *s. f.* (med.) diminuição da actividade formadora dos tecidos. || De ὑπό que exprime inferioridade + πλάσσω formo + suff. *ia*.

Hypopódio, *s. m.* (ant.) estrado nos banhos antigos (Fig.). || De ὑποπόδιον escabello (form. de ὑπό debaixo de + ποῦς, ποδός pé).

Hypopýgio, *s. m.* (zool.) último segmento do abdome dos Insectos (Figueir.). || De ὑπό em baixo + πυγή nadega + suff. *io*.

Hypópyo. V. *hypópio*.

* **Hyporchêma,** *s. m.* (ant.) canto lyrico para accompanhar a dança dos choros gregos. || De ὑπόρχημα (deriv. de ὑπορχέομαι danço ao som de musica).

Hyposcênio, *s. m.* (ant.) no theatro grego, o logar occupado pelos músicos. || De ὑποσκήνιον (form. de ὑπό abaixo de + σκηνή scena).

* **Hyposclerito,** *s. m.* (min.) var. verde de albito (silicato de aluminio e sodio). || De ὑπό abaixo de + σκληρός duro + suff. *ito*.

Hypospádias, *s. m.* vício de conformação do penis, que não tem a abertura da urethra na glande, mas em baixo e a alguma distância della. || De ὑπό em baixo de + σπάω arranco.

Hypóspathismo, *s. m.* (med.) operação practicada pelos antigos em casos de ophthalmia chronica; consistia em fazer trez incisões na fronte até o pericranio, e passar uma espatula entre elle e as carnes. || De ὑπό por baixo de + σπάθη espatula + suff. *ismo*.

Hyposphágma, *s. m.* (med.) derramamento de sangue debaixo da conjunctiva ocular. || De ὑπό em baixo de + σφάζειν derramar sangue.

Hypostaphylía, *s. f.* (med.) quéda, alongamento da uvula. || De ὑπό para baixo + σταφυλή uvula + suff. *ia*.

Hypóstase [1], *s. f.* (theol.) união do Verbo com a natureza divina. || De ὑπόστασις substância, pessoa real.
Deriv.: *hypostático* (adj.).

Hypóstase [2], *s. f.* (med.) sedimento; accúmulo de sangue nos capillares de uma região declive por insufficiencia da acção propulsora do coração, ou da contractilidade vascular. || De ὑπό em baixo + στάσις posição, parada.
Deriv.: *hypostático* (adj.).

* **Hypostenôse,** *s. f.* (med.) estreitamento incompleto. || De ὑπό quasi + στένωσις estreitamento.

Hyposthenia, *s. f.* (med.) diminuição de fôrças. || De ὑπό que exprime diminuição + σθένος fôrça + suff. *ia*.

Deriv.: *hyposthénico* (adj.), *hyposthenizár* (v.), *hyposthenizánte* (adj.).

Hypostrôma, *s. m.* (bot.) base em que assenta o estroma dos Cogumelos. || De ὑπό em baixo + *estrôma* (v. este vcb.).

Hypostýlo, *adj.* (archit.) diz-se de salas sustentadas por columnas. || De ὑπόστυλος (e este de ὑπό + στῦλος columna).

N. A quantidade da raiz grega manda accentuar a syllaba penultima.

*** Hýposystolía**, *s. f.* (med.) diminuição na fôrça da contracção cardiaca. || De ὑπό que indica diminuição + *systole* (v. este vcb.) + suff. *ia*.

Hýpotenúsa, *s. f.* (geom.) lado opposto ao angulo recto no triangulo rectangulo. || Pelo lat. *hypotenūsa*, vem de ὑποτείνουσκ (forma particip. de ὑποτείνω extendo por baixo).

Hypothéca, *s. f.* penhor de bens immoveis; dívida resultante desta sujeição; etc. || De ὑποθήκη (deriv. do v. ὑποτίθημι dou como penhor).

Deriv.: *hypothecár* (v.), *hypothecário* (adj.).

*** Hypothécio**, *s. m.* (bot.) tecido de cellulas finas, que nos Lichenes supporta o mycelio. || De ὑποθήκη base, pedestal + suff. *io*.

Hypothenár, *s. m.* saliencia da face palmar da mão, debaixo do dedo minimo e na sua direcção. || De ὑπό em baixo + θέναρ palma da mão.

N. Vide, quanto á prosodia, *antithenár*.

*** Hýpothermia**, *s. f.* (med.) abaixamento da temperatura do corpo ou duma parte do corpo. || De ὑπό abaixo + θέρμη calor + suff. *ia*.

Hypóthese, *s. f.* (phil.) supposição de cousa possivel ou não, e de que se tiram diversas conclusões; theoria provavel, si bem que não demonstrada ainda. || De ὑπόθεσις (form. de ὑποτίθημι supponho).

Deriv. : *hypothético* (adj.).

Hýpotonía, *s. f.* (med.) diminuição de tensão. || De ὑπό abaixo + τόνος tensão + suff. *ia*.

Hýpotrachélio, *s. m.* (archit.) parte do fuste da columna, onde começa o capitel; friso do capitel. || De ὑποτραχήλιον (comp. de ὑπό abaixo de + τράχηλος pescoço).

*** Hypótrichos**, *s. m. pl.* (zool.) ordem de Infusorios Ciliados, cujos cilios apparecem na face ventral com a forma de appendices grossos e pontudos. || De ὑπό em baixo + θρίξ, τριχός cabello.

Hypotrophía, *s. f.* (med.) nutrição insufficiente. || De ὑπό abaixo de + τροφή nutrição + suff. *ia*.

Hýpotypóse, *s. f.* (rhet.) descripção feita por partes e com côres tão vivas, que parece terem-se os objectos deante dos olhos. || De ὑποτύπωσις (form. de ὑποτυπόω figuro, represento).

Hýpoxanthína, *s. f.* (chim.) substância que Scherer extrahiu do baço, similhante á xanthina. || De ὑπό abaixo de + *xanthína* (v. este vcb.).

*** Hýpoxanthíto**, *s. m.* (min.) terra de Siena, especie de oca. || De ὑπό abaixo de + ξανθός amarello + suff. *ito*.

Hypoxýdeas, *s. f. pl.* (bot.) tribu das Amaryllidaceas, cujo gen. typo é *Hypoxys*. || De *Hypóxys* (e este de ὑπό quasi + ὀξύς agudo, acido) + suff. *eas*.

Hypozóico, *adj.* (geol.) diz-se do terreno inferior áquelles em que se acham vestigios de seres organizados. || De ὑπό em baixo de + ζωή vida + suff. *ico*.

Hypsilóide, *adj.* que tem forma da lettra grega υ. || De ὑψιλὸν + εἶδος forma.

*****Hypsilothúria,** *s.f.* (zool.) especie de holothuria arqueada em forma de *v.* || De ὑψιλὸν nome da lettra grega υ + *thuria* final do vcb. *holothuria.*

Hypsocéphalo, *adj.* e *s. m.* (anthr.) que tem o cranio levantado. || De ὕψος altura + κεφαλή cabeça.

Deriv.: hypsocephalía (s. f.).

Hypsómetro, *s. m.* (phys.) instrumento com que se mede a altitude de um logar pela temperatura, em que a agua ferve. || De ὕψος altura + μέτρον medida.

Deriv. : hypsometría (s. f.), *hypsométrico* (adj.).

Hyssópe, *s. m.* (eccl.) instrumento com que se asperge agua benta. || De ὕσσωπος hyssopo (planta).

Hyssópo, *s. m.* (bot.) planta da ordem das Labiadas, gen. *Hyssopus.* || De ὕσσωπος.

Deriv. : hyssopína (s. f.).

***Hystatito,** *s. m.* (min.) var. de ilmenito (ferro titanado, [Ti, Fe] ²O³). || De ὕστατος o último + suff. *ito.*

Hýsteralgía, *s. f.* (med.) nevralgia do utero. || De ὑστέρα utero + ἄλγος dôr + suff. *ia.*

Hysterándria, *s. f.* (bot.) classe de plantas, que têm mais de vinte estames (Richard). || De ὕστερον alem de + ἀνήρ, ἀνδρός macho + suff. *ia.*

*** Hysteratrésia,** *s.f.* (med.) estreitamento uterino. || De ὑστέρα utero + *atresía* (v. este vcb.).

*** Hýsterectomía,** *s. f.* (chir.) ablação do utero ou de parte delle. || De ὑστέρα utero + ἐκτομή corte, ablação + suff. *ia.*

Hysteria, *s. f.* (med.) nevrose characterizada por accessos e outros symptomas, que parecem resultar de um estado de excitação do utero. || De ὑστέρα utero + suff. *ia.*

Deriv.: hystérico (adj.), *hysterísmo* (s. m.).

Hýsterocéle, *s. f.* (med.) hernia do utero. || De ὑστέρα utero + κήλη hernia.

***Hýsteroclíse,** *s. f.* (med.) sutura dos dous labios do colo uterino. || De ὑστέρα utero + κλεῖσις acção de fechar.

N. Corresponde ao francez « hystérocléisis ».

*** Hýsterocýstico,** *adj.* (anat.) que tem relação com o utero e com a bexiga. || De ὑστέρα utero + κύστις bexiga + suff. *ico.*

*** Hýsterocýstocéle,** *s. f.* (med.) hernia do utero e da bexiga. || De ὑστέρα utero + κύστις bexiga + κήλη hernia.

Hýstero-epilepsía, *s. f.* (med.) grande hysteria, cujos accessos se parecem com os epilepticos.|| De *hysteria* e *epilepsía* (v. estes vcbs.).

Deriv. : hystero-epiléptico (adj.).

Hysterólitho, *s. m.* (med.) concreção calcarea e phosphatica, que se forma nas paredes do utero. || De ὑστέρα utero + λίθος pedra.

Hýsterología, *s. f.* defeito de dizer antes o que se deveria dizer depois. || De ὑστερολογία (comp. de ὕστερος posterior + λέγω fallo).

Cogn. : hysterólogo (s. m.).

Hýsteroloxía, *s. f.* (med.) obliquidade do utero, cujo eixo se inclina em relação ao do estreito superior da bacia. || De ὑστέρα utero + λοξός obliquo + suff. *ia.*

*** Hysterôma,** *s. m.* (med.) nome dado aos corpos fibrosos do utero (Broca). || De ὑστέοα utero + suff. *ôma.*

Hýsteromalacía, *s.f.* (med.) amollecimento dos tecidos do utero. || De ὑστέρα utero + μαλακός molle + suff. *ia*.

Hýsteromania, *s. f.* (med.) furor uterino. || De ὑστέρα utero + μανία loucura.

Hysterômetro, *s. m.* (chir.) sonda uterina.||De ὑστέρα utero + μέτρον medida.
Deriv.: hýsterometria (s. f.).

* **Hýsteromyôma,** *s. m.* (chir.) fibro-myoma uterino.||De ὑστέρα utero + *myôma* (v. este vcb.).

* **Hýsteropexía,** *s. f.* (chir.) operação que consiste em fixar o utero á parede abdominal anterior, etc. || De ὑστέρα utero + πῆξις acção de pregar + suff. *ia*.

***Hysteróphoro,** *s. m.* (med.) pessario, cuja haste é sustentada por uma cincta. || De ὑστέρα utero + φορός que supporta.

Hýsterophysêma, *s. m.* (med.) distensão do utero por gazes. || De ὑστέρα utero + φύσημα (de φυσάω encher de vento).
N. Corresponde ao francez *histeróphyse*, donde Figueiredo tirou *histerophysa*, mas que não é bem formado.

Hýsteroptóse, *s. f.* (med.) quéda e inversão do utero. ||De ὑστέρα utero + πτῶσις quéda.

Hýsterorrhéa, *s. f.* (med.) leucorrhea. || De ὑστέρα utero + ῥεῖν correr.

Hýsteróstomátomo, *s. m.* (med.) instrumento inventado por Coutouly para fender o collo do utero. || De ὑστέρα utero + στόμα bocca + τομή corte.

Hýsterotócotomía, *s. f.* (med.) nome dado á operação cesariana por F. Rousset em 1581. || De ὑστέρα utero + τόκος parto + τομή corte + suff. *ia*.

Hýsterotomía, *s. f.* operação que consiste em fender o collo do utero e ainda as paredes deste orgam, penetrando pela vagina, para facilitar a extracção do feto. Operação cesariana. || De ὑστέρα utero + τομή corte + suff. *ia*.
Deriv.: hysterótomo (s. m.).

* **Hýsterotómotocía,** *s. f.* (med.) parto realizado mediante a operação cesariana.||De ὑστέρα utero + τομή corte + τόκος parto + suff. *ia*.

* **Hystrícidas,** *s. m. pl.* (zool.) familia de Mammaes Roedores. || Do gen. *Hystrix* (e este de ὕστριξ porco-espinho) + suff. *idas*.

* **Hystrícismo,** *s. m.* (med.) ichthyose, em que se hypertrophiam as papillas do derma, e as escamas são formadas de excrescencias salientes.|| De ὕστριξ porco-espinho + suff. *ismo*.

I

Iámología, *s. f.* tractado dos medicamentos. || De ἴαμα medicamento + λόγος tractado + suff. *ia*.
Deriv.: *iámológico* (adj.).

Iámotechnía, *s. f.* arte de preparar os medicamentos. || De ἴαμα medicamento + τέχνη arte + suff. *ia*.
Deriv.: *iámotéchnico* (adj.).

Ianthino, *adj.* de côr de violetas || De ἰάνθινος (comp. de ἴον violeta + ἄνθος flôr).

Iatralípta, *s. m.* médico que practica a iatralíptica ou methodo de tractamento pelo uso de fricções, linimentos, etc. || De ἰατραλείπτης (form. de ἰατρός médico + ἀλείφειν fomentar, ungir).
Deriv.: *iatralíptica* (s. f.), *atralíptico* (adj.).

Iatrêu, *s. m.* o consultorio do médico antigo. || De ἰατρεῖον (form. de ἰατρός médico).
Cogn.: *iatría, iátrica* (s. f.).

Iátrochimía, *s. f.* chimica applicada á medicina. || De ἰατρός médico + χημεία chimica.
Deriv.: *iátrochímico* (adj.).

Iátromechánico, *s. m.* o que procura explicar os phenomenos da economia pelos principios da mechanica. || De ἰατρός médico + *mechánico* (v. este vcb.).
N. Ha tambem em Aul. e Fig. com a mesma significação o vcb. *iatromathemático*; mas o primeiro é preferivel.

Iátrophýsica, *s. f.* physica applicada á medicina. || De ἰατρός médico + *physica* (v. este vcb.).
Deriv.: *iátrophýsico* (adj.).

Icástico, *adj.* que representa por termos adequados os objectos e as ideas. Pintado ao natural. || De εἰδαστικός representativo (form. de εἰκάζω, e este de εἰκών imagem).

Ichnêumo, *s. m.* (zool.) mangusto ou rato de Pharaó, carnivoro do gen. *Herpestes*. || De ἰχνεύμων.
N. Fóra talvez melhor formar *ichnéumone* pelo acc. lat. *ichneumŏnem*; mas, acceita a forma mais breve, é curial que se lhe supprima o *n* final. Tambem é nome de um Insecto Hymenoptero, gen. *Ichneumon* — typo dos Ichneumónidas.
Deriv.: *ichneumónidas* (s. m. pl.).

Ichnographía, *s. f.* (archit.) planta ou delineação de um edificio. || De ἰχνογραφία (form. de ἴχνος traço + γράφω desenho).
Deriv.: *ichnográphico* (adj.).

Ichôr, *s. m.* (med.) líquido purulento e fetido, que sae de certas úlceras de mau character. || De ἰχώρ, ῶρος pus.
Deriv.: *ichoróso* (adj.).
N. Pronuncie-se *ikôr*.

Ichthyocólla, *s. f.* colla de peixe. || De ἰχθυόκολλα (form. de ἰχθύς peixe + κόλλα colla).

Ichthyodónte, *s. m.* (paleont.) dente fossil de peixe. || De ἰχθύς peixe + ὀδούς, ὀδόντος dente.

Ichthyodorýlitho, *s. m.* (geol.) fossil, que se suppõe ser espinho das barbatanas dorsaes de alguns Selacios. || De ἰχθύς peixe + δόρυ lança + λίθος pedra.

Ichthyographía, *s. f.* (zool.) descripção dos peixes. || De ἰχθύς peixe + γράφω descrevo + suff. *ia*.
Deriv. : *ichthyográphico* (adj.), *ichthyógrapho* (s. m.).

Ichthyóide, *adj.* similhante a peixe. || De ἰχθυοειδής (form. de ἰχθύς peixe + εἶδος similhança).
Deriv. : *ichthyóideos* (s. m. pl.) — sub-ordem de Batrachios.

Ichthyólitho, *s. m.* (paleont.) peixe fossil. Pedra que tem impressa a figura de um peixe. || De ἰχθύς peixe + λίθος pedra.

Ichthyología, *s. f.* (zool.) parte da Zoologia que tracta dos Peixes.|| De ἰχθύς peixe + λόγος discurso + suff. *ia*.
Deriv. : *ichthyológico* (adj.), *ichthyólogo* (s. m.).

Ichthyóphago, *adj.* que se alimenta principalmente de peixes. — Povo da Gedrosia. || De ἰχθυοφάγος (form. de ἰχθύς peixe + φαγεῖν comer).
Deriv. : *ichthyophagia* (s. f.).

* **Ichthyophthálmo**, *s. m.* (min.) syn. de apophyllito (zeolitho sodo-calcico). || De ἰχθύς peixe + ὀφθαλμός olho.

* **Ichthyópsidas**, *s. m. pl.* (zool.) nome com que alguns naturalistas reunem os Batrachios e os Peixes. || De ἰχθύς peixe + ὄψις aspecto + suff. *idas*.

Ichthyopsophóse, *s. f.* rumor produzido pelos peixes debaixo d'agua.|| De ἰχθύς peixe + ψόφος ruído + suff. *óse*.

Ichthyosáuro, *s. m.* (geol.) reptil fossil, marinho, cuja forma lembra a dos Cetaceos.|| De ἰχθύς peixe + σαῦρος lagarto.
Deriv. : *ichthyosáurios* (s. m. pl.) — grupo, a que serve de typo o ichthyosáuro.

Ichthyóse, *s. f.* (med.) molestia de pelle, em que a epiderme se espessa e se cobre de escamas como imbricadas (Alibert). || De ἰχθύς peixe + suff. *óse*.

Icónico, *adj.* (pint. e esculpt.) feito do vivo, representado ao natural. || De εἰκονικός (form. de εἰκών imagem).

Iconoclásta, *s. m.* destruidor de imagens ou idolos. || De εἰκονοκλάστης (form. de εἰκών imagem + κλάω quebro).
Cogn.: *iconoclásmo* (s. m.).

Iconographía, *s. f.* descripção de imagens, estatuas, pinturas, estampas, medalhas, etc. || De εἰκών imagem + γράφω descrevo + suff. *ia*.
Deriv.: *iconográphico* (adj.), *iconógrapho* (s. m.).

Iconólatra, *s. m.* o que adora imagens. || De εἰκών imagem + λατρεύω adoro.
Deriv. : *iconolatria* (s. f.).

Iconología, *s. f.* representação de entes moraes debaixo de formas sensiveis. Explicação de imagens ou monumentos antigos. || De εἰκών imagem + λόγος discurso + suff. *ia*.
Deriv. : *iconológico* (adj.), *iconólogo* (s. m.).

Iconómacho, *s. m.* o que combate o culto das imagens. || De εἰκών, όνος imagem + μάχη combate.
N. Figueiredo grapha sem *h*, desrespeitando a etymologia.

Iconóphilo, *adj.* e *s. m.* o que gosta de quadros e estampas. || De εἰκών, όνος imagem + φίλος amigo.

Iconóstase, *s. f.* anteparo de tres corpos, que separa da nave o altar nas egrejas orientaes, e onde se collocam imagens que os fieis veneram. || De εἰκών imagem + στάσις acçãο de collocar.

Iconóstropho, *s. m.* instrumento optico, que inverte os objectos á vista e serve aos gravadores na cópia dos modelos. || De εἰκών imagem + στρέφω viro.

Icosaédro, *s. m.* (cryst.) solido de vinte faces. || De εἰκοσάεδρος (comp. de εἴκοσι vinte + ἕδρα plano, assento).

N. Prosodia, a mesma de todos os mais derivados de ἕδρα, que designam solidos geometricos.

Icosándro, *adj.* (bot.) que tem 20 ou mais estames inseridos no calyce. || De εἴκοσι vinte + ἀνήρ, ἀνδρὸς macho.

Deriv. : *icosándria* (s. f.) — classe no systema de Linneu; e *icosandría* (s. f.) a qualidade de icosandro.

Icositetraédro, *s. m.* (cryst.) polyedro limitado por 20 deltoides eguaes. || De εἴκοσι vinte + *tetraédro* (v. este vcb.).

N. « Icositetraedo », que se lê no Dicc. de Fig., deve ser lapso typographico.

Ictericia, *s. f.* (med.) molestia characterizada pela côr amarella da pelle, das conjunctivas e da urina, por dôr sóbre o figado e tumefacção mais ou menos sensivel do abdome, etc. || De ἵκτερος, pelo lat. *icteritia.*

Cogn. : *ictérico* (adj. e s. m.).

* **Ictéridas**, *s. m. pl.* (zool.) fam. de Passaros Dentirostros. || Do gen. *Icterus* (e este de ἵκτερος verdelhão) + suff. *idas.*

Icteróide, *adj.* (med.) que se assimelha á ictericia. Typho —, nome dado á febre amarella. || De ἵκτερος ictericia + εἶδος forma.

N. Figueiredo dá esta significação ao vcb. *icterode*, que nem tem a seu favor o uso.

Idéa, *s. f.* representação de qualquer cousa no espirito; — pensamento, concepção, etc. || De ἰδέα.

N. Impossivel seria voltar-se á orthoépia etymologica, pois que o vcb. é de uso vulgar. Quanto á graphia, não ha razão para se lhe accrescentar um *i* (ideia), como vemos em Fig.

Deriv. : *ideár* (v.), *ideál, idealidáde, idealísmo, idealísta, idealizár, idealização, idealménte.*

Ideogenía, *s. f.* (phil.) sciencia que tracta da origem das ideas. || De ἰδέα idea + γένος formação + suff. *ia.*

Deriv. : *ideogénico* (adj.).

Ideográmma, *s. m.* signal que exprime directamente a idea. || De ἰδέα idea + γράμμα signal escripto.

Ideographía, *s. f.* representação directa das ideas por signaes graphicos arbitrarios ou analogicos, que são a imagem figurada do objecto (Aul.). || De ἰδέα idea + γράφω escrevo + suff. *ia.*

Deriv. : *ideográphico* (adj.), *ideographismo* (s. m.).

Ideología, *s. f.* (philos.) parte da Philosophia, que tracta da formação das ideas. || De ἰδέα idea + λόγος tractado + suff. *ia.*

Deriv.: *ideológico* (adj.), *ideólogo* (s. m.).

Idioeléctrico, *adj.* (phys.) susceptivel de ser electrizado por fricção. || De ἴδιος proprio, particular + *eléctrico* (v. este vcb.).

Idiógyno, *adj.* (bot.) diz-se das plantas, em que o pistillo se acha em flôr diversa da que tem os estames. || De ἴδιος proprio + γυνή mulher, femea.

Deriv. : *idiogynia* (s. f.).

Idiólatra, *s. m.* o que se adora a si proprio. || De ἴδιος proprio + λάτρις adorador.
N. É formado pelo modêlo de *idólatra.*
Deriv. : *idiolatria* (s. f.).

Idiôma, *s. m.* lingua fallada por um povo ; linguagem. || De ἰδίωμα (form. de ἴδιος proprio, peculiar).
Deriv. : *idiomático* (adj.).

Idiometállico, *adj.* (phys.) diz-se dos phenomenos electricos, que se manifestam pelo simples contacto de dous metaes. || De ἴδιος proprio + *metállico* (v. *metal*).

Idiopathía, *s. f.* (med.) affecção que existe independentemente de outra. — Predilecção por algum objecto, propensão particular para alguma cousa. || De ἰδιοπάθεια (form. de ἴδιος particular + πάθος molestia).
Deriv. : *idiopáthico* (adj.).

Idiosyncrasía, *s. f.* (med.) disposição que dá ao individuo uma susceptibilidade particular. || De ἴδιος proprio + σύν com + κρᾶσις temperamento + suff. *ia.*
Deriv. : *idiosyncrásico* (adj.).

Idióta, *adj.* e *s. m.* falto de intelligencia, estupido, ignorante. || De ἰδιώτης.
Deriv. : *idiotismo* (s. m.), *idiótico* (adj.).

Idiotismo, *s. m.* (gramm.) construcção ou locução peculiar a uma lingua. || De ἰδιωτισμός (deriv. de ἴδιος particular).

*** Idocrásio,** *s. m.* (min.) especie de granada quadratica (silicato de aluminio, ferro, calcio e manganez). || De εἶδος forma + κρᾶσις mixtura + suff. *io.*

Idólatra, *adj.* e *s. m.* que presta culto ou adora idolos; pagão. || Pela forma lat. abbreviada *idolatria,* vem de εἰδωλολάτρης (form. de εἴδωλον idolo + λατρεύω adoro).
Deriv. : *idolatrár* (v.), *ido-*
latría (s. f.), *idolátrico* (adj.).

Ídolo, *s. m.* figura, imagem representativa de alguma divindade e que é objecto de culto. || De εἴδωλον.
N. O uso sanccionou a accentuação na syll. antepenultima, posto que a quantidade etymologica exigisse o accento tonico na penultima.

Idolopéia, *s. f.* figura de pensamento, pela qual se introduzem no discurso, fallando, falsas divindades ou pessoas fallecidas. || De εἰδωλοποιία (comp. de εἴδωλον imagem, simulacro + ποιεῖν fazer).

Idýllio, *s. m.* pequeno poema, de assumpto ordinariamente pastoril ou campestre. || De εἰδύλλιον (forma dimin. de εἶδος ode).
Deriv. : *idýllico* (adj.), *idyllísta* (s. m.).

Ileadélpho, *s. m.* (terat.) monstro duplo inferiormente, inclusivè a bacia. || De *ileo* (v. este vcb.) + ἀδελφός ermão.

*** Ileite,** *s. f.* (med.) inflammação do ileo. || De *ileo* (v. este vcb.) + suff. *ite.*

Íleo, *s. m.* (anat.) porção do intestino delgado, que vae do jejuno até ao céco. || De εἰλεόν (form. de εἰλεῖν enrolar).
N. Não ha razão para se conservar a desinencia *on,* que lhe dão os diccionaristas.

Ileocholóse, *s. f.* (med.) diarrhea biliosa (Eisenmann). || De *ileo* (v. este vcb.) + χολή bile + suff. *óse.*

Íleocólico, *adj.* (anat.) que tem relação com o ileo e com o colo. || De *ileo* + *colo* (v. estes vcbs.) + suff. *ico.*

*** Ileocólostomía,** *s. f.* (med.) anastomose chirurgica do ileo com o colo. || De *ileo* + *colo* (v. estes vcbs.) + στόμα bocca + suff. *ia.*

Íleodiclidíte, *s. f.* (med.)

inflammação do ileo e da valvula ileo-cecal; nome dado á febre typhoide. || De *ileo* + δικλὶς valvula + suff. *ite*.

* **Íleo-ileóstomía**, *s. f.* (med.) anastomose de duas azas do intestino delgado. || De *ileo* + *ileo* (v. este vcb.) + στόμα bocca + suff. *ia*.

Ileon. V. *ileo*.

* **Íleo-sigmóidostomía**, *s. f.* (med.) anastomose entre o intestino delgado e a aza sigmoide do intestino grosso. || De *ileo* + *sigmoide* (v. estes vcbs.) + στόμα bocca + suff. *ia*.

Íleotýpho, *s. m.* (med.) nome dado na Allemanha á febre typhoide. || De *ileo* + *typho* (v. estes vcbs.).

Iliade, *s. f.* longa série de actos heroicos. || De Ἰλιὰς, άδος Iliade — o poema de Homero. *N. Iliada* é a graphia dada pelos diccionarios; mas a regra uniforme da derivação manda preferir a desinencia *e* (do acc. lat. *Iliădem*), e, não sendo o vcb. de uso vulgar, a correcção é facillima.

Ilóta, *s. m.* V. *hilóta*.

Iniencéphalo, *s. m.* (terat.) monstro que tem parte do encephalo fóra da caixa craniana, para traz e um pouco para baixo. || De ἰνίον nuca + *encephalo* (v. este vcb).

Ínio, *s. m.* (anat.) protuberancia occipital externa. || De ἰνίον nuca.

N. Não ha necessidade, nem convem manter-lhe o *n* final, como se acha em Fig.

Iniódymo, *s. m.* (terat.) monstro composto de dous individuos ligados pela nuca. || De ἰνίον nuca + δίδυμος gemeo.

Deriv. : *iniodymía* (s. f.).

* **Iniópe**, *s. m.* (terat.) monstro duplo de corpos soldados do umbigo para cima e com um ólho na nuca (I. G. St-Hilaire).

|| De ἰνίον nuca + ὤψ, ὠπὸς ólho.

* **Ínopexia**, *s. f.* (med.) coagulação da fibrina, augmento de sua coagulabilidade. || De ἴς fibra + πῆξις coagulação + suff. *ia*.

* **Ínoscopía**, *s. f.* (med.) methodo bacterioscopico que consiste em provocar a formação de um coagulo, onde venham presos os microbios (Jousset). || De ἴς, ἰνὸς fibrina + σκοπεῖν examinar + suff. *ia*.

Inósico, *adj.* (chim.) Acido —, acido extrahido do inosato de potassio — princípio immediato existente no tecido muscular dos Mammaes. || De ἴς, ἰνὸς fibra + suff. *ico*.

Deriv. : *inosáto* (s. m.).

Inosita, *s. f.* (chim.) corpo branco, crystallino, que se extrahe dos musculos e de outros orgãos do corpo humano. || De ἴς, ἰνὸς fibra + suff. *ita*.

N. Foi chamado por alguns — *inosina* —; mas esta desinencia é menos apropriada.

Inosite, como grapha Figueiredo, é cópia do francez e oppõe-se á lei de analogia (cf. *mannita*, etc.).

* **Inosituria**, *s. f.* (med.) presença de inosita na urina. || De *inosita* (v. este vcb.) + οὖρον urina + suff. *ia*.

N. A forma *inosuria* é incorrecta e levaria á erronea supposição de que procede de ἴς, ἰνὸς + οὖρον.

Deriv. : *inositúrico* (adj.).

Inosuria. V. *inosituria*.

* **Iodargýrio**, *s. m.* (min.) iodeto de prata (Ag I). || De *iodo* (v. este vcb.) + ἄργυρος prata + suff. *io*.

* **Iodargyríto**, *s. m.* (min.) syn. de iodargyrio (v. este vcb.)

* **Iodíto**, *s. m.* (min.) syn. de iodargyrito. || De *iodo* (v. este vcb.) + suff. *ito*.

Iódo, *s. m.* (chim.) metal-

loide solido, brilhante, que aquecido se volatiliza dando vapores violaceos. || De ἰώδης roxo, de côr violeta.
N. Do subst. lat. *iodium*, e á similhança de phyllodio, collodio, etc., a forma portugueza preferivel seria *iodio;* mas a palavra é hoje de uso vulgar, e este consagrou *iodo*, que em todo caso não se oppõe ao genio da lingua.
Deriv. : *iodár* (v.), *iodáto* (s. m.), *iódico* (adj.), *iodísmo* (s. m.), *iodéto* (s. m.)
Iódobromíto, *s. m.* (min.) iodochlorobrometo de prata. || De *iodo* + *bromíto* (v. estes vcbs.).
* **Iódomethía**, *s. f.* (med.) especie de embriaguez que accompanha o iodismo. || De *iodo* (v. este vcb.) + μέθη embriaguez + suff. *ia*.
Iódometría, *s. f.* (chim.) methodo para dosar a quantidade de iodo contida num líquido. || De *iódo* + μέτρον medida + suff. *ia*.
Cogn. : *iodómetro* (s. m.).
* **Iódophilía**, *s. f.* affinidade que apresentam os leucocytos para o iodo em certos casos de septicemia, etc. || De *iodo* (v. este vcb.) + φίλος amigo + suff. *ia*.
* **Iódotherapía**, *s. f.* (med.) emprêgo therapeutico do iodo e dos seus compostos. || De *iodo* + θεραπεία tractamento.
* **Iólitho**, *s. m.* (min.) variedade azul escura de cordierito (silicato de magnesio, aluminio e ferro). || De ἴον violeta + λίθος pedra.
* **Íophobía**, *s. f.* (med.) medo morbido de venenos. || De ἰός veneno + φόβος terror + suff. *ia*.
Ióta, *s. m.* lettra grega (ι) que corresponde ao nosso *i.* || De ἰῶτα.
Iotacísmo, *s. m.* emprêgo abusivo do *i*, por difficuldade de pronunciar as lettras *g* brando e *j*. || De ἰωτακισμός (deriv. de ἰῶτα ióta).
Irenárcha, *s. m.* (ant.) official encarregado de manter a paz ou a ordem pública. || De εἰρηνάρχης (comp. de εἰρήνη paz + ἄρχειν governar).
N. Fig. escreve sem *h*, contrariando a etymologia.
Iridáceas, *s. f. pl.* (bot.) ordem de plantas monocotyledones, cujo typo é o gen. *Iris.* || Pelo lat. *iris, ĭdis*, (de ἶρις nome de planta) + suff. *áceas*.
* **Íridareóse**, *s. f.* (med.) atrophia da iris. || De ἶρις iris + ἀραίωσις diminuição.
* **Iridéctomediályse**, *s. f.* (med.) um methodo de practicar a pupilla artificial. || De ἶρις iris + ἐκτομή corte + διάλυσις separação.
Iridéctomía, *s. f.* (med.) excisão de uma parte da iris para produzir a pupilla artificial. || De ἶρις iris + ἐκτομή corte + suff. *ia*.
Iridectopía, *s. f.* (med.) deslocamento da iris. || De ἶρις iris + ἐκ fóra de + τόπος logár + suff. *ia*.
* **Iridelcóse**, *s. f.* (med.) ulceração da iris. || De ἶρις iris + ἕλκωσις ulceração.
* **Iridenclíse**, *s. f.* (med.) um dos methodos de practicar a pupilla artificial. || De ἶρις iris + ἐγκλείω fecho.
Írideremía, *s. f.* (med.) ausencia congenita da iris. || De ἶρις iris + ἐρημία ausencia.
N. Figueiredo regista, de certo por equívoco, *iridemia*.
Irídio, *s. m.* (chim.) metal descoberto em 1803 por Descotils, e cujos compostos em disoluções apresentam várias côres. || De ἶρις iris, pelo lat. scientifico *iridium*.
Deriv.: *irídico* (adj.).
Íridocéle, *s. f.* (med.) her-

20

nia da iris. || De ἶρις iris + κήλη tumor.

Íridochoroidíte, *s.f.* (med.) inflammação simultanea da *iris* e da choroide. || De *iris* + *choroide* (v. estes vcbs.) + suff. *ite*.

Íridocolobôma, *s. m.* (med.) despedaçamento da iris. || De ἶρις iris + κολόβωμα pedaço.

* **Iridódese**, *s. f.* (med.) deslocamento chirurgico da abertura pupillar. || De *iris* (v. este vcb.) + δέσις laço, ligação.

Íridodiályse, *s. f.* (med.) descollamento de uma parte da grande circunferencia da iris para practicar a pupilla artificial. || De ἶρις, iris + διάλυσις separação.

Iridodonése, *s.f.* (med.) ondulação da iris por falta de apoio no crystallino.|| De *iris* + δόνησις acção de agitar, balouçar.

N. Fig. accentúa indevidamente a antepenultima.

* **Íridoncóse**, *s. f.* (med.) hypertrophia da iris. || De ἶρις iris + ὄγκωσις tumefacção.

* **Íridopsía**, *s. f.* (med.) perturbação ocular, que consiste em o doente vêr arco-iris onde não existe. || De *iris* (v. este vcb.) + ὄψις vista + suff. *ia*.

* **Íridoptóse**, *s. f.* (med.) quéda da iris. || De ἶρις iris + πτῶσις quéda.

Íridorhexía,*s. f.* (chir.) dilaceração da iris. || De *iris* + ῥῆξις despedaçamento + suff. *ia*.

* **Íridoschísma**, *s.m.* (med.) divisão da iris por persistencia congenita da fenda. || De ἶρις iris + σχίσμα divisão.

N. Pronuncie-se: *iridoskísma*.

* **Iridosmína**, *s. f.* (min.) osmieto de iridio. || De *irídio* + *osmio* (v. estes vcbs.) + suff. *ina*.

Íridotomía, *s.f.* (med.) incisão da iris. || De ἶρις iris + τομή corte + suff. *ia*.

Íris, *s. f.* meteoro chamado vulgarmente arco da velha. — Côres similhantes ás do arco-iris. — O espectro solar. — (Bot.) genero de plantas, typo das Iridaceas. — (Anat.) membrana colorida, circular e retractil, situada no interior do ôlho adeante do crystallino, etc. || De ἶρις, ιδος.

Deriv.: *iriár, iriánte, irizár, irite*.

Ironía,*s. f.* (rhet.) tropo, pelo qual se diz o contrário do que as palavras significam, as mais das vezes afim de diminuir e depreciar. || De εἰρωνεία.

Deriv. : *irónico* (adj.).

Isadélpho, *adj.* (bot.) diz-se da planta, que tem os estames reunidos em dous feixes eguaes. || De ἴσος egual + ἀδελφὸς ermão.

Deriv. : *isadelphia* (s. f.).

Isagóge, *s. f.* introducção, anteloquio ; preliminares. || De εἰσαγωγή (form. de εἰς para dentro + ἄγω conduzo).

Deriv. : *isagógico* (adj.).

Isate, *s. f.* (bot.) planta da ordem das Cruciferas, gen. *Isătis tinctoria*, tambem chamada pastel dos tinctureiros. || De ἰσατις.

N. Aul. e Fig. escrevem e accentúam *isátis*, forma menos correcta.

Deriv. : *isatídeas, isatína, isaténio, isámico*.

Ischemía, *s. f.* (med.) parada da circulação arterial; estado em que não chega o sangue aos orgãos. || De ἰσχειν deter + αἷμα sangue + suff. *ia*.

Deriv. : *ischêmico* (adj.).

Ischiadélphos, *s. m. pl.* (med.) monstros duplos, cujos corpos são soldados um ao outro pela bacia. || De ἰσχίον ischio + ἀδελφός ermão.

Ischiágra, *s. f.* (med.) dôr fixa nos quadris, dôr ischiatica. || De ἰσχίον bacia + ἄγρα presa.

Ischiática, *adj.* e *s. f.* diz-se da nevralgia, que se extende ao longo do trajecto do nervo ischiatico. || De ἰσχίον bacia.
N. A forma usual é *sciatica,* copiada do francez *sciatique;* mas cumpre corrigi-la, emquanto o êrro não ganha foros de cidade.

Ischio, *s. m.* (anat.) a porção inferior das trez, em que os anatomicos consideram dividido o osso iliaco dos adultos. || De ἰσχίον osso da bacia, bacia.
N. Como para *ileo* e outros, é preferivel adoptar a desinencia portugueza *o* em vez de *on.* Quanto á prosodia, não ha razão para acceitar *ischion* (como vem em Fig.), nem *ischión* (como dá Ad. Coelho). O proprio uso a condemna, pelo menos no Brasil.

* **Íschiocéle,** *s. f.* (med.) hernia atravez da chanfradura ischiatica. || De *ischio* + κήλη tumor, hernia.

* **Íschioclitorídeo,** *adj.* (anat.) que tem relação com o ischio e a clitoride. || De *ischio* + *clitoride* (v. estes vcbs.) + suff. *eo.*

***Íschiococcýgeo,** *adj.* (anat.) que tem relação com o ischio e o coccyx. || De *ischio* + *coccyx* (v. estes vcbs.) + suff. *eo.*

Ischiópago, *s. m.* nome dado por Is. G. St.-Hilaire aos monstros reunidos pela região hypogastrica. || De *ischio* + παγείς unido.
Deriv.: *ischiopagía* (s. f.).

Íschioperineál, *adj.* (anat.) que pertence ao *ischio* e ao perineo. || De *ischio* + *perineo* (v. estes vcbs.) + suff. *ál.*
N. Fig. regista « ischio-perinal », que não é bem formado.

Íschnophonía, *s. f.* (med.) fraqueza da voz; gagueira. || De ἰσχνός fraco + φωνή voz + suff. *ia.*

* **Íschochymía,** *s. f.* (med.) symptoma das dilatações de estomago, em que ha estase dos alimentos. || De ἴσχειν deter + χυμεία mixtura, combinação.

Ischuría, *s. f.* (med.) impossibilidade de urinar.||De ἰσχουρία (comp. de ἴσχειν deter + οὖρον urina).
Deriv.: *ischúrico* (adj.).

Isobarométrico, *adj.* (meteor.) Linhas —, curvas que passam pelos logares, em que a amplitude média das variações barometricas é a mesma. || De ἴσος egual + *barométrico* (v. este vcb.).

* **Isocárpeas,** *s. f. pl.* (bot.) tribu de Algas. || De ἴσος egual + καρπός fructo + suff. *eas.*

Isochimêno, *adj.* (meteor.) Linhas —, curvas que passam por todos os ponctos da terra, em que no inverno se accusa a mesma temperatura média. || De ἴσος egual + χειμαίνειν estar no inverno.
N. A forma *isochimênico* é excusada.

Ísochromático, *adj.* cuja tincta ou coloração é uniforme. || De ἴσος egual + χρῶμα, ατος-côr + suff. *ico.*
Cogn.: *isochromía* (s. f.).

Isóchrono, *adj.* que se executa ao mesmo tempo e em tempos eguaes. || De ἰσόχρονος (form. de ἴσος egual + χρόνος tempo).
N. A forma *isochrônico* é excusada.
Deriv.: *isochronísmo* (s. m.).

* **Isoclásio,** *s. m.* (min.) phosphato hydratado de calcio. || De ἴσος egual + κλάσις fractura + suff. *io.*

* **Isoclasíto,** *s. m.* (min.) o mesmo que isoclasio.

Isóclino, *adj.* diz-se das linhas, que passam pelos logares em que a agulha imanada tem a mesma inclinação. || De ἰσοκλινής egualmente inclinado.
N. A accentuação *isoclíno,* dada por Aulete, é antietymolo-

gica; já Ad. Coelho e Fig. a corrigiram muito bem.

Isocólo, *s. m.* (rhet.) construcção similhante dos differentes membros do periodo. || De ἰσόκωλος composto de membros eguaes (form. de ἴσος egual + κῶλον membro).
N. Isócolo, como tambem occorre em Figueiredo, é inadmissivel.

Isódico, *adj.* (physiol.) diz-se dos nervos centripetos, em que a acção se passa de fóra para dentro (Marschall-Hall). || De εἰς para dentro + ὁδός caminho + suff. *ico*.

Isodynámico, *adj.* que tem a mesma intensidade magnetica. || De ἴσος egual + *dynámico* (v. este vcb.).

Isoédrico, *adj.* (miner.) que tem faces ou facetas similhantes. || De ἴσος egual + ἕδρα face + suff. *ico*.

Isoéteas, *s. f. pl.* (bot.) tribu das Lycopodiaceas, cujo typo é o gen. *Isoëtes*. || De *Isoëtes* (e este de ἴσος egual + ἔτος anno) + suff. *eas*.

Isogéothérmo, *adj.* o mesmo que isothermo. || De ἴσος egual + γῆ terra + θέρμος calor.

Isógono, *adj.* (geom.) que tem angulos eguaes. || De ἴσος egual + γῶνος ou γωνία angulo.
N. Prosodia analoga á de todos os derivados de γωνία.

Isographía, *s. f.* fac-simile, reproducção exacta da lettra escripta. || De ἴσος egual + γράφω escrevo + suff. *ia*.
Deriv.: *isográphico* (adj.).

Isógyno, *adj.* (bot.) diz-se das flôres, cujos carpellos e pétalos são em numero egual. || De ἴσος egual + γυνή mulher.

Isómero, *adj.* (chim.) diz-se dos corpos que, com identica composição elementar, offerecem differenças notaveis quanto a characteristicos e propriedades chimicas. || De ἴσος egual + μέρος parte.
Deriv.: *isomeria* (s. f.), *isomérico* (adj.), *isomerismo* (s. m.).

Isométrico, *adj.* que tem dimensões eguaes. || De ἴσος egual + μέτρον medida + suff. *ico*.

Isomórpho, *adj.* (chim.) que tem a mesma forma crystallina. || De ἴσος egual + μορφή forma.
Deriv.: *isomorphismo* (s. m.).

Isónomo, *adj.* (miner.) diz-se dos crystaes, que crystalizam segundo as mesmas leis. || De ἴσος egual + νόμος lei.
Deriv.: *isonomia* (s. f.).

Isopathía, *s. f.* (med.) systema de curar doenças por meios eguaes á causa dellas. || De ἴσος egual + πάθος molestia + suff. *ia*.
Cogn.: *isopátha* (s. m.).

*****Isoperímetro**, *adj.* (geom.) diz-se das figuras, que têm egual perimetro. || De ἰσοπερίμετρος (comp. de ἴσος egual + περίμετρον contôrno).
N. Vê-se pela derivação, que a forma *isoperimetrico*, dada por Figueiredo, é dispensavel.

Isopétalo, *adj.* (bot.) diz-se da flôr, que tem os pétalos eguaes. || De ἴσος egual + *pétalo* (v. este vcb.).

***Isophânio**, *s. m.* (min.) var. de franklinito (espinello de ferro, zinco e manganez). || De ἴσος egual + φαίνειν parecer, brilhar + suff. *io*.

Isophôno, *adj.* que tem timbre de voz egual ao de outrem. || De ἴσος egual + φωνή voz.
N. Isóphono (como traz Fig.) é má prosodia.

Isópodes, *s. m. pl.* (zool.) ordem dos Malacostraceos Hedreophthalmos; têm as patas thoracicas similhantes. || De ἴσος similhante, egual + πούς, ποδός pé.

***Isopýrio**, *s. m.* (min.) var. de labradorito (silicato de aluminio, calcio e sodio). || De ἴσος egual + πῦρ, πυρός fogo + suff. *io*.

Isóscele, *adj*. (geom.) diz-se do triangulo, que tem dous lados eguaes. || De ἰσοσκελὴς (form. de ἴσος egual + σκέλος membro).
N. Usualmente se diz *isósceles*, mas este *s* final é dispensavel.
Deriv. : *isoscelía* (s. f.).

Isosisto, *adj*. (geol.) diz-se da linha, que liga os ponctos em que se manifesta um movimento sismico com egual intensidade. || De ἴσος egual + σειστὸς abalado.

Isostémone, *adj*.(bot.) diz-se da flôr, que tem tantos estames quantos pétalos. || De ἴσος egual + στήμων, ονος filete.

Isótele, *s. m.* (ant.) o extrangeiro domiciliado, que gozava em Athenas de certos direitos politicos. || De ἰσοτελής que paga os mesmos impostos (comp. de ἴσος egual + τέλος imposto).
N. Forma mais regular do que *isótelo* que occorre em Fig.

Isothérmo, *adj*. (meteor.) Linhas —, linhas ideaes que passam pelos logares, onde a temperatura média é a mesma. || De ἴσος egual + θέρμη calor.
N. É excusada a forma « *isothérmico* », que Fig. regista.

Isóthero, *adj*. (meteor.) Linhas —, curvas determinadas pela reunião de todos os ponctos da terra, em que o thermometro accusa a mesma temperatura média no verão. || De ἴσος egual + θέρος verão.

Isótropo, *adj*. (min.) diz-se do corpo, que apresenta em todas as direcções as mesmas propriedades opticas. || De ἴσος egual + τρέπειν voltar.
Deriv. : *isotropia* (s. f.).

Ísthmo, *s. m.* (geogr.) faixa estreita de terra, que une uma peninsula a um continente, dous continentes entre si ou duas porções de continente. || De ἰσθμός.
Deriv. : *isthmico* (adj.).

*****Ithyphállico**, *adj*. (poet.) Verso —, com o metro usado nos hymnos a Priapo. || De ἰθυφαλλικὸς (deriv. de ἰθύφαλλος o phallo erecto — emblema levado em procissão nas festas de Baccho).

*****Iúlidas**, *s. m. pl.* (zool.) familia de Chilógnathos.|| Do gen. *Iúlus* (e este de ἴουλος escolopendra) + suff. *idas*.

*****Ixíneas**, *s. f. pl.* (bot.) tribu de Iridaceas. || Do gen. typo *Ixia* (e este de ἰξία nome de planta) + suff. *ineas*.

*****Ixódidas**, *s. m. pl.* (zool.) familia de Acareos. || Do gen. *Ixódes* (e este de ἰξώδης pegajoso, que agarra) + suff. *idas*.

J

Jacíntho, *s. m.* (bot.) planta da ordem das Liliaceas, do gen. *Hyacinthus*.—(Min.) variedade de zircão ou silicato de zirconio. || De ὑάκινθος.

N. A mutação da syllaba inicial *hy* em *j* deu-se aqui, como em outros vocabulos de uso vulgar, ex : *jerarchia, Jeronymo*, etc.

Deriv.: *jacinthino* (adj.).

Jâmbo, *s. m.* (poet.) pé metrico de duas syllabas, uma breve e outra longa. || De ἴαμβος.

Deriv.: *jâmbico* (adj.).

Jerarchia. V. *hierarchia*.

Jônico, *adj.* relativo á Jonia; diz-se de uma das ordens de architectura. || De ἰωνικός (deriv. de Ἰωνία Jonia).

Cogn.: *jônio* (adj. e s. m.).

Jóta, *s. m.* nome da lettra *j*. || De ἰῶτα.

K

Kainíto, *s. m.* (min.) sulfato hydratado de magnesio com chloreto de calcio. || De καινός novo + suff. *ito*.

N. Teria sido mais bem formado *cenito*.

Kaleidophônio. V. *callidophônio*.

Kaleidoscópio. V. *callidoscópio*.

Kelotomia. V. *celotomia*.

Keratíte. V. *ceratite*.

Keratocéle. V. *ceratocéle*.

Keratotomia. V. *ceratotomia*.

Kibisótomo. V. *cibisótomo*.

Kiliáreo, *s. m.* (arith.) extensão equivalente a mil areos ou dez hectareos. || De χίλιοι mil + *áreo* (100 metros quadrados).

N. A todos os compostos de χίλιοι, os organizadores do systema metrico em França deram erradamente a graphia com *k*; escreveram assim *kiliare, kilogramme, kilolitre* e *kilomètre*, exquecidos de que no proprio francez o *ch* é representante invariavel do Χ grego. D'ahi passou o êrro facilmente para outras linguas, que com o systema decimal adoptaram a respectiva technologia; por isso figuram nos diccionarios portuguezes e são vulgarmente escriptos : *kiliare, kilogramma, kilolitro* e *kilometro,* — graphia viciosa, que já se não deve corrigir, desde que os vocabulos se tornaram de uso vulgarissimo.

O italiano, nacionalizando-os, foi mais avisado: deu-lhes as formas *chiliar, chilogramma, chilolitro* e *chilometro.* O mesmo pelo menos deveriamos ter feito, quando não quizessemos formar — *chiliareo, chiliogramma, chiliolitro* e *chiliometro,* — sem dúvida alguma o mais correcto e mais conforme ás regras de derivação. Hoje, consagrado e generalizado o duplo êrro, não ha sinão registá-lo como fazem os lexicos francezes, embora reconheçam os bons fundamentos da critica.

A graphia — *quiliareo, quilogramma, quilometro,* etc. — teria o grave inconveniente de pôr-nos em discordancia com quasi todas as linguas cultas, tornando inintelligiveis os symbolos *ka, kg, km,* etc., representantes daquellas palavras e que o mundo inteiro como taes conhece.

Kilográmma, *s. m.* (arith.) pêzo de mil grammas. || De χίλιοι mil + *gramma* (v. este vcb.).

N. Sôbre a graphia, v. o art. *kiliareo.* O povo abbrevia de ordinario a palavra, dizendo um *kilo,* dous *kilos* ».

Kilográmmetro, *s. m.* (phys.) unidade empregada na avaliação do trabalho mechanico, e equivalente á fôrça necessaria para elevar um kilogramma á altura de um metro no espaço de um segundo. || De *kilogramma* (v. este vcb.) + μέτρον medida.

Kilolítro, *s. m.* (arith.) medida de capacidade equivalente a mil litros. || De χίλιοι mil + *litro* (v. este vcb.).

N. Sôbre a graphia, v. *kiliareo.*

Kilómetro, *s. m.* (arith.) medida de extensão equivalente a mil metros. || De χίλιοι mil + *metro* (v. este vcb.).

N. Sôbre a graphia, v. *kiliareo.*

Deriv. : *kilométrico* (adj.), *kilometrár* (v.).

Kinésitherapia. V. *cinésiotherapia.*

Kiótomo. V. *cionótomo.*

Kléptomania. V. *cléptomania.*

Klopemania. V. *clopemania.*

Kyesteïna. V. *cyesteïna.*

Kyllose ou **Kyllopodia.** V. *cyllose* e *cyllopodia.*

Kýrie, *s. m.* (liturg.) parte da missa, em que o sacerdote reza ou canta o *kyrie-eleison.*|| De Κύριε oh Senhor!

Kýrie-eléison, *s. m.* (liturg.) invocação a Deus, que se repete trez vezes na missa entre o *Introito* e o *Gloria.*|| Pelo lat., vem da phrase grega Κύριε ἐλέησον Senhor, compadece-te de nós.

Kýsto, *s. m.* (med.) bolsa ou sacco fechado, ordinariamente membranoso, que se desenvolve accidentalmente em diversos orgãos, e cujo conteúdo é muito variavel. || Pelo fr. *kyste,* vem de κύστις bexiga, vesicula.

N. A palavra foi mal formada em vez de *cýsto;* mas o uso geral consagrou-a e já não é mais possivel corrigir.

Deriv. : *kystóso* (adj.), *enkystár* (v.).

L

Labidómetro, *s. m.* (med.) instrumento, como compasso de proporção, que se adapta aos cabos do forceps para indicar o grau de afastamento das colheres. || De λαβίς tenaz, pinça + μέτρον medida.
N. Labímetro é menos bem formado, posto que ainda admissivel.

*Lábridas, *s. m. pl.* (zool.) fam. de Peixes Teleosteos.|| Do gen. *Labrus* (e este de λάβρος voraz) + suff. *idas*.

* Labyrínthicos, *s. m. pl.* (zool.) fam. de Peixes Teleosteos. || De λαβύρινθος labyrintho + suff. *icos*.

Labyrintho, *s. m.* palacio ou jardim composto de divisões multiplas, com passagens e ruas que se cruzam confusamente, por modo que é difficillimo achar-lhe a saïda (Aul.). — (Anat.) conjuncto das cavidades situadas entre o tympano e o conducto auditivo interno. || De λαβύρινθος.
Deriv. : *labyrinthico* (adj.).

* Labyrínthodóntes, *s. m. pl.* (zool.) ordem de Batrachios fosseis. || Do gen. *Labyrinthodon* (e este de λαβύρινθος labyrintho + ὀδούς, ὀντος dente).

* Lacistemáceas, *s. f. pl.* (bot.) ordem de plantas dicotyledones apetalas, cujo gen. fundamental é *Lacistēma*. || De *Lacistema* (e este de λακιστός laciniado) + suff. *áceas*.

Lacónico, *adj.* conciso, breve á maneira dos Lacedemonios. || De λακωνικός natural da Laconia.
Cogn. : *laconismo* (s. m.), *lacônio* (adj.), *laconizár* (v.).

Ládano, *s. m.* (pharm.) gomma-resina, que exsudam as folhas e os ramos de várias especies de *Cistus*. || De λάδανον.

Lagénidas, *s. m. pl.* (zool.) familia de Foraminiferos. || Do gen. typo *Lagēna* (e este de λάγηνος garrafa) + suff. *idas*.

Lágophthálmo, *s. m.* (med.) ólho de lebre; disposição viciosa da palpebra superior, que não cobre o globo ocular. || De λαγώς lebre + ὀφθαλμός ólho.
N. Os diccionarios dão *lagophthalmia*, mas Fig. observa com acêrto, que esta forma é menos boa, tanto mais que em gr. já existe o subst. composto λαγώφθαλμον com esta significação.

* Lagóstomo, *s. m.* (med.) o que tem labio leporino. || De λαγώς lebre + στόμα bocca.
Deriv. : *lagostomía* (s. f.), *lagostómidas* (s. m. pl.) — fam. de Roedores.

*Lálopathía, *s. f.* (med.) designação generica das perturbações da palavra. || De λαλεῖν fallar + πάθος soffrimento + suff. *ia*.

Lâmbda, *s. m.* nome da

lettra grega (λ), que corresponde ao nosso *l*.

Deriv.: *lámbdico* (adj.) forma preferivel a « lambdático » que tambem occorre em Fig.

Lambdacísmo, *s. m.* difficuldade de pronunciar o *l*. || De λαμβδακισμός (deriv. de λάμβδα nome da lettra *l*).

Lambdóide, *adj.* (anat.) Sutura —, a sutura occipito-parietal do cranio, similhante á lettra λ dos gregos.||De λάμβδα (λ) + εἶδος forma.

N. Aul. escreve e accentúa— *lambdoidéa* — sem razão de ser; Ad. Coelho faz o mesmo.

* **Lámnidas**, *s. m. pl.* (zool.) família de Chondropterygios Plagiostomos.||Do gen. *Lamna* (e este de λάμνη tubarão) + suff. *idas*.

Lámpada, *s. f.* vaso destinado a conter um líquido combustivel e uma torcida, o qual se suspende e serve para alumiar. Pelo lat. *lampada*, vem de λαμπὰς facho, tocha.

Deriv.: *lampadário, lampadejár, lampadéiro, lampa, lampejo, lampejar, lampeiro, lampião, lamparina*.

* **Lampadíto**, *s. m.* (min.) var. de wad (composto de oxydos hydratados de manganez). || De λαμπὰς, ἀδος lampada, + suff *íto*.

Lamprito, *s. m.* (min.) syn. de schreibersito (phosphoreto de ferro nickelado dos meteoritos). || De λαμπρός brilhante + suff. *íto*.

Lamprómetro, *s. m.* (phys.) instrumento para medir a intensidade da luz. || De λαμπρός brilhante + μέτρον medida.

* **Lamprophânio**, *s. m.* (min.) sulfato de chumbo com calcio e alcalis. || De λαμπρός brilhante + φαίνειν parecer + suff. *io*.

* **Lámprostíbio**, *s. m.* (min.) antimoniato de ferro e manganez. || De λαμπρός brilhante + στίβι antimonio + suff. *io*.

Lamptérias, *s. f. pl.* (ant.) festa dos fachos, celebrada em honra de Baccho. || De λαμπτηρία (τὰ), deriv. de λαμπτήρ facho.

Lanthánio, *s. m.* (chim.) metal descoberto em 1840 no cerito. || De λανθάνειν estar occulto + suff. *io*.

* **Láparelýtrotomía**, *s. f.* (med.) variante da operação cesariana. || De λάπαρον flanco, lombos + ἔλυτρον vagina. + τομὴ corte + suff. *ia*.

Láparocéle, *s. f.* (med.) hernia lombar. || De λάπαρον flanco + κήλη hernia.

* **Láparohýsterotomía**, *s. f.* (med.) operação cesariana. || De λάπαρον flanco + ὑστέρα utero + τομὴ corte + suff. *ia*.

* **Láparosplénotomía**, *s. f.* (med.) operação para extirpar o baço (Czerny). || De λάπαρον flanco + σπλήν baço + τομὴ corte + suff. *ia*.

Láparotomía, *s. f.* (chir.) outrora incisão no flanco para operar a hernia lombar; hoje, qualquer incisão em um poncto da parede abdominal anterior para descobrir ou tractar de uma lesão em viscera do abdome. || De λάπαρον flanco + τομὴ corte + suff. *ia*.

* **Láridas**, *s. m. pl.* (zool.) fam. de Aves Palmipedes. || Do gen. *Larus* (e este de λάρος gaivota) + suff. *idas*.

Laryngalgía, *s. f.* (med.) nevralgia laryngea.||De *larynge* (v. este vcb.) + ἄλγος dôr + suff. *ia*.

Larýnge, *s. m.* (anat.) parte superior da trachéa, e orgam essencial da voz. || De λάρυγξ (ὁ).

N. A etymologia e o uso mandam fazer masculino este

LAR — 358 — LEM

vcb., que Aul. e outros dão como feminino.
Deriv. : larýngeo (adj.), *laryngíte* (s. f.), *laryngísmo* (s. m.)
* **Larýngectomía**, *s. f.* (med.) ablação do larynge. || De λάρυγξ larynge + ἐκτομή ablação + suff. *ia*.
* **Larýngocéle**, *s. f.* (med.) tumor gazoso do pescoço. || De λάρυγξ larynge + κήλη tumor.
Larýngología, *s. f.* (med.) estudo do larynge e das molestias que têm nelle a sua séde. || De *larynge* (v. este vcb.) + λόγος tractado + suff. *ia*.
Larýngorrhagía, *s. f.* (med.) hemorrhagia laryngea. || De *larynge* (v. este vcb.) + ῥαγή ruptura + suff. *ia*.
Larýngoscópio, *s. m.* (med.) instrumento destinado a examinar o interior do larynge. || De λάρυγξ larynge + σκοπεῖν examinar + suff. *io*.
Deriv. : larýngoscopía (s. f.), *larýngoscópico* (adj.).
* **Larýngostenóse**, *s. f.* (med.) estreitamento do larynge. || De *larynge* (v. este vcb.) + στένωσις estreitamento, apêrto.
Larýngotomía, *s. f.* (med.) incisão do larynge para delle extrahir algum corpo extranho, etc. || De λάρυγξ larynge + τομή corte + suff. *ia*.
* **Larýngotracheíte**, *s. f.* (med.) inflammação do larynge e da trachea. || De *larynge* + *trachea* + suff. *íte*.
* **Lathyrísmo**, *s. m.* (med.) intoxicação provocada pelo *Lathyrus sativus*. || De *Lathyrus* (e este de λάθυρος ervilha) + suff. *ismo*.
Latría, *s. f.* culto de adoração devido a Deus. || De λατρεία adoração.
Leão, *s. m.* (zool.) quadrupede carniceiro, do gen. *Felis leo*, etc. || Pelo lat. *leonem*, vem de λέων.

Deriv. : leôa (s. f.), *leoníno* (adj.), *leonéira* (s. f.).
Lécanomancía, *s. f.* (ant.) adivinhação feita com uma bacia de metal. || De λεκανομαντεία (comp. de λεκάνη bacia + μαντεύειν adivinhar).
Lecithína, *s. f.* (chim.) corpo graxo, neutro, que se encontra na fibrina, no tecido nervoso, no sangue, na gemma do ovo, etc. || De λέκιθος gemma d'ovo + suff. *ina*.
* **Lécitho**, *s. m.* vitello nutritivo do ovo (M. Duval). || De λέκιθος gemma d'ovo.
Lecythídeas, *s. f. pl.* (bot.) familia da ordem das Myrtaceas, que tem por typo o gen. *Lecýthis*. || De *Lecythis* (e este de λήκυθος vaso) + suff. *eas*.
N. Fig. escreve *lecithideas*, exquecendo a derivação.
Lecýthio, *adj.* (poet.) diz-se do verso trochaico de trez pés e meio. || De ληκύθιον (μέτρον), e este de ληκύθιος empollado.
Léigo, *adj. e s. m.* que não tem ordens sacras; não clerical, etc. || Pelo lat. *laicum*, vem de λαϊκός que é do povo (deriv. de λαός povo).
Deriv. : leigal, leigar, leiguice.
Lêmma, *s. m.* (mathem.) proposição que prepara a demonstração de outra; divisa, emblema, sentença. || De λῆμμα proposição, these.
Deriv. : lemmático (adj.).
Lemnáceas, *s. f. pl.* (bot.) ordem de plantas monocotyledones, aquaticas, que têm por typo o gen. *Lemna*. || De λέμνα ervilha d'agua + suff. *áceas*.
Lemniscáta, *s. f.* (geom.) curva geometrica em forma de 8, lembrando um laço de fita. || Pelo adj. lat. *lemniscata*, de λημνίσκος fita.
N. Dá-lhe Fig. desinencia

em *o* e gen. masculino, quando não ha para isso razão.

Lemnísco, *s. m.* (ant.) fita que pendia das palmas e das corôas dos vencedores. — Traço horizontal com dous ponctinhos (÷ ou ≑), que indicava nos mss. as passagens traduzidas da Escriptura, ou transposição. — Tira empregada no tractamento de feridas. || De λημνίσκος fita.

*****Lemodípodes,** *s. m. pl.* (zool.) sub-ordem de Crustaceos Isopodes, que têm as duas patas deanteiras inseridas debaixo do pescoço. || De λαιμός pescoço, garganta + δι dous + πούς, ποδός pé.

*****Lémographía,** *s. f.* (med.) descripção da peste. || De λοιμός peste + γράφω descrevo + suff. *ia*.

Leontíase, *s. f.* (med.) elephantiase tuberculosa da face. || De λεοντίασις (deriv. de λέων, οντος leão).

Leopárdo, *s. m.* (zool.) quadrupede da ordem dos Carnivoros, gen. *Pardus*. || De λεόπαρδος (form. de λέων leão + πάρδος panthera).

*****Lepádidas,** *s. m. pl.* (zool.) familia de Crustaceos Cirripedes. || Do gen. *Lépas* (e este de λεπάς, άδος especie de concha ou marisco) + suff. *idas*.

*****Lepásta,** *s. f.* (ant.) vaso antigo, para beber, nos templos gregos. || De λεπαστή (e este de λεπάς concha).

N. Fig. regista « lepista », tirado talvez do latim *lepista, œ*, que tambem existe, mas provavelmente fructo de algum erro de copista. Havendo egualmente no latim *lepasta, œ*, derivado correctamente do grego λεπαστή, não ha dúvida que é preferivel a forma aqui consignada.

Lepicênio, *s. m.* (bot.) glumella das Graminaceas (Richard.). || De λεπίς escama + κοινός commum + suff. *io*.

N. E preferivel esta forma a *lepicêna*, que nos dá Fig.

Lepidíneas, *s. f. pl.* (bot.) tribu da ordem das Cruciferas; gen. typo *Lepidium*. || De *Lepidium* (e este de λεπίδιον herva pimenteira) + suff. *ineas*.

Cogn.: *lepidína* (s. f.).

Lépidocárpo, *adj.* (bot.) que tem fructos escamosos. || De λεπίς, ίδος escama + καρπός fructo.

*****Lépidocarýneas,** *s. f. pl.* (bot.) tribu das Palmaceas. || Do gen. *Lépidocáryum* (e este de λεπίς, ίδος escama + κάρυον noz) + *n* euph. + suff. *eas*.

*****Lépidochlóro,** *s. m.* (min.) var. de rhipidolithc (chlorito ferro-magnesianu). || De λεπίς, ίδος escama + χλωρός verdoengo.

*****Lépidocrocíto,** *s. m.* (min.) var. de goethito ($H^2Fe^2O^4$). || De λεπίς, ίδος escama + κρόκος açafrão + suff. *ito*.

*****Lépidodéndreas,** *s. f. pl.* (bot.) tribu das Lycopodiaceas. || Do gen. *Lépidodéndron* (e este de λεπίς, ίδος escama + δένδρον árvore) + suff. *eas*.

Lepidóide, *adj.* similhante a escama. || De λεπίς, ίδος escama + είδος similhança.

Lepidólitho, *s. m.* (min.) mica lithinifera, do sub-genero moscovito. || De λεπίς, ίδος escama + λίθος pedra.

*****Lépidomelânio,** *s. m.* (min.) mica preta ferro-magnesiana, do sub-genero biotito. || De λεπίς, ίδος escama + μέλας, αινα, αν negro + suff. *io*.

*****Lépidomorphíto,** *s. m.* (min.) syn. de moscovito (sub-genero de mica). || De λεπίς, ίδος escama + μορφή forma + suff. *ito*.

*****Lépidopheíto,** *s. m.* (min.) var. de wad (mixtura

de oxydos hydratados de manganez). || De λεπίς, ίδος escama + φαιός pardacento + suff. *ito*.

Lepidóptero, *adj.* e *s. m.* (zool.) ordem dos Insectos, a que pertencem as borboletas. || De λεπίς escama + πτερόν aza.

* **Lépidosáurios**, *s. m. pl.* (zool.) nome dado por alguns á ordem dos Saurophidios. || De λεπίς, ίδος escama + *Saurios* (v. este vcb.).

* **Lépidosiréne**, *s. m.* (zool.) animal descoberto nos arredores da Bahia em 1837, e que faz a transição dos Batrachios para os Peixes. || De λεπίς, ίδος escama + σειρήν, ήνος sereia.

N. Os diccionarios registam o vcb. hybrido — *lepidosereia* —, que deve desapparecer.

Deriv. *lépidosirénidas* (s. m. pl.).

* **Lepidostéidas**, *s. m. pl.* (zool.) fam. de Peixes Ganoideos. || Do gen. *Lepidósteus* (e este de λεπίς, ίδος escama + όστέον osso) + suff. *idas*.

Lepisma, *s. m.* (bot.) escama membranosa, na base do ovario de certas plantas (Fig.) || De λέπισμα escama.

Cogn. : *leptsmidas* (s. m. pl.) — fam. de Insectos.

Lepista. V. *lepásta*.

Lepóide, *s. m.* funcho, pequena crosta que se produz na face dos velhos. || De λέπος escama + είδος forma, similhança.

* **Lépotrichóse**, *s. f.* (med.) molestia, naturalmente parasitaria, dos péllos (Wilson). || De λέπος escama + θρίξ, τριχός cabello + suff. *óse*.

N. A forma « lépothrix » do vcb. francez não se adapta ao genio da nossa lingua.

Lépra, *s. f.* (med.) molestia da pelle, em que ha degeneração, ulceração e destruição della. || De λέπρα (e este de λεπρός escamoso).

N. Tem tambem os nomes de elephantiase e morphea.

Deriv. : *lepróso* (adj.), *lepróse* (s. f.), *lepróma* (s. m.).

* **Leptandrína**, *s. f.* (chim.) princípio activo da *Leptandra virginica*. || De *Leptandra* (e este de λεπτός fino + ἀνήρ, ἀνδρός homem) + suff. *ina*.

* **Léptidas**, *s. m. pl.* (zool.) familia de Dipteros. || Do gen. *Leptis* (e este de λεπτός tenue, delgado?) + suff. *idas*.

* **Lépto**, *s. m.* (ant.) moeda grega, equivalente á 8ª parte do obolo. || De λεπτόν.

* **Leptocárdios**, *s. m. pl.* (zool.) ordem de Peixes. || De λεπτός pequeno, fraco, subtil + καρδία coração + suff. *ios*.

* **Leptocarídeos**, *s. m. pl.* (zool.) ordem de Malacostraceos. || De λεπτός delgado, miudo + καρίς, ίδος caranguejo + suff. *eos*.

* **Léptochlorito**, *s. m.* (min.) chlorito de escamas finas e fibroso. || De λεπτός delgado + *chlorito* (v. este vcb.)

* **Léptomeningite**, *s. f.* (med.) inflammação da pia-mater. || De λεπτός delgado + *meningite* (v. *meninge*).

Léptonematito, *s. m.* (min.) var. de braunito (oxydo de manganez, Mn^2O^3). || De λεπτός delgado + νῆμα, ατος fio + suff. *ito*.

* **Leptoplánidas**, *s. m. pl.* (zool.) familia de Vermes Dendroceleos. || Do gen. *Leptóplana* (e este de λεπτός delgado + πλάνης que vaga) + suff. *idas*.

Leptospérmeas, *s. f. pl.* (bot.) tribu das Myrtaceas, gen. typo — *Leptospermum*. || De *Leptospermum* (e este de λεπτός delgado + σπέρμα semente) + suff. *eas*.

* **Leptostráceos**, *s. m. pl.* (zool.) secção dos Malacostraceos. || De λεπτός delgado, pequeno + όστρακον carapaça + suff. *eos.*

*Leptóthrix, *s. f.* (med.) especie de alga microscopica, que se encontra na bocca e em outros ponctos do apparelho digestivo. || De λεπτός fino + θρίξ cabello.

Leptýntico, *adj.* (med.) proprio para emmagrecer, adelgaçar. || De λεπτυντικός (e este de λεπτός delgado).

Lésbio, *adj.* relativo á ilha de Lesbo; lyrico. || De λέσβιος (deriv. de Λέσβος Lesbo).
N. As formas *lesbíaco* e *lesbiano* parecem excusadas.

Lethárgo, *s. m.* somno profundo, modorra; apathia, inercia. || De λήθαργος.
Deriv.: *lethargía* (s. f.), *lethárgico* (adj.).

*Leucargyríto, *s. m.* (min.) panabasio com prata. || De λευκός branco + άργυρος prata + suff. *ito.*

*Leucaugíto, *s. m.* (min.) especie de pyroxenio (silicato de cal, magnesio e ferro). || De λευκός branco + *augito* (v. este vcb.).

Leucemía, *s. f.* (med.) molestia em que ha consideravel augmento do número de globulos brancos do sangue. || De λευκός branco + αἷμα sangue + suff. *ia.*
Deriv..: leucêmico (adj.).

Leucína, *s. f.* (chim.) substância branca, soluvel, que existe no sangue e no tecido pulmonar (Robin), etc. || De λευκός branco + suff. *ina.*
Cogn.: *lêucico* (adj.).

Leucíto¹, *s. m.* (min.) syn. de amphigenio (silicato de aluminio e potassio, $K^2Al^2Si^4O^{12}$). || De λευκός branco + suff. *ito.*

Leucíto², *s. m.* (bot.) nome dado a gráos dotados de certa refringencia, que existem no protoplasma das cellulas vegetaes. || De λευκός branco + suff. *ito.*

*Léucoblástico, *adj.* (med.) que diz respeito á formação dos globulos brancos. || De λευκός branco + βλαστός germe + suff. *ico.*

*Léucoceratóse, *s. f.* (med.) aspecto branco corneo das mucosas da bocca, da lingua, da vagina. || De λευκός branco + κέρας, ατος corno + suff. *óse.*
N. Corresponde ao francez — *leucokératose* —.

*Léucochalcíto, *s. m.* (min.) arseniato hydratado de cobre. || De λευκός branco + χαλκός cobre + suff. *ito.*

*Léucocyclíto, *s. m.* (min.) var. de apophyllito (zeolitho calcico-potassico, sem alumina). || De λευκός branco + κύκλος círculo + suff. *ito.*

Léucocythemía, *s. f.* (med.) leucemía; alteração do sangue por augmento consideravel da quantidade de leucocytos. || De *leucocyto* + αἷμα sangue + suff. *ia.*
Deriv.: *léucocythémico* (adj.).

Leucócyto, *s. m.* (physiol.) corpusculo da lympha, globulo branco do sangue. || De λευκός branco + κύτος cavidade.
N. Os diccionarios mandam accentuar a penultima, mas a quantidade de κύτος condemna esta prosodia.
Deriv.: *léucocytóse* (s. f.).

*Léucocytólyse, *s. f.* (med.) desapparecimento ou destruição dos globulos brancos no sangue. || De *leucócyto* (v. este vcb.) + λύσις dissolução.

*Leucócytometría, *s. f.* (med.) contagem dos globulos brancos. || De *leucócyto* (v. este vcb.) + μέτρον medida + suff. *ia.*

*Léucodermía, *s. f.* (med.) variedade de achromia, em que só a pelle se descora. || De λευκός branco + δέρμα pelle + suff. ia.

Leucólitho, s. m. (min.) syn. de dipyrio. De λευκός branco + λίθος pedra.

Leucólyse, s. f. (med.) o mesmo que leucocytólyse. || De λευκός branco + λύσις dissolução.
N. Não foi bem formado o vocabulo, que é vantajosamente substituido por *leucocytolyse*.

Leucólytos, s. m. pl. (chim.) corpos que formam com acidos não corados dissoluções tambem incolores (Ampère).||De λευκός branco + λυτός dissolvido.
N. Vcb. impropriamente formado.

Leucôma, s. m. (med.) especie de mancha branca na cornea transparente, consecutiva a uma ferida. || De λευκός branco + suff. ôma.

*__Léucomaína,__ s. f. (biol.) corpo azotado, producto basico do desdobramento das materias albuminoides. || De λεύκωμα albumina + suff. ina.

*__Léucomélanodermía,__ s. f. (med.) perturbação da pigmentação cutanea, que consiste ao mesmo tempo em hyperchromia e hypochromia (Fournier). || De λευκός branco + μέλας negro + δέρμα pelle + suff. ia.

*__Léucomyelite,__ s. f. (med.) inflammação dos cordões brancos da medulla. || De λευκός branco + μυελός medulla + suff. ite.

*__Leucónidas,__ s. m. pl. (zool.) familia de Esponjas calcareas. || Do gen. typo *Leuconia* (e este de λευκός branco?) + suff. idas.

Léucopathia, s. f. (med.) albinismo.||De λευκός branco + πάθος molestia + suff. ia.

*__Léucopenía,__ s. f. (med.) diminuição do número de globulos brancos. || De λευκός branco + πενία pobreza.
Deriv. : leucopénico (adj.).

*__Leucopetríto,__ s. m. (min.) resina fossil. || De λευκός branco + πέτρα rocha, pedra + suff. ito.

*__Leucophânio,__ s. m. (min.) silicato de glycinio, calcio e sodio, com fluor. ||De λευκός branco + φαίνειν brilhar + suff. io.

Léucophlegmasía, s. f. (med.) designação impropria, dada á infiltração geral do tecido cellular. || De λευκός branco + *phlegmasía* (v. este vcb.).

Léucophýlla, s. f. (bot.) granulos incolores existentes nas cellulas dos orgãos aereos das plantas. || De λευκός branco + φύλλον folha.
N. Formado á feição de *chlorophylla*.

*__Leucophyllíto,__ s. m. (min.) var. de moscovito (especie de mica).||De λευκός branco + φύλλον folha + suff. ito.

*__Léucoplasía,__ s. f. (med.) molestia characterizada pelo desenvolvimento de placas nacaradas na face interna das bochechas, etc. || De λευκός branco + πλάσις formação + suff. ia.

*__Leucopyríto,__ s. m. (min.) arsenieto de ferro. || De λευκός branco + *pyrito* (v. este vcb.).

*__Léucorrhagía,__ s. f. (med.) hemorrhagia que se dá nos doentes de lymphadenia leucemica. || De λευκός branco + ῥαγεῖν romper + suff. ia.

Léucorrhéa, s. f. (med.) catarrho ou inflammação, mais ou menos chronica, da mucosa do utero ou da vagina, acompanhada de corrimento. || De λευκός branco + ῥέω corro.
Deriv. : léucorrhéico (adj.).

*__Léucotherapía,__ s. f. (med.) tractamento que consiste em provocar a leucocytose por meio de uma substância chimica. ||

De λευκός branco + θεραπεία tractamento.
Deriv.: léucotherápico (adj.).
* Leucotoxína, *s. f.* (med.) sôro que dissolve os leucocytos. || De *leucócyto* + *toxína* (v. estes vcbs.).
*Leucoxênio, *s. m.* (min.) aggregado de esphenio e rutilio. || De λευκός branco + ξένος hospede + suff. *io.*
Léxico, *s. m.* diccionario, vocabulario. || De λεξικόν (form. de λέξις palavra, e este de λέγω fallo).
N. Aul. conserva-lhe a desinencia grega *on,* para o que não ha razão; Ad. Coelho dá *lexicón,* que é de todo inadmissivel.
Deriv.: lexicál (adj.).
Lexicógrapho, *s. m.* o que organiza o vocabulario ou diccionario de uma lingua; diccionarista. || De λεξικόν diccionario (form. de λέξις palavra) + γράφω escrevo.
Deriv.: léxicographía (s. f.), *léxicográphico* (adj.).
Léxicología, *s. f.* o estudo do diccionario ou dos vocabulos em conjuncto. || De λεξικόν diccionario + λόγος tractado + suff. *ia.*
N. Usualmente se define de outra forma : «parte da Grammatica, que estuda as palavras em relação á etymologia (Aul.), ou que estuda isoladamente os vocabulos». Mas esta definição, attenta a derivação do vocabulo, não lhe cabe bem, e deve ser substituida pela que propomos e que está de accôrdo com o parecer auctorizado de João Ribeiro.
V. *lexiología.*
Deriv.: léxicólogo (s. m.), *léxicológico* (adj.).
Léxiología, *s. f.* parte da Grammatica, em que se estudam isoladamente os vocabulos; abrange a Phonetica, a Morphologia e Taxionomia. || De λέξις vocabulo + λόγος tractado + suff. *ia.*
N. Propondo judiciosamente esta mesma definição, João Ribeiro dá entretanto ao vocabulo a forma — *lexilogía* — que não respeita as leis mais geraes da derivação. De facto, os exemplos : physiología, physiognomía, phraseología e outros demonstram claramente que estas palavras se compõem com a forma flexional do genitivo grego.
Deriv.: lexiológico (adj.).
Líbyco, *adj.* relativo á Lybia. || De λιβυκός (deriv. de Λιβύη Lybia, Africa).
Cogn.: lýbio (adj.).
Líchen, *s. m.* (med.) manifestação dartrosa, proxima do eczema, e characterizada por uma erupção papulosa. — (Bot.) planta Thallophyta, typo das Lichenaceas. || De λειχήν, ῆνος.
Deriv.: lichenáceas (s. f. pl.), *lichénico* (adj.), *lichenína* (s. f.).
N. A formação regular daria *lichêne,* mas pode conservar-se *líchen* tirado do nominativo grego, como *charácter, hymen* e outros. Fôrça é porêm advertir que no plural devemos pronunciar *lichênes,* como dizemos *charactéres.*
Liencéphalo, *adj.* (zool.) que tem os hemispherios cerebraes lisos, sem circunvoluções (Owen). || De λεῖος liso + *encephalo* (v. este vcb.).
Lienteria, *s. f.* (med.) diarrhea em que os alimentos são expulsos mal digeridos , sem elaboração. || De λειεντερία (form. de λεῖος liso, polido + ἔντερον intestino).
Deriv.: lientérico (adj.).
Limácidas, *s. m. pl.* (zool.) familia de Molluscos Gastropodes, cujo gen. typo é *Limax* (a lesma). || De *Limax* (e este de λείμαξ lesma) + suff. *idas.*

N. Os diccionarios dão *limacídeos;* mas esta desinencia em *idas*, de nomes patronymicos, é a que mais de perto corresponde ao lat. scientifico — *limacĭdœ*—.

Limenárcha, *s. m.* (ant.) inspector ou governador de um porto, na Grecia. || De λιμενάρχης (comp. de λιμήν, ένος porto + ἄρχειν commandar).

Limnantháceas, *s. f. pl.* (bot.) ordem de plantas dicotyledones, cujo genero typo é *Limnanthes*. || De *Limnanthes* (e este de λίμνη pantano + ἄνθος flôr) + suff. *áceas*.

*****Limnéidas,** *s. m. pl.* (zool.) familia de Molluscos Pulmonados. || Do gen. *Limnœus* (e este de λιμναῖος que é de pantano) + suff. *idas*.

*****Limnobíidas,** *s. m. pl.* (zool.) familia de Insectos Nematoceros. || Do gen. *Limnóbia* (e este de λίμνη pantano + βίος vida) + suff. *idas*.

Limoctonía, *s. f.* inanição, morte á fome. || De λιμοκτονία (comp. de λιμός fome + κτείνω mato).

Lináceas, *s. f. pl.* (bot.) ordem de plantas dicotyledones, a que serve de typo o gen. *Linum*. || De *Linum* (e este de λίνον linho) + suff. *áceas*.

Linho, *s. m.* planta textil, do gen. *Linum usitatissimum*. || De λίνον linho.

Cogn.: *linha, linháça, linhôso*, etc.

Liocárpo, *adj.* (bot.) que tem fructos lisos. || De λεῖος liso + καρπός fructo.

Liócomo, *adj.* que tem cabellos lisos. || De λεῖος liso + κόμη cabelleira.

Liodérmo, *adj.* que tem pelle lisa. || De λεῖος liso + δέρμα pelle.

*****Liomyôma,** *s. m.* (med.) myoma de fibras lisas. || De λεῖος liso + *myôma* (v. este vcb.).

Liophýllo, *adj.* (bot.) que tem folhas lisas. || De λεῖος liso + φύλλον folha.

Liótrichos, *adj.* e *s. m. pl.* designação dada por Bory de St-Vincent ás raças humanas de cabello liso. (Oppõe-se a *ulotrichos*). || De λεῖος liso + θρίξ, τριχός cabello.

*****Lipáridas,** *s. m. pl.* (zool.) familia de Lepidopteros Bombycineos. || Do gen. *Liparis* (e este de λιπαρός brilhante, esplendido) + suff. *idas*.

*****Liparíto,** *s. m.* (min.) var. de talco (silicato hydratado de magnesio). || De λιπαρός gorduroso + suff. *ito*.

Liparocéle, *s. f.* (med.) syn. de lipoma. || De λιπαρός gorduroso + κήλη tumor.

*****Liparóide,** *s. m.* (pharm.) excipiente que resulta da união íntima das gorduras e dos oleos entre si ou com a cera (Béral). || De λιπαρός gorduroso + εἶδος forma.

*****Lípase,** *s. f.* (chim.) termo generico dado aos fermentos soluveis capazes de operar o desdobramento dos corpos gordurosos em seus constituintes: glycerina e acidos graxos (Bourquelot). || De λίπος gordura + suff. *ase* (do vocabulo *diástase*).

*****Lipemía,** *s. f.* (med.) presença de gordura no sangue. || De λίπος gordura + αἷμα sangue + suff. *ia*.

*****Lípico,** *adj.* (chim.) Acido —, corpo produzido pela acção do acido azotico sôbre o oleico. || De λίπος gordura + suff. *ico*.

Lipográmma, *s. m.* composição litteraria feita como proposito de não empregar nella uma ou mais lettras do alphabeto. De λειπογράμματος (comp. de λείπειν omittir, faltar + γράμμα lettra).

Deric. : *lipogrammático* (adj.).

Lipóide, *adj.* e *s. m.* (chim.) designação dada pelos allemães a corpos, que têm apparencia de gorduras. || De λίπος gordura + εἶδος forma.

* **Lipólyse,** *s. f.* (physiol.) desdobramento das gorduras dos alimentos em acidos graxos e sabões no decurso da digestão intestinal. || De λίπος gordura + λύσις dissolução.

Lipôma, *s. m.* (med.) tumor gorduroso, devido a hypertrophia local do tecido adiposo. || De λίπος gordura + suff. *ôma.*
Deric. : *lipómatôso* (adj.).

Lipothymía, *s. f.* (med.) perda subita e instantanea do movimento, mas persistindo a respiração e a circulação. || De λειποθυμία (form. de λείπειν faltar + θυμός vida, espirito.)
N. Aulete e Fig. com acêrto accentúam a penultima.

Lipuría, *s. f.* (med.) presença de gordura na urina. || De λίπος gordura + οὖρον urina + suff. *ia.*

Lírio, *s. m.* (bot.) planta typo da ordem das Liliaceas. || De λείριον.

Liriodendrina, *s. f.* (chim.) substância amarga extrahida da tulipeira. || De λείριον lirio + δένδρον árvore + suff. *ina.*

*****Lissencéphalo,** *adj.* (zool.) diz-se do animal, cujos hemispherios cerebraes são desprovidos de circunvoluções. || De λεισσός liso + *encephalo* (v. este vcb.).
N. O mesmo que «liencéphalo».

Litanía, *s. f.* ladainha. || De λιτανεία súpplica, oração.

Lithagôgo, *adj.* e *s. m.* (med.) substância medicamentosa, a que se attribuia a propriedade de expellir os calculos pequenos da bexiga. || De λίθος pedra + ἀγωγός que conduz.

Lithargýrio, *s. m.* (min.) syn. de massicote (oxydo de chumbo, PbO). || De λιθάργυρος minereo de chumbo com prata + suff. *io.*
N. A forma «lithargo» é incorrecta.

Lithíase, *s. f.* (med.) formação de calculos em uma viscera. || De λιθίασις (e este de λίθος pedra).
N. As leis de analogia condemnam a forma *lithiasis*, que occorre em Aul. e Ad. Coelho.

Lithio, *s. m.* (chim.) metal solido, branco, descoberto na lithina. || De λίθος pedra.
Cogn. : *lithína* (s. f.).

*****Lithionito,** *s. m.* (min.) mica lithinifera, de côr violeta pallida, do sub-genero phlogopito. || De *lithio* (v. este vcb.) + ἴον violeta + suff. *ito.*

* **Lithiophorito,** *s. m.* var. lithinifera de psilomelanio. || De *lithio* (v. este vcb.) + φορός productor + suff. *ito.*

* **Lithobiidas,** *s. m. pl.* (zool.) familia de Chilopodes. || Do gen. *Lithóbius* (e este de λίθος pedra + βίος vida) + suff. *idas.*

* **Lithocenóse,** *s. f.* (chir.) retirada dos fragmentos de uma pedra vesical pela uretra, depois da lithotripsia. || De λίθος pedra + κένωσις evacuação.

Lithochromia, *s. f.* processo pelo qual se imita a pintura a oleo com o auxílio de lithographias collocadas sôbre uma tela em quadro, e que teem por detraz do desenho côres a oleo em camadas espessas e regulares (Aul.). || De λίθος pedra + χρῶμα côr + suff. *ia.*

Lithóclase, *s. f.* (geol.) fractura de rocha em geral. || De λίθος pedra + κλάσις fractura.

Lithoclastía, *s. f.* (chir.) operação de reduzir a peque-

nos fragmentos os calculos vesicaes; syn. de lithotripsia. || De λίθος pedra + κλάω quebro + suff. ia.
Cogn. : *lithoclásta* (s. m.) — melhor do que « lithoclasto » (cf. *iconoclasta*).
Lithocólla, *s. f.* betume feito de pedra, pêz, claras d'ovos, etc., para soldar pedras.|| De λίθος pedra + κόλλα colla.
Lithodiályse, *s. f.* (med.) processo de dissolver os calculos vesicaes. || De λίθος pedra + διάλυσις dissolução.
Deriv. : *lithodialytico* (adj.).
Lithogenesía, *s. f.* (miner.) estudo das leis da formação das rochas. || De λίθος pedra + γένεσις creação + suff. *ia*.
Lithoglyphía, *s. f.* gravura em pedra. || De λιθογλυφία (comp. de λίθος pedra + γλύφειν gravar).
Cogn. : *lithoglyphico* (adj.), *lithóglypho* (s. m.).
Lithographía, *s. f.* processo pelo qual se reproduz sôbre o papel por impressão o que anteriormente foi escripto ou desenhado sôbre uma pedra calcarea e especial (Aul.). || De λίθος pedra + γράφω desenho + suff. *ia*.
Cogn. : *lithographár* (v.), *lithográphico* (adj.), *lithógrapho* (s. m.).
Lithóide, *adj.* que tem aspecto de pedra. || De λιθοειδής (form. de λίθος pedra + εἶδος similhança).
Litholábio, *s. m.* (chir.) peça do apparelho de Civiale, destinada a fixar o cálculo vesical durante o esmagamento. || De λίθος pedra + λαβή o acto de agarrar + suff. *io*.
*** Litholapaxía**, *s. f.* (med.) esmagamento e evacuação dos calculos vesicaes. || De λίθος pedra + λάπαξις evacuação + suff. *ia*.

N. Hoje syn. de « lithotripsía ».
Lithólatra, *s. m.* o que adora a pedra. || De λίθος pedra + λατρεύειν adorar.
Deriv. : *litholatria* (s. f.).
Lithología, *s. f.* parte da História Natural que tracta do conhecimento das pedras. || De λίθος pedra + λόγος tractado + suff. *ia*.
Cogn. : *lithológico* (adj.), *lithólogo* (s. m.).
Lithólyse, *s. f.* (med.) dissolução dos calculos na bexiga por meio das substâncias lithotripticas. || De λίθος pedra + λύσις dissolução.
N. Traduz bem o francez *litholysie*, sem ser preciso appellar para o suff. *ia*. O mesmo que *lithodiályse*.
*** Lithómylo**, *s. m.* (med.) instrumento de Cattenoz para reduzir os calculos vesicaes a pó impalpavel. || De λίθος pedra + μύλη mó.
Deriv. : *lithomylia* (s. f.).
Lithontríptico, *adj.* (med.). V. *lithotríptico*.
Lithopédio, *s. m.* (med.) feto morto no utero ou fóra do utero, e incrustado de saes calcareos. || De λίθος pedra + παιδίον criança.
Lithóphago, *s. m.* (zool.) diz-se dos Molluscos, que adherem á superficie de pedras. || De λίθος pedra + φαγεῖν comer.
Lithophanía, *s. f.* processo allemão de reproduzir desenhos em placas de porcelana. || De λίθος pedra + φαίνεσθαι parecer + suff. *ia*.
Lithóphyto, *s. m.* (h. nat.) polypeiro que tem por base uma substância calcarea. || De λίθος pedra + φυτόν planta.
Lithoscópio, *s. m.* (chir.) apparelho para reconhecer a existencia de calculos na bexiga. || De λίθος pedra + σκοπεῖν examinar + suff. *io*.

Lithospôngios, *s. m. pl.* (zool.) sub-ordem das Esponjas. || De λίθος pedra + σπόγγος esponja + suff. *ios*.

Lithothlibía, *s. f.* (med.) esmagamento de um cálculo friavel entre o dedo e um catheter. || De λίθος pedra + θλίβειν esmagar + suff. *ia*.

Lithotomía, *s. f.* (med.) operação com que se extrahe um cálculo da bexiga por meio da incisão deste orgam. || De λίθος pedra + τομή corte + suff. *ia*.

N. Vcb. improprio e que deve ser substituido por *cystotomía*.

Cogn. : *lithótomo* (s. m.).

Lithotrése, *s. f.* (med.) perfuração dos calculos vesicaes. || De λίθος pedra + τρῆσις perfuração.

N. Traduz bem o fr. *lithoirésie*.

Lithótribo, *s. m.* (med.) instrumento com que se practica a lithotripsia. || De λίθος pedra + τρίβω esmago.

N. Este vcb. substitue vantajosamente o hybrido *lithotridor*.

Lithotripsía, *s. f.* (med.) operação que consiste em esmagar os calculos urinarios dentro da propria bexiga, para que os fragmentos possam atravessar a urethra. || De λίθος pedra + τρίβω trituro + suff. *ia*.

N. Tem predominado a forma hybrida *lithotrícia*, mas é para desejar que desappareça.

Lithotríptico, *adj. e s. m.* (med.) dizia-se de substâncias tidas por capazes de dissolver os calculos, e particularmente os da bexiga. || De λίθος pedra + τρίβω trituro.

N. A forma *lithontríptico*, copiada do francez, é incorrecta, e a propria palavra *lithotríptico* não corresponde fielmente á sua significação.

Lithotýpographía, *s. f.* processo pelo qual se podem reproduzir em fac-simile os livros impressos ou as gravuras. || De λίθος pedra + *typographía* (v. este vcb.).

Deriv. : *lithotypográphico* (adj.).

Lithóxylo, *s. m.* (min.) madeira petrificada. || De λίθος pedra + ξύλον madeira.

Lítote, *s. f.* (rhet.) figura que consiste no emprêgo de uma expressão, que diz pouco para fazer entender muito. || De λιτότης pequenez, simplicidade.

N. É preferível esta forma a *lítotes*, que anda nos diccionarios; estes accentúam a penultima, exquecidos da quantidade etymologica (cf. lat. *lĭtŏtes*).

Litro, *s. m.* medida de capacidade, no systema metrico, equivalente a um decimetro cubico. || De λίτρα medida de pêzo antiga, equivalente a 40 pollegadas cubicas (0¹,813).

Liturgía, *s. f.* a ordem e as ceremonias da Egreja; rito; fórmulas consagradas das orações. || De λειτουργία (form. de λεῖτος público + ἔργον obra, funcção).

Deriv. : *litúrgico* (adj.), *liturgista* (s. m.).

Lóbo, *s. m.* porção arredondada e saliente de qualquer orgam. || Pelo lat. *lobus*, vem de λοβός.

Deriv. : *lobádo*, *lobár* (adjs.), *lóbulo* (s. m.), *lobulár* (adj.).

*****Lochágo**, *s. m.* (ant.) capitão, commandante de um acompanhia, no batalhão de infantaria atheniense. || De λοχαγός.

*****Lóchiometría**, *s. f.* (med.) retenção dos lochios no utero. || De *lochios* (v. este vcb.) + μήτρα utero + suff. *ia*.

* **Lochiorrhéa**, *s. f.* (med.) corrimento abundante de lochios. || De *lochios* (v. este vcb.) + ῥέω corro.

Lóchios, *s. m. pl.* (med.) corrimento sanguinolento e seroso, que succede ao parto. || De λόχια (τὰ).
Deriv. : lochial (adj.).

* **Logaédico**, *adj.* (poet.) especie de antigos versos lyricos, que mais pareciam prosa rhythmada do que verdadeiros versos. || De λογαοιδικός (comp. de λόγος discurso + ἀοιδὴ canto).

Logarithmo, *s. m.* (math.) expoente da potencia, a que é preciso elevar uma quantidade constante (base) para dar o número proposto. || De λόγος conta, proporção + ἀριθμός número.
Deriv. : logaríthmico (adj.).

Lógica, *s. f.* (phil.) a parte da Philosophia, que estuda as leis do pensamento e expõe as regras que se devem observar na invenção e exposição da verdade. || De λογικὴ (form. de λόγος razão).
Cogn. : lógico (adj.).

Logístico, *adj.* logarithmos —, aquelles em que zero é o logarithmo correspondente ao número 3600. || De λογιστικός relativo ao cálculo.
Cogn. : logística (s. f.).

Logógrapho, *s. m.* nome dado aos primeiros prosadores da Grecia. || De λογογράφος prosador (form. de λόγος discurso + γράφω escrevo).
N. O cognato *logographia* com a significação de « estenographia » não deve prevalecer na lingua.

Logogrípho, *s. m.* especie de charada, em que das lettras ou syllabas da palavra que serve de conceito, dispostas e differentemente combinadas, se podem formar outras palavras.

|| De λόγος discurso + γρῖφος enigma.
Deriv. : logogríphico (adj.).

Lógomachía, *s. f.* confusão de palavras contradictorias; questão de palavras. || De λογομαχία (form. de λόγος palavra + μάχη disputa, combate).
Deriv. : logomáchico (adj.).

* **Logorrhéa**, *s. f.* (med.) fluxo de palavras, necessidade irresistivel de fallar. || De λόγος discurso + ῥεῖν correr.

* **Lonchidíto**, *s. m.* (min.) mixtura de marcasito e de mispickel. || De λογχὶς, ίδος lançasinha + suff. *ito*.

* **Lophobrânchios**, *s. m. pl.* (zool.) sub-ordem de Peixes Teleosteos. || De λόφος crista, pennacho + *branchias* (v. este vcb.).

* **Lophogástridas**, *s. m. pl.* (zool.) familia de Crustaceos Eschizopodes. || Do gen. *Lophogáster* (e este de λόφος pennacho, pluma + γαστὴρ ventre) + suff. *idas*.

* **Lophoíto**, *s. m.* (min.) syn. de rhipidolitho. || De λόφος crista, pennacho + suff. *ito*.

Lophópodes, *s. m. pl.* (zool.) grupo de Bryozoarios Ectoproctos, cuja corôa de tentaculos simelha um pennacho. || De λόφος pennacho, crista + ποῦς, ποδὸς pé.

* **Lophótricho**, *s. m.* bacillo que tem pennacho de cilios vibrateis em uma de suas extremidades. || De λόφος pennacho + θρὶξ, τριχὸς cabello.

* **Loranthácea**s, *s. f. pl.* (bot.) ordem de plantas dicotyledones, cujo typo é o gen. *Loranthus*. || De *Loranthus* (e este de λῶρον correia + ἄνθος flôr) + suff. *áceas*.

Lordóse, *s. f.* (med.) curvatura dos ossos, e particularmente curvatura do rhache, de convexidade anterior. || De λόρδωσις.

Lóto, *s. m.* (bot.) nenuphar ou outra planta aquatica; especie de jujubeira (*Zizyphus lotus*). || De λωτός.

Lotóphago, *adj.* que se alimenta de lotos. || De λωτοφάγος (comp. de λωτός loto + φαγεῖν comer).

***Loxárthro**, *s. m.* (med.) direcção viciosa duma articulação. || De λοξός obliquo + ἄρθρον articulação.

***Loxoclásio**, *s. m.* (min.) orthosio com injecção de albito. || De λοξός obliquo + κλάσις fractura + suff. *io*.

Lóxodrómia, *s. f.* curva traçada sôbre a superficie duma esphera e que corta todos os meridianos sob um angulo constante, etc. (Aul.). || De λοξός obliquo + δρόμος carreira + suff. *ia*
Deriv. : *loxodrómico* (adj.), *loxodromísmo* (s. m.).

***Loxosómidas**, *s. m. pl.* (zool.) familia de Bryozoarios Endoproctos. || Do gen. *Loxosóma* (e este de λοξός obliquo + σῶμα corpo) + suff. *idas*.

Lycanthropía, *s. f.* (med.) especie de mania, em que o doente imagina estar transformado em lobo. || De λύκος lobo + ἄνθρωπος homem + suff *ia*.
Cogn. : *lycanthrôpo* (s. m.).

Lycêu, *s. m.* estabelecimento de instrucção secundaria ou profissional; collegio. || De Λυκαῖον Lycêu — monte da Arcadia.

Lycoperdáceas, *s. f. pl.* (bot.) grupo de Cogumelos Basidiosporios, a que serve de typo o gen. *Lycoperdon*. || De *Lycoperdon* (e este de λύκος lobo + πέρδω peido) + suff. *áceas*.

Lycopódio, *s. m.* (bot.) planta typo da ordem das Lycopodiaceas. || De λύκος lobo + πούς, ποδός pé.

Deriv. : *lycopodiáceas* (s. f. pl.), *lycopodína* (s. f.).

Lýcorexia, *s. f.* (med.) variedade de bulimia, characterizada por excessivo appetite para carnes. || De λύκος lobo + ὄρεξις deseio + suff. *ia*.

***Lygéidas**, *s. m. pl.* (zool.) familia de Hemipteros. || Do gen. *Lygæus* (e este de λυγαῖος escuro, preto) + suff. *idas*.

Lýmpha, *s. f.* (physiol.) líquido contido nos vasos lymphaticos. || Pelo lat. *lympha*, vem. de νύμφη agua.
Deriv. : *lymphático* (adj.), *lymphatísmo* (s. m.), *lymphite* (s. f.), *lymphôma* (s. m.), *lymphatite* (s. f.).

***Lýmphadenía**, *s. f.* (med.) molestia characterizada pela proliferação do tecido lymphoide. || De *lympha* (v. este vcb.) + ἀδήν glandula + suff. *ia*.

* **Lýmphadenôma**, *s. m.* tumor composto de tecido adenoide typico. || De *lympha* (v. este vcb.) + ἀδήν glandula + suff. *ôma*.

***Lýmphagôgo**, *adj.* (med.) diz-se da substancia que augmenta a producção da lympha. || De *lympha* (v. este vcb.) + ἀγωγός que conduz ou produz.

* **Lýmphangiectasia**, *s. f.* (med.) dilatação varicosa dos vasos e ganglios lymphaticos. || De *lympha* (v. este vcb.) + ἀγγεῖον vaso + ἔκτασις dilatação + suff. *ia*.

Lýmphangiôma, *s. m.* (med.) producção pathologica constituida pela agglomeração de vasos lymphaticos de formação nova. || De *lympha* (v. este vcb.) + ἀγγεῖον vaso + suff. *ôma*.

Lymphangite, *s. f.* (med.) inflammação dos vasos lymphaticos. || De *lympha* + ἀγγεῖον vaso + suff. *ite*.

***Lymphócyto**, *s. m.* (med.)

21.

pequeno leucócyto de nucleo muito volumoso. || De *lympha* (v. este vcb.) + χύτος cellula.
Deriv.: lýmphocytóse (s. f.).
Lymphôma, *s. m.* V. *lýmphadenôma*.
Lýmphorrhagía, *s.f.*(med.) corrimento abundante de lympha devido a ferimento de um vaso lymphatico. || De *lympha* + ῥήγνυμι irrompo + suff. *ia*.
* **Lýmphosarcôma,** *s. m.* (med.) tumor composto de tecido adenoide metatypico, que se pode desenvolver nos ganglios (Rindfleisch). || De *lympha* (v. este vcb.) + σάρξ, κός carne + suff. *ôma*.
Lýmphotomía, *s. f.* (anat.) dissecção dos vasos lymphaticos. || De *lympha* + τομή corte + suff. *ia*.
Lýnce, *s. m.* (zool.) animal carniceiro do gen. *Felix lynx*. || De λὺγξ.
Lýpemanía, *s. f.* (med.) alienação mental characterizada por tristeza profunda. || De λύπη tristeza + μανία loucura.
Deriv.: lypemaníaco.
Lýra, *s. f.* instrumento musíco de cordas, usado pelos antigos, etc. || De λύρα.

Deriv.: lýrica (s. f.), *lýrico* (adj.), *lyrísmo* (s. m.).
Lyródo, *s. m.* (ant.) o que accompanhava o seu canto com a lyra. || De λυρῳδός (comp. de λύρα lyra + ἀείδω canto).
* **Lýse,** *s. f.* (med.) defervescencia progressiva e regular da febre. || De λύσις solução.
Lysimáchia, *s. f.* (bot.) planta da ordem das Primulaceas. || De λυσιμάχιον (deriv. de Λυσίμαχος Lysimacho).
* **Lýssa,** *s. f.* (med.) pustula que no dizer de alguns se desenvolve debaixo da lingua dos individuos attacados de raiva (Marochetti ?). || De λύσσα raiva.
Lythráceas, *s. f. pl.* (bot.) ordem de plantas dicotyledones, cujo typo é o gen. *Lythrum*. || De *Lythrum* (e este de λύθρον sangue coalhado) + suff. *áceas*.
N. A forma — lythrariadas —, que occorre em Figueiredo, é incorrecta e inadmissivel.
* **Lythródio,** *s. m.* (min.) var. de eleolitho. || De λυθρώδης côr de sangue + suff. *io*.

M

Máchina, *s. f.* engenho composto de peças movediças, destinado a executar movimento ou qualquer acção. || Pelo lat. *machina*, do gr. μηχανή.
Deriv.: *machinál, machinár, machinísmo, machinista*.

*****Machozóide**, *s. m.* (zool.) forma de Polypos Hydrarios. || De μάχομαι combato + ζῶον animal + εἶδος forma.

Macróbio, *s. m. e adj.* pessoa que chegou a edade muito avançada, que viveu alem de 100 annos. || De μακρόβιος (form. de μακρός longo + βίος vida).
Deriv. : *macrobía* (s. f.).

Mácrobiótica, *s. f.* arte de prolongar a vida. || De μακροβιότης longevidade (form. de μακρός longo + βίος vida) + suff. *ica*.

Mácrocephalia, *s. f.* (anat.) genero de anomalia characterizada pelo excessivo desenvolvimento da cabeça. || De μακρός grande + κεφαλή cabeça + suff. *ia*.
Cogn. : *macrocéphalo* (adj.).

Macrócero, *adj.* (zool.) que tem cornos longos ou antennas compridas. || De μακρός grande + κέρας corno.

*****Mácrochilía**, *s. f.* (med.) hypertrophia labial. || De μακρός grande + χεῖλος labio + suff. *ia*.

Mácrochiría, *s. f.* (med.) monstruosidade characterizada pelo excessivo desenvolvimento das mãos. || De μακρός grande + χείρ mão + suff. *ia*.
Cogn. : *macrochíro* (adj. e s. m.), e não « macróchiro » como dá Figueiredo sem attenção á quantidade da raiz.

Macrocósmo, *s. m.* universo, o conjuncto de todas as cousas. || De μακρός grande + κόσμος mundo.

*****Macrócyto**, *s. m.* (med.) globulo vermelho enorme. || De μακρός grande + κύτος cellula.

Macrodáctylo, *adj.* (zool.) que tem dedos compridos. — Familia de Aves da ordem das Pernaltas. || De μακροδάκτυλος (form. de μακρός longo + δάκτυλος dedo).
N. Dos mesmos rad. derivase *mácrodactylía* (med.).

Mácrodiagonál, *s. f.* (cryst.) um dos trez eixos dos crystaes do systema orthorhombico. || De μακρός grande + *diagonal* (v. este vcb.).

Macrodôma, *s. m.* (cryst.) prisma transversal, cujo eixo é a macrodiagonal e cuja secção recta é formada pelas arestas culminantes mais curtas das protopyramides (Fig.). || De μακρός grande + δῶμα casa.

*****Macrogámeta**, *s. m.* (zool.) individuo, que, na reproducção de alguns Protozoarios, representa de alguma forma o papel do orgam feminino. || De μακρός grande + γαμέτης esposo. V. *microgámeta*.

***Mácrogastría**, s. f. (med.) dilatação do estomago. || De μακρός grande + γαστήρ, τρός estomago + suff. *ia*.

Mácroglósso, adj. (zool.) diz-se do animal, cuja lingua tem excessivo desenvolvimento. || De μακρός longo + γλῶσσα lingua.
Deriv. : mácroglossia (s. f.).

***Mácrogonídio**, s. m. (bot.) orgam reproductor movel de certas Algas. || De μακρός grande + *gonidio* (v. este vcb.).

Mácrología, s. f. prolixidade. || De μακρολογία (form. de μακρός longo + λόγος discurso).
N. Vcb. dispensavel.

Mácromelía, s. f. (anat.) monstruosidade por excessivo desenvolvimento de qualquer membro. || De μακρός longo + μέλος membro + suff. *ia*.
N. Aul. manda pronunciar *macromélia*, mas não ha para isso razão.

Mácropétalo, adj. (bot.) que tem grandes pétalos. || De μακρός grande + πέταλον pétalo.

***Macróphago**, s. m. (med.) phagocyto de grandes dimensões. || De μακρός grande + φαγεῖν comer.

Macropía. V. *macropsia*.

Mácropinacóide, s. m. (cryst.) crystal limitado por dous planos parallelos entre si e equidistantes do plano de symmetría, que passa pelo eixo principal e pela macrodiagonal (Fig.). || De μακρός grande + *pinacoide* (v. este vcb.).

Macrópode, adj. (zool.) que tem pés ou barbatanas excessivamente grandes. — (Bot.) diz-se do embryão de radicula muito grossa. || De μακρόπους, όποδος (form. de μακρός grande + πούς pé).

Deriv. : macropodía (s. f.).

Macropômo, adj. que tem grandes operculos. || De μακρός grande + πῶμα tampa.

Mácroprosopía, s. f. (med.) monstruosidade characterizada por excessivo desenvolvimento da face. || De μακρός grande + πρόσωπον face + suff. *ia*.

Macropsía, s. f. (med.) o mesmo que — megalopsía; phenomeno subjectivo, que consiste em o doente vêr os objectos maiores do que realmente são. || De μακρός grande + ὄψις visão + suff. *ia*.
N. *Macropia* é forma incorrecta.

Mácrorhízo, adj. (bot.) que tem grandes raizes. || De μακρός grande + ῥίζα raiz.

Mácrorhýncho, adj. (zool.) que tem bico ou focinho comprido. || De μακρός grande + ῥύγχος focinho.
N. Fig. supprime na syllaba final o *h*, contrariando a etymologia.

Mácroscelía, s. f. (anat.) monstruosidade por excessivo desenvolvimento das pernas. || De μακρός grande + σκέλος perna + suff. *ia*.
Deriv. : macroscélico (adj.).

Macróscio, adj. (geogr.) diz-se dos habitantes do globo, que recebem muito obliquamente os raios do sol, e cujo corpo, ao meio-dia, projecta grande sombra (Fig.). || De μακρός grande + σκιά sombra.

Mácroscópico, adj. o que e visivel a olhos desarmados; não microscopico. || De μακρός grande + σκοπεῖν vêr + suff. *ico*.

Mácrosomatía, s. f. (med.) monstruosidade por excessivo desenvolvimento do corpo. || De μακρός grande + σῶμα, ατος corpo + suff. *ia*.

Mácrospérmo, adj. (bot.) que tem sementes grandes. ||

MÁC — 373 — MÁG

De μακρός grande + σπέρμα semente.
Mácrosporângio, *s. m.* (bot.) grandes conceptaculos ou orgãos reproductores de certos Cryptogamos. || De μακρός grande + *esporangio* (v. este vcb.).
Macrospório, *s. m.* (bot.) esporio volumoso de certas plantas acotyledones. || De μακρός grande + σπορά semente + suff. *io*.
Macrostomía, *s. f.* (med.) desenvolvimento exaggerado da bocca. || De μακρός grande + στόμα bocca + suff. *ia*.
Macrúros, *s. m. pl.* (zool.) sub-ordem dos Decapodes (Malacostraceos Podophthalmos). || De μακρός grande + οὐρά cauda.
Máctridas, *s. m. pl.* (zool.) familia de Molluscos Acephalos, que têm por typo o gen. *Mactra*. || De *Mactra* (e este de μάκτρα masseira, almofariz) + suff. *idas*.
N. Fig. dá *mactráceos* com terminação menos boa.
Madaróse, *s. f.* (med.) quéda dos pêllos, e particularmente dos cilios. || De μαδάρωσις (e este de μαδαρός calvo).
Magdalião, *s. m.* (pharm.) medicamento enrolado em forma de cylindro. || De μαγδαλιά miolo de pão.
N. Conservando-lhe a forma popular, é necessario entretanto escrever com *i*, em vez de *magdaleão* (v. Aul., Coelho e Fig.), que se afasta da etymologia.
Mágma, *s. m.* (chim.) residuo que fica depois de expremidas as partes mais fluidas de qualquer substância; fézes, borra. — Linimento espesso com pouco líquido. — Massa espessa e viscosa com a consistencia de papas. || De μάγμα.
Magnésia, *s. f.* (chim.) substância alcalina e pulverulenta, branca, insoluvel na agua, e de acção purgativa. || De Μαγνησία nome de cidade da Asia Menor.
Cogn. : *magnésio* (s. m.), *magnesiáno* (adj.), *magnésico* (adj.).
Magnesíto, *s. m.* (miner.) tri-silicato de magnésio hydratado. || De *magnésia* (v. este vcb.) + suff. *ito*.
Magnéte, *s. m.* iman; nome dado outrora a um minereo de ferro, que tinha propriedades de iman. || De μάγνης, ητος.
Deriv. : *magnético* (adj.), *magnetísmo* (s. m.), *magnetizár* (v.), *magnetizadôr* (s. m.), *magnetização* (s. f.).
Magnetíto, *s. m.* (min.) ferro oxydulado (Fe^3O^4). || De μάγνης, ητος iman + suff. *ito*.
Magnéto-eléctrico, *adj.* (phys.) o mesmo que *eléctromagnético*. || De *magnéte* + *eléctrico* (v. estes vcbs.).
Magnétogenía, *s. f.* (phys.) parte da Physica, que tracta da producção dos effeitos magneticos. || De μάγνης, ητος iman + γένος geração + suff. *ia*.
Magnétologia, *s. f.* tractado sôbre o iman e o magnetismo. || De *magnéte* (v. este vcb.) + λόγος tractado + suff. *ia*.
Magnetómetro, *s. m.* (phys.) apparelho destinado a medir a fôrça magnetica. || De μάγνης, ητος iman + μέτρον medida.
Magnétopyríto, *s. m.* (min.) syn. de pyrrhotina. || De μάγνης, ητος iman + *pyríto* (v. este vcb.).
Magnétotherapía, *s. f.* (med.) emprêgo dos imans no tractamento de certas psychoses. || De μάγνης iman + θεραπεία tractamento.
Mágo, *s. m.* sabio, perito no culto da religião zoroas-

trica. — Magico, feiticeiro. || De μάγος.
Deriv. : magia (s. f.), *mágica* (s. f.), *mágico* (adj.).
Malachíto, *s. m.* (min.) hydrocarbonato de cobre, de côr verde ($H^2Cu^2CO^5$). || De μαλάχη malva + suff. *ito*.
Malacia, *s. f.* (med.) perversão do appetite, que inspira desejo de comer substâncias inconvenientes e não alimentares. || De μαλακία.
N. Diz-se usualmente no Brasil — malácia —, mas já Aul. com razão propoz que isso se corrigisse.
Málacodérmos, *s. m. pl.* (zool.) família de Insectos da ordem dos Coleopteros Pentameros. || De μαλακός molle + δέρμα pelle.
***Malacólitho**, *s. m.* (min.) var. de salito (especie de pyroxenio diopside. || De μαλακός molle, fraco + λίθος pedra.
Málacología, *s. f.* (zool.) parte da Zoologia que tracta dos Molluscos. || De μαλακός molle + λόγος tractado + suff. *ia*.
***Malacônio**, *s. m.* (min.) zircão hydratado (silicato de zirconio). || De μαλακός molle + suff. *io*.
Málacopterýgios, *s. m. pl.* (zool.) secção dos Peixes, dos que têm esqueleto osseo, mas barbatanas brandas e flexiveis, segundo o systema de Cuvier. || De μαλακός molle + πτέρυξ aza + suff. *ios*.
Málacosarcóse, *s. f.* (med.) estado de molleza ou flaccidez do systema muscular. || De μαλακός molle + σάρξ carne + suff. *óse*.
Málacosteóse, *s. f.* (med.) amollecimento dos ossos. || De μαλακός molle + όστέον osso + suff. *óse*.
***Málacostráceos**, *s. m. pl.* (zool.) sub-classe dos Crustaceos. || De μαλακός molle + όστρακον carapaça + suff. *eos*.
Málacozoários, *s. m. pl.* (zool.) denominação dada por Blainville aos Molluscos. || De μαλακός molle + ζωάριον animalculo.
Malágma, *s. m.* (pharm.) antigo nome de medicamentos topicos, que têm a propriedade de amollecer a parte a que sc applicam. || De μάλαγμα cataplasma (deriv. de μαλάσσειν amollecer).
Cogn. : maláctico (adj.).
Málico, *adj.* (chim.) diz-se do acido descoberto por Scheele e que existe em quasi todos os fructos, mormente na maçã. || Pelo lat. *malum*, vem de μᾶλον (forma dor. de μῆλον) maçã + suff. *ico*.
Cogn. : maléico (adj.), *maláto* (s. m.).
* **Mallóphagos**, *s. m. pl.* (zool.) família de Insectos Apteros. || De μαλλός pêllo, lã + φαγεῖν comer.
Máltha, *s. f.* betume gelatinoso, que endurece com o frio e se funde com o calor. || De μάλθα mixtura de pêz e cera.
* **Malthacíto**, *s. m.* (min.) var. de esmectito. || De μαλθακός molle + suff. *ito*.
Mâmma, *s. f.* orgam glanduloso na femea de alguns animaes, que serve para secreção e excreção do leite. || Pelo lat. *mamma*, do gr. μάμμα ou μάμμη mamã, o grito infantil com que significa a vontade de mammar.
N. Escrevem-no geralmente com um só *m* (mama), e assim alguns dos derivados; mas a etymologia manda graphá-los todos com *mm*.
Deriv. : mammadêira, mammál, mammár, mammário, mammíllo, mammelão, mammóso, mammúdo.
Mammalogía, *s. f.* (zool.)

parte da Zoológia, que estuda os Mammaes. || De *mamma* (v. este vcb.) + λόγος tractado + suff. *ia*.

Mandrágora, *s. f.* (bot.) planta da ordem das Solanaceas, gen. *Mandrágora.* || De μανδραγόρας.

Manía, *s. f.* especie de alienação mental; excentricidade, exquisitice. || De μανία loucura.

Deriv.: maníaco (adj. e s. m.).

Manicômio, *s. m.* hospital de alienados. || De μανιάς louco + κομεῖν sustentar, tractar + suff. *io*.

Manná, *s. m.* (pharm.) succo concreto de certas árvores: *Fraxinus rotundifolia* e ouras. || De μάννα.

Deriv.: mannita (s. f.), *mannítico* (adj.), *mannitanio* (s. m.), *mannitóse* (s. f.).

Manómetro, *s. m.* (phys.) instrumento destinado a medir a fôrça elastica dos gazes e vapores. || De μανὸς raro, pouco denso + μέτρον medida.

Deriv.: manométrico (adj.).

Manoscópio, *s. m.* (phys.) instrumento que indica as variações da densidade do ar. || De μανὸς pouco denso + σκοπεῖν vêr + suff. *io*.

* **Mántidas,** *s. m. pl.* (zool.) familia de Insectos Orthopteros. || Do gen. *Mantis* (e este de μάντις especie de gafanhoto) + suff. *idas*.

* **Maránteas,** *s. f. pl.* (bot.) tribu das Scitaminaceas. || Do gen. *Maranta* (e este de μαραίνειν murchar, seccar) + suff. *eas*.

Marásmo, *s. m.* estado de extrema extenuação, último grau de magreza, extremo enfraquecimento geral. || De μαρασμὸς (de μαραίνειν enfraquecer).

Deriv.: marasmático (adj.), *marasmódico* (adj.).

* **Marasmólitho,** *s. m.* (min.) alteração de blenda (sulfureto de zinco). || De μαρασμὸς destruição, exgottamento + λίθος pedra.

Maráthro, *s. m.* (bot.) funcho. || De μάραθρον.

N. A quantidade commum da penultima permitte a prosodia paroxytona, que dão os diccionarios.

Margarína, *s. f.* (chim.) substância que se encontra no tecido adiposo e forma grande parte da manteiga. || De μάργαρος nacar, perola + suff. *ina*.

Cogn.: margárico e margarítico (adjs.).

Margaríta, *s. f.* perola de grande valor, etc. || Pelo lat. *margarita*, de μάργαρον perola.

Margaríto, *s. m.* (min.) mica calcarea, em que o hydrogenio é substituido parcialmente por sodio, e que tem o brilho da perola. || De μάργαρος perola + suff. *ito*.

* **Margarodíto,** *s. m.* (min.) var. de moscovito (sub-genero de mica). || De μαργαρώδης nacarado, aperolado + suff. *ito*.

* **Marmerólitho,** *s. m.* (min.) esp. de enstatito (silicato hydratado de magnesio, ferro e aluminio) com alcalis.||De μαρμαίρω brilho + λίθος pedra.

Mármore, *s. m.* (min.) calcito ou carbonato de calcio mais ou menos puro. || Pelo lat. *marmor, oris*, de μάρμαρος.

Deriv.: marmóreo (adj.), *marmorísta* (s. m.), *marmoreiro* (s. m.), *marmorizár* (v.).

Marsupiáes, *s. m. pl.* (zool.) ordem de Mammaes, segundo a classificação de Cuvier. || Pelo lat. *Marsupialia*, de μαρσύπιον bolsa, saquinho.

N. Têm o mesmo nome os dous ossos situados adeante do pubis, que characterizam esses animaes.

Mártyr, *adj.* e *s. m.* o que padeceu pela fé; víctima. ||

Pelo lat. *martyrem*, de μάρτυς testimunha, martyr.
Deriv.: martyrio (s.m.), *martyrizár* (v.).

Mártyrológio, *s. m.* catalogo dos mártyres. || De *mártyr* (v. este vcb.) + λόγος discurso + suff. *io*.

Massetér, *s. m.* (anat.) musculo que se insere na arcada zygomatica e no ramo ascendente do maxillar inferior; levanta a mandibula durante a mastigação. || De μασσητήρ, ῆρος.
Deriv.: masseterino (adj.).

Mastigóphoro, *s. m.* (ant.) funccionario que, armado de chicote, policiava os circos e theatr s gregos. || De μαστιγοφόρος (comp. de μάστιξ chicote + φέρειν trazer).

Mastique, *s. m.* resina de aroeira, almecega, etc. || Pelo francez *mastic*, vem do gr. μαστίχη.
N. O havermo-lo recebido pelo francez explica que se tenha afastado o vocabulo do graphar e da prosodia etymologica; a rigorosa derivação erudita faria — *mástiche*.

Mastíte, *s. f.* (med.) inflammação do parenchyma glandular da mamma. || De μαστός mamma + suff. *íte*.

Mastodónte, *s. m.* (geol.) mammal fossil, vizinho do elephante, da ordem dos Proboscidios, gen. *Mástodon*. || De μαστός mammillo + ὀδούς, ὄντος dente.

Mástodynía, *s. f.* (med.) dôr nas glandulas mammarias. || De μαστός mamma + ὀδύνη dôr + suff. *ia*.

Mastóide, *adj.* (anat.) diz-se da apophyse situada na parte posterior e inferior do temporal. || De μαστοειδής que tem forma de namma (de μαστός mamma + εἶδος forma).
Deriv.: mastoídeo (musculo —, cellulas —) adj., *mastoidíte* (s. f.).

Matéología, *s. f.* trabalho baldado dos que em estudos ou discussões pretendem profundar materias abstractas, que estão fóra do alcance do entendimento humano (Aul.). || De ματαιολογία discurso frivolo (form. de μάταιος vão + λόγος discurso).
Deriv.: matéológico (adj.).

Mathemática, *s. f.* sciencia que tem por fim determinar as grandezas segundo as relações, que entre ellas existem. || De μαθηματική (deriv. de μάθημα sciencia).
Cogn.: mathemático (adj. e s. m.).

Meándro, *s. m.* rodeio, sinuosidade. || De μαίανδρος (deriv. de Μαίανδρος um rio da Phrygia).
Deriv.: meándrico (adj.).

Mechánica, *s. f.* sciencia das leis do movimento e do equilibrio, etc. || De μηχανική (deriv. de μηχανή machina).
Cogn.: mechánico (adj. e. s. m.), *mechanísmo* (s. m.).

* **Méchanotherapía**, *s. f.* (med.) methodo therapeutico que consiste em fazer com que, por meio de apparelhos, as articulações executem movimentos activos ou passivos. || De μηχανή máchina + θεραπεία tractamento.
Deriv.: méchanotherápico (adj.).

* **Mecístocéphalo**, *adj.* (anthr.) diz-se dos cranios de maior indice cephalico. || De μήκιστος o maior + κεφαλή cabeça.

Mecómetro, *s. m.* (chir.) instrumento que serve para medir o comprimento do feto. || De μῆκος comprimento + μέτρον medida.

Meconína, *s. f.* (chim.) princípio neutro do opio. || De μήκων, ωνος dormideira + suff. *ina*.

Cogn.: mecônico (adj.), *meconáto* (s. m.), *meconidina* (s. f.).

Mecónio, *s. m.* (med.) ferrado; primeira evacuação dos recem-nascidos. || De μηκώνιον (cuja significação primitiva é succo de dormideira).

Medímno, *s. m.* (ant.) medida grega para cousas seccas, e equivalente a 51¹,79. || De μέδιμνος.

Medúsa, *s. f.* (zool.) animal marinho da classe dos Discophoros; alforreca. || De Μέδουσα Medusa, uma das Górgones.

*** Megabasito**, *s. m.* (min.) var. ferrosa de hübnerito (tungstato de manganez). || De μέγας grande + βάσις base + suff. *ito*.

*** Megabromito**, *s. m.* (min.) chlorobrometo de prata rico de bromo. || De μέγας grande + *bromo* (v. este vcb.) + suff. *ito*.

*** Mégacaryócyto**, *s. m.* (histol.) cellula grande que se encontra na medulla dos ossos, e provida de um nucleo volumoso. || De μέγας grande + κάρυον nucleo + κύτος cellula.

*** Mégacephalía**, *s. f.* (med.) desenvolvimento consideravel do cranio. || De μέγας grande + κεφαλή cabeça + suff. *ia*.

*** Megadérmidas**, *s. m. pl.* (zool.) fam. de Chiropteros Insectivoros. || Do gen. *Megaderma* (e este de μέγας grande + δέρμα pelle) + suff. *idas*.

*** Megadýnio**, *s. m.* (phys.) um milhão de dynios. || De μέγα grande + *dýnio* (v. este vcb.).

Mégalanthrópogenesía, *s. f.* pretendida arte de procrear homens de grande talento. || De μέγας grande + ἄνθρωπος homem + ἔνεσις geração + suff. *ia*.

Megalíthico, *adj.* feito de uma grande pedra. || De μέγας grande + λίθος pedra. + suff. *ico*.

Megállio, *s. m.* perfume feito de oleo de avelã da India, ou de balsamo, etc. || De μεγάλλιον.

N. Não é correcta a graphia « megalio », que Fig. regista.

*** Mégaloblásto**, *s. m.* globulo vermelho de nucleo muito maior do que o dos globulos communs. || De μέγας grande + βλαστός germe, cellula.

Mégalocéphalo, *adj.* e *s. m.* que tem cabeça excessivamente grande. || De μεγαλοκέφαλος (comp. de μέγας grande + κεφαλή cabeça).

Deriv.: mégalocephalía (s.f.).

*** Megalócyto**, *s. m.* variedade de globulo vermelho, devido á transformação dum megaloblasto, cujo nucleo se reabsorveu. || De μέγας grande + κύτος cellula.

Mégalomanía, *s. f.* (med.) mania das grandezas. || De μέγας grande + μανία loucura.

Deriv.: mégalomaníaco (adj. e s. m.).

*** Mégalophthalmía**, *s. f.* (med.) augmento consideravel nas dimensões do ôlho. || De μέγας grande + ὀφθαλμὸς ôlho + suff. *ia*.

*** Mégalopodía**, *s. f.* (med.) hypertrophia das extremidades inferiores. || De μέγας grande + πούς, ποδός pé + suff. *ia*.

Mégalopsía, *s. f.* (med.) o mesmo que — macropsía: perturbação da vista que faz vêr os objectos maiores do que realmente são. || De μέγας grande + ὄψις vista + suff. *ia*.

Mégalosáuro, *s. m.* (paleont.) especie de grande lagarto fossil. || De μέγας grande + σαῦρος lagarto.

Mégalosplenía, *s. f.* (med.) augmento de volume do baço.

|| De μέγας grande + σπλήν baço + suff. *ia*.
N. Ha equívoco na definição dada por Figueiredo.

Megâmetro, *s. m.* instrumento para medir as distâncias angulares entre os astros; instrumento para determinar longitudes maritimas (Fig.). || De μέγας grande + μέτρον medida.

* **Megapódidas**, *s. m. pl.* (zool.) fam. de Gallinaceos. || Do gen. *Megapódius* (e este de μέγας grande + πούς, ποδός pé) + suff. *idas*.

* **Megarhíneos**, *s. m. pl.* (zool.) sub-familia dos Nematóceros Culícidas. || Do gen. *Megarhinus* (e este de μέγας grande + ῥίς, ινός tromba) + suff. *eos*.

Megárico, *adj.* que diz respeito a Megara. || De Μέγαρα cidade grega.

Megascópio, *s. m.* (phys.) especie de camara escura, que dá imagens amplificadas. || De μέγας grande + σκοπεῖν ver + suff. *io*.

* **Megastómidas**, *s. m. pl.* (zool.) syn. de Lambliadas, familia de Protozoarios Flagellados. || Do gen. *Megástoma* (e este de μέγας grande + στόμα bocca) + suff. *idas*.

Megathério, *s. m.* (geol.) genero de Mammaes fosseis da ordem dos Desdentados. || De μέγας grande + θηρίον féra.
Deriv.: megathéridas (s. m. pl.).

Megistocéphalo, *adj. e s. m.* o mesmo que mecistocephalo. || De μέγιστος o maior + κεφαλή cabeça.

Meionito. V. *mionito*.

Mel, *s. m.* substância doce que as abelhas fórmam do succo das flôres. || Pelo lat. *mel*, dé μέλι, ιτος.

* **Melaconito**, *s. m.* (min.) oxydo de cobre. || De μέλας negro + κόνις pó + suff. *ito*.

Melaína, *s. f.* (chim.) princípio corante da tincta da sepia. || De μέλας negro + suff. *ina*.

* **Melalgia**, *s. f.* (med.) dôr que tem sua séde acima do joelho e que se extende ás vezes a todo o membro inferior (Beau). || De μέλος membro + ἄλγος dôr + suff. *ia*.

Melampýro, *s. m.* (bot.) planta, das Escrofulariaceas, que cresce nos trigaes, gen. *Melampyrum*. || De μελάμπυρον (e este de μέλας negro + πυρός trigo).
Deriv.: melampyrína (s. f.), *melampyrismo* (s. m.).

* **Mélanasphálto**, *s. m.* (min.) syn. de albertito, var. de asphalto. || De μέλας negro + *asphalto* (v. este vcb.).

* **Melanchlóro**, *s. m.* (min.) var. de dufrenito (phosphato hydratado de ferro). || De μέλας negro + χλωρός verdoengo.

Melancholía, *s. f.* tristeza. || De μελαγχολία (form. de μέλας negro + χόλη bile).
Deriv.: melanchólico (adj.).

Melanemía, *s. f.* (med.) estado do sangue characterizado pela presença de granulos escuros ou pretos. || De μέλας, ανος preto + αἷμα sangue + suff. *ia*.
Deriv.: melanémico (adj.).

* **Mélanhidróse**, *s. f.* (med.) suor preto. || De μέλας preto + ἱδρώς suor + suff. *óse*.

* **Melánidas**, *s. m. pl.* (zool.) familia de Gastropodes Tenioglossos. || Do gen. *Melania* (e este de μέλας, ανος negro) + suff. *idas*.

Melanína, *s. f.* (chim.) materia negra pigmentar da choroide, dos tumores melanicos. || De μέλας, ανος negro + suff. *ina*.
Cogn.: melánico (adj.), *melanismo* (s. m.), *melanóse* (s. f.), *melanótico* (adj.), *melanóma* (s. m.).

Melanito, *s. m.* (min.) granada ferro-calcarea, de côr preta ($Ca^3 Fe^2 Si^3 O^{12}$). || De μέλας, αινα, αν negro + suff. *ito*.

* **Mélanocerito**, *s. m.* (min.) fluo-boro-silicato de cerio, yttrio, calcio, lanthanio, didymio, tantalio e thorio. || De μέλας negro + *cerito* (v. este vcb.).

Mélanochroito, *s. m.* (min.) var. de phenicito (chumbo chromatado). || De μέλας negro + χρόα côr + suff. *ito*.

* **Mélanodermia**, *s. f.* (med.) anomalia que consiste na côr, accidentalmente preta ou escura, do pêllo dos animaes. || De μέλας, ανος negro + δέρμα pelle + suff. *ia*.

N. Forma mais correcta do que *meladermia*, que occorre em Figueiredo.

* **Melanólitho**, *s. m.* (min.) var. de hisingerito (silicato hydratado amorpho de ferro e magnesio). || De μέλας negro + λίθος pedra.

* **Mélanophlogito**, *s. m.* (min.) associação de silica, acido sulfurico, carbono e agua. || De μέλας negro + φλόξ, ογός chamma + suff. *ito*.

* **Mélanosiderito**, *s. m.* (min.) var. de hisingerito (silicato hydratado amorpho de ferro e magnesio). || De μέλας negro + σίδηρος ferro + suff. *ito*.

* **Mélanostibiânio**, *s. m.* (min.) antimoniato de manganez e ferro. || De μέλας negro + στίβι oxydo d'antimonio + suff. *ânio*.

* **Mélanothallito**, *s. m.* (min.) var. de atacamito (oxychloreto de cobre). || De μέλας negro + θαλλός ramo, rebento + suff. *ito*.

Melanótricho, *adj.* que tem cabellos pretos. || De μέλας, ανος negro + θρίξ, τριχός cabello.

Deriv.: *mélanotrichia* (s. f.).

* **Melantério**, *s. m.* (min.) sulfato de ferro hydratado, que ao ar se torna côr de ferrugem. || De μελαντηρία pó de sapato.

N. Chamam-no tambem *melanterito* (mesma etym.), e não *melantherita* como vem em Figueiredo.

Melantháceas, *s. f. pl.* (bot.) nome dado tambem ás Colchicaceas. || De *Melanthium* (e este de μέλας preto + άνθος flôr) + suff. *áceas*.

Melanuria, *s. f.* (med.) emissão de urina preta, denegrida ou azulada. || De μέλας, ανος negro + οΰρον urina + suff. *ia*.

Cogn.: *melanúrico* (adj.), *melanurina* (s. f.).

Meláphyro, *s. m.* (min.) rocha com a mesma composição do basalto, e seu equivalente nos terrenos antigos. || De μέλας negro + *phyro* (últimas syllabas de *porphyro*).

Melásmo, *s. m.* (med.) mancha escura que apparece principalmente nas pernas dos velhos. || De μελασμός (e este de μέλας preto).

Melasômos, *s. m. pl.* (zool.) familia de Insectos, da ordem dos Coleopteros. || De μέλας negro + σώμα corpo.

N. Figueir. accentúa *melásomos* sem attenção á quantidade etymologica.

Melástomáceas, *s. f. pl.* (bot.) ordem de plantas dicotyledones, cujo typo é o gen. *Melástoma*. || De *Melástoma* (e este de μέλας preto + στόμα bocca) + suff. *áceas*.

Melêna, *s. f.* (med.) corrimento de sangue pelo ano, symptoma commum de varios estados morbidos. || De μέλαινα (forma fem. de μέλας negro).

Meliáceas, *s. f. pl.* (bot.) ordem de plantas dicotyledones, que tem por typo o gen. *Melia*.

|| De *Melia* (e este de μελία freixo) + suff. *áceas.*

*Meliántheas, *s. f. pl.* (bot.) tribu das Sapindaceas. || Do gen. *Melianthus* (e este de μέλι mel + ἄνθος flôr) + suff. *eas.*

Melicéris, *s. m.* (med.) tumor kystoso, formado por uma substância amarellada com a consistencia de mel. || De μελικηρίς (deriv. de μελίκηρον favo de mel).

Mélico, *adj.* (poet.) melodioso, suave. || De μελικὸς (deriv. de μέλος canto, melodia).

* Melílitho, *s. m.* (min.) especie de wernerito (silicato anhydro de aluminio, etc.). || De μέλι mel + λίθος pedra.

Melilóto, *s. m.* (bot.) trevo de cheiro, planta da ordem das Leguminosas-Papilionaceas, gen. *Melilōtus.* || De μελίλωτος.

Deriv. : *melilotina* (s. f.), *melilótico* (adj.).

Melinito, *s. m.* (min.) var. de bol (argilla muito carregada de oxydo de ferro). || De μελίνη milhete + suff. *ito.*

*Melinophânio, *s. m.* (min.) silicato de sodio, glycynio e calcio, com fluor. || De μελίνη milhete + φαίνομαι pareço + suff. *io.*

* . Melinóse, *s. f.* (min.) syn. de wulfenito (molybdato de chumbo, — Pb Mo O⁴). || De μελίνη milhete + suff. *óse.*

* Meliphágidas, *s. m. pl.* (zool.) fam. de Passaros Tenuirostros. || Do gen. *Meliphaga* (e este de μέλι mel + φάγειν comer) + suff. *idas.*

Melissa, *s. f.* (bot.) hervacidreira, planta da ordem das Labiadas, gen. *Melissa.* || De μέλισσα abelha.

Melito, *s. m.* (pharm.) xarope, em que o mel substitue o açucar. || De μέλι mel + suff. *ito.*

* Melitóphilos, *s. m. pl.* (zool.) grupo de Insectos Coleopteros. || De μέλι, ιτος mel + φίλος amigo.

Melitóse, *s. f.* (chim.) exsudação açucarada de alguns eucalyptos; açucar do manná australiano. || De μέλι, ιτος mel + suff. *óse.*

N. Formado á feição de « saccharose ».

Mellíto, *s. m.* (min.) mellato hydratado d'aluminio ($H^{36}Al^2 C^{12}O^{30}$). || Pelo lat. *mel, mellis,* vem de μέλι mel.

Cogn. : *méllico* (adj.), *melláto* (s. m.).

Melodía, *s. f.* série de sons, de que resulta um conjuncto agradavel e regular; phrase cantante, mais ou menos desenvolvida. || De μελῳδία (form. de μέλος cadencia + ᾄδειν cantar.)

Deriv. : *melódico* (adj.), *melodiôso* (adj.), *melodísta* (s. m.).

Melodráma, *s. m.* peça theatral, em que abundam situações violentas e os lances exaggerados. — Composição dramatica entremeada de musica. || De μέλος canto + *drâma* (v. este vcb.).

Deriv. : *melodramático* (adj.).

Mélographía, *s. f.* arte de escrever a Musica. || De μέλος melodia + γράφω escrevo + suff. *ia.*

Deriv. : *melográphico* (adj.), *melógrapho* (s. m.).

* Melóidas, *s. m. pl.* (zool.) familia de Coleopteros. || Do gen. *Meloë* (e este de μέλας negro?) + suff. *idas.*

Mélomanía, *s. f.* mania musical, paixão excessiva pela Musica. || De μέλος musica + μανία mania.

Cogn. : *melómano* (s. m.), *melomaníaco* (adj.).

Melómelo, *s. m.* (terat.) monstro que tem membros accessorios inseridos em membros principaes. || De μέλος + μέλος membro.

Deriv. : *melomelia* (s. f.).

Melopéia, *s. f.* peça de musica ou toada, que serve de accompanhamento a um recitativo; declamação como que cantada. || De μελοποιία (form. de μέλος cadencia + ποιεῖν fazer).
N. « Melopéa » não é forma correcta.

Melophônio, *s. m.* certo instrumento de sôpro. || De μέλος melodia + φωνή voz + suff. *io*.
N. Aulete e Figueiredo escrevem e accentúam *melóphone;* Ad. Coelho *melophóne*. A desinencia *io* é todavia preferivel por todas as razões.

Méloplastía, *s. f.* (chir.) restauração da maçã do rosto por autoplastia. || De μῆλον maçã + πλάσσειν formar + suff. *ia*.

Memactérias, *s. f. pl.* (ant.) festas em honra de Zeus. || De μαιμακτήρια (τὰ), form. de Μαιμάκτης epitheto de Zeus (impetuoso, violento).

Memactério, *s. m.* (ant.) quinto mez do anno 'a tico', quasi correspondente ao nosso Outubro. || De μαιμακτηριών.

Menagogo. V. *emmenagôgo*.

Ménidas, *s. m. pl.* (zool.) familia de Peixes Acanthopterygios, cujo typo é o gen. *Mæna*. || De *Mæna* (e este de μαίνη certo peixe) + suff. *idas*.

* **Menidróse**, *s. f.* (med.) exaggeração da secreção sudoral na epocha dos menstruos. || De μὴν mez + ἱδρώς suor + suff. *óse*.

Meninge, *s. f.* (anat.) nome das trez membranas que envolvem o eixo cerebro-espinhal. || De μῆνιγξ, ιγγος.
Deriv. : *meningite* (s. f.), *meningeo* (adj.), *meningismo* (s. m.), *meningítico* (adj.).

* **Meningocéle**, *s. f.* (med.) tumor do cranio constituido por uma hernia da pia-mater. || De μῆνιγξ meninge + κήλη hernia.

* **Meningocócco**, *s. m.* (med.) microbio da meningite cerebro-espinhal epidemica. || De μῆνιγξ meninge + κόκκος corpusculo.

Meníngo-encephalíte, *s. f.* (med.) inflammação das meninges e da massa encephalica. || De *meninge* + *encephalo* (v. estes vcbs.) + suff. *ite*.

Meningomalacía, *s. f.* (med.) amollecimento senil ou morbido das meninges. || De *meninge* (v. este vcb.) + μαλακός molle + suff. *ia*.

Meningo-myelíte, *s. f.* (med.) inflammação da medulla e dos seus involucros. || De *meninge* (v. este vcb.) + μυελός medulla + suff. *ite*.
N. « Meningo-myalite », como occorre em Fig., é de certo êrro typographico.

* **Meningorrhagía**, *s. f.* (med.) hemorrhagia nas meninges. || De *meninge* (v. este vcb.) + ῥαγεῖν romper + suff. *ia*.

Meningóse, *s. f.* (anat.) união de dous ossos por meio de ligamentos em forma de membrana. || De μῆνιγξ, ιγγος membrana + suff. *óse*.

Menísco, *s. m.* (phys.) vidro lenticular, concavo de um lado e convexo do outro. — Umbrella que os antigos collocavam por cima da cabeça das estatuas para as defender dos rigores do tempo. — Fibro-cartilagem, com forma de crescente, entre superficies articulares. || De μηνίσκος crescente.

Meniscóide, *adj.* que tem forma de menisco. || De μηνίσκος menisco + εἶδος forma.

Ménispermáceas, *s. f. pl.* (bot.) ordem de plantas dicotyledones dialypetalas, cujo typo é o gén. *Menispermum*. || De *Menispermum* (e este de μήνη crescente + σπέρμα semente) + suff. *áceas*.

Cogn.: *menispermína* (s. f.).

Menobránchidas, *s. m. pl.* (zool.) fam. de Batrachios Urodelos. || Do gen. *Menobránchus* (e este de μένω persisto + *branchia*) + suff. *idas*.

Menológio, *s. m.* tractado dos mezes. — (Lit.) catalogo dos martyres na Egreja grega. || De μήν, μηνός mez + λόγος tractado.
N. Veio pelo lat. *menologium*.

Menopáuse, *s. f.* (physiol.) cessação da menstruação. || De μήν, μηνός mez + παῦσις fim, repouso.
N. Diz-se de ordinario *menopáusa;* mas é facil corrigir este lapso, dando ao vcb. a desinencia, que as regras usuaes de derivação lhe impõem.

Menopómidas, *s. m. pl.* familia de Urodelos Ichthyoideos. || Do gen. *Menopóma* (e este de μένειν persistir + πῶμα tampa) + suff. *idas*.

Ménorrhagía, *s. f.* (med.) excesso de fluxo menstrual. || De μήν, μηνός mez + ῥήγνυμι rompo + suff. *ia*.
Deriv.: *menorrhágico* (adj.).

Menorrhéa, *s. f.* fluxo menstrual. || De μήν, μηνός mez + ῥέω corro.

Menostasía, *s. f.* (med.) suppressão do menstruo. || De μήν, μηνός mez + στάσις parada + suff. *ia*.

Menoxenía, *s. f.* (med.) substituição do menstruo por uma hemorrhagia em outro orgam. || De μήν, μηνός mez + ξένος extrangeiro + suff. *ia*.
N. Este vcb. é preferivel a *xenomenía,* aliaz formado das mesmas raizes.

Mêntha, *s. f.* (bot.) hortelã, planta da ordem das Labiadas, gen. *Mentha*. || Pelo lat. *mentha, œ*, vem de μίνθη.
Deriv.: *menthênio* (s. m.),

menthól (s. m.), *menthólico* (adj.), *menthýlico* (adj.).

Menyanthína. V. *minyanthína*.

*** Meralgía**, *s. f.* (med.) nevrite do nervo femoro-cutaneo ou do ramo cutaneo do crural (Bernhardt). || De μηρός côxa + ἄλγος dôr + suff. *ia*.

Merarchía, *s. f.* (ant.) divisão do exercito grego. || De μεραρχία (comp. de μέρος divisão, parte + ἄρχειν commandar).
Cogn.: *merárcha* (s. m.).

*** Meratrophía**, *s. f.* (med.) atrophia da côxa. || De μηρός côxa + *atrophia*.

Merénchyma, *s. m.* (bot.) tecido utricular frouxo, de cellulas espheroidaes. || De μέρος parte + ἔγχυμα injecção.

*** Mericárpio**, *s. m.* (bot.) nome dado ao fructo das Umbelliferas. || De μέρος parte + καρπός fructo + suff. *io*.

*** Meriédrico**, adj. (cryst.) diz-se da forma crystallina, que só se desenvolve parcialmente. || De μέρος parte + ἕδρα base, face + suff. *ico*.

Merismático, adj. (h. nat.) diz-se da multiplicação por segmentação successiva. || De μέρισμα porção, fracção (de μέρος parte) + suff. *ico*.

*** Merismopedía**, *s. f.* (med.) o mesmo que tetrade. || De μέρισμα pedaço + παιδεία criação.

*** Merismopedíneas**, *s. f. pl.* (bot.) tribu de Algas Nostocaceas. || De–*Merismopœdia* (e este de μέρισμα divisão + παιδία infancia?) + suff. *ineas*.

*** Merísta**, *s. f.* (med.) o mesmo que tetrade. || De μεριστός divisivel.

Meristêma, *s. m.* (bot.) tecido em via de formação, não differenciado ainda. || De μερίς parte + στῆμα fio.
N. Palavra mal formada, diz Fig., e com razão.

Merithállo, *s. m.* (bot.) entre-

nó. || De μέρος parte + θαλλός ramo.
N. Não ha fundamento para a forma abbreviada — *merithal*—, que tambem occorre em Fig.

* **Mermíthidas**, *s. m. pl.* (zool.) familia de Vermes Nematoideos. || Do gen. *Mermis* (e este de μέρμις, ιθος corda) + suff. *idas*.

* **Meroblástico**, *adj.* (zool.) diz-se dos ovos de segmentação parcial. || De μέρος parte + βλαστός germe + suff. *ico*. V. *holoblastico*.

Merocéle, *s. f.* (med.) hernia formada por uma viscera abdominal atravez do canal crural. || De μηρός côxa + κήλη hernia.

* **Merócrino**, *adj.* (zool.) diz-se da cellula glandular, capaz de actos de secreção consecutivos. || De μέρος parte + κρίνειν separar, segregar. V. *holócrino*.

Merología, *s. f.* tractado das partes elementares de qualquer sciencia. || De μέρος parte + λόγος discurso + suff. *ia*.

* **Merópidas**, *s. m. pl.* (zool.) fam. de Passaros. || Do gen. *Mérops* (e este de μέροψ, οπος melharuco) + suff. *idas*.

* **Merostómeos**, *s. m. pl.* (zool.) classe de Arthropodes Cheliphoros. || De μηρός côxa + στόμα bocca + suff. *eos*.

* **Mérotomía**, *s. f.* (zool.) corte ou separação do protoplasma em duas partes. — Secção de uma parte viva para observar os phenomenos de sobrevivencia, que nella se dão. || De μέρος parte + τομή corte + suff. *ia*.

* **Meroxênio**, *s. m.* (min.) especie do gen. biotito (mica essencialmente magnesiana). || De μέρος parte + ξένος extranho + suff. *io*.

* **Merozoíto**, *s. m.* (zool.) corpusculo allongado, que resulta da segmentação do nucleo do Coccidio parasito. || De μέρος parte + ζῶον animal + suff. *ito*.

Merycísmo, *s. m.* (med.) estado morbido, em que os alimentos retrocedem do estomago á bocca, como nos Ruminantes, para passarem por nova elaboração. || De μηρυκισμός ruminação.
Cogn. : merýcico (adj.).

Mesaráico, *adj.* (anat.) mesenterico. || De μεσάραιον mesenterio + suff. *ico*.

* **Mesarteríte**, *s. f.* (med.) inflammação da tunica média das arterias. || De μέσος medio + *arteria* (v. este vcb.) + suff. *ite*.

Mésaticéphalo, *adj.* (anthr.) diz-se do cranio, que occupa meio termo entre o dolichocephalo e o brachycephalo (Broca). || De μέσατος medio + κεφαλή cabeça.

Mesáulio, *s. m.* (archit.) pateo central do edificio grego. || De μεσαύλιον (comp. de μέσος meio + αὐλή pateo).

Mesémbrianthêmeas, *s. f. pl.* (bot.) tribu da ordem das Aizoaceas, cujo gen. typo é *Mesembrianthĕmum*. || De *Mesembrianthĕmum* (e este de μεσημβρία meio-dia + ἄνθεμον flôr) + suff. *eas*.

* **Mesencéphalo**, *s. m.* (anat.) cerebro médio, região resultante da evolução da vesicula média (Huxley). || De μέσος medio + *encephalo* (v. este vcb.).

* **Mesénchyma**, *s. m.* tecido conjunctivo embryonario. || De μέσος medio + ἔγχυμα injecção.
Deriv. : mesénchymatóso (adj.).

Mesentério, *s. m.* (anat.) membrana serosa, prolongamento do peritonio, que envolve os intestinos. || De μεσεντέριον (comp. de μέσος meio + ἔντερον intestino).

Deriv. : mesentérico (adj.), *mesenterite* (s. f.).
* **Mesitína**, *s. f.* (min.) especie de giobertito, carbonato duplo de magnesio e ferro. || De μεσίτης intermediario + suff. *ina*.
* **Mesocárpeas**, *s. f. pl.* (bot.) tribu de Algas Conjugadas. || Do gen. typo *Mesocarpus* (e este de μέσος medio + καρπός fructo) + suff. *eas*.

Mesocárpio, *s. m.* (bot.) parte do fructo, que fica entre o endocarpio e o epicarpio. || De μέσος meio + καρπός fructo + suff. *io*.

Mesocéphalo, *s. m.* (anat.) protuberancia que constitue o poncto de juncção do cerebro, do cerebello e da medulla espinhal. || De μέσος meio + κεφαλή cabeça.
Deriv. : mesocephalite (s. f.).

Mesocólo, *s. m.* (anat.) prega do peritonio, que envolve o cólo. || De μέσος meio + *cólo* (v. este vcb.).

Mesocrânio, *s. m.* (anat.) o alto da cabeça. || De μέσος meio + *cranio* (v. este vcb.).

Mesodérme, *s.f.* (bot.) parte da casca entre a camada tuberosa e o envoltorio herbaceo. — Folheta média da blastoderme. || De μέσος meio + δέρμα pelle.
N. Formado á feição de « epiderme ».

Mesódo, *s. m.* (ant.) trecho de canto entre a estrophe e a antistrophe. || De μεσωδός (comp. de μέσος meio + ᾠδή canto).
N. Fig. grapha *mesóde;* mas a regra geral de derivação condemna esta desinencia. — Cf. *apódo.*

Mesogástrio, *s. m.* (anat.) região média do abdome, entre as regiões epi e hypogastricas. || De μέσον meio + γαστήρ ventre + suff. *io*.
* **Mesogléa**, *s. f.* (zool.) lâmina espessa, anhista, que separa a exoderme da endoderme, em certos Celenterados. || De μέσος medio, meio + γλοιά por γλία grude, colla.

Mesolábio, *s. m.* (geom.) antigo instrumento para achar mechanicamente duas médias proporcionaes, etc. || De μέσος medio + λαβεῖν tomar + suff. *io*.
* **Mesólitho**, *s. m.* (min.) zeolitho sodo-calcico. || De μέσος mediano, medio + λίθος pedra.

Mesolóbio, *s. m.* (anat.) o corpo calloso, situado entre os lobos do cerebro. || De μέσος meio + *lobo* (v. este vcb.) + suff. *io*.
N. Melhor do que *mesolóbulo* dado por Fig.

Mésología, *s. f.* sciencia que estuda as relações entre os seres e o meio em que elles vivem. || De μέσος meio + λόγος discurso + suff. *ia*.
Deriv. : mesológico (adj.).

Mesómacro, *adj.* (poet.) pé composto de cinco syllabas : duas breves, uma longa e outras duas breves (~ ~ — ~ ~). || De μέσος meio + μακρός longo.

Mesoméria, *s. f.* (anat.) parte do corpo situada entre as côxas. || De μεσομήρια (comp. de μέσος meio + μηρός côxa).

Mesométrio, *s. m.* (anat.) dobra peritonial, que liga o utero ás paredes abdominaes. || De μέσος meio + μήτρα utero; em lat. *mesometrium*.
N. A accentuação *mesómetro* (dada por Fig.) é incorrecta por não respeitar a quantidade da raiz, e prestar-se-hia a confusão com os derivados de μέτρον.
* **Mesónephro**, *s. m.* (embr.) corpo de Wolff ou rim primitivo, que succede ao pronephro. || De μέσος médio + νεφρός rim.
* **Mésonevríte**, *s. f.* (med.) variedade de nevrite intersticial, que tem sua séde numa parte do tecido conjunctivo dos ner-

vos. || De μέσος medio + *nevrite* (v. este vcb.).

* **Mesophlêu**, *s. m.* (bot.) a mesoderme da casca das plantas. || De μέσος meio + φλοιός casca.

Mesophrágma, *s. m.* (zool.) divisão interna do thorax dos insectos. || De μέσος meio + φράγμα septo, tapamento.

Mesóphryo, *s. m.* (anat.) espaço entre as duas sobrancelhas. || De μεσόφρυον (comp. de μέσος meio + ὀφρὺς sobrancelha).

Mesophýllo, *s. m.* (bot.) parte da folha, que está entre as duas lâminas da epiderme; parenchyma. || De μέσος meio + φύλλον folha.

Mesóphyto, *s. m.* (bot.) o cólo da planta. || De μέσος meio + φυτὸν planta.

* **Mesórchio**, *s. m.* (anat.) dobra peritonial, que envolve o testiculo. || De μέσος meio + ὄρχις testiculo + suff. *io*.

Mesorhino, *adj.* (zool.) que tem nariz de tammanho medio. || De μέσος medio + ῥίς, ινὸς nariz.

*****Mesoróptro**, *s.m.* (med.) distância, em cuja extensão os objectos são vistos distinctamente e sem esfôrço. ||De μέσορος que serve de limite+ὀπτεσθαι vêr.

Mesostérno, *s. m.* (anat.) parte média do esterno. || De μέσος meio + *esterno* (v. este vcb.).

* **Mesostómidas**, *s. m. pl.* (zool.) familia de Vermes Rhabdoceleos. || Do gen. *Mesóstomum* (e este de μέσος meio + στόμα bocca) + suff. *idas*.

* **Mesosystólico**, *adj.* (med.) diz-se das bulhas morbidas, que coincidem com o meio da systole cardiaca (Potain). || De μέσος meio + *systole* (v. este vcb.) + suff. *ico*.

Mésothenár, *s. m.* (anat.) musculo que approxima da palma da mão o dedo pollegar. || De μέσος meio + *thenár* (v. este vcb.).

Mesothério, *s. m.* (paleont.) animal fossil achado nos Pampas. || De μέσος medio + θηρίον animal.

Mesothórax, *s. m.* (zool.) o annel mediano do thorax dos Insectos. || De μέσος mediano + θῶραξ thorax.

* **Mesotýpio**, *s. m.* (min.) zeolitho sodico ($H^4 Na^2 Al^2 Si^3 O^{12}$). || De μέσος medio + τύπος cunho, molde, figura + suff. *io*.

Mesozóico, *adj.* (geol.) diz-se dos terrenos secundarios mais modernos. || De μέσος meio + ζῶον animal + suff. *ico*.

Meta... prefixo designativo da mudança, transformação, além de, depois de. || De μετά (preposição grega).

Metábole, *s. f.* (rhet.) alteração nas palavras ou nas phrases. ||De μεταβολή mudança.

Metabolismo, *s. m.* (chim) mudança da natureza molecular dos corpos. || De μεταβολή mudança + suff. *ismo*.

Cogn. : *metabólico* (adj.).

Metacárpo, *s. m.* (anat.) parte da mão que fica entre o carpo e os dedos. || De μετά além de + *cárpo* (v. este vcb.).

Deriv. : *metacárpico* (adj.), melhor do que *metacarpeano*.

Metacéntro, *s. m.* (phys.) centro de gravidade de qualquer corpo fluctuante. || De μετά além de + *centro* (v. este vcb.).

Deriv. : *metacêntrico* (adj.).

* **Metachlorito**, *s. m.* (min.) var. de rhipidolitho. || De μετά que exprime variação + *chlorito* (v. este vcb.).

* **Métachromático**, *adj.* (med.) diz-se de corpusculos de protoplasma, que ás vezes apparecem no bacillo diphtherico (Babès). || De μετά que exprime mudança + χρῶμα, ατος côr + suff. *ico*.

Métachromatísmo, *s. m.* mudança de côr nos pêllos, nas pennas ou na pelle dos animaes. || De μετά que exprime mudança + χρῶμα, ατος côr + suff. *ísmo*.

Métachronísmo, *s. m.* attribuição de um facto a data posterior á verdadeira. || De μετάχρονος posterior (form. de μετά depois + χρόνος tempo) + suff. *ísmo*.

*****Metacinése,** *s. f.* migração dos dous grupos de chromosomios para seus polos respectivos (caryocinese).|| De μετά que exprime mudança + κίνησις movimento.

*****Metacinnabarito,** *s. m.* (min.) especie de sulfureto de mercurio.|| De μετά que exprime variação, mudança + *cinnabarito* (v. este vcb.).

Metagênese, *s. f.* modo de reproducção de alguns animaes, cujos filhos differem totalmente dos paes na forma, no genero de vida, etc.; geração alternante. || De μετά (que exprime troca, alternancia) + γένεσις geração.
Deriv. : *metagenético* (adj.).

Metagítnias, *s. f. pl.* (ant.) festas athenienses em honra de Apollo e commemorativas da mudança de residencia dos habitantes de uma villa para outra. || De μεταγείτνια (comp. de μετά que exprime mudança + γείτων vizinho).
Cogn. : *metagítnio* (s. m.) — o segundo mez do anno atheniense.

***Metágmico,** *adj.* (med.) consecutivo a uma fractura (Roger e Garnier). || De μετά depois + ἀγμός fractura + suff. *ico*.

Metagóge, *s. f.* (rhet.) figura pela qual se attribuem sentimentos ou paixões a cousas inanimadas.||De μεταγωγή transporte, translação.

Metál, *s. m.* (chim.) corpo simples, mais ou menos brilhante e pezado, malleavel e ductil, bom conductor do calorico e da electricidade. || Pelo lat. *metallum*, do gr. μέταλλον.
Deriv. : *metállico* (adj.), *metállicidáde* (s. f.), *metallizár* (v.).

Metalépse, *s. f.* (rhet.) figura pela qual se toma o antecedente pelo consequente, e vice-versa, ou o signal pela cousa significada. || De μετάληψις.
Deriv. : *metaléptico* (adj.).

Metalímneo, *adj.* (geol.) diz-se dos depositos de agua doce, que só appareceram depois do calcareo marinho (Fig.). || De μετά depois + λίμνη pantano, agua estagnada + suff. *eo*.

Metállographía, *s. f.* parte das sciencias naturaes, que tracta especialmente dos metaes. || De μέταλλον metal + γράφω descrevo + suff. *ia*.
Deriv. : *metállográphico* (adj.).

Metallóide, *s. m.* (chim.) corpo simples, que não é metal, mau conductor do calorico e da electricidade, etc. || De μέταλλον metal + εἶδος forma.

*****Metállophobía,** *s. f.* (med.) medo de tocar em objectos metallicos. || De μέταλλον metal + φόβος medo + suff. *ia*.

***Metálloscopía,** *s. f.* (med.) estudo das affinidades, que existem entre os metaes e um individuo vivo. || De μέταλλον metal + σκοπεῖν examinar + suff. *ia*.

Metállotherapía, *s. f.* (med.) tractamento de molestias pela applicação externa de placas metallicas. || De μέταλλον metal + θεραπεία tractamento.

Metállurgía, *s. f.* arte de extrahir os metaes do seio da terra e de os purificar. || De

μεταλλουργία (comp. de μέταλ-λον metal + ἔργον trabalho).
Deriv. : metallúrgico (adj.), *metallurgista* (s. m.).

*Metalonchidíto, *s. m.* (min.) var. arsenifera de marcasito. ‖ De μετά que exprime alteração + *lonchidíto* (v. este vcb.).

Metameria, *s. f.* (chim.) caso de isomeria chimica, em que, sendo o mesmo o pêzo do equivalente de dous corpos, agrupam-se os seus elementos componentes de modo diverso. ‖ De μετά que exprime mudança + μέρος parte + suff. *ia*.

Metamério, *s. m.* (zool.) segmento dos Artiozoarios; cada um delles encerra os mesmos orgãos, que desta forma se repetem em séries ao longo do corpo. ‖ De μετά em seguimento + μέρος parte + suff. *io*.
Deriv. : metamerização.
N. Fig., traduzindo este e outros vocabulos francezes congeneres, dá-lhes a todos a desinencia *o*. Ha todavia grande vantagem em distinguir os adjectivos derivados de μέρος (dando-lhes a desinencia *o*) e os substantivos formados da mesma raiz (dando-lhes a desinencia *io*).
Portanto *tetrámero*, *pentámero*, etc., e *metamério*, *myomério*, etc.

Métamorphismo, *s. m.* (geol.) alteração que as rochas sedimentarias soffreram por effeito do contacto de rochas eruptivas na occasião da erupção. ‖ De μετά (que exprime mudança) + μορφή forma + suff. *ismo*.
Cogn.: metamórphico (adj.).

Metamórphopsía, *s. f.* (med.) estado morbido dos que vêem os objectos deformados. ‖ De μετά mudado + μορφή forma + ὄψις vista + suff. *ia*.

Métamorphóse, *s. f.* mudança de uma forma para outra; transformação. ‖ De ωετα-μόρφωσις (form. de μετά que exprime mudança + μορφή forma).
Deriv.: metamorphoseár (v.).

*Metánephro, *s. m.* (embr.) rim definitivo; succede ao mesonephro. ‖ De μετά depois + νεφρός rim.

Metaphonía, *s. f.* (gramm.) influencia de uma vogal final atona sóbre a vogal radical tonica. ‖ De μετά que exprime alteração + φωνή voz + suff. *ia*.

Metáphora, *s. f.* (rhet.) tropo pelo qual se dá a pessoa ou cousa uma qualificação, que ella não tem e que só por analogia se pode admittir; emprêgo de uma palavra em sentido differente do proprio. ‖ De μεταφορά translação.
Deriv. : metaphórico (adj.), *metaphorísta* (s. m.), *metaphorizár* (v.).

*Metaphrágma, *s. m.* (zool.) parede que separa o thorax do abdome dos insectos.‖ De μετά depois + φράγμα separação, septo.

Metáphrase, *s. f.* interpretação litteral de um escripto qualquer. ‖ De μετάφρασις traducção.
Deriv. : metaphrástico (adj.) *metaphrásta* (s. m.).

Metaphýsica, *s. f.* sciencia que estuda a essencia das cousas, os primeiros principios e causas. ‖ De μετά alêm de + φύσις natureza + suff. *ica*.
Deriv. : metaphýsico (adj. e s. m.)

*Metaplasía, *s. f.* (histol.) processo pelo qual certos elementos pertencentes a um tecido produzem outros elementos, que differem dos primeiros (Virchow). ‖ De μετά que exprime mudança + πλάσσω fòrmo + suff. *ia*.
Deriv.: metaplástico (adj.).

Metaplásmo, *s. m.* (gramm.) figura de dicção que modifica a palavra em sua estructura interna, accrescentando, tirando, trocando ou alterando as lettras de que se compõe. || De μεταπλασμός transformação.
N. A forma *metaplasma*, que vemos em livros recentes, é incorrecta.

Metaptóse, *s. f.* (med.) mudança na séde ou na forma de uma doença. || De μετάπτωσις deslocamento, revolução.

Metástase, *s. f.* (rhet.) figura pela qual o orador declina de si para outrem a responsabilidade de algum facto ou proposição. — (Med.) mudança na séde de uma molestia. || De μετάστασις mudança de logar.
Deriv. : *metastático* (adj.).

Metastérno, *s. m.* (anat.) extremidade superior do esterno (Fig.). || De μετά depois + *esterno* (v. este vcb.).

Metasýncrise, *s. f.* (med.) regeneração do corpo ou de uma de suas partes. || De μετασύγκρισις (comp. de μετά + σύγκρισις composição).
Deriv. : *metasyncrítico* (adj.).

* **Metatársalgía,** *s. f.* (med.) molestia de Morton: dôr na articulação metatarso-phalangeana do quarto dedo. || De *metatárso* (v. este vcb.) + ἄλγος dôr + suff. *ia.*

Metatárso, *s. m.* (anat.) parte do pé, que fica entre o tarso e os dedos. || De μετά depois + *tarso* (v. este vcb.).
Deriv. : *metatársico* (adj.), melhor do que *metatarsiano.*

Metathérios, *s. m. pl.* (zool.) sub-classe dos Mammaes; são os que em organização se succedem aos Protothérios. || De μετά depois + θήρ féra + suff. *ios.*

Metáthese, *s. f.* (gramm.) transposição das lettras de uma palavra. — (Med.) operação com que se transporta a causa duma doença de um logar para outro, em que é menos nociva. || De μετάθεσις transposição.

Métathiônico, *adj.* (chim.) diz-se do acido que se obtem, subjeitando o ether á acção do acido sulfurico. || De μετά que exprime mudança + θεῖον enxofre + suff. *ico.*
N. A forma abbreviada — methionico — é incorrecta.

Metathórax, *s. m.* (zool.) o annel posterior do thorax dos Insectos. || De μετά depois + θώραξ thorax.

Metátomo, *s. m.* (archit.) espaço entre dous denticulos de uma cornija. || De μετά depois + τομή corte (de τέμνειν cortar).

* **Metatróphico,** *adj.* (med.) diz-se do methodo therapeutico, que consiste em modificar a alimentação ao mesmo tempo que se administra um medicamento (Richet e Toulouse). || De μετά que exprime mudança + τροφή alimento + suff. *ico.*

Métazoários, *s. m. pl.* (zool.) sub-reino dos animaes (por opposição a Protozoarios); são os animaes, cujo corpo é formado de cellulas numerosas e differenciadas. || De μετά que exprime differença, mudança + ζωάριον dim. de ζῶον animal.
N. V. metazóico.

Metazóico, *adj.* (geol.) diz-se dos terrenos posteriores ao apparecimento dos animaes. || De μετά depois + ζῶον animal + suff. *ico.*
N. Fig. attribue esta mesma significação tambem ao vcb. precedente, quando é mistér distingui-los.

Metécio, *s. m.* (ant.) taxa annual de 12 drachmas, que o metéco pagava em Athenas. || De μετοίκιον.

Metéco, *s. m.* (ant.) o extrangeiro domiciliado em Athenas. || De μέτοικος (comp. de μετά que exprime mudança + οἶκος casa).

Metémpsychóse, *s. f.* theoria da transmigração das almas de uns corpos para outros. || De μετεμψύχωσις (form. de μετά que exprime mudança) + ἐμψυχόω animo, vivifico (comp. de ἐν em + ψυχή alma).
N. Fig. escreve — *metempsycose*, — sem respeito á etymologia.

Metemptóse, *s. f.* (astr.) equação solar dos novilunios, para que elles não cheguem um dia mais tarde. || De μετά depois + ἔμπτωσις incidencia.

*****Metencéphalo,** *s. m.* (anat.) cerebro posterior, região resultante da evolução da vesicula posterior (Huxley). || De μετά depois + *encephalo* (v. este vcb.).

Meteorismo, *s. m.* (med.) tumefacção do ventre por accumulação de gazes no tubo alimentar. || De μετεωρισμός (form. de μετεωρίζω, e este de μετέωρος elevado, levantado nos ares).
Cogn.: *meteorizár-se* (v.).

Meteóro, *s. m.* (phys.) qualquer phenomeno atmospherico. — (fig.) apparição deslumbrante, mas de curta duração. || De μετέωρος elevado na atmosphera.
Deriv.: *meteórico* (adj.).

Meteórographia, *s. f.* (phys.) descripção dos meteoros. || De *meteóro* + γράφω descrevo + suff. *ia*.
Cogn.: *meteorógrapho* (s.m.).

Meteorólitho, *s. m.* pedra meteorica, que cae da atmosphera. || De *meteóro* + λίθος pedra.
N. Fazem usualmente esta palavra paroxytona, mas já Aul. com acêrto accentuou a antepenultima.

Meteórologia, *s. f.* (phys.) parte da Physica, que estuda os phenomenos atmosphericos.

De *meteóro* + λόγος tractado + suff. *ia*.
Deriv.: *meteorológico* (adj.), *meteorologista* (s. m.).

Meteóroscópio, *s. m.* (phys.) instrumento com que se fazem observações meteorologicas.||De *meteóro* + σκοπεῖν observar, examinar + suff. *io*.

Methiônico, *adj.* (chim.). V. *métathiônico*.

Méthodo, *s. m.* conjuncto dos meios dispostos convenientemente para se chegar a um fim que se deseja; modo de proceder. || De μέθοδος.
Deriv.: *methódico* (adj.), *methodísmo* (s. m.), *methodísta* (s. m.), *methodizár* (v.).

Méthodología, *s. f.* acto de dirigir o espirito na investigação da verdade, tractado dos methodos. || De *méthodo* + λόγος tractado + suff. *ia*.
Deriv.: *méthodológico* (adj.).

Méthomanía, *s. f.* (med.) desejo irresistivel de tomar bebidas fermentadas. || De μέθη embriaguez + μανία loucura.

Methýlio, *s. m.* (chim.) radical hydrocarbonetado, monoatomico — CH^3. || De μέθυ vinho + suff. *ýlio* (que naturalmente foi tirado de ὕλη materia).
Cogn.: *methylênio*, *methýlico*, *methyláto*, *methól*, etc.

Methymnêu, *adj.* que di- respeito a Baccho ou á cidade de Methymna. || De μεθυμναῖος (deriv. de Μέθυμνα); em lat. *methymnæus*.
N. Attenta a etymologia, não procede a prosodia — *methýmneo* — que Figueiredo regista

Metonomásia, *s. f.* mudança ou disfarce de nome por meio de traducção.||De μετονομασία (comp. de μετά que exprime mudança + ὄνομα nome).

Metonýmia, *s. f.* (rhet.) alteração do sentido natural das palavras pelo emprêgo da causa pelo effeito, do todo pela parte,

22.

MET — 390 — MET

do continente pelo conteúdo,etc. || De μετωνυμία mudança de nome (form. de μετά (que exprime mudança) + ὄνομα nome. *Deriv.: metonýmico* (adj.).

Metópago. V. *metopópago.*

Métope, s. f. (archit.) intervallo entre os triglyphos do friso no entablamento da ordem dorica. || De μετόπη.

N. A quantidade breve do o de μετόπη e ainda a do vcb. lat. *metŏpa* condemnam a prosodia *metópe*, que Aul. e outros auctorizam.

Metópico, adj. (anat.) diz-se do poncto situado no meio das duas bossas frontaes. || De μέτωπον fronte + suff. *ico.*

Metopópago, adj. e s. m. (terat.) monstro composto de dous individuos unidos pelas frontes (I. G. St-Hilaire). || De μέτωπον fronte + παγείς unido.

N. Fig. regista — metópago —, tirado visivelmente do vcb. francez *métopage*, que foi mal formado.

Metóposcopia, s. f. arte de adivinhar o character do individuo pela inspecção da fronte. || De μέτωπον fronte + σκοπεῖν ver + suff. *ia.*

Metralgia, s. f. (med.) dôr no utero. || De μήτρα madre + ἄλγος dôr + suff. *ia. Deriv. : metrálgico* (adj.).

Metréta, s. f. (ant.) medida de capacidade, entre os Gregos, e equivalente a duas diótas ou amphoras, isto é, cêrca de 39 litros. || De μετρητής.

*****Métrhemorrhóides,** s. f. pl. (med.) hemorrhoides uterinas; veias varicosas no collo do utero. || De μήτρα utero + *hemorrhóides* (v. este vcb.).

Metrite, s. f. (med.) inflammação do utero. || De μήτρα madre + suff. *ite.*

Métro, s. m. medida que regula a quantidade de syllabas longas ou breves, que deve ter cada verso; rhythmo.—Unidade typica das medidas de extensão e base do systema metrico. || De μέτρον medida.

Deriv. : métrico (adj.), *métrica* (s. f.), *metrificár* (v.), *metrificação* (s. f.), *metrificador* (s. m.).

*****Metróaco,** adj. (ant.) diz-se de hymnos dedicados a Cybele, mãe dos deuses. || De μητρωακός (deriv. de μητρῷος maternal).

Metróbata, s. m. antigo instrumento para regular o passo da infantaria. || De μέτρον medida + βαίνω ando, marcho.

N. Vem registado por Fig., mas é de viciosa formação. Correcto seria *bematómetro.*

Métrocampsia, s. f. (med.) inflexão do utero. || De μήτρα utero + κάμψις flexão + suff *ia.*

Metrocéle, s. f. (med.) syn. de hysterocele. || De μήτρα utero + κήλη hernia.

Metrodynía, s. f. (med.) dôr no utero. || De μήτρα utero + ὀδύνη dôr + suff. *ia.*

***Métro-élýtrorrhaphia,** s. f. (med.) operação que consiste em suturar a parede vaginal anterior ou o labio anterior do collo do utero com a parede posterior da vagina. || De μήτρα utero + ἔλυτρον vagina + ῥαφή costura + suff. *ia.*

Métrologia, s. f. (arith.) tractado dos pêzos e medidas. || De μέτρον medida + λόγος tractado + suff. *ia.*

Deriv.: metrológico (adj.).

Metroloxia, s. f. (med.) syn. de hysteroloxia. || De μήτρα utero λοξός obliquo + suff. *ia.*

Métromania, s. f. mania de fazer versos, de metrificar. || De *metro* + μανία mania.

Deriv. : metrómano (s. m.).

Metrónomo, s. m. instrumento que serve para regular os andamentos da musica. || De μέτρον medida + νόμος lei, regra.

Métroperitoníte, *s. f.* (med.) inflammação do utero e do peritonio. || De μήτρα utero + *peritônio* (v. este vcb.) + suff. *ite.*

Metrópole, *s. f.* cidade principal, capital. || De μητρόπολις (form. de μήτηρ mãe + πόλις cidade).

Deriv. : *metropolita* (s. m.), *metropolitâno* (adj.).

Metropólypo, *s. m.* (med.) polypo uterino.||De μήτρα utero + *polypo* (v. este vcb.).

Metroptóse, *s. f.* (med.) prolapso, quéda do utero (Glénard). || De μήτρα utero + πτῶσις quéda.

Métrorrhagía, *s. f.* (med.) hemorrhagia uterina. || De μήτρα utero + ῥήγνυμι rompo + suff. *ia.*

Deriv.: *metrorrhágico* (adj.).

* **Metrorrhéa,** *s. f.* (med.) corrimento aquoso ou mucoso pelo utero. || De μήτρα utero + ῥεῖν correr.

Métrorrhexía, *s. f.* (med.) ruptura do utero. || De μήτρα utero + ῥῆξις ruptura + suff. *ia.*

Metroscópio, *s. m.* (med.) instrumento que, applicado ao collo do utero, serve para fazer ouvir os batimentos do coração do feto (Naugh).||De μήτρα utero + σκοπεῖν examinar + suff. *io.*

Métrotomía, *s. f.* (chir.) syn. de hysterotomia. || De μήτρα utero + τομή corte + suff. *ia.*

* **Miargyríto,** *s. m.* (min.) antimonio-sulfureto de prata (Ag²Sb²S⁴).|| De μείων menos + ἄργυρος prata + suff. *ito.*

Miásma, *s. m.* emanação infecta. || De μίασμα (form. de μιαίνειν manchar, polluir).

Deriv.: *miasmático* (adj.).

* **Micresthesía,** *s. f.* (med.) perturbação do sentido do tacto, em virtude da qual os objectos tidos na mão do doente parecem menos pezados e menos volumosos do que realmente são. || De μικρός pequeno + αἴσθησις sensibilidade + suff. *ia.*

N. Nos diccionarios francezes occorre « microsthésie », evidentemente mal formado; cumpre corrigi-lo em portuguez, de modo que não fique truncada a raiz do vocabulo.

* **Micro,** *s. m.* unidade de medida adoptada em micrographia e correspondente ao millesimo de millimetro; representa-se pela lettra grega μ. || De μικρός pequeno.

N. O francez adoptou a forma *micron;* passando para a nossa lingua, segundo a regra geral deveremos dizer — *micro* —, mais breve do que « micronio », que tambem seria acceitavel (tirando-o da forma neutra μικρόν com o suff. *io*).

Micróbio, *s. m.* (med.) organismo microscopico, animal ou vegetal, que no estado de germe ou adulto produz no homem ou nos outros animaes molestias infecciosas e virulentas (Sédillot). || De μικρός pequeno + βίος vida.

Deriv.: *microbismo* (s. m.).

Microbiología, *s. f.* (med.) estudo dos microbios. || De *micróbio* (v. este vcb.) + λόγος tractado + suff. *ia.*

Cogn.: *microbiólogo* (s. m.), *microbiológico* (adj.).

* **Microblásto,** *s. m.* globulo vermelho nucleado de pequenissimo tammanho. || De μικρός pequeno + βλαστός germe.

* **Microbromito,** *s. m.* (min.) chlorobrometo de prata, pobre de bromo. || De μικρός pequeno + *bromo* (v. este vcb.) + suff. *ito.*

* **Microcaulía,** *s. f.* pequenez congenita do penis (Littré). || De μικρός pequeno + καυλός penis + suff. *ia.*

Microcephalía, *s. f.* pequenez da cabeça. || De μικρός pequeno + κεφαλή cabeça + suff. *ia*.
Cogn.: microcéphalo (adj. e s. m.).
Micrócero, *adj.* (zool.) que tem antennas curtas. || De μικρός pequeno + κέρας chifre.
* **Microclínio**, *s. m.* (min.) feldspatho de base potassica ($K^2Al^2Si^6O^{16}$). || De μικρός pequeno + κλίνειν inclinar + suff. *io*.
Micrococco, *s. m.* (bot.) bacterio de forma mais ou menos regularmente arredondada. || De μικρός pequeno + κόκκος corpusculo redondo.
N. Fig. regista a forma anomala *microcoques*, que desfigura inteiramente o vcb.
Microcósmo, *s. m.* mundo pequeno ou abbreviado. || De μικρόκοσμος (comp. de μικρός pequeno + κόσμος mundo).
Deriv.: microcósmico (adj.).
* **Microcythemía**, *s. f.* (med.) presença, no sangue, de globulos menores do que os normaes. || De μικρός pequeno + κύτος cellula + αἷμα sangue + suff. *ia*.
* **Micrócyto**, *s. m.* globulo vermelho, que soffreu a transformação vesiculosa. || De μικρός pequeno + κύτος cellula.
Microdáctylo, *adj.* (zool.) que tem dedos curtos. || De μικρός pequeno + δάκτυλος dedo.
Microdónte, *adj.* (zool.) que tem dentes pequenos. || De μικρός pequeno + ὀδούς, ὀδόντος dente.
Deriv.: microdontísmo (s. m.).
* **Microgámeta**, *s. m.* (zool.) corpusculo que se produz na divisão das Vorticellas; tambem chamado — o macho — || De μικρός pequeno + γαμέτης marido.
* **Microgastria**, *s. f.* pequenez do estomago (Bendersky).

|| De μικρός pequeno + γαστήρ estomago + suff. *ia*.
* **Microglossía**, *s. f.* pequenez da lingua. || De μικρός pequeno + γλῶσσα lingua + suff. *ia*.
Micrógnatho, *adj.* e *s. m.* que tem o maxillar inferior incompletamente desenvolvido. || De μικρός pequeno + γνάθος maxilla.
Deriv.: micrognathía (s. f.).
Micrographía, *s. f.* estudo ou descripção dos objectos microscopicos. || De μικρός pequeno + γράφω descrevo + suff. *ia*.
Cogn.: micrográphico (adj.), micrógrapho (s. m.).
* **Microgyria**, *s. f.* pequenez das circunvoluções cerebraes. || De μικρός pequeno + γῦρος circunvolução + suff. *ia*.
Microlepidóptero, *s. m.* (zool.) pequeno lepidoptero. || De μικρός pequeno + *lepidoptero* (v. este vcb.).
Micrólitho, *s. m.* (min.) pyrochloro titanifero. || De μικρός pequeno + λίθος pedra.
Micrología, *s. f.* estudo de objectos extremamente pequenos. || De μικρός pequeno + λόγος discurso + suff. *ia*.
Cogn.: micrológico (adj.), micrólogo (s. m.).
Micromelía, *s. f.* (med.) excessiva pequenez de qualquer membro. || De μικρομελής que tem membros fracos (form. de μικρός pequeno + μέλος membro) + suff. *ia*.
Micrómetro, *s. m.* instrumento que serve para medir a grandeza dos objectos vistos pelo microscopio. || De μικρός pequeno + μέτρον medida.
Deriv.: micrometría (s. f.), micrométrico (adj.).
Microphónio, *s. m.* instrumento com que se' apreciam os mais fracos sons. || De μικρός pequeno + φωνή voz + suff. *io*.
N. Microphono, que vem em

Aul. e outros, tem o inconveniente de confundir-se com o adjectivo, que tem significação differente.

Microphôno, *adj.* que tem voz fraca ou produz som pouco intenso. || De μικρόφωνος (form. de μικρός fraco + φωνή voz).

N. Aul. e outros mandam pronunciar *micróphono*, o que visivelmente se oppõe á quantidade etymologica.

Deriv.: microphonía (s. f.).

Microphonógrapho, *s. m.* novo apparelho para tornar percebidos os sons mais tenues. || De μικρός pequeno + *phonógrapho* (v. este vcb.).

Microphthálmo, *adj.* que tem olhos de pequena dimensão. || De μικρός pequeno + ὀφθαλμός olho.

Deriv.: microphthalmía (s.f.).

* **Microphyllito**, *s. m.* (min.) var. de labradorito (especie de feldspatho). || De μικρός pequeno + φύλλον folha + suff. *ito*.

Microphýllo, *adj.* (bot.) que tem folhas pequenas. || De μικρόφυλλος (form. de μικρός pequeno + φύλλον folha).

Micróphyto, *s. m.* (bot.) vegetal extremamente pequeno. || De μικρός pequeno + φυτόν planta.

N. Fig. consigna como melhor a forma *microphyta*, mas não ha fundamento para tal opinião (cf. *zoophyto*).

Deriv.: microphýtico (adj.).

* **Micropolyadenía**, *s. f.* (med.) hypertrophia ligeira e generalizada dos ganglios (Legroux). || De μικρός pequeno + πολύς numeroso + ἀδήν glandula + suff. *ia*.

Micropsía, *s. f.* (med.) molestia, que faz com que os objectos pareçam menores do que realmente são. || De μικρός pequeno + ὄψις vista + suff. *ia*.

N. Aul. contra as regras da analogia accentúa *micrópsia*; mas Ad. Coelho e Fig. consignam já a melhor prosodia. « Micropía » é forma incorrecta.

Micróptero, *adj.* (zool.) que tem azas pequenas. || De μικρός pequeno + πτερόν aza.

Micropterýgio, *adj.* (zool.) que tem pequenas barbatanas. || De μικρός pequeno + πτέρυξ aza + suff. *io*.

Micrópyla, *s. f.* (bot.) abertura no alto da nucella, e formada pelo endostoma e pelo exostoma, que neste poncto se correspondem. || Pelo lat. scient. *micropyla*, de μικρός pequeno + πύλη porta.

N. A forma — *micrópylo* — é menos correcta.

* **Microrchía**, *s. f.* (med.) pequenez excessiva dos testiculos. || De μικρός pequeno + ὄρχις, εως testiculo + suff. *ia*.

N. Não havendo δ algum na raiz, é viciosa a forma franceza — microrchidíe; — seria pois inadmissivel em portuguez « microrchidía ».

Microscópio, *s. m.* instrumento que amplifica á vista os objectos pequenos. || De μικρός pequeno + σκοπεῖν ver + suff. *io*.

Deriv.: microscopía (s. f.), microscópico (adj.), microscopísta (s. m.).

Microsómatia, *s. f.* (terat.) monstruosidade characterizada pela excessiva pequenez do corpo. || De μικρός pequeno + σῶμα, ατος corpo + suff. *ia*.

* **Microsômio**, *s. m.* o mesmo que cytomicrosômio. || De μικρός pequeno + σῶμα corpo + suff. *io*.

* **Microsphygmía**, *s. f.* (med.) pequenez do pulso. || De μικρός pequeno + σφυγμός pulso + suff. *ia*.

* **Microsporídios**, *s. m. pl.* (zool.) ordem de Esporozoarios.

|| De μικρός pequeno + σπορά semente + suff. *idios*.

Microsthesia. V. *micresthesia*.

Micróstomo, *adj.* que tem bocca ou abertura pequenissima. || De μικρός pequeno + στόμα bocca.
Deriv.: microstomía (s. f.), *microstómidas* (s. m. pl.) — fam. de Vermes.

* **Microtasímetro,** *s. m.* (phys.) apparelho, inventado por Edison, que permitte medir as menores variações de temperatura e as mais fracas mudanças de estado hygrometrico. || De μικρός pequeno + τάσις tensão + μέτρον medida.

Micrótomo, *s. m.* apparelho com que se córtam, para estudo, as lâminas mais finas de tecido. || De μικρός pequeno + τομή corte.

Microzoário, *s. m.* (zool.) animalculo microscopico; infusorio. || De μικρός pequeno + ζωάριον animalculo.

Mimése, *s. f.* (rhet.) genero de pintura, que consiste no emprêgo do discurso directo, e principalmente em imitar o gesto e as palavras de outrem (Aul.). || De μίμησις (de μιμέομαι imito).

Mimetésio, *s. m.* (min.) chloro-arseniato de chumbo. || De μιμητής imitador + suff. *io*.
N. Chamado tambem *mimetito* (mesma etym.). A forma *mimetesa*, consignada por Fig., destoa das regras de analogia.

* **Mimetismo,** *s. m.* tendencia de varios animaes a tomarem a côr e a configuração dos objectos, em cujo meio vivem. || De μιμητής imitador + suff. *ismo*.

Mímico, *adj.* e *s. m.* que se faz entender por gestos. || De μιμικός.
Deriv.: mimica (s. f.).

Mímo, *s. m.* farça ou representação burlesca, em que os actores imitavam as fallas e os gestos de pessoas conhecidas; mômos (Aul.). || De μῖμος farça.

Mimographía, *s. f.* tractado sôbre mimica. || De *mimo* + γράφω descrevo + suff. *ia*.

Mimología, *s. f.* imitação do tom, do modo de fallar d'alguem; onomatopeia. || De μιμολογία.
Deriv.: mimológico (adj.). *mimologismo* (s. m.).

Mimoplástico, *adj.* diz-se dos quadros vivos. || De *mimo* + *plástica* (v. estes vcbs.).

Mína, *s. f.* (ant.) entre os Gregos, pêzo de 100 drachmas = 436 gr. 3; moeda de prata equivalente a 100 drachmas = 92 fr. 68 (ou 55 $ 608 rs., calculando o fr. a 600 rs). || Pelo lat. *mina, æ*, de μνᾶ.

Minyanthina, *s. f.* (chim.) substância amarga, que se extrahe das folhas da «Minyanthe trifoliata». || De *Minyanthe* (e este de μινυανθές que floresce por pouco tempo) + suff. *ina*.

Miocêno, *adj.* e *s. m.* (geol.) diz-se do terreno que existe entre o eoceno e o plioceno. || De μείων menor + καινός novo.

* **Mionito,** *s. m.* (min.) especie de granada, cuja pyramide é menos aguda do que a do idocrasio ($Ca^4Al^6Si^0O^{25}$). || De μείων menos + suff. *ito*.

* **Miopragía,** *s. f.* (med.) diminuição da aptidão funccional dum orgam (Potain). || De μείων menos + πράσσω faço, funcciono + suff. *ia*.

Misanthrópo, *s. m.* o que abhorrece a convivencia social; melancholico, triste. || De μισάνθρωπος (form. de μισεῖν odiar + ἄνθρωπος homem).
Deriv.: misanthropía (s. f.), *misanthrópico* (adj.).

Misogynía, *s. f.* (med.) repulsão morbida do homem para as relações sexuaes. || De μισεῖν

odiar + γυνή mulher + suff. *ia*.
Mitóse, *s. f.* (biol.) syn. de caryocinese, processo de divisão do nucleo cellular. || De μιτοῦν tecer, e este de μίτος tecido, fio.
Mitra, *s. f.* insignia que põem na cabeça em certas ceremonias os bispos, arcebispos e cardeaes, etc. || De μίτρα.
Deriv. : *mitrádo, mitrál* (adjs.), *mitrár* (v.).
*** Mixíto**, *s. m.* (min.) arseniato hydratado de cobre e bismutho. || De μίξις mixtura + suff. *ito*.
Mnemónica, *s. f.* arte de ajudar as operações da memoria por meios artificiaes.||De μνημονική sc. τέχνη (form. de μνήμων que se lembra).
Cogn. : *mnemónico* (adj.), *mnemonizár* (v.).
Mnémotechnía, *s. f.* arte que ensina os meios de educar a memoria. || De μνήμη memoria + τέχνη arte + suff. *ia*.
Deriv.: *mnémotéchnico* (adj.).
Mogiraphia, *s. f.* (med.) caimbra dos escriptores; difficuldade de escrever. || De μόγις a custo, difficilmente + γράφω escrevo + suff. *ia*.
Mogilalía, *s. f.* (med.) gaguez; difficuldade de articular as palavras. || De μογιλαλία (comp. de μόγις difficilmente + λαλεῖν fallar).
N. É tambem admissivel *mogilalismo*; mas *mogislalismo*, não.
*** Mógiphonía**, *s. f.* (med.) perturbação da voz, que consiste em uma impotencia vocal rapidamente crescente, accompanhada de constricção gutturat. || De μόγις difficilmente + φωνή voz + suff. *ia*.
Molósso, *s. m.* especie de cão de fila, que serve para caçar ou guardar o gado. — Pé usado nos versos gregos e lat., que se compõe de 3 syllabas longas. || De μολοσσός.
Molybdeníto, *s. m.* (min.) sulfureto de molybdeno (MoS²). || De *molybdéno* (v. este vcb.) + suff. *ito*.
Molybdéno, *s. m.* (chim.) metal de côr branca acinzentada, etc. || De μολύβδαινα chumbo.
Deriv.: *molybdico* (adj.), *molybdáto* (s. m.).
*** Molybduránio**, *s. m.* (min.) molybdato de uranio. || De *molybdéno* + *uranio* (v. estes vcbs.).
*** Molysíto**, *s. m.* (min.) sesquichloreto de ferro. || De μῶλυς molle, fraco + suff. *ito*.
Mômo, *s. m.* representação mimica ; momice ; farça satirica; escarneo. || De.μῶμος.
Deriv.: *momice* (s. f.).
Monachál, *adj.* relativo a monje ou monja. || Pelo lat. *monachus*, do gr. μοναχός solitario + suff. *ál*.
Cogn.: *monacháto* (s. m.), *monachismo* (s. m.).
*** Monáctinellídeas**, *s. f. pl.* (zool.) ordem de Esponjas corneo-silicosas, de espiculas aciculares. || De μόνος unico + ἀκτίς, ῖνος raio + suff. *ideas*.
Monadélpho, *adj.* (bot.) que tem os estames reunidos num só feixe. || De μόνος um só + ἀδελφός ermão.
Deriv.: *monadelphía* (s. f.).
Mónades, *s. f. pl.* unidades substanciaes, ponctos verdadeiramente abstractos, os quaes, aggregando-se uns a outros pela lei da continuidade, formam, segundo Leibnitz, todos os seres.— (Zool.) genero de Zoophytos microscopicos. ||. De μονάς, άδος unidade.
N. As leis usuaes de derivação condemnam a forma — *monadas*.
Deriv.: *monadismo* (s. m.), *monádios* (s. m. pl.).
Monándro, *adj.* (bot.) que

tem um só estame. || De μόνος um + ἀνήρ, ἀνδρός macho.
Deriv.: monândria (s. f.), *monandría* (s. f.).

Monárcha, *s. m.* chefe, soberano de um estado, rei, etc. || De μονάρχης (form. de μόνος um só + ἄρχειν commandar).
Deriv.: monarchía, monárchico, monarchísmo, monarchísta.

* **Monáster,** *s. m.* estadio da caryocinese characterizado pela formação de uma estrella chromatica ao nivel do equador do fuso achromatico. || De μόνος só, unico + ἀστήρ, έρος estrella.

Monástico, *adj.* monachal. || De μοναστικός (e este de μονάζω estou só, vivo solitario).

* **Monazíto,** *s. m.* (min.) phosphato de cerio, lanthanio e thorio. || De μονάζειν ser unico no seu genero + suff. *ito*.
Deriv.: monazítico (adj.).

* **Monazitóide,** *s. m.* (min.) var. de monazito. || De *monazíto* (v. este vcb.) + εἶδος forma.

Monécia, *s. f.* (bot.) classe das plantas monoicas, no systema de Linneu. || De μόνος unico, só + οἰκία casa, habitação.

Monéra, *s. f.* (biol.) corpusculo informe de protoplasma; organismo uni-cellular, para Heckel a primeira forma organica. || De μονήρης unico, solitario.
N. Ad. Coelho e Fig. accentúam *mónera*, quando já Aulete consignára a boa prosodia.

* **Monimólitho,** *s. m.* (min.) antimoniato de chumbo, ferro, calcio, magnesio e manganez. || De μόνιμος estavel, duravel + λίθος pedra.

Monísmo, *s. m.* concepção dynamica da unidade das fôrças physicas; doutrina que reduz a um só princípio a variedade dos seres ou dos phenomenos. || De μόνος unico + suff. *ismo*.
Deriv.: monístico (adj.).

*** Monito,** *s. m.* (min.) phosphato hydratado de calcio. || De μόνος unico + suff. *ito*.

Mónoatômico, *adj.* (chim.) diz-se dum acido formado pela combinação dum equivalente de oxygenio e um equivalente de outro corpo simples. || De μόνος unico + *atomo* (v. este vcb.) + suff. *ico*.
N. Fóra preferivel *monatômico*.

Mónoblepsía, *s. f.* (med.) doença, em que só se pode vêr com clareza fechando um ôlho. || De μόνος unico + βλέπειν vêr + suff. *ia*.

Mónocarpellár, *adj.* (bot.) que tem um só carpello. || De μόνος um só + *carpello* (v. este vcb.) + suff. *ár*.

Monocárpo, *adj.* (bot.) que tem um só fructo. || De μόνος um só + καρπός fructo.
Cogn.: monocarpiáno (adj.).

Monocéphalo, *adj.* (terat.) diz-se de dous individuos, que nascem pegados, com uma só cabeça commum. || De μόνος um só + κεφαλή cabeça.
Deriv.: mónocephalia (s. f.), *monocephálios* (s. m. pl.).

Monócero, *adj.* (zool.) que tem um só corno. || De μονόκερος (e este de μόνος unico + κέρας corno).

Mónochlâmydes, *s. f. pl.* (bot.) classe de plantas dicotyledones, que têm um só perianthio verde ou colorido. || De μόνος um só + χλαμύς, ύδος envoltorio.
N. Aul. e outros escrevem com *i*, o que é menos etymologico. Quanto á terminação, esta é melhor do que *eas*, que characteriza as tribus e para ellas se deve reservar.

Monochórdo, *s. m.* instrumento musico de uma só corda assente sôbre uma tira de madeira graduada, e retesada por dous cavalletes fixos, havendo mais um movel, com que se graduam os tons (Aul.). || De μονόχορδον (form. de μόνος um só + χορδή corda).

N. A forma *monochórdio,* — auctorizada por Aul., não tem razão de ser, desde que já existe no grego o vocabulo formado, e delle se deriva regularmente *monochordo.* Quanto á graphia com *c* (em vez de *ch*), dada por Ad. Coelho e Fig., essa é positivamente anti-etymologica.

Monochrómo, *adj.* e *s. m.* que é pintado com uma só côr. || De μονόχρωμος (form. de μόνος um só + χρῶμα côr.

Cogn. : *mónochromático* (adj.), que é forma excusada.

Monoclínico, *adj.* (cryst.) diz-se do prisma clinorhombico, typo fundamental de um systema crystallino, que tomou o mesmo nome. || De μόνος um só + κλίνειν inclinar + suff. *ico.*

Monoclíno, *adj.* (bot.) diz-se dos vegetaes, que reunem os dous sexos na mesma flôr; hermaphrodito. || De μόνος um só + κλίνη leito.

N. A quantidade da raiz grega condemna a prosodia — *monóclino* — dada por Fig.

* **Monocóccos**, *s. m. pl.* micrococcos que offerecem o aspecto de uma espherazinha isolada.|| De μόνος um só + κόκκος granulo.

Mónocotylédones, *adj.* e *s. f. pl.* (bot.) diz-se das plantas, cuja semente tem uma só cotyledone. || De μόνος um só + *cotyledone.*

N. As regras usuaes de derivação e o vocabulo já existente no lat. scientifico — *monocotyledōnes* — fazem excusada a forma *monocotyledóneas,* que vem em Aul. e outros; demais, esta desinencia *eas* é peculiar ás tribus botanicas.

A forma — monocótylos — é incorrecta e deve ser abolida.

* **Monocýstidas**, *s. m. pl.* (zool.) ordem dos Esporozoarios Gregarinios. || Do gen. *Monocystis* (e este de μόνος unico + κύστις bexiga) + suff. *idas.*

Monodáctylo, *adj.* (zool.) que tem um só dedo. || De μονοδάκτυλος (form. de μόνος um + δάκτυλος dedo).

Monodélphyos, *adj.* e *s. m. pl.* (zool.) Mammaes de utero simples e uma placenta verdadeira (por opposição a *didelphyos*). || De μόνος um só + δελφύς utero.

N. A regra manda conservar o υ da raiz δελφύς; por isso não deve ser acceita a forma — monodelphos — que foi copiada do francez « monodelphes ».

Monódia, *s. f.* canção ordinariamente triste executada por uma só voz. || De μονῳδία sólo, monologo (form. de μόνος um só + ᾠδή canto).

N. A quantidade grega, a latina, e os vocabulos congeneres *paródia, psalmódia,* etc., todos estes argumentos condemnam a accentuação — *monodía* — que Aul. e outros propõem.

Deriv.: *monódico* (adj.).

Monodónte, *adj.* que só tem um dente. || De μονόδους (form. de μόνος um só + ὀδούς, ὄντος dente).

Deriv.: *monodóntidas* (s. m. pl.) — fam. de Cetaceos.

Monoepígynos, *s. m. pl.* (bot.) monocotyledones de estames epigynos.|| De μόνος um só + *epígyno* (v. este vcb.).

Cogn.: *monoepigýnia* (s. f.).

N. Fôra preferivel — monepígynos. —

Monógamo, *adj.* e *s. m.* diz-se do homem, que tem apenas uma esposa. || De μονόγαμος (form. de μόνος um só + γάμος casamento).

Deriv.: *monogamía* (s. f.).

Mónogástrico, *adj.* (zool.) que tem um só estomago. || De μόνος um só + γαστήρ estomago + suff. *ico*.

Monogénese, *s. f.* (zool.) geração unicamente sexual, directa (van Beneden). || De μόνος um só + γένεσις geração.
Deriv.: monogenético (adj.).

Mónogenia, *s. f.* (zool.) modo de geração, que consiste em produzir uma parte, que se separa logo e vae constituir novo individuo. || De μόνος um só + γένος geração + suff. *ia*.
Deriv.: monogénico (adj.).

Monogenismo, *s. m.* (zool.) systema anthropologico, que considera todas as raças humanas provenientes de um só tronco.||De μόνος um só + γένος geração + suff. *ismo*.
Cogn.: monogenista (s. m.).

* **Monogonia**, *s. f.* (zool.) reproducção asexual dos Hemosporidios.|| De μόνος um só + γόνος geração + suff. *ia*.

* **Mónogonóporos**, *s. m. pl.* (zool.) secção dos Dendroceleos, vermes de orificio sexual simples. || De μόνος unico + γόνος geração + πόρος orificio.

Monográmma, *s. m.* entrelaçamento graphico de duas ou mais letras iniciaes de um nome. || De μόνος um + γράμμα escripta, lettra.
Deriv.: mónogrammático (adj.), *monogrammista* (s. m.).

Mónographia, *s. f.* tractado, estudo de um só poncto ou assumpto, com todos os dados a elle referentes. || De μόνος um só + γράφω escrever + suff. *ia*.
Deriv.: monográphico (adj.), *monógrapho* (s. m.).

Monógyno, *adj.* (bot.) diz-se da planta, cuja flôr tem um só pistillo. || De μόνος um só + γυνή mulher.
Deriv.: monogýnia (s. f.) — classe segundo o systema linneano.

Monohýlo, *adj.* (zool.) que tem corpo formado de uma só massa homogenea. || De μόνος um só + ὕλη substância, materia.
N. A prosodia *monóhylo*, consignada por Fig., é antietymologica.

Monohypógynos, *s. m. pl.* (bot.) monocotyledones de estames hypogynos. || De μόνος um só + *hypogyno* (v. este vcb.).
Cogn.: monohypogýnia (s. f.) — classe no methodo de Jussieu.

Monóico, *adj.* (bot.) diz-se da planta, que no mesmo individuo tem flôres masculinas e femininas, mas separadas. || De μόνος um só + οἶκος casa.

Monólitho, *s. m.* pedra de enormes dimensões. — Monumento formado de uma só pedra. ||De μονόλιθος (form. de μόνος um só + λίθος pedra).
N. Monolitho — dizem Ad. Coelho e Fig., quando já Aulete auctorizára a boa prosodia.
Deriv.: monolíthico (adj.).

Monólogo, *s. m.* scena dramatica, em que falla um só actor. — Soliloquio. || De μονόλογος o que falla só (form. de μόνος um só + λέγω fallo).
Deriv.: monologár (v.).

Mónomachia, *s. f.* combate singular. || De μονομαχία (form. de μόνος um só + μάχομαι combato).

Mónomanía, *s. f.* especie de alienação mental, em que uma idea fixa parece absorver todas as faculdades do doente. || De μόνος um só + μανία loucura.
Deriv.: mónomaníaco (adj. e s. m.).

* **Monoméridas**, *s. m. pl.* (zool.) ramo dos Artiozoarios, de formas primitivas simples não metamerizadas. || De μόνος unico + μέρος parte, segmento + suff. *idas*.

Monómetro, *s. m.* poema composto de uma só especie de

versos. || De μονόμετρος (form. de μόνος um só + μέτρον metro.).
Deriv.: monométrico (adj.).

Monómio, *s. m.* (mathem.) expressão algebrica, cujos elementos componentes não se acham combinados pelos signaes + ou —. || De μόνος um só + νόμος divisão + suff. *io*.

Monômphalo, *s. m.* (terat.) monstro formado por dous individuos quasi completos, com umbigo commum. || De μόνος um só + ὀμφαλός umbigo.

Monomyários, *s. m. pl.* (zool.) ordem de Molluscos Lamellibranchios; têm um só musculo adductor, o posterior. || De μόνος unico + μῦς musculo + des. *ários*.

Monópe, *adj.* que só tem um ôlho. || De μόνωψ, ωπος (comp. de μόνος um só + ὤψ, ὠπός ôlho).
N. Forma regular e preferivel a *monopso*, que dá Fig.
Cogn.: monopsía (s. f.).

Monopegía, *s. f.* (med.) dôr fixa num poncto circunscripto da cabeça. || De μόνος um só + πήγνυμι fixo, prego + suff. *ia*.

Monoperianthádo, *adj.* (bot.) diz-se da flôr, que só tem um perianthio. || De μόνος um só + *perianthio* (v. este vcb.) + suff. *ádo*.

Monoperígynos, *s. m. pl.* (bot.) monocotyledones de estames perigynos. || De μόνος um só + *perigyno* (v. este vcb.).
Cogn.: monoperigynia (s. f.) — classe no methodo de Jussieu.

Monopétalo, *adj.* (bot.) que tem um só pétalo. || De μόνος um só + *pétalo* (v. este vcb.).

* **Monophânio,** *s. m.* (min.) syn. de epistilbito (especie de zeolitho). || De μόνος unico + φαίνειν parecer + suff. *io*.

Mónophobía, *s. f.* (med.) medo morbido da solidão. || De μόνος só + φόβος medo + suff. *ia*.

* **Mónophthalmía.** V. *anophthalmía*.

Mónophthálmo, *adj.* (zool.) diz-se do animal, que nasce com um só ôlho. || De μονόφθαλμος (form. de μόνος um só + ὀφθαλμός ôlho.
N. Aul. e outros escrevem — *monophtalmo* — (sem *h*), o que se oppõe á etymologia do vocabulo.

Monophthôngo, *s. m.* (gramm.) grupo vocalico, que representa um só som (por opposição a *diphthongo*). || De μόνος um só + φθόγγος som.
N. Fig. escreve *monothongo*, mutilando a raiz.

Monophýllo, *adj.* (bot.) formado de uma só peça (tractando-se do calyce); que tem uma só folha (tractando-se de planta). || De μόνος um só + φύλλον folha.

Monóphyodónte, *adj.* (zool.) diz-se dos Mammaes (Desdentados e Cetaceos), que só têm uma dentição. || De μόνος unico + φύομαι nascer + ὀδούς, όντος dente.

Monophysismo, *s. m.* (theol.) doutrina que admitte uma só natureza em J. Christo. || De μόνος um só + φύσις natureza + suff. *ismo*.
Cogn.: monophysista (s. m.).

Monóphyto, *adj.* (bot.) diz-se do genero, que só tem uma especie. || De μόνος um só + φυτόν planta.

Monoplegía, *s. f.* (med.) paralysia de um só membro, de um só orgam. || De μόνος um só + πλήσσειν ferir + suff. *ia*.

* **Monopnéumones,** *s. m. pl.* (zool.) sub-ordem de Peixes Dipnoicos. || De μόνος unico + πνεύμων, ονος pulmão.

Mónopodía, *s. f.* monstruosidade que consiste em ter um só pé. || De μόνος um só + πούς, ποδός pé + suff. *ia*.
Cogn.: monópode (adj.).

Monopódio, *s. m.* mesa de um só pé. || De μονοπόδιον (form. de μόνος um + πούς, ποδός pé).

Monopólio, *s. m.* privilegio dado a alguem para sem competidor explorar uma industria ou vender um genero especial. — Posse exclusiva, propriedade de um só. || De μονοπώλιον (form. de μόνος um só + πωλεῖν negociar, vender).
Deriv. : *monopolista* (s. m.), *monopolizár* (v.), *monopolização* (s. f.), *monopolizador* (s. m.).

Monóptero, *s. m.* e *adj.* (archit.) templo circular e sem paredes, cuja cupula é sustentada por columnas. — (Zool.) diz-se do peixe que tem uma só barbatana. || Pelo lat. *monoptĕros*, vem de μόνος um só + πτερόν aza.

Monoptóto, *adj.* (gramm.) diz-se da palavra grega ou latina, que para todos os casos tem a mesma forma. || De μονόπτωτος (comp. de μόνος um só + πτῶσις caso).

* **Mónopylários**, *s. m. pl.* (zool.) ordem de Rhizopodes Radiolares; têm os poros da capsula localizados em um poncto.||De μονος unico + πύλη porta, passagem + suff. *ários*.

Monórchio, *adj.* (zool.) diz-se do animal, que só tem um testiculo. — (Bot.) diz-se da planta que só tem um tuberculo. || De μόνορχις, εως (comp. de μόνος um só + ὄρχις testiculo).
N. Fig. consigna — *monorchido*, — copiado sem razão do francez *monorchide*, - visto que no radical grego não ha delta.

Monositia, *s. f.* hábito de tomar uma só refeição por dia. || De μονοσιτία (comp. de μόνος um só + σῖτος alimento).

Monosômo, *s. m.* (terat.) monstro que tem a apparencia de um só corpo, não obstante a sua composição binaria. || De μόνος um só + σῶμα corpo.

Deriv. : *monosómios* (s. m. pl.).

Monospérmo, *adj.* (bot.) diz-se do fructo, que tem uma só semente. || De μόνος um só + σπέρμα semente.
N. A forma *monospérmico* é excusada.

Monósticho, *adj.* (poet.) que consta de um só verso. || De μονόστιχος (comp. de μόνος um só + στίχος linha de verso).
N. Fig. escreve *monostico*, exquecendo a etymologia.

Monóstomo, *adj.* que tem uma só bocca ou abertura. || De μόνος um só + στόμα bocca.
Deriv. : *monostómidas* (s. m. pl.) — fam. de Vermes.

Monóstropho, *adj.* (poet.) diz-se da composição poetica de uma só estrophe. || De μονόστροφος (form. de μόνος um só + στροφή estrophe).

Monostýlo, *adj.* (bot.) diz-se do ovario, que só tem um estylete. || De μόνος um só + στῦλος estylete.
N. Fig. escreve e accentúa — *monóstilo*, — contra os preceitos etymologicos.

Mónosyllábico, *adj.* formado de uma só syllaba. || De μόνος um só + *syllaba* + suff. *ico*.
Cogn. : *monosyllabismo* (s. m.), *monosyllabo* (s. m. e adj.).

Mónotheísmo, *s. m.* religião que não admitte mais que um Deus. || De μόνος um só + θεός Deus + suff. *ismo*.
Deriv. : *monothéista* (s. m.).

Monotheléta, *s. m.* (theol.) o que admittia em J. Christo uma só vontade. || De μονοθελήτης (comp. de μόνος um só + θέλω quero).
N. Fig. regista — *monothelita*, — accompanhando o francez — *monothélite*; — mas não ha razão para adulterar o radical.

Deriv. : *monotheletismo* ou *monothelismo* (s. m.).

Mónothiônico, *adj.* (chim.) diz-se dos acidos do enxofre, que só têm um equivalente do radical. || De μόνος só + θεῖον enxofre + suff. *ico*.

Monóthyro, *adj.* (zool.) diz-se das conchas univalves. || De μόνος só + θύρα porta.

* **Monótocárdios**, *s. m. pl.* (zool.) ordem de Molluscos Gastropodes, da sub-classe dos Prosobranchios; têm coração com uma só auricula. || De μόνος unico + οὖς, ὠτός orelha + καρδία coração + des. *ios*.

Monótono, *adj.* que não tem variação, que é sempre no mesmo tom. || De μονοτόνος (form. de μόνος um + τόνος tom).
Deriv. : *monotonia* (s. f.).

Monotrémos, *s. m. pl.* (zool.) Mammaes Didelphyos, que têm uma só abertura exterior para todas as excreções. || De μόνος um só + τρῆμα orificio.
N. As formas — *monotrematos* e *monotreme*, tambem consignadas por Fig., são viciosas.

* **Monótricho**, *s. m.* (zool.) bacillo provido de um só cilio vibratil (Ellis). || De μόνος só + θρίξ, τριχός cabello.

Monotrópeas, *s. f. pl.* (bot.) tribu das Ericaceas, a que serve de typo o gen. *Monótropa*. || De *Monotrôpa* (e este de μόνος um só + τρόπος forma) + suff. *eas*.

Monóxylo, *adj.* que é feito de uma só peça de madeira. || De μονόξυλος (form. de μόνος um só + ξύλον madeira).

Monozóico, *adj.* (zool.) diz-se dos animaes, que vivem isoladamente, não aggregados. || De μόνος só + ζῶον animal + suff. *ico*.

Móreas, *s. f. pl.* (bot.) familia de plantas, que têm por typo o gen. *Morus*. || De μόρον amora + suff. *eas*.

Mórico, *adj.* (chim.) nome de um acido encontrado na casca da amoreira. || De μόρον amora + suff. *ico*.

* **Mormýridas**, *s. m. pl.* (zool.) fam. de Peixes Teleosteos. || Do gen. *Mórmyrus* (e este de μορμύρος pargo) + suff. *idas*.

Morphína, *s. f.* (chim.) um dos alcaloides do opio. || De Μορφεύς Morpheu — o deus do somno + suff. *ina*.
Cogn. : *morphetina* (s. f.) *morphinismo* (s. m.).

Morphinomanía, *s. f.* (med.) emprego habitual e abusivo da morphina. || De *morphina* (v. este vcb.) + μανία loucura.

Mórphogenía, *s. f.* estudo das leis, que determinam a forma dos orgãos e dos seres. || De μορφή forma + γένος geração + suff. *ia*.
Deriv. : *morphogênico* (adj.).

Morphología, *s. f.* estudo da conformação exterior dos seres vivos. — (Ling.) estudo da formação e transformação das palavras de uma lingua. || De μορφή forma + λόγος tractado + suff. *ia*.
Deriv. : *morphológico* (adj.).

* **Múllidas**, *s. m. pl.* (zool.) fam. de Peixes Teleosteos. || Do gen. *Mullus* (e este de μύλλος sargo) + suff. *idas*.

* **Murénidas**, *s. m. pl.* (zool.) familia de Peixes Teleosteos. || Do gen. *Murœna* (e este de μύραινα lampreia) + suff. *idas*.

Musáceas, *s. f. pl.* (bot.) ordem de plantas monocotyledones, cujo typo é o gen. *Musa*. || De *Musa* (e este de Μοῦσα Musa) + suff. *áceas*.

Musêu, *s. m.* edificio, onde se guardam os exemplares e objectos raros ou curiosos relativos ás sciencias, bellas-artes, lettras e industria. || De μουσεῖον (form. de Μοῦσα Musa).

Música, *s. f.* arte de combinar os sons por modo agra-

davel ao ouvido. || De μουσική scil. τέχνη (form. de Μοῦσα Musa).
Deriv. : *musicál* (adj.), *musicár* (v.), *músico* (adj. e s, m.).
Musicógrapho, *s. m.* auctor que escreve sôbre a arte da musica. || De μουσική musica + γράφω escrevo.
Deriv. : *músicographia* (s. f.).
Músicomanía, *s. f.* paixão excessiva pela musica. || De μουσική musica + μανία loucura.
Cogn. : *musicómano* (s. m.).
Myalgía, *s. f.* (med.) dôr muscular. || De μῦς musculo + ἄλγος dôr + suff. *ia.*
N. « Myosalgía » é forma incorrecta.
* **Myasthenia,** *s. f.* (med.) fadiga muscular depois de um exfôrço. || De μῦς musculo + ἀ priv. + σθένος fôrça + suff. *ia.*
* **Myatonía,** *s. f.* (med.) ausencia ou destruição da tonicidade muscular. || De μῦς musculo + *atonía* (v. este vcb.).
Mycélio, *s. m.* (bot.) parte filamentosa, producto da vegetação dos esporios dos cogumelos. || De μύκης cogumelo.
Mycétographia, *s. f.* (bot.) descripção dos Cogumelos. || De μύκης, ητος cogumelo + γράφω descrevo + suff. *ia.*
* **Mycetôma,** *s. m.* (med.) molestia parasitaria, tambem chamada « pé de Madura. » || De μύκης, ητος cogumelo + suff. *ôma.*
***Mycoidineas,** *s. f. pl.* (bot.) tribu de Algas. || De *Mycoidea* — gen. typo (e este de μύκης cogumelo + εἶδος apparencia) + suff. *ineas.*
Mycología, *s. f.* (bot.) parte da Botanica, que tracta dos cogumelos. || De μύκης cogumelo + λόγος tractado + suff. *ia.*
N. Fôra mais bem formado — *mycétologia.*
Cogn. : *mycólogo* (s. m.).
Myoóse, *s. f.* (chim.) principio açucarado do centeio espigado. — (Med.) em geral molestia produzida pela presença dum cogumelo no organismo. || De μύκης cogumelo + suff. *óse.*
Deriv. : *mycótico* (adj.).
Mycterísmo, *s. m.* zombaria, careta. || De μυκτηρισμός (e este de μυκτηρίζω zombo).
N. Fig. dá a este vocabulo a significação de carranca, má catadura; não parece que assim deva ser.
Mydríase, *s. f.* (med.) dilatação anormal e permanente da pupilla, com immobilidade persistente da iris. || De μυδρίασις.
Deriv. : *mydriático* (adj.).
Cogn. : *mydról* (s. m.).
Myelasthenía, *s. f.* (med.) fraqueza da medulla espinhal. || De μυελός medulla + ἀσθενής fraco + suff. *ia.*
Deriv. : *myelasthénico* (adj.).
* **Myelatelía** *s. f.* (med.) desenvolvimento incompleto da medulla espinhal. || De μυελός medulla + ἀτελής incompleto + suff. *ia.*
Myelencéphalo, *s. m.* (anat.) região procedente da evolução da vesicula posterior (Huxley); conjuncto dos centros nervosos. || De μυελός medulla + encephalo (v. este vcb).
Myelína, *s. f.* (min.) var. de halloysito (especie de argilla). — (Anat.) substância extrahida da materia cerebral e de outros tecidos animaes (Virchow). || De μυελός medulla + suff. *ina.*
Myelíte, *s. f.* (med.) inflammação da medulla espinhal. || De μυελός medulla + suff. *íte.*
Myelócyto, *s. m.* (anat.) nucleo e cellula da substância cinzenta do systema encephalo-rhacheano. || De μυελός medulla + κύτος cellula.
Myelóide, *adj.* (med.) que se assimelha ao tecido da medulla. || De μυελός medulla + εἶδος forma.
Myelôma, *s. m.* (med.) tumor

medullar. || De μυελός medulla + suff. ôma.
  N. *Myelona* dá Fig., mas de certo é equívoco.
Myelomalacia, s. f. (med.) amollecimento da medulla. || De μυελός medulla + μαλακός molle + suff. ia.
  N. *Myelomacia*, que vem em Fig., é provavelmente êrro typographico.
*****Myelomério,** s. m. territorio cutaneo em forma de faixa bem limitada, cujos nervos estão em relação com um neurotomio. || De μυελός medulla + μέρος parte + suff. io.
*****Myelopathía,** s. f. (med.) molestia da medulla. || De μυελός medulla + πάθος molestia + suff. ia.
Myeloplácio, s. m. (anat.) elemento anatomico peculiar á medulla normal dos ossos (Robin). || De μυελός medulla + πλάξ, ακός placa, tabula + suff. io.
  N. Corresponde ao francez — myéloplaxe.
Myeloplacôma, s. m. (med.) tumor formado principalmente por myeloplacios. || De μυελός medulla + πλάξ, ακός placa + suff. ôma.
Myelosarcôma, s. m. (med.) syn. de osteosarcoma. || De μυελός medulla + sarcôma (v. este vcb.).
Myelosclerose, s. f. (med.) esclerose da medulla espinhal. || De μυελός medulla + esclerose (v. este vcb.).
*****Mygálidas,** s. m. pl. (zool.) familia de Aranhas. || Do gen. *Mygale* (e este de μυγαλῆ musaranho) + suff. idas.
*****Myíase,** s. f. (med.) molestia causada pela larva de certos dipteros. || De μυῖα mosca + suff. ase.
Myiocéphalo, s. m. (med.) estaphyloma, no qual a iris forma um tumorsinho arredondado e denegrido. || De μυῖα mosca + κεφαλή cabeça.
Myiódopsia, s. f. (med.) phenomeno morbido, a que se dá o nome de *moscas volantes*. || De μυιώδης similhante a mosca + ὄψις vista + suff. ia.
Myiología, s. f. (zool.) tractado sôbre as moscas. || De μυῖα mosca + λογος tractado + suff. ia.
Myíte, s. f. (med.) inflammação dos musculos. || De μῦς, υός musculo + suff. tte.
  N. Melhor que — myosite.
*****Mylacéphalo,** s. m. (terat.) monstro acephalo, de corpo irregularissimo e informe. || De μύλη abôrto + *acéphalo* (v. este vcb.).
*****Myleo,** adj. (anat.) que é vizinho dos dentes molares ou lhes diz respeito; diz-se da linha ou crista ossea da face interna do corpo da mandibula. || De μύλος dente molar + suff. eo.
  N. Corresponde ao fr. *myloïde*, que foi mal formado. *Myloïde* significaria — similhante a mó ou a dente molar.
Myloglósso, adj. e s. m. (anat.) feixe de fibras musculares, que vão da linha mylea e dos lados da lingua á pharynge. || De μύλος dente molar + γλῶσσα lingua.
Mylóido. V. *myleo*.
*****Myoblásto,** s. m. (zool.) cellula myo-epithelial, nos Celenterados; tem a base differenciada em longo filamento formado de fibrillas contracteis. || De μῦς, υός musculo + βλαστάνειν produzir.
Myocárdio, s. m. (anat.) parte muscular do coração. || De μῦς musculo + καρδία coração.
  Deriv.: myocardite (s. f.).
Myocéle, s. f. (med.) tumor muscular. || De μῦς musculo + κήλη tumor.
*****Myocelíte,** s. f. (med.) inflammação dos musculos do

baixo-ventre. || De μῦς musculo + κοιλία baixo-ventre + suff. *ite*.

*****Myochronóscópio**, *s. m.* (physiol.) apparelho para mostrar a velocidade de propagação da excitação nervosa até aos musculos. || De μῦς musculo + χρόνος tempo + σκοπεῖν vêr + suff. *io*.

*****Myoclonia**, *s. m.* (med.) choréa electrica ; contracção muscular clonica, involuntaria. || De μῦς musculo + κλόνος agitação + suff. *ia*.

*****Myocômma**, *s. m.* (zool.) septos conjunctivos, que separam os myomerios nos Acranios. || De μῦς, υός musculo + κόμμα intervallo.

*****Myocymia**, *s. f.* (med.) syndrome, que consiste em contracções musculares de character ondulatorio, sem perturbações da sensibilidade (F. Schultze). || De μῦς musculo + κῦμα ondulação + suff. *ia*.
N. Corresponde ao francez — myokynnie.

*****Myodemía**, *s. f.* (med.) substituição adiposa nos musculos. ||.De μῦς musculo + δημός gordura + suff. *ia*.

*****Myodiástase**, *s. f.* (med.) distensão brusca de fibras musculares, sem ruptura. || De μῦς musculo + διάστασις distensão.

Myodynia, *s. f.* (med.) dôr muscular. || De μῦς musculo + ὀδύνη dôr + suff. *ia*.

*****Myoedêma**, *s. m.* (med.) contracção muscular localizada, que se produz bruscamente no poncto percutido. || De μῦς musculo + οἴδημα tumefacção.

*****Myógnatho**, *adj.* e *s. m.* (terat.) monstro duplo, cuja cabeça supranumeraria adhere á maxilla principal por meio só de musculos. || De μῦς musculo + γνάθος maxilla.

Myographía, *s. f.* (anat.) descripção dos musculos. || De μῦς musculo + γράφω descrevo + suff. *ia*.
Cogn. : *myógrapho* (s. m.).

Myóide, *adj.* (med.) diz-se dos tumores compostos de fibro-cellulas. || De μῦς musculo + εἶδος forma.

Myolêmma, *s. m.* (anat.) tubo transparente que contém as fibrillas musculares de cada feixe primitivo estriado. || De μῦς musculo + λέμμα casca.
Deriv. : *myolemmático* (adj.).

Myología, *s. f.* (anat.) parte da Anatomia, que tracta particularmente dos musculos. || De μῦς musculo + λόγος tractado + suff. *ia*.
Deriv. : *myológico* (adj.), *myólogo* (s. m.).

*****Myólyse**, *s. f.* (med.) resolução da fibra muscular em seus elementos constitutivos (Marinesco). | De μῦς musculo + λύσις dissolução.

*****Myôma**, *s. m.* (med.) tumor composto quasi exclusivamente de tecido muscular. || De μῦς musculo + suff. *ôma*.

Myomalacía, *s. f.* (med.) amollecimento dos musculos. || De μῦς musculo + μαλακός molle + suff. *ia*.

*****Myómectomia**, *s. f.* (med.) ablação dum myoma uterino. || De *myôma* (v. este vcb.) + ἐκτομή ablação + suff. *ia*.

Myomério, *s. m.* (zool.) musculo em chaveirão, na camada muscular dos Acranios. || De μῦς, υός musculo + μέρος parte + des. *io*.
N. Quanto á desinencia, v. *metamério*.

*****Myómetro**, *s. m.* (med.) instrumento imaginado para medir o encurtamento dos musculos no ôlho estrabico. || De μῦς musculo + μέτρον medida.

*****Myópathía**, *s. f.* (med.) molestia do systema muscular. || De μῦς musculo + πάθος molestia + suff. *ia*.

Deriv. : myopáthico (adj.).
Myópe, *adj. e s. m.* individuo que tem a vista curta. || De μύωψ, ωπος (form. de μύω fecho + ὤψ, ὠπὸς ôlho).
Deriv. : myopía (s. f.).
N. Cumpre corrigir o êrro de se fazer proparoxytono este vocabulo.

* **Myoplásma**, *s. m.* plasma muscular. || De μῦς musculo + πλάσμα (de πλάσσω formo).

* **Myoplastía**, *s. f.* (med.) processo operatorio, que consiste em fechar o orificio do annel, na cura da hernia crural, com um retalho muscular (Schwartz). || De μῦς musculo + πλάσσω formo, modelo + suff. *ia.*

* **Myoplástico**, *adj.* (anat.) que serve para a geração dos musculos. || De μῦς musculo + πλάσσειν formar.

Myopóreas, *s. f. pl.* (bot.) tribu das Selaginaceas, cujo typo é o gen. *Myóporum.* || De *Myopŏrum* (e este de μυῖα mosca + πόρος passagem, poro) + suff. *aceas.*

Myo-presbýta, *adj. e s. m.* (med.) individuo que dum ôlho é myópe e do outro presbýta. || De *myópe* + *presbýta* (v. estes vcbs.).

* **Myópsidas**, *s. m. pl.* (zool.) familia de Cephalopodes Dibranchios. || De μύω fecho + ὤψ ôlho + suff. *idas.*

* **Myorhaphía**, *s. f.* (med.) sutura muscular. || De μῦς musculo + ῥαφή costura + suff. *ia.*

Myosalgía. V. *myalgía.*

Myóse, *s.f.* (med.) constricção permanente da pupilla. || De μύειν fechar, obstruir + suff. *óse.*
N. A forma *myosis* é menos adequada ao genio da lingua.
Deriv. : myótico (adj.).

Myosína, *s. f.* (chim.) substância azotada que se extrahe dos musculos por expressão. ||

De μῦς, υός musculo + suff. *ina.*
N. Fóra melhor — myína.

Myosíte. V. *myíte.*

Myosóte, *s. f.* (bot.) planta da ordem das Borragaceas, do gen. *Myosótis.* || De μυσσωτὶς (form. de μῦς rato + οὖς, ὠτὸς orelha).
N. A forma *myosotis* é menos correcta, por afastar-se do genio da nossa lingua.

* **Myospasia**, *s. f.* (med.) toda molestia nervosa, que se traduz por espasmos (Marina). || De μῦς musculo + σπάσις contracção, espasmo + suff. *ia.*

* **Myosteôma**, *s. m.* (med.) osteoma muscular devido a uma myite ossificante (Cabier). || De μῦς musculo + *osteôma* (v. este vcb.).

* **Myotexia**, *s. f.* (med.) fusão das fibras e fibrillas musculares com desapparecimento do myoplasma (Marinesco). || De μῦς musculo + τῆξις fusão + suff. *ia.*

Myotomía, *s. f.* (anat.) secção dos musculos. || De μῦς musculo + τομή corte + suff. *ia.*
Cogn. : myótomo (s. m.), *myotômico* (adj.).

Myríade, *s. f.* o número 10.000 ; grande quantidade, grande número de cousas. || De μυριὰς, άδος (form. de μύριοι 10.000).

Myriagrámma, *s. m.* dez mil grammas. || De μυριὰς dez mil + *gramma* (v. este vcb.).

Myrialítro, *s. m.* dez mil litros. || De μυριὰς dez mil + *litro* (v. este vcb.).

Myriámetro, *s. m.* dez mil metros. || De μυριὰς dez mil + *metro* (v. este vcb.).

Myriápode. V. *myriópode.*

Myriáreo, *s. m.* dez mil áreos. || De μυριὰς dez mil + *áreo.*

Myricáceas, *s. f. pl.* (bot.) ordem de plantas dicotyledones apetalas super-ovariadas, cujo

23.

typo é o gen. *Myrica.* || De *Myrica* (e este de μυρική tamargueira) + suff. *áceas.*
Cogn. : myricína (s. f.), *myrícico* (adj.).
* **Myriodésmeas,** *s. f. pl.* (bot.) tribu das Algas Fucaceas. || Do gen. typo *Myriodésma* (e este de μορἰοι infinitos, numerosissimos + δέσμη feixe) + suff. *eas.*
Myriópode, *adj.* que tem muitos pés. — s, *s. m. pl.* (zool.) classe de animaes articulados, do ramo dos Arthropodes. || De μυριόπους, ποδος (comp. de μύριοι dez mil, innumeros + πούς pé).
N. Os Francezes fizeram *Myriapode,* e d'ahi passou com esta forma para os diccionarios portuguezes e para os nossos livros scientificos. Ainda é tempo entretanto de voltar-se á forma correcta *myriópode.*
Myristicáceas, *s. f. pl.* (bot.) ordem de plantas dicotyledones dialypetalas de ovario súpero, cujo typo é o gen. *Myristica.* || De *Myristica* (e este de μυριστικός que perfuma) + suff. *áceas.*
Myrmécio, *s. m.* (med.) especie de verruga, que se desenvolve sobretudo na palma da mão ou na planta do pé. || De μυρμήκιον (e este de μύρμηξ formiga).
N. Não ha razão para dar-lhe a desinencia *a,* nem para fazê-lo feminino.
* **Myrmécophágidas,** *s. m. pl.* (zool.) fam. de Mammaes Desdentados. || Do gen. *Myrmecóphaga* (e este de μύρμηξ, ηκος formiga + φαγεῖν comer) + suff. *idas.*
* **Myrmeleóntidas,** *s. m. pl.* (zool.) familia de Insectos Nevropteros. || Do gen. *Myrméleon* (e este de μυρμηκολέων formigão) + suff. *idas.*
Myrmidão, *s. m.* ajudante de cozinheiro, companheiro. || De Μυρμιδών.
N. Attenta a etymologia, é menos boa a graphia *mirmidão.*
Myrônico, *adj.* (chim.) diz-se dum acido, que existe na semente de mostarda negra. || De μύρον essencia, perfume + suff. *ico.*
Cogn. : myronáto (s. m.), *myrosína* (s. f.).
Mýrospermína, *s. f.* (chim.) essencia, producto volatil proveniente da distillação do balsamo do Perú. || De *Myrospermum* (e este de μύρον perfume + σπέρμα semente) + suff. *ina.*
Mýrrha, *s. f.* planta da ordem das Terebinthaceas ; a gomma resinosa que se extrahe desta planta. || De μύρρα.
Deriv. : myrrhico (adj.), *myrrhína* (s. f.), *myrrhól* (s. m.).
Myrsineas, *s. f. pl.* (bot.) tribu de plantas dicotyledones gamopetalas de ovario súpero, cujo typo é o gen. *Myrsina.* || De *Myrsina* (e este de μυρσίνη myrto) + suff. *eas.*
Mýrto, *s. m.* (bot.) murta, planta typo da ordem das Myrtaceas. || De μύρτος.
Deriv. : myrtáceas (s. f. pl.), *myrtóso* (adj.), *mýrteo* (adj.), *myrthêdo* (s. m.), *myrtól*(s.m.).
Myrtóide, *adj.* que é parecido com o myrto. || De μύρτος myrto + εἶδος similhança.
Mystagôgo, *s. m.* (antig.) mestre dos mysterios; o que ensinava as ceremonias e os ritos. || De μυσταγωγός (form. de μύστης mysterioso + ἀγωγός guia).
Deriv. : mystagogía (s. f.).
Mystério, *s. m.* conjuncto das ceremonias do culto religioso. — Verdade da religião christã, que a razão humana não explica, mas se impõe pela fé. || De μυστήριον.
Deriv. : mysterióso (adj.).
Mýstico, *adj.* mysterioso,

allegorico, figurado. Que tem relação com o espirito. — Dado á vida contemplativa, etc. || De μυστικός.

Cogn. : *mýstica* (s. f.), *mysticismo* (s. m.).

Mýstro, *s. m.* (ant.) entre os antigos Gregos, medida para liquidos, equivalente a duas colhéres, || De μύστρον.

*** Mytacismo**,*s. m.* vício de pronúncia, em que o individuo emprega demasiadamente a lettra *m*, substituindo-a a outras. || De μυτακισμός (de μῦ — a lettra *m*).

Mýtho, *s. m.* facto da fabula. — Cousa que não tem existencia real ; chimera, utopia. — Pessoa ou cousa incomprehensivel. || De μῦθος.

Deriv. : *mýthico* (adj.), *mythismo* (s. m.).

Mýthographía, *s. f.* descripção das fabulas ou mythos. || De *mýtho* + γράφω descrevo + suff. *ia.*

Cogn. : *mythógrapho* (s. m.), *mythográphico* (adj.).

Mýthología, *s. f.* história ou noção dos mysterios, das ceremonias e do cul'o pagão. História fabulosa das divindades do polytheïsmo. || De μυθολογία (form. de μῦθος fabula + λόγος discurso).

Cogn. : *mythológico* (adj.), *mýthologismo* (s. m.), *mythólogo* (s. m.).

Mytílidas, *s. m. pl.* (zool.) familia de Molluscos Acephalos, cujo typo é o gen. *Mytilus*. || De *Mytilus* (e este de μυτίλος mexilhão) + suff. *idas.*

N. Melhor do que *mytiloides.*

Mýtilotoxína, *s. f.* (chim.) ptomaïna toxica extrahida de certos mexilhões por Brieger. ||

De μυτίλος mexilhão + τοξικόν veneno + suff. *ina.*

Myúro, *adj.* (med.) diz-se do pulso, que enfraquece progressivamente. || De μῦς rato + οὐρά cauda.

N. Fig. accentúa incorrectamente *myúro*, quando já Ad. Coelho consignára a prosodia paroxytona, que é a boa.

Mýxa, *s. f.* (zool.) a parte superior da mandibula das aves. || De μύξα narina.

Myxedêma, *s. m.* (med.) molestia, em que se infiltra um líquido com aspecto de muco nas malhas do tecido laminoso sub-cutaneo. || De μύξα muco + *edêma* (v. este vcb.).

*** Myxínidas**, *s. m. pl.* (zool.) familia de Peixes Cyclostomos. || Do gen. *Myxine* (e este de μυξῖνος lampreia) + suff. *idas.*

*** Mýxochondrôma**, *s. m.* (med.) tumor mixto formado de tecido conjunctivo e tecido mucoso. || De μύξα muco + χόνδρος cartilagem + suff. *ôma.*

*** Myxodermía**, *s. f.* (med.) amollecimento da pelle. || De μύξα muco + δέρμα pelle + suff. *ia.*

Myxôma, *s. m.* (med.) tumor. formado por tecido mucoso. || De μύξα mucosidade + suff. *ôma.*

*** Myxomycétes**, *s. m. pl.* (bot.) ordem de Cogumelos, cujo thallo se reduz a uma massa de protoplasma. || De μύξα muco + μύκης, ητος cogumelo.

Myxospôngios, *s. m. pl.* (zool.) sub-ordem das Esponjas (classe de Celenterados). || De μύξα muco + σπόγγος esponja + suff. *ios.*

*** Myxosporídios**, *s. m. pl* (zool.) ordem de Esporozoarios. || De μύξα muco + σπορά semente + suff. *ídios.*

N

Naiadáceas, *s. f. pl.* (bot.) ordem de plantas monocotyledones, cujo typo fundamental é o gen. *Naias.* || De *Naias* (e este de ναϊάς, άδος naiade) + suff. *áceas.*

Náiade, *s. f.* (myth.) nympha das aguas; deidade que presidia aos rios e ás fontes. || De ναϊάς, άδος.

* **Naídidas,** *s. m. pl.* (zool.) familia de Vermes Oligochetas. || Do gen. *Nais* (e este de Ναϊς, ίδος Nais) + suff. *idas.*

Nanismo, *s. m.* estado ou defeito de anão. || De νάνος anão + suff. *ismo.*

Nanocéphalo, *adj.* e *s. m.* (terat.) que tem cabeça excepcionalmente pequena. || De νάνος anão + κεφαλή cabeça.
Deriv. : *nanocephalia* (s. f.).

Nánocormía, *s. f.* (terat.) pequenez anomala do tronco. || De νάνος anão + κορμός tronco + suff. *ia.*

Nanomelía, *s. f.* (terat.) pequenez anomala dos membros. || De νάνος anão + μέλος membro + suff. *ia.*

Napéa, *s. f.* (myth.) nympha dos bosques e dos valles. || De ναπαία (form. de νάπη bosque):

Náphtha, *s. f.* (chim.) oleo mineral muito inflammavel, que se encontra nativo ou se extrahe do petroleo. || De νάφθα.
N. Aul. e outros escrevem — *naphta* — sem *h*, o que se oppõe á etymologia.
Deriv. : *naphthalína* (s. f.), *naphthênio* (s. m.), *naphthênico* (adj.), *naphthól* (s. m.).

Narceína, *s. f.* (chim.) um dos alcaloides do opio ($C^{22}H^{25}AzO^9$). || De νάρκη torpor, adormecimento + suff. *ina.*

Narciso, *s. m.* (bot.) planta da ordem das Amaryllidaceas, gen. *Narcissus.* || De νάρκισσος.
N. O uso popular alterou o radical grego e latino, supprimindo-lhe um dos *ss.*
Deriv. : *narcisár-se* (v.), *narcisseas* (s. f. pl.).

* **Nárcolepsía,** *s. f.* (med.) nevrose characterizada por uma necessidade de dormir, subita e irresistivel (Gélineau). || De ναρκόω adormeço + λῆψις accesso + suff. *ia.*

Narcóse, *s. f.* (med.) adormecimento provocado. || De νάρκωσις (e este de ναρκόω adormeço).

Narcótico, *adj.* e *s. m.* que faz adormecer. || De ναρκωτικός.
Cogn. : *narcotína* (s. f.), *narcotínico* (adj.), *narcotísmo* (s. m.), *narcotizár* (v.).

Nárdo, *s. m.* perfume estimado pelos antigos. — (Bot.) planta da ordem das Graminaceas. gen. *Nardus.* || De νάρδος.
Deriv. : *nardíno* (adj.).

* **Narthecína,** *s. f.* (chim.) substância extrahida do « Nar-

thecium ossifragum ». || De *Narthecium* (e este de ναρθήκιον caixa de guardar perfumes) + suff. *ina*.
Cogn.: narthécico (adj.).
Nárthex, *s. m.* (archit.) portico aberto, na frente das antigas basilicas christãs, onde se reuniam os catechumenos e certos penitentes. || De νάρθηξ.
Naumachía, *s. f.* simulacro de combate naval. ||De ναυμαχία (form. de ναῦς navio + μάχομαι combato.)
Deriv.: naumáchico (adj.), *náumacho* (s. m.).
* **Naupathía**, *s. f.* (med.) nome dado ao enjôo. || De ναῦς navio + πάθος molestia + suff. *ia*.
Nauscopía, *s. f.* arte de perceber de terra os navios ao longe, ou vice-versa. || De ναῦς navio + σκοπεῖν vêr + suff. *ia*.
Cogn.: nauscópio (s. m.).
Náusea, *s. f.* enjôo ou anxia, produzida pelo balanço do navio; desejo de vomitár; nôjo, repugnancia.|| Pelo lat. *nausea*, de ναυσία ou ναυτία.
Deriv.: nauseánte, nauseár, nauseabúndo.
Náuta, *s. m.* navegante, marinheiro. || De ναύτης (form. de ναῦς navio).
Deriv.: náutica (s. f.), *náutico* (s. m. e adj.).
Náutilo, *s. m.* Mollusco Cephalopode do gen. Náutilus. || De ναυτίλος (form. de ναῦς;navio).
Deriv.: nautílidas (s. m. pl.) — fam. de Cephalopodes.
Nautilóide, *adj.* similhante ao náutilo. || De *náutilo* (v. este vcb.) + εἶδος similhança.
Nautódica, *s. m.* (ant.) magistrado atheniense, que decidia os pleitos de marujos e extrangeiros. || De ναυτοδίκαι (οἱ), e este de ναύτης marinheiro + δίκη processo.
N. O substantivo grego (só usado no plural) deixa suppôr a forma do singular ναυτοδίκης, e deste só se pode formar em portuguez *nautódica*. A desinencia *o*, que Fig. regista, é pois incorrecta.
Náutographía, *s. f.* descripção do apparelho dos navios e das respectivas manobras. || De ναύτης nauta + γράφειν descrever + suff. *ia*.
Cogn.: nautógrapho (s. m.).
Navárcha, *s. m.* (ant.) commandante de uma frota. || Pelo lat. *navarchus*, vem de ναυάρχης (form. de ναῦς navio + ἄρχω commando).
Deriv.: navarchía (s. f.).
N. « Nearcha », que com a mesma significação occorre tambem em Fig., é vocabulo que não existe.
Náxio, *s. m.* pedra com que se polia o marmore, pó de polir pedras preciosas. || De νάξιον (deriv. de Νάξος a ilha de Naxo).
Nearcha. V. *navárcha*.
Nearthróse, *s. f.* (med.) articulação nova que se forma nos casos de resecções, etc. || De νέος novo + ἄρθρον articulação + suff. *óse*.
Nébride, *s. f.* (poet.) pelle de gamo, de que se cobriam as bacchantes. || De νεβρίς, ίδος (form. de νεβρός gamo).
Necrobióse, *s. f.* (med.) morte de elementos anatomicos num organismo vivo, em virtude do estado senil ou morbido desses elementos. ||De νεκρός morto + βίος vida + suff. *óse*.
Deriv.: necrobiótico (adj.).
* **Necrocômio**, *s. m.* camara em que se depositam cadaveres até o apparecimento dos signaes certos da morte. ||De νεκροκόμος que cuida dos mortos + suff. *io*.
Necrodulía, *s. f.* culto dos mortos. || De νεκρός morto + δουλεία servidão, culto.
Necrolatría, *s. f.* o mesmo que *necrodulía*. || De νεκρός

morto + λατρεία culto, adoração.
Deriv. : necrolátrico (adj.).
Necrologia, *s. f.* collecção de noticias relativas aos actos e qualidades de pessoas finadas. || De νεκρός morto + λόγος discurso + suff. *ia*.
Deriv. : necrológico (adj.), *necrológio* (s. m.), *necrólogo* (s. m.).
Necromancia, *s. f.* pretendida arte de revelar o futuro por meio de supposta communicação com os espiritos dos finados (Aul.).|| De νεκρομαντεία (form. de νεκρός morto + μαντεία adivinhação).
N. Aul. e outros accentúam *necrománcia* contra a quantidade etymologica. As formas *nicro* e *nigromancia* são já corruptelas.
Deriv. : necrománte (s. m.), *necromántico* (adj.).
Necronito, *s. m.* (min.) var. de orthosio, de cheiro fetido. || De νεκρός cadaver + suff. *ito*.
Necropathía, *s. f.* (med.) disposição geral para necroses. || De νεκρός morto + πάθος molestia + suff. *ia*.
Necróphago, *adj.* (zool.) diz-se do animal, que se alimenta de cadaveres ou de substâncias em decomposição; o que se alimenta de qualquer carne. || De νεκροφάγος (form. de νεκρός morto + φαγεῖν comer).
Deriv. : necrophagia (s. f.).
Necrophilía, *s. f.* (med.) mania que arrasta para a sensual e asquerosa profanação de cadaveres (Fig.). || De νεκρός morto + φίλος amigo + suff. *ia*.
Necrophobia, *s. f.* medo, horror á morte. || De νεκρός morto + φόβος terror + suff. *ia*.
Cogn. : necróphobo (adj.).
Necrópole, *s. f.* logar vizinho das grandes cidades, onde se sepultavam os finados; cemeterio. || De νεκρός morto + πόλις cidade.
Necropsia, *s. f.* exame cadaverico, autopsia. || De νεκρός morto + ὄψις vista + suff. *ia*.
Necroscopia, *s. f.* exame ou dissecção de cadaveres. || De νεκρός morto + σκοπεῖν examinar + suff. *ia*.
Deriv. : necroscópico (adj.).
Necróse, *s. f.* (med.) mortificação de um osso ou de qualquer tecido. || De νέκρωσις mortificação.
Necrosteóse, *s. f.* (med.) mor ificação de um osso. || De νεκρός morto + ὀστέον osso + suff. *óse*.
Necrotério, *s. m.* casa ou sala, onde se expõem os cadaveres antes de sepultados. || De νεκρός morto + suff. τηριον que exprime *logar onde*.
Néctar, *s. m.* a bebida dos deuses ; delicia. — (Bot.) succo adocicado, que várias flôres segregam. || De νέκταρ.
Deriv. : nectáreo (adj.).
Nectário, *s. m.* (bot.) apparelho glandular, que existe nas flôres e ahi segrega o nectar.. || De νέκταρ nectar + suff. *io*.
Néctico, *adj.* (min.) diz-se dum silex leve, que fluctua n'agua. || De νηκτός que fluctua + suff. *ico*.
Nectópode, *adj.* (zool.) que tem patas proprias para nadar. || De νηκτός que nada + πούς, ποδός pé.
* **Nectozóide**, *s. m.* (zool.) numa colonia de Siphonophoros o individuo reduzido a uma umbella contractil ou campanula natatoria. || De νηκτός que nada + ζῶον animal + εἶδος forma.
Necýdalo, *s. m.* (zool.) casulo do bicho de seda. || De νεκύδαλος.
Deriv. : necydálidas (s. m. pl.).
* **Nemálitho**, *s. m.* (min.)

var. de brucito (oxydo hydratado de magnesio). || De νῆμα fio + λίθος pedra.

Némathelminthes, *s. m. pl.* (zool.) ramo de Artiozoarios Polymeridas, outrora ligado aos Vermes. || De νῆμα, ατος fio + ἕλμυς, ινθος verme.

Nematóceros, *s. m. pl.* (zool.) sub-ordem dos Insectos Dipteros. || De νῆμα, ατος fio + κέρας côrno, antenna.
N. Forma preferivel a « némóceros ».

Nématocýste, *s. f.* (zool.) vesicula armada de filamento ôco, que constitue o apparelho urticante de varios Celenterados. || De νῆμα, ατος fio + κύστις vesicula.

Nematóide, *adj.* (zool.) que tem forma de fio. || De νῆμα, ατος fio + εἶδος forma.
Deriv. : *nematóideos* (s. m. pl.) — nome de uma classe de Nemathelminthes.
N. O francez formou irregularmente « nématode », quando a quasi todos os vocabulos congeneres deu a desinencia *oïde*.

Nemazoários, *s. m. pl.* (h. nat.) nome dado a seres ambiguos, que uns crêem infusorios, e outras algas. || De νῆμα fio + ζωάριον animalculo.

Nemêu, *adj.* diz-se do leão afogado por Heracles no bosque de Nemea. || De νέμειος (deriv. de Νέμεα Nemea).

Nemoblásto, *s. m.* (bot.) embrião filiforme (Wildenow). || De νῆμα fio + βλαστός germe.

Nemóceros. V. *nematóceros.*

Neo..... pref. que significa *novo*. || De νέος novo.

Néo-catholicísmo, *s. m.* doutrina que se propõe harmonizar o catholicismo com as ideias modernas. || De νέος novo + *catholicismo* (v. este vcb.).
Cogn. : *néo-cathólico* (adj. e s. m.).

* **Néochrysólitho,** *s. m.* (min.) var. manganesifera de peridoto. || De νέος novo + *chrysólitho* (v. este vcb.).

* **Neocómio,** *adj.* (geol.) diz-se do primeiro andar ou primeira camada dos terrenos cretaceos. || De *Neocōmum* a cidade de Neuchâtel (e este de νέος novo + κώμη villa) + suff. *io*.

* **Neócoro,** *s. m.* (ant.) o que velava pela limpeza e boa ordem dos templos. || De νεωκόρος (form. de ναός templo + κορεῖν limpar).

* **Neoctésio,** *s. m.* (min.) syn. de escorodito. || De νέος novo + κτάομαι adquiro + suff. *io*.

* **Néocyanito,** *s. m.* (min.) silicato anhydro de cobre. || De νέος novo + *cyanito* (v. este vcb.).

Neocýclico, *adj.* que succedeu no começo de certo periodo chronologico. || De νέος novo + κύκλος cyclo + suff. *ico*.

* **Néocythemia,** *s. f.* (med.) presença de cellulas neoplastas no sangue.||De νέος novo + κύτος cellula + αἷμα sangue + suff. *ia*.

Neógala, *s. m.* (med.) o primeiro leite depois do colostro. || De νέος novo + γάλα leite.

Neographía, *s. f.* orthographia nova. || De νέος novo + γράφειν escrever + suff. *ia*.
Cogn. : *neógrapho* (s. m.).

Neolíthico, *adj.* diz-se da segunda epocha da edade da pedra, a da pedra polida. || De νέος novo + λίθος pedra + suff. *ico*.
N. Por opposição a *paléolithico*.

* **Neólitho,** *s. m.* (min.) var. de esteatito. || De νέος novo + λίθος pedra.

Néologísmo, *s. m.* palavra ou phrase nova numa lingua ||

De νέος novo + λόγος palavra + suff. *ismo*.

Cogn. : *neologia* (s. f.), *neólogo* (s. m.), *neológico* (adj.).

Neomênia, *s. f.* (ant.) entre os Gregos o primeiro dia do mez; o novilunio. || De νεομηνία (comp. de νέος novo + μήν mez).

Neomysticismo, s. m. adopção actual do mysticismo em litteratura e arte. || De νέος novo + *mysticismo*.

Cogn. : *neomystico* (adj. e s. m.).

Neonômio, *s. m.* (theol.) sectario que não acceita sinão o Evangelho. || De νέος novo + νόμος lei + suff. *io*.

Neophobia, *s. f.* aversão a novidades e progressos. || De νέος novo + φοβος terror + suff. *ia*.

Cogn. : *neóphobo* (s. m.).

Neophonêma, *s.m.* (gramm.) phonema que na lingua vernacula é novo, em relação á lingua mãe. || De νέος novo + *phonêma* (v. este vcb.).

Neóphyto, *s. m.* converso, proselyto novo; noviço, principiante. || De νεόφυτος (form. de νέος novo + φυτόν planta).

Neoplasia, *s. f.* (med.) formação de um producto morbido novo. || De νέος novo + πλάσις formação + suff. *ia*.

Cogn. : *neoplásto* (adj.) melhor de que *neoplasico*.

* **Neoplásio,** *s. m.* (min.) syn. de botryogenio. || De νέος novo + πλάσσω formo +- suff. *io*.

Néoplásma, *s. m.* (med.) tecido accidental de formação recente. || De νέος novo + πλασμα obra, feitura.

N. Não tem razão de ser a forma « neoplasmo ».

Neoplastia, *s. f.* (chir.) restauração das partes por autoplastia. || De νεόπλαστος formado de novo + suff. *ia*.

Deriv. : *neoplástico* (adj.).

Néo-platonísmo, *s. m.* doutrina philosophico-religiosa do seculo III. que se propoz, em opposição ao Christianismo, reconstruir as theorias dos philosophos gregos e em parte os mythos da religião nacional e adaptá-los ás aspirações do tempo (Aul.). || De νέο; novo + *platonismo* (v. este vcb.).

Cogn. : *néo-platónico* (adj. e s. m.).

Neoráma, *s. m.* especie de panorama, representando o interior dum templo. || De νηός templo + όραμα vista.

Neossína, *s. f.* (chim.) substância organica que se encontra no ninho das andorinhas da China. || De νεοσσιά ninho + suff. *ina*.

* **Neotocíto,** *s. m.* (min.) alteração de rhodonito. || De νέος novo + τόκος nascimento + suff. *ito*.

* **Neottineas,** *s. f. pl.* (bot.) tribu da ordem das Orchidaceas. || De *Neottia* (e este de νεοττιά ninho) + suff. *ineas*.

Neozóico, *adj.* (geol.) diz-se dos seres, que appareceram na terra mais recentemente. || De νέος novo + ξῶον animal + suff. *ico*.

* **Nepentháceas,** *s. f. pl.* (bot.) ordem de plantas dicotyledones. || De *Nepenthes* (e este de νηπενθές enula) + suff. *áceas*.

Nephelíbata, *s. m.* que anda ou vive nas nuvens; litterato que, dominado por um supposto ideal, despreza os processos conhecidos e não attende aos factos da vida positiva. || De νεφέλη nuvem + βατη; que anda (de βαίνειν andar, caminhar).

N. Tem-se querido consagrar a prosodia paroxytona — *nephelibáta* —, e assim occorre em Fig.; mas a quantidade etymo-

ogica manda accentuar a antepenultima.
Deriv.:nephelibatismo (s.m.).
Nephelína, *s. f.* (min.) especie de feldspathoide, silicato de aluminio, sodio e potassio ([Na,K]² Al² Si²υ⁸). || De νεφέλη nuvem + suff. *ina*.
Nephélio, *s. m.* (med.) pequena mancha na camada exterior da cornea, e que deixa passar a luz como atravez de uma nuvem. || De νεφέλιον (dimin. de νεφέλη nuvem).
N. A forma « nephélion » é avêssa ao genio da lingua.
*** Nephogênio**, *s. m.* apparelho pulverizador. || De νέφος nuvem + γένος geração + suff. *io*.
Nephralgía, *s.f.* (med.) dôr nos rins. || De νεφρός rim + ἄλγος dôr + suff. *ia*.
Deriv. : nephrálgico (adj.).
***Nephréctomía**, *s. f.* (chir.) ablação do rim. || De νεφρός rim + ἐκτομή ablação + suff. *ia*.
Nephremphráxe, *s. f.* (med.) obstrucção dos rins. || De νεφρός rim + ἐμφράσσειν obstruir.
Nephridio¹, *s. m.* gordura que cerca os rins. || De νεφρίδιον (scil. στέαρ — gordura).
Nephrídio², *s. m.* (zool.) canaliculo excretor dos Rotiferos. || De νεφρίδιος que tem relação com os rins (de νεφρός rim).
Nephríte, *s. f.* (med.) inflammação dos rins. || De νεφρός rim + suff. *ite*.
Deriv. : nephritico (adj.).
Nephríto, *s. m.* (min.) var. de jade, especie de amphibolio. || De νεφρός rim + suff. *ito*.
Nephrocéle, *s. f.* (med.) hernia do rim. || De νεφρός rim + κήλη hernia.
Néphrogástrico,*adj.* (med.) que se refere ao rim e ao estomago. || De νεφρός rim + *gástrico* (v. este vcb.).

Néphrographía, *s. f.* (anat.) descripção dos rins. || De νεφρός rim + γράφειν descrever + suff. *ia*.
Deriv. : nephrográphico (adj.).
Néphrolithíase, *s. f.* (med.) lithiase do rim. || De νεφρός rim + *lithíase* (v. este vcb.).
Deriv.:néphrolithíaco (adj.).
.. **Nephrólitho**, *s. m.* (med.) cálculo renal. || De νεφρός rim + λίθος pedra.
Nephrólithotomía, *s. f.* (med.) operação com que se abre um rim para extrahir algum cálculo. || De *nephrólitho* (v. este vcb.) + τομή corte + suff. *ia*.
Néphrología, *s. f.* (anat.) tractado ácêrca dos rins. || De νεφρός rim + λόγος tractado + suff. *ia*.
Cogn. : nephrológico (adj.), *nephrólogo* (s. m.).
*** Nephrólyse**, *s. f.* (med.) resecção da atmosphera cellulosa do rim (Rovsing). || De νεφρός rim + λύσις soltura (de λύω desligo).
***Nephronevróse**,*s.f.*(med.) perturbações urinarias de origem hysterica. || De νεφρός rim + *nevróse* (v. este vcb.).
*** Néphropexía**, *s. f.* (med.) fixação de um rim movel. || De νεφρός rim + πῆξις acção de pregar, fixar + suff. *ia*.
Néphrophlegmasía, *s. f.* (med.) nephrite. || De νεφρός rim + *phlegmasía* (v. este vcb.).
Deriv. : nephrophlegmático (adj.).
Néphroplethórico, *adj.* (med.) que depende da plethóra dos rins. || De νεφρός rim + *plethóra* + suff. *ico*.
*** Néphroptóse**, *s. f.* (med.) deslocamento e mobilidade anormal do rim (Glénard). || De νεφρός rim + πτῶσις quéda.
Nephropyóse, *s. f.* (med.)

suppuração do rim. || De νεφρός rim + πύωσις suppuração.
Cogn.: *néphropýico* (adj.).
* **Néphrorhaphía**, *s. f.* (med.) o mesmo que néphropexía. || De νεφρός rim + ῥαφή costura + suff. *ia*.
Néphrorrhagía, *s. f.* (med.) hemorrhagia renal. || De νεφρός rim + ῥήγνυμι rompo + suff. *ia*.
* **Néphrostomía**, *s. f.* (med.) estabelecimento de uma fistula renal. || De νεφρός rim + στόμα bocca + suff. *ia*.
Néphrothrombóide, *adj.* (med.) produzido por sangue coalhado nos rins. || De νεφρός rim + θρόμβος coágulo + εἶδος forma.
Néphrotomía, *s. f.* (chir.) operação que consiste em practicar uma incisão no rim. || De νεφρός rim + τομή corte + suff. *ia*.
Deriv.: *nephrotómico* (adj.).
* **Nephrotoxina**, *s. f.* (med.) sôro que tem propriedades cytotoxicas para as cellulas do epithelio renal. || De νεφρός rim + *toxina* (v. este vcb.).
Neréide, *s. f.* (myth.) divindade maritima de ordem inferior. || De Νηρεΐς, εἶδος.
N. A derivação regular, tanto do lat. como do gr., condemna a desinencia *a* (nereida), que vem em Aul. e Ad. Coelho.
Deriv.: *neréidas* (s. m. pl.) — fam. de Vermes.
Nerineas, *s. f. pl.* (bot.) tribu das Apocynaceas. || De *Nerium* (e este de νήριον loendro) + suff. *ineas*.
Nêrvo, *s. m.* (anat.) orgam, em forma de cordão, que serve de conductor das sensações, do movimento e dos actos vegetativos. || Pelo lat. *nervus*, de νεῦρον.
Deriv.: *nervóso*, *nervúdo*, *nervosidáde*, *nervosísmo*, *nervíno*.

* **Neurádeas**, *s. f. pl.* (bot.) tribu das Rosaceas. || Do gen. typo *Néurada* (e este de νευράς, άδος nome de planta) + suff. *eas*.
Neuragmía, *s. f.* (med.) secção ou arrancamento de um cordão nervoso. || De νεῦρον nêrvo + ἀγμός fractura + suff. *ia*.
Deriv.: *neurágmico* (adj.).
Neurál, *adj.* (anat.) diz-se do arco formado pela parte posterior do corpo da vertebra e pelas lâminas vertebraes. || De νεῦρον nêrvo + suff. *ál*.
Neurasthenía, *s. f.* (med.) molestia characterizada por um conjuncto de phenomenos de depressão e de excitação do systema nervoso. || De νεῦρον nêrvo + ἀσθενής fraco + suff. *ia*.
Deriv.: *neurasthénico* (adj. e s. m.).
* **Neuráxe**, *s. m.* (anat.) conjuncto dos centros nervosos (encephalo e medulla). || De νεῦρον nêrvo + *axis* (e este de ἄξων eixo).
Neuréctomía, *s. f.* (med.) resecção da parte de um nêrvo. || De νεῦρον nêrvo + ἐκτομή ablação, corte + suff. *ia*.
Nêurico, *adj.* (med.) que diz respeito a nêrvos. || De νευρικός (e este de νεῦρον nêrvo).
Neurilêma, *s. m.* (anat.) tecido laminoso que forma o envoltorio dos feixes nervosos. || De νεῦρον nêrvo + εἴλημα envoltorio.
N. Do francez « nevrilême » procedeu *nevrilema*, que os diccionarios consignam; mas já Fig. com acêrto obsérvou que a forma mais correcta é « neurilema »; cumpre adoptá-la.
Neurilidáde, *s. f.* (physiol.) actividade inherente aos elementos anátomicos do systema nervoso central e peripherico. || De νεῦρον nêrvo + suff. *ilidáde*.

Neurína, *s. f.* (chim.) base ammoniacal tirada do cerebro por Liebreich.|| De νεῦρον nêrvo + suff. *ina.*

***Neuroblásto,** *s. m.* (anat.) cellula nervosa embryonaria. || De νεῦρον nêrvo + βλαστός germe.

***Nêuroceratína,** *s. f.* (anat.) substância especial, com as propriedades da substância cornea epidermica, que se encontra na baïnha medullar das fibras nervosas. || De νεῦρον nêrvo + κέρας côrno + suff. *ina.*

N. Corresponde ao neologismo francez — névrokératine.

***Nêurodermía,** *s. f.* (med.) nevrose cutanea em que, apesar do intenso prurido, a reacção da pelle é nulla ou insignificante. || De νεῦρον nêrvo + δέρμα pelle + suff. *ia.*

Cogn. : *néurodermite* (s. f.).

***Neuróglia,** *s. f.* (anat.) tecido conjunctivo, que forma a substância fundamental nos centros nervosos. || De νεῦρον nêrvo + γλία colla, grude.

Deriv. : *neuróglico* (adj.).

Nêurographía, *s. f.* (anat.) descripção dos nêrvos. || De νεῦρον nêrvo + γράφειν descrever + suff. *ia.*

N. Este e outros derivados de νεῦρον apparecem nos diccionarios com a forma *nevro*...., que é menos boa. Não havendo razão para se não corrigir este vício em vocabulos de uso todo scientifico, registamos como preferiveis *neurographia, neurologia, neuroma, neuropteros* e outros. Mantemos apenas a forma viciosa ém *nevralgia, nerrite* e *necrose,* que são de uso generalizado e portanto de correcção já hoje difficil.

Cogn. : *neurógrapho* (s. m.).

Neurólitho, *s. m.* (min.) var.

de opalla. || De νεῦρον nêrvo, corda de tripa + λίθος pedra.

Nêurología, *s. f.* (anat.) parte da Anatomia, que tracta dos nêrvos. || De νεῦρον nêrvo + λόγος tractado + suff. *ia.*

Deriv. : *nêurológico* (adj.), *neurólogo* (s. m.).

Neurôma, *s. m.* (med.) tumor constituido por um tecido de nova formação, cujo typo se encóntra no tecido nervoso normal (Cornil e Ranvier). || De νεῦρον nêrvo + suff. *ôma.*

***Nêuromyalgía,** *s. f.* (med.) rheumatismo articular (Dupuy). || De νεῦρον nêrvo + μῦς musculo + ἄλγος dôr + suff. *ia.*

Neurônio, *s. m.* (anat.) elemento formado pela cellula nervosa e seus prolongamentos. || De νεῦρον nêrvo.

Deriv. : *neurônico* (adj.).

N. Figueiredo dá as duas formas *neurona* e *neurone* como correspondentes ao vcb. francez *neurone;* mas para a accepção, que tem a palavra, a desinencia melhor é sem dúvida *io.*

***Neurônophagía,** *s. f.* (med.) penetração da cellula nervosa pelas novas cellulas neuroglicas (Marinesco). || De *neurônio* (v. este vcb.) + φαγεῖν comer + suff. *ia.*

Nêuropathía, *s. f.* (med.) nome generico das molestias do systema nervoso, que consistem numa perturbação das funcções desaccompanhada de lesão sensivel. || De νεῦρον nêrvo + πάθος molestia + suff. *ia.*

Cogn. : *neuropátha,* s. m. (accompanhando a prosodia irregular consagrada pelo uso popular para os congeneres derivados de πάθος), *neuropáthico* (adj.).

Nêuropathologia, *s. f.* (med.) tractado das molestias nervosas. || De νεῦρον nervo +

πάθος molestia + λόγος tractado + suff. *ia*.
Deriv. : *néuropathológico* (adj.), *néuropathologista* (s.m.).
*Néuropterídeas, *s. f. pl.* (paleont.) grupo de Fetos fosseis. || Do gen. typo *Neuróptería* (e este de νεῦρον nêrvo, nervura + πτερίς feto) + suff. *eas*.
Neurópteros, *s.m.pl.* (zool.) ordem de Insectos, cujas azas membranosas e transparentes são percorridas por nervuras. || De νεῦρον nêrvo + πτερόν aza.
*Nêurosclerose, *s. f.* (med.) esclerose do tecido nervoso. || De νεῦρον nêrvo + *esclerose* (v. este vcb.).
* Neurosthenia, *s. f.* (med.) excesso de excitação nervosa. || De νεῦρον nêrvo + σθένος fôrça + suff. *ia*.
Deriv. : *neurosthênico* (adj.).
Neurotomia, *s. f.* (med.) secção de um cordão nervoso; a dissecção dos nêrvos. || De νεῦρον nêrvo + τομή corte + suff. *ia*.
*Nêurotômio, *s. m.* (anat.) segmento do systema nervoso central do embryão, correspondente a um metamério. || De νεῦρον nêrvo + τομή corte + suff. *io*.
* Nêurotoxína, *s. f.* (med.) sôro de acção especifica, que mata a cellula nervosa do cão (Delezenne). || De νεῦρον nêrvo + *toxina* (v. este vcb.).
*Nêurotripsia, *s. f.* (med.) esmagamento chirurgico dum nêrvo. || De νεῦρον nêrvo + τρίψις trituração + suff. *ia*.
Nevralgía, *s. f.* (med.) nome generico de molestias, cujo principal symptoma é uma dôr viva, paroxystica, que segue o trajecto dum ramo nervoso. || De νεῦρον nêrvo + ἄλγος dôr + suff. *ia*.
Deriv. : *nevrálgico* (adj.).
Nevrilema. V. *neurilêma*.

Nevríte, *s. f.* (med.) inflammação dos nêrvos. || De νεῦρον nêrvo + suff. *ite*.
Deriv. : *nevrítico* (adj.).
Nevrographía. V. *neurographía*.
Nevrología. V. *neurología*.
Nevroma. V. *neurôma*.
Nevropathia. V. *néuropathia*.
Nevropathología. V. *néuropathología*.
Nevropteros. V. *neurópteros*.
Nevróse, *s. f.* (med.) affecção nervosa sem lesão por enquanto apreciavel, neuropathía. || De νεῦρον nêrvo + suff. *óse*.
Deriv. : *nevrótico* (adj.).
Nevrotomia. V. *néurotomía*.
Nigromancía, *s. f.* V. *necromancía*.
Nilómetro, *s. m.* columna graduada, de que se serviam os egypcios para medir as enchentes do Nilo. || De Νεῖλος Nilo + μέτρον medida.
Nilótico, *adj.* relativo ao rio Nilo. || Pelo lat. *niloticus*, de Νειλώτης habitante do Nilo.
Cogn. : *nílico* (adj.).
Nióbio, *s. m.* (chim.) metal descoberto em 1844 por H. Rose no colombito (niobo-tantalato de ferro e manganez). || De Νιόβη Niobe, filha de Tantalo + suff. *io*.
Deriv. : *nióbico* (adj.), *niobáto* (s. m.).
* Niphólitho, *s. m.* (min.) syn. de chodneffito (fluoreto de sodio e aluminio alterado). || De νίψ, νιφός neve + λίθος pedra.
Nitro, *s. m.* (chim.) azotato de potassio; sali.re. || De νίτρον.
Deriv. : *nitrádo*, *nitráto*, *nitréira*. *nitrico*, *nitríto*, *nitróso*, *nitrýlio*, *nitrificár*.
* Nitrobarýto, *s. m.* (min.) nitrato de baryo. || De *nítro* +

baryo (v. estes vcbs.) + suff. *yto*.

* Nitrogênio, *s. m.* (chim.) azoto. || De νίτρον nitro + γένος geração + suff. *io*.

* Nitromagnesito, *s. m.* (min.) azotato hydratado de magnesio. || De *nitro* + *magnesio* + suff. *ito*.

* Nôma, *s. f.* (med.) gangrena da bocca, de forma especial, sem lesão local anterior. || De νομή corrosão produzida por uma úlcera.

Nómade, *adj.* errante; diz-se das tribus ou raças humanas, que não teem séde fixa e vagueiam sem cultura. || De νομάς, άδος que pasta.

N. Tanto o vcb. grego, como o lat. — *nomades, um* — condemnam a desinencia *a*, que dão Aul. e outros.

Nomárcha, *s. m.* (ant.) chefe dum nomo ou districto, nó Egypto. || De νομάρχης (comp. de νομός nomo + ἄρχειν governar).

N. Fig. escreve *nomarca*, exquecendo a etymologia do vocabulo.

Nomísma, *s. m.* qualquer moeda antiga. || De νόμισμα.

N. Aul. fá-lo feminino, mas não deve ser.

Deriv.: *nomismál* (adj.).

Nomismática, *s. f.* sciencia que tem por objecto o estudo das moedas e medalhas. || De νομισματικός relativo a moedas, form. de νόμισμα moeda.

N. Vulgarmente se escreve — *numismatica*, — e assim dá Aul.; mas evidentemente isso foi cópia servil do francez *numismatique*, pois que a derivação é do grego, e não ha razão para se alterar a vogal da raiz.

Do lat. *numus* forma-se *numaria*; *numismatica* não poderia vir.

Deriv.: *nomismático* (adj.).

Nomismático, *s. m.* pessoa dada á nomismatica ou versada nella. || De νομισματικός relativo a moedas.

N. Com esta significação dão os diccionarios o s. *nomismáta*, mas é mal formado e não deve prevalecer. De « mathematica, tactica, politica », etc., derivam-se os subst. *mathemático, tactico, politico*, etc.; analogamente é forçoso dizer — o *nomismatico*. — *Nomismatista*, que tambem occorre em Aul., além de pouco euphonico, é excusado.

Nomismatographia, *s. f.* descripção methodica de moedas e medalhas. || De νόμισμα moeda + γράφω descrevo + suff. *ia*.

Cogn.: *nomismatógrapho* (s. m.).

Nômo,¹ *s. m.* (ant.) districto ou provincia no Egypto. || De νομός (deriv. de νέμειν dividir).

Nômo,² *s. m.* (ant.) canto em honra de Apollo ou de Pallas. || De νόμος.

Nómocánone, *s. m.* compilação de canones apostolicos. || De νόμος lei + *cánone* (v. este vcb.).

Nómologia, *s. f.* sciencia das leis e do que a ellas respeita. || De νόμος lei + λόγος tractado + suff. *ia*.

Deriv.: *nomológico* (adj.).

Nomótheta, *s. m.* (ant.) membro da grande commissão legislativa incumbida em Athenas de rever as leis. || De νομοθέτης legislador (comp. de νόμος lei + τίθημι ponho, estabeleço).

N. Fig. regista — *nomothéto* — duplamente incorrecto; a quantidade de θέτης manda fazer o vcb. esdruxulo, e a regra geral de derivação dos nomes gregos da 1.ª declinação em της exige a desinencia *ta* em portuguez (cf. *propheta, planeta, anachoreta, archimandrita* etc.).

Deriv.: *nomothético* (adj.).

Noologia, *s. f.* syn. de psychologia. || De νόος espirito + λόγος tractado + suff. *ia*.
Deriv.: noológico (adj.).
***Nosencéphalo**, *adj.* e *s. m.* (terat.) monstro, em que o encephalo é substituido por um tumor vascular. || De νοσος molestia + ἐγκέφαλος encephalo.
Nósochthónologia, *s. f.* (med.) geographia médica (Clarus). || De νοσος molestia + χθών, ονός terra + λόγος tractado + suff. *ia*.
***Nosocômio**, *s. m.* casa destinada a doentes, hospital. || Pelo lat. *nosocomium*, de νοσοκομεῖον (comp. de νόσος molestia + κομεῖν tractar).
Deriv.: nosocomial e *nosocómico* (adjs.).
Nósocrático, *adj.* diz-se dos medicamentos especificos. || De νόσος molestia + κρατέω domino + suff. *ico*.
Nósogenia, *s. f.* theoria das causas das doenças e do modo de se desenvolverem. || De νόσος molestia + γένος geração + suff. *ia*.
Deriv.: nosogénico (adj.).
Nósographia, *s. f.* descripção methodica das doenças. || De νόσος molestia + γράφω descrevo + suff. *ia*.
Deriv.: nosográphico (adj.).
Nosologia, *s. f.* estudo das molestias. || De νόσος molestia + λόγος tractado + suff. *ia*.
Cogn.: nosológico (adj.), *nosólogo* (s. m.).
Nósomania, *s. f.* (med.) monomania que faz crêr ao individuo, que soffre qualquer molestia, não a tendo realmente. || De νόσος molestia + μανία loucura.
Deriv.: nosomaniaco (adj. e s. m.).
Nósophobia, *s. f.* (med.) medo exaggerado de molestia. || De νόσος molestia + φόβος medo + suff. *ia*.

Cogn.: nosóphobo (s. m.).
Nosóphoro, *s. m.* (med.) apparelho que serve de leito para os doentes. || De νόσος doença + φορός carregador.
Nostalgia, *s. f.* (med.) doença nervosa, produzida pelas saudades da patria e desejo de voltar a ella. || De νόστος regresso + ἄλγος dôr + suff. *ia*.
Deriv.: nostálgico (adj.).
Nóstomania, *s. f.* (med.) especie de alienação mental produzida pela nostalgia exaggerada. || De νόστος regresso + μανία loucura.
Notalgia, *s. f.* (med.) dôr na região dorsal sem phenomenos inflammatorios. || De νῶτος dôrso + ἄλγος dôr + suff. *ia*.
Notencéphalo, *s. m.* (terat.) monstro, cujo cerebro herniado se appoia sôbre as vertebras dorsaes (I. G. St Hilaire). || De νῶτος dôrso + ἐγκέφαλος encephalo.
Nótho, *adj.* espurio, bastardo. || De νόθος.
***Notidánidas**, *s. m. pl.* (zool.) fam. de Chondropterygios Plagiostomos. || Do gen. *Notidanus* (e este de νωτιδάνος especie de peixe) + suff. *idas*.
Nóto, *s. m.* (poet.) vento sul. || De νότος.
Notochórdio, *s. m.* (anat.) filamento cylindrico, de estructura cellulosa, que representa o primeiro traço do rhache no embryão. || De νῶτος dôrso + χορδή corda + des. *io*.
***Nótodelphýidas**, *s. m. pl.* (zool.) familia de Crustaceos Copepodes. || Do gen. *Notodélphys* (e este de νῶτος dôrso + δελφύς utero) + suff. *idas*.
***Notodóntidas**, *s. m. pl.* (zool.) familia de Lepidopteros Bombycineos. || Do gen. *Notodónta* (e este de νῶτος dôrso + ὀδούς, ὄντος dente) + suff. *idas*.
Notogástrio, *s. m.* (zool.) porção dorsal do abdome nos

animaes articulados. || De νῶτος dôrso + γαστήρ ventre + suff. io.

Notómelo, *s. m.* (terat.) monstro que tem um ou dous membros accessorios inseridos no dôrso. || De νῶτος dôrso + μέλος membro.
Deriv. : notomelía (s. f.).

* **Nótonéctidas**, *s. m. pl.* (zool.) familia de Insectos Hemipteros, da secção dos Hydrocoreos. || Do gen. *Notonécta* (e este de νῶτος dôrso + νήκτης nadador) + suff. *idas*.

* **Notóphoro**, *s. m.* (terat.) monstro que tem uma bolsa dorsal proveniente de exaggerada *spina bifida*. || De νῶτος dôrso + φορός carregador.

* **Notópodes**, *s. m. pl.* (zool.) nome dado por Latreille a uma tribu de Crustaceos Decapodes. || De νῶτος dôrso + πούς, ποδός pé.

* **Notorhizo**, *adj.* (bot.) diz-se do embryão, a cuja parte dorsal está applicada a radicula. || De νῶτος dôrso + ῥίζα raiz.
Deriv. : notorhízeas (s. f. pl.).

Numismática. V. *nomismática*.

Nychthêmero, *s. m.* espaço de 24 horas, um dia e uma noite. || De νυχθήμερον (form. de νύξ noite + ἡμέρα dia).
N. Fig. escreve *nyctémero*, exquecido da etymologia.

* **Nyctagáceas**, *s. f. pl.* (bot.) ordem de plantas dicotyledoneas apetalas, cujo typo é o gen. *Nyctágo*. || De *Nyctago* (e este de νύξ noite) + suff. *áceas*.
N. É preferivel á forma *nyctagineas*, que seria applicavel a uma simples tribu.

Nyctalopía, *s. f.* (med.) molestia characterizada pelo facto do individuo distinguir os objectos á noite ou com pouca luz, ao passo que vè mal durante o dia. || De νυκταλωπία (comp. de νυκταλός que gosta da noite + ὤψ ôlho).
Coyn. : nyctalópe (s. m.), *nyctalópico* (adj.).

Nyctélias, *s. f. pl.* (ant.) festas de Baccho. || De νυκτέλια (deriv. de νύξ noite).

Nyctógrapho, *s. m.* instrumento para escrever de noite, sem luz. || De νύξ, κτός noite + γράφειν escrever.
·· *Derio. : nyctographía* (s. f.).

* **Nyctotyphlóse**, *s.f.* (med.) syn. de hemeralopía. || De νύξ, κτός noite + τύφλωσις cegueira.

Nýmpha, *s. f.* divindade dos rios, dos bosques; mulher nova e formosa. — (Zool.) phase de evolução dos Insectos, entre a larva e o animal perfeito. || De νύμφη.

Nýmphas, *s. f. pl.* (anat.) os pequenos labios da vulva. || De νύμφη.
Deriv. : nymphíte (s. f.).

Nympheáceas, *s. f. pl.* (bot.) ordem de plantas dicotyledones dialypetalas, que vivem n'agua. || De *Nymphæa* (e este de νύμφη nympha) + suff. *áceas*.

Nymphêu, *s. m.* (archit.) templo ou logar consagrado ás nymphas, quasi sempre uma gruta natural ou artificial. || De νυμφεῖον (e este de νύμφη nympha).

Nymphóide, *adj.* que tem a forma de nympha. || De νύμφη nympha + εἶδος forma..

Nymphomanía, *s. f.* tendencia irresistivel na femea de alguns Mammaes para os appetites sexuaes. || De νύμφη + μανία loucura.

Nymphotomía, *s. f.* (chir.) excisão de uma parte das nymphas. || De νύμφη nymphas + τομή corte + suff. *ia*.

Nystágmo, *s. m.* (med.) oscillação do globo do ôlho em tôrno de seu eixo horizontal ou vertical. || De νυσταγμός cochilo, balançar da cabeça.

O

Oaristo, *s. m.* entretenimento íntimo; colloquio terno. || De ὀαριστύς.
N. Fôra melhor *oarismo*, de ὀαρισμός.

Oariúla, *s. f.* (anat.) corpo amarello orgam transitorio, que apresentam os ovarios depois da ruptura da vesicula de Graaf e da quéda do ovulo. || De ὠάριον ovulo + οὐλή cicatriz.

Obélio, *s. m.* (anat.) parte da sutura sagittal perto do lambda (Broca). || De ὀβελός espeto, traço + suff. *io*.
N. A forma « obelion », registada por Fig., é contrária ao genio da lingua.

Obelisco, *s. m.* monumento em forma de agulha, quasi sempre monolitho e elevado sôbre um pedestal. || De ὀβελίσκος.
Deriv. : *obeliscál* (adj.).

Obeliscolýchnio, *s.m.* (ant.) lanterna na ponta de uma lança. || De ὀβελισκολύχνιον (comp. de ὀβελίσκος pequeno chuço + λύχνος lanterna).
N. Ha de certo êrro typographico no Dicc. de Figueiredo, que regista *obeliscolycenio*.

Obelo, *s. m.* (paleogr.) risca transversal usada nos antigos manuscriptos para assignalar as passagens erradas ou adulteradas na cópia. || De ὀβελός.
N. A quantidade grega (e com ella concorda a lat. *obĕlus* condemna a accentuação *obélo*

que apparece nos diccionarios.

Obolo, *s. m.* pequena moeda grega, que equivalia á 6ª parte da drachma. — Esmola, dádiva de pequeno valor. || De ὀβολός.

Oca. V. *ochra*.

Oceáno, *s. m.* (geogr.) cada uma das grandes divisões do mar. || De Ὠκεανός.
N. A quantidade etymologica exigiria fazer esdruxulo este vcb., mas esta alteração seria hoje impossivel a proposito de uma palavra de uso popular.
Deriv. : *oceánico* (adj.), *Oceánides* (s. f. pl.).

Oceanographía, *s. f.* descripção do oceano e dos seres animaes e vegetaes, que nelle se encontram. || De ὠκεανός oceano + γράφειν descrever + suff. *ia*.
Cogn. : *oceanográphico* (adj.), *oceanógrapho* (s. m.).

Ochlocracía, *s. f.* govêrno em que preponderam as classes inferiores ou a populaça. || De ὄχλος populaça + κρατέω governo + suff. *ia*.
Deriv. : *óchlocrático* (adj.).

Ochnáceas, *s. f. pl.* (bot.) ordem de plantas dicotyledones dialypetalas, cujo gen. typo é *Ochna*. || De ὄχνη pereira + suff. *áceas*.
Cogn. : *óchneas* (s. f. pl.).

Óchra, *s. f.* (min.) variedade

de argilla ferruginosa. || De ὤχρα.

N. Fig. dá *oca, ocra, ocre* e *ochra,* mas só esta última forma corresponde perfeitamente á etymologia do vcb. *Oca* é a corruptela vulgar.

Deriv. : ochráceo (adj.).

Ochrea, *s. f.* (bot.) bainha que circunda o caule das polygonaceas e de algumas outras plantas. || De ὀχὸς que contém ou envolve.

Ochríase, *s. f.* (bot.) doença dos vegetaes, que os torna amarellos. || De ὠχρίασις pallidez, amarellidão. (form. de ὠχριάω e este de ὠχρός amarellado).

N. Aul. e outros dão *ochrosia,* que é vcb. mal formado e cumpre substituir. Outra forma admissivel seria *ochróse.*

* **Ochrodermia,** *s. f.* (med.) pallidez da pelle (Labbé). || De ὠχρός pallido + δέρμα pelle + suff. *ia.*

Ochroíto, *s. m.* (min.) mixtura de cererito e quartzo. || De ὠχρός amarello + suff. *ito.*

* **Ochrólitho,** *s. m.* (min.) chloro-antimoniato de chumbo. || De ὠχρός amarello, pallido + λίθος pedra.

Ochróse. V. *ochríase.*

Ocimóideas, *s. f. pl.* (bot.) tribu da ordem das Labiadas, cujo typo é o gen. *Ocĭmum.* || De *Ocimum* (e este de ὤκιμον mangericão) + εἶδος forma + suff. *eas.*

Octachórdo, *adj.* que tem oito cordas. || De ὀκτὼ oito + χορδὴ corda.

* **Octaedrito,** *s. m.* (min.) syn. de anatasio (oxydo de titanio — TiO²). || De *octaédro* (v. este vcb.) + suff. *ito.*

Octaédro, *s.m.* (geom.) corpo solido que tem oito faces. || De ὀκτάεδρος (form. de ὀκτὼ oito + ἕδρα face).

Deriv. : octaedrico (adj.).

Octaetéride, *s. f.* (chronol.) periodo de oito annos. || De ὀκταετηρὶς (form. de ὀκτὼ oito + ἔτος anno.).

N. Aul. accentúa a penultima, desrespeitando a quantidade grega; Fig. entretanto regista a boa prosodia.

Octándro, *adj.* (bot.) que tem oito estames. || De ὀκτὼ oito + ἀνήρ homem, macho.

Deriv. : octándria (s. f.), *octandría* (s. f.).

Octanthéro, *adj.* (bot.) que tem oito antheras. || De ὀκτὼ oito + *anthera* (v. este vcb.).

Octatêucho, *s. m.* (theol.) os oito primeiros livros do Velho Testamento. || De ὀκτὼ oito + τεῦχος volume, livro.

N. Fig. grapha *octateuco,* sem correcção.

Octodáctylo, *adj.* (zool.) que tem oito dedos. || De ὀκτωδάκτυλος (comp. de ὀκτὼ oito + δάκτυλος dedo).

* **Octodóntidas,** *s. m. pl.* (zool.) fam. de Mammaes Roedores. || Do gen. *Octodon* (e este de ὀκτὼ oito + ὀδούς, ὀντος dente) + suff. *idas.*

Octógono, *s. m.* (geom.) polygono de oito angulos. || De ὀκτὼ oito + γωνία angulo.

Deriv. : octogonál (adj.).

Octógyno, *adj.* (bot.) que tem oito pistillos. || De ὀκτὼ oito + γυνὴ mulher.

Deriv. : óctogynia (s. f.), *Ocłogynia* (s. f.) — classe lineana.

* **Octomerálios,** *s. m. pl.* (zool.) secção dos Acalephos. || Pelo lat. scient. *octomeralia,* de ὀκτὼ oito + μέρος parte.

Octopétalo, *adj.* (bot.) que tem oito pétalos. || De ὀκτὼ oito + *pétalo* (v. este vcb.).

Octóphoro, *s. m.* (ant.) liteira antiga carregada por oito homens. || De ὀκτώφορον (comp. de ὀκτὼ oito + φέρειν carregar).

Octophýllo, *adj.* (bot.) que tem oito foliolos. || De ὀκτὼ oito + φύλλον folha.

Octópode, *adj.* (zool.) que tem oito pés ou tentaculos. || De ὀκτώ oito + πούς, ποδός pé.
N. Octópodes (s. m. pl.) — sub-ordem de Cephalopodes.
Deriv. : octopódidas (s.m.pl.) — fam.

Octosépalo, *adj.* (bot.) que tem oito sépalos. || De ὀκτώ oito + *sépalo* (v. este vcb.).

Octostêmone, *adj.* syn. de octandro. || De ὀκτώ oito + στήμων estame.

Octosýllabo, *adj.* que tem oito syllabas. || De ὀκτώ oito + *syllaba* (v. este vcb.).

Octýlio, *s. m.* (chim.) radical alcoolico, que encerra oito atomos de carbone. || De ὀκτώ oito + suff. *ylio.*

*****Ocytócico,** *adj.* (med.) que favorece o parto. || De ὠκύς rapido + τόκος parto + suff. *ico.*

Odaxismo, *s. m.* (med.) prurido das gengivas. || De ὀδαξισμός prurido.

Ode, *s. f.* poesia ou composição propria para ser cantada. — Composição poetica dividida em estrophes symmetricas. || De ᾠδή (do v. ᾄδω cantar).

Odeão, *s. m.* edificio destinado entre os Gregos a exercicios de canto. || De ᾠδεῖον (deriv. de ᾠδή canto).
N. A forma *odeon* é mais commum, porèm menos conforme ao genio da nossa lingua.

Odometro. V. *hodómetro.*

Odóntagôgo, *s. m.* (chir.) instrumento para arrancar dentes. || De ὀδονταγωγόν (comp. de ὀδούς, όντος dente + ἄγειν conduzir; pôr fóra).

Odóntalgía, *s.f.* (med.) dôr nos dentes. || De ὀδούς dente + ἄλγος dôr + suff. *ia.*
Deriv. : odontálgico (adj.).

Odontiase, *s.f.* (path.) dentição, nascença dos dentes. || De ὀδοντίασις (deriv. de ὀδούς, ὀδόντος dente).

Odontina, *s. f.* (pharm.) mixtura de várias substâncias apropriada á limpeza dos dentes. || De ὀδούς dente + suff. *ina.*

Odontíte, *s. f.* (med.) inflammação da pólpa dental. || De ὀδούς dente + suff. *ite.*

*****Odóntoblástio,** *s.m.* nome das grandes cellulas, que existem na peripheria da pólpa dental. || De ὀδούς dente + βλαστός germe + suff. *io.*

*****Odóntocýsmo,** *s.m.* (med.) diminuição da consistencia dos dentes e devida á sua decalcificação (Ferrier). || De ὀδούς dente + ὠκύς rapido, prompto + suff. *ysmo.*
N. O vocabulo francez proposto por Ferrier é « odontocie »; mas ha visivel defeito na sua formação.

Odóntogenía, *s. f.* (anat.) geração dos dentes e dos seus folliculos. || De ὀδούς, όντος dente + γένος geração + suff. *ia.*

Odóntographía, *s. f.* descripção dos dentes. || De ὀδούς dente + γράφω descrevo + suff. *ia.*
Deriv. : odóntográphico (adj.).

Odontóide, *adj.* que tem a forma de dente. || De ὀδοντοειδής (form. de ὀδούς dente + εἶδος forma).
Deriv. : odontóideo (adj.).

Odóntolithíase, *s.f.* (med.) formação do tartaro dos dentes. || De ὀδούς, όντος dente + λίθος pedra + suff. *iase.*

*****Odontólitho,** *s. m.* (min.) falsa turqueza; fragmento de dente ou osso fossil penetrado por phosphato de ferro. || De ὀδούς, όντος dente + λίτος pedra.

Odóntología, *s. f.* (med.) tractado dos dentes, suas doenças e hygiene. || De ὀδούς dente + λόγος tractado + suff. *ia.*

Deriv. : odóntológico (adj.), *odóntologista* (s. m.).
Odontôma, *s. m.* (med.) tumor devido á proliferação dos tecidos dentaes. ||De ὀδούς, ὄντος dente + suff. *ôma.*
Odóntorhâmphos, *s. m. pl.* (zool.) familia de Aves, de mandibula denteada. || De ὀδούς dente + ῥάμφος bico.
Odóntorrhagia, *s. f.* (med.) hemorrhagia pelo alveolo dentario. || De ὀδούς dente + ῥήγνυμι rompo + suff. *ia.*
Odontóse, *s. f.* (anat.) formação dos dentes. || De ὀδούς, ὄντος dente + suff. *óse.*
Odóntotechnía, *s. f.* (med.) a arte do dentista. || De ὀδούς dente + τέχνη arte + suff. *ia.*
Deriv. : odóntotéchnico (adj.).
Odontoxésta, *s. m.* (chir.) instrumento para raspar o dente cariado. || De ὀδοντοξέστης (comp. de ὀδούς, ὄντος dente + ξέω raspo).
N. Claro fica, pela etymologia dada, que a forma — odontochesto, — de Figueiredo, tem vicio que a condemna.
Odysséa, *s. f.* viagem cheia de episodios e de aventuras extraordinarias. || De ʼΟδύσσεια (deriv. de ʼΟδυσσεύς Ulysses).
Deriv. : odyssíaco (adj.).
Oenantheráceas. V. *enantheráceas.*
Oenóleo. V. *enóleo.*
Oenología. V. *enología.*
Oenometro V. *enómetro.*
Oídio, *s. m.* (bot.) cogumelo arthrosporeo ou, no parecer de outros, phase de desenvolvimento dos Cogumelos do gen. Erysiphe. || De ὠόν ovo + suff. dimin. *ídio.*
Oigópsidas. V. *egópsidas.*
Oinoleo. V. *enóleo.*
Oito, *adj.* numero cardeal egual a 7 + 1. || De ὀκτώ.
Deriv. : oitavo, oitenta, oitocentos.

Olécrano, *s. m.* (anat.) apophyse na extremidade superior do cubito. ||De ὠλέκρανον (comp. de ὠλένη braço + κάρηνον ponta, apice).
N. Fig. dá *olecrânio*, com a desinencia em *io* dispensavel; em alguns livros occorre *olécrana* (em *a*, e feminino) — forma que não tem razão de ser, á vista da etymologia.
Deriv. : olecrânico (adj.).
Oligarchía, *s. f.* governo politico, em que a auctoridade é exercida por pequeno número de individuos ou por uma classe. Preponderancia de pequeno número de pessoas. || De ὀλιγαρχία (form. de ὀλίγος pouco + ἄρχω governo + suff. *ia.*
Deriv. : oligárcha (s. m.), *oligárchico* (adj.).
***Olighemía**, *s. f.* (med.) anemia. || De ὀλίγος pouco + αἶμα sangue + suff. *ia.*
N. « Oligohemia », que Fig. regista, é tambem acceitavel.
Oligísto, *s. m.* (min.) oxydo de ferro (Fe²O³). || De ὀλίγιστος minimo (assim chamado por conter menos ferro do que o magnetito).
Oligocêno, *adj. e s. m.* (geol.) diz-se do terreno, que constitue para Beyrich uma secção entre o eoceno e o mioceno. || De ὀλίγος pouco + καινός novo.
***Oligochétas**, *s. m. pl.* (zool.) ordem de Vermes Chetopodes; têm em cada annel um pequeno feixe de sedas. || De ὀλίγος pouco + χαίτη crina, pelo lat. scient. *Oligochœtæ.*
Óligochrónómetro, *s. m.* instrumento para medir pequenas fracções de tempo. || De ὀλίγος pouco + *chronómetro* (v. este vcb.).
Óligochýlo, *adj.* diz-se das substancias alimentares pouco nutritivas. || De ὀλίγος pouco + χυλός succo.
N. Fig. accentúa *oligóchylo*

sem respeito á quantidade da raiz.

Oligoclásio, *s. m.* (min.) especie de feldspatho do grupo dos plagioclasios — [(Ca, Na²)² Al⁴ Si⁹ O²⁶]. || De ὀλίγος pouco + κλάσις fractura + suff. *io*.

Oligocythemía, *s. f.* (med.) diminuição na quantidade dos globulos do sangue. || De ὀλίγος pouco + κύτος cellula + αἷμα sangue + suff. *ia*.

Oligohemía. V. *olighemía*.

Oligomanía, *s. f.* (med.) mania restricta a certo número de ideas. || De ὀλίγος pouco + μανία loucura.

*****Oligonito,** *s. m.* (min.) var. de siderosio, que contém 25 0/0 de manganez. || De ὀλίγος pouco + suff. *ito*.

Oligophýllo, *adj.* (bot.) que tem poucas folhas. || De ὀλίγος pouco + φύλλον folha.

Oligoposía, *s. f.* (med.) diminuição na quantidade de bebidas. || De ὀλιγοποσία (comp. de ὀλίγος pouco + πίνειν beber).

Óligospérmo, *adj.* (bot.) que tem poucas sementes. || De ὀλιγόσπερμος (comp. de ὀλίγος pouco + σπέρμα semente).

*****Oligotrichía,** *s. f.* (med.) desenvolvimento incompleto dos pêllos. || De ὀλίγος pouco + θρίξ, τριχὸς cabello + suff. *ia*.

Oligotrophía, *s. f.* (med.) diminuição de nutrição. || De ὀλιγοτροφία (comp. de ὀλίγος pouco + τρέφειν alimentar).

Oliguría, *s. f.* (med.) diminuição de urina. || De ὀλίγος pouco + οὖρον urina + suff. *ia*.

Olographo. V. *hológrapho*.

Olopetalár. V. *holopetalár*.

Olympíade, *s. f.* (chronol.) periodo de quatro annos, que mediava entre duas celebrações successivas dos jogos olympicos. || De ὀλυμπιάς (deriv. de ὀλύμπια jogos olympicos).

N. A forma *olympiada* é menos correcta.

Olýmpo, *s. m.* (myth.) o céu. || De Ὄλυμπος monte Olympo, céu.

Deriv.: olýmpico (adj.).

Olýnthicas, *s. f. pl.* nome das trez orações proferidas por Demosthenes em favor da defesa da cidade de Olyntho. || De Ὄλυνθος Olyntho + suff. *icas*.

Olýreas, *s. f. pl.* (bot.) tribu da ordem das Graminaceas. || De ὄλυρα trigo moreno + suff. *eas*.

Omacéphalo, *adj.* e *s. m.* (terat.) monstro de cabeça mal conformada e sem membros thoracicos. || De ὦμος espadua + ἀκέφαλος acephalo.

Omágra, *s. f.* (med.) gotta que attaca a espádua. || De ὦμος espadua + ἄγρα presa.

Omalgía, *s. f.* (med.) dôr no hombro. || De ὦμος hombro + ἄλγος dôr + suff. *ia*.

Omarthrócace, *s. f.* (med.) tumor branco da espadua. || De ὦμος espadua + ἄρθρον articulação + κακή vício, molestia.

N. Fig. regista *Omasthrocacia*, onde, além do érro typographico, se nota a terminação excusada *ia*.

Omega, *s. m.* a última lettra do alphabeto grego (ω). || De ὤμεγα.

Omicro, *s. m.* a lettra grega que corresponde ao nosso o. || De ὀμικρὸν.

N. Não ha razão para se lhe conservar a terminação *on*.

Ommatídio, *s. m.* (zool.) conjuncto de elementos anatomicos, que constitue um pequeno orgam visual; a reunião delles forma o ôlho composto de alguns Arthropodes. || De ὀμματίδιον, dimin. de ὄμμα ôlho.

Omocótyla, *s. f.* (anat.) cavidade da omoplata, que recebe a cabeça do humero. || De ὦμος espadua + κοτύλη cavidade.

*Omohyóideo, adj. (anat.) diz-se do musculo, que se insere no hyoide e no bordo superior da omoplata. || De ὦμος espadua + *hyóide* (v. este vcb.) + suff. *eo*.

Omóide, adj e s. m. (zool.) diz-se de um dos ossos da abobada palatina das aves. || De ὦμος espadua + εἶδος forma.

Omóphago, adj. e s. m. que se alimenta de carnes cruas. || De ὠμοφάγος (form. de ὠμός crú + φαγεῖν comer.

N. Ha grave equívoco em Figueiredo, mandando graphar *homophago*, visto que o ω inicial de ὠμός não tem espirito forte.

Deriv. : *omophagia* (s. f.).

Omopláta, s. f. (anat.) osso largo, que forma a parte posterior da espadua. || De ὠμοπλάτη (comp. de ὦμος espadua + πλάτη superficie chata).

N. O uso vu!gar já não permitte reformar a prosodia deste vocabulo, que devia ser proparoxytono.

*Omotocía, s. f. (med.) parto prematuro. || De ὠμός crú, não maduro + τόκος parto + suff. *ia*.

*Omotrachélio, adj. (anat.) diz-se do musculo da parte lateral do pescoço, que se encontra em quasi todos os Mammaes. || De ὦμος espadua + τράχηλος pescoço + suff. *io*.

*Omphaléctomía, s. f. (med.) resecção do umbigo. ||De ὀμφαλός umbigo + ἐκτομή corte + suff. *ia*.

*Omphalíte, s. f. (med.) inflammação no umbigo. || De ὀμφαλός umbigo + suff. *ite*.

Omphalocéle, s. f. (med.) hernia umbilical. || De ὀμφαλός umbigo + κήλη hernia.

Omphalódio, s. m. (bot.) pequena abertura que, situada perto do hilo, dá passagem aos vas s nutritivos que entram na epiderme. || De ὀμφαλώδης similhante a umbigo + suff. *io*.

Omphalomancía, s. f. adivinhação pelo exame do cordão umbilical. || De ὀμφαλός umbigo + μαντεία adivinhação.

*Omphalópago, adj. (terat.) monstro duplo monomphalico. || De ὀμφαλός umbigo + παγείς unido.

*Omphaloproptóse, s. f. (med.) procidencia do cordão umbilical. || De ὀμφαλός umbigo + πρὸ adeante + πτῶσις quéda.

Omphalopsýchos, s. m. pl. certos sectarios do quietismo; illuminados que, contemplando o umbigo, julgavam communicar com a divindade. || De ὀμφαλός umbigo + ψυχή alma.

N. Fig. faz o vcb. esdruxulo, mas a quantidade da raiz não justifica esta prosodia.

Omphalorrhagía, s. f. (med.) hemorrhagia pelo umbigo. || De ὀμφαλός umbigo + ῥήγνυμι rompo + suff. *ia*.

Deriv. : *ómphalorrhágico* (adj.).

Omphalosíto, adj. e s. m. (terat.) monstro que morre, desde que se rompe o cordão umbilical. || De ὀμφαλός umbigo + σῖτος alimento.

Omphalotomía, s. f. secção do cordão umbilical. || De ὀμφαλός umbigo + τομή corte + suff. *ia*.

Cogn. : *omphalótomo* (s. m.).

*Omphalotripsía, s. f. (med.) esmagamento do cordão umbilical. || De ὀμφαλός umbigo + τρίβω esmago + suff. *ia*.

Onagráceas, s. f. pl. (bot.) syn. de Enotheraceas. || De ὄναγρα onagra + suff. *áceas*.

N. Como da etymologia se vê, não têm cabimento as formas *onagrariaceas* e *onagrarias*.

Ónagro, s. m. burro selva-

24.

gem. || De ὄναγρος (form. de ὄνος asno + ἄγριος selvagem); em lat. onăger e onăgrus.
N. Os diccionarios registam onágro, mas não deve ser.

* **Oncología**, s. f. (med.) estudo dos tumores. || De ὄγκος tumor + λόγος tractado + suff. ia.

* **Oncophyllito**, s. m. (min.) var. compacta de moscovito (mica). || De ὄγκος volume + φύλλον folha + suff. ito.

* **Onemanía**, s. f. (med.) mania de fazer compras, que alguns degenerados têm. || De ὠνή compra + μανία loucura.
N. Seria tambem acceitavel « onomania », apesar da possivel confusão com outra raiz; mas « oniomania », por imitação do francez « oniomanie », é que não tem razão de ser.

Oniomanía. V. onemanía.

* **Onírico**, adj. que tem relação com os sonhos. || De ὄνειρος sonho + suff. ico.

Onirocrítica, s. f. arte de julgar, pelos sonhos, do estado morbido que os suscita. || De ὄνειρος sonho + κρίνειν julgar.
Cogn.: onirocricia (s. f.).

Onirodynía, s. f. (med.) sonho doloroso, pesadelo; somnambulismo. || De ὄνειρος sonho + ὀδύνη dôr + suff. ia.

* **Onirógmo**, s. m. (med.) polluição nocturna consecutiva a sonho lascivo. || De ὀνειρωγμός (de ὄνειρος sonho).

Oniromancía, s. f. arte de interpretar os sonhos. || De ὄνειρος sonho + μαντεία adivinhação.

Onirópolo, s. m. que interpreta sonhos de outrem. || De ὀνειροπόλος (comp. de ὄνειρος sonho + πολεῖν occupar-se de).

Onobrýcheas, s. f. pl. (bot.) tribu das Leguminosas, cujo typo é o gen. Onóbrýchis. || De Onobrýchis (e este de ὀνόβρυχις sanfeno) + suff. eas.

Ónocentáuro, s. m. animal fabuloso, metade asno metade homem. || De ὀνοκένταυρος (form. de ὄνος asno + κένταυρος centauro).

Onocóla, s. f. (myth.) que tem pés de asno; epitheto de Empussa. || De ὀνοκώλη (comp. de ὄνος asno + κῶλον membro).
N. Exquecido da etymologia, Fig. faz o vcb. esdruxulo.

Onomástica, s. f. lista, catalogo de nomes. || De ὀνομαστικός nominal (deriv. de ὄνομα nome).
Deriv. : onomástico (adj.).

Onomático, adj. relativo ao nome. || De ὀνοματικός (e este de ὄνομα nome).

Onómatología, s. f. tractado dos nomes e sua classificação. || De ὄνομα nome + λόγος discurso + suff. ia.
Deriv. : onómatológico (adj.).

Onómatomancía, s. f. adivinhação pelos nomes das pessoas, pelo número de lettras desses nomes, etc. || De ὀνοματομαντεία (comp. de ὄνομα, ατος nome + μαντεία adivinhação.)

Onómatomanía, s. f. (med.) obsessão que consiste em procurar insistentemente um vocabulo, ou em evitar certas palavras, cuja pronúncia afflige (Charcot e Magnan). || De ὄνομα, ατος nome + μανία loucura.
Deriv. : onómatomaniaco (adj.).

Onómatopéia, s. f. formação de uma palavra, cuja pronunciação imita o objecto que ella significa. || De ὀνοματοποιία (form. de ὄνομα nome + ποιεῖν fazer).
Deriv. : onómatopéico, — sem dúvida preferivel ás formas onomatopáico e onomatópico, que são mal derivadas.

Ontogenía, s. f. desenvolvimento do ser desde o ovulo.

|| De ὤν, ὄντος ente, ser + γένος geração + suff. *ia*.

Cogn. : *ontogénese* (s. f.).

Ontogonia, *s. f.* história da producção dos seres organizados. || De ὤν, ὄντος ente + γονεια geração.

Deriv. : *ontogónico* (adj.).

Ontologia, *s. f.* sciencia do ser em geral; parte da Metaphysica. || De ὤν, ὄντος ser + λόγος tractado + suff. *ia*.

Deriv. : *ontológico* (adj.), *ontologista* (s. m.).

* **Onychatrophia**, *s. f.* (med.) atrophia das unhas. || De ὄνυξ, υχος unha + *atrophia* (v. este vcb.).

* **Onycháuxe**, *s. f.* (med.) hypertrophia das unhas. || De ὄνυξ, υχος unha + αὔξη crescimento.

N. Tambem se poderia formar « onychauxía ».

* **Onychógeno**, *adj.* (anat.) diz-se da evolução dos elementos formadores da unha. || De ὄνυξ, υχος unha + γένος geração.

* **Onychógrapho**, *s. m.* (med.) instrumento que regista a pressão dos vasos da unha (Herz). || De ὄνυξ, υχος unha + γράφω escrevo.

Deriv. : *ónychographía* (s. f.).

Onychogrypóse, *s. f.* (med.) hypertrophia anomala da unha, que fica encurvada. || De ὄνυξ, υχος unha + γρύπωσις encurvamento.

N. A forma « onychogryphose », dada por Fig., é incorrecta.

* **Ónychomycóse**, *s. f.* (med.) producção de cogumelos parasitos á roda das unhas. || De ὄνυξ, υχος unha + μύκης cogumelo + suff. *óse*.

* **nychopathía**, *s. f.* (med.) molestia das unhas. || De ὄνυξ, υχος unha + πάθος molestia + suff. *ia*.

* **Onychophagía**, *s. f.* vício de roer as unhas. || De ὄνυξ, υχος unha + φαγεῖν comer + suff. *ia*.

* **Onychóphoros**, *s. m. pl.* (zool.) classe de Arthropodes. || De ὄνυξ, υχος garra + φορός que traz.

Onychophýma, *s. m.* (med.) callosidade das unhas. || De ὄνυξ, υχος unha + φῦμα tumor, excrescencia.

N. Fig. accentúa a antepenultima, sem considerar a quantidade da raiz.

Onychoptóse, *s. f.* (med.) quéda das unhas. || De ὄνυξ, υχος unha + πτῶσις quéda.

* **Onychorhéxe**, *s. f.* (med.) fragilidade e adelgaçamento das unhas. || De ὄνυξ, υχος unha + ῥῆξις ruptura.

Onyx, *s. m.* (min.) chalcedonia de camadas regulares, espessas e bem matizadas. || De ὄνυξ.

Onýxe, *s. m.* (med.) inflammação da derme ungueal; unha encravada. || De ὄνυξ unha.

N. Preferivel a « onyxis » copiado do francez.

Oogônio, *s. m.* (bot.) orgam que, nos Thallophytos, contém as cellulas femeas — oosphéras. || De ὠόν ovo + γόνος geração + suff. *io*.

Oólitho, *s. m.* (geol.) calcareo composto de um aggregado de granulos esphericos, e que constitue a parte média e superior do terreno jurasico. || De ὠόν, ovo + λίθος pedra.

Deriv. : *oolíthico* (adj.).

Oomancía, *s. f.* adivinhação por meio de ovos. || De ὠόν ovo + μαντεία adivinhação.

* **Oóphoralgía**, *s. f.* (med.) dôr no ovario. || De ὠόν ovo + φορός que carrega + ἄλγος dôr + suff. *ia*.

* **Oophoréctomía**, *s. f.* (med.) ablação do ovario. || De

ώόν ovo + φορός que carrega + έκτομή ablação + suff. *ia*.
* **Oophorite**, *s. f.* (med.) ovarite. || De ώόν ovo + φορός que carrega + suff. *ite*.
* **Oóphoromania**, *s. f.* (med.) accidentes nervosos graves ligados a lesões do ovario (Battey). || De ώόν ovo + φορός que carrega + *mania* (v. este vcb.).
* **Oóphoro-salpingectomía**, *s. f.* (med.) ablação da trompa e do ovario. || De ώόν ovo + φορός que carrega + σάλπιγξ trompa + έκτομή ablação + suff. *ia*.
* **Oóphoro-salpingite**, *s. f.* (med.) inflammação simultanea da trompa e do ovario. || De ώόν ovo + φορός que carrega + σάλπιγξ trompa + suff. *ite*.

Oosphéra, *s. f.* (bot.) cellula feminina antes da fecundação. || De ώόν ovo + σφαίρα esphera.

Oospório, *s. m.* (bot.) ovo que resulta dum phenomeno de conjugação nos cryptogamos. || De ώόν ovo + *espório* (v. este vcb.).

Opálla, *s. f.* (miner.) variedade de silica hydratada, de reflexos irizados. || De όπάλλιος.
N. Attenta a origem grega, é preferivel a graphia com *ll*.
Deriv.: opallino (adj.), *opallescénte* (adj.), *opallescéncia* (s. f.).

Ophíase, *s. f.* (med.) especie de alopecia, em que os cabellos e outros pêllos do corpo caem em parte e a espaços. || De όφίασις.
N. Aul. escreve — *ophiasis* — com desinencia impropria.
* **Ophídidas**, *s. m. pl.* (zool.) fam. de Peixes Teleosteos. || Do gen. *Ophidium* (e este de όφις serpente) + suff. *idas*.

Ophídios, *s. m. pl.* (zool.) sub-ordem de Repteis Sauro-phidios, conhecidos pelo nome vulgar de serpentes. || De όφίδιον (dimin. de όφις serpente).
Deriv.: ophídico (adj.).
* **Ophioglossáceas**, *s. f. pl.* (bot.) ordem de Fetos. || Do gen. typo *Ophioglossum* (e este de όφις serpente + γλώσσα lingua) + suff. *áceas*.

Ophiographía, *s. f.* (zool.) descripção das serpentes. || De όφις serpente + γράφειν descrever + suff. *ia*.
Cogn.: ophiógrapho (s. m.), *óphiográphico* (adj.).

Ophióide, *adj.* que tem similhança com serpente. || De όφιοειδής (comp. de όφις serpente + είδος forma).

Ophiólatra, *s. m.* que adora serpentes. || De όφις serpente + λατρεύειν adorar.
Derio.: óphiolatría (s. f.).

Ophiología, *s. f.* (zool.) tractado ácerca das serpentes. || De όφις serpente + λογος tractado + suff. *ia*.
Cogn.: óphiológico (adj.), *ophiólogo* (s. m.).

Ophióphago, *s. m.* que se alimenta de serpentes. || De όφιοφάγος (comp. de όφις serpente + φαγεῖν comer).
* **Ophiopogúneas**, *s. f. pl.* (bot.) tribu das Hemodoraceas. || Do gen. typo *Ophiopógon* (e este de όφις serpente + πώγων barba) + suff. *eas*.

Ophito, *s. m.* (min.) syn. de serpentina (silicato hydratado de magnesio — $H^4Mg^3Si^2O^9$). || De όφις serpente + suff. *ito*.

Ophiúcho, *s. m.* (astr.) constellação boreal, tambem chamada « Serpentaria ». || De Όφιοῦχος (e este de όφις serpente + έχω tenho).
N. Fig. regista « ophiuco », que é graphia antietymologica.
* **Ophiúros**, *s. m. pl.* (zool.) sub-classe dos Echinodermos Asteroideos. || De όφις serpente + ούρά cauda.

Cogn.: ophiúridas (s. m. pl.) familia.

Ophrýdeas, *s. f. pl.* (bot.) tribu da ordem das Orchidaceas, que tem por typo fundamental o gen. *Ophrys*. || De *Ophrys* (e este de ὀφρύς sobrancelha) + suff. *eas*.

Óphryo, *s. m.* (anat.) poncto craniometrico, que fica entre as duas sobrancelhas. || De ὀφρύς sobrancelha.

N. Não ha razão para conservar a terminação *on*, que lhe dá Figueiredo.

Ophthálmalgía, *s. f.* (med.) nevralgia ocular. || De ὀφθαλμός olho + ἄλγος dôr + suff. *ia*.

Deriv.: opthalmágico (adj.).

Ophthalmía, *s. f.* (med.) molestia inflammatoria do globo ocular, com rubor da conjunctiva. || De ὀφθαλμία (e este de ὀφθαλμός olho).

Ophthálmico, *adj.* relativo aos olhos. || De ὀφθαλμικός.

* **Ophthalmite**, *s. f.* (med.) phlegmão do ôlho. || De ὀφθαλμός olho + suff. *ite*.

*** Ophthálmoblénnorrhéa**, *s. f.* (med.) ophthalmia purulenta. || De ὀφθαλμός olho + βλέννα muco + ῥεῖν correr.

* **Ophthálmocéle**, *s. f.* (med.) o mesmo que exophthalmía. || De ὀφθαλμός olho + κήλη hernia.

* **Ophthálmochroíta**, *s. f.* o mesmo que melanína. || De ὀφθαλμός olho + χρόα côr + suff. *ita*.

* **Ophthálmocopía**, *s. f.* (med.) enfraquecimento da vista. || De ὀφθαλμός olho + κόπος fadiga + suff. *ia*.

Ophthálmodynia, *s. f.* (med.) nevralgia nos olhos. || De ὀφθαλμός olho + ὀδύνη dôr + suff. *ia*.

Ophthalmólitho, *s. m.* (med.) concreção ocular ou lacrimal. || De ὀφθαλμός olho + λίθος pedra.

Ophthálmologia, *s. f.* (med.) estudo dos olhos e suas molestias. || De ὀφθαλμός olho + λόγος tractado + suff. *ia*.

Cogn. : ophthálmológico (adj.) e *ophthalmólogo* (s. m.).

* **Ophthálmomalacía**, *s. f.* (med.) amollecimento e diminuição de volume do ôlho. || De ὀφθαλμός olho + μαλακός molle + suff. *ia*.

Ophthálmomelanóse, *s. f.* (med.) tumor melanico do ôlho ou de seus annexos. || De ὀφθαλμός olho + μέλας, ανος negro + suff. *óse*.

Ophthalmómetro, *s. m.* (med.) instrumento para medir o indice de refracção dos meios do ôlho. || De ὀφθαλμός olho + μέτρον medida.

Deriv. : ophthálmometría (s. f.).

Ophthálmoplastía, *s. f.* (chir.) prothese ocular. || De ὀφθαλμός olho + πλάσσειν formar + suff. *ia*.

Ophthálmoplegía, *s. f.* (med.) paralysia dos musculos do ôlho. || De ὀφθαλμός olho + πληγή golpe + suff. *ia*.

Deriv. : ophthálmoplégico (adj.).

Ophthálmoptóse, *s. f.* (med.) syn. de exophtalmía. || De ὀφθαλμός olho + πτῶσις quéda.

* **Ophthálmopyorrhéa**, *s. f.* (med.) ophthalmia purulenta. || De ὀφθαλμός olho + πύον pus + ῥεῖν correr.

Ophthálmorrhagía, *s. f.* (med.) hemorrhagia pela conjunctiva ocular ou pela choroide. || De ὀφθαλμός olho + ῥαγεῖν irromper + suff. *ia*.

Ophthálmoscópio, *s. m.* (med.) instrumento que serve para examinar o interior do ôlho. || De ὀφθαλμός olho + σκοπέω examino + suff. *io*.

Deriv. : ophthálmoscopía (s. f.), *ophthálmoscópico* (adj.).

Ophthalmóstato, *s. m.* (chir.) o mesmo que blepharostato. || De ὀφθαλμός ólho + στατός parado.

Ophthálmotomía, *s. f.* (chir.) extirpação do ólho. || De ὀφθαλμός ólho + τομή corte + suff. *ia*.
Deriv. : ophthálmotômico (adj.).

Ophthálmoxýse, *s. f.* (chir.) escarificação da conjunctiva ocular. || De ὀφθαλμός ólho + ξῦσις acção de raspar.

Ophthálmoxýstro, *s. m.* (chir.) instrumento para escarificar a conjunctiva ou a superficie interna das palpebras. || De ὀφθαλμός ólho + ξυστρόν raspador.

* **Ophthálmozoário**, *s. m.* (zool.) nome dado aos cysticercos e ás filarias, que se desenvolvem no ólho. || De ὀφθαλμός ólho + ζωάριον animalculo.

Ópio, *s. m.* succo espesso que se extrahe das capsulas da dormideira. || De ὄπιον (deriv. de ὀπός succo).
Deriv. : opiáceo (adj.), *opiár* (v.), *opiáto* (s. m.), *opiánico* (adj.), *opianina* (s. f.).

Opiología, *s. f.* (pharm.) tractado sôbre o ópio. || De *ópio* + λόγος tractado + suff. *ia*.
Deriv. : opiológico (adj.).

Opióphago, *adj.* e *s. m.* que come ópio. || De ὄπιον ópio + φαγεῖν comer.

Opísthio, *s. m.* (anat.) poncto médio do bordo posterior do buraco occipital. || De ὀπίσθιος posterior.
N. É impropria e desnecesaria a terminação *on*, que lhe dá Fig.

Opisthobránchios, *s. m. pl.* (zool.) ordem de Molluscos Gastrópodes. || De ὄπισθεν atraz + *bránchias* (v. este vcb.).

* **Opisthocélico**, *adj.* (zool.) diz-se da vertebra, cujo corpo é convexo adeante e concavo atraz. || De ὄπισθεν de traz + κοῖλον cavidade + suff. *ico*.

Opisthocyphóse, *s. f.* (med.) curvatura da espinha dorsal para traz. || De ὄπισθεν atraz + κύφωσις curvatura.

Opisthódomo, *s. m.* (archit.) a parte posterior dos templos antigos. || De ὀπισθόδομος (comp. de ὄπισθεν atraz + δόμος construcção).

Opisthogástrico, *adj.* (anat.) que está situado por detraz do estomago. || De ὄπισθε por detraz de + γαστήρ estomago + suff. *ico*.

Opisthógnatho, *adj.* (anthr.) que tem inclinados para traz os dentes e os alveolos maxillares (Topinard). || De ὄπισθεν para traz + γνάθος mandibula.
Deriv. : opisthognathismo (s. m.).

Opisthógrapho, *adj.* que está escripto dos dous lados de uma página. || De ὄχισθε por detraz de + γράφω escrevo.
Deriv. : opisthographia (s. f.).

* **Opisthómidas**, *s. m. pl.* (zool.) familia de Vermes Rhabdoceleos. || Do gen. *Opisthomum* (e este de ὄπισθε atraz + στόμα bocca) + suff. *idas*.

Opisthótono, *s. m.* (med.) variedade do tetano, em que o corpo se curva para traz. || De ὀπισθότονος extendido para traz (form. de ὄπισθε para traz + τείνω extendo).
Deriv. : opisthotónico (adj.).

Opobálsamo, *s. m.* balsamo líquido extrahido do *Balsamodendron gileadense*. || De ὀποβάλσαμον (form. de ὀπός succo + βάλσαμον balsamo).
Deriv. : ópobalsaméira (s. f.).

Opocárpaso, *s. m.* especie

de gomma ou resina. || De ὀποκάρπασον ou ὀποκάλπασον (comp. de ὀπός succo + κάρπασον certa planta venenosa).
N. Fig. regista duas formas: *opocálpaso* e *opocárpatho;* a primeira é menos boa, mas a segunda é de certo viciosa e parece fructo de algum êrro typographico.

Opocéphalo, *adj.* e *s. m.* (terat.) monstro sem bocca, de maxillas atrophiadas e de orelhas junctas debaixo da cabeça. || De ὤψ, ὠπός rosto + κεφαλή cabeça.

Opodídymo, *adj.* e *s. m.* (terat.) monstro duplo, de um só corpo, mas cuja cabeça se divide atraz em duas faces distinctas, a partir da região ocular. || De ὤψ, ὠπός face + δίδυμος duplo.
N. Melhor do que *opodymo,* onde a raiz se acha truncada.

Opódymo. V. *opodídymo.*

Opopánace, *s. m.* gomma resina extrahida de uma Umbellifera *Opopănax chironium.* || De ὀποπάναξ (form. de ὀπός succo + πάναξ nome de planta).
N. Mor. (7ª ed.) auctoriza já esta accentuação, que é preferivel a *opopanáco* proposta por Aul. e outros. A desinencia *e* acconselham-na as regras usuaes de derivação; mas seria tambem admissivel *opópanax,* mantida a forma do nominativo, como em « thorax ». *Opoponaco,* esse é corruptela de todo condemnavel.

Opoponaco. V. *opopánace.*

Oposina, *s. f.* (chim.) substância albuminoide, que existe na carne muscular. || De ὀπός succo + suff. *ina.*

Opoterodóntes. V. *hopoterodóntes.*

Opotherapía, *s. f.* (med.) methodo therapeutico, que consiste na injecção sub-cutanea de succos ou extractos organicos. || De ὀπός succo + θεραπεία curativo.

Opsigono, *adj.* diz-se dos dentes, que nascem tarde, depois dos mollares. || De ὀψίγονος (form. de ὀψέ muito tarde + γόνος geração, formação).

* **Opsimósio,** *s. m.* (min.) alt. de rhodonito. || De ὄψιμος tardio (?) + suff. *io.*

« **Opsiómetro,** *s. m.* (phys.) instrumento que serve para determinar os limites da vista distincta. (Aul.). || De ὄψις vista + μέτρον medida.
Deriv. : *ópsiometría* (s. f.), *ópsiométrico* (adj.).

* **Opsiuria,** *s. f.* (med.) demora na eliminação aquosa da urina depois das refeições (Gilbert e Lereboullet). || De ὄψιος tardio + οὖρον urina + suff. *ia.*

Opsomanía, *s. f.* (med.) gôsto exclusivo por uma especie de alimento. || De ὄψον manjar + μανία loucura.
Deriv. : *opsomaníaco.*

Optica, *s. f.* (phys.) parte da Physica, que tracta da luz e dos phenomenos da visão. || De ὀπτική (deriv. de ὄπτομαι ou ὄσσομαι vejo).
Cogn. : *óptico* (adj.).

Optómetro, *s. m.* instrumento para medir o alcance da vista. || De ὄπτεσθαι ver + μέτρον medida.
Deriv. : *optometría* (s. f.).

* **Orchéstidas,** *s. m. pl.* (zool.) familia de Crustaceos Amphipodes. || Do gen. *Orchéstia* (e este de ὀρχηστής saltador) + suff. *idas.*

Orchéstra, *s. f.* logar em que se collocam os musicos instrumentistas de um theatro, de um baile, de qualquer festa. Conjuncto das partes instrumentaes de uma partitura. — Conjuncto de quaesquer sons compassados e harmoniosos (Aul.). || De ὀρχήστρα.

Deriv.: orchestrár (v.).
* Orchialgía, *s. f.* (med.) nevralgia do testiculo. || De ὄρχις testiculo + ἄλγος dór + suff. *ia*.
Orchidáceas, *s. f. pl.* (bot.) ordem de plantas monocotyledones, quasi todas epiphytas. || Pelo lat. scientifico *Orchidaceæ*, de *Orchis* (e este de ὄρχις testiculo) + suff. *áceas*.
N. A desinencia *eas* de *Orchideas* não é apropriada ás ordens, mas sim ás tribus botanicas. A forma « Orchidaceas » é pois mais correcta.
Orchidectomia. V. *orchiectomia*.
Orchidopexia. V. *orchiopexia*.
Orchidóphilo, *s. m.* apaixonado pela cultura de Orchidaceas. || De *orchid...* (*aceas*) + φίλος amigo.
Deriv.: orchidophilía (s. f.).
Orchidotherapía. V. *orchiotherapía*.
* Orchiectomía, *s. f.* (med.) extirpação do testiculo. || De ὄρχις, εως testiculo + ἐκτομή ablação + suff. *ia*.
N. Os diccionarios francezes registam « orchidectomie », que foi mal formado, porque o radical de ὄρχις não auctoriza a intercalação do *d*.
Orchiocéle, *s. f.* (med.) tumor no testiculo. || De ὄρχις testiculo + κήλη tumor.
Orchiopexia, *s. f.* (chir.) operação que consiste em fazer descer e fixar na bolsa o testiculo, que se achava em ectopia inguinal ou abdominal. || De ὄρχις testiculo + πῆξις acção de pregar + suff. *ia*.
N. O *Dict.* de Littré e outros trazem — orchidopexie —, donde pareceria justificar-se a forma *orchidopexia;* mas de facto, não existindo δ no radical de ὄρχις, e formando-se os mais derivados congeneres com

a flexão *orchio*, claro é que em portuguez o vcb. correcto e acceitavel é — orchiopexia —
* Orchiotherapía, *s. f.* (med.) emprego therapeutico do succo testicular. || De ὄρχις, εως testiculo + θεραπεία tractamento.
N. A forma franceza — orchidothérapie — é incorrecta.
Orchiotomía, *s. f.* (chir.) operação da extracção de um ou dos dous testiculos. || De ὄρχις testiculo + τομή corte + suff. *ia*.
Deriv.: orchiotómico (adj.), *orchiótomo* (s. m.).
Orchite, *s. f.* (med.) inflammação do testiculo. || De ὄρχις testiculo + suff. *ite*.
Deriv.: orchítico (adj.).
* Orchitina, *s. f.* (med.) succo testicular, scquardina. || De ὄρχις testiculo + suff. *ina*.
Oréade, *s. f.* nympha que presidia aos bosques, ás montanhas. || De ὀρειάς, άδος (deriv. de ὄρος montanha).
N. « Oréada » é forma incorrecta.
Orégam, *s. m.* (bot.) planta da ordem das Labiadas. || Pelo lat. *Origanum*, vem de ὀρίγανον.
* Oregógeno, *adj.* (med.) diz-se da funcção de um orgam, que activa o appetite (Lévi). || De ὀρέγω tenho fome + γένος geração.
Orgam, *s. m.* cada uma das partes dum machinismo que exercem funcção especial; instrumento musico; meio, intermediario, etc. || Pelo lat. *organum*, de ὄργανον.
Cogn.: orgánico (adj.), *organismo* (s. m.), *organismo* (s. m.), *organista* (s. m.), *organizár* (v.).
Organogenia, *s. f.* estudo do apparecimento e desenvolvimento dos orgãos de um corpo vivo. || De ὄργανον orgam + γένος formação + suff. *ia*.

ÓRG — 433 — ÓRO

Deriv.: *órganogénico* (adj.), *órganogenista* (s. m.).

Organographía, *s. f.* descripção dos orgãos dum ser organizado. || De ὄργανον orgam + γράφειν descrever + suff. *ia*.
Deriv.: *órganográphico* (adj.).

Organographísmo, *s. m.* (med.) processo de Piorry para verificar a ampliação ou diminuição de volume dos orgãos percutidos. || De ὄργανον orgam + γράφειν pintar, desenhar + suff. *ismo*.

Organoléptico, *adj.* (chim.) diz-se das propriedades, com que os corpos impressionam os sentidos. || De ὄργανον orgam + ληπτός recebido + suff. *ico*.

Organopathía, *s. f.* (med.) molestia organica. || De ὄργανον orgam + πάθος molestia + suff. *ia*.

Organoplastía, *s. f.* geração dos orgãos. || De ὄργανον orgam + πλάσσειν formar + suff. *ia*.
Cogn.: *órganoplástico* (adj.).

Organoscopía, *s. f.* exame dos orgãos. || De ὄργανον orgam + σκοπεῖν examinar + suff. *ia*.
Deriv.: *órganoscópico* (adj.).

Orgão. V. *orgam*.

Orgásmo, *s. m.* (med.) turgescencia, erethismo. || De ὀργασμός.

Orgía, *s. f.* bacchanal, festim licencioso. || De ὄργια festas de Baccho.
N. Já Castilho observou que se devêra pronunciar *órgia*, e assim é; mas o veb. é de uso hoje popular, e não ha sinão acceitar a excepção para casos taes.
Deriv.: *orgíaco* (adj.), *orgiásta* (s. m.).

*****Ornichthyóide**, *s. m.* nome dado ao acrostato de João Auto de Magalhães Castro.|| De ὄρνις passaro + ἰχθύς peixe + εἶδος forma.

*****Ornithíto**, *s. m.* (min.) alt. de brushito (phosphato hydratado de calcio). || De ὄρνις, ιθος ave + suff. *ito*.

Órnithodélphyos, *s. m. pl.* (zool.) nome dado por Blainville aos Monotremos. || De ὄρνις, ιθος ave + δελφύς madre.
N. — Melhor do que ornithodelphos.

Ornithología, *s. f.* (zool.) parte da Zoologia, que tracta das Aves. || De ὄρνις passaro + λόγος tractado + suff. *ia*.
Deriv.: *órnithológico* (adj.), *órnithologista* e *ornithólogo* (s. m.).

Órnithomýzo, *adj.* (zool.) diz-se do insecto, que suga o sangue das aves. || De ὄρνις, ιθος ave + μυζᾶν sugar.

Ornithóphilo, *s. m.* amador de passaros. || De ὄρνις, ιθος ave + φίλος amigo.

Ornithophonía, *s. f.* imitação do canto das aves. ||De ὄρνις, ιθος ave + φωνή voz + suff. *ia*.

Ornithorhýncho, *s. m.* (zool.) Mammal australiano, da ordem dos Monotremos. || De ὄρνις passaro + ῥύγχος focinho.
N. Aul. escreve *ornithorinco* sem attenção ao radical grego; o mesmo se deve dizer da forma — *ornithorrinco* dada por Fig.
Deriv.: *órnithorhýnchidas*, (s. m. pl.).

*****Orobáncheas**, *s. f. pl.* (bot.) tribu das Gesneraceas. || Do gen. typo *Orobanche* (e este de ὀροβάγχη orobanche) + suff. *eas*.

Orogenía, *s. f.* (geol.) formação das montanhas. || De ὄρος montanha + γένος formação + suff. *ia*.
Deriv.: *orogénico* (adj.).

Orognosía, *s. f.* (geol.) parte da Geologia, que explica a formação e constituição das montanhas. || De ὄρος montanha +

25

γνῶσις conhecimento + süff. *ia*.
Deriv. : *orognóstico* (adj.).
Orographia, *s. f.* parte da Geographia, que tracta das montanhas. || De ὄρος montanha + γράφω descrevo + suff. *ia*.
Deriv. : *orográphico* (adj.) *orógrapho* (s. m.).
Orologia,[1] *s. f.* tractado sôbre a formação e constituição das montanhas. || De ὄρος montanha + λόγος tractado + suff. *ia*.
Deriv. : *orológico* (adj.).
Orologia[2]. V. *orrhologia*.
Órpham, *adj.* que não tem pae nem mãe ou algum delles. || Pelo lat. *orphanus*, vem de ὀρφανός.
N. Á vista da origem grega claro é que se não deve escrever com *f*, como occorre em Aul. e outros.
Deriv. : *orphanár* (v.), *orphandáde* (s. f.).
Órphanologia, *s. f.* parte da sciencia juridica, que tracta dos orphãos. || De ὀρφανός orpham + λόγος tractado + suff. *ia*.
Deriv.: *órphanológiço* (adj.).
Órphanotróphio, *s. m.* asylo de orphãos. || Pelo lat. *órphanotrophium*, de ὀρφανοτροφεῖον (comp. de ὀρφανός orpham + τρέφειν sustentar, alimentar).
Orphão. V. *orpham*.
*****Orrhologia**, *s. f.* (med.) parte da Anatomia que estuda os humores do organismo (Landouzy). || De ὀρὸς ou ὀῤῥός sôro + λόγος tractado + suff. *ia*.
N. Fez-se em francez « orologie », que daria em nossa lingua «orologia»; mas, existindo já este vocabulo com outra significação e convindo distinguir os dous, propomos para este a forma portugueza *orrhologia* tirada de ὀῤῥός e não de ὄρος.
Órth... pref. que tem a significação de recto, direito. || De ὀρθός.
Ortháptodáctylos, *s. m. pl.* (zool.) familia de Aves de rapina (Fig.). || De ὀρθός recto + ἅπτειν agarrar + δάκτυλος dedo.
*****Orthíto**, *s. m.* (min.) silicato hydratado de aluminio, calcio, ferro e cerio, com lanthanio e didymio. || De ὀρθός recto + suff. *ito*.
*****Orthocéphalo**, *adj.* (anthr.) para alguns synonymo de mesaticephalo. || De ὀρθός direito + κεφαλή cabeça.
*****Orthochloríto**, *s. m.* (min.) chlorito claramente crystallizado. || De ὀρθός direito + *chlorito* (v. este vcb.).
Orthoclasio, *s. m.* (min.) syn. de orthosio. || De ὀρθός direito + κλάσις fractura + suff. *io*.
Órthodáctylo, *adj.* (zool.) que tem os pés direitos. || De ὀρθός direito + δάκτυλος dedo.
Órthodiagonál, *adj.* (min.) diz-se da diagonal, que é normal ás arestas prismaticas, no systema monoclinico. || De ὀρθός recto + *diagonál* (v. este vcb.).
*****Órthodiagraphía**, *s. f.* (med.) processo que permitte determinar as dimensões reaes dum objecto, segundo a sua imagem radiographica. || De ὀρθός direito, correcto + διαγράφω traço, desenho + suff. *ia*.
Orthodôma, *s. m.* (min.) forma crystallina de mineraes. || De ὀρθός recto + δῶμα casa, tecto.
Orthodónte, *adj.* (zool.) que tem os dentes direitos. || De ὀρθός direito + ὀδούς, ὀδόντος dente.
Cogn. : *órthodóntosia* (s. f.).
Orthodóro, *s. m.* (ant.) medida linear dos Gregos. || De ὀρθόδωρον.
N. A quantidade grega con-

demna a prosodia *orthódoro*, que vem em Figueiredo.
Orthodóxo, *adj.* conforme com a verdadeira fé religiosa. De ὀρθόδοξος (form. de ὀρθός recto + δόξα opinião).
Deriv. : orthodoxía (s. f.).
Orthodromía, *s. f.* derrota de um navio em linha recta. || De ὀρθός recto + δρόμος carreira + suff. *ia*.
Deriv. : orthodrómico (adj.).
Orthoédrico, *adj.* (miner.) diz-se dos crystaes, cujos planos coordenados são perpendiculares entre si. || De ὀρθός recto + ἕδρα base + suff. *ico*.
Orthoepía, *s. f.* (gramm.) parte da Grammatica, que ensina as regras da boa pronúncia. || De ὀρθοέπεια (form. de ὀρθός recto + ἔπος palavra).
N. A derivação grega e as leis de analogia condemnam absolutamente a accentuação *orthoépia*.
Deriv. : orthoépico (adj.).
Orthógnatho, *adj.* (anthr.) diz-se da raça humana, cujo bordo alveolar e cujos dentes do maxillar superior apresentam obliquidade anterior mui pouco pronunciada. || De ὀρθός recto + γνάθος maxilla.
Deriv. : órthognathísmo (s. m.).
Orthogonál, *adj.* que forma um angulo recto. || De ὀρθός recto + γωνία angulo + suff. *ál*.
Órthographía, *s. f.* (gramm.) parte da Grammatica, que ensina as regras de escrever com acêrto. — Projecção orthogonal. || De ὀρθογραφία (form. de ὀρθός recto + γράφω escrevo).
N. Significando em geral maneira de escrever as palavras, é preferivel o vcb. *graphía* já empregado por J. F. de Castilho.
Deriv. : orthographár (v.),

orthográphico (adj.), *orthógrapho* (s. m.).
***Orthóide**, *s. m.* (min.) var. de orthíto. || De ὀρθός direito, recto + εἶδος forma.
Ortholexía, *s. f.* boa dicção, expressão correcta. || De ὀρθός recto + λέξις estylo + suff. *ia*.
Orthología, *s. f.* o mesmo que — ortholexía —. || De ὀρθολογία (form. de ὀρθός recto + λόγος discurso).
Orthomorphía, *s. f.* (med.) arte de prevenir ou corrigir as deformidades do corpo (Delpech.). || De ὀρθός direito + μορφή forma + suff. *ia*.
Deriv.: orthomórphico (adj.).
N. Como termo geral, é preferivel a « orthopedia ».
***Orthonéctidas**, *s. m. pl.* (zool.) secção dos Pseudhelminthes. || De ὀρθός direito + νηχτός que nada + suff. *idas*.
Orthopedia, *s. f.* (med.) arte de prevenir ou corrigir as deformidades do corpo da criança com o auxílio de exercicios methodicos, ou de meios mechanicos (Andry). || De ὀρθός direito + παῖς, παιδός criança.
Deriv. : orthopédico, órthopedísta.
N. O uso tem dado a esta palavra accepção mais geral; mas para este caso é preferivel «orthomorphía».
Orthophonía, *s. f.* (med.) arte de corrigir os vicios da voz ou da pronúncia. || De ὀρθός recto + φωνή voz + suff. *ia*.
Deriv. : orthophónico (adj.).
Órthophrenía, *s. f.* (med.) cura da loucura. || De ὀρθός direito + φρήν intelligencia + suff. *ia*.
***Órthophrénopedía**, *s. f.* (med.) tractamento medico-pedagogico dos degenerados (Thulié). || De ὀρθός direito + φρήν espirito + παῖς, παιδός criança + suff. *ia*.

Órthopinacóide, *s. m.* (cryst.) pinacoide parallelo á orthodiagonal. || De ὀρθός; recto + *pinacóide* (v. este vcb.).

Órthopnéa, *s. f.* dyspnea que obriga o inferno a estar sentado ou de pé. || De ὀρθόπνοια (form. de ὀρθός direito + πνέω respiro).
Deriv. : *órthopnéico* (adj.) e *orthopnóico* (adj.).

Orthópteros, *s. m. pl.* (zool.) ordem de Insèctos. || De ὀρθός recto + πτερὸν aza.

Órthorhómbico, *adj.* (miner.) diz-se de um prisma recto de base rhombica.|| De ὀρθός recto + *rhombo* + suff. *ico.*

Orthoscópio, *s. m.* (med.) apparelho para examinar o ólho atravez duma camada líquida. || De ὀρθός direito + σκοπεῖν examinar + suff. *io.*

Orthósio, s. *m.* (min.) feldspatho potassico ($K^2Al^2Si^6O^{16}$).|| De ὀρθός recto + suff. *io.*
N. São inacceitaveis as formas *orthose* e *orthosa*, que andam nos diccionarios.
Cogn. : *arthósidas* (s. m. pl.) — fam. de Lepidopteros.

*****Órthostático**, *adj.* (med.) diz-se de um phenomeno, que se dá depois do individuo estar em pé por algum tempo. || De ὀρθοστατέω estou em pé.
Cogn.: *órthostatísmo* (s. m.).

*****Orthótono**, *s. m.* (med.) attitude rigida do corpo, no tetano. || De ὀρθός direito + τόνος tensão.

Orthótropo, *adj.* (bot.) diz-se do embryão recto, cuja radicula corresponde ao hilo. || De ὀρθός recto + τρέπειν voltar.

Oryctéres, *s. m. pl.* (zool.) tribu de Mammaes, da ordem dos Roedores. || De ὀρυκτήρ, ῆρος cavador (de ὀρύσσειν cavar).

Orýctographía, *s. f.* (h. nat.) descripção dos fosseis. || De ὀρυκτός fossil (de ὀρύσσειν cavar) + γράφειν descrever + suff. *ia.*
Deriv.:*orýctográphico* (adj.), *oryctógrapho* (s. m.).

Orýctologia, *s. f.* (hist. nat.) sciencia que tracta dos fosseis. || De ὀρυκτός fossil + λόγος tractado + suff. *ia.*
Deriv. : *oryctológico* (adj.), *oryctólogo* (s. m.).

Orýzeas, *s. f. pl.* (bot.) tribu da ordem das Graminaceas, cujo typo é o gen. *Oryza.* || De *Oryza* (e este de ὄρυζα arroz) + suff. *eas.*

Oryzóphago, *adj.* que se alimenta de arroz. || De ὄρυζα arroz + φαγεῖν comer.

Oscheíte, *s. f.* (med.) inflammação do escroto. || De ὀσχέον escroto + suff. *íte.*

Oscheocéle, *s. f.* (med.) hernia inguinal, em que as visceras descem ao escroto. ||De ὀσχέον escroto + κήλη hernia.

Oscheochalasía, *s. f.* (med.) elephantiase do escroto. || De ὀσχέον escroto + χάλασις relaxamento + suff. *ia.*

*****Oscheólitho**, *s. m.* (med.) concreção calcarea no escroto. || De ὀσχέον escroto + λίθος pedra.

Oscheôma, *s. m.* (med.) tumor no escroto. || De ὀσχέον escroto + suff. *ôma.*

Oscheoplastía, *s. f.* (chir.) restauração do escroto por processos autoplasticos. || De ὀσχέον escroto + πλάσσειν formar + suff. *ia.*

Oschophórias,*s. f.pl.* (ant) ceremonias religiosas em Athenas, em que eram levados ramos d'arvores carregados de fructo. || De ὀσχοφόρια (comp. de ὄσχος ramo cheio de fructos + φέρειν levar).

Osmazôma. V. *osmozômo.*

*****Osmélitho**, *s. m.* (min.) var. aluminifera de pectolitho.|| De ὀσμή choiro + λίθος pedra.

*****Osmhidróse**, *s. f.* (med.)

secreção abundante de suor com cheiro desagradavel. || De όσμή cheiro + ἴδρως suor + suff. óse.

Ósmio, *s. m.* (chim.) metal branco, muito denso, cujo peroxydo tem um cheiro forte e desagradavel. || De όσμή cheiro + suff. *io*.
Deriv. : *ósmico* (adj.), *osmiéto* (s. m.).

Osmología, *s. f.* tractado dos aromas. || De όσμή aroma + λόγος tractado + suff. *ia*.
Deriv. : *osmológico* (adj.).

*Osmômetro, *s. m.* instrumento para medir a intensidade dos phenomenos osmoticos. || De ὠσμός impulsão + μέτρον medida.

Osmóse, *s. f.* (phys.) transmissão reciproca de dous liquidos atravez de uma membrana, que os separa. || De ὠσμός impulsão + suff. *óse*.
Cogn. : *osmótico* (adj.).

Osmozômo, *s. m.* (chim.) princípio que dá ao caldo de carne o seu cheiro e sabor proprios. || De όσμή cheiro + ζωμός caldo.
N. Fig. dá *osmazoma* tirado do fr. *osmazome;* mas a regra de composição de vocabulos manda dar-lhe outra forma. Quanto á desinencia *a*, nada a justifica.

Osphalgia. V. *osphyalgía*.

Osphrésiología, *s. f.* tractado dos aromas e do olfacto. || De όσφρησις olfacto + λόγος tractado + suff. *ia*.

Osphyalgía, *s. f.* (med.) dôr no lombo. || De όσφὐς lombo + ἄλγος dôr + suff. *ia*.
N. Fig. regista *osphalgia*, vocabulo em que o radical grego se acha truncado.
Deriv. : *osphyálgico* (adj.).

Ostealgía, *s. f.* (med.) dôr osteócopa. || De όστέον osso + ἄλγος dôr + suff. *ia*.
Deriv. : *osteálgico* (adj.).

Osteíte, *s. f.* (med.) inflammação do tecido osseo. || De όστέον osso + suff. *íte*.

*Osteo-árthropathía, *s. f.* (med.) deformação hypertrophica das mãos e dos pés consecutiva a suppurações chronicas. || De όστέον osso + ἄρθρον articulação + πάθος molestia + suff. *ia*.

*Osteoblástio, *s. m.* (zool.) cellula que constitue o tecido osseo. || De όστέον osso + βλαστάνειν produzir + suff. *io*.

Osteocéle, *s. f.* (med.) hernia, cujo sacco tem consistencia cartilaginosa ou ossea. || De όστέον osso + κήλη hernia.

Osteoclasía, *s. f.* (chir.) operação que consiste em quebrar um osso com intuito therapeutico. || De όστέον osso + κλάσις fractura + suff. *ia*.
Deriv. : *ósteoclásto* (s. m.).

Osteocólla, *s. f.* (min.) calcario tophacco. || De όστέον osso + κόλλα colla.

Osteócopo, *adj.* (med.) diz-se de dôres agudas, que têm a sua séde nos ossos. || De όστεοκόπος que penetra até aos ossos (de όστέον osso + κόπτειν quebrar).

*Osteocystóide, *s. m.* (med.) tumor que se desenvolve nos ossos e formado de kystos membranosos e osseos. || De όστέον osso + κύστις kysto + εἶδος forma.

Osteodérmos, *s. m. pl.* (zool.) peixes, cuja pelle é coberta de placas osseas. || De όστέον osso + δέρμα pelle.

Osteodynía, *s. f.* (med.) o mesmo que ostealgía. || De όστέον osso + όδύνη dôr + suff. *ia*.

*Osteoganóideos, *s. m. pl.* (zool.) nome dado aos Peixes Ganoideos, de esqueleto mais ou menos ossificado. || De όστέον osso + *ganoideos* (v. este vcb.).

Osteogenia, *s. f.* (anat.) formação dos ossos. || De ὀστέον osso + γένος geração + suff. *ia*.
 Deriv. : osteogénico (adj.), *osteógeno* (adj.).
Osteographia, *s. f.* (anat.) descripção dos ossos. || De ὀστέον osso + γράφω descrevo + suff. *ia*.
 Deriv. : osteográphico (adj.), *osteógrapho* (s. m.).
 Osteóide, adj. que tem similhança com osso. || De ὀστέον osso + εἶδος forma.
 N. A forma *osteide*, que Fig. regista, é menos regular e não deve prevalecer.
Osteólitho, *s. m.* (min.) var. de phosphorito. || De ὀστέον osso + λίθος pedra.
Osteologia, *s. f.* (ant.) parte da Anatomia, que tracta dos ossos. || De ὀστέον osso + λόγος tractado + suff. *ia*.
 Deriv. : osteológico (adj.), *osteólogo* (s. m.).
Osteólyse, *s. f.* (med.) destruição da substancia do tecido osseo. || De ὀστέον osso + λύσις dissolução.
Osteôma, *s. m.* (med.) tumor constituido por tecido osseo. || De ὀστέον osso + suff. *ôma*.
Osteomalacia, *s. f.* (med.) amollecimento dos ossos. || De ὀστέον osso + μαλακός molle + suff. *ia*.
Osteometria, *s. f.* medida dos ossos, nos trabalhos anthropometricos. || De ὀστέον osso + μέτρον medida + suff. *ia*.
 Deriv. : osteométrico (adj.).
Osteomyelite, *s. f.* (med.) inflammação da medulla dos ossos. || De ὀστέον osso + μυελός medulla + suff. *ite*.
 Osteoncóse, s. f. (med.) exostose eburnea. || De ὀστέον osso + ὄγκος tumor + suff. *óse*.
Osteonecróse, *s. f.* (med.) mortificação do osso. || De ὀστέον osso + *necróse* (v. este vcb.).
Osteopathia, *s. f.* (med.) molestia dos ossos em geral. || De ὀστέον osso + πάθος molestia + suff. *ia*.
 Osteopédio, s. m. (med.) feto enkystado e encrustado de calcario. || De ὀστέον osso + παιδίον criancinha.
Osteoperiostite, *s.f.* (med.) inflammação do osso e do periosteo correspondente. || De ὀστέον osso + *periostite* (v este vcb.).
Osteophymia, *s. f.* (med.) tuberculose nos ossos. || De ὀστέον osso + φῦμα tumor + suff. *ia*.
Osteóphyto, *s. m.* (med.) prolongamento osseo, que nasce ás vezes das lâminas profundas do periosteo, perto da parte cariada. || De ὀστέον osso + φύειν crescer.
Osteoplásta, *s. m.* (anat.) elemento anatomico dos ossos. || De ὀστέον osso + πλάστης formador.
Osteoplastia, *s.f.* (chir.) reparação de uma parte destruida do osso. || De ὀστέον osso + πλάσσειν formar + suff. *ia*.
 Deriv. : osteoplástico (adj.).
Osteoporóso, *s. f.* (med.) rarefacção do tecido osseo. || De ὀστέον osso + πόρος poro + suff. *óse*.
 N. Fig. escreve *osteoporosa* com uma desinencia que não tem razão de ser, visto que o suff. de todos estes vcbs. é *ose*.
Osteopsathyróse, *s. f.* (med.) friabilidade dos ossos. || De ὀστέον osso + ψαθυρός friavel + suff. *óse*.
 Osteosapria, s. f. (med.) carie. || De ὀστέον osso + σαπρός podre + suff. *ia*.
Osteosarcôma, *s. m.* (med.) tumor sarcomatoso desenvol-

vido nos ossos. || De ὀστέον osso + *sarcoma* (v. este vcb.).

Osteosclerόse, *s. f.* (med.) endurecimento dos ossos. || De ὀστέον osso + σκληρός duro + suff. *όse*.

★ **Osteospongiόse**, *s. f.* (med.) a spina-ventosa (Lobstein). || De ὀστέον osso + σπογγία esponja + suff. *όse*.

Osteosteatôma, *s. m.* (med.) tumor na medulla dos ossos, com apparencia de sebo. || De ὀστέον osso + *esteatôma* (v. este vcb.).

N. Fig. faz o vcb. esdruxulo, depois de haver accentuado bem *esteatôma*.

Osteόstomo, *adj.* (zool.) que tem a maxilla no estado osseo; diz-se de uma familia de Peixes. || De ὀστέον osso + στόμα bocca.

Osteotomía, *s. f.* (anat.) dissecção dos ossos. De ὀστέον osso + τομή corte + suff. *ía*.

Cogn.: *osteotómico* (adj.), *osteótomo* (s. m.).

Osteotylόse, *s. f.* (chir.) formação do callo osseo. || De ὀστέον osso + τύλωσις callosidade.

Osteozoário, *s. m.* (zool.) para Blainville, animaes vertebrados. || De ὀστέον osso + ζῶον animal.

Ostra, *s. f.* (zool.) genero de Molluscos Acephalos. || Pelo lat. *ostrea*, do gr. ὄστρεον.

Deriv.: *ostráceo* (adj.), *ostracíno* (adj.), *ostréira* (s. f.); *ostreína* (s. f.).

★ **Ostraciónidas**, *s. m. pl.* (zool.) familia de Peixes Teleosteos. || Do gen. *Ostrácion* (e este de ὀστράκιον conchinha) + suff. *idas*.

Ostracismo, *s. m.* exilio a que eram condemnados os cidadãos athenienses por crimes politicos. || De ὀστρακισμός (form. de ὀστρακίζω, e este de ὄστρακον concha).

Ostracódeos, *s. m. pl.* (zool.) ordem de Crustaceos. || De ὀστρακώδης similhante a concha + suff. *eos*.

Ostréidas, *s. m. pl.* (zool.) familia de Molluscos Lamellibranchios. || Do gen. *Ostrea* (e este de ὄστρεον ostra) + suff. *idas*.

Osyrídeas, *s. f. pl.* (bot.) trïbu da ordem das Santalaceas, cujo typo é o gen. *Osyris*. || De *Osÿris* (e este de ὄσυρις osyride) + suff. *eas*.

Otacústico, *adj.* que auxilia o sentido da audição. || De οὔς, ὠτός orelha + ἀκούειν ou vir.

Cogn.: *otacústica* (s. f.).

Otalgía, *s. f.* (med.) dôr de ouvido. || De ὠταλγία (form. de οὔς, ὠτός ouvido + ἄλγος dôr + suff. *ía*.

Deriv.: *otálgico* (adj.).

★ **Otenchýta**, *s. m.* (chir.) pequena seringa para injecção no ouvido. || De ὠτεγχύτης (comp. de οὔς, ὠτός ouvido + ἐγχύειν injectar).

★ **Othematôma**, *s. m.* (med.) derramamento sanguineo no pavilhão da orelha. || De οὔς, ὠτός orelha + *hematôma* (v. este vcb.).

Otiatría, *s. f.* (med.) tractamento das molestias do ouvido. || De οὔς, ὠτός ouvido + ἰατρεία medicina.

Deriv.: *otiátrico* (adj.).

N. Fig. regista «otoïatria», que não é bem formado.

Ótico, *adj.* (anat.) que diz respeito ao ouvido. || De οὔς, ὠτός ouvido + suff. *ico*.

★ **Otiόphoros**, *s. m. pl.* (zool.) familia de Insectos, que têm uma das articulações inferiores das antennas dilatada exteriormente á maneira de uma especie de orelha. || De ὠτίον orelhinha + φορός portador.

Otíte, *s. f.* (med.) inflam-

OTO — 440 — OXY

mação da membrana interna do canal auditivo. || De ους, ωτός ouvido + suff. *ite*.

Otocéphalo, *adj.* e *s. m.* (med.) monstro que tem as duas orelhas confundidas numa só. || De οὖς, ὠτός orelha + κεφαλή cabeça.

* **Otoconio**, *s. m.* (med.) substância pulverulenta, que se encontra no labyrintho membranoso (Breschet). || De ους, ωτός ouvido + κόνιον pósinho (dimin. de κόνις pó).

Otodynia, *s. f.* (med.) dôr de ouvido. || De οὖς, ὠτός ouvido + ὀδύνη dôr + suff. *ia*.

Otólitho, *s. m.* (zool.) concreção pedregosa, que se encontra no ouvido interno de alguns peixes. || De ους, ωτός ouvido + λίθος pedra.

Otologia, *s. f.* tractado sôbre o ouvido. || De οὖς, ὠτός ouvido + λόγος tractado + suff. *ia*.

Deriv.: otológico (adj.).

* **Otomycóse**, *s. f.* (med.) molestia devida ao desenvolvimento dum aspergillo no conducto auditivo externo. || De ους, ωτός ouvido + μύκης cogumelo + suff. *óse*.

Otopathia, *s. f.* (med.) molestia do ouvido em geral. || De ους, ωτός ouvido + πάθος molestia + suff. *ia*.

Otoplastia, *s. f.* (chir.) restauração, por autoplastia, da orelha externa destruida. || De οὖς, ὠτός orelha + πλάσσειν formar + suff. *ia*.

Deriv.: otoplástico (adj.).

Otorrhéa, *s. f.* (med.) corrimento dum líquido mais ou menos purulento pelo ouvido. || De οὖς, ὠτός ouvido + ῥεῖν correr.

Otoscópio, *s. m.* (med.) instrumento que serve para examinar o canal auditivo. || De οὖς, ὠτός ouvido + σκοπεῖν examinar + suff. *io*.

Deriv.: otoscópico (adj.).

Ototomia, *s. f.* (anat.) dissecção do ouvido. || De ους, ωτός ouvido + τομή corte + suff. *ia*.

Oxálico, *adj.* (chim.) diz-se do acido, que combinado com o potassio existe na azeda (*Óxalis*). || De ὀξαλίς, ίδος azeda + suff. *ico*.

Deriv.: oxaláto (s. m.).

Oxalidáceas, *s. f. pl.* (bot.) ordem de plantas dicotyledones, que tem por typo o gen. xalis. || De ὀξαλίς azeda + suff. *áceas*.

* **Oxalito**, *s. m.* (min.) syn. de humboldtina (oxalato hydratado de ferro). || De *oxálico* (v. este vcb.) + suff. *ito*.

Oxaluria, *s. f.* (med.) depósito de oxalato de calcio na urina. || De *oxálico* (v. este vcb.) + ουρον urina + suff. *ia*.

Deriv.: oxalúrico (adj.).

Oxhýdrico. V. *oxyhydrico*.

Oxýbapho, *s. m.* (ant.) vasilha para vinagre; medida de capacidade.||De ὀξύβαφον (comp. de ὄξος vinagre + βάπτειν mergulhar).

Oxycráto, *s. m.* mixtura de vinagre e agua. || De ὀξύκρατον (comp. de ὀξύς acido + κρᾶσις mixtura).

* **Oxydáctylos**, *s. m. pl.* (zool.) secção dos Batrachios Anuros. || De ὀξύς agudo + δάκτυλος dedo.

Óxydo, *s. m.* (chim.) corpo neutro ou alcalino, composto de oxygenio e dum metal ou metalloide. || De ὀξύς acido.

Deriv.: oxydár, oxydação, oxydánte, oxydável.

Oxýgala, *s. m.* leite azedo. || De ὀξύς azedo + γάλα leite.

Oxygénio, *s. m.* (chim.) corpo simples, metalloide, gazoso, e que assim se chamou por pensarem que elle entrava na composição de todos os

acidos. || De ὀξύς acido + γένος geração + suff. *io*.
Deriv.: *oxygenár, oxygenação, oxygenánte, oxygenável.*
Oxýgono, *adj.* (geom.) acutangulo. || De ὀξύς agudo + γωνία angulo.
N. Proparoxytono como todos os congeneres derivados de γωνία.
Oxyhýdrico, *adj.* diz-se do processo de illuminação, que consiste em queimar o carbone do gaz de illuminação por meio duma corrente de gaz oxygenio. || De *oxygénio* + *hydrogénio* + suff. *ico.*
Oxymél, *s. m.* (pharm.) mixtura de mel e vinagre. || De ὀξύς acido + *mel* (v. este vcb.).
Oxymetría, *s. f.* (chim.) processo para avaliar a quantidade de acido livre ou de sal acido contido numa substancia. || De ὀξύς acido + μέτρον medida + suff. *ia*.
Deriv.: *oxymétrico* (adj.).
Óxyopía, *s. f.* vista agudissima. || De ὀξύς agudo + ὤψ, ὠπός olho + suff. *ia*.
* **Óxyosmía,** *s. f.* sensibilidade extrema do olfacto. || De ὀξύς agudo + ὀσμή cheiro + suff. *ia*.
Óxyosphresía, *s. f.* extremo desenvolvimento do olfacto. || De ὀξύς agudo + ὄσφρησις olfacto + suff. *ia*.
Óxyphlegmasía, *s. f.* (med.) inflammação violenta. || De ὀξύς agudo + *phlegmasía* (v. este vcb.).
Óxyphonía, *s. f.* voz aguda e penetrante. || De ὀξύς agudo + φωνή voz + suff. *ia*.
Óxyregmía, *s. f.* (med.) eructação azeda. || De ὀξυρεγμία (comp. de ὀξύς azedo + ἐρευγμός eructação).
Oxýrhodo, *s. m.* (pharm.) vinagre rosado. || De ὀξύς acido + ῥόδον rosa.

N. Fig. regista *oxyrrhodino* com desinencia *ino* dispensavel.
Oxyrhýncho, *adj.* (zool.) de bico agudo. || De ὀξύς agudo + ῥύγχος bico.
N. Oxyrhýnchos (s. m. pl.) — fam. de Crustaceos.
Oxysáccharo, *s. m.* (pharm.) mixtura de açucar e vinagre. || De ὀξύς acido + σάκχαρον açucar.
Oxýstomos, *s. m. pl.* (zool.) familia de Crustaceos Decapodes (Milne Edwards). || De ὀξύς agudo + στόμα bocca.
Oxýtono, *adj.* (gramm.) que tem o accento tonico na ultima syllaba. || De ὀξύτονος (comp. de ὀξύς agudo + τόνος entoação).
* **Oxytrichidas,** *s. m. pl.* (zool.) familia de Infusorios Hypotrichos. || Do gen. typo *Oxýtricha* (e este de ὀξύς agudo + θρίξ, τριχός cabello) + suff. *idas*.
Oxyúro, *s. m.* (zool.) Helminthe Nematoideo, que vive na parte inferior do intestino recto. || De ὀξύς agudo + οὐρά cauda.
N. A accentuação dada por Fig. é incorrecta.
Ozéna, *s. f.* (med.) ulceração do nariz, que exhala mau cheiro. || De ὄζαινα (deriv. de ὄζειν cheirar mal).
Deriv.: *ozénico* (adj.).
Ozoçeríto, *s. m.* (min.) especie de cêra mineral, paraffina natural. || De ὄζη mau cheiro + κηρός cêra + suff. *ito.*
Ozone. V. *ozónio.*
Ozônio, *s. m.* (chim.) oxygenio electrizado. || De ὄζειν ter mau cheiro.
N. Tomando a esmo do fr. *ozone*, fez-se no port. *ozone*, que occorre nos diccionarios, ou *ozona* como no Brasil tambem se diz; qualquer das duas formas é menos boa. O suff.

25.

io tão commum aos nomes de corpos chimicos, é o que mais convém.

Deriv.: ozonizár (v.).

Ozonómetro, *s. m.* apparelho para determinar a quantidade de ozonio contida num gaz. || De *οζόνιο* + μέτρον medida.

Deriv.: ozónometria (s. f.), *ozonométrico* (adj.).

* **Ozónoscópico,** *adj.* que serve para verificar a presença do ozonio. || De *οζόνιο* (v. este vcb.) + σκοπεῖν examinar + suff. *ieo.*

P

* **Pachnólitho**, *s. m.* (min.) fluoreto d'aluminio, calcio e sodio. || De πάχνη geada + λίθος pedra.

* **Pachómetro**, *s. m.* instrumento para medir a espessura dos corpos. || De πάχος espessura + μέτρον medida.

Páchyblepharóse, *s. f.* (med.) espessamento do tecido das palpebras, por inflammação chronica. || De παχὺς espesso + βλέφαρον palpebra + suff. óse.

Páchycephalía, *s. f.* (anat.) espessamento dos ossos do cranio. || De παχὺς espesso + κεφαλή cabeça + suff. *ia*.
Cogn.: *pachycéphalo*.

Páchydactylía, *s. f.* (med.) augmento teratologico do volume dos dedos. || De παχὺς espesso + δάκτυλος dedo + suff. *ia*.
Cogn.: *páchydáctylo*.

Páchydérmatocéle, *s. f.* (med.) tumor produzido pela hypertrophia d'o tecido laminoso da pelle. || De παχὺς espesso + δέρμα, ατος pélle + κήλη tumor.

Pachydérmo, *adj.* que tem a pelle muito grossa. — s, *s. m. pl.* (zool.) ordem de Mammaes. || De παχύδερμος (form. de παχὺς espesso + δέρμα pelle).
N. Os diccionarios dão *pachydérme*, mas esta desinencia ó visivelmente impropria; os adjectivos gregos de 1.ª classe em ος passam para o portuguez com a desinencia *o*.

* **Pachygóneas**, *s. f. pl.* (bot.) tribu das Menispermaceas. || De *Pachýgone* — gen. typo (e este de παχὺς espesso + γονή semente) + suff. *eas*.

Páchymeningíte, *s. f.* (med.) inflammação lenta da dura-mater, com producção de neo-membranas estratificadas. || De παχὺς espesso + *meningite* (v. este vcb.).

Pachyphýllo, *adj.* (bot.) que tem folhas espessas. || De παχὺς espesso + φύλλον folha.

* **Páchypleureas**, *s. f. pl.* (bot.) tribu da ordem das Umbelliferas. || De *Pachypleurum* — gen. typo (e este de παχὺς espesso + πλευρά lado, flanco) + suff. *eas*.

Páchyrhýnchidas, *s. m. pl.* (zool.) secção dos Insectos Coleopteros Tetrameros. || De παχὺς espesso + ῥύγχος bico, tromba + suff. *idas*.

* **Páchysalpingíte**, *s. f.* (med.) salpingite chronica parenchymatosa. || De παχὺς espesso + *salpingite* (v. este vcb.).

* **Paléocarídeos**, *s. m. pl.* (zool.) ordem de Malacostraceos fosseis. || De παλαιος antigo + καρίς, ίδος caranguejo + suff. *eos*.

Paléoethnología, *s. f.* sciencia que tracta das raças humanas prehistoricas. || De παλαιὸς

antigo + *ethnologia* (v. este vcb.).
Deriv. : *paléoethnológico* (adj.), *paléoethnólogo* (s. m.).
Paléogeographia, *s. f.* geographia do globo terrestre nas epochas mais remotas. || De παλαιός antigo + *geographia* (v. este vcb.).
Paléographia, *s. f.* conhecimento dos escriptos antigos, e arte de os decifrar. || De παλαιός antigo + γράφω escrevo + suff. *ia.*
Deriv. : *paleográphico* (adj.), *paleógrapho* (s. m.).
Paléolithico, *adj.* relativo á edade da pedra. || De παλαιός antigo + λίθος pedra + suff. *ico.*
Paleólogo, *adj.* e *s. m.* que conhece as linguas antigas. || De παλαιός antigo + λόγος palavra.
Deriv.: *paléologia* (s. f.).
Paleóntologia, *s. f.* parte da Geologia, que tem por objecto o conhecimento dos animaes e vegetaes fosseis. || De παλαιός antigo + ὤν ser + λόγος tractado + suff. *ia.*
Cogn.: *paleontológico* (adj.), *paleontólogo* (s. m.).
Paléophytologia, *s. f.* (bot.) tractado das plantas fosseis. || De παλαιός antigo + *phytologia* (v. este vcb.).
Cogn. : *paléophytológico* (adj.) e *paléophytólogo* (s. m.).
Paléothério, *s. m.* (geol.) Mammal fossil, da ordem dos Ungulados Perissodactylos. || De παλαιός antigo + θηρίον animal feroz.
Paleótypo, *s. m.* documento escripto, cuja graphia lhe demonstra a antiguidade. || De παλαιός antigo + τύπος typo, forma.
Deriv.: *paleotýpico* (adj.).
Paléozóico, *adj.* (geol.) diz-se do periodo geologico, em que se depuzeram os mais antigos terrenos sedimentares fossiliferos. || De παλαιός antigo + ζῶον animal + suff. *ico.*
***Palésta,** *s. f.* (ant.) medida linear grega, equivalente a 4 dedos; terça parte do palmo, e egual a 0ᵐ,074. || De παλαιστή.
Paléstra, *s. f.* (ant.) logar público, onde os mancebos da Grecia e de Roma se adextravam nos exercicios corporaes. —Conversação; discussão sôbre assumpto litterario ou scientifico. || De παλαίστρα (e este deriv. de πάλη lucta).
Deriv. : *palestrár* (v.), *paléstrico* (adj.), *palestríta* (s. m.).
Palimpsésto, *s. m.* manuscripto sôbre pergaminho, que foi raspado, para nelle se traçar nova escripta. || De παλίμψηστος (form. de πάλιν novamente + ψάω raspo).
Palíndromo, *adj.* que pode ler-se da direita para a esquerda, ou ao contrário. || De παλίνδρομος que volta sôbre seus passos (form. de πάλιν outra vez + δρόμος corrida).
Cogn.: *palindromia* (s. f.).
Pálingenesía, *s. f.* renascimento, regeneração. || Systema de philosophia da Historia, segundo o qual as revoluções se reproduzem successivamente numa determinada ordem. || De πάλιν de novo + γένεσις geração + suff. *ia.*
Deriv. : *palingenético* (adj.).
Palinódia, *s. f.* poema, em que o auctor se retracta do que disse em poema precedente. — Retractação. || De παλινῳδία (form. de πάλιν de novo + ᾠδή canto).
N. Prosodia analoga á de todos os congeneres derivados de ᾠδή.
Deriv.: *palinódico* (adj.).
Paliúro, *s. m.* (bot.) planta da ordem das Rhamnaceas. || De παλίουρος.

* **Palladiníto**, *s. m.* (min.) oxydo de palladio. || De *palládio²* (v. este vcb.) + suff. *íto*.

Palládio¹, *s. m.* estatua de Pallas, de cuja posse dependia a salvação de Troia; salvaguarda, protecção.||Deπαλλάδιον (e este de Παλλὰς, άδος Pallas).

Palládio², *s. m.* (chim.) metal branco, duro, resistente á fusão e á acção de muitos acidos. || De Παλλὰς, άδος Pallas — epitheto de Minerva.

* **Pallanésthesía**, *s. f.* (med.) abolição da sensibilidade vibratoria (Rydel e Seiffer). || De πάλλω vibro, sacudo + *anesthesía* (v. este vcb.).

* **Pallesthesía**, *s. f.* sensibilidade vibratoria (Rydel e Seiffer). || De πάλλω vibro + αἴσθησις sensibilidade + suff. *ía*.

Pamphlêto, *s. m.* folheto em estylo violento e principalmente sôbre assumptos politicos. || Pelo ingl. *pamphlet*, vem talvez de πάμφλεκτος· ardente, abrasado.

Deriv.:pamphletísta (s. m.), *pamphletário* (s. m.).

N. Fôra talvez preferivel graphar — pamphlecto.

* **Panabásio**, *s. m.* (min.) cobre cinzento antimonial, antimonio-sulfureto de cobre, prata, ferro e zinco. || De πᾶν tudo + βάσις base + suff. *io*.

Panacéa, *s. f.* remedio para todos os males. || De πανάκεια (form. de πᾶς todo + ἄκος remedio).

N. Não ha razão para se escrever — panaceia —, porque o diphthongo grego ει passa para e longo em portuguez.

Panathenéas, *s. f. pl.* (ant.) festas celebradas em honra de Athene (Minerva) em fins de Julho (o mez hecatombeu). || De παναθήναια (comp. de πᾶς todo + Ἀθήνη Athene).

Panchrésto, *s. m.* syn. de panacea. || De πάγχρηστος que serve para tudo.

Panchymagôgo, *adj.* (med.) diz-se dos purgativos. || De πᾶν tudo + χυμός succo, humor + ἄγειν expellir.

* **Panclastíta**, *s. f.* (chim.) composto explosivo resultante da acção do peroxydo d'azoto sôbre varios corpos carbonetados. || De πᾶς todo + κλάω quebro + suff. *íta*.

N. Com o mesmo suffixo de *dynamíta*.

Pancrácio, *s. m.* (ant.) combate gymnico composto da lucta e do pugilato. || De παγκράτιον (comp. de πᾶς todo + κράτος fôrça).

Pâncreas, *s. m.* (anat.) glandula situada no abdome, entre o duodeno e o baço. || De παγκρέας (form. de πᾶς todo + κρέας carne).

Deriv.: pancreático (adj.), *pancreatína* (s. f.), *pancreatíte* (s. f.).

Páncreatalgía, *s. f.* (med.) dôr no pancreas. || De *páncreas* (v. este vcb.) + ἄλγος dôr + suff. *ía*.

Pandéctas, *s. f. pl.* synopse das decisões dos antigos jurisconsultos, ás quaes Justiniano deu fôrça de lei. || De πανδέκται livros que contêm toda a sorte de materias (form. de πᾶς todo + δέχομαι recebo).

Pandemía, *s. f.* (med.) molestia que ao mesmo tempo attaca a. muitos individuos da mesma localidade, ou a maior parte dos povos do globo. || De πᾶς todo + δῆμος povo + suff. *ía*.

Deriv.: pandêmico (adj.).

Pandemónio, *s. m.* nome imaginado por Milton para designar a côrte do inferno. — Reunião de individuos associados para promover desordens. — Confusão, balburdia. || Pela forma lat. *pandemonium*, de πᾶς todo + δαίμων genio, deus.

Pándynamómetro, *s. m.* (mech.) apparelho para medir o

trabalho mechanico de um motor. || De πᾶς todo + *dynamómetro* (v. este vcb.).

Panegýrico, *adj.* e *s. m.* laudatorio, encomiastico. Discurso em louvor de alguem. || De πανηγυρικός solenne, pomposo, relativo ou adequado ás assembleas geraes (form. de πανήγυρις assemblea geral, e este de πᾶς todo + ἄγυρις multidão, assemblea).

Deriv.: *panegyrista* (s. m.), *panegyricar* (v.).

* **Pángenesia**, *s. f.* a doutrina inversa da panspermia. || De πᾶν tudo + γένεσις formação + suff. *ia.*

Panharmônio, *s. m.* especie de orgam, que imita differentes instrumentos. || De πᾶν tudo + *harmonia* (v. este vcb.).

N. Seguindo a forma *harmônio*, é preferivel esta desinencia *io* á em *ico*, que nos dá Fig.

Panhellenísmo, *s. m.* tendencia dos Gregos a constituirem uma só nacionalidade autonoma. || De πᾶν tudo + Ἕλλην, ηνος Grego + suff. *ismo.*

Cogn.: *panhellênico* (adj.).

Pánico, *adj.* e *s. m.* que infunde vão terror. Medo sem fundamento. || De πανικός que procede de Pan ou lhe diz respeito (form. de Πάν o deus Pan).

* **Paníconographía**, *s. f.* processo de gravura chimica. || De πᾶν tudo + εἰκών, όνος imagem + γράφειν desenhar + suff. *ia.*

* **Panlécitho**, *adj.* diz-se do ovo, em que o vitello nutritivo muito abundante se accumula na parte mais remota do nucleo. || De πᾶς todo + λέκιθος gemma d'ovo.

Panmastíte, *s. f.* (med.) phlegmão diffuso da mamma. || De πᾶς todo + μαστός mamma + suff. *ite.*

Pánophthalmía, *s. f.* (med.) inflammação geral do ôlho. || De πᾶν tudo + ὀφθαλμός ôlho + suff. *ia.*

Cogn.: *pánophthalmíte* (s. f.).

Panóplia, *s. m.* armadura completa de um antigo cavalleiro. — Trophéu. — Casa de armas. || De πανοπλία (form. de πᾶς todo + ὅπλον arma).

* **Panóptico**, *adj.* (med.) diz-se de uma luneta sem vidros, que serve para presbytas, myopes e individuos de vista normal. || De πᾶς todo + ὄπτομαι vejo + suff. *ico.*

Panorâma, *s. m.* grande quadro circular, disposto de modo que o espectador, collocado no centro, vê os objectos representados, como si estivesse sôbre uma altura, dominando todo o horizonte em volta (Aul.). Vista, paizagem. || De πᾶς todo + ὅραμα vista.

Deriv.: *panorâmico* (adj.).

* **Panorógrapho**, *s. m.* instrumento com que se obtem rapidamente numa superficie plana o desenvolvimento de uma vista perspectiva circular. || De πᾶν tudo + ὁράω vejo + γράφειν desenhar.

Panosteíte, *s. f.* (med.) osteomyelite aguda. || De πᾶς todo + ὀστέον osso + suff. *ite.*

Pansophia, *s. f.* a sciencia universal. || De πᾶν tudo + σοφία sabedoria.

Deriv: *pansóphico* (adj.).

Panspermia, *s. f.* doutrina, segundo a qual os germes dos seres organizados estão espalhados por toda parte, aguardando circunstâncias que favoreçam o seu desenvolvimento. || De πᾶν tudo + σπέρμα semente + suff. *ia.*

Deriv.: *panspérmico* (adj.), *panspermista* (s. m.).

Pantheão, *s. m.* antigo templo romano consagrado a todos os deuses. — Edificio, onde se depositam os restos mortaes de homens illustres. || De Πάνθειον (form. de πᾶς todo + θεός deus).

N. Desde que se não adoptaram as formas rigorosamente etymologicas — *Panthêu* — (do gr. Πάνθειον) ou *Pântheo* (do lat. Panthĕum), a que mais convem ao genio da nossa lingua é *Pantheão*, como traz Figueiredo, e não *Pantheón* como se vê geralmente escripto. (Cf. *Odeão, Parthenão*).

Pantheísmo, *s. m.* systema philosophico, em que Deus é a summa e a universalidade dos seres. || De πᾶς todo + θεός Deus + suff. *ismo*.

Deriv.: *pantheísta* (s. m.).

Pantheon. V. *pantheão*.

Panthéra, *s. f.* (zool.) animal carniceiro feroz, do gen. *Felis pardus*. || Pelo lat. *pantheram*, vem de πάνθηρ (form. de πᾶς todo + θήρ féra).

Pántogamía, *s. f.* cohabitação indistincta com quaesquer animaes do sexo opposto. || De πᾶς todo + γάμος união sexual + suff. *ia*.

Pantógrapho, *s. m.* instrumento que serve para copiar mechanicamente quaesquer figuras, ou na mesma grandeza, ou em escala diversa. || De πᾶς todo + γράφειν desenhar.

Deriv.: *pántographía* (s. f.), *pantográphico* (adj.).

N. Fig. regista tambem, com esta significação, — pentagrapho —; ha nisso grave engano, com certeza.

Pantólogo, *s. m.* encyclopedico, que sabe de tudo. || De παντολόγος (comp. de πᾶς todo + λέγειν fallar).

Pantómetro, *s. m.* instrumento que serve para medir angulos e traçar perpendiculares. || De πᾶς todo + μέτρον medida.

Pantomímo, *s. m.* actor que se exprime unicamente por meio de gestos. || De παντόμιμος, form. de πᾶς todo + μιμέομαι imito.

Deriv.: *pantomíma* (s. f.), *pantomímico* (adj.), *pantomímice* (s. f.).

Pántopelágico, *adj.* (zool.) diz-se das aves, que cruzam o mar alto. || De πᾶς todo + πέλαγος oceano + suff. *ico*.

Pántophobía, *s. f.* (med.) medo exaggerado de tudo. || De πᾶς todo + φόβος terror + suff. *ia*.

Cogn.: *pantóphobo* (s. m.).

* **Pantópodes**, *s. m. pl.* (zool.) grupo de Arthropodes marinhos, cuja organização os approxima dos Arachnideos; têm corpo reduzido e enormes patas. || De πᾶς todo + πούς, ποδός pé.

* **Pántoptóse**, *s. f.* (med.) ptose generalizada. || De πᾶν tudo + πτῶσις quéda.

Páppo, *s. m.* (bot.) forma de pennacho sobreposto a certas sementes. || De πάππος.

Deriv.: *pappôso*.

Papýro, *s. m.* planta cuja haste, formada de folhas superpostas, servia de papel outrora: a folha em que se escrevia; o manuscripto feito em papyro. || De πάπυρος.

Deriv.: *papýreo, papyráceo* (adjs.).

Papyrólitho, *s. m.* nome dado modernamente á massa de papel, que fortemente comprimida serve como material de construcção. || De *papýro* (v. este vcb.) + λίθος pedra.

* **Parábase**, *s. f.* (ant.) na comedia grega, digressão ou trecho intercalado, em que o auctor dirige aos espectadores observações extranhas ao assumpto da peça. || De παράβασις digressão (do v. παραβαίνειν transgredir).

* **Parábata**, *s. m.* (ant.) o

companheiro no carro de combate. || De παραβάτης.

Parabióse, *s. f.* (med.) modificação produzida num nervo por uma excitação bastante intensa e prolongada (Wedensky). || De παρά — prefixo que exprime « defeito, vício » + βίος vida + suff. óse.

Parablásto, *adj.* (med.) diz-se das molestias, que se accompanham de mudanças anatomicas nos tecidos. || De παραβλαστάνειν deitar rebentos novos.

Parábola, *s. f.* especie de allegoria, que envolve algum preceito de moral. — (Geom.) curva plana, cujos ponctos são todos egualmente distantes de um poncto fixo chamado fóco e de uma recta fixa denominada rectriz. || De παραβολή (form. de παραβάλλειν comparar, atirar, atravessar).
Deriv.: parabólico (adj.), *parabolismo* (s. m.).

Parabolóide, *s. f.* (geom.) superficie de segunda ordem, que é privada de centro. || De *parábola* + εἶδος forma, apparencia.

Paracárpio, *s. m.* (bot.) nome dado ao ovario abortado (Link). || De παρά que indica vício, defeito + καρπός fructo + suff. *io*.

Paracentése, *s. f.* (med.) em geral — puncção em uma cavidade cheia de líquido para o fazer evacuar; particularmente — puncção que se faz no abdome dos hydropicos. || De παρακέντησις (form. de παρά de lado + κεντεῖν picar).
N. Fig. accentúa — *paracéntese* —, contrariando não só a quantidade etymologica como o proprio uso corrente.

Paracéphalo, *s. m.* (terat.) monstro de cabeça mal conformada, com simples rudimento de bócca e de orgãos sensorios. || De παρά que indica defeito + κεφαλή cabeça.
Deriv.: paracephálico

Paracholía, *s. f.* (med.) desordem na secreção biliar, devida a uma acção reflexa sôbre os nervos secretores (Pick). || De παρά que indica vício, defeito + χολή bile + suff. *ia*.

Parachronísmo, *s. m.* attribuição de qualquer facto a um tempo posterior áquelle em que realmente aconteceu. || De παρά além de + χρόνος tempo + suff. *ismo*.

Páracinesía, *s. f.* (med.) desordem de movimentos. || De παρά que exprime defeito + κίνησις movimento + suff. *ia*.

Paracléto, *s. m.* (theol.) o Espirito-Sancto Intercessor, defensor. || De παράκλητος defensor (form. de παρακαλέω chamo em soccorro).
N. A derivação grega e ainda a accentuação lat. *paracletus* condemnam a prosodia — parácleto —, que vemos em Aul. e Figueir.
Deriv.: paraclético (adj.), *paracleteár* (v.).

Paracmástico, *adj.* (med.) que começa a diminuir. || De παρακμαστικός.

Paracusía, *s. f.* (med.) zumbido nos ouvidos. || De παρακούειν ouvir mal + suff. *ia*.

Paradídymo, *s. m.* (anat.) corpusculo na parte interna da cabeça do epididymo, e que é vestigio do corpo de Wolff. || De παρά ao lado de + δίδυμος testiculo.

Paradígma, *s. m.* (gramm.) typo de declinação ou conjugação; modêlo, exemplo. || De παράδειγμα (e este de παραδείκνυμι comparo).

Paradiséidas, *s. m. pl.* (zool.) fam. de Passaros Dentirostros. || Do gen. *Paradisea* (e este de Παράδεισος Paraiso) + suff. *idas*.

PAR — 449 — PAR

Paradisíaco, *adj.* relativo ao Paraiso; celeste. || De παρα-δεισιακὸς (e este de παράδεισος jardim).

*** Paradoxíto,** *s. m.* (min.) var. de orthosio. || De παράδοξος imprevisto + suff. *ito*.

Paradóxo, *s. m.* opinião contrária á opinião commum. || De παράδοξος (e este de παρὰ contra + δόξα opinião).
Deriv. : *paradoxál* (adj.).

*** Páragammacismo,** *s. m.* (med.) vício de pronúncia, pelo qual o individuo troca o G e o K por outra lettra. || De παρὰ que exprime defeito + γάμμα a lettra *g* do alphabeto grego + suff. *ismo*.

Páragenesía, *s. f.* (hist. nat.) hybridez collateral (Broca). || De παρὰ ao lado de + γένεσις geração + suff. *ia*.
Cogn. : *paragenético* (adj.) — melhor do que *paragenesico*.

Párageusía, *s. f.* (med.) perversão do sentido do gôsto. || De παρὰ que exprime defeito + γεῦσις gôsto + suff. *ia*.
N. O francez « parageustie » é menos bem formado; por isso a forma *parageustia* (dada por Figueiredo) não merece conservar-se.

*** Parágnatho,** *adj.* e *s. m.* (terat.) genero de monstros duplos polygnathos. || De παρὰ ao lado de + γνάθος maxilla.

Paragóge, *s. f.* (gramm.) addição de uma lettra ou syllaba no fim da palavra. || De παραγωγή.
Deriv. : *paragógico* (adj.).

Parágrapho, *s. m.* pequena secção de um discurso ou capítulo; signal que separa os capítulos; em typographia moderna, o signal §. || De παράγραφος escripto ao lado.
Cogn. : *paragraphía* (s. f.).

*** Párahemiedría,** *s. f.* (cryst.) hemiedria de faces parallelas, em que a suppressão de faces dá logar a dous solidos susceptiveis de superpôr-se. || De παρὰ ao lado de + *hemiedría* (v. este vcb.).

Paraíso, *s. m.* no Antigo Testamento o logar de delicias, em que Deus collocou Adão e Eva; céu, bemaventurança. || De παράδεισος.

Páralalía, *s. f.* (med.) desapparecimento temporario ou permanente da faculdade de expressão oral. || De παρὰ que exprime defeito + λαλεῖν fallar + suff. *ia*.

*** Paralámbdacismo,** *s. m.* (med.) vício de pronúncia, pelo qual o individuo troca o L por outra lettra. || De παρὰ que indica defeito + λάμβδα nome da lettra *l* no alphabeto grego + suff. *ismo*.

Paralampsía, *s. f.* (med.) mancha branca na cornea. || De παράλαμψις + suff. *ia*.

*** Páralexía,** *s. f.* (med.) confusão das palavras escriptas. || De παρὰ que exprime defeito + λέξις palavra, expressão + suff. *ia*.

Parálio, *adj.* maritimo, proximo do mar. || De παράλιος (comp. de παρὰ juncto de + ἅλς, ἁλὸς mar).
N. Figueiredo colheu em Latino Coelho e regista *parhalio* (com *h*); mas, desde que o adj. grego existe formado, não ha razão para intercalar-se esta lettra, que ahi representa o espirito forte de ἅλς. (Cf. *parélio* e *páralo*).

Paralipômenos, *s. m. pl.* (theol.) parte da Biblia em supplemento ao livro dos *Reis*. || De παραλειπόμενα (der. de παραλείπειν omittir, dar de mão).

Paralípse, *s. f.* (rhet.) preterição. || De παράλειψις.

Paralláxe, *s. f.* (astr.) para um poncto dado da Terra, é o angulo sob o qual, do astro considerado, se poderia vêr o

raio da Terra que vem ter ao referido poncto. || De παράλλαξις mudança.
Deriv. : paralláctico (adj.).
Parallélepípedo. *s. m.* (geom.) prisma de seis faces, eguaes duas a duas, que são parallelogrammos. || De παραλληλεπίπεδον (comp. de παράλληλος parallelo + ἐπίπεδον superfície plana).
N. É viciosa a forma — parallelipipedo.
Parallélo, *adj.* e *s. m.* (geom.) diz-se de duas linhas que, situadas no mesmo plano, nunca se encontram. — (Cosm.) círculo menor perpendicular aos meridianos. || De παράλληλος.
Deriv.: parallelísmo (s. m.).
Parallélogrâmmo, *s. m.* (geom.) quadrilatero, cujos lados oppostos são parallelos. || De παράλληλος parallelo + γραμμή linha.
Deriv. : parallélogrâmmico (adj.).
Páralo, *s. m.* (ant.) o navio sagrado, em que iam a Delos as theorias ou deputações. || De πάραλος (comp. de παρά juncto de + ἅλς, ἁλός mar.).
Cogn. : Parália (adj.).
* **Páralogía,** *s. f.* (med.) confusão na palavra por demora do pensamento. || De παρά que exprime defeito + λόγος palavra + suff. *ia*.
Paralogísmo, *s. m.*' (phil.) raciocinio falso. || De παραλογισμός (comp. de παρά que exprime vício + λογίζομαι raciocino).
* **Paralogíto,** *s. m.* (min.) var. de paranthina. || De παράλογος absurdo + suff. *ito*.
Paralysía, *s. f.* (med.) privação ou diminuição de sensibilidade e movimento voluntario, ou só de uma destas faculdades. || De παράλυσις (do v. παραλύειν enfraquecer, relaxar) + suff. *ia*.
Deriv. : paralýtico (adj.), *paralysar* (v.).
* **Páramastíte,** *s. f.* (med.) inflammação desenvolvida em tórno da mamma. || De παρά juncto de + μαστός mamma + suff. *ite*.
* **Páramelacóníto,** *s. m.* (min.) oxydo negro quadratico de cobre. || De παρά perto de + melaconíto (v. este vcb.).
Parámese, *s. f.* a segunda das cinco cordas da lyra. || Pelo lat. *paramḗse*, de παραμέση que está juncto ao meio (comp. de παρά juncto de + μέσος medio).
N. Fig. regista *paraméso* com desinencia inconveniente e má accentuação.
Parametríte, *s. f.* (med.) phlegmão periuterino. || De παρά juncto de + μήτρα utero + suff. *ite*.
Parâmetro, *s. m.* (geom.) linha que determina as dimensões da curva. || De παρά ao lado de + μέτρον medida.
Deriv. : paramétrico (adj.).
* **Páramimía,** *s. f.* (med.) confusão na execução dos gestos. || De παρά que exprime defeito, desordem + μιμοῦμαι imito + suff. *ia*.
Paramnesía, *s. f.* (med.) perturbação na faculdade de fallar, por exquecimento da significação das palavras, etc. || De παρά que exprime vício + μνῆσις memoria + suff. *ia*.
Páramorphína, *s. f.* (chim.) thebaína, um dos alcaloides do opio. || De παρά juncto de + morphína (v. este vcb.).
* **Páramorphísmo,** *s. m.* (chim.) relação existente entre substâncias chimicamente analogas e cujas formas crystallinas são bastante proximas umas das outras. || De παρά ao

lado de + μορφή forma + suff. ismo.

* **Páramusía,** *s. f.* (med.) perturbação da faculdade musical. || De παρά que exprime defeito + μοῦσα musica + suff. ia.

* **Páramýoclonía,** *s. f.* (med.) myoclonia dos membros, ou dos membros, do tronco e da face. || De παρά que exprime defeito + μῦς musculo + κλόνος agitação + suff. ia.

* **Páramýotonía,** *s. f.* (med.) rijeza espasmodica, que apparece em certos grupos musculares de modo symmetrico (Eulenburg).|| De παρά que exprime defeito + μῦς musculo + τόνος tensão + suff. ia.

Paranatéllo, *s. m.* conjuncto dos astros que se mostram no horizonte, quando o sol entra num signo do Zodiaco, segundo a astronomia dos Egypcios (Fig.). || De παρανατέλλων (form. do v. παρανατέλλειν nascer ao mesmo tempo).

Deriv.: *paranatellôntico* (adj.).

Paranóia, *s. f.* (med.) loucura systematizada, que na sua evolução não offerece tendencias para a demencia propriamente dicta (Fig.). || De παράνοια delirio.

Deriv.: *paranóico* (adj.).

Paranomásia. V. *paronomásia.*

Paranomia, *s. f.* delicto, proposta contra as leis. || De παρανομία (e este de παρά contra + νόμος lei).

* **Paranthína,** *s. f.* (min.) especie de granada do subgenero wernerito (silicato de aluminio, potassio, sodio, calcio e magnesio). || De παρανθεῖν murchar, amortecer + suff. ina.

Paranýmpho, *s. m.* amigo ou padrinho do noivo; padrinho ou testimunha de baptismo;

protector. || De παράνυμφος; (comp. de παρά juncto de + νύμφη noiva).

Parapégma, *s. m.* (ant.) prancha de metal, em que se gravavam editos e proclamações. — Parte superior de uma trincheira de fortificação. || De παράπηγμα (der. de παρά em + πήγνυμι prêgo).

Parapétalo, *s. m.* (bot.) estame abortado, similhante a pétalo. || De παρά juncto de + *pétalo* (v. este vcb.).

* **Páraphasía,** *s. f.* (med.) perturbação no emprêgo das palavras usadas fóra do seu verdadeiro sentido (Armand de Fleury). || De παρά que exprime defeito + φάσις palavra + suff. ia.

* **Páraphemía,** *s. f.* (med.) syn. de *paraphasía*; confusão das palavras. || De παρά que exprime defeito + φημί fallo + suff. ia.

Paraphernáes, *adj.* e *s. m. pl.* (jur.) diz-se de bens, que não são dotaes, mas que a mulher pode administrar independentemente. || De παράφερνα (comp. de παρά além de + φερνή dote).

Paraphimóse, *s. f.* (med.) estrangulamento da glande pela abertura do prepucio, o qual repuxado para traz não pode voltar a cobrir a extremidade do penis. || De παραφίμωσις (comp. de παρά além + φιμοῦν apertar).

Paraphonía, *s. f.* (med.) vício da voz, a qual adquire um timbre desagradavel. || De παρά que exprime defeito + φωνή voz + suff. ia.

Páraphosphórico, *adj.* (chim.) diz-se do acido phosphorico quando, sujeito a grande calor, adquire novas propriedades. || De παρά que exprime vício + *phosphórico* (v. *phósphoro*).

Deriv.: paraphospháto (s.m.).

Paráphrase, *s. f.* desenvolvimento do texto dum documento ou de um livro; traducção livre ou desenvolvida. || De παράφρασις.
Deriv. : paraphraseár (v.), *paraphrásta* (s. m.), *paraphrástico* (adj.).

* **Páraphrasia,** *s. f.* (med.) perturbação da palavra. || De παρὰ que exprime defeito + φράσις locução + suff. *ia*.

* **Páraphrônico,** *adj.* (med.) diz-se do estado de delirio hystero-hypnotico monoïdeico (Pitres). || De παράφρων louco, delirante + suff. *ico*.

* **Paraphrósyne,** *s. f.* (med.) delirio febril. || De παραρροσύνη delirio, demencia.

Paráphyse, *s. f.* (bot.) filamento esteril, que têm os orgãos de fructificação de certos Cryptogamos. || De παράφυσις excrescencia.

Paraplegia, *s. f.* (med.) paralysia da metade inferior do corpo. || De παραπληγία.
Deriv. : paraplégico (adj.).

Parapódio, *s. m.* (zool.) expansões lateraes, que servem de pés, no corpo dos Annelidas. || De παρὰ por + πούς, ποδός pé + des. *io*.

* **Páraproctite,** *s. f.* (med.) inflammação perirectal. || De παρὰ juncto de + πρωκτός ano + suff. *ite*.

* **Párarhotacismo,** *s. m.* (med.) vício de pronúncia, em que se permuta a lettra R por outra. || De παρὰ que exprime defeito + ῥῶ nome da lettra *r* no alphabeto grego + suff. *ismo*.

Pararthrêma, *s. m.* (med.) luxação incompleta. || De παράρθρημα (comp. de παρὰ que exprime vício + ἄρθρον articulação).

* **Párasaccharóse,** *s. f.* (chim.) substância isomera com o açucar de canna. || De παρὰ que exprime defeito, alteração + *saccharóse* (v. este vcb.).

Parasánga, *s. f.* (ant.) medida itineraria entre os Persas e Egypcios, equivalente a 30 estadios (5.760 metros). || De παρασάγγας.

Parascéve, *s. f.* Sexta-feira, dia em que os Judeus se preparavam para a celebração do Sabbado. || De παρασκευή preparação.

Paraselênio, *s. m.* (meteor.) círculo luminoso em tôrno da lua. || De παρὰ juncto de + σελήνη lua + suff. *io*.
N. Parece mais apropriada esta forma, para traduzir o fr. « paraseléne », do que *paraseléne* e *parasélene*, que se encontram em Ad. Coelho e Figueiredo.

Parasémographia, *s. f.* o mesmo que Heraldica. || De παράσημον marca, insignia + γράφειν descrever + suff. *ia*.
N. Figueiredo, onde colhemos este vcb., regista a forma — *parasematographia* — evidentemente incorrecta, como se vê pela etymologia.
Cogn. : parasemógrapho (s. m.), *parasemográphico* (adj.).

* **Párasigmatismo,** *s. m.* (med.) vício de pronúncia, em que se troca o *s* por outra lettra. || De παρὰ que exprime defeito + σῖγμα nome da lettra *s* no alphabeto grego + suff. *ismo*.

Parasíto, *s. m.* individuo que se nutre á custa de outro. || De παράσιτος (form. de παρὰ juncto de + σῖτος alimento).
N. Tanto do adj. grego, como do subst. latino *parasitus, i*, não pode formar-se *parasita* (com a terminação *a*), que o uso quer introduzir.
Deriv. : parasitário (adj.),

parasítico (adj.), *parasitismo* (s. m.), *parasitóse* (s. f.).
Parasitogenia, *s. f.* conjuncto dos phenomenos, pelos quaes os organismos vivos, cachecticos e fracos, se tornam aptos para o desenvolvimento de parasitos. || De *parasíto* (v. este vcb.) + γένος producção + suff. *ia*.
* **Parasitologia,** *s. f.* estudo dos parasitos, animaes e vegetaes. || De *parasito* (v. este vcb.) + λόγος tractado + suff. *ia*.
Cogn.: parasitólogo (s. m.).
* **Parasitophobia,** *s. f.* (med.) medo excessivo e morbido de contrahir molestias cutaneas parasitarias. || De *parasito* (v. este vcb.) + φόβος medo + suff. *ia*.
* **Paraspádias,** *s. m.* (med.) abertura da urethra a um dos lados do penis. || De παρά ao lado + σπάω puxo.
N. Formado á feição de *hypospadias*.
Parástade, *s. f.* (bot.) filamento esteril entre os estames e os pétalos de certas flôres (Link). || De παραστάς, άδος pilastra.
N. A forma e a accentuação *parastádo*, — que se acha em Fig., carecem ambas de correcção.
* **Párastilbíto,** *s. m.* (min.) var. de epistilbito. || De παρά perto de + *estilbíto* (v. este vcb.).
Parathenár, *s. m.* (anat.) parte do musculo abductor do dedo minimo do pé, e do pequeno flexor do mesmo dedo. || De παρά juncto + *thenár* (v. este vcb.).
Páratopia, *s. f.* (med.) deslocação. || De παρά que exprime deslocamento + τόπος logar + suff. *ia*.
Paratrímma, *s. m.* (med.) especie de erythema produzido por pressão forte e attrito constante em uma parte da superficie cutanea. || De παράτριμμα esfoladura (do v. παρατρίβειν esfregar).
Páratyphlíte, *s. f.* (med.) phlegmão do tecido cellular da fossa iliaca direita. || De παρά juncto de + τυφλός céco + suff. *íte*.
Parazônio, *s. m.* (ant.) boldrié, cincturão. || De παραζώνιον (comp. de παρά juncto de + ζώνη cincta).
Parechêma, *s. m.* (gramm.) collocação de palavras de maneira que uma syllaba fica ao lado de outra do mesmo som, ex.: tenra rama, etc. || De παρήχημα (e este de παρά juncto de + ηχεῖν soar).
Paregórico, *adj.* (med.) calmante, anodyno. || De παρηγορικός.
Parélio, *s. m.* (astr.) imagem do sol reflectida numa nuvem. || De παρήλιος (comp. de παρά·juncto de + ἥλιος sol).
N. Anda nos livros *parhelio* (com *h*); mas já Fig. acertadamente observou que *parelio* é melhor graphia, e a razão disto é existir a palavra já formada no grego, onde o espirito forte de ἥλιος teve de desapparecer.
Parêmbole, *s. f.* (gramm.) especie de parenthese, em que o sentido da phrase incidente tem relação directa com o assumpto da principal. || De παρεμβολή (form. do v. παρεμβάλλειν intercalar).
Paremíaco, *adj.* (poet.) diz-se dum verso grego ou latino, composto dos trez ultimos pés do hexametro precedidos de duas syllabas breves ou de uma longa. || De παροιμιακός (e este de παροιμία proverbio, por serem enunciados sob esta forma muitos proverbios gregos).
Parémiologia, *s. f.* tractado ácêrca de proverbios; col-

lecção delles. || De παροιμία proverbio + λόγος tractado + suff. *ia*.
Cogn.: *paremiológico* (adj.), *paremiólogo* (s. m.).
Paremptóse, *s. f.* (gramm.) especie de epenthese, que consiste em introduzir-se numa palavra uma lettra, que não forma syllaba. || De παρέμπτωσις (e este do v. παρεμπίπτειν penetrar em).
Parencéphalo, *s. m.* (anat.) syn. de cerebello. || De παρεγκεφαλίς (comp. de παρά juncto de + ἐγκέφαλος cerebro).
Parencéphalocéle, *s. f.* (med.) hernia, quasi sempre congenita, do cerebello. || De *parencéphalo* (v. este vcb.) + κήλη hérnia.
Parênchyma, *s. m.* (anat.) tecido formado por diversos elementos, dos quaes nenhum é predominante ou characteristico. || De παρέγχυμα (e este de παρά juncto de + ἔγχυμα, ατος effusão).
Deriv.: *parenchymatóso* (adj.).
Parenético, *adj.* (rhet.) diz-se da eloquencia sagrada, do genero exhortativo ou moral. || De παραινετικός instructivo, moral (e este de παραινεῖν exhortar).
Deriv.: *parenética* (s. f.).
Parênthese, *s. f.* (gramm.) phrase que forma sentido separado do sentido do periodo, em que está intercalada; signal que encerra esta phrase. || De παρένθεσις (e este de παρεντίθημι interponho).
N. Não ha razão para acceitar a forma *parenthesis*, que Ad. Coelho regista como melhor.
Deriv.: *parenthético* (adj.).
Parenthýrso, *s. m.* empollado do estylo. || De παρένθυρσον.
* **Párepidídymo,** *s. m.* (anat.) corpo de Giraldes. || De παρά juncto de + *epidídymo* (v. este vcb.).
Paresía, *s. f.* (med.) paralysia incompleta. || De πάρεσις atonia, desfallecimento + suff. *ia*.
Cogn.: *paresiár* (v.), *parético* (adj.).
* **Paresthesía,** *s. f.* (med.) anomalia de percepção das sensações. || De παρά que exprime defeito + αἴσθησις sensação + suff. *ia*.
Parhalio. V. *parálio*.
Parhélio. V. *parélio*.
Pariâmbo, *s. m.* (poet.) pé de verso, syn. de pyrrhico (⌣ ⌣). || De παρίαμβος (comp. de παρά perto de + ἴαμβος jambo).
Parnasiâno, *adj.* (poet.) diz-se do poeta, que procura antes de tudo a delicadeza e a perfeição da forma do verso. || De Παρνασός Parnaso + suff. *áno*.
Paróchia, *s. f.* freguezia; districto subordinado ecclesiasticamente a um parocho ou vigario. || Pelo lat. *parochia*, de παροικία conjuncto de habitações vizinhas (form. de παρά juncto de + οἰκία casa).
Cogn.: *parochiál* e *parochiáno* (adjs.), *parochiár* (v.), *párocho* (s. m.).
Paródia, *s. f.* imitação burlesca de uma obra litteraria.|| De παρωδία (comp. de παρά contra + ᾠδω canto).
Deriv.: *parodiál* (adj.), *parodiár* (v.), *parodísta* (s. m.).
Párodo, *s. m.* (ant.) na tragedia grega, composição lyrica cantada pelo chôro ao entrar no theatro. || De πάροδος entrada, passagem.
* **Parodónte,** *s. m.* (med.) tuberculo doloroso nas gengivas. || De παρά perto de + ὀδούς, ὄντος dente.
* **Paroligoclásio,** *s. m.* (min.) silicato duvidoso de aluminio, ferro, calcio, sodio, ma-

gnesio e potassio com acido carbonico. || De παρά perto de + *oligoclásio* (v. este vcb.).

* **Parómphalocéle,** *s. f.* (med.) hernia atravez dum poncto proximo do umbigo. || De παρά juncto de + ὀμφαλός umbigo + κήλη hernia.

Paronomásia, *s. f.* (gramm.) similhança entre palavras de linguas differentes, indicando origem commum. — Uso de palavras similhantes no som, mas differentes no sentido; equivoco. || De παρονομασία (comp. de παρά perto de + ὄνομα nome).

N. Paranomásia tambem occorre em Figueiredo, mas é incorrecto.

Paronychideas, *s. f. pl.* tribu de plantas dicotyledones, da ordem das Illecebraceas, cujo typo é o genero *Paronychia*. || De *Paronychia* (e este de παρωνυχία planta applicada contra o panaricio) + suff. *ideas.*

Parónymo, *adj.* (gramm.) diz-se das palavras, que têm som parecido. || De παρώνυμος (e este comp. de παρά perto de + ὄνομα nome).

Deriv. : *paronymía* (s. f.).

* **Parophthalmía,** *s. f.* (med.) ophthalmia periocular ou palpebral. || De παρά perto de + *ophthalmía* (v. este vcb.).

Parópio, *s. m.* (anat.) angulo externo do ôlho. || De παρώπιον (comp. de παρά ao lado de + ὤψ, ὠπός ôlho).

N. preferivel *a parópia* (s. f.), que Fig. regista.

Paropsia, *s. f.* (med.) perturbação da vista em geral. || De παρά que exprime defeito + ὄψις vista + suff. *ia.*

Paroptése, *s. f.* transpiração produzida pelo calor da estufa. || De παρόπτησις (der. de παροπτάω assar ligeiramente).

* **Parorchia,** *s. f.* (med.) deslocamento de um ou dos dous testiculos. || De παρά que exprime deslocamento + ὄρχις testiculo + suff. *ia.*

N. « Parorchidia », imitando o francez, seria incorrecto.

Parorgânico, *adj.* que no organismo é accidental. || De παρά ao lado de + *orgânico* (v. este vcb.).

* **Parosmía,** *s. f.* (med.) perversão do olfacto. || De παρά que exprime defeito, vício + ὀσμή cheiro + suff *ia.*

* **Parosteite,** *s. f.* (med.) inflammação do tecido cellular, que cerca o periosteo. || De παρά juncto de + ὀστέον osso + suff. *ite.*

Parótide, *s. f.* (anat.) grande glandula salivar situada por baixo da orelha. || De παρωτίς, ίδος (e este de παρά juncto de + οὖς, ὠτός orelha).

N. A forma *parótida*, que anda nos diccionarios, é menos conforme á regra geral de derivação; convem e é facil corrigi-la.

Deriv. : *parotideâno* (adj.), *parotidite* (s. f.).

Paroxýnthico, *adj.* (med.) diz-se dos dias, em que se dão os paroxysmos. || De παροξυντικός.

N. Como deixa vêr a etymologia, é melhor do que *paroxysmico* e *paroxystico.*

Paroxýsmo, *s. m.* (med.) a maior intensidade dum accesso, duma dôr; agonia. || De παροξυσμός (der. de παρά e ὀξύς agudo).

N. V. paroxýnthico.

Paroxýtono, *adj.* (gramm.) que tem a accentuação tonica na penultima syllaba. || De παροξύτονος (comp. de παρά perto de + ὀξύτονος oxytono).

Parrhésia, *s. f.* figura que consiste em proferir com confiança proposições arrojadas. || De παρρησία (comp. de πᾶν tudo + ῥῆσις linguagem, discurso).

Parthenão, *s. m.* (ant.) aposento das donzellas; o templo de Athene (Minerva) em Athenas. || De παρθενών, ῶνος (der. de παρθένος virgem).
N. Já Fig. com muito acêrto regista esta forma, que é a legítima, em vez de — Parthenon.

Parthênio, *s. m.* (ant.) em Esparta, filho illegitimo, de mulher não casada. || De παρθενίας (e este de παρθένος virgem).

Párthenogênese, *s. f.* (phys.) reproducção por meio de ovos verdadeiros, mas não fecundados. || De παρθένος virgem + γένεσις geração.
Deriv. : párthenogenético (adj.).

Párthenomancia, *s. f.* supposta arte de adivinhar, si uma mulher é virgem ou não. || De παρθένος virgem + μαντεία adivinhação.
N. Figueiredo regista *pardenomancia*, colhido em Castilho, *Fastos;* mas ha ahi visivel êrro typographico.

Parthenopêu, *adj.* e *s. m.* (geogr.) habitante de Parthénope — antigo nome da cidade de Napoles. || De παρθενοπαῖος (der. de Παρθενόπη Napoles).

Pártho, *adj.* e *s. m.* (geogr.) habitante da Parthia — região da Asia. || De Πάρθοι (οἱ).
Cogn. : párthico (adj.).

Parúlide, *s. f.* (med.) tumor ou abcesso nas gengivas. || De παρουλίς, ίδος (comp. de παρά juncto de + οὖλον gengiva).
N. Melhor do que *parúlia* e *parúlida* consignados por Fig.

Páschoa, *s. f.* (eccles.) festa annual dos Judeus em commemoração da sua saída do Egypto; festa dos Christãos em memoria da resurreição de Christo. || De Πάσχα.

Cogn. : paschal (adj.), *paschoál* (adj.), *paschoéla* (s. f.).

Pasigraphía, *s. f.* escripta universal. || De πᾶς todo + γράφειν escrever + suff. *ia*.
Deriv. : pasigráphico (adj.).

Pásta, *s. f.* boccado de massa achatada, etc. || De πάστη pirão.
Deriv. : pastel, pastelão, pasteleiro, pastilha.

Patérno, *adj.* relativo a pae, proprio de pae. || Pelo lat. *paternus*, de πατήρ pae.
Deriv. : paternál, paternidáde.

Pathético, *adj.* que commove, sensibiliza; commoção. || De παθητικός (der. de πάθος soffrimento).

Pathogénese, *s. f.* (med.) o mesmo que pathogenía. || De πάθος molestia + γένεσις producção.
Deriv. : pathogenético (adj.).

Pathogenía, *s. f.* (med.) parte da Pathologia, que tracta do modo como as molestias se desenvolvem. || De πάθος molestia + γένος geração + suff. *ia*.
Deriv. : pathogênico (adj.).

Páthognomônico, *adj.* (med.) diz-se dos signaes characteristicos de uma molestia. || De παθογνωμονικός (comp. de πάθος molestia + γνώμων indicador).

Pathología, *s. f.* sciencia que tracta da origem, symptomas e natureza das molestias. || De πάθος molestia + λόγος tractado + suff. *ia*.
Deriv. : pathológico (adj.), *pathologísta* (s. m.).

Pátria, *s. f.* terra natal. || De πάτριος que vem dos antepassados (e este de πατήρ pae).
Deriv. : patrício, pátrio, patrióta, patriotísmo, etc.

Patriárcha, *s. m.* chefe de familia entre os antigos; chefe da Egreja grega; homem velho

e respeitavel. || De πατριάρχης (comp. de πατριά familia + ἄρχειν dirigir, governar).
Deriv. : patriarcháado (s. m.), *patriarchál* (adj.).

Patrología, *s. f.* estudo das obras dos Padres da Egreja. || De πατήρ, τρός padre + λόγος tractado + suff. *ia*.

Patronýmico, *adj.* (gramm.) relativo a, ou que indica o nome dos paes. || De πατρωνυμικός (comp. de πατήρ pae + ὄνομα nome).

Peão, *s. m.* (poet.) pé de verso grego ou lat., composto de trez breves e uma longa (⌣ ⌣ ⌣ ⸺). || De παιών, ῶνος.
N. Figueiredo regista *paéon*, evidentemente mal formado.

Pechyágra, *s. f.* (med.) dôr de gôtta, que se fixou no cotovêlo. || De πῆχυς cotovêlo, cubito + ἄγρα prêsa.

* **Pecilito**, *s. m.* (min.) syn. de erubescito (sulfureto de cobre e ferro — Cu⁰Fe²S⁶). || De ποικίλος variegado + suff. *ito*.
N. Tambem tem o nome de « cobre variegado » por causa de seus matizes iriados. A forma *poikilito*, copiada do francez, seria menos conforme ás regras de derivação.

Pécilochromático, *adj.* pintado de várias côres. || De ποικίλος variegado + χρῶμα, ατος côr + suff. *ico*.

* **Pecilópodes**, *s. m. pl.* (zool.) ordem de Gigantostraceos; syn. de Xiphosuros. || De ποικίλος variado + ποῦς, ποδός pé.

* **Pecopterídeas**, *s. f. pl.* (paleont.) grupo de Fetos fosseis. || Do gen. typo *Pecópteris* (e este de πέκος tosão, vello + πτερίς feto) + suff. *ideas*.

* **Pectólitho**, *s. m.* (min.) zeolitho sodo-calcico. || De πηκτός coagulado + λίθος pedra.

Pectóse, *s. f.* (chim.) principio tirado dos fructos verdes. || De πηκτός coagulado + suff. *óse*.
Cogn. : péctico (adj.), *pectáto* (s. m.), *pectína* (s. f.), *péctase* (s. f.), *pectósico* (adj.).

Pedagôgo, *s. m.* mestre de crianças, preceptor. || De παιδαγωγός (comp. de παῖς, δός menino + ἄγειν conduzir).
Deriv. : pedagogía (s. f.), *pedagógico* (adj.), *pedagogista* (s. m.).

* **Pedalíneas**, *s. f. pl.* (bot.) tribu das Gesneraceas. || Do gen. typo *Pedalium* (e este de πηδάλιον leme) + suff. *ineas*.

Pederásta, *s. m.* o homem que satisfaz o appetite venereo com individuo do mesmo sexo. || De παιδεραστής (comp. de παῖς menino + ἐράω amo).
Deriv. : pederastía (s. f.).

Pediatría, *s. f.* (med.) ramo da Medicina, que tracta das molestias das crianças. || De παῖς, δός criança + ἰατρεία medicina.

Pedionalgía, *s. f.* (med.) molestia characterizada por dôr intensa na planta do pé. || De πεδίον metatarso + ἄλγος dôr + suff. *ia*.

Pediónomo, *adj.* que vive nos campos. || De πεδιονόμος (comp. de πεδίον planicie + νέμομαι habito).

* **Pédogénese**, *s. f.* (zool.) caso em que certos animaes chegam á madureza sexual antes de seu organismo apresentar os characteristicos de adulto. || De παῖς, παιδός criança + γένεσις geração.

Pedóphilo, *adj.* que gosta de crianças. || De παιδόφιλος (comp. de παῖς, δός criança + φίλος amigo).

Pedótriba, *s. m.* (ant.) mestre de gymnastica. || De παιδοτρίβης (comp. de παῖς criança + τρίβειν exercitar).
N. Fig. accentúa a penultima,

sem considerar a quantidade etymologica.
Deriv.: pedotríbica (s. f.).
Pédotrophía, *s. f.* (med.) parte da Hygiene, que tracta do regime alimentar das crianças. || De παῖς, δός criança + τροφή alimento + suff. *ia*.
Cogn.: pedótropho (s. m.).
Pédra, *s. f.* mineral da natureza das rochas, duro e solido, etc. || De πέτρα rochedo.
Deriv.: pedráda, pedraría, pedregál, pedregôso, pedregúlho, pedrêira, pedréiro, pedréz, pedrísco, pedrouço.
Pégaso, *s. m.* (myth.) cavallo fabuloso, que com uma patada fez nascer a fonte Hippocrene. || De Πήγασος (e este de πηγή fonte).
Deriv.: pegáseo (adj.), *pegásidas* (s. m. pl.) — fam. de Peixes.
* **Pegmatólitho**, *s. m.* (min.) var. leitosa de orthosio, ás vezes rosea ou amarellada. || De πῆγμα, ατος concreção, congelação + λίθος pedra.
* **Pégmina**, *s. f.* (med.) codea inflammatoria no coágulo da sangria (Thomson). || De πήγνυμι coagulo + suff. *ina*.
* **Pelagíto**, *s. m.* (min.) nodulo ferro-manganico do fundo do Pacifico. || De πέλαγος oceano + suff. *ito*.
Pélago, *s. m.* mar alto, oceano; profundidade, abysmo. || De πέλαγος.
Deriv.: pelágico (adj.), *pelágio* (adj.), *pelágidas* (s. m. pl.) — fam. de Acalephos.
Pélagoscópio, *s. m.* instrumento para examinar objectos do fundo do mar. || De πέλαγος oceano + σκοπεῖν examinar + suff. *io*.
Deriv.: pélagoscopía (s. f.), *pélagoscópico* (adj.).
* **Pelagosíto**, *s. m.* (min.) encrustação calcaria de origem marinha. || De πέλαγος mar + suff. *ito*.
Pelargônio, *s. m.* (bot.) planta da ordem das Geraniaceas, gen. *Polargonium*. || De πελαργός cegonha, por causa da forma do fructo.
Deriv.: pelargônico (adj.), *pelargonáto* (s. m.).
Pelásgos, *s. m. pl.* (geogr.) habitantes primitivos da Grecia. || De Πελασγοί (οἱ).
Deriv.: pelásgico (adj.).
Pelecâno, *s. m.* (zool.) ave, da ordem dos Palmipedes, gen. *Pelecanus*. || De πελεκάν, ἄνος.
N. A imitação do francez « pelican » contribuiu talvez para a graphia corrente *pelicano*, que os diccionarios consignam; mas, conhecida a origem da palavra, é de certo preferivel a forma mais etymologica.
* **Pelecýpodes**, *s. m. pl.* (zool.) syn. de Lamellibranchios, ordem de Molluscos. || De πέλεκυς machado + πούς, ποδός pé.
Pelicano. V. *pelecâno*.
* **Peliôma**, *s. m.* (med.) mancha livida na pelle. || De πελίωμα (der. de πελιός livido).
* **Peliôse**, *s. f.* (med.) purpura rheumatico-exanthematica (Schönlein). || De πελιός livido + suff. *ôse*.
Pelítico, *adj.* (geol.) diz-se das rochas, que resultam do endurecimento de massas lodosas. || De πηλός lôdo + suff. *ítico*.
* **Pélobátidas**, *s. m. pl.* (zool.) familia de Batrachios Anuros. || Do gen. *Pelobates* (e este de πηλός lôdo + βαίνειν andar) + suff. *idas*.
* **Péloconíto**, *s. m.* (min.) var. de lampadito. || De πηλός barro, lama + κόνις pó + suff. *ito*.
* **Pélohemía**, *s. f.* (veter.) estado do sangue espesso, de côr denegrida, que se dá em

algumas molestias de animaes. || De πηλός lôdo + αἷμα sangue + suff. *ia*.

*Pélosiderito, *s. m.* (min.) var. de espherosiderito. || De πηλός barro, lama + *siderito* (v. este vcb.).

Pélta, *s. f.* (ant.) pequeno escudo sem correias, de que usava a infantaria ligeira dos Gregos. || De πέλτη.
Deriv. : peltádo (adj.).

Peltásta, *s. m.* (ant.) soldado de infantaria ligeira, armado de pelta. || De πελταστής, e este de πέλτη pelta.
N. Fig. dá-lhe a desinencia *o*, que se não conforma com a regra usual de derivação.

*Peltogástridas, *s. m. pl.* (zool.) familia de Crustaceos Cirripedes. || Do gen. *Peltogáster* (e este de πέλτη escudo + γαστήρ ventre) + suff. *idas*.

*Pelycógeno, *adj.* (med.) diz-se de certa cyphóse e dum genero de escoliose (Freund). || De πέλυξ, υκος bacia + γένος geração, origem.

Pémphigo, *s. m.* (med.) molestia de pelle, em que apparecem bolhas de volume variavel. || Pelo lat. scient. *pemphigus*, de πέμφιξ, ιγος bolha, pustula.
N. A graphia com *y*, dada por Fig., não tem razão de ser.

*Pemphigóide, *adj.* (med.) dizia-se da febre, que accompanha o pémphigo. || De πεμφιγώδης (comp. de πέμφιξ bolha + εἶδος forma).

*Penelópidas, *s. m. pl.* (zool.) fam. de Aves Gallinaceas. || Do gen. *Penélope* (e este de Πηνελόπη Penélope) + suff. *idas*.

Penta ou **pente**, *pref.* designa cinco. || De πέντε.

Pentachórdio, *s. m.* instrumento antigo de cinco cordas. || De πεντάχορδον (comp. de πέντε cinco + χορδή corda).

*Pentaclasíto, *s. m.* (min.) syn. de pyroxénio. || De πέντε cinco + κλάσις fractura + suff. *ito*.

Pentacontarcho. V. *pentecontarcho*.

Pentacosiárcho, *s. m.* (ant.) commandante dum corpo de 500 homens, no exercito grego. || De πεντακοσίαρχος (comp. de πεντακόσιοι 500 + ἄρχειν commandar).
Deriv. : pentacósiarchía (s. f.).

*Pentacósiomedímno, *s. m.* (ant.) o que em Athenas possuia renda annual equivalente pelo menos a 500 medimnos de trigo : uma das classes estabelecidas por Solão. || De πεντακοσιομέδιμνος (comp. de πεντακόσιοι 500 + μέδιμνος medimno).

Pentadáctylo, *adj.* que tem cinco dedos. || De πενταδάκτυλος (comp. de πέντε cinco + δάκτυλος dedo.

Pentadélpho, *adj.* (bot.) diz-se dos estames reunidos em cinco feixes. || De πέντε cinco + ἀδελφός ermão.

Pentágono, *s. m.* (geom.) polygono de cinco lados. || De πεντάγωνος (comp. de πέντε cinco + γωνία angulo).
Deriv. : pentagonál (adj.).
N. Prosodia de accôrdo com o uso geral e já impossivel de corrigir.

Pentagrâmma, *s. f.* pauta da musica. || De πέντε cinco + γραμμή linha.

Pentágyno, *adj.* (bot.) diz-se da flôr, que tem cinco pistillos. || De πέντε cinco + γυνή mulher.
N. A forma *pentagýnico* é excusada.
Deriv. : pentagýnia — classe linneana (s. f.), e *pentagynía* (s. f.).

Pentâmero, *adj.* (zool.) que tem cinco articulos; diz-se de um grupo de Coleopteros. || De πέντε cinco + μέρος divisão, parte.

Pentâmetro, *adj.* e *s. m.* (poet.) verso de cinco pés, grego ou latino. || De πεντάμετρος (comp. de πέντε cinco + μέτρον medida).

Pentândro, *adj.* (bot.) diz-se da flôr, que tem cinco estames. || De πέντε cinco + ἀνήρ, ἀνδρός homem.
Deriv.: *pentândria* — classe inneana (s. f.), *pentandria* (s. f.).

Pentapétalo, *adj.* (bot.) diz-se da flôr, que tem cinco pétalos. || De πέντε cinco + πέταλον pétalo.

Pentaphýllo, *adj.* (bot.) diz-se dum calyce floral, que tem cinco divisões. || De πέντε cinco + φύλλον folha.

Pentaplostêmone, *adj.* (bot.) diz-se da flôr, em que o número dos estames é cinco vezes maior do que o das divisões da corolla. || De πενταπλόος quintuplo + στήμων, ονος filete, estame.

Pentápole, *s. f.* (geogr.) territorio que abrangia cinco cidades. || De πεντάπολις (comp. de πέντε cinco + πόλις cidade).

Pentaptóto, *adj.* (gramm.) diz-se dos nomes latinos que, no singular, tem cinco terminações differentes. || De πέντε cinco + πτῶσις caso.

Pentarchía, *s. f.* (ant.) govêrno composto de cinco membros. || De πενταρχία (comp. de πέντε cinco + ἄρχειν governar).
Cogn.: *pentárcha* (s. m.).

Pentaspérmo, *adj.* (bot.) diz-se do fructo ou do loculo de fructo, que tem cinco sementes. || De πέντε cinco + σπέρμα semente.

*****Pentastomídeos**, *s. m. pl.* (zool.) ordem de Arachnideos. || Do gen. *Pentástomum* (e este de πέντε cinco + στόμα bocca) + suff. *ideos*.

Pentasýllabo, *adj.* (gramm.) que tem cinco syllabas. || De πεντασύλλαβος (e este de πέντε cinco + συλλαβή syllaba).

Pentatêucho, *s. m.* (eccl.) nome collectivo dos cinco primeiros livros do Antigo Testamento. || De πεντάτευχος (comp. de πέντε cinco + τεῦχος livro, volume.

*****Pentathiônico**, *adj.* (chim.) nome dado ao acido hyposulfurico trisulfuretado (S^5O^5). || De πέντε cinco + θεῖον enxofre + suff. *ico*.

Pentáthlo, *s. m.* (ant.) entre os Gregos, o conjuncto dos cinco exercicios: carreira, pugilato, salto, lucta e disco. || De πένταθλον (comp. de πέντε cinco + ἄθλος combate).

*****Pentatómidas**, *s. m. pl.* (zool.) familia de Hemipteros. || Do gen. *Pentátoma* (e este de πέντε cinco + τομή corte, secção) + suff. *idas*.

Pentátono, *s. m.* (mus.) a septima menor. || De πεντάτονον (comp. de πέντε cinco + τόνος tom).
N. Fig. accentúa *pentatóno*, sem respeito á quantidade etymologica nem á analogia.
Cf. *barytono*, *oxytono*, etc.

Pentécontaédro, *s. m.* (cryst.) crystal, cuja superficie apresenta 50 faces. || De πεντήκοντα 50 + ἕδρα base.
N. A forma *pentacontaedro*, dada por Fig., é visivelmente incorrecta.

Pentecontárcho, *s. m.* (ant.) na Grecia antiga, o chefe de 50 soldados ou remadores. || De πεντηκόνταρχος (e este de πεντήκοντα cincoenta + ἄρχειν commandar).
N. Fig. regista — *pentacontarco* —, que é duplamente incorrecto; demais, ha tambem engano na significação dada pelo mesmo lexicographo.

Pentecóste, *s. m.* (eccl.)

festa christã que se celebra no 50º dia depois da Paschoa. || De πεντηκοστή quinquagesima.

Pentélico, *adj.* diz-se do marmore de Pentele. || De πεντελικός (deriv. de Πεντέλη Pentele).

*Penthemimere, *s. f.* (poet.) cesura formada pela syllaba, que se segue aos dous primeiros pés. || De πενθημιμερής que vale dous e meio (form. de πέντε cinco + ἥμισυς meio + μέρος parte).

N. Quanto á desinencia, v. *ennehemimere*.

Peonídeas, *s. f. pl.* (bot.) tribu da ordem das Ranunculaceas, cujo typo é o gen. *Pœonia*. || De *Pœonia* (e este de παιωνία peonia) + suff. *ideas*.

N. A desinencia *aceas*, que dá Fig., deve ser reservada para as ordens botanicas.

Pepásmo, *s. m.* (med.) estado em que a molestia perdeu a sua feição aguda; cocção. || De πεπασμός cocção, amadurecimento.

Péplo, *s. m.* (ant.) véu bordado ou capa comprida das matronas gregas. || De πέπλος.

*Peplólitho, *s. m.* (min.) alteração do cordierito (silicato de magnesio, aluminio e ferro). || De πέπλος véu + λίθος pedra.

Pepônide, *s. f.* (bot.) fructo das Cucurbitaceas. || De πέπων melão.

*Peponito, *s. m.* (min.) var. de tremolito (Ca [Fe, Mg]³ Si⁴ O¹²). || De πέπων maduro, molle + suff. *ito* (?).

Pepsía, *s. f.* (physiol.) conjuncto dos phenomenos da digestão (Hayem e Lion). || De πέψις digestão + suff. *ia*.

Cogn. : *pepsína* (s. f.), *péptico* (adj.), *peptóna* (s. f.).

N. Fig. accentúa — pépsia, — quando já auctorizára com acêrto *dyspepsía*.

*Peptógeno, *adj.* (chim.)

diz-se das substâncias que, ingeridas, têm a propriedade de determinar a producção de pepsina no succo gastrico. || De πεπτός digerido + γένος producção.

*Peracéphalo, *s. m.* (med.) monstro sem cabeça e sem membros superiores (I. G. St-Hilaire). || De πέρα além de + *acéphalo* (v. este vcb.).

Pérca, *s. f.* (zool.) peixe acanthopterygio, gen. *Pecra*. || De πέρκη.

Percóideos, *s. m. pl.* (zool.) fam. de Peixes Acanthopterygios, da ordem dos Esquamodermos. || De *perca* (v. este vcb.) + εἶδος forma + suff. *eos*.

N. Tambem é acceitavel *pércidas*.

Perdíz, *s. f.* (zool.) ave gallinacea, do gen. *Perdix*. || De πέρδιξ, ικος.

Deriv. : *perdíceo* (adj.), *perdíceas* (s. f. pl.), *perdiguêiro* (s. m.).

Pergamínho, *s. m.* pelle de carneiro, preparada para nella se escrever; diploma, titulo. || De περγαμηνή (scil. διφθέρα), e este de Ἴεργαμος a cidade de Pergamo.

Deriv. : *pergaminhéiro* (s. m.); *pergamináceo* (adj.).

*Périadeníte, *s. f.* (med.) inflammação do tecido conjunctivo periganglionar. || De περί em tôrno de + ἀδήν glandula, ganglio + suff. *íte*.

Periândrico, *adj.* (bot.) que cerca os estames das flôres. || De περί ao redor de + ἀνήρ, ἀνδρός homem + suff. *ico*.

*Périangiocholíte, *s. f.* (med.) inflammação do tecido hepatico, que cerca os conductos biliares. || De περί em tôrno de + ἀγγεῖον vaso + χολή bile + suff. *íte*.

Periânthio, *s. m.* (bot.) envoltorio dos orgãos reproduc-

PÉR — 462 — PER

tores da flôr. || De περί ao redor de + ἄνθος flôr, pelo lat. scientifico — perianthium.
Deriv.: perianthádo (adj.).
*Périarteríte, *s. f.* (med.) inflammação da tunica externa das arterias. || De περί em tôrno de + *arteria* (v. este vcb.) + suff. *ite.*
*Périarthríte, *s. f.* (med.) inflammação das bolsas serosas que cercam a articulação. || De περί em torno de + ἄρθρον articulação + suff. *ite.*
Peribáre, *s. f.* (ant.) especie de calçado de mulher na antiguidade. || De περιβαρίς (ή).
N. A quantidade do vocabulo grego exige em portuguez o accento na penultima. Tambem não ha razão para o fazer masculino, como Fig. regista.
*Périblástio, *s. m.* (anat.) folheta externa, que se forma na peripheria do ovo nos casos de segmentação muito desegual. || De περί á roda de + βλαστός germe + suff. *io.*
Periblêma, *s. m.* (bot.) uma das partes em que primeiro se differencia o meristema primitivo, e que reveste o que ha de ser cylindro central. || De περίβλημα vestido, manto.
*Périblepsía, *s. f.* (med.) olhar inquieto que accompanha o delirio. || De περίβλεψις acção de olhar em tôrno + suff. *ia.*
Peribolo, *s. m.* (archit.) espaço arborizado em volta dos templos antigos; espaço entre o edificio e o muro que o cerca. || De περίβολος circuito.
Pericalýcia, *s. f.* (bot.) nome da 6ª classe de plantas, no methodo de Jussieu (Desvaux). || De περί em tôrno de + *calyce* (v. este vcb.) + suff. *ia.*
Pericárdio, *s. m.* (anat.) sacco membranoso que envolve o coração. || De περικάρδιον (comp. de περί em tôrno de + καρδία coração).

Deriv.: pericárdico (adj.) e *pericardite* (s. f.).
Pericárpio, *s. m.* (bot.) tudo o que no fructo não é semente. || De περικάρπιον (comp. de περί em tôrno de + καρπός fructo). Em lat. *pericarpium.*
N. Mostra a etymologia que esta forma é preferivel a *pericarpo.*
Deriv.: pericárpico (adj.).
*Péricerático, adj. (med.) diz-se do círculo vascular, que se vê á roda da cornea nas ceratites. || De περί á roda de + κέρας corno + suff. *ico.*
N. Corresponde ao francez — *périkératique.*
Perichécio, *s. m.* (bot.) especie de calyce ou envolucro, que rodeia as paraphyses dos musgos. || Pelo lat. *perichœtium,* vem de περί á roda de + χαίτη cabelleira.
*Péricholécystíte, *s. f.* (med.) inflammação do tecido cellular, que cerca a vesicula biliar. || De περί á roda de + χολή bile + κύστις vesicula + suff. *ite.*
Perichôndrio, *s. m.* (anat.) membrana fibrosa e vascular, que reveste as cartilagens não articulares. || De περί á roda de + χόνδρος cartilagem + suff. *io.*
Deriv.: perichondrite (s. f.) e *perichondrôma* (s. m.).
*Périclásio, *s. m.* (min.) oxydo de magnesio. || De περί ao redor + κλάσις fractura + suff. *io.*
Périclínio, *s. m.* (min.) var. de albito (Na² Al² Si⁶ O¹⁶). || De περί ao redor + κλίνειν inclinar + suff. *io.*
N. Fig. escreve *periklina,* por muitos respeitos inaceitavel.
Periclíno, *s. m.* (bot.) conjuncto de bracteas, que cercam uma reunião de flôres inseridas num receptaculo commum. || De περί em redor de + κλίνη leito.

N. A forma *periclinio*, que Fig. tambem regista, é sem dúvida correcta; mas, havendo já o mesmo vocabulo na technologia mineralogica, julgamos acertado preferir para este a forma *periclino*, que foi a acceita no hispanhol.

Péricolpite, *s. f.* (med.) inflammação do tecido, que cerca a vagina. || De περί em tôrno de + κόλπος vagina + suff. *ite.*

Pericope, *s. f.* secção, paragrapho (fallando dos livros sagrados). || De περικοπή fragmento.

N. A desinencia *e* é preferivel a *a*, por analogia com *apocope, syncope.*

Pericrânio, *s. m.* (anat.) periosteo que reveste a superficie externa do cranio. || De περικράνιον (comp. de περί em tôrno de + κράνιον cranio).

Péricystite, *s. f.* (med.) inflammação do tecido que rodeia a bexiga. || De περί á roda de + κύστις bexiga + suff. *ite.*

Peridídymo, *s. m.* (anat.) tunica albuginea dos testiculos. || De περί em tôrno de + δίδυμοι testiculos.

Deriv.: perididymite (s. f.).

Peridio. V. *peridyo.*

Peridromo, *s. m.* (archit.) espaço coberto em tôrno de um edificio; galeria entre as columnas e as paredes do edificio. || De περίδρομος (comp. de περί á roda de + δρόμος carreira).

Peridyo, *s. m.* (bot.) conceptaculo que envolve os corpusculos reproductores de certos cogumelos. || De περιδύω envolver.

N. Sendo esta provavelmente a etymologia do vcb., é preferivel graphá-lo com *y.*

Deriv.: peridyjolo (s. m.).

Periéco, *s. m.* (ant.) na Laconia, homem livre que se occupava de commercio ou industria. — (Geogr.) habitante da mesma zona ou latitude, mas em meridiano differente. || De περίοικος vizinho (comp. de περί á roda de + οἶκος casa).

Périencephalite, *s. f.* (med.) inflammação da substância cinzenta do cerebro. || De περί á roda de + *encéphalo* (v. este vcb.) + suff. *ite.*

Periérese, *s. f.* (med.) incisão circular, com que os antigos circunscreviam a base dos grandes abcessos. || De περιαίρεσις (comp. de περί em tôrno de + αἵρεσις acção de tirar).

N. A quantidade etymologica condemna a prosodia *perierése* dada por Fig. (cf. *aphérese, diérese*, etc.).

Perigêu, *s. m.* (astr.) poncto da orbita dos astros mais proximo da Terra. || De περίγειον (comp. de περί á roda de + γῆ Terra).

Perigônio, *s. m.* (bot.) perianthio simples. || De περί á roda de + γόνος orgam da geração + suff. *io.* Em lat. *perigonium.*

N. A forma *perigono* é menos boa.

Périgynândrio, *s. m.* (bot.) syn. de perianthio (Necker). || De περί em tôrno de + γυνή mulher + ἀνήρ, ἀνδρός homem + suff. *io.*

N. Em lat. *perigynandrium.* Vê-se bem que a ser adoptado o vcb., a sua forma correcta é esta; mas elle parece excusado.

Perígyno, *adj.* (bot.) diz-se da corolla e dos estames, quando se inserem á roda do ovario. De περί em tôrno de + γυνή mulher.

Deriv.: perigynia (s. f.).

Perihélio, *s. m.* (astr.) extremidade do grande eixo da orbita dum planeta, que fica mais perto do sol. || De περί á roda de + ἥλιος sol.

Périhepatite, *s. f.* (med.) inflammação da capsula fibrosa do figado. || De περί em tôrno de + ήπαρ, ατος figado + suff. ite.

Périhepatógeno, *adj.* (med.) diz se da cirrhose do figado, que tem poncto de partida no peritonio (Gilbert e Garnier). || De περί á roda de + ήπαρ, ατος figado + γένος origem, geração.

Períhoplo, *s. m.* (veter.) lâmina epidermica que reveste o casco. || De περί á roda de + όπλή casco.

N. Do fr. « periople » tirou provavelmente Fig. a graphia *perioplo* que regista; mas o espirito forte de όπλή reclama em portuguez o *h* representativo (cf. *perihelio*).

* Perilýmpha, *s. f.* (anat.) líquido albuminoso, que enche as cavidades osseas da orelha interna. || De περί á roda de + *lympha* (v. este vcb.).

* Périmetríte, *s. f.* (med.) inflammação do tecido laminoso que cerca o utero. || De περί á roda de + μήτρα utero + suff. ite.

Perimetro, *s. m.* (geom.) linha que contorna uma figura. || De περίμετρός (comp. de περί á roda de + μέτρον medida).

Deriv.: perimetría (s. f.), perimétrico (adj.).

Perimétro-salpingíte, *s. f.* (med.) o mesmo que périmetríte; pelviperitonite. || De περί á roda de + μήτρα utero + σάλπιγξ trompa + suff. ite.

Perimýsio, *s. m.* (anat.) tecido laminoso, que cerca os feixes secundarios dos musculos. || De περί á roda de +μῦς musculo + suff. io.

Períneo, *s. m.* (anat.) espaço comprehendido entre o ano e as partes genitaes. || De περίνεος.

N. Fig. acconselha como prelerivel *perinêu*, mas de facto não é, e nisto o uso das escholas accompanha o rigor etymofogico.

Deriv.: perineál (adj.).

Períneocéle, *s. f.* (med., hernia perineal. || De *períneo* (v. este vcb.) + κήλη hernia.

*Perineoplastía, *s. f.* (chir.) autoplastia da região perineal. ||.De *períneo* (v. este vcb.) + πλάσσειν formar + suff. *ia*.

*Perineorhaphía, *s. f.* (chir.) operação em que se suturam os labios da solução de continuidade produzida pela ruptura do perineo. || De *períneo* (v. este vcb.) + ραφή costura + suff. *ia*.

Périnephríte, *s. f.* (med.) inflammação do tecido cellular que envolve o rim. || De περί á roda de + νεφρός rim + suff. ite.

Deriv.: perinephrítico (adj.).

* Perinêuro, *s. m.* (zool.) tecido conjunctivo, que liga as fibras de um nêrvo. || De περί em tôrno de + νεῦρον nêrvo.

N. O francez fez *perinèvre;* mas é preferivel adoptar em portuguez a forma mais vizinha á etymologia grega.

* Perinýctide, *s. f.* (med.) exanthema que só apparece á noite. || De περί á roda de + νὺξ, νυκτὸς noite.

Periodêuta, *s. m.* (eccl.) inspector que visita as egrejas, no rito grego. || De περιοδευτής, e este de περιοδεύω visito (comp. de περί á roda de + όδός caminho).

Período, *s. m.* tempo que decorre entre dous factos; tempo da revolução dum astro; tempo entre dous accessos de febre intermittente. — Phrase composta de mais de um membro e formando sentido completo. — Parte duma fracção periodica. || De περίοδος (comp. de περί em tôrno de + όδός caminho).

Deriv.: periódico, periodista (s. m.), periodicidáde (s. f.), periodizár (v.).

Périodontíte, *s. f.* (med.)

inflammação do periosteo alveolo-dentario. || De περί á roda de + ὀδούς, όντος dente + suff. *ite*.
Perioplo. V. *perihoplo*.
* **Périorchíte,** *s. f.* (med.) inflammação da parte sub-albuginea do parenchyma testicular. || De περί á roda de + ὄρχις testiculo + suff. *ite*.
Perióstéo, *s. m.* (anat.) membrana fibrosa e vascular, que reveste os ossos. || De περιόστεον (comp. de περί em tôrno de + ὀστέον osso).
Deriv. : *periostál* (adj.), *periostíte* ou *periosteíte* (s. f.), *periostóse* (s. f.).
Perióstéóphyto, *s. m.* (med.) formação ossea, que parte do periosteo. || De *periósteo* (v. este vcb.) + φυτόν producção.
Periósteotomía, *s. f.* (chir.) operação que consiste em cortar parte de um periósteo. || De *periósteo* (v. este vcb.) + τομή corte + suff. *ia*.
Perióstraco, *s. m.* (zool.) epiderme das conchas. || De περί em tôrno de + ὄστρακον concha.
* **Peripáchymeningíte,** *s. f.* (med.) inflammação aguda da face externa da dura-mater espinhal e do tecido conjunctivo, que a separa da columna vertebral. || De περί á roda de + παχύς espesso + μήνιγξ meninge + suff. *ite*.
Peripatético, *adj.* (phil.) relativo á philosophia de Aristoteles; sectario delle; que ensina passeando. || De περιπατητικός (e este de περιπατεῖν passear).
Cogn. : *peripatetismo* (s. m.).
Peripécia, *s. f.* successo imprevisto, incidente, etc. || De περιπέτεια accidente.
N. A prosodia *peripécia*, consignada por Fig., oppõe-se claramente á quantidade da raiz grega (cf. *periphería*).
Peripétalo, *adj.* (bo.) diz-se das plantas dicotyledones polypetalas de estames perigynos.

|| De περί á roda de + πέταλον pétalo.
Deriv. : *peripetália*, nome de classe no methodo de Jussieu, (s. f.), e *peripetalía* (s. f.).
Periphería, *s. f.* contôrno duma figura curvilinea; circunferencia; superficie exterior dum corpo. || De περιφέρεια (de περιφερής arredondado, e este de περί á roda de + φέρειν levar).
"*Deriv.* : *periphérico* (adj.).
* **Périphlebíte,** *s. f.* (med.) inflammação do tecido conjunctivo, que cerca uma veia. || De περί em tôrno de + φλέψ, εβός veia + suff. *ite*.
Périphorânthío, *s. m.* (bot.) conjuncto de bracteas, que cercam o phoranthio das Synantheraceas. || De περί á roda de + *phorânthio* (v. este vcb.).
Períphrase, *s. f.* (gramm.) conjuncto de palavras empregadas em vez de uma só; circunloquio. || De περίφρασις (deriv. de περί ao redor + φράζειν fallar).
Deriv. : *periphrástico* (adj.).
* **Periphýllidas,** *s. m. pl.* (zool.) familia de Acalephos Discophoros. || Do gen. typo *Periphylla* (e este de περί em tôrno de + φύλλον folha) + suff. *idas*.
Péripleuríte, *s. f.* (med.) phlegmão sub-pleural. || De περί á roda de + *pleura* (v. este vcb.) + suff. *ite*.
Périplo, *s. m.* navegação á volta de um mar ou em tôrno das costas de um continente. || De περίπλους (comp. de περί ao redor de + πλεῖν navegar).
* **Periplóceas,** *s. f. pl.* (bot.) tribu de Asclepiadaceas. || Do gen. typo *Periploca* (e este de περίπλοκος entortilhado) + suff. *eas*.
Péripneumonía, *s. f.* (med.) outrora syn. de pneumonia. — Molestia contagiosa e epizootica da raça bovina. || De περί á roda

de + *pneumonia* (v. este vcb.).
Deriv.:peripneumónico (adj.).
Périproctite, *s. f.* (med.) inflammação do tecido que cerca o recto. || De περί á roda de + πρωκτός ano + suff. *ite.*
Cogn.: periprócfico—melhor do que «perianal» (adj.) —vcb. hybrido.
* **Periprócto**, *s. m.* (zool.) orificio superior da testa do ouriço do mar. || De περί á roda de + πρωκτός ano.
* **Périprostático**, *adj.* (anat.) que circunda a prostata. || De περί á roda de + *próstata* + suff. *ico.*
Cogn.: periprostatite (s. f.).
Periptero, *s. m.* (archit.) edificio cercado de columnas. || De περίπτερον (comp. de περί em tôrno de + πτερόν aza).
* **Periptýchidas**, *s. m. pl.* (zool.) fam. de Mammaes Condylarthros. || Do gen. *Periptychus* (e este de περί á roda de + πτυχή prega) + suff. *idas.*
Peripyêma, *s. m.* (med.) suppuração em tôrno de um orgam ou na sua superficie. || De περιπύημα (comp. de περί á roda de + πύον pus).
* **Péripylários**, *s. m. pl.* (zool.) ordem dos Rhizopodes Radiolares; têm a capsula central toda perfurada de pequenos póros. || De περί em redor + πύλη porta, passagem + suff. *ários.*
* **Périsalpingite**, *s. f.* (med.) inflammação do peritonio que cerca a trompa. || De περί em tôrno de + σάλπιγξ trompa + suff. *ite.*
* **Perisárco**, *s. m.* (zool.) nome dado ao esqueleto externo dos Celenterados Hydroides, em geral de consistencia molle e producto de secreção da exoderme. || De περί em redor de + σάρξ, κός carne.
Periscélide, *s. f.* (ant.) ornato que as mulheres traziam acima do tornozelo. || De περισκελίς, ίδος (comp. de περί em tôrno de + σκέλος perna).
N. Esta forma é de certo preferivel a *periscélio* e *periscélis*, que tambem occorrem em Fig.
Períscio, *adj. e s. m.* (geogr.) habitante da zona glacial, cuja sombra num só dia percorre successivamente todos os ponctos do horizonte. || De περίσκιο; (e este comp. de περί á roda + σκιά sombra).
Periscópico, *adj.* (med.) diz-se de um vidro, com forma de menisco, empregado para evitar a desegualdade e confusão da visão. || De περί á roda + σκοπεῖν ver + suff. *ico.*
* **Périsigmoidíte**, *s. f.* (med.) peritonite circunscripta á aza sigmoide do cólo. || De περί á roda de + *sigmoide* (v. este vcb.) + suff. *ite.*
Perispérma, *s. m.* (bot.) envoltorio da semente, ás vezes syn. de albumen. || De περί em tôrno de + σπέρμα semente.
Deriv.: perispérmico (adj.), *perispermádo* (adj.).
* **Périsplenite**, *s. f.* (med.) inflammação do peritonio que cerca o baço. || De περί á roda de + σπλήν baço + suff. *ite.*
* **Perispómeno**, *adj.* (gramm.) diz-se da palavra grega, que tem accento circunflexo na última syllaba. || De περισπώμενος.
Perisporângio, *s. m.* (bot.) membrana que envolve os esporângios. || De περί á roda de + *esporângio* (v. este vcb.).
* **Perisporiáceas**, *s. f. pl.* (bot.) ordem da classe dos Cogumelos. || Do gen. typo *Perispórium* (e este de περί á roda de + *espório*) + suff. *áceas.*
Cogn.: perisporíneas (s. f. pl.).
Períssodáctylos, *s. m. pl.* (zool.) grupo de Mammaes Ungulados, cujos dedos são em

número impar. || De περισσο-δάκτυλος (comp. de περισσός excessivo, impar + δάκτυλος dedo).
Perissologia, *s. f.* (rhet.) redundancia, uso de palavras superfluas. || De περισσολογία (comp. de περισσός excessivo + λόγος palavra).
Peristáchio, *s. m.* (bot.) envoltorio externo das flôres das Graminaceas. || De περί á roda de + στάχυς espiga + suff. *io*.
Peristáltico, *adj.* (med.) diz-se do movimento, á custa do qual o tubo intestinal se contrahe de cima para baixo. || De περισταλτικός (e este de περιστέλλειν envolver, comprimir).
* **Péristaphylino,** *adj.* (anat.) que cerca a uvula. || De περί á roda de + σταφυλή uvula + suff. *ino*.
* **Peristerito,** *s. m.* (min.) var. de albito (Na²Al²Si⁶ O¹⁶). || De περιστερός pombo + suff. *ito*.
Peristéthio, *s. m.* (zool.) parte do thorax dos Insectos, entre as patas deanteiras e as médias. || De περί á roda de + στήθος peito + suff. *io*.
N. A graphia *peristhetio*, que Fig. regista, é incorrecta.
Perístole, *s. f.* (physiol.) acção peristaltica do canal intestinal. || De περιστολή (deriv. de περιστέλλειν comprimir).
Peristómio, *s. m.* (bot.) guarnição filamentosa á volta do orificio da urna dos Musgos. — (Zool.) bordo da abertura terminal da ultima volta da espira, nas conchas dos Gastropodes. || De περί á roda de + στόμα bocca + suff. *io* (cf. *epistómio*).
Peristýlio, *s. m.* (archit.) logar cercado de columnas; conjuncto de columnas insuladas na frontaria de um edificio; introducção. || Pelo lat. — peristylium. de περιστυλον

(comp. de περί á roda de + στῦλος columna).
N. Fig. accentúa *perístylo* contra a etymologia e até contra o uso. A desinencia *io* é mais adequada a substantivos.
Perisýstole, *s. f.* (physiol.) intervallo entre a systole e a diastole. || De περί em tôrno de + *sýstole* (v. este vcb.).
Deriv.: *perisystólico* (adj.).
Perithécio, *s. m.* (bot.) receptaculo coriaceo, que cerca as thecas dos Cogumelos. || Pelo lat. scient. *perithecium*, de περί á roda de + θήκη loja.
* **Perithélio,** *s. m.* (anat.) tecido conjunctivo, que forma a tunica adventicia duma arteria (Eberth). || De περί á roda de + *thélio* — componente do substantivo « epithélio » (v. este vcb.).
* **Perithérmostática,** *s. f.* (phys.) estudo do calor de contiguidade. || De περί ao redor de + θέρμη calor + στατική sciencia do equilibrio.
* **Peritomísta,** *s. m.* (eccles.) o que practica a circuncisão entre os Judeus. || De περιτομή circuncisão (e este de περί á roda + τομή corte) + suff. *ista*.
Peritonêu, *s. m.* (anat.) membrana serosa, que reveste interiormente as paredes abdominaes e envolve a maior parte dos orgãos contidos nesta cavidade. || De περιτόναιον, e este de περιτείνειν extender á roda.
N. A forma *peritônio*, usada no Brasil, tem sua justificativa no proprio grego, que tambem admitte περιτόνιον.
Deriv.: *peritoneál* (adj.), *peritonite* (s. f.), *peritonísmo* (s. m.).
Peritônio. V. *peritonêu*.
* **Perítricho,** *s. m.* (med.) bacillo munido de cilios vibrateis em todo o seu contôrno. || De περί em redor + θρίξ, τριχός cabello.

Peritropo, *adj.* (bot.) diz-se duma semente, que se dirige do eixo do fructo para os lados do pericarpio. || De περὶ á roda + τρέπειν voltar.

Pérityphlíte, *s. f.* (med.) inflammação do tecido cellular que rodeia o céco. || De περὶ em tôrno de + τυφλός cégo + suff. *ite.*

*Pérocephalía, *s. f.* (med.) deformidade characterizada pelo desenvolvimento incompleto do encéphalo. || De πηρός mutilado + κεφαλή cabeça + suff. *ia.*

Perómelos, *s. m. pl.* (zool.) grupo de Batrachios. || De πηρός estropiado + μέλος membro.

*Perómoplastía, *s. f.* (chir.) autoplastia do côto depois das amputações. || De πήρωμα mutilação + πλάσσειν formar + suff. *ia.*

Perôneo, *s. m.* (anat.) osso longo da perna, que fica ao lado da tibia. || De περόνη. *N.* Sem fundamento algum, nem ainda no uso, Fig. accentúa *peronêu.*
Deriv. : *peroneál* (adj.).

* Péronospóreas, *s. f. pl.* (bot.) secção dos Cogumelos. || Do gen. *Peronóspora* (e este de περόνη gancho, colchete + σπορὰ semente) + suff. *eas.*

Pessário, *s. m.* (med.) instrumento que se introduz na vagina para manter o utero em sua situação natural. || Pelo lat. *pessarium,* de πεσσός tampão de fios.

Petalísmo, *s. m.* (ant.) modo de julgar, em Syracusa, assim chamado porque os votos eram escriptos em folhas de oliveira. || De πεταλισμός (e este de πέταλον folha, lâmina).

Petalíto, *s. m.* (min.) silicato aluminoso e lithinifero, incolor monoclinico. || De πέταλον lâmina + suff. *ito.*

Pétalo, *s. m.* (bot.) cada uma das peças que compõem a corolla. || De πέταλον folha.
N. A forma *pétala* afasta-se da regra de derivação e é facilmente corrigivel.
Deriv. : *petalíno* (adj.), *petaleação* (s. f.).

Petalóide, *adj.* (bot.) similhante a pétalo. || Do *pétalo* (v. este vcb.) + εἶδος forma.

Petáuro, *s. m.* (ant.) tablado de acrobatas e funambulos, em Roma. || De πέταυρον.
Deriv. : *petaurísta* (s. m.).

Petrographía, *s. f.* (geol.) descripção das rochas. || De πέτρα rocha + γράφειν descrever + suff. *ia.*
Deriv. : *petrográphico* (adj.).

Petrología, *s. f.* parte da Geologia, que tracta das rochas. || De πέτρα rocha + λόγος tractado + suff. *ia.*
Deriv. : *petrológico* (adj.), *petrólogo* (s. m.).

* Pétromyzóntidas, *s. m. pl.* (zool.) familia de Peixes Cyclostomos. || Do gen. *Petromyzon* (e este de πέτρα rochedo + μύζειν fazer barulho) + suff. *idas.*

Peucédano, *s. m.* (bot.) planta da ordem das Umbelliferas, gen. *Peucédanum.* || De πευχέδανον.
Deriv. : *peucedaníta* (s. f.) — melhor do que « peucedanina ».

* Phacidíneas, *s. f. pl.* (bot.) tribu de Cogumelos Discomycétes. || Do gen. *Phacidium* (e este de φακός lentilha) + suff. *ineas.*

* Phácohymeníte, *s. f.* (med.) inflammação da capsula do crystallino. || De φακός lentilha + ὑμήν membrana + suff. *ite.*

Phacóide, *adj.* (anat.) diz-se do crystallino, em virtude de sua forma lenticular. || De φακοειδής lenticular (comp. de φακός lentilha + εἶδος forma).

* Phacólitho, *s. m.* (min.)

var. de chabazio (zeolitho de base de potassa, soda e cal): || De φακός lentilha + λίθος pedra.

Phácomalacia, *s. f.* (med.) amollecimento do crystallino. || De φακός lentilha + μαλακός molle + suff. *ia*.

Phacómetro, *s. m.* (phys.) instrumento para medir as lentes. || De φακός lentilha + μέτρον medida.

Phaconina, *s. f.* (chim.) substância albuminoide, que predomina nas fibras do crystallino (Fremy). || De φακός lentilha + suff. *ina*.

Phácoscleróse, *s. f.* (med.) endurecimento do crystallino. || De φακός lentilha + σκλήρωσις endurecimento.

* **Phácoscopía,** *s. f.* (med.) processo de exploração do crystallino (Darier). || De φακός lente + σκοπεῖν examinar + suff. *ia*.

Phaethônte, *s. m.* pequena carruagem de quatro rodas, ligeira e descoberta. || De Φαέθων, οντος Phaethonte (cocheiro de Zeus).

N. Já Fig. disse bem, que esta é a forma regular, em vez do vcb. extrangeiro *pháeton;* devia porêm graphá-la com *th* por causa do θ grego, como manda a regra.

Phagedênico, *adj.* (med.) diz-se das substâncias, que corroem a carne morta, e tambem se applica ás úlceras corrosivas. || De φαγεδαινικός (e este de φαγέδαινα fome devoradora).

Cogn.: phagedenismo (s. m.).

Phagócyto, *s. m.* (med.) elemento organico, que absorve os bacterios e por assim dizer os digere, eliminando-os. || De φαγεῖν comer + κύτος cellula.

Deriv.: phagocytóse (s. f.).

N. Preferivel fôra que se tivessem denominado taes cellulas *bacterióphthoras* ou *bacterióphagas;* mas é o caso de um termo consagrado na sciencia — o phagócyto.

* **Phagólyse,** *s. f.* (med.) dissolução dos phagócytos. || De *phago* (elemento componente de *phagócyto* (v. este vcb.) + λύσις dissolução.

N. Foi assim formado pelos Francezes; mas seria preferivel « phagocytólyse ».

* **Phágotherapía,** *s. f.* (med.) therapeutica pela alimentação. || De φαγεῖν comer + θεραπεία tractamento

Phalacróse, *s. f.* (med.) calvicie. || De φαλάκρωσις (de φαλακρός calvo).

Phalánge, *s. f.* (ant.) batalhão de infantaria, sobretudo na Macedonia. — (Anat.) ossos dos dedos. — (fig.) multidão. || De φάλαγξ, αγγος.

Deriv.: phalangeâno (adj.), *phalanginha* (s. f.), *phalangêta* (s. f.), *phalangita* (s. m.).

* **Phalangídeos,** *s. m. pl.* (zool.) ordem de Arachnoideos. || Do gen. *Phalángium* (e este de φαλάγγιον tarentula) + suff. *ideos*.

Cogn.: phalángidas (s. m. pl.).

* **Phalarideas,** *s. f. pl.* (bot.) tribu das Graminaceas. || Do gen. typo *Phálaris* (e este de φαλαρίς milho painço) + suff. *ideas*.

Phalécio, *adj.* e *s. m.* (poet.) verso composto de 5 pés : o 1. espondeu, choreu ou jambo; o 2.º dactylo; o 3.º, 4.º e 5.º choreus. || Pelo lat. *phalœcium*, de Φάλαικος Phaléco (poeta grego).

N. Á vista da etymologia não deve adoptar-se *phaleucio*, nem *phaleuco* e muito menos *faleucio*.

Phalêna, *s. f.* (zool.) borboleta nocturna. || De φάλαινα.

* **Phalerineas,** *s. f. pl.* (bot.) tribu das Thymeleaceas. || Do gen. typo *Phaleria* (e este de φαληρός luzidio) + suff. *ineas*.

Phalêucio ou **Phaleuco**. V. *phalécio*.

Phalísco, *adj*. (poet.) Verso —, nome dado a uma especie de verso anapestico, que consta de trez pés e uma syllaba : o 1.º espondeu ou anapesto; o 2.º e 3.º anapestos; depois uma syllaba. || Pelo lat. *phaliscum* (metrum), vem de Φάλισκος Phalisco (poeta grego).

Phallagógias, *s. f. pl*. (ant.) festas de Priápo, em que o phallo era conduzido em procissão. || De φαλλαγώγια (comp. de φαλλός phallo + ἄγειν conduzir).
N. A feição de todos os nomes congeneres de festas gregas, este deve ser esdruxulo. Fig. regista egualmente, e com a mesma significação, a palavra *phallagónias*, que não tem razão de ser.

Phallephórias, *s. f. pl* (ant.) o mesmo que phallógagias. || De φαλληφόρια (comp. de φαλλός phallo + φέρειν levar).
N. Fig. consigna *phallophorias*, que é forma menos correcta.

Phallíte, *s. f.* (med.) inflammação do penis. || De φαλλός penis + suff. *íte*.

Phallo, *s. m.* (ant.) representação do membro viril, adorada entre os antigos. || De φαλλός.
Deriv. : *phállico* (adj.), *phallicísmo* (s. m.).

Phallodynía, *s. f.* (med.) dôr no penis. || De φαλλός penis + ὀδύνη dôr + suff. *ia*.

Phallóideas, *s. f. pl.* (bot.) familia de Cogumelos. || De φαλλός phallo + εἶδος forma + suff. *eas*.

Phállorrhagía, *s. f.* (med.) hemorrhagia pelo penis. || De φαλλός penis + ῥήγνυμι rompo + suff. *ia*.

Phánero, *s. m.* (anat.) qualquer producção visivel e persistente na superficie da pelle. || De φανερός visivel.
N. Fig. accentúa *phanéro*, sem attender á quantidade etymologica.

* **Phánerobiótico**, *adj*. que respeita aos phenomenos evidentes da vida. || De φανερός claro, evidente + βίος vida + suff. *ico*.

Phanerógamo, *adj*. (bot.) diz-se das plantas, cujos orgãos reproductores são apparentes. || De φανερός manifesto, visivel + γάμος casamento.
N. É dispensavel a forma *phanerogamico*.
Deriv. : *phánerogamía* (s. f.).

Phanerópħoro, *adj*. que tem pháneros. || De *phánero* (v. este vcb.) + φορός portador.

Phantasía, *s. f.* imaginação, obra de imaginação, etc. || De φαντασία (e este de φαντάζειν representar, figurar).
Deriv.: phantasiár (v.), *phantástico* (adj.), *phantasísta* (s. m.).

Phantásma, *s. m.* imagem illusoria, espectro, avejão, chimera, etc. || De φάντασμα visão, apparição.

Phantásmagoría, *s. f.* falsa apparencia; arte de fazer vêr figuras luminosas, etc. || De φάντασμα apparição + ἀγορεύω digo, annuncio + suff. *ia*.
Deriv. : *phantásmagórico* (adj.).

Pharetrádo, *adj*. que usa ou leva aljava. || Pelo lat. *pharetratus*, de φαρέτρα aljava.

Pharmácia, *s. f.* arte de preparar medicamentos; botica. || De φαρμακεία (e este de φάρμακον droga).
N. Si não fôra já de uso popular este vcb., conviria modificar-lhe a prosodia accentuando à penultima, como a etymologia acconselha.
Cogn. : *pharmacêutico* (adj. e s. m.).

Phármacochalcíto, *s. m.* (min.) syn. de olivenito (arseniato hydratado de cobre — $H^2Cu As^2O^{10}$). || De φάρμακον veneno + χαλκός cobre + suff. *ito*.

Phármacodynâmica, *s. f.* (med.) ramo da Materia Médica, que tracta da fôrça activa dos medicamentos sôbre a economia animal. || De φάρμακον medicamento + δύναμις fôrça.

Cogn. : *phármacodynâmico* (adj.).

Pharmacólitho, *s. m.* (min.) arseniato de calcio ($H^{12}Ca^2As^2O^{13}$). || De φάρμακον veneno + λίθος pedra.

Phármacología, *s. f.* tractado dos medicamentos e dos meios de os preparar. || De φάρμακον medicamento + λόγος tractado + suff. *ia*.

Deriv.: *pharmacológico* (adj.) e *pharmacólogo* (s. m.).

Phármacopéia, *s. f.* conhecimento das fórmulas e dos processos de preparação dos medicamentos; codice pharmaceutico. || De φαρμακοποιία (comp. de φάρμακον medicamento + ποιεῖν fazer).

N. Pharmacopéa é forma menos etymologica.

Pharmacopóla, *s. m.* boticario, vendedor de drogas; charlatão. || De φαρμακοπώλης (comp. de φάρμακον remedio + πωλεῖν vender).

N. A prosodia — *pharmacópola* — é incorrecta.

Phármacosideríto, *s. m.* (min.) syn. de löllingito (arsenieto de ferro). || De φάρμακον veneno + σίδηρος ferro + suff. *ito*.

Pharól, *s. m.* torre ou construcção elevada, ao pé do mar, em cuja parte superior ha um foco luminoso para ser avistado pelos navegantes. || Pelo lat. *pharus*, vem de Φάρος a ilha de Pharo, perto de Alexandria, onde esteve collocado o mais célebre pharol da antiguidade.

N. A etymologia bem mostra que se não deve escrevêr *farol*.

Deriv. : *pharoléiro* (s. m.).

Pharýnge, *s. f.* (anat.) canal musculo-membranoso que communica a bocca com a parte superior do esophago. || De φάρυγξ, υγγος.

N. O manusear constante dos livros francezes tem feito dar a este vcb. o genero masculino, quando assim não é sinão naquella lingua. Fig. acertadamente regista-o como feminino.

Deriv. : *pharýngeo* (adj.) (melhor do que pharyngiano e pharyngêu) e *pharyngíte* (s. f.), *pharyngísmo* (s. m.).

* Pharýngectomía, *s. f.* (med.) extirpação da pharýnge, toda ou parte della. || De *pharýnge* + ἐκτομή ablação + suff. *ia*.

Pharyngocéle, *s. f.* (med.) tumor resultante da dilatação anormal da pharýnge. || De φάρυγξ pharýnge + κήλη tumor.

Pharýngología, *s. f.* (med.) tractado ácérca da pharýnge. || De *pharýnge* (v. este vcb.) + λόγος tractado + suff. *ia*.

Deriv.: *pharýngológico* (adj.).

Pharýngoplegía, *s.f.* (med.) paralysia da pharýnge. || De *pharýnge* (v. este vcb.) + πλήσσειν ferir + suff. *ia*.

Deriv. : *pharýngoplégico* (adj.).

* Pharýngo-salpingíte, *s. f.* (med.) inflammação da mucosa da trompa de Eustachio, que tem por poncto de partida um catarrho da pharýnge. || De *pharýnge* + σάλπιγξ, ιγγος trompa + suff. *ite*.

* Pharýngoscópio, *s. m.* (med.) modificação do laryngoscópio, que permitte examinar com nitidez o fundo da bocca. || De *pharýnge* (v. este vcb.) + σκοπεῖν examinar + suff. *io*.

Deriv.: *pharýngoscopía* (s.f.).

* **Pharýngostaphylíno**, *adj.* (anat.) diz-se do musculo situado na parede lateral da pharýnge e no pilar posterior do véu do paladar. || De *pharýnge* (v. este vcb.) + σταφυλή uvula + suff. *íno*.
Pharýngotomía, *s. f.* (chir.) sécção da pharýnge. || De *pharýnge* (v. este vcb.) + τομή corte + suff. *ia*.
Cogn.: pharỹngótomo (s.m.).
* **Phascáceas,** *s. f. pl.* (bot.) ordem de Musgos. || Do gen. *Phascum* (e este de φάσκος especie de lichen) + suff. *áceas*.
***Phascolárctidas,** *s. m. pl.* (zool.) fam. de Marsupiaes. || Do gen. *Phascolárctus* (e este de φάσκωλον sacco + ἄρκτος urso) + suff. *idas*.
***Phascólomýidas,** *s. m. pl.* (zool.) fam. de Marsupiaes. || Do gen. *Phascólomys* (e este de φάσκωλον sacco + μῦς rato) + suff. *idas*.
Pháse, *s. f.* cada um dos aspectos diversos da lua e dos planetas; cada uma das modificações successivas, que se notam em certas cousas. || De φάσις apparição (e este de φαίνειν apparecer).
***Phasiánidas,** *s. m. pl* (zool.) fam. de Gallinaceos. || Do gen. *Phasiánus* (e este de φασιανὸς phaisão) + suff. *idas*.
***Phásmidas,** *s. m. pl.* (zool.) familia de Insectos Orthopteros. || Do gen. *Phasma* (e este de φάσμα imagem) + suff. *idas*.
Phátniorrhagía, *s. f.* (med.) hemorrhagia pelo alveolo dum dente. || De φάτνη ou φάτνια alveolo + ῥαγεῖν romper-se + suff. *ia*.
Phebêu, *adj.* relativo a Phebo ou ao sol. || De Φοίβειος (e este de Φοῖβος Phebo).
N. Phébeo é prosodia menos boa.
Phellodérme, *s. f.* (bot.) parte interna do systema tegumentar por baixo da capa suberosa. || De φελλός cortiça + δέρμα pelle.
N. Formado á feição de *epiderme* e outros.
Phellogênio, *s. m.* (bot.) parte do systema tegumentar, que dá origem á phelloderme. || De φελλός cortiça + γένος geração + suff. *io*.
Phelloplástica, *s. f.* arte de esculpir em cortiça || De φελλός de cortiça + *plástica* (v. este vcb.).
Phellóse, *s. f.* (bot.) producção accidental de uma especie de cortiça em alguns vegetaes. || De φελλός cortiça + suff. *óse*.
Phenacístoscópio, *s. m.* apparelho que dá illusões de optica. || De φεναχιστής enganador + σκοπεῖν vêr + suff. *io*.
N. Phenakistiscopio, dado por Fig. e copiado do francez, é de má formação; cumpre corrigi-lo.
* **Phenacíto,** *s. m.* (min.) silicato de glycynio. || De φέναξ, ακος enganador + suff. *tto*.
* **Phénacodóntidas,** *s. m. pl.* (zool.) fam. de Mammaes Condylarthros. || Do gen. *Phenácodus* (e este de φέναξ, ακος enganador + ὀδοὺς, ὀντος dente) + suff. *idas*.
Phenakistiscópio. V. *phenacístoscópio*.
Phenício, *adj.* habitante da Phenicia ou relativo a esse paiz. || De Φοῖνιξ, ιχος.
* **Phenicíto,** *s. m.* (min.) var. de chumbo chromatado. || De φοῖνιξ vermelho, purpureo + suff. *tto*.
Phênico, *adj.* (chim.) diz-se de um acido extrahido do alcatrão. || De φαίνω brilho + suff. *ico*.
Cogn.: phenýlio (s. m.), *phenól* (s. m.).
Phenígmo, *s. m.* (med.) rubefacção produzida por sinapismos, ortigas, etc. || De φοινιγμός

(e este de φοινίσσειν tornar escarlate).

N. Fig. regista — *phenigma* — que é mal formado; accresce que o subst. grego φοίνιγμα significa « emplastro vesicatorio ».

Phênix, *s. f.* (myth.) ave fabulosa que, queimada, renascia da cinza. || De φοῖνιξ, ικος.

Phenômeno, *s. m.* tudo que pode impressionar a nossa sensibilidade; facto; tudo que se observa de extraordinario. || De φαινόμενον (forma participial de φαίνεσθαι mostrar-se, apparecer).

Deriv.: phenomenál (adj.).

* **Pheodários**, *s. m. pl.* (zool.) ordem de Rhizopodes Radiolares; têm a capsula central rodeada de pigmento escuro. || De φαιός escuro, denegrido + *d* euph. + suff. *ários*.

Pheophýceas, *s. f. pl.* (bot.) familia de Algas fosseis. || De φαιός pardo + φῦκος alga + suff. *eas*.

* **Pheospóreas**, *s. f. pl.* (bot.) tribu de Algas Pheophýceas. || De φαιός escuro + espório (v. este vcb.) + suff. *eas*.

Pherecrácio, *adj. e s. m.* (poet.) verso comp. de 3 pés : o 1.º espondeu, choreu ou anapesto; o 2.º dactylo; o 3º espondeu. || Pelo lat. *pherecratium*, vem de Φερεκράτης Pherécrates, poeta comico de Athenas.

Phiala, *s.f.* (ant.) especie de taça, na Grecia antiga. || De φιάλη.

Philadélpho, *s. m.* membro de uma antiga seita religiosa ingleza, etc. || De φιλάδελφος que ama os ermãos (comp. de φίλος amante + ἀδελφός ermão).

Philanthrôpo, *adj. e s. m.* que ama seus similhantes; humanitario. || De φιλάνθρωπος (comp. de φίλος amigo + ἄνθρωπος homem).

Deriv.: philanthropia (s. f.), *philanthrópico* (adj.).

Philargyría, *s. f.* avareza. || De φιλαργυρία (comp. de φίλος amigo + ἄργυρος prata, dinheiro).

Philatelía. V. *philotelia*.

Philáucia, *s. f.* amor-proprio, presumpção. || De φιλαυτία (comp. de φίλος amante + αὐτός proprio).

Deriv.: philaucióso (adj.).

* **Philharmônico**, *adj.* que é amigo da harmonia ou da musica. || De φίλος amigo + *harmonia* (v. este vcb.) + suff. *ico*.

Phillipica, *s. f.* nome das orações de Demosthenes contra Philippe da Macedonia. || Do φιλιππική (e este de Φίλιππος Philippe).

Philócomo, *adj.* (pharm.) diz-se duma pomada contra a calvicie. || De φίλος amigo + κόμη cabelleira.

Philodérmico, *adj.* (pharm.) diz-se de preparados, que conservam a frescura da pelle. || De φίλος amigo + δέρμα pelle + suff. *ico*.

* **Philodínidas**, *s. m. pl.* (zool.) familia de Rotiferos. || Do gen. *Philodina* (e este de φίλος amigo + δῖνος turbilhão) + suff. *idas*.

Philodynásta, *adj.* affeiçoado a uma dynastía. || De φίλος amigo + *dynastía* (v. este vcb.).

Philogynia, *s. f.* amor ás mulheres. || De φιλογυνία (comp. de φίλος amante + γυνή mulher).

Cogn.: philógyno (adj.) — melhor do que *philogynio*.

N. Teria sido de melhor formação *gynophilia*.

Philohellêno, *s. m.* amigo da Grecia, de suas artes, de sua civilização, etc. || De φίλος amigo + Ἕλλην, ηνος Grego.

Deriv.: philohellenismo (s. m.).

Philologia, *s. f.* estudo geral das bellas lettras, linguas, crítica, etc. || De φιλολογία amor da erudição (comp. de φίλος amante + λόγος discurso).
N. O estudo especial da linguistica é hoje com mais acêrto chamado — Glottica.
Cogn. : *philológico* (adj.), *philólogo* (s. m.).
•**Philomáthico**, *adj.* que ama as sciencias. || De φιλομαθής (e este de φίλος amante + μανθάνειν aprender) + suff. *ico.*
Philoméla, *s. f.* rouxinol. || De φιλομηλα.
* **Philomimesía**, *s. f.* propensão para imitar. || De φίλος amante + μίμησις imitação + suff. *ia.*
* **Philonéxidas**, *s. m. pl.* (zool.) familia de Cephalopodes Dibranchios. || Do gen. *Philonéxis* (e este de φίλος amigo + νῆξις acção de nadar) + suff. *idas.*
Philósopho, *s. m.* amigo da sabedoria ou o que se applica ao estudo dos principios e causas; sabio. || De φιλόσοφος (e este de φίλος amante + σοφία sabedoria).
Deriv. : *philosophía* (s. f.), *philosóphico* (adj.), *philosophár* (v.), *philosophál* (adj.).
Philotéchnico, *adj.* que ama as artes.|| De φίλος amante + τέχνη arte + suff. *ico.*
Philotelia, *s. f.* estudo dos sellos postaes methodicamente colleccionados.||De φίλος amigo, amante + τέλος imposto + suff. *ia.*
N. É vulgar a forma *philatelia*, e os diccionarios assim a consignam; mas para isso fôra mistér que se derivasse de ἀτελής ou ἀτέλεια (exempto ou exempção de impostos), que exprimem exactamente o inverso do que se pretende. É indubitavel, pois, que a forma correcta e digna de manter-se é *philotelia*.

Deriv. : *philotélico* (adj.), *philotelísta* (s. m.).
Philotimía, *s. f.* amor das honras. || De φιλοτιμία (e este de φίλος amante + τιμή honra).
Phimóse, *s. f.* (med.) estreiteza natural ou constricção accidental da abertura do prepucio, impedindo que se descubra a glande. || De φίμωσις (e este de φιμοῦν apertar, estrangular).
* **Phlebarteria**, *s. f.* (med.) aneurysma arterio-venoso, sem sacco. || De φλέψ, εβός veia + *arteria* (v. este vcb.) + suff. *ia.*
Phlebectasía, *s. f.* (med.) dilatação de uma veia. || De φλεψ, φλεβός veia + ἔκτασις distensão + suff. *ia.*
Phlebenterísmo,*s.m.*(zool.) hypothese de Quatrefages, segundo a qual, desapparecendo em certos seres o systema circulatorio, é substituido pelo digestivo. || De φλὲψ veia + ἔντερον intestino + suff. *ismo.*
* **Phlebeurýsma**, *s. m.* (med.) varice. || De φλὲψ veia + εὔρυσμα dilatação.
Phlebite, *s. f.* (med.) inflammação das veias. || De φλεψ, βός veia + suff. *ite.*
* **Phlebóclyse**, *s. f.* (med.) injecção intra-venosa. || De φλὲψ, εβός veia + κλύσις lavagem.
* **Phlebógeno**, *adj.* (med.) diz-se de angiomas cavernosos (Virchow). || De φλὲψ, εβός veia + γένος geração.
Phlebographía, *s. f.* (anat.) descripção das veias.|| De φλὲψ, εβός veia + γράφειν descrever + suff. *ia.*
Cogn.: *phlebógrapho* (s. m.), *phlebográphico* (adj.).
Phlebólitho,*s. m.* (med.) concreção calcaria numa veia varicosa. || De φλὲψ, εβός veia + λίθος pedra.

Phlebologia, *s. f.* (anat.) tractado das veias. || De φλὲψ, εβὸς veia + λόγος tractado + suff. *ia.*

Phlébomalacia, *s. f.* (med.) amollecimento das veias. || De φλὲψ, εβὸς veia + μαλακός molle + suff. *ia.*

Phlébopalia, *s. f.* (med.) pulso venoso. || De φλεβοπαλία (e este de φλὲψ, βὸς veia + πάλλειν saltar, palpitar).

*** Phlébopexía,** *s. f.* (med.) operação que se faz para o tractamento da varicocele. || De φλὲψ, εβὸς veia + πῆξις fixação + suff. *ia.*

Phléborrhagia, *s. f.* (med.) hemorrhagia venosa. || De φλεβορραγία (e este de φλὲψ, βὸς veia + ῥαγεὶς rôto).

*** Phléboscleróse,** *s. f.* (med.) endurescimento das paredes venosas. || De φλὲψ veia + σκληρός duro + suff. *óse.*

Phlébotomia, *s. f.* (med.) sangria. || De φλεβοτομία (e este de φλὲψ, βὸς veia + τομὴ secção).

Phlêgma, *s. m.* (med.) um dos quatro humores do organismo humano, na Medicina antiga. || De φλέγμα.

Deriv.: phlegmático (adj.).

N. Da mesma raiz a corrente popular fez « a phlêuma », syn. de pachorra, impassibilidade, e «phleumático» syn. de pachorrento. Parece conveniente conservar os dous vocabulos; conservando para *phlêgma* o gen. masculino e para ambos a graphia etymologica com *ph.*

Phlegmão, *s. m.* (med.) inflammação do tecido laminoso situado no intervallo dos orgãos. || De φλεγμονὴ tumor inflammado.

Deriv.: phlegmonôso (adj.).
N. A forma *phleimão* é de origem popular.

Phlegmasia, *s. f.* (med.) inflammação dos orgãos internos. || De φλεγμασία (e este de φλεγμαίνειν inflammar).

Deriv.: phlegmásico (adj.).

Phlêuma. V. *phlêgma.*

Phlobaphênio. V. *phlóobaphénio.*

Phlogísto, *s. m.* (chim.) principio imaginario, pelo qual Stahl explicava a combustão. || De φλογιστός inflammado, assado (de φλόξ chamma).

N. Fig. tambem consigna com esta significação o vcb. *phlogístico;* mas esta forma, com desinencia de adjectivo, é menos acceitavel.

*** Phlogogênio,** *s. m.* (chim.) o hydrogenio. || De φλόξ, ογὸς, chamma + γένος geração + suff. *io.*

Cogn.: phlogógeno (adj.).

*** Phlogopito,** *s. m.* (min.) mica quasi exclusivamente magnesiana, apenas ferrosa. || De φλογωπός inflammado, rubro vivo + suff. *ito.*

Phlogóse, *s. f.* (med.) inflammação. || De φλόγωσις (e este de φλόξ, ογὸς chamma).

*** Phlóobaphênio,** *s. m.* (chim.) substancia ($C^{20}H^8O^8$) contida nas cascas de várias plantas. || De φλόος casca + βαφὴ côr + suff. *ênio.*

Phlóoplastia, *s. f.* (agr.) raspagem da velha casca para determinar a reproducção de nova. || De φλόος casca + πλάσσειν formar + suff. *ia.*

Phlóorhizina, *s. f.* (chim.) glycoside crystallizavel, que existe na casca da raiz de certas árvores ($C^{15}H^{24}O^{10}$). || De φλόος casca + ῥίζα raiz + suff. *ina.*

N. Fig. regista egualmente, e com significação identica, a forma *phlorizina* que destoa do rigor etymologico.

Cogn.: phloorhizica (Glycosuria —).

Phlyctêna, *s. f.* (med.) ampolasinha vesiculosa formada pela epiderme e contendo sero-

PHL — 476 — PHO

sidade. || De φλύκταινα (e este de φλύζειν ferver).
Deriv.: phlyctênula (s. f.).

Phlyctenóide, *adj.* (med.) que se parece com phlyctêna. || De φλύκταινα phlyctêna + εἶδος forma.

* Phlyzácio, *s. m.* (med.) o ecthyma. || De φλυζάκιον (e este de φλύζειν ferver).

Phobía, *s. f.* (med.) obsessão impulsiva characterizada por medo irresistivel. || De φόβος medo + suff. *ia*.

Phóca, *s. f.* (zool.) Mammal ichthyophago, do gen. *Phoca*. || De φώκη.
Deriv.: phócidas (s. m. pl.).

Phocênico, *adj.* (chim.) syn. de amylico; diz-se do acido achado por Chevreul no azeite de golfinho. || De φώκαινα phoca + suff. *ico*.

Phocómelo, *s. m.* (terat.) monstro, que parece ter as mãos e os pés inseridos immediatamente no tronco. || De φώκη phoca + μέλος membro.
Deriv.: phocomelía (s. f.).

* Pholádidas, *s. m. pl.* (zool.) familia de Molluscos. || Do gen. *Pholas* (e este de φωλάς, άδος que se mette em buracos) + suff. *idas*.

* Pholidólitho, *s. m.* (min.) silicato hydratado de potassio, aluminio, ferro e magnesio. || De φολίς, ίδος escama + λίθος pedra.

Pholidóto, *adj.* (h. nat.) escamoso. || De φολιδωτός (e este de φολίς escama.

Phonação, *s. f.* producção physiologica da voz. || De φωνή voz + suff. *ação*.
Cogn.: phonalidáde (s. f.).

Phonascía, *s. f.* arte de exercitar a voz. || De φωνασκία (comp. de φωνή voz + ἀσκεῖν exercitar)
N. Fig. regista — *phonáscia* — (de prosodia menos boa) e

— *phonástica* — de forma incorrecta.
Cogn.: phonásco (s. m.).

* Phonautógrapho, *s. m.* instrumento inventado por Scott para registar os sons articulados. || De φωνή voz + αἰτός proprio + γράφειν escrever.

* Phoneentallaxía, *s. f.* vício de pronúncia, que consiste em trocar uma vogal ou um diphthongo por outro (Schmalz). || De φωνῆεν, εντος vogal + ἄλλαξις troca + suff. *ia*.

Phonêma, *s. m.* (gramm.) qualquer som articulado. || De φώνημα (e este de φωνή voz).

Phonendoscópio, *s. m.* nome de um apparelho inventado em 1898 por Bianchi. || De φωνή voz + ἔνδον dentro + σκοπεῖν examinar + suff. *io*.
Deriv.: phonéndoscopía (s. f.).

Phonética, *s. f.* (gramm.) estudo das leis, que presidem ás alterações dos sons, como elementos dos vocabulos. || De φωνητικός, ή, όν que se refere ao som (de φωνή voz).
Cogn.: phonético (adj.), *phonetismo* (s. m.), *phonetísta* (s. m.), *phônico* (adj.).

Phonocâmptica, *s. f.* (phys.) estudo da reflexão do som. || De φωνή voz + κάμπτειν dobrar + suff. *ica*.
Cogn.: phonocâmptico (adj.).

* Phónodiachysía, *s. f.* (phys.) estudo das leis da propagação do som. || De φωνή som + διάχυσις propagação, diffusão + suff. *ia*.
N. O snr. Reis Carvalho (*Ens. scient.*) propoz o vcb. *diaphonía*, á primeira vista acceitavel pela sua simplicidade. Occorre, porém, que este vcb. já existe na lingua com outra significação, como διαφωνία em grego. D'ahi a necessidade de formar outra palavra.

Phonógrapho, *s. m.* (phys.)

instrumento que conserva e reproduz os sons. || De φωνή voz + γράφειν escrever.

Deriv.: phonographía (s. f.), *phonográphico* (adj.).

Phonólitho, *s. m.* (geol.) rocha volcanica, que resôa quando percutida com um corpo duro. || De φωνή voz + λίθος pedra.

N. Não é acceitavel a forma « phonolitha ».

Phonología, *s. f.* (gramm.) estudo dos sons elementares das linguas, das modificações desses sons representados por vocabulos, e da sua correcta pronúncia. || De φωνή voz + λόγος tractado + suff. *ia.*

Deriv.: phonológico (adj.).

Phonómetro, *s. m.* instrumento, com que se mede a intensidade do som ou da voz. || De φωνή voz + μέτρον medida.

Deriv.: phonometría (s. f.) e *phonométrico* (adj.).

Phónophobía, *s. f.* (med.) medo de fallar em voz alta. || De φωνή voz + φόβος medo + suff. *ia.*

Phonospásmo, *s. m.* (med.) espasmo ou convulsão, que accompanha a emissão da voz. || De φωνή voz + espásmo (v. este vcb.).

Phoránthio, *s. m.* (bot.) expansão do pedunculo das Synantheraceas. || De φορός que sustenta + ἄνθος flôr + suff. *io*; em lat. scient. *phoranthium.*

* **Phóridas,** *s. m. pl.* (zool.) familia de Dipteros. || Do gen. *Phora* (e este de φώρ especie de abelhão) + suff. *idas.*

Phoronomía, *s. f.* syn. de mechanica. || De φορός que leva ou sustenta + νόμος lei + suff. *ia.*

Phosgênio, *s. m.* (chim.) gaz resultante da acção dos raios solares sôbre uma mixtura de chloro e oxydo de carbone.

|| De φῶς; luz + γένος formação + suff. *io.*

* **Phosgeníto,** *s. m.* (min.) chumbo corneo, chlorocarbonato de chumbo, de brilho adamantino $(Pb^2Cl^2CO^3)$. || De φῶς; luz + γένος producção + suff. *ito.*

Phosphaturía, *s. f.* (med.) perda de phosphatos pela urina. || De *phospháto* (v. *phósphoro*) + οὖρον urina + suff. *ia.*

N. A prosodia deve ser a de todos os mais derivados de οὖρον, paroxytona.

Phosphêno, *s. m.* (med.) sensação luminosa provocada pela compressão do globo ocular (Savigny). || De φῶς; luz + φαίνειν parecer.

N. Assim escreve com acêrto Fig.: não ha razão para fazer o vocabulo feminino e terminado em *a*, como entre nós pretende o uso vulgarizar.

Phosphoríto, *s. m.* (min.) apatito compacto, de estructura mammillosa e concrecionada. || De *phósphoro* (v. este vcb.) + suff. *ito.*

Phósphoro, *s. m.* (chim.) corpo simples, metalloide, solido, combustivel, luminoso na obscuridade, fusivel a 44° (Ph.). || De φωσφόρος luminoso (comp. de φῶς; luz + φέρειν produzir).

Cogn.: phospháto, phosphíto, phosphoréto, phosphórico, phosphoróso, phosphoréiro, phosphoréira, phosphorescência, phosphóreo, phosphorizár, phosphorísmo.

* **Phósphorochalcíto,** *s. m.* (min.) syn. de lunnito, phosphato hydratado de cobre, verde-esmeralda, monoclinico. || De *phósphoro* (v. este vcb.) + χαλκός cobre + suff. *ito.*

Phosphoroscópio, *s. m.* instrumento imaginado para apreciar o grau de phosphorescência dos corpos. || De *phós-*

phoro (v. este vcb.) + σκοπεῖν vêr + suff. *io*.

* **Phósphosiderito**, *s. m.* (min.) phosphato hydratado de ferro. || De *phósphoro* (v. este vcb.) + σίδηρος ferro + suff. *ito*.

* **Photismo**, *s. m.* sensação visual secundaria. || De φῶς, τός luz + suff. *ismo*.

Photochímico, *adj.* que diz respeito ás acções chimicas devidas á influencia da luz. || De φῶς, φωτός luz + *chímica* (v. esta pal.).

Phótochromático, *adj.* relativo á reproducção das côres pela phótographia. || De φῶς, φωτός luz + χρῶμα, ατος côr + suff. *ico*.

Cogn.: *photochromía* (s. f.).

Photogenía, *s. f.* producção de luz. || De φῶς, φωτός luz + γένος producção + suff. *ia*.

Cogn. : *photogênico* (adj.), *photógeno* (adj.).

Phótoglyptía, *s. f.* processo em que a impressão se faz por meio de moldes ôcos obtidos pela compressão duma gelatina em relêvo. || De φῶς, φωτός luz + γλυπτός gravado, esculpido + suff. *ia*.

Phótographía, *s. f.* arte de fixar, numa chapa sensivel, pelo auxílio da luz, a imagem dos objectos ; cópia fiel. || De φῶς, φωτός luz + γράφειν desenhar + suff. *ia*.

Cogn.: *photógrapho* (s. m.), *photográphico* (adj.), *photographár* (v.).

* **Photólitho**, *s. m.* (min.) syn. de pectólitho. || De φῶς, φωτός luz + λίθος pedra.

Phótolithographía, *s. f.* processo com que se transporta para a pedra lithographica uma prova photographica. || De φῶς, φωτός luz + *lithographía* (v. este vcb.).

Deriv. : *photolithográphico* (adj.).

Phótomagnético, *adj.* diz-se dos phenomenos magneticos devidos á luz. || De φῶς, φωτός luz + *magnético* (v. este vcb.).

Photómetro, *s. m.* (phys.) instrumento, com que se avalia a intensidade da luz. || De φῶς, φωτός luz + μέτρον medida.

Deriv. : *photometria* (s. f.), *photométrico* (adj.).

Phótomicrographía, *s. f.* reproducção photographica de objectos microscopicos. || De φῶς, φωτός luz + *micrographía* (v. este vcb.).

Deriv.: *phótomicrográphico* (adj.).

Phótophobia, *s. f.* (med.) aversão á luz ; extrema sensibilidade do ôlho em relação á luz. || De φῶς, φωτός luz + φόβος terror + suff. *ia*.

* **Photóphoro**, *adj.* e *s. m.* diz-se de todo apparelho, que permitte obter um feixe luminoso dirigido sôbre um poncto dado. || De φῶς, φωτός luz + φορός que leva, carrega.

Photopsía, *s. f.* (med.) visão de riscas luminosas, que não existem. || De φῶς, φωτός luz + ὄψις visão + suff. *ia*.

Photosphéra, *s. f.* (astr.) atmosphera luminosa do sol. || De φῶς, φωτός luz + *esphéra* (v. este vcb.).

* **Phótotaxía**, *s. f.* propriedade que tem o protoplasma de reagir á luz. || De φῶς, φωτός luz + τάξις arranjo + suff. *ia*.

* **Phótotelegraphía**, *s. f.* reproducção de uma imagem á distância por meio do fio electrico. || De φῶς, φωτός luz + *telegraphía* (v. este vcb.).

Deriv. : *phótotelegráphico* (adj.).

Phótotherapía, *s. f.* (med.) tractamento pela luz. || De φῶς, φωτός luz + θεραπεία tractamento.

Deriv.: *phótotherápico* (adj.).

* **Phótotropismo**, *s. m.* o mesmo que phótotaxia. || De

φῶς, φωτός luz + τρέπω volto + suff. *ismo*.

Phototypia, *s. f.* processo de impressão com tinctas graxas, baseado nas propriedades da gelatina bichromatada. || De φῶς, φωτός luz + *typo* (v. este vcb.) + suff. *ia*.
 Deriv.: phototypico (adj.).

Phrágma, *s. m.* (bot.) septo transversal dos fructos (Link). || De φράγμα septo, estacada.

Phráse, *s. f.* (gramm.) reunião de palavras, que faz sentido completo; locução, expressão. || De φράσις (e este de φράζειν fallar).
 Deriv.: phraseár (v.).

Phráseologia, *s. f.* (gram.) estudo da construcção da phrase; estylo. || De φρασεολογία (comp. de φράσις phrase + λόγος discurso).
 Deriv.: phraseológico (adj.).

Phrátria, *s. f.* (ant.) curia, ou divisão da tribu, entre os Atticos antes de Solão. || De φρατρία.

*****Phratriárcha**, *s. m.* (ant.) chefe de phrátria, na Attica. || De φρατριάρχης (comp. de φρατρία phrátria + ἄρχειν governar).

Phrenesí, *s. m.* inquietação moral, impaciencia, impertinencia. || Pelo lat. *phrenesis*, de φρήν, ενός espirito.
 Deriv.: phrenético (adj.).

Phrênico, *adj.* (anat.) relativo ao diaphragma. || De φρενικός (e este de φρήν, ενός diaphragma).

Phrenite, *s. f.* (med.) inflammação do diaphragma. || De φρήν, ενός diaphragma + suff. *ite*.

*****Phrénogástrico**, *adj.* (anat.) que pertence ao estomago e ao diaphragma. || De φρήν, ενός diaphragma + γαστήρ estomago + suff. *ico*.

*****Phrénoglottismo**, *s. m.* (med.) espasmo da glotte e do diaphragma. || De φρήν, ενός diaphragma + *glotte* (v. este vcb.) + suff. *ismo*.

Phrenologia, *s. f.* systema physiologico, que considera a conformação e as protuberancias do cerebro como indicativas das faculdades ou disposições innatas do individuo. || De φρήν, ενός espirito + λόγος tractado + suff. *ia*.
 Deriv.: phrenólogo (s. m.), *phrenológico* (adj.).

Phrénopathia, *s. f.* (med.) molestia mental. || De φρήν, ενός espirito + πάθος molestia + suff. *ia*.
 Cogn.: phrenopátha (s. m.) — com a prosodia dos congeneres (cf. *allopatha, homeopatha*, etc.).

Phrenosplênico, *adj.* (anat.) que pertence ao diaphragma e ao baço. || De φρήν, ενός diaphragma + σπλήν, ηνός baço + suff. *ico*.

*****Phreoryctidas**, *s. m. pl.* (zool.) familia de Vermes Oligochetas. || Do gen. *Phreoryctes* (e este de φρέαρ poço + ὀρύκτης que cava) + suff. *idas*.

*****Phronimidas**, *s. m. pl.* (zool.) familia de Crustaceos Amphipodes. || Do gen. *Phrónima* (e este de φρόνιμος sensato, prudente ?) + suff. *idas*.

*****Phrygánidas**, *s. m. pl.* (zool.) familia de Insectos Trichopteros.|| Do gen.*Phrygánea* (e este de φρυγάνιον especie de insecto) + suff. *idas*.

Phrýgio, *adj.* relativo á Phrygia ou aos seus habitantes. || De φρύγιος.

*****Phrýnidas**, *s. m. pl.* (zool.) familia de Arachnídeos. || Do gen. *Phrynus* (e este de φρῦνος sapo ?) + suff. *idas*.

*****Phthaníto**, *s. m.* (min.) silex preto. || De φθάνειν ser o primeiro a + suff. *íto*.

Phthiríase, *s. f.* (med.) molestia que consiste em excessiva multiplicação de piolhos. || De φθειρίασις (e este de φθείρ piolho).

Phthísica, *s. f.* (med.) molestia do pulmão, que tende a produzir uma desorganização progressiva desta viscera. || De φθίσις consumpção.

* Phthisiotherapía, *s. f.* (med.) o conjuncto das medicações antiphthisicas. || De φθίσις consumpção + θεραπεία tractamento.

Phthisuria, *s. f.* (med.) cachexia dos diabeticos accompanhada de tuberculose pulmonar. || De *phthísica* + ουρον urina + suff. *ia*.

* Phthório, *s. m.* (chim.) nome dado por Ampère ao *fluor*, porque corroe os vasos, em que se acha contido. || De φθορά destruição.

Deriv.: phthórico (adj.).

Phýceas, *s. f. pl.* (bot.) algas. || De φῦκος alga + suff. *eas*.

Phycíta, *s. f.* (chim.) substância crystallina que se extrahe do *Protococcus vulgaris* ($C^8H^{10}O^8$). || De φῦκος alga + suff. *ita*.

Phýcocyanína, *s. f.* (chim.) princípio corante azul de algumas Algas. || De φῦκος alga + κυανός azul + suff. *ina*.

N. Fig. escreve — phycocyano, — mas é preferivel certamente dar-lhe a desinencia *ina*, que têm outros vocabulos congeneres.

* Phycoerythrína, *s. f.* (chim.) princípio corante das algas vermelhas ou Florideas. || De φῦκος alga + ἐρυθρός vermelho + suff. *ina*.

Phycología, *s. f.* (bot.) parte da Botanica, que estuda as Algas. || De φῦκος alga + λόγος tractado + suff. *ia*.

Cogn.: phycólogo (s. m.), *phycológico* (adj.).

* Phycomycétes, *s. m. pl.* (bot.) ordem de Cogumelos. ||

De φῦκος alga + μύκης, ητος cogumelo.

* Phýcopheína, *s. f.* (chim.) princípio corante das Algas pardas. || De φῦκος alga + φαιός pardo + suff. *ina*.

* Phýcoxanthína, *s. f.* (chim.) princípio corante amarellado das Algas. || De φῦκος alga + ξανθός amarello + suff. *ina*.

Phylactério, *s. m.* (ant.) amuleto. || De φυλακτήριον (e este de φυλάσσειν guardar, preservar).

Phylárcho, *s. m.* (ant.) commandante dum esquadrão de cavallaria atheniense. || De φύλαρχος (comp. de φυλή tribu + ἄρχειν commandar).

N. A etymologia mostra que se não deve escrever *phylarco*, como traz Fig.

* Phyllántheas, *s. f. pl.* (bot.) tribu das Euphorbiaceas. || Do gen. *Phyllanthus* (e este de φύλλον folha + ἄνθος flôr) + suff. *eas*.

* Phyllíto, *s. m.* (min.) var. de chloritoide. || De φύλλον folha + suff. *ito*.

* Phýllocyanína, *s. f.* (chim.) um dos principios corantes da chlorophylla. || De φύλλον folha + κυανός azul + suff. *ina*.

Phyllódio, *s. m.* (bot.) peciolo dilatado com apparencia de folha. || De φυλλώδης que parece folha (comp. de φύλλον folha + εἶδος forma) + suff. *io*.

* Phyllodócidas, *s. m. pl.* (zool.) familia de Vermes Polychetas. || Do gen. *Phyllódoce* (e este de φύλλον folha + δοκέω pareço ?) + suff. *idas*.

Phyllolóbeas, *s. f. pl.* (bot.) divisão das Leguminosas (De Candolle). || De φύλλον folha + *lobo* (v. este vcb.) + suff. *eas*.

Phyllóphago, *adj.* (zool.) que se alimenta de folhas. || De φύλλον folha + φαγεῖν comer.

* **Phyllópodes,** s. m. pl. ordem de Crustaceos; têm as patas dilatadas em forma de lâminas delgadas. || De φύλλον folha + πούς, ποδὸς pé.
* **Phyllorhetina,** s. f. (min.) cera fossil. || De φύλλον folha + ῥητίνη resina.
* **Phyllorhinos,** s. m. pl. (zool.) secção dos Chiropteros Insectivoros. || De φύλλον folha + ῥίς, ῥινὸς nariz.

Phyllosômo, s. m. (zool.) larva da lagosta. || De φύλλον folha + σῶμα corpo.
N. *Phillósomo*, como vem em Fig., é prosodia antietymologica.

* **Phyllostómidas,** s. m. pl. (zool.) fam. de Chiropteros Insectívoros. || Do gen. *Phyllóstoma* (e este de φύλλον folha + στόμα bocca) + suff. *idas*.

Phyllotaxía, s. f. (bot.) estudo da disposição das folhas no vegetal. || De φύλλον folha + τάξις ordem + suff. *ia*.

* **Phýlloxanthina,** s. f. (chim.) princípio corante amarello, que existe na chlorophylla. || De φύλλον folha + ξανθὸς amarello + suff. *ina*.
Cogn.: phylloxantheïna (s. f.).

Phylloxéra, s. f. (zool.) insecto Aphida, flagello das vinhas. || De φύλλον folha + ξηρὸς secco.
Deriv.: phylloxérico (adj.).

Phylogenía, s. f. (biol.) successão genetica das especies organicas. || De φυλή tribu, especie + γένος geração + suff. *ia*.
N. Fig. escreve *philogenia*, derivando o vcb. de φίλος, o que é inexacto.
Cogn.: phylogenético (adj.).

Phymatína, s. f. (med.) substância organica, que se suppõe propria dos tuberculos. || De φῦμα, ατος tumor + suff. *ina*.

Phymatóide, adj. (med.) diz-se de tecidos morbidos de côr amarellada, como tuberculos. || De φῦμα, ατος tuberculo + εἶδος apparencia.

Phymatóse, s. f. (med.) molestia tuberculosa. || De φῦμα, ατος tuberculo + suff. *óse*.

Physalína, s. f. (chim.) substància amarga, extrahida do *Physalis alkekenge*. || De *Physalis* (e este de φυσαλὶς bolha) + suff. *ina*.
Cogn.: physálidas (s. m. pl.) — fam. de Celenterados.

Physconía, s. f. (med.) tumefacção de uma parte do abdome sem tympanite nem fluctuação. || De φύσκων barrigudo + suff. *ia*.

Phýsica, s. f. sciencia que tracta das fôrças ou agentes, que sollicitam todos os corpos da natureza, independentemente de qualquer mudança na sua composição. || De φυσικὴ (scil. τέχνη ou ἐπιστήμη sciencia), e este de φύσις natureza.
Cogn.: physico (adj.), *physicísmo* (s. m.).

Physiocráta, s. m. economista (XVIII seculo) que consideraya a natureza em geral, e especialmente a Agricultura, como fonte unica de riqueza. || De φύσις natureza + κρατεῖν dominar.
N. Prosodia que não respeita a quantidade etymologica, mas que accompanha a dos vcbs. congeneres (cf. *democráta, aristocráta*, etc.).
Deriv.: physiocracía (s. f.), *physiocrático* (adj.).

* **Phýsiogenía,** s. f. desenvolvimento natural do organismo. || De φύσις natureza + γένος formação, geração + suff. *ia*.
Deriv.: physiogénico (adj.).

Physiognomonía, s. f. arte de conhecer os homens pelas feições do rosto. || De φυσιογνωμονία (e este de φύσις natureza + γνώμων signal indicador).

N. Deste vcb. procede por contracção *physionomía*, que exprime «conjuncto das feições, aspecto, cara ».

Deriv. : physiognomônico (adj.).

Physiología, *s. f.* sciencia que tracta das funcções dos orgãos nos seres vivos. || De φύσις natureza+ λόγος tractado + suff. *ia.*

Deriv. : physiológico (adj.), *physiólogo* e *physiologísta* (s. m.).

Phýsionomía. V. *phýsiognomonía.*

* **Phýsiotherapía**, *s. f.* emprêgo dos agentes naturaes (ar, agua, etc.) como meios therapeuticos. || De φύσις natureza + θερχπεία tractamento.

Physocárpo, *adj.* (bot.) que tem fructos vesiculosos. || De φῦσα bexiga + καρπός fructo.

Physocéle, *s. f.* (med.) tumor gazoso do escroto, devido a hernia intestinal. || De φῦσα vento, ar + κήλη hernia.

Physometría, *s. f.* (med.) distensão do utero por gazes. || De φῦσα vento + μήτρα utero + suff. *ia.*

* **Physópodes**, *s. m. pl.* (zool.) secção dos Pseudonevropteros.||De φῦσα folle, bexiga + πούς, ποδός pé.

Phýsostigmina, *s. f.* (chim.) alcaloide da fava de Calabar — Physostigma venenosum. || De *Physostigma* (e este de φῦσα bexiga + *estigma*) + suff. *ina.*

* **Physóstomos**, *s. m. pl.* (zool.) sub-ordem dos Peixes Teleosteos; nelles a bexiga natatoria communica-se com o esophago. || De φῦσα bexiga + στόμα bocca.

* **Physothórax**, *s. m.* (med.) accumulação de gazes na cavidade da pleura. || De φῦσα vento + θώραξ peito.

* **Phýtobiología**, *s. f.* estudo da vida das plantas. || De φυτόν planta + *biología* (v. este vcb.).

Phytochímica, *s. f.* chimica vegetal. || De φυτόν planta + *chimica* (v. este vcb.).

* **Phytocollíto**, *s. m.* (min.) var. gelatinosa de lignito. || De φυτόν planta + κόλλα colla + suff. *ita.*

Phytogenía, *s. f.* organogenía vegetal. || De φυτόν planta + γένος geração + suff. *ia.*

Deriv. : phytogénico (adj.).

Phýtogeographía, *s. f.* (bot.) parte da Botanica, que estuda a distribuição das plantas no globo. || De φυτόν planta + *geographia* (v. este vcb.).

Deriv. : phytogeográphico (adj.).

Phytographía, *s. f.* (bot.) descripção methodica dos differentes typos vegetaes. || De φυτόν planta + γράφειν descrever + suff. *ia.*

Deriv.: phytográphico (adj.), *phytógrapho* (s. m.).

Phytóide, *adj.* que tem apparencia de planta. || De φυτόν planta + εἶδος apparencia.

Phytólitho, *s. m.* concreção pedregosa de algumas plantas. || De φυτόν planta + λίθος pedra.

Phytología, *s. f.* syn. de Botanica. || De φυτόν planta + λόγος tractado + suff. *ia.*

Deriv.: phytológico (adj.), *phytólogo* (s. m.).

* **Phytonymía**. *s. f.* (bot.) nomenclatura vegetal. || De φυτόν planta + ὄνυμα nome + suff. *ia.*

* **Phýtopathología**, *s. f.* estudo das molestias das plantas. || De φυτόν planta + *pathología* (v. este vcb.).

Phytóphago, *adj.* que se alimenta de vegetaes. || De φυτόν planta + φαγεῖν comer.

N. Phytóphagos (s. m. pl.) — secção de Hymenopteros.

* **Phytophthíreos**, *s. m. pl.*

(zool.) secção dos **Insectos Hemipteros**. || De φυτόν planta + φθείρ piolho + suff. *cos*.

Phytospérma, *s. m.* (bot.) granulo da favilla (Mirbel) ; ospermatozoide dos Cryptogamos. || De φυτόν planta + σπέρμα semente.

Phytotomía, *s. f.* (bot.) anatomia vegetal. || De φυτόν planta + τομή corte + suff. *ia*.
Deriv. : phytotômico (adj.).

Phytozoários, *s. m. pl.* (zool.) typo de Metazoários, que se fixam no solo. || De φυτόν planta + ζωάριον animalculo.

Piarhemía, *s. f.* (med.) estado do sangue, em que este apresenta côr opallina, devida á gordura em emulsão no sôro. || De πίαρ gordura + αἷμα sangue + suff. *ia*.

*** Picranálcimo**, *s. m.* (min.) var. de analcimo. || De πικρός amargo + *análcimo* (v. este vcb.).

Pícrico, *adj.* (chim.) acido phenico trinitrado [$C^{12}H^2 (AzO^4)^3$ O HO]. || De πικρός amargo + suff. *ico*.
Cogn.: pierina (s. f.), *pieráto* (s. m.), *pierito* (s. m.).

*** Pícroaconitína**, *s. f.* (chim.) base organica amorpha. || De πικρός amargo + *aconitína* (v. este vcb.).

*** Pícroepidóto**, *s. m.* (min.) var. magnesiana de epidóto. || De πικρός amargo + *epidóto* (v. este vcb.).

*** Pícroerythrína**, *s. f.* (chim.) derivado da erythrína.|| De πικρός amargo + *erythrína* (v. este vcb.).

*** Pícroglýcio**, *s. m.* (chim.) substância amargosa contida na dulcamara. || De πικρός amargo + γλυκύς doce + des. *io*.

***Pícrolichenína**, *s. f.* (chim.) substância muito amargosa, que existe no lichen *Variolaria amara*. || De πικρός amargo + λειχήν lichen + suff. *ina*.

Picrólitho, *s. m.* (miner.) variedade de serpentina. || De πικρός amargo + λίθος pedra.

Picromél, *s. m.* (chim.) nome dado ao acido choleico. || De πικρός amargo + *mel* (v. este vcb.).

*** Picromeríto**, *s. m.* (min.) sulfato hydratado de magnesio e potassio. || De πικρός amargo + μερίς pedaço + suff. *ito*.
N. Tambem o chamam *picroméride* (mesma etym.)

*** Pícropharmacólitho**, *s. m.* (min.) pharmacólitho com magnesia. || De πικρός amargo + *pharmacólitho* (v. este vcb.).

*** Picrophýllio**, *s. m.* (min.) var. de talco (silicato hydratado de magnesio). || De πικρός amargo + φύλλον folha + suff. *io*.

*** Pícrotephroíto**, *s. m.* (min.) tephroïto com magnesia. || De πικρός amargo + *tephroïto* (v. este vcb.).

*** Picrotitaníto**, *s. m.* (min.) var. magnesiana de ilmenito (ferro titanado). || De πικρός amargo + *titaníto* (v. este vcb.).

Pícrotoxína, *s. f.* (chim.) toxico extrahido da cocca do Levante. || De πικρός amargo + τοξικόν veneno + suff. *ina*.

Piérides, *s. f. pl.* (poes.) as Musas. || De Πιερίδες, patron. deriv. de Πίερος.

*** Piezómetro**, *s. m.* (phys.) apparelho para medir a compressibilidade ou a tensão dos liquidos. || De πιέζειν comprimir + μέτρον medido.

Píleo, *s. m.* (ant.) barrete de feltro, de que usavam os Romanos em certas solennidades. || Pelo lat. *Pilĕus*, vem do gr. πῖλος barrete.
Deriv. : pileátos (s. m. pl.).

*** Piléolo**, *s. m.* (bot.) folha da gemmula, que envolve as outras folhinhas.||Pelo lat. *pileŏlus*, dimin. de *pileus*, vem de πῖλος chapéu.

Pileorhíza, *s. f.* (bot.) especie de coifasinha, que reveste a extremidade da raiz.||De *pilĕus* (e este de πῖλος barrete) + ῥίζα raiz.

N. A forma *pilorhiza*, usada por Caminhoá, é tambem admissivel.

* **Pilobóleas,** *s. f. pl.* (bot.) tribu dos Cogumelos (Mucorineas). || Do gen. *Pilóbolus* (e este de πῖλος chapéu, bola de feltro + βόλος acção de lançar?) + suff. *eas*.

Pilocarpina, *s. f.* (chim.) alcaloide extrahido das folhas do *Pilocarpus pennatifolius.* ||De *Pilocarpus* (e este do lat. *pilus* e καρπός fructo) + suff. *ina*.

Pilorhiza, *s. f.* (bot.) v. *píleorhiza*.

* **Pimélico,** *adj.* (chim.) Acido —, o que se obtem tractando o acido oleico pelo acido azotico. || De πιμελή gordura + suff. *ico*.

* **Pimelite,** *s. f.* (med.) inflammação do tecido adiposo. || De πιμελή gordura + suff. *ite*.

* **Pimelito,** *s. m.* (miner.) minereo oxydado de nickel. || De πιμελή gordura + suff. *ito*.

* **Pimelorrhéa,** *s. f.* (med.) dejecções carregadas de gordura. || De πιμελή gordura + ῥεῖν correr.

* **Pimelóse,** *s. f.* (med.) obesidade. || De πιμελοῦν engordar.

Deriv.: pimelótico.

* **Pimeluria,** *s. f.* (med.) syn. de chyluria. || De πιμελή gordura + οὖρον urina + suff. *ia*.

Pinacóide, *adj.* (miner.) diz-se da forma limitada por dous planos parallelos entre si e a dous eixos crystallographicos (Figuei..). || De πίναξ, ακος tábua + εἶδος forma.

Pinacothéca, *s. f.* museu de pintura. || De πινακοθήκη (e este de πίναξ quadro + τίθημι pôr).

Pindárico, *adj.* relativo a Pindaro. || De Πίνδαρος Pindaro poeta grego + suff. *ico*.

Cogn.: pindarismo, pindarísta (s. m.), *pindarizár* (v.).

Piperáceas, *s. f. pl.* (bot.) ordem de plantas dicotyledones, que tem por typo o gen. *Piper*. || De *Piper* (e este de πίπερι ou πέπερι pimenta) + suff. *áceas*.

Cogn.: pipérico (adj.), *piperina* (s. f.), *piperidina* (s. f.), *piperino* (s. m.), *piperazina* (s. f.).

Pissaspálto, *s. m.* (min.) betume glutinoso, preto. || De πισσάσφαλτος (comp. de πίσσα pêz + ἄσφαλτος bétume).

Deriv.: pissaspháltico (adj.).

* **Pisselêu,** *s. m.* substância líquida, oleosa, que se separa do pêz. || De πισσέλαιον (comp. de πίσσα pêz + ἔλαιον oleo).

* **Pissophánio,** *s. m.* (miner.) sulfato hydratado de ferro e aluminio. || De πίσσα pêz + φαίνομαι parecer + des. *io*.

Pistácia, *s. f.* (bot.) árvore da ordem das Terebinthaceas. || Pelo lat. *Pistacia*, do gr. πιστάκη.

N. As formas populares — *pistácha* e *pistacheiro* — são tambem admissiveis.

* **Pistacíto,** *s. m.* (min.) var. de epidóto, de côr verde-pistacha. || De πιστάκη pistacha + suff. *ito*.

* **Pithécidas,** *s. m. pl.* (zool.) fam. de Primates Platyrhínos. || Do gen. *Pithecia* (e este de πίθηκος macaco) + suff. *idas*.

Pithecóide, *adj.* que tem relação com o macaco. || De πίθηκος macaco + εἶδος forma.

* **Pithiatismo,** *s. m.* perturbação mental curavel pela persuasão (Babinski). || De πειθώ persuasão + ἰατός curavel + suff. *ismo*.

Cogn.: pithiático (adj.).

Pittospóreas, *s. f. pl.* (bot.) familia de plantas dicotyledones, que tem por typo o gen. Pittós-

porum. || De πίττα ou πίσσα pêz + σπόρος semente + suff. *eas.*
N. A terminação *áceas*, que Fig. tambem regista, é menos boa, porque não se tracta aqui de ordem vegetal.
Pityríase, *s. f.* (med.) dermatose, em que ha exfoliação exaggerada da epiderme. || De πιτυρίασις, e este de πίτυρον farelo.
* **Placóide,** *adj.* (zool.) diz-se da escama de certos Peixes (os Selacios). || De πλάξ, ακός lage, placa + εἶδος forma.
* **Pladaróse,** *s. f.* (med.) kysto sebaceo das palpebras. || De πλαδαρός flaccido, molle + suff. *óse.*
Plagiédro, *adj.* (cryst.) diz-se da hemiedria, quando a suppressão duma face do crystal, entre duas, se fez de forma tal, que os dous polyedros, constituidos um pelas faces conservadas e outro pelas faces supprimidas, não são susceptiveis de superposição. || De πλάγιος obliquo + ἕδρα base.
Plágio, *s. m.* o acto de apresentar como seu o trabalho de outrem ; furto litterario. || Pelo lat. *plagium,* de πλάγιος obliquo, indirecto, astucioso.
Deriv. : *plagiar* (v.), *plagiário* (s. m.), *plagiáto* (s. m.).
Plágiocéphalo, *adj.* que tem a fronte deprimida e prolongada para traz. || De πλάγιος obliquo + κεφαλή cabeça.
Deriv. : *plágiocephalía* (s. f.).
Plágioclásios, *s. m. pl.* (miner.) grupo de feldspathos, cujas clivagens são obliquas. || De πλάγιος obliquo + κλάσις fractura (de κλάω quebrar) + des. *ios.*
Plagioníto, *s. m.* (miner.) antimonio-sulfureto de chumbo. || De πλάγιος obliquo + *n* euph. + suff. *ito.*
Plagióstomos, *s. m. pl.* (zool.) antiga ordem de Peixes; corresponde hoje aos Selacios.

|| De πλάγιος obliquo + στόμα bocca.
* **Plágiotrêmos,** *s. m. pl.* (zool.) nome dado por alguns á ordem dos Saurophidios. || De πλάγιος transversal + τρῆμα orificio.
Planêta, *s. m.* astro que se move em tôrno do sol e delle recebe luz. || De πλανήτης (e este de πλανάομαι vagar).
Deriv. : *planetário* (adj.).
Plánimetría, *s. f.* parte da Geometria, que ensina a medir os planos e as superficies. || Hybr., de *planus* + μέτρον medida + des. *ia.*
Deriv. : *planimétrico* (adj.).
Plánisphério, *s. m.* representação de uma esphera sôbre um plano. || Hybr., de *planus* + σφαῖρα esphera + des. *io.*
Deriv. : *plánisphérico* (adj.).
Plásma, *s. m.* parte líquida do sangue e da lympha. || De πλάσμα, ατος (e este de πλάσσειν dar forma, modelar).
Deriv. : *plasmático* (adj.), *plasmína* (s. f.), *plasmódio* (s. m.), *plasmôma* (s. m.).
* **Plásmase,** *s. f.* (med.) diastase, que coagula a fibrina do sangue. || De *plásma* (v. este vcb.) + suff. *ase.*
* **Plasmódiophoráceas,** *s. f. pl.* (bot.) familia de Cogumelos Myxomycetes. || Do gen. *Plasmodióphora,* e este de plasmódio (v. *plásma*) + φορός que traz + suff. *áceas.*
* **Plasmodíóse,** *s. f.* (med.) febre palustre ou malaria produzida pela existencia de um *Plasmodium* no sangue. || De *Plasmodium* (e este de πλάσμα formação) + suff. *óse.*
N. Vcb. proposto por Neveu-Malaire (Précis de Parasitologie, etc.).
* **Plasmólyse,** *s. f.* phenomeno de osmose atravez da membrana cellular (Lövit.). || De *plásma* + λύσις dissolução.

* **Plasmorhéxe,** *s. f.* desapparecimento da membrana cellular e soltura das granulações do protoplasma (Klebs). || De *plásma* + ῥῆξις rompimento.
N. Corresponde ao vcb. francez « plasmarrhexis », que foi mal formado.

Plástico, *adj.* que forma ou serve para formar. || De πλαστικός (e este de πλάσσω formo).
Deriv. : plástica (s. f.), *plasticidáde* (s. f.).

Plastídio, *s. m.* (biol.) elemento anatomico, cellula, corpusculo microscopico, cuja agglomeração constitue o corpo animal. || De πλάστης formador + suff. *ídio*.
N. A derivação de πλαστικὸς e εἶδος, dada por C. Figueiredo, não tem razão de ser. O vcb. veio-nos pelo francez — plastide.

Plástodynamía, *s. f.* (biol.) fôrça creadora, actividade nutritiva. || De πλάσσω formo + δύναμις fôrça + des *ía*.

Platagónio, *s. m.* (ant.) antigo instrumento grego, como matraca. || De πλαταγώνιον matraca.
N. Fig. escreve e accentúa — *platágono* —, forma inaceitavel.

Plátano, *s. m.* (bot.) árvore, da ordem das Saxifragaceas, gen. *Platănus.* || De πλάτανος.
Deriv. : platáneas (s. f. pl.), *platáneo* (adj.), *platanísta* (s. m.).

Platéa, *s. f.* pavimento do theatro, entre a orchestra ou o palco e os camarotes. || De πλατεῖα praça (fem. de πλατὺς largo).
N. Fig. regista como melhor a forma — plateia —, mas não lhe assiste razão : já no latim o diphthongo ει passou para *e* (platea), e no portuguez a regra é a mesma.

Plathelmínthes, *s. m. pl.* (zool.) secção do ramo dos Vermes; têm o corpo quasi sempre achatado. || De πλατὺς largo, chato + ἕλμις, ινθος verme, lombriga.
N. Fig. regista — plathelmintho —; mas a des. *o* é menos propria neste caso.

Platiásmo, *s. m.* vício de pronúncia, por se abrir demasiadamente a bocca. || De πλατειασμός, formado de πλατειάζω abrir muito a bocca (e este de πλατὺς largo).

Platónico, *adj.* relativo á eschola ou á philosophia de Platão; ideal. || De πλατωνικός (e este de Πλάτων, ωνος Platão).
Cogn. : platonísmo (s. m.).

* **Plátybásico,** *adj.* (anat.) diz-se do cranio de base chata e larga (Broca). || De πλατὺς largo + βάσις base + suff. *ico*.

Platycéphalo, *adj.* (anat.) diz-se do cranio, cuja abobada é chata. || De πλατὺς largo + κεφαλή cabeça.
Deriv. : platycephalía (s. f.).

* **Plátycercíneos,** *s. m. pl.* (zool.) tribu da fam. dos Psittacidas. || Do gen. *Platycercus* (e este de πλατὺς largo + κέρκος cauda) + suff. *íneos*.

* **Platycnêmo,** *adj.* (anat.) diz-se do que tem a tibia achatada (Broca). || De πλατὺς largo + κνήμη perna.
Deriv. : platycnemía (s. f.).

Plátydáctylo, *adj.* que tem dedos chatos. Os — s, fam. de Insectos, segundo Latreille. ||De πλατὺς largo + δάκτυλος dedo.

Platynêuro, *adj.* (bot.) que tem nervuras largas.|| De πλατὺς largo + νεῦρον nervo.

Platynopódio, *s. m.* especie de torno, com que se alarga o casco dos Solipedes. || De πλατύνειν dilatar, alargar + ποῦς, ποδὸς pé + des. *io*.
N. Fig., que regista este vcb, dá-lhe a forma — platanópodo —, que não é boa. A desin. *io*

PLA — 487 — PLE

cabe melhor a um apparelho ou instrumento.

*** Platypézidas**, *s. m. pl.* (zool.) familia de Dipteros. || Do gen. *Platypeza* (e este de πλατύς largo + πέζα planta do pé) + suff. *idas*.

Plátypodia, *s. f.* (anat.) o achatamento do pé. || De πλατύς largo + πούς, ποδός pé + des. *ia*.
 Cogn.: platypodes (s. m. pl.).

Platyrhinia, *s. f.* (anat.) achatamento do nariz. || De πλατύς largo + ῥίν, ινός nariz + des. *ia*.
 Cogn.: platyrhinos (s. m. pl.).

Platyrhýncho, *adj.* (zool.) que tem bico chato.||De πλατύς largo + ῥύγχος bico, focinho.
 N. Fig. grapha platyrrhinchos (com *i*), contrariando nesta parte a etymologia.

*** Platyscélidas**, *s. m. pl.* (zool.) familia de Crustaceos Amphipodes. || Do gen. *Platyscelus* (e este de πλατύς largo + σκέλος perna) + suff. *idas*.

*** Plecópodes**, *s. m. pl.* (zool.) familia de Peixes Osseos Holobranchios, segundo Duméril.|| De πλέχειν enlaçar, trançar + πούς, ποδός pé.

*** Plecópteros**, *s. m. pl.* (zool.) fam de Peixes Cartilaginosos Telobranchios, segundo Duméril. || De πλέχειν trançar, amarrar + πτερόν aza.

Plectógnathos, *s. m. pl.* (zool.) sub-ordem de Peixes Teleosteos; têm soldados os ossos da maxilla superior. || De πλεκτός amarrado, enlaçado + γνάθος maxilla.
 N. Fig. accentúa indevidamente a penultima.

Pléctro, *s. m.* varinha de marfim, com que os antigos faziam vibrar as cordas da lyra; poesia. || De πλῆκτρον.

Pléiade, *s. f.* reunião de pessoas illustres. Ax — s (s. f.

pl.) uma constellação. || De πλειάς, άδος.
 N. A forma — pleiada — é menos correcta, porque todos estes nomes devem ser tirados de accusativo latino.

Pleochroismo, *s. m.* multiplicidade de cores ou exaggeração de colorido. || De πλέον mais + χροίζω colorir.
 " *N.* A forma *pléonochroismo*, tambem certa, é excusada.
 Cogn.: pléochrómico (adj.).

Pléomazia, *s. f.* multiplicidade de mammas ou de mammillos. ||De πλέον mais + μαζός mamma + des. *ia*.

*** Pléomorphismo**, *s. m.* propriedade que têm certos bacterios de mudar de forma. || De πλέως numeroso + μορφή forma + suff. *ismo*.

Pleonásmo, *s. m.* (gramm.) superfluidade de termos. || De πλεονασμός.
 Deriv.: pleonástico (adj.).

Pleonásto, *s. m.* (min.) espinello preto, cheio de facetas. || De πλεοναστός augmentado.

*** Pleonectíto**, *s. m.* (min.) arsenio-antimoniato de chumbo. || De πλεονέκτης que excede a outros + suff. *ito*.

Pleorâma, *s. m.* quadro movediço, que se desenrola aos olhos do espectador, como margens de um rio, que desapparecem ao lado de um barco em movimento. || De πλέω navegar + όραμα espectaculo (de ὁράω ver).

Plerôma, *s. m.* o deus real, para os gnosticos; na physica antiga, o conjuncto de todos os seres. || De πλήρωμα plenitude.

*** Pléromorphóse**, *s. f.* (cryst.) pseudomorphose, em que um corpo crystalliza no vasio deixado pelo desapparecimento de outro crystal (Kenngott). || De πληροῦν encher + μόρφωσις formação.

Pleróse, *s. f.* (med.) resta-

belecimento da nutrição, depois de uma molestia. || De πλήρωσις (e este de πληρόω encho).
Deriv.: plerótico (adj.).

Plésiomórpho, *adj.* (miner.) diz-se do corpo que, sem ter constituição atomica similhante, offerece analogia de forma. || De πλησίος proximo + μορφή forma.
Deriv.: plésiomorphísmo (s. m.).

Plésiosáuro, *s. m.* (geol.) Réptil da Fauna geologica.||De πλησίος proximo + σαῦρα ou σαῦρος lagarto.
N. Não ha razão para se lhe dar a desinencia *io*, que occorre em Figueiredo.

Plessigrapho, *s. m.* (med.) instrumento para practicar a percussão, e munido dum lapis ou ponteiro, com que se assignalam os ponctos, em que ha mudança de som. || De πλήσσειν bater + γράφω desenho.

Plessímetro, *s. m.* (med.) instrumento para fazer a percussão mediata. || De πλήσσω bato + μέτρον medida.
Deriv.: pléssimetría (s. f.) e *plessimétrico* (adj.).

Plethóra, *s. f.* (med.) excesso de sangue no systema sanguineo ou em parte delle.||De πληθώρα grande quantidade.
Deriv.: plethórico (adj.).

Pléthro, *s. m.* (ant.) medida de extensão, entre os Gregos, equivalente a 100 pés; a sexta parte do estadio e egual a 29 m, 57. || De πλέθρον.

* **Plethysmógrapho,** *s. m.* (med.) apparelho para registar o augmento de volume dos membros. || De πλιθυσμός augmento + γράφω escrevo.

Plêura, *s. f.* (anat.) membrana serosa, que forra o thorax e se reflecte sôbre o pulmão. || De πλευρά lado, flanço.
Deriv.: pleurál (adj.).
Pleuresía. — V. *pleurite*.

Pleuríte, *s. f.* (med.) inflammação da pléura. || De πλευρῖτις (e este de πλευρά lado).
N. Do lat. *pleurisis*, ou mais provavelmente do fr. *pleurésie*, procede o vcb. *pleurisia*, que é menos conforme á analogia e portanto menos acceitavel. *Pleuriz* (da mesma raiz) é vcb. popular.
Deriv.: pleurítico (adj.).

* **Pleurobrânchidas,** *s. m. pl.* (zool.) família de Molluscos Opisthobranchios. || Do gen. *Pléurobrânchœa* (e este de πλευρόν lado + *bránchia*) + suff. *idas*.

* **Pleurocárpeas,** *s. f. pl.* (bot.) tribu de Bryaceas, cujos archegonios são lateraes. || De πλευρά lado + καρπός fructo + suff. *eas*.

* **Pleurocéle,** *s. f.* (med.) hernia do pulmão. ||De *pléura* (v. este vcb.) + κήλη hernia.

Pléuroclásio, *s. m.* (miner.) syn. de wagnerito (fluophosphato de magnesio). || De πλευρά lado + κλάσις fractura + des. *io*.
N. Figueiredo regista o vcb. com a forma — pleuroclase, — que não é boa.

Pléurodiscál, *adj.* (bot.) diz-se do estame, quando se insere no lado do disco. || De πλευρά lado + *disco* (v. este vcb.) + des. *ál*.

Pleurodónte, *adj.* (zool.) diz-se dos Saurios, cujos dentes se inserem no lado da mandibula. || De πλευρά lado + ὀδούς, όντος dente.

Pléurodynía, *s. f.* (med.) dôr rheumatica, que tem sua séde nos musculos intercostaes. ||De πλευρά lado + ὀδύνη dôr + des. *ia*.
N. Contra o uso mais vulgar no Brasil, Figueiredo accentúa bem.
Deriv.: pleurodýnico (adj.).

Pleurógyno, *adj.* (bot.) diz-se do disco, quando, desenvolvido debaixo do ovario, surge lateralmente. || De πλευρά lado + γυνή mulher.

*** Pleuronéctidas**, *s. m. pl.* (zool.) fam. de Peixes Teleosteos. || Do gen. *Pleuronectes* (e este de πλευρά lado + νήκτης nadador) + suff. *idas.*

*** Pléuropathía**, *s. f.* (med.) molestia da pléura, em geral. || De *pléura* (v. este vcb.) + πάθος molestia + des. *ia.*

*** Pléuropericardíte**, *s. f.* (med.) inflammação simultanea da pléura e do pericardio. || De *pléura* e *pericardíte* (v. estes vcbs.).

Pléuropneumonía, *s. f.* (med.) inflammação simultanea da pléura e do pulmão. || De *pléura* e *pneumonía* (v. estes vcbs.).

*** Pléuropyóse**, *s. f.* (med.) producção de pus na pléura. || De *pléura* + πύον pus + suff. *óse.*

*** Pléurorhízo**, *adj.* (bot.) syn. de homotropo. || De πλευρά lado + ῥίζα raiz.

*** Pléurorrhagía**, *s. f.* (med.) hemorrhagia na pléura. || De *pléura* (v. este vcb.) + ῥαγή erupção + suff. *ia.*

Pleurosômo, *s. m.* (terat.) monstro, cujo ventre resae lateralmente, extendendo-se até deante do peito (Fig.). || De πλευρά lado + σῶμα corpo.
N. Contra a quantidade da raiz σῶμα, Fig. accentúa a antepenultima.

Pleurothótono, *s. m.* (med.) tetano lateral. || De πλευρόθεν de lodo + τόνος tensão.

*** Pléurotomía**, *s. f.* (med.) a operação do empyema. || De *pléura* (v. este vcb.) + τομή corte + des. *ia.*
Cogn. : pleurotómidas (s. m. pl.) fam. de Gastropodes.

*** Plictolophíneos**, *s. m. pl.* (zool.) tribu da fam. dos Psittacidas. || Do gen. *Plictólophus* (e este de πλεκτός enlaçado + λόφος crista, pennacho) + suff. *íneos.*

*** Plinthíto**, *s. m.* (miner.) var. de sinopito. || De πλίνθος tijolo, pedra quadrangular + suff. *ito.*

Plíntho, *s. m.* (archit.) sócco ou peça quadrangular, que serve de base a um pedestal ou columna, etc. || De πλίνθος.

Pliocêno, *adj.* (geol.) diz-se do terreno terciario, que contém fosseis de formação mais recente. || De πλείων maior + καινός recente.

*** Plocéidas**, *s. m. pl.* (zool.) fam. de Passaros Conirostros. || Do gen. *Plóceus* (e este de πλοχεύς tecedor) + suff. *idas.*

Plútocracía, *s. f.* preponderancia dos homens ricos. || De πλουτοκρατία (formado de πλοῦτος riqueza + κρατεῖν dominar).
Cogn. : plutocráta (s. m.).

Plutónico, *adj.* (geol.) diz-se dos terrenos, que têm origem no fogo subterraneo. || De Πλούτων, ονος Plutão deus dos Infernos + suff. *ico.*

Plutónio, *adj.* relativo a Plutão. || De πλουτώνιος (e este de Πλούτων Plutão).

Plútonomía, *s. f.* tractado ácêrca da riqueza. || De πλοῦτος riqueza + νόμος lei + des. *ia.*

Plynthérias, *s. m. pl.* (ant.) festas gregas celebradas em honra de Aglaura (a deusa Athéne). || De πλυντήρια, ίων (e este de πλύνειν lavar).

*****Pnéodynâmica**, *s.f.* (phys.) parte mechanica da respiração. || De πνέω respiro + *dynâmica* (v. este vcb.).

Pneómetro, *s. m.* (med.) apparelho para medir a capacidade vital do pulmão. || De πνέω respiro + μέτρον medida.
Deriv. : pneometría (s. f.), *pneométrico* (adj.).

*** Pneoscópio**, *s. m.* (med.) instrumento, com que se exami-

nam os movimentos de dilatação e retracção do thorax, no acto da respiração. || De πνέω respiro + σκοπέω examino + suff. io.
Pnêuma, s. m. (phil.) princípio aereo, a que os antigos attribuiam a causa da vida. || De πνεῦμα sôpro.
Deriv.: *pneumatista* (s. m.).
* **Pnéumarthróse**, s. f. (med.) secreção de gazes numa cavidade articular. || De πνεῦμα sôpro, vento + ἄρθρον articulação + suff. óse.
Pneumático, adj. (phys.) relativo ao ar, aos gazes. || De πνευματικὸς (e este de πνεῦμα, ατος sôpro, vento).
Pnéumatocéle, s. f. (med.) tumor gazoso; emphysema. || De πνεῦμα, ατος vento + κήλη tumor.
Pnéumatogenía, s.f. (med.) processo de respiração artificial. || De πνεῦμα, ατος vento, sôpro + γένος geração + des. ia.
Pnéumatographía, s. f. escripta directa dos espiritos, sem a mão do médio. || De πνεῦμα, ατος sôpro, espirito + γράφω escrevo + des ia.
Pnéumatología, s. f. tractado dos espiritos. || De πνεῦμα, ατος sôpro, espirito + λόγος discurso + des. ia.
Cogn.: *pnéumatológico* (adj.), *pnéumatólogo* (s. m.).
* **Pneumatómetro**, s. m. instrumento, com que se mede a quantidade de ar inspirado e expirado (Bonnet). || De πνεῦμα, ατος sôpro, ar + μέτρον medida.
* **Pneumatómphalo**, s. m. (med.) hernia umbilical distendida por gazes. || De πνεῦμα, ατος vento + ὀμφαλός umbigo.
Pnéumatophonía, s. f. voz dos espiritos, communicação oral dos espiritos sem intervenção de médio. || De πνεῦμα, ατος espirito + φωνή voz + des. ia.
* **Pnéumatorháchio**, s. m.

(med.) accumulação de gazes no canal vertebral. || De πνεῦμα, ατος vento + ῥάχις rhache + des. io. V. *hydrorháchio*.
Pneumatóse, s. f. (med.) molestia causada por accumulação de gazes nos tecidos. || De πνευμάτωσις (e este de πνευματόω encho de vento).
Pnéumectomía, s. f. (med.) resecção de parte ou da totalidade do pulmão. || De πνεύμων pulmão + ἐκτομή corte + des. ia.
Pneumocéle, s. f. (med.) hernia do pulmão. || De πνεύμων pulmão + κήλη hernia.
Pnéumocócco, s. m. (med.) micrococco, que se acha nos productos pneumonicos. || De πνεύμων pulmão + κόκκος semente, grão.
Deriv.: *pnéumococcia* (s. f.).
Pnéumoconióse, s.f. (med.) nome dado por Zeucker ás pneumonias chronicas determinadas pela introducção de particulas de carvão, silica ou aço nas vias respiratorias. || De πνεύμων pulmão + κόνις pó, cinza + suff. óse.
N. Não ha razão para escrever-se *pneumokoniose*, como fazem os Francezes.
* **Pnéumodermónidas**, s. m. pl. (zool.) familia de Pteropodes. || Do gen. *Pneumodérmon* (e este de πνεῦμα respiração + δέρμα pelle) + suff. *idas*.
Pnéumogástrico, adj. e s. m. (anat.) nervo do decimo par, que se distribue no pulmão e no estomago. || De πνεύμων pulmão + γαστήρ estomago + suff. *ico*.
Pnéumographía, s.f.(anat.) descripção do pulmão. || De πνεύμων pulmão + γράφω descrevo + suff. ia.
Deriv.: *pneumográphico* (adj.).
Pnéumolithíase, s.f. (med.) desenvolvimento de calculos nos

pulmões. || De πνεύμων pulmão + *lithíase* (v. este vcb.).
  Cogn. : *pneumólitho* (s. m.).
Pnéumologia, *s. f.* (anat.) tractado sôbre o orgam pulmonar. || De πνεύμων pulmão + λόγος discurso + des. *ia.*
Pnéumonalgía, *s. f.* (med.) angina do peito (Alibert). || De πνεύμων, ονος pulmão + άλγος dôr + des. *ia.*
Pneumonía, *s. f.* (med.) inflammação do parenchyma pulmonar. || De πνευμονία (e este de πνεύμων pulmão).
  Deriv. : *pneumónico* (adj.).
Pneumonite, *s. f.* (med.) syn. de pneumonía. || De πνεύμων, ονος pulmão + suff. *ite.*
Pneumonólitho, *s. m.* (med.) cálculo pulmonar. || De πνεύμων, ονος pulmão + λίθος pedra.
Pnéumonomycóse, *s. f.* (med.) producção de cogumelos (Aspergillos) nas cavernas dos phthisicos. || De πνεύμων, ονος pulmão + μύκης cogumelo + suff. *óse.*
Pnéumopericárdio, *s. m.* (med.) derramamento aeriforme na cavidade do pericárdio. || De πνεῦμα vento, ar + *pericárdio* (v. este vcb.).
  ***Pnéumopexía,** *s. f.* (med.) fixação do pulmão á parede thoracica. || De πνεύμων pulmão + πῆξις fixação + suff. *ia.*
Pnéumophlebíte, *s. f.* (med.) inflammação das veias pulmonares. || De πνεύμων pulmão + φλέψ, φλεβός veia + suff. *ite.*
Pnéumopleurisía ou **pneumopleuríte,** *s. f.* (med.) syns. de pléuropneumonía. || De πνεύμων pulmão + *pléura* (v. este vcb.).
  ***Pnéumopyothórax,** *s. m.* (med.) derramamento de ar e pus no thorax. || De πνεῦμα vento, ar + *pyothórax* (v. este vcb.).
Pnéumorrhagía, *s. f.* (med.) hemorrhagia pulmonar. || De πνεύμων pulmão + ῥαγεῖν romper + des. *ia.*
  Deriv. : *pneumorrhágico* (adj.).
  ***Pneumostómio,** *s. m.* (zool.) orificio estreitado da cavidade palleal, que se abre no lado direito do corpo dos Molluscos Pulmonados. || De πνεύμων pulmão + στόμα bocca + suff. *io.*
  ***Pnêumotherapía,** *s. f.* (med.) methodo de tractamento empregado no emphysema (Hanke). || De πνεῦμα sôpro, vento + θεραπεία tractamento.
Pnéumothórax, *s. m.* (med.) derramamento dum fluido aeriforme nas pléuras. || De πνεῦμα vento, gaz + θώραξ thórax.
Pnéumotomía, *s. f.* (med.) dissecção do pulmão. || De πνεύμων pulmão + τομή corte + des. *ia.*
  Deriv. : *pneumotómico* (adj.).
  ***Pnígo,** *s. m.* (ant.) na comedia grega, passagem que se seguia á parábase, e escripta em dimetros anapesticos. || De πνῖγος.
Podágra, *s. f.* (med.) gôtta nos pés. || De ποδάγρα (e este de πούς, ποδός pé + άγρα prêsa).
  Deriv. : *podágrico* (adj.).
  ***Podarthrócace,** *s. f.* (med.) inflammação das articulações do pé. || De πούς, ποδός pé + άρθρον articulação + κάκη vício, molestia.
  ***Podaxíneas,** *s. f. pl.* (bot.) tribu de Cogumelos Gastromycetes. || Do gen. *Podáxon* (e este de πούς, ποδός pé + άξων eixo) + suff. *ineas.*
Podencéphalo, *adj.* e *s. m.* (terat.) monstro, cujo cerebro, situado fóra do cranio, se apoia num pedunculo. || De πούς, ποδός pé + *encéphalo* (v. este vcb.).
  Deriv. : *podencephalía* (s. f.).
Podére, *s. f.* (ant.) tunica sacerdotal comprida, que descia

até aos pés. || De ποδήρης (e este de πούς, ποδός pé).

Podocárpo, s. m. (bot.) árvore da ordem das Coniferas. || De πούς, ποδός pé + καρπὸς fructo.
N. Do gen. latino *Podocarpus* não deve saïr a forma *podocárpio*, que Figueiredo tambem regista.
Deriv. : *podocárpico* (adj.), *podocarpáto* (s. m.).

Podogýnio, s. m. (bot.) pediculo, que o ovario de certas flôres a presenta.|| De πούς, ποδός pé + γυνή femea + des. *io.*
N. Fig. dá esta significação ao vocabulo — podogyno, — cuja forma é adjectival e não deve ser confundida com a de *podogýnio.*

Podógyno, adj. (bot.) diz-se do disco quando, formado por um corpo carnudo, eleva sensivelmente o ovario. || De πούς, ποδός pé + γυνή mulher, femea.
V. *podogýnio.*

Podología, s. f. (anat.) descripção do pé. || De πούς, ποδός pé + λόγος discurso + des. *ta.*

Podómetro, s. m. instrumento para medir o pé ou a pata de um animal. || De πούς, ποδός pé + μέτρον medida.
Deriv. : *podométrico* (adj.).

Pódophalánge, s. f. (anat.) phalange dos dedos do pé. || De πούς, ποδός pé + *phalánge* (v. este vcb.).
Deriv. : *pódophalangêta* e *podophalangína* (s. f.).

* **Podophthálmos,** s. m. pl. (zool.) secção dos Malacostraceos; têm os olhos pedunculados. || De πούς, ποδός pé + ὀφθαλμὸς ôlho.

Podophyllína, s. f. V. *podophyllíno.*

Pódophyllíno, s. m.chim.) principio activo resinoso do *Podophyllum peltatum.* || De *Podophyllum*, e este de πούς,

ποδός pé + φύλλον folha + suff. *ino.*
N. É usual no Brasil a forma *podophyllina;* mas esta desinencia *ina* deve applicar-se de preferencia aos alcaloides, deixando a outra *ino* para os principios resinosos. Nesta conformidade, e seguindo talvez o uso de Portugal, Fig. só regista a forma que propomos. Placido Barbosa é deste mesmo parecer.

* **Pódophyllíte,** s. f. (veter.) inflammação do tecido podophylloso (v. este vcb).

Podophyllôso, adj. (anat.) diz-se do tecido, que envolve o ultimo osso da pata do cavallo.
|| De πούς, ποδός pé + φύλλον folha + suff. *óso.*

* **Pódoplegmatíte,** s. f. (vet.) inflammação do tecido reticular do cavallo (Vatel). || De πούς, ποδός pé + πλέγμα, ατος trama, rede + des. *ite.*

Podóptero, adj. (zool.) que tem os pés palmados. || De πούς, ποδός pé + πτερὸν aza.

Podóscapho, s. m. nome dado a certo apparelho fluctuante. || De πούς, ποδός pé + σκάφος barco.

Podospérmio, s. m. (bot.) prolongamento filiforme da placenta, em que se insere cada semente || De πούς, ποδός pé + σπέρμα semente. + suff. *io.*
Deriv. : *podospérmico* (adj.).

Podostemáceas, s. f. pl. (bot.) ordem de plantas dicotyledones. || Do gen. *Podostémon* (e este de πούς, ποδός pé + στήμων filete) + suff. *áceas.*

Podúro, adj. (zool.) que anda sóbre a cauda. || De πούς, ποδός pé + οὐρά cauda.
N. A quantidade essencialmente longa, do diphthongo ου de οὐρά condemna a accentuação na antepenultima, auctorizada por Fig. elle proprio quem dá *anúro, arctúro* e outros congeneres paroxytonos.

POÊ — 493 — POL

Deriv. : *podúridas* (s. m. pl.) — fam. de Insectos.
Poêma, *s. m.* composição poetica mais ou menos extensa; epopeia. || De ποίημα, ατος obra (e este de ποιεῖν fazer).
Deriv. : *poeméto* (s. m.).
* **Poéphagos,** *s. m. pl.* (zool.) ordem de Marsupiaes. || De πόη herva ou relva + φαγεῖν comer.
Poesia, *s. f.* arte de escrever em verso; conjuncto dos differentes generos de composições poeticas; composição poetica, etc. || De ποίησις (e este de ποιεῖν fazer, compor) + des. *ia*.
Poéta, *s. m.* o que faz versos, etc. || De ποιητής.
Deriv. : *poetár, poetástro, poética, poético* (adj.), *poetísa* (s. f), *poetizár* (v.).
Pogoníase, *s. f.* desenvolvimento de barba em uma mulher. || De πώγων, ωνος barba + suff. *íase*.
Pogonóphoras, *s. f. pl.* (zool.) aves que apresentam pêllos em volta do bico.||De πώγων, ωνος barba + φορός portador.
Pogonópode, *adj.* (zool.) que tem os pés cobertos de pêllos. || De πώγων, ωνος barba + ποῦς, ποδὸς pé.
N. Fig. grapha impropriamente *pogonópodo*.
Poikilito. V. *pecilito*.
Polachénio, *s. m.* (bot.) fructo sêcco, indehiscente. || De πολύς muito + *achénio* (v. este vcb.).
N. Não devem ser acceitos, nem *polakenio* nem *polaquenio*, que Fig. regista.
Polemárcho, *s. m.* (ant.) chefe superior do exercito; em Athenas, um dos trez archontes. || De πολέμαρχος (comp. de πόλεμος guerra + ἄρχειν commandar).
N. A graphia — polemarco — dada por Fig. não é acceitavel, por contrária á etymologia.

Si elle escreve *monarcha*, porque recusa a mutação do χ em *ch* em outro vcb., que é formado da mesma raiz?
Polémica, *s. f.* discussão, controversia.||De πολεμική, fem. de πολεμικός guerreiro, hostil (e este de πόλεμος guerra).
Polemista, *s. m.* o que gosta de questionar; o que discute bem. || De πολεμιστής combatente.
Polemoniáceas, *s. f. pl.* (bot.) ordem de plantas dicotyledones, que têm por typo o gen. *Polemonium*. || De *Polemonium* (e este de πολεμώνιον) + suff. *áceas*.
Policlinica, *s. f.* clínica feita fóra dos hospitaes. || De πόλις cidade + *clínica* (v. este vcb.).
Pólio, *s. m.* (bot.) planta da ordem das Labiadas — *Teucrium polium* — . || De πόλιον.
Pólioencephalite, *s. f.* (med.) lesão dos nucleos cinzentos do bulbo e da protuberancia annular. || De πολιός cinzento + ἐγκέφαλον encéphalo + suff. *ite*.
Póliomyelíte, *s. f.* (med.) nome dado a várias formas de myelíte. || De πολιὸς cinzento + *myelíte* (v. este vcb.).
Poliorcética, *s. f.* arte de fazer cercos militares. || De πολιορκητική (scil. τέχνη), e este de πόλις cidade + ἕρκος cêrco.
Polióse, *s. f.* o embranquecimento do cabello.|| De πολίωσις (e este de πολιὸς cinzento).
Política, *s. f.* sciencia do govêrno das nações. || De πολιτική (e este de πολίτης cidadão).
Cogn. : *politicão* (s. m.), *politicár* (v.), *politico* (adj.), *politiquéiro* (s. m.), etc.
***Pollaciuría,** *s. f.* (med.) necessidade imperiosa e frequente de urinar. || De πολλάκις

28

muitas vezes + ούρεῖν urinar + des. *ta*.
V. *sychnuría* (vcb. mais bem formado).
Pólo, *s. m.* (geogr.) extremidade do eixo, em tôrno do qual parece gyrar a terra.|| De πόλος eixo, extremidade do eixo.
Deriv. : *polár* (adj.), *polaridáde* (s. f), *polarizár* (v.).
Polyácido, *adj.* (chim.) diz-se da base, na qual uma molecula satura muitas moleculas de acido. || De πολύς muito + *acido* (v. este vcb.).
Pólyadelphíto, *s. m.* (miner.) var. de melanito (granada ferro-calcarea).|| De πολύς muito + ἀδελφός ermão + suff. *ito*.
Polyadélpho, *adj.* (bot.) diz-se dos estames, quando soldados pelos filetes em mais de dous feixes. || De πολύς muito + ἀδελφός ermão.
Deriv. : *polyadelphía* (s. f.).
***Pólyadenôma**, *s. m.*(med.) adenôma multiglandular (Broca).|| De πολύς muito + *adenôma* (v. este vcb.).
Polyándra, *adj.* diz-se da mulher, que tem mais de um marido.|| De πολύανδρος (e este de πολύς muito + ἀνήρ, ἀνδρός homem).
Polyándro, *adj.* (bot.) que tem mais de doze estames, todos livres. || De πολύς muito + ἀνήρ, ἀνδρός homem.
Deriv. : *polyándria* (s. f.) classe, no systema de Linneu ; *polyándrico* (adj.), *polyandría* (s. f.).
Polyanthéa, *s. f.* collecção de escriptos em prosa ou verso em homenagem a um homem illustre ou a algum grande acontecimento. || De πολυανθής cheio de flôres (de πολύς muito + ἄνθος flôr).
Cogn. : *polyántho* (adj.).
***Pólyarchía**, *s. f.* o goverɴo exercido por muitos a um tempo. || De πολυαρχία (e este de πολύς muito + ἄρχειν governar).
***Pólyargíto**, *s. m.* (miner.) var. de anorthíto. || De πολύς muito + ἀργός alvo + suff. *ito*.
***Pólyargyríto**, *s. m.* (miner.) antimonio-sulfureto de prata. || De πολύς muito + ἄργυρος prata + suff. *ito*.
***Pólyarseníto**, *s. m.* (min.) syn. de sarcinito. || De πολύς muito + *arsenico* (v. este vcb.) + suff. *ito*.
* **Pólyarthríte**, *s. f.* (med.) arthrite que attaca muitas articulações. || De πολύς muito + *arthríte* (v. este vcb.).
***Pólyatómico**, *adj.* (chim.) diz-se do corpo, cujo atomo precisa combinar-se com muitos atomos de outro corpo para saturar-se. || De πολύς muito + *atomo* (v. este vcb.) + suff. *ico*.
Deriv. : *pólyatomicidáde* (s. f.).
Pólybasíto, *s. m.* (min.) especie de «prata negra» dos mineiros — (Sb, As)²S³ + 8 ou 9(Ag, Cu)²S. || De πολύς muito + βάσις base + suff. *ito*.
***Pólyblennía**, *s. f.* (med.) corrimento morbido e excessivo de mucosidade. || De πολύς muito + βλέννα mucosidade + des. *ia*.
Polycárpo, *adj.* (bot.) que tem muitos fructos. || De πολύκαρπος (e este de πολύς muito + καρπός fructo).
Cogn. : *polycárpeas* (s. f. pl.).
Polycéphalo, *adj.* (bot.) diz-se duma planta, cuja inflorescencia é formada de muitos capitulos. || De πολύς muito + κεφαλή cabeça.
***Polychétas**, *s. m. pl.* (zool.) ordem de Vermes Chetopodes ; têm os parapodios munidos de muitas sedas. || De πολύς muito + χαίτη crina, pelo lat. scient. *Polychœtœ*.
***Pólycholía**, *s. f.* (med.)

excesso de bile. || De πολύς muito + χολή bile + des. *ia*.

*****Polychótomo**, *adj.* diz-se de um corpo dividido em muitas articulações. || De πολύχοος multiplo + τομή corte.

Polychrésto, *adj.* que tem usos variados. ||De πολύχρηστος (e este de πολύς muito+ χρηστός util).

*****Polychróico**, *adj.* diz-se do corpo, que apresenta côres diversas segundo o sentido em que é visto. || De πολύς muito + χρόα côr + suff. *ico*.
Cogn. : *polychroïsmo* (s. m.).

*****Pólychroíto**, *s. m.* (miner) alteração do cordierito (silicato de aluminio, ferro e magnesio). || De πολύς muito + χρόα côr + suff. *ito*.

*****Polychrômio**, *s. m.* (miner.) syn. de pyromorphito (phosphato de chumbo). || De πολύς muito + χρῶμα côr + des. *io*.

Pólychrómo, *adj.* que tem muitas côres; em que se empregam muitas côres. || De πολύχρωμος (e este de πολύς muito + χρῶμα côr).
N. Fig. accentúa a antepenultima sem fundamento algum.
Deriv. : *pólychromía* (s. f.).

Pólycladía, *s. f.* (bot.) excessivo desenvolvimento de galhos ou ramos,com prejuizo da fructificação.|| De πολύς muito + κλάδος ramo + des. *ia*.

Pólyclados, *s. m. pl.* (zool.) sub-ordem dos Dendroceleos (Plathelminthes). || De πολύκλαδος que tem muitos ramos (comp. de πολύς muito + κλάδος ramo).

Pólyclínica, *s. f.* clínica geral, e que se não applica especialmente a uma molestia. || De πολύς muito + *clínica* (v. este vcb.).
Cogn. : *polyclínico* (s. m.).

V. *policlinica*, vocabulo bem distincto deste.

*****Polyclínidas**, *s. m. pl.* (zool.) familia de Tunicados Synascidios. || Do gen. *Polyclínum* (e este de πολύς muito + κλίνη leito) + suff. *idas*.

Pólycoría, *s. f.* (med.) presença de muitos orificios pupillares. || De πολύς muito + κόρη pupilla + des. *ia*.

Pólycotylédone, *adj.* (bot.) que tem mais de duas cotylédones. || De πολύς muito + *cotylédone* (v. este vcb.).

* **Polycrásio**, *s. m.* (miner.) titano-niobato de uranio, yttrio, ferro, cerio e erbio. || De πολύς muito + κρᾶσις mixtura + des. *io*.

* **Polycroto**, *adj.* (med.) diz-se do pulso, cuja linha descendente apresenta muitas elevações. || De πολύς muito + κρότος batimento, ruído.

*****Polycýstidas**, *s. m. pl.* (zool.) fam. de Esporozoarios Gregarinios. || Em opposição a « Monocystidas », vem de πολύς muito + κύστις bexiga + suff. *idas*.

Polydáctylo, *adj.*(zool.) que tem muitos dedos. || De πολύς muito + δάκτυλος dedo.
Deriv. : *pólydactylía* (s. f.).

*****Polydésmidas**, *s. m. pl.* (zool.) familia de Chilógnathos. || Do gen. *Polydésmus* (e este de πολύς muito + δερμός laço) + suff. *idas*.

Pólydipsía, *s. f.* (med.) sêde excessiva. || De πολύς muito + δίψα sêde + des. *ia*.

Polyédro, *s. m.* (geom.) solido de muitas faces.|| De πολύεδρος (e este de πολύς muito + ἕδρα base).
Deriv. : *polyédrico* (adj.).

Polýgala, *s. f.* (bot.) planta da ordem das Polygalaceas. || De πολύγαλον (e este de πολύς muito + γάλα leite).

PÓL — 496 — PÓL

Deriv.: *polygaláceas* (s. f. pl.), *polygálico* (adj.).
Pólygalactía, *s. f.* (med.) superabundancia de leite. || De πολύς muito + γάλα, ακτος leite + des. *ia*.
Polýgamo, *adj.* e *s. m.* que tem mais de uma mulher ou mais de um marido; que tem muitas femeas. || De πολύγαμος (e este de πολύς muito + γάμος casamento).
Deriv.: *polygamía* (s. f.).
Polygástro, *adj* (zool.) que tem muitos estomagos. || De πολύς muito + γαστήρ estomago).
N. É forma mais breve e melhor do que — polygastrico — que occorre em Fig.
Deriv.: *pólygastría* (melhor do que *polygastricidade*).
Pólygenísmo, *s. m.* (zool.) systema dos que attribuem as raças humanas a varios troncos primitivos.|| De πολύς muito + γένος geração + suff. *ismo*.
Cogn.: *polygenía* (s.f.),*polygenista* (s. m.).
Polyglótta. V. *polyglótto*.
Polyglótto, *adj.* e *s. m.* escripto em muitas linguas; o que falla ou sabe muitas linguas. || De πολύγλωττος (e este de πολύς muito + γλῶττα lingua).
N. Os diccionarios dão e é forma corrente — o polyglotta —; mas esta desinencia só teria justificação, si o vcb. grego fôsse πολυγλώττης (que não existe). Parece pois conveniente adoptar *polyglótto*, bem derivado, e que não offerece sinão ligeira differença de facil acceitação.
Deriv.: *polyglottísmo* (s. m.).
Polýgnatho, *adj.* (terat.) que tem muitos queixos. || De πολύς muito + γνάθος queixo, maxilla.
N. Fig. dá — polygnáto —,

mal escripto e mal accentuado.
Deriv.: *pólygnathía* (s. f.).
Polýgono (¹), *s. m.* planta typo da ordem das Polygonaceas (bistorta, etc.). || De πολύγονον (e este de πολύς muito + γόνυ joelho, angulo).
Deriv.: *pólygonáceas* (s. f. pl.).
Polýgono (²), *s. m.* (geom.) figura plana de muitos angulos e lados. || De πολύγωνον (e este de πολύς muito + γωνία angulo).
N. Como muitos outros derivados de γωνία, em que pese á quantidade etymologica, o vcb. é proparoxytono.
Deriv.: *polygonál* (adj.).
Polýgrapho, *adj.* e *s. m.* o que escreve sôbre materias diversas. || De πολύγραφος (e este de πολύς muito + γράφειν escrever).
Deriv.: *pólygraphía* (s. f.).
Pólygynecía, *s. f.* syn. de polygamia. || De πολύς muito + γυνή, γυναικός mulher +des. *ia*.
Polýgyno, *adj.* (bot.) diz-se da flôr, que tem muitos pistillos. || De πολύς muito + γυνή mulher.
N. Fig. tambem regista a forma — polygynio —, que não é acceitavel.
Deriv.: *polygýnia* (ordem linneana) e *polygynía*.
***Pólyhalíto**, *s. m.* (miner.) sulfato hydratado de calcio, potassio e magnesio.|| De πολύς muito + ἅλς, ἁλός sal + suff. *ito*.
***Pólyhydríto**, *s. m.* (miner.) var. de hisingerito (silicato hydratado, amorpho, de ferro e magnesio). || De πολύς muito + ὕδωρ agua + suff. *ito*.
Polylépido, *adj.* que tem muitas escamas. || Pelo lat. scient. *polylepidus*, vem de πολύς muito + λεπίς, ίδος escama.
***Pólymastía**, *s. f.* (terat.)

anomalia do individuo, que tem muitas mammas. || De πολύς muito + μαστός mamma + suff. *ia*.

Polýmatha, *adj.* e *s. m.* o que sabe muitas sciencias. || De πολυμαθής (e este de πολύς muito + μανθάνειν estudar, saber).
Deriv. : *pólymathía* (s. f.).

*****Polýmelo,** *adj.* (terat.) diz-se do monstro, que tem um ou varios membros accessorios. || De πολύς muito + μέλος membro.

Polymeria, *s. f.* (chim.) um dos casos de isomeria chimica. || De πολύς muito + μέρος parte + des *ia*.
Cogn. : *polýmero* (adj.), *lymerísmo* (s. m.).

*****Polyméridas,** *s. m. pl.* (zool.) ramo dos Artiozoarios, de formas complexas compostas de segmentos successivos. || De πολύς muito + μέρος parte, segmento + suff. *idas*.

*****Polýmetro,** *s. m.* (chim.) provete com muitas escalas graduadas. || De πολύς muito + μέτρον medida.

*****Polymigníto,** *s. m.* (min.) titano-zirconato de yttrio, calcio, ferro, manganez e cerio. || De πολύς muito + μίγνυμι mixturo + suff. *íto*.

Polymórpho, *adj.* (miner.) diz-se do corpo, que apresenta várias formas crystallinas. || De πολύμορφος (e este de πολύς muito + μορφή forma).
Deriv : *pólymorphía* (s. f), e *pólymorphísmo* (s. m.).

Pólynevríte, *s. f.* (med.) inflammação primitiva dos nervos perıphericos. || De πολύς muito + *nevríte* (v. este vcb.).
Deriv. : *pólynevrítico* (adj.).

Polynómio, *s. m.* (math.) quantidade algebrıca composta de muitos termos separados pelo signal + ou — ||De

πολύς muito + νομός distribuição + des. *io*.

*****Polyommátidas,** *s. m. pl.* (zool.) familia de Lepidopteros Rhopaloceros. || Do gen. *Polyómmatus* (e este de πολύς numeroso + ὄμμα, ατος ôlho) + suff. *idas*.

Polyónymo, *adj.* que tem muitos nomes. || De πολυώνυμος (e este de πολύς muito + ὄνομα nome).
N. O vcb. grego está mostrando que não é correcta a forma — polynonymo — registada por Fig.

Polyopía, *s. f.* (med.) estado morbido dos que vêem os objectos multiplicados. || De πολύς muito + ὤψ, ὠπὸς ôlho + des. *ia*.
N. Este vcb. corresponde a outros da mesma familia (diplopia, hemeralopia, etc.), e por isso pode ser conservado ; mas fôra preferivel sem dúvida — *polyopsía* —, formado de ὄψις visão.
Cogn. : *polyópe* (adj.).

Polyorâma, *s. m.* especie de panorama. || De πολύς muito + ὅραμα espectaculo.

Polyorchía, *s. f.* (med.) existencia de mais de dous testiculos no homem. || De πολύς muito + ὄρχις, εως testiculo + des. *ia*.
N. Esta forma é mais chegada á etymologia e portanto preferivel a *polyorchídia*, que Fig. regista, accompanhando o francez — polyorchidie—.

Polyorchidía. V. *polyorchía*.

*****Polýpago,** *s. m.* (terat.) monstro monocephalo formado de dous corpos, de eixos parallelos (Pictet). | De πολύς muito + παγείς unido, pegado.

*****Pólypedía,** *s. f.* (med) presença de muitos fetos na mesma gestação. || De πολύς

28.

muito + παῖς, παιδός filho + des. ia.

Polypétalo, *adj.* (bot.) que tem muitos pétalos livres.|| De πολὺς muito + *pétalo* (v. este vcb.).

Polýphago, *adj.* que come muito. || De πολὺς muito + φαγεῖν comer.

Deriv. : *pólyphagía* (s. f.).

Pólypharmácia, *s. f.* (med.) multiplicidade de medicamentos. || De πολὺς muito + φάρμακον remedio + des. ia.

N. Por analogia este vcb. devêra ser paroxytono; mas o uso generalizado da palavra *pharmacia* fa-lo entrar no rol das excepções.

Cogn. : *polyphármaco* (adj. e s. m.).

Polyphonía, *s. f.* pluralidade de sons relativa a um signal vocal, na escripta dos Assyrios. || De πολὺς muito + φωνή voz + des. ia.

Polyphýllo, *adj.* (bot.) diz-se do calyce formado de muitas peças distinctas. || De πολὺς muito + φύλλον folha.

Pólyphyodóntes, *s. m. pl.* (zool.) animaes que têm mais de uma dentição. || De πολὺς muito + φύω produzo + ὀδούς, ὄντος dente.

*****Pólyphysía,** *s. f.* (med.) abundancia de gazes ou flatuosidades. || De πολὺς muito + φύσα vento + des. ia.

*****Pólypióse,** *s. f.* (med.) obesidade. || De πολὺς muito + πίων gordo + suff. óse.

*****Polypnéa,** *s. f.* (med.) respiração rapida e superficial. || De πολὺς muito + πνέω respiro.

N. Formado á feição de « dyspnea » e outros.

Pólypo, *s. m.* (med.) tumor desenvolvido numa membrana mucosa á custa de suas papillas, de suas glandulas ou do seu chorio. — *s*, *s. m. pl.* (zool.) animaes Metazoarios, do ramo dos Celenterados. || De πολύπους-

οδος (e este de πολὺς muito + πούς, ποδός pé).

N. Adolfo Coelho e Fig. com muito acêrto auctorizam já esta prosodia, fazendo a palavra esdruxula ; o uso do accentuar — polýpo — deve pois ser banido.

Deriv. : *polypéiro* (s. m.) e *polypóso* (adj.).

Pólypodésmio, *s. m.* (med.) instrumento com que se faz a ligadura dos polypos das fossas nasaes. || De *pólypo* (v. este vcb.) + δεσμός laço + suff. *io*.

*****Pólypodía,** *s. f.* (terat.) presença de pés supranumerarios num monstro. || De πολὺς muito + πούς, ποδός pé + suff. *ia*.

Polypódio, *s. m.* (bot.) especie de Feto, do gen. *Polypodium*. || De πολυπόδιον (e este de πολὺς muito + πούς, ποδός pé).

Deriv. : *polypodiáceas* ou *polypodíneas* (s. f. pl.).

Pólypomedúsas, *s. f. pl.* (zool.) classe de Celenterados Cnidarios. || De *pólypo* e *medúsa* (v. estes vcbs.).

*****Pólyporo,** *s. m.* (bot.) gen. de Cogumelos. || De πολὺς muito + πόρος passagem, póro.

Deriv. : *polypóreas* (s. f. pl.).

Pólyposia, *s. f.* (med.) syn. de polydipsia. || De πολὺς muito + πόσις bebida + des. ia.

*****Polypótomo,** *s. m.* (med.) instrumento com que se secciona o pediculo dos pólypos. || De *pólypo* (v. este vcb.) + τομή corte.

*****Polyptéridas,** *s. m. pl.* (zool.) fam. de Peixes Ganoideos. || Do gen. *Polýpterus* (e este de πολὺς muito + πτερόν aza) + suff. *idas*.

Pólyptóto, *s. m.* (gramm.) emprêgo de uma palavra ,no mesmo periodo, sob diversas formas grammaticaes. || De πολύπτωτον (e este de πολὺς muito + πίπτειν caïr).

Pólyrhizo, *adj.* (bot.) que tem muitas raizes. || De πολύς muito + ῥίζα raiz.

*****Polysácceas,** *s. f. pl.* (bot.) tribu de Cogumelos Gastromycetes. || Do gen. *Polysáccum* (e este de πολύς muito + σάκκος sacco) + suff. *eas.*

Pólysarcia, *s. f.* (med.) augmento anormal dos musculos ou do tecido adiposo. || De πολύς muito + σάρξ, αρκός carne + des. *ia.*

Cogn.: polysárco (adj. e s. m.).

*****Pólyscelía,** *s. f.* (terat.) presença de pernas supranumerarias, num monstro. || De πολύς muito + σκέλος perna + des. *ia.*

Cogn.: polýscelo (adj.).

Pólysialía, *s. f.* (med.) excesso de saliva. || De πολύς muito + σίαλον saliva + des. *ia.*

Polyspérmo, *adj.* (bot.) que tem muitas sementes. || De πολύς muito + σπέρμα semente.

Deriv.: pólyspermía (s. f.).

***Polyspherito,** *s. m.* (min.) var. de pyromorphito. || De πολύς muito + σφαῖρα esphera + suff. *ito.*

***Polystémone,** *adj.* (bot.) que tem muitos estames. || De πολύς muito + στήμων filete.

***Polystómeos,** *s. m. pl.* (zool.) ordem de Plathelminthes Trematoideos; têm muitas ventosas. || Do gen. *Polystŏmum,* (e este de πολύς muito + στόμα bocca) + suff. *eos.*

Cogn.: polystómidas (s. m. pl.) — fam.

Polystýlo, *adj.* (archit.) que tem muitas columnas. || De πολύστυλος (e este de πολύς muito + στῦλος columna).

N. A accentuação — polýstylo — dada por Fig. não pode prevalecer.

Polysýllabo, *adj.* (gramm.) que tem mais de trez syllabas. || De πολυσύλλαβος (comp. de πολύς muito + συλλαβή syllaba.

Deriv.: pólysyllábico (adj.).

Pólysyllogístico, *adj.* (phil.) diz-se de um raciocinio composto de um encadeamento de syllogismos. || De πολύς muito + *syllogismo* (v. este vcb.) + des. *ico.*

Polysýndeto, *s. m.* (gramm.) repetição de uma conjuncção em phrases consecutivas. || De πολύς muito + σύνδετον ligação, laço.

N. Fig. tambem regista — polysyndeton —; mas esta desinencia não respeita o genio da nossa lingua e deve ser banida.

Polytéchnico, *adj.* que abrange muitas artes ou sciencias. || De πολύς muito + τέχνη arte + des. *ico.*

***Polytelito,** *s. m.* (min.) var. argentifera de panabasio. || De πολυτελής custoso, magnifico + suff. *ito.*

Polytheísmo, *s. m.* systema religioso, que admitte a pluralidade dos deuses. || De πολύς muito + θεός deus + suff. *ismo.*

Cogn.: polytheísta (s. m.), *polytheístico* (adj.).

***Polythelía,** *s. f.* (terat.) multiplicidade de mammillos numa só mamma. || De πολύς muito + θηλή mammillo + suff. *ia.*

***Polytrichía,** *s. f.* superabundancia de cabellos. || De πολύς muito + θρίξ, τριχός cabello + des. *ia.*

Polýtricho, *s. m.* (bot.) especie de Feto, do gen. Asplenium; avencão (?) || De πολύς muito + θρίξ, τριχος cabello.

Polyuría, *s. f.* (med.) secreção abundante de urina. || De πολύς muito + οὐρεῖν urinar + des. *ia.*

N. As regras de analogia mandam accentuar a penultima.

Deriv.: polyúrico (adj.).

Polyzóico, *adj.* (zool.) diz-se dos animaes, que vivem aggregados. || De πολύς muito + ζῶον animal + suff. *ico.*

* **Polyzónidas**, *s. m. pl.* (zool.) familia de Chilógnathos. || Do gen. *Polyzonium* (e este de πολύς muito + ζώνιον pequena cincta) + suff. *idas.*

* **Pomacéntridas**, *s. m. pl.* tzool.) fam. de Peixes Teleos-(eos. || Do gen. *Pomacentrus* (e este de πῶμα tampa + κέντρον esporão?) + suff. *idas.*

Pômpa, *s. f.* apparato sumtuoso, ostentação, gala. || De πομπή cortejo, apparato.
Deriv. : *pompeár* (v.), *pompóso* (adj.).

* **Pomphólyge**, *s. f.* (med.) pemphigo. — (Chim.) oxydo de zinco. || De πομφόλυξ, υγος.
N. A forma *pómpholyx* é menos boa.

Póntico, *adj.* relativo ao Ponto. || De ποντικός.

* **Pórencephalía**, *s. f.* (med.) variedade de encephalopathia infantil characterizada pela presença de cavidades na superfície dos hemispherios (Heschl). || De πόρος conducto, cavidade + ἐγκέφαλος cerebro + suff. *ia.*

Porísma, *s. m.* (math.) proposição deduzida de um theorema; corollario. || De πόρισμα.

Pornêio. V. *pornêu.*

Pornêu, *s. m.* lupanar, bordel. || De πορνεῖον (e este de πόρνη prostituta).
N. A derivação regular manda passar para *eo* ou *éu* a terminação εῖον do vcb. grego (cf. *gynecéu, prytanêu, l ·cêu*, etc.); não é pois admissivel a forma — porneio —, que Fig. regista.

Pórnocracía, *s. f.* preponderancia das cortezãs na governação pública. || De πόρνη prostituta + κρατεῖν dominar, governar + des. *ia.*
Deriv. : *pornocrático* (adj.).

Pórnographía, *s. f.* escripto ou gravura obscena; tractado da prostituição. || De πόρνη prostituta + γράφειν escrever + des. *ia.*
Deriv. : *pornographár* (v.), *pornográphico* (adj.), *pornógrapho* (s. m.).

Póro, *s. m.* orificio da derme; intersticio hypothetico entre as moleculas dos corpos. || De πόρος passagem, conducto.
Deriv. : *poróso* (adj.) e *porosidáde* (s. f.), *porejár* (v.).

Porocéle, *s. f.* (med.) especie de hernia, em que os envoltorios do escroto se tornam espessos e como callosos. || De πῶρος callosidade + κήλη tumor.
N. Fig. accentúa mal — porócele.

* **Póroceratóse**, *s. f.* (med.) dermatose characterizada por saliencias corneas superficiaes, que têm seu poneto de partida nos conductos sudoriparos (Mibelli). || De πόρος conducto + κέρας, ατος corno + suff. *óse.*
N. Corresponde ao francez — porokératose.

* **Porócyto**, *s. m.* (zool.) cellula cylindrica perfurada, nas esponjas. || De πόρος passagem + κύτος cellula.

* **Porôma**, *s. m.* (med.) excrescencia produzida pela callosidade da epiderme. || De πώρωμα (e este de πῶρος callo).

* **Porómphalo**, *s. m.* (med.) hernia umbilical complicada de callosidades. || De πῶρος callosidade + ὀμφαλός umbigo.

Póroplástico, *adj.* (med.) diz-se de uma substância applicada no tratamento da fractura de ossos. || De πῶρος callo + πλάσσειν formar.

* **Poróse**, *s. f.* (med.) lesão cadaverica do encéphalo, que apresenta aspecto casciforme (P. Marie). || De πόρος cavidade + suff. *óse.*

Pórphyro, s. m. (miner.) rocha basaltica, dura, vermelha ou escura. || De πορφύρα purpura.
Deriv. : porphyrico (adj.), *porphyrizár* (v.), *porphyrização* (s. f.).

Porphyróide, adj. que tem apparencia de pórphyro. || De *pórphyro* (v. este vcb.) + εἶδος forma.

Posideão, s. m. (ant.) um dos mezes do anno attico. || De Ποσειδεών, ῶνος.
N. A forma — Poséidon —, que Fig. regista, não respeita as regras communs de derivação.

Posidónias, s. f. pl. (ant.) festas atticas em honra de Posidão (Neptuno). || De ποσειδώνια (scil. ἱερά), e este de Ποσειδῶν.
N. Fig. escreve — poseidoneas —, sem fazer a transmutação do ει para *i*, e sem respeitar a desinencia ια do vcb. grego.

Posologia, s. f. (med.) indicação das dóses, em que os medicamentos devem ser applicados. || De ποσόν quantidade + λόγος discurso + des. *ia*.

Posthite, s. f. (med.) inflammação do prepucio. || De πόσθη prepucio + suff. *ite*.

*****Potâmeas,** s. f. pl. (bot.) tribu de Naiadaceas. || De ποταμός rio + suff. *eas*.

Pótamographia, s. f. (geog.) descripção dos rios. || De ποταμός rio + γράφειν descrever + des. *ia*.
Deriv. : pótamográphico (adj.).

Pótamophobia, s. f. (med.) medo morbido das correntes d'agua. || De ποταμός rio + φόβος medo + suff. *ia*.

*****Poterineas,** s. f. pl. (bot.) tribu das Rosaceas. || Do gen. typo *Poterium* (e este de ποτήριον copo) + suff. *ineas*.

Póto, s. m. bebida. || De πότος (e este de πίνω bebo).

Práctica, s. f. uso, praxe, experiencia; applicação da theoria, etc. || De πρακτικός (e este de πράσσειν fazer, executar).
N. É geral o uso de escrever — pratica — (sem *c*); mas, attenta a etymologia da palavra e sendo simples a alteração proposta, não ha razão para deixar de acceitá-la.
Deriv. : practicár (v.), *practicánte* (s. m.), *práctico* (adj.).

Pragmática, s. f. conjuncto de regras ou fórmulas para ceremonias; etiqueta, formalidades de boa sociedade. || De πραγματική (fem. de πραγματικός — que diz respeito a negocios —, e este de πρᾶγμα acto, negocio).
Cogn. : pragmático (adj.).

*****Praseólitho,** s. m. (min.) alteração de cordierito (silicato de aluminio, magnesio e ferro). || De πράσον alho verde + λίθος pedra.

*****Prasílitho,** s. m. (min.) var. de chloropheïto. || De πράσον alho verde + λίθος pedra.

Prasína, s. f. (min.) syn. de ehlito (var. de lunnito ou phosphoro-chalcito — H⁶Cu⁶P²O¹⁴). || De πράσον alho verde + suff. *ina*.

Prásino, adj. verde, porraceo. — s (os) acrobatas que appareciam vestidos de verde, nos circos. || De πράσινος verde claro (e este de πράσον alho porro).
N. Fig. accentúa indevidamente a penultima. O lat. pronuncia *prasínus* e *prasíni, orum*.

Prásio, s. m. (min.) quartzo, verde claro, com actinoto. || De πράσον alho verde + suff. *io*.

*****Prasochrômio,** s. m. (min.)

var. de calcario. || De πράσον alho verde + χρῶμα côr + suff. *io*.

Prática. V. *práctica*.

Presbyopia, *s. f.* (med.) syn. de presbytia e presbytismo. || De πρεσβὺς velho + ὤψ, ὠπός olho + des. *ia*.
Cogn. : *presbyópe* (s. m.).

Presbýta, *s. m.* (med.) o que tem a vista confusa, quando os objectos se encaram de perto, e nitida quando se encaram de longe. || De πρεσβύτης velho.
N. Ad. Coelho e Fig. com acêrto mandam fazer o vcb. paroxytono.
Deriv. : *presbytía* (s. f.), *presbytismo* (s. m.).

Presbýtero, *s. m.* sacerdote, padre. || De πρεσβύτερος (comparativo de πρεσβὺς velho, veneravel).
Deriv.: *presbyteriáno*, *presbyterianismo*, *presbyterádo*, *presbytério*.

Priapismo, *s. m.* (med.) erecção intensa do penis, com dôr e ardôr, mas sem desejo de coito. || De πριαπισμός (e este de Πρίαπος Priápo, penis).

Prisma, *s. m.* (geom.) solido que tem dous polygonos eguaes por bases, e parallelogrammos por faces lateraes. || De πρίσμα (e este de πρίειν serrar).
Deriv. : *prismático* (adj.).

* **Prismatina,** *s. f.* (min.) silicato de aluminio e magnesio. || De *prísma* (v. este vcb.) + suff. *ina*.

Prismatóide, adj. (miner.) que tem forma ou apparencia de prísma. || De πρίσμα, ατος prisma + εἶδος forma.
N. É forma mais regular do que *prismoide*, que Fig. egualmente regista.

* **Prismênchyma,** *s. m.* (bot.) tecido vegetal de utriculos prismaticos. || De πρίσμα prisma + ἔγχυμα derramamento.

Prista, *s. m.* o que corta com serra (t. des.). || De πρίστης (e este de πρίειν serrar).

Priste, *s. f.* (ant.) na Grecia · antiga, navio armado de esporão. || De πρίστις, εως (em lat. *pristis*).
N. Fig. escreve — prysto — com desinencia impropria e demais a mais com um *y*, que não tem razão de ser.

Problêma, *s. m.* (math.) questão proposta para se lhe obter a solução. || De πρόβλημα (e este de προβάλλειν propôr).
Deriv. : *problemático* (adj.).

Proboscideos, *s. m. pl.* (zool.) ordem de Mammaes, a que pertence o elephante. || De προβοσκίς, ίδος tromba de elephante + des. *eos*.
N. Tendo o lat. scientifico formado *proboscideus*, não ha razão para preferir *probiscidios* e muito menos *proboscidianos*, que tambem se encontram em Fig.

***Procatárctico,** *adj.* (med.) dizia-se das causas predisponentes de molestia. || De προκαταρκτικός (e este de προκατάρχεσθαι começar).

Próceleusmático, *adj.* (poes.) diz-se do pé de verso, grego ou latino, composto de quatro syllabas breves. || De προκελευσματικός.

* **Procélico,** *adj.* (zool.) diz-se da vertebra, cujo corpo é concavo adeante e convexo atraz. || De πρό adeante + κοῖλον cavidade + suff. *ico*.
Cogn. : *procélios* (s. m. pl.).

Próclise, *s. f.* (gramm.) emprêgo de uma palavra, que antes de outra parece com ella formar uma só, perdendo o seu accento. || De πρό adeante + κλίσις inclinação.
Deriv. : *proclítico* (adj.).

* **Procóndylo,** *s. m.* (anat.)

nome dado ás phalanges ou (talvez melhor) á articulação da phalange com o osso do metacarpo. || De πρό adeante + *cóndylo* (v. este vcb.).

Prócoracóideo, *adj.* e *s. m.* (zool.) diz-se de um osso situado na espadua de alguns animaes. || De πρό adeante + *coracóide* (v. este vcb.) + des. *eo.*

N. Não ha razão para pronunciar *procoracoidêo* ou *procoracoidêu,* como occorre em Fig.

* **Proctalgía,** *s. f.* (med.) dôr no ano, sem phenomenos inflammatorios. || De πρωκτός ano + ἄλγος dôr + des. *ia.*

Proctíte, *s. f.* (med.) inflammação do ano. || De πρωκτός ano + suff. *ite.*

* **Proctocéle,** *s. f.* (med.) quéda do recto. || De πρωκτός ano + κήλη tumor, hernia.

* **Próctopexía,** *s. f.* (med.) fixação da extremidade inferior do recto no sacro. || De πρωκτός ano + πῆξις fixação + suff. *ia.*

* **Próctoplastía,** *s. f.* (med.) formação de um ano perineal (Friedberg). || De πρωκτός ano + πλάσσω formo + suff. *ia.*

* **Próctoptóse,** *s. f.* (med.) syn. de proctocéle. || De πρωκτός ano + πτῶσις quéda.

* **Próctorrhagía,** *s. f.* (med.) hemorrhagia anal. || De πρωκτός ano + ῥαγεῖν romper + des. *ia.*

* **Proctorrhéa,** *s. f.* (med.) corrimento mucoso pelo ano. || De πρωκτός ano + ῥεῖν correr.

* **Próctoscopía,** *s. f.* (med.) exame do ano e do recto. || De πρωκτός ano + σκοπεῖν examinar + suff. *ia.*

Proctótomo, *s. m.* (med.) instrumento para a incisão do ano ou do recto estreitado. || De πρωκτός ano + τομή corte.

Deriv. : próctotomía (s. f.).

Pródromo, *s. m.* preliminar, precursor; indisposição que inicia a molestia. || De πρόδρομος precursor (e este de πρό na frente de + δρόμος carreira).

Deriv. : prodrómico (adj.).

* **Proedría,** *s. f.* (ant.) direito a um logar de honra nas festas, em Athenas. || De προεδρία (comp. de πρό adeante + ἕδρα assento).

Próembryão, *s. m.* (bot.) expansão foliacea, que resulta da primeira geração de cellulas, a que dá logar a germinação dos esporios. || De πρό antes de + *embryão* (v. este vcb.).

Proêmio, *s. m.* introducção, exordio. || De προοίμιον, e este de πρό antes de + οἶμος canto (fig.).

Deriv. : proemiál (adj.), *proemiár* (v.).

* **Proencéphalo,** *adj.* (terat.) diz-se do monstro, cujo encéphalo proemina para fóra e para deante da caixa cerebral. || De πρό adeante + *encéphalo* (v. este vcb.).

* **Proglótte,** *s. f.* (zool.) annel ou segmento completo da tenia. || De προγλωττίς ponta da lingua (comp. de πρό adeante + γλῶττα lingua).

Prógnatho, *adj.* (anthr.) diz-se do cranio, no qual o maxillar superior e os respectivos dentes proeminam para deante, tomando a face a forma de focinho. || De πρό adeante + γνάθος maxilla.

Deriv.: prognathísmo (s. m.).

N. Ad. Coelho, Aulete e Fig. accentúam todos a penultima, exquecendo a quantidade do α da raiz grega.

Prognóstico, *s. m.* juizo do médico sóbre a marcha, duração e termo da molestia. || De προγνωστικόν (e este de

προγιγνώσκειν prever, presentir).
Cogn. : *prognóse* (s. f.).
Deriv. : *prognosticár* (v.).
Prográmma, *s. m.* plano escripto e minucioso de uma festa; projecto; indicação das materias, que se hão de professar numa aula ou numa eschola, etc. || De πρόγραμμα annúncio (e este de πρό antes + γράφειν escrever).
Deriv.: programmatizár (v.).
* **Proléctico**, *adj.* diz-se de um facto annunciado com precedencia. || De προλεκτικός (e este de προλέγειν predizer).
Prolegómenos, *s. m. pl.* introducção de uma obra scientifica; principios geraes de uma sciencia. || De τάπρολεγόμενα (e este de πρό antes, adeante + λέγειν dizer).
Prolépse, *s. f.* (rhet.) figura pela qual se previnem objecções, destruindo-as de antemão. || De πρόληψις anticipação (e este de πρό antes + λαμβάνειν tomar).
Proléptico, *adj.* (med.) diz-se da febre, cujos accessos se anticipam na hora. || De προληπτικός (e este de προλαμβάνειν anticipar).
N. Fig. equivocou-se talvez, confundindo a significação deste vcb. com a de — prolectico —, que procede de outra raiz.
Prólogo, *s. m.* prefacio, preambulo. || De πρόλογος (e este de πρό antes de + λόγος discurso).
Deriv. : *prologár* (v.).
Promorphóse, *s. f.* (biol.) passagem para uma forma mais elevada do que a habitual. || De πρό adeante + μορφή forma + suff. óse.
* **Prónephro**, *s. m.* rim anterior; canal longitudinal que vae do coração á cloaca. ||
De πρό antes, adeante + νεφρός rim.
Próparoxýtono, *adj.* (gramm.) diz-se da palavra que tem o accento predominante na antepenultima syllaba. || De προπαροξύτονος (comp. de πρό antes + παροξύτονος paroxytono).
Propathía, *s. f.* (med.) syn. de prodromo. || De προπάθεια (e este comp. de πρό antes + πάθος molestia).
Propedêutica, *s. f.* introducção, prolegómenos de uma sciencia. || De προπαιδεύειν ensinar elementos (comp. de πρό antes + παιδεύειν ensinar).
Cogn. : *propedêutico* (adj.).
Prophecía, *s. f.* predicção do futuro. || De προφήτεια (e este de πρόφημι predizer).
Cogn. : *prophéta* (s. m.), *prophético* (adj.), *prophetiza* (s. f.), *prophetizár* (v.).
Próphylaxía, *s. f.* (med.) precaução contra o desenvolvimento de uma enfermidade. || De προφύλαξις precaução + des. ia.
Deriv. : *prophyláctico* (adj.).
Proplásma, *s. m.* (esculpt.) modêlo de barro ou cera para trabalhos de esculptura; esbôço. || De πρόπλασμα (deriv. de πρό antes de + πλάσσειν formar).
N. Fig. regista *proplástico* com esta significação; mas, além de haver no grego o proprio vcb. πρόπλασμα, milita contra esse alvitre a desinencia *ico*, que é geralmente de adjectivos.
Proplástico. V. *proplásma*.
Própole, *s. f.* substância que as abelhas segregam e com que fecham as cellulas do favo ou do cortiço: || De πρόπολις (e este de πρό na frente de + πόλις cidade).
N. Fig. mantem a desinencia grega — propolis —; mas as regras de derivação e a ana-

logia condemnam esta forma (cf. *acrópole*, *metrópole*, etc.).
Proptôma. V. *proptóse*.
Proptóse, *s. f.* (med.) prolongamento morbido de uma parte qualquer. || De πρόπτωσις (e este de πρό para deante + πίπτειν caïr).
N. Em francez existem as duas formas — proptome — e — proptose —; Fig. regista ambas: *proptoma* e *proptose*. Cremos que só se deve empregar — *proptose* —, já por haver no grego o proprio vcb. πρόπτωσις, já porque a desinencia *ôma* é peculiar a tumores.
Propylêu, *s. m.* (archit.) entrada vasta de antigos edificios circundada de columnas. || De προπύλαιον (e este de πρό deante + πύλη porta).
Proscóllio, *s. m.* (bot.) tuberculo granuloso na flôr das Orchidaceas, que segrega um humor viscoso, por meio do qual adherem as massas pollinicas (Richard). || De πρός juncto de + κόλλα grude + des. *io*.
N. Fig. consigna *próscolo*, mal graphado e mal accentuado, como se vê da etymologia; demais, a desinencia *io* é a que convem á natureza do vcb.
Prosélyto, *s. m.* individuo convertido a uma doutrina; sectario. || De προσήλυτος (e este de προσέρχομαι approximar-se, vir para).
Deriv.: *proselytismo* (s. m.).
Prosênchyma, *s. m.* (bot.) tecido fibroso vegetal. || De πρός a, contra + ἔγχυμα infusão.
Deriv.: *prosenchymatôso* (adj.).
* **Prosobránchios**, *s. m. pl.* (zool.) sub-classe dos Molluscos Gastropodes; têm as branchias adeante do coração.

|| De πρόσω para deante + *bránchia* (v. este vcb.) + des. *ios*.
Prosódia, *s. f.* (gramm.) pronúncia regular das palavras. || De προσωδία accentuação (e este de πρός juncto de + ὠδή canto).
Deriv.: *prosódico* (adj.).
Prosópalgía, *s. f.* (med.) nevralgia facial. || De πρόσωπον face + ἄλγος dôr + des. *ia*.
Deriv.: *prosopálgico* (adj.).
* **Prosopíto**, *s. m.* (min.) fluoreto hydratado de calcio e aluminio. || De πρόσωπον face, rosto + suff. *ito*.
Prosópopéia, *s. f.* (rhet.) figura que dá acção, movimento ou voz ás cousas inanimadas. || De προσωποποιία (e este de πρόσωπον figura, apparencia + ποιεῖν fazer).
N. Claro é pela etymologia do vcb., que a forma — prosopopéa — é menos correcta.
Prósphyse, *s. f.* (med.) adherencia anormal. || De πρόσφυσις adherencia, appendice.
* **Prosphyséctomía**, *s. f.* (med.) ablação do appendice do céco (Guinard). || De πρόσφυσις appendice + ἐκτομή ablação + suff. *ia*.
Próstata, *s. f.* (anat.) glandula situada na linha mediana e por baixo do collo da bexiga no homem. || Pelo lat. scient. *prostatus*, vem de προστάτης que está deante (e este de πρό deante de + ἵστημι collocar).
Deriv. : *prostático* (adj.), *prostatite* (s. f.), *prostatismo* (s. m.).
Próstatalgía, *s. f.* (med.) dôr na próstata. || De *próstata* + ἄλγος dôr + suff. *ia*.
Próstatéctomía, *s.f.* (med.) ablação da próstata ou de parte della. || De *próstata* + ἐκτομή ablação + suff. *ia*.
Próstatocéle, *s. f.* (med.) tumor da próstata. || De *prós-*

tata (v. este vcb.) + κήλη tumor.

Próstatólitho, *s. m.* (med.) cálculo da próstata. || De *próstata* (v. este vcb.) + λίθος pedra.

* **Próstatomonóse,** *s. f.* (med.) operação que consiste em isolar a próstata (Audry). || De *próstata* (v. este veb.) + μόνωσις acção de isolar.

***Próstatopexía,** *s. f.* (med.) operação que consiste em luxar a próstata e isolá-la (Delagénière). || De *próstata* + πῆξις fixação + suff. *ia*.

Próstatotomía, *s. f.* (med.) incisão da próstata. || De *próstata* + τομή corte + suff. *ia*.

N. De certo por lapso typographico se lê em Fig. — prostatomia.

Prósthese, *s. f.* (gramm.) accrescimo de uma lettra ou syllaba no princípio de uma palavra. || De πρόσθεσις (e este de προστίθημι accrescento).

N. Os diccionarios dão tambem — prothese —, e esta é até a forma mais geralmente usada pelos grammaticos; mas, á vista da etymologia, é evidentemente preferivel a outra forma. Accresce que o vcb. *próthese* deve ter e tem outra accepção em portuguez.

Deriv.: prosthético (adj.).

* **Prostómidas,** *s. m. pl.* (zool.) familia de Vermes Rhabdoceleos. || Do gen. *Próstomum* (e este de πρό adeante + στόμα bocca) + suff. *idas*.

Prostýlo, *s. m.* (archit.) fachada de um templo ornada de columnas. || De πρόστυλον (e este de πρό deante de + στῦλος columna).

Prósyllogísmo, *s. m.* (log.) conclusão que, numa série polysyllogistica, serve de premissa do raciocinio subsequente. || De πρό deante, antes de + *syllogismo* (v. este vcb.).

Deriv.: prosyllogístico (adj.).

Protagonista, *s. m.* principal personagem duma peça dramatica, etc. || De πρωταγωνιστής (e este de πρῶτος primeiro + ἀγωνιστής campeão, athleta).

N. A corruptela vulgar — protogonista — é de todo condemnavel.

Protándrico, *adj.* (biol.) diz-se da dichogamia animal ou vegetal, em que os orgãos masculinos se desenvolvem mais cedo do que os femininos. || De πρῶτος primeiro + ἀνδρικός masculino (de ἀνήρ homem).

Cogn.: protándro (adj.).

* **Protargól,** *s. m.* (pharm.) proteinato de prata, medicamento moderno. || De *proteína* (v. este vcb.) + αργ (parte de ἄργυρος prata) + suff. *ól*.

Prótase, *s. f.* (litt.) exposição do assumpto de um poema dramatico; primeira parte de um periodo. || De πρότασις (e este de προτείνω propôr, pôr em questão).

Deriv.: protático (adj.).

* **Protéidas,** *s. m. pl.* (zool.) fam. de Batrachios Urodelos. || Do gen. *Protéus* (e este de Πρωτεύς Proteu, deus marinho) + suff. *idas*.

Proteína, *s. f.* (chim.) substância resultante da acção da potassa sôbre materias albuminoides (Mulder). || De πρῶτος primeiro + suff. *ina*.

Deriv.: protéico (adj.).

* **Protencéphalo,** *s. m.* (anat.) cerebro anterior, resultante da evolução da vesicula anterior (Huxley). || De πρῶτος primeiro + *encéphalo* (v. este vcb.).

* **Protélyse,** *s. f.* (physiol.) díssolução e digestão das substâncias proteicas. || De *protéico* (v. *proteína*) + λύσις dissolução.

Deriv.: próteolýtico (adj.).

Proteránthō, *adj.* (bot.) diz-

se da planta, cujas flôres nascem antes das folhas. || De πρότερος primeiro + ἄνθος flôr.
N. Na definição dada por Fig. ha evidente equívoco, e a forma que elle propõe — proterantheo — não é a melhor.

* Proteróglyphos, *s. m. pl.* (zool.) grupo de Ophidios venenosos. || De πρότερος deanteiro + γλυφή incisão.

Próthese, *s. f.* (med.) acto de substituir por uma preparação artificial um orgam que foi tirado, todo ou em parte. || De πρόθεσις (e este de πρό de preferencia a + τίθημι pônho).
N. É conveniente não confundir este vcb. com *prosthese*.
Deriv. : *prothético* (adj.).

Prothórax, *s. m.* (zool.) o annel anterior do thórax dos Insectos. || De πρό adeante + θῶραξ thórax.

Prothýride, *s. f.* (archit.) ornato no fecho de uma arcada e coroado por cimalha dorica (Fig.). || Pelo lat. *prothỹris, ĭdis*, vem de προθυρίς (e este de πρό deante + θύρα porta).
N. A etymologia mostra bem que Fig. se enganou escrevendo *prostyrido*. Pela regra usual de formação (do accusativo latino — prothyridem —) está claro que o vcb. port. deve ter a desinencia *ide* e ser feminino.

Próthyro, *s. m.* (archit.) vestibulo, nos antigos edificios gregos. || De πρόθυρον (e este de πρό deante de + θύρα porta).

Protístas, *s. m. pl.* (biol.) organismos da maior simplicidade, constituidos por uma massa de prótoplásma, e que, na opinião de Heckel, formam um reino á parte. || De πρῶτος primeiro + suff. *istas*.

Próto¹, prefixo empregado em Chimica para designar o primeiro grau de combinação. || De πρῶτος primeiro.

Proto², *s. m.* chefe de officina typographica. || De πρῶτος primeiro.

* Protoblástio, *s. m.* (biol.) cellula animal ou vegetal, cuja parede não se distingue da cavidade. || De πρῶτος primeiro + βλαστός germe + suff. *io*.

Próto-canónico, *adj.* (theol.) diz-se dos livros sanctos já reconhecidos como canonicos antes de se formarem os Canones da Escriptura (Fig.). || De *próto* + *canónico* (v. estes vcbs.).

* Protochloritos, *s. m. pl.* (min.) grupo dos Chloritos menos ricos de silica. || De πρῶτος primeiro + *chlorito* (v. este vcb.).

* Protochórdos, *s. m. pl.* (zool.) ramo dos Chordatos inferiores. || De πρῶτος primeiro + χορδή rad. de *Chordatos* (v. este vcb.).

Protocócco, *s. m.* (bot.) uma alga unicellular. || De πρῶτος primeiro + κόκκος grão, semente.

Protoctista, *s. m.* (theol.) hereje que sustentava que a alma é creada antes do corpo (Fig.). || De πρωτοκτίστης (e este de πρῶτος primeiro + κτίζειν fundar, crear).

Prótogýnico, *adj.* (biol.) diz-se da dichogamia animal ou vegetal, em que os orgãos femininos se desenvolvem mais cedo do que os masculinos. || De πρῶτος primeiro + γυνή mulher + des. *ico*.
Cogn. : *protógyno* (adj.).

*Prótolithionito, *s.m.* (min.) mica com lithio e ferro. || De πρῶτος primeiro + *lithionito* (v. este vcb.).

Próto-mártyr, *s. m.* o primeiro martyr. || De πρῶτος primeiro + *mártyr* (v. este vcb.).

* Prótomeríta, *s. m.* (zool.) parte anterior e menor, em que se divide o endoplasma de alguns Gregarinios. || De πρῶτος primeiro + μέρος parte + des. ita.

***Prótoneurônio**, s. m. primeiro neurônio da cadeia centripeta ou centrifuga do arco reflexo (Brissaud). || De πρῶτος primeiro + *neurônio* (v. este vcb.).

Prótopathía, s. f. (med.) a molestia essencial. || De πρῶτος primeiro + πάθος molestia + des. ia.
Deriv. : *prótopáthico* (adj.).

Protóphyto, s. m. (bot.) vegetal unicellular, de organização mais simples. || De πρῶτος primeiro + φυτόν planta.
N. Fig. fa-lo feminino, sem razão.

Prótoplásma, s. m. (biol.) substáncia primordial dos organismos; base physica da vida (Huxl.). || De πρῶτος primeiro + *plásma* (v. este vcb.).
Deriv. : *prótoplasmático* (adj.), melhor do que « protoplasmico ».

*** Protopódio**, s. m. (zool.) parte basilar do appendice dum Crustaceo. || De πρῶτος primeiro + ποῦς, ποδός pé + des. io.
N. No francez o vcb. tem a desinencia *ite*, que não vemos razão para conservar em portuguez.

*** Prótothérios**, s. m. pl. (zool.) primeira sub-classe dos Mammaes; são animaes que ainda apresentam manifestos characteristicos de Reptil. || De πρῶτος primeiro + θήρ féra, animal bravio + des. *ios*.

Protótypo, s. m. primeiro typo, modêlo. || De πρωτότυπος (e este de πρῶτος primeiro + τύπος typo).
Deriv. : *prototýpico* (adj.).

*** Protoxóide**, s. m. (med.) toxóide, que tem para a antitoxina avidez maior do que a toxina especifica (Erlich). || De πρό que indica preferencia + *toxóide* (v. este vcb.).

Prótozoários, s. m. pl. (zool.) sub-reino zoologico, que comprehende os animaes, cujo corpo é formado de um só elemento anatomico. || De πρῶτος primeiro + ζωάριον animalculo.

Proxenéta, s. m. mediador, corretor de negocios. || De προξενητής (e este de προξενεῖν negociar).
Deriv. : *proxenético* (adj.), *proxenetismo* (s. m.).

Próxeno, s. m. (ant.) especie de consul ou amigo official de um Estado extrangeiro, com quem o seu mantinha relações politicas ou commerciaes. || De πρόξενος.

Prozóico, adj. anterior ao apparecimento dos seres vivos. || De πρό antes de + ζῶον animal + suff. *ico*.

Prýtane, s. m. (ant.) membro da commissão do senado atheniense, que presidia a assemblea e dirigia os negocios publicos por espaço de 35 ou 36 dias do anno. || De πρύτανις.
Deriv. : *prytanía* (s. f.).
N. A pronúncia — prytáne, — que Fig. consigna, é condemnada pela quantidade da raiz.

Prytanêu, s. m. (ant.) edificio ou palacio, onde os archontes athenienses tractavam dos negocios publicos. || De πρυτανεῖον.

Psálmo, s. m. (theol.) cada um dos canticos attribuidos a David; cantico de louvor a Deus. || De ψαλμός (e este de χάλλω toco, canto).
Deriv. : *psalmeár* (v.); *psálmico* (adj.), *psalmista* (s. m.).

Psalmódia, s. f. modo de recitar os psálmos; maneira monotona de declamar, etc. || De ψαλμωδία (e este de ψαλμὸς psálmo + ᾠδή canto).
N. E preferivel esta pronún-

cia, auctorizada por Auleto e Ad. Coelho, a *psalmodía* que Fig. acconselha. (Cf. *prosódia, comédia, tragédia* e outros deriv. de ῴδή).
Deriv. : *psalmodiár* (v.).
Psaltério, *s. m.* instrumento de cordas, que se dedilhavam ou se tocavam com o plectro. || De ψαλτήριον harpa.
Psáltria, *s. f.* tangedora de cithara. || De ψάλτρια (fem. de ψάλτης).
N. Sendo breve o *i* tanto no grego como no latim, não ha fundamento para pronunciar *psaltría* como dá Fig.
Psammíto, *s. m.* (miner.) argilla granulosa de terrenos fossiliferos. || De ψάμμος areia + suff. *íto.*
* **Psammôma**, *s. m.* (med.) nome dado por Virchow a uma classe de tumores. || De ψάμμος areia + suff. *ôma.*
* **Psammóphidas**, *s. m. pl.* (zool.) fam. de Ophidios Colubriformes. || Do gen. *Psámmophis* (e este de ψάμμος areia + ὄφις serpente) + suff. *idas.*
* **Psathyríto**, *s. m.* (min.) uma resina fossil. || De ψαθυρός fragil, quebradiço + suff. *íto.*
* **Psathyrósio**, *s. m.* (min.) o mesmo que psathyríto.
* **Pseláphidas**, *s. m. pl.* (zool.) familia de Coleopteros Pentameros. || Do gen. *Psélaphus* (e este de ψηλαφάω tateio, apalpo) + suff. *idas.*
Psellísmo, *s. m.* (med.) gagueira. || De ψελλισμὸς (e este de ψελλίζειν gaguejar).
Psephísma, *s. m.* (ant.) decreto da assemblea do povo, entre os Gregos. || De ψήφισμα (e este de ψῆφος voto).
* **Psephógrapho**, *s.m.* máchina que regista o voto (Boggiano).||De ψῆφος voto + γράφω escrevo.
* **Pséudarthróso**, *s. f.* (med.) articulação accidental produzida entre as duas extremidades de uma fractura. || De ψεῦδος falsidade + ἄρθρον articulação + suff. *óse.*
* **Pséudencéphalo**, *s. m.* (terat.) monstro que tem o encéphalo substituido por um tumor vascular. || De ψευδής falso + *encéphalo* (v. este vcb.).
Deriv. : *pseudencephálios* (s. m. pl.).
* **Pséudesthesia**, *s. f.* (med.) sensação falsa. || De ψευδής falso + αἴσθησις sensação + des. *ia.*
* **Pseudhelmínthes**, *s. m. pl* (zool.) grupo de Vermes, que se avizinha do dos Trematoideos. || De ψεῦδος falso + ἕλμις, ινθος verme.
* **Pseudhýmene**, *s. f.* (med.) falsa membrana (Laboulbène). || De ψεῦδος falso + ὑμήν, ένος membrana.
Psêudo.... prefixo designativo de falso. || De ψεῦδος falsidade, mentira.
* **Pséudoapatíto**, *s. m.* (min.) pseudomorphose de pyromorphito. || De ψευδής falso + *apatíto* (v. este vcb.).
* **Pséudoblepsía**, *s. f.* (med.) perversão do sentido da vista. || De ψευδής falso + βλέψις vista + des. *ia.*
* **Pséudocampylíto**, *s. m.* (min.) var. de pyromorphito. || De ψευδής falso + *campylíto* (v. este vcb.).
* **Pseudocéphalo**, *s. m.* (terat.) monstro que, parecendo acéphalo, tem todavia a caixa craniana occulta. || De ψευδής falso + κεφαλή cabeça.
***Pséudochrómesthesia**, *s. f.* (med.) percepção anomala das impressões visuaes, em que as vogaes parecem coloridas, cada uma de seu modo (Chabalier). || De ψευδής falso + χρῶμα côr + αἴσθησις sensação + des. *ia.*
* **Pséudochrysólitho**, *s.m.*

(min.) syn. de obsidiana (var. compacta e amorpha de orthosio). || De ψευδής falso + *chrysólitho* (v. este vcb.).

* **Psêudodiallágio,** *s. m.* (min.) var. de diallágio. || De ψευδής falso + *diallágio* (v. este vcb.).

* **Psêudoleucíto,** *s. m.* (min.) alteração de leucíto. || De ψευδής falso + *leucíto* (v. este vcb.).

* **Pseudólitho,** *s. m.* (min.) var. de talco (silicato hydratado de magnesio). || De ψευδής falso + λίθος pedra.

* **Psêudomalachíto,** *s. m.* (min.) syn. de lunnito (phosphato de cobre). || De ψευδής falso + *malachito* (v. este vcb.).

***Psêudomnesía,** *s. f.* (med.) perturbação da memoria, em que o individuo julga lembrar-se de factos, que nunca existiram. || De ψευδής falso + μνῆσις memoria + des. *ia*.

***Psêudomónophyodónte,** *adj.* (zool.) diz-se dos Mammaes (Insectivoros e Chiropteros), cuja dentição de leite se reabsorve durante o periodo fetal. || De ψευδής falso + *mónophyodónte* (v. este vcb.).

Psêudomorphóse, *s. f.* (cryst.) falsa apparencia, em consequencia da qual uma substância toma formas crystallinas de outra. || De ψεῦδος falso + μόρφωσις formação.

Cogn. : *pseudomórpho* (adj.), *pseudomorphismo* (s. m.).

* **Psêudonephelína,** *s. f.* (min.) var. de nephelína. || De ψευδής falso + *nephelina* (v. este vcb.).

* **Psêudonephríto,** *s. m.* (min.) var. de pagodito (especie de silicato de aluminio hydratado). || De ψευδής falso + *nephrito* (v. este vcb.).

* **Psêudonevrópteros,** *s. m. pl.* (zool.) ordem de Insectos. || De ψευδής falso + *nevrópteros* (v. este vcb.).

Pseudónymo, *s. m.* e *adj.* nome falso ou supposto; diz-se da obra escripta sob nome supposto. || De ψευδώνυμος (e este de ψευδής falso + ὄνομα nome).

Deriv. : *pséudonymía* (s. f.).

* **Psêudophito,** *s. m.* (min.) var. de pennina (especie de chlorito). || De ψευδής falso + *ophito* (v. este vcb.).

Pseudopódio, *s. m.* (zool.) prolongamento temporario e movel da ameba. || De ψευδής falso + πούς, ποδός pé + suff. *io*.

N. Figueiredo regista *pseudópodo*, cuja desinencia é menos boa, e *pseudopos* que evidentemente é mal formado.

* **Psêudorexía,** *s. f.* (med.) falso appetite. || De ψευδής falso + ὄρεξις fome + des. *ia*.

* **Psêudoscapólitho,** *s. m.* (min.) var. de wernerito (silicato de aluminio e calcio). || De ψεῦδος falso + *escapólitho* (v. este vcb.).

Psêudoscópio, *s. m.* especie de estereoscopio, que transforma á vista um espelho concavo em convexo, etc. || De ψεῦδος falso + σκοπεῖν vêr + des. *io*.

Deriv. : *pseudoscópico* (adj.).

* **Psêudoscorpionídeos,** *s. m. pl.* (zool.) ordem de Arachnoideos. || De ψευδής falso + *escorpionídeos* (v. este vcb.).

* **Pseudosmía,** *s. f.* (med.) hallucinação do olfacto. || De ψευδής falso + ὀσμή cheiro + des. *ia*.

Psêudospérmo, *adj.* (bot.) diz-se do fructo, cuja semente está soldada ao pericarpio. || De ψευδής falso + σπέρμα semente.

* **Psêudosteatíto,** *s. m.* (min.) var. de argilla. || De ψεμδής falso + *esteatito* (v. este vcb.).

***Psêudotoxíno,** *s.m.* (chim.)

extracto tirado das folhas da belladona (Brandes). || De ψευδής falso + *tóxico* (v. este vcb.) + suff. *ino*.
N. Não sendo alcaloide, ó preferivel esta desinencia a *ina*.
* **Psêudotridymito,** *s. m.* (min.) tridymito com a densidade do quartzo. || De ψευδής falso + *tridymito* (v. este vcb.)
Psiléta, *s. m.* (ant.) no exercito grego, soldado armado á ligeira. || De ψιλήτης (e este de ψιλός liso, desarmado).
N. Fig. regista mais ou menos com esta significação o vcb. *psilito*, que não é de boa formação e não deve portanto prevalecer.
* **Psilomelânio,** *s.m.* (min.) oxydo de manganez hydratado barytifero. || De ψιλός liso, nú + μέλας preto + suff. *io*.
* **Psilóteas,** *s. f. pl.* (bot.) tribu de Lycopodiaceas. || Do gen. *Psilotum* (e este de ψιλότης calvo, glabro?) + suff. *eas*.
* **Psimythito,** *s. m.* (min.) syn. de leadhillito (sulfocarbonato hydratado de chumbo). || De ψίμυθος alvaiade + suff. *ito*.
Psithia, *s. f.* especie de uva grega. || De ψιθία.
N. É melhor do que *psythia* (com. *y*).
Deriv. : *psithio* (adj.).
Psittácidas, *s. m. pl.* (zool.) familia de Aves, que tem por typo o papagaio (gen. Psittacús). || De ψιττακός papagaio + suff. *idas*.
N. Fig. regista — psittacídios — com a terminação *idios*, que não é tão propria; quanto á derivação de εἶδος, a asserção é inadmissivel.
Cogn. : *psittacíneos* (s. m. pl.).
* **Psittacinito,** *s. m.* (min.) vanadato hydratado de chumbo e cobre. || De ψιττακὸς papagaio + suff. *ito*.
Psittacóse, *s. f.* (med.) molestia infecciosa, transmittida pelo papagaio ao homem. || De ψιττακός papagaio + suff. *óse*.
Psôas, *s. m.* (anat.) nome dos dous musculos, que se extendem pela parte anterior das vertebras lombares. || De ψόαι lombos.
Deriv. : *psoíte* (s. f.).
Psóra, *s. f.* (med.) nome generico de certas molestias cutaneas. || De ψώρα sarna.
Deriv. : *psórico* (adj.).
* **Psórelytria,** *s. f.* (med.) estado granuloso da mucosa da vagina, na blennorrhagia. || De ψώρα sarna, dartro + ἔλυτρον vagina + des. *ia*.
* **Psórenteria,** *s. f.* (med.) erupção na mucosa intestinal dos cholericos. || De ψώρα sarna, dartro + ἔντερον intestino + des. *ia*.
Psoriase, *s. f.* (med.) molestia chronica e escamosa da pelle, etc. || De ψωρίασις (e este de ψώρα dartro).
* **Psórophthalmia,** *s. f.* (med.) variedade de blepharite. || De ψώρα dartro + *ophthalmia* (v. este vcb.).
Psorópta, *s. m.* (zool.) gen. de Sarcoptidas, parasita cutaneo do cavallo e do boi. || De ψώρα sarna.
N. Pelo lat. scient. *Psoroptes* (vcb. mal formado, quiçá á imitação de *Sarcoptes*).
* **Psórospérmia,** *s.f.* (bot. alga parasita, com forma de corpusculo globuloso, etc. || De ψώρα sarna + σπέρμα semente + des. *ia*.
Deriv. : *psórospermóse* (s.f.).
Psýchagogia, *s.f.* evocação das almas dos mortos. || De ψυχαγωγία (e este de ψυχή alma + ἄγειν conduzir, attrahir).
Cogn. : *psychagógo* (s. m.).
* **Psýchasthenia,** *s.f.* (med.) indecisão do espirito, tendencia á dúvida, nos degenerados. ||

De ψυχή alma + ά priv. + θσένος fôrça + suff. *ia*.

Psýche, *s. f.* a alma (neol.). || De ψυχή.

Deriv. : *psýchico* (adj.). *psychismo* (s. m.).

Psychiátra. V. *psychiátro*.

Psychiátro, *s. m.* (med.) médico que tracta de molestias mentaes. || De ψυχή alma + ἰατρός medico.

N. Anda nos diccionarios, e diz-se vulgarmente *psychiátra;* mas esta desinencia só teria razão de ser, si o vcb. proviesse de ψυχιατρής,-ou simplesmente de ἰατρής, — palavras que não existem no grego. A derivação regular manda formar — psychiatro, — e a correcção é facil.

Deriv. : *psychiatría* (s. f.), *psychiátrico* (adj.).

* **Psýchidas**, *s. m. pl.* (zool.) familia de Lepidopteros Bombycineos. || Do gen. *Psyche* (e este de ψύχη borboleta) + suff. *idas*.

Psychíneas, *s. f. pl.* (bot.) tribu das Cruciferas, que tem por typo o gen. *Psychíne*. || De ψυχεινός refrigerante + suff. *eas*.

Psycho-dynamísmo, *s. m.* (phil.) doutrina philosophica dos que reduzem a uma fôrça todas as energias do universo. || De ψυχή alma + δύναμις fôrça + suff. *ismo*.

Psýchogenía, *s. f.* (phil.) genese ou origem da alma. || De ψυχή alma + γένος geração + des. *ia*.

Deriv. : *psychogénico* (adj.).

Psychógrapho, *s. m.* médio, que escreve por suggestão ou influencia dos espiritos. || De ψυχή alma + γράφειν escrever.

Deriv. : *psychographía* (s. f.).

Psychología, *s. f.* (phil.) tractado ácerca da alma. || De

ψυχή alma + λόγος discurso + des. *ia*.

Cogn. : *psychólogo* (s. m.), *psychológico* (adj.).

* **Psýchometría**, *s. f.* registo e medida da actividade intellectual. || De ψυχή alma + μέτρον medida + suff. *ia*.

Psychopátha, *s. m.* (med.) que soffre de molestia mental. || De ψυχή alma + πάθος soffrimento.

N. Psychopata (sem *h*), como vem em Fig., não tem razão de ser, maxime escrevendo o mesmo lexicographo « psychopathia ». A quantidade breve do 'ο de πάθος induziria a fazer o vcb. esdruxulo; mas já outras palavras formadas da mesma raiz, fê-las o uso geral paroxytonas. Melhor é pois que todas sigam identica prosodia (cf. *allopátha, homeopátha*).

Deriv. : *psychopathía* (s. f.), *psychopáthico* (adj.).

Psýchophonía, *s. f.* (espir.) communicação dos espiritos pela voz do médio. || De ψυχή espirito + φωνή voz + des. *ia*.

Deriv. : *psychophónico* (adj.).

Psychóse, *s. f.* (med.) molestia mental. || De ψυχή alma + suff. *óse*.

* **Psýchotherapía**, *s. f.* (med.) suggestão applicada methodicamente no tractamento das molestias (Bernheim). || De ψυχή alma + θεραπεία tractamento.

Deriv. : *psychotherápico* (adj.).

* **Psychrólogo**, *s. m.* (med.) médico que se occupa especialmente do emprêgo de banhos frios. || De ψυχρός frio + λόγος tractado.

Psychrómetro, *s. m.* (phys.) instrumento para avaliar a quantidade de vapor d'agua existente na atmosphera. || De ψυχρόν agua fria + μέτρον medida.

Deriv.: psychrometria (s.f.).

* **Psýchrotherapía**, *s. f.* (med.) tractamento pelo uso do frio. || De ψυχρός frio + θεραπεία tractamento.

* **Psydrácio**, *s. m.* (med.) pustulazinha sem círculo inflammatorio accentuado. || De ψυδράκιον.

* **Psýllidas**, *s. m. pl.* (zool.) familia de Insectos Hemipteros. || Do gen. *Psylla* (e este de ψύλλα pulgão) + suff. *idas*.

Psýllo, *s. m.* domesticador de serpentes. || De Ψύλλοι. Psyllos, povo da Lybia que tinha preservativos contra o veneno ophidico.

N. Fig. regista — psylla — (com a terminação *a* que se não explica). O nome lat. é *Psylli, orum*.

Psýthia, *s. f.* V. *psithia*.

Ptármico, *adj.* esternutatorio; que provoca o espirro. || De πταρμικός (e este de πταρμός espirro).

* **Pténio**, *s. m.* (chim.) primitivo nome do osmio. || De πτηνός volatil + des. *io*.

* **Ptenoglóssos**, *s. m. pl.* (zool.) secção dos Gastropodes Ctenobranchios. || De πτηνόν passaro + γλῶσσα lingua.

Ptérico, *adj.* (anat.) diz-se do angulo antero-inferior dos parietaes. || De πτερόν aza + des. *ico*.

Ptérigraphía, *s. f.* (bot.) descripção ou tractado dos Fetos (Filices). || De πτέρις feto + γράφειν descrever + des. *ia*.

Deriv.: ptérigráphico (adj.), *pterígrapho* (s. m.).

N. Fig. regista pterygraphia — com a significação de « tractado dos Cogumelos ». Em tudo isto ha evidente equivoco. Para justificar a graphia com *y* faz elle derivar a palavra de πτέρυξ; mas este substantivo grego nunca significou — cogumelo.

Pterigynio. V. *pterogýnio*.

Ptério, *s. m.* (anat.) região craniana, onde se encontram as suturas do frontal, do parietal, do temporal e do esphenoide. || De πτερόν aza + suff. *io*.

N. Fig. escreve — ptérion; — mas esta terminação não está de accôrdo com o genio da nossa lingua.

* **Pternalgia**, *s. f.* (med.) dôr na face inferior do calcanhar (Duplay). || De πτέρνα calcanhar + ἄλγος dôr + suff. *ia*.

Ptérocarpino, *s. m.* (chim.) corpo neutro extrahido do sandalo. || De *Pterocarpus* (e este de πτερόν aza + καρπός fructo) + suff. *ino*.

Pterodáctylo, *adj.* (zool.) que tem os dedos ligados por uma membrana. || De πτερόν aza + δάκτυλος dedo.

Pterogýnio, *s. m.* (bot.) appendice membranoso de uma semente. || De πτερόν aza + γυνή mulher, femea + des. *io*.

N. Fig. regista — pterígyna; mas a regra de formação das palavras compostas condemna este alvitre; accresce que a desinencia mais de accôrdo com a analogia é *io*.

Pteróide, *adj.* que tem forma de aza. || De πτερόν aza + εἶδος forma.

N. A forma *pteróideo* é excusada.

* **Pterólitho**, *s. m.* (min.) mixtura de mica preta com varios mineraes. || De πτερόν aza + λίθος pedra.

* **Pteromálidas**, *s. m. pl.* (zool.) familia de Hymenopteros Entomophagos. || Do gen. *Pteromalus* (e este de πτερόν aza + μαλός branco?) + suff. *idas*.

* **Pterophóridas**, *s. m. pl.* (zool.) familia de Microlepidopteros. || Do gen. *Pteróphorus*

PTE — 514 — PYA

(e este de πτερὸν aza + φορός que traz) + suff. *idas*.

*****Pterópidas**, *s. m. pl.* (zool.) fam. de Chirópteros Frugivoros. || Do gen. *Pteropus* (e este de πτερὸν aza + ποῦς, ποδὸς pé) + suff. *idas*.

Pterópodes, *s. m. pl.* (zool.) ordem dos Molluscos; nelles os parapodios desenvolvidos constituem duas azas. || De πτερὸν aza + ποῦς, ποδὸς pé.
N. Fig. regista — pteropodo, — com terminação impropria.

Pterosáuro, *s. m.* (geol.) réptil fossil alado. || De πτερὸν aza + σαῦρος lagarto.

*****Pterotrachéidas**, *s. m. pl.* (zool.) familia de Molluscos Heteropodes. || Do gen. *Pterotrachéa* (e este de πτερὸν·aza + τραχὺς duro, aspero) + suff. *idas*.

Pterýgio, *s. m.* (med.) espessamento ou hypertrophia parcial do tecido da conjunctiva ocular. || De πτερύγιον (dimin. de πτέρυξ aza).

*****Pterygógenos**, *s. m. pl.* (zool.) sub-classe dos Insectos; os que têm azas. || De πτέρυξ, υγος aza + γένος geração.

Pterygóide, *adj.* (anat.) nome de uma apophyse do esphenoide. || De πτερυγοειδής (comp. de πτέρυξ aza + εἶδος forma).
N. E menos boa a forma — pterygóideo — dada por Fig.; todos estes adjectivos formados de εἶδος terminam em *oide*. *Pterygóideo* é outro adjectivo, derivado do precedente e significa : que tem relação com a apophyse pterygóide. Assim : arteria —, fossa —, musculo, nervo, etc.

*****Pterygôma**, *s. m.* (med.) engorgitamento chronico dos pequenos labios ou azas da vulva (Severin). || De πτέρυξ, υγος aza + suff. *óma*.

*****Pterygo-pharýngeo**, *adj.* (anat.) que tem relação com a apophyse pterygóide e com a pharýnge. || De *pterygóide* + *pharýnge* (v. estes vcbs.) + des. *eo*.

***** Ptéryla**, *s. f.* (zool.) fila em que estão dispostas as pennas das aves || Pelo lat. scient. *ptéryla*, vem de πτερὸν penna.

*****Ptilólitho**, *s. m.* (min.) silicato hydratado de aluminio, potassio, sodio e calcio. || De πτίλον penna + λίθος pedra.

Ptilóse, *s. f.* (med.) quéda dos cilios por inflammação chronica do bordo da palpebra. || De πτίλωσις (e este de πτίλος depennado).

Ptomaína, *s. f.* (med.) alcaloide toxico, que se desenvolve nas materias animaes em putrefacção (Selmi). || De πτῶμα cadaver + suff. *ina*.

***** Ptómophagía**, *s. f.* (med.) vesania que consiste em comer cadaveres. || De πτῶμα cadaver + φαγεῖν comer + suff. *ia*.
N. Os Francezes formaram incorrectamente — ptomaphagie.

Ptóse, *s. f.* (med.) quéda da palpebra. || De πτῶσις quéda (o este de πίπτειν caïr).

Ptyalagôgo, *adj.* (med.) que provoca a salivação. || De πτύαλον saliva + ἀγωγὸς conductor, excitante.

Ptyalína, *s. f.* (chim.) substancia organica azotada, fermento proprio da saliva. || De πτύαλον saliva + suff. *ina*.
Cogn. : *ptyalismo* (s. m.).

*****Ptychopléuridas**, *s. m. pl.* (zool.) fam. de Saurios Cionocranios. || De πτυχή dobra, préga + πλευρὰ lado + suff. *idas*.

Pyanepsião, *s. m.* quinto mez do anno atheniense, mez em que se celebravam as pyanépsias. || De πυανεψιῶν, ῶνος. V. o vcb. seguinte.

Pyanépsias, *s. f. pl.* (ant.)

festas celebradas em Athenas em honra de Apollo. || De πυανέψια (deriv. de πύανον caldo de favas + ἕψω cozinho).

* **Pyarthróse**, *s. f.* (med.) arthrite purulenta. || De πῦον pus + ἄρθρον articulação + suff. *óse*.

* **Pycníto**, *s. m.* (miner.) variedade de topasio encontrada na Bohemia. || De πυκνός compacto + suff. *íto*.

* **Pycnodónte**, *s. m.* (paleont.) peixe fossil da ordem dos Ganoideos. || De πυκνός espesso, compacto + ὀδοὺς, ὀντος dente.

* **Pycnogónidas**, *s. m. pl.* (zool.) grupo de Arachnideos, cujo typo é o gen. *Pycnógono*. || De πυκνός espesso + γόνυ joelho.

Pýcnometria, *s. f.* medida da densidade dos corpos. || De πυκνός denso + μέτρον medida + desin. *ia*.

* **Pycnóse**, *s. f.* condensação da chromatina na cellula. || De πύκνωσις.

Pycnostýlo, *adj.* (archit.) diz-se do edificio, cujas columnas têm pequeno intervallo entre si. || De πυκνόστυλος (e este de πυκνός cerrado + στῦλος columna).

N. C. de Figueiredo faz o vcb. esdruxulo, mas sem fundamento.

* **Pycnotrópio**, *s. m.* (min.) silicato hydratado de aluminio, magnesio e potassio. || De πυκνός frequente, numeroso + τροπή volta + suff. *io*.

Pyelíte, *s. f.* (med.) inflammação da mucosa que forra os bacinetes e os calices dos rins. || De πύελος vaso, bacia + suff. *íte*.

* **Pýelonephrite**, *s. f.* (med.) inflammação do bacinete e do rim. || De πύελος vaso + *nephrite* (v. este vcb.).

* **Pýelotomía**, *s. f.* (med.) incisão feita no bacinete. || De πύελος bacia, vaso + τομή corte + suff. *ia*.

Pygárgo, *s. m.* (zool.) especie d'aguia de cauda branca. || De πύγαργος (e este de πυγή cauda, trazeiro + ἀργός branco).

Pygídio, *s. m.* (geol.) peça posterior do corpo dos trilobitas. || De πυγίδιον· diminut. de πυγή cauda, trazeiro.

Pygmêu, *s. m.* individuo de pequena estatura, anão. || De πυγμαῖος que tem um covado de altura (e este de πυγμή covado).

* **Pygómelo**, *adj.* (terat.) diz-se do monstro, que tem um ou dous membros accessorios na região hypogastrica. || De πυγή nadega + μέλος membro.

* **Pygópago**, *s. m.* (terat.) monstro composto de dous individuos ligados pelas nadegas. || De πυγή nadega + παγείς aor. de πήγνυμι unir.

Deriv. : *pygopagia*.

* **Pygostýlio**, *s. m.* (anat.) nome tambem dado ao coccyx. || De πυγή nadega, trazeiro + στῦλος ponta + des. *io*.

Pyína, *s. f.* (chim.) substancia albuminoide achada no pus (Gütterbock). || De πῦον pus + suff. *ina*.

Cogn. : *pyico* (que se refere ao pus).

Pylágora, *s. m.* (ant.) deputado enviado por cada tribu ao Conselho dos amphictyões, e incumbido de defender os interesses das cidades que representava. || De πυλαγόρας.

Pylão, *s. m.* grande massiço pyramidal posto na fachada dos templos egypcios. || De πυλών, ῶνος portal.

N. É forma mais genuinamente portugueza do que *pylóne;* tambem C. Figueiredo parece preferi-la. *Pylono* é que não tem razão de ser.

Pylephlebíte. V. *pylophlebite*.

* **Pýlophlebíte**, *s. f.* (med.)

inflammação da veia-porta (Frerichs). || De πύλη porta + φλὲψ veia + suff. *ite.*
N. Bouillet e outros registam — *pylephlebite;* mas a regra usual de composição condemna esta forma, e já R. G. Mayne fez ha muito a correcção.

* **Pyloréctomia**, *s. f.* (med.) resecção do pylóro. || De *pylóro* (v. este vcb.) + ἐκτομή ablação + suff. *ia*.

Pylóro, *s. m.* (anat.) orifício inferior do estomago (porta do canal intestinal). || De πυλωρός (e este de πύλη porta).

Deriv. : *pylórico* (adj.), *pylorismo* (s. m.).

* **Pylóro-cólico**, *adj.* (anat.) diz-se do ligamento, que une a parte média do cólo transverso á região prepylorica da grande curva do estomago (Glénard). || De *pylóro* e *cólo* (v. estes vcbs.) + suff. *ico*.

* **Pylóroplastía**, *s. f.* (med.) operação de Heineke-Mikulicz. || De *pylóro* (v. este vcb.) + πλάσσω formo + suff. *ia*.

* **Pyocólpo**, *s. m.* (med.) collecção purulenta intra-vaginal. || De πῦον pus + κόλπος vagina.

Pyocyanína, *s. f.* (chim.) princípio crystallizavel extrahido das culturas do bacillo pyocyanico. || De πῦον pus + κυανός azul + suff. *ina*.

Cogn. : *pyocyánico* (adj.).

* **Pyócyto**, *s. m.* (med.) cellula de pus. || De πῦον pus + κύτος cellula.

* **Pyodermía**, *s. f.* (med.) lesões cutaneas suppurativas. || De πῦον pus + δέρμα pelle + suff. *ia*.

Pyogénese, *s. f.* (med.) formação do pus. || De πῦον pus + γένεσις geração.

Pyogenía, *s. f.* (med.) o mesmo que pyogénese. || De πῦον pus + γένος geração + suff. *ia*.

Deriv. : *pyogénico* (adj.), *pyógeno* (adj.).

Pyohemía, *s. f.* (med.) molestia devida á introducção de pus no sangue. || De πῦον pus + αἷμα sangue + suff. *ia*.

Deriv. : *pyohémico* (adj.).

* **Pyóide**, *adj.* (med.) similhante a pus. || De πυοειδής (e este de πῦον pus + εἶδος forma).

* **Pyometróse**, *s. f.* (med.) collecção purulenta intra-uterina. || De πῦον pus + μήτρα utero + suff. *óse*.

* **Pyonephróse**, *s. f.* (med.) dilatação do rim por uma collecção purulenta. || De πῦον pus + νεφρός rim + suff. *óse*.

* **Pyopnéumothórax**, *s. m.* (med.) derramamento simultaneo de pus e de ar na pleura. || De πῦον pus + *pnéumothórax* (v. este vcb.).

* **Pyorrhéa**, *s. f.* (med.) corrimento purulento. || De πῦον pus + ῥεῖν correr.

* **Pyosalpinge**, *s. m.* (med.) collecção purulenta enkystada da trompa de Fallopio. || De πῦον pus + σάλπιγξ trompa.

N. Littré (Dict. de Méd.) regista no francez — pyosalpinx; — mas, attenta a regra usual de derivação, a melhor forma portugueza é a que acima consignamos.

* **Pyothórax**, *s. m.* (med.) derramamento de pus na pleura. || De πῦον pus + *thórax* (v. este vcb.).

* **Pyoxanthína**, *s. f.* (chim.) corpo amarello que acompanha a pyocyanína em certas suppurações. || De πῦον pus + ξανθός amarello + suff. *ina*.

Cogn. : *pyoxanthóse* (s. f.).

Pýra, *s. f.* fogueira em que os antigos encineravam os cadaveres. || De πυρά fogueira (e este de πῦρ fogo).

Pyrálide, *s. f.* (zool.) especie de Lepidoptero, cuja lagarta

prejudica a videira. || Pelo lat. *pyrălis*, vem de πυραλίς, ίδος.
N. Sem respeito á etymologia, C. de Figueiredo auctoriza *pyrál* e *pyräle*, ambos inacceitaveis.
Deriv. : *pyrálidas* (s. m. pl.) — fam. de Microlepidopteros.
Pyrámide, *s. f.* (geom.) solido terminado por muitos triangulos de vertice commum e que tem por base um polygono. || De πύραμις, ίδος.
Deriv. : *pyramidál* (adj.).
Pyramidóna, *s. f.* (pharm.) substáncia antipyretica e analgesica, derivada da antipyrina. || De πῦρ fogo (febre) + *amido* (?).
Pyrantína, *s. f.* (pharm.) producto pharmaceutico usado como antipyretico. || De πῦρ fogo (febre) + αντί contra (?).
* **Pyraphrólitho,** *s. m.* (min.) mixtura de feldspatho e de opalla. || De πῦρ fogo + ἀφρός escuma + λίθος pedra.
* **Pyrargillíto,** *s. m.* (min.) alteração de cordierito (silicato de aluminio, magnesio e ferro). || De πῦρ fogo + *argilla* + suff. *ito*.
* **Pyrargyríto,** *s. m.* (min.) antimonio-sulfureto de prata ($Ag^3Sb\ S^3$). || De πῦρ fogo + ἄργυρος prata + suff. *ito*.
Pyraústa, *s. m.* (zool.) genero de Lepidopteros nocturnos. || De πυραύστης (ὁ), e este de πῦρ fogo + αὔω queimo.
N. Sendo o vocabulo masculino em grego e latim, tambem em portuguez deve sê-lo. Figueiredo dá-lhe o gen. feminino.
* **Pýreas,** *s. f. pl.* (bot.) tribu das Rosaceas. || Do gen. typo *Pyrus* (e este, pelo lat. « pyrus », do gr. πῦρ, πυρός chamma) + suff. *eas*.
Pyrelaína, *s. f.* (chim.) nome generico dos oleos empyreumaticos. || De πῦρ fogo + ἔλαιον oleo + suff. *ina*.

Pyrenêus, *s. m. pl.* (geogr.) montes situados entre a França e a Hispanha. || De Πυρηναῖα (ὄρη).
Deriv. : *pyrenáico* (adj.), *pyrenaïna* (s. f.), *pyreneïto* (s. m.).
Pyrénio, *s. m.* (chim.) um dos productos da distillação do alcatrão ($C^{32}H^{10}$). || De πῦρ fogo + suff. *énio*.
N. A analogia com o nome de outros carbonetos manda dar a desinencia *enio* em vez de *pyreno*, que Figueiredo consigna.
Pyrenóide, *adj.* (anat.) nome dado por alguns á apophyse odontoide do axis. || De πυρηνοειδής (e este de πυρήν caroço + εἶδος forma).
Pyréthro, *s. m.* (bot.) planta da ordem das Synantheraceas, gen. *Pyréthrum.* || De πύρεθρον.
Deriv. : *pyrethrína* (s. f.).
* **Pyrético,** *adj.* (med.) febril. || De πυρετός febre + suff. *ico*.
Pyretología, *s. f.* (med.) estudo ou tractado sôbre as febres. || De πυρετός febre + λόγος discurso + desin. *ia*.
Cogn. : *pyretólogo* (s. m.).
Pyrexía, *s. f.* (med.) febre. || De πύρεξις accesso febril + desin. *ia*.
Deriv. : *pyréctico* (adj.).
Pýrgocephalía, *s. f.* (med.) o mesmo que acrocephalia. || De πύργος torre, alto + κεφαλή cabeça + suff. *ia*.
* **Pyrheliómetro,** *s. m.* (phys.) instrumento ideado por Pouillet para medir a quantidade de calor, que o sol fornece. || De πῦρ fogo + ἥλιος sol + μέτρον medida.
Pýrico, *adj.* que tem relação com o fogo. || De πῦρ fogo + suff. *ico*.
Pyridína, *s. f.* (chim.) producto da distillação sêcca dos ossos ou do alcatrão ($C^{10}H^5Az$). || De πῦρ fogo + suff. *idina*.

Cogn. : pyrídico (adj.).
Pyrilámpo, *s. m.* (zool.) vagalume, insecto Coleoptero Pentamero, do gen. *Lampyris*. || De πυριλαμπίς (e este de πῦρ fogo + λάμπειν luzir).
Pyrito, *s. m.* (min.) sulfureto de ferro (FeS²). || De πυρίτης (e este de πῦρ fogo).
Deriv. : pyritóso (adj.).
* **Pyritolamprito**, *s. m.* (min.) var. impura de arseniato de prata. || De *pyrito* (v. este vcb.) + λαμπρός brilhante + suff. *ito*.
Pyrobalística, *s. f.* arte de calcular o alcance das armas de fogo (t. desusado). || De πῦρ fogo + *balística* (v. este vcb.).
Pyróbolo, *s. m.* antiga máchina de guerra, que lançava projecteis inflammados. || De πυροβόλος (e este de πῦρ fogo + βάλλω lanço).
Deriv. : pyrobolário (s. m.).
* **Pyrochlóro**, *s. m.* (min.) niobato de calcio, com uranio, manganez, tungstenio, yttrio e ferro. || De πῦρ fogo + χλωρός verdoengo.
* **Pyrochroíto**, *s. m.* (min.) hydrato de oxydulo de manganez. || De πῦρ fogo + χρόα côr + suff. *ito*.
* **Pyroclasito**, *s. m.* (min.) mixtura de monetito e monito. || De πῦρ fogo + κλάσις fractura + suff. *ito*.
* **Pyroconito**, *s. m.* (min.) var. de pachnolitho. || De πῦρ fogo + κόνις pó + suff. *ito*.
Pyroeléctrico, *adj.* (phys.) diz-se de certos crystaes, que desenvolvem nas suas duas extremidades, quando aquecidos, electricidades contrárias. || De πῦρ, πυρός fogo + *eléctrico*.
Deriv. : pyroelectricidáde (s. f.).
Pyrogéneo, *adj.* (chim.) diz-se de corpos organicos obtidos pela acção do calor sôbre outros compostos organicos. ||

De πῦρ fogo + γένος geração (pelo lat. *pyrogeneus*).
Cogn. : pyrogénese (s. f.), *pyrogénico* (adj.).
* **Pyróide**, *adj.* (geol.) diz-se dos terrenos similhantes aos de origem ignea. || De πῦρ fogo + εἶδος forma, similhança.
N. É preferivel a *pyriforme*, vcb. hybrido.
Pyrólatra, *s. m.* adorador do fogo. || De πῦρ fogo + λατρεύω adoro.
Deriv. : pyrolatria (s. f.).
* **Pyrolíthico**, *adj.* (chim.) nome dado ao acido cyanurico. || De πῦρ fogo + λίθος pedra + suff. *ico*.
Pyrologia, *s. f.* tractado ácêrca do fogo. || De πῦρ fogo + λόγος discurso + desin. *ia*.
Pyrolusito. V. *pyrolysito*.
Pyrolysito, *s. m.* (min.) oxydo de manganez (MnO²). || De πῦρ fogo + λύειν dissolver + suff. *ito*.
N. Feita a transmutação regular do υ para *u* em portuguez, esta forma é preferivel a *pyrolusito*.
Pyromancia, *s. f.* adivinhação por meio do fogo. || De πυρομαντεία (e este de πῦρ fogo + μαντεία adivinhação).
Cogn. : pyrománte (s. m.), *pyromántico* (adj.).
Pyromanía, *s. f.* (med.) monomania incendiaria. || De πῦρ fogo + μανία loucura.
Deriv. : pyromaníaco (adj.).
* **Pyromelânio**, *s. m.* (min.) var. de ilmenito (ferro titanado). || De πῦρ fogo + μέλας negro + suff. *io*.
Pyrómetro, *s. m.* (phys.) instrumento para medir altas temperaturas. || De πῦρ fogo + μέτρον medida.
Deriv. : pyrometria (s. f.), *pyrométrico* (adj.).
Pyromorphito, *s. m.* (min.) chlorophosphato de chumbo

($Pb^5P^3O^{12}Cl$). || De πῦρ fogo + μορφή forma + suff. *ito*.

Pyronomia, *s. f.* arte de regular a temperatura nas operações chimicas. || De πῦρ fogo + νόμος lei, regra + desin. *ia*.
Deriv.: pyronómico (adj.).

* **Pyrophânio,** *s. m.* (min.) var. de hydrophanio (especie de opalla). || De πῦρ fogo + φαίνεσθαι parecer + suff. *io*.

* **Pyrophobía,** *s. f.* (med.) medo morbido do fogo. || De πῦρ fogo + φόβος medo + suff. *ia*.

Pýróphoro, *s. m.* (ant.) sacerdote grego, que ia á frente do exercito levando vaso com fogo. — s. m. (Chim.) corpo que se inflamma ao contacto do ar. || De πυροφόρος (e este de πῦρ fogo + φέρειν levar, produzir).
Cogn.: pyrophórico (adj.).

Pýrophosphórico, *adj.* (chim.) acido —, acido phosphorico bihydratado. || De πῦρ fogo + *phosphórico* (v. este vcb.).
Deriv.:pýrophospháto (s. m.).

* **Pýrophosphoríto,** *s. m.* (min.) phosphato de magnesio, calcio e cobre. || De πῦρ fogo + *phósphoro* (v. este vcb.) + suff. *ito*.

* **Pyrophyllíto,** *s. m.* (min.) silicato de aluminio hydratado ($H^2Al^2Si^4O^{12}$). || De πῦρ fogo + φύλλον folha + suff. *ito*.

* **Pyrophysálitho,** *s. m.* (min.) var. de topazio. ||De πῦρ fogo + φυσάω incho + λίθος pedra.

Pyropína, *s. f.* substância albuminoide, vermelha, que se achou em dentes de elephante. || De πυρωπός carbunculo + suff. *ina*.

* **Pyropissíto,** *s. m.* (min.) especie de resina fossil. || De πῦρ fogo + πίσσα pêz + suff. *ito*.

Pyrópo, *s. m.* (min.) granada alumino-magnesiana ($Mg^3Al^2Si^3$ O^{12}). || De πυρωπός carbunculo.

* **Pyrorhetína,** *s. f.* (min.) especie de resina fossil. || De πῦρ fogo + ῥητίνη resina.

* **Pyrorthíto,** *s. m.* (min.) var. de orthito. || De πῦρ fogo + *orthíto* (v. este vcb.).

* **Pyróscapho,** *s. m.* navio a vapor. || De πῦρ fogo + σκάφος barco.

* **Pyrosclerito,** *s. m.* (min.) var. de clinochloro. || De πῦρ fogo + σκληρός duro + suff. *ito*.

Pyroscópio, *s. m.* nome dado a um thermometro differencial, com que se avaliava a intensidade da irradiação calorifica. || De πῦρ fogo + σκοπέω examino + suff. *io*.

Pyróse, *s. f.* (med.) azia, sensação de ardor que vae do estomago até á garganta. || De πύρωσις acção de queimar (e este de πῦρ fogo).
N. A forma *pyrosis*, acceita por Aulete, não está de accôrdo com o genio da nossa lingua.

* **Pyrosômidas,** *s. m. pl.* (zool.) fam. de Tunicados; são animaes pelagicos phosphorescentes. || De πῦρ, υρός fogo + σῶμα corpo + suff. *idas*.

* **Pyrostibíto,** *s. m.* (min.) syn. de kermesito (oxysulfureto de antimonio). || De πῦρ fogo + στίβι oxydo d'antimonio + suff. *ito*.

Pýrotechnia, *s. f.* arte de preparar fogos de artificio ou de guerra. || De πῦρ fogo + τέχνη arte + des. *ia*.
Deriv.: pyrotéchnico (adj.).

* **Pyrothónido,** *s. m.* (chim.) oleo pyrogéneo produzido pela combustão de pannos de linho, algodão, etc. || De πῦρ fogo + ὀθόνιον panno, trapo.
N. A desinencia, que damos ao vocabulo (recebido pelo francez — pyrothonide —), accompanha as formas italiana e hispanhola.

Pyrótico, *adj.* caustico, ardente. || De πυρωτικός (e este de πυρόω queimo — derivado de πῦρ fogo).

* **Pyroxanthina,** *s. f.* (chim.) substância amarella que se acha no acido pyrolenhoso. || De πῦρ fogo + ξανθός amarello + suff. *ina.*

Pyroxênio, *s. m.* (min.) silicato de calcio, magnesio e ferro, em que a proporção de calcio é pelo menos egual á de magnesio. || De πῦρ fogo + ξένος extranho + suff. *io.*

N. Proveio-lhe o nome de ter Hauy pensado, que este mineral só por accidente se achava nas rochas de origem ignea.

De accôrdo com a analogia deve ser condemnada a forma — pyroxeno, — que Figueiredo regista. (V. *acerdésio*).

Deriv.: pyroxenito (s. m.).

Pyroxylina, *s. f.* (chim.) producto explosivo, támbem chamado algodão-polvora. || De πῦρ fogo + ξύλον madeira + suff. *ina.*

N. Aulete dá — pyróxyla (bem accentuado); C. de Figueiredo — pyroxyla (contrariando a quantidade da 1ª syllaba de ξύλον); julgamos entretanto preferivel a forma — pyroxylina, similhante á allemã e á ingleza.

Pyrozónio, *s. m.* mixtura de ether e agua oxygenada. || De πῦρ fogo + οζόνιο (v. este vcb.).

N. Figueiredo regista — pyrozóne e pyrozóna, — ambos menos acceitaveis.

* **Pyrrhéa,** *s. f.* (chim.) materia corante formada de acido pyrrheico ou euxanthico combinado com a magnesia. || De πυρρός de côr de fogo.

Deriv.: pyrrheico (adj.).

* **Pyrrhetína,** *s. f.* nome de materias resinosas engendradas pela acção do calor. || De πῦρ fogo + ῥητίνη resina.

Pýrrhicha, *s. f.* (ant.) dansa militar, que executavam com as armas na mão. || De πυρρίχη.

N. A etymologia demonstra que se não deve graphar — pyrrhica, como vem em Aulete. Figueiredo escreve e accentúa bem.

Pyrrhichio, *s. m.* (poet.) pé de versos gregos ou latinos, composto de duas syllabas breves. || De πυρρίχιος.

N. Pyrrhicho, que Figueiredo regista como syn. de *pyrrhichio,* não pode ser acceito.

* **Pyrrhíto,** *s. m.* (min.) var. de pyrochloro. || De πυρρός avermelhado + suff. *ito.*

* **Pyrrhoarsenito,** *s. m.* (min.) arseniato de manganez, calcio e magnesio. || De πυρρός avermelhado + *arsenito* (v. este vcb.).

* **Pyrrhólitho,** *s. m.* (min.) var. de polyargito. || De πυρρός avermelhado + λίθος pedra.

Pyrrhonísmo, *s. m.* (phil.) doutrina de Pyrrho, que tinha por base a dúvida sôbre todas as materias: (fam.) teimosia. || De Πύρρος Pyrrho, philosopho grego + *n* euphonico + suff. *ismo.*

Cogn.: pyrrhónico (adj.).

* **Pyrrhosiderito,** *s. m.* (min.) var. de goethito (oxydo de ferro — $H^2Fe^2O^4$). || De πυρρός avermelhado + σίδηρος ferro + suff. *ito.*

Pyrrhotína, *s. f.* (min.) pyrito magnetico, sulfureto de ferro. || De πυρρότης côr avermelhada + suff. *ina.*

N. Figueiredo regista — pyrrhotite —, que é menos proprio e tem desinencia que se não justifica.

Pythagórico, *adj.* relativo a Pythágoras. || De Πυθαγόρας Pythágoras, philosopho grego + suff. *ico.*

Cogn.: pythagoréu (adj.) e *pythagorismo* (s. m.).

Pythão, *s. m.* serpente mythologica, morta por Apollo. || De Πύθων, ωνος.
Derw. : pythónico (adj.).
N. A derivação usual destes substantivos gregos em ων, ωνος manda preferir esta forma a *Python,* que occorre em C. de Figueiredo.
Cf. *Estrabão, Deucalião, Platão, Plutão,* etc.
Pytháula, *s. m.* (ant.) o que no theatro grego accompanhava com flauta o monologo do actor. || De πυθαύλης.
N. Como todos os derivados de nomes masculinos em ης da 1.ª declinação grega, a desinencia portugueza deve ser *a*, e não *o* como pretende Figueiredo.
Pýthia, *s. f.* sacerdotisa de Apollo, que pronunciava oraculos em Delphos. || De Πυθία (e este de Πυθώ Delphos).
Deriv. : pýthico (adj.).
* **Pythónidas**, *s. m. pl.* (zool.) fam. de Ophidios Colubriformes. || Do gen. *Python* (e este de Πύθων, ωνος Pythão, serpente fabulosa) + suff. *idas*.
Pythoníssa, *s. f.* mulher que proferia oraculos, sacerdotisa de Apollo. || De πυθώνισσα.
N. Aulete dá só *pythoniza* (com *z*), e Figueiredo indica como melhor *pythonisa* (com um só *s*), levados ambos pela analogia com *poetisa, sacerdotisa;* mas o caso é diverso. A origem grega e o exemplo do latim auctorizam a graphia aqui proposta, como preferivel; não se tracta de vocabulo feito com o suff. *isa.*

Pyúlco, *s. m.* (med.) instrumento para extrahir de uma cavidade do corpo materias purulentas. || De πυουλκός (e este de πῦον pus + ἕλκω puxo).

Pyuría, *s. f.* (med.) emissão de urina purulenta. || De πῦον pus + ουρον urina + suff. *ía.*
N. A analogia com todos os derivados de ούρον manda fazer o vocabulo paroxytono.
Deriv. : pyúrico (adj.).

Pyxacántho, *s. m.* (bot.) nome de um arbusto espinhoso — o « Berberis vulgaris ». || De πύξος buxo + ἄκανθα espinho.

Pýxide, *s. f.* vaso em que se guardam hostias ou particulas consagradas. || De πυξίς, ίδος caixinha.
V. *pyxidio.*

Pyxídio, *s. m.* (bot.) fructo simples, unilocular, que se abre em duas valvas sobrepostas. || Pelo lat. scient. *pyxidium,* vem de πυξίδιον cofresinho, boceta.
N. Aulete e Figueiredo dão ambos — *pyxide* — com esta significação; mas tiraram-na provavelmente do francez *pyxide,* que tanto pode provir de πυξίς como de πυξίδιον. O latim *pyxidium,* acceito pelos botanicos, tira toda a dúvida.

R

Rachialgía. V. *rhachialgia*.
Rachis. V. *rhache*.
Ráphe. V. *rhaphe*.

* **Rhabdíto,** *s. m.* (min.) phosphoreto de ferro meteoritico. ‖ De ῥάβδος vara + suff. *ito*.

* **Rhabdocéleos,** *s. m. pl.* (zool.) ordem dos Plathelminthes Turbellarios. ‖ De ῥάβδος bastão + κοῖλον cavidade + desin. *eos*.

Rhabdóide, *adj.* similhante a uma varinha. ‖ De ῥάβδος varinha, ramo + εἶδος forma.

Rhábdologia, *s. f.* arte de calcular com pauzinhos, em que estão escriptos os numeros simples (Figueiredo). ‖ De ῥάβδος varinha + λόγος tractado + suff. *ia*.

Deriv. : *rhabdológico* (adj.).

Rhábdomancía, *s. f.* adivinhação por meio de varinhas. ‖ De ῥαβδομαντεία (e este de ῥάβδος varinha + μαντεία adivinhação).

Deriv. : *rhabdománte* (s. m.), *rhabdomántico* (adj.).

Rhábdomyôma, *s. m.* (med.) myoma formado de musculos estriados (Figueiredo). ‖ De ῥάβδος varinha + *myóma* (v. éste vcb.).

* **Rhabdophânio,** *s. m.* (min.) phosphato hydratado de didymio, erbio, etc. ‖ De ῥάβδος vara + φαίνεσθαι parecer + suff. *io*.

Rháche, *s. f.* (anat.) columna vertebral. ‖ De ῥάχις, εως.

Deriv. : *racheâno* (adj.).

N. Dão os diccionarios *rachis* (sem *rh* e com a desinencia *is*), copiando fielmente a palavra franceza; mas é indispensavel corrigir esta forma : 1.º porque os vocabulos portuguezes, vindos de palavra grega começada pela lettra ῥ, passam-na para *rh* (cf. *rhetorica, rhapsodia, rheumatismo*, etc.); 2.º porque a terminação *is* não se coaduna com o genio da nossa lingua, antes se vê sempre mudada para *e* a desinencia grega ις. Cumpre ainda observar que o adjectivo derivado não póde ser «´rhachidiano » (cópia tambem do francez « rhachidien »), porque o substantivo grego ῥάχις não faz o genitivo em ιδος, como outros. A não ser « rhachièu », derivado regularmente de ῥαχιαῖος, só podemos formar em portuguez *rhacheâno*.

Rhachialgía, *s. f.* (med.) dôr aguda em qualquer poncto da columna vertebral. ‖ De ῥάχις rhache + ἄλγος dôr + desin. *ia*.

Deriv. : *rhachiálgico* (adj.).

* **Rháchianésthesia,** *s. f.* (med.) methodo anesthesico, que consiste em injectar no canal rhacheano uma substância, a qual, actuando sóbre a medulla, provoca a anesthesia das regiões

RHÁ — 523 — RHÁ

innervadas pelos nêrvos subjacentes. || De ῥάχις rhache + *anesthesia* (v. este vcb.).

* **Rháchicentése,** *s. f.* (med.) operação que consiste em introduzir um trocarte entre dous arcos vertebraes da columna lombar. || De ῥάχις rhache + χέντησις perfuração.

Rhachidiâno. V. *rhache.*

* **Rhachiglóssos,** *s. m. pl.* (zool.) secção dos Gastropodes Ctenobranchios. || De ῥάχις espinha, dorso + γλῶσσα lingua.

Rhachiságra, *s. f.* (med.) rheumatismo gottoso da espinha dorsal. || De ῥάχις rhache + ἄγρα prêsa.

* **Rhachíschise,** *s. f.* (med.) fenda congenita da columna vertebral. || De ῥάχις rhache + σχίσις fenda.

Rhachitismo, *s. m.* (med.) perturbação morbida da nutrição e do desenvolvimento dos tecidos, que concorrem para a formação dos ossos; uma de suas consequencias é a deformação da rhache. || De ῥαχῖτις (νόσος) + suff. *ismo.*

Cogn. : rhachítico (adj.).

* **Rhachítomo,** *s. m.* (med.) instrumento com que se abre o canal racheano sem offender a medulla. || De ῥάχις rhache + τομὴ corte.

Deriv. : rháchitomía (s. f.).

* **Rhacóse,** *s. f.* (med.) relaxamento da pelle do escroto. || De ῥάκωσις (e este de ῥακόω enrugo, esfrangalho).

Rhágade, *s. f.* (med.) nome dado a ulcerações longas e estreitas, como fendas, na margem do ano. || De ῥαγὰς, άδος fenda.

N. As regras de derivação condemnam a forma *rhagada*, que occorre em C. de Figueiredo, e a quantidade da raiz grega mostra que o vcb. portuguez deve ser proparoxytono.

Rhagóide, *adj.* similhante a bago de uva. || De ῥαγοειδὴς (e este de ῥὰξ, αγὸς bago de uva + εἶδος forma).

Rhamnáceas, *s. f. pl.* (bot.) ordem de plantas, que têm por typo o gen. *Rhamnus.* || De ῥάμνος abrunheiro espinhoso + suff. *áceas.*

Cogn. : rhámneas (s. f. pl.), *rhamnegina* (s. f.), *rhamnina* (s. f.) e *rhamnetina* (s. f.).

* **Rhámnocathartína,** *s. f.* (chim.) principio amargo das bagas do abrunheiro. || De ῥάμνος abrunheiro espinhoso + *cathartina* (v. este vcb.).

Rhámnoxanthína, *s. f.* (chim.) materia corante amarella tirada da casca do « Rhamnus frangula ». || De ῥάμνος abrunheiro espinhoso + ξανθὸς amarello + suff. *ina.*

Rhamphástidas, *s. m. pl.* (zool.) fam. de Escansores. || Do gen. *Rhamphastus* (e este de ῥάμφος bico arqueado) + suff. *idas.*

Rhámphothéca, *s. f.* (zool.) tegumento corneo ou cutaneo do bico das aves (Figueir.). || De ῥάμφο; bico de ave + θήκη estojo, depósito.

* **Rhapháneas,** *s. f. pl.* (bot.) tribu de Cruciferas. || Do gen. *Ráphanus* (e este de ῥάφανος nabo) + suff. *eas.*

* **Rhaphanía,** *s. f.* (med.) ergotismo chronico, outrora attribuido á acção do « Raphanus raphanistrum ». || De ῥάφανος nabo + suff. *ia.*

Rhaphanidóse, *s. f.* (ant.) supplicio que os Athenienses applicavam aos adulteros. || De ῥαφανίδωσις (e este de ῥάφανος nabo, rabano).

N. Figueiredo grapha *raphanidose*, contra a regra adoptada por elle proprio para muitos outros vocabulos de raiz similhante.

* **Rháphanosmíto,** *s. m.* (min.) syn. de zorgito (selenieto de cobre e chumbo). || De ῥάφανος nabo + ὀσμὴ cheiro + suff. *ito*.

Rháphe, *s. f.* (anat.) linha saliente similhante a uma costura. || De ῥαφή costura (e este de ῥάπτειν coser).
N. Figueiredo escreve — raphe —; mas é regra que o ῥ inicial grego passe para *rh* em latim e portuguez.

Rháphide, *s. f.* (bot.) feixe de crystaes aciculares, que se encontram em algumas cellulas vegetaes. || De ῥαφίς, ίδος agulha.
N. Pela mesma razão de *rhaphe*, esta palavra deve ser escripta com *rh*, e não *raphide* como traz Figueiredo.

Rhaphígrapho, *s. m.* apparelho com teclas terminadas em agulha, que gravam characteres num papel. || De ῥαφὶς agulha + γράφω escrevo.
N. Teria sido mais regular a forma *rhaphidógrapho*.
Deriv.: *rháphigraphía* (s. f.), *rhaphigráphico* (adj.).

* **Rhaphílitho**, *s. m.* (min.) var. de tremolito (especie de amphibolio). || De ῥαφὶς agulha + λίθος pedra.

Rhapóntico, *s. m.* (bot.) especie de rhuibarbo procedente das margens do Ponto-Euxino. || De ῥᾶ rhuibarbo + ποντικός do Ponto.
Deriv. : *rhaponticína* (s. f.).

Rhapsódo, *s. m.* (ant.) o que tinha por officio recitar os cantos dos poetas e particularmente os poemas de Homero. || De ῥαψωδὸς (e este de ῥάπτειν coser + ᾠδὴ canto).
Deriv. : *rhapsódia* (s. f.), *rhapsódico* (adj.).
N. As formas « rhapsode » e « rhapsoda » são incorrectas.

* **Rhéidas**, *s. m. pl.* (zool.) fam. de Aves Corredoras. || Do gen. *Rhea* (e este de ῥέω correr?) + suff. *idas*.

Rhemático, *adj.* (ling.) dizse de um dos ramos da classificação *morphologica das linguas (Figueir.). || De ῥῆμα palavra + suff. *ico*.

Rheómetro, *s. m.* (phys. instrumento para medir a fôrça de uma corrente electrica. || De ῥέος corrente + μέτρον medida.

Rheóphoro, *s. m.* (phys.) fio metallico que se liga aos pólos da pilha para formar o circuito voltaico. || De ῥέος corrente + φορὸς que leva.

Rheoscópico, *adj.* (phys.) que serve para verificar a existencia das correntes electricas. || De ῥέος corrente + σκοπεῖν examinar, vêr + suff. *ico*.

Rheóstato, *s. m.* (phys.) apparelho para manter constante a intensidade duma corrente electrica, fazendo variar a resistencia do circuito. || De ῥέος corrente + στατός immovel, constante.

* **Rheótomo**, *s. m.* (phys.) apparelho com que se interrompe periodicamente uma corrente voltaica. || De ῥέος corrente + τομὴ corte.

* **Rheotrópio**, *s. m.* (phys.) instrumento que serve, nos apparelhos de inducção, para tornar discontinua uma corrente electrica sem mudar-lhe a direcção. || De ῥέος corrente + τροπὴ volta, conversão + desin. *io*.

* **Rhetínasphálto**, *s. m.* (min.) corpo tirado de massas carboniferas fosseis da Moravia. || De ῥητίνη resina + *asphálto* (v. este vcb.).

* **Rhetiníto**, *s. m.* (min.) var. compacta e amorpha de orthosio. || De ῥητίνη resina + suff. *ito*.

* **Rhetinóide**, *s. m.* (pharm.) excipiente resultante da união de resinas entre si ou com cera. || De ῥητίνη resina + εἶδος forma.

* **Rhetinólitho**, *s. m.* (min.) var. de serpentina (silicato hydratado de magnesio). || De

ρητίνη resina + λίθος pedra.
***Rhetinýlio**, *s. m.* (chim.) corpo isomero com o cumenio ($C^{18}H^{12}$). || De ρητίνη resina + suff. *ýlio*.

Rhetórica, *s. f.* arte de bem fallar, convencendo, agradando e commovendo. || De ρητορική (e este de ρήτωρ orador).
Cogn. : *rhetórico* (adj.).

Rheumámetro. V. *rheumatómetro*.

Rhéumatalgía, *s. f.* (med.) dôr rheumatica. || De *rheumatismo* (v. este vcb.) + ἄλγος dôr + suff. *ia*.

Rheumatísmo, *s. m.* (med.) molestia characterizada por dôres, que têm sua séde principal nas articulações e nos musculos. || De ρευματισμός (e este, por ultimo, de ρεῦμα fluxão).
Cogn. : *rheumático* (adj.).

*** Rhigosolénio**, *s. m.* (chim.) hydrocarboneto extremamente volatil e muito refrigerante, tirado do petroleo. || De ρῖγος frio + *oleo* + suff. *énio*.

Rhinalgía, *s. f.* (med.) dôr no nariz. || De ῥίς, ινός nariz + ἄλγος dôr + suff. *ia*.
Deriv. : *rhinálgico* (adj.).

Rhinántho, *s. m.* (bot.) planta applicada em tincturaria, gen. « Rhinanthus ». || De ῥίς, ινός nariz + ἄνθος flôr.
Deriv. : *Rhinántheas* (s. f. pl.), tribu das Escrofulariaceas, *rhinanthína* e *rhinanthogína* (s. f.).

*** Rhinelcóse**, *s. f.* (med.) ulceração da narina. || De ῥίς, ινός nariz + ἕλκος úlcera + suff. *óse*.

Rhinencéphalo, *adj.* e *s. m.* (terat.) monstro que tem o nariz prolongado em forma de tromba. || De ῥίς, ινός nariz + ἐγκέφαλος encéphalo.

Rhinite, *s. f.* (med.) inflammação da mucosa do nariz. || De ῥίς, ινός nariz + suff. *ite*.

*** Rhinobronchite**, *s. f.* (med.) inflammação das mucosas nasal e bronchica. || De ῥίς, ινός nariz + *bronchite* (v. este vcb.).

*** Rhinóbyo**, *s. m.* (med.) especie de sonda para as fossas nasaes. || De ῥίς, ινός nariz + βύειν fechar, tapar.

Rhinocerónte, *s. m.* (zool.) quadrumano selvagem da ordem dos Pachydermos. || De ῥινόκερως, ωτος (e este de ῥίς nariz + κέρας corno).
N. Teria sido mais regular a forma — *rhinoceróte* —, mas a outra prevaleceu e já é popular.
Deriv. : *rhinocéridas* (s. m. pl.).

Rhinolalía, *s. f.* (med.) o mesmo que rhinophonia. || De ῥίς, ινός nariz + λαλεῖν fallar + suff. *ia*.

*** Rhinólitho**, *s. m.* (med.) cálculo ou concreção das fossas nasaes. || De ῥίς, ινός nariz + λίθος pedra.

Rhinología, *s. f.* estudo do nariz e suas molestias. || De ῥίς, ινός nariz + λόγος tractado + suff. *ia*.
Cogn. : *rhinólogo* (s. m.).

*** Rhinolóphidas**, *s. m. pl.* (zool.) familia da ordem dos Chiropteros, que tem por typo o gen. *Rhinolŏphus*. || De *Rhinolŏphus* (e este de ῥίς, ινός nariz + λόφος crista) + suff. *idas*.

*** Rhinonecróse**, *s. f.* (med.) necróse do septo das fossas nasaes. || De ῥίς nariz + *necróse*) (v. este vcb.).

Rhinophonía, *s. f.* (med. resonancia nasal da voz. || De ῥίς nariz + φωνή voz + suff. *ia*.
N. L sem dúvida lapso typographico a forma *rhinophoria*, que occorre em C. de Figueiredo.

*** Rhinophýma**, *s. m.* (med.) acne hypertrophica; hypertrophia consideravel do nariz. || De ρίς, ινός nariz + φῦμα excrescencia, tumor.

Rhinoplastía, *s. f.* (med.) operação chirurgica, com que se substitue artificialmente o nariz ou parte delle. || De ρίς, ινός nariz + πλάσσειν formar + suff. *ia*.
Deriv.: *rhinoplástico* (adj.), *rhinoplásta* (s. m.).

Rhinoptía, *s. f.* (med.) estrabismo, em que a pupilla se volta para o nariz. || De ρίς, ινός nariz + ὄπτομαι vêjo + suff. *ia*.

Rhinorrhagia, *s. f.* (med.) hemorrhagia nasal. || De ρίς, ινός nariz + ῥαγή rompimento + suff. *ia*.

Rhinorrhaphia, *s. f.* (med.) sutura dos bordos de uma ferida no nariz. || De ρίς, ινός nariz + ῥαφή costura + suff. *ia*.

Rhinorrhéa, *s. f.* (med.) corrimento de mucosidades limpidas pelo nariz, sem symptomas de inflammação. || De ρίς, ινός nariz + ῥέω corro.
N. A graphia — *rhinorrheia*, dada tambem por Figueiredo, não se justifica etymologicamente.

* **Rhinosalpingíte**, *s. f.* (med.) inflammação da mucosa da trompa de Eustachio. || De ρίς, ινός nariz + σάλπιγξ trompa + suff. *ite*.

* **Rhinosclerôma**, *s. m.* (med.) espessamento de uma das alas do nariz, ou da mucosa do septo. || De ρίς, ινός nariz + σκληρός duro + suff. *óma*.

Rhinoscópio, *s. m.* (med.) especulo para exame das fossas nasaes. || De ρίς, ινός nariz + σκοπέω examino + suff. *io*.
Deriv.: *rhinoscópico* (adj.), *rhinoscopía* (s. f.).

Rhinostegnóse, *s. f.* (med.) obstrucção das fossas nasaes. || De ρίς, ινός nariz + στέγνωσις fechamento, estreitamento.
N. Deve ser êrro typographico a graphia — rhinostognose, — que Figueiredo regista.

* **Rhinotrichía**, *s. f.* (med.) exuberancia de pellos no nariz. || De ρίς, ινός nariz + θρίξ, ιχός cabello + suff. *ia*.

* **Rhipidoglóssos**, *s. m. pl.* (zool.) secção dos Gastropodes Ctenobranchios. || De ῥιπίς, ίδος leque + γλῶσσα lingua.

Rhipidólitho, *s. m.* (min.) chlorito ferro-magnesiano. || De ῥιπίς, ίδος leque + λίθος pedra.
N. Figueiredo regista *rhipidolítha*, que contraria todas as regras de formação e de prosodia.

* **Rhipiphóridas**, *s. m. pl.* (zool.) familia de Insectos Coleopteros. || Do gen. *Rhipiphorus* (e este de ῥιπίς leque + φορός que traz) + suff. *idas*.

Rhipípteros, *s. m. pl.* (zool.) ordem de Insectos formada por Latreille para alguns, que têm azas grandes e dobradas em forma de leque. || De ῥιπίς, ίδος leque + πτερόν aza.
N. Teria sido mais regularmente formado — *rhipidópteros*.

Rhizágra, *s. f.* (med.) instrumento proprio para extrahir as raizes dos dentes. || De ῥιζάγρα (e este de ῥίζα raiz + ἄγρα prêsa).

Rhizántheas, *s. f. pl.* (bot.) grupo de plantas parasitas, que crescem sôbre a raiz de outras plantas. || De ῥίζα raiz + ἄνθος flôr + suff. *eas*.

Rhizoblásto, *adj.* (bot.) diz-se do embryão, que tem raiz. || De ῥίζα raiz + βλαστός germe.

Rhizocárpo, *adj.* (bot.) diz-se da planta de raiz vivaz, cujo caule monocarpo se reproduz todos os annos. || De ῥίζα raiz + καρπός fructo.
N. Figueiredo dá *rhizocarpio*; mas esta desinencia *io* é propria dos substantivos derivados de καρπός e outros; os

adjectivos terminam em o como monocárpo, polycárpo, etc., auctorizados pelo mesmo lexicographo.
Deriv.: *rhizocárpeas* (s. f. pl.).

* **Rhizocéphalos**, *s. m. pl.* (zool.) grupo de Crustaceos, cuja cabeça emitte prolongamentos ôcos. || De ῥίζα raiz + κεφαλή cabeça.

* **Rhizógono**, *adj.* (bot.) diz-se da planta, cuja raiz tem orgãos reproductores. || De ῥίζα raiz + γόνος geração.

Rhizographía, *s. f.* (bot.) descripção das raizes. || De ῥίζα raiz + γράφω escrevo + suff. *ia*.
Deriv.: *rhizográphico* (adj.).

Rhizôma, *s. m.* (bot.) caule subterraneo, que tem apparencia de raiz. || De ῥίζωμα (e este de ῥιζόω enraízo).
Deriv. : *rhizomatôso* (adj.).

* **Rhizomério**, *s. m.* zona radicular de sensibilidade tactil (Sherrington). || De ῥίζα raiz + μέρος parte + suff. *io*.

Rhizomórpho, *adj.* (bot.) que tem forma de raiz. || De ῥίζα raiz + μορφή forma.

Rhizóphago, *adj.* que se alimenta de raizes. || De ῥίζα raiz + φαγεῖν comer.
Deriv.: *rhizophagía* (s. f.).

Rhizóphilo, *adj.* que vive nas raizes. || De ῥίζα raiz + φίλος amigo.

Rhizophoráceas, *s. f. pl.* (bot.) ordem botanica, que tem por typo o gen. *Rhizophŏra*. || De *Rhizophora* (e este de ῥίζα raiz + φορός que leva ou produz) + suff. *áceas*.
Cogn.: *rhizophóreas* (s. f. pl.).

Rhizophýllo, *adj.* (bot.) cujas folhas produzem raizes. || De ῥίζα raiz + φύλλον folha.

Rhizóphyse, *s. f.* (bot.) appendice na extremidade de certas radiculas. || De ῥίζα raiz + φύσις producção.
N. Fig. regista — rhiziophyse; — deve ser engano.

Rhizópodes, *s. m. pl.* (zool.) Protozoarios, cujo envolucro tem poros, por cnde emergem filamentos contracteis, como radiculas. || De ῥίζα raiz + πούς, ποδός pé.
N. A maneira de todos os congeneres derivados de πούς, a desinencia correcta é esta; não ha porque se faça — *rhizopodio* nem *rhizópodo*, como vem em C. de Figueiredo.

Rhizóstomo, *adj.* (zool.) que tem várias boccas na extremidade de filamentos similhantes a raizes. || De ῥίζα raiz + στόμα bocca.
Deriv.: *Rhizostómeos* (s. m. pl.), secção dos Acalephos, e *Rhizostómidas* (s. m. pl.) — fam.

Rhizotaxía, *s. f.* (bot.) disposição das radicellas na raiz da planta. || De ῥίζα raiz + τάξις ordem + suff. *ia*.

Rhizótomo, *s. m.* instrumento para cortar raizes. || De ῥίζα raiz + τομή corte.
Deriv.: *rhizotomía* (s. f.).

* **Rhodalósio**, *s. m.* (min.) syn. de bieberito (sulfato hydratado de cobalto). || De ῥοδαλός flexivel + suff. *io*.

Rhódio [1], *adj.* da ilha de Rhodes. || De ῥόδιος (e este de 'Ρόδος Rhodes).

Rhódio [2], *s. m.* (chim.) metal descoberto por Wollaston em 1803. || De ῥόδον rosa + desin. *io*.
Deriv.: *rhódico* (adj.).

Rhódochlorito, *s. m.* (min.) carbonato de manganez (Figueir.). || De ῥόδον rosa + χλωρός verdoengo + suff. *ito*.

Rhódochrômio, *s. m.* (min.) var. de kämmererito (mica do genero chlorito). || De ῥόδον rosa + χρῶμα côr + suff. *io*.

* **Rhódochrosito**, *s. m.*

(min.) syn. de dialogito (MnCO^3).
|| De ῥόδον rosa + χρῶσις colorido + suff. *ito*.

Rhododéndreas, *s. f. pl.*
(bot.) tribu das Ericaceas, que tem por typo o gen. *Rhododendron*. || De *Rhododendron* e este de ῥόδον rosa + δένδρον árvore) + suff. *eas*.

Rhódographía, *s. f.* (bot.) descripção das rosas. || De ῥόδον rosa + γράφω descrevo + desin. *ia*.
Deriv.: rhodográphico (adj.).

* **Rhodoisio**, *s. m.* (min.) mixtura de erythrina com acido arsenioso. || De ῥοδόεις roseo + suff. *io*.

* **Rhodomeláceas**, *s. f. pl.* (bot.) familia de Algas. || Do gen. *Rhodómela* (e este de ῥόδον rosa + μέλας negro) + suff. *áceas*.

* **Rhodonito**, *s. m.* (min.) silicato de manganez (MnSiO^3). || De ῥόδον rosa + suff. *ito*.

* **Rhódophyllito**, *s. m.* (min.) syn. de kämmererito (mica do genero chlorito). || De ῥόδον rosa + φύλλον folha + suff. *ito*.

* **Rhodymeniáceas**, *s. f. pl.* (bot.) familia de Algas. || Do gen. *Rhodyménia* (e este de ῥόδον rosa + ὑμήν membrana) + suff. *áceas*.

Rhómbo, *s. m.* (geom.) losango. || De ῥόμβος.
Deriv.: rhómbico (adj.).

Rhomboédro *s. m.* (cryst.) parallelepipedo, cujas faces são todas losangos eguaes. || De ῥόμβος losango + ἕδρα base.
Deriv.: rhomboédrico (adj.).

Rhombóide, adj. que tem a apparencia de rhómbo. || De ῥόμβος rhómbo + εἶδος forma, apparencia.
N. excusada a forma *rhomboidal*.

Rhônco, *s. m.* estertor. || De ῥόγχος.
N. As palavras usuaes *ronco*, *roncar*, *roncador*, *ronqueira*, não têm outra origem, e por isso sería mais etymologico escrevê-las com *rh*.

Rhopalóceros, *s. m. pl.* (zool.) sub-ordem de Lepidopteros; têm as antennas terminadas em maça ou botão. || De ῥόπαλον maça + κέρας chifre.

* **Rhopographía**, *s. f.* descripção ou pintura de mattos, arvoredos, pequenas paizagens. || De ῥωπογραφία (e este de ῥῶπος graveto + γράφω desenho).
Cogn.: rhopógrapho (s. m.), *rhopográphico* (adj.).

Rhotacismo, *s. m.* emprêgo frequente da lettra *r*. || De ῥωτακισμός (e este de ῥῶ nome da lettra grega ρ).

* **Rhyacólitho**, *s. m.* (min.) mixtura de orthosio e nephelina. || De ῥύαξ, ακος coada de lava + λίθος pedra.

* **Rhyade**, *s. f.* (med.) corrimento contínuo das lagrimas. || De ῥυάς, άδος (e este de ῥέω corro).
N. Os Francezes e Inglezes conservaram a forma — *rhyas*; — mas a desinenéia *ade* respeita mais a regra usual de derivação.

* **Rhynchobdéllidas**, *s. m. pl.* (zool.) familia de Vermes Hirudineos. || De ῥύγχος tromba + βδέλλα sanguesuga + suff. *idas*.

* **Rhýnchocéleos**, *s. m. pl.* (zool.) ordem de Vermes. || De ῥύγχος bico, focinho, tromba + κοῖλον cavidade + suff. *eos*.
N. Syn. de Nemertinos.

Rhynchocéphalos, *s. m. pl.* (zool.) sub-ordem de Saurios. || De ῥύγχος bico, focinho + κεφαλή cabeça.

Rhynchóphoros, *s. m. pl.* (zool.) familia de Insectos Coleopteros. || De ῥύγχος bico + φορός que traz.

* **Rhynchótos**, *s. m. pl.* (zool.) ordem de Insectos; syn.

de Hemipteros. || Pelo lat. scient. *Rhynchota*, de ῥύγχος tromba.
Rhytão. V. *rhytio*.
Rhythmo, s. m. successão regular dos mesmos tempos, do mesmo pé; cadencia. || De ῥυθμός.
Deriv.: *rhythmado, rhythmico* (adjs).
Rhythmopéia, s. f. arte do rhythmo. || De ῥυθμοποιία (e este de ῥυθμός rhythmo + ποιεῖν fazer).
N. Tanto Aulete como Figueiredo escrevem *rhythmopéa*; mas a etymologia exige a desin.éia (cf. *epopéia, melopéia,* etc.).

* **Rhytidôma,** s. m. (bot.) casca gretada. || De ῥυτίδωμα pelle enrugada.

* **Rhytidóse,** s. f. (med.) atrophia da cornea (Bock). || De ῥυτίδωσις enrugamento.

Rhýtio, s. m. vaso antigo, com forma de busina, de que usavam os Gregos. || De ῥύτιον (em lat. *rhytion*).

N. C. de Figueiredo regista *rhytão* e *rython* — formas ambas inacceitaveis. Cortesão consigna tambem *rhytón*, que não é melhor.

30

S

*Saccharígeno, *adj.* (chim.) diz-se dos corpos, como a cellulose e a fecula, que dão açucares. || De σάκχαρον açucar + γένος geração.

Saccharímetro, *s. m.* (chim.) instrumento para avaliar a porção de substância saccharina contida noutra substância. || De σάκχαρον açucar + μέτρον medida.

Deriv.: *sáccharimetría* (s. f.), *sáccharimétrico* (adj.).

Saccharino, *adj.* que é da natureza do açucar. || De σακχαρον açucar + suff. *ino.*

Cogn.: *saccháríco* (adj.), *saccharáto* (s. m.), *saccharína* (s. f.), *sáccharificár* (v.), *saccharóse* (s. f.).

Saccharíto, *s. m.* (min.) mixtura de feldspatho e de varios mineraes. || De σάκχαρον açucar + suff. *ito.*

Saccharóide, *adj.* que tem aspecto de açucar. || De σάκχαρον açucar + εἶδος apparencia.

* Sáccharomycétes, *s. m. pl.* (bot.) familia de Cogumelos Ascomycetes. || De σάκχαρον açucar + μύκης cogumelo.

Deriv.: *sáccharomycóse* (s. f.).

Sácco, *s. m.* receptaculo de tecido ou couro, aberto em cima e cosido por baixo e dos lados. || De σάκκος.

N. A etymologia demonstra que é menos correcta a graphia usual — *saco.*

Deriv.: *saccóla* (s. f.), *sacco lejár* (v.), *sacciförme* (adj.), *ensaccár* (v.).

Saccóphoros, *s. m.* (zool.) familia de Molluscos Acephalos (Gray). || De σάκκος sacco + φορός que traz.

Sagapéno, *s. m.* gommaresina procedente talvez da « Ferula persica ». || De σαγάπηνον.

Sagenito, *s. m.* (min.) variedade reticulada de rutilio. || De σαγήνη rêde + suff. *ito.*

Salamándra, *s. f.* (zool.) especie de Batrachio Urodelo. || De σαλαμάνδρα.

Deriv.: *salamandrína* (s. f.), *Salamándridas* (s. m. pl.).

Sálpa, *s. f.* (zool.) animalculo Tunicado, do gen. *Salpa.* || De σάλπη peixelim.

Deriv.: *sálpeos* (s. m. pl.) nome da classe zoologica, *sálpidas* (s. m. pl.) nome da familia.

* Salpingectomía, *s. f.* (med.) extirpação da trompa uterina. || De σάλπιγξ, ιγγος trompa + ἐκτομή ablação + suff. *ia.*

Salpingite, *s. f.* (med.) inflammação da trompa de Eustachio; inflammação da trompa de Fallopio. || De σάλπιγξ, ιγγος trompa, corneta + suff. *ite.*

* Salpingorhaphía, *s. f.* (med.) sutura da trompa uterina. || De σάλπιγξ, ιγγος trompa + ῥαφή costura + suff. *ia.*

* **Salpingoscópio**, *s. m.* (med.) instrumento para examinar o orifício interno da trompa de Eustachio (Valentin). || De σάλπιγξ trompa + σκοπεῖν examinar + suff. *io.*
Deriv.: salpingoscopia (s. f.).
* **Salpingostomia**, *s. f.* (med.) operação que consiste em fazer um pavilhão artificial na trompa uterina. || De σάλπιγξ trompa + στόμα bocca + suff. *ia.*
* **Salpingotomia**, *s. f.* med.) incisão da trompa uterina. || De σάλπιγξ trompa + τομή corte + suff. *ia.*
Sandália, *s. f.* calçado formado de uma sola ligada ao pé por correias. || Pelo lat. *sandalia*, vem do gr. σάνδαλον chinello.
Sándalo, *s. m.* nome dado a algumas árvores indianas, das quaes se extrahe uma essencia aromatica. || De σάνταλον.
Sandáracha, *s. f.* resina procedente da « Thuya articulata ». || De σανδαράχη.
N. Figueiredo grapha *sandáraca*, sem o *h* que a derivação reclama.
Santaláceas, *s. f. pl.* (bot.) ordem de vegetaes dicotyledones, cujo typo é o gen. *Santalum*. || De σάνταλον sándalo + suff. *áceas.*
Cogn.: santálico (adj.), *santaleina* e *santalina* (s. f.).
* **Santil**, *s. m.* (pharm.) medicamento moderno, derivado da essencia de sándalo. || De σαντ (primeiras lettras de σάνταλον sándalo) + suff. *il.*
N. Escrevem os Francezes — santyl; — mas nada justifica o emprêgo do *y*. Estes vocabulos novos devem ter todos em portuguez as terminações *al*, *il* e *ol*, conforme a sua origem, e devem ser todos uniformemente oxytonos.
Saphêna, *s. f.* (anat.) nome dado a duas veias sub-cutaneas da perna e do pé. || De σαφηνής manifesto, claro.
Sáphico. V. *sápphico*.
Saphira. V. *sapphira*.
Sápphico, *adj.* (poet.) que é de Sappho; verso grego e latino de cinco pés, etc. || De σαπφικός (e este de Σαπφώ, Sappho).
N. É usual a graphia *sáphico*, que alguns diccionarios reproduzem; mas, respeitada a etymologia, devemos escrever, á maneira do latim *sapphicus*, como dá Aulete.
Sapphira, *s. f.* (min.) variedade de corindo, pedra preciosa de côr azul. || De σάπφειρος.
N. A etymologia do vcb. demonstra que se não deve acceitar a graphia *saphira*, que os lexicos registam.
* **Saprógeno**, *adj.* diz-se dos bacterios, cuja presença determina a putrefacção. || De σαπρός putrido + γένος geração.
* **Saprophyto**, *s. m.* microbio que vive á custa de materia ou substância morta. || De σαπρός putrido, podre + φυτόν planta.
Sarcásmo, *s. m.* ironia mordaz, zombaria. || De σαρκασμός (e este de σαρκάζειν arrancar, estraçalhar as carnes).
Cogn.: sarcástico (adj.).
* **Sárcepiplocéle**, *s. f.* (med.) epiplocéle de consistencia carnosa. || De σάρξ, κός carne + *epiplocéle* (v. este vcb.).
* **Sárcepiplómphalo**, *s. m.* (med.) hernia umbilical epiploica de consistencia carnosa. || De σάρξ, κός carne + *epiplómphalo* (v este vcb.).
* **Sarcidio**, *s. m.* (med.) caruncula morbida. || De σαρκίδιον pedacinho de carne (dimin. de σάρξ carne).
* **Sarcinito**, *s. m.* (min.) arseniato hydratado de manganez. || De σάρκινος de carne + suff. *ito.*

* **Sarcíte**, *s. f.* (med.) inflammação dos musculos. || De σάρξ, κός carne + suff. *íte.*

Sarcobásio, *s. m.* (bot.) gynobasio com forma de disco carnudo. || De σάρξ carne + βάσις base + suff. *io.*

Sarcocárpio, *s. m.* (bot.) parte do fructo comprehendida entre o epicarpio e o endocarpio. || De σάρξ, κός carne + καρπός fructo + suff. *io.*
N. Recebemo-lo pelo latim scientifico *sarcocarpium*, donde se vê que a forma « sarcocarpo » não deve prevalecer.

Sarcocéle, *s. f.* (med.) tumor dos testiculos. || De σάρξ, κός carne + κήλη tumor.
N. A accentuação dada por C. de Figueiredo — sarcócele — contraria não só a quantidade da raiz grega mas até o uso dos scientistas.

Sarcocólla, *s. f.* (pharm.) substáncia gommosa exsudada pela planta do gen. « Penœa sarcocolla ». || De σαρκοκόλλα (e este de σάρξ, κός carne + κόλλα colla).
Deriv.: sárcocolléira (s. f.), sárcocollína (s. f.).

Sarcóde, *s. m.* (zool.) protoplasma; substância contractil, amorpha, que constitue o corpo dos animaes inferiores (Dujardin). || De σαρκώδης carnudo (e este de σάρξ, κός carne).
Deriv.: sarcodários (s. m. pl.), sarcódico (adj.).

Sarcodérme, *s. f.* (bot.) parenchyma interposto entre a testa e o tegmen da semente. || De σάρξ, κός carne + δέρμα pelle.
N. Feminino, como os congeneres derivados da mesma raiz.

* **Sárco-epiplocéle**, *s. f.* (med.) hernia epiploica complicada com sarcocéle. || De σάρξ carne + *epiplocéle* (v. este vcb.).

* **Sárco-epiplómphalo**, *s. m.* (med.) hernia umbilical formada pelo epiploo que se tornou carnudo. || De σάρξ, κός carne + *epiplómphalo* (v. este vcb.).

* **Sárco-hydrocéle**, *s. f.* (med.) sarcocéle complicada com hydrocéle. || De σάρξ, κός carne + *hydrocéle* (v. este vcb.).

Sarcóide, *adj.* que tem apparencia de carne. || De σαρκοειδής (e este de σάρξ, κός carne + εἶδος apparencia).

Sarcolêmma, *s. m.* (anat.) o mesmo que myolêmma. || De σάρξ, κός carne + λέμμα casca, envolucro.

* **Sarcolenáceas**, *s. f. pl.* (bot.) ordem de plantas dicotyledones. || Do gen. *Sarcolœna* (e este de σάρξ, κός carne + λαῖνα manto) + suff. *áceas.*

Sarcólitho, *s. m.* (min.) especie vizinha do idocrasio. || De σάρξ, κός carne + λίθος pedra.
N. Figueiredo accentúa mal, na penultima syllaba.

Sarcología, *s. f.* nome dado á parte da Anatomia, que tracta das partes molles. || De σάρξ, κός carne + λόγος discurso + suff. *ia.*
Deriv.: sarcológico (adj.).

Sarcôma, *s. m.* (med.) nome dado a tumores constituidos por tecido embryonario. || De σάρκωμα (e este de σάρξ, κός carne).
Deriv.: sarcomatóso (adj.), sarcómatóse (s. f.).

Sarcómphalo, *s. m.* (med.) tumor duro no umbigo. || De σάρξ, κός carne + ὀμφαλός umbigo.

* **Sarcophagía**, *s. f.* regime exclusivamente animal. || De σάρξ, κός carne + φαγεῖν comer + suff. *ia.*

* **Sárcophagíneos**, *s. m. pl.* (zool.) sub-familia de Insectos

Muscidas. || Do gen. *Sarcóphaga* (e este de σὰρξ carne + φαγεῖν comer) + suff. *íneos*.

Sarcóphago, *s. m.* tumulo em que os antigos mettiam os cadaveres, que não queriam queimar, e que era feito de uma pedra calcarea, á qual se attribuia a propriedade de consumir as carnes. || De σαρκοφάγος (e este de σὰρξ, κὸς carne + φαγεῖν comer).

Sarcophýlla, *s. f.* (bot.) a parte carnuda ou cellulosa da folha. || De σὰρξ, κὸς carne + φύλλον folha.

Sarcoplásto, *adj.* (anat.) diz-se das cellulas, de que derivam os musculos. || De σὰρξ, κὸς carne + πλαστὸς formador. *Cogn.: sarcoplásma* (s. m.).

* **Sąrcópsio**, *s. m.* (min.) var. de triplito. || De σὰρξ, κὸς carne + ὄψις aspecto + suff. *io*.
N. Corresponde ao francez « sarcopside ».

* **Sárcopsýlleos**, *s. m. pl.* (zool.) sub-familia dos Insectos Dipteros Aphanípteros. || Do gen. *Sarcopsýlla* (e este de σὰρξ carne + ψύλλα pulga) + suff. *eos*.

Sarcópta, *s. m.* (zool.) o animal productor da sarna, gen. *Sarcoptes*, da classe dos Arachnídeos. || De σὰρξ, κὸς carne + κόπτειν cortar.
N. O genero foi mal denominado, devendo dizer-se *sarcocoptes;* mas a abbreviação *sarcoptes* fez direito de cidade, e d'ahi o portuguez deve tirar *sarcópta*.
Deriv.: sarcóptidas (s. m. pl.).

* **Sarcosína**, *s. f.* (chim.) composto resultante do desdobramento da creatina ($C^9H^7AzO^4$). || De σὰρξ, κὸς carne + suff. *ina*.

* **Sárcosporídeos**, *s. m. pl.* (zool.) ordem de Esporozoarios. || Do σὰρξ, σαρκὸς carne + σπορὰ semente + suff. *ídeos*.

* **Sarcostóse**, *s. f.* (med.) syn. de osteosarcoma. || De σὰρξ, κὸς carne + ὀστέον osso + suff. *óse*.

Sárcotripsía, *s. f.* (med.) esmagamento linear. || De σὰρξ, κὸς carne + τρίψις esmagamento + suff. *ía*.
Cogn.: sarcotrípta (s. m.). syn. de esmagador linear.

Sardónico, *adj.* diz-se dum riso forçado e sarcastico. || De σαρδωνικὸς (e este de Σαρδὼ a Sardenha, onde abundava a *sardonia;* esta planta venenosa causava convulsões acompanhadas dum riso convulsivo).

Sardonycha, *s. f.* (min.) chalcedonia parda, com vermelho côr de sangue por transmissão. || De σαρδόνυξ, υχος.
N. Aulete e Figueiredo grapham *sardonica*, sem attender á derivação.

Saríssa, *s. f.* (ant.) longa lança usada pelos Macedonios. || De σάρισσα.

Sarissóphoro, *s. m.* (ant.) soldado armado de sarissa. || De σαρισσοφόρος (e este de σάρισσα + φορός que leva).

Sarópode, *adj.* (zool.) que tem patas pelludas como vassoura. || De σάρος vassoura + ποῦς, ποδὸς pé.
N. *Sarópodo*, como traz Figueiredo, é mal formado.

Sátrapa, *s. m.* governador de provincia na antiga Persia. || De σατράπης.
Deriv.: satrapía (s. f.), *satrapeár* (v.).

Satyrião. V. *satýrio*.

Satyríase, *s. f.* syn. de priapismo, exaltação morbida das funcções genitaes no sexo masculino. || De σατυρίασις (e este de σατυριάω pareço-me com satyro).

Satýridas, *s. m. pl.* (zool.) fam. de Lepidopteros Rhopaloceros, que tem por typo o gen. *Satyrus*. || De *satýro* (e

este de σάτυρος) + suff. *idas.*
N. Em lat. *satyridœ.*
Satýrio, *s. m.* (bot.) planta da ordem das Orchidaceas e fam. das Ophrydeas, gen. *Satyrium.* || De σατύριον.
N. A etymologia demonstra que se não deve acceitar a forma *satyrião* dada por C. de Figueiredo.
Sátyro, *s. m.* (myth.) semi-deus, que tinha pernas e pés de bode, e habitava nas florestas. — (Zool.) gen. de borboleta diurna. — (fig.) homem libidinoso. || De σάτυρος.
Sáurios, *s. m. pl.* (zool.) sub-ordem dos Repteis Saurophidios. || De σαύρος lagarto + des. *ios.*
Sáurographía, *s. f.* (zool.) descripção dos Sáurios. || De σαύρος lagarto + γράφω descrevo + suff. *ia.*
Cogn.: saurógrapho (s. m.), *sáurográphico* (adj.).
Sáurología, *s. f.* (zool.) parte da Zoologia que tracta dos Sáurios. || De σαύρος lagarto + λόγος tractado + suff. *ia.*
Cogn.: saurólogo (s. m.), *sáurológico* (adj.).
* **Sáurophídios,** *s. m. pl.* (zool.) ordem de Repteis, que comprehende os *Sáurios* e *Ophidios.* (v. estes vcbs).
* **Saurópodes,** *s. m. pl.* (paleont.) ordem de Repteis Dinosaurios fosseis (Marsh). || De σαύρος lagarto + πούς, ποδός pé.
* **Sauropsídeos,** *s. m. pl.* (zool.) nome com que alguns naturalistas reunem as duas classes — Repteis e Aves — || De σαύρα lagarto (rad. de Sáurios) + ὄψις aspecto + suff. *ideos.*
Sáuropterýgios, *s. m. pl.* (paleont.) Sáurios fosseis da ordem dos Enaliosaurios (Owen). || De σαύρος lagarto + πτέρυξ, υγος aza + suff. *ios.*

Saurúro, *s. m.* (bot.) planta dicotyledone, da ord. das Piperaceas, gen. *Saururus.* || De σαύρος lagarto + ουρά cauda.
Deriv.: saurúreas (s. f. pl.).
Scaleno. V. *escaléno.*
Scalenoedro. V. *escalenoédro.*
Scammonea. V. *escammonéa.*
Scaphandro. V. *escaphándro.*
Scaphocephalia. V. *escáphocephalía.*
Scaphoide. V. *escaphóide.*
Scaphopodes. V. *escaphópodes.*
Scatophago. V. *escatóphago.*
Scazon. V. *escazónte.*
* **Scélotyrbía,** *s. f.* (med.) vacillação dos membros inferiores. || De σκελοτύρβη (composto de σκέλος perna + τύρβη perturbação, desordem) + suff. *ia.*
Scêna, *s. f.* parte do theatro, em que os actores representam; palco; decoração theatral; acontecimento dramatico, etc. || De σκηνή.
Deriv.: scenário (s. m.), *scenico* (adj.), *enscenár* (v.).
Scenógrapho, *s. m.* o que pinta scenarios. || De *scéna* (v. este vcb.) + γράφω desenho.
Deriv.: scenographía (s. f.), *scenográphico* (adj.).
Scenopégia, *s. f.* entre os Hebreus a festa dos tabernaculos. || De σκηνοπήγια (e este de σκήνη tenda + πήγνυμι prego, construo).
Scéptico, *adj.* e *s. m.* philosopho, cujo dogma principal era duvidar de tudo; descrente. || De σκεπτικός (e este de σκέπτομαι reflicto, examino).
Deriv.: scepticismo (s. m.).
Scéptro, *s. m.* bastão insignia da soberania; poder real. || De σκῆπτρον.
Schema. V. *eschêma.*

Schemographo. V. *eschemógrapho*.

Schenantho. V. *eschenántho*.

Schindylese. V. *eschindylése*.

Schisma, *s. m.* separação, que um individuo ou uma collectividade faz, de uma religião. || De σχίσμα (e este de σχίζειν fender, separar, rasgar).
N. Do substantivo grego se deveria ter formado *eschisma* (pronunciando-se « eskisma ») ; mas generalizou-se a pronúncia *scisma*, que temos de conservar com a graphia *schisma* dictada pela etymologia.
Deriv. : *schismar* (v.), *schismático* (adj.).

Schisto. V. *eschisto*.

Schistoide. V. *eschistóide*.

Schistosomo. V. *eschistosómo*.

Schizandreas. V. *eschizândreas*.

Schizocephalo. V. *eschizocéphaló*.

Schizomycetes. V. *eschizomycétes*.

Schizopodes. V. *eschizópodes*.

Schizophyto. V. *eschizóphyto*.

Schizothorax. V. *eschizothórax*.

Schizotrichia. V. *eschízotrichía*.

* **Sciagrâmma,** *s. m.* prova obtida pela radiographia. || De σκιά sombra + γράμμα escripto, desenho.
N. Melhor do que « skiagramma », que seria cópia do francez.

* **Sciascopía,** *s. f.* (med.) exame da sombra pupillar para se determinar o grau de refracção do ólho. || De σκιά sombra + σκοπεῖν examinar + suff. *ia*.
N. Melhor do que « skiascopia ».

Sciático. V. *ischiático*.

* **Sciénidas,** *s. m. pl.* (zool.) fam. de Peixes Acanthopterygios Esquammodermos, que tem por typo o gen. *Sciœna*. || De *Sciœna* (e este de σκίαινα) + suff. *idas*.
N. Syn. de *Scienóides*.

Scieropía, *s. f.* (med.) molestia dos olhos, que faz vêr os objectos com côr mais carregada do que a real. || De σκιερός sombrio + ὤψ, ὠπός vista + suff. *ia*.

Scílla, *s. f.* (bot.) planta da ordem das Liliaceas, gen. *Scilla*. || De σκίλλα.
Deriv. : *scilleas* (s. f. pl.), *scillitína* (s. f.).

* **Scincóideos,** *s. m. pl.* (zool.) fam. de Sáuriós Cionocranios. || De σκίγκος especie de lagarto + εἶδος forma + suff. *eos*.

Sciographia, *s. f.* (archit.) desenho de um edificio, que se representa cortado longitudinalmente. || De σκιογραφία (e este de σκιά sombra + γράφω desenho).
Cogn. : *sciógrapho* (s. m.), *sciográphico* (adj.).
N. É mais regular esta forma do que *sciagraphia*.

* **Sciomachía,** *s. f.* exercicio em que se imitavam os movimentos dos pugilistas. || De σκιομαχία (e este de σκιά sombra + μάχη lucta, combate).

* **Scirophorião,** *s. m.* (ant.) mez atheniense quasi correspondente ao nosso Junho. || De σκιροφοριών.
N. Figueiredo regista *scirophório*, mas a desinencia *ão* é mais accorde com a etymologia da palavra.

* **Scirophórias,** *s. f. pl.* (ant.) festas athenienses em honra de Minerva. || De σκιροφόρια (e este form. de σκίρον umbella + φορός portador).

Scírrho, *s. m.* (med.) espe-

cie de tumor duro, variedade de cancro. || De σκίρρος.
Deriv.: scirrhóso (adj.).
Scirrhocéle, *s. f.* (med.) nome improprio dado ao scirrho dos testículos. ||De *scirrho* + κήλη tumor, hernia.
* **Scírrhogastría**, *s. f.* (med.) scirrho do estomago. || De scírrho (v. este vcb.) + γαστήρ estomago + suff. *ia.*
* **Scirrhóide**, *adj.* (med.) que tem apparencia de scírrho. || De σκίρρος scírrho + εἶδος apparencia, forma.
* **Sciúridas**, *s. m. pl.* (zool.) fam. de Roedores. || Do gen. *Sciúrus* (e este de σκίουρος esquilo) + suff. *idas.*
Scleránthio. V. *escleránthio.*
Sclerectomia. V. *escleréctomía.*
Sclerema. V. *escleréma.*
Sclerenchyma. V. *esclerénchyma.*
Sclerina. V. *esclerína.*
Sclerite. V. *esclerite.*
Scléro-choroidite. V. *escléro-choroidíte.*
Scleroclasio. V. *esclero-clásio.*
Sclerodactylia. V. *esclérodactylía.*
Sclerodermia. V. *esclérodermía.*
Sclerodermos. V. *esclerodérmos.*
Sclerogenia. V. *esclérogénia.*
Sclerophthalmia. V. *esclérophthalmía.*
Sclerose. V. *escleróse.*
Sclerotica. V. *esclerótica.*
Scleroticonyxe. V. *escleróticonyxe.*
Scleroticotomia. V. *escleróticotomía.*
Scolecito. V. *escolecito.*
Scolex. V. *escólex.*
Scoliose. V. *escolióse.*
Scolopacidas. V. *escolopácidas.*

Scolopendra. V. *escolopêndra.*
Scolopomacherio. V. *escolopomachério.*
Scombridas. V. *escômbridas.*
Scordeïna. V. *escordeína.*
Scordio. V. *escórdio.*
Scorodito. V. *escorodito.*
Scotoma. V. *escotôma.*
* **Scýbalos**, *s. m. pl.* (med.) excrementos endurescidos e arredondados.||De σκύβαλον excremento.
* **Scýlidas**, *s. m. pl.* (zool.) familia de Chondropterygios Plagiostomos. || Do gen. *Scylium* (e este de σκύλιον cão marinho) + suff. *idas.*
* **Scyphístomo**, *s. m.* (zool.) individuo proveniente do ovo da medusa; tem a forma de uma taça, cuja bocca é rodeada de uma corôa de tentaculos. || De σκυφίον taçasinha + στόμα bocca.
Scýphomedúsas, *s. f. pl.* (zool.) ordem de Medusas. || De σκύφος taça + *medúsa* (v. este vcb.)
N. Syn. de *acalephos.*
* **Scýtala**, *s. f.* (ant.) fita de couro ou de pergaminho, que se enrolava num bastão, e onde eram escriptos os despachos mandados aos generaes lacedemonios. || De σκυτάλη.
* **Scytálidas**, *s. m. pl.* (zool.) fam. de Ophidios Colubriformes. || Do gen. *Scýtale* (e este de σκυτάλη especie de cobra) + suff. *idas.*
Scýthico, *adj.* relativo ou pertencente á Scythia. || De σκυθικός.
* **Scytonémeas**, *s. f. pl.* (bot.) tribu de Algas Nostocaceas. || Do gen. *Scytonéma* (e este de σκύτος couro + νῆμα fio) + suff. *eas.*
Seláchios, *s. m. pl.* (zool.) fam. ou ordem de Peixes Chon-

SEL — 537 — SEM

dropterygios. || De σέλαχος peixe de pelle sem escamas.
N. Seguindo talvez o francez « Sélaciens », Fig regista *selaceos*, quando é claro, pela etymologia da palavra, que ella se deve escrever com *ch* e pronunciar « selakios ».
Selácios. V. *selachios.*
Selênio, *s. m.* (chim.) metalloide descoberto em 1816 por Berzelius. || Pelo lat. scient. « selenium », vem de σελήνη lua.
Deriv. : seleniáto (s. m.), *selénidas* (s. m. pl.), *seleniôso* (adj.), *selenito* (s. m.), *seleniéto* (s. m.).
Selenito, *s. m.* (min.) gêsso, sulfato hydratado de calcio, pedra de lua. || De σελήνη lua + suff. *ito.*
* **Selénodóntes,** *s. m. pl.* (zool.) sub-ordem de Artiodactylos. || De σελήνη lua, crescente + ὀδούς, όντος dente.
Selénognóstica, *s. f.* reunião de todos os factos conhecidos ácerca da constituição physica da lua. || De σελήνη lua + γνῶσις conhecimento.
Selénographía, *s. f.* descripção da lua. || De σελήνη lua + γράφω descrevo + suff. *ia.*
Cogn.: selenógrapho (s. m.), *selénográphico* (adj.).
Selenóse, *s. f.* mancha esbranquiçada nas unhas. || De σελήνη lua + suff. *óse* (?).
N. Corresponde ao francez — séline — mal formado.
Selenóstato, *s. m.* instrumento fixo, com que se observam os movimentos da lua. || De σελήνη lua + στατός que está firme.
Selénotopographía, *s. f.* descripção da superficie da lua. || De σελήνη lua + *tópographía* (v. este vcb.).
Deriv. : selénotopográphico (adj.).
Semântica, *s. f.* (gramm.) es-

tudo das mudanças, que a significação das palavras experimenta. || De σημαντικός (e este de σημαίνω signifíco).
N. Figueiredo considera melhor a expressão — *semiologia*; mas, tendo esta em linguagem médica outra significação, julgamos preferivel conservar «semantica » para a accepção grammatical.
Cogn.: semântico. (adj).
Semáphoro, *s. m.* telegrapho aerio, estabelecido nos portos ou em ponctos da costa para dar signaes e avisos. || De σῆμα signal + φορός que leva ou produz.
Deriv. : semaphórico (adj.).
Semásiología, *s. f.* o mesmo que sématología (v. este vcb.). || De σημασία indicação, signal + λόγος discurso + suff. *ia.*
Sématología, *s. f.* tractado da significação das palavras. — (Espir.) linguagem dos signaes dados pelos espiritos com o movimento de corpos inertes. || De σῆμα, ατος signal + λόγος discurso + suff. *ia.*
Semeiologia. V. *semiología.*
Semeiótica. V. *semiótica.*
Semeóphoro, *s. m.* (ant.) nos exercitos grego e romano o porta-estandarte. || De σημαιοφόρος (e este de σημαία estandarte + φορός portador).
N. Figueiredo regista *semiophoro;* mas, sendo o verdadeiro substantivo grego σημαιοφόρος, e passando αι para *e* em portuguez, não ha dúvida que é melhor a forma aqui proposta.
Semiphoro, que o mesmo lexicographo regista mais adeante, é de todo inadmissivel e até parece lapso de cópia.
* **Seméostómeos,** *s. m. pl.* (zool.) secção dos Acalephos Discophoros. || De σημαία bandeira (?) + στόμα bocca + suff. *eos.*

Semiographia, *s. f.* representação por meio de signaes, especie de tachygraphia. || De σημειογράφος (e este de σημεῖον signal + γράφω escrevo) + suff. *ia.*

Semiologia, *s. f.* tractado dos symptomas das molestias. || De σημεῖον signal + λόγος tractado + suff. *ia.*

N. É melhor do que *semeiologia*, porque o diphthongo grego ει passa naturalmente para *i* em lat. e portuguez.

Semióphoro. V. *semeóphoro.*

Semiótica, *s. f.* (med.) parte da Medicina, que tracta dos signaes das molestias. || De σημειωτική o diagnostico (e este de σημεῖον signal).

N. **Semeiótica** não deve ser acceita, porque a transmutação regular do diphthongo grego ει é para *i* em portuguez.

*****Sémnopithécidas,*** *s. m. pl.* (zool.) fam. de macacos, da sub-ordem dos Catarhinos, que tem por typo o gen. « *Semnopithecus* ». || De *Semnopithecus* (e este de σεμνός grave + πίθηκος macaco) + suff. *idas.*

Sépia, *s. f.* (zool.) siba, Mollusco Cephalopode, que dá uma tincta escura; a tincta da siba, empregada na pintura. || De σηπία.

Sepsina, *s. f.* (med.) substáncia a que se attribuiram os accidentes da infecção purulenta. || De σῆψις putrefacção + suff. *ina.*

Sépte, *adj.* numeral egual a 6 + 1. || Pelo lat. *septem*, vem de ἑπτά (representado o espirito forte do ξ pelo *s* inicial).

Deriv. : *septimo* (adj.), *septémbro* (s. m.), *septentrionál* (adj.), *séptuor* (s. m.), *septénta* e *septuagésimo* (adjs.), *septenário* (s. m.), *septénnio* (s. m.), *septilliāo* (s. m.), *séptuplo* (adj.).

N. A forma usual é *sete*; mas, escrevendo-se com *pt* muitos dos seus derivados, não ha razão para se preterir a graphia etymologica *septe*.

Septicemia, *s. f.* (med.) affecção morbida resultante da alteração do sangue por materias septicas. || De *séptico* (v. este vcb.) + αἷμα sangue + suff. *ia.*

Deriv. : *septicémico* (adj.).

Séptico, *adj.* que causa putrefacção. || De σηπτικός (e este de σήπω apodreço).

Septómetro, *s. m.* instrumento para medir a quantidade de materias organicas, que viciam o ar. || De σηπτός putrido + μέτρον medida.

Seréia, *s. f.* ser mythológico, metade mulher e metade peixe que, pela doçura do seu canto, attrahia os navegantes. — (Phys.) instrumento com que se contam as vibrações de um som, etc. || Pelo lat. *sirena*, vem de σειρήν, ῆνος.

Sericeo, *adj.* relativo á seda, feito de seda. || De σηρικὸν sedá.

Cogn. : *sérico* (adj.).

Sericígeno, *adj.* que produz seda. || De σηρικὸν seda + γένος geração.

*****Sericíto,*** *s. m.* (min.) especie de mica — moscovito — de brilho sedoso. || De σηρικὸν seda + suff. *ito.*

*****Sericólitho,*** *s. m.* (min.) var. de calcario. || De σηρικὸν seda + λίθος pedra.

Seringa. V. *syringa.*

Sésamo, *s. m.* (bot.) gergelim, planta da fam. das Pedalineas, ord. das Gesneraceas, gen. *Sésamum.* || De σήσαμον.

Sesamóide, *adj.* que se parece com a semente do sésamo. || De σήσαμον sésamo + εἶδος apparencia.

Deriv. : *sesamóideo* (adj.) — que pertence aos ossos sesamoides (e não *sesamoidéo*, como vem em Aulete).

Séseli, *s. m.* (bot.) planta da tribu das Seselineas, ord. das Umbelliferas, gen. *Séseli.* || De σέσελι.
Deriv.: seselíneas (s. f. pl.).
Sete. V. *sépte.*
Siagonágra, *s. f.* (med.) rheumatismo na articulação do maxillar inferior. || De σιαγών, όνος maxilla + άγρα presa.
Sialadeníte, *s. f.* (med.) inflammação das glandulas salivares.|| De σίαλον saliva + άδήν glandula + suff. *íte.*
Sialagôgo, *adj.* (med.) que provoca a salivação. || De σίαλον saliva + άγωγός que conduz.
***Siálidas,** *s. m. pl.* (zool.) familia de Insectos Nevropteros. || Do gen. *Sialis* (e este de σίαλος gordo?) + suff. *idas.*
Sialísmo, *s. m.* (med.) o mesmo que salivação. || De σιαλισμός (e este de σιαλίζω, de σίαλον saliva).
***Sialólitho,** *s. m.* (med.) cálculo salivar. || De σίαλον saliva + λίθος pedra.
Sialorrhéa, *s. f.* (med.) salivação abundante.|| De σίαλον saliva + ῥέω corro.
N. Figueiredo escreve *sialorrheia;* mas o *i* é demais. Cf. *diarrhéa* e todos os mais congeneres.
Sibýlla, *s. f.* prophetisa, entre os antigos. || De σιβύλλα.
Deriv.: sibyllino (adj.), *sibyllismo* e *sibyllista* (s. m.).
***Síbyna,** *s. f.* especie de lança empregada pelos caçadores, entre os antigos.|| De σιβύνη.
N. De accôrdo com a quantidade do vcb. grego, tambem o latim faz *sibyna.*
***Siderazóto,** *s. m.* (min.) azoteto de ferro.|| De σίδηρος ferro + *azoto* (v. este vcb.).
***Sideretína,** *s. f.* (min.) arseniato hydratado de ferro.|| De σίδηρος ferro + suff. *etína.*

***Sidéridas,** *s. m. pl.* (min.) segundo Beudant, classe de mineraes que têm o ferro por base.|| De σίδηρος ferro + suff. *idas.*
Siderito, *s. m.* (min.) syn. de siderosio. || De σίδηρος ferro + suff. *íto.*
Sidérochalcíto, *s. m.* (min.) syn. de aphanesio. || De σίδηρος ferro + χαλκός cobre + suff. *ito.*
Sidérochrômio, *s. m.* (min.) chromito ou ferro chromado. || De σίδηρος ferro + *chrômio* (v. este vcb.) + suff. *io.*
N. Ainda que se adoptasse a forma *siderochromo* dada por Figueiredo, a palavra não poderia ser proparoxytona, como elle regista, porque *chrômio* vem de χρῶμα.
***Sidéroconíto,** *s. m.* (min.) var. de calcario. || De σίδηρος ferro + κόνις pó + suff. *íto.*
Sidérodromophobia, *s. f.* medo morbido das viagens em estrada de ferro (neol.). || De σίδηρος ferro + δρόμος carreira + φόβος medo + suff. *ia.*
Cogn.: sidérodromóphobo (s. m.).
Sidérographía, *s. f.* arte de gravar em aço (Fig.). || De σίδηρος ferro + γράφω desenho + suff. *ia.*
Cogn.: sidérógrapho (s. m.).
Sidérolíthico, *adj.* (geol.) diz-se dos depositos de mineraes de ferro e calcario em terrenos da série oligocena. || De σίδηρος ferro + λίθος pedra + suff. *ico.*
Sidéromancía, *s. f.* adivinhação por meio de uma barra de ferro candente. || De σίδηρος ferro + μαντεία adivinhação.
Cogn.: sidéromántico (adj.).
***Sidéromelânio,** *s. m.* (min.) vidro feldspathico.·|| De σίδηρος ferro + μέλας, ανος negro + suff. *io.*
***Sidérophyllíto,** *s. m.*

(min.) mica ferrosa. || De σίδηρος ferro + φύλλον folha + suff. *ito*.

*Sidéroplesito, s. m. (min.) var. magnesiana de siderosio. || De σίδηρος ferro + πλησίος vizinho + suff. *ito*.

* Sideroschisólitho, s. m. (min.) var. de cronstedtito (especie de chlorito). || De σίδηρος ferro + σχίζειν dividir + λίθος pedra.

Siderose, s. f. (med) forma de pneumoconiose, cujo agente é o oxydo de ferro.|| De σίδηρος ferro + suff. *óse*.

Siderósio, s. m. (min.) carbonato de ferro ($FeCO_3$). || De σίδηρος ferro + suff. *io*.

N. A desinencia *io*, além de ser propria destes substantivos, tem aqui a vantagem de distinguir o vcb. do precedente.

Siderotechnía, s. f. arte de trabalhar em ferro. || De σίδηρος ferro + τέχνη arte + suff. *ia*.

Deriv.: *siderotéchnico* (adj.).

* Sidéroxênio, s. m. (min.) syn. de hessenbergito. || De σίδηρος ferro + ξένος hospede + suff. *io*.

Sideróxydos, s. m. pl. (min.) compostos de ferro e oxygenio (Beudant). || De σίδηρος ferro + όxydo (v. este vcb.).

Siderurgía, s. f. trabalho no ferro. || De σιδηρουργία (e este de σίδηρος ferro + έργον trabalho, obra).

Sigla, s. f. lettra inicial, empregada como abbreviatura nos mss. antigos e nas medalhas || De σίγλαι, ῶν.

Sigma, s. m. (gramm.) lettra do alphabeto grego correspondente ao nosso *s*. || De σῖγμα.

Deriv.: *sigmático* (adj.), *sigmatismo* (s. m.).

Sigmóide, adj. que tem a forma do sigma maiusculo grego Σ. || De σιγμοειδής (e este de σῖγμα sigma + είδος forma).

*Sigmoidíte, s. f. (med.) inflammação da quarta porção do cólo. || De *sigmoide* (v. este vcb.) + suff. *ite*.

Sillo, s. m. satira, poema satirico. || De σίλλος.

Sillographía, s. f. arte de compôr sillos. || De σίλλος sillo + γράφειν escrever + suff. *ia*.

Cogn.: *sillográphico* (adj.), *sillógrapho* (s. m.).

*Silphidas, s. m. pl. (zool.) familia de Coleopteros Pentameros. || Do gen. *Silpha* (e este de σίλφη verme que roe livros) + suff. *idas*.

Silúridas, s. m. pl. (zool.) fam. de Peixes Teleosteos Physostomos. || De *siluro* (v. este vcb.) + suff. *idas*.

Silúro, s. m. (zool.) peixe do gen. « Silúrus », typo da fam. dos Silúridas. || De σίλουρος

Sinápico, adj. que diz respeito á mostarda. || Pelo lat. *sinapi*, vem de σίνηπι mostarda + suff. *ico*.

Cogn.: *sinapáto* (s. m.), *sinapína* (s. f.), *sinapísmo* (s. m.), *sinapizár* (v.), *sinápolína* (s. f.).

Síndone, s. f. especie de lençol, mortalha. — (Med.) pequeno chumaço de panno, que se mettia na abertura feita no cranio pelo trepano. || De σινδών, όνος lençol, panno de linho.

N. Figueiredo regista *sindon*, mas esta desinencia não está de accôrdo com a indole da nossa lingua.

* Sinopíto, s. m. (min.) var. de bol com grande proporção de oxydo de ferro. || De σινωπίς vermelhão + suff. *ito*.

Siphão, s. m. tubo recurvado, de ramos deseguaes, que serve geralmente para trasfegar liquidos. || De σίφων, ωνος.

*Siphonáceas, s. f. pl. (bot.) familia de Algas Chlorophyceas || De σίφων siphão, tubo + suff. *áceas*.

Siphonápteros, *s. m. pl.* (zool.) ordem de Insectos, tambem chamados Aphanípteros. || De σίφων tubo + *ápteros* (v. esta pal.)

Siphonôma, *s. m.* (med.) tumor tuboloso (Henle). || De σίφων, ωνος tubo + suff. *oma.*

Siphonóphoros, *s. m. pl.* (zool.) subdivisão da classe das Hydromedusas. || De σίφων siphão + φορός portador.

Siphonóstomos, *s. m. pl.* (zool.) grupo de Molluscos Gastropodes. || De σίφων tubo, siphão + στόμα bocca.

Sirênico, *adj.* relativo ás sereias. || De σειρήν, ήνος sereia + suff. *ico.*

* **Sirénidas,** *s. m. pl.* (zool.) familia de Batrachios Urodelos. || Do gen. *Siren* (e este de σειρήν sereia) + suff. *idas.*

Sirenómelo, *s. m.* (terat.) monstro de membros abdominaes incompletos (forma de sereia). || De σειρήν, ήνος sereia + μέλος membro.

Siríase, *s. f.* (med.) inflammação do cerebro ou de suas membranas (Aecio). || De σειρίασις (e este de σείριος ardente).

Sismico, *adj.* relativo aos terremotos. || De σεισμός abalo, terremoto + suff. *ico.*
Cogn. : sismál (adj.).

Sismógrapho, *s. m.* instrumento que indica a intensidade dos tremores de terra. || De σεισμός terremoto + γράφω escrevo.
Deriv. : sismographía (s. f.), *sismográphico* (adj.).

Sismómetro, *s. m.* apparelho para observação dos terremotos. || De σεισμός terremoto + μέτρον medida.
Deriv. : sismométrico (adj.).

* **Sismotherapía,** *s. f.* (med.) methodo de tractamento, que consiste em imprimir ao corpo, ou a parte delle, vibrações rapidas, regulares e curtas (F. Jayle e de Lavalette). || De σεισμός tremor + θεραπεία tractamento.
Deriv. : sismotherápico (adj.).

Sistro, *s. m.* antigo instrumento musico dos Egypcios. || De σείστρον (e este de σείω sacudo).

Sisýmbrio, *s. m.* (bot.) planta da ord. das Cruciferas. || De σισύμβριον agrião.
Deriv. : sisymbríneas (s. f. pl.).

* **Sisyríncheas,** *s. f. pl.* (bot.) tribu de Iridaceas. || Do gen. typo *Sisyrinchium* (e este de σισυρίγχιον especie de iris) + suff. *eas.*

Sitárcia, *s. f.* alforge dos antigos; provisão de viveres. || De σιταρχία (e este de σίτος viveres + ἀρκέω forneço).

Sitarião. V. *sitário.*

Sitário, *s. m.* pequena ração de viveres, antigo pêzo. || De σιτάριον.
N. Fig. regista *sitarião*, mas nada auctoriza similhante desinencia.

Sitieirgía, *s. f.* (med.) repulsão dos alimentos. || De σιτία alimentos + εἴργω repillo + suff. *ia.*
N. Seri a acceitavel tambem *siteirgía* (tirado de σῖτος), e até mais euphonico.

Sitiología, *s. f.* tractado dos alimentos. || De σιτία (τά) alimentos + λόγος discurso + suff. *ia.*
Deriv. : sitiológico (adj.).

Sitiophobía. V. *sitophobía.*

Sitóna, *s. m.* intendente dos cereaes na Grecia antiga. || De σιτώνης (e este de σῖτος trigo + ὠνέομαι compro).
N. Á vista da etymologia, é claro que se não deve pronunciar *sítona*, como traz Figueiredo.

Sitóphago, *adj.* que se alimenta de trigo. || De σιτοφάγος (e este de σῖτος trigo + φαγεῖν comer).

Sitophobía, *s. f.* (med.) aversão aos alimentos. || De σῖτος alimento + φόβος terror + suff. *ia.*
N. A forma *sitiophobia* é tambem acceitavel, porque (τὰ) σιτία tem egual significação; mas, sendo os compostos gregos todos derivados de σῖτος, parece preferível *sitophobia.*

Sitophýlace, *s. m.* (ant.) magistrado atheniense, que vigiava as provisões do trigo e inspeccionava a venda delle. || De σιτοφύλαξ, ακος (e este de σῖτος trigo + φύλαξ guarda).
N. A forma *sitophylax*, registada por Figueiredo, só teria razão de ser, si a raiz de φύλαξ tivesse o α longo; mas sendo ella breve, como é, a derivação regular manda fazer *sitophýlace.*

Smaragdito. V. *esmaragdito.*

Smaragdochalcito. V. *esmaragdochalcito.*

Smectito. V. *esmectito.*

Smegma. V. *esmégma.*

Smegmatito. V. *esmegmatito.*

Smilaceas. V. *esmiláceas.*

Smyrnio. V. *esmýrnio.*

Socrático, *adj.* relativo a Sócrates. || De σωκρατικός (e este de Σωκράτης Sócrates).

Solecismo, *s. m.* (gramm.) erro contra as regras de syntaxe. || De σολοικισμός (e este de σολοικίζειν fallar mal á moda de Sólos).
Cogn.: *solecista* (s. m.).

*** Solénocôncchos**, *s. m. pl.* (zool.) classe de Molluscos; têm concha tubular. || De σωλήν, ῆνος tubo + κόγχος concha.

*** Solénogástros**, *s. m. pl.* (zool.) nome dado por alguns zoologos a um grupo de Molluscos. || De σωλήν, ῆνος tubo, gotteira + γαστήρ, τρός ventre.

*** Solenóglyphos**, *s. m. pl.* (zool.) sub-ordem de Ophidios venenosos. || De σωλήν canal, tubo + γλυφή incisão.

Solenóide, *s. m.* (phys.) apparelho construido por Ampère para a demonstração da sua theoria do electromagnetismo. || De σωλήν, ῆνος tubo + εἶδος forma.

*** Somascética**, *s. f.* nome proposto por Bally para substituir o de gymnastica. || De σωμασκεῖν fazer exercicios physicos (e este de σῶμα corpo + ἀσκέω exercito).

Somático, *adj.* que pertence ao corpo. || De σωματικός (e este de σῶμα corpo).
Cogn.: *somatista* (s. m.).

Sómatología, *s. f.* tractado do corpo humano. || De σῶμα, ατος corpo + λόγος tractado + suff. *ia.*
Deriv.: *sómatológico* (adj.).

*** Sómatoplêura**, *s. f.* (zool.) na segmentação do ovo, uma das lâminas da mesoderme que adhere á ectoderme. || De σῶμα, ατος corpo + πλευρά flanco.

*** Sómatoscopia**, *s. f.* modo de investigação das cavidades esplanchnicas examinadas por transparencia (Milliot). || De σῶμα, ατος corpo + σκοπεῖν examinar + suff. *ia.*

*** Somatóse**, *s. f.* (pharm.) producto medicamentoso alimentar, preparado com carne. || De σῶμα, ατος corpo + suff. *óse.*

Sophísma, *s. m.* (phil.) argumento falso ou capcioso, com apparencia de verdadeiro. || De σόφισμα.
Cogn.: *sophismár* (v.), *sophista* (s. m.), *sophistaría* (s. f.), *sophístico* (adj.), *sophisticár* (v.), *sophisticação* (s. f.).

Sóphomanía, *s. f.* mania

de passar por sabio. || De σοφός sabio + μανία mania.
Deriv. : *sophomaníaco* (s. m.).

Sophronista, *s. m.* (ant.) magistrado incumbido da inspecção dos gymnasios. || De σωφρονιστής (e este de σωφρονίζειν corrigir).
Cogn. : *sophronistério* (s. m.).

Sóraco, *s. m.* (ant.) canastra em que os comediantes levavam seus vestuarios e adereços. || De σώρακος.

Sorites, *s. m.* (phil.) especie de argumento composto de uma série de proposições, das quaes a seguinte explica o attributo da precedente. || De σωρίτης (e este de σωρός monte, accumulação).
N. Teria sido preferivel adoptar-se a forma *sorita;* mas o exemplo do lat. *sorītes* prevaleceu, e o uso geral o consagrou nas escholas.

Sóro, *s. m.* (bot.) reunião dos esporangios na página inferior da folha dos Fetos. || De σωρός acervo, montão.

Sotérias, *s. f. pl.* (ant.) festas ou sacrificios em acção de graças aos deuses, por uma cura, uma libertação, etc. || De σωτήρια (τά), e este de σωτήρ salvador.

Spadíce. V. *espadíce.*
Spagírica. V. *espagírica.*
Sparóides. V. *esparóides.*
Spárto. V. *espárto.*
Spásmo. V. *espásmo.*
Spásmophilia. V. *espásmophilia.*
Spatángidas. V. *espátangidas.*
Spátha. V. *espátha.*
Spérma. V. *espérma.*
Spermátio. V. *espermátio.*
Spermato... (raiz de varios vocabulos). V. *espérmato,* etc.
Spermo... (raiz de alguns vocabulos). V. *espermo...*

Sphalerito. V. *esphalerito.*
Sphalerotocia. V. *esphalerotocia.*
Sphénio. V. *esphénio.*
Spheno... (raiz de varios vocabulos). V. *espheno...*
Sphero... (raiz de varios vocabulos). V. *esphéro...*
Sphincter. V. *esphincter.*
Sphinge. V. *esphinge.*
Sphragística. V. *esphragística.*
Sphygmo... (raiz de varios vocabulos). V. *esphygmo...*
Spinthariscópio. V. *espinthariscópio.*
Spintherómetro. V. *espintherómetro.*
Spíra. V. *espíra.*
Spiréma. V. *espiréma.*
Spiróide. V. *espiróide.*
Splanchno... (raiz de varios vocabulos). V. *esplanchno...*
Spleno... (raiz de varios vocabulos). V. *espleno...*
Spodumênio. V. *espodumênio.*
Spondêu. V. *espondêu.*
Spóndylo. V. *espóndylo.*
Sporádico. V. *esporádico.*
Sporio... (raiz de varios vocabulos). V. *esporio...*
Stachýdeas. V. *estachýdeas.*
Stádio. V. *estádio.*
Stalactito. V. *estalactito.*
Stalagmito. V. *estalagmito.*
Staphiságria. V. *estaphiságria.*
Staphylo... (raiz de varios vocabulos). V. *estaphylo...*
Stase. V. *estáse.*
Stathmética. V. *estathmética.*
Staurólitho. V. *estaurólitho.*
Stéar... e *stéato...* (raiz de varios vocabulos). V. *estear...* e *esteato...*
Stechiología. V. *estechiología.*
Steganópodes. V. *esteganópodes.*

Stegnóse. V. *estegnóse.*
Stêmma. V. *estêmma.*
Sténo... (raiz de varios vocabulos). V. *esténo...*
Stéphano... (raiz de varios vocabulos). V. *estéphano...*
Stéreo... (raiz de varios vocabulos). V. *estéreo...*
Stérno... (raiz de varios vocabulos). V. *estérno...*
Stétho... (raiz de alguns vocabulos). V. *estétho...*
Sthenia. V. *esthenia.*
Stibiádo. V. *estibiádo.*
Stibina. V. *estibina.*
Stilbito. V. *estilbito.*
Stilpno... (raiz de alguns vocabulos). V. *estilpno...*
Stóma... e *stómato* (raiz de varios vocabulos). V. *estôma...* e *estómato...*
Strab... (raiz de alguns vocabulos). V. *estrab...*
Stranguria. V. *estranguria.*
Stráto... (raiz de alguns vocabulos). V. *estráto...*
Streptocócco. V. *estreptocócco.*
Strígidas. V. *estrígidas.*
Strobilo. V. *estrobilo.*
Stroboscópico. V. *estroboscópico.*
Strôma. V. *estróma.*
Strómbidas. V. *estrómbidas.*
Stróngylo. V. *estróngylo.*
Strychn... (raiz de varios vocabulos). V. *estrychn...*
Stýgio. V. *estýgio.*
Stylastéridas. V. *estylastéridas.*
Stýlo... (raiz de varios vocabulos). V. *estýlo...*
Stypterito. V. *estypterito.*
Stypticito. V. *estypticito.*
Stýptico. V. *estýptico.*
Styracáceas. V. *estyracáceas.*
Sybarita, *s.* e *adj.* o que vive na voluptuosidade ou é effeminado. || De συβαρίτης (e este de Σύβαρις a cidade de Sybaris).
Deriv. : sybarítico (adj.), *sybaritismo* (s. m.), melhor do que *sybarismo.*
Sycéphalos. V. *syncéphalos.*
* **Sýchnosphygmía,** *s. f.* (med.) frequencia do pulso correspondente á tachycardia (Spring). || De συχνός frequente + σφυγμός pulso + suff. *ia.*
* **Sychnuría,** *s. f.* (med.) emissão frequente de urina. || De συχνός frequente + ουρον urina + suff. *ia.*
N. Este vcb., proposto por Laboulbène, corresponde perfeitamente á significação e não tem o vício de estructura de *pollaciuria.* De facto o adverbio grego πολλάκις nunca foi empregado pelos Gregos como primeiro elemento de palavra composta.
Sycíta, *s. m.* vinho feito de figos, usado pelos antigos. || De συκίτης (e este de σῦκον figo).
N. Fig. regista — *a sycite* —, com genero improprio e desinencia má. Os nomes gregos em ίτης passam para portuguez com a terminação *ita* (excepção feita dos nomes de mineraes e fosseis, que por convenção passaram a ter outra desinencia).
Sýcomancía, *s. f.* (ant.) systema de adivinhação por meio de folhas de figueira. || De συκῆ figueira + μαντεία adivinhação.
Deriv. : sycomántico (adj.).
Sycómoro, *s. m.* certa árvore do Egypto e da Asia Menor. || De συκόμορος.
* **Sycónidas,** *s. m. pl.* (zool.) familia de Esponjas calcarias. || Do gen. typo *Sycon* (e este de σῦκον figo) + suff. *idas.*
Sycônio, *s. m.* (bot.) inflo-

rescencia constituida por um capítulo, cujas bordas se elevam e se approximam no apice, e que, depois da fecundação, se torna carnudo. || De σῦκον figo + suff. *io*.
 N. Fig. regista *sýcone* e *sýcono;* mas a desinencia *io* é preferivel. O lat. scientifico fez *syconium*.
 Sycóphago, *s. m.* e *adj.* que se alimenta de figos. || De σῦκον figo + φαγεῖν comer.
 Sycophânta, *s. m.* calumniador, impostor, patife. || De συκοφάντης (e este de σῦκον figo + φαίνω mostrar).
 N. O significado primitivo do subst. grego é « delator, denunciante dos contrabandistas de figos ».
 Deriv. : sycophantía (s. f.).
 Sycóse, *s. f.* (med.) doença dos folliculos pilosos, causada as mais das vezes por um parasito cryptogamo. || De σῦκον + suff. *óse.*
 Deriv. : sycótico (adj.).
 Sýllaba, *s. f.* som formado por uma só emissão de voz. || De συλλαβή (e este de συλλαμβάνω reuno, entrelaço).
 Deriv. : syllabação (s. f.), *syllabáda* (s. f.), *syllabár* (v.), *syllabário* (s. m.), *syllábico* (adj.), *syllabismo* (s. m.).
 Sýllabo, *s. m.* summula das decisões tomadas de uma vez por auctoridade ecclesiástica. || De σύλλαβος indice.
 N. Os lexicos registam — *syllabus* —, conservando a forma latina; mas não ha razão para que se lhe não dê a desinencia portugueza.
 Syllépse, *s. f.* (gramm.) figura, em que a regencia das palavras segue mais a logica ou o sentido do que as regras grammaticaes. || De σύλληψις (e este de συλλαμβάνω comprehendo, concebo).
 Deriv. : sylléptico (adj.).

Syllépsiología, *s. f.* (physiol.) tractado da concepção do embryão. || De σύλληψις concepção + λόγος tractado + suff. *ia*.
 N. A forma — syllepsologia — é incorrecta.
 * **Syllogêu,** *s. m.* casa onde se reunem associações litterarias e scientificas. || De σὺν com (indicando associação) + λόγοι estudos + desin. *êu* (correspondente ao suff. grego ειον).
 N. Este vocabulo foi proposto pelo proprio auctor do presente *Vocabulario* em 1901, e os poderes publicos o acceitaram.
 Syllogismo, *s. m.* (phil.) argumento formado de trez proposições, das quaes a terceira se deduz da primeira por intermedio da segunda. || De συλλογισμός argumento (e este de συλλογίζομαι raciocino).
 Deriv. : syllogístico (adj.), *syllogizár* (v.).
 Symbióse, *s. f.* (biol.) associação de dous seres com proveito para ambos, ex. da Alga com o Cogumelo num Lichen. || De σὺν com + βιόω vivo.
 Deriv. : symbióta (s. m.), *symbiótico* (adj.).
 Symblépharo, *s. m.* (med.) adherencia das palpebras com o globo ocular. || De σὺν com + βλέφαρον palpebra.
 N. É tambem acceitavel — *symblepharóse* —, com o suff. *óse.*
 Sýmbolo, *s. m.* signal particular; imagem que se emprega como signal de uma cousa ; signal externo de um sacramento; divisa. || De σύμβολον.
 Deriv. : symbólica (s. f.), *symbólico* (adj.), *symbolismo* (s. m.), *symbolista* (s. m.), *symbolizár* (v.), etc.
 Symbolología, *s. f.* estudo ácerca dos symbolos. (Outrora syn. de symptomatogia). || De

σύμβολον signal + λόγος tractado + suff. *ia*.
N. É incorrecta a forma — *symbología*, que Fig. regista.
Symélios. V. *symmélios*.
Symetria. V. *symmetría*.
Symmélios, *s. m. pl.* (terat.) monstros characterizados pela fusão mediana dos dous membros do mesmo par. || De σύν com + μέλος membro + suff. *ios*.
N. O *Dict. de Méd.* de Littré dá a forma franceza — *syméliens* —; passando-a para a nossa lingua é forçoso corrigir-lhe a graphia. A etymologia manda escrevê-la com *mm*.
Symmetria, *s. f.* relação de grandeza e de figura entre as partes de um todo; harmonia que resulta da observação de certas proporções. || De συμμετρία (e este de σύν com + μέτρον medida).
N. A origem da palavra e o exemplo de lat. *symmetria* estão indicando que ella se deve escrever com *mm*. É certo que, accompanhando o francez, todos os lexicos portuguezes dão *symetria* (com um só *m*); mas, porque não seguir a logica do inglez e do italiano, mais escrupulosos neste poncto?
Deriv.: *symmétrico* (adj.).
* **Symmória,** *s. f.* (ant.) nome das classes, em que eram divididos os cidadãos ricos de Athenas para pagamento da contribuição de guerra. || De συμμορία.
Sympathectomía. V. *sympáthicectomía*.
Sympathía, *s. f.* relação physiologica entre dous orgãos, mais ou menos afastados; inclinação mutua de duas pessoas, etc || De συμπάθεια conformidade de genios (e este de σύν com + πάθος soffrimento, (paixão).
Deriv.: *sympáthico* (adj.),

sympathísta (s. m.), *sympathizár* (v.).
* **Sympáthicectomía,** *s. f.* (med.) resecção de uma parte do nervo sympathico cervical. || De *sympáthico* (v. *sympathía*) + ἐκτομή corte + suff. *ia*.
N. Melhor do que *sympathectomía*, onde foi mutilado um dos elementos da palavra.
* **Sympáthicotripsía,** *s. f.* (med.) esmagamento do ganglio cervical superior do grande sympathico (Chipault). || De *sympáthico* (v. *sympathía*) + τρίψις esmagamento + suff. *ia*.
Sympetálico, *adj.* (bot.) diz-se dos estames quando, reunidos aos pétalos, dão a uma corolla polypetala a apparencia de monopetala (Richard). || De σύν com + *pétalo* (v. este vcb.) + suff. *ico*.
* **Sympéxio,** *s. m.* (anat.) corpo solido, que se acha nas vesiculas da glandula thyreoide, nas da prostata e em outros orgãos (Robin). || De σύμπηξις concreção + suff. *io*.
N. O francez adoptou *sympexion* com uma desinencia, que o portuguez não pode acceitar.
* **Symphónallaxía,** *s. f.* (med.) vício de pronúncia, que consiste em trocar uma consoante por outra (Schwalz). || De σύμφωνον consoante + ἀλλάσσω tróco + suff. *ia*.
Symphonia, *s. f.* reunião de vozes ou conjuncto de sons; composição orchestral. || De συμφωνία (e este de σύν com + φωνή voz, som).
Deriv.: *symphónico* (adj.), *symphonísta* (s. m.).
* **Symphorése,** *s. f.* (med.) termo applicado á congestão. || De συμφόρησις accúmulo.
* **Symphoréto,** *s. m.* piquenique; refeição festiva no campo, para a qual cada um con-

corre com uma iguaria. || De συμφορητόν.

N. Em logar do vocabulo artificial — *convescote* — imaginado pelo dr. A. Castro Lopes, talvez seja preferivel *symphoréto*, derivado de um vocabulo grego, que tem essa mesma significação e, de mais a mais, expressivo. Συμφορητόν é formado de σύν com + φέρω levo, carrego. Aqui fica a proposta, para que os competentes resolvam.

Symphysândria, *s. f.* (bot.) classe de plantas no systema de Linneu. || De σύμφυσις união, cohesão + ἀνήρ, ἀνδρός homem.

* **Symphysândro**, *adj.* (bot.) diz-se das plantas, cujos estames são reunidos pelas antheras e pelos filetes. || De σύμφυσις união + ἀνήρ, ἀνδρός homem.

N. Esta forma é mais regular do que *symphysândrico*, embora o francez tenha feito *symphysandrique*.

Sýmphyse, *s. f.* (anat.) articulação immovel, como a dos ossos da bacia. || De σύμφυσις reunião, cohesão (e este de σύν com + φύομαι cresço).

Symphysiotomia. V. *symphysotomia*.

Sýmphysotomía, *s. f.* (med.) operação que consiste em seccionar a fibro-cartilagem que liga os ossos pubicos. || De *symphyse* (v. este vcb.) + τομή corte + suff. *ia*.

N. Sendo a palavra derivada de « symphyse », é mais conveniente esta forma do que *symphysiotomia* ou *symphyseotomia*. As linguas italiana e hispanhola assim o entenderam com acêrto.

Symphýtico, *adj.* que diz respeito, ou tem relação com uma symphyse. || De *symphyse* (v. este vcb).

N. Figueiredo, accompanhando o francez *symphysien*, regista *symphysiano* e *symphysio;* mas são ambos mal formados. Cf. *analytico* (de analyse), *proclitico* (de proclise) e tantos outros.

Symphytógyno, *adj.* (bot.) diz-se das plantas, cujo ovario adhere ao calice (Richard). || De σύμφυτος connexo, adherente + γυνή mulher.

N. Os diccionarios francezes dão *symphysiogyne*, e d'ahi foi tirado o *symphysiógyno* que Fig. regista; mas este vcb. é mal formado, e assim o entendeu ha muito Mayne (Expos. Lexicon, 1860).

Sympiezómetro, *s. m.* (phys.) barometro com reservatorio de ar. || De συμπιέζω comprimo + μέτρον medida.

Sympléctico, *s. m.* (zool.) peça ossea da cabeça dos Peixes e Batrachios. || De συμπλεκτικός que serve para ligar.

Sýmploce, *s. f.* (rhet.) figura, que consiste em começar ou acabar phrases pelas mesmas palavras. || De συμπλοκή (e este de συμπλέκειν entrelaçar, unir.).

Symposiárcha, *s. m.* (ant.) o presidente do banquete. || De συμπόσιον banquete + ἄρχειν mandar, dirigir.

N. Fig. sem razão escreve *symposiarca;* no seu proprio Dicc. não deu *monarcha?*

Symprýtane, *s. m.* (ant.) collega nas funcções de prytane. || De συμπρύτανις (e este de σύν com + πρύτανις prytane).

Symptôma, *s. m.* (med.) phenomeno que indica a natureza, séde ou existencia de uma infermidade. || De σύμπτωμα (e este de συμπίπτειν acontecer).

Deriv.: *symptomático* (adj.), *symptomatismo* (s. m.).

Symptómatología, *s. f.* (med.) parte da Medicina, que tracta dos symptomas das mo-

lestias. || De σύμπτωμα, ατος symptoma + λόγος tractado + suff. *ia*.
Deriv. : *symptomatológico* (adj.), *symptómatólogo* (melhor do que *symptomatologista*).
N. Fig. tambem regista — *symptomologia* —, citando Sousa Martins; mas esta forma não é regular. Quasi todos os vocabulos gregos, compostos de substantivos neutros da 3.ª declinação em μα, ματος, são formados do caso obliquo e não do nominativo do singular; segundo este modêlo classico fôram egualmente compostos quasi todos os neologismos reclamados pela sciencia moderna. Porque preterir este bom princípio para casos excepcionaes? Mantenha-se portanto — *symptomatologia* —, que é usado de preferencia.
Symptóse, *s. f.* (med.) enfraquecimento dos orgãos. || De σύμπτωσις.
N. O termo é desnecessario, e já hoje ninguem o emprega; accresce que o subst. grego significa — encontro, conflicto —, e só raramente — enfraquecimento.
*Synadelphito, *s. m.* (min.) arseniato hydratado de manganez, aluminio e ferro. || De σὺν com + ἀδελφός ermão + suff. *ito*.
Synadélpho, *s. m.* (terat.) monstro de um só tronco e oito membros. || De σὺν com + ἀδελφός ermão.
Synagelástico, *adj.* que vive em bando ou grupo. || De συναγελαστικὸς (e este de σὺν com + ἀγελάζειν formar rebanho — de ἀγέλη rebanho).
Synagóga, *s. f.* logar em que os Judeus se reunem para orar e lêr os livros sagrados; assemblea de fieis entre os Hebreus. || De συναγωγὴ reunião.
Synalépha, *s. f.* (gramm.) reunião de duas syllabas em uma por synerese, crase ou elisão. || De συναλοιφὴ (e este de συναλείφειν confundir, unir).
Deriv. : *synalephista* (s. m.).
Synallagmático, *adj.* diz-se dos contractos bilateraes. || De συναλλαγματικός (e este de συνάλλαγμα transacção, contracto).
Synantheráceas, *s. f. pl.* (bot.) nome menos proprio dado á ordem das Compostas. || De σὺν com + *anthéra* (v. este vcb.) + suff. *áceas*.
N. A forma usual — synanthéreas — é menos regular.
Synanthérico, *adj.* (bot.) diz-se dos estames soldados pelas anthéras. || De σὺν com + *anthéra* (v. este vcb.) + suff. *ico*.
N. Esta forma é preferivel a *synanthéreo*.
Synanthía, *s. f.* (bot.) soldadura anomala de duas flôres vizinhas. || De σὺν com + ἄνθος flôr + suff. *ia*.
Synanthocárpo, *adj.* (bot.) diz-se do fructo formado pela união de muitos ovarios pertencentes a flôres distinctas. || De σὺν com + ἄνθος flôr + καρπὸς fructo.
N. Figueiredo consigna — *synanthocarpado;* mas é inutil esta desinencia *ado*. Cf. os congeneres *monocarpo, polycarpo* etc.
*Synanthróse, *s. f.* (chim.) açucar da classe das saccharoses, peculiar aos tuberculos de algumas Compostas (tambem chamadas Synantheráceas). || De *synantheráceas* (v. este vcb.) + suff. *óse*.
N. Como se vê, foi mal formada a palavra pelos chimicos; mas é das que podem ficar na lingua.
Synáptase, *s. f.* (chim.) emulsina, fermento que se extrahe das amendoas amargas. ||

SYN — 549 — SYN

De συνάπτω juncto, ligo + suff. *ase*.

N. Esta terminação foi dada ao vcb. á similhança de *diástase;* é logico pois que o façamos, como a este, proparoxytono.

Synarthróse, *s. f.* (anat.) nome generico de articulações immoveis. || De σύν com + ἄρθρωσις articulação.

* **Synascídios**, *s. m. pl.* (zool.) ordem de Tunicados. || De σύν com + *ascídios* (v. este vcb.).

Synaspismo, *s. m.* (ant.) formatura defensiva da phalange grega; corresponde ao *testudo* latino. || De συασπισμός (e este de σύν com + ἀσπίς escudo).

Synathroismo, *s. m.* (rhet.) figura, com que se accumulam numa phrase termos de significação correlativa, isto é, muitos adjectivos, muitos verbos, etc. (Figueir.). || De συναθροισμός accumulação.

Synaulía, *s. f.* (mus.) reunião de instrumentos de sôpro, na musica antiga.|| De συναυλία (e este de σύν com + αὐλός flauta).

Synáxe, *s. f.* reunião de fieis, assemblea de christãos nos primeiros tempos do Christianismo. || De σύναξις (e este de συνάγω reuno).

N. Figueiredo regista o derivado *synaxario* significando « resumo da vida dos sanctos ». Não parece que lhe caiba esta significação, pois συναξάριον é « calendario » em grego.

Syncárpio, *s. m.* (bot.) fructo formado pela reunião de varios carpellos soldados. || De σύν com + καρπός fructo + suff. *io*.

N. Fig. regista *syncarpo;* mas esta é a desinencia dos adjectivos formados de καρπός; já o lat. scientifico diz — syncarpium —. *Syncarpádo* não tem razão de ser.

Syncategorêma, *s. m.* (gramm.) palavra que não tem sentido sinão juncta a outra. || De σνγκατηγόρημα (e este de σύν com + ἀγορεύειν fallar, significar).

Syncêllo, *s. m.* (ant.) na Egreja grega antiga, funccionario que accompanhava o patriarcha para vigiar seu procedimento. || De συγκέλλω navego conjunctamente (?).

* **Syncephalídeas**, *s. f. pl.* (bot.) tribu de Cogumelos (Mucorineas). || Do gen. *Syncéphalis* (e este de σύν com + κεφαλή cabeça) + suff. *ídeas*.

Syncéphalos, *s. m. pl.* (terat.) monstros, em que ha fusão de duas cabeças. || De σύν com + κεφαλή cabeça.

N. Imitando o francez, Figueiredo acceita e regista — sycéphalo —; mas a formação deste vocabulo é imperfeita, faltando-lhe uma das lettras do pref. *syn* (σύν), que não costuma nem deve desapparecer antes do κ de κεφαλή

Deriv.: syncephalia.

* **Synchilía**, *s. f.* (med.) atresia do orificio buccal com perda da substância dos labios, etc. || De σύν com + χεῖλος labio + suff. *ia*.

N. É melhor do que *syncheilía*.

* **Synchitonite**, *s. f.* (med.) adherencia da conjunctiva. || De σύν com + χιτών tunica + suff. *ite*.

Synchondróse, *s. f.* (anat.) união de dous ossos por meio de cartilagem. || De σύν com + χόνδρος cartilagem + suff. *óse*.

Synchóndrotomía, *s. f.* (med.) secção de uma synchondróse ou de uma cartilagem interarticular. || De *synchondróse* (v. este vcb.) + τομή corte + suff. *ia*.

31.

Sýnchrono, *adj.* que se realiza ao mesmo tempo; diz-se de factos, que succedem na mesma epocha. || De σύγχρονος (e este de σύν com + χρόνος tempo).
Deriv.: *synchrónico* (adj.), *synchronismo* (s. m.), *synchronista* (s.m.), *synchronizár* (v.).
Sýnchronologia, *s. f.* tractado de synchronismos. || De *sýnchrono* (v. este vcb.) + λόγος discurso + suff. *ia*.
Deriv.: *synchronológico* (adj.).
Sýnchyse, *s. f.* (gramm.) inversão grande das palavras na phrase, hyperbato exaggerado.
— (Med.) perturbação nos humores do ôlho. || De σύγχυσις confusão (e este de σύν com + χέω derramo).
* **Syncinesía**, *s. f.* (med.) movimento involuntario que se produz num membro paralysado, quando se move o do lado opposto.|| De σύν com + κίνησις movimento + suff. *ia*.
Synclínico, *adj.* (geol.) diz-se da parte concava das pregas ou dobras de certas camadas de terreno.|| De συγκλίνειν inclinar-se junctamente + suff. *ico*.
N. Havendo já em portuguez o adj. *synclítico* derivado da mesma raiz, mas com significação diversa (v. *sýnclise*), é de vantagem adoptar *syneltínico* para esta nova accepção. *Synclinal*, que se lê em Figueiredo, é cópia do francez e não deve fixar-se na lingua.
Sýnclise, *s. f.* (gram.) intercalação de uma palavra entre outras duas, perdendo o seu accento proprio. || De σύγκλισις inclinação mutua (e este de σύν com + κλίνω inclino).
Deriv.: *synclítica* (s. f.), *synclítico* (adj.).
* **Synclitísmo**, *s. m.* (med.) descida da cabeça do feto pela excavação da bacia, de forma que seu diametro bi-parietal é parallelo ao plano do estreito superior. || De σύν que exprime accôrdo + κλίνω inclino + suff. *ismo*.
* **Synclonése**, *s. f.* (med.) molestia convulsiva que pode propagar-se aos que assistem, ex. a choréa. || De συγκλόνησι; agitação communicada.
N. Littré dá para isto o vocabulo *synclonus*, que não podemos acceitar tal e qual em portuguez.
Sýncope, *s. f.* (med.) perda subita e momentanea dos sentidos com suspensão da respiração e dos movimentos cardiacos.
— (Gramm.) suppressão de lettra ou syllaba no meio da palavra.
— (Mus.) ligação da última nota de um compasso com a primeira do seguinte. || De συγκοπή corte, suppressão (e este de σύν com + κόπτω corto).
Deriv.: *syncopál* (adj.), *syncopár* (v.).
N. A forma *sýncopa* é desusada, mas podia acceitar-se.
Syncotylédone, *adj.* (bot.) diz-se da planta, em que as duas cotylédones se reunem num só corpo. || De σύν junctamente + *cotylédone* (v. esta palavra).
N. Deve ser formado á feição de *monocotylédone*, *dicotylédone*, etc., e portanto é preferivel a *syncotyledóneo*.
Syncránio, *adj.* (anat.) diz-se da maxilla superior, por estar intimamente ligada ao cránio. || De σύν com + κρανίον cránio.
N. Existindo no latim scientifico o adj. *syncranius*, é preferivel a forma aqui proposta a *syncraniano*, que se acha em Figueiredo e decorre claramente do fr. « syncranien ».
Syncretismo, *s. m.* (phil.) reunião, em um só systema, de doutrinas heterogeneas. — (Med.) eclectismo illogico. || De

συγκρητισμός (e este de σύν com + Κρήτη Creta).

Cogn. : *syncrético* (adj.), *syncretista* (s. m.).

Syncrise, *s. f.* (gramm.) reunião de duas vogaes num diphthongo. — (Chim.) coagulação de dous liquidos mixturados. || De σύγκρισις combinação (e este de σύν com + κρίνω escolho, julgo, etc.).

N. Ha de certo equívoco em Fig., quando dá este termo por synonymo de « antithese ». Da mesma forma deve ser engano considerar o seu derivado *syncrítico* como syn. de adstringente.

Syndáctylo, *adj.* que tem os dedos reunidos ou adherentes. || De σύν com + δάκτυλος dedo.

Derio. : *syndactylía* (s. f.).

Syndectomia, *s. f.* (med.) excisão de uma parte da conjunctiva. || De συνδέω juncto + ἐκτομή corte + suff. *ia.*

* **Synderese.**

C. de Figueiredo regista este vcb., dando-lhe por etymologia o subst. grego *sunderesis,* de *sun + terein.* Ha em tudo isto manifesto equívoco, pois nem existe similhante subst. grego, nem elle poderia provir de *sun + terein.* O vcb. portuguez não tem portanto razão de ser.

O *Dict. univ.* de Bouillet (Paris, 1896) consigna *syndérèse* com outra significação « remords de conscience », fazendo-o derivar de συνδιαιρέω distinguir, discernir. Mas é fôrça observar que, no caso de acceitar o vcb. na lingua portugueza, seria preciso corrigir-lhe a forma. *Syndiérese* é como devêra ser.

Syndesmia, *s. f.* (anat.) união de orgãos por ligamentos. || De σύνδεσμος ligamento + suff. *ia.*

Cogn. : *syndesmite* (s. f.).

Syndésmographia, *s. f.* (anat.) descripção dos ligamentos. || De σύνδεσμος ligamento + γράφειν descrever + suff. *ia.*

Deriv. : *syndésmográphico* (adj.), *syndesmógrapho* (s. m.).

Syndésmologia, s. *f.* (anat.) tractado dos ligamentos. || De σύνδεσμος ligamento + λόγος tractado + suff. *ia.*

* **Syndésmo-pharýngeo,** *adj.* (anat.) diz-se do feixe carnudo, que faz parte do constrictor superior da pharynge. || De σύνδεσμος ligamento + *pharýngeo,* de *pharýnge* (v. esta palavra).

Syndesmóse, *s. f.* o mesmo que syndesmia. || De σύνδεσμος ligamento + suff. *óse.*

Syndésmotomia, s. *f.* (med.) secção dos ligamentos. || De σύνδεσμος ligamento + τομή corte + suff. *ia.*

Deriv. : *syndésmotómico* (adj.).

Syndico, *s. m.* o escolhido para zelar ou defender os interesses duma associação, duma firma commercial, etc.; procurador. || De σύνδικος defensor, advogado (e este de σύν com + δίκη justiça).

Deriv. : *syndicáncia* (s. f.), *syndicánte* (s. m.), *syndicár* (v.), *syndicáto* (s. m.).

Syndroma. V. *syndrome.*

Syndromo, s. *f.* (med.) symtoma sem relação obrigada com determinada molestia. || De συνδρομή concurso.

N. Figueiredo accentúa *syndróma* e fa-lo masculino. O uso entre nós é o mesmo ; mas cumpre corrigi-lo.

O facto de haver em medicina muitos vocabulos em *ôma* paroxytonos e masculinos (por virem de subst. gregos neutros em ωμα, ωματος), induziu a êrro os nossos scientistas. Aqui a etymologia está mostrando que o correcto é — *a syndrome* ou quando muito — *a syndroma.*

Synécdoche, *s. f.* (gramm.)

figura, pela qual se toma o todo pela parte, a parte pelo todo, o genero pela especie, etc. || De συνεκδοχή (e este de συνεκδέχομαι comprehendo muitas cousas a um tempo).
N. A graphia *synedoche*, que dão Aulete e Fig., não respeita a etymologia do vcb.

Synechía, s. f. (med.) adherencia da iris com a cornea ou com a capsula crystallina. || De συνέχεια adherencia (e este de σύν com + ἔχω tenho).
N. Claro está, pela origem da palavra, que a pronúncia usual — synéchia — não deve prevalecer.

* Synechotomia, s. f. (med.) secção de adherencias (Politzer). || De συνεχής adherente + τομή corte + suff. *ia*.

Synédrio, s. m. assemblea; entre os Judeus, supremo conselho. || De συνέδριον (e este de σύν com + ἕδρα cadeira).
N. Derivando-se do substantivo grego já formado συνέδριον, não ha razão para escrever « synhedrio », como vem em Aulete e Figueiredo.

Synêma. V. *synnêmio*.

Synencéphalocéle, s. f. hernia cerebral que contrahiu adherencia com a placenta, o cordão umbilical ou as membranas do ovo (Spring). || De σύν com + *encephalocéle* (v. este vcb.).

Synérese, s. f. (gramm.) contracção de duas syllabas numa, sem alteração de lettras nem de sons. || De συναίρεσις (e este de συναιρεῖν contrahir, abbreviar).

Synergía, s f. acto ou esfôrço simultaneo de varios orgãos ou musculos. || De συνεργία cooperação (e este de σύν com + ἔργον trabalho).
Deriv.: *synérgico* (adj.).

* Synérgide, s. f. (bot.) nome dado a cada uma das duas massas protoplasmicas, que se agrupam em tôrno de dous nucleos lateraes no ovulo. || De συνεργός auxiliar, companheiro + suff. *ide*.
N. Cand. de Fig. labora em engano, quando affirma que a desinencia do francez « synergide » provém de εἶδος. Não é lícito portanto pronunciar « synergíde », nem ha razão para preferir a forma, que elle propõe como melhor « synergídea ». Os allemães que formaram a palavra pronunciam-na — synérgiden.

* Synesthesia, s. f. (med.) certa perturbação na percepção das sensações (Vulpian). || De σύν com + αἴσθησις sensação + suff. *ia*.

Syngênese, s. f. (biol.) hypothese dos que admittem a creação simultanea de todos os seres vivos. || De σύν conjunctamente + γένεσις creação.
N. Figueiredo dá esta mesma forma como adj. e syn. de synanthereo. Não pode ser; v. *syngenésia* e *syngenísmo*.

Syngenésia, s. f. (bot.) classe de plantas, cujos estames são reunidos pelas antheras, no systema de Linneu. || De σύν com + γένεσις geração + des. *ia*.
N. Aos nomes de todas estas classes linneanas foi dada aqui, por convenção muito razoavel e util, a terminação *ia* com o *i* breve.
Deriv.: *syngenésio* (adj.) e não « syngenese », como vem em C. de Fig.

* Syngenísmo, s. m. syn. de syngénese. || De σύν com + γένος geração + suff. *ismo*.
Deriv.: *syngenista* (s. m.).
N. Parece-nos este vocabulo melhor do que syngénese; cf. *monogenísmo*, *polygenísmo*, etc., etc.

Syngeníto, s. m. (min.) sulfato hydratado de potassio e

calcio. || De σὺν com + γένος formação + suff. *ito*.
Syngnáthidas, *s. m. pl.* (zool.) familia de Peixes Lophobranchios. || Do gen. *Syngnăthus* (e este de σὺν com + γνάθος maxilla) + suff. *idas*.
Sýngrapho, *s. m.* documento de dívida assignado pelo credor e pelo devedor. || De σύγγραφος contracto escripto (e este de σὺν com + γράφω escrevo).
Deriv. : syngráphico (adj.).
Synhédrio. V. *synédrio*.
Synizése, *s. f.* (gramm.) pronúncia de duas vogaes distinctas em um só tempo prosodico. — (Med.) occlusão da pupilla, produzida por inflammação. || De συνίζησις conjuncção (e este de σὺν com + ἵζω estou sentado).
Synnêmio, *s. m.* (bot.) parte do gynostemio das Orchidaceas, que representa os filetes dos estames reunidos (Rich.). || De σὺν + νῆμα flo + des. *io*.
N. Fig. regista *synéma*, que foi servilmente tirado do francez *synème*; mas deve escrever-se com *nn*, e a melhor desinencia, analoga á de outros vocabulos congeneres, é *io*.
Sýnocho, *adj.* (med.) diz-se de uma febre contínua, da febre ephemera, etc. || De σύνοχος contínuo.
Sýnodo, *s. m.* assemblea de parochos, convocada pelo prelado. || De σύνοδος reunião, concilio (e este de σὺν com + ὁδός caminho).
Deriv. : synodál e *synódico* (adjs.).
Synónymo, *adj.* (gramm.) diz-se da palavra, que tem proximamente o mesmo sentido que outra. || De συνώνυμος (e este de σὺν com + ὄνομα nome).
Deriv. : synonymía (s. f. — melhor do que *synonýmia*), *synonýmica* (s. f.), *synony-* *místa* (s. m.), *synonymizár* (v.).
Synópse, *s. f.* summario, resumo, obra que apresenta em synthese o conjuncto de uma sciencia. || De σύνοψις (e este de σὺν com, junctamente + ὄψις vista).
Deriv. : synóptico (adj.).
*** Synopsía**, *s. f.* (med.) associação de phenomenos visuaes ás sensações percebidas por outros sentidos. || De σὺν com + ὄψις visão + suff. *ia*.
*** Synorchía**, *s. f.* (med.) fusão dos dous testiculos na linha mediana do corpo. || De σὺν que exprime união + ὄρχις testiculo + suff. *ia*.
N. Corresponde ao francez « synorchidie ».
Synósteographía, *s. f.* (anat.) descripção das articulações e de seus ligamentos. || De σὺν com + ὀστέον osso + γράφω descrevo + suff. *ia*.
Deriv. : synósteográphico (adj.).
Synósteología, *s. f.* (anat.) tractado das articulações e dos seus meios de união. || De σὺν com + ὀστέον osso + λόγος tractado + suff. *ia*.
Deriv. : synósteológico (adj.).
Synósteotomía, *s. f.* (anat.) preparação anatomica das articulações. || De σὺν com + ὀστέον osso + τομή corte, dissecção + suff. *ia*.
Deriv.: synósteotómico (adj.).
Synostóse, *s. f.* (anat.) sutura dos ossos do cranio, etc. || De σὺν com + ὀστέον osso + suff. *óse*.
N. Fig. manda pronunciar com o accento tonico na antepenultima; mas isso não respeita as regras da analogia (cf. *exostóse*).
Synóto, *s. m.* (terat.) monstro de dous corpos unidos, uma cabeça e orelhas tambem reunidas (G. St.-Hil.). || De σὺν com + οὖς, ὠτός orelha.

Deriv. : *synotía* (s. f.).
Syntágma, *s. m.* tractado methodico. — Corpo de tropas formado de duas cohortes. || De σύνταγμα (e este de σὺν com + τάσσω ordeno).
Syntagmárcha, *s. m.* (ant.) o commandante de um syntágma, no exercito grego. || De συνταγμάρχης (e este de σύνταγμα syntágma + ἄρχω commando).
***Syntagmatito,** *s. m.* (min.) var. de hornblenda (especie de amphibolio).|| De σύνταγμα, ατος ordem, arranjo + suff. *ito.*
Syntáxe, *s. f.* (gramm.) parte da Grammatica, que tracta da construcção das proposições, da relação logica das phrases. || De σύνταξις (e este de συντάσσω coordeno).
Deriv. : *syntáctico* (adj.), e não « syntaxico » como alguns empregam inadvertidamente.
Sýnthese, *s. f.* (chim.) operação com que se combinam corpos simples para formar corpos compostos. — (Litt.) resenha ou quadro que expõe o conjuncto de uma sciencia, etc. || De σύνθεσις composição (e este de σὺν com + τίθημι pônho).
Deriv. : *synthético* (adj.). *synthetizár* (v.).
Synthetísmo, *s. m.* (med.) conjuncto das operações necessarias para a sýnthese chirurgica, isto é, para a reducção de uma fractura. || De συνθητίζω arranjo.
Syntonino, *s. m.* (chim.) substância branca, gelatiniforme, extrahida da carne; musculina. || De σύντονος tenso, forte + suff. *ino.*
N. E preferivel a desinencia *ino*, porque não se tracta de alcaloide nem de materia corante.
***Syntoxóide,** *s. m.* (med.) toxóide que tem para a antitoxina avidez egual á da toxina

(Erlich).||De σὺν com + *toxóide* (v. este vcb.).
Sýphilis, *s. f.* (med.) doença especifica, de natureza venerea. || Talvez de σῦς porco + φιλεῖν amar (amôr immundo).
N. É duvidosa a etymologia deste vcb., que outros derivam de σὺν com + φιλεῖν amar.
Deriv. : *syphilísmo* (s. m.), *syphilítico* (adj.), *syphilizár* (v.), *syphílide* (s. f.), *syphilôma* (s. m.).
Sýphilocómio, *s. m.* hospital destinado ao tractamento de syphiliticos.||De *sýphilis* (v. esta pal.) + κομεῖν tractar + des. *io.*
Sýphilographía, *s. f.* (med.) descripção ou tractado da sýphilis.|| De *sýphilis* (v. este vcb.) + γράφω descrevo + des. *ia.*
Deriv.:*syphilográphico*(adj.), *syphilógrapho* (s. m.).
N. É forma mais de accôrdo com as regras da analogia do que « syphiligraphia », que alguns auctorizam.
Syphilóide, *adj.* (med.) que tem forma ou apparencia de sýphilis. || De *sýphilis* (v. este vcb.) + εἶδος apparencia.
Syrínga, *s. f.* instrumento com que se injectam nos tecidos ou nas cavidades substâncias líquidas. || De σύριγξ, γος flauta, canudinho.
N. Provavelmente por influencia do fr. *seringue* entrou no uso vulgar o vcb. portuguez « seringa » ; mas não ha razão para se não voltar á graphia etymologica.
***Syringíno,** *s. m.* (chim.) glycoside tirada da casca da « Syringa vulgaris » ($C^{38}H^{26}O^{20}$).
|| De *syrínga* (e este de σύριγξ canudo) + suff. *ino.*
N. Para os corpos neutros é preferivel o suff. *ino* e portanto o genero masculino, embora o francez tenha feito inadvertidamente « la syringine ».

Syríngomyelia, *s. f.* (med.) molestia characterizada pela presença, na substância cinzenta da medulla, de espaços lacunares. || De σύριγξ, ιγγος canudinho, fistula + μυελός medulla + suff. *ia*.

Syringótomo, *s. m.* (med.) instrumento antigo para a operação da fistula do ano. || De σύριγξ, ιγγος fistula + τομή corte, incisão.

Deriv. : syringotomía (s. f.).

Sýrma, *s. m.* (ant.) capa roçagante dos tragicos gregos. || De σύρμα (e este de σύρειν arrastar).

***Sýrphidas,** *s. m. pl.* (zool.) familia de Dipteros. || Do gen. *Syrphus* (e este de σύρφος especie de mosquito) + suff. *idas*.

Syrrhízo, *adj.* (bot.) diz-se do embryão, cuja radicula está um pouco soldada ao perisperma (Rich.). || De σύν com + ῥίζα raiz.

N. Copiando a palavra franceza mal formada « synorrhize », que o proprio Littré qualifica de « barbara », fizeram em portuguez *synorrhizo* que se acha no Dicc. de Figueiredo, mas não deve prevalecer.

Sýrtes, *s. f. pl.* recifes ou bancos de areia. || De σύρτις (ή) banco de areia.

N. Fig. dá-lhe tambem o genero masculino, mas não se deve acceitar.

Sissarcóse, *s. f.* (anat.) união dos ossos por meio de musculos ou carne. || De συσσάρκωσις (e este de σύν com + σάρξ, κός carne).

Sissítia, *s. f.* (ant.) refeição commum entre os Espartanos. || De τὰ συσσίτια (e este de σύν com + σῖτος alimento).

Syssómios, *s. m. pl.* (terat.) familia de monstros characterizados pela juncção de dous corpos como confundidos e entrelaçados (G. St-Hil.). || De σύσσωμος (e este de σύν com + σῶμα corpo) + suff. *ios*.

N. Figueiredo regista *syssomo*, cuja accentuação é visivelmente contrária á etymologia.

Deriv. : syssomía (s. f.).

Systáltico, *adj.* (physiol.) que diz respeito á sýstole. || De συσταλτικός (e este de συστέλλειν contrahir).

N. Pode considerar-se synonymo de « systolico » —, que é mais usado sem ser tão bom.

Systêma, *s. m.* conjuncto de partes coordenadas entre si; plano, methodo, modo de coordenar, etc. || De σύστημα reunião, grupo (e este de συνίστημι reuno).

Deriv. : systemático (adj.), *systematizár* (v.), *systematização* (s. f.).

Sýstole, *s. f.* (physiol.) movimento de contracção do coração, opposto á « diastole ». — (Gramm.) figura, pela qual se faz breve uma syllaba longa. || De συστολή (e este de συστέλλειν contrahir).

Deriv. : systolár e *systólico* (adjs.), aos quaes se deve preferir « systaltico » (v. este vcb.).

Systrêmma, *s. m.* (ant.) corpo de 2.000 homens no antigo exercito grego. || De σύστρεμμα (e este de συστρέφειν junctar, reunir).

N. Não se deve escrever « systrema », como Figueiredo regista.

Systrémmatárcha, *s. m.* (ant.) commandante dum systrêmma. || De συστρεμματάρχης (e este de σύστρεμμα systrêmma + ἄρχω commando).

Systýlo, *adj.* (archit.) diz-se do edificio, cujas columnas têm entre si apenas o espaço de dous diametros. || De σύστυλος (e este de σύν juncto + στυλος columna).

N. Fig. regista « systilo », o

qual pecca pela prosodia e pela graphia.

Syzýgia, s. f. (astr.) posição do Sol e da Lúa, quando estão em conjuncção. || De συζυγία conjuncção (e este de σὺν com + ζυγός jugo, união).

*****Syzýgio,** s. m. (bot.) poncto de juncção de duas cotylédones. || De σὺν com + ζυγός união.

N. Este vcb. é o melhor para traduzir o fr. « synzygie » que occorre no Dict. de Littré, pois os compostos de σὺν e substs. que começam por ζ perdem sempre o ν, por euphonia.

T

Tácheometria, *s. f.* conjuncto de operações para obter com rapidez o relêvo dum terreno. || De ταχύς rapido + μέτρον medida + suff. *ia*.

Cogn.: *tacheómetro* (s. m.).

N. Como bem pondera C. de Figueiredo, a palavra foi mal formada; ha todavia certa vantagem em conservá-la, distincta de — tachymetría —, que tem significação differente.

Tachómetro, *s. m.* instrumento com que se determina a velocidade dos movimentos de uma máchina. || De τάχος rapidez + μέτρον medida.

N. Esta forma é preferivel a «tachymetro,« que se acha em Figueiredo, porque a sua raiz é τάχος e não ταχύς. Este vocabulo deve substituir tambem a palavra « taxímetro » tomada recentemente do francez — taximètre, — que foi mal formado e não exprime o que pretende.

Deriv.: *tachometria* (s. f.).

* **Táchyaphaltíto**, *s. m.* (min.) var. de malaconio (especie de zircão). || De ταχύς rapido + ἄφαλτος que salta + suff. *ito*.

Táchycardia, *s. f* (med.) acceleração das pulsações cardiacas. || De ταχύς rapido + καρδία coração.

N. Certamente um lapso typographico induziu C. de Fig. a registar com esta mesma signi-

ficação a palavra *trachycardia*, que não existe.

* **Tachydríto**, *s. m.* (min.) chloreto hydratado de calcio e magnesio. || De ταχύς depressa + ὕδωρ agua + suff. *ito*.

Táchygraphia, *s. f.* systema de escripta, por meio do qual se escreve quasi tão depressa como se falla. || De ταχύς rapido + γράφω escrevo + suff. *ia*.

Cogn.: *tachygraphár* (v.), *tachygráphico* (adj.), *tachýgrapho* (s. m.).

Tachýlyto, *s. m.* (min.) vidro feldspathico. || De ταχύς rapido + λυτός soluvel, susceptivel de decompor-se (de λύω desato).

N. Fig. regista « tachylitha » e suppõe-no derivado de λίθος pedra; ha em tudo isso manifesto equivoco.

Tachýmetro. — V. *tachómetro*.

Táchyplotéres, *s. m. pl.* (zool.) grupo de aves aquaticas da tribu dos Anatidas. || De ταχύς rapido + πλωτήρ, ῆρος nadador.

N. A forma dada por Fig. é de todo incorrecta — « tachyplópteros »; a etymologia do vcb. nada tem com πτερόν aza.

* **Tachypnéa**, *s. f.* (med.) grande acceleração do rhythmo respiratorio. || De ταχύς rapido + πνεῖν respirar.

N. Formado á feição de *dyspnéa* e outros.

* Táchytomía, *s. f.* (med.) processo de amputação preconizado por Mayor. || De ταχύς rapido + τομή corte + suff. *ia*.

Táctica, *s. f.* arte de combater ou de dispôr fôrças para combate; habilidade em dirigir um negocio. || De τακτική (e este de τάσσω ordeno).
Cogn. : táctico (adj.).

Talênto, *s. m.* pêzo e moeda na antiga Grecia. || Pelo lat. *talentum*, vem de τάλαντον.

Tantálio, *s. m.* (chim.) metal descoberto em 1801 por Hatchett. || De Τάνταλος Tántalo + des. *io*.
N. Por analogia a outros nomes de metaes, é preferivel esta forma a *tántalo;* Fig. regista ambas.
Deriv. : tantaláto (s. m.), *tantálico* (adj.), *tantalíto* (s.m.).

Tanýstomos, *s. m. pl.* (zool.) fam. de Insectos, da ordem dos Dipteros Brachyceros. || De τανύω extendo + στόμα bocca.

Tapête, *s. m.* alcatifa, estôfo com que se revestem assoalhos, panno forte para mesa, etc. || De τάπης, ητος.
Deriv. : tapetár (v.), *atapetár* (v.), *tapetêiro* (s. m.).

* Táphophobía, *s. f.* (med.) medo morbido de ser enterrado vivo. || De τάφος sepultura + φόβος terror + suff. *ia*.

* Taphozóidas, *s. m. pl.* (zool.) fam. de Chirópteros Insectivoros. || Do gen. *Taphozóus* (e este de τάφος sepultura + ζωή vida) + suff. *idas*.

Tarsalgía, *s. f.* (med.) molestia characterizada por dôres no társo e deformação do pé. || De *társo* (v. esta pal.) + ἄλγος dôr + suff. *ia*.

* Társectomía, *s. f.* (med.) resecção de ossos do társo. || De *társo* (v. este vcb.) + ἐπτομή corte + suff. *ia*.

* Tarseíte, *s. f.* med.) espessamento consideravel da cartilagem társea com quéda dos cilios (Magawly). || De *társeo* (v. este vcb.) + suff. *íte*.
N. Melhor do que « tarsíte ».

* Társeo, adj. (anat.) diz-se da cartilagem palpebral, em que estão implantados os cilios. || De τάρσος palpebra + suff. *eo*.
N. Os diccionarios dão « társo » (s. m.), e nas nossas escholas se diz « cartilagens társas »; mas ha conveniencia em distinguir este vocabulo de *társo* (parte posterior do pé); e demais, significando τάρσος a palpebra, é de razão que se chame *társea* a cartilagem da mesma palpebra.

* Társeorhaphía, *s. f.* (med.) sutura das cartilagens társeas. || De *társeo* (v. este vcb.) + ῥαφή costura + suff. *ia*.
N. Melhor do que « tarsorhaphia ».

* Társeostrophía, *s. f.* (med.) operação em que se revira a cartilagem társea. || De *társea* (v. *társeo*) + στροφή reviramento + suff. *ia*.
N. Melhor do que « tarsostrophia ».

* Társeotomía, *s. f.* (med.) resecção de uma parte da cartilagem társea. || De *társea* (v. *társeo*) + τομή corte + suff. *ia*.

Társo, *s. m.* (anat.) parte posterior do pé, composta de septe ossinhos no homem. || De ταρσός objecto composto de muitas peças dispostas em linha.
Deriv. : társico (adj.) — melhor do que « tarsiano ». V. *társeo*.

Tártaro¹, *s. m.* inferno, logar tenebroso e profundissimo. || De Τάρταρος.
Deriv. : tartáreo (adj.).

Tártaro *s. m.* crosta que adhere ás paredes dos tonneis de vinho; incrustação que se forma sôbre os dentes. || Procede talvez da mesma origem que o precedente : Τάρταρος.

Deriv. : *tartárico* (adj.), *tartaráto* (s. m.) — formas melhores do que « tartrico » e « tartráto ».

Táureo, *adj.* relativo a touro. || Pelo lat. *taureus*, vem de ταῦρος touro.

Taurína, *s. f.* (chim.) substância crystallizavel descoberta no fel do boi. || De ταῦρος boi + suff. *ina*.

Taurobólio, *s. m.* (ant.) sacrificio expiatorio em honra de Cybele, consistindo em immolar um touro, cujo sangue se derramava sôbre a cabeça do peccador. || Pelo lat. *taurobolium*, vem de ταυροβόλος que fere um boi (e este de ταῦρος boi + βάλλω firo).

Cogn.: *tauróbolo* (s. m.).

Taurocênta, *s. m.* toureador. || Pelo lat. *taurocenta, œ*, vem de ταῦρος touro + κεντεῖν picar, aguilhoar.

Taurochólico, *adj.* (chim.) diz-se de um acido encontrado no fel do boi. || De ταῦρος boi + χολή bile + suff. *ico*.

Deriv.: *táurocholáto* (s. m.).

Taurocólla, *s. f.* colla forte feita com cartilagens e tendões de boi. || De ταῦρος boi + κόλλα colla.

Táurocreatina, *s. f.* corpo crystallizavel que procede da taurina. || De ταῦρος boi + κρέας carne + suff. *ina*.

Táuromachia, *s. f.* arte de tourear. || De ταυρομαχία (e este de ταῦρος touro + μάχη combate).

Deriv.: *táuromáchico* (adj.).

Tautóchrono, *adj.* (mech.) diz-se de uma curva de tal ordem, que um corpo pezado descendo ao longo della chega sempre ao poncto mais baixo ao cabo do mesmo tempo, qualquer que tenha sido o poncto de partida. || De ταὐτὸ o mesmo + χρόνος tempo.

Deriv.: *táutochronismo* (s. m.).

* **Táutoclínio,** *s. m.* (min.) var. de dolomia (carbonato de calcio e magnesio — Ca Mg C^2O^6). || De ταὐτὸ o mesmo + κλίνειν inclinar + suff. *io*.

Tautogrâmma, *s. m.* composição em verso, em que só se empregam palavras que começam pela mesma lettra. || De ταὐτὸ o mesmo + γράμμα lettra.

Deriv. : *táutogrammático* (adj.).

* **Tautólitho,** *s. m.* (min.) var. de bucklandito (especie de epidoto). || De ταὐτὸ o mesmo + λίθος pedra.

Táutología, *s. f.* repetição inutil da mesma idea por differentes palavras. || De ταυτολογία (e este de ταὐτὸ o mesmo + λέγω digo).

Deriv.: *tautológico* (adj.).

* **Táutomério,** *s. m.* neuronio, cujo corpo cellular, cylindro-eixo e terminações estão inteiramente comprehendidos na mesma metade da medulla. || De ταὐτὸ o mesmo + μέρος parte + suff. *io*.

Táutometría, *s. f.* excesso de symmetria, que degenera em vício. || De ταὐτὸ o mesmo + μέτρον medida + suff. *ia*.

* **Tautophôno,** *adj.* diz-se dos instrumentos que repetem os sons, como phonographo, telephonio, etc. || De ταυτὸ o mesmo + φωνή voz.

Deriv.: *táutophonía* (s. f.).

Táxe, *s. f.* (med.) pressão methodica que se faz com as mãos sôbre um tumor herniario para o reduzir. || De τάξις arranjo.

N. Usa-se geralmente da forma *taxis*, como em francez; mas é de certo preferivel dar ao vcb. desinencia mais conforme ao genio da nossa lingua, e esta é a desinencia *e* (cf. *phrase, crise, praxe, analyse*, etc.).

* **Taxía,** *s. f.* influencia de certas substâncias sôbre o protoplasma. || De ςτάξις arranjo, disposição + suff. *ia.*

Taxiárcho, *s. m.* (ant.) commandante de batalhão de infantaria, no exercito atheniense. || De ταξίαρχος (comp. de τάξις batalhão + ἄρχειν commandar).
N. A forma *taxiarcha,* que Fig. regista, é menos boa. Já o lat. fez *taxiarchus, i.*
Deriv.: taxiarchía (s. f.).

Taxidermía, *s. f.* arte de empalhar animaes. || De τάξις arranjo + δέρμα pelle + suff. *ia.*
Deriv.: taxidérmico (adj.).

Taxilogía, *s. f.* tractado das classificações. || De τάξις classificação + λόγος tractado + suff. *ia.*
Deriv.: taxilógico (adj.).
N. A forma — taxologia é má e deve ser banida. Na composição destas palavras (substs. gregos em ις), o radical conserva sempre o *i* ou muda-o em *e.*

Taximetro. V. *tachómetro.*

Táxinomía, *s. f.* parte da sciencia, que tracta das classificações dos animaes e das plantas. — (Gramm.) parte que tracta da classificação das palavras. || De τάξις classificação + νόμος lei, regra + suff. *ia.*
N. Anda nos lexicos — taxonomia; — mas já Littré observou para o fr. com muito acêrto, que esta forma é incorrecta. Quando muito poderia acceitar-se — taxionomia.
Deriv.: taxinómico (adj.), *taxínomo* (s. m.).

Taxis. V. *táxe.*
Taxologia. V. *taxilogía.*
Taxonomia. V. *taxinomía.*

Téchnico, *adj.* proprio de uma arte; relativo a uma sciencia, etc. || De τεχνικός (e este de τέχνη arte).
Deriv.: téchnica (s. f.), *téchnicamênte* (adv.).

Téchnographía, *s. f.* descripção das artes e dos seus processos. || De τέχνη arte + γράφω descrevo + suff. *ia.*

Téchnología, *s. f.* sciencia das artes industriaes; explicação dos termos peculiares ás artes e officios. || De τέχνη arte + λόγος discurso, tractado, palavra + suff. *ia.*
Deriv.: téchnológico (adj.), *technólogo* (s. m.).

* **Tecorhetina,** *s. f.* (min.) cera fossil. || De τήκειν fundir + ῥητίνη resina.

* **Tecticito,** *s. m.* (min.) var. de tauriscito (sulfato hydratado de ferro). || De τηκτικός fundente + suff. *ito.*

Telamônes, *s. m.* (archit.) figuras de homens á maneira de caryatides. || De τελαμών, ῶνος atlante.

Telangiectasía, *s. f.* (med.) dilatação dos vasos capillares. || De τῆλε longe + ἀγγεῖον vaso + ἔκτασις dilatação + suff. *ia.*
N. A forma — telangectasia, — registada por Fig., é menos correcta, pois supprime o *i* que representa o diphthongo ει da raiz ἀγγεῖον.

Telautógrapho, *s. m.* apparelho destinado a transmittir a escripta, em *fac-simile,* pelo fio telegraphico. || De τῆλε longe + αὐτός proprio + γραφή escripta.
N. « Telantographo », como se lê em Figueiredo, é certamente lapso de cópia.

Teleárcho, *s. m.* (ant.) funccionario da policia, em Thebas. || De τελέαρχος (e este de τέλος imposto, tributo + ἄρχειν mandar, presidir).

Téledynâmico, *adj.* diz-se da transmissão de uma fôrça motriz a grande distância. || De τῆλε longe + δύναμις fôrça, poder + suff. *ico.*
N. Hirn compôz a palavra — telodynam... — e assim ella occorre nos dicc. francezes e no de Fig.; mas, tendo conservado

o *e* de τῆλε todos os seus derivados, não ha por que abrir excepção para este. Corrijamolo em portuguez.

Telegrâmma, *s. m.* notícia transmittida pelo telégrapho. || De τῆλε longe + γράμμα escripta.

Telégrapho, *s. m.* apparelho proprio para transmittir, a distância, quaesquer communicações. || De τῆλε longe + γράφω escrevo.

Deriv.: telegraphár (v.), *telegraphía* (s. f.), *telegráphico* (adj.), *telegraphísta* (s. m.).

Teleïconógrapho, *s. m.* apparelho para reproduzir um desenho a distância, por meio de correntes electricas. || De τῆλε longe + εἰκών, όνος imagem + γράφω desenho.

Telelécitho, *adj.* (zool.) diz-se do ovo, como o das aves, que tem muito vitello. || De τῆλε longe (muito, em composição) + λέκιθος gemma d'ovo. V. *alecitho* e *heterolecitho*.

N. Nos livros francezes occorre a forma *télolécithe*, que não é correcta nem conforme á analogia. Corrigindo-a em portuguez, escreva-se *telelécitho*.

Telemetría, *s. f.* arte de medir distâncias. || De τῆλε longe + μέτρον medida + suff. *ia*.

Deriv.: telemétrico (adj.), *telémetro* (s. m.).

* **Télemicroscópio**, *s. m.* (phys.) microscopio que amplifica os objectos, ainda postos a certa distância. || De τῆλε longe + *microscópio* (v. este vcb.).

Teleología, *s. f.* tractado das causas finaes. || De τέλειος final + λόγος tractado + suff. *ia*.

Deriv.: teleológico (adj.), *teleólogo* (s. m.).

Teleósteos, *s. m. pl.* (zool.) ordem de Peixes, em que é completa a ossificação do esqueleto.

|| De τέλεος inteiro, completo + ὀστέον osso.

Télepathía, *s. f.* (med.) estado morbido das pessoas, que, sem fazer uso da vista natural, vêem e conhecem o que se passa muito longe dellas. || De τῆλε longe + πάθος soffrimento + suff. *ia*.

Deriv.: telepáthico (adj.).

Telephônio, *s. m.* apparelho com que se transmitte á distância a voz humana ou qualquer som, por meio da electricidade. || De τῆλε longe + φωνή voz, som + suff. *io*.

N. Os diccionarios dão *telephone* e *telephono*; mas a analogia de outros nomes de instrumentos (cf. *microscópio, telescópio*, etc.) de formação analoga acconselha a desinencia *io* como melhor. « Teléphone » e « teléphono », accentuados na antepenultima, é que de todo se não pode admittir.

Deriv.: telephonía (s. f.), *telephónico* (adj.).

Telephóte, *s. m.* apparelho com que se pretende fazer vêr o que se passa muito longe. || De τῆλε longe + φῶς, φωτός luz.

Telephótographía, *s. f.* arte de photographar a grande distância. || De τῆλε longe + *photographía* (v. este vcb.).

Deriv.: telephotográphico (adj.), *telephotógrapho* (s. m.).

Telescópio, *s. m.* instrumento optico, destinado a observar objectos muito distantes. || De τῆλε longe + σκοπέω examino + suff. *io*.

Deriv.: telescópico (adj.).

Telésia, *s. f.* (min.) variedade de corindo, sapphira muito hyalina. || De τελέσιος perfeito.

* **Teleutospório**, *s. m.* (h. nat.) espório allongado provido de septo transversal. || De τελευτή extremidade, fim + σπορά semente + suff. *io*.

* **Tellínidas**, *s. m. pl.* (zool.)

familia de Molluscos. || Do gen. *Tellina* (e este de τελλίνη especie de concha) + suff. *idas*.

Telodynâmico. V. *téledynâmico*.

Telolecitho. V. *telelécitho*.

*****Telotísmo**, *s. m.* o mais alto grau dum phenomeno normal. || De τέλος fim, perfeição + suff. *ismo*.

*****Télso**, *s. m.* (zool.) o segmento terminal do abdome dos Malacostraceos. || De τέλσον limite.

N. O francez conservou-lhe indevidamente a desinencia grega — *telson* —.

Tenalgía, *s. f.* (med.) dôr nos tendões. || De τένων tendão + ἄλγος dôr + suff. *ia*.

Tenêsmo, *s. m.* (med.) sentimento doloroso, na bexiga ou na região anal, com desejo continuo, mas quasi inutil, de urinar ou evacuar. || De τεινεσμός.

Ténia, *s. f.* (zool.) Verme Cestoideo, da esp. *Tœnia solium* ; solitaria. || De ταινία fita.

Deriv. : *teniidas* (s. m. pl).

Teníase, *s. f.* (med.) doença produzida pela ténia. || De *ténia* (v. este veb.) + suff. *ase*.

Téniobrânchio, *adj.* (zool.) que tem as branchias em forma de fita. || De ταινία fita + *branchia* (v. este veb.).

*****Ténioglóssos**, *s. m. pl.* (zool.) secção dos Gastropodes Ctenobranchios. || De ταινία fita + γλῶσσα lingua.

Tenioíde, *adj.* (zool.) similhante á ténia. || De *ténia* (v. este veb.) + εἶδος apparencia.

Teniópe, *adj.* (zool.) que tem nos olhos listras de côr. || De ταινία fita + ὤψ, ὠπός ôlho.

N. É contrária á etymologia a accentuação — teníopo —, que Fig. consigna. A desinencia *e* consulta as regras de analogia (cf. *cyclópe myópe*, etc.).

*****Téniopterídeas**, *s. f. pl.* (paleont.) grupo de Fetos fosseis.|| Do gen. typo *Tæniópteris* (e este de ταινία fita, solitaria + πτερίς feto) + suff. *eas*.

Tenióptero, *adj.* (zool.) que têm listras de côr nas azas ou barbatanas. || De ταινία fita + πτερόν aza.

Teniosômo, *adj.* (zool.) que tem o corpo em forma de fita. || De ταινία fita — σῶμα corpo.

N. A accentuação na antepenultima, dada por Fig., é contrária á etymologia.

*****Ténographía**, *s. f.* (anat.) descripção dos tendões. || De τένων tendão + γράφω descrevo + suff. *ia*.

*****Ténoplastía**, *s. f.* (med.) enxerto tendinoso. || De τένων tendão + πλάσσειν formar + suff. *ia*.

*****Ténorhaphía**, *s. f.* (med.) sutura dos tendões. || De τένων tendão + ῥαφή costura suff. *ia*.

Ténosiníte, *s. f.* (med.) inflammação aguda das bainhas synoviaes tendinosas.|| De τένων tendão + σίνος estrago, molestia + suff. *ite*.

N. O Dicc. de Littré dá para o francez — tenosynite —, e Fig. assim escreveu no seu *Nôvo Dicc.*, accrescentando que vem de *sun*. Não pode ser. A raiz é forçosamente σίνος, e portanto a graphia exacta é com *i*.

Ténotomía, *s. f.* (med.) secção de um tendão. || De τένων tendão + τομή corte suff. *ia*.

Cogn. : *tenótomo* (s. m.).

*****Tenthredínidas**, *s. m. pl.* (zool.) familia de Hymenopteros Phytophagos. || Do gen. *Tenthrédo* (e este de τενθρηδών especie de vespa) + suff. *idas*.

Tephroíto, *s. m.* (min.) peridoto manganesiano. || De τεφρός acinzentado + suff. *ito*.

Téphromancia, *s. f.* adivinhação por meio da cinza dos sacrificios. || De τέφρα cinza + μαντεία adivinhação.
Deriv.: téphromántico (adj.).
***Téphromyelíte,** *s. f.* (med.) inflammação dos cornos do eixo cinzento da medulla. || De τεφρός acinzentado + μυελός medulla + suff. *íte*.
***Terabdélla,** *s. f.* (med.). instrumento composto de ventosas ligadas a uma machina pneumatica. || (De τηρεῖν conservar, guardar + βδέλλα sanguesuga.
Teratogenía, *s. f.* modo de producção das monstruosidades. || De τέρας, ατος monstro + γένος geração + suff. *ía*.
Deriv.: teratogénico (adj.).
***Teratólitho,** *s. m.* (min.) var. de argilla ferruginosa. || De τέρας prodigio + λίθος pedra.
Teratología, *s. f.* parte da Pathologia, que tracta das monstruosidades. || De τέρας, ατος monstro + λόγος tractado + suff. *ía*.
Deriv.: teratológico (adj.), *teratólogo* (s. m.).
***Teratôma,** *s. m.* (med.) tumor complexo, formado de muitos tecidos. || De τέρας, ατος monstro, prodigio + suff. *ôma*.
Teratoscopía, *s. f.* (ant.) observação dos prodigios ou presagios. || De τερατοσκοπία (e este de τέρας prodigio + σκοπέω observo).
Terebintho, *s. m.* (bot.) lentisco ou almecegueira. || De τερέβινθος pistacia.
Deriv.: terebinthénio (s. m.), *terebinthina* (s. f.), *terebinthaceas* (s. f. pl.), *terebinthinár* (v.).
N. Ao carboneto de hydrogenio $C^{20}H^{16}$ os Francezes denominaram *térébenthène* (tirado do seu —térébenthine—); mas em portuguez, de — terebinthina— só podemos formar *terebinthénio*.

Teredýlos, *s. m. pl.* (zool.) nome dado por alguns entomologos a uma família de Coleopteros, que roem a madeira. || De τερηδών perfurador + ὕλη madeira.
N. Fig. regista — terédilos —; mas a palavra deve ser escripta com *y* e tem o accento tonico na penultima.
Téssera, *s. f.* (ant.) senha entre os primitivos christãos; cubo ou dado; tabuleta quadrada, em que os chefes traçavam as suas ordens. || Pelo lat. *tessera*, vem de τέσσαρες quatro.
Deriv.: tesserário (s. m.).
Tétano, *s. m.* (med.) doença characterizada pela rigidez convulsiva dos musculos. || De τέτανος (e este de τείνειν extender).
Deriv.: tetanía (s. f.), *tetánico* (adj.), *tetanismo* (s. m.), *tetanizár* (v.).
Tetanóthro, *s. m.* cosmetico antigo para desfazer as rugas. || De τετάνωθρον.
Tetartemório, *s. m.* a quarta parte do Zodiaco. || De τεταρτημόριον a quarta parte (e este de τέταρτος quarto + μόριον parte, fragmento).
Tetártoedría, *s. f.* (cryst.) reducção que deixa subsistir apenas a quarta parte das faces dum crystal. || De τέταρτος quarto + ἕδρα base + suff. *ía*.
Deriv.: tetártoédrico (adj.).
***Tethyóideos,** *s. m. pl.* (zool.) syn. de Ascidios, classe dos Tunicados. || De τήθυα conchas + εἶδος forma + suff. *eos*.
Tetra, prefixo designativo de quatro. || De τέσσαρες ou τέτταρες quatro.
Tétrabránchios, *s. m. pl.* (zool.) ordem de Molluscos Cephalopodes; têm quatro branchias. || De τετρα por τέτταρες

quatro + *branchia* (v. este vcb.) + des. *ios*.
N. As formas — « tetrabranchiados » e « tetrabranchiacs » — são menos boas. V. *dibranchios*.

Tetracárpo, *adj*. (bot.) que tem quatro fructos. || De τέτταρες quatro + καρπὸς fructo.

Tetrácero, *adj*. (zool.) que tem quatro antennas ou tentaculos. || De τέτταρες quatro + κέρας chifre, corno.

Tetrachênio, *s. m*. (bot.) fructo composto de quatro achenios. || De τέτταρες quatro + *achênio* (v. este vcb.).

Tetrachórdio, *s. m*. (ant.) lyra de quatro cordas. || De τετράχορδον (e este de τέτταρες quatro + χορδὴ corda).

***Tetraclasíto**, *s. m*. (min.) syn. de paranthina. || De τέσσαρες quatro + κλάσις fractura + suff. *ito*.

***Tetractinéllidas**, *s. m. pl*. (zool.) ordem de Esponjas corneo-silicosas, cujas espiculas têm quatro ramos. || De τέτταρες quatro + ἀκτίς, ῖνος raio + suff. *idas*.

Tetradáctylo, *adj*. (zool.) que tem quatro dedos. || De τετραδάκτυλος (e este de τέτταρες quatro + δάκτυλος dedo).

***Tétrade**, *s. f*. (med.) grupo de quatro micrococcos. || De τετράς, άδος (e este de τέτταρες quatro).

Tetradóro, *adj*. (archit.) que tem de largura quatro mãos travéssas. || De τετράδωρος (e este de τέτταρες quatro + δῶρον a mão travéssa).

Tetradráchmo, *s. m*. (ant.) moeda grega de quatro drachmas. || De τετράδραχμον (e este de τέτταρες quatro + δραχμὴ drachma).

N. Não ha razão para fazê-lo feminino e com a terminação *a*, como traz Figueiredo, em-bora se diga com muito acêrto — *a drachma*.

***Tetradymíto**, *s. m*. (min.) sulfo-tellureto de bismutho. || De τετράδυμος quadruplo + suff. *ito*.

Tetradýnamo, *adj*. (bot.) diz-se dos estames, em número de seis, sendo quatro maiores e dous menores. || De τέτταρες quatro + δύναμις fôrça.
Deriv.: *tétradynamía* (s. f.).

Tetraëdríto, *s. m*. (min.) cobre cinzento, sulfo-antimonieto de cobre. || De *tetraédro* (v. este vcb.) + suff. *ito*.

Tetraédro, *s. m*. (geom.) solido de quatro faces, pyramide triangular. || De τέτταρες quatro + ἕδρα face.
Deriv.: *tetraédrico* (adj.).

Tetrágono, *s. m*. (geom.) quadrilatero. || De τετράγωνος (e este de τέτταρες quatro + γωνία angulo).
Deriv.: *tetragonál* (adj.).

Tetragrâmma, *s. m*. conjuncto de quatro lettras — formando firma ou signal. || De τέτταρες quatro + γράμμα lettra.

Tetrágyno, *adj*. (bot.) que tem quatro pistillos. || De τέτταρες quatro + γυνὴ mulher.
Deriv.: *tetragýnia* (classe do syst. de Linneu) e *tetragynía* (s. f.).

Tetrahexaédro, *s.m*. (cryst.) cubo pyramidado, em que as 24 faces são triangulos isosceles. || De τέτταρες quatro + *hexaédro* (v. este vcb.).

Tetralogía, *s. f*. conjuncto das quatro peças theatraes, que os poetas gregos apresentavam em concurso. || De τετραλογία (e este de τέτταρες quatro + λόγος discurso).

***Tetramásto**, *adj*. que tem quatro mammas. || De τέτταρες quatro + μαστός mamma.

***Tetramerálios**, *s. m. pl*. (zool.) secção dos Acalephos. || De τέτταρες quatro + μέρος parte, pelo lat. scient. *tetrameralia*.

Tetrâmero, *adj.* dividido em quatro partes. Os — *s*, (zool.) secção dos Insectos Coleopteros. || De τέττάρες quatro + μέρος parte.

Tetrâmetro, *adj.* e *s. m.* verso grego ou latino de quatro pés.|| De τετράμετρος (e este de τέτταρες quatro + μέτρον medida).

Tetrândro, *adj.* (bot.) que tem quatro estames.||De τέτταρες quatro + ἀνήρ, ἀνδρός homem.
Deriv.: tetrandria (classe do syst. de Linneu) e *tetrandria* (s. f.).

*****Tetranýchidas**, *s. m. pl.* (zool.) sub.— familia de Acarios. || Do gen. *Tetránychus* (e este de τέτρα por τέττάρα quatro + ὄνυξ, υχος unha) + suff. *idas*.
N. Parece mal formado o genero latino, que melhor se diria *Tetronychus;* mas é forçoso tirar delle o nome da familia zoologica.

*****Tetraónidas**, *s. m. pl.* (zool.) fam. de Gallinaceos. ||Do gen. *Tétrao* (e este de τετράων especie de ave) + suff. *idas*.

Tetrapétalo, *adj.* (bot.) que tem quatro pétalos.||De τέτταρες quatro + *pétalo* (v. este vcb.).

Tétraphalangárcha, *s. m.* (ant.) commandante de um quarto de phalange (no exercito macedonio). || De τετραφαλαγγάρχης (e este de τετραφαλαγγία quarto de phalange + ἄρχειν commandar).
Deriv.: tétraphalángarchía (s. f.).

Tetraphármaco, *s. m.* (pharm) unguento composto de quatro ingredientes; o basílico. || De τετραφάρμαχος (e este de τέτταρες quatro + φάρμαχον medicamento).

Tétraphýllo, *adj.* (bot.) que tem quatro folhas.||De τέτταρες quatro + φύλλον folha.

Cogn. : tetraphýllidas (s. m. pl.).

*****Tetraplegía**, *s. f.* (med.) paralysia dos quatro membros. || De τέτταρες quatro + πλήσσω firo + suff. *ia*.

*****Tetrapnéumones**, *s. m. pl.* (zool.) secção ou sub-ordem dos Aranéïdas. || De τέτταρες quatro + πνεύμων, ονος pulmão.

Tetrápode, *adj.* (zool.) que tem quatro pés.|| De τετράπους, ἄποδος (e este de τέτταρες quatro + πούς, ποδός pé).
N. Devem ser condemnadas as formas « tetrapódio » e « tetrápodo », que tambem occorrem nos lexicos.

Tetráptero, *adj.* (zool.) que tem quatro azas. || De τετράπτερος (e este de τέτταρες quatro + πτερόν aza).

Tetrápylo, *adj.* (archit.) que tem quatro portas. || De τετράπυλος (e este de τέτταρες quatro + πύλη porta).

Tetrárcha, *s. m.* (ant.) governador de uma das quatro provincias, em que se dividiam alguns estados. || De τετράρχης (e este de τέτταρες quatro + ἄρχω governo).
Cogn.: tetrarchía (s. f.), *tetrarcháado* (s. m.).

*****Tetrarhýnchidas**, *s. m. pl.* (zool.) familia de Vermes Cestoideos. || De τέτταρες quatro + ῥύγχος bico, focinho + suff. *idas*.

Tetrasêmo, *adj.* (poet.) dizia-se do pé de quatro syllabas. || De τετράσημος (e este de τέτταρες quatro + σῆμα signal).

Tetraspérmo, *adj.* (bot.) que tem quatro sementes. || De τέτταρες quatro + σπέρμα semente.

Tetrastémone, *adj.* (bot.) que tem quatro estames livres. ||De τέτταρες quatro + στήμων, ονος filete.

Tetrásticho, *s. m.* (poet.)

32

estrophe de quatro versos. || De τετράστιχον (e este de τέτταρες quatro + στίχος linha, fileira).
Tetrástomo, *adj.* (zool.) que tem quatro boccas ou sugadores. || De τέτταρες quatro + στόμα bocca.
Tetrástropho, *adj.* que tem quatro estrophes. || De τετράστροφος (e este de τέτταρες quatro + στροφή estrophe).
Tetrastýlo, *adj.* (archit.) diz-se do edificio com quatro ordens de columnas. || De τετράστυλος (e este de τέτταρες quatro + στῦλος columna).
Tetrasýllabo, *adj.* (gramm.) que tem quatro syllabas. || De τετρασύλλαβος (e este de τέτταρες quatro + συλλαβή syllaba).
***Tétrathiônico**, *adj.*(chim.) Acido —, acido hyposulfurico bisulfurado (S^4O^5). || De τέτταρες quatro + θεῖον enxofre + suff. *ico*.
Tetratômico, *adj.* (chim.) diz-se do corpo, que só é saturado por quatro átomos de outro corpo. || De τέτταρες quatro + *átomo* (v. este vcb.) + suff. *ico*.
Tetróbolo, *s. m.* (ant.) moeda grega que valia quatro obolos. || De τετρώβολον (e este de τέτταρες quatro + ὀβολός obolo).
***Tetrodóntidas**, *s. m. pl.* (zool.) familia de Peixes Plectognathos. || Do gen. *Tétrodon* (e este de τέσσαρες quatro + ὀδούς, ὄντος dente) + suff. *idas*.
Tetrophthálmo, *adj.* (zool.) que tem quatro olhos. || De τέτταρες quatro + ὀφθαλμός olho.
Thalamégo, *s. m.* (ant.) embarcação antiga, com beliches. || De θαλαμηγός (e este de θάλαμος quarto de dormir + ἄγω conduzir).
***Thálamencéphalo**, *s. m.* (anat.) cerebro intermediario, região resultante da evolução da vesicula anterior (Huxley).

|| De θάλαμος camara nupcial + *encéphalo* (v. este vcb.).
* **Thalamíta**, *s. m.* (ant.) o remador da ordem de baixo, na trireme atheniense. || De θαλαμίτης.
Thálamo, *s. m.* leito conjugal. — (Bot.) receptaculo da flôr. || De θάλαμος.
Deriv. : *thalâmico* (adj.).
* **Thalamóphoros**, *s. m. pl.* (zool.) nome dado a uma sub-ordem dos Foraminiferos. || De θάλαμος camara nupcial + φορός que traz.
* **Thalassía**, *s. f.* enjôo no mar. || De θάλασσα mar + suff. *ia*.
Thalássico, *adj.* relativo ao mar. || De θάλασσα mar + suff. *ico*.
* **Thalassíneas**, *s. f. pl.* (bot.) tribu de Hydrocharidaceas. || Do gen. *Thalassia* (e este de θάλασσα mar) + suff. *ineas*.
* **Thalassíto**, *s. m.* (min.) chloreto hydratado de cobre com carbonato. || De θάλασσα mar + suff. *ito*.
Thalássographía, *s. f.* descripção dos mares. || De θάλασσα mar + γράφω descrevo + suff. *ia*.
Deriv. : *thalássográphico* (adj.).
Thalassómetro, *s. m.* sonda maritima. || De θάλασσα mar + μέτρον medida.
Thalássophobía, *s. f.* medo morbido do mar. || De θάλασσα mar + φόβος medo + suff. *ia*.
Cogn. : *thalassóphobo* (s. m.).
Thalassóphyto, *s. m.* (bot.) vegetal que cresce no fundo do mar ou na rocha maritima. || De θάλασσα mar + φυτόν planta.
N. « Thalassiophyto », que Fig. regista, é mal formado.
* **Thalássotherapía**, *s. f.* (med.) emprêgo therapeutico dos banhos de mar ou do ar

do mar. || De ϑάλασσα mar + ϑεραπεια tractamento.
Deriv.: thalassotherápico (adj.).

* **Thaliáceos**, *s. m. pl.* (zool.) syn. de Salpas, classe de Tunicados. || De θάλεια rebento, raminho? + suff. *áceos*.

Thállio, *s. m.* (chim.) metal descoberto em 1862 por Lamy; branco, dá risca verde no espectro. || De ϑαλλός ramo verde + suff. *io*.

Deriv.: thállico (adj.), *thallóso* (adj.).

Thállo, *s. m.* (bot.) apparelho vegetativo das Algas e dos Cogumelos; expansão foliacea dos Lichenes. || De ϑαλλός ramo verde.

Thallóphytos, *s. m. pl.* (bot.) um dos grandes ramos, em que se dividem os vegetaes. || De *thállo* (v. esta pal.) + φυτὸν planta.

N. Não ha razão para dar-lhe a forma — thallophytas —, que Fig. regista.

Thánatología, *s. f.* tractado ácérca da morte. || De ϑάνατος morte + λόγος tractado + suff. *ta*.

Thanatómetro, *s. m.* thermometro que, introduzido no recto, desce rapidamente a 20° depois da morte real. || De ϑάνατος morte + μέτρον medida.

Thánatophobía, *s. f.* exaggerado temor da morte. || De ϑάνατος morte + φόβος terror + suff. *ta*.

Thápsia, *s. f.* (bot.) planta da ordem das Umbelliferas. || De ϑαψία.

Thargélias, *s. f. pl.* (ant.) festas em honra de Apollo e de Artemis celebradas em Junho. || De ϑαργήλια (e este de ϑάργηλος vaso cheio de sementes cozidas, que se offerecia á divindade.

Cogn.: thargelião (s. m.) — o mez das thargélias.

* **Thaumasito**, *s. m.* (min.) associação de carbonato, sulfato e silicato de calcio, com agua. || De ϑαυμάσιος admiravel + suff. *ito*.

Thaumatúrgo, *adj.* e *s. m.* que faz milagres. || De θαυματουργὸς (e este de ϑαῦμα, ατος maravilha + ἔργον obra, trabalho).

Deriv.: thaumaturgía (s. f.), *thaumatúrgico* (adj.).

Theanthropía, *s. f.* tractado ácérca de Deus feito homem. || De Θεός Deus + ἄνθρωπος homem + suff. *ia*.

Cogn.: theanthrópo (s. m.), *theanthropista* (s. m.).

Theátro, *s. m.* logar onde se representam peças dramaticas, etc. || De ϑέατρον (e este de ϑεάομαι vejo).

Deriv.: theatrál (adj.), *theatrísta* (s. m.).

Thebáico, *adj.* (pharm.) diz-se do extracto aquoso de opio. || De ϑηβαϊκὸς (e este de Θῆβαι Thebas).

Cogn.: thebaína (s. f.).

Thebáide, *s. f.* solidão, retiro. || De Θηβαὶς, ίδος (e este de Θῆβαι Thebas).

N. Os diccionarios dão — thebaida —; mas a derivação regular pelo accusativo latino — *thebaïdem* — manda formar *thebáide* em portuguez.

Thebáno, *adj.* de Thebas. || Pelo lat. *thebanus*, vem de Θῆβαι, ῶν Thebas.

Théca, *s. f.* (bot.) urnario dos Musgos, e esporangio dos outros Cryptogamos.|| De ϑήκη cofre, estojo.

* **Thecamébeos**, *s. m. pl.* (zool.) ordem dos Rhizopodes. ||De ϑήκη caixa, estojo + *améba* (v. este vcb.) + suff. *eos*.

* **Thecáphoro**, *adj.* (bot.) diz-se do receptaculo, que encerra thécas. || De *théca* (v. este vcb.) + φορός que supporta, portador.

* **Thecaspóreos**, *s. m. pl.* (bot.) segundo alguns, ordem de Cogumelos. || De *théca* e *espório* (v. estes vcbs.) + desin. *eos*.

* **Thecosômo**, *adj.* (zool.) diz-se dos Molluscos, cuja concha tem forma de urna. || De θήκη cofre, urna + σῶμα corpo.

Theismo, *s. m.* crença na existencia de Deus. || De Θεός Deus + suff. *ismo*.
Cogn. : *theísta* (s. m.).

Thelalgía, *s. f.* (med.) dôr no bico do peito. || De θηλή bico do peito + ἄλγος dôr + suff. *ia*.

* **Thelephóreas**, *s. f. pl.* (bot.) tribu de Cogumelos Hymenomycetes. || Do gen. typo *Teléphora* (e este de θηλή mammillo + φορός que traz) + suff. *eas*.

* **Theletismo**, *s. m.* (med.) erecção do bico do peito. || De θηλή bico do peito + suff. *ismo*.
N. Melhor do que « thelotismo ».

Thelíte, *s. f.* (med.) inflammação do bico do peito. || De θηλή bico do peito + suff. *ite*.

* **Thélorrhagía**, *s. f.* (med.) hemorrhagia pelo bico do peito. || De θηλή bico do peito + ῥήγνυμι rompo + suff. *ia*.

* **Thelygóneas**, *s. f. pl.* (bot.) tribu das Urticaceas. || Do gen. *Thelygonum* (e este de θῆλυς delicado + γόνυ joelho, curva) + suff. *eas*.

* **Thelyphónidas**, *s. m. pl.* (zool.) familia de Arachnideos Pedipalpos. || Do gen. *Thelyphonus* (e este de θῆλυς femea + φόνος morte) + suff. *idas*.

Théma, *s. m.* assumpto; trecho dado pelo professor para exercicio de traducção; radical ou elemento primitivo de uma palavra, etc. || De θέμα, ατος.
Deriv. : *themático* (adj.).

Thématología, *s. f.* (gramm.) parte da Morphologia, que estuda os themas de cada uma das categorias grammaticaes (A. G. R. de Vasconcellos). || De *théma* (v. este vcb.) + λόγος discurso + suff. *ia*.

Thenár, *s. m.* (anat.) eminencia da parte anterior e externa da mão. || De θέναρ, αρος palma da mão.
N. Deve seguir, quanto á prosodia, a regra geral : são agudas as palavras portuguezas acabadas em *ar*. Exceptuam-se apenas ; ambar, açucar, almiscar, alcaçar.

Théobromina, *s. f.* (chim.) alcaloide achado na semente do *Theobroma cacao*, L. || De *Theobroma* (e este de Θεός Deus + βρῶμα manjar) + suff. *ina*.

Théocracía, *s. f.* governo em que os chefes da nação pertencem á classe sacerdotal, ou em que esta classe tem predominio notorio. || De θεοκρατία (e este de Θεός Deus + κράτος dominio, poder).
Cogn. : *theocráta* (s. m.), *theocrático* (adj.), *theocratizár* (v.).
N. Quanto á prosodia de *theocráta*, v. *aristocráta*.

Theodicéa, *s. f.* parte da Theologia natural, que tracta da justiça de Deus, etc. || De Θεός Deus + δίκη justiça.

Theogonía, *s. f.* genealogia dos deuses. || De θεογονία (e este de Θεός Deus + γόνος geração).
Deriv: : *theogónico* (adj.).

Theología, *s. f.* doutrina ácêrca das cousas divinas; doutrina da religião. || De θεολογία (e este de Θεός Deus + λόγος tractado).
Cogn. : *theológico* (adj.). *theológal* (adj.), *theólogo* (s. m.),

Theomanía, *s. f.* especie de mania religiosa. || De Θεός Deus + μανία loucura.
Deriv. : *theomaníaco* (adj.).

Theomythía, *s. f.* conjuncto

dos dogmas antigos, que se conservaram por tradição (Fig.). || De Θεός Deus + μῦθος mytho + suff. *ia*.
Deriv. : *theomýthico* (adj.).
Theomýthologia, *s. f.* tractado ácêrca dos deuses do Paganismo. || De Θεός Deus + *mythología* (v. este vcb.).
Deriv. : *théomythológico* (adj.).
Theóphago, adj. que come Deus; epitheto injurioso, que se deu aos catholicos. || De Θεός Deus + φαγεῖν comer.
Théophilánthropia, *s. f.* seita religiosa, que vigorou em França nos fins do seculo XVIII. || De Θεός Deus + *philanthropía* (v. este vcb.).
Cogn. : *théophilanthrópico* (adj.), *theophilanthrópo* (s. m.).
Theorêma, *s. m.* proposição que, para ser evidente, carece de demonstração. || De θεώρημα (e este de θεωρέω contemplo, examino).
Theoría, *s. f.* parte especulativa de uma sciencia, conjuncto dos principios fundamentaes duma arte ou sciencia. || De θεωρία.
Deriv.: *theorético* ou *theórico* (adj.), *theorista* (s. m.), *theorizár* (v.).
Theória, *s. f.* (ant.) deputação solenne mandada em nome de uma cidade grega para festas ou consulta de oraculos. || De θεωρία.
N. Fig. accentúa *theoría*, confundindo este vcb. com o precedente. Parece conveniente entretanto adoptar prosodia diversa, tanto mais que este é breve em grego. Sendo a palavra de uso mui pouco vulgar, facil é tambem a correcção.
Theóride, *s. f.* (ant.) a galera parália, em que iam os theóros. || De θεωρός theóro.
N. A forma *theorida*, que

Fig. regista, é menos correcta.
Theóro, *s. m.* (ant.) deputado de uma cidade grega a qualquer festa ou oraculo. || De θεωρός.
Theosophía, *s. f.* supposta communicação com a divindade. || De θεοσοφία conhecimento das cousas divinas (e este de Θεός Deus + σοφία sabedoria).
Deriv. : *theosóphico* (adj.), *theosophismo* (s. m.), *theósopho* (s. m.).
Therapêuta, *s. m.* o que se occupa especialmente de Therapeutica. || De θεραπευτής médico (e este de θεραπεύειν cuidar de alguem, tractar).
Deriv. : *therapêutica* (s. f.), *therapêutico* (adj.), *therapeutismo* (s. m.).
Therárcho, *s. m.* (ant.) official ou empregado, que guardava os elephantes. || De θήραρχος (e este de θήρ animal + ἄρχω commando).
N. Fig. regista *terarcha*, forma e graphia que, á vista da derivação grega, não podem ser acceitas.
Theriaca, *s. f.* (pharm.) designação scientifica da triaga, — electuario antigo que se suppunha efficaz contra a mordedura de animaes venenosos. || De θηριακή (e este de θήρ animal feroz).
N. Foi este mesmo vocabulo, que na bocca do povo se adulterou tanto na graphia como na prosodia, passando á forma vulgar — triága —. Fig. regista « theríaco », mas a desinencia feminina é preferivel.
Deriv. : *theriacál* (adj.).
*** Theriodóntes,** *s. m. pl.* (paleont.) repteis fosseis do Cabo, cujo systema dentario se parecia com o dos Mammaes Carnivoros. || De θηρίον fera + ὀδούς, ὄντος dente.
Theristro, *s. m.* (ant.) véu ligeiro, que as mulheres traziam

32.

de verão. || De θέριστρον (e este de θέρος verão.
Thermál, adj. diz-se das aguas medicinaes, cuja temperatura habitual excede á das fontes naturaes. || De θέρμη calor + suff. ál.
Deriv. : thermalidáde (s. f.)..
* **Thermállomegalía**, s. f. (phys.) parte da Thermodynamica, que estuda as leis das mudanças de volume produzidas pelo calor. || De θέρμη calor + ἄλλος outro + μέγας, μεγάλη, μέγα grande + suff. ia.
N. Parece este vcb. mais proprio para exprimir a idea, do que *thermallomorphia* proposto pelo snr. Reis Carvalho (Ens. scient.), visto se não tractar de mudanças de forma.
Thermállomorphía, s. f. V. *thermallomegalia*.
Thermállotropía. V. *thérmometabolia*.
Thérmas, s. f. pl. estabelecimento apropriado para uso therapeutico das aguas thermaes ; estabelecimento de banhos publicos, entre os antigos. || De θέρμαι, plural de θέρμη calor.
Cogn. : *thérmico* (adj.).
Thérmiatría, s. f. parte da Therapeutica que se occupa das aguas thermaes. || De θέρμη calor + ἰατρεία cura.
* **Thérmo-anesthesía**, s. f. (med.) abolição da sensibilidade ao calor. || De θέρμη calor + *anesthesía* (v. este vcb.).
Thérmobarómetro, s. m. instrumento que reune as propriedades do thermómetro e do barómetro. || De θέρμη calor + *barómetro* (v. este vcb.).
Deriv. : *thérmobarométrico* (adj.).
Thérmocautério, s. m. (med.) instrumento inventado pelo dr. Paquelin para cauterizar. || De θέρμη calor + *cautério* (v. esta pal.).
Thermochímica, s. f. estudo e medida das quantidades de calor absorvido ou desenvolvido durante os actos chimicos da composição ou da decomposição. || De θέρμη calor + *chimica* (v. esta pal.).
Deriv.: *thérmochímico* (adj.).
* **Thérmochróico**, adj. (phys.) diz-se dum corpo, que é diathermano para certos raios, e não o é para outros que elle absorve. || De θερμός quente + χροιά côr + suff. *ico*.
***Thermochróse**, s. f. (phys.) qualidade de certos raios, que os torna mais transmissiveis do que outros atravez da mesma substância diathermana (Melloni). || De θερμός quente + χρῶσις acto de colorir.
Thermódota, s. m. (ant.) o que distribuia agua quente nos banhos publicos da Grecia. || De θερμοδότης (e este de θερμός quente + δίδωμι dou).
N. Pela etymologia se vê claramente que a forma — thermodóto —, registada por Fig., não deve ser acceita.
Thérmodynâmica, s. f. (phys.) estudo da fôrça produzida pelo calor. || De θέρμη calor + *dynâmica* (v. este vcb.).
Thérmo-eléctrico, adj. diz-se das correntes electricas produzidas num circuito sob a influencia de differenças de temperatura. || De θέρμη calor + *eléctrico* (v. este vcb.).
Deriv. : *thérmo-electricidáde* (s. f.).
* **Thérmo-esthesía**, s. f. (med.) sensibilidade ao calor. || De θέρμη calor + αἴσθησις sensibilidade + suff. *ia*.
***Thermogénese**, s. f. (med.) desenvolvimento contínuo e regular do calor nos seres vivos. || De θέρμη calor + γένεσις formação.
* **Thermogênio**, s. m. apparelho proposto para produzir calor por meio do atrito. || De

θέρμη calor + γένος geração + suff. *io*.

Thermógrapho, *s. m.* apparelho que regista as temperaturas. || De θέρμη calor + γράφω escrevo.
Deriv.: *thérmographía* (s. f.) e *thermográphico* (adj.).

Thermología, *s. f.* (phys.) tractado ácêrca do calor. || De θέρμη calor + λόγος tractado + suff. *ia*.
Deriv.: *thermológico* (adj.).

Thérmomanómetro, *s. m.* especie de thermómetro, que mede a temperatura do vapor de uma caldeira e serve portanto para avaliar a pressão. || De θέρμη calor + *manómetro* (v. este vcb.).

Thérmomechânica, *s. f.* mechanica do calorico. || De θέρμη calor + *mechânica* (v. este vcb.).

*** Thérmometabolía**, *s. f.* (phys.) parte da Thermodynamica, que estuda as leis das mudanças de estado produzidas pelo calor. || De θέρμη calor + μεταβολή mudança + suff. *ia*.
N. O vcb. *thermallotropía* proposto pelo snr. Reis Carvalho não exprime tão fielmente o que elle significa, e demais, poderia ser tomado por alguma variante de *allotropia*, expressão que tem na sciencia accepção diversa.

Thermómetro, *s. m.* (phys.) instrumento com que se aprecia a temperatura dos corpos. || De θέρμη calor + μέτρον medida.
Deriv.: *thermometría* (s. f.), *thermométrico* (adj.).

Thérmometrógrapho, *s. m.* thermómetro que regista de modo permanente a temperatura mais alta e a mais baixa, a que se chega em tempo determinado. || Do θέρμη calor + μέτρον medida + γράφω escrevo.

*** Thermóphilo**, *adj.* que ama ou prospera no calor. || De θέρμη calor + φίλος amigo.

*** Thérmophobía**, *s. f.* (med.) medo de roupas ou cobertas quentes. || De θέρμη calor + φόβος temor + suff. *ia*.

* **Thérmophyllíto**, *s. m.* (min.) var. de serpentina (silicato hydratado de magnesio). || De θέρμη calor + φύλλον folha + suff. *íto*.

Thermoscópio, *s. m.* (phys.) thermómetro muito sensivel, com que se apreciam as menores quantidades de calor de uma atmosphera limitada. || De θέρμη calor + σκοπεῖν examinar + suff. *io*.
Deriv.: *thérmoscopía* (s. f.), e *thérmoscópico* (adj.).

Thérmosiphão, *s. m.* especie de calorifero de agua quente empregado para aquecimento de estufas. || De θέρμη calor + *siphão* (v. este vcb.).

*** Thermostática**, *s. f.* (phys.) estudo do equilibrio do calor. || De θέρμη calor + στατική sciencia do equilibrio.

*** Thérmosystáltico**, *adj.* diz-se dos musculos lisos. || De θέρμη calor + συστέλλειν contrahir.

*** Thérmotherapía**, *s. f.* (med). emprêgo therapeutico do calor. || De θέρμη calor + θεραπεία tractamento.

*** Thérmotropísmo**, *s. m.* (bot.) phenomeno de curvatura, que apresentam os vegetaes s_b a acção do calor. || De θέρμη calor + τροπή volta, conversão + suff. *ismo*.

*** Therópodes**, *s. m. pl.* (paleont.) ordem de Dinosaurios mesozoicos, carnivoros. || De θήρ, θηρός fera + πούς, ποδός pé.

Thése, *s. f.* proposição que se apresenta para ser defendida. || De θέσις (e este de τίθημι pôr).

Theséas, *s. f. pl.* (ant.) festas gregas em honra de Theseu. ||

De Θησεῖκ (e este de Θησεὺς Theseu).

N. Melhor do que — theseias — registado por Fig., porque o diphthongo ει passa regularmente para e ou i longos em latim e portuguez.

Thesmophórias, *s. f. pl.* (ant.) festas consagradas a Deméter, durante cinco dias do mez de Outubro (Pyanepsião). || De Θεσμοφόρια (e este de Θεσμοφόρος legislador, — epitheto de Deméter).

Thesmótheta, *s. m.* (ant.) magistrado atheniense incumbido da guarda e conservação das leis. || De Θεσμοθέτης legislador (e este de Θεσμὸς lei + τίθημι pônho).

Thesôuro, *s. m.* grande porção de dinheiro; logar onde se guardam os rendimentos do Estado, etc. || Pelo lat. *thesaurus*, vem de Θησαυρὸς.

Deriv.: thesouraria (s. f.), thesoureiro (s. m.), enthesourár (v.).

* **Théte**, *s. m.* (ant.) proletario, em Athenas; a 4ª classe de cidadãos, estabelecida por Solão. || De Θὴς, Θητὸς.

Theurgía, *s. f.* magia, arte de fazer milagres. || De Θεουργία (e este de Θεὸς Deus + ἔργον trabalho, obra).

Deriv.: theúrgico (adj.), theúrgo (s. m.).

* **Thinólitho**, *s. m.* (min.) var. de gay-lussito (carbonato hydratado de aluminio, sodio e calcio). || De θὶς, ινὸς, duna, monte de areia + λίθος pedra.

Thiônico, *adj.* (chim.) relativo ao enxofre e aos seus compostos. || De Θεῖον enxofre + suff. *ico*.

Deriv.: thionáto (s. m.).

Thisica. — V. *phthísica*.

Thlaspídeas, *s. f. pl.* (bot.) fam. da ordem das Cruciferas, que tem por typo o gen. *Thlaspi*.

|| De Θλάσπι ou Θλάσπις, ιδος nome de planta + suff. *eas*.

Thlipsencéphalo, *adj.* (terat.) diz-se do monstro, cujo cerebro não se desenvolveu em virtude de uma compressão. || De Θλίβειν comprimir, esmagar + *encéphalo* (v. este vcb.).

Deriv.: *thlipsencephalia* (s. f.).

* **Thólo**, *s. m.* (archit.) a peça de madeira, na qual se reunem as curvas de uma abobada. || De Θόλος abobada.

Thoracentése. V. *thoracentése*.

Thorácocentése, *s. f.* (med.) operação, em que se abrem as paredes do thorax para dar saída a liquidos accumulados na cavidade da pleura. || De Θώραξ, ακος thorax + κέντησις perfuração.

N. As quantidades gregas indicadas dão a razão da prosodia. A forma *thoracentese*, que os livros francezes por algum tempo adoptaram, é de certo incorrecta e não pode persistir. Já Fig. com muito acèrto a corrige.

* **Thorácodídymo**, *adj.* (terat.) diz-se dos monstros ligados de cima a baixo, a partir do thorax. || De Θώραξ thorax + δίδυμος gemeo.

Thorácometría, *s. f.* mensuração do thorax. || De θώραξ, ακος thorax + μέτρον medida + suff. *ia*.

Cogn.: *thoracómetro* (s. m.).

* **Thoracópago**, *s. m.* (med.) monstro duplo formado por dous individuos unidos pelo thorax. || De Θώραξ thorax + παγεῖν unir.

* **Thorácoplastía**, *s. f.* (med.) operação que consiste em modificar a conformação do thorax. || De Θώραξ, ακος thorax + πλάσσειν formar + suff. *ia*.

Thorácoscópio, *s. m.* (med.)

instrumento para tornar visiveis as alterações das vias respiratorias intrathoracicas. || De θώραξ, ακος thorax + σκοπέω examino + suff. *io*.

*   **Thorácostráceos**, *s. m. pl.* (zool.) nome dado tambem aos Podophthalmos. || De θώραξ, ακος thorax + όστρακον carapaça + suff. *eos*.

Thórax, *s. m.* (anat.) peito, cavidade do peito; segmento do corpo dos insectos. || De θώραξ, ακος.

Deriv. : thorácico (adj.), *thoracête* (s. m.).

Thracónico, *adj.* traidor, velhaco. || De Θράξ, ακος Thracio.

Cogn. : thraconismo (s. m.).

*   **Thranita**, *s. m.* (ant.) o remador da ordem superior, na trireme atheniense. || De θρανίτης (deriv. de θράνος banco de remador).

Thrêno, *s. m.* canto plangente, lamentação. || De θρῆνος (e este de θρέω clamo).

Thridácio, *s. m.* (pharm.) extracto feito com o succo de alface. || De θρίδαξ, ακος alface (pelo lat. *thridacium, ii*).

Thripóphago, *adj.* que se alimenta de pequenos vermes. || De θρίψ, ιπός verme + φαγεῖν comer.

*   **Thrípsidas**, *s. m. pl.* (zool.) familia de Pseudonevropteros. || Do gen. *Thrips* (e este de θρίψ trado) + suff. *idas*.

*   **Thrómbase**, *s. f.* (med.) diastase que se oppõe á acção coagulante da plasmase. || De θρόμβος coagulo + suff. *ase*.

*   **Thrômbo**, *s. m.* (med.) pequeno tumor duro e violaceo, que se forma em tôrno da abertura de uma veia, depois da sangria; tumor constituido por sangue infiltrado, etc. || De θρόμβος coágulo.

*   **Thrombólitho**, *s. m.* (min.) antimoniato hydratado de cobre. || De θρόμβος coalho + λίθος pedra.

Thrombóse, *s. f.* (med.) coagulação do sangue, que se realiza em qualquer poncto do systema circulatorio, no corpo vivo. || De θρόμβος coágulo + suff. *ôse*.

Thrôno, *s. m.* assento ou solio dos soberanos. || De θρόνος.

Thrypsina, *s. f.* (physiol.) fermento pancreatico, que dissolve a albumina. || De θρύψις acção de amollecer + suff. *ina*.

N. Do francez, mal graphado, « trypsine », tirou C. de Figueiredo « trypsina », que não deve prevalecer á vista da etymologia do vcb.

Thýade, *s. f.* (myth.) bacchante, sacerdotisa de Baccho. || De θυάς, άδος (e este de θύειν sacrificar).

Thýmele, *s. f.* (ant.) nos theatros gregos, estrado donde os musicos dirigiam as evoluções dos choros. || De θυμέλη.

Thymeleáceas, *s. f. pl.* (bot.) ordem de plantas dicotyledones, que têm por typo o gen. *Thymelœa*. || De Thymelœa (e este de θυμελαία) + suff. *áceas*.

N. « Thymelaceas », como traz Fig., é menos correcto.

Cogn. : thymeleïneas (s. f. pl.).

Thymiâma, *s. m.* certa droga medicinal e aromatica. || De θυμίαμα perfume.

Thýmiatechnía, *s. f.* arte de preparar perfumes. || De θυμιάω perfumo + τέχνη arte + suff. *ia*.

Thýmo¹, *s. m.* (bot.) tomilho, planta da ordem das Labiadas, gen. *Thymus*. || De θύμος.

Deriv.: thýmico (adj.) e *thymól* (s. m.).

Thýmo², *s. m.* (anat.) glandula vascular, transitoria,

situada por traz do esterno, no feto e na criança até um ou dous annos de edade. || De θύμος.

Deriv.: thýmico (adj.).

*Thýreo-arytenóideo, *adj.* (anat.) que tem relação com as cartilagens *thyreóide* e *arytenóide* (v. estes vcbs.).

* Thyreocéle, *s. f.* (med.) bocio, papeira. || De *thyreóide* (v. este vcb.) + κήλη tumor.

* Thýreo-epiglóttico, *adj.* (anat.) que pertence á *thyreóide* e á *epiglotte* (v. estas pals.)

* Thýreo-hyóideo, *adj.* (anat.) que se refere ao *hyóide* e á cartilagem *thyreóide* (v. estas pals.)

Thyreóide, *s. f.* (anat.) cartilagem situada na parte antero-superior do larynge. || De θυρεοειδής similhante a um escudo (e este de θυρεός escudo + εἶδος forma).

N. Os livres e lexicos antigos davam *thyroide;* mas já Littré advertiu com acêrto que isso se devia corrigir.

Deriv.: thyreóideo (adj.), *thyreoidíte* (s. f.), *thyreoidismo* (s. m.), *thyreoidína* (s. f.).

* Thyreoidéctomía, *s. f.* (med.) extirpação total ou parcial da glandula thyreóide. || De *thyreóide* + ἐκτομή ablação + suff. *ia*.

N. Melhor do que « thyroidectomia ».

* Thýreo-pharýngeo, *adj.* (anat.) que tem relação com a *thyreóide* e a *pharynge* (v. estes vcbs.).

* Thyreoptóse, *s. f.* (med.) deslocamento da thyreóide. || De *thyreóide* (v. este vcb.) + πτῶσις quéda.

Thýreo-sarcôma, *s. m.* (med.) sarcoma do corpo thyreoideo. || De *thyreóide* e *sarcôma* (v. estes vcbs.).

* Thýreo-staphylíno, *adj.* (anat.) que tem relação com a thyreóide e a uvula. || De *thyreóide* e *estaphylino* (v. estes vcbs.).

* Thýreotomía, *s. f.* (med.) incisão da thyreóide. || De *thyreóide* (v. esta pal.) + τομή corte.

Thyróide. V. *thyreóide*.

Thýrso, *s. m.* (ant.) especie de dardo enfeitado de hera e pampanos, que as bacchantes levavam nas festas de Baccho. — (Bot.) especie de inflorescencia indefinida, de flôres dispostas em cachos. || De θύρσος.

Deriv.: thyrsôso (adj.).

Thysanópteros, *s. m. pl.* (zool.) nome que se deu tambem aos thripes, insectos da ordem dos Hemipteros. || De θύσανος franja + πτερὸν aza.

Thysanúros, *s. m. pl.* (zool.) ordem dos Insectos Apterygogenos || De θυσάνουρος que tem cauda franjada (comp. de θύσανος franja + οὐρά cauda).

Tiára, *s. f.* turbante persa; barrete de forma conica, usado pelo papa nas grandes ceremonias. || De τιάρα.

Tígre, *s. m.* (zool.) mammal da ordem dos Carnivoros, gen. *Felis*. || De τίγρις.

Deriv.: tigríno (adj.).

* Tiloptèrídeas, *s. f. pl.* (bot.) tribu de Algas Pheosporaceas. || Do gen. *Tilópteris* (e este de τίλοι pelos [?] + πτέρις, ιδος feto) + suff. *eas*.

Tisána, *s. f.* medicamento líquido que se administra como bebida ordinaria do doente. || Do gr. πτισάνη mediante a quéda do π inicial.

Tísica. V. *phthísica*.

Titánico, *adj.* (myth.) relativo aos Titães. || De τιτανικός.

Titánio, *s. m.* (chim.) metal descoberto por W. Gregor em 1787. || De τίτανος cal, marga (?) + desin. *io*.

Deriv. : titanáto (s. m.), *titánico* (adj.).
* **Titanito,** *s. m.* (min.) esphenio, silico-titanato de calcio (CaTiSiO⁵). || De *titánio* (v. este vcb.) + suff. *ito.*
* **Titanomorphito,** *s. m.* (min.) var. de esphenio. || De *titánio* (v. este vcb.) + μορφή forma + suff. *ito.*
Tithónia, *s. f.* (poet.) aurora. || De Τιθωνία + Tithonia ou Aurora mulher de Tithóno.
* **Tithónico** *adj.* (geol.) nome dado por Oppel á formação de certas camadas geologicas da região alpina. || De Τιθωνία — Aurora (?) + suff. *ico.*
Tithýmalo, *s. m.* (bot.) planta euphorbiacea. || De τιθύμαλος euphorbia.
Tmése, *s. f.* (gramm.) divisão das partes de uma palavra composta, para nella se intercalar outra. || De τμῆσις (e este de τέμνω corto).
* **Tócodynamómetro,** *s.m.* apparelho que mede e regista a fôrça da contracção uterina (Schatz). || De τόκος parto + δύναμις fôrça + μέτρον medida.
* **Tocógrapho,** *s. m.* (med.) o mesmo que tocodynamometro. || De τόκος parto + γράφω escrevo.
Tocologia, *s. f.* (med.) tractado dos partos. || De τόκος parto + λόγος tractado + suff. *ia.*
Deriv. : tocológico (adj.), *tocólogo* (s. m.).
Toconomia, *s. f.* (med.) conjuncto das regras, que formam a arte dos partos. || De τόκος parto + νόμος lei, regra + suff. *ia.*
Deriv. : toconómico (adj.).
Tócotechnia, *s. f.* (med.) arte de partejar. || De τόκος parto + τέχνη arte + suff. *ia.*
Deriv. : tocotéchnico (adj.).
Tôm, *s. m.* tensão; certo grau de abaixamento ou elevação da voz ; character da voz, etc. || De τόνος.
Deriv.: tonál (adj.), *tonalidáde* (s. f.).
Tômo, *s. m.* volume de obra impressa ou manuscripta; divisão, parte, etc. || De τόμος pedaço, fracção.
Tomotocia, *s. f.* (med.) operação cesariana. || De τομή corte, incisão + τόκος parto + suff. *ia.*
Tônico, *adj.* relativo a tom; que dá energia e tensão. — s. m., remedio que fortalece. || De τονικός (e este de τόνος tom, tensão).
Deriv : tonicidáde (s. f.).
* **Tonômetro,** *s. m.* (phys.) instrumento para apreciar o número de vibrações sonoras de cada corpo. || De τόνος tom + μέτρον medida.
Topárcha, *s. m.* (ant.) chefe de uma localidade. || De τοπάρχης (e este de τόπος logar + ἄρχω commando).
Deriv. : toparchía (s. f.).
Topázio, *s. m.* (min.) fluosilicato de aluminio (Al²Si [O, Fl²]⁵). || De τοπάζιον.
* **Topazólitho,** *s. m.* (min.) var. amarella ou verde-amarellada de melanito. || De *topázio* (v. este vcb.) + λίθος pedra.
Tópho, *s. m.* (med.) concreção de urato de sodio, que se forma nas articulações dos gottosos. || De τόφος pedra porosa.
Deriv. : tóphico (adj.) que julgamos preferivel a — tophaceo.
Tópico, *adj. e s. m.* diz-se dos remedios applicados externamente em região limitada ; poncto principal, trecho, etc. || De τοπικός local (e este de τόπος logar).
Tópographia, *s. f.* descripção minuciosa de uma localidade ; arte de representar no papel a exacta configuração de uma porção de terreno. || De

τόπος logar + γράφω desenho + suff. *ia*.
Deriv. : topográphico (adj.), *topógrapho* (s. m.).
Toponymia, *s. f.* designação dos logares pelos seus nomes. || De τόπος logar + όνυμα por όνομα nome + suff. *ia*.
Tópophobia, *s. f.* (med.) medo morbido a logares. || De τόπος logar + φόβος medo + suff. *ia*.
Cogn. : topóphobo (s. m.).
Toreumatographia, *s. f.* descripção e estudo dos monumentos esculpidos, dos baixos-relevos. || De τόρευμα, ατος obra de cinzel + γράφω descrevo + suff. *ia*.
Cogn. : toreumatógrapho (s. m.).
Torêutica, *s. f.* arte de cinzelar. || De τορευτική (scil. τέχνη) e este de τορεύειν cinzelar.
Tôrno, *s. m.* engenho, em que se faz gyrar uma peça de madeira, metal, etc., que se quer lavrar ou arredondar. || De τόρνος.
Tôrre, *s. f.* edificio alto, construido para defesa em caso de guerra; fortaleza; campanario, etc. || Pelo lat. *turris*, vem de τύρρις ou τύρσις.
Deriv. : torreão (s. m.), *torreár* (v.).
Toxemia, *s. f.* V. *tóxicohemia*.
Tóxico, *adj.* venenoso. || De τοξικόν veneno.
Deriv. : toxicidáde (s. f.).
Tóxicohemia, *s. f.* estado do sangue, que contém substancia venenosa. || De τοξικόν veneno + αίμα sangue + suff. *ia*.
N. Fig. regista tambem a palavra *toxemia* com esta significação, mas é mal formada, pois veneno em grego não é τόξον mas sim τοξικόν.
Deriv.: tóxicohêmico (adj.).
Tóxicología, *s. f.* (med.) tractado dos venenos. || De τοξικόν

veneno + λόγος tractado + suff. *ia*.
Deriv. : tóxicológico (adj.), *toxicólogo* (s. m.) — melhor do que « toxicologista ».
Toxina, *s. f.* (med.) substancia segregada ou excretada pelos bacterios, e capazes de produzir effeitos toxicos. || De τοξικόν veneno + suff. *ina*.
N. O vcb. francez *toxine* (d'onde este foi colhido) não obedece ás boas regras de formação. « Toxicine » devia ser.
* **Tóxitherapia,** *s. f.* (med.) emprego therapeutico de algumas toxinas. || De *toxína* (v. este vcb.) + θεραπεία tractamento.
* **Toxoglóssos,** *s. m. pl.* (zool.) secção de Gastropodes Ctenobranchios. || De τόξον arco + γλῶσσα lingua.
Toxóide, *s. m.* (med.) veneno modificado, que não mata, mas entretanto fixa a antitoxina (Erlich). || De τοξικόν veneno + εἶδος forma.
* **Toxôna,** *s. f.* (med.) producto segregado pelos bacterios, analogo mas distincto da toxína. || De τοξικόν veneno + suff. *ôna*.
* **Toxóphoro,** *adj.* (med.) diz-se do agrupamento atomico, cuja presença numa molecula explica a sua acção nociva. || De τοξικόν veneno + φορός que leva, produz.
Tóxota, *s. m.* (ant.) archeiro; soldado scytha, que fazia a policia em Athenas. || De τοξότης (e este de τόξον arco).
N. Figueiredo regista — toxóte —; mas nesta forma nem a accentuação é conforme á quantidade etymologica, nem a desinencia é conveniente. Os substantivos gregos masculinos da 1.ª declinação em της passam todos para portuguez com a terminação *ta* (cf. *planêta, comêta, ilóta, acróbata, sycophánta*, etc.).

Trachéa, *s. f.* (anat.) canal que estabelece a communicação entre o larynge e os bronchios; nos insectos, cada um dos canaes que levam o ar a todas as partes do corpo; nas plantas, vaso aerio. || De τραχεῖα (forma fem. de τραχύς aspero, rugoso). *N.* Passa do ο diphthongo ει frequentemente para *e* portuguez, não ha razão para acceitar como boa a graphia — tracheia —.
Deriv. : *tracheite* (s. f.).

* **Trachélhematôma**, *s. m.* (med.). hematôma do esternoclido-mastoideo no recem-nascido. || De τράχηλος pescoço + *hematôma* (v. este vcb.).

* **Trachélidas**, *s. m. pl.* (zool.) familia de Infusorios Holotrichos. || Do gen. *Trachelius* (e este de τράχηλος pescoço) + suff. *idas*.

Trachelíno, *adj.* (anat.) relativo á parte posterior do pescoço. || De τράχηλος pescoço, nuca + suff. *ino*.
N. É preferivel a « tracheliano ».

Trachelísmo, *s. m.* (med.) contracção espasmodica dos musculos do pescoço. || De τραχηλισμός (e este de τράχηλος pescoço).

* **Trachélo-diaphragmático**, *adj.* (anat.) diz-se do quarto par dos nervos cervicaes. || De τράχηλος pescoço + *diaphragma* (v. esta pal.).

* **Trachélographía**, *s. f.* (anat.) descripção anatomica do pescoço. || De τράχηλος pescoço + γράφω descrevo + suff. *ia*.

* **Trachélo-mastóideo**, *adj.* (anat.) o pequeno complexo (musculo). || De τράχηλος pescoço + *mastóide* (v. este vcb.).

* **Trachélopexía**, *s. f.* (med.) fixação do collo do utero, depois da ampuração do corpo, aos côtos dos ligamentos largos (Jacobs). || De τράχηλος pescoço,

collo + πήγνυμι fixo, prego + suff. *ia*.

* **Trachélophýma**, *s. m.* (med.) papeira. || De τράχηλος pescoço + φῦμα tumor.

* **Trachélorhaphía**, *s. f.* (med.) operação de Emmet. || De τράχηλος collo + ῥαφή costura + suff. *ia*.

* **Trachéobronchíte**, *s. f.* (med.) inflammação simultanea da trachea e dos bronchios. || De *trachéa* + *bronchio* (v. estas palavras) + suff. *ite*.

Trachéocéle, *s. f.* (med.) nome dado por Heister á papeira. || De *trachéa* + κήλη tumor.
V. tambem — *trachelophyma*.

* **Trachéo-cricóideo**, *adj.* (anat.) que tem relação com a trachéa e a cartilagem cricóide. || De *trachéa* + *cricóide* (v. estes vcbs.) + suff. *eo*.

Trachéorrhagía, *s. f.* (med.) hemorrhagia pela trachéa. || De *trachéa* (v. este vcb.) + ῥαγεῖν romper + suff. *ia*.
Deriv. : *trachéorrhágico* (adj.).

* **Trachéoscopía**, *s. f.* (med.) exame da cavidade da trachéa. || De *trachéa* + σκοπεῖν examinar + suff. *ia*.

Trachéostenóse, *s. f.* (med.) estreitamento da trachéa. || De *trachéa* (v. este vcb.) + στένωσις estreitamento, apêrto.

Trachéotomía, *s. f.* (med.) operação chirurgica, que consiste na incisão da trachéa. || De *trachéa* (v. este vcb.) + τομή corte + suff. *ia*.
Deriv. : *trachéotómico* (adj.).

Trachito, *s. m.* (geol.) rocha eruptiva microlithica, composta de orthosio, bisilicatos ferro-magnesianos, etc. || De τραχύς aspero, rugoso + suff. *ito*.
Deriv. : *trachítico* (adj.).
N. Fig. escreve « trachyto »; mas é preferivel que appareça

integro o suff. *ito*, que characteriza estes vocabulos.

Trachôma, *s. m.* (med.) syn. de xerophthalmia; granulação palpebral. || De τράχωμα (e este de τραχόω torno rugoso, aspero).

*** Tráchymedúsas**, *s. f. pl.* (zool.) subdivisão da classe das Hydromedusas; têm tentaculos rijos. || De τραχύς rijo, duro + *medúsa* (v. e-te vcb.).

*** Tráchynémidas**, *s. m. pl.* (zool.) familia de Tráchymedúsas. || Do gen. typo *Trachynéma* (e este de τραχύς rijo, aspero + νῆμα fio) + suff. *idas*.

Tragacántha, *s. f.* (bot.) planta do gen. *Astragalus*, que dá gomma. || De τραγάκανθα (e este de τράγος bode + ἄκανθα espinho).

Tragédia, *s. f.* poema dramatico, de acção importante, proprio para excitar terror ou piedade, e que termina quasi sempre por um acontecimento funesto. || Pelo lat. *tragœdia*, de τραγωδία (e este de τράγος bode + ᾠδή canto).

Tragediógrapho, *s. m.* auctor de tragédia. || De *tragédia* (v. este vbc.) + γράφω escrevo.

Trágico, *adj.* relativo a tragédia; sinistro, funesto. || De τραγικὸς.

Trágicomédia, *s. f.* peça theatral que participa da tragédia e da comédia. || De *trágico* e *comédia* (v. estes vcbs.). *Cogn.: tragicómico* (adj.).

Trágo, *s. m.* (anat.) saliencia situada fóra e por deante do orificio do conducto auditivo externo. || De τράγος.

Trapézio, *s. m.* (geom.) quadrilatero de lados deseguaes, mas dous parallelos. || De τραπέζιον (e este de τράπεζα mesa).

N. Tem o mesmo nome um apparelho gymnastico, e a origem da palavra é a mesma.

Trapezoédro, *s. m.* (cryst.) solido de 24 faces, todas trapezóides. || De *trapézio* (v. esta pal.) + ἔδρα base.

Trapezóide, *adj.* e *s. m.*, que se assimelha a trapézio. || De τραπεζοειδής (e este de τραπέζιον trapézio + εἶδος forma).

Traumatismo, *s. m.* estado morbido resultante de um ferimento. || De τραυματίζειν ferir (e este de τραῦμα ferimento). *Cogn.: traumático* (adj.).

*** Tráumatopnéa**, *s. f.* entrada e saída ruidosa do ar pelo orificio dum ferimento thoracico (Fraser). || De τραῦμα ferimento + πνοή respiração.

Trêma, *s. m.*(gramm.) signal orthographico que, posto sôbre uma vogal, indica que ella não forma diphthongo com a que está proxima. || De τρῆμα orificio, buraco.

Derio.: tremár (v.).

Tremandráceas, *s. f. pl.* (bot.) ordem de plantas dicotyledones, que têm por typo o gen. *Tremandra*. || De *Tremandra* (e este talvez de τρῆμα orificio + ἀνήρ macho) + suff. *áceas*.

N. Tractando-se de ordem, e não de família botanica, é preferivel a desinencia *áceas*.

*** Trematódeos**, *s. m. pl.* (zool.) classe de Vermes Plathelminthes, parasitos e munidos de ventosas. || De τρηματώδης perfurado (e este de τσῆμα, ατος buraco, orifício) + suff. *eos*.

Tremêr, v. ter medo de, agitar, assustar-se, etc. || Pelo lat. *tremere*, de τρέμω.

Derio.: treméndo (adj.), *tremôr* (s. m.), *trêmulo* (adj.), *tremulár* (v.).

Trépano, *s. m.* (med.) instrumento com que se perfuram ossos, especialmente os do cranio. || Pelo ital. *trepano*, dз τρύπανον.

Deriv.: trepanação (s. f.), *trepanár* (v.).

*** Treptodónte**, *s. m.* (chir.) apparelho para endireitar os dentes dъ sviados de sua posição normal (Schange). || D· τρεπτὸς voltado, mudado + ὀδούς, όντος dente.

Trez, *adj.* número cardinal, formado de dous mais um. || Pelo lat. *tres*, de τρεῖς, τρία.

Triacântho, *adj.* (bot.) que tem espinhos trifidos ou dispostos trez a trez. || De τρεῖς, τρία trez + ἄκανθα · spinho.

Triácontaédro, *s. m.* crystal que tem 30 faces. || De τριάκοντα trinta + ἕδρα base.

Tríade, *s. f.* conjuncto de trez pessoas ou trez cousas. || De τριὰς, άδος.

N. A forma «tríada», que Fig. tambem regista, é menos boa.

Triadélpho, *adj.* (bot.) diz-se dos estames reunidos em trez feixes. || Dъ τρεῖς, τρία trez + ἀδελφὸς ermão.

Triádico, *adj.* (geol.) diz-se de uma formação geologica do grupo mesozoico, e assim denominada por comprehender trez andares distinctos. || De τριὰς, άδος tríade.

N. Os Francezes deram a esta formação o nome *trias*, *système triasique*. D'aqui veio o se haver introduzido nas escholas brasileiras o vocabulo «triasico», que nada tem de correcto. C. de Fig. já regista a boa forma — *triádico* —, que deve prevalecer.

Triândro, *adj.* (bot.) que tem trez estames. || De τρεῖς, τρία trez + ἀνήρ, ἀνδρὸς homem.

Deriv.: triandría (s. f.) e *triândria* (classe do systema de Linneu).

Triarchía, *s. f.* triunvirado, govêrno exercido por trez individuos. || De τριαρχία (e este de τρεῖς, τρία trez + ἄρχω governo).

Triasico. V. *triádico*.

Triatômico, *adj.* (chim.) diz-se do corpo, cujo átomo precisa de trez átomos de outro para saturar-se, fazendo combinação. || De τρεῖς, τρία trez + *atômico* (v. *átomo*.).

*** Tríbade**, *s. f.* a mulher que, por inversão do instincto sexual, satisfaz o appetite venereo com outra mulher. || De τριβὰς, άδος (e este de τρίβω attrito).

Deriv.: tribadísmo (s. m.).

Tribásico, *adj.* (chim.) diz-se do sal, que tem trez equivalentes de base para um de acido. || De τρεῖς, τρία trez + *básico* (v. *base*).

Deriv.: tribasicidáde (s. f.).

Tribómetro, *s. m.* instrumento para medir a fôrça do attrito. || De τρίβω attrito + μέτρον medida.

Deriv.: tribometría (s. f.).

Tríbracho, *adj.* (poet.) pé de verso, grego ou latino, composto de trez syllabas breves. || Pelo lat. *tribrăchus*, de τρίβραχυς (e este de τρεῖς trez + βραχὺς breve).

Tributyrina, *s. f.* (chim.) líquido oleoso, de sabor picant , que existe na manteiga ($C^{30}H^{26}O^{12}$). || De τρεῖς trez + *butyrina* (v. este vcb.)

Tricéphalo, *adj.* diz-se do monstro, que tem trez cabcças. || De τρεῖς trez + κεφαλὴ cabeça.

*** Trichalcíto**, *s. m.* (min.) arseniato hydratado de cobre. || De τρεῖς trez + χαλκὸς cobre + suff. *ito*.

Trichálco, *s. m.* (ant.) moeda grega que valia trez chalcos ou trez oitavos de obolo. || De τρίχαλκος (e este de τρεῖς trez + χαλκοῦς chalco).

N. Attenta a etymologia, não se deve escrever « tricalco », como vem em C. de Fig.

* **Trichangiéctasia,** *s. f.* (med.) dilatação accidental dos vasos capillares. || De θρίξ, τριχός cabello + *angiéctasia* (v. este vcb.).

Tricháuxe, *s. f.* (med.) hypertrophia dos pêllos. || De θρίξ, τριχός cabello + αὔξη crescimento.

* **Trichéchidas,** *s. m. pl.* (zool.) familia de Vertebrados Pinnipedes, que tem por typo o gen. *Trichěchus.* || De Trichechus (e este de θρίξ, τριχός cabello + ἔχω tenho) + suff. *idas.*

N. Fig. regista — « trichêco » e « trichêgo » — para o nome do animal; mas a forma correcta seria *tríchecho*, si houvessemos de adoptar o vocabulo.

* **Trichesthesia,** *s. f.* (med.) sensibilidade particular, que se nota em regiões cobertas de pêllos. (Vaschide e Rousseau). || De θρίξ, τριχός cabello + αἴσθησις sensibilidade + suff. *ia.*

Trichíase, *s. f.* (med.) molestia em que as pestanas, desviadas da direcção natural, se põem em contacto com a superficie do globo do ôlho, irritando-a. || De τριχίασις (e este de θρίξ, τριχός cabello).

N. Deve ser condemnada a forma « trichiasis ».

* **Trichilíneas,** *s. f. pl.* (bot.) tribu das Meliaceas. || Do gen. *Trichilia* (e este de τρία trez + χεῖλος labio) + suff. *ineas.*

Trichína, *s. f.* (zool.) verme, da classe dos Nematoideos. || De θρίξ, τριχός cabello, pelo lat. *Trichina.*

Deriv.: trichinádo (adj.), *trichinóse* (s. f.).

Trichismo, *s. m.* (med.) fractura filiforme de um osso.

|| De τριχισμός (e este de θρίξ, τριχός cabello).

* **Trichocardia,** *s. f.* (med.) estado do coração erriçado de frocos pseudomembranosos, em casos de pericardite. || De θρίξ, τριχός cabello + καρδία coração.

Trichocéphalo, *s. m.* (zool.) verme da classe dos Nematoideos, parasito que vive no céco do homem. || De θρίξ, τριχός cabello + κεφαλή cabeça.

Trichocýste, *s. f.* (zool.) pequena vesicula fusiforme, que existe no ectoplasma dos Infusorios Ciliados. || De θρίξ, τριχός cabello + κύστις vesicula.

* **Trichodínidas,** *s. m. pl.* (zool.) familia de Infusorios Peritrichos. || Do gen. typo *Trichodina* (e este de τριχώδης cabelludo) + suff. *idas.*

Trichoglossia, *s. f.* (med.) estado da lingua, quando parece coberta de pêllos. || De θρίξ, τριχός cabello + γλῶσσα lingua + suff. *ia.*

Cogn.: trichoglossineos (s. m. pl.) — tribu da fam. dos Psittácidas.

Trichóide, *adj.* similhante a cabello. || De τριχοειδής (e este de θρίξ, τριχός cabello + εἶδος forma).

Trichología, *s. f.* tractado ácêrca dos pêllos. || De θρίξ, τριχός cabello + λόγος tractado + suff. *ia.*

Trichôma, *s. m.* (med.) plica-polonica, molestia que attaca os cabellos. || De θρίξ, τριχός cabello + suff. *ôma.*

Deriv.: trichomatóso e *trichomático* (adjs.).

* **Trichomónade,** *s. f.* (zool.) Infusorio ciliado, descoberto por Donné. || De θρίξ, τριχός cabello + *mónade* (v. esta pal.).

Trichóphyto, *s. m.* Cogumelo microscopico, que se desenvolve no interior dos pêllos, produzindo várias formas de

tinha. || De θρίξ, τριχός cabello + φυτόν planta.
Deriv.: *trichophytia* (s. f.).
N. Fig. regista — trichophyton — por mais de uma razão — inadmissivel.

* **Trichópteros**, *s. m. pl.* (zool.) segundo alguns zoologos, ordem de Arthropodes, que contem insectos de azas deseguaes cobertas de pêllos e escamas. || De θρίξ, τριχός cabello + πτερόν aza.

Trichoptilóse, *s. f.* (med.) certa alteração dos cabellos. || De θρίξ, τριχός cabello + πτίλωσις quéda das pennas ou dos pêllos.

* **Trichopyrito**, *s. m.* (min.) syn. de millerito (sulfureto de nickel — NiS—). || De θρίξ, τριχός cabello + *pyrito* (v. este vcb.).

* **Trichorhizo**, *s. m.* (med.) cilio anormal supranumerario, de bolbo implantado profundamente. De θρίξ, τριχός cabello + ῥίζα raiz.

* **Trichóse**, *s. f.* (med.) producção heterotopica de pêllos. || De τρίχωσις crescimento de cabello (e este de θρίξ, τριχός cabello).

* **Trichosporia**, *s. f.* (med.) molestia dos pêllos, devida ao parasito « Trichosporum Beigelii » (Vuillemin). || De θρίξ, τριχός cabello + σπορά semente + suff. *ia*.

* **Trichotillomania**, *s. f.* (med.) arrancamento dos cabellos provocado por um prurido intenso (Hallopeau). || De θρίξ, τριχός cabello + τίλλειν arrancar + μανία loucura.

Trichótomo, *adj.* que se divide em trez. || De τρίχα em trez + τομή corte, divisão.
Deriv.: *trichotomia* (s. f.), *trichotómico* (adj.).

* **Trichotrachélidas**, *s. m. pl.* (zool.) familia de Vermes Nematoideos. || De θρίξ, τριχός cabello + τράχηλος pescoço + suff. *idas*.

Trichroismo, *s. m.* propriedade que os mineraes de dous eixos de dupla refracção têm de offerecer trez côres differentes. || De τρεῖς, τρία trez + χρόα côr + suff. *ismo*.
Cogn.: *trichróico* (adj.).

* **Triclados**, *s. m. pl.* (zool.) segundo alguns, sub-ordem dos Dendrocéleos (Plathelminthes). || De τρεῖς trez + κλάδος ramo.
N. Á feição de εὔκλαδος, a forma grega seria τρίκλαδος, d'onde a desinencia portugueza em o.

* **Triclasito**, *s. m.* (min.) syn. de fahlunito, especie vizinha do pinito — um silicato accessorio dos granitos. || De τρεῖς trez + κλάσις fractura + suff. *ito*.

Tricliniárcha, *s. m.* (ant.) o encarregado do banquete e dos adornos da sala de jantar. || De τρικλινιάρχης (e este de τοικλίνιον sala de jantar + ἄρχειν dirigir).

Triclínico, *adj.* (cryst.) diz-se do systema crystallino, em que as trez arestas do parallelepipedo gerador são inclinadas umas sôbre as outras. || De τρεῖς trez + κλίνειν inclinar + suff. *ico*.

Triclínio, *s. m.* (ant.) entre os Romanos, sala de jantar com trez leitos. || De τρικλίνιον (e este de τρεῖς, τρία trez + κλίνη leito).

Tricotylédone, *adj.* (bot.) diz-se da semente provida de trez cotylédones. || De τρεῖς, τρία trez + *cotylédone* (v. este vcb.).

* **Tricroto**, *adj.* (med.) diz-se do pulso, cuja curva esphygmographica apresenta uma linha descendente interrompida por duas elevações secundarias. || De τρεῖς, τρία trez + κρότος batimento.

Tricýclo, *s. m.* velocipede

de trez rodas. || De τρεῖς, τρία trez + κύκλος círculo, roda.

Deriv. : tricyclête (s. m.) que é preferivel a « tricyclêta ».

Tridáctylo, *adj.* que tem trez dedos. || De τριδάκτυλος (e este de τρεῖς trez + δάκτυλος dedo).

Tridérmico, *adj.* que é composto de trez membranas ou camadas. || De τρεῖς trez + δέρμα pelle, membrana + suff. *ico*.

Tridráchmo, *s. m.* (ant.) antiga moeda grega do valor de trez drachmas. || De τρίδραχμον (e este de τρεῖς trez + δραχμή drachma).

N. Attenta a sua origem, a forma — tridrachma — dada por Fig. é menos correcta.

* **Tridymíto**, *s. m.* (min.) especie de quartzo, que só se encontra em rochas volcanicas. || De τρίδυμος triplo + suff. *ito*.

Triécia, *s. f.* (bot.) classe de plantas, nas quaes um individuo tem flôres masculinas, outro femininas e ainda outro hermaphroditas (Lion.). || De τρεῖς trez + οἰκία casa.

Triédro, *adj.* (geom.) formado por trez planos. || De τρεῖς trez + ἕδρα base, plano.

* **Triencéphalo**, *adj.* (terat.) diz-se de uma especie de monstros otocephalicos. || De τρεῖς trez + *encéphalo* (v. esta pal.).

Deriv. : triencephalía (s. f.), *triencephálico* (adj.).

Trierárcha, *s. m.* (ant.) commandante de galera, ou em Athenas o cidadão rico que esquipava uma trireme. || De τριηράρχης (e este de τριήρης trireme + ἄρχω commandar).

Deriv. : trierarchía (s. f.).

N. Dada a etymologia, claro fica que a forma — trierarca — dada por Fig. não é acceitavel.

Trietéricas. V. *trietérides*.

Trietéride, *s. f.* (ant.) periodo de trez annos imaginado pelos Gregos para a correcção de seu calendario. || De τριετηρίς, ίδος (e este de τρεῖς trez + ἔτος anno).

Trietérides, *s. f. pl.* (ant.) festas que de trez em trez annos se celebravam em honra de Dionyso, na Beocia e na Thracia. || De τριετηρίδες (scil. ἑορταί) e este de τρεῖς trez + ἔτος anno.

N. Fig. chama a estas festas — trietéricas — certo que existe em grego o adj. τριετηρικός; mas sendo τριετηρίδες o nome das festas, d'ahi é que devemos tirar o vocabulo portuguez.

Trígamo, *adj.* que é casado com trez mulheres. || De τρεῖς trez + γάμος casamento.

Deriv. : trigamía (s. f.).

Trigástrico, *adj.* (anat.) diz-se do musculo, que tem trez feixes carnosos. || De τρεῖς trez + γαστήρ ventre + suff. *ico*.

* **Trigénico**, *adj.* (chim.) diz-se do acido produzido pela reacção do acido cyanhydrico sôbre o aldehydo ethylico. || De τρεῖς trez + γένος geração + suff. *ico*.

Deriv. : trigenáto (s. m.).

Tríglidas, *s. m. pl.* (zool.) familia de Peixes Teleosteos Acanthopteros. || De *Trigla* (e este de τρίγλα, ης salmonete) + suff. *idas*.

* **Triglochináceas**, *s. f. pl.* (bot.) ordem de plantas monocotyledones. || De *Triglóchin* (e este de τρεῖς trez + γλωχίς ponta) + suff. *áceas*.

* **Triglochíno**, *adj.* tricuspide, que tem trez pontas. ||De τρεῖς trez + γλωχίς, ῖνος ponta.

Triglótta. V. *triglótto*.

Triglótto, *adj.* que é escripto em trez linguas; que falla trez linguas. || De τρεῖς trez + γλῶττα lingua.

N. Formado á similhança de *polyglotto* (v. este vcb.), posto que em grego não exista τρί-γλωττος.

Deriv. : *triglottismo* (s. m.).

Triglypho, *s. m.* (archit.) ornato num friso de ordem dorica, com trez sulcos profundos. || De τρίγλυφος (e este de τρεῖς trez + γλυφή gravura).

* **Trigonideas,** *s. f. pl.* (bot.) fam. da ordem das Vochysiaceas. || Do gen. *Trigonia* (e este de τρίγωνος triangular) + suff. *ideas*.

Trigono, *adj.* que tem trez angulos. || De τρίγωνος.

N. Por analogia com os mais derivados de γωνία, o vcb. deve ser proparoxytono, não obstante a quantidade da raiz.

Trigónocéphalo, *adj.* que tem a cabeça triangular. || De τρίγωνος triangular + κεφαλή cabeça.

Deriv. : *trigonocephalia* (s. f.).

Trigonometria, *s. f.* (math.) cálculo dos angulos e lados dos triangulos, partindo de certos dados numericos. || De τρίγωνον triangulo + μέτρον medida + suff. *ia*.

Deriv. : *trigonométrico* (adj.).

* **Trigonóstomo,** *adj.* que tem a bocca triangular. || De τρίγωνος triangular + στόμα bocca.

Trigrâmma, *s. m.* signal composto de trez characteres reunidos. || De τρεῖς trez + γράμμα lettra.

Trigyno, *adj.* (bot.) diz-se da flôr, que tem trez pistillos. || De τρεῖς trez + γυνή mulher.

Deriv. : *trigynia* (s. f.), *trigynico* (adj.).

N. A forma « trigynio » é dispensavel.

* **Trihebdomadário,** *adj.* que apparece trez vezes por semana. || De τρεῖς trez + *hebdomadário* (v. esta pal.).

* **Trihemímere,** *s. f.* (poet.)

cesura formada pela syllaba que se segue ao primeiro pé. || De τρεῖς trez + ἥμισυς meio + μέρος parte.

N. Quanto á desinencia, v. *ennehemímere*.

* **Trihemimetro,** *adj.* (poet.) diz-se do verso gr. ou lat., que tem trez meios pés. || De τρεῖς trez + ἥμι meio + μέτρον metro.

Trihexaédro, *s. m.* (cryst.) solido resultante da reunião de dous rhomboedros eguaes. || De τρεῖς trez + *hexaédro* (v. esta pal.).

* **Trilábio,** *s. m.* (med.) instrumento para segurar o cálculo; litholabio. || De τρεῖς trez + λαβή o acto de apanhar + suff. *io*.

Trilêmma, *s. m.* (log.) situação, de que não ha saída sinão por um de trez modos, todos difficeis. || De τρεῖς trez + λῆμμα proposição.

N. Neologismo formado á feição de *dilemma*.

* **Trilitho,** *s. m.* (archit.) monumento formado de trez pedras. || De τρίλιθον (e este de τρεῖς trez + λίθος pedra).

Trilobádo, *adj.* que tem trez lobos. || De τρεῖς trez + *lobo* (v. este vcb.) + suff. *ádo*.

Trilobites, *s. m.* (geol.) Crustaceo fossil, do periodo paleozoico. || De τρίλοβος que tem trez lobos + suff. *ítes*.

N. Fig. regista « trilobíte » e « trilobíto »; mas é de summa vantagem dar ás especies fosseis a desinencia especial *ítes*.

Trilogía, *s. f.* (ant.) conjuncto das trez tragédias, que os poetas dramaticos deviam apresentar, quando disputavam o premio; peça theatral ou litteraria em trez partes. || De τριλογία (e este de τρεῖς trez + λόγος discurso).

Deriv. : *trilógico* (adj.).

* **Trimeríto,** *s. m.* (min.) si-

licato de manganez, calcio e ferro. || De τριμερής composto de trez partes (form. de τρεῖς trez + μέρος par)e) + suff *ito*.

Trímero, *adj.* dividido em trez partes; — *s*, s. m. pl. (zool.) antiga secção da ordem dos Coleopteros. || De τριμερής (e este de τρεῖς trez + μέρος parte).

Trímetro, *adj.* (poet.) diz-se dum verso grego ou latino de trez metros ou seis pés. || De τρίμετρος (e este de τρεῖς trez + μέτρον metro).

Trimórpho, *adj.* (min.) diz-se de um corpo, que pode crystallizar de trez formas diversas. || De τρίμορφος (e este de τρεῖς trez + μορφή forma).

Deriv. : trimórphismo (s. m.).

Trinérveo, *adj.* (bot.) diz-se da folha, que tem trez nervuras. || De τρεῖς trez + *nérvo* (v. este vcb.) + suff. *eo*.

Trinômio, *s. m.* (alg.) polynomio composto de trez termos. || De τρεῖς trez + νόμος divisão.

Trióbolo, *s. m.* moeda grega antiga, que valia trez obolos. || De τριώβολος (e este de τρεῖς trez + ὀβολός obolo).

Trioctaédro, *s. m.* (cryst.) polyedro limitado por 24 triangulos isosceles eguaes. || De τρεῖς trez + *octaédro* (v. este vcb.).

Trióico, *adj.* (bot.) que tem flôres masculinas, femininas e hermaphroditas em trez individuos separados. || De τρεῖς trez + οἶκος casa.

N. A forma verdadeiramente correcta devia ser « triéco ».

* **Trionýchidas**, *s. m. pl.* (zool.) fam. de Chelonios. || Do gen. Triónyx (e este de τριώνυχος que tem trez unhas) + suff. *idas*.

N. Forma preferivel a — *trionýcidas*.

* **Triórcheo**, *adj.* (med.) diz-se do individuo, que parece ter trez testiculos. || De τρεῖς trez + ὄρχις testiculo + suff. *eo*.

N. Corresponde ao francez — *triorchide* — mal formado.

Tripétalo, *adj.* (bot.) diz-se da corolla de trez pétalos. || De τρεῖς trez + *pétalo* (v. esta pal.).

Triphânio, *s. m.* (min.) silicato aluminoso e lithinifero, esverdeado; syn. de espodumenio. || De τρεῖς trez + φαίνεσθαι apparecer + suff. *io*.

N. Fig. regista « triphano »; mas a desinencia *io* é propria destes nomes de mineraes.

Triphthôngo, *s. m.* (gramm.) grupo de trez vogaes, que se pronuncia com uma só emissão de voz. || De τρεῖς trez + φθόγγος som

Triphýllo, *adj.* (bot.) diz-se do calyce de trez sépalos. || De τρεῖς trez + φύλλον folha.

N. Das mesmas raizes procede o vcb. *triphyllína* (nome de um phosphato natural de ferro, manganez e lithio).

* **Triplegía**, *s. f.* (med.) hemiplegia accompanhada de paralysia dum membro do lado opposto. || De τρεῖς trez + πληγή golpe, ferimento + suff. *ia*.

Triplito, *s. m.* (min.) fluophosphato de manganez e ferro. [(Fe, Mn)³ P² O⁸ + (Fe, Mn) Fl²]. || De τριπλόος triplo + suff. *íto*.

Tríplo, *adj.* que contém trez vezes uma quantidade. || Pelo lat. *triplus*, de τριπλόος.

* **Triploclásio**, *s. m.* (min.) syn. de thomsonito (zeolítho sodo-calcico). || De τριπλόος triplo + κλάσις fractura + suff. *io*.

Triploédro, *s. m.* (cryst.) forma crystallina produzida pela combinação de trez rhomboédros (Fig.). || De τριπλόος triplo + ἕδρα base.

Deriv. : triploédrico (adj.).
*****Triplóide**, *s. m.* (med.) apparelho usado na operação do trepano para tirar fragmentos osseos. || De τριπλόος triplo + εἶδος forma.
*****Triploïdito**, *s. m.* (min.) var. de triplito sem fluor || De *triplito* (v. este vcb.) + εἶδος forma + suff. *ito*.
Triplóptero, *adj.* (zool.) que tem azas ou barbatanas tripartidas. || De τριπλόος triplo + πτερὸν aza.
Triplostémone, *adj.* (bot.) que tem estames trez vezes mais numerosos que as divisões da corolla. || De τριπλόος triplo + στήμων, ονος filete.
Trípode, *s. f.* tripeça; vaso de trez pés. || De τρίπους, ποδος (e este de τρεῖς trez + ποῦς, ποδός pé).
N. Como adjectivo tem a mesma forma, e não « tripodo » como trazem Aulete e Figueiredo.
*****Tríptero**, *adj.* que tem trez azas. || De τρεῖς trez + πτερὸν aza.
*****Triptóto**, *adj.* (gramm.) diz-se do nome, que só tem trez terminações differentes para os casos. || De τρίπτωτος (e este de τρεῖς trez + πτῶσις caso).
Triptycho, *s. m.* quadro em trez panos, que se dobram. || De τρίπτυχος dobrado em trez (e este de τρεῖς trez + πτυχή dobra).
N. Fig. escreve « triptyco » sem *h*, o que não está de accôrdo com a etymologia.
Triságio, *s. m* hymno, em que a palavra *Sanctus* é repetida trez vezes. || De τρὶς trez vezes + ἅγιος sancto.
Trismegisto, *s. m.* (ant.) epitheto do Hermes egypcio. || De τρισμέγιστος trez vezes sublime (e este de τρὶς trez vezes + μέγιστος maximo).
Trismo, *s. m.* (med.) fechamento da bocca pela contracção espasmodica dos musculos elevadores da mandibula. || De τρισμὸς sibillo, rangido.
Trispérmo, *adj.* (bot.) que tem trez sementes. || De τρεῖς trez + σπέρμα semente.
Trisplânchnico, *adj.* (anat.) diz-se do nervo grande-sympathico, porque suas ramificações se distribuem pelas trez cavidades esplanchnicas. || De τρεῖς trez + σπλάγχνον viscera + suff. *ico*.
*****Tristegíneas**, *s. f. pl.* (bot.) tribu de Graminaceas. || De *Tristegia* (e este de τρὶ trez + στέγη tecto) + suff. *ineas*.
Tristicho, *adj.* diz-se de orgãos dispostos em trez ordens. || De τρίστιχος (e este de τρεῖς trez + στίχος fila).
*****Tristómidas**, *s. m. pl.* (zool.) familia de Vermes Trematodeos. || Do gen. *Tristómum* (e este de τρεῖς trez + στόμα bocca) + suff. *idas*.
Trisýllabo, *adj.* e *s. m.* que tem trez syllabas. || De τρισύλλαβος (e este de τρεῖς trez + συλλαβή syllaba).
Triteóphya, *s. f.* (med.) febre remittente terçã. || De τριταῖος de 3 em 3 dias + φύω produzo.
Tritheismo, *s. m.* (theol.) doutrina dos que sustentam que em Deus ha trez substâncias e trez deuses. || De τρεῖς trez + Θεὸς Deus + suff. *ismo*.
Deriv. : tritheísta (s. m.).
*****Tritomito**, *s. m.* (min.) silico-borato hydratado de cerio, calcio, lanthanio, didymio e thorio. || De τρεῖς trez + τομή corte + suff. *ito*.
*****Tritónidas**, *s. m. pl.* (zool.) familia de Úrodelos Ichthyóideos. || Do gen. *Triton* (e este de Τρίτων, ωνος Tritão) + suff. *idas*.
*****Tritoniidas**, *s. m. pl.* (zool.) familia de Gastropodes Cteno-

branchios. || Do gen. *Tritonium* (e este de τριτώνιος de Tritão) + suff. *idas*.

Tritono, *s. m.* (mus.) intervallo dissonante composto de trez tons. || De τρίτονος (e este de τρεῖς trez + τόνος tom).

Trocháico, *adj.* (poet.) verso em que entram pés trocheus. || De τροχαικός (e este de τροχαῖος trocheu).

Trochânter, *s. m.* (anat.) cada uma das duas tuberosidades, que apresenta o fémur na sua extremidade superior. || De τροχαντήρ, ῆρος (e este de τροχάω rodo).
Deriv. : trochantérico (adj.).
N. O plural deve fazer — trochantéres —. V. *cathetér* e *carácter*.

Trochantino, *s. m.* (anat.) o pequeno trochânter. || De *trochânter* (v. este vcb) + suff. *ino*.
Deriv. : trochantínico (adj.).

Trochêu, *s. m.* (poet.) pé de verso grego ou latino, composto de uma syllaba longa e outra breve. || De τροχαῖος.

* **Tróchidas,** *s. m. pl.* (zool.) familia de Gastropodes Ctenobranchios. || Do gen. *Trochus* (e este de τροχός roda) + suff. *idas*.

* **Trochilidas,** *s. m. pl.* (zool.) fam. de Passaros Tenuirostros. || Do gen. *Trochilus* (e este de τροχῖλος carriça) + suff. *idas*.

Trochilo, *s. m.* (archit.) moldura concava em forma de meia canna. || De τροχῖλος (em lat. *trochilus, i*).
N. Aulete e Fig. accentúam « tróchilo »; mas a quantidade da raiz condemna esse alvitre.

Trochíno, *s. m.* (anat.) a menor das trez tuberosidades da extremidade superior do humero. || De τροχός roda + suff. *ino*.
Deriv. : trochínico (adj.).

Trochísco, *s. m.* (pharm.) antiga forma de medicamentos. || De τροχίσκος pastílha, tabula (dimin. de τροχός roda).
N. Fig. regista — « trocisco »; — mas esta corruptela pede reforma, como se deprehende da etymologia da palavra, cuja verdadeira pronunciação deve ser — trokisco.

Trochitér, *s. m.* (anat.) depois da cabeça do humero, a maior das tuberosidades dessa extremidade do osso. || De τροχός roda, pelo lat. scient. *trochiter, ēris*.
Deriv. : trochitérico (adj.).

Tróchlea, *s. f.* (anat.) eminencia articular da extremidade inferior do humero; especie de articulação, do gen. diarthrose. || De τροχιλία polé.
Deriv. : trochléar (adj.), *trochleadór* (adj.).

Trochocéphalo, *adj.* que tem o cranio arredondado. || De τροχός roda + κεφαλή cabeça.

Trochodêndreas, *s. f. pl.* (bot.) tribu das Magnoliaceas. || Do gen. *Trochodendron* (e este de τροχός roda + δένδρον árvore) + suff. *eas*.

Trochóide, *adj.* (anat.) diz-se da articulação, em que um cylindro gyra dentro de outro cylindro ôco ou de um annel. || De τροχοειδής circular (e este de τροχός roda + εἶδος forma).
N. Melhor do que — trochóideo —, que Fig. tambem regista. Pronuncie-se « trocóide ».

* **Trochosphéra,** *s. f.* (zool.) larva dos Vermes Polychetos; tem a forma de pião. || De τροχός roda + σφαῖρα esphera.

Trocisco. V. *trochísco*.

Troglodýta, *adj.* e *s. m.* que habita cavernas. || De τρωγλοδύτης (e este de τρώγλη caverna + δύειν enterrar, mergulhar-se).
Deriv. : troglodýtico (adj.).

Trogónidas, *s. m. pl.* (zool.) fam. de Aves Trepadoras. || Do gen. *Trógon* (e este de τρώγειν roêr) + suff. *idas*.

Trombóse. V. *thrombóse*.

Tropeóleas, *s. f. pl.* (bot.) fam. da ordem das Geraniaceas. || Do gen. *Tropæõlum* (e este de τρόπαιον trophéu) + suff. *eas*.

Deriv : *tropeólico* (adj.).

*Trophedêma, *s. m.* (med.) variedade de edêma chronico branco, duro, sem dôr (Meige). || De τροφή nutrição + *edêma* (v. este vcb.).

Trophéu, *s. m.* reunião de armas ou de objectos guerreiros, servindo de ornamento ou commemoração de uma victoria, etc. || De τρόπαιον.

Tróphico, *adj.* (physiol.) que respeita á nutrição. || De τροφή nutrição, alimento + suff. *ico*.

Tróphologia, *s. f.* tractado sôbre o regime alimentar. || De τροφή alimentação + λόγος tractado + suff. *ia*.

Deriv. : *trophológico* (adj.).

Tróphonevróse, *s. f.* (med.) atrophia parcial devida á lesão dos nervos da região. || De τροφή nutrição + *necróse* (v. este vcb.).

* **Tróphopathía**, *s. f.* (med.) molestia dos apparelhos da vida de nutrição (Alibert). || De τροφή nutrição + πάθος molestia + suff. *ia*.

* **Trophoplásma**, *s. m.* (anat.) substância fundamental fibrillar da cellula nervosa (Marinesco). || De τροφή nutrição + *plásma* (v. este vcb.).

Trophospérmio, *s. m.* (bot.) placenta; saliencia do ovario, em que se inserem os ovulos. || De τρέφω alimento + σπέρμα semente + suff. *io*.

N. Do lat. scient. fico—*trophospermium* — deriva-se melhor esta forma do que α trophosperma » geralmente usado.

Deriv.: *trophospérmieo* (adj.).

Trópico, *s. m.* (geogr.) círculo parallelo que dista do Equador 23° 28'. || De τροπικός (e este de τρόπος volta).

Deriv. : *tropicál* (adj.).

Trópo, *s. m.* (gramm.) emprêgo de uma palavra em sentido figurado. || De τρόπος.

Tropología, *s. f.* (gramm.) tractado ácêrca dos tropos. || De τρόπος tropo + λόγος tractado + suff. *ia*.

Deriv. : *tropológico* (adj.).

Troponômico, *adj.* diz-se das mudanças, que um dado objecto experimenta, segundo os diversos tempos e logares (Figueir.). || De τρόπος mudança de direcção + νόμος lei + suff. *ico*.

* **Trygónidas**, *s. m. pl.* (zool.) fam. de Chondropterygios Plagiostomos. || Do gen. *Trygon* (e este de τρυγὼν raia de sovela) + suff. *idas*.

* **Trýpanosômo**, *s. m.* (med.) Protozoario flagellado, parasito do sangue e causador de várias molestias. || De τρύπανον verruma + σῶμα corpo.

Deriv. : *trýpanosomíase* (s. f.), *trypanosómidas* (s. m. pl.).

Trypsina. V. *thrypsina*.

Tylôma, *s. m.* (med.) callosidade. || De τύλωμα (e este de τύλος callo).

* **Tylópodes**, *s. m. pl.* (zool.) fam. de Artiodactylos. || De τύλος callo + πούς, ποδός pé.

Tylóse, *s. f.* (med.) callo nos pés. || De τύλος callo + suff. *óse*.

Týmpano, *s. m.* (anat.) cavidade que constitue o ouvido médio. — (Archit.) espaço no frontão, etc., etc. || De τύμπανον tambor.

Deriv. : *tympânico* (adj.), *tympanísmo* (s. m.), *tympanite* (s. f.), *tympanizár* (v.).

Typháceas, *s. f. pl.* (bot.) ordem de plantas monocotyledones. || Do gen. *Typha* (e este de τύφη espadana) + suff. *óceas.*

Typhão, *s. m.* (geol.) massa de terrenos primitivos não estratificados, na crosta da terra. || De τυφὼν, ῶνος turbilhão, furacão.
Deriv. : *typhónico* (adj.).

Typhlite, *s. f.* (med.) inflammação do céco e do appendice ileo-cecal. || De τυφλός cego + suff. *ite.*

* **Typhlo-diclidite**, *s. f.* (med.) inflammação da valvula ileo-cecal. || De τυφλός cego + διχλὶς, ίδος batente da porta, valvula + suff. *ite.*

Typhlógrapho, *s. m.* instrumento com que o cego pode escrever. || De τυφλός cego + γράφω escrevo.
Deriv.: *typhlographia* (s. f.).

Typhlologia, *s. f.* tractado sôbre a instrucção dos cegos. || De τυφλός cego + λόγος tractado + suff. *ia.*
Cogn. : *typhlólogo* (s. m.), *typhlológico* (adj.).

* **Typhlópidas**, *s. m. pl.* (zool.) familia de Ophidios Hopoterodóntes.||Do gen.*Typhlops* (e este de τυφλός cego + ὤψ, ὠπός ôlho) + suff. *idas.*

* **Typhlostomia**,*s. f.* (med.) abertura de um ano artificial perto do céco. || De τυφλός cego + στόμα bocca + suff. *ia.*

Typho, *s. m.* (med.) molestia febril, de character contínuo, e characterizada entre outras cousas por perturbações do systema nervoso. || De τῦφος estupor.
Deriv. : *typhico* (adj.).

Typhohemia, *s. f.* (med.) alteração do sangue por substâncias putridas, que produzem molestias typhóides. ||De *typho* (v. este vcb.) + αἷμα sangue + suff. *ia.*

Typhóide, *adj.* (med.) que se assimelha ao typho. || De *typho* (v. esta pal.) + εἶδος forma.
Deriv. : *typhóideo* (adj.).

Typhomania, *s. f.* (med.) delirio que se manifesta no *typho* (v. este vcb.) + μανία loucura, delirio.

Typo, *s. m.* cunho ou character typographico; modêlo primitivo; etc || De τύπος cunho, signal, molde.
Deriv. : *typico* (adj.).

Typochromia, *s. f.* impressão typographica a côres. || De *typo* (v. este vcb.) + χρῶμα côr + suff. *ia.*

Typographia, *s. f.* arte de imprimir com typos; estabelecimento typographico. || De *typo* (v. este vcb.) + γράφω escrevo + suff. *ia.*
Cogn. : *typógrapho* (s. m.), *typográphico* (adj.).

Typólitho, *s. m.* (geol.) pedra que tem impressa a forma de plantas ou animaes.|| De τύπος character, molde + λίθος pedra.
N. É incorrecta a forma — typolitha —, que Fig. regista.

Typolithographia, *s. f.* impressão de desenhos lithographicos e de composição typographica. || De *typo* e *lithographia* (v. estes vcbs.).
Deriv. : *typolithográphico* (adj.).

* **Typomania**, *s. f.* mania de publicar trabalhos. || De *typo* (raiz de typographia) + μανία loucura.
Deriv. : *typomaniaco* (adj.).

Typómetro, *s. m.* instrumento que serve para verificar, si as lettras estão na sua altura e si têm o corpo desejado (Fig.). || De *typo* (v. este vcb) + μέτρον medida.

Typophônio, *s. m.* (mus.) instrumento inventado por V. Mustel em 1866, que dá sons simples e invariaveis. || De τύπος molde + φωνή voz, som + suff. *io*.

N. « Typóphono », registado por Fig., é mal formado e mal accentuado.

Typtología, *s. f.* communicação dos espiritos por meio de pancadas. || De τύπτω bato + λόγος discurso + suff. *ia*.

Cogn. : *typtólogo* (s. m.), *typtológico* (adj.).

Tyránno, *s. m.* soberano despotico, cruel e injusto. || De τύραννος rei, principe, oppressôr.

Deriv. : *tyránna* (s. f.), *tyrannéte* (s. m.), *tyrannía* (s. f.), *tyránnico* (adj.), *tyrannizár* (v.).

Tyrína, *s. f.* (chim.) syn. de caseïna. || De τυρός queijo + suff. *ina*.

* **Tyríto,** *s. m.* (min.) var. de fergusonito (niobotantalato de yttrio, cerio, uranio, ferro e calcio). || De τυρός queijo + suff. *ito*.

* **Tyroglýphidas,** *s. m. pl.* (zool.) familia de Arthropodes Acareos, que têm por typo o gen. *Tyroglýphus.* || De Tyroglyphus (e este de τυρός queijo + γλύφω cavo, cinzelo) + suff. *idas*.

N. Fig. regista apenas o nome — tyroglyphos —, e accentúa-lhe a penultima sem attenção á quantidade da raiz.

* **Tyróide,** *adj.* que tem apparencia de queijo.||De τυρός queijo + εἶδος forma.

Tyrólitho, *s. m.* (min.) arseniato hydratado de cobre com carbonato de calcio. || De τυρός queijo + λίθος pedra.

N. Fig. regista — tyrolítha —, que é forma incorrecta e mal accentuada.

Týromancia, *s. f.* adivinhação por meio do queijo. || De τυρός queijo + μαντεία adivinhação.

Cogn. : *tyromânte* (s. m.), *tyromântico* (adj.).

Tyrosína, *s. f.* (chim.) corpo crystallizavel, que resulta da acção da potassa ou do acido sulfurico sôbre a caseïna. || De τυρός queijo + suff. *ina*.

U

Ulerythêma, *s. m.* (med.) dermatose characterizada por erythêma e atrophia superficial dos tegumentos (Unna). || De οὐλή cicatriz + *erythêma* (v. este vcb.).

Ulite, *s. f.* (med.) gengivite. || De ουλον gengiva + suff. *ite*.

Uloncía, *s. f.* (med.) tumefacção das gengivas. || De οὖλον gengiva + ὄγκος tumor + suff. *ia*.

Ulorrhagía, *s. f.* (med.) hemorrhagia pela mucosa gengival. || De οὖλον gengiva + ῥαγεῖν romper + suff. *ia*.

* **Ulotrícheas**, *s. f. pl.* (bot.) tribu de Algas. || De *Ulóthrix* — gen. typo (e este de ουλος basto, crespo + θρίξ cabello) + suff. *eas*.

Ulótricho, *adj.* (anthr.) que tem cabellos crespos. || De ουλότριχος (e este de οὖλος crespo, encarapinhado + θρίξ, τριχός cabello).

Úracho, *s. m.* (anat.) porção da allantóide, que atravessa o umbigo e se transforma depois em cordão ligamentoso. || De οὐραχός.

N. Fig. escreve — uraco —, e accentúa a penultima; nem uma nem outra cousa é acceitavel.

Urágo, *s. m.* (ant.) no antigo exercito grego, o commandante da retaguarda. || De οὐραγός (e este de οὐρά cauda + ἄγω conduzir).

Urânio, *s. m.* (chim.) corpo simples e metallico, isolado por Peligot. || De Urano (e este de οὐρανὸς céu) + suff. *io*.

Deriv. : *uranáto* (s. m.), *urânico* (adj.).

Uraniscoplastía, *s. f.* (med.) restauração do véu do paladar. || De οὐρανίσκος véu do paladar + πλάσσειν formar + suff. *ia*.

N. Tambem se diz *úranoplastía* (de ουρανός céu da bocca + πλάσσειν formar).

Úraniscósteoplastía, *s. f.* (med.) restauração da abobada palatina. || De οὐρανίσκος véu do paladar + ὀστέον osso + πλάσσειν formar + suff. *ia*.

N. Tambem se diz — *uranósteoplastía*.

Uraníto, *s. m.* (min.) phosphato de urânio e calcio. || De *urânio* (v. este vcb.) + suff. *ito*.

Úrano, *s. m.* (astr.) o sexto planeta principal do nosso systema. || De οὐρανὸς céu.

N. A quantidade grega demonstra que se deve corrigir a prosodia « Urâno » adoptada geralmente. E porque não fazê-lo, tractando-se de um vocabulo que só eruditos e scientistas empregam ?

* **Úranochalcíto**, *s. m.* (min.) sulfo-uranato hydratado de calcio e cobre. || De *urânio* (v. este vcb.) + χαλκὸς cobre + suff. *ito*.

* **Úranocircíto**, *s. m.* (min.)

urano-phosphato hydratado de baryo.||De *urânio* (v. este vcb.) + κίρκος annel, círculo + suff. *ito*.

Úranognosia, *s. f.* syn. de astronomia. || De οὐρανός céu + γνῶσις conhecimento + suff. *ia*.

Deriv.: *úranognóstico* (adj.).

Úranographía, *s. f.* descripção do céu. || De οὐρανός céu + γράφω descrevo + suff. *ia*.

Cogn.: *úranográphico* (adj.), *uranógrapho* (s. m.).

* **Uranólitho**, *s. m.* syn. de aerolitho. || De οὐρανός céu + λίθος pedra.

Úranología, *s. f.* estudo do céu. || De οὐρανός céu + λόγος tractado + suff. *ia*.

Cogn.: *úranológico* (adj.), *uranólogo* (s. m.).

Uranómetro, *s. m.* instrumento para medir as distâncias celestes. || De οὐρανός céu + μέτρον medida.

Deriv.: *úranometría* (s. f.), *úranométrico* (adj.).

* **Uranophânio**, *s. m.* (min.) silico-uranato hydratado de aluminio, calcio, magnesio e potassio. || De *urânio* (v. este vcb.) + φαίνεσθαι parecer + suff. *io*.

Úranoplastía. V. *uraniscoplastía*.

Uranorâma, *s. m.* globo movel, que serve para a exposição do systema planetario e do movimento dos astros. || De οὐρανός céu + ὅραμα vista.

Uranoscopía, *s. f.* syn. de astrologia. || De οὐρανός céu + σκοπέω examino + suff. *ia*.

* **Uranospherito**, *s. m.* (min.) oxydo hydratado de urânio e bismutho. || De *urânio* + *esphera* (v. estes vcbs.) + suff. *ito*.

* **Uranotantálio**, *s. m.* (min.) samarskito, niobotantalato de urânio, yttrio e ferro. ||

De *urânio* + *tantalio* (v. estes vcbs.).

Uréa, *s. f.* (chim.) substância azotada, crystallizavel, que se encontra na urina. || De οὖρον urina, por intermedio do francez *urée*.

N. Não ha razão para se preferir a forma *ureia*, que Fig. regista como melhor.

Deriv.: *uráto* (s. m.), *úrico* (adj.).

Uremía, *s. f.* (med.) accumulação de uréa no sangue. || De *uréa* (v. este vcb.) + αἷμα sangue + suff. *ia*.

Deriv.: *urêmico* (adj.).

* **Uréometro**, *s. m.* (med.) instrumento para medir a quantidade de uréa contida na urina. || De *uréa* (v. este vcb.) + μέτρον medida.

Deriv.: *uréometría* (s. f.), *uréométrico* (adj.).

* **Uréopoése**, *s. f.* (med.) producção de uréa. || De *uréa* (v. este vcb.) + ποίησις fabricação.

Deriv.: *uréopoético* (adj.).

Uretér, *s. m.* (anat.) canal membranoso, que conduz a urina do rim para a bexiga. || De οὐρητήρ, ῆρος (e este de οὖρον urina).

N. É vulgar no Brasil accentuar-se a última syllaba deste vcb., de accôrdo com o que a etymologia reclama. Todavia Fig. regista « uréter », que não julgamos acceitavel.

Deriv.: *uretérico* (adj.).

Uretéralgia, *s. f.* (med.) dôr no trajecto do uretér. || De *uretér* (v. esta pal.) + ἄλγος dôr + suff. *ia*.

Deriv.: *ureterálgico* (adj.).

* **Uretérectasía**, *s. f.* (med.) dilatação do uretér. || De *uretér* (v. esta pal.) + ἔκτασις dilatação + suff. *ia*.

* **Uretérectomía**, *s. f.* (med.) resecção do uretér. || De *uretér*

(v. este vcb.) + ἐκτομή resecção, ablação + suff. *ia*.

Uretéremphraxia, *s. f.* (med.) obstrucção do uretér. || De *uretér* (v. esta pal.) + ἔμφραξις obstrucção + suff. *ia*.

* **Uretér-enteróstomía,** *s. f.* (med.) aboccamento chirurgico do uretér no intestino. || De *uretér* + ἔντερον intestino + στόμα bocca + suff. *ia*.

Ureterite, *s. f.* (med.) inflammação dos uretéres. || De *uretér* (v. este vcb.) + suff. *ite*.

* **Uretéro-colostomía,** *s. f.* (med.) operação com que se practica a abertura do uretér para o cólo transverso. || De *uretér* + κῶλον cólo + στόμα bocca + suff. *ia*.

* **Uretéro-cýsto-neostomía,** *s. f.* (med.) creação de uma nova abertura do uretér para a bexiga (Bazy). || De *uretér* + κύστις bexiga + νέος novo + στόμα bocca + suff. *ia*.

Uretérolithíase, *s. f.* (med.) retenção de calculos nos uretéres. || De *uretér* + *lithíase* (v. estes vcbs.).

Deriv.: *uretérolithíaco* (adj.), e não « ureterolitico » como occorre em Fig.

* **Uretérophleg mático,** *adj.* (med.) que é causado por muco nos uretéres. || De *uretér* (v. este vcb.) + φλέγμα muco + suff. *ico*.

* **Uretéro-pýelo-neostomía,** *s. f.* (med.) aboccamento chirurgico do uretér no bacinete. || De *uretér* + πύελος bacinete + νέος novo + στόμα bocca + suff. *ia*.

* **Uretéropýico,** *adj.* (med.) causado pela presença de pus no uretér. || De *uretér* (v. este vcb.) + πύον pus + suff. *ico*.

* **Uretérorhaphía,** *s. f.* (med.) sutura de uma incisão feita no uretér. || De *uretér* + ῥαφή costura + suff. *ia*.

Uretérostomático, *adj.*

(med.) que tem relação com o orificio do uretér. || De *uretér* (v. este vcb.) + στόμα bocca + suff. *ico*.

Uretérotomía, *s. f.* (med.) incisão dos uretéres. || De *uretér* (v. este vcb.) + τομή corte + suff. *ia*.

Uréthra, *s. f.* (anat.) canal excretor da urina. || De οὐρήθρα (e este de οὐρεῖν urinar).

N. A graphia sem *h* não é etymologica.

Deriv.: *urethrál* e *uréthrico* (adjs.), *urethríte* (s. f.).

Uréthralgía, *s. f.* (med.) dôr na uréthra. || De *uréthra* (v. este vcb.) + ἄλγος dôr + suff. *ia*.

Deriv.: *urethrálgico* (adj.).

* **Urethréctomía,** *s. f.* (med.) resecção de uma porção da uréthra. || De *uréthra* + ἐκτομή corte + suff. *ia*.

Uréthrelmínthico, *adj.* (med.) que é causado pela presença de vermes na uréthra. || De *uréthra* (v. este vcb.) + ἕλμις, ἕλμινθος verme + suff. *ico*.

Urethríte, *s. f.* (med.) inflammação da mucosa da uréthra. || De *uréthra* (v. este vcb.) + suff. *ite*.

* **Uréthrocéle,** *s. f.* (med.) hernia vaginal da uréthra. || De *uréthra* + κήλη tumor, hernia.

* **Uréthrocystíte,** *s. f.* (med.) inflammação da uréthra, que se extende até á bexiga. || De *uréthra* + κύστις bexiga + suff. *ite*.

Uréthrocýstotomía, *s. f.* (med.) operação da talha pela uréthra. || De *uréthra* e *cýstotomía* (v. estes vebs.).

N. Fig. regista — urethrocystomia, — palavra mal formada e que não deve prevalecer.

Uréthrolíthico, *adj.* (med.) causado pela presença de calculos na uréthra. || De *uréthra*

URÉ — 593 — ÚRO

(v. esta pal.) + λίθος pedra + suff. *ico*.

Uréthrophraxia, *s. f.* (med.) obstrucção da uréthra. || De *uréthra* (v. esta pal.) + φράσσειν obstruir + suff. *ia*.

Uréthroplastia, *s. f.* (med.) operação que tem por fim reparar uma parte da substância da uréthra. || De *uréthra* (v. este vcb.) + πλάσσειν formar + suff. *ia*.

N. Fig. regista « urethroplástica »; mas não ha razão para que este derivado de πλάσσω tenha desinencia diversa da dos seus congeneres.

Uréthropýico, *adj.* (med.) produzido por pus na uréthra. || De *uréthra* (v. este vcb.) + πύον pus + suff. *ico*.

N. « Urethrópyco », dado por Fig., é evidentemente mal formado.

Uréthrorrhagía, *s. f.* (med.) hemorrhagia pela uréthra. || De *uréthra* (v. este vcb.) + ῥαγεῖν romper + suff. *ia*.

Deriv.: uréthrorrhágico (adj.).

Uréthrorrhaphía, *s. f.* (med.) sutura na urethra || De *uréthra* (v. este vcb.) + ῥαφή costura + suff. *ia*.

Uréthrorrhéa, *s. f.* (med.) corrimento pela uréthra. || De *uréthra* (v. este vcb.) + ῥεῖν correr.

N. Formado á similhança de *diarrhea, leucorrhea*, etc., não se justifica a desinencia *eia*, que lhe empresta Fig.

Uréthroscópio, *s. m.* (med.) instrumento para examinar o interior da uréthra. || De *uréthra* (v. este vcb.) + σκοπεῖν examinar + suff. *io*.

Deriv.: uréthroscópico (adj.), *uréthroscopía* (s. f.).

* **Uréthrostenóse,** *s. f.* (med.) estreitamento da uréthra. || De *uréthra* (v. este + vcb). στένωσις aperto, estreitamento.

N. Melhor do que « urethrostenía ».

Deriv.: uréthrostenótico (adj.).

Uréthrostomía,s. f.* (med.) creação chirurgica duma fistula permanente, que communique a uréthra com o perinéo (Poncet e Delore). || De *urethra* + στόμα bocca, abertura + suff. *ia*.

Urethrótomo, *s. m.* (med.) instrumento para fazer incisões na urethra. || De *urethra* (v. este vcb.) + τομή corte.

Deriv.: uréthrotomía (s. f.)

* **Urhidróse,** *s. f.* (med.) suor urinoso. || De οὖρον urina + ἱδρώς suor + suff. *óse*.

Uricemía, *s. f.* (med.) presença de acido urico no sangue || De *urico* (v. *uréa*) + αἷμα sangue + *ia*.

Urina, *s. f.* líquido excrementicio segregado pelos rins, donde corre pelos uretéres para a bexiga. || De ουρον.

Deriv.: urinár (v.), *urinário* (adj.), *urinól* (s. m.), *urinóso* (adj.).

Urocéle, *s. f.* (med.) tumor formado pela infiltração da urina no escroto. || De οὖρον urina + κήλη tumor.

N. Fig. accentúa mal a antepenultima.

* **Urocéridas,** *s. m. pl.* (zool.) familia de Hymenopteros Phytophagos. || De ουρά cauda + κέρας corno, ponta + suff. *idas*.

Úrochezía, *s. f.* (med.) diarrhea urinosa (Larousse). || De οὖρον urina + χέζειν evacuar + suff. *ia*.

Úrochrômio, *s. m.* (physiol.) materia corante da urina. || De ουρον urina + χρῶμα côr + suff. *io*.

N. Fig regista « uróchromo », evidentemente mal accentuado; quanto á desinencia *io*, é de bom aviso dá-la aos substantivos derivados desta e doutras raizes, reservando-se a terminação o para os adjectivos.

Urocrísia, *s. f.* (med.) juizo feito pelo exame das urinas. || De οὖρον urina + κρίσις juizo + suff. *ia*.
Cogn.: *urocritico* (adj.).

Urocyanína, *s. f.* (med.) materia azulada que se encontra em certas urinas. || De οὖρον urina + κυανός azul + suff. *ina*.
Cogn.: *urocyanóse* (s. f.).

Urodélos, *s. m. pl.* (zool.) uma ordem de Batrachios, cuja cauda é persistente. || De οὐρά cauda + δῆλος patente, claro.

Urodiályse, *s. f.* (med.) suppressão da urina. || De οὖρον urina + διάλυσις cessação.
N. Em Fig lê-se — urodyálise; — mas ahi ha manifesto lapso typographico.

***Urodieretér**, *s. m.* (med.) apparelho para colher separadamente a urina de cada rim (Luys). || De οὖρον urina + διαιρετήρ que separa (de διαιρεῖν separar).

Urodrimía, *s. f.* (med.) acrimonia da urina. || De οὖρον urina + δριμύς acre + suff. *ia*.

Urodynía, *s. f.* (med.) dôr sentida quando se urina. || De οὖρον urina + ὀδύνη dôr + suff. *ia*.
N. Bem accentuado por Fig.

Uroërythrína, *s. f.* materia corante, vermelha, derivada do urochromio. || De οὖρον urina + ἐρυθρός vermelho + suff. *ina*.

***Uróide**, *adj.* que tem forma de cauda. || De οὐρά cauda + εἶδος forma.

***Urólitho**, *s. m.* (med.) cálculo urinario. || De οὖρον urina + λίθος pedra.

Urología, *s. f.* (med.) tractado da urina. || De οὖρον urina + λόγος tractado + suff. *ia*.

Deriv.: *urológico* (adj.).

Uromancía, *s. f.* pretendida arte de adivinhar as molestias pela inspecção da urina. || De οὖρον urina + μαντεία adivinhação.

Uromelanína, *s. f.* principio, que se encontra em algumas urinas. || De οὖρον urina + μέλας, ανος negro + suff. *ina*.

Urómelo, *adj.* (terat.) diz-se do monstro, cujos membros abdominaes se reunem num só e terminam por um pé. || De οὐρά cauda + μέλος membro.
Deriv.: *uromelía* (s. f.).

Urómetro, *s. m.* (med.) areometro com que se mede o pêzo especifico da urina. || De οὖρον urina + μέτρον medida.
Deriv.: *urometría* (s. f.).

***Uronephróse**, *s. f.* (med.) retenção de urina no rim e no bacinete (Kuster). || De οὖρον urina + νεφρός rim + suff. *óse*.

***Uropéltidas**, *s. m. pl.* (zool.) familia de Ophidios Colubriformes. || Do gen. *Uropeltis* (e este de οὐρά cauda + πέλτη dardo) + suff. *idas*.

***Uropittína**, *s. f.* substância que se encontra em certas urinas. || De οὖρον urina + πίττα pêz + suff. *ina*.

Uroplanía, *s. f.* (med.) desvio da urina para outra parte do corpo, onde ella é anomala. || De οὖρον urina + πλανάω perco o caminho, vagueio + suff. *ia*.

Uropoése, *s. f.* (physiol.) producção da urina. || De οὖρον urina + ποιεῖν fazer.
N. Formado á feição de *hemopoése*.
Deriv.: *uropoético* (adj.).

***Uropriste**, *adj.* (zool.) diz-se de alguns insectos, cujo abdome termina por um trado com forma de serra. || De οὐρά cauda + πρίστις, εως serra.

Uropýgio, s. m. (zool.) saliencia triangular sôbre as vertebras inferiores das aves, e da qual na cem as pennas da cauda. || Pelo lat. scient. *uropygium*, de ούρά cauda + πυγή nadega, trazeiro.'

Deriv. : uropýgico (adj.).

*Uropýonephróse, s. f. (med.) distensão do bacinete por urina purulenta (Guyon). || De ούρον urina + πύον pus + εφρός rim + suff. óse.

Úrorrhagia, s. f. (med.) hemorrhagia pelas vias urinarias. || De ούρον urina + ραγείν romper.

N. Nome improprio. V. *hematuria*.

Urorrhéa, s. f. (med.) syn. de polyuria. || De ούρον urina + ρείν correr.

*Uróscheocéle, s. f. (med.) infiltração urinosa do escroto. || De ουρον urina + όσχεος escroto + κήλη tumor.

Úroscopia, s. f. (med.) exame das urinas. || De ούρον urina + σκοπείν examinar + suff. *ia*.

Deriv. : uroscópico (adj.).

Úrosemiologia, s. f. (med) tractado dos symptomas das molestias urinarias. || De ούρον urina + *semiologia* (v. esta pal.).

Úrosteálitho, s. m. (med.) cálculo formado de uma substância gordurosa (Haller). || De ούρον urina + στέαρ gordura + λίθος pedra.

*Urotóxia, s. f. (med.) quantidade de urina que, injectada nas veias de um coelho, é capaz de matar um kilogramma de materia viva. || De ούρον urina + τοξικόν veneno + suff. *ia*.

Deriv. : urotóxico (adj.).

Uteralgia, s. f. (med.) o mesmo que *metralgia*.

N. Vcb. hybrido, que deve ser desprezado.

Uteromania, s. f. (med.) o mesmo que *nymphomania*.

N. Vcb. hybrido e excusado.

Uterorrhagia, s. f. (med.) syn. de *metrorrhagia*.

N. Vcb. hybrido e excusado.

Uteroscópio, s. m. (med.) syn. de *metroscópio*.

N. Vcb. hybrido e excusado.

Uterotomia, s. f. (med.) o mesmo que *hysterotomia* e *metrotomia*.

N. Vcb. hybrido e excusado.

Utopia, s. f. paiz imaginario em que tudo está organizado da melhor forma ; ideal irrealizavel; phantasia. || De ου não + τόπος logar.

Deriv. : utópico (adj.), *utopista* (s. m.).

V

Velodrómio, *s. m.* terreno ou circo, em que se fazem corridas de velocipedes. || De *velo* (elemento latino da palavra velocipede) + δρόμος carreira + desin. *io*.
N. Vcb. hybrido, e que talvez pudesse ser substituido por *tachydrómio*.
Fig. dá-lhe a forma *velódromo* que é menos boa.

Verascópio, *s. m.* moderno apparelho photographico, que tem o aspecto de um binoculo de theatro e as vantagens do estereoscópio (Fig.). || Do lat. *verus* verdadeiro + σκοπεῖν vêr, examinar + desin. *io*.
N. Tambem vcb. hybrido, e que poderia ser substituido por *alethoscópio*.

Véspera, *s. f.* a tarde, o dia precedente. || Pelo lat. *vesper*, vem de ἑσπέρα tarde.
Deriv. : *vesperál* (adj.), *vespérias* (s. f. pl.), *vespertíno* (adj.).

X

*Xanthamýlico, *adj.*(chim.) Acido —, líquido amarellado produzido pela reacção do acido sulfo-carbonico sôbre uma solução de potassa em alcool amýlico. || De ξανθός amarello + *amýlico* (v. este vcb.).

Xanthelásma, *s. m.* (med.) formação de pequenas placas amarelladas na pelle. || De ξανθός amarello + ἔλασμα placa metallica.
N. Fig. regista como synonymos *œantheloma* e *œanthoma*, formas ambas condemnaveis; a desin. *oma* applica-se particularmente a tumores e para isso se deve reservar.

*Xanthematina, *s. f.*(chim. biol.) substância amarella derivada da hematosina. || De ξανθός amarello + αἷμα, αἵματος sangue + suff. *ina.*

Xanthína, *s. f.* (chim.) substância corante amarella das flôres. || De ξανθός amarello + suff. *ina.*

Deriv.: *œánthico* (adj.).

* Xanthiosito, *s. m.* (min.) arseniato de niobio. || De ξανθός amarello + suff. *ito.*

* Xanthito, *s. m.*(min.) var. de idocrasio. || De ξανθός amarello + suff. *ito.*

*Xánthoarsenito, *s. m.* (min.) arseniato hydratado de manganez. || De ξανθός amarello + *arsenito.*

* Xánthochromía, *s. f.* (med.) côr amarellada da pelle, devida, não á ictericia, mas á generalização do xanthelásma (Besnier). || De ξανθός amarello + χρῶμα côr + suff. *ia.*

* Xánthoconito, *s. m.* (min.) var. de arsenio-sulfureto de prata. || De ξανθός amarello + κόνις pó + suff. *ito.*

* Xánthocystina, *s f.*(med.) composto achado em tuberculos esbranquiçados (Chevalier e Lassaigne). De ξανθός amarello + κύστις vesicula + suff. *ina.*

*Xánthodermía, *s. f.*(med.) sub-ictericia localizada em certos pônctos dos tegumentos. || De ξανθός amarello + δέρμα pelle + suff. *ia.*

* Xanthogénio, *s. m.* (bot.) substância muito commum nas flôres e que os alcalis coram de amarello (Filhol). || De ξανθός amarello + γένος geração + desin. *io.*

*Xántholeucito, *s. m.* (bot.) leucíto corado pela xanthophylla. || De ξανθός amarello + *leucito* (v. este vcb.).

* Xanthólitho, *s. m.* (min.) estaurotide com calcio e magnesio. || De ξανθός amarello + λίθος pedra.

Xanthophýlla, *s. f.* (bot.) materia corante amarella, que se desenvolve nas folhas das plantas em certas estações. || De ξανθός amarello + φύλλον folha.

*Xánthophyllito, *s. m.*

(miner.) silicato hydratado de aluminio e calcio com pequena porção de magnesio. || De ξανθός amarello + φύλλον folha + suff. *ito*.

Xánthopicríta, *s. f.* (chim.) substância amarella, de sabor amargo, que se extrahe do freixo espinhoso (Chevalier). || De ξανθός amarello + πικρός amargo + suff. *ita*.

N. É preferivel esta forma a *xanthopicrito*, que Fig. consigna; já o italiano e o hispanhol adoptaram a desin. *ita*. O suff. *ito* é proprio de nomes de especies mineraes e de alguns compostos chimicos.

Xánthoprotéico, *adj.* (chim.) diz-se do acido formado pela reacção do acido azotico sôbre as substâncias albuminoides. || De ξανθός amarello + *protéico* (v. este vcb.).

Xanthopsía, *s. f.* (med.) perturbação da visão, que consiste em vêr os objectos corados de amarello. || De ξανθός amarello + ὄψις visão + suff. *ia*.

N. Fig. accentúa *xanthópsia*, mas não é acceitavel o alvitre.

* **Xánthopyríto**, *s. m.* (min.) syn. de pyríto. || De ξανθός amarello + *pyríto* (v. este vcb.).

* **Xanthorthíto**, *s. m.* (min.) alt. de orthito. || De ξανθός amarello + *orthíto* (v. este vcb.).

Xanthóse, *s. f.* (chim.) substância amarella que se encontra em manchas irregulares em tumores. || De ξανθός amarello + suff. *óse*.

* **Xánthosideríto**, *s. m.* (min.) var. de limonito. || De ξανθός amarello + σίδηρος ferro + suff. *ito*.

Xanthoxýleas, *s. f. pl.* (bot.) familia da ordem das Rutaceas, que tem por typo o gen. *Xanthóxylum*. || De ξανθός amarello + ξύλον madeira + suff. *eas*.

N. Por inadvertencia figura nos livros de Botanica a graphia *Zanthoxylum*, e d'ahi *Zanthoxýleas*; mas é êrro este, que cumpre corrigir.

* **Xánthoxylênio**, *s. m.* (chim.) carboneto de hydrogenio ($C^{20}H^{16}$). || De ξανθός amarello + ξύλον madeira, pau + suff. *ênio*.

Cogn. : *xanthoxylína* (s. f.).

Xenelasía, *s. f.* banimento ou interdicção da entrada de extrangeiros em um paiz. || De ξενηλασία (e este formado de ξένος extrangeiro + ἐλαύνω repillo).

N. Contra as regras de analogia Fig. accentúa *xenelásia*.

Xênios, *s. m. pl.* presentes que os Gregos davam aos seus hospedes. || De ξένια (τὰ), e este de ξένος hospede.

N. Fig., registando o vocabulo, dá-lhe a forma feminina *xenia*; mas as regras usuaes de derivação mandam preferir a que propomos.

* **Xenólitho**, *s. m.* (min.) var. de sillimanito (silicato de aluminio — $Al^{13}Si^9O^{12}$). || De ξένος extranho + λίθος pedra.

Xénomanía, *s. f.* paixão por tudo que é extrangeiro. || De ξένος extrangeiro + μανία loucura.

Deriv. : *xenomaniaco*.

* **Xénomenía**, *s. f.* (med.) syn. de *menoxenia* (v. este vcb.).

* **Xenônio**, *s. m.* (chim.) um dos novos gazes achados no ar; descobriram-no — Ramsay e Travers. || De ξενός extranho, extraordinario + suff. *io*.

N. Neste vcb., como em *argônio*, *cryptônio* e *neônio*, o suff. *io* é accrescentado á forma neutra do adjectivo grego, si bem que este processo se afaste da regra geral de formação.

* **Xénophonia**, *s. f.* (med.) perturbação da voz, que adquire um tom extranho. || De ξενός extraordinario + φωνή voz + suff. *ia*.

* **Xenotimio**, *s. m.* (min.) phosphato duplo de yttrio e cerio natural. || De ξένος extraordinario + τιμή honra + suff. *io*.
  N. Á feição de outros nomes de especies mineraes, é preferivel esta forma a *xenotimo*; *xenótimo* (proparoxytono) nunca, porque a primeira syllaba de τιμή é longa.

* **Xérodermia**, *s. f.* (med.) syn. de ichthyose. || De ξηρός sêcco + δέρμα pelle + suff. *ia*.

Xérophagia, *s. f.* uso exclusivo de alimentos seccos. || De ξηρός sêcco + φαγεῖν comer + suff. *ia*.
  Cogn. : *xeróphago*.

* **Xeróphilo**, *adj.* (bot.) diz-se das plantas, que preferem logares seccos. || De ξηρός sêcco + φίλος amigo.

Xérophthalmia, *s. f.* (med.) estado de seccura e retracção da conjunctiva ocular, que traz as mais das vezes opacidade da cornea e perda da visão. || De ξηρός sêcco + *ophthalmia* (v. este vcb.).

Xeróse, *s. f.* (med.) estado pathologico senil, characterizado por uma proliferação generalizada e regular do tecido conjunctivo. || De ξηρός sêcco, duro + suff. *óse*.

* **Xeróteas**, *s. f. pl.* (bot.) tribu de Juncaceas. || Do gen. *Xerotes* (e este de ξηρός sêcco, magro) + suff. *eas*.

* **Xiphodônte**, *s. m.* (paleont.) mammal fossil da ordem dos Artiodáctylos, e que se encontra no eocêno. || De ξίφος espada + ὀδούς, ὄντος dente.

Xiphódymo, *s. m.* (terat.) monstro composto de dous corpos distinctos superiormente, mas cujo tronco se confunde na parte inferior. || De *xiphóide* (v. este vcb.) + δίδυμος gemeo.
  N. A quantidade da raiz grega condemna a accentuação paroxytona, que Fig. regista.

Xiphóide, *adj.* (anat.) diz-se do appendice, que remata inferiormente o esterno. || De ξιφοειδή; que tem forma de espada (composto de ξίφος espada + εἶδος forma).
  Deriv. : *xiphóideo* (adj.) — forma preferivel a « xiphoidêu ».

* **Xiphonito**, *s. m.* (min.) var. de amphibolio. || De ξίφος (?) espada + suff. *ito*.

Xiphópago, *adj.* e *s. m.* (terat.) monstro resultante da união de dous individuos desde o appendice xiphóide até ao umbigo. || De *xiphóide* (v. este vcb.) + παγείς unido.

* **Xiphosúros**, *s. m. pl.* (zool.) ordem de Arthropodes Gigantostraceos; animaes de abdome achatado com um aguilhão caudal movel e ensiforme. || De ξίφος espada + οὐρά cauda.

* **Xylarineas**, *s. f. pl.* (bot.) tribu dos Cogumelos Pyrenomycetes. || Do gen. typo *Xylaria* (e este de ξυλάριον pedacinho de pau) + suff. *ineas*.

Xylênio, *s. m.* (chim.) carboneto de hydrogenio ($C^{16}H^{10}$) tirado do espirito de madeira. || De ξύλον madeira + suff. *ênio*.
  Cogn. : *xylidina* (s. f.), *xylita* (s. f.), *xylónico* (adj.) e *xylóse* (s. f.).

* **Xylito**, *s. m.* (min.) var. de xylotilio. || De ξύλον madeira + suff. *ito*.

* **Xylochlóro**, *s. m.* (min.) var. de apophyllito. || De ξύλον madeira + χλωρός verdoengo.

Xylócopa, *s. f.* (zool.) genero de Hymenopteros, da fam. dos Apidas; é uma abelha que cava extensas galerias nos troncos velhos. || De ξύλον madeira + κόπτω córto.

*Xýlocryptito, s. m. (min.) var. de scheererito (cera fossil). || De ξύλον madeira + κρύπτειν esconder + suff. ito.

Xylogênio, s. m. (bot.) substância que se encontra na parede das cellulas vegetaes e determina a sua rigidez. || De ξύλον madeira, lenho + γένος geração + suff. io.

Xylóglypho, s. m. esculptor em madeira. || De ξυλογλύφος (e este de ξύλον madeira + γλύφειν esculpir).
N. A quantidade da raiz grega está indicando por que se não deve acceitar a accentuação « xyloglypho » (paroxytono), que Fig. consigna.
Deriv.: xyloglyphía (s. f.), xyloglýphico (adj.).

Xylógrapho, s. m. gravador em madeira. || De ξύλον madeira + γράφω desenho.
Deriv.: xylographía (s. f.), xylográphico (adj.).

Xylóide, adj. que tem aspecto de madeira. || De ξύλον madeira + εἶδος forma.

Xylólatra, s. m. adorador de idolos de madeira. || De ξύλον madeira + λατρεύω adoro.
Deriv.: xylolatría (s. f.), xylolátrico (adj.).

*Xylólitho, s. m. composto de serragem e dum cimento chimico magnesiano, para forrar paredes e assoalhos. || De ξύλον madeira + λίθος pedra.

Xýlología, s. f. (bot.) tractado das madeiras. || De ξύλον madeira + λόγος tractado, discurso + suff. ia.
Deriv.: xylológico (adj.).

Xýlomancía, s. f. (ant.) adivinhação por meio dos pedaços de madeira; que se encontravam pelo caminho. || De ξύλον madeira + μαντεία adivinhação.

N. Quanto á prosodia, v. aeromancía.

Xylómyce, adj. (bot.) diz-se dos cogumelos, que crescem sôbre paus. || De ξύλον pau, madeira + μύκης cogumelo.
N. A quantidade da raiz grega condemna a prosodia — xylomyce — (paroxytono) dada por Fig.

Xylóphagos, adj. e s. m. pl. (zool.) diz-se de animaes, e particularmente dos Insectos Coleopteros, que corroem a madeira e servem-se della como alimento. || De ξύλον adeira + φαγεῖν comer.
Cogn.: xylopágidas (s. m. pl.) — fam. de Dipteros.

Xylophônio, s. m. (mus.) instrumento composto de uma lâmina de madeira sustentada por fios de seda e que se toca com um martellinho de pau. || De ξύλον madeira + φωνή som + suff. io.

Xylophória, s. f. (ant.) festa em que os sacerdotes hebreus levavam a lenha para os sacrificios. || De ξυλοφόριος (sc. ἑορτή — festa), e este de ξύλον lenha + φέρω levo, carrego.

*Xylorhetina, s. f. (min.) resina fossil. || De ξύλον madeira + ῥητίνη resina.

*Xylóse, s. f. (chim.) açucar tirado da madeira ($C^5H^{10}O^5$). || De ξύλον madeira + suff. óse.

*Xylotrógos, s. m. pl. (zool.) nome dado a uma tribu de Coleopteros, que corroem a madeira. || De ξύλον madeira + τρώγω como, devoro.

Xyridáceas, s. f. pl. (bot.) ordem de plantas monocotyledones, que tem por typo o gen. Xyris. || De ξυρίς, ίδος gladiolo, iris + suff. áceas.

*Xystárcha, s. m. (ant.) official que superentendia ao xysto. || De ξυστάρχης (e este de ξυστόν xysto + ἄρχω governo, dirijo).

Xýsto, *s. m.* (ant.) galeria coberta, onde palestravam os philosophos gregos, e os athletas faziam seus exercicios. || De ξυστόν.
Deriv.: *œýstico* (adj.).

* **Xystóphoro,** *s. m.* (ant.) soldado persa armado de lança. || De ξυστοφόρος (e este de ξυστόν lança + φέρω levo, carrego).

Xystrópodes, *s. f. pl.* (zool.) nome dado a uma divisão da classe das Aves, que comprehendia as Gallinaceas e as Columbinas. || De ξύστρα escova + πούς, ποδὸς pé.
N. Como a todos os congeneres derivados de πούς, deve dar-se a este a desinencia *es* e não *os*.

Z

Zanthoxýleas, s. f. pl. (bot.) — V. *xanthoxýleas*.

* **Zeína,** s. f. (chim.) substância extrahida da farinha de milho. || De *Zea* — genero botanico do milho — (e este de ζεά especie de trigo) + suff. *ina*. Cogn.: *zeísmo*.

Zêlo, s. m. dedicação ardente, cuidado, etc. || Pelo lat. *zelus*, de ζῆλος emulação, ardor, fervor (e este de ζέω fervo).
Deriv.: *zelôso* (adj.), *zelár* (v.), *zelóte* (adj.), *zeladôr* (s. m.).

Zélotypía, s. f. (med.) monomania religiosa; tambem — mania de perseguição. || De ζηλοτυπία ciume.
N. Vocabulo mal formado e que já se não usa.

Zeólithos, s. m. pl. (miner.) familia de silicatos naturaes hydratados e quasi todos aluminosos, que se entumescem e fervem quando expostos á chamma do maçarico. || De ζέω fervo + λίθος pedra.

Zeóphago, adj. que se alimenta de milho. || De *Zea* (gen. do milho), e este de ζεά cereal + φαγεῖν comer.

* **Zeoscópio,** s. m. (chim.) apparelho para determinar, por meio da ebulição, a quantidade de alcool contida num líquido. || De ζέω fervo + σκοπεῖν examinar + suff. *io*.

Zéphyro, s. m. vento suave e fresco; aragem. || De ζέφυρος.

Zetacísmo, s. m. vício na pronúncia do z. || De ζῆτα nome da lettra grega ζ, que corresponde ao z latino + suff. *ísmo*.

Zetética, s. f. (phil.) methodo de investigação. || De ζητητικός que diz respeito á investigação (de ζητεῖν procurar, investigar).
Cogn.: *zetéticos* (s. m. pl.).

* **Zeugíta,** s. m. (ant.) o que em Athenas tinha a renda annual de 200 medimnos: 3ª classe de cidadãos, estabelecida por Solão. || De ζευγίτης (deriv. de ζεῦγος juncta de bois).

* **Zeugíto,** s. m. (min.) pseudomorphose de brucito (oxydo hydratado de magnesio). || De ζεῦγος parelha + suff. *íto*.

Zêugma, s. m. (gramm.) figura de syntaxe, pela qual o mesmo verbo serve a varios sujeitos. || De ζεῦγμα, ατος (e este de ζεύγνυμι ligo, uno).
N. Os diccionarios dão-lhe o genero feminino; mas a regra geral faz masculinos os vocabulos derivados de substantivos gregos neutros terminados em μα. Sendo a palavra de origem erudita, é facil corrigir o êrro e devemos fazê-lo.

* **Zeugobránchios,** s. m. pl. (zool.) sub-ordem de Gastropodes Prosobranchios. || De ζεῦγος par, canga + *bránchia* (v. este vcb.).

Zizýphico, adj. (chim.) diz-se dum acido extrahido da jujuba. || De ζίζυφος jujuba + suff. *ico*.

* **Zoamylía**, *s. f.* (med.) funcção glycogenica. || De ζῶον animal + ἄμυλον farinha, amido + suff. *ia*.
   Cogn.: *zoamylína* (s. f.).

* **Zoamýlio**, *s. m.* (zool.) nome dado a uma substância amylacea, que se encontra no endoplasma dos Gregarinios. || De ζῶον animal + ἄμυλον farinha + suff. *io*.

Zoanthários, *s. m. pl.* (zool.) ordem de Celenterados, a que pertencem as actinias, madreporas, etc. || De ζῶον animal + ἄνθος flôr + suff. *ários*.

Zoanthropía, *s. f.* (med.) mania em que o doente se julga transformado em animal. || De ζῶον animal + ἄνθρωπος homem + suff. *ia*.

Zodíaco, *s. m.* (astr.) zona celeste, que gyra em tôrno do céu parallelamente á ecliptica. || De ζωδιακός (e este de ζῴδιον animalculo).
   Deriv.: *zodiacál* (adj.).

* **Zóe**, *s. f.* (zool.) segundo estadio da larva dos Crustaceos Decapodes. || Provavelmente de ζωή vida.

Zoécia, *s. f.* (zool.) habitação de polypos. || De ζῶον animal + οἰκία casa.
   N. Fig., em cujo Dicc. encontramos este vocabulo, accentúa *zoecía*; é este porêm o caso de se fazer breve a terminação *ia*.

* **Zóico**, *adj.* que diz respeito ao animal ou á vida animal. || De ζωϊκός (e este de ζωή vida).

* **Zoïdiógamos**, *s. m. pl.* (bot.) diz-se dos Cryptogamos vasculares, em opposição a Siphonógamos (nome dado por alguns aos Phanerogamos). || De ζωίδιον animalculo + γάμος casamento, fecundação.

Zôilo, *s. m.* mau crítico, crítico invejoso e detractor. || De Ζωΐλος — Zoilo, o crítico grego.

Zoísmo, *s. m.* conjuncto dos phenomenos da vida animal || De ζωή vida + suff. *ismo*.

* **Zomidína**, *s. f.* (chim.) substáncia parda, insoluvel no alcool, que se tira do extracto de carne. || De ζωμίδιον — diminutivo de ζωμός caldo, succo + suff. *ina*.

* **Zómotherapía**, *s. f.* (med.) methodo de tractamento por meio da carne crua (Richet). || De ζωμός caldo, succo + θεραπεία cura.
   Deriv.: *zomotherápico* (adj.).

Zôna, *s. f.* cincta, faixa, parte da superficie de uma esphera, etc.— (Med.) molestia characterizada por uma erupção vesicular disposta em grupos e no trajecto dos nêrvos da sensibilidade. || De ζώνη cincta.
   Deriv.: *zonádo* (adj.), *zónula* (s. f.).

Zoóbio, *adj.* que vive dentro do corpo dos animaes. || De ζῶον animal + βίος vida.

Zóobiología, *s. f.* sciencia da vida animal. || De ζῶον animal + *biología* (v. este vcb.).

* **Zoocárpeas**, *s. f. pl.* (bot.) tribu das Algas. || De ζῶον animal + καρπός fructo + suff. *eas*.

Zóochimica, *s. f.* chímica animal. || De ζῶον animal + *chímica* (v. este vcb.).
   Cogn.: *zóochimico* (adj.).

Zóochorographía, *s. f.* descripção dos animaes de determinada região. || De ζῶον animal + *chorographía* (v. este vcb.).
   Deriv.: *zóochorográphico* (adj.).

* **Zóochresía**, *s. f.* sciencia que tracta da criação e do aproveitamento dos animaes (Ampère). || De ζῶον animal + χρῆσις uso, emprêgo + suff. *ia*.
   Deriv.: *zóochréstico* (adj.).

Zóococcína, *s. f.* (chim). substância animal, que se extrahe do quermes. || De ζῶον animal + κόκκος quermes + suff. *ina*.

Zooéthica, *s. f.* tractado ácêrca dos costumes dos animaes. || De ζῶον animal + *éthica* (v. este vcb.).

Zóogenía, *s. f.* geração dos animaes. || De ζῶον animal + γένος geração + suff. *ia*.
Deriv.: *zóogênico* (adj.).

Zóogênio, *s. m.* substância viscosa que se encontra nas aguas thermaes. || De ζῶον animal + γένος geração + suff. *io*.

Zóogeographía, *s. f.* geographía zoologica. || De ζῶον animal + *geographia* (v. este vcb.).
Deriv.: *zóogeográphico* (adj.).

*****Zoogléa**, *s. f.* massa formada por colonias de microorganismos. || De ζῶον animal + γλοιά colla, grude.
N. A denominação é impropria, como bem adverte Littré. Não seria preferivel chamá-la *biogléa*?

Zóoglyphítes, *s. m.* (geol.) impressão deixada por um animal fossil. || De ζῶον animal + γλύφειν gravar + suff. *ites*.
N. A desinencia *ite* e o gen. feminino, dados por Fig., não respeitam a lei de analogia.

Zoographía, *s. f.* (zool.) parte da Zoologia, que tracta da descripção dos animaes. || De ζῶον animal + γράφειν descrever + suff. *ia*.
Cogn.: *zoographár* (v.), *zóográphico* (adj), *zoógrapho* (s. m.).

Zóohematína, *s. f.* (biol.) materia corante vermelha dos globulos sanguineos. || De ζῶον animal + *hematina* (v. este vcb.).
N. Fig. regista *zooematina* (sem *h*), graphia que é menos boa.

Zooiátro, *s. m.* veterinario. || De ζῶον animal + ἰατρός médico.
N. Quanto á desinencia *o*, v. o art. *psychiátro*. Seria preferivel dizer-se *zooniátro*, para evitar o concurso das quatro vogaes *ooia*.
Deriv.: *zóoïatría* (s. f.), *zóoïátrico* (adj).

Zoóide, *adj.* que tem aspecto de animal. || De ζῶον animal + εἶδος forma, similhança.

Zoólatra, *s. m.* o que adora animaes. || De ζῶον animal + λατρεύω adoro.
Deriv.: *zóolatría* (s. f.), *zoolátrico* (adj.).

Zóolithífero, (adj.). V. *zóolithóphoro*.

Zoólitho, *s. m.* parte de um animal petrificado. || De ζῶον animal + λίθος pedra.
Deriv.: *zoolithico* (adj.).

*****Zóolithóphoro**, *adj.* que contém restos de animaes fosseis. || De *zoólitho* (v. este vcb.) + φορός que carrega.
N. É vocabulo que propomos para substituir o hybrido — *zoolithifero* — registado por Fig. e tirado do francez — *zoolithifère*.

Zoología, *s. f.* parte da História natural, que tracta dos animaes. || De ζῶον animal + λόγος tractado + suff. *ia*.
Cogn.: *zoólogo* (s. m.), *zoológico* (adj.).

Zóomagnetísmo, *s. m.* (biol.) magnetismo animal. || De ζῶον animal + *magnetismo* (v. este vcb.).
Deriv.: *zóomagnético* (adj.).

*****Zóomanía**, *s. f.* (med.) amor excessivo e morbido aos animaes. || De ζῶον animal + μανία loucura.

Zóomorphía, *s. f.* descripção da parte externa dos ani-

maes. || De ζῶον animal + μορφή forma + suff. *ia*.
Deriv. : zóomórphico (adj.).
Zóomorphismo, *s. m.* culto religioso, que dá ás divindades a forma de animaes. || De ζῶον animal + μορφή forma + suff. *ismo*.

Zoomýias, *s. f. pl.* (zool.) antiga divisão da tribu dos Dipteros Muscidas. || De ζῶον animal + μυῖα mosca.

Zoônico, *adj.* (chim.) diz-se de um acido extrahido de substâncias animaes. || De ζῶον animal + suff. *ico*.
Deriv. : zoonáto (s. m.).

Zoonito, *s. m.* (zool.) cada um dos seres parciaes ou fragmentos, que constituem um animal composto. || De ζῶον animal + suff. *ito*.
Deriv. : zoonitádos (s. m. pl.).

Zóonomía, *s. f.* conjuncto das leis, que regem a organização animal. || De ζῶον animal + νόμος lei + suff. *ia*.
Deriv. : zoonómico (adj.), *zoónomo* (s. m.).

Zóonosologia, *s. f.* pathologia animal. || De ζῶον animal + *nosología* (v. este vcb.).
Deriv. : zóonosológico (adj.).

Zóoparasito, *s. m.* parasito dos animaes. || De ζῶον animal + *parasito* (v. este vcb.).

* Zóopedia, *s. f.* educação dos animaes domesticos. || De ζῶον animal + παιδεία educação.

Zoóphago, *adj.* que se alimenta de substâncias animaes. || De ζῶον animal + φαγεῖν comer.
Deriv. : zoophagia (s. f.), *zoóphágico* (adj.).

Zoóphilo, *adj.* que gosta de animaes. || De ζῶον animal + φίλος amigo.
Deriv. : zoophilia (s. f.).

Zóophobia, *s. f.* medo morbido de animaes. || De ζῶον animal + φόβος medo + suff. *ia*.
Cogn. : zoóphobo (s. m.).

Zoóphoro, *s. m.* (archit.) parte da architrave ornada de figuras de animaes. || De ζωοφόρος (e este de ζῶον animal + φέρω carrego).
Deriv. : zoophórico (adj.).

Zoóphytanthráceo, *adj.* (miner.) diz-se de carvões mineraes formados pela mixtura de restos animaes e vegetaes. || De ζῶον animal + φυτόν planta + ἄνθραξ carvão + suff. *eo*.

Zoóphytographia, *s. f.* descripção dos zoóphytos. || De *zoóphyto* (v. este vcb.) + γράφειν descrever + suff. *ia*.
Cogn. : zóophytógrapho (s. m.), *zóophytográphico* (adj.).

Zoóphytóide, *adj.* que se assimelha a zoóphyto. || De *zoóphyto* (v. este vcb.) + εἶδος forma.

Zoophytólitho, *s. m.* antigo nome dado aos zoóphytos fosseis. || De *zoóphyto* (v. este vcb.) + λίθος pedra.

Zoóphytologia, *s. f.* parte da Zoologia, que tracta dos zoóphytos. || De *zoóphyto* + λόγος tractado + suff. *ia*.
Cogn. : zóophytólogo (s. m.).
Deriv. : zóophytológico (adj.).

Zoóphytos, *s. m. pl.* (zool.) grupo de invertebrados inferiores, correspondente nas classificações modernas ao ramo dos Celenterados. || De ζῶον animal + φυτόν planta.
Deriv. : zoophytico (adj.).

* Zóoplésma, *s. m.* plásma animal. || De ζῶον animal + *plásma* (v. este vcb.).

* Zoorística, *s. f.* arte de calcular os lucros e perdas, que a criação de animaes domesticos pode dar (Ampère). || De ζῶον animal + ὁρίζω limito, defino.

Zóoscopia, *s. f.* observação dos animaes a olho nú ou com

auxílio de instrumentos. || De ζῶον animal + σκοπεῖν examinar + suff. *ia*.
Deriv.: zooscópico (adj.).
Zoospérma, *s. m.* (zool.) syn. de espermatozoide. || De ζῶον animal + σπέρμα semente.
Zoospório, *s. m.* (bot.) esporio de certas Algas, munido de cilios vibrateis. || De ζῶον animal + σπόρος semente + suff. *io*.
Deriv.: zoospóreas (s. f. pl.).
Zóotaxía, *s. f.* classificação dos animaes. || De ζῶον animal + τάξις ordem + suff. *ia*.
Deriv.: zootáctico (adj.) — forma preferivel a « zootaxico », que Fig. regista, exquecido de que auctorizou como melhor « syntactico » em vez de « syntaxico ».
Zóotechnía, *s. f.* arte de criar e aperfeiçoar os animaes domesticos. || De ζῶον animal + τέχνη arte + suff. *ia*.
Deriv.: zootéchnico (adj.).
Zoothéca, *s. f.* (bot.) syn. de antheridio. || De ζῶον animal + θήκη depósito.
Zóotherapía, *s. f.* arte de curar animaes. || De ζῶον animal + θεραπεία cura.
N. É melhor do que *zóotherapêutica*.
Deriv.: zóotherápico (adj.).
Zoótico, adj. (geol.) diz-se da rocha ou do terreno, que contém fosseis animaes. || De ζῶον animal + suff. *ico*.
* **Zóotomía**, *s. f.* dissecção dos animaes. || De ζῶον animal + τομή corte + suff. *ia*.
Deriv.: zootômico (adj.), *zóotomísta* (s. m.).
* **Zóotrophía**, *s. f.* nutrição dos animaes. || De ζῶον animal + τροφή nutrição + suff. *ia*.
Deriv. . zóotróphico (adj.).
Zootrópio, *s. m.* (phys.) apparelho para fazer a synthese das imagens chronophotographicas. || De ζῶον animal +

τρόπος volta, gyro + suff. *io*.
* **Zóoxanthína**, *s. f.* principio corante tirado das pennas de ave de côr amarella. || De ζῶον animal + ξανθός amarello + suff. *ina*.
Zostéreas, *s. f. pl.* (bot.) tribu das Naiadaceas, que tem por typo o gen. *Zostéra*. || De *Zostera* (e este de ζωστήρ cincta) + suff. *eas*.
N. Fig. regista « zosteraceas »; mas a convenção dos sabios manda reservar a desinencia *aceas* para as ordens botanicas, e isso convem respeitar.
Zothéca, *s. f.* (ant.) vão ou gabinete, no quarto de dormir das casas romanas, onde se collocava o leito. || De ζωθήκη (e este de ζωή vida + θήκη caixa, depósito).
Zygênidas, *s. m. pl.* (zool.) familia de Insectos Lepidopteros, que tem por typo o gen. *Zygœna*. || De *Zygœna* (e este de ζύγαινα esqualo) + suff. *idas*.
N. Fig. accentúa « zygena » (proparoxytono) contra o que manda a quantidade da raiz, e regista a forma — zygênidos —, cuja desinencia não é a melhor.
* **Zygíta**, *s. m.* (ant.) o remador da ordem média, na trireme atheniense. || De ζυγίτης.
Zygnêmeas, *s. f. pl.* (bot.) tribu das Algas Conjugadas, que tem por typo o gen. *Zygnéma*. || De *Zygnema* (e este de ζυγός parelha + νῆμα filamento + suff. *eas*.
N. O nome scientifico do genero foi mal composto; *Zygonema* teria sido preferivel.
Zygócero, adj. (zool.) que tem tentaculos em número par || De ζυγός par + κέρας corno.
Zygodáctylo, adj. (zool.) que tem dedos em número par ou soldados dous a dous. || De ζυγός par + δάκτυλος dedo.
Deriv.: zýgodactylía (s. f.).
Zygôma, *s. m.* (anat.) o osso

malar. || De ζύγωμα travessão, juncção.
 Deriv. : *zygomático* (adj.).
 Zygomórpho, *adj.* diz-se dos corpos organizados similhantes, unidos normal ou teratologicamente. || De ζυγός par + μορφή forma.
 * **Zýgomycétes,** *s. m. pl.* (bot.) sub-ordem de Cogumelos, á qual pertencem varios parasitos do homem. || De ζυγός laço + μύκης, ητος cogumelo.
 Zýgophylláceas, *s. f. pl.* (bot.) ordem de plantas dicotyledones, cujo typo é o genero *Zygophyllum.* || De *Zygophyllum* (e este de ζυγός par + φύλλον folha) + suff. *áceas.*
 Zygospório, *s. m.* (bot.) espório das Mucorineas, resultante da conjugação de dous corpos protoplasmicos equivalentes e não ciliados. || De ζυγός par + *espório* (v. este vcb.).
 Zygóstata, *s. m.* (ant.) verificador ou inspector de pezos e medidas. || De ζυγοστάτης (e este de ζυγός balança + ἵσταμαι colloco).
 N. A forma *zygostate* registada por Fig. é incorrecta. Como em todos os congeneres, a desinencia do vocabulo deve ser *a* (v. *apóstata, acróbata,* etc.).
 * **Zygóto,** *s. m.* (zool.) organismo produzido pela fecundação do macrogameta, nos Hemosporidios. || De ζυγωτός unido, juncto.
 Zýmase, *s. f.* (biol.) nome generico dado por Béchamp a materias albuminoides não sulfuradas, que constituem uma especie de fermento. || De ζύμη fermento, levedo + *ase* (desinencia de *diástase*).
 Cogn. : *zýmico* (adj.), *zymóse* (s. f.).
 * **Zymogênio,** *s. m.* (physiol.) nome dado a uma substância que parece segregada pelo pancreas, e que dá a thrypsina. || De ζύμη fermento + γένος geração + suff. *io.*
 Zymógeno, *adj.* (chim.) diz-se dos bacterios, cuja presença determina fermentação ou putrefacção. || De ζύμη fermento + γένος geração.
 Deriv. : *zymogenia* (s. f.).
 Zýmología, *s. f.* (chim.) tractado da fermentação. || De ζύμη fermento + λόγος ractado + suff. *ia.*
 Deriv. : *zymológico* (adj.), *zymólogo* (s. m.).
 * **Zymôma,** *s. m.* (chim.) um dos principios constituintes do gluten. || De ζύμωμα fermento.
 Zymoscópio, *s. m.* (chim.) syn. de *zymosímetro.* || De ζύμη fermento + σκοπεῖν examinar + desin. *io.*
 Zymosímetro, *s. m.* (chim.) instrumento para calcular o grau de fermentação de um liquido. || De ζύμωσις fermentação + μέτρον medida.
 N. É preferivel a « zymoscópio ».
 Deriv. : *zymósimetria* (s. f.), *zymósimétrico* (adj.).
 Zýmotechnía, *s. f.* (chim.) arte de excitar e dirigir a fermentação. || De ζύμη fermento + τέχνη arte + suff. *ia.*
 Deriv. : *zymotéchnico* (adj.).
 Zymótico, *adj.* proprio para a fermentação. || De ζυμωτικός (e este de ζυμόω fermento).
 Zýtho, *s. m.* especie de cerveja fabricada pelos antigos Egypcios. || De ζύθος.
 Zýthógala, *s. f.* mixtura de cerveja e leite, de que usam alguns povos. || De ζύθος cerveja + γάλα leite.
 N. Fig., não respeitando a quantidade da raiz γάλα, accentúa indevidamente — zythogála.

Este livro foi composto com a tipografia Times New Roman
e impresso pela Meta Brasil.